大望

대망 33 니는 듯이 4
시바 료타로/박재희 옮김

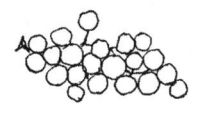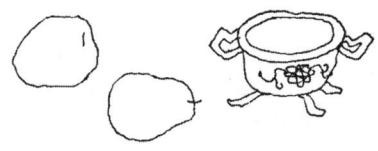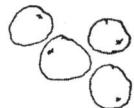

대망 33 나는 듯이 4
차례

우상 …… 11
인마(人馬) …… 40
해결책 …… 40
동풍(東風) …… 50
선전(宣戰) …… 71
뇌발(雷發) …… 80
요충사단 …… 99
농성 …… 107
불길 …… 117
혈야 …… 125
정공법 …… 135
전철기 …… 177
조춘 …… 194
결전 전야 …… 206
대결전 …… 212
들판의 광경 …… 244
땅울림 …… 259
방어선 …… 274
경시대 …… 308

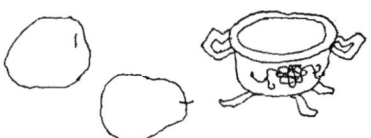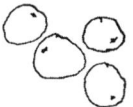

격투 …… 326
충배군(衝背軍) …… 346
서북의 붕괴 …… 364
민권주의자의 전사 …… 376
퇴각 …… 388
패장 …… 407
가는 봄 …… 420
휴가(日向)를 향하여 …… 438
사이고의 나날 …… 453
여름은 다가오고 …… 498
북으로 …… 507
해산명령 …… 518
돌파 …… 541
산중천리 …… 549
바람을 잡다 …… 573
무사도 철학 …… 585
공방 …… 593
이슬 …… 616
혼란의 끝 …… 648

우상

 이때 정부의 해군 최고직에 있었던 사람은 사쓰마 인 사이에 '가와무라 요주로(川村與十郎)'라는 이름으로 알려져 있는 가와무라 스미요시(川村純義)였다.
 가와무라 스미요시는 사이고 다카모리와 인척관계가 된다.
 가고시마 현 사족인 시노하라 구니모토와 비슷한 이름으로 시하라 구니모토(椎原國幹)라는 노인이 있는데, 시하라 구니모토의 여동생이 사이고 집안에 출가해서 다카모리 형제들을 낳았다. 다카모리는 지금도 외가인 시하라 집안과 돈독하게 지내며 외숙부인 구니모토 노인을 잘 섬겼다. 가와무라 스미요시는 구니모토 노인의 딸 하루코(春子)에게 장가들었다. 자연히 가와무라는 사이고의 이종사촌의 남편이 되므로 멀지 않은 친척관계라고 할 수 있다. 이 가와무라와의 혼담은 아마도 사이고가 말을 꺼냈을 것이다.
 "우리 해군의 공로자 가와무라 씨는 사이고 씨께서 거의 친자식처럼 사랑하신 사람이오."
 가바야마 스케노리(樺山資紀)가 만년에 한 말이다. 가바야마는 사쓰마 사람으로 어렸을 때부터 사이고와 친하게 지내며 많은 감화를 받았는데 현재 육군 중령으로 구마모토 진대의 참모장직을 맡고 있었다.

가와무라는 몸이 작고 완력이 없었으며 어렸을 때도 학문에 그다지 정열이 없었다. 그래서 늘 이런 생각을 했다.

"차라리 병학이라도 공부해 볼까."(가와무라의 후일담)

그러나 그 후 번에 뽑혀 막부의 나가사키 해군 전습소에서 공부했다. 그런데 공부하던 중에 시마즈 나리아키라가 갑자기 죽고 히사미쓰의 세상이 되자 번의 방침이 보수화되어 가와무라의 나가사키 유학도 중단할 수밖에 없었다. 요컨대 메이지 초기 해군의 창설자인 가와무라가 해군에 대해 배운 기간은 채 1년도 되지 않았다.

가와무라는 사이고가 예상했던 대로 도량이 넓은 데다 선천적인 병략가였다.

도바 후시미의 싸움 때는 사쓰마 군의 소총 4번대 대장으로 참전했다. 개전 4일째 되는 날 이른 아침 그는 기즈 강(木津川)의 교토 측 둑에 있었는데, 건너편 기슭의 막부군에 후퇴할 조짐이 보이자 재빨리 때를 살펴 대검을 뽑아 들고 돌격을 명령했다.

이 가와무라의 부대에 사이고의 동생 고헤와 야마모토 곤노효에(山本權兵衞) 등이 있었다. 야마모토 곤노효에는 일본 해군 초창기에 가와무라가 어설프게나마 이룩해 놓은 기초 위에 사실상의 근대 해군을 만들어 낸 인물이다. 도바 후시미 싸움에서 야마모토는 고작 15세의 소년병에 지나지 않았다.

"가와무라 대장이 칼을 뽑아 들고 진격, 진격, 하고 외쳤을 때 나는 열다섯도 안 된 소년이었으므로 좀처럼 나아가기가 어려웠다."

고 뒷날 이야기하고 있다.

보신전쟁을 통해 가와무라의 작전 감각이 뛰어나 그의 평범치 않은 자질을 보여 주었으나, 메이지 초기의 해군에 대해서는 거의 아는 바가 없었는데도 그 분야의 우두머리가 된 것은 사이고와 인연이 있었기 때문일 것이다.

사이고의 인사가 오쿠보의 인사와 조금 다른 것은 인척이나 잘 아는 사람 또는 자기를 따르는 자를 기용하여 어려운 일을 시키는 점이었다. 그렇다고 해서 사이고가 평범한 사람을 쓴 것은 아니었으며 거기에는 충분한 선택의 안목이 있었다. 가와무라 등은 사이고의 인사 처리가 제대로 맞아떨어진 예일지도 모른다.

가와무라 스미요시의 계급은 해군 중장, 직책은 해군 차관이었다.

가와무라의 장수로서의 재능에 감탄한 것은 그 무렵 아직 젊었던 야마모토 곤노효에였다.

야마모토는 소년병으로 종군했던 보신전쟁이 끝나자 사이고에게 가서 자신의 처신에 대해 의논했다. 사이고가 해군에 들어가라고 했기 때문에 쓰키지(築地)에 있는 해군병학교에 들어갔다.

메이지 6년(1873)에 사이고가 정한론에 패하고 하야했을 때 야마모토도 해군병학교 학생이면서도 뒤를 따르려고, 사콘조 하야타(左近允隼太)라는 사쓰마 출신 등급생과 함께 학교를 나와 가고시마로 사이고를 찾아갔다. 사이고는 해군의 필요성을 설명하며 두 사람의 생각을 돌리려고 했으나 사콘조만은 고집스럽게 듣지 않았으므로 사학교에 넣었다. 사콘조는 뒷날 시로야마(城山)에서 전사한다.

야마모토 무리가 사이고의 집을 방문했을 때, 그가 한 말을 야마모토는 만년에 이르기까지 모두 기억하고 있었다. 정한론에 대해서도 사이고는 공부하고 있는 젊은이들에게 자신의 주장이 절대로 옳다는 말은 하지 않았다.

"정한론의 옳고 그름은 앞으로 3년이 지나지 않으면 판명되기 어렵다. 정부는 정부가 취하려는 방침을 끝까지 관철하는 것이 좋다. 그동안 다른 사람이 참견하거나 간섭해선 안 된다."

또 야마모토 등은 사쓰마 선배들의 기량에 대해 버릇없이 질문하곤 했다. 사이고는 질문하는 대로 대답해 주었다.

"사이고 쓰구미치는 나하고는 달라서 얕은 꾀가 있지."

기리노에 대해서는 이렇게 말했다.

"기리노는 (정한론으로) 귀향한 지 사흘째 되는 날 나를 찾아왔더군. 그때 기리노가 말하기를 '귀향한 이상 아무것도 생각할 필요가 없습니다. 다만 심심하면 곤란하니까 괭이라도 들고 요시노를 개간할까 합니다. 그래서 얼마 동안 뵙지 못하겠습니다'라는 말을 하더군. 그도 쾌남아가 아닌가."

사이고가 기리노를 높이 산 것은 기리노의 이런 면모 때문인 듯하다.

그러나 야마모토는 같은 사쓰마 선배라도 자신의 장관인 가와무라 스미요시 쪽을 높이 평가하여 가와무라야말로 장수다운 기질이 있다고 생각하고 있었다.

때마침 사이고의 담화 가운데 가와무라에 대한 평가가 나왔다. 사이고가 이 두 청년에게 거꾸로 질문하여 지금 국난에 즈음하여 가고시마 안에서 대군을 통솔하기에 알맞은 인물이 누구냐고 물은 것이다.
　야마모토가 대답했다.
　"가와무라 스미요시님입니다."
　그러자 사이고는 다음과 같이 말했다.
　"가와무라는 싸움을 잘하고 언제나 자기 수하의 병사로 적의 측면이나 배후를 찌르는 등의 전술에는 능하지만, 정정당당히 대군을 지휘하는 큰 기량을 가진 사람은 우리 현에서 기리노를 빼놓고는 없다."

　사이고가 장수로서의 가와무라 스미요시의 평가를 낮추고 반대로 기리노 도시아키를 다른 사람이 의아해 할 정도로 높이 평가하고 있었던 것은 사이고의 성격과 관계가 있다.
　사이고는 가바야마 스케노리가 회고하듯이 이종사촌 누이의 남편인 가와무라 스미요시를 '친자식처럼' 사랑했으나, 가와무라가 해군성 고관이 됨에 따라 싫증나기 시작한 듯하다. 어떤 이유에서 생긴 싫증인지는 알 수 없지만 가와무라가 날쌘 사쓰마 인의 토속성을 잃어버렸다고 느낀 건지도 모른다.
　사이고가 야마모토 곤노효에게 말한 가와무라에 대한 평은 한 마디로 도저히 장령이 될 그릇은 못 되며 제1선의 작은 부대의 장이 될 자질이 있을 뿐이라는 것이었지만, 오히려 사이고가 높이 평가한 기리노야말로 이 시기의 도쿄에 있는 사쓰마 인들은 얕잡아 보고 있었다. 쾌남아임에는 틀림없지만 사이고의 말대로 '정정당당하게 대군을 지휘할 만한 큰 기량'이니 하는 것은 고금의 전쟁사로 보더라도 타당성 없는 평가라 하겠다.
　요컨대 사이고로서는 가와무라는 싫고 기리노가 좋다는 감정적인 요소가 너무 강했던 것일지도 모른다.
　"사이고에게는 사람을 볼 줄 아는 안목이 없었다."
　이것은 사이고를 싫어하는 오쿠마 시게노부의 말인 만큼 다소 이해가 필요하다. 그러나 완전히 틀린 말도 아니다. 사이고는 독자적인 윤리관을 지닌 사람인 만큼 사람에 대한 기호가 여느 사람보다 훨씬 강해서 그로 인해 상대에 대한 평가가 크게 흐려지는 일이 있었을 것이다.
　사이고가 가장 좋아하는 타입은, 이를테면 전통적으로 사쓰마 번이 번사 교육에서 그 전형으로 칭찬해 왔던, 이른바 사쓰마 형의 의협심 강한 사람이었다.
 이 기준에 가장 적합한 사람이 기리노 도시아키였고, 시노하라 구니모토였다.
 나아가서는 헨미 주로타이고 벳푸 신스케였다. 헨미같은 사람은 요컨대 수호전에나 나올 법한 협객에 지나지 않았으며, 강하고 날렵하여 우두머리인 사이고를 위해서는 물불을 가리지 않고 싸우기를 좋아하는 건장한 사나이였다. 그러나 그 이외는 인간 세상에 쓸모 있는 속성은 아무것도 없었다. 국가관과 세계관도 없었고, 그것을 지니기 위해 필요한 지성과 교양도 없었다. 싸우기를 좋아하는 사람으로서 적을 공격하기 위한 직감은 있었으나 그것뿐인 인물이었다. 사이고는 육군을 창설할 때 이런 인물을 중요한 위치에 앉혔다. 사학교를 시작했을 때도 그들을 간부로 기용했고 특히 헨미를 사랑했다.
 젊었을 때의 가와무라 스미요시에게도 다소 헨미와 같은 점이 틀림없이 있었을 것이며, 사이고는 그런 가와무라를 친자식처럼 사랑했겠지만, 가와무라가 도쿄 정권의 중요한 직책의 책임을 맡게 된 뒤부터 사이고에게는 사람이 변한 것으로 느껴졌을 것이다.

 사이고는 확실히 사람을 보는 눈이 한쪽으로 기우는 점이 있었다.
 가고시마에서 이른바 막료격으로 기리노와 시노하라 외에 무라타 신파치(村田新八)와 나가야마 야이치로가 있었다. 무라타 신파치는 사이고를 가장 이른 시기부터 따랐고 사이고와 함께 섬으로 유배되었을 정도로 인연이 깊은 사람이었다. 그리고 유럽을 보고 온 사람인 만큼 견문도 넓었으나, 사이고는 그런 무라타의 말에 움직여지는 일은 없었고 무라타 또한 자기의 말로 사이고를 움직이려는 생각을 불손하게 여겼던 사람이었다. 때문에 사이고 앞에서 의견다운 의견을 말한 적이 없었다.
 나가야마 야이치로는 무라타보다 한층 더 지적이어서 일본과 세계의 관계며 일본 속의 정치와 군사에 대해서도 기리노나 헨미 같은 단순함은 없었다.
 그런데 사이고는 그런 무라타나 나가야마로부터 적극적으로 좋은 의견을 모으려는 태도를 보이지 않았다.
 사이고는 사람을 사랑하기를 누구보다도 좋아했지만, 그 사랑하는 대상으로는 무라타나 나가야마 같이 심사숙고하는 타입은 늙은이 같다 하여, 사이고의 성격에는 맞지 않았다. 사랑하기에는 기리노보다 명백함을 지닌 젊은 헨미 주로타나 벳푸 신스케가 적합했을 것이다. 개를 좋아하는 사이고가 사냥을 잘 하는 사나운 개를 귀여워하는 것과 다소 비슷한 기분으로, 사실 그런 기분이 그의 편파적인 마음의 한 요소가 되어 있었는지도 모른다.

이 편파적인 마음 때문에 세이난 전쟁에 몸을 내맡기는 꼴이 되었다고도 할 수 있을 것 같다. 세이난 전쟁은 극히 단순하게, 말하자면 사학교 젊은이의 폭발로 시작되어 그 폭발에 사이고가 직접 나서면서 일어나게 되었다. 그 폭발 기분의 중심적 존재가 헨미 무리이며 결코 무라다 신파치나 나가야마 야이치로는 아니었다.

기리노 시노하라, 헨미 등도 자기들이야말로, 이를테면 무라타나 나가야마에 비해 사이고로부터 맹목적이라고 할 정도로 사랑을 받고 있다는 것을 잘 알고 있었다. 그들에게는 사이고의 사랑을 받고 있다고 느낄 때가 가장 큰 기쁨이었고, 또한 사랑받는 것이 자기 자신에 대한 가치의식의 전부였으며, 또는 객관적으로 보더라도 만약 그들이 사이고의 사랑을 받지 못했다면 평범한 인물에 지나지 않았을지도 모른다.

그런 그들이 폭발 원인의 중심적 존재였던 것을 생각하면 사이고의 편파적 성격은 단순히 사이고 한 사람으로 멈추지 않고 역사에 중대한 영향을 미쳤다고 할 수 있겠다.

이 시기의 사쓰마 인으로 나카이 히로시(中井弘)라는 사람이 있다. 흔히 규노신(休之進)이라 불렸으며, 호는 오슈(櫻洲)라고 했다.

막부 말기에 사쓰마 번의 특징으로 한 번을 통제하는 것을 중히 여겼다. 따라서, 탈번자가 거의 발생하지 않았는데, 나카이 히로시는 그 몇 사람 되지 않는 탈번자 가운데 한 사람이었다. 이 때문에 막부 말기에 사이고의 은혜와 영향을 받은 바가 적었으므로 울타리 밖에 서서 사이고를 관찰할 수 있었다.

나카이는 도사로 가서 도사 번의 고토 쇼지로(後藤象二郎)의 보호를 받았고 게이오(慶應) 2년(1866), 도사 번의 번비로 영국에 건너갔다가 이듬해 돌아왔다. 그 뒤 우와지마(宇和島) 번주 다테 무네나리(伊達宗城)에게 그 재능을 인정받아 우와지마 번사가 되어 다른 번과의 교섭을 맡았으며, 유신 후 외국 사무계와 도쿄 부 판관이 되기도 했다. 메이지 3년(1870)에 가고시마 현으로 돌아와 다음해 사이고가 폐번치현을 위해 번병을 이끌고 상경했을 때, 그 부대의 조사(調査)직을 맡아 처음으로 사이고와 같이 일하게 되었다.

그 뒤 런던으로 건너가 주영 일본 공사관의 서기관 등을 맡아보았으며, 세이난 전쟁이 일어나기 전해인 메이지 9년(1876) 3월에 귀국했다. 나카이는 세상이 어지러울 때에 맞춰 기발한 재주를 보이곤 했다.

한편으로 이 시대의 사쓰마 사람으로서는 보기 드물다 할 정도로 일·한·양의 학문을 모두 갖추었으며, 시문에 능했다. 유럽 사정에 대한 관찰력도 그의 저서 《만유기정》 등을 보면 뛰어난 글이라 평가받을 만하다.

그러한 나카이 히로시가 이야기한 사이고에 대한 평이 남아 있는데 다소 통렬하다고 할 수 있다.

'사이고의 자질은 군인에는 맞지 않으며 전쟁 따위도 알지 못했다. 그것은 10년 전쟁으로도 알 수 있다. 사이고는 오히려 정치가라고 할 수 있다. 그러나 정치가로서의 수완 또한 도저히 오쿠보에 미치지 못한다. 정한론을 내세워 시국 전환을 강요한 것은 필경 처음부터 불가능한 일을 들고 나와 그것을 핑계로 사직하기 위한 것으로, 실은 자신을 잘 아는 현명함이 있다고 할 일이다.'

이 평은 사이고란 인물을 전혀 다른 시각에서 본 것으로 사이고에게는 지나치게 가혹한 것이었으리라. 그러나 정한론을 가리켜 '불가능한 일'이라고 나카이가 말한 것은 어쩌면 옳은 말인지도 모른다. 사이고를 태정대신으로 만드는 것이 자신의 소망이라고 말했던 무라타 신파치도, 사이고가 내각을 조직한다 해도 외교에 대해서만은 어려우므로 단순하게 되지는 않을 것이라고 말했다.

또 나카이 히로시는 기리노에 대해서도 다음과 같이 말했다.

"정축의 난(세이난 전쟁)을 일으킨 사람은 사이고가 아니라 기리노다. 세상 사람들이 걸핏하면 기리노를 보고 시노하라와 한 쌍으로 엮어 사이고의 수족과 같은 부하로 생각하는 것은 크게 잘못된 것으로, 기리노는 사이고의 부하도 아니거니와 사이고는 기리노의 우두머리도 아니다. 기리노는 오직 하나의 대들보이다. 몸은 가고시마 성 밑 거리의 사족이 아니라 요시노의 향사에 지나지 않는다. 사쓰마의 기리노라면 군인 사이에는 말할 것도 없고 어떠한 검객이라도 미리 겁을 먹고 피한다."

사이고는 기리노의 '오직 하나의 대들보'인 점을 높이 평가한 것이겠으나, 기리노의 본질은 뜻밖에도 검객으로서의 존재감에 있는지도 모른다.

도쿄 정부가 가고시마에서의 변고를 안 것은 2월 3일 오후 5시 30분, 해군성으로 들어온 전보에 의해서였다. 가고시마에 있는 스가노 가쿠베(菅野覺兵衞) 소령이 보낸 이 첫 전보 내용은 탄약을 빼앗겼다는 것뿐이었으나, 이 일은 당연히 사학교의 거병을 상상케 했다.

이때, 요인들의 대부분은 교토에 있었다.

천황은 교토 별궁에 있었다. 천황이 교토로 행차한 이유는, 1월 30일이 고(故) 고메이(孝明) 천황의 10주기 기제사가 있는 날이었고, 전보가 해군성에 들어온 2월 3일에는 오사카와 고베 사이의 철도가 개통되어 그 때문에 각국의 공사들을 초대해서 개통식을 거행했다. 그래서 정부의 고관들이 모두 서쪽으로 옮겨 가 있었다. 교토와 오사카 사이에 있는 정부 고관은 태정대신 산조 사네토미, 내각의 고문 기도 다카요시를 위시하여 공부(工部)대신 이토 히로부미, 육군경 야마가타 아리토모, 해군차관 가와무라 스미요시 등이다.

내무대신 오쿠보 도시미치는 도쿄에 있었다.

당연히 이 전보 내용은 오쿠보에게도 급히 알려졌다. 이에 대해 후년에 오쿠보의 차남 마키노 노부아키(牧野伸顯)는 그 담화 속기에서 다음과 같이 말했다.

'메이지 10년, 아버지는 도쿄에 계셨는데 사학교 폭발 소식을 접하고도 이를 믿지 않았다. 이는 필경 기리노 도시아키 등이 벌인 짓으로 사이고가 알지 못하는 일일 거라고 굳게 믿어 의심치 않으셨다. 그 까닭은 사이고의 방법이 이제는 틀렸구나 하는 마지막 단계에 와서 꽉 눌러 제제를 가하는 식이라는 것을 잘 아시기 때문이었다.

그러나 마침내 공식발표에 의해 사이고도 가담했음을 아셨을 때는 6척이나 되는 거구의 아버지가 안절부절못하고 초조해 하면서 방과 복도 사이의 상인방에 머리를 부딪치면서 빙빙 돌아다니셨다. 눈에는 눈물이 가득 고여 있었다고 뒷날 이시하라(石原)의 고모님이 곧잘 우리에게 들려주셨다.'

세이난 전쟁을 객관적인 사고만으로 다루기는 힘들 것 같다. 사학교의 폭발은 오직 오쿠보와 가와지(川路)에 대한 도발이라는 견해만을 취한다면 이 오쿠보는 참으로 뻔뻔스러운 인물로 보일 것이다.

뒷날 이토 히로부미의 담화도 남아 있다.

'그때 오쿠보 씨는 사이고의 마음을 조금도 의심하지 않는 듯했다. 이를테면 언젠가 각의에서 자신은 귀향하여 사이고와 직접 이야기를 나누며 의사가 소통되도록 하여 함께 이를 가라앉히기에 노력하고 싶다, 내가 없는 동안 이토 씨가 내무성 일을 겸해서 봐 주지 않겠는가 하고 정식 의제로 제기했다.

 그러나 그 무렵 인심이 흉흉하여 정부를 무너뜨릴 생각을 하고 있는 이때에, 정부의 주축이 되는 오쿠보 씨가 정부를 떠난다는 것은 단연코 사정이 허락지 않았다. 대신 및 모든 참의들은 이에 대해 입을 굳게 다물고 한마디도 하지 않았다.'

도쿄에 있는 오쿠보는 고베에 있는 해군차관 가와무라 스미요시에게 전보를 쳐서 권고했다.

'서둘러 가고시마로 가서 사이고를 설득하라.'

물론 이 설득의 심부름은 가와무라 자신이 자진해서 나선 것이었다. 가와무라는 가고시마 사태를 오쿠보와 해군성에서 보내 온 전보를 보자마자, 즉시 오쿠보에게 전보를 쳐서 이런 의견서를 냈다.

'제가 현으로 돌아가 사태가 심각해지기 전에 폭도를 진압하고 싶습니다. 만일 늦어지면 일이 어려워집니다. 저에게 그 임무에 대한 명령을 내려 주십시오.'

오쿠보는 승낙하고 곧 그 일을 명령하는 내용의 전보를 가와무라에게 쳤다. 내무대신 오쿠보가 해군차관 가와무라에게 명령하는 것은 계통이 잘못된 것 같아 보이나 이 시대의 사쓰마·조슈인의 정치의식으로는 크게 문제될 일이 아니다. 자기들의 옛 번에서 사건이 일어났고 옛 번의 일을 선배인 오쿠보가 후배 가와무라에게 명령하는 것이 된다.

가와무라는 다카오마루(高雄丸)를 타고 가기로 했다.

다카오마루는 요코하마에서 천황이 타고 온 함선으로서, 고베에 들어와 항구 안에 정박하고 있었다. 본디 기선인데 약간의 대포를 실었으므로 뒷날의 분류로 말하는 '가장 순양함'이라고 해야 할지도 모른다. 이 시대는 해군이라 해도 군함이라고 이름을 붙인 것은 얼마 되지 않았다.

가와무라는 이 전보가 오간 2월 3일 밤에라도 출범할까 했다. 때를 놓치면 돌이킬 수 없는 사태가 벌어진다는 초조함을 느낀 것이다.

그러나 함께 고베에 있는 공부(工部) 대신 이토 히로부미는 냉정했다.

'어차피 늦은 일이다.'

그는 이렇게 생각하고 있었다. 이토의 후일담도 이와 같다.

"나는 앞서 가와무라와 하야시 도모유키(林友幸)가 가고시마에 파견되었을 때부터 도저히 그 목적을 이룰 수 없음을 알고 있었다."

조슈출신인 이토는 사쓰마 인 사이의 싸움에 대해서는 강 건너 불구경하듯 하고 있었다. 그는 평생 오쿠보를 존경했지만 한편으로 사이고에 대해서는 처음 사이고를 만난 메이지 초부터 세상의 평가만큼 높이 인정하지는 않았다. 그 한 가지 예로 이토는 천성적으로 사이고의 인격에 둔감했다고 하겠다.

오히려 이토의 걱정은 사쓰마 사람인 가와무라가 귀향하면 마치 혹을 떼러 갔다가 혹을 붙이고 오는 격이 될지도 모른다는 것이었다.

이토는 은근하게 방해 공작을 폈다. 가와무라에게 부탁했다.

"이 개통식은 외국공사도 초청한 큰 행사이니 출발을 4일로 미뤄 주시오."

가와무라 스미요시의 이야기는 이렇다.

"4일이 되니 5일로 해 달라, 또 6일로 해 달라는 것이었다. 너무 이상해서 거듭 물어보니 나와 사이고가 친밀한 사이이므로 정부에서 되도록 보내고 싶어 하지 않는다는 것을 알았다."

결국 가와무라는 7일에 떠났다.

가와무라 스미요시는 다카오마루 함장에게 부탁했다.

"지금쯤 어떻게 되었을지 모르는 일이니, 배를 될 수 있는 대로 빨리 몰아 주시오."

함장도 잘 알고 있었으므로 속도를 한껏 높였다. 함장은 가와무라와 같은 사쓰마 사람으로 고민을 함께 하고 있는 이토 스케유키(伊東祐亨)였다.

다카오마루가 진한 감색 바닷물이 가득한 긴코 만(錦江灣)에 들어간 것은 9일 아침이었다. 가와무라 스미요시는 함교에 서서 바다와 경치를 바라보고 있었다. 옆에 이토 스케유키가 있었으나 둘 다 과묵한 사람들인 만큼 필요 이상의 말은 하지 않았다. 그러나 눈앞에 펼쳐진 바다와 산의 거리는 그들에게 둘도 없는 고향인 만큼 만감이 교차했을 것이다. 그 고향 산하가 지금 격렬하게 정치화하여 일본국 정부를 거부하고 이 다카오마루도 적함으로 보기에 이르렀다. 두 사람의 생각은 형언하기 어려운 바가 있었을 것이다.

다카오마루는 정오 쯤 마에노하마(前之濱)에서 배를 세우고 닻을 내렸다. 이와 앞서거니 뒤서거니하면서 연락선인 다이헤이마루(太平丸)와 게이요마루(迎陽丸)도 입항했다.

그밖에 기선 다이유마루(大有丸), 가고시마마루, 네이세이마루(寧靜丸)가 정박하고 있었다. 보아하니 이 세 척의 배는 어느 배나 총을 잡은 수십 명의 장정들로 점거되어 있었다.

"저것을 보시오."

바닷가에서 부두에 걸쳐 무장한 많은 사학교 학생들이 우글거리고 있었다. 그 중에는 하늘을 향해 총을 쏘아대는 자도 있었다.

'매우 심각한 사태가 되어 있군.'

가와무라가 사태의 심각성을 깨달은 것은 입항한 세 척의 기선을 빼앗을 생각으로 각각 2, 30명의 사학교 학생들이 올라타기 시작한 것을 본 뒤였다.

가와무라는 현청에 보낼 사자로 아직 어린 해군 경리장교 마스다 나오아키(益田尙明)를 뽑아 하선시켜 보트로 부두를 향하게 했다.

한편 사학교 본영과 현청에서는 마에노하마로부터의 급한 보고로 정부의 군함 다카오마루가 입항했음을 알고 긴장했다.

시노하라 구니모토는 다카오마루가 온 뜻을 물으려고 경찰서장 노무라 닌스케를 급히 보냈다.

노무라는 제복 상의에 흰 천으로 된 띠를 매고 칼을 찬 뒤 부하인 기시라 신지로(岸良眞次郎)를 데리고 뛰어나갔다. 노무라는 지혜가 많은 사람이었으나, 이때 할 수만 있다면 이 배의 함장을 위협해서 배를 빼앗으려 했다고 한다.

마에노하마까지 오자 나가야마 야이치로와 후치베 군페이가 바다를 바라보고 있었다. 사려 깊은 나가야마와 혈기 왕성한 후치베가 함께 있다는 것은 재미있는 정경이었다. 나가야마는 노무라를 불러 세우고 나무랐다.

"이런 경우에는 무기는 놓고 맨몸으로 가는 법이오."

노무라는 나가야마를 존경했음으로 그 말에 따라 얌전하게 칼을 끌러 놓고 거룻배를 탔다.

　가와무라 스미요시는 함교에서 노무라 닌스케를 만나서 말했다.
　"가쿠노스케(현령 오야마 쓰나요시)를 만나고 싶소."
　가와무라는 배에서 내려 현청으로 갈 생각인데 바닷가에 장정들이 떼 지어 있어 어쩔 수 없으니 길을 터주도록 말해 달라고 했다.
　노무라는 사자에 불과했다.
　"말씀은 전해드리겠습니다."
　그는 사학교 본영으로 돌아갔다가 또 현청으로 돌아왔다. 노무라는 사학교와 현청 양쪽에 모두 속해 있었다.
　현령 오야마 쓰나요시가 정부 측 사자인 가와무라와 대면하기로 한 것은 그 자신도 이 사태에 대해 고심하고 있었기 때문일 것이다. 그는 가와무라가 이쪽으로 오는 건 위험하다면서 자신이 다카오마루로 가기로 했다. 그 사이 사학교 측에서는 다소의 의견충돌이 있었다.
　사이고 체제하의 사쓰마에서는 사학교가 현령을 지배하고 있었기 때문에 현령 자신이 독단으로 다카오마루에 갈 수는 없었다. 특히 비슷한 예를 든다면 일당 독재하인 당과 정부의 관계가 그러할 것이다.
　순서로 말한다면 노무라는 먼저 당 본부인 사학교 본영에 가서 보고했다. 노무라로서는 가와무라의 말대로 오야마 현령을 데리고 가고 싶었다.
　그런데 노무라의 보고를 듣자, 헨미 주로타는 미친 듯이 흥분하기 시작했다.
　"오야마 현령 따위를 보내는 건 소용없는 일이오. 정부측 사자에게 생환을 기약할 수 없소. 오직 죽음만이 있을 뿐이오."
　이렇게 얼토당토 않은 말을 퍼부으며 당장이라도 달려갈 기세였다. 헨미는 배 위에서 칼을 뽑아 가와무라를 죽이고 이토 함장 이하 승무원들을 모조리 베어 버릴 생각이었으리라. 헨미는 살인적 성격을 사쓰마 인의 본령이라 믿고 있는 사람이었다.
　그러나 기리노는 헨미와는 달라서 정치적인 배려가 있었다. 가와무라 일행은 사자로서 와 있는 것이다.
　이 자리에 나가야마 야이치로가 있었다. 그는 큰 소리로 고함치고 있는 헨미를 묵살하고 말했다.

"이미 닌스케 씨가 다카오마루에 갔소. 닌스케 씨가 가지 않고 다른 사람이 대신 간다면 상대가 의심할 것이오."

헨미는 이 말을 듣자 나가야마가 자신의 용맹함을 우습게 여겼다는 식으로 받아들이고 눈에 핏발을 세워 나가야마에게 덤벼들었다.

"결투다, 뜰로 나오시오."

이렇게 떠들어대니 기리노가 그 사이에 끼어들어 말리지 않을 수 없게 되었다.

그런 경과를 거쳐 노무라는 현청에 가서 오야마에게 이야기했던 것이다.

"당장 갑시다."

오야마는 노무라를 데리고 마에노하마로 나갔다.

다카오마루는 육지와는 조금 떨어진 앞바다에 정박해 있었다. 왜냐하면 조금 전에 이 배를 본 사학교 학생들이 거룻배를 타고 와서 돌입할 생각으로 다카오마루에 접근하여 사다리를 내리라고 마구 요구했기 때문이었다.

오야마와 노무라는 거룻배를 타고 다카오마루로 다가가서 이윽고 갑판 위에 올라갔다.

다카오마루 고물의 갑판에는 두터운 돛포로 천막이 쳐져 있었다.

함 왼쪽 가까이에는 사쿠라지마(櫻島)의 용암으로 된 바닷가가 보였고, 오른쪽의 가고시마 거리는 사쿠라지마보다 조금 멀어 보였다.

천막 밑에는 다섯 개의 의자가 놓여 있었다.

가와무라가 해군 중장 제복으로 현령 오야마 쓰나요시를 맞았다. 서로 오랫동안 소식을 주고받지 못했던 인사를 나눈 뒤 가와무라는 자신에게서 가장 가까이에 있는 의자를 오야마에게 권하고 노무라 닌스케에게는 오야마의 의자를 권했다.

가와무라가 앉자 그 등 뒤 의자에 내무성의 하야시 도모유키와 함장 이토 스케유키 중령이 각각 앉았다. 그 밖에 다른 사람은 없었다. 다른 사람을 함께 넣지 않은 것은 사쓰마 사람들끼리 지금 벌어지고 있는 집안 사태에 대해서로 이야기하자는 이때의 정치적 사정에 의한 것이다.

가와무라는 뜻밖의 이야기부터 시작했다.

"우리나라의 해군은 해군이라는 이름뿐이고 군함도 운송선도 있을까말까 한 형편이오."

보신전쟁으로부터 시작된 신정부에겐 옛 막부가 남겨 준 후지마루, 고테쓰 함(甲鐵艦), 지요다 함(千代田艦)이라는 세 척의 군함이 있을 뿐이었다. 그 밖에 운송선이 네 척 있었다.

그 뒤 메이지 3년(1870), 각 번이 번 소유의 함선을 바쳤으므로 조금 늘었다.

현재 큰 함정 여러 척을 외국으로부터 사들이도록 이미 손을 썼고 작은 함정은 요코스카 조선소에서 건조하고 있었다. 가와무라의 일상적인 고심은 함선을 늘이는 일이었는데, 정부가 쓰기로 한 기선을 이 해상에서 보는 바와 같이 사학교 학생들이 빼앗아버린 것이다.

"그렇지 않아도 배가 없는데 저런 짓을 하면 곤란하오."

가와무라가 정통으로 사태의 핵심을 찌르지 않고 눈에 보이는 경치 속에서 이야기의 실마리를 풀어 나간 것은 사쓰마 인 특유의 정치 감각이라고 할 만한 것이었다.

그러나 오야마는 그 말에는 대답하지 않고 느닷없이 핵심부터 들어갔다.

"정부가 자객을 놓아 사이고 대장을 살해하려는 짓을 했소. 기선을 뺏는 일 따위는 그로 인한 작은 결과에 지나지 않소."

두 사람은 사태에 대한 인식이 서로 달랐으며, 그것이 크게 엇갈리고 있었다.

가와무라는 자객 문제에 대해서는 전혀 알지 못했으므로 한동안 자신의 귀를 의심하는 듯했으나 이윽고 그게 정말이냐고 물었다.

"정말이오."

오야마는 사쓰마 사투리로 대답했다. 오야마의 태도는 그야말로 오만하고 경멸하는 태도였는데 이것은 사학교 정치부 장교라고도 할 노무라 닌스케에 대한 대내적인 배려도 있었을 것이다.

오야마가 자객 문제를 모두 이야기했으나 가와무라는 아직도 믿을 수 없다는 표정으로 이렇게 묻는 것이 고작이었다.

"그 문제를 재판소에 제기했습니까?"

오야마는 그 말에 대해 대답했다.

"재판소에 제기하지는 않았으나 20명도 넘는 사람의 증거로써 확실한 공술서가 있소. 틀림없는 사실이오."

설득하러 온 가와무라 스미요시는 오야마 현령으로부터 자객 문제를 듣고는 기세가 꺾여 버려서 가까스로 이런 말을 하는 것이 고작이었다.

"오쿠보라는 사람이 사이고를 죽이려고 할 리가 없소."
그는 오야마에게 이렇게도 말했다.
"사이고는 국가의 공신 아닙니까. 만약 정부가 그와 같은 죄도 없는 자를 암살한다면 그야말로 천하의 믿음을 잃고 메이지 정부는 허물어지고 말 겁니다. 그러므로 암살을 꾀했을 리가 없습니다."
오야마는 거칠어진 목소리로 퉁명스럽게 말했다.
"하지만 하는 수 없소. 사실은 사실이니까."
오야마는 자객 문제를 생각하면 할수록 가와무라를 냅다 걷어차고 싶도록 화가 났다. 오야마로서는 사학교의 거병은 바람직한 일이 아니며 현을 진정시키는 것만을 바랄 뿐인데, 사태를 이렇듯 절망적인 단계로까지 악화시킨 것은 가와지가 경관을 보냈기 때문이라고 생각하고 있었으며 사실 그렇기도 했다.
가와무라 스미요시는 더 이상 어떻게도 할 수 없는 꼴이 되고 말았다.
그는 되풀이하여 말했다.
"그것은 어디까지나 사실을 밝혀야 할 일입니다."
가와무라도 현재의 사태에 대한 핵심이 거기에 있다는 것을 알아차리게 된 것이다.
가와무라는 사이고 자신이 정부에 대해 사실을 밝혀 줄 것을 요구해야 한다고 진심으로 말했다. 가와무라에게도 사이고는 은인이며 또한 친척인 것이다.
"차라리 사이고 대장께 이 배로 도쿄로 올라갈 것을 권하는 것이 어떻겠소?"
말하자, 오야마는 이제 될 대로 되라는 식의 표정이 되어 말했다.
"이 배로는 무리일 것이오."
가와무라가 이유를 물었다.
"모시고 갈 사람이 너무 많소. 배에 다 실을 수 없을 것이오."
가와무라가 놀라서 물었다.
"많다니, 대체 몇 사람 정도요?"
오야마는 주머니에서 휴지를 꺼내서 코를 푼 뒤 작은 소리로 말했다.
"1만이나 2만."
가와무라는 입을 다물어버리고 가고시마 시가지 쪽을 바라보았다.

그 뒤 잠시 대화가 오가고 나서 가와무라가 말했다.

"사이고 대장과 단 둘이서 이야기하고 싶은데 그렇게 주선해 주지 않겠소?"

오야마가 대답했다.

"곤란할거라고 생각되지만 애써보리다."

오야마로서는 사태를 다시 돌이킬 수는 없다고 할지라도, 사이고와 가와무라가 1대 1로 이야기를 나누게 된다면, 만에 하나라도 호전될 기미가 보일지도 모른다는 희망을 가졌던 것이다.

회담 시간은 오후 1시, 회담 장소는 두 사람의 친척인 시하라의 집으로 정했다.

현령 오야마 쓰나요시가 이야기를 끝내고 거룻배에 옮겨 타려고 하자 바닷가에서 커다란 일본 배 세 척이 다가오고 있었다.

어느 배나 장정들로 꽉 차 있었다.

오야마 현령을 배웅하던 가와무라 스미요시가 망원경을 들어 한 눈을 감고 응시하자 탄알을 장전하는 장정들의 모습이 비쳤다. 저쪽에선 사쓰마 사람의 장기인 작은 배로 큰 함정을 탈취할 생각을 하고 있는 모양이었다.

이토 함장의 망원경에도 부지런히 장전하는 모습이 잡혔다. 이토는 얼른 가와무라를 뒤돌아보고 물었다.

"발포해도 좋겠습니까?"

그러나 가와무라는 급히 고개를 젓고 말했다.

"어떤 일이 있더라도 쏘지 마라. 한 발이라도 쏘면 담판은 모두 수포로 돌아가고 만다."

그러나 상대는 점점 다가오고 있었다. 이대로 있다가는 앉아서 배를 빼앗길 뿐이었다.

오야마 현령은 아무것도 모른 채 거룻배로 옮겨 탔다. 오야마의 거룻배가 함에서 떠나는 것을 이토 함장은 충분히 확인한 뒤 닻줄을 끊고 함정을 앞바다로 멀리 옮기고 말았다.

그 세 척의 일본 배와 오야마 현령이 탄 거룻배가 도중에서 만났다. 오야마는 큰소리로 야단쳐서 그 일본 배를 몰고 기슭으로 돌아갔다.

"자네들, 이게 무슨 짓인가?"

오야마는 바빠졌다. 그는 현령으로서 정부와의 사이에 서서 중재 역할을 하는 입장에 놓였다. 그러나 몸이 가고시마 현에 있는 이상, 현 안을 무력으로 제압하고 있는 사학교당의 말을 듣지 않을 수 없는 입장이다.

그는 노무라 닌스케와 더불어 사학교 본영(사쓰마 군 본영)을 향해갔다. 도중에 바람이 세어졌다. 2월의 가고시마 추위는 해마다 있는 일이지만 올해는 각별해서 자꾸만 소변이 마려웠다.

도중에 밭이 있었다. 길가에 바짝 붙어 서서 소변을 보자 말라버린 풀이 순식간에 젖어서 쓰러지고 그 밑둥에 싱싱한 초록빛 싹이 여기저기서 나타났다.

"벌써 봄이군."

오야마는 노무라에게 말하는 것도 아니면서 중얼거렸다.

노무라도 뒤늦게 소변이 보고 싶어져서 오야마에게 조금 떨어져 일을 보았다. 도쿄에서는 경시청의 엄한 명령에 따라 길에서 소변을 보는 것은 문명적이 아니라는 이유로 엄하게 금지되어 있다고 한다.

그것은 노무라도 잘 알고 있었다. 그러나 도쿄 관제의 문명은 가고시마 현에는 미치지 않기 때문에 현령과 경찰서장이 이렇듯 내놓고 선 채 소변을 볼 수도 있었던 것이다.

"가시지요."

노무라가 이렇게 말을 걸었을 때쯤에야 오야마가 깨달았을 정도로 이 현령은 정신이 멍해 있었다. 자신의 중재 역할에 대해 사이고와 사학교가 어느 정도 응할 것인가, 하는 일에 자신이 없었던 모양이었다.

사이고는 사학교 본영에 있었다.

그의 둘레에는 전과 같이 기리노 도시아키, 시노하라 구니모토, 헨미 주로타 등이 있었다.

그들은 사이고를 하나의 거대한 정신상으로서 숭배하고 있었으나 사이고로부터 정략이니 전략이니 하는 이른바 세속적인 일들을 들으려는 생각은 하지 않았다. 사이고 자신도 자진해서 그런 말을 하려고 하지 않았던 것은, 그가 본영에서 가진 첫 회의에서 '그대들에게 내 몸을 주겠다'고 한 말과 연관성이 있는 것으로도 여겨진다. 사이고는 침묵의 우상이 되려고 결심하고 있는 것 같았다.

그러나 오야마 현령이 돌아와서 다카오마루의 가와무라 스미요시의 제의를 전했을 때 주목할 것은, 사이고가 세이난 전쟁을 통해 꼭 한 번뿐이었다고도 할 만한 정치적 의사 표시를 했다는 것이다.
 "시하라의 집에 가와무라가 온다면 내가 가겠네. 이것은 하나의 상황이라고 하겠네. 그 상황에 따르는 것이므로 가쿠노스케(오야마) 씨가 중간에 서서 잘 처리해 주기 바라네."
 이와 똑같은 표현은 아니었으나, 사이고가 다소 명쾌하지 않은 이유를 말하면서까지 오야마에게 중재해 줄 것을 부탁했다는 것은 어찌되었거나 가와무라와 만나고 싶었기 때문이었으리라. 가와무라를 만나 정부의 의도와 자세를 알고 나아가서는 자신의 심정과 의도, 그리고 가고시마의 사정 따위도 이야기해 두고 싶었으리라.
 막부 말기에 사이고가 한 일을 보더라도 그는 사람들과 곧잘 만났다. 사람과 만나서 서로 이야기를 나눈다는 일의 중요성을 사이고는 체험으로 알고 있었다.
 그러나 그때의 처지와는 달라서 지금의 사이고는 사람들에게 둘러싸여 있었다. 막부 말기의 사이고는 행동적인 정략가였지만 지금의 사이고는 많은 사람들의 상징적 존재가 되어 버렸다. 상징적인 인물인 이상 많은 사람의 의견과 어긋나는 것을 두려워해야 했다. 이런 두려움이 앞서 말한 바와 같이 의미가 분명치 못한 이유를 표명하게 되었으리라고 생각된다.
 오야마는 다카오마루로 돌아가려고 물러났다.
 사이고는 그 오야마를 의자에 앉아 배웅하고 벌떡 일어나 옆에 놓여 있는 큰 칼을 집어 들었다. 오야마의 약속대로 시하라의 집으로 갈 작정이었다.
 그러나 그것을 본 시노하라 구니모토는 가로막고 말했다.
 "선생님, 가시지 않는 게 좋으실 겁니다."
 더욱이 사이고의 의향을 무시한 채 옆에 있는 헨미 주로타와 고노 슈이치로(河野主一郎)를 돌아보고 명령했다.
 "대신 다카오마루에 갔다 오너라."
 사이고는 하는 수 없이 다시 의자에 앉아 전과 같이 우상으로 되돌아갔다.
 시노하라가 가와무라 스미요시를 만나려는 사이고를 가로막고 대신 헨미 주로타와 고노 슈치로를 지명한 것은 경우에 따라서는 가와무라를 죽이라는 것이었다. 두 사람에 대한 시노하라의 명령은 이렇게 표현되었다.
 "그대들이 가와무라를 만나라. 만나서 사태를 이야기하고, 또 가와무라가 왜 왔는지 물어보아라. 만일 가와무라의 말이 그대들의 뜻에 맞지 않거든 그 처치를 그대들에게 맡기리라."

이런 시노하라의 말을 듣고 두 사람은 시노하라의 참뜻이 가와무라를 죽이는 데 있음을 깨닫고 모두 단도를 품에 넣고 일어섰다. 고노는 또 모르지만 헨미는 그 성격으로 미루어 보더라도 가와무라에게 덤벼들어 그를 찌를 것이다.

가와무라 스미요시는 정부 측의 사자이다. 이미 싸움에 임할 태세를 취하고 있는 사쓰마 군으로 본다면 군사(軍使)인 것이다. 군사를 죽이는 것은 예로부터 예절이 아니며, 또한 죽인다 해도 아무 도움도 되지 않는데 시노하라는 일부러 헨미를 골라 찔러죽이는 일까지 포함해서 이런 명령을 내렸다. 이 일은 시노하라 구니모토가 어느 정도의 인물이었는가를 판단하는 중요한 단서가 된다고 해도 좋을 것이다.

그 옆에 사이고의 동생 고혜가 있었다. 그는 사려 깊은 사람이었는데 시노하라의 명령에 마음속으로 놀라고, 또한 헨미 무리의 경솔한 행동이 큰일을 그르치게 될 것을 두려워하여 두 사람이 나간 뒤 그 자리에 있는 기리노와 시노하라에게 눈길을 옮기고 말했다.

"가와무라 스미요시는 형님을 몹시 만나고 싶어합니다. 만나고 싶어 하는 데는 반드시 이유가 있을 것이오. 형님이 가시는 게 옳지 않은 일이라면 적어도 두 분께서 수고하셔서 가와무라의 진정한 뜻을 알아보심이 옳을 것으로 여겨집니다."

그 자리에 있던 사람들도 과연 헨미를 보내는 것은 온당하지 못한 일이라고 느끼고 있었던 것 같다. 고혜의 제안에 입을 모아 찬성했다.

고혜는 곧 달려 나갔다.

그는 사이고 집안의 형제 중에서는 형 다카모리의 풍모며 체격을 가장 많이 닮았다. 우람한 몸으로 뛰어가서 이윽고 시마즈 나리아키라 때부터 사용하던 연병장 옆을 지나는 그들을 따라가 옷소매를 잡아끌 듯이 하여 데리고 돌아왔다.

"의논이 바뀌었소. 곧 본영으로 돌아가셔야겠소."

세 사람이 본영으로 돌아오자 기리노와 시노하라가 막 나서려 하고 있었다.

헨미도 그들을 따라나섰다. 고혜는 그것까지 막을 수는 없어서 자기도 따라갔다. 그 밖에 나가야마 야이치로도 일어나서 걷기 시작했으므로 고헤는 마음을 놓았다. 이에 고노와 다카기 시치노조(高城七之丞)가 가세하여 10여 명이 되었다.

기리노와 시노하라 그 밖에 이를 따르는 10여 명에게 진기한 일이 일어났다. 바닷가에 모여 있던 수많은 사학교 학생들이 부디 자기들도 데려가 달라고 하여 기리노와 시노하라의 손으로는 막을 수 없게 되었다. 함께 가기를 원한 학생 가운데 뒷날《사쓰마 혈루사(薩南血淚史)》를 쓴 가지키도 끼어 있었다.

거룻배가 세 척 있었다. 매우 조잡하게 만들어진 거룻배는 여느 때는 어부 외에 고작 두세 사람 탈 수 있는 정도의 것이었다.

그 한 척에 기리노가 올라타고 큰 칼을 끌어안았다. 다른 한 척에 시노하라가 타고 동행인 10여 명이 각각 나누어 탔다. 게다가 함께 가기를 졸라대는 수많은 학생들도 다투어 그 배에 타려고 했으므로 눈 깜짝할 사이에 배가 기울더니 뒤집혀 시노하라를 비롯한 여러 사람이 바다 속에 빠지고 말았다.

그 상황을 다카오마루의 함교 위에서 가와무라 스미요시 무리가 망원경으로 보고 있었다. 가와무라도 이토 함장도 "그들이 기어이 일을 일으키려 하는군" 하고 판단하고 서둘러 배를 움직여 더욱 먼 앞바다까지 물러나고 말았다.

기리노 일행은 그것을 보고 또한 시노하라가 물에 빠진 생쥐 꼴이 된 탓도 있어 다카오마루에 찾아가는 것을 단념하고 본영으로 돌아왔다.

그 무렵 오야마 쓰나요시는 다시 다카오마루로 가와무라를 찾아가 사이고와 가와무라의 회담에 대한 약속을 굳힌 다음 회담 장소인 시하라의 자택으로 가서 사이고를 기다렸다. 그러나 사이고도 가와무라도 오지 않으므로 이상하게 생각하여 본영으로 가보니 사이고가 아까 그대로의 모습으로 변함없이 앉아 있었다.

'대체 어찌된 일인가?'

오야마는 이 회담에 한 가닥 희망을 걸었던 만큼 사이고의 이런 태도에 은근히 화가 났다.

"대체 어찌 된 일입니까?"

그가 묻자, 사이고는 또다시 알쏭달쏭하고 애매모호한 말을 했다.

"과연 그들(가와무라 무리)을 만나 이쪽에 대한 말을 한다면 그들도 진심으로 그 말에 대답할지도 모르지. 그러나 그 말이 실천될 것인가에 대해서는 매우 의심스러운 일이야."

의심스럽다면 처음부터 시하라의 집에서 만나겠다고 하지도 않았을 것이며 설사 의심스럽더라도 정부의 사자인 가와무라를 만나 할 말은 하는 것이 옳은 것이다. 아마도 막부 말기의 사이고라면 그렇게 했을 것이나, 이 시기의 사이고는 거의 사람이 달라진 것 같았다. 아무튼 사이고는 기리노와 시노하라를 몹시 꺼리고 있는 듯했고, 그것은 물론 기리노와 시노하라를 두려워한 것이 아니라 사이고의 사촌동생 오야마 이와오(大山巖)가 말했듯이 '사이고의 인망을 얻고자 하는 욕심'에 의한 것이었을지도 모른다.

현령 오야마 쓰나요시는 세 차례나 다카오마루의 뱃전 사다리를 기어 올라갔다. 시하라 저택에서 대면할 수 없게 되었다는 사이고의 뜻을 가와무라 스미요시에게 전하기 위한 것이었다.

오야마 현령과 가와무라 해군차관과의 세 번째 대면은 선실에서 있었다.

가와무라의 기억에 따르면 오야마는 '사이고의 말'이라며 다음과 같이 전했다고 한다.

"사이고 선생은 꼭 만나보고 싶다고 하시는데, 사학교의 파수병이 붙어 있어서 나올 수도 없고 또한 부를 수도 없으니, 유감스러운 일이나 만나볼 수 없는 처지를 잘 말하도록 하라는 전갈이었소."

사이고가 오야마에게 이렇듯 긴 전갈의 말을 했는지 어떤지는 의문이지만 사이고의 마음을 오야마 나름으로 해석하고 인사치레의 말을 덧붙였을 것이다.

가와무라는 서둘러 고베에서 달려왔던 만큼 회담을 할 수 없게 되었음을 알게 되자 몹시 낙담했다.

그리고 가와무라는 파수병이 붙어 있다는 말로 미루어 보아 사이고가 사학교 본영에서 거의 감금되다시피 하고 있다는 것을 알자 마음이 어두워졌다.

"어째서 사이고를 사학교 본영에 틀어박혀 있게 하는 것입니까?"

너무나도 당연한 질문을 했다. 오야마는 사학교 측을 대변하여 자객이 덮칠 우려가 있으므로 철통같이 보호하고 있다고 대답했다.

"어디서 자객이 온다는 말입니까?"
"경시청에서."
원 어이가 없군, 하고 가와무라는 당치도 않다고 말했으나 오야마는 그 말에는 표정을 흐리고 대꾸가 없었다. 오야마도 내심으로는 사학교의 그런 점을 마음속으로는 어이없게 여겼을지도 모른다. 사학교가 자객 문제를 고집하며 그것을 정의라는 이름으로 거병의 주축으로 삼아 기폭제로 쓰고 있는 만큼, 이 점에 대한 의문을 현령으로서 말할 수는 없는 일이었다.
집단적 열기 속에서 성립된 이 금기는 열기에 가세하는 일만이 정의이고, 이에 대해 냉정한 태도를 취하는 것은 불의이며 죽여 마땅한 일인 것이다. 오야마는 옆에 있는 노무라 닌스케를 경계하고 있었다. 만일 오야마가 자객 문제에 대해 회의적인 말을 한다면 그는 그것만으로 살해될 것이었다.
이때 오야마가 갑자기 목소리를 낮추어 말했다는 설도 있다.
"더 이상 묻지 마시오."
그러나 그런 말은 가와무라의 회고담에는 없다.
가와무라는 더더욱 거병에 대해 아무 의미도 없다는 말을 오야마에게 했으나 사학교와는 일단 입장이 다른 오야마로서는 할 말을 잃은 것 같았다.
가와무라가 말했다.
"당신이 현령으로서 설득해 줄 수는 없겠소?"
이에 대해 오야마는 거짓말을 했다.
"이미 일부 사병들이 히고(肥後) 경계지로 떠나 버렸소."
그 한 마디로 가와무라는 할 말을 잃었다. 이제는 개전하는 길밖에 없는 것이다.

사이고로부터 면회를 거절당한 가와무라 스미요시가 다카오마루의 닻을 올리게 한 것은, 이날, 9일 오후 4시가 지나서였다.
그는 고베로 돌아가려고 사쓰마 반도를 남하했다.
가와무라는 현령 오야마 쓰나요시가 헤어질 때 한 말들을 생각하고 있다.
"사이고 군이 시모노세키(下關) 해협을 건널 때만은 해군은 방해하지 말고 사이고가 무사히 고베로 나갈 때까지 지나가게 해 달라."
오야마는 사이고가 바닷길로 고베까지 가는 줄 알고 있었으므로 위와 같은 말을 했고, 가와무라는 그 자리에서 승낙했다. 오야마에 대해 승낙을 해

준 것은, 사쓰마 군이 나가사키로 나가 외국 배를 탈취할까 두려워하여 우선 그렇게 승낙한 것이라고 회고담에서 말하고 있다.

그러나 가와무라는 오야마와의 회담이 끝날 무렵에는, 이제 싸우는 수밖에 없으며 이를 무찌르려면 어찌해야 할 것인가 하는 생각만 했다.

다카오마루가 사쓰마 반도 남쪽 끝을 돌자 폭풍우가 휘몰아쳐 하는 수없이 이부스키(指宿) 부근의 만으로 피하려 했으나 바람이 더욱 거세졌으므로 배를 돌려 동쪽으로 나아가 휴가로 도는 침로를 택했다. 휴가 바깥 바다에서 한때 대피했다가 빈고(備後)의 이토사키(絲崎)로 들어간 것은 12일 오전 8시다.

가와무라는 비서 하라다(原田)를 오미치(尾道)까지 급히 보내 교토에 있는 태정대신 산조 사네토미와 오사카에 있는 야마가타 아리토모, 그리고 이토 히로부미, 나아가서는 도쿄에 있는 오쿠보 도시미치에게 가서 각각 회담이 순조롭게 이루어지지 못한 일과 현재의 상황를 보고하게 했다.

교토에 있는 산조 사네토미에게 보낸 전보는 다음과 같은 것이었다.

'9일 아침 가고시마에 도착함. 사학교 학생들 무장하고 본 함에 접근. 따라서 상륙할 수 없었음. 오야마 현령과 함내에서 만남. 도저히 진정의 가망 없음. 구마모토 진대에 경비를 엄중히 하라고 전보. 정부는 속히 병비를 갖추기 바람. 또한 사쓰마로 가는 선박은 막아 주기 바람. 사학교 학생들이 명분으로 삼는 것은 가와지 총경이 경감 등에게 하명하여 사이고 대장을 암살하려 한다는 죄를 물으려 함에 있음.'

그리고 가와무타 스미요시는 해군 차관으로서 해야 할 최초의 조치를 취했다.

도쿄 해군성에 있는 나카무라 구라노스케(中牟田倉之助) 해군 소장에 대해서는 군함 '모슌(孟春)' '호쇼(鳳翔)'를 싸움에 대비하여 고베로 회항해 둘 것을 명령했다.

또한 고베에서 함대를 지휘하고 있는 이토 스케마로(伊東祐麿)에 대해서는 '가스가(春日)' '세이키(淸輝)'를 언제라도 출항할 수 있도록 준비하라고 명령했다.

가와무라는 가고시마 앞바다에서 오야마 현령이 배에서 내리는 것을 배웅했을 때, 마지막으로 말했다고 한다.

"사학교 학생들의 어리석은 행동은 이미 손댈 수가 없소. 그들이 생각하는 대로 내버려 두는 수밖에 없을 것이오."
 이것은 가와무라가 향당 사람들에게 던진 마지막 말이라 해도 좋을 것이다.

 9일 해질녘을 전후해서 다카오마루가 교섭에 난항을 겪은 것과 마찬가지로 사쓰마의 바다와 산은 폭풍우가 미친 듯이 날뛰었다.
 비바람 치는 날 밤, 이소의 이인관에서는 어네스트 사토가 의사 윌리엄 윌리스와 함께 정세를 분석하고 있었다.
 이날, 즉 가와무라 스미요시의 다카오마루가 왔던 9일 이른 아침, 현령 오야마 쓰나요시가 이인관에 찾아와서 사토를 만났다는 것을 생각하면 오야마로서는 참으로 분주했던 날이었다. 하루 동안에 이른 아침에는 영국 외교관과 만나고, 이어 오후에는 정부 측 사자와 바다에서 만났으며, 더구나 바다와 사학교 본영 사이를 세 번이나 왕복하며 타협점을 모색하기 위해 뛰어다닌 오야마 쓰나요시의 움직임과 심정은 비통하다면 비통하다고 할 수 있겠다.
 그의 입장은 정부 측에서 보면 반란 측의 협력자로 보였고 정당으로 변해 버린 사학교 측에게는 속된 관리로서 경시되며 반쯤 정부측이 아닌가 하는 수상한 존재로 보여지고 있었다. 어느 한 사람도 오야마의 수고를 생각해 주는 사람은 없었다.
 오야마가 이인관으로 사토를 찾아간 것은 지금부터 사이고가 일으킬 내란에 대해 사이고측의 정의를 외교계통에 알려 두고 싶었기 때문일 것이다.
 그렇지 않으면 사토에게 중요한 서류를 복사하여 주거나 읽게 해 줄 리가 없었다. 오야마가 들고 온 서류는 사이고, 기리노, 시노하라의 연명으로 된 다른 부현에 대한 출동 통고서로, 이 밖에 자객 나카하라 무리의 음모에 관한 문서였다.
 오야마는 사토에게 정치적인 승리가 사이고들에게 있다는 것을 확신하고 말했다.
 "관원들은 모두 사직할 것이오."
 사토는 뛰어난 정보수집 능력을 발휘했다. 그는 이날 가와무라 스미요시가 다카오마루로 온 것도 그날 중에 알았다.
 이튿날인 10일에도 오야마가 찾아왔다.

오야마는 가와무라가 왔다는 말을 하고, 그는 일본 해군의 사관 대부분이 사이고편이라고 말했다.

"그들 해군은 사이고의 진군에 대해 아무런 저항도 하지 않을 것이오."

오야마가 사학교 본영에서 말한——시모노세키 해협을 어떻게 건널 것인가——이점은 사토에게 말한 것과는 상당한 거리가 있으나, 오야마의 타고난 화술로 설득하기 위한 말이었는지도 모른다. 사이고측이 이긴다는 것을 영국이나 그 밖의 외교 계통이 믿게 만들어야 한다고 생각해서 한 말일 것이다.

그리고 오야마는 중요한 말을 했다.

"정부가 오쿠보와 가와지를 사이고측에 내준다면 더 이상의 유혈 싸움은 없을 것이오."

사토는 이 말 속에 이번 일의 근본적인 원인이 들어 있음을 알았을 것이다.

또한 오야마는 이렇게도 말했다.

"군대는 16일이나 17일 출발하게 됩니다."

그렇다면 1주일 이내라는 말이 된다.

이튿날인 11일도 계속해서 비가 내렸다.

본디부터 다채롭고 산뜻한 색깔을 지니고 있는 사쿠라지마(櫻島)는 안개비의 엷은 커튼에 가려져 잿빛 그림자를 희미하게 해면 저쪽에 비추고 있었다. 사쿠라지마라는 광원이 선명하지 못한 날의 가고시마 옛 성 밑 거리는 마치 딴 세상처럼 음울한 표정을 보인다.

현에서 위촉한 의사 윌리엄 윌리스의 가고시마 의학교는 지난해 연말께부터 거의 휴교 상태나 다름없었다. 학생들이 정치적인 폭풍에 휩쓸려 강의를 들으러 오지 않았다.

게다가 조수들도 마음이 들떠 있었다. 그들은 출진할 때 군의로서 함께 가기로 되어 있었다. 현청으로부터 그런 요청이 분명히 있었고 가고시마의 젊은 사족들이 모두 총을 들고 나가는 때 의학교에 근무하는 의사만 초연히 있을 수는 없었다. 그들에게 자신의 의지, 즉 진심으로 종군하고 싶은가 하는 뜻을 묻는 것은 쓸데없는 일이었을 것이다. 그들은 당연히 종군하는 것이 의무라고 생각했고, 그 의무는 전국 시대 이래 사쓰마 무사의 전통이었다. 개

개인의 의지와 개개인의 정치적인 심정 따위는 이 고장의 사족사회에서는 문제가 안 되며, 4백 년의 의무의 습관과 정신만이 의사들뿐 아니라 모든 사족들을 출병하도록 몰아 세우고 있었다.

의사 윌리엄 윌리스는 자신의 조수와 학생들이 모두 종군하는데 자기만 가고시마에 남는 것을 참지 못하는 성격이었다.

그는 오야마 현령에게 말했다.

"나도 종군하고 싶습니다. 사쓰마 사람들은 내 공적을 잊었을지도 모르나 보신전쟁에서 보여 준 나의 공적은 결코 다른 사쓰마 인에 못지 않을 것으로 생각합니다."

보통 이상으로 자부심이 강한 윌리스는 오야마에게 그렇게 말했을 것이다. 보신 전쟁에서 사쓰마 군의 군의로서 이룬 윌리스의 공적은 확실히 컸다. 보신전쟁에서 활약했던 윌리스는 그때와 기분으로 이번에도 종군하려는 것이었다. 그에게도 전에 그가 도쿄 의학교를 세우려고 했을 때 반대하고 독일 의학을 채용했던 태정관 정권은 평생 잊어버릴 수 없는 커다란 증오의 대상이었던 것도 그 기분에 들어 있었다.

이런 용건으로 윌리엄 윌리스는 11일에 사이고를 찾아갈 생각이었다.

어네스트 사토도 많은 일본 사람 가운데서 누구보다도 존경하는 옛 친구인 사이고를 만나고 싶어 했으며, 또한 정보 수집을 임무로 하는 직책상 사이고를 만나 직접 그의 의견을 들을 필요가 있었다.

이 두 사람은 이미 전날인 10일에 사학교 본영으로 가서 면담을 신청해 놓고 있었다.

그런데 11일 아침, 이인관에 있는 두 사람에게 뜻하지 않은 일이 일어났다. 사이고 자신이 아무런 예고도 없이 윌리스와 사토를 만나기 위해 찾아온 것이다.

사이고는 막부 말기부터 사람을 만날 경우 막료나 많은 수의 경호원을 거느리고 다니는 버릇이 있었는데, 이날도 이인관을 방문하는데 20여 명의 경호원을 데리고 왔다.

사토가 어지간히 놀랐던지 자기 일기에 자세히 묘사했을 정도로 많은 호위병을 데리고 있었다.

'사이고가 20명쯤 되는 호위병을 데리고 왔다. 그들은 사이고의 거동을 빈

틈없이 감시하고 있었다.'

이 정경을 바꾸어 생각해 보면 사이고의 비참함을 상징하는 것인지도 모른다.

사이고는 전에 산과 들을 혼자서 사냥하고 다녔는데, 성 밑 거리에 나오면 이렇듯 우스꽝스럽다고밖에 표현할 수 없는 행동을 하게 되고 마는 것이다. 이 호위는 아마도 기리노나 시노하라가 명령한 것이리라. 사학교 본영에서 사이고가 느닷없이 "이인관으로 가겠다"고 말하자, 크게 떠들고 일어나 줄줄이 따라온 것이리라. 물론 정부의 암살자가 언제 나타날지 모른다 하여 지나친 듯하지만 경계한 행동이었을 것이다.

지나치다는 것은 경계를 합리적으로 엄밀하게 하기 위한 것이 아니라 다분히 심리적인 동기에 의한 것이기 때문이다. 사이고는 이미 혼자서 만천하를 휘덮는 일대 반정부의 상징이었다. 사쓰마 군은 위대한 사이고를 옹위함으로써 거병의 모든 기반을 얻고 있었다. 구구한 문장을 쓰지 않고도 정의가 성립되었으며 까다로운 작전을 짤 필요도 없이 사이고를 받들고 있는 것 자체가 가장 높고 가장 좋은 작전이었다.

사쓰마 군 수뇌로서는 그 귀중한 보물을 자객에게 빼앗기기라도 하는 날에는 모든 일이 끝나고 마는 것이다. 그러한 두려움이 이런 지나친 호위로 나타난 것이며, 또 하나 중요한 것은 그 보물의 언동의 자유를 빼앗아 둔다는 것이었다. 만일 보물이 보물을 옹립한 측, 즉 기리노, 시노하라의 뜻과 반대되는 말을 외국인들에게 한다면 옹립한 측은 입장이 곤란해지는 것이다.

이런 점에서 이 나라의 중세 이래의 정치정세 구조, 즉 옹립하는 자와 옹립되는 자의 이원적인 일치가 이 경우에도 노골적으로 나타나 있다. 사이고가 시노하라의 말 한 마디로 가와무라 스미요시를 만날 수 없었듯이, 상징적인 자신이 되기 위해서는 자기 한 사람의 개인적인 생활도 스스로 포기하지 않을 수 없으며, 언동의 자유도 단념하지 않을 수 없었다.

사토가 바라보노라니 다음과 같은 정경이 전개되었다.

사이고는 현관에 서더니 호위병들에게 들어오지 말라고 했다. 사이고는 어쩌면 단순히 혼자가 되고 싶었는지도 모른다. 그보다도 오랜 친구를 찾는데 그 상대의 집안까지 호위병을 들이는 것은 실례라고 생각했는지도 모른다. 사이고의 인품 중 하나의 특징은 깍듯한 예의였다. 그는 아마도 호위병을 이인관 안까지 데리고 들어가는 무례한 행동을 견딜 수 없는 사람이었으리라.

그러나 호위 가운데 네댓 사람은 사이고를 호위하는 일이 지상의 정의라고 여기는지 사이고나 집 주인에 대한 배려 따위는 전혀 생각하지 않았다. 무슨 일이 있어도 들어가겠다며 듣지 않고 끝내 문안으로 들어가고 말았다.

"들어오시지요."

윌리스는 계단을 가리키며 2층 자기 거실로 사이고를 안내하려고 했다.

사이고가 계단을 올라가려 하자, 네댓 명의 호위병도 그 뒤를 따라 오르려 했다.

"아래층에서 기다리고 있게."

사이고는 또다시 점잖은 사쓰마 말로 그들을 타일렀으나 못들은 것처럼 사이고가 2층으로 올라가자 따라가서 윌리스의 거실까지 들어가려 했다. 사이고는 여기서 또다시 그들을 제지해야만 했다.

그들은 가까스로 타협했다. 그 다음의 정경은 사토 자신의 문장을 빌려 쓰는 편이 알기 쉽겠다.

'결국 한 사람이 계단 맨 밑에 앉고 두 사람이 계단 맨 위를 차지했으며, 그리고 또 한 사람이 윌리스의 거실문 바깥쪽을 담당하는 것으로 겨우 호위병들을 떼어 놓았다.'

사이고는 간신히 윌리스의 방에서 사토 및 윌리스와 마주 앉았다.

이렇듯이 소란을 떨며 대면했으나 사이고와 윌리스 사이에 오간 이야기는 사토가 기록해 둘 만한 가치가 있는 것은 아니었다. 사토의 문장에 의하면 이와 같이 되어 있다.

'사이고와 윌리스의 이야기는 참으로 하찮은 내용의 것이었다.'

사이고는 출진함에 있어 의례적으로 두 영국인에게 인사를 해 두고 싶던 것이었으리라.

하지만 그렇더라도 너무나 내용이 없었다.

사이고는 철학적이라기 보다 온몸이 철학으로 되어 있는 듯한 사람이었는데, 출진을 앞두고 자신의 감회를 전혀 말하지 않았던 것은 오히려 기묘하게 느껴질 정도였다.

사이고는 두 사람의 질문에 대답하여 출발할 날이 아직 정해지지 않았다는 것과 군사의 수는 1만 명이 넘을 것이라고 말했을 뿐이었다.
 사이고에게는 남달리 무언 중에도 인격적인 인물로 느껴지는 데가 있었다. 사토는 일찍이 막부 말기 시절에 사이고를 처음으로 만났을 때도 말없는 사이고가 지닌 위엄을 묘사한 적이 있었다. 하지만 이때는 그에 대해 아무 말도 하지 않았다.

인마(人馬)

 기리노 도시아키는 시내에 거주 하고 있지 않았다.
 그의 집이라고 하면 요시노 마을의 화산회 대지에 개간 막사가 있을 뿐이었다. 메이지 초년의 육군 소장이라고 하면 구 영주나 다름없는 권위 있는 신분이었는데 기리노의 생활이 서생이나 다를 바 없었다는 점은 놀라운 일인지도 모른다.
 사이고가 기리노를 좋아하는 것은 이런 점도 포함된 것이다.
 이 시기, 기리노 도시아키는 낮에는 사학교 본영에 나가 있었고 밤에는 친구 집에서 잤다. 친구라고 하는 것은 그로서는 가장 기탄없이 지내는 성 아랫마을의 상급무사 다카기 시치노조(高木七之丞)이다. 다카기 가문의 젊은 당주 시치노조의 아버지 시치베(七兵衞)는 아직 건재하였다.
 시치베는 덕망이 있는 인물로 기리노가 아직 어리고 이름이 없었을 때, 보기에 따라서는 은인이었다고 할 수 있는 사람이었다.
 기리노의 어린 시절에 대한 유명한 일화는 이미 언급한 바 있다.
 되풀이하면 그가 요시노 마을에서 성 밑 거리의 도장에 다니고 있었을 무렵, 젊은 상급무사들이 매일같이 고쓰키 강의 다리 밑에서 기다리고 있다가 기리노가 나타나면 싸움을 걸어왔다.
"하루걸이 헤코(兵兒)."
이것이 상급무사의 향사에 대한 통렬한 차별용어인데 기리노는 이 말을 늘 듣지 않으면 안 되었다. 하루걸이는 물론 '격일'을 말하고 헤코는 애송이 무사라는 말이다. 향사의 자제는 평소 농사일을 하고 격일로 무사가 된다는 의미인데, 젊은 나이에 이런 차별에 일대 반발을 일으킨 것이 지금 구금중인 자객 나카하라 나오오(中原尚雄)다. 기리노는 참았다. 그들이 도전해도 항상 웃을 뿐 참았다. 기리노는 번번이 다리 위에서 개울로 쳐 넣어졌으나 잠자코 하는 대로 내버려두었다.

훗날 사람 백정 한지로(半次郎)라고 불린 기리노조차 이 신분제도 앞에서는 저항할 수 없었던 것을 보아도 봉건제도의 인간 질서가 얼마나 철저한 것이었는지를 알 수 있다. 거꾸로 말하면 이를 타파한 새 정부가 얼마나 수구파들의 미움을 샀을지도 대략 짐작이 간다.

어느 날, 기리노가 개울에 쳐 박혀 있는 현장을 당시의 다카기 시치베가 지나가다가 보았다. 시치베는 젊은 무사들을 꾸짖고 기리노를 건져 올려 자기집으로 데리고 가서 옷을 갈아입혔다.

기리노는 평생토록 그 은혜를 잊지 않았다.

시치베는 닭고기를 좋아했다. 기리노는 메이지 6년(1873) 말에 사직하고 가고시마로 돌아가 요시노 마을에서 개간을 시작했을 때 닭도 쳤다. 요시노 마을에서 옛 성 밑 거리의 다카기의 집을 찾아올 때는 반드시 영계를 들고 왔다.

기리노는 사학교 본영에서 동원과 편성 관계를 맡고 있었다. 물론 기리노는 한가한 사무를 볼 사람은 아니었고 또 사쓰마의 습성으로 요직에 있는 수장은 실무에 직접 손을 대지 않는다. 그러한 이유로 그는 대강 살피기만 했으나 분주하기는 마찬가지였다.

사이고도 계속 본영에서 일을 보고 거기서 기거하고 있었다. 사이고와 기리노가 무슨 일인가 의논하는 광경은 전혀 볼 수 없었다.

사학교 본영은 동원 때문에 불난 집처럼 혼잡했다.

실무 담당자들이 뛰어와서는 기리노나 시노하라와 의논하고 그 판단을 얻은 다음 다시 어디론가 달려갔다. 어떤 경우에나 기리노와 시노하라가 최종 결정자였다.
 사이고가 아니었다. 기리노도 시노하라도 사이고에게 의논하거나 재가를 얻으려고 하는 모습은 조금도 보이지 않았다.
 이와 같은 관계가 성립된 원인으로는 사이고가 그 숭배자들한테는──기리노나 시노하라조차도──말을 붙이기 어려운 상대였다는 것이 중요한 이유의 하나인지 모른다.
 여기 증인이 있다. 그 해 열일곱 살이 되는 사이고의 장남 기쿠지로(菊次郎)다. 그도 이 무렵 종군할 준비를 하고 있었고 실제로 종군했다. 그러나 그는 장수했다. 그는 만년의 담화에서 사이고에게 말을 걸기가 어려웠던 이야기를 술회하고 있다.
 '아버님의 두 눈은 검고 날카로웠다. 눈이 분명히 다른 사람과는 달랐기 때문에 아버님을 대하는 자는 모두 두 손을 다다미에 짚은 채 거의 쳐다보는 사람이 없었다. 나는 메이지 7년에 처음으로 아버님을 따라 도쿄에 갔는데 그때 마중을 나온 원로들도 역시 나와 마찬가지로 머리를 쳐드는 자가 없었다.'
 사이고의 눈이 거대하고 검은 다이아몬드같이 광채를 내뿜고 있었던 것에 대해서는 어네스트 사토도 증언하고 있다. 그와 상대하는 사람은 그의 두 눈을 보면 자기 심장까지 꿰뚫어보거나, 아니면 벼랑 위에서 아득히 밑에 있는 푸른 못이라도 내려다보고 있는 것처럼 빨려 들것만 같은 착각에 휘말렸는지도 모른다. 사이고가 그에게 접근한 사람을 강렬하게 매료한 것은 그의 정신력에 의한 것이기도 하겠으나, 이와 같은 유례없는 육체적 조건도 다소의 요소를 이루고 있었던 것이 아닐까.
 기후 시에 거주하는 다카기 요시유키도 조모의 말이라고 하며 다음과 같이 기록하고 있다.
 '사학교 최고 간부인 기리노, 시노하라, 무라타 같은 사람들도 사이고 옹 앞에서는 자기주장을 제대로 발표하지 못했다고 합니다. 조모님의 추억담에 의하면 기리노 씨가 집에 찾아와 조부님과 이야기를 하실 때, 조부님이 그 말을 사이고 옹에게 말씀드리는 것이 어떻겠는가 하고 말하면 "웬걸, 그 큰 눈으로 흘낏 흘겨보시면 혀가 굳어져버려 도저히 속에 있는 말을 제대로 할 수 없다"고 하시면서 크게 웃었다고 합니다. 하물며, 사학교 생도에 이르러서는 웬만큼 배짱 센 놈이라 해도 어쩌다 사이고 옹이 말이라도

걸라치면 감전이라도 된 것처럼 꼼짝 못하고 서 있었다고 합니다.'

이상과 같이 볼 때 사이고에게는 사람을 압도하는 이상한 위엄이 갖추어져 있었던 모양이다.

그 위엄에는 물론 사이고의 정신력이라는 요소가 가장 컸을 것이다. 그러나 거안에 거구라는 육체적 요소도 컸고 또 육군대장으로서 일본국의 병마를 총지휘하고 있다는 현실적 권위도 그 요소에 포함되어 있었을 것이다. 그런데 사이고가 수렵차 산야를 돌아다니고 있었을 때 그의 존재를 전혀 모르는 촌부야인(시골사람들)과 자주 접촉했다.

그들이 사이고를 흘끗 보고 두려움을 느꼈나 하면 그렇지는 않았던 모양이다. 누구인지도 모르고 사이고에게 호통을 친 사냥꾼의 이야기가 있는가 하면, 또 한 노파는 "육군대장이 이 근처에 살고 있다는데 그게 누군지 가르쳐 주구려" 하고 사학교 생도에게 물었을 때 마침 사이고가 지나가고 있었다. 저 사람입니다 하고 가르쳐주니 노파는 맥 빠진 표정으로 "저 사람이라면 늘 지나다니니까 알고 있다우" 하고 대꾸했다고 한다. 어쨌든 기리노, 시노하라 등이 볼 때는 사이고는 지나치게 위엄이 있어 말 붙이기가 힘들었다는 것만은 확실했던 것 같다.

사이고는 궐기에 찬성하지 않았다. 그토록 찬성할 생각이 없고 그만큼 위엄을 가졌다면 궐기해서는 안 된다고 말할 수 있었을 텐데, 본래의 후덕한 성격과 또 막부 말기에서 보신전쟁에 이르기까지 그들에게 생사지경을 헤매게 했다는 죄의식이 있어 안 된다는 말을 못했을지도 모른다.

그렇지만 일어설 바에는 전쟁의 방침과 그 밖의 일에 대해 사이고는 스스로 계획도 짜고 스스로 발언도 하며 그들을 지휘해야 옳았을 것이다. 그러나 일체 그렇게 하지 않았고, 더욱 놀라운 것은 세이난(西南)전쟁의 전 기간을 통해 사이고는 한 번도 진두에 나서지 않았고 한 번도 작전에 개입하지 않았다는 점이다.

유신 전의 사이고는 그렇지 않았다. 사이고가 심복하고 있던 옛 번주 시마즈 나리아키라조차 "사이고는 굴레 벗은 말과 같다. 그를 다스릴 수 있는 것은 나밖에 없다."

이렇게 말한 것으로 봐도 사이고는 나리아키라에 대해서도 할 말은 주저 없이 했던 것이 틀림없다.

"유신 전의 사이고 옹과 유신 후의 사이고 옹은 딴사람 같은 느낌이 든

인마 43

다."
 이런 인상이 가고시마에 남아 있다. 확실히 딴 사람 같은 느낌이었다.
 사람은 세월의 흐름에 따라 약간은 변하는 일이 있을 것이다. 입장, 신분, 혹은 놓여진 정치 상황이나 정치적 입장에 따라 이전의 그 인물과 비교하여 완전히 다른 인상을 주는 예가 없지 않았고, 또 혁명의 주도적 역할을 해낸 인물이 정권수립 뒤에는 망연자실하여 어찌할 바를 몰라 하는 예도 있을 수 있다.
 사이고는 그 격차가 너무 심했던 것으로 생각된다.

 이와 같은 사이고에 대해 가고시마에서는 병리적인 원인이 있는 것은 아닐까, 하는 해석이 지극히 은밀하게 속삭여지고 있다.
 메이지 2년의 일이다.
 그해, 그는 새 정부가 수립되자 부지런히 가고시마로 돌아와 정한론 결렬 이후와 마찬가지로 수렵으로 날을 지냈다.
 사고가 일어난 것은 오즈미의 고네지메(小根占)에서였던 모양이다. 그는 고네지메에서는 주로 토끼사냥을 했다. 총을 쓰지 않고 산속에 덫을 놓는 것인데 어느 날 산속을 걷다가 실족하여 쓰러지면서 나무 그루터기에 머리를 세게 부딪쳤다.
 기후 시의 다카기 요시유키도 이 일에 대한 소문을 기억하고 있었다. 다음은 그의 편지 한 구절이다.
 '나무를 베어낸 그루터기에 머리를 세게 부딪쳐 사람들이 업어다 히라세 상점의 사랑채에 뉘어 조용히 휴양하게 했다는 것은 후년 히라세 헤이시치 씨가 자주 사람들에게 말했다. 사이고 옹의 하인 구마키치의 후일담에 의하면 이 일에 대하여 사이고 부인이나 가족들은 온천에서 피로를 풀고 있는 정도로 생각하고 있었다는 것이다.
 사이고 옹과 자주 접촉하고 있던 하인 구마키치를 비롯한 여러분이 남긴 말에 의하면, 그 이후로 날씨가 궂은 날에는 머리가 무겁다고 푸념하면서 얼굴 표정도 싸늘해지고 기분이 나빠 사소한 일에도 큰소리로 꾸짖는 일이 많았다고 한다.
 그리고 누구의 눈에도 역력히 비쳤던 것은 전에 비해 끈기가 없어졌다는 것이다. 그렇지만 날씨가 좋은 날에는 종전과 다름없이 머리도 맑은 모양이고 직감도 예리하였다고 한다. 사이고 옹의 지병은 음낭수종인데 머리를 부딪치고 보름가량 요양한 일은 그다지 알려져 있지 않은 것 같다.'

다카기 요시유키는 세이난전쟁 때 사이고가 취한 태도의 불가해성――이전의 사이고와 비교하여――에 대하여 몇 가지 항목을 들어 이해하기 힘들다고 말했다. 하나는 원래 경제에 면밀했던 사이고가 군자금에 대해 전혀 상관하지 않았다는 것과, 또 전쟁 도중 싸움은 기리노 등에게 일임한 채 시종 방관하는 태도로 일관했다는 사례 등을 들어 어쩌면 "머리를 세게 부딪친 것과 무슨 관계가 있는 것은 아닌가 하고도 생각된다"고 말했다. 이상은 1975년 3월 14일자로 필자가 받은 편지의 요지다.

지금에 와서 사이고의 행동을 병리적으로 해석하는 것은 불가능하지만 적어도 세이난전쟁 때의 사이고 행동을 가지고 사이고상(西鄕像)을 결정한다고 하면 막부 말기에 사이고가 그토록 활약한 혁명가였다는 것은 거짓말이 된다.

어쩌면 기리노 등은 사이고의 지능에 기대하지 않고 사이고의 지능보다 사이고의 압도적인 명성을 의식적으로 떠메고 나섰던 것은 아닐까.

지방에서 사족들이 무기를 들고 가고시마에 속속 모여들고 있었다.

가바야마 스케노리는 44세로 지난해에는 사법성에 근무한 일도 있고 하여 도쿄의 상황을 다른 사람보다 잘 알고 있다.

그는 메이지 6년, 사이고 등과 더불어 사직하고 귀향했으나 사학교당에는 적극적으로 접촉하지 않고 날마다 농사일을 하면서 지내고 있었다.

그는 사학교당에 왜 비판적이었을까? 그의 전후의 자백서를 보아도 그것을 알 수 있다.

'장사들이 난폭한 말을 하면 애써 타일렀다.'

이 때문에 사학교당에서는 그를 '인순자'라고 불렀다. 인순(因循)이란 구습을 따르고 고치지 않는다는 의미인데, 막부 말기에 이 단어는 말뜻을 초월하여 보수파를 욕하는 말로 유행하였다.

가바야마 스케노리는 결국 사쓰마 군에 참가하여 종군하였으나 전후에 자수했다.

요컨대 그는 정치적으로 중립적인 터에 2월 9일, 사학교 본부에서 출두지시가 내려왔다. 출두하니 두루마리에 '2번 대대수송관'을 명한다는 뜻이 썩어 있고 가바야마 개인의 의사를 묻는 것도 아니었다.

이런 사정으로 미루어 보더라도 사학교 본부는 이전의 번청과 같은 인상을 주는 기관이었던 것을 알 수 있다.

가바야마의 자백서에 의하면 그도 사학교가 이러한 명령권을 행사하는 것에 의아심을 품었던 모양이다. 그리고 사이고가 정부를 성토하러 간다면서 병기를 휴대하는 것은 미심쩍다고 생각했던 모양이다.

'사이고가 하는 일이라면 그릇된 일은 없으리라.'

그러나 이와 같이도 생각하였다. 또 한가지는 이때의 지방의 민심이란 '아녀자에 이르기까지 다투어 따라나서겠다'고 지원하는 형편이어서 설사 수송관이기는 했으나, 그와 같은 군역에 임명되는 것이 '지극히 명예로운 것'이었으므로 가바야마도 종군할 마음이 들었다고 한다.

그러나, 워낙에 그가 여기서 종군을 거절하면 사족 사이에서 지탄을 받고 집을 파괴당하고 또 비겁자로 몰려 끝내는 할복하게 되었을지도 모르는 상황이었다. 그러한 예가 이 지방에서 몇 건 발생하고 있었고, 비록 죽음은 두렵지 않더라도 나약하다든가 비겁하다고 지탄받는 것은 재래의 번풍으로 보아 도저히 견뎌낼 수가 없었다.

종군한 자들이 어떠한 심정으로 자신을 전화 속에 던졌는지에 대해서는 1만 수천 명이나 되는 인원인 만큼 이제 와서 그것을 충분히 조사하는 것은 불가능에 가까웠다.

필자에게 1974년 7월 8일부로 '나는 78세의 이름 없는 늙은이입니다' 하는 글로 편지를 보내주신 후치와키 시게유키(淵脇重行)라는 분이 있다.

후치와키의 편지에 의하면 가고시마 현 아이라 군(姶良郡) 출신으로 아버지는 하루다 요시지(春田吉二)라고 한다. 하루다 요시지는 아이라 군 향사로 23세 때 사쓰마 군에 종군하여 부상을 당했는데 후치와키가 15세 때 56세로 세상을 떠났다. 전후에는 공적을 갖지 않고 말을 좋아했기 때문에 종마를 사육하면서 종마 관계의 조합장을 맡아보다가 생애를 마쳤다고 한다.

사쓰마 군에서 뒤에 재판에 회부된 자백서 가운데서 하루다 요시지의 것을 찾아보았다.

'우리는 지난 2월, 사이고 다카모리 폭거에 즈음하여 나는 병졸로 출군하였는데 4월 20일, 구마모토 다케노미야 전투에서 유격 6번 중대 소대장이 부상당해 치료를 받는 사이, 내가 소대장을 맡게 되었고 5월 22일 전 소대장의 부상이 낫자 다시금 병졸이 되어……'

이렇게 적혀 있을 뿐 어떤 마음으로 종군을 결심했는지에 대해서는 다른 대부분의 자백서와 마찬가지로 써있지 않았다. 그리고 하루다 요시지는 전후 '적도에 가담하여 소대장이 되고 관군에 저항한 자'라 하여 징역 3년에 처해졌다.

'당시 향사 몇 백 명을 인솔, 33세의 부친이 18, 19세에서 연장자는 40세가 넘은 사람들을 지휘하여 전장에 나섰다는 것은 대단히 건방진 말씀 같으나 상당히 강인한 성격이었던 것 같습니다.'

종군 동기에 대해서는 아버지한테도 들은 바가 없었던 것 같기도 하다. 그 외 기억으로는 아버지가 그를 데리고 가고시마 시내 나들이를 할 때 가고시마 역에 당도하면 곧장 사이고와 기리노의 무덤을 참배하고 그런 뒤에 볼일을 보는 것이 통례였다고 한다.

자백서를 보건대 동기다운 동기를 든 자는 몇 안 되며 그 가운데 아래와 같은 것도 있다.

'나는 이곳 사학교와는 무관한 자이나 사이고 다카모리가 정부를 힐책하기 위해 상경함에 있어서 그 당의 사족은 모두 종군한다고 하는데 앉아서 보고만 있다가는 성사된 후 출병자들에게 면목 없는 일이라 생각하여.'

이부스키 마을의 사족 히다카 도이치(日高藤一·29)는 이런 연유로 종군했다고 한다.

대개는 히타카 도이치와 비슷한 사정이었으리라. 동원에 대한 구번의 습관이 남아 있는데다 사학교 조직이 현의 호장을 통해 동원했기 때문에 개개인의 사정이나 의사와는 상관이 없이 대부분의 근대국가가 병역을 국민의 의무로 하여 병을 소집하는 것처럼 징집한 것으로 생각된다.

동기다운 동기를 자백서에서 서술하고 있는 예는 가령 다음과 같은 것이 있다.

시부시(志布志) 고을의 향사 도고 시게사토(東鄕重鄕·37)는 사이고 등이 출발하기 전에는 '특별 소집 명령'도 없었다. 그런데 5월 4일이 되자 군청에 있는 본영에서 호출이 나와 종군했다. 그 이유로서는 '까닭 없이 출병하지 않으면 겁쟁이로 취급되기 때문에'라고 되어 있다.

마찬가지로 휴가 지방의 이다지키 마을의 향사 다즈메 고조(田瓜鴻三·32)는 2월, 구장에게 불려가 사이고를 수행하라는 분부에 따라 종군하게 되었다.

"국가를 위해 사족의 의무로서."

사족의 의무라는 감각은 구 사쓰마 번의 사족 모두가 공통적으로 갖고 있는 것으로 정치사상과는 별도 레벨의 의식인 듯하였다.

마찬가지로 이타지키 마을의 향사 히다카 아키라(日高昌·52)도 다즈메 등과 더불어 '구장의 부름을 받고' 종군했다.

"국가의 중대 사건이니 사족의 의무로서 부자(父子) 중의 하나는 반드시 종군해야 한다고 유도했기 때문에 종군하였다."

히다카에게는 젊은 아들이 하나 있었다. 그런데 아들이 생계를 꾸려가고 있기 때문에 아들을 보내면 살아갈 수가 없어 '늙은 몸이나마 자기가 나갈 것을 신청' 하고 종군하였다는 것이다.

"아들을 보내고서는 생계가 어렵기 때문에……."

사이고의 집인 다케 근처에 사는 사족 고다마 야쓰지(兒玉八次·28)는 사학교 생도인 만큼 자백서에 자객 문제를 언급하면서 높은 정치의식을 보여주고 있다.

"몸을 던져 국가에 이바지할 때라고 믿고 수행을 자원했다."

니시가타 마을의 사족 히다카 요시마사(日高義正·28)도 사학교 생도로 의식이 선명하여 역시 자객 문제를 언급했다.

"사이고 다카모리 등이 정부를 신문하기 위해 상경할 때 정부의 간신을 내쫓고자."

종군하였다고 말하고 있다.

갑작스러운 이야기이지만 《다카세 희화(高瀨戲話)》라는 책이, 뒤에 사쓰마 군이 구마모토 현 사족 부대와 함께 구마모토 성을 포위하였을 때 성 밖 다카세 언저리에서 누군가가 쓴 것으로 되어 남아 있다. 필자는 구마모토 현의 사족인 듯한데 글 중에 이런 문장이 있다.

'이번에 이기면 그대는 천 석, 자네는 만 석, 일본 국토 정도로는 부족하다. 그런 것에는 마음을 두지 않는다. 자아, 밀고 또 밀어 붙여라. 온 일본을 단걸음에 짓밟자.'

다카세 근방 전선에서 사쓰마 군 사족이 그와 같은 대화를 나누고 있었다는 것이다.

어쩌면 종군한 구마모토 현 사족의 일부에는 이와 같은 의식이 있었을지도 모르며 또는 단순히 불참자 사족에게 참가를 자극하기 위한 선전용 허풍이었는지도 모른다.

실제로 사이고 군에는 이런 의식을 가진 종군자는 많지 않았으리라고 생각되기도 하지만, 만약 사이고와 기리노, 시노하라 등이 자객 문제 등의 개인적인 동기를 명분으로 삼지 말고 전 국민에게 보편적인 정치목표와 정치이론을 제시하였더라면 이런 종류의 글이 남아있을 여지가 없었을 것이다.

해결책

영국 공사관의 어네스트 사토의 신변 안전은 현령 오야마 쓰나요시가 책임을 지고 있었다. 오야마는 사토를 군대의 집결과 출발에 따른 혼잡을 피하게 해주기 위해 가고시마 출발을 늦추고 있었다. 이윽고 사토는 2월 18일에 사이고 군의 뒤를 따르듯이 가고시마를 떠난다.

그러나 지금 그는 여전히 가고시마 교외에 있는 이소(磯)의 이인관에 계속 머무르고 있다.

다만 이 대목에서 그가 대규모적인 사쓰마 사족의 궐기에 대하여 어떻게 관찰하고 있었는지에 대해 언급해두는 것이 좋은 것 같다. 때문에 앞으로 이 원고의 시간과 맞추어 캘린더의 날짜를 약간 앞당겨 보기로 한다.

어네스트 사토의 이 시기의 일기에는 사이고 등의 궐기 목적은 사학교가 표방하듯이 "사이고를 암살을 꾀한 자의 처벌을 요구하는 데 불과하다"고 하면서도 다음과 같이 관찰하고 있다.

'암살 기도자를 처벌하라는 요구가 사이고의 진정하고 유일한 동기라고는 아무도 믿지 않겠지만, 일본에 있어서는 표면적인 개전 이유는 결코 진정한 이유가 아니다.'

사토는 일본인이 집단을 이루고 정치적 행동을 할 경우의 마음가짐을 잘 알고 있었다.

개전을 선포함에 있어서 당당한 이론을 전개하는 것보다 자객 문제와 같은 것을 쳐들어 대부분의 사람들에게 심리적 자극을 주는 것이 일본에서는 더 효과적이라고 사토는 보았을 것이다.

사토는 2월 17일, 가고시마에서의 2주간에 걸친 그의 관찰을 보고서로 만들어 도쿄의 퍼크스 공사에게 보냈다. 오야마 현령에게서 얻은 나카하라 자백서도 동봉했다.

주일 외교관으로서는 중대한 특종이었다고도 할 수 있고 뒤집어 말하면 영국이 아시아에서의 자국 이해에 얼마나 민감하였던가 하는 감상론도 성립될 수 있다.

한편 도쿄의 퍼크스는 2월 19일자로 본국의 더비 외무장관에게 보고서를 발송했다.

퍼크스는 말한다.

'도쿄 정부는 이제까지 회유책으로 사쓰마 사족을 다스리려고 하였다. 그러나 사쓰마의 두 요인 시마즈 히사미쓰와 사이고 다카모리를 정부 측에 끌어들이는 일에 성공하지 못했다.'

다시 이렇게 쓰고 있다.

'사쓰마 인은 항상 자기 번의 이익을 추구하기 위해 이기적이고 음흉한 방식을 사용한다 하여 다른 번 사람들의 비난을 사고 있었다. 그러나 아직도 그들이 개별적으로 무엇을 원하는지, 그들이 주장하고 있는 사회개혁이란 어떤 것인지 알 수가 없다.'

이것은 사이고와 그 추종자들의 중대한 약점일 것이다.

다시 이 원고에서의 현재 시간보다 더욱 앞으로 캘린더를 넘긴다.

사토의 관찰은 사이고에 대해 인격적 매력을 느끼고 있는 까닭도 있어서 이번 사태에 사쓰마에게 약간 동정적인 듯한 기분을 가지고 있다.

그러나 사토의 상사인 퍼크스 공사는 처음부터 사이고를 잘 모르기 때문에 자연적으로 여기서 어떤 인격과 매력도 느끼지 않고 있었을 뿐만 아니라 그의 영국 공사로서의 입장은 극동의 정치정세의 안정을 원했다. 그러므로 '문명개화'를 추진하고 있는 도쿄 정권에 대한 호의에서도 세이난 소요를 바람직한 것으로는 생각하고 있지 않았다.

그와 같은 퍼크스의 메마른 입장과 감정이 그가 본국의 더비 외상에게 써 보낸 보고서에도 나타나 있다.

보고서에 나타난 그의 사쓰마 사족관을 보면 이렇다.

'그들은 스스로 계급의 불평불만에 집착하여 초조한 나머지 먼 곳에서 중앙정부의 감독이 미치지 못하는 것을 기화로 사이고의 지도 아래 밀집군단을 조직하여, 때가 오면 언제든지 정부에 저항을 시도하려고 별러왔다.'

'그러나 그들은 자신들의 힘을 과신하고 있지나 않았을까. 2, 3년 전이라면 사쓰마 사족이 에도를 공격할 수도 있었으나, 지금은 국론의 후원에 의하여 크게 도움을 얻지 못하는 한 이러한 거사는 성취될 성 싶지도 않다.'

'……아마도 사쓰마 사족은 하층계급자가 훌륭한 병사가 될 수 있다는 것, 또 일반국민은 무사가 평등한 사회적 지위로 내려간 데 대해 찬성하고 있다는 것을 알게 될 것이다.'

또 퍼크스는 그날 날짜의 다른 공문에서 이와 같이 쓰고 있다.

'선박이 없으면 실행될 수도 없는 이러한 계획을 세운다는 것은 반란자들이 자국의 실정에 대해 놀랄 만큼 무지하고, 또한 주장에 지극히 불리한 자포자기한 행동을 서슴없이 취한다는 것을 폭로하고 있다.'

요컨대 퍼크스는 사이고 당이 탐욕스럽고 자신의 욕망에 지나치게 열성적이며 자국의 실정을 모르고, 다른 사람들이 이해할 수 있는 보편적인 정치적 이상을 제시하지 못하고 있으며, 거사에 있어서는 전략적인 면에서 믿어지지 않을 정도로 무지하다고 말하는 것이다.

참고로 퍼크스는 사변 도중 외무대신 데라지마 무네노리(사쓰마 인)와 자주 접촉하면서 이 문제에 대해 의견교환도 하고 희망을 제시하기도 했다.

그는 시종 반란군의 처리에 대해 정부의 관용을 희망했다.

"그것이 양측 병사의 목숨을 구하는 결과가 된다."

이렇게 말하고, 나아가서는 사이고를 살려주라는 등의 희망을 제시하기도 하였다. 여기에 대해 데라지마는 무거운 침묵만 지킨 채 아무 대답도 하지 않았다. 이 같은 퍼크스의 일련의 언동은 요컨대 일본 정치정세의 안정을 바라는 데서 나온 것이라 해도 과언이 아니다.

다음은 앞에서 말한 어네스트 사토의 일기에서 얻은 정보이다.

사토는 도쿄에 돌아와 정부 요인들과 만났다.

먼저 우대신 이와무라 도모미와 3월 9일에 회식을 했다. 이와쿠라는 태정관을 구성하는 요인 중에서는 천황 가문의 이익을 대표하는 일에 가장 열성적인 인물이라고 할 수 있다. 또한 그는 막부 말기 사쓰마 파 공경이었기 때문에 사쓰마 파로서는 사이고보다 오쿠보와의 관계가 더 깊었고 유신 뒤에도 그 점에는 변함이 없다.

이와쿠라와 함께 참석한 외무차관 사메지마 나오노부는 자객 문제에 대하여 다음과 같이 말했다. 경시청의 경관이 현내의 정치 정세를 시찰하기 위해 가고시마 현에 귀향했을 때 그들이 빈번하게 썼던 '시사쓰 시사쓰(시찰의 일본말)'가 '시사쓰(척살의 일본말)'로 잘못 들렸을 것이라고 했다.

참고로 자객 문제를 위와 같이 해석한 정부 요인 가운데는 야마가타 아리토모도 있다. 사메지마는 어쩌면 야마가타에게서 그런 해석을 듣고 사토에게 그렇게 말한 것인지도 모르나 사토는 내심으로 '공연한 소리'라며 냉소했다고 그의 일기에 쓰고 있다.

현지를 보고 온 사토로서는 사태의 심각성을 그 정도로밖에 느끼지 않는 정부 고관의 사고방식을 어처구니없다고 생각했을지도 모른다.

이와쿠라는 사토가 보고 듣고 온 가고시마의 실정에 대해 알고 싶어 했다. '반란자들이 가고시마에 집결했을 때도 규율 있게 행동하고 있었다는 등 상세하게 이야기하니 이와쿠라는 퍽 의외로 생각하는 모양이었다.'

사토는 이와쿠라와 만난 이 날, 문제를 정리하여 먼저 쓴 보고서의 속편이라고 할 만한 각서를 써서 퍼크스에게 제출했다.

사토는 이 속편에서 사쓰마 사족이 현정권에 대해 반란을 일으킨 불만의 여러 원인에 대하여 아래와 같이 말했는데, 그 명석함을 바탕으로 한 정리는 후세의 일본사 교과서에 그대로 수록되었을 정도이다.

1. 현 정부가 실시한 사족의 금록(金祿) 공채화에 의한 질록(秩祿) 처분의 강행(사족의 경제적 특권의 박탈).
1. 폐도령 등에 의한 사족의 신분적 특권의 박탈.
1. 4년 전 사이고 등의 정한론이 현 정부에 의해 일축된 일.
1. 이전에 '사가의 난'이 끝난 뒤, 오쿠보가 수령 에토 신페이를 불필요할 정도로 가혹하게 처형한 일.

퍼크스 공사는 이상과 같은 사토의 각서에 자신의 의견도 덧붙여 본국의 더비 외상에게 보냈다.

어네스트 사토는 세이난(西南)의 풍운을 둘러싼 자신의 시국관을 확립하기 위해 가쓰 가이슈도 만나러 갔다.

통렬한 문명비판안을 가진 가쓰라는 인물이 사이고에게 이만저만 기울어진 것이 아니라는 것을 사토도 잘 알고 있었을 것이다.

《히카와 청담(永川淸談)》에서는 사이고를 '도량이 넓은' 사람이라 하고, 또 이렇게 말하기도 했다.

"사이고는 도무지 사람들이 이해하지 못할 구석이 있더구먼. 큰 인물일수록 그렇긴 하지만……작은 인간이라면 무슨 재간을 부려도 금방 뱃속까지 환히 들여다보이지만 큰 인물이 되고 보니 그렇지 않더군."

《가이슈 어록(海舟語錄)》에는 이와 같이 말하고 있다.

'세이난 전쟁 때는 처음에 이와쿠라 공이 사노 쓰네타미(佐野常民)를 보내 사이고의 일을 물어왔으므로 "사이고는 나서지 않습니다"라고 대답하였다. 그 뒤, 다시 "사이고가 나서지 않았는가" 하길래 "나서기는 해도 절대 지시는 하지 않습니다"라고 대답했는데 과연 들어맞지 않았는가.'

말이 난 김에 말이지만 꼬집어서 말하면 가쓰는 도쿠가와에서 교토로 정권이 넘어갈 때 사이고와 둘이서 역사적 대사업을 이룩하였으나, 사쓰마·조슈 번벌 정부가 자기의 그런 큰 공을 자칫 소홀하게 여기는 것을 불쾌하게 생각하고, 자기의 상대역인 사이고와 그 본질을 세상에 알려줌으로써 자기에 대한 인식을 높이고자 하는 경향이 있었다.

가령 우에노 공원에 사이고의 동상이 세워졌을 때 취재기자에게 말했다.

'사이고의 동상을 우에노에 세워 뭐 하자는 거야. 동상이 고맙습니다, 하고 인사라도 한다던가? 동상은 말하지 못해. 사이고도 내가 있으니까 사이고 아닌가. 어때, 할 말 없지? 할 말이 있으면 해보지. 도라(사이고의 적자 도라타로를 말함)도 기쿠(사이고의 장남 기쿠지로)도 저렇게 됐잖아. 누구 덕인데(《히카와 청담》).'

가쓰는 확실히 사이고의 장점을 끌어내 세상에 나타내준 점에 있어서는 고마운 존재였다. 그러나 생색을 내며 스스로 그것을 털어놓는 데에 가쓰의 치졸한 성격의 일면이 엿보인다.

요컨대 《가이슈 어록》에는 독특한 버릇이 많아서 단도직입적으로 인물이나 사물의 본질을 꿰뚫으면서도 창끝으로 듣는 사람이나 세상을 후비려 하는 데가 있으므로 독자들은 그것을 알고 읽을 필요가 있다.

사토가 아카사카 히카와초에 있는 가쓰의 집을 찾았을 때 가쓰는 공직에서 물러나 있었다.

그는 유신 후 메이지 5년(1872)에 해군 차관이 되고 6년에 참의, 해군대신이 되었으나 메이지 8년에 그 자리를 내놓았고 또 원로원 의관으로 임명되었으나 이것도 그만두고 말았다.

사토가 아카사카 히카와에 있는 가쓰의 집을 방문한 것은 3월 31일이었다.

사토의 일기에 활발히 등장하는 가이슈는 《히카와 청담》 등에서 보는 가이슈보다 시국에 대하여 한결 예리하고 또 발랄한 인물로 그려지고 있다.

이때 이미 세이난전쟁은 처절한 양상을 보이고 있었고, 다바루(田原) 고개 공방전이라는 양군의 결전도 한 고비를 넘기고 있었다. 가쓰는 정부가 발표하는 전승을 믿지 않고 사토와 대면하여 이야기가 본론으로 접어들자마자 이렇게 단언하더라고 씌어 있다.

'관군의 승리로 보도되고 있지만 전부 거짓말이다. 구마모토 진대는 지난 27일에 사쓰마 군에 넘어가고 사령관 다니 다테키는 할복했다.'

생각건대 가쓰의 단언은 놀라운 뉴스지만, 가쓰는 사이고가 이기기를 희망하는 나머지 도쿄 근처에 퍼져 있는 뜬소문을 사실이라고 생각했던 모양이다. 또 이와 같은 것도 씌어있다.

'사쓰마 군은 탄약도 식량도 부족하지 않다. 전장인 히고가 규슈 제일의 쌀 산지이고, 게다가 농민이 편을 들고 있으니까 얼마든지 쌀을 입수할 수 있고 탄약도 필요한 만큼 가고시마에서 가져다 쓰고 있다.'

다시 이어진다.

'……싸움이 길어지면 정부군은 위기에 빠진다. 만약 정부군이 사쓰마 군에 결정적인 승리를 거두게 되면 정부 수뇌는 모두 암살당할 것이다. 물론 정부군이 졌을 경우에도 그들이 국내에 머무는 것은 위험할 것이다.'

이 말은 사토를 놀라게 했다.

이런 가쓰의 말만 들어도 가쓰가 오쿠보를 수뇌로 하고 조슈 인을 관료로 하는 태정관을 내심 얼마나 미워하고 있었는지 알 수 있다. 가쓰는 보신전쟁 전후부터 조슈 인의 영리함을 싫어하고 있었다. 오쿠보 개인에 대해서는 가쓰도 대정치가로 크게 평가하고 있었으나 그가 영리한 조슈 인을 쓰는 것을 달가워하지 않았기 때문에 그와 같은 정치체제를 사이고와 그 향당 조직이 무력으로 분쇄하려고 하는 일에 가쓰가 얼마나 강한 공감과 기대를 가지고 있었는가 하는 것도 미루어 짐작할 수 있다.

사토는 이와쿠라를 만났을 때 말했다.

"사쓰마 인은 항복할 마음이 없는 모양이야"

이 말을 가쓰에게 전하자 가쓰는 비웃듯이 말했다.

"없다마다. 정부 측이야말로 항복하고 싶을걸."

가쓰는 아마도 새 정부에 대한 누적된 울분을 젊은 영국 외교관에게 털어놓았던 모양이다.

가쓰는 다시 사토에게 다음과 같이 말하였다.

'사쓰마 인이 원하는 것은 새 천황을 옹립하자는 것도, 또 현 천황을 받들자는 것도 아니다.'

'다만 조정에 들어앉은 사쓰마 인 가운데 이제까지 시정을 그르친 자의 해임이다.'

구체적으로 거론하자면, 오쿠보 도시미치와 그 보조자인 구로다 기요타카, 그리고 자객 문제의 직접 책임자인 경시총감 가와지 도시나가 등 세 사람의 해임만을 바란다는 것이다.

가쓰는 사쓰마 인의 공통적인 성격에 대해서도 언급했다.

'사쓰마 사람은 다른 어느 지방의 사람보다 성질이 격하기는 하지만 잘만 다루면 그들과 얼마든지 일을 잘 해나갈 수 있다.'

여기에 대하여 구 막부가 사쓰마 번이라는 방계 영주를 얼마나 능숙하게 다루어왔는지에 대해서도 언급했다.

원래 막부를 성립시킨 싸움인 세키가하라(關原)에서 시마즈 가문은 반 도쿠가와 측에 가담했다. 전쟁이 끝난 뒤 막부는 시마즈를 쳐야 했으나 치지 않았다. 시마즈 가문의 막부에 대한 외교의 교묘함도 있었겠지만 도쿠가와 이에야스는 사쓰마 번이 일본의 한 벽지에 위치하고 있다는 사실과 사쓰마 무사가 유례없이 용맹하다는 사실 등을 감안하여 이를 토벌하기보다는 관용을 베풀어두는 편이 통치법으로는 상수가 아닐까 하고 판단했기 때문일 것이다.

에도 2백 수십 년 동안 막부는 사쓰마 번에 대해 일반적인 대 영주 정책인 위협책을 사용하면서도 항시 어딘가 종기라도 어루만지는 것 같은 배려를 보이고 있었다. 막부 신하였던 가쓰는 그것을 잘 알고 있었기 때문에 이렇게 말했다.

"그래서 막부는 항시 각별한 배려를 보여 왔다."

가쓰는 언제나 다분히 사태를 역사적으로 파악하는 편이었다.

가쓰는 이와 같은 막부의 지혜와 신경의 섬세함을 새 정부가 이어받지 못했다고 비난하였다.

"……그런데도 현 정부는 그러한 막부의 지혜를 잊어버리고 자기들 멋대로 할 수 있는 것으로 자만했다."

또한

"현 정부의 그와 같은 행동은 사족을 노하게 했을 뿐더러 토지 수익에 대한 조세 개정으로 온 나라 안 백성의 적의를 유발하고 말았다."

가쓰는 사이고를 암살하려고 했다는 문제에 대해 분명하게 암살임을 단정하고

"진실이라고 확신한다. 가와지에 관한 한, 그는 분명히 암살을 명령했다. 오쿠보도 음모의 공범자이고 뚜렷하게 나타나지는 않았지만 어쨌든 명령한 것은 틀림없다."

이 전쟁에 대한 가쓰의 견해는 간결하다.

"현재의 전쟁은 조정에 서서 조슈 번 출신자에게 방조된 사쓰마 인(오쿠보를 가리킴)과 사쓰마 사족들 사이의 투쟁이라고 볼 수 있다. 사쓰마 사족들은 수년 전 번을 떠나 국정에 참가한 자들이 어느 정도는 번의 대표로서의 의무를 지니고 있음에도 불구하고 자기들의 요구에 따라 행동하지 않았다고 생각하고 있다."

가쓰의 이 말은 사학교당의 주장을 고스란히 대변하고 있다고 사토는 보았다. 다시 가쓰는 해결책에 대해 다음과 같이 단언했다.

"요컨대 오쿠보와 구로다가 즉각 사퇴하기만 하면 된다."

동풍(東風)

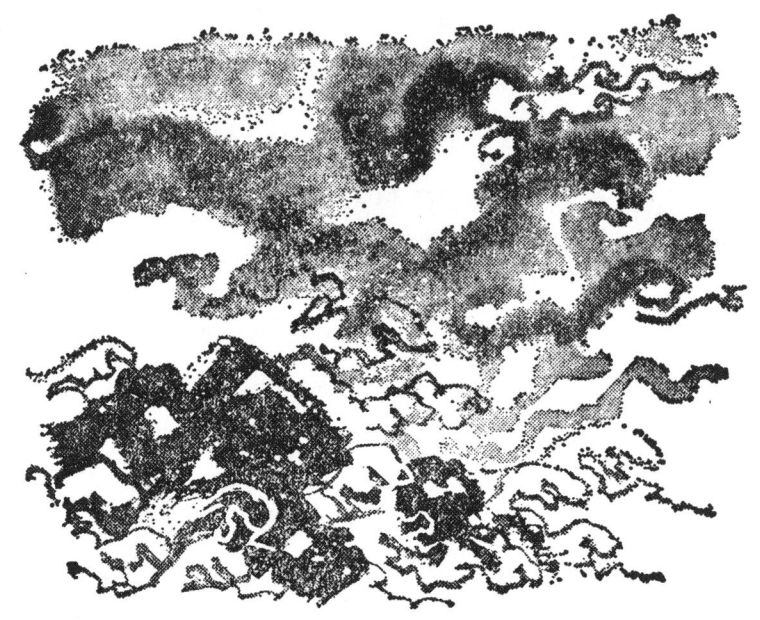

도쿄에는 낭설이 분분하게 떠돌고 있었다.

그동안 오쿠보 도시미치의 마음속에는 지난 날 사가의 난 때 보인 냉혹성과 강인성이 없고, 갈대와 같이 바람에 흔들리고 있는 것 같았다. 오쿠보는 분명히 사토의 말대로 '조슈번 출신자에게 방조된 사쓰마 인'이었고 구체적으로 말하면 문관인 이토 히로부미, 무관인 야마가타 아리토모 등 유능한 조슈 인의 보좌를 받아 키만 그가 잡고 있었다. 이토는 평생을 통하여 누구보다 오쿠보라는 정치가를 좋아하였고 또 이해도 깊었다.

이토가 이 시기의 오쿠보에 대해 후일담을 남겼다.

"오쿠보는 사학교가 아무리 떠들어대도 사이고는 거기에 응하지 않는다고 믿고 있었다."

오쿠보는 십중팔구 사이고는 반란과 무관하다고 생각하고 있었다. 사이고를 가장 잘 아는 사람 중의 하나이며 사촌동생인 육군 소장 오야마 이와오조차, 사쓰마 반란의 첫 소식이 들어왔을 때, 약간 동요하면서도 사이고는 그 속에 끼지 않았다고 단언한 것과 더불어 생각해보면 오쿠보의 확신에 가까운 예견은 무리가 아니었는지도 모른다.

사학교 학생이 화약고의 탄약을 탈취했을 때 그 소식을 구마모토 현령의 전보로 접한 오쿠보는 오사카에 체류하고 있는 심복 이토에게 다음과 같은 편지를 써 보냈다.

'남해의 근황은 더욱 거칠어지고 있는 모양이지만 구마모토 현령의 전보에 의하면 육군성의 탄약도 강탈당한 듯합니다. 아마도 사실이겠지요. 이제는 가와무라의 보고를 기다려 실정을 알고자 합니다만 어떻든 지금으로서는 파국이라고 나는 보고 있습니다. 이번 폭거는 틀림없이 기리노 일당이 즉흥적으로 일으킨 것이 틀림없다고 생각합니다.

기리노에 대해서는 이런 이야기가 있습니다. 온천에서 요양중인 사이고가 "일본은 뒷날 외국과 반드시 일을 벌이게 된다. 그때야말로 분기할 작정이다"라고 말하자 기리노는 젊은이들 앞에서 이 말을 평하여 "사이고의 말은 케케묵었다"고 조소하였다던가요…… 설령 사이고가 동의하지 않았다 하더라도, 또 기리노 등에게 타일렀다 하더라도 이번 일은 폭동임에 틀림없으니 나로서는 변란에 대응할 방책을 세우는 것이 긴요한 일입니다.'

오쿠보는 폭동은 기리노 등이 저지른 일이고 사이고는 거기에 대해 무관하리라는 것이었다.

기리노 일당이 벌인 탄약 탈취 사건에 대해 오쿠보는 차라리 잘된 일로 여기고 있었다. 오쿠보의 이 편지에 의하면 정부가 진작 폭동을 준비 중인 사쓰마 사족단을 치려고 해도 명분이 없었다. 명분이 없으면 '천하와 후세와 국내외에 대해서도' 변명할 여지가 없다. 때마침 사학교 생도가 탄약고를 털어준 것은 다행이었다.

"실로 조정으로서는 불행 중 다행이라고 은근히 쾌재를 부르고 있다."

오쿠보는 말하는 것이다. 오쿠보는 향당의 불평분자가 몇 만이 될지라도 정부의 총력을 기울여 이를 친다는 것을 오쿠보 당의 참모라고도 할 수 있는 이토 히로부미에게 선언한 것이다. 이 편지는 2월 7일자로 되어 있다.

되풀이하지만 도쿄의 오쿠보가 오사카에 체류 중인 이토 히로부미에게 편지를 띄운 것은 2월 7일이다.

그 이틀 후인 9일 낮, 오쿠보가 내무성 자신의 방에서 부하와 이야기를 하고 있는데 누가 이렇게 전했다.

"가고시마 현령이 사자를 올려 보냈습니다."

이어 사쓰마 사투리를 쓰는 인물이 들어왔다. 오쿠보도 안면이 있는 가고시마 현 1등속 시부야 히코스케라는 50대의 품위 있는 자그마한 사람인데 구 사쓰마 번에서는 와카(일본 전통시) 작가로 알려진 인물이었다.
"아!"
오쿠보는 향당의 선배를 보자 의자에서 일어나 인사했다.
시부야는 황송해하면서 시후 문안을 드리고 용건을 말한 다음 정중하게 자신의 상관인 오쿠마 현령의 보고서를 내밀었다. 시부야의 용무는 그것뿐이었다. 오쿠마의 보고서는 탄약사건에 관한 것이었다. 오야마 현령은 독립국이라 할 수 있는 사쓰마에서 사이고파의 병참 사령관 비슷한 일을 맡아보고 있지만, 현령으로서는 오쿠보 내무경의 부하이기 때문에 이렇게 1등속인 시부야를 파견하여 오쿠보에게 보고하는 것이다. 참고로 말하면 오야마는 시마즈 히사미쓰의 집사라고도 할 수 있는 존재이다. 그의 입장은 여러 개의 가면을 쓰고 정치적 시늉을 하지 않으면 안 되는 어려움이 있었다.
오쿠보가 보고서를 읽는 동안 시부야 히코스케는 멀거니 창문을 바라보고 있었다. 시부야는 총명한 사람이라는 평판도 있었으나 머리 한 구석에서 언제나 꿈을 꾸고 있는 모양인지 가끔 멍한 표정을 보이고는 했는데 이때도 그랬다.
오쿠보는 보고서를 다 읽고 가고시마의 정세를 물었다. 오쿠보는 정보에 굶주리고 있었는데, 시부야는 그것을 풀어주기에 알맞은 인물이었다.
"기치노스케(다카모리)씨는 어떻습니까?"
시부야는 탄약 사건은 사이고 부재중에 일어난 일인데 이것과 관계가 없다, 사이고는 장사들하고 전연 상관이 없다고 말했다.
오쿠보는 이 보고를 믿었다. 오쿠보가 사이고 무관설을 27일에 이르기까지 믿어버린 것은 시부야의 정보가 하나의 근거가 되었다.
일설에 의하면 시부야는 오야마 현령의 지시로 사이고 무관설을 정부가 믿도록 연극을 했다고도 전해진다. 오야마 현령으로서는 정부군의 출동을 그렇게 해서 지연시킴으로써 사이고의 상경을 수월하게 해주자는 것인데, 그와 같은 의도였다면 시부야의 연극은 크게 성공한 셈이다.
시부야는 또 현청은 어디까지나 중립적 입장에서 폭도 진압에 고심하고 있다고 오쿠보에게 말했다.
그것조차 오쿠보가 믿었다는 것은 그가 여러 곳에 보낸 편지로도 알 수 있다. 오쿠보씩이나 되는 사나이가 그것을 믿었다는 것은 처음부터 그렇게 믿고 싶은 마음이 있었기 때문일 것이다.

시부야 히코스케가 전한 거짓정보를 오쿠보는 즉각 우대신 이와쿠라 도모미에게 알렸다.
이와쿠라는 굉장히 기뻐했던 모양이다. 즉시 (2월 10일) 교토에 체류 중인 태정대신 산조 사네토미와 기도 다카요시에게 편지를 보냈다. 그 편지의 일부를 직역하면 이렇다.
'가고시마 현 1등속 시부야 아무개가 내무성에 찾아와 다음과 같이 말했다. 1월 23일 경에 사학교 생도 등이 사이고에게 몰려가 궐기를 강청했더니 사이고는 크게 반대하고 당당히 정리(正理)를 주장, 백방으로 이를 설득하였다. 그러나 장사들은 끝내 승복하지 않고 "우리는 설령 적도로 몰리더라도 궐기한다"고 하였으므로 사이고도 부득이 자리에서 일어나 행방을 감추고 말았다. 시부야가 가고시마를 출발했을 때도 사이고는 어디로 갔는지 행방이 묘연한 채였다.'
이와쿠라의 편지를 보면 시부야 히코스케가 오쿠보에게 무슨 말을 했는지 잘 알 수 있다. 사이고로서는 현령 오야마 쓰나요시의 계략이 성공했다고 할 수 있는 만큼 오야마는 고마운 존재라고 할 수 있겠다.
여담이지만 사람에 대한 좋고 싫음의 감정이 사이고는 오야마 쓰나요시를 싫어했다. 지난 메이지 6년 6월 29일자로 사이고가 외삼촌 시하라 우에몬에게 보낸 서신 중에도 혹독한 오야마 평이 씌어져 있다. 편지에서는 가쿠노스케(格之助 : 쓰나요시)를 '가쿠슈(格州)'라고 하였다.
직역하면 다음과 같다.
'가쿠슈의 언동은, 실로 놀라울 뿐입니다. 잔돈푼이나 밝히는 그야말로 장사꾼이나 다를 바 없는 사람인데, 여기저기 눈치만 살피면서 오직 겉치레에만 매달리는 경박하기 이를 데 없는 자입니다. 그리하여 완전히 신망을 잃고 지금은 버려진 개와 같은 꼴을 하고 있어 보기에도 딱할 지경입니다. 이와 같은 사람과는 함께 일을 논할 수 없습니다.'
'버려진 개와 같은 꼴'이라는 말은 욕으로서도 심한 편인데, 이 당시의 오야마는 저 쪽을 두둔하면 이 쪽을 배척하지 않을 수 없는 난감한 입장에 놓여 있었기 때문에 '눈치만 살피면서' 이쪽 체면도 저쪽 면목도 다같이 세워 주려고 고심하다가 사이고의 심경을 건드리고 만 모양이었다. 본디 사이고는 단순 솔직한 젊은 무사를 좋아하고 정치가라면 덮어놓고 싫어하는 경향이 있었기 때문에, 이와 같은 말하자면 유치한 편지를 쓰고 말았던 것이다.

그 오야마가 모르기는 하지만 사이고의 부탁을 받은 것도 아닐 텐데 시부야 히코스케를 보내 오쿠보와 이와쿠라, 나아가서는 기도와 이토 등, 쉽사리 속이기 힘든 사람들을 한 묶음으로 속여 넘겼던 것이다. 세이난전쟁에서 사쓰마 군의 서전 단계에서는 오야마와 시부야의 공이 컸으나 사이고는 아마도 몰랐을 것이다. 만일 알았어도 '쓰나요시는 소인배의 공작을 한다'고 싫어했을 것이 틀림없다.

오쿠보는 이 사태에 대처하기 위해 태정대신 산조 사네토미 등이 체류하고 있는 교토에 갈 목적으로 2월 13일, 요코하마에서 정부 소유선 겐부마루(玄武丸)에 올라탔다.

오쿠보는 실은 14일에 출발할 예정이었으나 마음이 조급하여 예약한 도쿄마루의 선실을 취소하고 하루 앞당겨 출발했다.

우연히 14일, 그 도쿄마루에 도사 지사인 하야시 유조가 서둘러 올라탔다. '나는 도쿄마루에 뒤늦게 탔으나 오쿠보 참의가 예약했던 선실에 대신 들어갈 수 있었다'는 묘한 결과가 되고 말았다. 하야시 유조는 다른 고장의 지사로서는 드물게 사이고의 신뢰를 얻고 있던 인물인데 한때는 사이고가 일어서면 도사 유지를 규합하여 봉기한다고 하던 인물이다. 이 하야시의 《구몽담》에는 당시 정부요인의 세이난 정치관에 대하여 이렇게 적혀있다.

'당시 정부 사람들은 모두 사이고는 반란에 가담하지 않았다고 말했다.'

오쿠보를 위시한 사쓰마의 고관은 사이고의 사고방식을 익히 알고 있었을 뿐만 아니라 시부야의 정보도 있고 해서 그렇게 믿고 있었을 것이다.

오쿠보가 배를 타기 전날인 12일 밤, 교토에 체류 중인 요인들이 가고시마에서 돌아온 해군 차관 가와무라 스미요시를 만나 그의 보고를 중심으로 협의한 결과, 일치된 의견을 얻었다.

"사이고는 참가하고 있지 않다."

이런 의견을 중심으로 오쿠보 앞으로 도쿄에 전보를 쳤다.

'시마즈 종2품, 사이고 대장의 거동은 아직 분명하지 않으나 우선은 폭동에 참여하지 않은 것으로 인정됨.'

거기에 한술 더 떠서 히사미쓰와 사이고로 하여금 사학교 당을 토벌하게 하면 어떨까 하고 오쿠보의 의견을 물었다. 전보문은 다음과 같다.

'특별히 두 사람에게 폭도 진압의 칙명을 내리심이 어떠할지.'

이 전보문은 앞에서 말한 바와 같이 오쿠보가 항해 중이었으므로 도쿄에 남아 있는 우대신 이와쿠라 도모미가 받아보고 즉시 교토의 산조 사네토미 앞으로 회신의 전보를 쳤다.

전보문의 내용은 교토나 오사카를 대본영으로 하여 정벌령을 내릴 필요가 있다는 것과, 시마즈 히사미쓰와 사이고 다카모리는 참가하지 않았으므로 이들을 다치게 해서는 안 된다는 것을 강조하고 있었다.

전보문은 이렇게 되어 있다.

'사쓰마 영토를 일거에 괴멸시키려다 자칫 옥석을 모두 태우는 실수가 따르리라. 그 토벌령 문장에는 각별한 주의가 가해질 것을 바라노라.'

옥석을 한데 태울 우려가 있다는 표현에서 옥이란 말할 필요도 없이 히사미쓰와 사이고를 가리키는 것인데, 이 전보는 정부가 가고시마 정보에 얼마나 어두웠는가를 말해주고 있다.

이 사이, 대경시 가와지 도시나가의 가고시마 정세에 대한 후각은 이보다 예리했다고 할 수 있다.

그는 나폴레옹 이래 파리의 경시청이 반정부주의자에 대한 정보수집에 능한 것을 최고의 모범으로 삼고 있는 만큼 그 방면의 수집능력과 관찰에 전력을 기울이고 있었고, 사이고 다카모리와 시마즈 히사미쓰를 명확하게 적으로 단정하고 있었던 점은 정부의 그 누구와도 달랐다.

예를 들면 오쿠보나 이와쿠라는 오야마 현령이 올려보낸 시부야 히코스케의 말을 전부 믿고 사이고는 참가하지 않았다고 단정했다. 그러나 가와지만은 '시부야 히코스케가 수상하다'고 보고 체포까지 생각했다. 시부야 히코스케가 오야마 현령이 보낸 공작자라는 것을 가와지는 오쿠보에게 보낸 편지에 쓰고 있다.

날짜는 2월 15일이다. 오쿠보는 가와지의 편지를 교토에서 받았다. 그 편지 가운데 이런 구절이 있었다.

'시부야를 위시한 사쓰마 관리들이 각하에게 드린 말씀은 모두 거짓말로 생각됩니다.'

시부야가 오쿠보에게 한 말은 새빨간 거짓말이라는 것이다.

또 편지 가운데 해군 차관 가와무라 스미요시가 사이고를 만나려 했으나 못 만난 일에 대해 가와지는 말했다.

"가와무라 씨가 상륙하지 못한 것을 다행으로 여기는 바입니다."

그리고 가와지는 계속하여 이 편지를 쓰고 있는 지금 이 시각에 이미 전쟁을 시작하고 있을 것이라고 말했다. 짐작이기는 하지만 가와지의 말에는 정부가 그 누구보다 앞질러 칼을 뽑아들고 있는 것 같은 무시무시한 느낌이 든다. 지나치게 유능한 정치경찰 장관의 이와 같은 어투로 미루어 볼 때, 자객 문제 운운에 대해서도 오히려 가와지가 자객을 보내지 않은 것이 이상하다고 생각될 정도였다.

참고로 오쿠보는 위문을 위한 칙사를 시마즈 히사미쓰와 사이고 다카모리에게 보내기로 결정하고 공경 출신인 야나기와라 사키미쓰를 선정했다. 더욱이 13일에 오쿠보가 관선 겐부마루로 요코하마를 출발했을 때 야나기와라 등 칙사도 동승했다.

가와지는 오쿠보에게 보낸 이 편지에서 칙사를 가고시마로 내려 보내는 것도 반대했다.

"시마즈와 사이고에게 칙사를 보내는 것은 쓸데없는 짓이다."

가와지는 상전이었던 히사미쓰와 사이고의 이름을 함부로 불렀다. 그들에게 칙사를 보내는 것은 쓸데없는 짓이라고 말하는 가와지의 주장은 요컨대 싸움만 있을 뿐이라는 것이다. 즉, 칙사를 보내게 되면 적이 꾸물거리게 시일을 끌어 오히려 전쟁의 때를 잃어버리게 된다는 것이 이유였다. 가와지의 편지에는 이런 말이 씌어 있었다.

'필히 의논을 모아 기회를 놓치지 말아야 할 뿐만 아니라 정부로서는 큰 화를 입게 될지도 모른다.'

가와지의 극렬성은 이 편지를 보내기 전날 경찰을 시켜 평론신문을 습격하고 사장 에비하라를 체포한 일에서도 볼 수 있다. 서류도 압수했다. 거기에 대해서도 편지를 통해 오쿠보에게 보고하였다.

"에비하라를 체포했더니 재미있는 서류가 발견되었습니다."

재미있는 서류란 가고시마를 선동하기 위한 문서류를 말한다. 이것을 '재미있는 서류'라고 표현한 점에 가와지의 인간성이 나타나 있다.

과연 정부가 이길 것인가 하는 데 대해서는 가쓰 가이슈가 어네스트 사토에게 말한 것을 보면 다분히 비관적이었다.
가쓰의 예상을 간추려서 말하면 이런 것이었다.
'전국의 사족이 일어나면 정부는 수습할 방도가 없어 도쿄는 고립될 것이다. 진대의 병사나 순사도 모두 도망쳐버려 정부는 항복하지 않을 수 없게 된다.'
가쓰 정도의 정세에 대한 투시 능력을 가진 사람이 망설임 없이 단언하고 있다는 것은 이러한 관찰을 하는 자가 결코 적지 않았다는 것을 말해준다.
전국 사족의 목표가 되어버린 오쿠보도 결코 낙관하고 있지는 않았다. 그는 사쓰마 사족이 군인으로서 얼마나 강한지 알고 있었고, 또 전국의 사족이 그것을 알고 있을 뿐만 아니라 사쓰마의 궐기를 그들이 발을 구르며 기대하고 있다는 것도 잘 알고 있었다. 사쓰마의 궐기는 전국적인 소요를 불러일으킬 강한 기폭력을 지니고 있었기 때문에 정부와 오쿠보의 공포는 지난 몇 년 동안 이 한 가지 일에 매달려 있었던 것이다.
오쿠보가 2월 7일 오사카의 이토 히로부미에게 보낸 긴 편지 속에도 그 위기감이 잘 나타나 있다.
'가고시마에 일이 일어나는 날에는 전국에 그 영향이 미칠 것이며……'
'일시에 천하는 붕괴한다고 볼 수밖에 없으며……'
오쿠보라는 인물은 성격상 과장된 표현을 좀처럼 쓰지 않았던 만큼 이 말은 상당히 뼈있는 말이라고 해도 좋다. 요컨대 도쿄가 고립된다는 관측을 그도 각오하고 있었던 것이다.
유신 성립 후, 도쿄가 한 때 고립되었던 시기가 있었다. 보신전쟁 중 호쿠에쓰 전선(北越戰線)에서 새 정부군이 패주, 위축, 교착을 되풀이했을 때였다. 가와이 쓰기노스케가 지휘한 에치고 나가오카 번이 예상외로 강했고, 여기에 아이즈·구와나 두 번의 연합군과 옛 막부의 서양식 군대가 가세하여, 야마가타 아리토모 등이 지휘하는 새 정부군을 차례로 격퇴시켰는데 이 때문에 요코하마 등지의 외교 당국에서는 새 정부를 거의 포기했던 시기가 있었다.
오쿠보의 편지는 그 일을 들어 말했다.
'완전히 보신전쟁 시절처럼 될 것이다.'
오쿠보의 휘하는 이토 히로부미를 비롯하여 거의 전부가 이와 비슷한 감상을 가졌을 것이다.

다만 치안과 군사의 최고담당자인 대경시 가와지 도시나가와 육군경 야마가타 아리토모 등 두 사람만이 체포와 살육을 전문으로 하는, 말하자면 목적의식이 단순하고 예리한 직분인 만큼 무서울 정도의 자신감을 가지고 있었다.

육군경 야마가타 아리토모는 성격이 성격인 만큼 겉으로는 결코 도전적으로는 보이지 않았다.

가고시마 사건이 도쿄와 교토에 전해졌을 당시, 오쿠보를 비롯한 정부 요인 대부분은 '사이고는 거기에 가담하지 않았다'고 보고 있었다. 기도 다카요시도 그렇게 보았다. 그렇게 관측한 그들의 심리 뒤에는 다분히 희망적인 요소가 포함되었을 것이다. 만약 사이고가 반란군의 수령이 된다면 그 압도적인 인기 때문에 전국 사족들이 앞을 다투어 일어설 것이 틀림없으므로, 사이고가 반란 측에 선다면 그 전략적 가치는 헤아릴 수 없을 정도로 컸다.

"사이고는 참가하지 않았다."

정부 요인들의 이런 관측에는 사이고가 일어섰을 경우의 여러 가지 두려운 상황은 생각하기도 싫다는 감정이 포함되어 있었을 것이다.

그러나 야마가타에게는 감정이 없었다.

적어도 그는 새로운 육군의 책임자로서, 그와 같은 공포감을 애써 누르고 적정(敵情)을 냉철하게 인식하지 않으면 안 될 입장에 놓여 있었다.

이 때문에 그는 희망이나 기대를 배제하고 사이고가 참가하고 있는지 아닌지를 생각한 끝에 이렇게 예상하고 다른 사람에게 말했다.

"사이고 대장은 틀림없이 반란군에 들어가 있다."

사이고가 참가했다는 것은 반란이 전국 규모로 확산되는 것을 뜻하는 것이기 때문에 육군 경, 육군 중장 야마가타 아리토모로서는 반란의 규모를 각오하고 작전계획을 수립하지 않으면 안 되는데, 이런 의미에서 그의 예상은 오쿠보 도시미치나 이토 히로부미와 같은 정치가와는 달리 당면한 실무였다.

여기에 대한 야마가타의 담화가 남아 있다.

'당시 사학교당 궐기에 사이고가 참가했는가 아닌가 하는 것은 하나의 의문이었다. 실제로 오야마 이와오조차도 "사이고는 절대 궐기에 참가하지 않았다"고 했기 때문에 일반인들도 "오야마가 그렇게 말할 정도니 사이고 는 참가하지 않았을 것"이라고 말하는 자도 있었으나, 나는 "그렇지 않 다. 사이고는 원래부터 이 소동에 참여할 생각은 없었더라도 지금까지의 의리로 보아 사학교당의 도배들이 틀림없이 사이고를 끌어낼 것이 틀림없 다"고 말했다. 불행하게도 사이고가 참가했느냐 하지 않았느냐 하는 의문 은 내가 예상했던 대로 참가하고 있었기 때문에……'

조슈 인 대부분은 사이고를 좋아하지 않았다.

기도 다카요시는 사이고에 대해 봉건제도를 유지시키려는 사쓰마 세력의 대표로 보고 있었고, 이토 히로부미는 사이고에게는 근대국가를 건설할 능력이 없다고 보고 있었다. 야마가타만이 사이고를 좋아했다. 야마가타가 사이고를 좋아하는 이유는 그가 지난 날 오직사건(汚職事件)을 일으켰을 때 사이고가 감싸준 일이 있었기 때문이다. 야마가타의 사이고에 대한 이해가 위와 같은 예상의 기초가 되어 있었다고 할 수 있을 것이다.

육군경 야마가타 아리토모는 이런 사태 속에서 도쿄의 육군성을 차관 오야마에게 맡긴 채 교토에 있었다.

교토에 있는 이유는 천황의 의식에 참가하는 것뿐이었다.

가고시마의 소식이 전해졌을 때 그는 당장에라도 도쿄에 들어갈까 하고 생각했다. 그러나 다시

'오히려 전쟁수행의 본거지는 오사카 만이 되지 않을까?'

이런 생각을 하는 동안에 도쿄의 오쿠보까지 교토로 내려온다고 했다. 이미 교토에는 산조 사네토미와 기도 다카요시도 머물고 있어서 교토에서 초기 작전의 대강을 결정짓는 것이 좋다고 생각했다.

야마가타는 문장가인 동시에 입안가(立案家)이기도 했다. 그는 그 생애에 수많은 의견서를 썼는데 중요한 내용이 《야마가타 아리토모 의견서》라는 책에 수록되어 있다.

그 중에서도 메이지 10년 2월 12일의 '세이난전쟁 작전 의견서'는 걸작의 하나라고 할 만하다.

2월 12일은 정부요인들이 약간의 동요와 혼란에 빠져있을 때였다.

야마가타는 그날 작전 개요를 작성하여 직접 산조 사네토미에게 제출했다.

"사쓰마 폭동을 맞아 그들의 책략이 어떤 것인지는 헤아리기 어려우나, 이를 요약하면 세 가지 책략에 불과하다."

그는 사쓰마 군의 작전을 상상하여 다음의 세 종류로 정리했다.

1. 기선을 타고 불시에 도쿄나 오사카를 기습한다.
2. 나가사키 및 구마모토 진대를 습격하여 규슈 전체를 장악한 다음 중원으로 진출한다.
3. 가고시마에 할거하여 전국의 동향을 살피는 한편 암암리에 민심을 판단해가면서 시기를 보아 중원을 공략한다.

"이상의 세 가지 책략밖에 없다."

야마가타는 이와 같이 말했다.

그러나 그는 사쓰마 군이 그 세 가지 중 어느 것을 택하든 상관하지 않고 곧장 가고시마의 본거지를 공격하여 가고시마 성을 뒤집어 엎을 작정이었다. 한곳에 모든 국력을 집중한다는 것이다.

야마가타의 문장에서는 다른 것은 돌아보지 말고 힘을 하나로 모아 가고시마 성을 목표로 해군과 육군이 함께 진격하여, 사쿠라지마 만(櫻島灣)과 오스미에 돌입한 뒤 분투 공격함으로써 순식간에 가고시마 성을 섬멸한다는 것이었다.

다른 지방에 아무리 반란의 불길이 올라도 묵살한다는 것이다. 원인은 가고시마에 있으니 그것을 쓰러뜨리면 지엽적인 반란에 대한 대응은 그 이후에 해도 된다는 것이다. 진대에 병력이 너무 적기 때문에, 그것을 각지에 분산시켜 사용하면 "사병은 지치고, 전선이 한껏 전개됐을 때 각지에서 분단되면 마침내 상상할 수 없는 큰 피해를 입게 된다"고 야마가타는 말하고 병력의 분산을 힘을 다해 주의시키고 있다.

다소나마 전투를 아는 사람이라면 사쓰마 군은 야마가타가 예상한 '세 가지 책략' 중의 어느 하나를 택하리라고 생각할 것이다.

'이 세 가지 책략밖에 없다고 본다.'

야마가타도 의견서에서 단언하고 있다. 그래서 야마가타는 적은 수의 육해군을 분산시키지 않고 전력을 기울여 가고시마에 돌입하여 사쓰마 군의 본거지를 뒤엎어버리자는 계획을 세웠다.

이런 방침에 따라 정부군의 본영도 자연적으로 정해진다. 규슈는 안 된다. 오사카에 둘 수밖에 없다.

왜냐하면 사쓰마군이 세 가지 방책 중의 어느 것을 취할지 모르므로, 거기에 따라 임기응변으로 대응하지 않으면 안 되기 때문이다. 통신방법은 전보나 우편은 전부 불통이 되므로 해상에 많은 기선을 띄워 놓고 명령과 보고를 전달한다는 것까지 야마가타는 생각해 두었다.

그런데 이 야마가타의 '작전 의견서'는 무효가 되었다.

"사쓰마 군의 작전은 이 세 가지 외에는 없다."

야마가타가 이렇게 단정하고 작전안을 짰던 것인데, 실제로 사쓰마 군이 취한 작전은 작전이라고 할 수 없을 정도로 무모한 것이었다. 야마가타도 사이고와 기리노, 시노하라 등이 군복을 입은 육군의 장성인 이상 다소는 전문가다운 작전으로 나올 것으로 생각하고, 여러 모로 상상하고 추측한 끝에 "사쓰마 군은 이 세 가지 작전 중 하나를 취한다"고 했던 것인데 셋 다 들어맞지 않았다.

사쓰마 군이 취한 것은 자석에 쇠붙이가 달라붙듯이 전력을 기울여 구마모토 성에 스스로를 흡착시키고 말았던 것이다. 무모하다는 말 이상으로 믿기 어려운 난폭한 작전이었으나, 이 때문에 정부군의 작전도 야마가타의 '작전 의견서'를 휴지화시키고 다른 대응법을 취했다.

'정말 뜻밖이었다.'

야마가타는 후일 이에 대한 말을 남기고 있다. 그 말을 의역한다.

'······그러나 사쓰마 군은 이 세 가지 책략 중 어느 하나도 취하지 않고 헛되이 구마모토 성에 집착하여, 그 한 지점에 전력을 기울였으나 끝내 성을 공략하지 못하고 장기전이 되었다. 그러는 동안 앞뒤로 정부군을 맞아 궁지에 몰린 끝에 패주하고 말았다.'

또 야마가타는 말했다.

'세 가지 책략 중 어느 하나를 취했어도 승패는 어떻게 되었을지 모른다.'

분명히 그랬다.

그 당시 육군이라고 해봐야 총병력이 3만 몇천 명에 불과했고, 그 중 사쓰마 군과의 결전에 쓸 수 있는 병사는 고작 2만 몇천 명이었다.

사쓰마 군의 병력은 1만 몇천 명, 더욱이 진대의 병사들과는 비교도 안 될 정도로 강할 뿐만 아니라 그 후에도 계속 가고시마에서 보충하고 있었기 때문에 정부군은 도저히 그 적수가 될 수 없었다. 더욱이 사쓰마 군이 세 가지 책략 중 어느 하나만 취했더라도 각지의 사족이 요원(燎原)의 불길처럼 반란의 불길을 올렸을 것이다.

　야마가타는 그 '작전 의견서'에서 사쓰마 군에 호응할 각지의 세력을 스무 군데도 넘게 손꼽았다.

　구마모토, 사가, 구루메, 야나가와, 아와, 도사, 돗토리, 오카야마, 히코네, 구와나, 시즈오카, 오가키, 다카다, 가나자와, 사카타, 쓰가루, 아이즈, 요네자와, 다테바야시, 사쿠라 등인데, 이들은 결국 사쓰마 군의 작전 실패로 불발에 그쳤다.

선전(宣戰)

달력을 2월 9일로 되돌린다.

이날 현령 오야마 쓰나요시는 다카오마루 갑판에서 가와무라 스미요시에게 결렬 보고를 마치고 보트에 옮겨 탔다.

해안에 돌아오자 다카오마루가 연기를 남기고 사라져 가는 것을 오야마는 바라보았다.

'이로써 마침내 결렬인가.'

오야마는 중대한 감개를 느꼈을 것이다. 남은 문제는 사쓰마 군의 진격뿐이니 그로서는 현청의 인원, 기능, 그리고 재력을 기울여 사쓰마 군에 봉사할 수밖에 없었다.

오야마는 지난 날 보신전쟁 때 혁명군의 고급 지휘관으로 싸워온 인물이었다. 그러나 그에게는 원래의 양이사상 외에는 혁명사상이라고 할 만한 것도, 세계관 비슷한 것도 없었다.

그의 사상과 생각을 굳이 말하자면 사쓰마에서 사족의 왕국을 수호하고 싶다는 정도의 것이었으리라.

그에게는 원수가 있었다. 개인의 이름을 든다면 사족의 왕국을 쓰러뜨리고 평등사회를 만들어버린 과거의 동료 오쿠보 도시미치와, 오쿠보가 의지하고 있는 태정관 정부였다.
오쿠보는 태정관 체제하의 내무경이다. 오야마는 그 체제에서는 현령에 불과하며 제도상 오쿠보의 부하였다. 그러나 자기가 명령을 받아야 할 인물은 옛 번주인 시마즈 히사미쓰밖에 없는데 히사미쓰가 오쿠보를 시마즈 가문의 영지와 권한과 국민을 빼앗은 반역자라고 규정짓고 있는 이상 오야마가 상관인 오쿠보를 치는 일은 그의 정의에 들어맞는 일이었다.
이 시기의 오야마는 곧잘 다음과 같은 옛 시가를 읊었다.

　　우리 더불어 마음과 힘을 모아 수호할거나
　　사쓰마의 영토가 영원무궁하도록

옛 시가의 운율 속에 오야마의 기개가 반영되었다고나 할까. 그의 윤리관은 히사미쓰에 대한 충절이었고, 그가 시세와 대결하려고 하는 사상은 몹시 막연한 것이기는 하지만 사쓰마 주의라고 부를 수 있는 것이었다.
오야마는 사학교 본영에 돌아가 사이고에게 가와무라와의 결렬을 보고했다.
창밖에 비가 세차게 뿌리기 시작했다.
사이고는 언제나 오야마와 이야기하고 싶어 하지 않았다. 이때도 내내 말없이 보고를 듣고, 오야마가 보고를 끝낸 뒤에도 입을 열지 않아 오야마는 이러지도 저러지도 못하는 딱한 모습이었다.
항시 사이고 곁에 있는 기리노나 시노하라도 동원 때문에 나가고 없었다. 오야마는 말상대를 잃어버리고 산더미처럼 웅크리고 있는 사이고에게 어물어물 인사를 하고는 빗속으로 나갔다.

오야마 현령은 양복을 즐겨 입지 않는다.
집무할 때는 예복에 하카마를 입었고 외출할 때는 거기에 흰 부채 하나를 오른손에 든다.
사학교 본영에서 현청까지 가는 동안 길가에도 추녀 밑에도 사쓰마 병사가 흘러넘칠 듯이 모여 있는 것을 보았다. 그들은 며칠 전부터 사쓰마 각 고을에서 모여든 자들인데, 그 수는 계속 늘어나서 시내의 민가는 그들의 숙소가 되었다.

　오야마는 2월 12일자로 나가사키에 심부름 간 히라타(平田)라는 직원에게 보낸 편지에서 이렇게 말했다.

　'시내는 병사들이 꽉 들어차 천지가 무너질 것 같은 기세이다.'

　병사들이 거리에 모여 있는 것을 천지가 무너질 기세라고 표현한 오야마의 머리 속에는 지난 날 막부를 쓰러뜨리기 전, 가고시마 성 밑에 각 고을 병사들이 구름처럼 몰려들었던 광경이 떠오르고 있었을 것이 틀림없다. 그 때도 사쓰마 군은 막부의 천지를 무너뜨렸다. 이번에도 그럴 것이 틀림없다는 기분이 이 표현에도 들어 있었다.

　현청에 돌아오니 구내 행랑채에서 삼베를 짜는 듯한 평판 인쇄기 소리가 들렸다.

　행랑채 한 모퉁이에 현에서 운영하는 활판소가 있어서 사쓰마 군의 선전 활동에 관한 인쇄물을 담당하고 있었다.

　사쓰마 군은 인쇄를 직접 현청에 부탁하는 것이 아니라 이즈미야(和泉屋)라는 서점에 부탁하고 있었다. 이즈미야는 제본과 판매를 영업으로 하는 상점으로 도쿄 시바에 본점이 있고, 가고시마 현청 안에 지점을 두어 현립 활판소와 계약을 맺고 이것을 사용하고 있었다.

　이즈미야의 가고시마 지점에는 사가 현이나 구루메의 불평사족이 일하고 있었던 것으로 보아 어쩌면 도쿄의 평론신문사 사장 에비하라가 알선하여 그들을 내려 보냈는지도 모른다. 뒤에 오야마의 자백서에도

　'지점에는 구루메, 사가 등지의 사람도 있었던 모양이다.'

라는 것으로 미루어 보아 사학교의 다른 현에 있는 동지들이 이와 같은 형태로 참여하고 있었던 것으로 짐작된다.

　이 인쇄소에서 지금 열심히 찍어내고 있는 것은 경시청 소속 자객 나카하라 다카오 등이 작성한 '우리는 사이고를 암살하라는 명령을 받았다'는 내용의 '자백서'였다. 이것을 유료로 사쓰마 군이 통과하는 여러 지방에 팔자는 것인데, 오야마도 '1만 부 가량 인쇄하여 씨름터 등에서 팔았다고 한다'고 밝힌바 있다.

　참고로, 오야마가 훗날 재판소에서, 그 활판소에서 일하던 자들은 그 뒤 어떻게 되었느냐는 질문을 받고 진술했다.

　"그 후 어디로 갔는지 분명하지 않다."

오야마가 현령으로 있는 가고시마 현청은 전 직원이 옛 사쓰마 번사였고, 이전에 번청에서 일하던 자가 많아서 어떤 의미에서는 번청이 좀 변형된 것뿐이었고, 또 다른 의미에서는 시마즈 히사미쓰의 입김이 크게 작용하고 있었다고 할 수 있었다.

미노다(簑田)는 49세의 회계과 직원이었다. 회계과 과장은 전에 오쿠보에게 탄약고 사건을 보고하러 가서 가고시마의 정세를 거짓으로 알려 오쿠보의 판단을 그릇된 길로 유도한 바로 그 시부야 히코스케였다.

이후 미노다의 자백서에 의하면, 2월 4일은 일요일이어서 미노다는 몸이 좋지 않아 집에서 쉬고 있었다고 한다. 그런데 같은 과의 가마타(鎌田)가 사람을 보내

"오늘은 휴일이지만 현령도 출근했다. 그러니 출근하라."

고 전해왔다. 그래서 미노다가 오전 10시 경에 출근하니 가마타의 모습이 보이지 않았다. 가마타는 금고에 가 있다고 했다.

이윽고 가마타가 사무실에 돌아왔으므로 무슨 일이냐고 미노다는 물었다. 가마타가 대답했다.

"현령의 명령으로 청내에 있는 돈을, 예비금과 상비금을 모조리 한 곳에 모으고 있다."

"그 돈을 어떻게 할 것인가?"

미노다가 물으니 가마타는 대답했다.

"이번 사이고 출병을 위해 사학교에 주려는 것이겠지."

가마타에게도 후일의 자백서가 있다. 직역하면 이렇다.

'나는 가고시마 현 6등속으로 회계과에서 일하고 있었는데 메이지 10년(1877) 2월 초순 오야마 현령이 이번에 사이고 다카모리가 번대를 이끌고 출전하는데 많은 돈이 필요할 것이므로 현금을 전부 모아두라고 했다.'

다시 이날 미노다의 행동을 살펴보면 그는 가마타와 대화를 나눈 뒤, 그가 말하는 '금화 취급장'으로 가보니 동료들이 모두 모여 돈을 분류하면서 세기도 하고 검사하기도 했다. 미노다도 그 일에 참여했다.

청내의 돈은 예비금, 상비금, 위탁금, 세금, 대장성 예치금 등인데 모두 합치니 5만여 엔 가량 있었다.

그 밖에 미야자키 지사(宮崎支社)의 몫을 계원이 가지러 갔다. 이것은 후일 청내의 금액과 합쳐졌는데, 1만 5천 엔 정도였다. 또, 아마미(奄美) 섬

에도 계원이 출장 나가 설탕 값을 독촉하여 6만 엔을 받아냈다. 그 밖에 현청에서 맡아가지고 있던 사이고와 다른 사람에게 줄 상금이 2만 5천 엔 가량 있었는데, 미노다의 기억으로는 이것들을 2월 9일인가 10일, 사학교 본영에서 회계 직원 다니모토 노부키요(谷元信淸)가 인수하러 왔다. 가마다의 기억으로는 합계 16만 엔이었다.

이와 같은 현청 회계과 과원의 후일의 자백은 중대한 의미를 지닌다.
즉, 오야마 현청 회계과에 지시하여 청내의 현금을 모조리 사학교의 군비로 제공하도록 한 것이 2월 4일 일요일이다.
시간 관계로 말하면 사학교 생도가 탄약고를 습격한 것이 1월 29일 밤이니 오야마의 명령은 고작 6일 뒤에 내려진 것이다.
오야마의 명령은 사이고가 오스미 산에서 가고시마로 돌아온 직후의 일인데, 결국 사이고 궐기 결의는 당일로 오야마 현령에게 전해져서 현의 현금을 송두리째 사이고에게 제공하기로 했던 것 같다.
그런데 나카하라 나오오 등의 자백서는 2월 5일부터 받기 시작했다. 시간 관계로 말하자면 나카하라가 자백하여 궐기한 것이 아니라 앞서 말한 오야마의 명령과의 관계를 따져볼 때, 궐기 준비는 이미 2월 3일, 4일 사이에 결정되었다는 것을 알 수 있다. 뒤집어 말하면 나카하라의 자백서는 내부의 사기를 드높이고 외부의 분격을 부채질하였으며, 또 거사의 명분을 얻기 위해 사쓰마 군으로서는 전략상 필요한 재료였다는 것을 알 수 있다.
'나카하라 다카오 등이 사이고를 암살하기 위해 귀향했다는 것이 그 자백으로 명백해졌다. 따라서 사학교는 그에 분격하여 궐기했다.'
이 해석은 잘못되었다고 할 수 있다.
궐기는 이미 그 전에 결정되었고 궐기 출병을 하기 위해 나카하라의 자백이 필요했다는 것이 순서라고 보아야 할 것이다.
또 사학교 본영에서 간부회의가 열린 것은 2월 6일의 일이다. 그러나 최고 간부 사이에서는 오야마가 이미 군자금 제공을 명령하고 있었던 것으로 미루어 보아도 출병은 이미 결정되어 있었다는 말이 된다. 결국 이 간부회의는 민심을 하나로 모으기 위한 것이었으니, 나가야마 등의 출병 반대론이 부결된 것도 당연한 일이었다.
어쨌든 현령 오야마 쓰나요시는 대군을 출발시키는 데 따르는 군자금과 대외활동 면에서 유능하고 적극적인 후원을 했다.
 오야마가 이토록 협조하고 있는데도 사이고는 별로 고맙다는 눈치도 보이지 않고 냉담한 태도로 일관했다는 것은 사이고가 오야마를 싫어한다는 이유도 있었겠지만 또 하나는 상상이긴 해도
 '오야마는 누가 시켜서 저 짓을 하고 있을까.'
 사이고가 은근히 못마땅하게 생각하고 있었기 때문이 아닐까.
 오야마가 표면적으로는 내무성 관리이면서 현청의 공금을 송두리째 사이고 등에게 제공해버렸다는 것은 단순히 그 혼자의 배짱이나 정치적 신념에 의한 것이라고는 생각할 수 없다.
 아마도 가고시마에 은둔 중인 시마즈 히사미쓰의 비공식적 승낙을 받았을 것이다.
 "군비는 현청에서 조달하라."
 히사미쓰가 이렇게 말하지 않았으면 오야마가 이토록 확신에 찬 행동은 취하지 못했으리라고 생각된다.

 오쿠보가 도쿄에서 교토 출장중인 이토 히로부미에게 보낸 편지에는 단정적으로 관측하고 있었다.
 '사이고는 반란 단에 가담하지 않고 있다.'
 그 며칠 뒤인 2월 12일 사이고는 귀향 후 처음으로 '육군대장'이라는 자신의 정식 신분을 이용하여, 육군 대장 자격으로 현령 오야마 쓰나요시에게 공식문서로 출병을 신고하고 또 거기에 수반되는 일을 의뢰한다는 뜻의 편지를 띄웠다.
 바꾸어 말하면 공식적으로 자기의 궐기를 공적기관에 알렸던 것이다.
 사이고의 이 문서는 다음의 세 사람이 연서하고 각기 도장을 찍었다.
 육군 대장 사이고 다카모리.
 육군 소장 기리노 도시아키.
 육군 소장 시노하라 구니모토.
 수신인은 '현령 오야마 쓰나요시 귀하'로 되어 있다. 직역해 보면 다음과 같다.
 '우리는 얼마 전 휴가를 얻어 귀향해 있었지만 이번에 정부에 따져볼 일이 있어 곧 이곳을 떠날까 합니다. 여기 그 사정을 신고합니다. 더욱이 옛 병

사들 다수가 수행하게 되었으므로 국민이 이것을 보고 동요하지 않도록 한층 더 보호해주실 것을 의뢰하는 바입니다.'

오야마는 이것을 받자 즉각 문장가로 이름 있는 제1과장이며 1등속인 곤도 히로시(今藤宏)를 불러 문서 작성을 지시했다.

곤도 히로시는 아우 이사무(勇)와 더불어 학문을 숭상하는 사이고로부터 한학의 깊은 조예를 존경받고 있던 인물이다.

오야마가 곤도에게 작성하게 한 문서류는 오야마가 사전에 사이고와 기리노 등의 명령에 가까운 시사를 받았던 것이었다.

먼저 가고시마 시내 및 각 고을에 대한 포고문이 작성되어 거리에는 그날 중으로 팻말 등에 게시되었다.

직역해 보면 이렇다.

'금번 육군 대장 사이고 다카모리 외 2명은 정부에 신문할 문제가 있어 옛 병사 등을 데리고 불원 상경한다는 신고가 있었다. 이에 대해서는 조정에도 신고하고 또 각 부, 현청 및 각 진대에 통지했다. 따라서 이번 일에, 현에서는 국민 보호에 더 한층 유의하여 행동할 것인 즉, 국민들은 깊이 그 뜻을 이해하고 더욱 안심해줄 것을 포고하노라.'

2월 12일자였다. 오야마는 이 포고문에 나카하라 다카오의 자백서도 붙였다. 그리고 나카하라 다카오는 '폭도 나카하라 다카오'로 되어 있었다.

또 오야마 쓰나요시는 그의 직명으로 각 부 현 및 각 진대에 통지했다.

또한 다음날인 13일자로 태정대신 산조 사네토미에게도 현령인 자기 이름으로 문서를 발송했다. 문장은 생략하지만, 첫머리에 나카하라 다카오의 음모를 내세운 외에는 대략 포고문 비슷한 간결한 문장으로 상경 취지를 밝히고, '여기 신고하는 바이다'같이 거의 경어를 쓰지 않고 있다. 이 문서는 오야마가 말하자면 사이고를 대신하여 태정관 정부의 수상에게 선전포고를 보낸 것이라고 할 수 있을 것이다.

2월 6일 이래로 사학교 본영에서 가장 시급한 사안은 부대편성이었다.

부대편성은 시노하라 구니모토가 책임자이고 위원은 사이고 고헤(西鄕小兵衞), 고노 슈이치로(河野主一郎), 헨미 주로타(邊見十郎太), 마쓰나가 세이노조(松永淸之丞), 호리 신지로(堀新次郎) 등이다.

병력은 대략 1만 2천 명을 헤아렸다. 그러나 뒤에 사쓰마 군의 패색이 짙어지자 다시 징집을 거듭하여 마침내 처음부터 누계하면 4만 정도를 동원하기에 이르렀는데, 최초에 편성된 1만 2천 명은 글자 그대로 일본 최강의 사족단이었다.

제도상으로는 보신전쟁 때의 선례에 따라 최고단위는 '대대'였다. 참고로 야마가타 아리토모 등이 창설한 진대제에서는 사령장관 밑의 최고단위는 연대였으나 사쓰마 군은 어디까지나 보신전쟁 때의 선례를 따랐다. 대대의 인원수는 2천 명이 기준이었으니 대략 진대의 연대와 맞먹을 것이다.

대대 수는 5개로 1번 대대에서 5번 대대까지 두었다. 대대장은 지휘장이라고 불렸다. 각 지휘장은 제1번 대대가 육군 소장 시노하라 구니모토, 2번 대대는 가쓰 가이슈가 오쿠보에 버금가는 재상 재목으로 평가하고 있었던 무라타 신파치, 3번 대대는 이 전쟁을 반대하다가 기리노에게 설득된 나가야마 야이치로, 4번 대대는 육군 소장 기리노 도시아키, 5번 대대는 전에 사이고가 정한론을 주장하고 나섰을 때 사이고의 밀명으로 현지를 정찰한 이케가미 시로(池上四郎)였다.

이것이 1만 명이다. 그 중 상급무사가 1천 6백여 명인데, 거의가 크고 작은 간부가 되었다.

그 밖에 1개 대대가 1천 명으로 구성된 비정규 대대가 '독립대대'라는 명칭으로 2개 창설되었다.

독립대대는 향사만으로 편성되었는데 상급무사의 대대와 별개로 한 것은 두 계급 사이의 전통적인 불화를 배려한 결과였다. 지휘장은 독립 1번 대대가 사이고의 사랑을 받아온 벳푸 신스케(別府晋介), 독립 제2대대가 고다마 교노스케(兒玉强之助)이다.

이 두 독립대대의 호칭은 나중에 정규대대와 일련번호가 되어 그냥 제6대대, 제7대대로 불리게 되었다. 또 지휘장도 뒤에 이동이 있었다. 지휘장이란 호칭도 실제로 부대가 움직인 뒤로는 쓸모가 없게 되어 모두 대대장으로 부르게 되었다.

대대 이하의 단위는 소대와 반대(半隊)가 있었다. 정규대대의 소대 인원은 200명인데 뒤의 육군 부대단위의 중대에 해당한다.

정규대대의 소대 수는 10개였다. 1번 소대장이 대대장을 보좌하기 때문에 각기 대대장급 인물이 선출되었다. 각 대대의 1번 소대장은 사이고 다카모리의 아우인 사이고 고헤, 해군 대위 마쓰나가 세이노조, 근위 육군 대위 헨미 주로타, 기리노가 신뢰했다는 호리 신지로, 근위 육군 대위 고노 슈이치로였다. 벳푸 신스케가 지휘하는 향사 출신의 독립 제1대대의 1번 대장은 상급무사인 근위 육군 소위 고시야마 규조(越山休藏), 제2대대는 향사 사카모토 게이스케(坂元敬介)였다.

이 밖에 2개 포대가 있었는데 병력 4백, 포는 4근, 산포가 28문, 12근 야포 2문, 구포 30문이었다.

뇌발(雷發)

양력 2월 12일은 음력 섣달 그믐날이었다.

사쓰마에서는 공문서에 한해서만 태정관이 채택한 양력을 쓰고 있었으나 대개의 생활은 음력으로 하고 있었다.

"곧 봄이라는데."

거리를 오가는 사람들은 반드시 이 유별난 추위에 대한 감상을 인사말 대신 교환했다. 남국 사쓰마에서는 음력 12월이면 매화가 핀다. 신춘으로 접어들면 복숭아꽃이 피기 시작하는데 올해는 복숭아 꽃봉오리가 아직도 단단했다.

날이 새어 2월 13일, 음력 설날이었다. 그러나 설날을 축하하는 취객은 거리에서 거의 볼 수가 없었다. 거리에는 사쓰마 병사의 내왕이 빈번하고 그들의 표정은 출진이 임박했음을 여실히 보여주고 있었다.

시내에 모여 있는 병사들 중 빠른 자는 2월 5일 경부터 와서 민박하고 있었는데 그것이 벌써 1주일 이상이나 되자 초조함을 드러내고 있었다.

'본영에서는 뭘 꾸물거리고 있을까?'

병사들은 분명 초조해 하고 있었다. 전국 이래 사쓰마 인의 대부분은 무엇보다 전쟁이라는 것이 사나이 일생의 유일한 보람이라고 생각했다. 정치적인 잘잘못과는 관계없이 그것을 초월하여 신앙 이상의 것이 되어 있었다. 보신전쟁 때 나이가 어려서 출전하지 못한 자는 그것을 분하게 여겨왔는데, 이번에야말로 그 영광이 자신에게도 찾아왔다는 기쁨이 그들의 마음을 부풀게 하고 있었다. 일본의 다른 곳에서라면 모르되 전쟁을 싫어하는 기분 따위는 사쓰마에 한해서는 거의 해당되지 않는 것이었다.

다만 현청 출입 상인만은, 정확한 자료는 남아있지 않으나 어두운 표정이었을 것으로 짐작된다. 현청에서는 음력 섣달 그믐날에 지불할 물품 대금을 아직 그들에게 지불하지 않고 있었다. 아마도 오야마 현령의 회계상의 처리가 상인들 사이에도 영향을 미치고 있었을 것이다. 오야마 현령은 상인에게 지불할 돈까지 사쓰마 군 본영에 넘겨주었던 것이다.

음력 설날 이른 아침, 사학교 본영에서는 간소하나마 신년축하를 겸하여 출정을 축하하는 조촐한 연회가 베풀어지고 있었다. 안주는 예부터 내려오는 무문의 법도에 따라 말린 오징어와 황밤 따위였다. 이 연회에 계속 자리를 지키고 있는 사람은 기리노, 시노하라 등 장령급 사람들뿐이었고, 다른 소간부급은 도소주로 목을 축이는 정도로 마시고 부지런히 나가버렸다. 모든 군대 조직은 착오 없이 작동되어 이미 움직이기 시작하고 있었다.

오후가 되자 이 거리 저 거리 모퉁이에 게시가 나붙었다.

'내일 14일 오전 9시에 총집결하라.'

이런 내용의 공고였다. 집합소는 구번 이래의 이지키 마을(伊敷村) 다마에(玉江) 연병장이었다.

이날 눈이 내리기 시작하고 있었다.

"전날 밤부터 내리기 시작한 눈은……."

그 게시판을 본 어네스트 사토도 이날 오후의 기상에 대해 언급하고 있다.

2월 14일은 아침부터 구름이 낮게 드리우고 추위는 더욱 기승을 부리기 시작했다. 이날 아침, 날이 샐 무렵 가고시마 시내에서 사람들이 분주히 움직이면서 두 가지 중요한 일이 미지의 장래를 향하여 출발했다.

이날 아침, 현청에서 현 밖으로 두 패의 사자가 출발했다.

현에서는 이것을 전사(專使)라고 불렀다. 한 패는 현속 나가요시 고토지(永吉小藤治)와 그 동료 한 사람인데 그들은 오야마 현령이 산조 태정대신에게 올리는 상서를 가지고 있었다. 행선지는 물론 도쿄였다.

다른 한 패는 역시 오야마 현령이 사자로 뽑은 현관 하라 사쿠조(原作藏) 시노자키 신페이(篠崎新平) 등인데 그들은 구마모토 진대에 보내졌다.

구마모토 진대에 보내는 편지는 두 통이었다. 한 통은 '가고시마 현령 오야마 쓰나요시'가 발신인이고 받는 사람은 '구마모토 진대 귀중'인데 직역하면 간단한 내용이었다.

'따로 덧붙이는 서면 한 통, 육군 대장 사이고 다카모리의 의뢰로 진대 앞으로 송부하오니 수령하기 바람.'

따로 덧붙이는 서면은 '육군 대장 사이고 다카모리'가 발신인이고 받는 사람은 '구마모토 진대 사령관'으로 되어 있다.

이 글은 사이고의 친필이 아니고 사이고가 오야마 현령에게 초안을 부탁하고 오야마가 1등속 곤도 히로시에게 쓰게 한 것이다.

원문은 그야말로 간결하다.

'소생 금번 정부에 신문할 일이 있어 오는 17일 현을 떠나는데 육군 소장 기리노 도시아키, 시노하라 구니모토 및 옛 병사 다수가 수행하므로 귀 진대를 통과할 때는 부대를 정렬하고 지휘를 받도록 이에 통지하노라.'

이 글은 이것을 받는 진대 사령관으로서는 오만하기 이를 데 없는 내용이어서, 아무리 나약한 사령관일지라도 이 오만무례한 편지를 보면 화가 나서 저항심을 일으킬 것이 틀림없었다.

사이고에게는 사본이 전달되었다.

사이고는 깜짝 놀라 이 편지를 보면 무슨 일이 생길지 모른다고 즉각 취소하도록 현령과 곤도 히로시에게 서면으로 요구했으나 이미 사자는 출발한 뒤여서 놓치고 말았다. 사이고가 이토록 중요한 편지조차 자기가 직접 쓰지 않았다는 점에서도 이 시기의 그의 형편을 짐작할 수 있다.

'이지키(伊敷)'

이 지명은 이 무렵의 가고시마에서는 구번 이래 연병장의 별칭처럼 여겨지고 있었다.

이지키 마을은 가고시마 현청 소재지의 북서쪽을 흐르는 고쓰키 강(甲突川)가에 있는데 하구에서 15리 정도 거슬러 올라간다. 막부 말기, 시마즈 나리아키라가 다마에(玉江)라 불린 강변 일대의 습지를 메워 서양식 조련장을 만들었다.

'14일 아침 9시에 이지키 마을 다마에 연병장에서 출진을 위한 검열이 있다.'

위와 같은 내용의 방을 사학교 본영이 직접 시내 곳곳에 붙였기 때문에 이날 아침 시내와 각 고을에서 구경꾼이 몰려들어 인산인해를 이루었다.

병사들도 집합이 오전 9시로 되어 있는데도 날이 새자 삼삼오오 짝을 지어 몰려와 오전 8시경에는 각 대대의 인원수가 거의 집합하게 되었다. 다만 향사들로 구성된 2개 대대는 이날 아침 가지키(加治木)에 집합하여 먼저 떠났기 때문에 여기에는 참가하지 않았다.

병사들의 복장은 전통 의복, 군복 등 구구했으나 한결같이 흰 무명 띠를 두르고, 거기에 큰 칼을 찌르고 총을 들고 있었다.

복장이 그렇듯이 총의 종류도 가지가지였다.

상급무사는 경제력이 있었기 때문에 미리 자기 돈으로 서양총을 사가지고 있었으나, 향사인 생도들에게는 며칠 전에 각 고을 분교에서 무상으로 지급하였다. 생도가 아닌 향사 중에는 화승총을 가지고 있는 사람도 몇 명 있었다.

막부 말기부터 이 시대에 걸쳐 구미에서는 총의 성능이 한 걸음 앞서 있었다. 그런 의미로 보면 지금 사쓰마 인들이 손에 들고 있는 총은 보신전쟁의 수준에 머물고 있어 서양총이라고는 하나 거의가 구식이었다.

소대장과 반대장은 과거에 육군이나 경찰에 몸담고 있던 자가 많아 그들은 장교복이나 하사관복, 또는 파리의 경찰복과 비슷한 경시청 제복을 입은 자들도 있었다.

개중에는 해군장교의 예복을 입고 있는 자도 있었고 또 지난 날 문관이었던 자는 스탠드 칼라 양복이나 플록코트 등을 입고 있었다.

정렬방법에 대해서는 본영 근무 재원이 뛰어다니며 각 대대, 각 소대의 위치와 순서를 지시했다.

이윽고 전체적으로 병사들을 사각형으로 배치하여 진이 이루어졌다.

정렬이 끝날 무렵에 대대장들이 각기 말을 타고 자기 대대의 선두에 위치했다.

기리노 도시아키와 시노하라 구니모토는 금줄을 두른 육군 소장 군복을 입고 있었으나 가장 주목을 끈 것은 문관인 무라타 신파치의 말을 탄 모습이었다.

그는 외유 때의 예복용으로 준비한 중산모를 쓰고 연미복을 입었는데 허리춤에 큰 칼을 차고 양복바지에 각반을 둘렀는가 하면, 발에는 짚신을 신고 왼손에 고삐 줄을 잡은 채 오른 손에는 새빨간 지휘기를 들고 나타났다.

각 대대의 정렬이 끝나자 찬 바람이 더욱 거세지고 싸락눈이 내리기 시작했다.

동쪽에 1번 대대와 2번 대대가 밀집하고 서쪽에는 2개 포대와 병참부대가 밀집해 있었다. 북쪽에 밀집한 것은 5번 대대이고 남쪽은 3번 대대와 4번 대대였다. 제각기 중앙을 향해 가슴을 펴고 있었다.

정각 오전 9시가 되자 프랑스식 나팔이 찬 바람을 찢듯이 울려 퍼졌다.

그것을 신호로 북쪽에 떼 지어 있던 1단의 사람과 말들이 일제히 중앙을 향해 움직이기 시작했다.

그 1단은 3기를 중심으로 30명가량의 호위 도보병으로 구성되어 있었다. 중앙의 3기 중의 2기는 사이고의 부관 격인 후치베 군페이(淵邊群平)와 니레 가게미치(仁禮景通)다. 그들은 선두의 1기 뒤를 따르고 있었다.

선두의 1기는 사이고 다카모리였다.

사이고의 말 탄 모습은 거의 진풍경에 가까웠다. 기리노조차 사이고가 말을 탄 모습을 본 기억이 없었다. 사이고는 도바·후시미 싸움에서도 시종 도보로 지휘했다. 메이지 초기, 육군대장으로 대연습을 총지휘하고 천황을 모시고 열병했을 때도 말을 탄 천황 뒤를 육군 대장의 정장을 입은 채 도보로 따랐다.

그가 말을 싫어하는 것은 그 거대한 체구가 당시 체격이 작았던 일본 말을 타기에는 적합하지 못했던 점도 있고, 또 하나는 막부 말기의 오시마 유배 중에 풍토병을 앓았기 때문에 안장에 걸터앉는 일이 고통스러웠기 때문이었다.

풍토병은 사이고의 고환을 거대하게 만들었다. 이 때문에 말 위에서 자세를 취하기가 불편스러웠고 겨울에는 고환이 어는 모양이었다. 이 날도 사이고는 추위를 막기 위해 고환에 주머니를 씌워 놓았다. 주머니는 그가 고안하여 사람을 시켜 만든 것으로 토끼털을 이어 만든 것이었다.

사이고는 육군 대장의 정모와 정복을 입고 발에는 가죽 버선 위에 새 짚신을 신고 있었다.

전군의 병사 중에서 9할 정도는 사이고 육군 대장이라는 인물을 이때 처음 보았다. 말은 작은 사쓰마 말이었는데 사이고가 탔기 때문에 당나귀 정도로 작게 보였다.

모두가 살아 있으면서 신격화되고 있는 이 말 위의 인물을 보고 그 풍채가 보통을 훨씬 넘어선 데 대해 더욱 더 신비로운 감동을 맛보았을 것이다.

사이고가 중앙 공간으로 말을 몰아가자 기리노 소장 등 각 대대장은 대열에서 떠나 사이고의 뒤를 따라 함께 각대를 검열했다.

사이고는 말을 계속 세워놓고 있었다. 마부가 조심스럽게 고삐를 잡고 있었으나 말은 연방 뒷발로 땅을 긁어댔다. 사열시간이 천천히 흐르고 사이고는 모자 밑으로 깊은 호수와도 같은 큰 눈을 껌벅거리면서 내내 말이 없었다.

이윽고 대대장급이 모여 잠시 의논을 했다. 그 뒤 사이고의 '명령'이 각 대대에 전달되었다.

전달하는 목소리는 크지 않았다. 간혹 그 소리가 바람에 흩날렸고 대열은 침묵하고 있었다. 침묵하는 부대일수록 강하다는 것은 일본에서도 전통적 법칙처럼 일컬어져왔다.

명령이 하달되었다.

"내일 15일부터 순차적으로 출진한다."

이 출진에 있어서는 도로가 좁은 데다 도중에 있는 각 마을의 숙박 시설이 부족하기 때문에 각 대대가 매일 차례로 떠나기로 했다. 15일에 출발하는 것이 1번 대대와 2번 대대였다.

16일이 3번 대대와 4번 대대, 17일이 5번 대대와 포대, 병참대대이다.

출발 당일은 모두 오전 6시에 사학교 본영에 집합하여 오전 8시에 구마모토를 향해 행군을 개시한다. 그와 같이 지시되었다.

사이고의 명령은 각 대장이 각 반대장에게, 각 반대장이 각 병사에게 시달했다. 그것이 각자의 귀에 전해질 무렵이 되자 자연히 터져 나온 환성이 이윽고 조수처럼 용솟음치면서 강 양쪽에 도사리고 있는 계곡에 메아리쳤다.

열병식은 그것을 포함하여 2시간이나 걸렸다. 오전 11시가 조금 지나 다시 나팔소리가 울려 퍼지면서 열병의 마지막을 고했다. 사이고가 두 부관과 호위병을 거느리고 남쪽을 향해 퇴장하자 1만 명의 병사의 눈이 그들을 전송했다.

이윽고 싸락눈이 흩뿌리는 저편으로 사이고의 모습이 사라져 보이지 않게 되자 한숨과도 같은 웅성거림이 물결처럼 각 대대에 일어났다.

그것이 의식의 사실상의 끝이 되었다. 각 대대의 1번 소대장이 대대장을 대신하여 구령을 불러 해산을 명령했다.

해산 명령이 내려지자 병사들은 그 자리에서 흩어졌다.

"나는 탄약이 부족합니다."

소대장에게 말하는 자도 있었다. 소대장은 병참대에 가서 말하고 모자라는 것을 보충해주기도 했다. 각자가 휴대할 탄약은 100발이었다.

이소(磯)의 외인관에서는 영국 외교관 어네스트 사토가 사쓰마 군의 출발 상황에 대해 빠짐없이 정보를 모으며 관찰하고 있었다.

이지키 마을에서 열병식이 있었던 2월 14일은 오후부터 눈이 세차게 내리더니 밤에는 눈보라가 되었다.

'눈보라가 종일토록 미친 듯이 날렸다.'

사토는 이 날의 날씨에 대하여 이렇게 일기에 썼다. 또 벳푸 신스케가 인솔하는 별동대의 향사 2개 대대가 열병식에 참가하지 않고 가지키에서 바로 출발한 데 대해서도 지극히 간단하지만 정확하게 썼다.

'전위, 오늘 출발한 모양.'

누군가에게서 들은 모양이었다.

2개 대대의 향사군은 분명 2월 14일 오전 8시에 가지키를 출발했다.

그들 2천 명은 이날 오전 6시에 가지키의 쓰나카케 강(綱掛川) 어귀에 있는 광장에 모여 벳푸 신스케의 통솔 하에 들어갔다.

벳푸 신스케가 이 2개 대대의 통솔자가 된 것은 그가 가지키의 구장을 지냈기 때문인데, 말하자면 사학교식 행정조직을 그대로 군대화시켰다고 할 수 있다.

오전 7시, 원래 구변이 좋은 그는 말 위에서 군대를 정렬시킨 뒤 소대장 이하의 간부를 모아놓고 훈시했다.

"우리는 전군의 선봉이 되어 요코가와(橫川)를 거쳐 현 밖으로 나가 히고(구마모토 현)의 들판으로 들어간다. 다른 대대는 내일부터 차례로 우리를 따라온다. 여러 병사들에게 전하라, 상급무사들에 지지 말라고."

그들은 산과 강을 짓밟는 듯한 기세로 북상했으나 이날 밤부터 무섭게 휘몰아치기 시작한 눈보라가 이튿날은 더욱 맹위를 떨쳤다. 때문에 히고 경계의 산을 넘기까지 행군은 꼬박 사흘이 걸렸고 동상 때문에 낙오하는 자가 속출했다.

한편 가고시마 시내에서는 15일 출발조인 1번 대대와 2번 대대가 오전 6시 두껍게 쌓인 눈을 밟고 사학교 본영에 집합했다.

어네스트 사토의 일기에도 이날의 폭설에 대해 언급되어 있다.

'눈 내리는 밤이 밝으니 마침내 2월 15일, 각각 2천 명의 2개 대대가 6인치(15센티)나 쌓인 눈을 밟고 출발했다. 눈은 하루 종일 거의 쉬지않고 내렸다.'

구마모토로 가는 경로는 두 개의 대대가 각기 다른 길을 택했다. 1번 대대는 서쪽으로 돌아서 가는 코스를 택해 니시메(西目) 가도를 지나 이치기(市來)로 나간 다음 이치기에서 센다이(川內), 아쿠네(阿久根), 요네노즈(米津)를 거쳐 바닷길로 히고의 사지키(佐敷)로 간다. 2번 대대는 동쪽으로 돌아가는 코스를 택해 가지키, 요코가와, 오구치를 거쳐 히고의 미나마타(水俣)로 나가는 행로를 택했다.

이소의 이인관에 있는 어네스트 사토가 사이고와 그 생도들의 동정에 대한 정보수집이 제법 정확했던 것은 가고시마 의학교 교장인 윌리엄 윌리스의 조수들이 그에게 정보를 제공했기 때문이기도 했다.

조수의 대부분이 사쓰마 군의 군의로 종군하게 되었기 때문에 사령부 관계 정보를 입수하기가 쉬웠던 것이다.

사토는 2월 15일의 일기에서 이렇게 쓴 것은 거의 정확했다고 할 수 있다.

'사이고는 특별히 선발한 호위병 50명과 함께 대포 16문의 포병대를 거느리고 모레, 정도(征途)에 오른다고 한다'

와전이 전혀 없는 것은 아니었다.

그러나 와전이라 해도, 이 무렵 사쓰마 인의 일부는 그것을 믿고 있었으니 사토의 기록을 경시해서는 안될 것이다.

사이고와 사쓰마 군의 행동이 재미있었던 것은 마치 시내의 벚꽃놀이라도 가듯이 그 근거지인 가고시마 현을 텅 비워놓고 전군이 떠나 버렸다는 사실이다. 이러한 상황을 보면 군사에 문외한이라 해도——빈집이 돼버린 가고시마 현에 정부의 함대가 쳐들어오지나 않을까.

이런 의문을 당연히 가질 것이다.

여기에 대해 사토가 입수한 지방 정보에 의하면 이와 같다.

"해군 차관 가와무라 스미요시가 사이고와 사이가 좋다. 그래서 가와무라는 가고시마 만에 함대를 넣지 않을 것이다."

하지만 뒤에 실제로 함대가 들어오게 되는데, 아마도 사쓰마 군 본영은 "결코 가와무라 해군 차관은 해군을 파견하지 않는다"는 사토의 거짓 정보를 믿고 있었던 모양이다. 적어도 자기들의 작전계획의 맹점을 그와 같이 풀이해서 하부에 흘려 하부를 납득시키고 있었을 것이 틀림없다. 사이고와 사쓰마 군의 작전계획은 어느 시대 어떤 나라의 전사(戰史)에도, 그 예가 없을 만큼 상황을 자기들 좋도록 해석한 점이 어린아이처럼 천진하고 환상적이어서 도저히 어엿한 어른의 집단 같지가 않았다.

이와 같은 사고방법을 택한 집단은 이후 일본의 역사에서 꼭 한 가지 예밖에 없다. 쇼와기(昭和期)에 들어선 육군 참모본부와 그것을 에워싼 신문, 정치가들이 그것이다.

사토가 반쯤 믿은 것같이 보이는 이 와전에는 늘 그렇듯이 과장이 섞여있었다. 그것은 구마모토 진대에 관한 것이다.

"구마모토 진대에서 가고시마에 사자가 왔다. 그에 의하면 진대에서는 사이고를 맞기 위해 병사 천 500명이 야쓰시로(八代)까지 나와 있다고 한다."

물론 구마모토 진대에서 사자가 오지도 않았고 사이고를 맞이하지도 않았다.

사쓰마 군의 어리석음은, 구마모토 진대가 그러한 태도를 취해도 이상할 것이 없다고 믿는 점에 있었고, 이 오보도 그와 같은 어리석음에서 나왔다고 해도 과언이 아니다.

사이고가 출진하는 것은 사토가 들은 바와 같이 2월 17일이다.

그는 이날 아침 미명에 다케의 자택에서 잠이 깨었다. 가고시마 교외에 있는 그의 집은 물론 그의 생가는 아니다. 이미 말한 바와 같이 생가는 가지야초에 있었으며 아우 사이고 고헤가 살고 있었다.

다케에 위치한 사이고의 집은 메이지 3년, 사쓰마 번의 중신인 니카이도(二階堂) 씨에게서 사들인 것인데 많은 서생과 하인을 거느리기에는 생가가 너무 작았기 때문일 것이다.

사이고 고헤는 이미 이틀 전에 출발하고 말았다. 그의 아내 오마쓰는 사이고의 출진을 축하하기 위해 아직 날이 밝기도 전에 다케의 저택 주방에 들어가 일을 거들고 있었다.

오마쓰의 기억에 의하면 사이고는 날이 새자 조반을 들었는데 그 모습은 평소와 조금도 다름이 없었다.

이윽고 사학교 본영에서 사이고의 호위대가 마중을 왔다. 사이고는 일본 전통의복에 하카마를 입고 큰 칼을 차고 현관으로 나갔다.

그대로 대문 밖으로 나가 본영으로 향했다. 사이고의 아내 오이토는 나중에 본영까지 전송하러 갈 작정이어서 이때는 문전에서 그를 배웅했을 뿐이었다.

사이고는 본영에 당도하자 일본 옷을 벗고 육군 대장의 정장으로 갈아입었다. 마침내 출발시간인 오전 8시가 가까워 오자 짚신을 신고 허리에 큰칼을 찼다.

맨 처음 본영 문을 나선 것은 서쪽으로 우회하는 이케가미 시로가 지휘하의 5번 대대였다. 사이고는 그들을 배웅했다.

사이고와 그의 부대(호위대와 포대)는 동쪽으로 우회할 예정이었다. 사이고에게는 기리노 도시아키와 무라타 신파치가 동행했다. 기리노와 무라타는 자기들의 대대를 1번 소대장에게 지휘하게 하여 먼저 출발시켰던 것이다.

오전 8시가 조금 지나 사이고 일행은 영문을 나섰다. 수많은 전송인파에 섞여 영국인 의사 윌리엄 윌리스도 문전에서 부대와 나란히 잠시 동행했다. 사토는 배웅 나오지 않았다. 뒤에 사토는 윌리스에게서 들은 이야기라고 하면서 말했다.

"사이고는 육군 대장의 정장을 하고 외제 잎담배를 피우고 있었다."

사이고의 아내 오이토와 아들 도라타로가 사학교 본영에 도착했을 때는 이미 사이고도 부대도 출발한 뒤였다. 오이토로서는 결국 다케의 저택 문전에서 사이고를 배웅한 것이 영영 이별이 되어버렸다.

"그렇다면 도련님만이라도."

하인 나가타 구마키치가 열 두 살짜리 도라타로를 업고 뛰기 시작했다. 이 날 눈은 내리지 않았다. 그러나 눈이 많이 쌓여 있어 뛰기가 힘들었다. 사학교에서 1킬로 쯤 달려 이나리 강 건너 언저리에서 걸어가는 사이고를 따라 잡았다. 사이고는 도라타로를 보고 고개를 끄덕인 다음 잠시 함께 걸었다. 이윽고 팔을 뻗어 도라타로의 얼굴을 어루만지더니 작은 소리로 말했다.
"이제 그만 돌아가야지."
도라타로는 하는 수 없이 걸음을 멈추고 사이고의 뒷모습을 배웅했는데 이것이 영별이 되었다.

이 무렵, 가고시마에서는 옛 번주인 시마즈 다다요시를 종전대로 '영주님'이라 부르기도 하고 "구 지사공"이라고 부르기도 했다.
구 지사공이란 판적봉환 당시, 전국의 번주가 그대로 번지사가 되기도 했기 때문에 그렇게 불렀다. 옛 번주 다다요시는 히사미쓰의 아들이다.
히사미쓰파 가운데 교양파의 하나인 이치키 시로(市來四郞)는 새 정부를 만든 오쿠보를 증오하고 있었는데 그와 비슷한 뜻에서 사이고에 대해서도 냉담했다. 사이고가 출전했다는 말을 듣고서도 초연한 태도를 무너뜨리지 않았다.
이치키 시로가 사이고를 불쾌하게 생각하는 한 가지 이유는, 사이고가 옛 번주인 시마즈 히사미쓰에게 냉담했기 때문일 것이다.
실제로 사이고는 귀향 이후 히사미쓰의 저택을 한 번도 방문하지 않고 계속 무시해왔다. 이번의 출진에 있어서도 시마즈 가문의 옛 신하를 이끌고 가면서도 한 마디 인사도 하지 않았다.
이에 대해 이치키 시로는 2월 22일자의 일기에 이렇게 써 놓았다.
'사이고는 출진하는 날까지도 구 지사공과 히사미쓰 공의 저택에 한 번도 출두하지 않고 아무 말도 없이 떠났다고 한다.'
그러면서도 사이고는 가고시마 거리를 빠져나가 시마즈 히사미쓰가 살고 있는 이소의 저택 앞을 통과할 때는 문전의 눈 위에 꿇어 앉아 절을 한 뒤에 지나갔다. 그 일에 대해 이치키 시로는 일기에서 뜻밖이라는 듯이 쓰고 있다.
'이소의 저택을 통과할 때 문전에서 배례하고 지나갔다고 한다.'
사이고는 출진하던 17일 아침, 이소의 덴진(天神) 앞에 오자 부관인 후치베 군페이를 불러 명령했다.

"히사미쓰 나리의 문전에서는 모두 절을 하고 지나가도록."

그 자신은 앞에서 말한 것과 같이 눈 위에 무릎을 꿇고 두 손을 짚고 배례했다.

사이고는 히사미쓰를 싫어했으나 충의를 무사의 첫째 윤리로 치는 이상 옛 번주를 존중하지 않을 수가 없었을 것이다.

그리고 사이고 휘하에는 히사미쓰를 상전으로 존경하는 자도 있기 때문에 사이고로서는 원활한 통솔을 위해 이와 같은 태도를 취하는 것이 좋다고 생각했을지도 모른다.

사이고는 일본국에 봉건제도를 편 도쿠가와 막부를 쓰러뜨리고 다시 폐번치현이라는 영주제도의 파괴에 적극적으로 힘쓴 최대의 혁명가이기는 했으나, 자타에 남아있는 봉건사상 그 자체까지 적으로 몰아붙일 정도의 대담한 혁명사상을 갖지는 못한 것 같다. 그 하나의 증거로서 이 문전에서의 배례를 들 수 있겠다.

사이고는 이소에서 어선을 탔다.

모든 어선은 병참부대가 징발한 것으로 50척 가량의 배에 대포와 탄약 기타의 짐을 싣고 가지키까지 운반한다. 나머지는 육로로 수송하는 것이다.

이때 병참을 담당하게 된 사람은 가쓰라 히사타케(桂久武)라는 초로의 인물이었다.

가쓰라 히사타케는 시마즈 가문의 먼 친척인데 막부 말기에는 집정관 대리라는 중직을 맡아보았다.

그 당시, 시마즈 가문이나 중신 중에서 사이고 등의 운동에 도움을 준 것은 고마쓰 다테와키(小松帶刀)와 가쓰라 히사타케 정도였는데, 특히 가쓰라는 하급무사 출신인 사이고를 존경했고 사이고 역시 가쓰라에게 특별한 우정을 품고 있었다.

보신전쟁 때 가쓰라는 전장에는 나가지 않고 후방 근무를 했는데 그의 병참 업무의 확실성은 정평이 나 있었다.

가쓰라는 새 정부가 성립된 뒤 효고 현(兵庫縣) 권령 등을 지낸 바 있으나 병을 얻어 고향에 내려와 있었다. 이번 사이고의 출진에 즈음하여 자청하여 기리노 등을 감격시켰다.

"나도 한 번 더 병참 업무를 맡겠다."

사이고는 가쓰라 히사타케와 함께 어선을 탔다. 영국 의사 윌리엄 윌리스가 해변까지 나와 사이고를 전송했다.

사이고가 여송연을 피우고 있는 것을 윌리스가 본 것은 이때였을 것이다.

이날, 사이고는 가지키에서 일박했다.

가지키는 사쓰마에서 가고시마 시내를 제외하고는 가장 많은 무사단이 거주하고 있는 곳이다. 사이고 일행이 상륙하니 그 고장 사람들이 마중을 나왔는데 모두 나이 많은 사람들뿐이고 젊은이는 모두 병사로 나가버리고 없었다.

이날 밤, 사이고는 모리야마 야스노스케(森山安之助)의 집에서 유숙했다.

이튿날인 18일 아침, 사이고는 가지키를 떠나 히고로 향했다.

18일 정오가 조금 지나자 어네스트 사토는 사이고를 뒤쫓듯이 가고시마를 떠나 가지키를 향하고 있었다.

가고시마를 떠나기 전에 사토는 현청으로 오야마 현령을 찾아가 작별인사를 했다.

오야마는 기분이 좋아서 사쓰마에서 금이 얼마나 많이 나는가를 이야기하고 "이것은 헤어짐의 인사로" 하라며 대량의 금이 섞여있는 석영 덩어리 두 개를 사토에게 선물했다. 그런 뒤에 주지는 않았으나 사금이 가득 찬 작은 병을 꺼내 보이면서 이것은 가고시마에서 백 리 밖에 떨어지지 않은 강에서 요즘 발견된 것이라 말하고, 다시 안에서 막대기 형태의 금괴를 꺼내가지고 와서 자랑했다.

"이 정도의 금이라면 우리는 대량으로 보유하고 있어요."

오야마는 사이고가 싫어하는 장사티가 나는 인물이었는지는 모르나 외교에 능한 사람이었다는 것을 이 한 가지 일로도 알 수 있을 것이다.

어네스트 사토는 이튿날 사이고가 지나간 길을 따라나섰다.

날씨는 여전히 좋지 않았다. 사토가 가지키에 당도할 때까지 눈이 내렸는데, 그는 전날 감기에 시달린 것도 있고 해서 몸이 싸늘하게 식어 있었다. 길은 질퍽질퍽 했다. 사토는 얼마 전 나가사키에서 고용한 늙은 안내인과 말, 그리고 마부를 거느리고 있었다. 말 등에는 사토의 짐이 실려 있었다.

이날 밤, 구 사쓰마 번의 지번인 사도하라(佐土原) 미야자키 현의 병사들이 가지키까지 행군해와서 숙박했기 때문에 조그만 거리가 여간 혼잡하지 않았다.

사토는 현청에서 배당해 준 민가에서 유숙했다. 그 근처에서 흔히 찾아볼 수 있는 허름한 집이었으나 어쨌든 추위는 막아 주었다. 저녁밥은 장어 도시락을 먹었다. 이 도시락은 윌리스 집의 가정부가 만들어준 것인데 사토의 일기에 의하면 '매우 만족한 기분'이었다고 씌어 있다.

이른 아침에 가지키를 떠났다.

사토와 그 일행은 사도하라 부대에 섞여 요코가와 역참으로 향했다. 도로가 좁아 병사들은 일렬종대로 행군했다. 눈이 쌓여 때로는 발이 60센티나 빠졌다.

'사이고도 어제 이 길을 갔겠지.'

사토는 한 발짝 한 발짝 디딜 자리를 더듬으며 전진해야 하는 이 행로에 곤란을 겪으면서도 그렇게 생각했을 것이다.

사토가 요코가와 역참에 당도한 것은 이날 오후 2시 경이다.

요코가와는 기복이 심한 화산회 지대의 낮은 곳에 자리하고 있는데 몇 줄기의 가느다란 시냇물이 눈 녹은 물을 분주하게 흘려보내고 있다. 이 근처의 개울은 모두가 도로를 가로지르고 있기 때문에 마을 이름도 요코가와(橫川)로 불리게 되었다.

마을 어귀에 들어서니 전방에 그야말로 분화(噴火)가 만들어낸 것 같은 형체의 구리노 산(栗野山)이 보이는데, 그 완만한 비탈이 온통 눈을 뒤집어쓰고 있어서 불길할 정도로 하얗게 빛났다. 요코가와는 가난한 마을이어서 부유한 농가가 적었다. 사이고는 촌장의 집에 유숙했으나 그 고장에 이야깃거리는 남기지 않았다. 그의 호위부대가 자객을 경계하여 진중에 사이고가 있다는 것을 극비에 붙이고 있었기 때문이다.

이튿날 요코가와에 들어선 사토는 점심 때문에 곤란을 겪었다. 일기에 이렇게 씌어 있다.

'요코가와에서는 먹을 것이라고는 찬밥과 삶은 무, 그리고 말린 다시마밖에 얻을 수 없었다.'

그래서 그는 가지키에서 가지고 온 주먹밥을 점심 삼아 먹었다.

요코가와에서 사이고는 몇 사람의 호위병과 섞여 잠을 잤던 모양이다. 사이고가 숙박했다는 집에 관하여는 여러 가지 설이 있으나, 숙박 당초부터 집 주인조차 몰랐던 모양이니 확실한 이야기가 남을 까닭이 없다. 어쨌든 사쓰마 군은 사이고의 소재를 공공연히 알리면서 행군하는 방법을 취하기보다 감추면서 행군을 계속하고 있었다.

사이고가 취하려고 하는 길은 다른 선발부대와는 달랐다. 도모쿠 가도(東目街道)를 구리노 마을에서 왼쪽으로 꺾어들면 오구치로 나가는데 그렇게 하지 않고 구리노에서 바로 북상했다. 이 길은 구 사쓰마 번의 휴가 서쪽을 지나 가쿠토(加久藤) 고개라는 험한 고개를 넘어 히고의 히토요시(人吉)로 나가는 경로다.

가쿠토 고개 기슭에 요시다(吉田)라는 온천장이 있다.

험한 가쿠토 고개를 넘어 히고 히토요시로 나가려고 하는 길손은 누구나 산기슭의 요시다 온천에 머물게 된다. 사이고도 19일 여기에서 묵었다. 그가 묵은 쇼메이 사(昌明寺) 여관은, 널빤지로 둘러쳐져 있었고, 자취를 해야 하는 곳이었다. 어쨌든, 사흘에 걸쳐 눈길 행군에 지친 몸을 탕에 담글 수 있는 것만으로 다행이었으리라. 참고로 말하지만 이날, 도쿄 정부는 정벌령을 내렸다. 그러나 사이고를 비롯한 사쓰마 인들은 그것을 모른 채 진흙구렁 속을 행군하고 있었다.

그 이튿날, 어네스트 사토는 요시다에서 자려고 했으나 요시다는 집이 작아 행군이 늦어진 포병대에 숙소를 제공하는 것만으로도 벅찬 상황이라는 이야기를 듣고 구리노에서 숙박했다. 구리노에서 사토가 잠을 잔 집은 새로 지은 집으로 벽이 아직 완성되지 않은 부분도 있어 잠이 올 것 같지도 않았다. 이 집에는 단무지도 없었다는 것을 보면, 병사들이 모두 사버렸는지도 모른다. 사토는 매실 장아찌를 안주삼아 뜨거운 차를 마시고 소주잔을 기울이며 추위를 막았다.

아무튼 거리는 군인과 인부들로 뒤죽박죽이었다.

이튿날, 사토는 요시다 온천장에 들어가 인부를 물색했다. 그가 가고시마에서 데리고 온 인부는 돌려보내야 하므로 다른 인부를 물색하지 않으면 안 되었다. 그런데 어젯밤 요시다에 유숙한 사이고의 본영과 포병대가 인부라는 인부는 모조리 징발해버렸기 때문에 장년의 농부는 어디서도 찾아볼 수가 없었다.

사토는 하는 수 없이 가쿠토 고개를 넘었다. 쌓인 눈을 헤치며 이 험한 고개를 넘는 건 여간 힘든 일이 아니었으나 그의 일기에는 그 점에 대해서는 쒸어 있지 않다.
　고개를 넘어 히토요시 근처의 다마치(田町)로 나가 거기서 숙소를 찾으려고 하다가 크게 곤란을 겪었다는 말이 일기에 쒸어 있다. 다마치 또한 대포를 운반하는 인부들로 가득 차 아무도 그에게 잠자리를 빌려주지 않았다.
　사토의 지칠 대로 지친 모습을 본 한 생선장수가 의협심을 발휘하여 사토에게 숙소를 마련해 주기 위해 한 시간도 넘게 뛰어다녔다.
　생선장수가 노력한 결과 어떤 방물가게와 교섭이 이루어져 사토는 덕분에 그날 밤 넓고 깨끗한 방에서 자게 되었을 뿐만 아니라, 갓 지은 밥과 국을 대접받고 그제야 살아난 것 같은 기분이 되었다.
　히고와 사쓰마의 모든 큰길은 사쓰마 군 출진 때문에 모두 이런 형편이었을 것이다.

　아무튼 남국에서 연일 눈이 내린다는 것은 예년에 없는 일이었다. 사이고파에 비판적이라기보다도 증오하듯이 냉랭하게 진행 상황을 방관하고 있던 이치키 시로는 2월 18일의 일기에 다음과 같이 썼다. 이는 실로 예언이리라.
　'눈이 내린다. 엄청나게 내린다. 지붕이 새하얗다. 이상스러운 기후이다. 실로 이 세상의 대변조가 아닌가?'
　사이고는 2월 22일, 눈 쌓인 가쿠토 고개를 가마로 넘어 히고로 나갔다.
　기리노 도시아키 등은 도보였다.
　그는 이 높고 험한 고개를 넘을 때 부하를 돌아다보고 마침 손에 들고 있던 대나무 막대를 쳐들어 길옆의 눈덩이를 내리치더니 말했다.
　"구마모토 성은 이 대나무 막대로 일격에 처부순다."
　이 이야기는 유명하다. 대나무 막대 하나만 있으면 족하다고, 이 용장의 극적인 동작과 더불어 단언한 이 말은, 사졸들의 사기를 드높여 주기에 충분했던 것이다. 기리노는 진심으로 그렇게 생각하고 있었고, 사졸들도 기리노가 새삼 일깨울 것까지도 없이 자기들의 용맹성에 믿음을 가지고 있었다.
　사쓰마 군의 용맹성에 대해서는 전국 이래, 에도의 태평시대를 통하여 믿지 않는 자가 없었으며 보신전쟁은 그것을 훌륭하게 실증했다. 농민병이 지키는 구마모토 성 따위는 실로 대나무 막대 하나로 쳐부술 수 있다는 것은 기리노가 말하지 않아도 누구를 막론하고 그렇게 생각하고 있었다.

그들은 사이고를 호위하며 20일 저녁 히고 히토요시에 들어간 다음 사가라(相良)씨의 옛 성 밑 거리에서 일박했다.

사이고의 숙소는 도테초(土手町)의 조동종 에이고쿠 사(永國寺)였다.

이날 사쓰마 군의 선봉으로 맨 먼저 히고 평야에 들어선 벳푸 신스케의 2개 대대는 오가와(小川), 우토(宇土)를 거쳐 구마모토 성 밑거리에서 겨우 7킬로밖에 떨어져 있지 않은 가와지리(川尻)까지 진출하여 거기서 진을 치고 후속부대를 기다렸다.

구마모토에서는 이런 정세 하에서 불평사족들은 당파끼리 서로 연계 운동을 활발하게 전개하고 있었는데 그 지도자 중 하나인 이케베 기치주로(池邊吉十郎)가 오가와에서 휴식하고 있는 벳푸군을 찾아와 신스케에게 면회를 청했다. 이케베는 구마모토를 떠나오기 전에 젊은 동지 사사 도모후사(佐佐友房)에게 사쓰마 인은 사납기는 하지만 무모하다. 그들에게 성을 공격할 전략을 가르쳐주지 않으면 패배할지도 모른다고 말하고 그것을 가르쳐주기 위하여 구면인 벳푸 신스케를 만났던 것이다.

이케베 기치주로는 벳푸와 마주 대하자마자 물었다.

"구마모토 성은 가토 기요마사(加藤淸正)가 축성한 이래 천하의 견성으로 불리고 있다. 사쓰마 군에게 성을 공격할 전략이 있는가?"

육군 소령 복장을 한 벳푸 신스케는 자못 이상하다는 듯한 표정으로 이케베를 바라보다가 이윽고 입을 열었다.

"이렇다할 방책은 없다. 진대 군이 만약 우리 앞길을 막으면 단번에 쳐부수고 지나갈 뿐이다."

이케베는 멍하니 이 말을 듣고 작전론에 대해서 아무 말도 하고 싶지 않았다는 말을 사사 도모후사가 그의 '전포일기'에 쓰고 있다.

사쓰마에서 히고로 나가는 몇 갈래의 교통로 중에서 가쿠토 고개를 넘어 히고 히토요시 분지로 나가는 길은 대부분 그다지 험하지 않은 경로이다.

히고 히토요시 분지는 히고 동남 쪽의 산악이 겹겹이 싸인 고지에 있어 저 멀리 북쪽에 있는 히고 평야에서 보면 히고의 큰 지붕이라고도 할 수 있다. 남쪽 사쓰마에서 가쿠토 고개를 거쳐 큰 지붕에 이르러 구마 강(球磨川) 급류에 배를 띄우면 물길 2백 리의 장대한 강을 반나절이면 내려갈 수가 있고, 더욱이 하구에서 배를 버리면 거기는 이미 히고 평야의 남단 야쓰지로(八代)인 것이다.

그렇기 때문에 짐이 많을 경우는 이 경로를 택하면 좋다.
이 경로를 택한 사쓰마 군은 사이고 본영과 포대뿐인데 대포 운반에는 이 길밖에 없다고 판단했기 때문일 것이다. 사이고의 본영이 무기와 행군을 같이한 것은 몸집이 큰 사이고를 조금이나마 편안하게 해주자는 간부들의 배려였을 것이다.
사이고가 유숙한 에이고쿠 사는 히토요시 시내에서는 유명한 선사(禪寺)다.
경내에 큰 삼나무 숲이 있어서 구역은 넓지만 숙소로서는 대웅전과 거실이 좁았으며, 달리 들어앉을 만한 건물도 없어 결국은 사이고와 그 호위대만 유숙했다.
히토요시까지 육군 소장 기리노 도시아키는, 사이고와 살을 맞비비듯 동행하다가 다른 경로로 출진한 선발부대들이 히고 평야 남단에 집결해 있을 것이기 때문에, 히토요시에서 잠시 눈을 붙인 뒤 급히 구마 강을 내려가 버렸다.
"싸움은 젊은 것들이 하겠지요."
병참본부장인 가쓰라 히사타케가 사이고에게 그렇게 말하며 천천히 피로를 풀 것을 권했다. 사이고는 별로 피곤하지도 않고 건강상태도 나쁘지 않았으나 거의 말을 하지 않았다. 처음부터 사이고는 출진 이래로 원정길이 쾌적하다고 생각하는 표정은 아니었으며 언제나 입을 다물고 있었다.
21일 아침, 사이고는 구마 강 얕은 여울의 바위를 밟고 강 아래로 내려가는 배에 올라탔다.
배가 바위를 피하면서 내려가기 시작했다. 때로는 쏜살같이 달려 물보라가 뜸으로 엮은 지붕을 흥건히 적셨다. 지붕 밑에서 머리에 베개를 고이고 줄곧 드러누워 2백 리를 달려내려가는 것은 장쾌하다면 장쾌했을 것이다.
양쪽 기슭은 오로지 산뿐이었다. 저마다의 산이 서로 겹치고 다투면서 기슭을 강물 속에 비추고 있었다. 어느 산이나 눈을 뒤집어쓰고는 잿빛 바위를 군데군데 드러내놓아 자기들의 원숙함의 깊이를 보여 주고 있었다. 사이고는 베개 위에서 그것들을 때로는 우러러보고 때로는 눈을 감으며 다가올 일들을 근심하였으리라.
그의 이번 거사는 지난날의 친구들을 비판의 광장에 끌어내고, 대세에 떠밀려 뭇사람들이 바라보는 앞에서 목을 치게 될지도 모른다는 결과를 예상할 수 있었다. 그의 인품으로 미루어 볼 때 승리의 광경 또한 달가운 것이 아니었을 것이다. 물론 진다고도 생각지 않고 있었지만.

요충사단

 육군 소장 다니 다테키(谷干城)가 구마모토 진대 사령관을 맡아 구마모토 성내의 장관실에 들어가 앉은 것은 작년 11월이었으니 취임한 지 아직 4개월도 안된다.
 그렇지만 다니는 구마모토가 생소한 것은 아니었다.
 그는 메이지 6년(1873) 초대 장관인 기리노 도시아키의 뒤를 이어받아 2대 장관이 되었다.
 재직 1년 만에 사직하고 대만으로 건너갔는데 3대 장관으로는 노즈 시즈오(野津鎭雄)가 취임했다. 노즈의 후임이 신푸렌(神風連)에 피살된 다네다 마사아키(種田政明)다. 다네다가 횡사한 뒤 재차 다니 다테키가 임명된 것이다.
 구마모토 진대 사령장관은 다니를 빼놓고 모두 사쓰마 인이다. 다니는 도사인이었다.
 그런데 육군 차관이며 소장인 오야마 이와오는 죽은 다네다의 후임에 대해서는 별도의 복안을 가지고 있었다. 같은 사쓰마 인 노즈 시즈오 소장을 마음에 두고 육군경 야마가타 아리토모에게도 의견을 묻고 있었다.

오야마는 노즈 시즈오와는 어릴 때부터 교분이 있어 그의 도량과 침착성을 잘 알고 있었다. 군사 능력도 야전(野戰)에 있어서는 다니를 능가하는 능력을 갖추고 있었다.

더욱이 노즈는 전에 구마모토 진대 사령관으로 있었을 때 구마모토 명물인 불평사족을 곧잘 다루어 그들이 찾아오면 반드시 술을 내주고 그들의 말을 잘 들어주었다. 이 때문에 불평사족들 간에 노즈의 평판이 비교적 좋았다는 것을 오야마는 잘 알고 있었던 것이다.

그러나 육군경 야마가타 아리토모는 주장을 굽히지 않았다.

"아니, 다니 다테키가 좋다."

야마가타로서는 노즈 시즈오가 사쓰마 인이고 사이고가 발탁한 인물이라는 데 강한 불안을 느끼고 있었을 것이 틀림없다. 참모장 가바야마 스케노리도 사쓰마 인인데, 더욱이 가바야마는 그가 사이고에게 보낸 편지로도 알 수 있듯이 오쿠보를 매우 싫어하고 사이고를 좋아했다. 노즈도 가바야마도 사이고가 하야했을 때 그를 따라 사직하지는 않았으나 만약 사이고 자신이 구마모토 성을 공격해 올 경우, 이를 맞아 싸울지 어쩔지 알 수 없는 일이었다.

적어도 사령관, 참모장이 같은 사쓰마 인이라면 어딘가 모르게 기맥이 서로 통해 구마모토 성을 넘겨줘버릴 우려가 있었다. 야마가타는 그 점이 꺼림칙했을 것이다.

그러나 다니 다테키는 도사 인인 데다 사이고의 하야에도 비판적이었다. 다니는 어느 사쓰마 출신 소장보다 학문이 깊을 뿐만 아니라 사리 판단이 확고하여 일단 자기가 구축한 신념에 대해서는 결코 양보하지 않는 남다른 완고함을 지니고 있었다. 야마가타는 다니의 완고함을 믿었을 것이다. 구마모토 공방전을 회의에 부쳤을 경우, 구마모토 진대로서는 철저한 농성전이 유리하다는 것은 야마가타가 처음부터 생각하고 있던 일이다.

이 방침에 합당한 재목의 수비대장은 다니 다테키였다.

"다니는 농성의 수비대장이 되기 위해 태어난 것 같은 인물이다."

야마가타는 그렇게 말하고 싶을 정도로 다니라는 사내의 성격을 잘 알고 있었다.

다니 다테키가 재차 구마모토에 부임했을 때 진대군의 사기는 저조할 대로 저조하여 군대라고 할 수도 없을 정도였다.

신푸렌 사변 직후, 징모된 농군 출신 병사들은 불평사족의 봉기가 두렵기도 했고 또 그것을 정부를 대신하여 방위해야 하는 자신들의 임무를 납득할 수 없었을 뿐더러, 어리석은 짓이라는 생각에 '목숨을 부지하고 볼 일'이라며 탈주가 꼬리에 꼬리를 물었다. 그리하여 변란 직후의 성내 병력이라야 고작 2개 중대 남짓이었다고 한다.

변란 직후, 현 경찰은 흩어진 신푸렌을 색출하려고 했으나 앞장을 서야할 진대가 겁에 질려 있었기 때문에 변변한 활동도 하지 못했다. 가령, 긴포 산(金峰山)에 반란자가 모여 있으니 소탕해 주기 바란다고 현청이 부탁해도 진대에서는 '시내 경비만으로도 벅차다'고 거절했다. 또 현청이 정보를 입수하여 '근교에 반역자가 출몰하고 있다. 근교라면 출병할 수 있겠는가' 하고 문의하자 진대에서는 '이제 금방 해가 질 텐데'라며 거절했다. 야간에 군사 행동을 일으키면 반격 당할 우려가 있었기 때문일 것이다.

참모장 가바야마 스케노리 중령은 후년 당시를 회고하여 말했다.

"최초로 징병을 개시한 당시는 농민과 상인의 자제들이 모조리 입영했기 때문에 옛 무사의 눈으로 보면 이 따위 병졸들을 어디에 쓰겠느냐 싶은 생각을 하지 않을 수 없었다……."

그리고

"구마모토 진대의 병사란 그야말로 농사꾼 장사치 등 오합지졸에 불과하므로 도저히 용맹무쌍한 사쓰마 종족의 적수가 못되었다."

참모장 자신이 이렇게 회고하고 있었다.

구마모토 성 곳곳에 야간 보초를 세우고 있었다. 그들은 신푸렌 습격 이후로는 조그만 소리에도 겁에 질려 했는데, 위 가바야마의 담화에서도 이와 같이 말했다.

"개가 부스럭댄 것을 가지고 혹시 적의 습격이 아닌가 하고 발포하는 모습은 참으로 한심하기 짝이 없었다."

변란 직후, 오야마 이와오가 우선 대리직을 맡아 복구에 힘썼는데 어쨌든 다니 다데키는 이와 같은 시기에 부임했던 것이다. 다니는 이때 마흔 한 살이었다.

다니가 심약한 자였다면 절망하고 말았을 그런 현실을 많이 겪었으리라. 가령 이 성 밑 거리의 사족 중에서 구마모토 진대의 편을 들 만한 자는 한 명도 없었다. 성과 진대는 마치 반정부 기운의 홍수 가운데 떠있는 외딴섬과 같았다. 어린아이들까지 반정부적이어서 군인이 거리를 걸어가면 아이들이 욕을 하며 뒤쫓아 다녔고, 진대의 사환이 밤에 진대의 이름이 박힌 초롱을 들고 걸어 다닐라치면 젊은이들이 조롱하며 돌을 던졌다. 요컨대 전투가 벌어져도 지방민의 응원은 기대할 수 없었다.

신임 구마모토 진대 사령관 다니 다테키에게는 남 모르는 또 다른 고민이 있었다.

진대의 간부가 대부분 사쓰마 인이라는 사실이다. 적군인 사학교 측에는 그들의 형제와 친척, 친구들이 많다. 의심하려 들면 끝이 없고, 이것은 또 단순한 의심으로 그치지 않는다.

'진대의 사쓰마 인 간부가 틈을 노려 몰래 적과 통하지 않을까?'

사실상 사이고와 사쓰마 군의 생각으로는 구마모토 진대는 자신들과 몰래 통하고 투항할 뿐만 아니라 쌍수를 들어 자기들의 행동에 따라 줄 것이라 믿고 있었다. 사쓰마 군조차 그렇게 믿고 있는 것을 다니 다테키가 의심하지 않을 까닭이 없었다.

진대 간부 중 손꼽을 만한 사쓰마 인은 참모장 가바야마 스케노리 중령, 연대장 요쿠라 도모자네(與倉知實) 중령, 가와카미 소로쿠(川上操六) 소령, 오사코 나오토시(大迫尙敏) 대위 등이다.

이에 대해 가바야마 스케노리의 회고담에서도 말했다.

"당시 구마모토 성에는 나와 요쿠라중령을 비롯해서 가와카미, 오사코 그 밖에 가고시마 출신 무관이 구름같이 모여 있었기 때문에."

다시 가바야마는 말했다.

"사쓰마 인들이 정정당당하게 정면 공격으로 나와 주면 좋지만 만약 나와 친구, 선배들에게 시노하라나 기리노 장군이 사자를 보내어 사이고 측에 가담할 것을 권고하고 이면에서 성안을 어지럽힌다면 참으로 심각한 일이 아닐 수 없었다."

라고 가바야마는 말했다.

가바야마 자신은 겉보기에 자못 용맹한 사나이 같지만 미묘한 곳에서 보신(保身) 감각이 예민한 사람이므로 사정에 따라서는 어떤 짓을 할지 예측할 수 없는 면이 있었다. 그리고 가바야마는 사쓰마계 후배를 그런 의미에서 충분히 신용하고 있지는 않았다.
"공작을 당하면 어떻게 될지 모른다."
그러나 실제로 뚜껑을 열고 보니 사쓰마 군은 손을 뻗쳐오지 않았다.
"공작?"
기리노, 시노하라 등은 설령 그런 제안이 있었다 해도 어이없어 할 지도 모른다. 그들은 구마모토 진대를 계란처럼 짓밟고 지나갈 수 있는 존재로 밖에는 보지 않았기 때문에 잔재주를 부려 내부 교란을 꾀할 마음은 전혀 없었다.
가바야마가 말했다.
"그와 같은 사정에 놓여있으면서도 다니 장군은 사령관으로서 능숙하게 부하를 통솔했다. 설령 적이 공작해 오는 상황에 봉착하더라도 능히 그 취할 방도를 그르치지 않을 것으로 믿고 흉금을 털어놓았다……. 이러한 상황 하에서 장교는 물론 병졸에 이르기까지 한 명도 적에게 붙는 자가 없었으니, 그 주된 원인은 다니 장군의 인격에 돌리지 않으면 안 된다고 생각한다."

원래 진대라는 것은 뒤의 사단(메이지 21년(1888)에 발족)과는 달리 외정(外征)을 위한 목적, 성격, 기능을 갖지 못하고 어디까지나 국내의 내란 진압을 위한 군제였다.
그래서 구마모토 진대로서는 메이지 9년(1876) 당시에 가상적(仮想敵)으로 부상한 가고시마 현의 정세를 탐색하는 데 충분한 의무를 다하고 있었고 최대의 첩보수단을 강구하고 있었다.
정보의 중요한 주제는 이런 것이었다.
"가고시마 사학교는 거병한 것인가. 거병한다면 언제쯤인가."
구마모토 진대에서는 3월 초에 사학교가 옛 번시대와 마찬가지로 히고와의 경계선을 폐쇄하고, 그 변경인 이즈미(出水) 고을에서 총과 창을 지닌 사족의 내왕이 빈번하다는 정보를 현청과 함께 얻은 바 있으므로, 전쟁은 불가피하다는 관측이 진대 사령부에서 강하게 일어났다.
이와 같은 정세에 대해 구마모토 현 권령 도미오카 다카아키(富岡敬明)가 내무경 오쿠보 도시미치에게 보고했다. 보고문을 요약하면 이런 것이었다.
'2월 4일의 가고시마 이즈미 고을의 정세인데, 가고시마 현내의 사족 7천

명 가량이 이즈미 고을에서 집결하여 어디론가 출진했다고 한다.'
도미오카는 이것을 2월 12일자로 도쿄의 오쿠보에 알렸다. 12일이라면 사학교 측이 가고시마 교외의 이지키 연병장에서 출진을 위한 검열식을 가지기 이틀 전이다. 현이나 진대가 가고시마 현의 정세를 파악하는 데 기민하지 못했다는 것을 알 수 있다.

도쿄의 오쿠보 일파는 사쓰마 문제에 그토록 신경을 쓰면서도 정세 파악이 너무 허술했다. 그는 교토에 있는 이토 히로부미에게 편지를 보낸 것이 7일이었다는 것은 이미 말했다.

'사이고는 일어서지 않는다.'

오쿠보는 이토에게 보낸 편지와 거의 같은 내용의 것을 현지의 구마모토 권령 도미오카에게도 12일자로 써 보냈던 것이다. 직역하면 다음과 같다.

'이번 가고시마 현 소요에 대해서는 갖가지 항설이 있으나 진상은 오로지 사학교의 과격 소년배가 저지른 일로 물론 구 번주 부자(시마즈 히사미쓰·다다요시)와도 관계가 없고, 또 사이고 다카모리도 그 과격 소년들을 설득했으나 끝내 승복시키지 못하여 피신하고 말았다. 현령 오야마 쓰나요시 또한 조금의 흔들림도 없다. 오야마 현령은 진무(鎭撫)에 진력하고 있다.'

이처럼 그릇된 정보를 현 당국에 제공한 것이다. 오쿠보가 이 편지를 보낸 취지는, 가고시마 현에서 일어난, 고작 그 정도의 실태가 과대하게 구마모토에 전달되어 구마모토의 사족이 경망하게 폭발하는 일이 없도록, 절대로 관하 사민이 동요하지 않도록 단속하는 한편 민심을 진정시키도록 하라는 것이었다.

오쿠보는 사쓰마 인이기 때문에 저도 모르게 희망적인 관측을 한 것이다.

이 편지가 도미오카 권령의 손에 들어갈 무렵에는 이미 히고 평야 일각에 사쓰마 군이 모습을 나타내고 있었다.

그러나 야마가타 육군경과 다니 구마모토 진대 사령관 사이에 오고 간 편지의 내용은 양쪽이 진압 기관의 당사자인 만큼 그렇게 미지근하지는 않았다.

오쿠보의 관측이나 배려가 미온적으로 보인 것은, 첫째로 그의 정권이 중대 위기에 처해 있는 마당에 경솔하게 군대를 동원하는 데 수반되는 위험을 계산한 결과일 것이다. 만약 정부가 경솔한 정보에 동요하여 사쓰마 군이 일어서기도 전에 앞질러 군대를 움직이면 각지의 불평사족들로부터 더욱 거센 반발을 사게 되고 그들의 전의를 앙양시켜 정부와 정부군이 궁지에 몰릴 것은 뻔한 일이었다. 오쿠보의 이러한, 어떻게 보면 정세에 둔감한 듯한 태도와 조치는 그와 같은 요소를 계산했기 때문임이 틀림없다.

오쿠보는 육군경 야마가타의 고삐를 틀어쥐고 있었다. 이보다 앞서 기도 다카요시와 오쿠보의 합의로 문관에 의한 군의 통솔 원칙이 확립되어 있었다. 다만, 이 무렵에는 그 원칙이 다소 헐거워졌다. 야마가타는 육군경의 신분과 각의에 참가할 수 있는 자격 즉, 참의를 겸하고 있었다.

육군경 야마가타는 사쓰마 군에 대해 약자의 심리를 느끼고 있었다. 정부군의 전 병력이 3만 2천 명에 불과하고 더욱이 그 수준이 사쓰마 군과는 비교도 안될 만큼 낮았다. 3만 2천 명 중 대부분이 다른 지방에서 빈발할 것으로 짐작되는 내란 또한 대비해야 하기 때문에 그 점을 고려하면 공격군 1만 수천 명에 불과한 사쓰마 군의 병력이 더 우세하다고 할 수 있었다.

야마가타가 유의해야 할 것은 자신의 글에도 있듯이 부족한 병력을 적군의 급소를 향해 집중 사용한다는 것이었다.

'이런 때에 만약 그림자에 사로잡히고 소리에 홀려 동분서주하게 된다면, 깨닫지 못하는 사이에 병사들을 피로하게 만들 뿐만 아니라 선로를 절단당하고 아군의 세력이 꺾여 마침내 헤아릴 수 없는 큰 해를 빚으리라.'

그는 2월 9일 전국의 진대 사령장관에게 지시를 내려 대기를 명령했다. 그러나 2월 9일자의 그의 문서에는 사쓰마나 가고시마라는 문자는 일체 적혀있지 않았다. 야마가타 또한 오쿠보를 본받아 그런 점에 대한 배려는 참으로 신중했다.

그러나 최전선의 요새인 구마모토 진대는 중앙의 정치적 배려만 믿고 느긋하게 사태에 대응할 수는 없었다.

다니는 1월 8일에 예하의 고쿠라 연대(연대장 노기 마레스케)에 명령하여 1개 중대를 나가사키로 옮기도록 했다.

이어 2월 14일, 다니는 야마가타에게 전신으로 보고했다.

'고쿠라와 후쿠오카의 병력을 임시 조치로 구마모토 진대에 집합시키도록 조치했다.'

후쿠오카에는 고쿠라 연대의 집합소가 있었다. 다니는 이들 예하 병력을 모두 농성용으로 돌리도록 조치했던 것이다. 이날은 사쓰마 군의 선봉인 벳푸 신스케의 2개 대대가 가지키를 출발한 날이었다. 물론 다니는 그 정보를 입수하지는 못했으나 전쟁이 벌어질 것을 예측하고 그와 같이 조치한 것이었다.

야마가타는 고쿠라가 비게 될 것을 우려하여 즉각 히로시마 진대에 명령하여 2개 중대를 고쿠라로 옮기도록 조치했다.

오쿠보 등은 일단 완만하게 움직이고 있었으나, 정부군은 기민하다고는 할 수 없어도 착실하게 사태를 향해 움직이고 있었다.

농성(籠城)

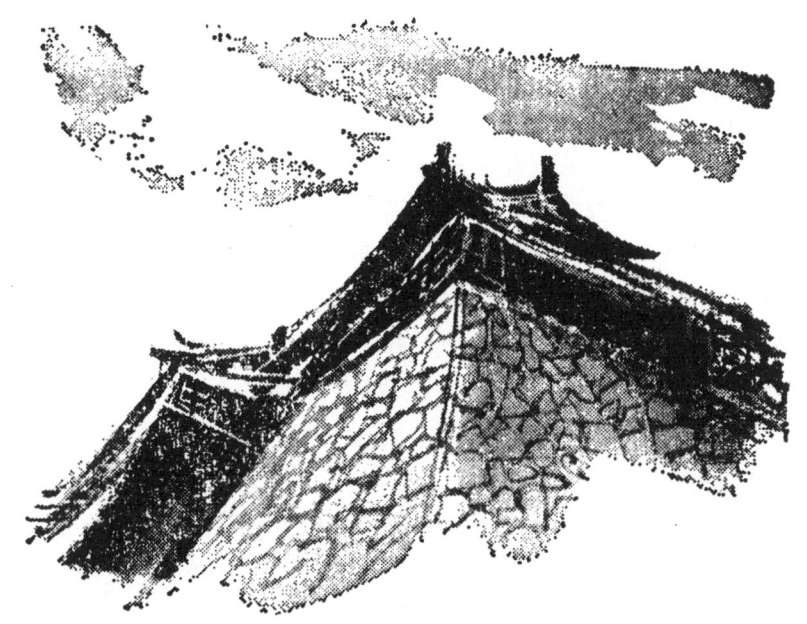

　다니 다테키가 싸움을 결심한 것은 2월에 접어들자마자 가고시마의 사학교 생도가 탄약고를 습격했다는 보고를 접한 뒤다. 이런 점은 현장의 군사기관인 만큼 중앙의 정부 당국보다 임전태세를 취하는 것이 빨랐다.
　그것을 전후하여 그는 사쓰마 인 가바야마 스케노리, 조슈 인 고다마 겐타로 등의 부하들과 함께 방침을 논의해 왔다.
　'가고시마가 폭발하면 구마모토 진대는 어떻게 할 것인가.'
　의견은 구구했으나 다니는 진작부터 농성 밖에 없다는 방침을 굳히고 있었던 것 같다. 전장에 출전하여 야외에서 싸우지 않으면 사기가 위축된다는 의견도 있었으나, 진대의 병력은 고작 3천 명이니 사쓰마 군 1만 수천 명을 당할 수는 없다.
　다행히 구마모토 성은 근대 요새는 아니지만 16세기의 성곽으로는 일본 제일의 튼튼한 성으로 일컬어지고 있다. 이것에 의지하여 그 점을 이용하지 않으면 안 된다. 농성책은 구원병이 없을 경우에는 어리석은 꾀이지만 여하튼 정부군은 설사 쥐를 잡아먹을 정도의 굶주림이 닥친다해도 언젠가는 원군이 온다는 것을 기대할 수 있는 입장이므로 농성이 최상책이라는 것은 다니가 아닌 다른 사람이라도 생각해 낼 결론이 틀림없었다.

다만 참모장 가바야마 스케노리 중령은 전형적인 사쓰마의 군인으로 치열하게 적을 공격하는 야전을 좋아했다. 그러나 사쓰마 인인만큼 진대병의 취약성을 뼈저리게 느끼고 있었고 사쓰마 군의 용맹을 너무나 잘 알고 있었다. 진대병의 취약성을 보강하는 데는 적의 공격을 막을 성이 필요했다. 그런 점에서 구마모토 성보다 이상적인 곳은 일본 천지에 없었다.

가바야마는 훗날 그때를 회상하며 말했다.

"다니 장군이 농성으로 방침을 굳힌 것은 생각할수록 뛰어난 의견이었다."

한데 이러한 결정은 다니의 현지군으로서의 독단적 행동이 아니라 육군경 야마가타 아리토모와의 사이에 비밀 전신이 오고간 결과로 생각되며, 전문은 남아있지 않지만 그런 흔적인 듯한 냄새는 있다.

그 뒤, 다니가 앞서 언급한 바와 같이 고쿠라의 노기 마레스케 부대를 농성군에 증원한다는 뜻을 야마가타에게 보고했을 때(2월 14일), 야마가타는 즉각 회전을 쳐서 이를 승낙하고 아울러 다음과 같은 명령을 내렸다.

'공수 모두 뜻대로 하되 만사를 제쳐놓고 오로지 구마모토 성을 보전할 것.'

구마모토 진대가 어떻게 공격하고 어떻게 방위하든 다니 다테키의 판단에 맡기겠으나, 단 무슨 짓을 해서라도 구마모토 성은 사수하라는 명령인 것이다.

야마가타의 전략은 다니의 결심과 일치하고 있었다. 다만 다니는 중앙의 정부 당국이 사이고를 두려워하여 단호한 방침을 취하지 않고 농성군을 버리지나 않을까 하는 것이 진심으로 걱정됐다. 그 점에 대한 다짐을 야마가타에게 거듭 묻고 있다.

다니가 농성을 마음속으로나마 결정한 것이 언제였는지는 모른다. 대략 사학교 생도의 탄약고 습격 소식이 구마모토에 전해진 뒤인 것은 틀림이 없다.

사쓰마 군은 그로부터 열흘 가량 지나 출진하게 되는데, 다니와 그 사령부는 사쓰마 군의 출진을 기다리지 않고 농성을 은밀히 결정, 눈에 띄지 않게 준비에 착수한 흔적이 있다. 결정한 날이 며칠이었는지는 그들의 남긴 어떤 자료에도 명기되어 있지 않다.

그 이유는 아마도 사학교가 움직이기 전에 비록 수동적인 농성준비라고는 하나 구마모토 진대에서 전투 준비를 하고 있었다는 것이 세상에 알려지는 것을 피하고 싶었기 때문인 것 같다. 이에 도쿄의 경시청은 가고시마에 귀향조를 보내 사학교를 부추겼다. 게다가, 폭발에 앞서 구마모토 진대가 전투준비를 했다고 한다면 정부가 함정을 파놓고 기다렸다는 결론이 된다. 적어도 결과적으로는 그렇게 되었다.

정부 측이 남긴 자료를 보더라도 나중에 그런 식으로 받아들여지지 않도록 유의한 점에서 세심했다고는 인정하더라도, 그것은 능히 있을 수 있는 일이다.

다니 다테키는 농성을 결정하자 민심을 수습하기 위해 12, 13일 이틀 동안 성내에서 성대한 초혼제를 베풀었다.

신푸렌 변란에 쓰러진 사졸들의 영혼을 불러내어 그들을 크게 찬양하고 위로한다는 것이다. 다니로서는 이렇게 함으로써 사쓰마 군의 습격을 겁내고 있는 병사들의 마음에 사명의식을 심어주고, 전투에서 쓰러지는 것의 숭고함을 초혼제라는 연극을 연출해 보여 주려 했다.

또한 이 초혼제에서는 제사뿐만 아니라 여흥도 곁들였다. 장교, 병졸의 구별 없이 이틀 동안 맘껏 먹고 마시게 했다. 여흥으로는 경마, 씨름대회, 검술시합, 줄다리기 등을 하여 사졸간의 친밀감을 도모하고, 더욱 중요한 것은 시내의 사민들을 위해 성내를 개방하여 그들도 참여시켰다는 점이다. 시민과의 융화를 도모하지 않으면 막상 개전이 됐을 때 그들은 사쓰마 군에 협조하여——실제로 협조했으나——길 끝을 진대로 돌릴 우려가 있었다.

현청이 그렇게 만들었던 것인데 구마모토 시내의 모든 동네가 이 초혼제에 참여하여 온 거리거리를 깃발과 홍백의 장막으로 장식했고 밤에는 초롱불로 흥을 돋구었다.

"설날도 오기 전에 봄이 먼저 찾아온 것 같군."

이처럼 들뜬 기분의 시민들이 많았다. 이런 점을 볼 때 다니의 민심 수습책은 성공이었다.

육군 소령 노기 마레스케로서는 세이난전쟁(西南戰爭)이 2월 6일부터 시작되었다고 할 수 있다.

"고쿠라의 1개 중대를 나카사키에 파견하라."

이런 다니 다테키의 명령을 실행에 옮긴 것은 2월 6일이다.

이 무렵, 다니는 사쓰마 군이 만약 폭발한다면 곧장 나가사키 함을 공격하여 상경을 위한 함선을 탈취할 것으로 보고 있었다. 나가사키에는 외국인 거류지가 있기 때문에 만약 사쓰마 군이 난입한다면 국제문제가 일어나지 않을까 하는 것이 정부 측의 큰 두통거리였다. 다니는 그 경계 또한 책임을 져야 했는데 소수의 진대 병력을 나눌 수가 없어서 그것을 고쿠라의 제14연대에 맡겼던 것이다.

고쿠라의 노기 휘하에는 3개 대대의 병력이 있는데 그 중 2개 대대는 고쿠라에 주둔하고 있고 다른 1개 대대는 후쿠오카에 주둔하고 있었다. 노기로서는 병력을 다른 데 빼앗기는 것이 못마땅했으나 그는 명령에 따라 즉각 후쿠오카 대대에 지시하여 1개 중대를 나가사키에 보냈다. 지휘관은 대대장 기타다테 도시모리(北楯利盛) 대위였다.

'마침내 가고시마는 폭발할 것인가.'

이렇게 생각하고 있었는데 아무런 명령도 없이 넘어갔다.

13일이 되자 구마모토에서 비상 경비 태세를 취하라는 전보가 들어왔다. 이것은 전체적인 상황으로 말하면 가와무라 해군 차관이 가고시마에서 돌아와 야마가타 등에게 상황이 꽤나 험악하다고 보고한 일과 직접 관계가 있다. 야마가타는 곧 그것을 구마모토의 다니에게 알려 비상 태세를 취하게 했다. 다니는 즉시 연대장 노기에게 같은 취지의 지시를 내렸다.

노기에게 내린 명령은 다시 고쿠라에서 2개 중대를 빼내 구루메로 급히 보내라는 것이었다. 노기는 곧 실행하여 제1대대에서 나눈 2개 중대를 고쿠라에서 육로를 통해 구루메에 급히 보냈다. 당시에는 기차가 없었기 때문에 도보였다. 이 2개 중대는 눈속을 행군하여 16일 무사히 구루메에 도착했다.

다니는 노기 마레스케를 작전회의에 참가시키기 위해 단신 구마모토까지 나올 것을 명령했다.

구마모토 진대의 주력 보병은 2개 연대밖에 없었다. 그 중 노기의 연대는 성 밖에 있다. 이 때문에 노기는 성내에 있는 간부보다 훨씬 바빴다. 그는 13일, 가까스로 부관 등 본부소속 간부를 거느리고 전원 말을 타고 고쿠라 시내를 출발했다.

고쿠라에서 구마모토까지 4백 리 길이다.

이 길을 줄곧 달려 불과 하루 만에 구마모토 성내에 들어갔을 때는 마침 사령부의 한 방에서 막료 회의가 진행 중이었다. 노기는 이때 29세였다.

다니는 방으로 들어오는 노기를 보자 기쁨을 감추지 못하고 의자를 가리켰다.

"기다리고 있었소."

가바야마가 회의의 경과를 설명했다. 농성으로 결정이 났으니 자네 연대도 성안으로 들어오도록 하라, 는 등의 말을 했다. 성안으로 들어오라고 하지만 노기는 연대의 주력을 고쿠라에 남겨 놓고 왔다. 노기는 그들을 인솔하여 입성하려면 도로 고쿠라로 돌아가야 한다.

정부의 토벌령은 2월 19일에 내려지는데 구마모토 진대에서는 그보다 나흘 전인 15일부터 농성을 위한 준비를 시작했다.

사쓰마 군은 그보다 하루 전인 14일에 벳푸 신스케가 이끄는 선봉부대가 가지키를 출발했고 15일 아침에는 1번 대대와 2번 대대가 출발하고 있었다.

진대에서는 물론 이에 대한 정보를 입수하지 못했다. 하지만 첩보 내용을 종합해 보면 사쓰마군의 쇄도가 가깝다는 것을 충분히 짐작할 수 있었다.

농성전에서는 성내의 화약고를 분산시키는 것이 중요했다. 이 때문에 다케노마루(嶽丸)와 하제카타(櫨方) 등 두 군데에 어설프나마 새로 화약고를 지었다. 다케노마루에는 임시 취사장도 만들었다. 일은 전부 시내의 목수가 했다.

시내에서 수많은 기술자와 인부가 들어왔다. 그들은 성내의 취약부에 방재를 쌓아올리고 꺾쇠로 고정시켰다. 또 흙가마니도 쌓았다.

요새전을 치를 경우 요새 내부의 도로를 기능적으로 정비해 둘 필요가 있다. 그래서 새로 도로를 만들었는데, 몇 백 명이나 되는 토목공이 하루 만에 도로를 만들기 위해 일을 했다.

해자에 걸려있는 다리도 평상시에는 필요하지만 농성을 하게 되면 적에게 이용당할 만한 것은 없애버리지 않으면 안 된다. 그것들을 하루에 모두 없애버렸다.

나무꾼까지 동원되어 사격에 방해가 되는 수목을 베어버렸다. 대장장이도 성내로 불려와 공병장교의 지시를 받아가며 지뢰를 만들었다.

또 군량을 쌓아두지 않으면 안 된다.

"성내에 쌀이 얼마나 있는가."

다니가 지난 2월초에 회계담당에게 물었을 때는 항시 열흘치 정도 밖에 비축하지 않는다는 대답이었다. 다니는 불안했으나 그렇다고 금방 어디서 쌀을 대량으로 사들일 수는 없었다. 만약 그렇게 하면 삽시간에 소문이 퍼져 정부가 개전준비를 하고 있다거나 사쓰마 군이 대거 습격해온다는 소문으로 민심이 어수선해지거나 반란이 일어나기 십상이었다.

다니는 그때까지 쌀을 매입하지 않고 있다가 15일부터 일제히 사모았다.

다행히 이때가 구정이었기 때문에 쌀이 시중 도매점에 많이 나와 있었다. 그것을 사모아 성내에 운반하니 5백여 석이나 되는 방대한 양이 되었다. 3천 명의 병사를 족히 한 달간은 먹일 수 있으리라. 하지만 나중에 이 쌀은 19일에 원인을 알 수 없는 불로 천수각이 타는 바람에 한 톨도 남지 않고 타버렸다.

17일, 다니와 그의 사령부는 더욱 분주해졌다.

'사쓰마 인 2만 5천명이 고메노쓰(米津)항에 출현했다.'

이날 이런 정보가 들어와 다니는 긴장했다. 사쓰마 군이 다른 경로를 취하지 않고 결국 구마모토로 진격한다는 것이 명백해진 것이다.

이 정보를 전후하여 현청에서 전보의 복사문을 들고 사자가 왔다. 도쿄로부터의 전보였다. 발신인은 대경시 가와지 도시나가였다.

'오늘 적의 동태는 어떤지. 진대병은 아직도 아시키타(芦北)에 출동하지 않았는지.'

도쿄의 가와지가 구마모토 진대의 둔한 움직임을 안타깝게 여기고 있는 모습이 잘 나타나 있다.

이 전보만큼 대경시 가와지 도시나가의 성격과 그의 고향인 사쓰마의 반정부 사족에 대한 통렬한 감정이 노골적으로 드러난 것은 없을 것이다.

가와지는 성격상 세상을 적과 우리 편으로 나누어 생각하는 면이 있었는데 대경시라는 직분 때문에 그런 경향이 더욱 심해졌다. 그처럼 흑백논리가 강한 그에게는 전국의 불평사족이 그의 적이었으나 특히 자신의 고향인 사쓰마에 대해서는 한결 더 그랬다. 만약 그가 문벌 있는 사족 가문에 태어났더라면 대경시로서의 이런 성향은 꽤나 달라졌을 것이 틀림없으나, 애석하게도 그는 '하루걸이 헤코(농사일과 무사를 번갈아 한다는 뜻)'라고 상급무사의 놀림을 받는 향사 출신이었다. 그가 자주 쓰는 표현에 의하면 '소나 말처럼' 취급되어 온 것이다. 다른 사쓰마 향사에게는 크게 고민거리도 아닌 일이지만, 가와지같이 자존심이 유달리 강한 성격으로 보면 그의 정신에 집념을 만들어 낼 정도로 깊은 원한을 품게 했던 것 같다. 그렇지 않다면 그가 귀향조를 편성하여 그들에게 결사의 각오를 굳히게 했을 때 "그 원한을 잊었는가"라는 격렬한 말은 내뱉지 않았을 것이다.

이번 작전에 있어서도 가와지는 군인도 아니면서 적극적으로 작전안을 제시하고 각 방면에 명령을 내렸다.

"적이 현 밖으로 나오면 즉각 공격하라."

가와지는 농성전을 미온적이라고 생각했다. 진대군이 적극적으로 야외에 전개하여 아시키타에서 사쓰마 군을 섬멸해야 한다고 주장했다.

'진대병은, 아직도 아시키타에 출동하지 않았는지.'

구마모토 현청에 보낸 전보는 가와지의 이런 심상치 않은 열기의 발로라고 할 수 있다.

복사한 전문을 본 가바야마 참모장의 반응도 심상치 않았다. 가바야마는 사이고를 좋아했고 그와 관련하여 가와지를 싫어했으며 또 상급무사로서 가와지의 출신 성분을 업신여기기도 했다. 도사 인 다니의 앞인데도 불구하고 노기를 띠고 복사문을 구겨 마루바닥에 던져 버렸다.

"이 자가 도대체 뭐라는 거야?"

2월 18일, 마침내 사쓰마 군의 홍수가 구마모토 현의 남부를 침범하기 시작한 느낌이 농후하게 풍기게 되었다. 그에 관한 정보가 종일토록 현청과 사령부에 들이닥쳤다.

"가바야마 중령, 이젠 머리띠를 둘러도 좋을 것 같은데 어떻게 생각해요."

다니 다테키는 부하인 가바야마 중령에게 정중하게 물었다. 공공연하게 시중에 방위조치를 펴도 되겠다는 의미이다. 시내는 이미 교외로 피난하는 무리 때문에 거리가 혼잡하고 어지러운 상태에 놓여있었다.

가바야마는 좋다고 대답하고, 진대 부근에 야간통행 금지구역을 설치하고 요소요소에 지뢰를 묻었다.

이튿날, 의외의 인물들이 구마모토 현청에 나타났다.

"가고시마 현청 오야마 쓰나요시의 특사."

이렇게 칭하는 사쓰마 인들은 가고시마 현 권중속(權中屬) 하라 사쿠조(原作藏), 동 권소속(權少屬) 다카기 마사에, 동 등외(等外) 1등출사 우주쿠 유키노리(宇宿行德), 시노자키 신페이라는 자들이었다.

　오야마가 구마모토 현청에 보낸 서신과 사이고 다카모리 대장이 구마모토 진대 사령장관 앞으로 보낸 서신을 휴대하고 있었다.

　도미오카 권령은 직접 이들을 응접한 뒤에 그들을 사령부로 보냈다.

　다니 다테키는 사이고의 사자를 자칭하는 자들을 만날 것인지 아닌지 생각에 잠겼다. 그리고 결심했다.

　'가바야마와 만나게 하자.'

　다니의 걱정거리는 사이고나 사쓰마 군보다도 자기 군대의 가바야마 스케노리 등 사쓰마계의 진대 간부였다. 그들이 진심으로 사이고와 싸울 마음이 있는지, 아니면 자진하여 그들에게 몰래 연락할 셈인지, 다니로서도 판단이 서지 않았다. 여하튼 다니는 가바야마 이하 그들을 믿고 나갈 수밖에는 없고, 믿는 이상 접대는 일체 가바야마에게 일임해야겠다고 생각했던 것이다. 이런 다니의 태도에 가바야마는 감동했던 것도 같다.

　가바야마는 밀담으로 보여질 것을 피하기 위해 본영 앞 천막에서 응접하기로 했다.

　안내 장교가 4명의 가고시마 현리를 데리고 들어오자 가바야마는 적이 어처구니없다는 듯한 목소리로 제3석인 우주쿠 유키노리를 보고 말했다.

　"아니 자네가……?"

　우주쿠는 가바야마의 친척이었다. 가바야마 자신의 회고담을 인용하면 이와 같다.

　'그런데 사이고의 사자는 뜻밖에도 나의 먼 친척이 되는 우주쿠라는 별스럽지도 않은 자여서 나는 우선 무슨 용건이냐고 물었다.'

　우주쿠 등은 사이고가 육군 대장으로서 육군 소장인 다니 다테키에게 보내는 서신을 보여주었다. 이 서신에 대해서는 앞에서 언급했다.

　'나는 상경한다. 따라서 귀하는 부대를 정렬시켜 나의 지휘를 받으라.'

　아무리 사이고를 숭배하는 가바야마도 어처구니가 없어, 이걸 설마 사이고가 쓴 건 아니겠지 하고 소리를 질렀다.

　가바야마가 알고 있는 사이고는 예절바른 사람으로 오만한 데가 없어 아무리 생각해도 이런 식의 편지를 쓸 까닭이 없었다. 그래서 가바야마는 "이게 진짜냐"고 몇 번이나 물었다.

　"진짜고 말고요."

우주쿠 등이 응수하여 잠시 그런 낮은 차원의 문답이 오갔다.

사이고의 사자에 대한 참모장 가바야마 스케노리 중령의 응접태도는 거의 싸움이라고 해도 좋았다.
그것은 4명의 사자에게 의외의 느낌을 주었다. 그들은 진대의 가바야마가 사이고의 문하생이나 다름없는 위치에서 사이고의 '육군 대장'으로서의 서신을 접하면 무릎을 꿇고 거기에 승복할 것으로 믿고 있었다.
물론 가바야마는 사이고의 은혜도 느끼고 있었고 존경도 하고 있었으나, 그렇더라도 이 서신은 제정신으로 쓴 것이 아니라고 생각했다.
"정렬하여 지휘를 받으라니 무슨 말인가. 참말로 사이고 선생이 이렇게 말씀했는가."
몇 번이나 물었다.
네 명의 사자는, 실은 이 편지는 현청의 곤도 히로시가 대신 썼다고 말하기가 어려워 정말이라고만 되풀이했다.
가바야마도 대필일 것으로 짐작은 했다. 그러나 설사 대필일지라도 가고시마 현 관리들의 분수 모르고 날뛰는 병폐가 여기까지 왔는가 하고 어처구니가 없었다. 가바야마는 그다지 시야가 넓은 사람은 아니었다. 하지만 정보가 부족한 현내에서 입에 발린 소리만을 접하는 사이고를 비롯한 사학교 생도나 현리들과는 다소 기분상의 차이는 있었다.
"선생은 현직이 아닌 사인(私人)이 아닌가?"
가바야마가 말했다. 현직이 아닌 사인이 단신 상경한다면 모르되 1만 수천 명의 병력을 이끌고 상경하면서 구마모토 진대에 명령을 내린다는 것은 있을 수 있는 일인가 없는 일인가. 그 점을 꾸짖듯이 말했다.
"그거야 당연하다."
4명의 현리는 말했다.
"사이고 선생은 앞서 공직을 사퇴하고 귀향하셨지만 정부는 뒤쫓아 근위도독직의 사직은 인정하나 육군 대장은 종전대로라는 사령장을 내려 보냈다. 그 사실을 가바야마 씨, 당신은 모르셨던가?"
"그 육군 대장이란 것은 신분이 아닌가?"
가바야마는 상대방의 몰이해를 개탄하면서 더욱 언성을 높였다.
"그렇지가 않다니까."

사자들도 목소리가 커졌다.

"육군 대장은 일본국의 병마권을 장악하는 자이며, 사이고 선생 자신도 그렇게 말씀하셨다."

"정말 그리 말씀하셨다. 사학교 본영에서 오야마 현령이 사이고 선생의 말씀을 똑똑히 들었다."

"과거의 정이대장군과 비슷한 것이란 말이지."

"그렇다."

사자들은 고개를 끄덕였다.

가바야마는 더 이상의 입씨름은 불필요하다고 생각했다.

"어쨌든 일개 개인이 대군을 거느리고 마음대로 행동하는 것은 국법에 어긋나는 일이다. 구마모토 진대로서는 절대 통과시키지 못한다. 이 뜻을 돌아가 복명하라."

사자는 그 뒤 구루메에서 고쿠라로 간다고 했으나 가바야마는 그것도 금하고, 회담을 종결지었다.

"좌우간 가고시마로 돌아가라."

다니 다테키는 그 뒤 응대 상황과 결과를 가바야마에게서 듣고 다소나마 안도하였다. 다니로서는 사이고의 사자 따위는 어린아이 장난 같은 짓이라고 처음부터 문제 삼지도 않았으나, 가바야마의 태도가 뜻밖에 결연하여 적이 마음이 놓였던 것이다.

불길

구마모토 성 밑 거리의 사람들은 사농공상을 불문하고 이 성지의 천수각을 '천수님'이라 부르고 있었다. 구마모토 성은 희귀하게도 큰 천수, 작은 천수, 망루 세 개의 천수각이 있었다.

성 밑 사람들은 그 천수각들을 이렇게 부르고 있었다.

'첫째 천수님, 둘째 천수님, 셋째 천수님.'

모든 천수각 덧문은 비 오는 날과 밤에는 닫고 아침 8시부터 열어 둔다. 밤새도록 내리던 비가 아침이 되면서 개이고 8시에 모든 덧문이 일제히 열리면 거리 사람들은 마음마저 개인 듯이 말했다.

"아아, 오늘은 천수님이 열렸다."

때로는 그날의 날씨를 가늠하는 기준이 되기도 했다.

"천수님이 열렸으니까 오늘은 날씨가 좋을 거야."

성 밑 사람들에게 이 성은 권력과 권위의 상징일 뿐만 아니라 신비감을 주는 의지처가 되고 있었다. 그들이 아침 저녁으로 바라보는 이 성이 거성이고 명성이라는 것도 자랑스러웠지만 무엇보다도 가토 기요마사의 작품이라는 사실이 감정의 밑바닥에 깔려 있었을 것이다.

기요마사에 대한 히고 인의 숭배는 다른 지방 사람은 쉽게 이해하기 힘들 정도로 깊은 데가 있어 차라리 종교적이라고 할 정도였다.

히고는 난국(難國)으로 일컬어졌다.

개인적인 욕망이 강하고 남과의 타협을 좋아하지 않으며 외고집을 미풍으로·여기는 기질이 있었다. 그래서 전국 시대의 1국 통일의 유행기에도 히고는 통일 영주를 탄생시키지 않았고, 중앙에서 도요토미(豊臣) 정권이 성립하여 히데요시가 사사 시게마사(佐佐成政)를 영주로 내려 보냈을 때도, 히고의 토박이 무사들은 이를 반기지 않고 맹렬한 폭동을 일으켜 시게마사를 내쫓아버렸다.

그 뒤에 기요마사가 왔다. 기요마사는 타국인이었으나 그의 인품을 히고 인은 좋아했다. 히고 인이 좋아하는 무사다운 풍모도 그렇고 토목의 천재적인 기술자였던 그는 크게 농업토목에 힘써, 그 고장 사민의 이익을 도모했다.

긴 일본 역사 가운데 한 인간이 한 지방의 온갖 계층으로부터 신인(神人)적인 개인숭배를 받은 예는 가토 기요마사와 사이고 다카모리 외에는 거의 생각할 수 없다.

이것은 에도 초기에 가토 가문이 몰락하고 호소카와(細川) 가문으로 바뀐 뒤로도 변화가 없었다. 호소카와 가문은 이 다스리기 어려운 구마모토에 들어올 때 기요마사의 위패를 맨 앞에 받들고 들어왔다고 전해진다.

입성한 호소카와 가문의 초대 번주 다다토시(忠利)는 본성에 올라가 멀리 기요마사의 묘소를 향해 꿇어앉은 뒤 "당신의 성을 잠시 맡아 관리하겠습니다" 하고 이례적인 행동을 보인 것은 민심을 얻기 위한 것이었지만 히고 인들의 기요마사에 대한 숭배가 얼마나 지극했던가 하는 좋은 예가 될 것이다.

호소카와 가문은 '첫째 천수님'에 기요마사의 목상을 모셔놓고 번주는 본성에 거처하지 않고 성곽 밖이라고도 할 수 있는 화초원에 거처했다는 것도 민심을 얻는 일과 무관하지는 않다. 구마모토 인들에게 구마모토 성은 기요마사의 성이고, 그들이 이 성을 '기요마사 공(淸正公)'의 영묘로 여기고 있었던 만큼 "천수님이 열렸다"면서 날씨를 점친 것도 수긍이 가는 일이라고 하겠다.

다니 다테키 이하 사령부 간부들도 자칫 공포에 사로잡히기 쉬운 진대병들에게 자신감을 주기 위하여 번번이 하급장교를 시켜 병사들을 설득하게 하였다.
"기요마사 공이 지으신 성이 패할 까닭이 없다. 이 성을 의지하여 싸우면 반드시 기요마사 공의 혼령이 도울 것이다."

전쟁이 끝난 후인 메이지 11년(1878) 1월 24일, 구마모토 진대의 중령 노기 마레스케가 제주(祭主)가 되어 성내에 기요마사를 모시는 제단을 만들어 위령제를 베푼 것은 이 농성전에서 기요마사와 그 성의 영험에 힘입은 바가 컸기 때문일 것이다.

구마모토 성의 견고함은 독특한 돌담의 역학구조를 예로 들어 흔히 설명하지만, 물에 있어서도 기요마사의 설계는 빈틈이 없었다. 그는 우물을 성내에 120군데나 팠는데 그것이 에도 시내를 지나 구마모토 농성지까지 사용됐다. 그 우물들이 모두 규모가 크고 매우 깊었으며 수량이 풍부했다.

다이쇼 시대(大正 1912~1926)의 어느 무렵 제6사단에서 준설 공사를 했을 때 인부 30명을 동원하여 두 마리의 말이 물통 둘을 매달고 1분간에 21섬 2말의 물을 퍼냈는데 종일토록 이 작업을 한 결과 수심이 겨우 9척이 줄었을 뿐이었다고 한다.

호소카와 가문에서 기요마사의 성을 얼마나 존중했는가 하는 다른 예를 들면, 에도 시대 내내 호소카와 가문은 모든 성곽을 기요마사 당시대로 보존하여 단 하나의 건물도 증축하지 않았다. 전쟁때 쓰는 여러 도구조차 기요마사 당시대로 보존하고 있는 한 모퉁이가 있었다.

오스키야 문(御數寄屋門)으로 들어가 오른쪽으로 가면 5층의 망루가 거뭇하게 솟아올라 있다. 이 망루의 1층이 꽤 널찍한 홀로 되어 있는데, 이 홀에서 '첫째 천수님'까지 이르는 동안 옥외로 나가지 않는다. 다시 말해 탄환에 몸을 노출시키는 일없이 올라갈 수 있는 것이다. 도중에는 굵다란 서까래로 짜여진 동굴 비슷한 곳을 지나고 때로는 방들을 지나 층계를 오르내리기도 한다. 거기는 옥내이면서도 양쪽은 돌담으로 되어있다. 그 돌담 군데군데에 문이 달려있는데 그것을 열고 들어가면 바로 병기고로 되어 있어 총, 창, 방패 등이 꽉 들어차있다. 이 무기들은 기요마사가 놓아둔 것인데 호소카와 시대에도 일체 손을 대지 않은 채 메이지 시대에 이르고 있었다.

그와 같은 석실의 몇몇은 병량고였다. 쪄서 말린 찹쌀의 보존성을 더욱 높이기 위해 치자로 노랗게 물을 들여놓았다. 매실장아찌와 소금도 있었다. 그 모두가 기요마사 시대에 만들어진 것이므로, 메이지 시대에 이르러서는 퍼석퍼석해져서 도저히 식용으로 쓸 수 없었다. 어쨌든 기요마사는 농성을 생각하고 거기까지 배려했던 것인데 다행히 이 성은 전쟁에 휘말려든 적이 없었다. 이제 그 전쟁의 운명이 히고 남쪽에서 다가오고 있는 것이다. 기요마사는 아직도 이 성의 구석구석에서 숨쉬고 있었다. 말하자면 기요마사와 사이고가 싸우는 것과 같았다.

2월 19일의 히고 지방은 오랜만에 맑은 날씨였으나 바람이 강했다. 이날, 어제와 같은 수라장은 아니지만 성내에서는 여전히 농성준비 때문에 인부와 목수들이 들어와 성내 여기저기서 일하고 있었다.

때마침 다니 다테키와 참모장 가바야마 스케노리는 성내의 수비상황을 순시하고 있었다. 게바교(下馬橋), 고성, 후지사키 신사(藤崎神社), 가타야마(片山) 저택, 옻나무 밭, 지바 성(千葉城 : 성곽 내에 있는 옛 성터), 별성 등에 배치된 모든 부대를 순시하는 동안 거의 한낮이 되었다.

다니 다테키 일행이 무슨 소리엔가 놀라 뒤를 돌아보니 멀리 본성에 있는 사령부 근처에서 무서운 기세로 검은 연기가 치솟고 있었다.

깜짝 놀라 뛰어가니 당직 중이던 고다마 겐타로와 마주쳤다. 고다마는 탄약고를 지키기 위해 뛰어갔다.

"천수각에 불이 났습니다. 서원도."

그 천수각이 불타는 모양을 거리에서 실제로 본 사람의 이야기가 남아있다.

그 무렵 성내에 오포대(午砲臺)가 있어서 정오가 되면 시간을 알리기 위해 날마다 대포를 쏘았다. 그것과 비슷한 소리가 들리면서 땅이 울렸다.

'오포치고는 좀 이른데.'

이렇게 생각하고 있으려니까 또다시 오포 비슷한 소리와 함께 이상한 땅울림이 두 번 일어났다. 시간은 오전 11시에 가까울 무렵이었다고 한다.

밖으로 뛰어나가 보니 구마모토 성에서 검은 연기가 뭉게뭉게 솟아오르고 있었다. 다니 다테키와 가바야마 스케노리 일행이 성내 순시 중에 뒤를 돌아보고 이변을 안 것도 그 무렵이었을 것이다.

성내에는 다니 다테키의 부인 구마코(玖滿子)를 위시하여 장교 가족이 19명 있었다. 이 사람들은 성 밖에 거주하고 있었는데 함께 농성을 하기 위해 17일에 성내에 들어와 구마코의 지시를 받고 있었다.

거처는 천수각 옆의 서원이었다. 구마코는 다다미를 창문 밖으로 내던져 몇 장 포개 놓고 일동을 인도하여 창문에서 뛰어내리게 했다.

요쿠라 중령 부인 쓰루코는 만삭의 몸이었다. 그녀는 쇼와 12년(1937)에 89세로 세상을 떠났는데 그녀의 말에 의하면 불은 서원 가까이에서 났다고 한다. 다 함께 비상문을 통해 안전한 곳으로 몸을 피했다.

"천수각이 불타는 모습은 굉장했다. 아래층 창문에서 화염이 뿜어 나와 눈 깜짝할 사이에 위로 치솟았다."

쓰루코는 말하고 있다.

첫째 천수님으로 불리는 천수각과 그것과 나란히 있는 둘째 천수님도 시뻘건 불덩이가 되었고, 그 옆의 서원과 망루들도 소실되었다.

농성군의 타격은 무엇보다도 군량이었다. 얼마 전에 급히 사들인 5백여 석, 능히 한 달은 버틸 수 있다고 계산했던 쌀을 대량의 땔감과 함께 천수각에 쌓아 놓았는데 모두 재가 되고 말았다.

방화인가?

이날 찾아왔던 가고시마 현청의 사자가 불을 질렀다는 소문이 성내에 유포되었다. 그러나 전후사정으로 보나 사람됨으로 보나 그들이 그와 같이 대담하고 교묘한 짓을 했으리라고는 생각되지 않는다.

또 성 안 사정에 밝은 사쓰마 인이 한 짓이 아닌가 하는 소문도 나돌았다.

진대 사령부의 경리계에 오카모토라는 사쓰마 인 육군 상사가 있었는데 개전 전에 휴가를 얻어 귀향 중이었다. 성내가 농성준비로 발칵 뒤집혔을 때 그가 인부로 위장하여 천수각에 불을 질렀다고 한다. 그것은 이런 사건에 따르게 마련인 소문일 뿐 증거는 없다.

실화설도 있다. 장교 가족이 성내에 들어와 서원에서 공동취사를 하게 되었는데 누군가가 실화했다는 것이다. 이것도 증거가 없다.

이 밖에 자소설(自燒說)이 있다. 수장 다니 다테키가 은밀하게 사람을 시켜 불을 놓았다는 것이다. 천수각을 불태움으로써 사졸들로 하여금 배수진의 결의를 굳게 하기 위해서라고 한다. 혹은 전투 중에 천수각이 탔을 경우의 혼란과 사기의 저하를 생각하고 미리 태웠다고도 한다.

확실히 두 천수각이 소실되면서 사졸들의 사기는 높아졌다. 《정서전기고(征西戰記稿)》에 다음과 같은 내용이 있는 것을 보아도 알 수 있다.

'이 화재 뒤에 사기는 오히려 더 높아졌다.'

원래 이 천수각은 가토 기요마사의 고심작이라고는 하지만 소총 사정이 2백 미터 정도로 16, 17세기에는 천수각으로의 효력이 있었으나, 다니 다테키의 이 시대에는 대포와 사정거리를 감안할 때, 방어측은 거대한 장작더미를 지고 있는 것과 같아서 방어작전으로서는 미리 태워버리는 편이 무난하다면 무난했다.

그러나 다니가 계획적으로 소각시켰다는 설에는 무리가 있다. 이 천수각에 일껏 사들인 군량 5백 석이 꽉 들어차 있던 것이다. 그것을 다니 자신이 태우다니 아무리 생각해도 수긍이 가지 않는다. 또한 천수각 옆에 탄약고도 있었다. 고다마 소령 등의 소화 지휘로 간신히 탄약을 끌어내기는 했으나 계획적인 방화라면 탄약 정도는 다른 데 옮겨놓았을 것이 아닌가.

다니의 인품으로 보아도 이런 설은 지나친 억측으로 생각된다. 다니는 솔직하고 감정의 기복이 심하긴 하나 대체로 사람을 속이거나 영웅적인 조작을 할 수 있는 재목은 아니었다. 일부러 불을 질렀다는 설은 다니 다테키에 대한 일종의 과대평가라고 할 수 있을지 모른다.

그러나 자소설이 떠돈 만큼 이 천수각 화재는 군의 사기를 높이는 데 큰 도움이 되었다. 천수각이라는 짐스러운 건조물을 태워버린 후에도 그 불티는 열풍을 타고 사방으로 흩어져 성 밑의 거리거리를 불태우기 시작했던 것이다.

이날 북서풍이 세차게 불어 닥친 것이 구마모토 시내의 사람들에게는 큰 불행이었다.

거대한 불기둥으로 변한 천수각에 거센 바람이 회오리를 일으켜 어마어마한 불티를 가까이 또는 멀리까지 날려 보냈다. 더욱이 반쯤 타버린 뒤의 불티는 걷잡을 수 없이 사방으로 흩날렸다. 제일 먼저 타오른 것이 바람이 불어가는 방향의 야부노우치(藪內)와 쓰보이(坪井) 방면의 민가였다.

성의 화재는 본성의 구조물이 전부 타버린 오후 3시 경에는 일단 가라앉았으나 그 무렵에는 시내가 활활 타오르기 시작했던 것이다.

바람이 세서 불길이 번지는 속도가 빨라 소화 작업 어쩌고 할 겨를이 없었다. 경찰관이 사방으로 뛰어다니고 있었다. 아직 불이 붙지 않은 동네에 들이닥쳐서는 "어서 피하라"고 아우성쳤다.

이것이 시민들의 공포심을 부채질 했다. 모두 불을 끌 생각은 하지 않고 가재도구를 길가에 내동댕이친 채 도망치기에 바빴다.
"진대에서 불을 지르며 돌아다닌다."
이런 뜬소문도 거리거리에 나돌았다. 이것도 공포를 부채질했다. 진대에서 방화하고 있다면 불은 끄나마나라는 마음이 전 시민을 지배했다.
특히 야마사키초(山崎町), 사이쿠초(細工町), 신마치(新町), 시오야초(塩屋町) 등에서는 불을 등지고 달려온 경관들이 저마다 아우성쳤다고 한다.
"진대에서 불을 놓고 다닌다."
현리인 경관은 토박이 구마모토 현 사족들인데 그들은 중앙정부의 대표인 진대 사령부 및 농민병인 진대병과 사사건건 감정적으로 대립해 왔는데 이 화재로 그 감정이 노골적으로 드러난 셈이었다. 대부분의 구마모토 현 사족으로서는 중앙 정부야말로 히고 인민에 대한 생활 및 문화의 가해자라는 사고방식을 떨쳐버릴 수가 없었다. 이것은 구마모토 현 사족인 경관에게도 마찬가지였다.
옛 성 밑 거리의 화재도 어쩌면 그랬을지도 모른다. 무사 저택이나 민가는 농성전의 경우 으레 공격 측의 거점으로 이용되기 때문에 전국 시절에는 전술적 습관으로 그것을 태워버리는 것이 통례였다. 진대 사령부도 그렇게 하고 싶었을 것이다.
때마침 화재가 일어났기 때문에 틈을 노려 연소를 확대시키는 방법을 취하지 않았나 생각된다. 이런 까닭도 있어 그날 밤, 불은 크게 번져 동이 틀 무렵에는 옛 성 밑 거리의 9할이 타버리고 말았다.

사령부에서는 일껏 비축한 한달치의 군량을 태웠기 때문에 즉시 보충작업에 착수했다.
참모장 가바야마는 경리부원 3명에게 그것을 지시했다. 가바야마의 말에 의하면 3명의 경리 부원은 상황이 상황인 만큼 사민의 습격을 겁내 각자 허리에 일본도를 차고 병졸과 인부를 거느리고 쌀가게를 찾아다녔다.
방법은 약탈에 가까웠다. 주인과 대면하여 매매교섭을 하는 것이 아니라 다짜고짜 쌀창고의 문을 열게 하고 인부를 시켜 쌀을 끌어낸 것이다. 주인이 없어도 상관하지 않았다. 심한 예는 광문을 멋대로 비틀어 열고 마구 쌀을 실어낸 다음 증서만 내던지는 식이었다.

'백미 50석 구매'

이런 방법으로 하루 이틀 사이에 6백여 석의 쌀을 긁어모았다. 그 밖에 된장, 간장, 소금, 술 등도 성내에 비축했다.

아무리 강탈과 다를 바 없다고 하지만, 만약 이 성이 히고와 같은 곡창지대에 자리하고 있지 않았다면 그렇게 많이 모으지 못했을 것이다.

예정된 수비병도 다소는 충원했다.

두 천수각이 타버린 19일 저녁나절, 고쿠라의 제14연대의 일부(3백 여명)가 고쿠라에서 도보 행군을 거듭하여 입성했다.

20일, 도쿄 경시청 소속 경관으로 편성된 '도쿄 경시대' 6백 명이 와타누키 요시나오(綿貫吉直) 경시의 인솔 아래 입성했다. 그들의 파견은 가와지 대경시의 상신으로 내무경 오쿠보 도시미치가 하명한 것인데 전원이 사족인 만큼 각개 전투력은 진대보다 강한 것으로 평가되었다.

"경시대가 입성했다."

이 소식은 구마모토 현 권령인 도미오카를 크게 기쁘게 하여 시를 지어 읊었을 정도였다.

20일에는 방어선이 완성되었다.

도쿄 경시대는 보병 2개 중대, 산포 5문, 구포 2문과 더불어 우즈메 문(埋門) 근방에 배치되었다.

성내의 옛 지바 성 시대의 한 지역은 '지바 성'으로 불리고 있었는데, 이 근처에는 보병 2개 중대를 주력으로 야포 1문, 산포 1문이 배속되었다.

게바교 부근에는 보병 2개 중대와 도쿄 경시대의 일부(50명), 야포 1문, 산포 1문, 구포 1문. 고성 부근에는 보병 2개 중대, 산포 2문, 구포 1문이 배속되었다.

본영은 화재를 면한 망루에 설치되었다. 본영이 가진 예비병력은 보병 2개 중대다. 농성병의 수는 3,515명이고, 포는 모두 합하여 26문이었다.

혈야

 되풀이하여 강조하는 것 같지만, 구마모토 성에 화재가 발생한 것은 2월 19일이다.
 이날 쌍방의 움직임을 보면 사쓰마 군은 선봉 벳푸 신스케의 부대가 강행군을 거듭하여 이미 히고 평야에 들어와 마시키 군(益城郡) 오가와(小川) 역참에서 숙영했다.
 사이고는 이날 사쓰마의 요시마쓰에서 휴가(日向)로 들어가 에비 고원의 요시다(吉田) 온천에서 유숙했다.
 한편 도쿄 정부에는 사이고가 진발했다는 보고가 연이어 들어오고 있었다. 정부는 교토에 있는 산조 사네토미에게 일일이 그것을 보고했다. 마침내 토벌을 결정한 것은 2월 19일이다.
 참고로 사이고 군에서는 매우 주관적인 상정이기는 하지만 전면전이 펼쳐질 것이라는 예상은 하지 않았다.
 사이고와 기리노 등도 자기들이 가는 곳 어디에서나 정부군이 위축되어 결국은 시위적인 여행을 거듭하면서 무사히 도쿄에 들어가게 될 것으로 믿고 있는 기색이 짙었다. 그런 의미에 있어서는 먼저 '토벌'을 결의한 정부측이 사쓰마 군보다 전쟁을 시작하는 데 더 열심이었다고 할 수 있다.

이 토벌령은 태정대신 산조 사네토미의 이름으로 포고되었다. 날짜는 2월 19일이다.

다음은 그 전문.

'가고시마 현의 폭도는 병기를 멋대로 휴대하고 구마모토 영내에 난입, 국헌을 문란케하는 등 반란의 흔적이 역력하므로 토벌하라는 어명이 내려졌다. 그 뜻을 하달하노라.'

토벌 총독에는 사이고를 능가하는 존재라고 하여 2월 19일자로 아리스가와노미야 다루히토(有栖川宮熾仁)가 선출되었다.

친왕인 다루히토는 10년 전, 보신전쟁 때 사이고가 그를 정동군(征東軍) 대총독으로 받들고 에도에 육박한 일이 있다. 사이고는 후일, 위의 사실을 알았으나 소감을 일체 말하지 않았다.

또한 정부는 정3품 육군 대장 사이고와 정5품 육군 소장 기리노, 시노하라 등 3명이 관직을 앞세우고 연도의 현청이나 진대에 명령을 내리고 있다는 것을 구마모토 진대의 보고로 알고 25일부로 3명의 관위를 박탈했다.

이튿날인 20일, 사쓰마 군의 선봉인 벳푸 신스케의 2개 대대는 히고 평야를 북진하여 구마모토 성 밖의 가와지리(川尻)에 이르렀는데 거기서 머물면서 후발군의 도착을 기다렸다.

가와지리는 미도리 강(綠川) 연변에 있다. 이 일대가 들이었는데 구마모토 시내까지 겨우 6, 7킬로 밖에 안 된다. 벳푸는 이미 구마모토 성이 타오르는 것을 보았고 또 척후를 내보낸 상태라 옛 성 밑 거리의 화재와 사민의 동요도 잘 알고 있었다.

"시내를 불태웠다는 것은 구마모토 진대가 끝까지 싸운다는 결의를 보여주는 것이다."

벳푸는 뜻밖이라는 얼굴로 옆에 있는 사람에게 술회했다. 벳푸가 의외의 감상을 가졌다는 것은 구마모토 진대를 가상하게 보았다는 말이 되는 것이다.

19일 밤부터 진대 사령부에서는 '가와지리'라는 지명이 빈번하게 등장했다.

　20일 오후가 되어 가와지리에 도착한 사쓰마 군의 인원수가 2천명 이상이라는 보고가 들어왔다. 어느 모로 보나 사쓰마 군의 선봉이 틀림없고 그들이 가와지리에 머문 채 민가에 분숙한다는 것을 보아도 후속부대를 기다리고 있는 것 같았다.

　구마모토 성에서는 다니 다테키의 결단에 의해 농성이라는 방침이 결정되어 있었다.

　"하지만 성의 코앞에 적병이 접근하고 있는 것을 가만히 보고만 있어야 하나?"

　참모장 가바야마 스케노리 중령은 다른 참모에게 자주 그렇게 말했다. 사쓰마 출신인 가바야마는 공격 외에 전쟁은 생각할 수 없다는 식의 인물로 농성전의 참모장으로는 적합하지 않았다. 그는 계속 가와지리의 적을 공격하고 싶어 했다.

　"좌시한다면 성내 사기에 영향이 미친다."

　이에 대하여 조슈 출신 참모 고다마 겐타로 소령은 전술적으로 이런 종류의 공격은 옳지 않다고 생각했으나 가바야마 참모장의 입장을 생각하여 적극적인 반대는 하지 않았다.

　'이 사람은 스스로를 증명하고 싶은 것이겠지.'

　명민한 고다마는 그렇게 생각했을 것이다.

　가바야마가 사이고를 열렬히 숭배하는 사쓰마 인이라는 성내 간부들이 모두 알고 있었다. 그런 만큼 가바야마가 진심으로 사쓰마 군과 싸우겠는가, 하는 의혹은 비록 입 밖에는 내지 않았으나 누구나가 한결같이 품고 있었다. 그와 같은 의혹을 은연중 사람들이 품고 있다는 것을 가바야마 스스로도 충분히 알고 있었을 것이다.

　가바야마로서는 단호하게 싸울 결의가 있다는 것을 모두에게 보여주지 않으면 안 되었다. 그래서 가와지리에 야전부대를 출동시키자고 했던 것이다.

　그것은 작전이 아닌 우책이라는 것을 고다마 겐타로는 잘 알고 있었을 것이다.

　진대병은 용맹성에 있어서 사쓰마 군과는 비교도 안 될 만큼 약하다. 그것을 사쓰마 인 가바야마는 잘 알고 있었고, 그것을 알면서도 굳이 이런 작전을 고집한 것은 그의 이기심 때문이라고 할 수 있다.

이 계획은 결국 위력 정찰 정도로 축소되었다.

"되도록 전투를 피하고 야음을 틈타 사쓰마 군이 숙영하고 있는 가와질의 민가에 불을 지른다."

다니 다테키도 허락하지 않을 수 없었다. 다니는 이 작전이 가바야마 자신의 불편한 심리에서 나온 것이라는 것을 잘 알고 있었으나 안 된다고 하면 가바야마의 심리상태를 더욱 복잡하게 할 뿐이었다. 다니는 허락했다.

진대측은 2개 중대 5백 명 정도의 야습부대를 내보냈다.

지휘관은 오사코(大迫)라는 사쓰마 출신 대위로 히고 지리에는 어두웠다. 그래서 전날 변장하고 척후로 나간 적이 있는 오카모토 중사를 붙여 길을 안내하게 했다. 오카모토는 뒤에 시미즈(淸水)로 성을 바꾸고 장교가 되었는데 이날 밤의 회고담을 남기고 있다.

부대가 구마모토 성을 출발한 것은 21일 오전 1시로 부대는 두 방면으로 나뉘었다. 1대는 본가도를 따라 남하하고 다른 1대는 안키 다리(安己橋)에서 우회로를 취했다. 안내자인 오카모토 중사는 고지마(小島) 대위가 지휘하는 우회부대와 함께 전진했다. 오카모토 중사는 유능하여 실제적인 지휘는 그가 했다고 해도 과언이 아니다.

행군은 물론 불이 없이 한다. 병사들은 전투가 처음이어선지 숨을 죽이고 걸었다. 다행히 아무 일 없이 가와지리 근처에 도착했다.

어둠 속에 미도리 강 제방이 보였다. 가와지리는 북안(北岸)에 있다. 이 동네는 구마모토 남쪽 교외에서 가장 큰 촌락으로 커다란 절간 지붕이 수목에 에워싸여 고요히 잠겨있고 민가에서는 하나같이 불빛이 새어나오고 있었다. 사쓰마 군이 들어차 있다는 것은 오카모토 중사의 정찰로 충분히 확인된 상태였다.

"여기서 잠시 기다리십시오."

오카모토 중사는 상급자인 고지마 대위에게 지시하듯이 말했다. 그 말에 따라 고지마 대위는 중대의 주력을 이끌고 가와지리 전방 5백 미터 지점에서 대기하기로 했다.

오카모토 중사는 병졸 몇 명을 이끌고 짚단, 기름통 등 방화도구를 짊어지고 때로는 허리를 구부리고 때로는 기어서 촌락 안으로 잠입했다.

오카모토는 절간을 본영이라 생각하고 그곳에 접근하려고 했다. 그때 등 뒤에서 한 방의 총성이 요란스럽게 일어났다.
 오카모토는 아뿔사 하고 생각했다. 대기시켜 놓은 진대병이 겁이 난 나머지 쏜 것이 틀림없는데 그것은 적에게 정보를 준 것이나 다름없었다.
 오카모토는 한 민가의 추녀 밑에서 몸을 엎드리고 있었다. 그 민가에서는 숙영중인 사쓰마 인들이 둘러앉아 술을 마시고 있는 모양인지 무척 소란스러웠다. 총성으로 그 소란이 일시에 멈췄다.
 "총소리 아닌가."
 이런 목소리가 들려왔다. 그러나 곧 그것을 부인하듯이 침착한 목소리도 들려왔다.
 "까짓 총성 따위로 떠들 건 없다. 물통 테가 끊어진 소리인지도 모르지."
 오카모토는 몸을 부들부들 떨면서 전국 이래 천하에 떨친 사쓰마 인의 용기라는 것이 어떤 것인지 어쩐지 알 것만 같은 심정이었다.
 총성이 한 방 뿐이었다면 그나마 다행이었으리라.
 계속하여 두 방째가 어둠을 찢었다. 진대병이 공포와 긴장을 이기지 못하고 그만 방아쇠를 당긴 것이리라.
 조용해졌던 사쓰마 인들은 두 번째 총성을 듣고는 잔을 내던진 모양으로 일부는 바깥에 나와 다른 민가에다 대고 소리쳤다.
 "조심들 해, 조심."
 다른 민가에서도 사쓰마 인들이 나왔다. 오카모토 중사는 이젠 틀렸다 생각하고 방화도구를 버린 채 그림자처럼 달려 가와지리(川尻) 거리를 벗어났는데, 그 무렵에는 횃불을 밝히고 칼을 뽑아 든 사쓰마 인들이 제방 위로 몰려들기 시작하고 있었다.
 그들은 응사하지 않았다. 벳푸 신스케가 무슨 일이 있어도 명령 없이는 총을 쏘지 말라고 엄중히 명령했기 때문이다.
 사쓰마 인들이 나와 돌아다니자 여기저기 잠복해 있던 진대병들은 더 이상 공포를 견디지 못하고 일어나 도망치기도 하고 함부로 총을 쏘아대기도 했다. 그 때문에 사쓰마 인은 적의 소재를 명확하게 파악할 수 있었다. 사쓰마 인은 바람처럼 달려가서 진대병을 베었다.
 진대병은 비명을 지르면서 달아났다. 그 꼴은 사쓰마 인이 예상한 대로의 농군병이었다. 사쓰마 인들이 덤벼들어 그들을 베었다. 누구 하나 저항하는 자가 없었다.

오카모토 중사가 중대 정지선까지 달려나와 보니 중대원 거의가 달아나버리고 겨우 80명 정도가 미친 듯이 총질을 하고 있었다. 고지마 대위는 칼을 뽑아 들고 그들을 장악하려고 뛰어다니고 있었으나 겁에 질린 그들의 귀에는 아무것도 들리지 않는 모양이었다. 오카모토는 순간적으로 꾀를 내어 병졸들의 귀에 들리도록 큰소리로 외쳤다.

"적은 소수다. 두려워할 것 없다."

고지마 대위는 전진을 명령했다. 병졸들은 간신히 백 미터 쯤 전진했다.

그러나 사쓰마 인의 방어선은 철통같았다. 그들은 이 상황에도 발포하지 않고 진대측 총성의 호흡을 가늠하고 있는 모양이었는데 이윽고 칼을 뽑아 들고 일제히 쳐들어왔다. 쳐들어올 때 지겐 류(示現流:검술 유파의 하나)의 기합인 듯 저마다 원숭이가 절규하는 듯한 소리를 끊임없이 질러댔다.

진대병들은 그 소리를 듣자 응전할 기력을 잃고 일제히 달아났다. 고지마 대위와 오카모토 중사의 제지도 듣지 않아 결국은 고지마와 오카모토도 달아났다.

사쓰마 군의 기록에 따르면, 이 당돌한 진대병의 습격에 대해 처음에는 말로 나무라기만 할 심산이었던 모양이다. 그런데 진대측의 난사가 심했기 때문에 부득이 칼을 빼들고 적진에 돌입했다고 한다. 진대병은 당황하여 병기 탄약을 내버리는 자가 많았고 더러는 실족하여 물에 빠지는 자도 있었다.

여하튼 진대의 야습은 실패로 돌아갔을 뿐만 아니라 사쓰마 군 측에 진대의 허약성을 결정적으로 드러내고 말았다.

기리노 도시아키는 히토요시(人吉)까지는 사이고 다카모리를 수행했으나 그 뒤 전선의 상황을 알아보기 위해 먼저 떠났다.

기리노가 혼자 몸으로 말을 몰아 벳푸 신스케가 주둔하고 있는 가와지리에 당도한 것은 21일 정오 경이다.

벳푸는 가와지리의 선종 다이지사(大慈寺)에 있었다. 기리노가 문앞에 이르러 말을 버리고 경내에 들어가니 벳푸는 대웅전 마루 위에 의자를 놓고 멀거니 하늘을 바라보고 있었다.

"신스케."

기리노가 밑에서 불렀다.

신스케는 기리노의 사촌 동생이다. 그는 기리노를 마루로 올라오게 하여 간밤에 뜻밖의 소동이 벌어졌다며 진대측의 야습을 보고하니 기리노의 얼굴에서 미소가 사라졌다.
'진대가 진짜로 싸울 셈인가.'
기리노로서는 뜻밖이었다. 기리노는 구마모토 성 밑 거리 따위는 무인지경을 가듯이 밀고 지나갈 작정이었다.
기리노가 진작부터 평론 신문사 등을 통해 얻은 정보로는 이 고장에는 반정부 기운이 넘쳐 흐르고 있으며 진대의 사관이나 하사관도 예외가 아니었다. 구마모토 진대는 방어전은커녕 그곳을 통과할 때는 군량이나 탄약을 내놓고 융숭하게 맞이해 줄줄 알았기 때문에, 기리노는 그런 마음으로 도쿄행 여정을 세우고 있었던 것이다.
오후가 되니 후속 대대가 속속 가와지리로 들어왔다. 가와지리는 인가가 천 호 이상이나 되어 그런 점에서 구마모토 성 밖의 알맞은 숙영지라고 할 수 있었으나, 이웃 현 사람들의 갑작스러운 방문을 소화하지 못하여 병사들은 광이나 헛간에까지 기어들어가 잤다.
가와지리 사람들은 사쓰마 인이 생소하지 않았다. 옛 막부 시절, 시마즈 공의 참근 교대(지방의 영주들을 에도로 불러들이던 제도) 때 이곳을 숙소로 삼았기 때문이다.
가와지리의 노인들 가운데는, "15년 만인가 원" 하면서 한가로운 화제를 꺼내는 사람도 있었다.
오후 일찍 도착한 대대는 2번 대대였다. 기리노는 무라타 신파치와 다이 지사에서 만났다. 출발한 지 며칠도 되지 않았는데 굉장히 오래된 것 같이 느껴졌다.
"구마모토 진대는 맞서 싸울 생각인 것 같다."
무라타 신파치도 인정하는 바였다. 서둘러 방침을 수정하지 않으면 안 되겠다고 판단했다. 사이고와 지휘관들이 가와지리에 모이는 것을 기다리기보다 우선 뒤따라오는 전군에 상황의 변화를 알려주지 않으면 안 될 것이다.
이제까지는 발포하지 말라고 전군에 시달했으나 하여간에 그것을 변경하지 않으면 안 된다. 이날 오후, 기리노와 무라타의 이름으로 개전 명령이 내려졌다. 사쓰마 군은 이 점을 보아도 뒤쳐졌다고까지는 못하더라도 선수를 빼앗긴 상태였다.

사이고가 규슈의 지붕이라고도 할 수 있는 히토요시 분지(人吉盆地)에서 구마 강을 미끄러지듯이 타고 내려와 히고 평야에 첫 발을 내디딘 것은 21일이다. 그의 친위대는 사쓰마 군의 후미에 위치하고 있었다.

야스시로에서 구마모토 방면의 상황을 들었다.

"결국은 전투가 돼버렸구나."

기리노조차 뜻밖이었던 만큼, 기리노보다 정보에 어두운 사이고에게는 큰 충격이었을 것으로 생각된다. 그러나 사이고는 그러한 감정을 입 밖에 내지 않고 시종 잠자코 있었다.

사이고는 더욱 말이 없어져가는 것 같았다.

"오늘 중으로 가와지리로 오십시오."

전선으로부터의 이런 요청이 있었기 때문에 살이 찐 몸으로는 강행군이었으나 사이고는 잠자코 그 말에 따랐다. 가마를 타기도 하고 걷기도 하여 가와지리에 당도한 것은 한밤중이었다.

가와지리의 시장거리 한 모퉁이에 누노야(布屋)라는 전당포가 있었다. 사이고는 할당해주는 대로 이 집을 숙소로 삼았다.

기리노와 무라타가 와서 상황을 설명했다.

"내일 새벽에 구마모토 성을 공격합니다."

기리노가 말했다.

어떤 방법으로 공격하는가 하는 전술적인 문제는 사이고도 묻지 않았고 기리노도 별반 말하지 않았다. 기리노로서는 단숨에 밀어붙이고 말 작정이었고 기리노 뿐만 아니라 대부분의 간부가 그런 기세였다.

이날 밤, 사이고는 누노야의 다다미방에서 잤는데 그가 잠든 사이에 가와지리에 있던 사쓰마 군은 대부분 구마모토를 향해 떠나버렸다. 특히 가장 늦게 가와지리에 도착한 이케가미 시로의 5번 대대 천 6백 명은 그대로 행군을 계속하여 맨 먼저 구마모토 시내에 들어갔다.

그 뒤는 부서 할당이고 뭐고 아무것도 없었다. 질풍처럼 몰려가 구마모토 성을 치고 또 칠 뿐이었다.

이케가미의 5번 대대가 성곽 근처의 혼조(本莊) 마을에 들어간 것은 22일 첫새벽이었다. 진대 측에서 이것을 제일 먼저 발견한 것은 게바 교 부근에 있던 포병이었다. 발견하자마자 즉각 산포를 터뜨렸다.

구마모토 공성전에 있어서의 최초의 포화라고 할 수 있을 것이다. 총탄이 5번 대대 후방에 낙하하여 엄청난 소리를 내면서 파열했다.

그런데도 이 선두타자인 사쓰마 군은 행렬도 정연하게 몇 대로 나뉘어 시로 강(白川)을 건넜다. 사용한 다리는 조로쿠 교(長六橋), 안키 교, 메이고 교(明午橋), 고가이 교(子飼橋) 등이다. 이케가미는 부대를 배치하고 성의 동북쪽을 에워싸듯이 전개시켰다. 그 자신은 안키 교를 건너 스이도초(水道町)를 가로질러 석벽이 우러러보는 장소에서 지휘했다.

이케가미 시로의 5번 대대의 공격에 대해 진대측은 다음과 같이 전투보고를 했다고 기록되어 있다.
 '22일 오전 6시, 적병이 안키, 조로쿠의 두 다리로 진격해오다. 게바 교 진지에서 선봉을 포격하고 아랫성과 지바 성의 포병, 별성의 보병이 이에 응함.'
이어 4번 대대의 일부 8백 명이 성 밑에 도착하여 성곽 동남쪽(화초원) 부근에서 공격을 개시했다. 4번 대대의 대장은 기리노 도시아키지만, 그는 이때 사이고와 함께 가와지리를 막 출발한 때였으므로 이 첫 번째 싸움에는 참가하지 않았다.
 '잠시 후 적병, 창끝을 동남으로 돌리고 지바 성으로 향함. 아군 이를 격퇴함.'
진대 측 전투보고에서 4번 대대의 공격에 대해 위와 같이 기록하고 있다.
다시 그 뒤를 이어 성곽 서쪽을 포위한 것이 무라타 신파치의 2번 대대, 시노하라 구니모토의 1번 대대, 그리고 벳푸 신스케의 가지키 향사 대대였다.
오전중의 상황에 대해 진대측 전투보고에는 이렇게 기록되어 있다.
 '적도 역시 화력을 퍼부으며 점진. 화초원에서의 사격이 가장 치열하였음.'
사쓰마 병의 1대는 야마사키초와 신마치 등의 타다 남은 토담 등에 숨어서 맹렬한 사격을 퍼부으며 성내의 현청, 신사 등을 습격하려고 했으나 진대 측은 총포에 의한 십자포화(十字砲火)를 구성하여 가까스로 이것을 격퇴했다.
십자화라는 전술용어는 이미 이때부터 사용되고 있어서 전투 보고에도 "아군 총포, 맹렬히 십자화를 퍼부어"라는 표현을 하고 있다.
후지사키 신사 부근의 사쓰마 병이 하는 수 없이 후퇴하려고 했을 때 진대의 포탄 하나가 퇴각 중인 부대 위에 떨어져 눈 깜짝할 사이에 10여 명의 부상자가 생겼다.

후지사키 신사 옆에 이전의 집정관 저택으로 가타야마 저택이라 불리는 지대가 있다. 사쓰마 군이 요모치(四方地) 마을에서 전진하여 주로 가타야마 저택을 공격했을 때의 처절한 광경은 농성병의 회고담에도 이와 같이 기록되어 있다.

'그 공격의 맹렬함은 비유할 말이 없으며 오전 10시까지는 성을 도저히 지탱해내지 못할 것으로 생각했다.'

시노하라 구니모토의 지휘법은 시종 무언으로 스스로 선두에 서서 그 자신이 사격 자세로 소총을 쏘아댔다. 이렇다할 명령도 호령도 내리지 않았으나 그 부하들은 그의 무언의 의사에 따르겠다는 듯이 정연하게 움직였다.

시노하라의 공격으로 가타야마 저택에서 지휘를 하고 있던 보병 제13연대의 연대장 요쿠라 중령이 총에 맞아 이내 숨졌다. 산포 1문이 사쓰마 군을 향하여 포효했으나 포수는 줄줄이 쓰러졌다.

성이 당장에라도 함락될 것처럼 보였을 정도의 처절한 공방전은 포수가 교체될 때마다 피격된 것으로도 상상할 수 있을 것이다.

정공법

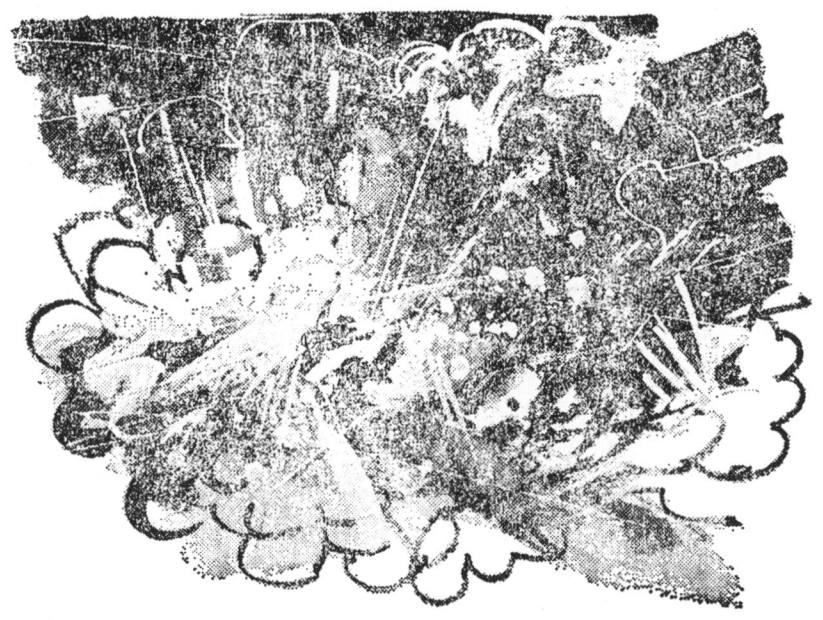

2월 22일의 전투는 양군의 서전이라고도 할 수 있는 것이었는데 이날의 사쓰마 군 진영에 히고 사투리를 쓰는 사람들이 섞여 있었다. 그들은 갖가지 복장으로 잡다한 병기를 휴대하고 빗발처럼 쏟아지는 총탄 속을 전진했다.

구마모토 현 사족들이었다.

사쓰마 사족과는 정반대로 원래 말만 많고 실행하지는 못한다는 악평이 나 있는 구마모토 학교당의 사람들도 둑이 터진 것처럼 전선으로 쏟아져 들어왔다.

구마모토 현 사족에는 크게 나누어 4개의 당파가 있어 서로 헐뜯고 있다는 것은 이미 앞에서 말했다. 문명개화를 주장하면서 새 정부의 사상을 같이 하는 것이 고 요코이 쇼난을 학조로 하는 실학당인데 이것이 메이지 초기, 새 정부의 귀염을 독차지하며 현정을 크게 좌우하였으나, 구파인 학교당에서 배격당하여 그 무렵의 구마모토에서는 전혀 세력이 없었다. 경신당(신푸렌)은 전해 가을에 자폭과도 같은 거병을 한 후 쇠퇴하였다. 남은 것은 소수의 민권당과 다수의 학교당이었다.

학교당은 말기에 막부 지지파였다고는 하나 사쓰마의 시마즈 히사미쓰와 같은 광신적인 보수주의는 아니었다. 그들의 성분은 구 호소카와 번의 관료층 출신 또는 그 자제가 압도적이어서 요컨대 사쓰마·조슈 양번을 차지하고 있는 도쿄 정권에 대해서는 바른 대로 말하면 '천하를 두세 개의 옛 웅번 출신자가 독점해도 좋단 말인가' 하는, 유신행 기차를 놓친 호소카와 무사의 웅번인으로서의 소박한 자부심과 울분에서 그 반정부열이 나왔다고 해도 좋을 것이다.

그들은 이케베 기치주로(池邊吉十郎)가 통솔하고 있었다. 이케베는 히고의 사이고라는 별명까지 얻었을 정도로 신망이 두터운 사람으로, 전에는 2백 석의 신분이었고 막부 말기에는 호소카와 가문을 대표하여 교토에 머물면서 공용인으로 활약, 사쓰마·조슈의 막부타도 활동을 음으로 양으로 견제하였다. 그런데 사쓰마·조슈가 성공하고 새 정부가 성립되었으니 이케베로서는 크나큰 불만이 있는 것이 당연하리라.

그는 사이고라는 반정부적 존재에 제2의 유신을 꿈꾸었다. 사이고가 귀향한 뒤에는 그 주변과 늘 연락을 취했기 때문에 사쓰마 인에게는 이케베란 이름은 결코 타인이 아니었다.

21일, 사쓰마 군의 선봉주력이 가와지리에 이르렀을 때 이케베는 그의 이름으로 학교당 동지를 옛 성밑 거리의 에즈(江津) 학교에 모이도록 하였는데 그때 모인 것인 천 명 안팎이었다고 한다.

이 가운데 22일의 서전에 참가한 것은 6백여 명이다. 이 인원으로 벼락치기 대대를 편성하고 이케베가 그 대대장이 되었다.

2월 22일 전투에 참가한 구마모토 현 사족이 학교당뿐만은 아니었다.
'루소교 신자.'
이렇게 학교당의 조롱을 받고 있던 민권당도 적은 인원이나마 사쓰마 군의 진두를 달렸다.

향사 미야자키 하치로(宮崎八郎) 등이다.

하치로가 나카에 조민(中江兆民)에게서 루소의 사상에 대한 간략한 소개를 들은 뒤의 감동은 날이 갈수록 강렬해지고 있다.

하치로가 민약론을 처음 읽었을 때의 감동을 적은 시는 구마모토 현의 젊은 사족의 일부에서 점차 애창되기 시작하고 있었다.

천하가 몽롱하여 모두가 꿈결인데
거룩한 그 말씀 홀로 건곤을
꿰뚫고자 하노라
누가 알거나 처월비풍의 그 마음을
울면서 읽도다 루소 민약론

  일본의 메이지 유신은 조잡한 민족주의만을 에너지로 삼아 세계의 대사상에는 접하지도 못한 채 졸속하게 이루어지고 말았다. 이 때문에 혁명정권이 성립된 뒤, 특히 재야세력은 끓어오르는 에너지의 돌파구를 찾지 못해 고민을 거듭하고 있었는데 하치로가 말하는 '천하몽롱'이란 그것을 가리키는 것이리라. 그런데 루소의 위언(고매한 말씀)은 실로 명쾌하여 천지인류를 꿰뚫고도 남음이 있었다. 하치로의 비장감으로는 자기 혼자만 그것을 알고 있다는 느낌이 '처월비풍'이라는 표현의 가락과 겹쳐지는 것이리라.
  메이지 9년(1876) 가을, 구마모토 신푸렌이 폭발했을 때 하치로는 도쿄에 있었다. 진대가 일시적으로 무너졌다는 말을 듣고는 용감하게 고향으로 돌아왔다.
  하치로로서는 처월비풍의 뜻을 이룩하려면 무장봉기할 수밖에 없었다. 그러기 위해서는 가고시마에서 땅울림처럼 계속해서 진동하면서도, 아직도 대지진이 못 되고 있는 세력과 결합할 수밖에 없어 당원을 모으는 한편 사이고의 궐기를 초조한 마음으로 기다리고 또 기다렸다.
  기다리는 데 있어서는 무기탄약을 만들어 두지 않으면 안 되었다.
  하치로는 동지들과 의논하여 구마모토 시내의 두 곳에서 탄약을 만들기로 하였다. 제작소는 센다바타케(千反畑)의 아리마 겐나이(有馬源內) 저택과 쓰보이의 다카다 쓰유(高田露)의 저택 등 두 곳에 두고, 열심히 납을 모았다. 특히 어망의 추를 모아 그것으로 소총탄의 껍질을 만들었다.
  마침내 사쓰마 군의 궐기가 임박했다고 들었을 때 하치로는 아라오(荒尾)의 집으로 돌아가 광에 두었던 칼과 검들을 모조리 꺼내가지고 센다바타케의 아리마 저택으로 옮겼다.
  20일, 호타쿠보 신사(保田窪神社)에서 동지들과 같이 모였다. 모인 사람은 40명이었다(뒤에 수백 명으로 늘어났다). 처음에는 사쓰마 군이 오기 전에 미리 현청을 습격하려고 했으나 경찰의 경계가 삼엄하여 그 일은 단념했다.

잠시 여담을 삽입한다.

이 날을 전후한 구마모토 협동대의 움직임에 대해서는 미야자키 도텐(宮崎滔天)(하치로의 아우)이 쓴《구마모토 협동대》에 의지하는 바가 크다.

손문 등과 더불어 생애를 중국 혁명에 바친 미야자키 도텐만큼 맏형인 하치로를 잘 이해하는 사람은 없을 것이다. 그는 하치로의 목숨과 함께 메이지 10년(1877)에 재가 공중에 흩어지듯이 사라져간 구마모토 협동대의 이모저모에 대하여 자장가나 옛이야기를 듣듯이 하면서 자랐다.

어머니가 친척 등 생존자한테서 하치로의 주변 이야기를 들은 일이 많았고 또 협동대 생존자인 다카다 쓰유 등에게서도 이 날 전후의 일을 상세하게 듣고 있었다.

도텐의《구마모토 협동대》는 잡지 '구마모토 평론'에 메이지 40년(1907) 11월부터 41년 6월에 이르기까지 14회에 걸쳐 게재된 것으로 원고가 몇 사람의 협력으로 만들어졌기 때문에 도텐은 특히 '편저'라는 형식을 취하고 있다. 자료는 생존자인 다카다 쓰유가 적극적으로 제공했으며 그가 도텐에 의뢰하여 이 원고가 만들어진 모양이다.

이《구마모토 협동대》에 의하면 구마모토 성의 천수각이 불타버린 19일에 하치로는 동지 몇몇과 함께 센다바타케의 아리마 겐나이 저택에서 모의를 하고 있었다. 화재를 알리는 총소리에 놀라 마루에 나와 하늘을 보니 연기가 하늘을 뒤덮을 기세였다.

'일동, 자신도 모르게 쾌재를 불렀으나.'

《구마모토 협동대》에 이처럼 씌어 있다.

이때의 하치로의 거동에 대해서는, '홀로 만면에 웃음을 머금고 목청도 낭랑하게' 다음과 같은 노래 한 수를 읊조렸다고 한다.

해를 거듭한 내 마음의 구름이
이제 개는구나
기다려 마지않던
아아 달을 볼 거나.

하치로는 구마모토 성의 화재를 보고 일이 반은 성취되었다고 생각했다.

그 뒤 하치로 등은 거의 미친 듯이 갖가지 행동을 취했으나 가와지리의 사쓰마 군 선봉대와 연락이 닿은 것은 21일이다. 하치로 자신이 찾아갔다.

이날 하치로가 돌아와 호타쿠보의 신사에 모여 있는 동지들에게 여러 가지 보고를 한 것은 저녁 4시 경이다.

'21일 그곳을 떠나다.'

이 말은 도텐의 글에 있다. 온 백성이 다투어 술과 안주를 대접하고 또 환송하는 남녀는 대열 주위에 울타리를 이루어 어떤 노인은 눈물을 흘리며 고마워 했다. 노인 중 한 사람이 울면서 말했다.

"여러분이 우리들 백성을 위해 이렇게까지 힘써 주는가?"

농민으로서는 별안간 도쿄에 생겨난 새 정부라는 것은 세금을 빼앗아 가는 도둑이나 마찬가지라는 인상을 주었을 것이 틀림없다.

21일 저녁에 집결지인 호타쿠보 마을을 떠난 구마모토 협동대의 복장은 참으로 야릇한 것이었다.

돈이 없는 협동대는 인부를 고용할 수가 없어서 각자가 사흘치 주먹밥을 허리춤에 매달기도 하고 보자기에 싸서 둘러메기도 했으며, 어떤 사람은 옷소매에도 넣는 바람에 팔을 제대로 움직이지도 못하였다.

복장도 갖가지여서 멋진 외출복에 명주띠를 매고 새 신랑처럼 차려입은 자도 있었고, 하치로같이 서생처럼 낡은 하카마를 그냥 입고 있는 자도 있었고, 또 통소매에 짚신을 신은 말끔한 모습의 젊은이도 있었다. 또 어디서 구했는지 서양인의 흰 옷 같은 헐렁한 양복에 띠를 두르고 칼을 차고 있는 자도 있었다. 백귀야행이라고나 할까.

'기우제 제주가 된 농사꾼 같은 꼴.'

미야자키 도텐은 이렇게 쓰고, 인부가 없어 휴대품을 저마다 온 몸에 주렁주렁 매달고 있었다고 한다.

그러나 출진에는 음악이 따랐다. 징을 치고 발장단을 맞춰 가며 저마다 콧노래를 부르면서 가와지리를 향해 행진했다. 웃음거리가 될 만한 그 모습이 길가의 농민들의 눈에는 더없이 용맹스럽게 비쳐졌다고 한다.

그것은 그 당시의 기분을 알지 못하고서는 이해하기 힘들 것이다.

정도의 차이야 있겠지만 관은 곧 도둑이라는 것이 그 당시 천하의 모든 사족이나 농민들의 마음속에 번져 가고 있는 인상이었다.

누구보다도 사이고가 이 일에는 과민했으며 특히 혁명을 계기로 높은 자리에 올라간 하급사족이 관에 들어앉아 '집을 치장하고 의복을 화려하게 꾸미고 아름다운 첩을 두고 축재를 꾀하고' 있다고 하는 현실에 대해, '그런 모양으로는 유신의 대업을 이룩하지 못할 뿐더러 보신의 정의로운 전쟁도 사리를 탐한 것이 된다'고 우울한 마음으로 있는 것이다.

또 메이지 9년에 사쓰마에서 만들어져 사방에 퍼졌다는 노래 구절에 '도둑질은 관원, 잘못은 백성'이라는 것이 있는데 이런 것도 세상사람의 새 정부에 대한 악감정을 잘 나타내고 있다고 해도 좋으리라.

하치로 등 협동대의 출진 모습에 연도의 누구 한 사람도 그것을 비웃지 않고 오히려 그들에게서 귀신 잡으러 가는 장사를 보는 것 같은 감동을 느꼈다고 하지 않는가.

하치로 등이 가와지리의 사쓰마 군 기지에 당도한 것은 21일 한밤중이었다.

기지는 혼잡하고 이미 대부분이 내일의 구마모토 성 공격을 위해 출발해 버린 뒤여서 출발 직전의 다른 부대도 하치로 등 구마모토 인을 상대하고 있을 여유가 없었다.

학교당의 이케베 기치주로가 만났던 벳푸 신스케도 이미 출발한 뒤여서 하치로들은 만나지 못했다. 하치로들은 소대장급의 사람과 길가에 선 채 이야기할 수밖에 없어 "우리는 사쓰마 군에 협력하고자 하는 자들입니다."

그러나 그들은 별반 기뻐하는 기미도 없이, 하치로들은 거의 상대하려 들지 않는다는 인상을 받았다. 이것은 유달리 긍지 높은 히고 인의 기질을 몹시 손상시켰다. 사쓰마 인 중의 어떤 자가

"우리는 졸병이라 다른 현 사람들과 얘기가 안 되오. 시노하라 씨를 쫓아가 구마모토에서 만나는게 좋을 거요."

하는 의미의 말을 해 주었다.

하치로 일행은 구마모토를 향해 걸음을 재촉했는데 이러한 자기들의 모습이 처음 출진할 때와는 달리 몹시 초라하게 느껴졌다. 사쓰마 인은 자만심이 강해 다른 번 사람에게는 몹시 냉담하거나 냉혹하고, 자기들 사쓰마 집단의 이익을 위해서는 태연하게 다른 현 사람들을 속이거나 배반한다는 것이 막부 말기의 여러 지방의 평판이었다. 그 집단적인 개성으로 인하여 가장 심한

꼴을 당한 것은 막부 말기의 아이즈와 조슈였는데 다카스기 신사쿠 같은 이는 죽을 때까지 사쓰마 인을 용서하지 않았으며 기도 다카요시는 아직도 그와 같은 사쓰마관을 버리지 않고 있었다.
"우리가 사쓰마 인과 협력 어쩌고 한 것부터가 잘못이었지."
구마모토로 가는 길을 재촉하면서 분노를 가누지 못하고 부르짖는 사람도 있었다.
논객인 하치로는 그답지 않게 잠자코 있었다. 그도 역시 사쓰마 인을 좋아하지 않지만 정부를 쓰러뜨릴 수 있는 힘은 사쓰마밖에 없는 것이다. 목적을 위해서는 어떤 자와 손을 잡아도 좋다는 것이 하치로의 지론이고 이 지론에 의해 동지를 여기까지 이끌고 왔던 것이다.
구마모토에 당도했을 때는 아직도 밤중이었다.
일동은 도중에 협의한 대로 우선 대표로 미야자키 하치로와 나카네 마사타네(中根正胤) 두 사람을 시노하라 구니모토에게 파견하기로 했다.
나카네 마사타네는 옛번 시대 2백 석의 녹을 받다가 메이지 4년(1871)의 폐번치현 이후 도쿄로 진출해 경시청에 들어가 소경부가 되었다. 정한론으로 사직한 뒤 하치로와 뜻을 같이 하면서 대만에 건너가기도 하고 평론신문사에 들어가기도 했다. 그는 사쓰마 인과 친해 이번에 사쓰마 군이 북상할 때는 구마모토 영내의 오가와 역참까지 마중 나가 벳푸 신스케를 만나 동맹을 약속하고 돌아온 인연이 있다. 그와 같은 경위로 보아 나카네가 사자로서는 가장 적임이었다고 해도 좋으리라.
여담이지만 가토 기요마사가 축성한 구마모토 성은 히고 인에게는 거의 신비롭기까지 한 이름난 성이나, 방어상의 결함이 없는 것은 아니었다.
성곽 밖에 하나오카 산(花岡山) 따위의 융기가 있다는 사실이다. 만약 공격군에게 이 구릉을 점령당하면(실제로 사쓰마 군은 점령했다) 농성군이 불리할 것은 확실한데 기요마사는 아마도 당대에 화강암 구릉까지 성곽화할 정도의 여유가 없었던 모양이다.
이 밖에 단산이라는 작은 언덕이 있었다. 성곽 북서쪽에 솟아 성내의 후지사키다이(藤崎台)와 연결되어 있다.
기요마사는 이 단산의 처리에도 골치를 썩였을 것이다. 그러나 그것을 선불리 성곽화하면 오히려 성외의 휴가사키(日向崎)에 눌리게 될 지형이어서 기요마사로서는 차라리 농성 때 임시 출성을 축조할 자리로 내버려 두었을

지도 모른다.

소장 다니 다데키는 이 단산을 방치했다. 여기에 성채를 쌓으려 해도 공사할 시간이 없고 쌓는다 해도 겨우 3천여의 병력을 가지고는 거기에 들어가 싸울 만한 인원이 없었다.

그래서 시노하라는 사쓰마 군 1번 대대의 선발대 일부를 이끌고 구마모토에 들어가자, 이 단산에 착안하여 그곳을 대대의 본영으로 삼았다.

미야자키 하치로와 나카네 마사타네가 밤길에 횃불을 밝히면서 시노하라를 찾아간 곳은 이 단산의 본영이었다.

시노하라는 두 사람을 접견했으나 아는 바와 같이 말이 없는 사람이라 하치로 등이 늘어놓는 말을 그저 깊은 침묵으로 응하고 있는 모양은 보기에 따라서는 거만하게조차 보였다.

물론 시노하라는 결코 거만한 사람은 아니었다. 그러나 사쓰마 군의 실력을 믿는 데 있어서는 기리노나 마찬가지로 신앙에 가까운 확신을 가지고 있었다. 더욱이 시노하라는 정략이라는 것을 생각하지 않는 사람인 만큼, 다른 현 사족의 응원 따위는 불필요하다고 생각하고 있을 뿐더러 할 수 있다면 소리를 질러 거절하고 싶은 심정이었다. 하치로 등을 만난 시노하라로서는 노골적으로 거절하지 않은 것만 해도 최대의 예절이라고 말하고 싶었을지도 모른다.

하치로 등은 공성 작전을 물었다.

시노하라의 무거운 입에서 나온 말은 전에 가와지리 진영에서 벳푸 신스케가 구마모토 학교당의 영주 이케베 기치주로의 질문에 대답한 말과 판에 박은 듯이 똑같았다.

"이 따위 성 하나를 함락하는데 무슨 전술이나 전략이 필요합니까. 단번에 밟고 지나갈 뿐입니다."

그리고는 입을 다물었다.

하치로 등은 전에 이케베 기치주로가 느꼈던 것과 같이 사쓰마 인의 오만함과 용맹만 믿고 있는 그 조잡성에 놀랐다. 두 사람이 동지들이 기다리는 센다바타케의 아리마 겐나이의 저택에 돌아가 이 사실을 알리자 그들은 놀라기보다 모욕을 느꼈고, 또 패전을 예상하여 이 따위 싸움은 안 한다고 말하는 자도 있었다.

내일 사쓰마 군이 총공격을 한다는데 미야자키 하치로 등 동지 40명은 사쓰마 군과 손을 끊겠다는 의견까지 나와 회의는 혼란에 빠져 버렸다.
"사쓰마 인은 믿을 수 없다."
"그들은 오만하다. 도저히 이런 작자들과는 같이 싸울 마음이 안 난다."
등의 의견이 여럿 나왔다.
집주인 아리마 겐나이는 당혹하여 열심히 타일렀다.
"천부의 민권을 되찾는다는 큰 목적이 중요하지, 목적을 위해 이용하려는 사쓰마 인이 어떻건 상관없지 않은가?"
그러나 그 정도의 의견으로 그들을 설득할 수는 없었다. 아리마는, 사쓰마 인은 자기네 번이야말로 천하 제일의 웅번이라는 자부심을 지니고 있다, 새삼스럽게 그것을 마다하면 어떻게 하겠는가, 하고 타일렀다. 그러나 아무도 듣지 않았다.
이때 누군가가 말했다.
"요컨대 죽음이다. 죽는다는 것만 여기서 작정하면 됐지 무슨 의논이 필요하냐?"
또 다른 사람이 말했다.
"죽을 각오야 처음부터 되어 있다. 지금 여기서 이러쿵저러쿵하는 것은 저 따위 엉터리 같은 작자들과 함께 개죽음하기는 싫다는 것 아닌가."
하치로로서는 어디까지나 사쓰마 군과 함께 싸워 그 승리의 배당을 민권당이 받아야겠다고 생각하고 있었다. 그는 이 자리의 분위기를 바꿔 다시 한 번 호타쿠보 마을에서 출진했을 때의 기분으로 몰고 가고 싶었다.
"죽음에 개죽음이니 뭐니 종류가 있는가?"
좌중을 제압하듯이 큰소리로 말했다.
그러나 일동은 원래 하치로의 엉뚱한 언동을 곱게 보지 않았기 때문에 이때도 침묵으로 응했다.
결국은 일동이 덕망가로 존경하고 있는 히라카와 다다카즈(平川惟一)의 판단에 따르기로 했다. 히라카와는 줄곧 입을 열지 않고 있었으나 하치로의 발언 독촉에 얼굴을 들고 천천히 미소를 머금으며 말했다.
"나는 다른 사람에게 강요하지는 않겠으나 나 자신은 마음을 작정했다. 개죽음하기로 결심했다."
이때 야마카 군(山鹿郡)의 향사 노마 야스치카(野滿安親)가 아우인 도미키(富記)와 같이 한 구석에 앉아 있다가 뭉치기 어려운 히고 인의 나쁜 습성이 안타깝다는 듯이 말했다.
"나는 그 개죽음에 앞장서겠다."
중의는 결정되었다.
노마 야스치카, 도미키 형제는 이 말대로 그 이튿날인 2월 22일 서전에서 앞장서서 달리다가 함께 전사했다.

2월 22일의 서전에서 사쓰마 군의 공성은 전체적인 공격부서도 서로 정하지 않고, 행군하여 시내에 들어와 성의 석벽이 보이는 데까지 도착한 차례대로 석벽을 향해 덤벼들 듯이 공격을 시작했다는 것이 사실인 것 같다.
그러나 시간이 지남에 따라 구마모토 성의 가장 취약부인 서쪽에 많은 사쓰마 군이 몰리게 되어 이 방면이 최대 격전지가 되었다.
원래 공성의 주력은 포병이어야 하지만 사쓰마 군은 그런 인식이 없었다. 그들이 고향에서 끌고 떠난 포의 대부분은 이 날도 아직 수송 중에 있었다. 이상하게도 보신 전쟁 때의 사쓰마 군의 특징은 포병 운용이 탁월하다는 것이었는데 그로부터 10년 뒤의 사쓰마 군은 전혀 다른 집단처럼 그것을 경시했다. 적어도 2월 22일의 그들은 소총과 일본도로 구마모토 성을 무찌를 작정이었다.
그와 반대로 농성군 쪽은 포병을 잘 운용했다. 가령 성의 동부를 압박해 온 사쓰마 군 이케가미시로의 대대에 대해, 게바 교 부근의 포진지가 먼저 포문을 열고 아랫성, 지바 성의 포병과 협동하여 사쓰마 군의 움직임을 곤란하게 만들었다.
성의 서부는 시노하라 구니모토와 벳푸 신스케의 부대가 습격에 습격을 강행하는 바람에 농성측은 요쿠라 연대장이 전사하고 달려온 참모장 가바야마 스케노리가 당장 부상을 당하게 되었다. 성측은 포병의 일부를 가타야마 저택에 증강하여 포병의 힘만으로 사쓰마 군을 근접시키지 않으려고 했다.
사쓰마 군은 성의 서부와 연결되는 단산에 달라붙어 있기는 했으나 성측의 포가 대활약을 하여 사쓰마 군이 단산의 꼭대기에 오르는 것을 저지했을 뿐만 아니라, 사쓰마 군의 응원부대가 단산에 돌진하려 해도 그것을 내려다 보는 위치에 있는 성측의 후지사키다이와 옻나무 밭의 포병이 포화를 퍼부어 저지했다.

사쓰마 군의 나가야마 야이치로가 이끄는 3번 대대가 이 전장에 참가한 것은 이 날 해가 질 무렵이었다. 그들은 먼저 하나오카 산의 구릉을 점령했다. 1번 소대장 헨미 주로타는 전황을 보고 초조하여 쉬지도 않고 백병을 이끌고 단산 부근에 이르렀으나 이 또한 성내의 후지사키다이와 후루시로의 두 포진지에서 쏘아대는 포탄 때문에 전진하지 못하고 헨미 자신도 포탄 파편으로 이마를 다쳐 백병 돌격을 단념하지 않을 수 없었다.

이 22일의 사쓰마 군의 공격이 처음부터 가열되어 형언하기 어려울 정도로 처절했다는 것은 진대측의 오카모토 중사의 얘기로도 상상할 수 있다.

오카모토는 가바야마 참모장이 가슴에 부상을 입었기 때문에 이를 도와 후방으로 옮기고 즉시 흉벽으로 돌아와 보니 사졸의 반수가 다치기도 하고 죽기도 하여 쓰러져 있었다. 소대장도 부상을 입었다. 오카모토는 소대장 대리가 되어 단산의 사쓰마 군과 대치했다.

그러다가 가타야마 저택이 위태롭다는 소리를 듣고 달려간 것은 오전 11시 경이었다. 이미 전투는 다섯 시간 이상 계속되고 있었다.

가타야마 저택에는 1문의 산포가 배치되어 끊임없이 적군을 향해 불을 뿜어대고 있었다. 포수가 쓰러지면 다른 자가 사격하는 형편이었으나 마침내는 포병 전원이 쓰러졌다. 오카모토는 포병은 아니었으나 남이 하는 대로 포탄을 장전하고 조준하고 사격했다.

그러는 동안 요쿠라 연대장이 소지 부관과 함께 포복으로 포대까지 와서 망원경으로 적진을 보면서 오카모토의 관측을 지휘했다. 이윽고 요쿠라 연대장이 일어서려고 했을 때, 사쓰마 인은 미리부터 요쿠라에게 조준하고 있었던 모양인지, 즉시 저격당해 복부 관통상을 입고 넘어졌다.

오카모토는 뛰어가 안아 일으키려고 했으나 총탄이 지상 몇 척의 높이로 날아다니기 때문에 도저히 높은 자세는 취할 수 없어, 할 수 없이 자신이 뒤로 누워 요쿠라를 자기의 배 위에 얹고 자벌레처럼 6미터쯤 후퇴하여 바위 그늘에 눕혔다.

오카모토는 먼저의 위치에 뛰어 돌아왔을 때 오른쪽 귓불을 관통 당했다. 주위를 둘러보니 우익인 야스다(安田) 중위가 쓰러졌고 고토(後藤) 제3대대 부관도 전사하여 간부라는 간부는 모조리 부상당해 중사에 지나지 않는 그가 이 가타야마 저택 부근의 지휘를 하는 형편이 되었다.

단산의 사쓰마 인은 한 번 사격할 때마다 대여섯 발짝씩 전진했다. 누가 전진을 명령하는 것도 아닌데 갑자기 그렇게 하고 있는 것을 보면 과연 일본 제일의 강병으로 불리기에 손색이 없었다.

그들은 본능적으로 돌격하는 것외에는 없는 것 같았다. 가타야마 저택을 향해 과감하게 9번씩 돌격을 반복했다. 돌격할 때마다 진대측의 총포에 정면으로 맞기도 하고, 좌우에서 사격을 당하기도 하여 잇따라 쓰러져 갔다. 오후 2시, 사쓰마 병은 조금은 단념했는지 단산 한 모퉁이에 방루를 구축하고 방어태세와 병행했다.

2월 22일 오후, 사이고는 격전중인 구마모토 옛 성밑 거리에 들어섰다. 호위병은 3백 명이고 기리노 도시아키도 육군 소장의 군장으로 그들과 함께 들어왔다.

사이고는 성의 남쪽으로 들어와 요쓰기 다리(代繼橋) 옆의 요쓰기 신사 경내에 들어가서 휴식을 취했다.

사기를 높이기 위해 공격 중인 각 대대장에게 사이고가 전장에 당도했다는 것을 통고했다. 요쓰기 다리에 가장 가까운 위치에 있는 것은 성의 동부를 공격하고 있던 5번 대대장 이케가미시로였는데 그는 말을 몰아 사이고에게 달려오더니 플록코트 차림으로 전황을 보고했다. 사이고는 말없이 고개를 끄덕이고 있었는데, 그 모습이 이케가미에게는 더없이 믿음직스러워서 이 사람을 위해서는 백 번을 죽어도 좋다고 생각했을 정도였다.

이케가미가 말을 돌려 가버린 뒤 사이고는 혼조 마을 남쪽으로 이어지는 하루타케(春竹) 마을의 물감집 마쓰시마 젠시치(松島善七)의 집을 빌려 그곳을 본영으로 삼았다. 본영이라고는 하지만 사이고가 거기서 작전을 지도하거나 지휘하는 것도 아니었다. 사이고는 육군 대장 군복을 벗어 그것을 간수한 다음 통소매 평상복으로 갈아입고 드러누워 팔다리를 폈다. 시간이 흘러도 성 안팎의 총포 소리는 잦아들 줄 몰랐다.

'내일까지 갈 것인가.'

공성의 예측에 대해서 사이고는 그 정도로 생각했던 모양이다.

이날 해가 지자 구마모토 대에서 두 명의 사자가 사이고의 본영을 찾아왔다.

하나는 마쓰자키 스스루(松崎迪), 지난 날 호소카와 가문에서 2백 석의 녹을 받았고 그 뒤 학교당의 당원으로 가고시마에 자주 심부름도 했으며 한

때는 가고시마 현청에서 근무한 일도 있다. 다른 한 사람은 다카시마 요시야스(高島義恭)라 하여 학교당 중에서도 손꼽히는 시인이었다.

사쓰마 군과의 연락은 이케베 기치주로가 자진하여 맡고 있기 때문에 그들이 사자로 사이고의 본영을 찾을 일도 없었으나 다만 일동이

"사이고가 어떤 인물인지 보고 와 주시오."

이렇게 말했기 때문에 왔던 것이다.

사이고는 그들을 만났다.

그뒤 그들이 본영으로 돌아가 보고한 요지가 사사 도모후사의 《전포일기》에 기록되어 있다.

'사이고 대장은, 몸이 뚱뚱하고 눈이 크며, 장중하고 위풍이 있음. 그리고 얼굴은 온화하고 말은 조용하며 예절이 지극함.'

두 사람이 사이고와 마주 앉자 사이고는 두 손을 다다미 위에 짚고 오래도록 고개를 숙이고 난 다음 정중한 사쓰마 말씨로 말했다.

"저는 사이고 기치노스케입니다. 이번에 귀현을 소란스럽게 하여 드릴 말씀이 없습니다."

22일도 저물고 이윽고 시내에 땅거미가 짙어졌으나 쌍방의 총포화는 그 기세가 조금도 잦아들지 않았다.

진대측은 성안의 모든 방어선이 인원수에서 사쓰마 군보다 훨씬 적었다. 그러나 구마모토 성이 무적의 방루를 본거지로 하고 있을 뿐 아니라 소총의 성능이 사쓰마 군보다 우수하고 포력도 사쓰마 군을 계속 압도했다. 사쓰마 군의 포병은 이 날도 아직 전장에 도착하지 않고 있었다.

거꾸로 말하면 사쓰마 군은 공성의 주력병기인 포조차 도외시했다. 하루만 기다리면 전장에 포가 도착하는데도 불구하고 그들은 소총과 충천한 사기만으로 구마모토 성을 짓밟아 버리려 했던 것이다.

사쓰마 군은 참으로 경솔하게 공격했다.

믿어지지 않겠지만 사쓰마 군은 보급 계획은커녕 이날의 저녁밥을 어떻게 할 것인지조차 정하지 않고 있었다. 이것은 그들이 22일 단 하루의 강습만으로 구마모토 성을 공략할 수 있을 것으로 믿고 있었다는 증거인데 그 신념의 근거는 오직 하나밖에 없었다. 사쓰마 무사의 신비로운 용맹성에 대한 자부심이었다. 분명히 사쓰마 인은 강했다. 병사의 용맹성에 있어서는 아마 세

계 최고였을 것이다.
 그런데 밤이 되면서부터 공성에 대한 당초의 생각을 다소간 수정해야 하지 않을까 하는 생각이 일부 지휘자의 뇌리에 조금씩이나마 싹트기 시작했다.
 어둠이 짙어져도 구마모토 성의 서부와 가장 근접해 있는 단산의 사쓰마 진지의 사격전은 기세가 줄어들지 않았다. 다른 사쓰마 군은 석벽에서 조금씩 후퇴하여 각처에 보루를 만들어 밤의 경계 태세에 들어갔다.
 사쓰마 군 4번 대대는 16일에 가고시마를 출발하여 오구치 고을에서 히고 미나마타로 나와 북상했는데 구마모토의 도착이 가장 늦었다. 이 대대는 기리노 도시아키가 대대장이었으나 기리노는 사이고의 본영을 따르고 있었기 때문에 행군 중의 주요 사항은 각 소대장의 합의에 의해 결정하고 있었다.
 노무라 닌스케(野村忍介)는 4번 대대의 3번 소대장이다.
 그가 가와지리에 도착한 것은 22일 저녁나절인데 이때 사쓰마 군이 전력을 다해 구마모토 성을 공격 중인 것을 보았다.
 "구마모토 성에 발이 묶이면 모든 것을 잃게 된다."
 노무라는 놀라 이렇게 말하고 1번 소대장인 호리 신타로, 4번 소대장 가와쿠보 주지(川久保十次) 5번 소대장 나가야마(永山休二) 등과 의논한 다음 사이고와 면담하기로 했다.

 해가 지자 사이고의 본영에는 여러 지휘관들이 모여들어 자연스럽게 군사회의가 열렸다.
 사이고는 안방에 들어앉은 채 군사회의에는 참가하지 않았다. 그는 작전에 참견하는 것을 극력 피하고 있는 것 같았는데, 그 이유는 물론 집행면은 기리노, 시노하라 등에게 완전히 일임하고 있다는 것도 있겠으나, 보기에 따라서는 거사 이래, 자기의 운명을 스스로 개척하는 자세를 버리고 모든 것은 하늘에 맡겨 버리고 있었다고 생각할 수도 있다.
 회의는 기리노 도시아키, 시노하라 구니모토, 무라타 신파치, 이케가미 시로, 나가야마 야이치로, 벳푸 신스케 등이 출석하여 이루어졌다.
 "진대가 의외로 완강한데 어떻게 할 것인가."
 이것이 의제였다. 그러나 지기 싫어하는 사쓰마 인의 버릇으로 '의외로 완강하다'는 등의 말을 입밖에 내는 자는 없었다.

"내일도 오늘과 같은 방법으로 공격을 반복할 것인가."

다만 이것을 말하는 것이다.

기리노는 줄곧 말이 없었다. 기리노로서는 구마모토 성 따위는 대나무 막대로 일격을 가하면 그만이라고 호언장담한 이상, 이제 와서 의외의 사태를 만났다고 해서 그런 자세를 바꾸는 것 같은 말은 하기가 어려웠을 것이다.

평소에 말이 적은 시노하라가 드물게 웅변을 토했다.

"이대로 좋다."

"싸움이란 밀고 또 미는 것이다. 때를 늦춰서는 안 된다. 설사 우리 병력의 절반을 잃어버린다 해도 그것은 할 수 없는 일이다."

시노하라는 우에노(上野) 간에이사(寬永寺)에 농성 중이던 창의대를 공격한 적이 있어서 그때의 경험을 바탕으로 말했을 것이다. 우에노 간에이사와 구마모토 성을 놓고 말할 때, 그 물리적인 방어력이 전혀 다르다는 것을 시노하라는 계산에 넣지 않았으며, 또 우에노 공격 때는 오무라 마스지로의 치밀한 공략계획 아래 실시되었다는 것도 아마 계산 밖이었을 것이다.

게다가 이 최고 간부회의는 구마모토 성의 군량에 대한 정확한 정보를 갖고 있지 않았는데 아까 사이고를 만나러 온 두 구마모토 현 사족이 그릇된 정보를 그들의 귀에 불어넣었던 것이다.

"진대가 준비하고 있는 군량은 하루 정도밖에 가지 못합니다."

이것도 시노하라의 판단을 안이하게 만들었을 것이 틀림없다.

결국 시노하라의 주장이 채택되었다.

거기에 가와지리에서 노무라 닌스케가 달려와 시노하라의 강습 속행론을 격렬하게 반대했다.

노무라가 본영에 도착하기 전에 이미 시노하라 안에 의한 강습 방침이 구마모토 성을 포위하고 있는 사쓰마 군 각 대에 시달되고 있었다.

"오늘밤 심야에 성을 사면에서 공격하여 석벽을 타고 올라가 성안에 난입한다."

이것으로, 특히 구마모토 대에 대해서는 그 연락자인 마쓰자키, 다카시마 등 두 사람에게 "귀대는 지리에 밝으니까 부디 성 북쪽에서 단번에 돌입해 주기 바란다"고 부서까지 의논해 두었다.

노무라가 본영에 뛰어든 것은 그 뒤였다.

그는 일개 소대장에 지나지 않았으나 이 무렵에는 그의 군략에 대한 재능이 차차 다른 사람의 인정을 받고 있었다.

하긴 보신 전쟁 전부터 사쓰마 인의 인사권을 장악하고 있었던 사이고는 군략가나 작전가를 일종의 소인배로 여기고 있었다.

사이고가 수많은 사쓰마 인 가운데 특히 기리노와 시노하라를 뽑아 육군 소장으로 한 것도 그들의 전술적인 재능을 평가한 것이 아니라 사병들의 마음을 사로잡고 기꺼이 사지로 가게 하는 통솔의 기량을 높이 샀기 때문이었다.

기리노와 시노하라도 스승인 사이고가 그렇듯이 정공법의 사람이었다.

"싸움은 정의를 위해서 하는 것이다. 정의를 천하에 외칠 수 있는 군대는 모름지기 정정당당하게 진을 밀고 나갈 것이며, 얄팍한 속임수를 써서 기습을 가하는 따위는 의를 위한 싸움에는 적합하지 않다."

기리노는 가고시마를 떠나기 전에 이와 같이 말한 적이 있는데, 이것은 동시에 사이고의 기분을 충분히 대변하고 있다고도 할 수 있을 것이다.

그 때문에 사이고의 인격에 압도되어 있는 사쓰마 군에서는 노무라와 같은 재능은 인간으로서 자칫 낮게 평가되기가 십상이었다.

그런데 22일에 있었던 대낮의 맹공에서 뜻밖에도 구마모토 진대는 소라가 껍질을 닫은 것처럼 농성을 한 채 기리노가 계산하고 있던 것같이 출진해 오지는 않았다. 출진해 오면 사쓰마 군은 맹렬하게 그들을 습격하여 간단히 전멸시킬 수도 있었으나, 진대가 그 수에 말려들지 않은 이상 사쓰마 군으로서는 비로소 '작전'이라는 것을 세우지 않을 수 없었다.

군사회의에서 시노하라의 '계속적인 습격'이라는 전략을 채택하기는 했으나, 그뒤 노무라 닌스케가 완강하게 의견을 말했다.

"그렇게 하면 전부를 잃을지도 모릅니다."

이것에 대해 기리노 등 장령 급이 일축하지 않고 진지하게 경청한 것은 사쓰마 군의 당초의 자신감이 무너졌다는 것을 나타내고 있다.

노무라가 건의한 작전은 요컨대 병력의 일부분으로 장기 포위를 하는 방법이다.

"사쓰마 군 전체가 이 구마모토의 고성 하나를 공략하는 것은 아까운 정예를 이 헛된 공성으로 죽일 뿐이지 결코 좋을 것이 없다. 만약에 정부의 원군이 규슈에 상륙하여 구마모토 성을 에워싸고 있는 사쓰마 군을 사방에서 포위하면 어떻게 되겠나. 그렇게 되면 어떻게 해 볼 도리가 없다."
모두 이치에 맞는 말이라고 생각했다.
노무라는 또 말했다.
"구마모토 성은 선발 대대가 장기간 포위하게 하고 나머지 전군은 북진하여 고쿠라 부근을 장악한 다음 정부군이 해협을 건너 규슈에 상륙해 오는 것을 적극 저지하면 후방의 구마모토 성 따위는 자연 기세가 꺾이고 성안은 굶주림을 이기지 못하여 익은 감이 나무에서 떨어지듯 저절로 떨어져 버릴 것이다."
노무라가 주장하는 것은 말하자면 전술의 상도(常道)로써 묘안이라고 할 수 있었다. 그러나 그것을 주장하는 노무라나 그것을 듣는 간부들은 중대하고도 지극히 간단한 적에 관한 정보를 갖고 있지 않았다.
"적이 만약 규슈에 상륙하면 난처하지 않은가."
노무라는 그것을 가정하여 이런 작전안을 건의했으나, 유력한 정부군 일부는 이미 이날 하카타 만에 상륙하고 있는 중이었다.
사쓰마 인들은 농군병의 우두머리인 육군성의 실력을 경시하고 있었다. 특히 그 동원 속도를 기리노 등이 계산에 넣은 일은 한 번도 없었다.
더욱이 육군경 야마가타 아리토모의 사무운영 능력의 견실성과 일 처리의 신속성을 아마도 기리노들은 생각해 보지도 않았을 것이다.
야마가타는 2월 20일, 제1여단(여단장 노즈 시즈오)과 제2여단(여단장 미요시 시게오미), 합계 6400명의 병력을 선발부대로 고베 항에서 출발시켰던 것이다. 그들은 세키류(赤龍), 샤료(社寮), 겐부(玄武), 호라이(蓬萊) 등 네 척의 수송선에 나눠 타고, 항해 이틀 뒤인 22일, 하카타 만에 들어와 구마모토를 향해 남진할 태세를 취하고 있었다.
사쓰마 군은 전장 정보기관을 가지지 못했기 때문에 이 정도의 사실조차 모르고 노무라의 건의에 귀를 기울이고 있었던 것이다. 노무라의 건의는 그런 정부군이라는 요소만 없다면 뛰어난 책략이라고 할 수 있었으나 그런 요소가 이미 현실이 되어 나타난 이상 연습을 위한 전술에 불과했다.
노무라가 내린 책략에 대해 즉각 찬성한 것은 사이고의 아우 고헤였다.
그리고 장령급에서는 이케가미 시로가 찬성했다. 이케가미는 22일 한낮의 전투에서 가장 격렬하게 싸웠기 때문에 구마모토 성의 견고함을 실감한 사람이다.
 그리고 좌장격인 기리노 도시아키가 노무라 안을 매력적이라 하여 동요를 보였다. 참고로 기리노는 이날 밤 노무라 안을 채택한 일을 뒤에 후회하고 이렇게 말했다.
 "역시 시노하라의 강습책을 취했어야 했다. 계속해서 습격을 강행했더라면 구마모토 성은 함락되었을 것인데, 그날 밤 노무라 따위의 잔재주꾼 말에 말려든 것은 아무리 생각해도 실수였다."
 이런 점이 기리노의 장령으로서의 기량이 부족한 점이라고 보아도 좋으리라. 시노하라의 강습책을 썼다고 해도 공성용 포병과 공병도 갖지 못한 사쓰마 군이 구마모토 성을 탈취할 수 있었으리라는 보장은 조금도 없었다.
 노무라 안에 대해 무언으로 끝까지 반대한 것은 시노하라였고 심한 욕설을 퍼부으며 반대한 것은 벳푸 신스케와 헨미 주로타였다.
 헨미 주로타는 노무라의 얼굴에 삿대질을 하면서 퍼부었다.
 "자네가 어디서 무엇을 하다가 왔는지 모르지만 오늘 싸움에도 참가하지 않고 이제 와서 이미 결정된 군령에 초를 치다니 이게 무슨 짓인가?"
 기리노도 갈피를 잡을 수가 없었다. 옆의 무라타 신파치에게 의논을 했으나 무라타 역시 뾰족한 수가 없어 멀거니 장지문을 쳐다보았다. 장지문 저편에는 사이고가 드러누워 있을 것이다.
 "선생님에게 재가를 얻을 수밖에 없다."
 기리노도 고개를 끄덕이며 중얼대면서 후치베 군페이에게 눈짓을 했다.
 후치베는 일어나 일단 복도로 나갔다가 복도에서 사이고의 방에다 대고 말을 하였다. 놀랍게도 사이고는 옆방의 이런 소란에도 불구하고 잠들어 있었던 모양으로 한참 동안 응답이 없었다. 군페이는 방에 들어가 등잔에 불을 켰다. 이윽고 눈을 뜬 사이고에게, 의견이 둘로 갈라져 수습이 안 된다고 경과를 보고하자, 그제야 사이고는 옆방과의 사이의 장지문을 열고 윗자리에 앉았다. 몹시 졸리는 표정이었다고 한다.
 "그렇다면 이렇게 하면 어떨까."
 사이고는 절충안을 내놓았다.
 노무라 안의 일부를 받아들여 오늘의 강습은 일단 중지한다. 그러나 서둘러서 고쿠라로 진출해야 할 필요는 없다고 사이고는 말했다. 따라서 일부는 구마모토 성을 포위하고, 또 일부는 우에키(植木) 방면으로 진출하여 정부군이 남하하기를 기다린다, 나머지는 잠시 휴식을 취하면서 힘을 비축하는 것이 어떨까, 정부군이 오면 오는 대로 하나하나 박살을 내면 될 것이고 그러는 동안에 성도 함락될 것이다, 거기서 부대를 재편성하여 당초의 계획대로 중앙으로 나간다, 그런 식으로 하면 어떻겠느냐고 말했다. 사이고의 안대로 하면 기회를 모조리 놓쳐 버리게 되는데, 사이고는 자신의 거병에 의한 사회적 영향을 크게 계산하고 낙관하고 있었을 것이다. 지휘관들은 이의 없이 사이고를 따랐다.

이날 밤 구마모토 대는 성의 동남쪽 변두리에 있는 오에(大江) 마을 구혼사(九品寺)에 본영을 차리고 야간 대공격을 준비하고 있었다.
"사쓰마 군은 삼면에서 공격한다. 우리 구마모토대는 별성의 옻나무 밭쪽에서 돌입한다."
이렇게 하여 야간의 표식으로 모두 흰 머리띠를 두르기로 결정하고 울짱을 파괴시킬 연장을 챙기기도 하면서 사기는 크게 오르고 있었다. 그들은 사쓰마 사족에 대한 경쟁심이 강하여 사쓰마 인이 열의 용맹을 떨친다면 히고 인은 열다섯의 용맹을 떨쳐야 한다는 기개가 모두에게 있었다.

"왜 싸우는가?"
이것에 대해서는 히고 인, 특히 학교당의 특징으로서 논의가 많았고 그 중에는 이런 의문을 토로하는 자도 있었다.
"사이고와 그 도당들에게 뜻을 이루게 하면 반드시 제멋대로 권세를 부리고 위복을 임의로 하게 될 것이 틀림없다. 왜 그것을 돕기 위해 히고 인이 죽어야 하는가?"
그러나 이제는 그런 말을 하는 자도 없다. 그들은 오로지 정부를 쓰러뜨리기 위해 죽어야 한다는, 논리를 초월한 분위기에 젖어 있었고, 나아가서는 싸우는 일에 수백 년의 전통과 훈련을 받아 온 사람들이므로 전투 자체가 목적인 것 같은 격앙된 기분 속에 있었다.
거기에 사쓰마 군 본영에서 급사가 들이닥쳐 강습을 중지할 것을 통보해 왔다.
일껏 사기가 드높아지고 있던 때이므로, 구마모토 대의 진영은 한꺼번에 맥이 빠져 버렸다.

"사쓰마 인은 항상 이렇다."

이런 말을 하면서, 막부 말기 이래로 사쓰마 번이 다른 번과의 관계에서 자기 번의 이익만을 위해 번의 외교를 전환시켜 때로는 우번인 조슈 번을 파는가 하면, 때로는 일시적인 동맹 관계에 있었던 아이즈 번을 배반한 일 등을 새삼스럽게 떠올리며 분개하는 자도 있었다. 중지하는 이유로는 사쓰마 군의 소모를 우려해서라는 것이었다.

결국 다음 날인 23일, 구마모토 대는 오에 마을 본영을 철수하고 고가이 다리를 건너 교마치에 들어간 뒤 교마치의 급조한 방루의 수비를 맡았는데 오후에는 그것도 사쓰마 군과 교대하고 물러가 휴식을 취했다.

그러나 이윽고 구마모토 대는 공성보다 야전을 원하게 되어 다카세, 기도메(木留), 기치지 등 성의 북쪽의 들에 진출하여 남하해 오는 정부군과 결전할 태세를 취했다.

2월 22일의 서전에서는 학교당인 구마모토 대보다 민권당 그룹 쪽이 전장에 뚜렷한 인상을 남기고 있다.

그들은 사쓰마 인의 무모한 전술을 보고 이미 사이고의 거병의 끝을 예견하고 있었다. 그것은 이미 언급했다. 만천하가 사쓰마 군의 승리를 예상하고 있었을 때 그 반대를 예견했다는 점에서 민권당의 사물에 대한 높은 인식능력을 대략 상상할 수 있을 것이다.

그러면서도 그들은 사쓰마 군과 함께 일어서기로 결정한 이상, 후회하면서도 무사로서 물러 설 수는 없었다. 결국 합의 끝에 '개죽음'을 당하기로 결정했다.

그들은 거기에 합의점을 두고 그 각오를 발판 삼아 행동으로 도약하기로 했다는 것은 앞에서도 말했다.

"내가 개죽음에 앞장을 서겠다."

노마 야스치카는 말하면서 그 말대로 동생인 노마 도미키와 함께 22일의 전투에서 맨 먼저 돌진하여 죽었다.

22일의 전투에서 그 민권당 그룹은 인원수가 아직 40명 안팎이었기 때문에 주로 사쓰마 군의 시노하라 구니모토 대와 함께 행했다.

다만 민권당 간부의 한 사람인 다카다 쓰유는 사쓰마 군 5번대대의 2번 소대장인 무라타 산스케(村田三介)의 안내역을 맡아보았다.

이 무라타 산스케 대는 22일의 공성 때 신보리(新堀)에서 성을 공격하다가 도중에 야전으로 전환했다.

"야마가 가도(山鹿街道)에서 고쿠라 제14연대(연대장 노기 마레스케 소차)가 구마모토를 향해 오고 있다."

이런 정보가 들어왔기 때문에 무라타 산스케는 휘하 소대를 이끌고 공성부서에서 떠나 야마다 가도로 북상했다. 그 안내역을 다카다 쓰유가 맡았다.

구마모토 현 사족 다카다 쓰유는 이때 24세였다. 조그만 몸집에 살갗이 희고 눈이 부리부리한 것이 그야말로 미청년이었다.

그는 사쓰마 인을 우습게 여겼는데, 이날도 그의 복장은 전쟁 중인데도 비단옷을 발꿈치까지 치렁치렁 입고, 그 위에 전가의 보도를 아무렇게나 차고 있는 모습이 꼭 기생오라비 같았다.

사쓰마 병들은 이것을 보고 화가 나 저놈을 베라고 떠드는 자도 있었으나 다카다는 코웃음을 치면서 전진하여 이윽고 적진 가까이에 이르자 웃옷을 훌렁 벗어던졌다. 속에는 눈부신 새빨간 비단 속옷에 멜빵을 멋들어지게 메고 있었다. 사쓰마 인들의 놀라움도 아랑곳없이 다카다가 허리에 찬 큰칼을 뽑아 쏜살같이 적진으로 뛰어 들어가자 사쓰마 인들도 덩달아 돌격했다. 이 때문에 노기 소령 연대의 일부는 정신 차릴 틈도 없이 순식간에 무너져버렸다. 다카다의 이런 거동은 그야말로 이즈음의 구마모토 민권당의 협기의 한 부분을 상징하고 있는 것 같았다.

구마모토 진대 예하에서는 고쿠라를 둔영으로 하는 제14연대만이 성 바깥의 들에 나와 있었다.

사쓰마 군과 비교하여 너무 병력이 적은 구마모토 진대로서는 굴조개가 그 껍질에 들어앉아 외적을 막듯이 구마모토 성의 전투를 믿고 정부의 파견군이 올 때까지 방어에 전념하는 것이 상책이었다. 다니 다데키는 그렇게 하였다.

다만 이 경우, 처치가 곤란한 것은 멀리 떨어져 고쿠라에 있는 제14연대였다. 그들을 성내에 수용할 것인가, 아니면 야외에 두고 유군으로 사용할 것인가.

최종적으로는 이런 명령이 노기 마레스케에게 내려졌다.

"강행군을 하여 입성하라."

정공법 155

이렇게 결정되기까지 진대 사령부의 방침은 갈피를 잡을 수가 없었다. 말하자면 성 밖에 그대로 노출되어 있는 노기 마레스케와 그 연대의 불운은 사령부 방침의 불안정에 있었다고 하겠다.

물론 그 까닭은 구마모토 진대 사령부의 무능에 있었던 것은 아니다. 진대 사령부의 방침이 불안정했던 것은 사쓰마 군이 어떤 전략을 가지고 어떻게 나오느냐 하는 것 때문이었다. 사쓰마 군은 결국 구마모토 성 하나에만 집착하여 전력을 기울여 거기에 매달리는, 지극히 단순한 방침을 취하게 되지만 그것이 드러나기 전까지는 설마 이러한 행동으로 나오리라고는 아무도 예상하지 못했다. 당초에 진대사령부에서는 이렇게 예상했다.

"사쓰마 군은 틀림없이 나가사키 항을 습격하여 정부의 함선을 탈취할 것이다."

지극히 당연한 예상——사이고 고헤가 내린 책략은 이런 예상과 부합하고 있다——으로 오히려 사쓰마 군이 그렇게 하지 않은 것이 이상할 정도였다.

이 때문에 노기는 그 연대 병력의 일부를 나누어 나가사키를 경비하게 되었다.

그리고 사령부는 노기 연대의 일부를 쪼개어 구마모토 진대에 입성하게 했다. 19일 3백 명이 입성했다. 노기의 연대에서 무사히 입성한 것은 이 3백 명뿐이었다.

노기의 연대는 평시에도 후쿠오카 진영에 일부가 주둔하고 있었다.

노기는 몹시 바빴다. 그는 구마모토의 명령에 따라 14일에 병력을 거느리지 않고 구마모토 성에 들어가 군사회의에 참가한 다음 다시 후쿠오카로 되돌아가 거기에 주둔하고 있는 제3대대에 구마모토 행을 지시하고, 이어서 몇몇 장교와 더불어 후쿠오카를 떠나 구루메까지 내려갔다. 홀로 구루메에 유숙하고 있는데, 22일 아침 구마모토 진대에서 전령 장교인 바바 대위가 와서 다니 다데키의 명령을 전달했다.

"제14연대는 전원 강행군으로 입성하라."

그런데 노기의 연대는 사방에 흩어져 있을 뿐만 아니라 고쿠라의 주력은 방금 출발한 차였다. 노기는 구루메에 앉아서 흩어진 양떼를 끌어 모으는 목동처럼 마음이 초조해져 있었다. 그렇더라도 사쓰마 군의 행동이 늦었다면 노기 연대의 불운은 없었을 것이나 사쓰마 군은 마치 번개같이 구마모토 성을 에워싸 버렸기 때문에 노기와 그 연대는 성 밖에서 노출되고 말았다.

21일, 구루메에서의 노기 마레스케는 그래도 마음에 여유가 있었던 것 같다.

'모레 23일까지는 연대 전원이 구마모토 성에 들어갈 수 있겠지.'

이렇게 생각했을 것이 틀림없다.

노기는 이보다 먼저, 사쓰마 군이 가고시마를 떠난 것도 물론 알고 있었고 그 선두가 히고 평야에 나타났다는 것도 알고 있었다.

그러나 가고시마와 구마모토와의 거리가 멀고, 도중의 산길이나 요 며칠 사이의 눈과 바람이 사쓰마 군의 행군을 곤란하게 만들었으리라는 것 등을 생각해 볼 때 사쓰마 군이 약간의 시간적 여유를 가져다 줄 것으로 생각하고 있었을 것이다. 그러나 결과적으로 사쓰마 군의 행군력은 놀라운 속도여서, 22일에는 거의 전군에 의해 구마모토 성이 포위되는 상황이 되었다.

21일의 노기는 구루메에서 여러 대대에 조치를 내렸다.

'강행 강행.'

이 용어를 부지런히 쓰면서 노기는 여러 대대가 각기 정해진 경로를 따라 구마모토 성으로 향하도록 했다. 목적은 강행 입성이었다.

노기 자신은 어느 대대도 직접 인솔하지 않았다. 이즈음은 뒷날의 연대처럼 연대 본부의 병력이라는 것이 없었기 때문에 이날 구루메에서 그의 곁에 있었던 사람은 연대 기수인 가와라바야시 유타(河原林雄太) 소위뿐이었다.

구루메에서 구마모토까지는 도보로 이틀 길이다.

"가와라바야시, 슬슬 떠나 볼까?"

구루메의 숙소에서 노기가 말한 것은 21일 오후 4시 전이었다. 숙소 주인에게 일러 구루메 시내에서 인력거 두 대를 불러왔다.

4시, 노기와 가와라바야시는 인력거를 나란히 하고 구루메를 떠나 남하했다. 이날의 숙박지는 구마모토 현의 미나미세키(南關)로 정해 놓았다. 대략 미나미세키에서 선발한 요시마쓰 소령의 제3대대를 따라잡을 셈이었다.

인력거꾼은 구루메의 인력거 상점의 인부이지 군대의 인부는 아니다. 노기 자신, 이와 같이 영업용 인력거로 달리고 있다는 것은 연대의 당면 목적이 전투가 아니라 구마모토 성에 들어간다는 데 있었기 때문일 것이다. 적어도 노기는 이튿날인 22일에 전투가 시작되리라고는 예상하지 못했을지도 모른다. 하물며 서전 벽두에 가와라바야시 소위가 달리 목격자도 없는 가운데 사쓰마 인에게 피살되어 연대기를 빼앗기리라는 것은 더더욱 예상하지 못했다.

 21일 밤에는 미나미세키에서 유숙했다. 미나미세키에는 제3대대의 주력이 숙영하고 있었다.
 사쓰마 군이 가와지리까지 진출했다는 것을 이날 밤에 알았을 것이 틀림없다. 만약 이날 밤에라도 사쓰마 군이 북상을 개시하게 되면 당연히 노기 연대가 남하하는 여러 도로의 어딘가에서 충돌할 것은 뻔한 일이기 때문에, 노기는 이날 밤 미나미세키에서 전투가 다가오고 있다는 것을 각오했을 것이다.
 노기 마레스케는 말년에 고집스러울 정도로 도덕적이고 자율성이 강한 인간이 되지만, 이즈음만 해도 그는 호방한 야전형 군인임을 자부하는 면이 있었다. 그러나 생의 후반에까지 일관되어 있는 성격은 명령에 대해서는 심약할 정도로 충실하다는 것이다.
 '구마모토 성에 들어가지 못할지도 모른다.'
 이런 상황이 짙어졌을 때도 그는 위험을 무릅쓰고 '입성하라'는 명령에 충실하려고 애썼다.
 이때, 전략적으로 말하자면 노기 마레스케의 제14연대는 재미있는 입장에 놓여 있다. 성에 들어가지 못하면 차라리 그것을 단념하고 성 밖의 유격군으로서, 신출귀몰하게 사쓰마 군의 측면이나 배후로 나가 그것을 위협하기도 하고 견제하기도 하면서 때로는 사쓰마 군의 공성전 그 자체를 혼란에 빠뜨릴 수도 있었던 것이다.
 물론 군비를 충분히 갖추지 못한 이 연대로서는 장기간 그것을 계속하는 것은 무리였으나, 이미 22일에는 정부에서 파견한 선발군이 2개 여단이나 하카타 만에 상륙해 있었기 때문에 장기간 계속할 필요는 없었다.
 만약 노기 연대가 과감한 유격전을 전개했더라면 구마모토 성을 포위하고 있는 사쓰마 군은 공성은커녕 매우 위급한 상황에 몰렸을지도 모른다.
 그러나 노기 연대가 그와 같은 대담한 작전행동을 하기에는 이른바 농군병이 사족병에 대해 지나치게 약하다는 점도 있었을 것이다. 그리고 성실한 노기로서는 그러한 비정규 작전을 지도할 수 있는 자질이 없었다는 점도 이해하지 않으면 안 될 것이다.
 어쨌든 노기는 입성하기 위해 온갖 노력을 기울이고 있었다.
 그의 연대는 각 대대 단위로 남하했는데 21일, 22일 경에는 악천후 속의 원거리 행군으로 지칠대로 지쳐 버렸다.

22일 그는 요시마쓰 소령의 제3대대와 함께 행동했다. 이날 오후 4시, 제3대대의 2개 중대는 숙영지인 미나미세키를 출발하여 다카세로 향했다. 이날, 비도 눈도 내리지 않았으나 길이 질어 병사들은 완전히 지쳐 버렸다.

이 2개 중대는 오전 11시에 다카세에 도착했는데 병사들의 상태는 더 이상의 행동을 견뎌낼 것 같지 않았다. 노기 자신의 후년의 술회에 의하면, 어느 사원의 돌층계를 골라 2개 중대의 병사들을 올라가게 했다. 노기는 군의관과 의논하여 그 몸놀림을 보고 아직도 기운이 남아 있는 병사 10여 명을 선발하여 점심 뒤에 곧 출발시켰다. 물론 노기도 동행했다. 그 결과, 노기는 자기 연대의 총력을 전개하여 적과 싸우지 못하고 보행능력이 조금이나마 남아 있는 소수의 병사를 이끌고 사쓰마 군과 맞닥뜨린 꼴이 되었다. 노기가 인솔하고 있는 병력은 겨우 소대 정도였다.

이 구마모토 북부의 전원 지대에 나타난 사쓰마 군의 병력도 22일경에는 아주 적었다.

겨우 2개 소대에 불과했다.

이토 나오지(伊藤直二 : 4번 대대)의 소대와 무라타 산스케(5번 대대) 소대뿐이었다. 무라타 산스케의 소대에는, 구마모토 성 공격 중 점심 직후에 대대에서 전령이 달려와 '자네들은 야마가 방면으로 가라'고 명령을 전달했다는 것은 이미 언급했다. 구마모토 현 북부 가도에 진대병이 여기저기서 남하하고 있다는 것이다. 이 진대병이 구마모토 성에 입성하기 위해 강행군하고 있는 노기 마레스케 소령의 제14연대였다.

"당장 가겠소."

산스케는 흩어져 있는 병사들을 급히 끌어 모아 구마모토에서 북상도로(야마가 가도)를 달려가기 시작했다. 이미 말한 바와 같이 안내인은 구마모토 민권당의 기인 다카다 쓰유였다. 다카다는 평상복 차림으로 무라타 소대의 선두를 달렸다.

무라타 산스케는 메이지 4년에 사이고가 벼락치기 육군 소령으로 만들었으므로 그야말로 사이고의 기호에 맞는 순수한 사쓰마 인이었으나 그래도 생각이 깊다는 점에서는 같은 순수파인 헨미 주로타 등과는 성격이 달랐다. 그는 사이고가 도쿄로 이동하는 데 있어서, 이처럼 집단을 이루어 미친 듯이

정공법 159

현경을 넘어가는 방법에 비판적이어서 마지막 회의 때도 말했다.

"현재는 사이고 선생님이 궐기할 때가 아니라고 생각합니다. 선생께서 직접 상경하는 것은 잠시 미루시고 먼저 저에게 분부하십시오. 제가 경시청의 밀정 나카하라 다카오 등을 호송하고 도쿄에 가서 그들을 산 증거로 정부에 대해 암살 문제를 문책하겠습니다. 정부가 거기에 응하지 않으면 그때 가서 문제의 군대를 정정당당하게 보내야 한다고 생각합니다."

매우 타당한 말이었으나 시노하라 구니모토가 이것을 가로막았다.

"오늘의 일은 오로지 단행만이 있을 뿐이다. 정부는 이미 자객을 보내 그 죄상이 명백한 이상 즉각 거병하여 그 비리를 문책하는 것이 무엇이 잘못이란 말인가. 아니면……."

다음에 시노하라가 한 말은 사쓰마 인들에게 입을 열지 못하게 할 때 쓰는 관용어였다.

"아니면 산스케군은 죽음이 두려워 그런 말을 하는 것인가?"

과장해서 말하자면 산스케는 이 말에 완전히 기가 꺾여 그 다음은 기어들어가는 목소리로 말했다.

"나는 다만 거병에 있어서는 대의명분을 세우지 않으면 대사가 이뤄지지 않는다고 생각하고 있기 때문에 그렇게 말한 것뿐이다. 목숨이 아까우냐고 묻는다면 더 이상 무슨 말을 하겠는가. 아무 말도 않겠다. 이제 나는 당신의 주장대로 한 목숨 바쳐 종군하겠다."

대부분의 신중파는 시노하라의 말에 입을 다물었지만 무라타 산스케는 여러 사람이 있는 자리에서 이렇게 당했기 때문에 진심으로 죽음을 각오했다. 그가 남하군을 저지하기 위해 달음박질로 북상했을 때도, 적이 아무리 천만의 대군이라도 자기의 1개 소대로 가로막고 전사할 결심이었다.

구마모토에서 야마가 가도를 북상하여 우에키 마을에 이르기까지는 줄잡아 7, 8킬로미터이다.

무라타 산스케는 도중에 척후병을 풀어 적이 상당한 인원이라는 것을 알아냈다. 더욱이 적은 북쪽의 야마가 방면뿐 아니라 서북방의 미나미세키 방향에서도 오고 있다는 것을 알았다. 무라타 산스케가 얻은 정보는 돌이켜 볼 때 거의 정확했다고 볼 수 있다. 노기의 제14연대는 절반은 야마가 가도를 전진하고 나머지 절반은 미나미세키에서 다카세를 거쳐 구마모토 성을 향하고 있었던 것이다.

우에키는 십자로다.

노기 연대가 오고 있는 두 가도가 우에키에서 교차하는데 우에키에서 남쪽은 구마모토로 가는 외길이 되었다.

'우에키까지 나가서는 안 되지.'

무라타 산스케는 생각했다. 이유는 자기 소대의 병력이 너무 적다는 것, 그리고 정보에 의하면 적의 병력은 두 갈래로 나뉘어 남하하고 있다는 것, 그 교차점인 우에키에서 잠복 대기하면 두 방면의 적과 싸우지 않으면 안 된다는 것 등을 고려하여 우에키에서 2킬로 이쪽에 있는 무코사카(向坂) 고개에서 대기하기로 했다. 적은 숫자로 많은 적을 치려면 지형지물을 이용한 잠복이 가장 효과적이었다.

무코사카 고개는 야마가 가도의 본도에 닿아 있다.

평야 가운데 있는 마을이라고는 하나 본도의 동쪽에 길을 따라 높이 2, 3미터의 언덕이 이어지고 있는데 그 끄트머리가 도로 옆에 벼랑을 이루고 있다. 벼랑 위에 잠복하고 있으면 눈 아래 도로를 남하해 오는 진대 부대를 자유자재로 저격할 수 있는 것이다.

"모습을 드러내지 마라."

무라타 산스케는 전원을 매복시켰다. 물론 척후를 겸해 미키 역할을 하는 인원도 몇 사람 전방에 보내 놓았다. 미키와 잠복은 전국시대에 시마즈 군(島津軍)이 자주 써서 대군을 무찌른 전법인데 사쓰마의 전통적인 전법이라고 할 수 있었다.

어쩌면 증거는 없으나 고대 사쓰마 족 이래의 전문적인 전법이었는지도 모른다.

아직 해는 중천에 떠 있었다.

이렇게 잠복하고 있는 동안 무라타 산스케는 다카다 쓰유에게서 민권주의의 설명을 듣고 크게 공감하는 바가 있었다고 전해진다.

구마모토 민권당의 미야자키 하치로가 뛰어난 시인이라는 것도 이때 알았다. 산스케는 다카다 쓰유에게서 하치로의 시 한 편을 듣고 이날부터 20일 뒤에 전사하기까지 그는 그 시를 좌우명처럼 여겼으며, 나중에 야마가에서 민박했을 때는 사방등에 그것을 써 놓고 부하에게 말했다.

"내가 죽으면 이걸 기념으로 가지게."

정공법 161

남아의 뜻을 세우는 길이
　　어찌 언론에만 있을손가
　　이 목숨 다 바쳐서
　　오로지 국은에 보답하고저
　　개세(蓋世)의 장도를
　　그 어느 날에나 펴리,
　　웃고 흘겨보는
　　대건곤이라.

　이것이 사방등에 써 놓은 하치로의 시다.

　연대장 노기 마레스케 소령은 이날 오후에 다카세에 도착했다.
　다카세라는 곳은 기쿠치 강(菊池川) 서안에 있는 큰 촌락인데 부근에는 다마나(玉名), 류간지(立願寺) 등의 큰 호수가 펼쳐진 마을이 있다. 그 중 류간지에는 온천이 있는데 뒤에 이 일대를 총칭하여 '다마나'라고 불렀기 때문에 다카세라는 지명의 인상은 희박해졌다.
　그러나 이 시기에는 기쿠치 강 서안에서는 뭐니뭐니해도 다카세라는 지명이 유명했다. 그 다카세에서 기쿠치 강에 대교가 걸려 있어 그것을 건너 우에키, 구마모토 방면으로 가기 때문일 것이다. 다카세의 대교에서 동쪽 우에키까지는 14, 15킬로쯤 된다.
　"우에키까지는 가야지."
　노기 마레스케가 서두른 것은 북쪽에서 야마가를 남하하고 있는 연대의 일부와 만날 곳은 우에키밖에 없었기 때문이다. 우에키는 요컨대 옛날의 병법에서 말하는 십자로를 이루고 있어, 노기는 각 경로를 용감하게 진군하고 있는 자기 연대를 전부 장악할 수 있는 곳은 우에키의 십자로밖에 없다고 생각했던 것이다.
　노기는 혹시라도 우에키에 적이 진출하고 있어서는 안 된다고 생각하고 22일 새벽, 아직 미나미세키에 머물고 있을 때 마쓰다(松田)라는 재치 있는 중사에게 네 명의 병사를 붙여 정찰을 내보냈다.
　이것은 노기의 후년의 담화에 있다.
　오전 11시에 다카세에 도착했을 때 병사들이 완전히 지쳐 있었다는 것은 앞에서 말했다. 그 중에서 피로가 좀 덜한 60여 명을 골라 노기가 우에키로 향했다는 것도 이미 언급하였다. 그때가 22일 오후 1시다. 왜 이렇게까지 하면서 노기가 우에키에 가려고 했는지에 대해서는 노기 자신이 말하고 있다.

"이것은 전략상 빨리 우에키를 점령하는 데 목적이 있었기 때문이었다."

선량한 마쓰다 중사에 대해서는 노기는 아무 것도 말하지 않았다.

아무튼 겨우 60명으로 우에키를 점령하기 위해 전 연대를 방치해 두고 떠난 노기에게서 참으로 새 정부가 최초로 만들어 낸 연대장다운 기백과 호방성을 볼 수 있다.

그러나 결과적으로 노기는 무라타 산스케가 지휘하는 겨우 1개 소대의 사쓰마 병의 칼날에 연대기를 빼앗기고 우에키에서 퇴각하지 않을 수 없게 된다. 돌이켜 보건대 만약 그가 빼어난 지휘관이었다면 연대장이 직접 병사를 이끌고 저녁밥도 지참하지 않은 채 최전선을 구축하려고 하지는 않았을 것이다. 아마 다른 방법을 썼을 것이다. 노기는 군사교육 같은 건 거의 받은 일이 없고 보신 전쟁에 종군한 경력도 없이 어느날 갑자기 육군 소령이 되었다. 조슈파벌 덕분이기는 했으나 어쨌든 그로서는 이 날이 첫 출진이었던 것이다. 자연히 지휘하는 방식이 미숙했다. 그러나 그가 취한 행동은 호방하다고 할 수 있었다.

노기 마레스케의 후년의 담화에 의하면 그가 소수의 병사를 이끌고 우에키에 들어간 것은 22일 해질 무렵이었다고 한다.

"그리하여 내가 우에키에 들어간 것은 그날 오후 6시, 해가 이미 넘어갈 무렵으로……"

노기는 이 말을 할 때 그가 지난 날 진중에서 쓴 '14연대 전황보고 일지'를 옆에 두고 있었던 모양이다. 그 일지에는 이와 같이 씌어 있다.

'때는 6시 정각. 날은 이미 저물고 개 짖는 소리만 멀리서 들릴 뿐 주위는 숙연했다.'

저녁 무렵의 이 가도 연변에 있는 작은 숙박지의 풍경이 눈에 보이는 듯하다.

노기 일행이 우에키에 들어가자 제3대장 요시마쓰 호쓰에(吉松秀枝) 소령은 우에키라는 이 숙박지 서남단에 산병을 배치했다. 병력은 되풀이해 말하지만 60여 명이다. 어둠이 깔린 낯선 고장에서 첫 출진을 한 진대병들은 우군의 수가 적어서 말할 수 없는 불안감을 느꼈으리라.

게다가 배가 고팠다. 8킬로 후방인 고노하(木葉)에 취사장은 만들어 두었으나 여하튼 저녁밥도 먹이지 않고 여기까지 진출해 버린 것은 기묘하다면 기묘한 일이다.

병사들이 허기진 배를 움켜잡고 있을 때 공교롭게도 대량 주먹밥을 짐수레에 실은 농민이 지나가다 경계선에 걸려들었다. 조사해 보니 사쓰마 군을 지지하는 이 근방의 농민인데 그들에게 주먹밥을 가져다 주는 길이라고 했다.

이 한 가지 일로는 농민들이 도쿄에 생겨난 혁명 정부와 그들이 만들어 내고 있는 생소하기만한 근대국가라는 것을 얼마나 달갑지 않게 여겼는지 알 수 있을 것이다. 그들은 새 정부를 쳐부수려고 하는 사이고 군에 절대적인 호의를 가지고 있었다. 사이고 군에 대해서는 구마모토 학교당의 사족들이 "사이고는 우리가 바라는 대로 세상을 봉건제의 옛날로 되돌리려고 한다"는 것을 농민들은 듣고 있었을 것이 틀림없다. 농민들은 오랫동안 겪어온 도쿠가와 봉건제야말로 이제 와서 생각하니 좋은 것이었다고 일반적으로 생각하고 있었고, 그것을 사이고와 사쓰마 사족이 되찾아 주는 것을 환영하고 있었다. 사이고군의 본질이 봉건제의 부활에 있었는지, 아니면 사족과 농민만으로 국가를 구성하려고 하는 소박한 이상주의를 가지고 있었는지, 그들 자신으로서도 설명할 수 없는 일이었으나, 구마모토 교외의 농민이 사쓰마 병에게 주먹밥을 가져다 주려고 한 일은 이 당시 세태의 일면을 잘 나타내고 있다.

그러나 노기와 그 부하인 정부군으로서는 이때, 정부의 시비론 따위야 어떻든 좌우간 농민을 쫓아 버리고 주먹밥을 서둘러 나누어줌으로써 당장의 허기는 면했다.

시간이 흐름에 따라 후방에서 뒤쫓아 온 병사들이 조금씩 가담하여 결국은 2, 3백 명 정도가 되었다.

노기와 요시마쓰 소령은 우에키의 숙박지를 수비할 태세를 취하고 병사들에게 지형지물을 이용하게 하여 머지않아 이 본도를 통해 북상해 올지도 모르는 사쓰마 군에 대비했다. 노기의 목적은 전투보다 우에키의 확보에 있었다. 우에키를 확보함으로써 서쪽은 다카세에서, 북쪽은 야마가에서 오는 자기 연대의 여러 대대를 그곳에 집결시키고 싶었던 것이다.

그러나 방어하는 데 있어서 우에키라는 고장은 기복이 적고 모두 평지뿐이라 수비하기가 몹시 힘들었다.

이윽고 밤이 되었다.

음력으로 정월 초열흘이다. 열흘의 달이 떠올라 노기는 '전황보고 일지'에 이렇게 쓰고 있다.

'밝은 빛이 한낮과 같다.'

노기는 조금 전에 붙들었던 농부가 사쓰마 군 진지에 주먹밥을 실어가는 길이었다는 것이 계속 마음에 걸렸다. 주먹밥을 실어갈 정도 거리라면 상식적으로 말해도 멀지는 않을 것이니 이 우에키 가까이에 사쓰마 군이 있다는 말이 된다.

그때 자기 부대가 있는 남쪽 방면에서 총소리가 한 방 들려왔다.

'역시 사쓰마 군이 있었구나.'

노기는 생각했다. 그러나 사쓰마 군 측에서 뒤에 말한 바에 의하면 노기의 부대가 쏘았다고 한다.

노기는 다시 병사들에게 주의를 주고 적이 접근한 다음에 사격하라고 지시했다. 그리고 스나이더 총에 칼을 장착했다. 스나이더 총이 병기로서 뛰어난 점은 발사 조작을 재빨리 할 수 있다는 것과 착검한 채 사격이 가능하다는 점이었다. 즉 최후의 한 발을 쏘고 나서 바로 돌격과 백병전으로 옮겨 갈 수 있는 것이다.

우에키 남쪽에 있던 사쓰마 군 무라타 산스케 소대는 오후 7시 전후, 어둠을 타고 본도를 전진하여 노기 부대에 접근했다. 그들은 달빛을 통해 정부군이 움직이는 그림자가 보이는 때까지 접근했다. 그때 그 총소리를 들었다.

무라타 산스케의 소대는 흩어져 일제히 사격을 개시했다. 노기의 부대도 쏘기 시작하여 서로 목표도 확실치 않은 어둠 속에서 상대방이 사격하는 불빛을 목표로 쏘아댔다. 노기의 부대는 장교까지 총을 들고 쏘았다. 그림자가 무엇이든 일단 쏘지 않으면 그 그림자가 언제 칼을 휘두르며 쳐들어올지 모르기 때문이다.

그러는 동안 무라타 산스케 소대는 각기 가지고 있던 탄약이 바닥이 나버렸다.

그래서 무라타 산스케는 일단 후퇴해야겠다고 생각하고 정부군이 추격하지 못하도록 길 양옆에 칼로 무장한 병사들을 매복시켜 놓고 퇴각을 명령했을 때, 후방에서 우군인 이토 나오지의 소대가 도착하였다. 사쓰마 군은 2개 소대가 되었다.

무라타 산스케 소대는 용기백배하여 퇴각을 멈추고 백병전을 벌이기로 결정했다.

이날 밤, 우에키의 사쓰마 군의 병력은 병력이라고 할 만한 것도 못 되었다. 무라타 산스케의 소대와 새로 달려온 이토 나오지의 소대를 합쳐 4백 명 가량 되었다. 정부군과 사쓰마 군의 군대는 단위수가 다르다. 사쓰마 군의 소대는 정부군의 중대에 해당하여 병력이 2백 명이다. 4백 명이 때마침 떠오른 달빛에 의지하여 우에키의 숙박지를 좌우에서 포위했다. 사격은 전적으로 이토 소대가 하고 탄약이 떨어진 무라타 소대는 전원이 총을 어깨에 메고 칼을 휘두르며 짐승처럼 내달아 노기 부대에 돌진했다. 그렇게 그림자처럼 덤벼들었다가는 사라졌다.

노기 부대의 병력은 2, 3백 명이었다. 그러나 스나이더라는 총기는 사쓰마 군의 소총보다 훨씬 성능이 좋아서 조작만 잘하면 사쓰마 군이 한 방 쏠 동안 대여섯 발을 쏠 수 있었다. 따라서 사격전만 잘하면 노기 부대는 다소간의 병력의 열세는 충분히 보충할 수 있었다.

그러나 진대병은 싸우기 전부터 사쓰마 사족에 대한 공포감을 품고 자칫하면 달아날 기미를 보이기 때문에 이 약졸을 장악해야 하는 노기는 여간 힘들지 않았다.

노기 자신의 후년의 말은 이렇다.

"사쓰마 군은 소리를 지르면서 돌격해 왔다. 그 기세가 전에 비해 자못 우세——이토 소대가 참가했기 때문에——하여 백병돌격, 본도 위의 전선으로 육박, 삼면에서 맹공격을 가하며 시가를 포위하기에 이르렀다. 그리하여 나는 도저히 오래 지탱할 수 없다는 것을 알고……."

퇴각을 결심했다. 우선 센본자쿠라(千本櫻) 중위에게 연락했다. 연락 방법은 노기 자신이 뛰어다니며 한 모양이었다. 신호는 노기가 불을 놓으면 일제히 퇴각하기로 결정했다.

노기 곁에 연대 기수인 가와라바야시 유타 소위가 있었다. 이 고쿠라의 옛 번사에 대해 노기는 후년에 '당시 그의 나이는 스물대여섯 살이었다고 생각한다'고 했으나 실제로 가와라바야시는 이때 32세로 노기 연대장보다 손위였다. 그는 노기처럼 번벌의 혜택을 입지 못했으므로 32세가 되도록 아직 소위인 채 연하의 연대장을 받들고 있었던 것이다. 노기는 고쿠라를 떠난 후 시종 가와라바야시를 신변에 두고 있었으나 그의 나이에 대한 지식은 없었다.

노기는 퇴각을 결심하면서 가와라바야시에게 군기를 짊어지고 가라고 지시했다. 이 일의 사실 여부에 대해서는 노기의 담화 이외에 남겨진 증거는 없다. 군기를 탈취한 사쓰마측의 증언은 이런 것이다.

"군기는 관군의 본영인 듯한 어느 집의 도코노마에 세워 놓았다."

어느 쪽이 정말인지 지금으로서는 알 길이 없지만 여하튼 노기의 말은 "군기를 검정 나사로 된 보자기에 싼 다음 그것을 감아 가와라바야시 소위에게 짊어지게 했다"고 한다.

이 시대에도 소위라는 하급사관은 20살 안팎의 젊은이가 많았는데 그 정도로 젊지 않으면 군대의 최소단위를 지휘하는 육체노동을 감당해 낼 수가 없었다. 막부 말기, 막부를 지지했던 고쿠라 번 출신인 가와라바야시 유타 소위의 32세라는 나이는 군대에서는 한참 늙은 소위측에 속한다고 할 것이다.

연대장 노기 마레스케가 퇴각하는 사이에 연대 기수 가와라바야시 소위가 목숨을 잃는다. 그 경위는 헛되이 증언만 많을 뿐 죽은 자는 말이 없으니 지금으로서는 진상을 알기가 어렵다.

노기 마레스케는 명령자로서 소위의 운명과 직접적인 관계가 있다. 노기가 후년에 말한 바에 의하면 가와라바야시에게는 군기를 검정 나사 보자기에 싸서 짊어지라고 지시한 것밖에 없다고 한다. 명령한 장소는 물론 우에키의 방어진지였으나 그것이 본영(본영이 있었다면)이었는지 노상이었는지 알 수가 없다.

뒤에 언급하겠지만 민권당의 다카다 쓰유는 이튿날 아침에 본영에 돌입했다고 그의 담화에서 말했다. 다카다 쓰유의 담화에는 본영인 듯한 집에 뛰어들었을 때의 상황이 설명되어 있다.

"본영인 듯한 집에 들어가 샅샅이 수색하니 기물 따위가 사방에 흩어져 있어 행패부린 자취가 보기에 민망했다. 그런데 문득 보니 도코노마에 빛깔이 찬연하고 보랏빛 수술도 새로운 한 폭의 훌륭한 기가 세워져 있지 않은가."

다카다 쓰유는 이즈음의 구마모토 민권당 간부로서는 드물게 이 전쟁에서 살아남아 뒤에 자유민권 운동을 계속했다는 것은 이미 앞에서 말했다. 이 담화는 메이지 42년(1909)에 활자화되었지만, 메이지 40년(1907)부터 이듬해까지 구마모토 평론에 14회에 걸쳐 연재된 '구마모토 협동대'에도 실려 있다. 미야자키 도텐의 글은 다카다 쓰유의 이야기를 기초로 하여 쓴 것이다. 다카다 쓰유는 이즈음 중의원 의원으로서, 경솔한 말을 함부로 할 입장도 아니었고 또 평생 거짓말을 한 일이 없다는 묘한 평판을 듣고 있었다는 점에서도 일종의 기인이었다. 사실이야 어찌 되었건 다카다 자신이 도코노마에 세워 놓은 '빛깔이 찬연한' 보랏빛 수술이 달린 기를 목격하고 그것을 자기 진영으로 가지고 돌아갔다는 거짓말을 일부러 지어낼 리는 없을 것 같다.

그러나 노기 마레스케의 이야기 속의 가와라바야시 소위는 노기가 퇴각을 결정했을 때, 노기가 명령하여 연대기를 검정 나사지에 싸서 단단히 등에 짊어지고 있었다.

노기가 그 이튿날인 23일에 썼던 것으로 생각되는 '전황보고 일지'에는
'도저히 지탱하지 못할 것을 깨닫고 가와라바야시 소위에게 군기를 짊어지게 했다. 그러나 한 차례 본도의 적을 소탕하지 않으면 퇴군하기 어려울 것으로 보고 나머지 병사 10여 명을 소위에게 주어 본도에 증가시키고……'
라고 되어 있다. 노기는 가와라바야시 소위에게 군기를 짊어지게 했을 뿐만 아니라 병사 10여 명을 주어 본도상의 적을 소탕하면서 퇴각하라고 명령한 것이다.

이 부분이 몹시 이해하기 어렵다.

그보다도 노기 자신은 대체 어디에 있었을까. 나중에 다카다 쓰유가 뛰어든 본영이라는 민가에 있었을까, 아니면 밖에 있었을까. 노기 곁에는 부관 역할도 겸하고 있었을 연대 기수 가와라바야시 소위는 당연히 있었을 것이다. 그 밖에 누가 있었을까. 가령 제3대 대장 요시마쓰 소령이 있었을까. 요시마쓰는 직접 전투를 지휘하지 않으면 안 되기 때문에 보통 때라면 다른 장소에 있었을 것이다.

고쿠라의 제14연대에 전해 내려오는 구전에 의하면, 노기 자신이 전령이 되어 요시마쓰 소령에게――퇴각에 대한 의논을 하려고―― 달려갔는데 그 사이에 가와라바야시는 없어져버린――노기의 명령대로 본도상의 적을 소탕하려고 출발했다――것으로 되어 있다.

'군기를 검정 나사지에 둘둘 말아서.'

노기가 가와라바야시에게 명령한 장소는 뒤에 다카다 쓰유가 돌입한 민가일지도 모른다. 노기가 요시마쓰를 만나기 위해 나간 뒤 조금 있다가 가와라바야시도 병사를 이끌고 나갔다, 그런 상황이었을까. 그래서 민가는 빈집이 되고 다카다 쓰유가 목격한 것처럼 '기물 따위의 물건이 사방에 흩어져 있어 행패를 부린 자취가 보기에 민망한' 상황이 되는 것이다.

어쨌든 노기는 가와라바야시와 헤어진 곳과 자신의 신변 상황에 대해서 말하지 않았기 때문에 도무지 당시의 정경을 시각화하는 것은 곤란하다고 할 수밖에 없다.

아무튼 노기는 달아나지 않으면 안 되었다.

"도저히 지탱할 길이 없음을 알고."

라고 노기는 보고했으나 이즈음 노기 부대에는 한 사람의 전사자도 없었다. 전사한 사람은, 어느덧 이 전투가 아득한 옛날일이 되어 버린 오늘날로서는 그 뜻을 헤아리기 어려운 명령에 따라 전투에 나가 버린 가와라바야시 소위와 병사 한 사람뿐이다.

손해가 격증하는 참혹한 전황이라면 모르지만, 노기는 달아나지 않아도 되지 않았을까.

일종의 참혹한 인상은 없었다. 사쓰마 군, 특히 무라타 산스케 소대가 탄약이 모자라 계속 시퍼런 칼을 휘두르며 돌진해 왔다고 한다. 사쓰마 인은 돌격할 때마다 소리를 지른다. 사쓰마 특유의 검술인 지겐류(示現流)의 기합소리로 원숭이가 울부짖는 소리 같다고 한다. 그들의 적인 진대병은 그 소리를 듣고 두려움에 몸을 떨었을 것이다.

병력은 노기측이 정확하게 기록하지 않아 잘 모르지만 하여간 사쓰마 군이 겨우 2개 소대였고, 노기측이 그보다 조금 적은 정도였다고는 하나 총기의 성능이 뛰어난 점을 감안하면 같은 병력으로 보아도 된다. 더구나 미리 진을 치고 나름대로 선정한 지형지물을 활용하고 있었기 때문에 노기측이

정공법

유리하다면 유리했다.

그러나 전쟁심리 면에서 따지면 거꾸로 불리했다고도 할 수 있다. 노기 부대는 우에키 역참의 집이나 그 근방 나무그늘이나 헛간 뒤, 퇴비 등의 지물에 의지하여 총을 겨누고 사쓰마 인이 나타나기를 기다리고 있었다. 한낮이라면 적에게는 자기들이 잘 보이지 않고 반면에 자기들은 적의 거동을 소상하게 볼 수 있어 방어하기에 좋았을 것이다.

그러나 밤이기 때문에 이 유리한 조건이 오히려 공포를 조성하는 원인이 되었을 것이다. 노기의 병사들은 기복이 있는 장소에 몸을 숨기고 있었으나 때마침 떠오른 초열흘 달빛 때문에 수목이나 집, 퇴비더미 같은 모든 사물이 뜻밖의 형상으로 눈에 비쳐, 때로는 움직이는 것 같기도 하고, 때로는 그런 그늘이 그림자를 만들면 그 그림자를 사쓰마 인으로 오인하고 쓸데없는 목표물을 사격하기도 하면서, 오지도 않은 적에 지레 겁을 먹고 내빼는 일이 생길 수도 있다.

전투는 두 시간 남짓 계속되었다. 그 동안 아무 손해도 없었는데 '도저히 막아내지 못하겠다'고 노기가 판단하고 퇴각한 것은 다분히 심리적인 이유였을 것이다. 그것이 노기 자신의 심리는 아니라 하더라도 밤에 사쓰마 사족과 대결하게 된 진대병의 동요를 막아내지 못한 것은 사실이다. 그 진대병이 동요했는지 여부에 대한 기록은 남아 있지 않다. 그러나 손해 본 것도 없는데 함부로 소총을 난사한 끝에 도망쳤다는 것은 다분히 심리적인 요소가 컸다고 생각된다.

노기의 부대도 퇴각했으나 그보다 조금 일찍 사쓰마 군도 퇴각해 버리고 말았다.

이런 우스꽝스런 사실에 대한 것은 노기의 담화에는 나와 있지 않으나 다카다 쓰유는 꽤나 우습게 느껴졌는지 '아군이 퇴각하자 관군도 퇴각하기 시작했다. 우스꽝스럽게도 양쪽이 동시에 퇴각했을 것이다.'

사쓰마 군은 무라타의 소대가 탄약이 바닥이 난 데다 뒤미처 응원하러 온 이토도 우에키의 정부군이 어느 정도의 숫자인지도 몰랐고, 그 밖에 여러 가지 사정으로 야습 효과도 별로 나지 않기 때문에 일단 후방에서 쉬면서 이튿날 아침을 기다리자고 생각했다. 노기의 부대도 장거리 행군으로 완전히 지쳐 있었지만 사쓰마 군도 강행군 끝에 22일에 구마모토에 들어와 댓바람에 전투를 거듭해 온 것이다.
 지휘자들은 병사들의 체력이 한계점에 이르렀다고 보고 이날 밤은 퇴각하기로 결정한 것이 틀림없다. 사쓰마 군은 이 가도를 우에키에서 겨우 3킬로 남쪽인 가노코기(鹿子木)라는 마을까지 후퇴했다.
 시각은 대략 짐작이 간다.
 노기는 우군에 퇴각 개시 신호를 보내기 위해 구누기(櫟木), 야마구치(山口) 등 두 중사에게 불을 피우게 했다.
 바람 한 점 없어서 불이 좀처럼 일어나지 않았다. 노기의 '전황보고 일지'에는 이렇게 써 있다.
 '구누기 중사, 야마구치 중사를 지휘하여 방화하게 함.'
 '지휘하여'라고 하였으니 노기 자신이 불 옆에 있었을 것이 틀림없다. 가와라바야시 소위는 이미 그 자리에 없었던 모양이다.
 '오늘밤에는 미풍도 없어서 몇 번 불을 놓아도 번번이 꺼졌다. 불이 겨우 붙었을 때는 이미 9시 40분이었다. 퇴각하여 센본자쿠라에 모였다. 적도 군이 추격하지 않았다.'
 노기는 오후 9시 40분에 우에키를 퇴각했다. 당연히 적이 추격할 것으로 생각했는데 '적도 군이 추격하지 않았다'고 한다. 다카다 쓰유의 말대로 사쓰마 군도 퇴각해 버리고 말았던 것이다.
 노기와 또 다른 곳에 있었던 요시마쓰 소령도 아무 어려움 없이 퇴각할 수 있었다.
 묘하게 된 것은 가와라바야시 소위였다. 그 혼자만이 노기의 명령에 따라 퇴각 방향(서쪽의 고노하 쪽)과는 반대인 본도 위(야마가 가도라 하며 사쓰마 군이 내왕하는 길)의 사쓰마 군을, 노기의 명령 용어대로 '소탕' 하기 위해 10명 가량의 병사들과 함께 나갔던 것이다. 거기에는 사쓰마 군이 이미 후퇴하고 없었다. 연대 기수인 가와라바야시는 도망치는 자기 부대에서 버림받았다고 할 수 있을 것이다.
 사쓰마 병은 남쪽으로 3킬로 물러났으나, 노기 등은 서쪽으로 달아나 센본자쿠라에서 요시마쓰 등과 합류, 다바루 고개를 넘어 우에키에서 8킬로 서쪽인 고노하까지 후퇴했다.

 쌍방이 거의 동시에 퇴각했기 때문에 공방의 요충이었던 우에키 역참은 텅텅 비어 버렸다.
사쓰마 군의 무라타 산스케 소대가 3킬로 남쪽으로 퇴각하여 가노코기 마을에 들어갔을 때 구마모토 방면에서 원군이 왔다. 구마모토의 사쓰마 군 본영에서는 우에키 근방의 전투를 걱정하여 3개 소대를 우에키 방면으로 전출시켰는데 그들이 가노코기 근방에 이르렀을 때 전투가 끝났음을 알았다.
"적은 달아났다."
무라타 산스케 등이 상황을 설명하자 그들은 그대로 무라타 소대와 한데 어울려 가노코기 마을 부근에 민박했다. 모두가 완전히 지쳐 있었다. 이날 밤, 더 이상 전투는 없었고 또 여전히 바람 한 점 불지 않아 이런 계절치고는 드물게 추위가 한결 덜했다. 사쓰마 군 병사들은 집집의 봉당이나 추녀 밑에 쓰러져 죽은 듯이 잠들었다. 노기의 글에 의하면 고노하 쪽으로 달아난 노기 부대도 지친 나머지 밥도 먹지 않고 쓰러지듯이 잠들어버린 자가 많았다고 한다.
이튿날 아침, 가노코기 마을에서 잠이 깬 무라타 산스케는 우에키가 어떻게 되었는지 알아보려고 척후병을 보냈다.
척후병은 1개 분대 정도였다. 그 중에 구마모토 민권당의 다카다 쓰유가 섞여 있었는데 안내역인 그는 여전히 평상복 차림에 칼을 늘어뜨린 채 우에키 역참에 들어갔다. 이미 언급한 그의 이야기는 그때의 상황을 말한다.
즉, 본영인 듯한 집에 들어가 보니 도코노마에 빛깔이 찬란한 연대기가 꽂혀 있었다는 것이다.
노기가 거짓말을 할 까닭이 없다고 한다면 가와라바야시 소위는 연대기를 싸서 짊어지지 않고 본영에 놓아둔 채 출격해 버렸던 것일까.
다음은 다카다 쓰유의 이야기다.
"근사한 기가 있잖아, 하고 대원들이 우르르 도코노마 쪽으로 몰려가 저마다 호기심어린 눈을 반짝이면서 자세히 보니 그것은 고쿠라 연대의 연대기였다. 거듭 말하지만 군대의 정신이라고 할 수 있는 이 연대기가 싸우지도 않고 우리 1분대 척후병의 손에 떨어진 것이었다. 척후대의 환희와 만족은 절정에 달했다. 그것을 메고 가노코기로 돌아왔는데 도중에 모두들 서로 다투어 기를 메고 싶어 했다."
이것을 무라타 산스케에게 보여주자 무라타는 기뻐하며 사자를 시켜 구마모토 본영의 사이고에게 보냈다.

그 뒤 성을 포위하고 있던 사쓰마 군은 긴 장대 끝에 이 연대기를 매달고 장정 몇이 그것을 메고는 진대군에게 보이기 위해 성 주위를 서너 바퀴 돌았다고 한다. 이 일은 다른 데도 기록이 있으므로 틀림이 없다.

그러나 다카다 쓰유의 이 담화는 다카다 쓰유 혼자서 한 말이고 노기의 '일지'와 거의 부합되는 사실이 따로 있으므로 사실 여부는 쉽게 가려내기가 어렵다.

다른 사실이란 이와키리 쇼쿠로(岩切正九郎)라는 사쓰마 병이 등장하는 사건이다.

그는 22일 밤, 노기의 부대가 우에키를 퇴각하기 직전, 정부군의 한 사관을 칼로 베어 쓰러뜨렸다. 그것이 가와라바야시 소위였다.

이와키리는 최하급 지휘관이었다. 많은 부하가 있었으나 야간의 혼란으로 뿔뿔이 흩어져 버려 우에키에서 되돌아와 우군을 찾아다니고 있었다.

지점은 나타즈카(投刀塚)인 듯하다. 나타즈카는 우에키의 십자로에서 겨우 1킬로 남쪽의 본도(야마가 가도) 연변의 부락인데 이와키리는 밭 가운데 정부군인 듯한 10여 명의 인기척을 느꼈다. 마침 이와키리와 동행하고 있던 사쓰마 군의 군부가 "적이 왔다"고 작은 목소리로 가르쳐 주었다.

군부가 가리킨 데를 살펴본 다음 군부가 말하는 지점에 살금살금 다가갔다. 이윽고 나지막한 덤불 속에서 머리를 쳐들고 좌우를 살피고 있는 사람이 눈에 띄었다. 이와키리는 그 머리를 겨냥하여 힘껏 칼을 내리친 다음 뛰어 들어가 쓰러져 있는 적을 확인했다. 시체는 사관이었고 다른 사람은 없었다.

이와키리의 담화를 속기한 문장에는 그가 시체를 뒤집어보니 '사관은 등에 약 2척 가량의 기를 짊어지고 있기에 그것을 노획했다'고 되어 있다. 거기에 동행하던 사쓰마 군 군부가 나타나자 이와키리는 이 기를 건네주면서 가지고 돌아가라고 했는데, 그 뒤 후방에 있는 부대의 휴식지에 돌아가서 잤다는 것이다.

참고로 이와키리 쇼쿠로는 무라타 산스케의 소대와 협동하여 이 방면에서 싸우고 있는 이토 나오지의 소대에 속해 있었다. 군부는 무라타 대에 속해 있었다고 한다.

그 때문에 군부는 연대기를 무라타에게 건네주어 무라타의 공훈이 되어 버렸다.

그 뒤 무라타는 전사했다.

그 뒤 이 연대기는 사쓰마 군의 병참이 맡아 가지고 있었다. 병참 책임자인 가쓰라 히사타케는 "이 기는 무라타 일대의 무용의 표시이니 무라타 가문의 가보로 하는 것이 좋겠다"고 배려하여 가고시마의 무라타의 유족에게 이 연대기를 보냈다.

세이난 전쟁이 끝난 뒤, 전국의 경찰망을 총동원하여 이 연대기의 행방을 수소문했다는 것에는 몇 가지 증거가 있다. 이때 오리타 산노스케(折田三之介)라는 사쓰마 인이 가고시마의 시모호기리(下方限) 경찰서에 구금되어 있으면서 무라타의 집에 있다고 밀고했다고 한다.

당시 시모호기리 서의 서장은 아카키 요시히코(赤木義彦)라는 경시였는데 그는 무라타 산스케의 미망인 사와코(佐和子)를 불러 가혹하게 취조했다. 사와코는 완강히 부인했으나 마침내 구속하겠다고 을러대는 바람에 자백했다. 그녀는 산스케의 유복자 도하치(藤八)를 낳은 지 얼마 되지 않아 구속되면 젖을 물리지 못할 것을 걱정하여 연대기를 내놓기로 했다고 한다. 그간의 사정을 메이지 40년(1907) 전후에 《세이난기 전(西南紀傳)》의 필자가 사와코의 어머니인 오야마 모토코(大山毛登子)──당시 78세로 가고시마의 가지야초에 살고 있었다──를 찾아가 얘기를 들었다.

이날 밤, 연대기가 사쓰마 군의 손에 들어간 사정은, 구마모토 현 사족 다카다 쓰유와 사쓰마 군 병사 이와키리 쇼쿠로의 주장이 너무나 차이가 있어 지금에 와서는 그 진상을 밝힐 방도가 없다.

첫째, 연대 기수 가와라바야시 소위가 어떤 사정으로 노기의 본대와 떨어져 사쓰마 군에 접근했는지에 대해서도 노기의 일지와 담화만으로는 도저히 알 수 없다.

노기의 일지와 담화를 다시 정리하면, 노기는 퇴각할 때 자기들을 엄호하기 위한 돌격을 가와라바야시에게 지시한 것 같다. 연대 기수에게 그런 가장 위험한 역할을 부여하는 것도 기묘하지만 만약 사실이라면 노기가 아직 젊었기 때문에 군사문제에 어두웠던 것이 아닐까. 노기는 가와라바야시에게 병사 8명을 주었다고도 하고 10명을 주었다고도 전해진다. 8명이나 10명으로 퇴각 엄호를 위한 돌격을 하게 한다는 것은 보통 상식으로는 생각하기 어렵다.

그간의 사정을 가장 잘 알고 있는 것은 노기의 명령으로 가와라바야시를 따라간 병졸들이다. 메이지 정부가 전쟁 뒤에 군기를 찾아내기 위해 군과 경찰력을 총동원했을 정도의 사건인데도 병졸의 이름이 모든 기록에서 빠져 있고 하물며 증언마저 없다.

노기 이외의 증언자로서는 다카다 외에 이날 밤에 가와라바야시를 벤 이와키리뿐이다. 이와키리는 가고시마 사족 요베(與兵衞)의 장남으로 나이 스물둘이었다. 그는 8월에 노베오카에서 정부군에 항복하고 전쟁 뒤 징역 3년을 구형 받았다.

재판소에서의 그의 자백서는 매우 간단한 것으로 가와라바야시를 벤 일은 전투행위이기 때문인지 나와 있지 않다.

연대기를 탈취당한 사건에 대해 메이지 정부는 정권 자체의 치욕이라고 생각했다. 그것은 분실된 연대기의 수색을 너무나 끈덕지게 했다는 사실로도 알 수 있다. 결국 연대기는 무라타 산스케의 미망인한테서 빼앗아 고쿠라의 보병 제14연대에 간수되었다. 이 연대기는 1945년 육군이 해체될 때까지 상속되었다.

메이지 정부는 그 정도의 정열을 이 사건의 규명과 공표에도 할애했어야 하는데 이 정권은 문명개화의 원동력이 되고자 탄생한 정권이면서도 금기(禁忌)가 많고 또한 금기를 정치적 종교이거나 한 것처럼 존중하는 병리적 성격이 있어서 메이지 정권은 연대기 문제도 끝내 밝히지 않은 채 지나쳐 버리고 말았다.

이날 밤(2월 22일) 사쓰마 군의 병력은 몇 번이나 언급했듯이 2개 소대 4백 명밖에 안 된다.

이튿날인 23일부터 사쓰마 군은 구마모토 북방의 두 방면(야마가, 우에키 방면과 고노하 방면)에 병력을 증강시켰다.

이미 앞에서 말한 것같이 이 사쓰마 군의 이동은 사이고의 결정에 의한 것이다. 즉 "도쿄의 진출은 별로 서두를 필요가 없으므로 구마모토 성의 습격도 잠시 중단하고 일부 병력으로 구마모토 성을 포위하고 다른 일부로 우에키 방면에 출동한다. 지금은 잠시 휴전하여 힘을 비축하다가 적의 원군이 오면 그때 나가서 하나하나 격파한다"는 것으로 이 사이고의 말이 그 뒤의 사쓰마 군의 운명을 결정지었다고도 할 수 있다.

하여간 22일 밤이 지나자 구마모토 근방에 있던 사쓰마 군이 대부분 우에키를 향해 야마가 가도를 북상했다.
　뒤에 《사쓰난 혈투사(薩南血闘史)》를 쓴 사쓰마 병 가지키 스네키(加治木常樹)도 그 행군부대 속에 있었다.
　가지키는 이때 4번 대대의 5번 소대장 나가야마 규지 밑에서 오시고(押伍)라는 최하급 지휘관을 맡아보고 있었다.
　가지키의 수기에 의하면 그는 23일 밤에 우에키 역참에 들어가 거기서 밤을 보냈다. 이튿날인 24일에 가와라바야시 소위의 시체를 보았다고 한다. 가지키는 새 전장을 시찰하기 위해 몇몇의 부하와 우에키를 출발했다. 우에키 역참에서 구마모토 쪽으로 향하여 두어 마장 되는 지점에 서쪽으로 통하는 3자 넓이의 농로가 있었다. 그 길을 십여 마장 걸어가니 시체가 있었다. 시체는 위쪽 밭에서 밑의 길을 향해 쓰러져 있었다. 시체는 쟈바라복(蛇腹服)이라는 사관복을 입고 있었는데 가지키의 인상으로는 나이 스물대여섯 살 가량이었다.
　'죽은 모습이 아름다워 보였다.'
　이렇게 기록되어 있다. 가지키는 뒤에 이치가야(市谷) 형무소에 수감되었을 때 이와키리와 함께 있게 됨으로써, 비로소 이 사관의 이름이 가와라바야시 소위라는 것을 알았다.
　한 마디로 노기의 부대는 손실이 없이 2개 소대의 사쓰마 병 때문에 달아나고 전사자는 가와라바야시 및 그가 인솔한 한두 명뿐이었다. 상황으로 볼 때 전투가 끝난 지 이틀 뒤에도 유기시체를 수습하지 않았다는 것이 가지키의 체험에 의해 분명하게 드러났다.

전철기

고노하는 우에키에서 서쪽으로 다카세(기쿠치 강변)에 이르는 도중의 역참이다.

북쪽으로 구니미 산(國見山, 389미터)을 주봉으로 하여 산들을 등지고 그 산들이 남쪽으로 뻗어 내려와 제일 남쪽 끝에 고노하 산이었다.

고노하 마을은 그 2백 미터 정도의 고노하 산을 등지고 촌락을 이루고 있다. 마을 가운데를 우에키·다카세 간의 동서 도로가 달리고 마을은 음울한 고노하 산을 등지고 있으면서도 앞은 널찍하게 트여 무논이 잘 발달해 있었다.

노기는 고노하 동쪽의 우에키에 진출하자 고노하에 작은 규모나마 보급소를 설치했다. 보급소라기보다 취사장 정도의 것이었다.

그 시절의 정부군은 보급 일을 병사들이 하지 않고 고용한 인부가 하고 있었다. 노기 연대의 탄약을 고노하에 집적하는 것도 연대가 고용한 인부들이고 후방에서 취사를 하는 것도 그들이다.

22일 밤 11시 경에 우에키에서 뿔뿔이 흩어져 도망쳐 온 노기 부대를 보고 인부들은 패전의 비참함에 꽤나 동요했던 모양이다. 인부들이 만들어 준 주먹밥을 먹은 자도 있으나 너무 지쳐서 그대로 민가에 기어들어가 자 버린 자도 있었다. 고노하의 마을 사람들은 거의 피난을 가고 대부분의 집이 텅 비어 있었다.

노기는 밥은 먹었다.

길에는 요시마쓰 호쓰에 소령이 나가 있었다. 그는 어둠 속을 비틀거리며 걸어오는 패잔병들을 수용하고 배치하면서 장교와 하사관에게는 주의사항을 전하고 있었다.

날이 새어 23일이 되었다. 노기와 요시마쓰도 두세 시간은 눈을 붙였을 것이다. 내일은 또 어떤 사태가 전개될 것인지, 그들의 마음속은 착잡했을 것이 틀림없다.

노기는 연대장으로서 의연했으나 실전에 밝은 요시마쓰 소령을 은근히 의지하는 것 같았다. 우에키에서의 전투지휘도 거의 요시마쓰가 했다고 해도 과언이 아니다.

요시마쓰 호쓰에는 도사 사람이다.

그는 고치 성밑 거리에서 태어나 분큐(文久) 3년에 번병으로 교토에 올라가 그 때부터 지사 활동을 했다. 보신 전쟁에서는 도바·후시미 전쟁 이래 역전의 전투 지휘자로 활약했고 그 뒤 간토(關東)에서 아이즈로 가서 싸우다가 메이지 4년(1871), 근위병의 창설과 함께 대위가 되었으며, 메이지 9년 소령으로 진급했다. 나이는 33세였다.

그러나 노기는 막부 말기에는 아직 나이가 어려 지사 활동의 이력이 없었고 보신 전쟁에도 종군하지 않았으나, 육군의 조슈 파벌의 총수인 야마가타 육군경의 눈에 들어 메이지 4년, 23세로 단번에 소령이 되었고 2년 전인 메이지 8년, 고쿠라의 제14연대 연대장이 되었다. 역전의 요시마쓰가 같은 소령이면서 네 살 아래인 노기의 부하밖에 못된 것은 그가 사쓰마나 조슈 인이 아니라는 이유밖에 없다.

노기나 요시마쓰 뿐만 아니라 이 고노하 마을의 동서 도로를 장악하고 있는──또는 여기까지 도망쳐 온──제14연대의 전원은 자기들이 고립되었다고 절실히 깨달았다.

하카타 만에 상륙했다는 2개 여단이 아직 오지 않고 있었다. 본디 그들이 사쓰마 군에 대한 야전군의 선봉이 되어야 했다.

노기의 제14연대는 처음부터 배치된 선봉은 아니었다. 구마모토 농성군에 참가하라는 명령을 받고 강행군으로 남하했으나 입성하지 못했다. 그래서 선봉군이 되었다. 처음부터 작전구상 아래 선출된 선봉부대라면 혹 포병도 붙여주었을지도 모르지만 그것도 없었다. 또 선봉군이라면 따로 1개 연대 정도의 협동부대가 있어야 마땅한데 그것도 없었다. 무엇보다 연대장 이하 선봉군이라는 각오가 없었다.

선봉군은 서전을 치른다. 죽음을 무릅쓰고라도 이기지 않으면 안 된다는 것이 예부터 일본의 전형적인 전쟁 사상이었다. 일본의 유명한 전쟁은 거의가 선봉군의 승패에 따라 전체의 승부가 결정되었다. 겐페이 회전(源平會戰)도 그랬고 세키가하라와 같은 전형적인 전투에 있어서도 서군 선봉인 우키타 히데이에(宇喜多秀家)의 병력과 동군 선봉인 후쿠시마 마사노리(福島正則)의 병력의 결전으로 전체의 승부가 결정되고 말았다.

여하튼 일본의 전쟁 사상은 서전주의인데 이에 대해 이미 농성 첫날 전투에서 전사한 사쓰마 인 요쿠라 중령은 명쾌한 사상을 가지고 있었다. 그는 다니 다데키가 주재하는 작전회의에서도 거듭 역설하였다.

"전투의 전체적인 면에서도 서전이 중요하다. 작은 부대에서도 마찬가지다. 최초에 적과 마주쳤을 때 무슨 짓을 해서라도 이겨야 한다. 최초의 전투에서 지면 적의 사기를 높여 줄 뿐만 아니라 우군의 사기는 저하되어 적을 두려워하게 된다. 그 간격은 메울 수 없을 정도로 크다. 또 최초의 전투에서 진 지휘관은 다음 전투에서 명예를 회복하려고 공연히 무리하다가 다시 지고는 한다. 제아무리 다음 기회에 고투하고 또 그 다음 기회에 고투하더라도 사람들은 저건 명예회복 때문에 발악하고 있는 것으로 밖에 보지 않고 정당한 평가를 해 주지 않는다. 전투는 최초에 이기지 않으면 안 된다."

이런 사상은 요쿠라 뿐만 아니라 사쓰마 인에게는 역사적으로 농후하다고 할 수 있을지 모른다.

노기는 작전회의에 참석하고 있었으므로 이 요쿠라의 사상을 잘 알고 있었다. 그런데도 노기는 우에키에서 달아날 때, 적은 대략 같은 병력이고 아군측에는 사망자가 아직 나지 않은——부상은 30여 명——단계에서 퇴각을 결심하고 어둠을 틈타 고노하까지 패주하고 말았다. 도망칠 바에는 《맹자》에서 말하는 오십보 백보로, 차라리 다카세까지 퇴각하여 2개 여단의 지원을 기다렸으면 좋았을 터인데 그렇게 하지 않고 어중간한 고노하에서 발길을 멈춘 것은 어쩌면 우에키에서 잃어버린 명예를 회복하고 싶었기 때문이었을 것이다.

노기에게는 두 가지 걱정거리가 있었다. 하나는 우군인 2개 여단이 언제 이 방면에 도착할 것인가 하는 것이고, 다른 하나는 우에키 방면에 대한 걱정이었다. 그리고 그 적이 언제 어떤 형태로 이 고노하 방면에 나타날 것인가 하는 것이었다.
모두가 오리무중이어서 판단하기가 어려웠다.
노기는 오전 4시에 일어나 요시마쓰 소령과 의논하기도 하고 혼자 생각하기도 했다.
시급히 알아야 할 일은 우에키 방면의 적의 정세였다.
적의 정세를 살피기 위해 노기는 미키(三木)라는 중사를 오전 2시 경 척후로 내보냈는데, 워낙 먼 거리이기 때문에 노기가 일어났을 때도 아직 돌아오지 않았다. 그래서 장교를 척후병으로 내보내기로 했다.
우두머리는 쓰모리 히데사네(津森秀實) 대위(제3대대 3중대장)이다. 여기에 와타나베 중위, 나카무라 소위 등 두 장교를 더하여 하사관과 병졸 20여 명을 데리고 가게 했다.
이 정찰대의 목적은 단순히 척후뿐만 아니라 때에 따라서는 적을 도발하여 끌어들이는 미키 역할까지 했던 것 같다.
그 뒤, 고노하에 방어진지를 구축하기로 했다. 이 방어진지의 부서와 지휘는 제3대대장 요시마쓰 소령이 맡았다. 이때는 이미 장거리 행군 끝에 이 고노하에 도착한 다른 대대의 병사도 뒤섞여 있었는데, 노기는 그것까지 요시마쓰에게 지휘를 맡겼다. 요시마쓰는 이때 연대장 대리 같은 위치가 되었다. 노기는 우에키에서의 패전의 충격 때문에 일시 지휘에 대한 자신을 잃어버렸는지도 모른다.
요시마쓰는 많은 사격병을 매복시키는 방법을 선택했다.
본도상에는 1개 중대만 두어 적에게 병력이 그것뿐인 것처럼 가장하라고 중대장 고리키(功力) 대위에게 지시했다.
다른 1개 중대는 고노하 산 바로 밑 마을 가운데 매복시켰다. 그리고 1개 분대는 마을 남쪽, 즉 진지의 우익을 흐르는 고노하 강의 둑 밑에 매복시켰다.

"적을 3, 4백 미터 접근시킨 다음 재빨리 쏘아야 한다. 그전에 쏘아서는 안 된다."

요시마쓰는 명령했다.

한편 22일 밤, 구마모토 성 밖의 사쓰마 군 본영에서는 우에키 방면에서 무라타 산스케 등의 사쓰마 군 2개 소대가 정부군과 교전했다는 보고를 받고 상당한 규모의 정부군일 것으로 판단, 1200명(6개 소대)의 별동대를 편성하여 급거 출동시켰다. 그들에 대한 명령은 고노하는 물론 다카세와 미나미세키를 돌파하고는 고쿠라까지 빠져나가리라는 굉장한 것이었다.

그들은 23일 오전 1시에 구마모토를 떠나 북상했는데 가노코기에 숙영하고 있던 2개 소대와 합류하며 1600명의 병력으로 전진했다. 병력에서는 노기 연대에도 곧 행군부대가 당도했기 때문에 사쓰마 군과 거의 같은 수가 되었다. 22일의 우에키에서의 소전투는 불시의 조우전이었으나 이번에는 본격적인 조우전이 될 참이었다.

사쓰마 군 전투방식의 특징은 대부분 대대장이 일일이 명령하지 않는다. 소대——정부군의 중대규모——의 우두머리가 그 자리에서 판단하거나 소대장끼리 의논하여 전투 방식을 정하는 것이다. 소대장끼리의 의논이라지만 그들은 공식적인 회의를 좋아하지 않았다. 전투중에는 서로 신호 정도로 끝내며 대부분의 경우는 그것조차 하지 않는다. 자기를 도와주는 다른 소대가 곤경에 빠져 있으면 전체 상황을 감안하여, 구원해야 할 상태이면 주저 없이 달려가거나 우회하여 고전 중인 소대를 구한 다음 서로 힘을 모아 전과를 확대시킨다.

그런 점에서 대대——정부군의 연대 규모——의 장은 실로 편안했다. 소대장들에게 큰 방침을 제시해 두기만 하면 나머지는 소대장들이 합의하여 때로는 큰 그림을 그리기도 하고 때로는 작은 그림을 그려 나가기도 한다. 시마즈씨(島津氏)의 전통적인 방법이기는 하겠으나 여하튼 부대의 지휘자가 우수하다는 것은 어쩌면 풍토라고 할 수밖에 없을지도 모른다.

앞에서 시노하라 구니모토의 경우를 이야기했다. 시노하라가 2월 22일의 서전에서 그 휘하 대대를 구마모토 성 서쪽에 전개시켰을 때 그는 지휘다운 지휘는 일체 하지 않고, 장령인 그 스스로가 묵묵히 서서 소총을 겨누고는 신중히 조준해서 방아쇠를 당겼는데 그 동작만 계속 되풀이하고 있었다고 한다. 이 정경을 구마모토 학교당의 수령인 이케베 기치주로가 소상하게 보았다. 더욱이 이케베가 본 시노하라의 대대는 일사불란하게 움직이며 기민하게 전진하다가 필요할 때면 멈추는 등 분명히 하나의 명령 아래 움직이고 있었다. 그 명령이 시노하라의 입에서 나오지 않았는데 말이다.

"시노하라는 명장이라고 생각한다."

사쓰마 인을 별로 칭찬하지 않는 이케베는 구마모토 대 대원들에게 그렇게 말했는데 이 관찰은 약간 시야가 좁다는 느낌이 있다. 시노하라뿐만 아니라 사쓰마 인 장령들의 지휘 방법은 휘하 지휘관들에게 맡기는 방식이었다. 이것은 예부터의 풍습이라고 할 수 있는데 사쓰마 인의 장령 되는 자는 자질구레한 지시 따위는 하지 않고 핵심만 제시하면 나머지는 사쓰마 사투리대로 '대강 대강' 하는 것이다. 휘하의 소대장들은, 이 역시 사쓰마 인의 성격이지만 자질구레한 지시에 속박되어 자신의 재량의 폭이 줄어드는 것을 좋아하지 않는다. 이 점이 명령과 지시로 움직이고 있는 정부군과는 크게 달랐다.

노기가 우에키 방면에 내보낸 장교척후(혹은 미끼)인 쓰모리 대위 이하 20여 명은 오전 5시에 고노하 마을을 출발하여 동쪽으로 향했다.

별은 없었고 달은 구름에 가려 흐릿하게 빛을 띠고 있을 뿐이었다. 불빛이 없는 보행은 지극히 곤란했다. 우에키까지 8킬로 이상이어서 밤길로서는 결코 가까운 거리가 아니었다.

고노하에서 2킬로 가면 그리 가파르지 않은 고개에 다다른다. 다바루 고개다. 고개라곤 해도 말하자면 언덕이다. 고개의 길이는 2킬로 정도일까. 언덕 양쪽은 깎아져 내려간 골짜기로 되어 있고 골짜기 밑은 논인데 계단식으로 이루어져 있었다. 그러나 고개를 오르는 사람에게는 양쪽의 논이 쉽게 보이지 않는다.

왜냐하면 언덕을 갈라 고갯길을 만들었기 때문에 고갯길 양쪽이 흙으로 만든 성벽처럼 되어 있었던 것이다. 이런 이상한 절개도로를 만든 것은 가토 기요마사라고 전해지고 있지만 어쨌든 옛날의 전술가가 일부러 만든 고갯길이라고 할 수밖에 없다.

길 양쪽이 높직하게 되어 있기 때문에 병사들은 공포감을 느꼈을 것이다.

머리 위 고개에 적이 숨어 있으면 어두운 밤이라도 고개 밑을 지나가는 사람을 내려다보며 쏠 수 있기 때문이다.

"말하지 마라. 발소리나 어떤 소리도 내지 마라."

쓰모리 대위는 반복하여 주의를 주었을 것이다. 이윽고 날이 밝았다.

고개가 내리막이 되는 근처에 나나모토(七本)라는 마을이 있다. 쓰모리 대위는 이 나나모토에 이르자 나카무라 소위를 첨병장으로 임명했다. 나카무라 소위는 병사 5명을 이끌고 대의 선두에 섰다. 나나모토를 지나면 그 때부터는 평탄한 길이다. 우에키에 접근했을 무렵, 별안간 적이 이쪽을 향해 행군해 오는 것이 보였다. 나카무라는 우선

"전방에 적이 있다."

고 뒤로 전달한 다음 인원수를 3백 명으로 추정하고 그것도 전달했다. 병사들은 작은 소리로 계속 뒤로 전달하여 이윽고 쓰모리 대위의 귀에 들어갈 무렵에는 쓰모리의 눈에도 적이 보였다. 쓰모리는 사격준비를 시켰다. 그러나 척후이기 때문에 전투를 벌일 작정은 아니었다.

쓰모리는 일제히 뒤로 돌도록 명령하고 조용히 퇴각하기 시작했다.

사쓰마 군도 물론 거의 동시에 알아차리고 있었다. 그들도 걸음을 재촉하여 쫓아오기 시작했다. 어느 쪽에선가 총을 쏜 자도 있었다. 이 사쓰마 군은 5개 소대 1천 명인데 소대장은 하시구치 나리카즈(橋口成一), 마쓰시타 스케시로(松下助四郎) 등이다.

오를 때는 쌍방이 보조가 느렸으나 내리막이 되자 사쓰마 군은 질풍처럼 달리기 시작했다. 쓰모리 대도 반사적으로 달아나 이윽고 고노하 근처에 이르자 숨넘어가는 소리로 외쳤다.

"적이다, 적이다!"

고노하 전투는 이렇게 시작되었다.

적이 왔다는 소리를 듣고 노기는 즉시 요시마쓰 소령에게 전령을 보내 조처를 취하도록 명령했다.

요시마쓰는 고노하의 도로 위에 있었다. 요시마쓰는 노기보다 먼저 이 소식을 들을 수 있는 위치에 있었으므로 재빨리 수배를 완료하고 있었다. 그는 시계를 보았다. 오전 8시 30분이었다.

"접근시켜 놓고 사격하라."

몇 번이나 각 진지에 지시를 내려 놓았다. 정부군이 사쓰마 군보다 우월한 것은 화력뿐이었다. 지휘관으로서는 사격 효과를 충분히 올리는 방법을 취할 수밖에 없었다.

그는 말에 올라탔다. 양쪽의 상황이 잘 보인다는 점도 있었지만 병사들이 엎드려 있는 가운데 지휘관 혼자 적의 저격 목표가 될 것을 각오하고 높은 자세를 취하는 것은 병사의 사기를 북돋워주게 된다고 믿고 있었다. 그는 자기가 지휘하는 진대병의 허점을 알고 있기 때문에 오로지 적도 탄환도 무섭지 않다는 것을 몸으로 보여 줄 수밖에 없다고 생각했던 것이다.

이런 각오는 그의 제3대대의 주둔지인 후쿠오카 분영을 나올 때부터 서 있었던 모양으로 부하들에게 이런 유언을 남겨 놓았다.

"내가 전사하면 군복 정장 차림으로 장사 지내 주기 바란다."

결국 그는 그 예언대로 이날 죽게 된다. 다만 정장이 주위에 없었으므로 유언을 그대로 따르지 못하고, 부하들은 할 수 없이 그에게 외투를 입혀 커다란 항아리에 넣어 고노하 산 기슭에 묻었다. 전쟁이 끝난 뒤, 그의 유족이 고치(高知)의 옛 성밑 거리 북동쪽에 있는 후쿠이 마을의 서낭당 앞에 따로 무덤을 만들었다.

요시마쓰 호쓰에는 자기를 내세우지 않는 사람이기 때문에 동향인 사이에서도 무명에 가까운 존재였으나 도사 번의 유신사에 중요한 전철기 역할을 한 일이 있다.

도바 후시미 전쟁이 발발했을 때도 도사 번에서는 상층부가 막부를 지지했다. 번의 노공(老公)으로 불리던 야마노우치 요도(山內容堂)는 교토에 있으면서 많은 막부 지지파 공경들과 더불어 "어디까지나 사쓰마·조슈간의 개인적인 싸움이니 조정은 가담할 것이 못 된다"고 주장하고 있었다.

그러나 후시미에 도사 번의 통상경계 부대(4개 소대)가 있었는데 그 4명의 소대장이 번의 방침을 무시하고 독단으로 사쓰마·조슈측에 가담했던 것이다. 이런 행동은 이들 네 사람이 지난 날 이타가키 다이스케와 협의하여 이런 사태가 일어날 경우에는 반드시 사쓰마·조슈측에 가담하겠다는 묵계를 교환했기 때문이었다. 그 4명의 소대장 중에 당시 하야노스케(速之助)로 불리던 요시마쓰가 있었다. 이 일이 결국은 보신 전쟁 때 도사 번을 사쓰마·조슈측에 끌어들이는 원인이 되었다.

요시마쓰의 생가는 사카모토 료마의 생가와 바로 이웃이었다. 료마와 어느 정도의 친교가 있었는지는 자료가 없어 잘 모른다. 그러나 영향이 없었다고는 못할 것이다.

요시마쓰는 전날 밤의 우에키에서의 참담했던 패주를 부끄럽게 여기고 있었다. 연대장 노기는 한낱 관념론자에 지나지 않았다. 그는 천황이 하사한 군기가 적의 손에 넘어간 것을 뒤에 알고 그 일을 한평생 죄스럽게 생각하고 있었으나 한편 우에키에서 패주한 일에 대해서는 그의 문장에서 보는 한 괴로워 한 흔적이 없다. 관념론자의 장점이라고나 할까. 그러나 요시마쓰는 그것을 부끄럽게 생각한 나머지 죽음까지 결심했다. 그는 여기서 필사적인 설욕전을 펼 작정이었다.

눈으로 사쓰마 군의 하나하나가 똑똑하게 보인다. 요시마쓰 소령은 말 위에서 그것을 응시하고 있다가 그들이 가미고노하(上木葉) 입구까지 다다르고 다시 3백 미터 지점까지 접근했을 때 말 위에서 큰소리로 사격을 명령했다.

이미 요시마쓰는 본도의 길과 그 좌우에 병사들을 매복시켜 놓았다. 사쓰마 병은 그 세 방면에서 일시에 총탄 세례를 받았다. 고노하는 산기슭에 있기 때문에 총성은 이내 산에 메아리쳐 그 음향이 참으로 무시무시했다.

그러나 사쓰마 군은 크게 혼란에 빠지지 않고 행군을 일단 멈추면서 즉각 응사하기 위해 땅바닥에 엎드리는 자도 있었으나 대부분은 자동적으로 흩어졌다. 이 근처에는 이노하나 덴진(猪鼻天神)이라는 신사가 있어서 수목이 좀 우거져 있었다. 많은 병사들이 거기에 들어가 응사했다. 그러나 모든 병사가 나무를 방패로 삼을 수 있을 정도의 숲은 아니고 주위를 둘러보아도 온통 평탄한 들판이어서 의지할 만한 것이 별로 없었다.

그즈음의 사쓰마 병은 선봉이었기 때문에 1개 소대 정도에 불과했다. 그들은 다른 소대가 모이기를 기다리기 위해 일단 1킬로 후방인 사카이기(境木 다바루 고개 밑)까지 후퇴했다. 이때의 진퇴는 참으로 정연했다.

사쓰마 병들은 사카이기에서 기다리는 동안 고개를 내려오는 아군이 점점 늘어나 3개 소대, 6백 명의 인원이 되었다. 노기측은 행군해 온 병사들이 잇따라 도착했기 때문에 1천 명 안팎이 되었다.

사쓰마측의 3명의 소대장은 소노다 다케카즈(園田武一), 히라노 마사스케(平野正介), 그리고 구니와케 도시노스케(國分壽助)였다. 소노다는 근위 육군 소위, 히라노는 근위 육군 소령, 구니와케도 근위 육군 소령이며 각기 프랑스 군복과 비슷한 근위 사관복을 입고 있었다.
 합의 끝에 3면에서 고노하를 공격하기로 했다. 그 밖에 2개 소대가 뒤쫓아 와 모두 1천 명이 되었다.
 구니와케 소대는 본도 남쪽, 적의 우익이 수비하고 있는 둑 위의 적을 공격하고, 소노다 소대는 적의 좌익을 공격하며, 히라노와 마쓰시타의 소대는 본도상의 적을 공격하기로 했다.
 이윽고 일제히 전진하여 가미고노하 부근에서 각기 지물을 이용하여 전투에 들어가 쌍방이 맹렬한 사격전을 전개했다.
 사쓰마 병들은 장기인 백병돌격을 감행할 기회를 노렸으나 노기측의 사격이 치열하여 뚫고 들어갈 틈이 없었다.

 이 고노하 전투의 상황을 변경시킨 것은 고노하에서 직선으로 8킬로 이상이나 되는 동북방에 있던 사쓰마 부대들이었다.
 그들은 고노하에서 사격전을 벌이고 있는 사쓰마 병들과 같은 명령을 받고 구마모토 시내에서 북상해 온 부대들이었다.
 그들이 받은 명령은 '북으로 가서 적을 포착하여 그것을 격파하라'는 정도의 애매한 것이었으므로 각기 경로를 달리하는 데에도 소대장들이 합의하여 결정했다. 구마모토 시내에서 야마가 가도 북쪽으로 우에키까지는 모두 같은 경로다. 우에키에서 서쪽으로 접어든 것이 지금 고노하에서 교전중인 3개 소대였다. 다른 3개 소대는 우에키에서 그냥 똑바로 야마가로 향했다.
 우에키에서 2킬로 북으로 가면 고료(五兩)라는 마을이 있다. 거기를 지나 더 나가면 도로는 들판 가운데 있는 나지막한 구릉지를 지나간다. 그 근처의 서쪽 하늘에서 총성이 시끄럽게 들려왔다. 이날, 구름이 낮게 드리우고 있었다. 이들 부대에는 구마모토 현 사족이 길잡이를 하고 있었는데 그들이 말했다.
 "고노하 근방이 아닐까?"
 고노하 방면으로 간 부대가 적과 충돌했다면 이 북상부대는 헛되이 북상을 계속할 필요가 없다고 소대장들은 판단했다. 그들은 대대장들의 자질구레한 지시를 받지 않았기 때문에 이와 같은 경우 임기응변으로 판단하고 행동할 수 있었다.

"가자."

길가에서 결정했다.

소대장은 진구시 스케자에몬(神宮司助左衛門), 미네자키 한자에몬(嶺崎半左衛門), 이시하라 이치로에몬(石原市郎右衛門)이다.

그들은 서진했다.

"뛰자, 싸움에 늦는다."

서로 격려하면서 뛰었다.

그것도 거의 길도 아닌 길을 택했다. 논길을 달리는가 하면 어느새 산에 올라가 있었다. 곤피라(金比羅 : 264미터) 산으로 오르는 건 쉬웠으나 내리막은 가파르고 힘겨웠다. 곤피라 산의 서남쪽 기슭은 골짜기였다. 전 부대가 뒹굴 듯이 굴러 내려온 곳은 오히라(大平)라는 촌락이었다. 이 갑작스러운 부대 운동에 줄잡아 3시간이 걸렸다.

오히라에서 전방에 척후병을 보내는 등 신중하게 행군하여 이윽고 본도의 사카이기까지 오니 전방의 고노하의 전황을 잘 알 수 있었다.

"산으로 돌아가 산에서 적의 배후를 찌르고 나아가 퇴로를 끊어 버리자."

그들에게는 통일된 전투지휘 본부는 없었으나 결과적으로는 한 사람의 작전가가 명령을 내리는 것처럼 이상적인 공격배치가 이루어졌다.

사쓰마 군은 모두 1600명, 노기 쪽은 나중에 합류한 병력이 있어 천 수백으로 병력에는 큰 차이가 없었다.

노기 연대를 놀라게 한 것은 이 사쓰마 군의 우회부대였다.

그들 3개 소대 6백 명이 고노하 마을 배후에 출현한 것은 오후 1시였다. 그 중 이시하라와 미네자키의 2개 소대가 산으로 돌아 올라갔다.

산에 올라가 눈 밑에 전개되어 있는 노기 부대를 향해 일제히 총탄 세례를 퍼부었다.

이 일은 노기 부대를 당황하게 만들었다. 그러나 전사자가 나올 정도의 전투는 아니었다. 부상자는 결과적으로 40여 명이니 1천 명이 넘는 부대로서는 극히 적었다고 하겠다. 그러나 혼란과 동요는 점차 극으로 치닫기 시작했다. 진대병의 허약한 꼴이 점점 심해지는 것 같았다. 진대군은 장교라고 해서 반드시 강한 것은 아니었다. 가령 우에키 역참에서 도망쳐 버린 노기 부대는 이상한 물건들을 유기했다. 20인 분의 밥공기가 가지런히 놓여 있었는데 거기에 모두 밥이 담겨 있고 물통, 가방 등이 어지러이 흩어져 있는 모양은 말할 수도 없다. 장교용 망원경이 길가의 나뭇가지에 걸려 있고 장교수첩도 내동댕이쳐져 있었다. 사쓰마 군은 그것을 보고 이 고노하의 적이 고쿠라의 제14연대라는 것을 알았던 것이다.

제3대대장 요시마쓰 호쓰에 소령은 적의 압박이 가장 치열한 본도상의 최전선에 있었다. 그도 이제는 말을 타고 있지 않았다. 도보로 병사들을 꾸짖고 있었는데 산 가까이 있는 좌익과 배후의 아군에 동요가 일어나고 있는 것을 보고 이를 갈았다.

'또 달아난단 말인가?'

이런 분노가 그를 지배하고 있었다. 그는 두 번 다시 달아나고 싶지는 않았고, 이 고노하에서도 후퇴한다면 노기의 퇴각명령이 떨어지기 전에 자기 혼자만이라도 적중에 돌진하여 자살적인 전사를 해야겠다고 생각하고 있었다.

그러나 본도의 정면의 적은 증가하고 있다. 아군으로서는 이 본도에 증원할 필요가 있었다.

그래서 후방의 노기에게 수 차례 전령을 보내 증원을 요청했다.

노기는 고노하 산 중턱에 본영을 두고 있었다. 본영으로서는 완전하였으나 전선에 대한 지휘 연락면에서는 너무나 멀어 불편하기 이를 데 없었다. 이 점도 노기의 미숙함을 말해 주는 것이리라. 한편 사쓰마 군은 전 지휘군이 칼날이 닿을 듯한 최전선에 나와 있었다. 뿐만 아니라 틈만 보이면 백병돌격을 되풀이해 오는 것이었다. 이런 면에도 정규군인 정부군과, 서양식이라기보다 시마즈 씨 고래의 전투 습관을 답습하고 있는 사쓰마 군 사이에 군대사상의 차이가 있는 것 같았다.

본가도 위의 요시마쓰가 원군을 청하는 전령을 노기에게 보낼 때마다 전령은 허무하게 돌아왔다.

"여유가 없다."

이것이 대답이었고 사실이 그랬다.

노기는 고노하 산 중턱에 있었다.

노기는 몹시 바빴다. 그의 수중에 예비대가 한 명도 없을 때가 있었으나 다행히 도로 동쪽에서 2백 명 가량의 새 병력이 달려왔다. 노기 연대 제2대대 제2중대다. 중대장은 아오야마(靑山) 대위였다. 그들은 미나미세키에서 행군하여 이제야 겨우 합류할 수 있었던 것이다.

노기는 기뻐하며 그 아오야마 대위의 중대를 고노하 산으로 올려 보내 예비대로 삼고 후지이 대위에게 지휘를 맡겼다. 중대를 뺏긴 아오야마 대위에게는 명령했다.

"본도로 가서 요시마쓰 소령의 지휘 아래 들어가 제3대대 제2중대를 지휘하라."

아오야마는 마지못해 부하들과 헤어져 홀로 적탄이 쏟아지는 본도로 달려갔다. 아오야마로서는 익숙하지 못한 병사들을 느닷없이 싸움터에서 지휘하는 것이 여간 힘든 일이 아니었을 것이다. 이렇게 된 이유와 사정은 얼른 이해하기 어렵다.

노기는 아오야마가 데리고 온 1개 중대를 예비대로 곁에 두고 사쓰마 군이 고노하 산 배후에서 우회해 오는 데 대비했다.

그러나 사쓰마 군은 더 이상 산을 노리지 않고 계속 자기 부대의 우익을 늘여 가면서 노기 연대의 우익(고노하강 부근)을 겨냥했다. 노기는 마침내 산기슭에 있는 쓰모리 대위와 그 중대를 구원대로 보냈다.

그러는 동안, 본도를 지키는 요시마쓰 소령 부대에 대한 사쓰마 군의 압박이 더욱 더 심해졌다. 요시마쓰는 증원을 청하는 전령을 몇 번이나 노기에게로 보냈다.

노기는 급기야 화가 나고 말았는지……

믿어지지 않는 일이지만 그는 산 중턱의 본영을 버리고 스스로 전령이 되어 산을 내려가 도보로 본도를 달려 요시마쓰를 찾아갔다. 요시마쓰는 깜짝 놀랐다. 연대장이 그 지휘소를 이탈하다니 있을 수 없는 일이었다.

노기는 총성 속에서 고함을 쳤다.

"구원병 같은 건 없다. 설령 있어도 자네에게 나눠 줄 병사는 없어. 자네가 여기를 지키지 못하겠다면 우익도 좌익도 결단난다."

노기가 그 뒤에 뱉은 말은 요시마쓰에게는 가혹한 것이었다.

"내가 자네 대신 지켜보겠네."

요시마쓰는 웃는 얼굴로 응대했다고 《세이난 기전》에는 적혀 있다. 웃는 얼굴이었는지 어쨌는지.

"나는 다만 당신 쪽에 여력이 있으면 증원해 달라고 했을 뿐이오. 여기는 내가 지키겠소. 그러나 한마디 하겠는데……."

요시마쓰는 노기에게 통렬한 야유를 품고 있었다. 《세이난 기전》에 있는 말투대로 한다면

'귀하의 직책은 연대장이오. 모름지기 대국을 통솔하시오. 여기 오래 머무는 건 안 되오.'

연대장이 전령 행세를 하다니 어쩌려는 것이냐는 뜻이었으리라. 노기는 뛰어가 버렸다. 그 직후, 요시마쓰는 결사대 20여 명을 거느리고 사쓰마 군에 총검돌격을 감행──일본 진대군의 역사에서 최초의 백병돌격이었을 것이다──한 끝에 중상을 입고 죽었다.

한편, 노기는 그 뒤에 바로 퇴각을 개시했다.

이날은 구름이 낮게 드리우고 햇볕이 한 번도 비치지 않아 논바닥에 깔린 얼음이 종일토록 풀리지 않았다.

사격전은 끊임없이 계속되었다.

저녁때가 되자 구름이 더욱 낮게 깔려 당장이라도 우박이 쏟아질 것 같은 날씨가 되었다.

이때의 양군의 병력은 꼭 1200명씩으로 백중세였다.

사격에서는 노기 연대가 소총의 성능이 우수하기 때문에 고노하 부근의 공간을 나는 총탄은 압도적으로 많았을 것이다. 그리고 미리 자리를 보아 진지를 구축해 놓았기 때문에 그 점에서도 유리했다고 할 수 있다.

그러나 사기면에서는 사쓰마 군이 압도적으로 우세했다. 그들은 병기가 가지각색이어서 화승총을 가진 자까지 있었으나, 모두가 전진하기를 좋아하여 스스로 전방의 지물을 찾아내어 달라붙었다가 적의 허점만 보이면 쳐들어가려고 했다.

앞서 노기가 단신 전령이 되어 전선의 요시마쓰 소령에게 갔을 때, 어쩌면 '그만 퇴각했으면 좋겠는데' 하고 비쳤을지도 모른다.

요시마쓰가 죽은 후, 노기가 말한 두 사람의 담화는, 요시마쓰가 구원병을 청한 데 대해 노기가 이렇게 말한 것으로 되어 있다.

"여유가 없다. 그토록 여기를 수비하기 어렵다면 내가 대신 지켜 줄까"

해석하기에 따라서는 노기가 요시마쓰에게 모욕을 주어 그의 투지를 북돋아 주었다고도 볼 수 있다. 예부터 전장에서는 상급 장수가 부하 장수에게

일부러 모욕을 주어 분발을 기대한 예가 많다. 만약 그렇다면 노기의 그 말이 용수철처럼 되어 요시마쓰가 분발, 자살적인 돌진을 감행한 끝에 중상을 입고 죽은 것인데, 그러나 그것만으로는 그 뒤에 바로 도주해 버리는 노기의 사람됨이 좀 나쁘다는 생각이 든다.

어쩌면 노기는 정직하게 그만 후퇴하자고 했을지도 모르는데, 요시마쓰가 그 말에 반발하여 스스로 칼을 휘두르며 적중에 돌진하게 된 것일까.

어쨌든 노기가 총 퇴각을 결심한 것은 이 사건을 전후해서였다. 이보다 먼저였다면 요시마쓰가 그때까지는 죽지 않았기 때문에 연대에서 한 사람의 전사자도 나오지 않았을 것이다.

이시누키(石貫)까지 후퇴하려고 생각했다.

천 명 정도나 되는 부대의 퇴각이라면 의외로 상당한 후방이다. 이 가도를 9킬로 내려가 기쿠치 강으로 돌아, 다카세 다리를 건너 거기에서 강을 사이에 두고 진용을 가다듬는 것이 상식일 텐데, 다카세에서 5, 6킬로미터나 북쪽에 있는 산중의 분지까지 후퇴한다는 것이다.

노기는 퇴각준비를 위해 스스로 전선에서 1킬로미터 남짓 후방에 있는, 이나사(稻佐)의 자기 부대 병참대가 있는 곳으로 달려가 주로 인부인 40여 명을 지휘하기 위해 오미야 중위를 붙였다.

당연한 일이지만 노기는 정연한 퇴각을 시도하려고 했다.

이 때문에 연대장 자신이 전선을 떠나 후방인 이나사 마을에 있는 병참대로 갔던 것이다.

이 시대에 병참 일을 보던 사람은 군인이 아니라 인부라는 것은 이미 말했다. 이 밖에 이나사에는 치료소와 취사장도 있었다. 노기는 인부가 대부분인 인원에 약간의 하사관과 병졸을 보태어 40여 명으로 만들고 오미야 중위에게 지휘하도록 했던 것이다. 노기는 현장에서 주위를 둘러보고 둔덕에 집이 한 채 있는 것을 보자 오미야 중위에게 지시했다.

"저 집에 숨어 있다가 적이 오면 사격하라."

노기는 일부러 그 집까지 올라가 조사했다. 이 정도면 본도를 따라 진격해 오는 적을 향해 옆에서 사격이 가능할 것 같았다.

노기는 이 인부를 주력으로 한 겨우 40여 명에게 퇴각군의 후미를 담당케 하여 연대의 퇴각엄호를 하게 할 심산이었다. 퇴각할 때 후미를 담당하는 것은 예부터 최강의 부대가 선정되는 것인데, 노기는 군사에 어두웠으므로 전에도 우에키 역참에서 도망칠 때 연대 기수인 가와라바야시 소위에게 고작 열 명의 병졸을 붙여 주고 그 중대한 임무를 맡겼다.

이번의 퇴각에도 후미를 담당할 병력이 없었던 것은 아니었다. 그는 후지이 대위의 1개 중대(2백 명)의 예비대를 자기 곁에 놓아두고 있었던 것이다. 인부들 40여 명에게 시키기보다 정규군인 2백 명에게 시키는 편이 상식적이라고 생각되는데 노기는 그렇게 하지 않았다. 어쩌면 사쓰마 군의 강렬한 압박 때문에 정신이 혼미했었는지도 모르겠다.

또한 퇴각준비 따위를 하기 위해 스스로 후방에 온다는 것은 연대장으로서 잘못된 일이었다. 그는 어디까지나 총탄이 빗발치는 전선에 서서 병사들에게 의연한 모습을 계속 보여 주었어야 옳았다. 또 노기가 퇴각에 대한 지시를 내리기 위해 전선의 각 중대장에게 전령을 보낸 것도 잘못한 일이다.

"해가 진 뒤, 어둠을 틈타 우익부대부터 차례로 퇴각하라."

이런 전달뿐이었으나 전령이라는 자가 각 중대장에게 가까이 가서 귀엣말을 할 정도로 전장심리에 밝았으면 좋겠으나 보통은 총탄이 퍼붓는 속에서 큰소리로 전달하고 만다. 그렇지 않아도 사쓰마 군의 돌격이나, 사쓰마 군이 배후로 돌아올지도 모른다는 공포를 안고 사격하고 있는 병사들로서는 퇴각이라는 말만 들어도 공포심이 일어나, 뒤처지면 목숨이 위태롭다는 생각이 일어날 것은 당연한 일이었다.

노기는 이때, 자기 말이 지쳤기 때문에 마침 주인 없는 말이 안장을 짊어지고 방황하고 있는 것을 보고 그 말을 갈아탔다. 그 말은 요시마쓰 소령의 것이었다. 이것만 보아도 노기가 후방에 온 것은 요시마쓰의 자살적인 돌격 뒤였다는 것을 알 수 있다.

노기가 마침 후방의 이나사 마을에서 퇴각준비를 하고 있을 때였다.

사쓰마 군 1대가 우회해 오고 있었다.

고노하 산이라는 고지는 남쪽 산기슭이 고노하 마을로 뻗어 있고 서남쪽의 산기슭은 이나사 마을로 뻗어 있다. 사쓰마 군의 우회부대는 고노하 산 배후(북방)로 돌았다. 그들이 칼날을 번득이면서 산기슭의 오솔길을 달려 내려 온 것은 노기가 이 마을에서 퇴각준비를 하고 있을 때였다.

노기가 엄호대로 선정한 것은 이 이나사 마을의 인부들이다. 그들은 사쓰마 인의 시퍼런 칼날을 눈앞에서 보자 혼란에 빠져 비명을 지르며 서쪽으로 달아나기 시작했다. 그들의 비명이 어찌나 컸던지 고노하 마을 전선에 있는 사졸들은 두려움에 떨었다. 그들은 적이 배후로 돌아온 것을 알자 일시에 지리멸렬해 졌다. 총을 버리고 도망치는 자가 많았다.

뒤에 사쓰마 군이 주운 병기와 탄약은 스나이더 총 360정이라는 믿어지지 않는 숫자였다. 탄약은 수만 발이었다. 그리고 훌륭한 서양안장을 얹은 말이 두 필. 말은 중대장 이상이 타기로 되어 있으므로 대위급 이상이 버리고 도망친 것이 틀림없다.

노기 자신은 이때 후방의 인부가 있는 이나사 마을에 있었으므로 인부들의 대혼란에 같이 휩쓸렸다.

노기는 그것을 틀림없이 저지하려고 했을 것이다. 그러나 그는 요시마쓰 소령의 말을 타고 있었다. 그 말이 총탄에 맞았다. 말은 놀라 노기를 태운 채 사쓰마 군 쪽으로 달려가기 시작했다. 노기가 그것을 제지하느라 부대를 지휘할 경황이 없었다. 그러다가 말이 앞으로 꼬꾸라지고 노기는 나가떨어졌다.

한 사쓰마 병사가 칼을 쳐들고 넘어져 있는 노기를 치려고 할 때 노기 곁에 있던 오하시(大橋)라는 하사가 몸을 날려 노기 앞을 가로막았다. 그 바람에 오하시가 칼을 받았다. 오하시 하사가 단칼에 절명했다고 하니 사쓰마 인의 무서운 검술을 미루어 알 수 있을 것이다. 다시 그 사쓰마 병은 두 번째 칼을 노기를 향해 내리쳤으나 노기가 간신히 피하는 바람에 칼끝이 미치지 못하고 옆의 소나무에 깊숙이 박혔다.

노기 옆에 스리자와 시즈오(攉澤靜夫)라는 소위 시보가 있었다. 스리자와는 노기를 도망치게 하기 위해 즉시 그 자리에 있던 몇몇 병사를 모아 분전했으나 눈 깜짝할 사이에 몸에 몇 발의 총알을 받고 쓰러졌다. 이미 주위는 어두워지기 시작하고 우박이 쏟아지고 있었다.

노기는 패잔병과 함께 뛰면서, 물보라를 일으키며 고노하 강을 건너 서쪽으로 달아났다.

이 23일의 고노하 전투에서 노기 연대의 사망자는 26명에 불과했다. 부상자는 50명이다. 사쓰마 군의 사망자는 4명이었다.

조춘

민권당의 미야자키 하치로는 23일 날 구마모토에 있었다. 북서쪽인 고노하 방면에서 가끔 총성이 들려오곤 했다.

"다카다가 신이 났겠군."

민권당의 모든 사람들이 말했다. 고노하 방면에는 동지인 다카다 쓰유가 나가 있었다. 사쓰마 군의 길잡이지만 성격이 가벼운 그는 격전장을 좋아하여 돌격만 한다면 그 치렁치렁한 평상복 차림으로 반드시 우군의 선두에 서서 달렸다. 사쓰마 병사들은 이러한 다카다를 "작은 나폴레옹"이라고 불렀다.

메이지 10년(1877) 일본에서는 나폴레옹을 다카다 쓰유같이 이해하고 있었던 것일까.

이날, 민권당 동지는 거의가 구마모토에 있었다. 인원도 40여 명에서 백 명 가까이 늘었기 때문에 군대조직을 만들 필요가 있었다.

23일, 그들은 구마모토 시내의 데마치 학교(出町學校)에 모여 우선 부대명을 정했다.

'협동대'로 결정되었다.

이어 대장을 정하지 않으면 안 된다. 구마모토 민권당을 만든 것은 미야자키 하치로이고 루소의 사상을 도쿄의 나카에 조민에게서 구마모토에 가지고 들어 온 것도 하치로임이 틀림없으니 경위로 따지자면 그가 당연히 대장이 되어야 했다. 그러나 많은 사람이 곤란해 했다. 전장의 통솔자는 전투부대의 단결이 중심이기 때문에 전투원의 존경을 한 몸에 받아야하는 것인데, 하치로가 뛰어난 시인이고 운동가이자 또 사상가이기도 했으나 그런 유의 자질은 갖추지 못하고 있었다. 다시 말해서 사쓰마 군이 숭앙하고 있는 사이고와 같은 인격과는 너무나 거리가 멀었다.

"미야자키는 사이고처럼 남의 사표가 될 만한 인물이 못 된다."

어쩌면 입 밖에 내어 말하는 자도 있었을지 모른다.

이 시대의 군대 총수란 보신 전쟁 때의 사이고나 이타가키 다이스케처럼 인품이 너그러울 뿐 아니라, 말이 적고 또한 신변이 매우 깨끗해야 하는 것이 필수조건인 모양이었다. 만약 부하를 설득하는 능변과 작전 능력이 필요조건이었다면 미야자키 하치로가 대장으로 선출되었을 것이다.

대장에는 히라카와 다다이치(平川惟一)가 선출되었다.

히라카와는 본디 100석을 받던 번사로 나이도 하치로보다 두 살 위인 29세다. 하치로와는 오랜 동지이므로 거의 같은 사상을 품고 있다. 인품이 근실하여, 가령 남의 집을 방문할 때도 술과 밥의 대접을 피하기 위해 항상 허리춤에 도시락을 차고 다녔다. 대껍질에 싼 주먹밥인데 정중하게 차만 청하여 이것을 펼쳐 놓고 먹는 것이었다.

대장 선거를 할 때, 미야자키 하치로의 표가 적었던 것은 진영에 젊은 여인을 불러들여 밀회하는 것을 대원들이 싫어한 데도 원인이 있었다.

후년, 하치로의 아우 미야자키 도텐도 이 일을 '구마모토 협동대'에서 쓰고 있다.

구마모토 옛 성밑 거리에 다카세야(高瀨屋)라는 여관이 있는데 하치로가 아라오 마을에서 구마모토에 나오면 늘 그 집에서 묵었다.

다카세야에 오나미라는 딸이 있어 하치로와 깊은 사이가 되었다.

다카다 쓰유 등 동지들은 하치로를 찾아 다카세야에 가는 일이 많았으므로 오나미를 잘 알고 있었다. 약간 경박하고 색정적인 인상을 풍겨 대부분의 동지들이 호의적인 눈으로 보지 않았던 것 같다. 오나미는 대담하고 집요한 성격이었는지 하치로와의 사이를 별로 감추려들지도 않고 오히려 과시하고 있었던 모양이다.

이 무렵, 하치로는 미나미세키의 향사 에가미(江上) 집안의 딸 아사와 집안끼리의 주선으로 약혼 중이었다. 그 일도 동지들은 알고 있었던 것 같다. 오나미도 알고 있었던 모양인데 오히려 그렇기 때문에 오나미는 일부러 하치로와의 사이를 남들 앞에 공공연하게 드러내 놓았는지도 모른다.

"하치로도 하치로다."

이런 비판의 소리가 있었을 것이다. 전투가 개시된 이래 하치로는 하숙에서 전장에 출근할 수도 없어 본영에서 기거하게 되었다. 거기에 오나미가 찾아와 하치로를 불러내어 밀회를 거듭하고 있었다.

부대의 규율이 어지러워진다는 비판의 소리를 듣는 것도 당연했을 것이다.

23일보다 조금 뒤, 협동대가 야마가에 주둔하고 있었을 때도 오나미는 야마가에 숙소를 정해 놓고 밤마다 하치로를 불러내는 것이었다. 대원 중에는 눈에 띄기만 하면 목을 베어 버리겠다고 벼르는 자도 있었다.

하치로의 아우 도텐이 쓴 '구마모토 협동대'에도 이 일이 나와 있다. 다카다는 이것을 걱정하여 해가 지자 본영으로 오는 길에서 오나미를 기다렸다. 이윽고 나타난 오나미는 어두워서 다카다의 얼굴을 잘 알아보지 못하다가 '갑자기 소리쳤다'고 하니 오나미답게 큰 소리로 말을 걸었던 모양이다.

"다카다 씨 아니세요?"

그녀는 웃으면서 말했다.

"나, 오나미예요. 하치로씨 만나러 가는 건데요."

다카다가 말했다.

"진심으로 미야자키를 사랑하는 마음이 있다면 다시는 여기 오지 마시오."

이렇게 타이르니 그날은 돌아갔으나 그 뒤에도 자주 나타났다.

다카다는 한때 오나미를 죽여 없애려고 했다고 한다. '미야자키의 정부'라고 다카다는 말했으나, 오나미의 하치로에 대한 사랑은 상당히 진지한 것이었던지 하치로가 전사한 뒤 그 충격으로 미쳐 돌아다니다가 행방불명이 되었다고 한다.

하치로는 협동대 참모장이 되었다.

그리고 본영 근무도 겸했다. 협동대 본영이 아니라 사쓰마 군 본영을 말하는 것이리라.

　사쓰마 군 본영이라면 거기에 사이고가 있을 것이지만 사쓰마의 장령들이 사이고의 거처에 외부인을 근접시키지 않도록 하고 있었기 때문에 하치로가 사이고를 만날 기회는 없었다.

　사이고의 거처(본영)는 구마모토에 들어와서도 이리저리 옮겨 지고 있었다. 구마모토 남쪽 변두리인 혼초 마을이었던 때도 있었고 또 가까운 하루타케(春竹) 마을의 염색집에 있었던 일도 있었으며, 어떤 때는 기타오카 신사(北岡神社)의 신관 저택에 조용히 기거한 일도 있었다.

　사이고가 노골적일 정도로 상징적인 존재가 되어 버렸다는 것은 전투 중에 본영을 자주 옮기는 것을 보아도 알 수 있다. 특히 기리노 도시아키, 시노하라 구니모토 같은 장령들은 사이고를 결코 진두에 세우려 하지 않았다. 뿐만 아니라 자기 부대 병사의 눈에도 그 모습을 드러내지 않고 거처를 극비에 붙이고 있었다. 그 고장에 알려지는 것을 경계했기 때문이기도 하고 자객을 피하기 위해서이기도 했다. 본영을 자주 옮기는 것은 다만 그 한 가지 때문이지 전투 지휘에 필요하기 때문이라는 배려에서는 결코 아니었다.

　사이고는 마치 포로나 다를 바 없었다. 그는 하는 일도 없이 먹고 자고 하고 있었다. 부관으로 후치베 군페이나 니레 가게미치(仁禮景通)가 있었다. 그 밖에 본영 호위대장으로 다네가시마 히코노조(種子島彦之丞)나 가모 히코시로(蒲生彦四郞) 등 옛 사쓰마 번의 명문의 자손이 있었다. 말상대라면 그들뿐이었다.

　본영 호위병은 당시 2백 명 가량이었던 모양이다. 각 소대에서 무술이 뛰어난 자가 뽑혀 교대로 근무한 것 같다. 예를 들면 다네가시마 사족인 모리 유료(森友諒)가 남긴 《전진록》에 그도 호위병으로 뽑힌 일이 있었다고 씌어 있다.

　'니혼기(二本木)의 세도가인 어느 저택에 임시로 설치된 본영의 호위병이 되었다. 그 당시 군중사이에서는 이기면 관군, 지면 역적이라는 노래가 유행했다.'

　이 '전진록'에도 그는 호위병인데도 사이고를 보았다는 말은 없었다.

　사쓰마 군은 사이고를 깊숙이 숨겨 두고 있었기 때문에 하치로는 쉽게 만날 수 없었다.

병력이야 비록 적었지만 구마모토 협동대는 사쓰마 군에 우군임엔 틀림없었다. 그 참모장인 미야자키 하치로가 사이고와 직접적인 접촉을 가지지 못했다는 것이 어쩌면 사쓰마 군 본영의 분위기의 일면을 말해 주고 있는 것인지도 모른다.

뒤에 사쓰마 군이 열세를 드러냄에 따라 사쓰마 군으로서도 응원군의 존재를 무시하지 못하고 객장들에게 사이고를 보여주게 되지만, 이 시기의 사쓰마 군은 당장이라도 천하를 삼킬 듯한 기세였기 때문에 하찮은 타현의 의군 따위는 길잡이 정도로밖에 생각하고 있지 않았다. 하치로가 객장으로서 사이고와 깊이 접촉하는 일은 이 시기에는 있을 수 없었다고 해도 무방하다.

이보다 먼저 하치로와 사이고의 접촉이라고 하면 하나의 문장이 남아 있을 뿐이다.

그는 자기들 민권주의의 동지들이 거병하여 사쓰마 군과 협동하는데 거병취지서가 있어야겠다고 생각하여 '한번 내가 써 보지' 하고 동지인 나카네 마사타네와 잡담하면서 거의 단숨에 써냈다.

'메이지 6년 이래 정부는 정사를 그르치고 관리는 자리를 탐내며 상벌은 애증을 따르고 정령은 고식을 극하면서도 안일에 빠져 밖으로는 국제적 권리를 상실하고 안으로는 말세의 징후를 보이도다.'

이어서 자객 문제에 언급하여

'⋯⋯여기에 이르러 사이고 대장, 조정에 질문할 일이 있어 상경의 사자를 파견하노라.'

이어서, 진대가 시중을 불태우고 현리는 죄인을 석방하여 각처에 방화하게 하니 양민은 낭패하여 어찌할 바를 모른다, 정부도 진대도 현리도 모두 국가의 독충이니 '천인이 공노할 일이다' 하고, 그러므로 우리는 사이고에게 동심협력하여 단연코 포악한 정부를 뒤엎고자 한다, 그리하여

'안으로는 천세불발의 국체를 확립하고 밖으로는 만국과 동등한 권리를 회복하여 전국의 인민과 더불어 진정한 행복을 보지하고자 하노라.'

그리고

'이것이 우리의 숙원이며 우리의 의무로다.'

이것으로 끝을 맺었다.

하치로는 쓰기를 마치자 나카네 마사타네 등에게 읽어 주었다. 다 읽고 나서, 나카네 마사타네가 만년에 이르기까지 기억하고 있는 바대로, 하치로는

말했다.

"오늘의 글은 대략 이 정도가 적당하다."

문장 가운데 자유민권이라는 말이 한 마디도 없는데 대한 말이다. 하치로가 말한 뜻은 그런 말을 써 봐야 사쓰마 인은 알아듣지 못한다는 것으로 사이고를 얕보는 감정이 바닥에 깔려 있다.

하치로는 그 글을 나카네를 시켜 보내 주었다. 나카네의 기억으로 사이고는 미소를 머금고 이와 같이 말하고 옆의 가방에 간수하였다고 한다.

"잘 됐군요. 이 문장은 사이고가 받아두지요."

하치로와 사이고의 접촉은 이 정도의 것이었던 모양이다.

'아군은 대포가 없어 요새를 공격할 때마다 매우 힘겨움을 느낀다.'

자신의 수기 《정축 탄우일기》 2월 23일자에 이것을 쓴 사람은 당시 18세였던 다네가시마 사족 고토 유고로(河東祐五郎)였다.

사쓰마 군에는 대포가 없었다고 말한 목격담은 다른 곳에도 있으나, 그것은 착각이었고 대포가 있기는 있었다.

당초 사쓰마 군은 가고시마를 떠날 때 12문의 4근 산포를 가쓰라 히사타케가 지휘하는 인부가 운반하여 눈 쌓인 가쿠도 고개를 넘었다. 22일, 성을 공격하는 첫날에는 도착이 안 되었으나 23일에는 구마모토에 도착하여 성곽 서남쪽에 있는 하나오카 산으로 끌어올렸던 것이다.

지난 날 사쓰마 번은 선대 번주 시마즈 나리아키라가 영국의 산업혁명의 성과를 그대로 사쓰마에 이식시키려고 했기 때문에, 그 장비는 화력 중시 방침 아래 이루어져 화포도 구 막부 시대에는 단연 다른 번에 앞서고 있었다.

보신 전쟁에서 사쓰마 군이 강했던 이유 중의 하나는 그 포병의 위력도 포함되어야 할 것이다. 보신 전쟁 때 처음에 조슈 번은 소총뿐이었기 때문에 대포 사용법을 사쓰마의 오야마 이와오가 일부러 가르치러 갔을 정도였다.

사이고는 시마즈 나리아키라에게 가장 강한 영향을 받았으면서도 산업혁명에 대한 이해는 나리아키라의 발밑에도 미치지 못했다. 이 때문에 그는 사학교라는, 어떤 면에서는 군사교육 기관이기도 한 학교에서 포병교육을 경시했다. 기리노와 시노하라도 마찬가지였다.

"구마모토 성은 이 대나무 막대 하나로."

흙덩이를 치듯이 박살을 낸다는 식으로 밖에는 공성법을 생각하지 않았던 기리노는, 육군 소장이면서도 성을 공격할 때는 포병력에 의지할 수밖에 없다는 초보적인 지식조차 가지고 있지 않았다는 말이 된다.

하나오카 산에 끌어올린 4근 산포는 눈 아래 구마모토 성을 향해 23일 아침부터 사격을 시작했다. 눈 아래라고는 하지만 산꼭대기에서 구마모토 성 동남단까지는 직선 2킬로가 넘는다. 4근 산포의 유효 사정거리는 소총 정도면 5, 6백 미터에서 7, 8백 미터인데 한껏 앙각(仰角)을 주더라도 1킬로를 넘기기는 무리였다. 아무리 쏘아도 탄환은 모조리 도중에 떨어져 버렸다. 사쓰마 포병대에는 이와모토 헤이하치로(岩元平八郞), 모치하라 마사노신(餠原正之進), 다시로 세이조(田代淸丈) 등의 보신 전쟁 이래의 포병 경험자가 참가하고 있었으나, 어쩌면 그들의 지식이나 경험을 본영이 무시했을지도 모른다.

하는 수 없이 사쓰마 군은 서둘러 20파운드짜리 탄환을 발사하고 구포 4문을 가고시마에서 가져왔다.

그것을 성과 가까운 안키 다리(安己橋) 등에 설치하여 쏘아 보았더니 성내에 다다랐다. 다만 구포는 불꽃처럼 탄환을 쏘아 올려 포물선을 그리면서 성안으로 낙하하기 때문에 직사하여 방루나 성루를 부술 정도의 파괴력은 없었다. 그렇더라도 성안은 이 곡사탄으로 꽤나 애를 먹은 모양이었다.

사쓰마 군은 훌륭한 전과를 올릴 수 있는 기회를 놓쳤는지도 모른다.

사쓰마 군으로서는, 23일, 해질 무렵에 끝난 고노하의 공방전만큼 훌륭하게 싸운 전투가 없다. 동서 양쪽의 도로 위에서, 동쪽으로부터 노기 연대에 압박을 가하면서 느닷없이 1대가 북쪽 산으로 돌아 노기 연대의 후방을 차단했다. 이 때문에 노기 연대는 대량의 탄약과 병기를 버리고 달아났다. 천여 명이나 되는 정부군이 도망친 것이다. 달아날 수 있는 길은 하나밖에 없었다. 그들은 아귀다툼을 하면서 다카세를 향해 달아났다. 사쓰마 군은 추격해야 했다.

추격하여 전과를 확대시키는 것이 전술의 상식이라고 할 수 있는데 특히 고노하에서는 그랬어야만 했다. 사쓰마 군은 전사자가 몇 명뿐인 거의 피해가 없는 상태였으니 쫓고 또 쫓아 멀리 미나미세키까지 추격하는 것도 지극히 쉬웠다. 후쿠오카 현과의 경계인 미나미세키를 점령하여 그 천험에 진지를 구축하고, 구루메에서 남하하는 간선을 장악하기만 하면 정부군 2개 여단은 빠져나갈래야 나갈 길이 없어진다. 사쓰마 군으로서는 틈을 보아 그들을 격파하고, 가능하다면 여세를 몰아 구루메에까지 진격하여 다시 하카타나 고쿠라까지 세력을 뻗친다면 사쓰마 군이 당초에 목표하고 있던 중앙으로의 진출도 어쩌면 불가능하지 않았을 것이다.

그런데 사쓰마 군은 그렇게 하지 않았다.

미나미세키는 고사하고 다카세까지도 나가지 않았고, 애써 획득한 고노하도 지키지 않았다.

"우에키 선까지 물러가라."

이것이 구마모토에 있는 사쓰마 군 본영에서 고노하 전선에 하달한 명령이었다. 그것은 퇴각하라는 것이었다.

"무슨 까닭으로 퇴각해야 하나?"

이것이 기세가 오른 사쓰마 인들의 불만이었으나, 본영의 명령에 따르지 않을 수 없어 결국 우에키를 향해 줄줄이 퇴각했다. 이 시점의 퇴각은 전술상식으로는 이해하기 힘들다. 전령이 잘못 전달했다는 설도 있으나 그런 지엽적인 문제보다 본디 사쓰마 군에는 작전중추라는 것이 없는 거나 마찬가지였던 것이 그 원인일 것이다.

사쓰마 군 본영에는 계속해서 전반적인 작전을 구상하고 있는 참모가 없었다.

사쓰마 군에 존재하는 것은 실전에 임하는 대대장들뿐인데 그들이 때때로 본영에 모여 각자 정보를 교환하고 의논할 뿐이었다.

사이고 자신은 본영 안쪽에서 상징적으로 기거하고 있을 뿐 작전에는 관여한 일이 없었다.

고노하에서 우에키까지의 이해할 수 없는 퇴각도 누군가 대대장 중의 하나가 본영에서 그렇게 명령했을 것이 틀림없으나, 누가 어떤 의도로 명령을 내렸는지조차 모르는 것이다.

노기의 제14연대가 그야말로 고립이 되어 산야를 방황하고 있을 때, 정부군의 선발 2개 여단이 하카타 만에 상륙하여 천천히 남하를 계속하고 있었다.

제1여단 사령장관은 사쓰마 출신인 노즈 시즈오 소장인데 전에 구마모토 진대 사령장관으로 있었던 적이 있다. 제2여단 사령장관은 조슈 출신인 미요시 시게오미 소장이었다. 미요시 밑에는 시즈오의 아우인 미치쓰라(道貫)라는 자가 대령으로 참모장을 맡고 있었다. 도쿄의 태정관 정권이 실질적으로는 사쓰마·조슈 정권이라는 것은 이런 인사를 보아도 알 수 있을 것이다.

미요시의 제2여단이 사족병으로 구성된 근위연대가 주력인데 대하여 노즈의 제1여단은 서민 출신 병사가 중심이 되어 있는 도쿄의 제1연대와 오사카의 제8연대가 주력이 되어 있었다. 특히 제8연대가 워낙 약해서 '또 졌구나 8연대' 하고 놀림을 받게 되는 것은 그들이 전장에 도착한 뒤부터다.

두 여단 모두 포병, 공병 등 협동 병종이 구비되어 있으나 아무튼 서둘러 출동해 왔기 때문에 병력이 불충분하여 각기 2천 명 정도에 지나지 않았다(뒤에 대폭 증원되었다).

두 여단은 22일에는 병력뿐만 아니라 포와 말도 모두 상륙시켰다. 그날 밤은 쉬고 노기 연대가 고노하에서 싸운 23일에 두 여단은 각기 출발하였다.

구루메에서 합류하기로 하고 각기 다른 경로를 취했다.

그즈음, 도로의 폭은 에도 시대와 다를 바 없었다. 2열 종대로 행군할 수 있는 곳도 있었지만 대개는 한 줄로 길게 늘어서고 뒤에는 군부와 마차의 대열이 이어졌다.

이 선발 2개 여단은 기선의 내왕이 많은 도쿄, 오사카에서 뽑혀 왔기 때문에 병사들의 다리힘이 특히 약했다.

참고로 이 선발 제1여단을 따라 온 제10연대(오사카 진대)의 아사히라 하쓰사부로(朝平初三郎)라는 육군 중사에게 '종군일지'라는 수기가 있다.

거기에 의하면 비가 오고 길이 질어 행군이 무질서하기 이를 데 없었다고 한다. 그들은 오후 1시, 하카타에 상륙하여 5시간 휴식하고, 그날 밤 후쓰카이치(二日市)까지 행군하고 거기서 숙영한 다음 이튿날은 구루메까지 행군하여 거기서 잤다. 이틀간의 행군으로 아사히라 중사 소속의 대대 병력은 대부분 발이 성치 않았다. 이 때문에 구루메에서 전장에 가까운 히고의 미나미세키까지는 대대 병사 전부가 그 고장에서 징발한 인력거로 달렸다고 한다. 아사히라 중사의 문장을 빌리면 다음과 같다.

'그러나 각 병사는 하카타 상륙 이후 계속되는 원거리 행군 때문에 대부분이 발이 아파 고통을 받았다. 그래서 대대 전원이 인력거로 진군했다.'

희한한 광경이었으리라.

노기와 그 연대는 23일 해가 지자 어둠을 타고 서쪽으로 패주했는데, 때마침 내리는 찬비를 맞고 배고픔과 피로로 모두 누더기꼴이 되어 다카세 다리를 건너 다카세에 들어갔다.

비는 다카세에서 호우로 변했다.

다카세에서 걸음을 멈추는 자는 하나도 없었고 사쓰마 군에서 한 발짝이라도 멀어지려고 무작정 북쪽을 향했다.

이 연대의 체력은 이미 한계를 넘고 있었다. 급행군으로 남하하여 우에키에서 싸우고 고노하에서 싸우는 동안 거의 잠을 자지 못했다. 이 시대는 비옷도 없어 모두가 며칠씩 젖은 채였고, 특히 고노하에서의 패주는 비를 맞는 정도가 아니라 물속을 기어다니는 것 같은 느낌이었다.

다카세에서 6킬로나 되는 산길을 거지꼴이 되어 북상하니 이시누키(石貫)의 가와도코(川床) 마을의 불빛이 보였다.

거기에 도착하자 병졸도 장교도 저마다 민가에 기어들어가 모두가 죽은 듯이 잠에 곯아떨어졌다.

'여단은 어디까지 왔을까.'

이것이 노기의 걱정거리였다. 이례로 가와도코에서 사쓰마 군을 맞게 된다면 연대는 산야에 흩어져 소멸돼 버릴 것이 틀림없다.

어쩌면 노기는, 여단이 하카타에 상륙했다는 것도, 그들이 남하했다는 것도 모두 거짓말이 아닐까 하고 생각했을지도 모른다.

그래서 와타나베 중위를 파견했다. 그의 임무는 북상하여 어쩌면 환상일지도 모르는 여단을 찾아내어 연대와 적의 실정을 알리는 일이었다.

와타나베는 그곳에서 말을 산 다음 체력이 약간 남아 있는 하사관과 병졸 몇 명을 골라 북상했다.

그는 미나미세키를 넘고 이윽고 히고 경계를 넘어 치쿠고 평야로 나가 구루메로 향했다. 남하중인 제1여단의 선봉인 제3대대 제1중대(히코사카 대위)가 전방에서 유령처럼 비틀거리며 오는 와타나베 중위를 발견한 것은 24일 오전이었다.

와타나베는 미친 듯이 반가워했다.

히코사카는 노즈 소장을 만나라고 지시했다. 와타나베가 다시 걸어서 노즈를 만난 것은 노즈가 구루메를 통과할 때였다.

"기쿠치 강 연변의 다카세는 요지입니다. 우리는 애석하게도 다카세를 포기하지 않을 수 없었습니다. 지금쯤은 사쓰마 군의 소유가 되었으리라고 생각합니다."

이렇게 말했을 때 노즈의 뇌리에 떠오른 것은 진격해서 미나미세키를 확보하고 나아가 다카세를 탈환하는 일이었다. 노즈는 사쓰마 인인 만큼 전진하기를 좋아했다. 여하튼 다카세를 탈환함으로써 사쓰마 군과의 최초의 접촉을 가질 생각으로 전군에 급행군을 명하였다. 이윽고 발발하는 다카세 전투는 이렇게 하여 시동이 걸리기 시작했다.

앞서 제10연대의 아사히라 중사의 수기에 그의 소속 대대가 전원 인력거를 타고 전장으로 갔다는 뜻의 기술이 있었다.

이미 그런 일이 24일 제1여단의 행동으로 나타났다.

노기의 전령인 와타나베 중위가 누더기 꼴이 다 된 지친 몸을 이끌고 북상하여 구루메에서 제1여단의 노즈 소장을 만나 전황을 보고하자, 노즈는 즉각 상황에 적응하여 다카세로 급행군할 것을 결심했다. 그 일은 이미 언급하였다.

그때 노즈는 우선 첨병중대(제1연대, 제3대대, 제1중대, 히코사카 대위)에 대해 전원 인력거를 타고 미나미세키로 급행하라고 명령했다. 노기의 연대를 구하기 위해서였다. 이때, 노기 연대는 지칠대로 지쳐 가와도코 마을을 중심으로 쉬었는데, 쉰다기보다 간신히 숨을 쉬고 있는 상태였다. 고노하에 대량의 탄약과 총기를 버리고 내뺐기 때문에 어제와 같은 전투력은 없었다.

이런 상태에 있는 노기 연대를 만약 사쓰마 군이 공격해도 정부군이 전략적으로 확보해야 할 미나미세키는 사쓰마 군의 진격부대——결국 그들은 추격하지 않았지만——에 탈취당하고 마는 것이다. 이것을 막으려고 노즈가 히코사카 대위가 있는 여단 최선두 중대에게 특별히 급행을 명령한 것은 당연한 조치일 것이다.

"인력거로 가라."

그래서 히코사카가 인솔하는 200여 명이 모두 인력거에 흔들리며 남하하게 되었다.

이 당시에는 사단이라는 것이 없었다. 여단이 최대의 단위이고 이 단위에 3개 부문의 '후방'이 부속되어 있었다. 포창부, 병원, 그리고 회계부이다. 회계부는 군수품 구입이나 징발, 군자금 출납을 관장하고 있었다. 인력거 고용은 회계부의 일이었다.

　회계부는 하카타에 상륙하자 북부 규슈의 전 시내에서 인력거를 있는 대로 모조리 차용했을 것이 틀림없다. 인력거는 8년 전에 새로운 교통기관으로 일본에 등장했다. 통설로는 메이지 2년(1869), 도쿄에서 이즈미 요스케(和泉要助), 다카야마 고스케(高山辛助), 스즈키 도쿠지로(鈴木德次郎) 등이 서양마차에서 힌트를 얻어 고안하고 관허를 얻어 개업한 것이 시초라고 한다.

　그러나 그런 물건을 전장에서 부대의 교통수단으로 쓰려고 당초부터 준비한 것은 누구의 착상에 의한 것인지 잘 알 수 없다. 하여간 노즈의 여단에는 인력거단이라는 병력 수송부대가 하카타 출발 때부터 딸려 있었다. 히코사카 대위와 그 중대는 전원 총기를 안고 인력거에 올라 앉아 흑칠을 한 차체를 번쩍이면서 미나미세키를 향해 달렸다. 이 중대 병사들은 도쿄 출신이 많았다.

　"어때, 꼭 기생 같지 않은가."

　이런 농담을 하는 자도 있었던 것 같다.

결전 전야

구마모토 시내의 남쪽 변두리에 있는 사쓰마 군 본영의 전략계획은 지극히 단순해지고 말았다.

'사이고를 옹립하고 멀리 도쿄에 쳐들어간다'는 지리적 감각으로도 장대했던 그들의 구상은 고작 구마모토 성을 공격한 첫날의 고전만으로 거의 잊혀져 버린 상태가 되었다. 당면한 현실——적이라는 존재——이 그들의 생각을 작게 만든 것이다.

사쓰마 군의 전략은 눈앞의 구마모토 성에 구애되지 않을 수가 없어서, 예컨대 구마모토 성을 내버려두고 멀리——가령 고쿠라 방면——간다는 것은 생각도 할 수 없게 되었다.

또한 정부군이 남하 접근하고 있는 상황이 그들의 의식을 구속했다. 22일 밤, 본영의 논의가 분열되었기 때문에 사이고가 중재하여 결정한 것은 일부 병사들로 구마모토 성을 제압하고 일부는 근교로 육박해 오는 정부군을 요격한다는 것이었다. 그 지리적 감각은 구마모토 근교를 벗어나지 못했고, 협소한 사고는 어떻게도 할 수 없는 것이 되고 말았다.

처음 가고시마를 떠날 때의 사학교의 정략은 사이고 군이 도쿄에 육박함으로써 만천하의 불평사족——뿐만 아니라 각처의 진대까지——이 대세를 깨닫고 앞 다투어 전쟁에 투신해 올 것이니, 날이 지남에 따라 군세는 눈덩이처럼 불어나 마침내 도쿄를 압도하기에 이른다는 것이었다. 오직 정략——다분히 희망적인 요소가 강했으나——만이 존재했다. 그것을 실현시킬 전략을 갖지 못한 것이다. 말하자면 정략은 기체와 같은 것이고 그것을 고체화하는 것이 전략이었으나 기리노, 시노하라 등의 감각으로는 사이고라는 존재 자체가 바로 전략이라고 생각하는 경향이 많았다. 사이고 하나만 끌어내면 그 압도적 인기——기리노 등은 그렇게 생각하고 있었다——로 말미암아 전략의 기능을 충분히 발휘할 수 있다고 생각한 것이다.

요컨대 기리노, 시노하라 등은 사이고라는 사회적 가치에 대해 사회 이상으로 자기들이 먼저 현혹되고 말았다는 의미가 되리라. 그 때문에 상식적인 의미에서의 정략과 전략도 생각하지 않았다. 그래서 정략과 전략도, 눈앞의 전술적 존재에 불과한 구마모토 성에 얽매이게 되자 안개처럼 사라져 버렸다. 전쟁은 정치성도 전략성도 모두 잃어버리고 하찮은 전투에 지나지 않게 되었다.

그들은 자기들의 전장이 일본 전역이라는 것을 잊어버리고, 지극히 작게, 구마모토 성과 그 주변의 겨우 하루 반 정도밖에 되지 않는 거리의 범위만을 지리적인 사고권으로 생각하기에 이르렀다.

일껏 고노하를 점령해 놓고 계속해서 군대를 진출시키지 않고 허겁지겁 우에키(구마모토에서 반나절 거리)까지 철수하게 한 것도 사쓰마 군이 전술 부대로서 뒤떨어진다는 증거이고, 또 기쿠치 강을 건너 다카세(구마모토에서 하루의 거리)를 점령해 두지 않았기 때문에 결국은 정부군이 다카세를 점령하고 난 뒤에야 겨우 병력을 출동시키는 꼴이 되었다. 정략이나 전략보다 하나하나의 전술적 전투에 얽매이는 폐단이 그들을 그렇게 만들어 버렸다고 해도 틀린 말은 아니다.

야마가는 온천장이다.

구루메 방면에서 미나미세키를 거쳐 남하하는 정부군이 구마모토 성으로 가려면 미나미세키에서 당연히 둘로 나뉘어 진로를 정한다.

하나는 미나미세키에서 곧장 남하하여 다카세로 나간 다음 거기서 동쪽으로 꺾어 기쿠치 강을 건너고, 다바루 고개를 넘어 우에키로 나가 우에키에서 남하한다.

또 하나는 미나미세키에서 동쪽을 향해 야마가로 나간 다음 야마가에서 똑바로 남하(야마가 가도)하여 우에키를 거쳐 구마모토에 들어가는 것이다.

야마가는 노기 연대 중의 2개 중대 병력(지휘, 쓰시로 소령)이 지키고 있었다. 그들은 23일 오후 1시에 구루메에서 야마가로 들어왔기 때문에 노기의 주력이 연속적으로 패배한 우에키 전투와 고노하의 전투에 참가하지 않았다.

사쓰마 군 본영은 야마가에 정부군이 들어왔다는 것을 알고 거기에 응했다. 고도의 정치성을 목적으로 하고 있는 사쓰마 군이 눈앞의 전술적 적정에 일일이 구애되어 그 사고범위를 스스로 좁히게 된 하나의 좋은 예였다.

"내가 가겠다."

기리노가 자원하여 그의 4번 대대에서 5개 소대 천 명의 병력이 야마가를 향해 떠나게 되었다.

기리노는 다른 임무가 있었기 때문에 이 북상군과 동행하지는 못했다. 그래서 그의 대대 3번 소대장인 노무라 닌스케가 임시로 5개 소대의 지휘관이 되었다.

선봉을 겸한 안내역은 히라카와 다다이치, 미야자키 하치로 등 구마모토 협동대가 맡았다.

그런데 편성에 시간이 걸려 출발이 늦어졌다. 그들이 구마모토의 데마치를 출발한 것은 23일 저녁 8시경이었다. 다른 방면의 전투이기는 하지만 이때는 노기 연대가 패주의 종착점인 이시누키 마을의 가와도코 부근에 거의 당도할 무렵이다.

노기 연대의 패주를 괴롭힌 밤비는 이 야마가로 가는 북상군의 행군도 괴롭혔다. 우에키로 가는 약 30리 길을 3시간 동안이나 비에 흠뻑 젖은 채 걸었으니 사졸들은 지칠 대로 지쳐 버렸다. 할 수 없이 우에키에서 하룻밤을 묵고 이튿날 행군을 재개했다.

이날 아침은 개인 날씨였다.

야마가에 들어가니 정부군은 하나도 없었다. 쓰시로 소령이 지휘하는 부대는 본대의 노기 등이 멀리 이시누키 마을까지 퇴각해 버린 것을 알고는 단독으로 대군을 맞아 싸우게 될 것을 두려워하여 서쪽으로 물러가 버렸던 것이다.

이튿날인 26일, 상황이 달라졌다.

이미 미나미세키를 점거하고 이 곳을 본영으로 한 제2여단이 보병 1개 중대를 쓰시로 소령에게 인계하고 다시 2개 중대와 포병 약간 명을 증원하여 26일 새벽, 노무라 닌스케 등의 사쓰마 군을 공격하게 했던 것이다.

격전 끝에 사쓰마 군과 구마모토 협동대의 연합군이 우세한 정부군을 압박하여 마침내 패주시켰다. 정부군측 전사는 41명으로 사쓰마 군과 접촉한 이래 최대의 손실을 입었다. 사쓰마 군의 전사자는 3명에 불과했다.

기쿠치 강은 구마모토 현의 대표적인 하천이다.

현의 북동쪽 모퉁이에서 산지를 이루는 기쿠치 고을에서 발원하여 도중의 여러 강물을 받아들여 강폭을 늘리면서 서쪽의 야마가를 돌아, 이윽고 다마나 군의 산지에 부딪쳐 남쪽으로 흐르다가 하구 가까이에서 다카세를 거쳐 바다로 흘러들어 간다.

구마모토 시내의 북방 산야를 크게 자형으로 에워싼 점에서는 방위상 물의 장성을 이룬다고 하지 못할 것도 없다. 그 안쪽 들판에 사쓰마 군이 있었다. 특히 구마모토 시내에 많았다. 일부는 북쪽으로 진출하여 야마가까지 나가 있다고는 하지만 기쿠치 강이 자형으로 에워싸고 있는 범위 밖으로는 나가려 하지 않았다.

그나마 그 범위 내에서라도 북서의 다카세 방면으로 나가 기쿠치 강을 넘어 두어야 하는 건데, 남하하는 정부군이 다카세에 진출하여 거기를 점거할 때까지 사쓰마 군은 적극적으로 나서지 않았다. 보수적이라고까지는 하지 못하더라도 사쓰마 군의 작전계획은 자포자기가 되어 가고 있었던 것이다. 그것은 길에 먹이가 떨어져 있는 것을 발견한 개와 흡사했다.

먹이(구마모토 성)를 버려두고 전진하면 재미있는 활로가 열릴 텐데도 불구하고, 먹이에 집착하여 음식 주위를 빙빙 돌면서 자기에게 덤벼들려고 하는 다른 개떼를 보고 물러가라 물러가라고 짖어대는 꼴이나 다름없었다. 이런 집착은, 본디 집착에서 이성적으로 비약하려는 기능인 작전중추라는 것을 사쓰마 군이 갖지 못한 데서 오는 폐단일 것이다. 그것을 갖지 못하고 기리노, 시노하라 등 전투부대 지휘관의 전투적인 본능에 전적으로 의지하고 있는 까닭이기도 할 것이다.

차라리 구마모토 대(학교당, 총 1300명)쪽이 다카세에 대해 적극적이었다.

 구마모토 대의 1번 소대장 사사 도모후사가 구마모토 시내에 있는 데마치의 지휘소로 총수인 이케베 기치주로를 찾아 온 것은 23일의 일이다.
 "나는 3개 소대를 이끌고 다카세로 나가고 싶다. 사쓰마 군의 새 방침은 병력의 소모를 두려워 하여 성을 장기적으로 공위한다는 것이다. 그렇게 헛되이 날을 보낸다면 싸우지도 않고 사기가 죽을까봐 걱정이 된다. 게다가 정부군의 새 병력이 점차 투입되고 있다. 실로 위험천만한 상태라고 하겠다."
 이케베는 사사가 다카세 방면으로 나가는 것을 허락했다. 이윽고 사사 별동대(약 300명)는 기치지 고개를 넘어 다카세의 대안인 이쿠라 마을로 나가 기쿠치 강을 바라보면서 그곳을 본영으로 삼았다. 24일 아침이다.
 주위에는 그들의 우군인 사쓰마 군 선봉부대도 더러 있었다. 이와키리 기지로가 이끄는 3개 소대 등이었다. 사사는 이들과 연락을 취하면서 적의 동정을 정찰했는데 이때까지도 사쓰마 군 주력은 구마모토 시내에서 움직이지 않고 있었다.

 구마모토 대 300명은 기쿠치 강의 동안인 이쿠라 마을에 주둔했는데, 24일 오후 탐색을 위한 배를 내어 서안의 다카세에 들어갔다.
 구마모토 대가 다카세에 들어가니 적의 그림자는 없었다. 노기의 14연대는 고노하에서 패주하여 다카세도 버린 채 멀리 북쪽으로 도망쳐 버린 뒤였다.
 노기 연대는 고노하가 전진기지이고 다카세가 본영이었기 때문에 여기서도 총기, 탄약 등을 대량으로 내버리고 있었다. 장비가 빈약한 구마모토 대는 크게 기뻐하며 그것들을 노획했다.
 구마모토 1번 소대가 얻은 전리품은 스나이더 총 수십 정, 배낭 70여 개, 신발 수십 켤레, 도검 수십 자루, 기타 안경, 시계, 수통, 탄약통, 건어물 수십 짝 등이다.
 구마모토 대 7번 소대가 노획한 것은 스나이더 총 40정에 탄약 몇 상자, 그리고 술 수십 통이었다.
 이 밖에 1번 소대가 노획한 물건 중에 정부군 육군 소령의 정장과 외투가 있었다. 연대장 노기 마레스케의 것이었다. 노기는 뒤에 이 사실을 다카세

옆에 있는 야토미(彌富) 마을의 호시아사 미치이에(星朝道家)라는 자의 집을 본영으로 정하고 나서야 알고 수치감에 사로잡혀 할복하려고 했다. 그러나 주위에서 만류했다. 노기에게는 패운이 따라다녔던 모양이다.

구마모토 대 300명은 다카세의 흙은 밟았으나 그 본영은 조금 뒤에 있는 이쿠라에 정했다. 사쓰마 군 주력이 뒷받침을 해 주지 않았기 때문인데 그 이상은 움직이지 않았다. 24일에는 노획한 술에 전원이 만취하기도 했는데 이러한 점은 정규군의 분위기가 아니라 장사의 집단이라고 해도 좋았다.

그런데 그들이 이쿠라에서 술에 취해 있었던 25일 날이 채 밝기도 전에 정부군의 일부가 다카세에 들어왔던 것이다.

노기 연대의 일부였다. 그들은 제1여단의 전위 부대로서 일단 빼앗겼던 다카세에 다시 들어왔다. 그들은 그 고장 사람의 정보로 사쓰마 군이 다카세에 들어왔다는 것을 알고 전투할 각오로 들어갔으나 다카세에는 적의 그림자조차 없었고 적은 맞은편 기슭인 이쿠라에 있다는 것을 알았다.

그래서 다카세 강변에 흙벽을 쌓고 적의 도강에 대비했다.

한편 이쿠라의 구마모토 대는 25일 아침, 다카세에 척후병을 보내 알아보니 이미 정부군이 들어와 흙벽을 구축해 놓고 있었다. 이에 사사 등은 합의했다.

"차라리 이쪽에서 밀어붙이자."

근처 오아마(小天)에 있는 사쓰마 군 이와키리 부대도 끌어넣기로 했다.

세이난 전쟁에 있어서 사실상의 결전장이 된 다카세의 전투는 이렇게 시작되었다.

대결전

구마모토 대의 전선부대는 다카세의 정부군을 쳐부숨으로써 히고 인의 기백을 보여 주려고 했다.

노기 연대가 버리고 달아난 스나이더 총의 조작은 그들 가운데 손재주가 있는 자가 금방 조작법을 알아내어 모두에게 가르쳐 주었다.

그들은 질서파라고 할 수 있었다. 그것도 구 질서파여서 구 질서의 윤리를 일본 고유의 것이라 하여 이 세상 그 무엇보다 우월한 최고의 가치를 가지는 것이라고 믿고 있었다. 그들의 대부분이 번교 시습관의 교육을 받았기 때문에 학교당으로 불리고 있었다. 시습관 입학자격에 신분상의 제한이 있는데 100석, 200석의 구 무사 신분에 있어서 사관계급 출신자였다.

그들은 일본적인 유교 윤리와 구 사회의 질서를 최고의 것으로 여기고 있었기 때문에 그것을 타파하고, 이른바 문명개화를 일으키려는 태정관 정부의 혁명성을 가장 증오하여, 그 증오를 불씨 삼아 결속하고 궐기했다. 말하자면 구마모토 신푸렌의 열광적인 신도주의에 대해 유교 윤리적인 것을 고수하려는 집단이었다고 할 수 있다.

22일에 구마모토 현의 권령 도미오카에게 제출한 궐기선언서도 당당한 한

문이었다. 또 수령 이케베 기치주로 스스로 기초한 격문도 한문이었다. 그 격문 중에 태정관 정부를 가리켜 이렇게 말했다.

'문명개화를 빙자하여 염치를 버리고 윤리에 얽매이지 않고 자유로워야 한다는 구실로 예절을 파괴하고 혜지원통의 이름을 빌려 의열을 저해하는……'

이런 정권이라는 것이다. 쉽게 말하면, 문명개화의 이름으로 무사도에 있어서의 염치와 윤리를 깨뜨려 버리고 짐짓 호걸인 채 하찮은 일에 구애받지 않는 것처럼 하면서, 일본국의 질서를 떠받치고 있던 예절을 파괴하고 제반사 구폐에 구애됨이 없이 융통성 있는 총명함을 지녀야 한다는 구실로 의열이라는 일본 고유의 정신을 없애버리고 말았다는 것이리라.

그들은 전에(메이지 8년(1875)까지) 이 사상을 가지고 문명개화 정부를 쓰러뜨리려면, 이 사상의 일본적 대표자인 사쓰마의 시마즈 히사미쓰와 결속하여 그것을 밀고 나갈 수밖에 없다고 생각했다. 그러나 이케베 등은 메이지 8년에 상경하여 여러 방면의 문을 두드리는 동안에 히사미쓰에 대한 기대를 다소 수정했다.

"시마즈 공은 도덕이 높고 이론이 정연하나 시세에 밝지 못하다."

그들은 어디까지나 히사미쓰의 공감자이기는 했으나 히사미쓰에게 정치력이 없는 것을 보고는 그를 당수로 추대할 것을 단념하고 대신 사이고에게 기울어졌다.

"단 한 사람 사이고 다카모리, 크고 뛰어난 재능과 원대한 지략을 갖춘 위대한 이름 일세를 뒤덮도다. 오늘날 국가의 대사를 담당하기에 족한 자는 오직 사이고가 있을 뿐."

구마모토 대는 사이고의 사상을 깊이 알아보려는 노력은 하지 않았다. 오히려 전략적으로 그 명성을 이용하고 사상으로서는 히사미쓰와 비슷한 것을 세상에 전파하려고 했다. 그런 의미에서 사학교와는 달리 당당하고 명쾌한 반혁명당이었다고 해도 무방하다.

그러나 구마모토 대의 동지들은 구막부 이래의 타번에 대한 전통적인 감정도 있고 하여 사쓰마 인에 대해서는, 특히 사쓰마 인의 특징인 타번을 멸시하는 경향에 대해서는, 당연한 일이지만 호감을 갖고 있지 않았다.

다만 사이고에 대해서는 달랐다. 하기는 사이고에 대해서조차 때로는 얕

본 적이 있는 것도 같다.

가령 2월 22일, 구마모토 성을 공격한 첫날 저녁 구마모토 대에서는 사이고의 본영에 두 명의 대표를 보냈다. 구마모토 대 부대대장 마쓰사키 스스무와 군감 다카시마 요시야스(高島義恭)였다.

사이고는 뜻밖에도 그 다른 번 사람들 앞에 나와 정중하게 인사를 했다.

사이고는 다다미에 두 손을 짚고 머리를 숙인 채 두 사람이 놀랄 정도로 오래 그렇게 하고 있었다. 사이고의 정중함은 구막부 이래 그를 만나 본 타번 사람들이 한결같이 감탄해 왔는데 바로 이 경우도 그랬다.

"소생이 사이고 기치노스케입니다."

이것만으로도, 그가 유신의 주역이고 일본에서 오직 하나뿐인 육군 대장이라는 것이 두 사람의 머리에 들어 있었던 만큼 내심 경탄하고 몸 둘 바를 몰라 했다. 다시 사이고는 구마모토 현에 병마를 끌어들인 일에 대한 사과의 말을 했다.

"이렇게 귀현을 번거롭게 만들어 사과드릴 말씀이 없습니다."

두 사람은 모르기는 해도 다소는 얼떨떨했을 것이 틀림없다. 그들은 구마모토 대 본영을 대표하여 사쓰마 군의 전략을 사이고에게서 들으러 온 것이었다. 그들은 다시 구마모토 대의 계획을 설명했다. 구마모토 성은 성의 서북쪽 모퉁이가 약하다, 자기들 구마모토 대가 야음을 틈타 칼을 빼들고 돌입하면 들어가지 못할 것도 없다고 말하자 사이고는 크게 감격하여 말했다.

"귀대는 지리에 밝으신 것 같군요. 그렇다면 귀대는 내일 새벽에 성 북방에서 기습을 하십시오. 우리가 거기에 호응해서 대군을 몰아 성의 삼면에서 협공하면 단번에 성을 무찌를 수 있을 것입니다."

이 계획은 이날 밤에 변경되어 구마모토 대를 실망시키고 말지만 어쨌든 마쓰사키, 다카시마 등 두 사람은 기뻐하며 구마모토 대 본영에 돌아가 보고했다. 또한 사이고의 인상을 동지들에게 찬양했다.

"사이고 대장은 신체가 우람하고 눈이 크며, 장중하고 위풍이 있었다. 더욱이 얼굴이 온화하고 말씨가 조용하며 예절이 매우 발랐다."

그런데 그 직후에 구마모토 대의 총수 이케베 기치주로가 사이고를 찾아가니 이케베에게 말했다.

"오늘 밤에는 경신당(신푸렌)이 칼을 뽑아들고 성중에 돌입합니다."

이케베는 망연자실했다. 사이고는 마쓰사키, 다카시마가 칼을 빼들고 돌입한다는 말을 했기 때문에 지난날의 신푸렌을 떠올리고 이건 신푸렌이로구나 하고 지레짐작 했던 것이다. 사이고의 인식에서는 구마모토 대 따위는 꽤나 희미한 인상이었을 것이고, 또 사이고는 구마모토의 반혁명정세에 대해 막연한 지식밖에 갖고 있지 않았을 것이다. 마쓰사키, 다카시마를 사이고가 아무리 정중하게 대우해 주었다 하더라도 그들이 누구인지도 몰랐던 것이다.

구마모토 대가 있는 이쿠라에서 6킬로 가량 남해안으로 내려간 오아마라는 곳에 사쓰마 군의 전초부대가 있다.

오아마는 해변이다.

그곳에 사쓰마 군 전초부대가 있는 까닭은 정부군이 바닷길로 함선을 몰고 내습해 오면 쳐부수기 위해서다. 부대는 이미 언급했듯이 이와키리 기지로가 이끄는 3개 소대 600명이었다.

이와키리에게는 맏형 기노신(喜之進)이 있었다. 둘째 아우가 유노신(勇之進), 셋째 아우가 요시조(吉藏)다. 이들 네 형제는 모두 이 싸움에서 쓰러졌다. 네 형제 중에서 이와키리 기지로가 가장 기민하고 강하여 군대의 하급 지휘관으로서는 최적의 사나이였다. 다만 그는 나이가 많아 37세였다. 그는 나이를 물으면 '조슈의 이토(히로부미) 참의보다 두 살 아래'라고 대답하는 것이 버릇이었다.

이와키리는 이쿠라의 구마모토 대에서 다카세 공격을 의논해 오자 두말 없이 응낙하고 곧 출발했다. 25일, 하늘은 씻은 듯이 맑았다.

양쪽의 공격개시는 오후 4시로 정했다. 오후 4시라면 전투가 가능한 시간은 두 시간 안팎인데 처음부터 그들은 철저한 회전을 할 마음은 없이——병력이 너무 적어——전초전 정도로 해 둘 생각이었던 것 같다. 그럴 작정이었던 것이 결과적으로는 엄청나게 큰 싸움을 불러일으키게 되었던 것이다.

한편 다카세의 정부군 전위부대는 약 1200명 정도였을까. 히고·사쓰마의 연합부대는 900명이었다.

다카세 마을은 평탄한 저지대로 몸을 숨길 수 있는 나무나 건물이 적어서 참으로 수비하기가 힘들었다.

부대는 도쿄의 제1연대 4개 중대가 주력이고 거기에 패전한 제14연대가 1개 중대 정도 참가하고 있었다. 이것이 당면한 정부군 병력인데 이 북방에는 여단 주력이 남하 중이라는 강점이 정부군에 있었다. 그 남하군의 선두(오사카의 제8연대의 반개 대대)가 전투 중에 참가하는 것이다.

정부군은 다카세 대교 옆을 중심으로 다카세 둑에 진지를 구축해 놓고 신식 스나이더 총의 총구를 내밀고 있었다.

오후 4시, 사쓰마 군 이와키리 대는 대담하게도 이 대교를 달려 건너갔다. 제방 위의 정부군은 계속 사격을 했으나 사쓰마 인들은 총을 어깨에 맨 채 시퍼런 칼날을 쳐들고 저마다 소리를 지르면서 다리 위를 달렸다.

구마모토 사사 도모후사의 부대는 그보다 조금 하류인 센다(千田) 나루에서 나룻배로 강을 건너 배가 대안에 닿기도 전에 저마다 물에 뛰어들어 하네기(繁根木)의 둑으로 올라갔다. 정부군은 일껏 사격기지까지 구축해 놓고 있다가 이 엄청난 기세에 겁을 집어먹고 일제히 내빼기 시작했다.

이 경우 정부군 쪽이 전투에 능숙했다고 할 수 있다.

그들은 우에키나 고노하에서의 노기 연대의 패배를 전훈으로 삼았는지 자기 군대의 장점이 사격전이라는 것을 겨우 깨닫게 된 모양이었다.

그들은 대교를 건너 사쓰마 인이 칼을 휘두르며 쇄도해 오는 것을 막으려고 하지 않았다. 또 그 하류에서 구마모토 사족이 나룻배에서 뛰어내려 물보라를 일으키며 제방을 뛰어 올라왔을 때도 재빨리 달아나 버렸다. 다카세 둑에 쌓은 진지 따위는 미련 없이 내버렸다.

다카세 마을은 요컨대 습기가 많은 논 가운데 있기 때문에 이런 평탄한 지대의 민가 틈에 끼어들면 사격전에 효과가 적을 뿐더러 지휘하기도 어렵고, 또 적의 백병돌격으로 하나씩 당할 뿐이라는 것을 알고 있었다. 그들은 다카세의 촌락마저 버렸다. 그것은 촌락을 방패로 삼거나 촌락을 지키려고 한 노기 연대의 실패가 교훈이 되었는지도 모른다.

다카세 마을의 북쪽과 서쪽은 언덕이다. 북쪽은 류간지 마을의 고지대이고 서쪽은 이와키리바루(岩崎原)라는 고지대이다. 정부군은 거기까지 후퇴하여 눈 아래 보이는 다카세 마을에 몰려든 사쓰마 군과 구마모토 대에 맹렬한 사격을 퍼붓기 시작했다.

이 무렵, 정부군의 힘을 북돋운 것은 오사카의 제8연대 2개 중대 400명이 미나미세키에서 들어와 새로 전선에 가담한 일이다. 그들 중의 1개 소대는 고즈바루 산(葛原山) 등에 흩어져 즉시 사격을 시작했다.

사쓰마 병이나 구마모토 사족들은 다카세 마을에 뛰어들고 나서 자기들이 무엇 때문에 여기까지 왔는지 새삼스럽게 의문을 느꼈을 것이 틀림없다.

다카세 마을을 탈취하여 그것을 수비하느냐 하면 그것도 아니었다. 이 평탄한 지대의 마을은 수비할 만한 가치도 없거니와 수비하기도 어려웠다. 또한 상급 사령부가 그것을 수비하라고 명령한 것도 아니었다. 그들은 상급사령부의 명령도 없는데 멋대로 다카세에 뛰어들었다. '놀고 있으면 사기가 떨어진다'는 것이 구마모토 대의 사사 도모후사의 전투 신조인데 그 외에는 아무 것도 없었다. 야산의 토끼를 쫓듯 토끼가 있으면 잡는다는 것뿐이어서 요컨대 군대라기보다는 장사단과 같은 발상이었고, 구마모토 사족의 용기를 증명하기 위해 달리고 쏘고 할 뿐인 것이다.

사사도 탄우 속에서 할 일이 없어져 버렸다. 그는 눈앞의 야하다 산이라는 곳에서 잇따라 소총 사격의 화약 연기가 피어오르는 것을 보고 우회해서 야하다 산을 탈취해야겠다고 결심했다. 탈취해 봐야 야하다 산이 무슨 이익이 되는 것도 아닌데 말이다.

이런 움직임을 본 제8연대는 가노 소위보, 미야무라(宮村) 소위가 각기 30명가량의 병사를 이끌고 길에 숨어 복병이 되었다. 이윽고 구마모토 대가 오자 일제히 사격했기 때문에 구마모토 대는 혼비백산하여 앞다투어 퇴각했다. 결국 사쓰마 군도 구마모토 대도 다카세를 포기하고 기쿠치 강을 동으로 건너 퇴각했다.

정부군이 야전에서 최초로 이익을 얻은 것은 이 25일의 다카세에서 있었던 제1회전이었다고 해도 무방하다.

정부군의 본거지는 미나미세키에 있었다.

미나미세키는 작은 분지에 발달한 촌락으로 주위의 산에서 수많은 시냇물이 흘러들어 논밭을 적셔 주고 있었다. 다만 이 무렵, 논에는 벼가 썩은 그루터기밖에 없는 황량한 겨울 풍경이 펼쳐져 있을 뿐이었다. 근처의 산들은 모두 나지막한데 서쪽에 소의 등허리 같은 모양의 쇼다이 산(小岱山)만이 두드러져 보였다. 쇼다이 산을 서쪽으로 넘으면 미야자키 하치로의 고향인 아라오다. 미나미세키와 아라오는 산 하나를 사이에 둔 이웃이기 때문에 두 마을의 향사계급 사이에는 시집가고 장가드는 혼사 내왕 같은 것이 비교적 빈번했다.

미나미세키는 전략상의 요지라고도 할 수 있었다. 구루메에서 남으로 내려오는 가도가 그곳을 지나가고 있다. 가도는 미나미세키에서 구마모토에 이른다. 미나미세키에서 구마모토로 가는 길은 두 갈래로 되어 있다. 야마가를 돌아도 되고 다카세를 경유해도 좋다. 히고에 들어온 정부군이 이곳을 본거지로 둔 것은 타당한 일이라고 하겠다. 바꾸어 말하면 미나미세키를 정부군이 장악했으므로 사쓰마 군은 그 활동 범위가 좁아져 구마모토 주변의 산야를 뛰어다니는 것이 고작이었다고도 할 수 있다.

25일 밤, 제1여단의 여단장 노즈 시즈오와 제2여단의 여단장 미요시 시게오미(三好重臣)는 미나미세키의 세이쇼 사(正勝寺)에서 만나 작전회의를 열었다. 회계부에서 방안 네 구석에 큰 초를 준비했다.

이날 미나미세키에서 약 30리 떨어진 다카세에서 전초전이 벌어졌다. 정부군은 처음으로 이겼다. 싸움의 승패를 어떤 기준으로 판가름할 것인지 때로는 곤란할 경우가 있으나, 25일의 다카세의 전초전은 사쓰마 군(구마모토 대를 포함)이 기쿠치 강을 건너 다카세에 일단 돌입하여 점거하기는 했으나 제방에서 쫓겨난 정부군이 저마다 다카세 주변 고지에 올라가 포위하듯이 사격을 가했으므로 사쓰마 군은 다카세를 버리고 기쿠치 강을 건너 퇴각해 버렸다. 사쓰마 군이 그들이 원하는 것(다카세 점거)을 얻지 못했기 때문에 패전이라는 판정이 성립된다. 노즈도 미요시도 그렇게 판정했다.

"전조가 좋구먼."

미요시는 연방 그렇게 뇌까렸다. 미요시는 조슈 기병대 출신으로 보신 전쟁 때 호쿠에쓰(北越)에서 나가오카 번의 가와이 쓰구노스케(河井繼之助) 군과 싸웠다. 그는 조금 교만한 편이지만 과연 기병대 출신답게 민첩하였다.

"노기 소령은 지쳐 있다."

노즈가 후방경비로 돌리면 어떻겠느냐고 제의했으나 동향인인 미요시는 오히려 그것은 노기를 위해서 좋지 않다, 이번의 다카세로 가는 남하전에는 노기를 선봉으로 삼아 그에게 공을 세울 수 있는 기회를 주자고 말했다.

노기 연대는 총기와 탄약을 절반도 넘게 내버리고 말았으나 미나미세키에서 보충이 되었다.

그 시절에는 도망칠 때 총기 등을 버려도 죄가 되지는 않고 나중에 보급을 받으면 그만이었다. 총기는 어디까지나 도구였다. 도구에 정신성이 부여되어, 그 때문에 병사를 총기의 노예처럼 속박하게 되는 것은 노기 등이 후년에 장성이 되는 무렵부터다.
"우선은 우에키까지 나가자."
이런 방침을 노즈와 미요시가 세웠다.
그에 따른 편제와 부서를 정했다. 이 시대에는 여단을 각 여단 사령관장이 직접 통솔하지 않으면 안 된다는 법은 없어 경우에 따라 혼합시킬 수가 있었다.
노즈, 미요시 등은 전투부대를 둘로 나누어 임시로 제1군, 제2군으로 부르기로 했다. 제1군은 본도를 간다. 미나미세키에서 다카세로 나가 기쿠치 강을 건너 고노하를 거쳐서 우에키에 이르는 것이다.
제2군은 별동대라고 할 수 있는데 미나미세키에서 다카세 근방까지는 같은 가도를 남하하지만, 다마나 마을에서 동으로 꺾어 기쿠치 강을 상류에서 건너 가와베다로 나간 다음 논둑길 비슷한 길을 따라 고노하를 거쳐 우에키에 이른다.
이 제2군이라는 별동대는 근위 제1연대의 2개 중대와 오사카의 제8연대 2개 중대로 편성됐다. 제2군의 지휘관은 조슈 인인 하세가와 요시미치(長谷川好道) 중령이다.
주력인 제1군은 3대로 나뉘어졌다.
다음은 그 편제이다.
전위, 제14연대 중의 4개 중대
본대, 제1연대 중의 2개 중대
후위, 근위 제1연대 중의 4개 중대
이들 제1, 제2군은 모두 제2여단 사령장관 미요시 시게오미 소장이 지휘하기로 했다.
이 밖에 미야자키 하치로 등이 사쓰마 1군 천 명과 함께 진주하고 있는 야마가 방면은 공격 중점에서 제외하고, 제1진으로 보병 제3중대를 파견하는 한편 그 후방에 노기 연대 중의 3개 중대를 두어 이것을 보강해 주는 정도로 그쳤다.
그것은 병력 분산을 피한다는 점에서 현명한 처사였다. 아무튼 정부군은 주력에 가까운 전군을 끌고 고노하, 우에키에로 향하기로 결정한 것이다.
26일이 되었다.
날이 아직 밝지 않은 오전 4시에 미나미세키의 모든 부대는 전진을 개시했다. 전위인 노기와 그 부대는 다카세에 한결 가까운 이시누키에서 숙영하고 있었다. 그 시각, 그들은 이시누키를 출발했다. 노기는 말을 타고 있었다.

한편 구마모토 공성중인 사쓰마 군 본영도 25일의 다카세에서의 적정 보고를 그날 오후에 받았고, 이후 밤에는 양쪽 전초부대의 충돌을 알았다. 본영에서 군사회의를 열고 다음과 같이 결정했다.

"다카세의 적의 소굴을 뒤엎어 버리자."

정부군의 공격대상이 멀리 우에키에까지 미치고 있는 데 비해 사쓰마 군의 공격대상의 한계는 고작 다카세에 머물고 있는 것은 사쓰마 군의 병력이 너무 적었기 때문이었다. 병력이 적다는 것이 사고방식을 규제하고 있는 작은 원인의 하나는, 구마모토 성에 병력을 남겨 놓지 않으면 안 되기 때문이었다. 구마모토 성에 집착한 것이 이후의 모든 작전에 영향을 미치게 되는데 이 경우는 그 현저한 예라고 할 수 있다.

사쓰마 군의 전초부대는 기쿠치 강 동쪽 강변(이쿠라, 고노하 등)에도 있고 야마가에도 있다. 그래서 구마모토의 사쓰마 군 본영이 다카세 방면의 작전을 위해 할당한 인원은 2800여 명이었다. 구마모토 성에도 병력을 남겨 두지 않으면 안 되기 때문이다.

이 2800명(14개 소대)을 3군으로 나누었다.

지휘하는 장령은 기리노 도시아키, 시노하라 구니모토, 벳푸 신스케, 무라타 신파치 등 4명으로 작전능력은 어떻든 이 시대에 대군의 통솔력이 있는 야전군 사령관으로서는 어느 사람을 보더라도 최고의 재목이었다고 할 수 있다.

기리노와 시노하라는 육군 소장 군복을 입었고, 무라타 신파치는 외유 당시에 착용했던 플록코트에 실크햇을 쓰고 있었다. 벳푸 신스케는 육군 소령 군복을 입고 있었다.

부서는 기리노의 부대 600명이 우익대였다. 우익대는 야마가를 거쳐 서쪽으로 전진하여 다카세의 배후로 나가 정부군의 후방인 미나미세키와 전방인 다카세를 차단하는 것이었다.

중앙대(시노하라, 벳푸) 1200명은 우에키에서 서쪽으로 꺾어 다바루 고개를 넘은 다음 고노하를 거쳐 기쿠치 강을 건너 다카세를 찌르는 본도를 취한다.

 좌익대(무라타) 1000명은 마찬가지로 다카세를 지향하기는 하나 다바루 고개로 가지 않고 험준한 기치기 고개를 넘어 기쿠치 강 동안의 이쿠라로 나가는 것이다. 이쿠라에서 기쿠치 강 하류를 건너 다카세 남쪽에서 밀고 올라간다는 것이었다.

 "삼면 합격(동시 공격)."

 이런 말을 그들은 썼다. 타당한 전술이기는 했으나 작전을 시작한 시기로서는 뒤늦은 감이 없지도 않다. 며칠 아니면 하루라도 빨랐으면 정부군의 태세가 정비되기 이전에 그것을 요격할 수 있었을 것이다.

 어쨌거나 그들은 26일 저녁 나절에 구마모토 시가의 북단인 데마치에 집결했다. 출발한 것은 어둠이 짙어지기 시작한 오후 6시였다.

 야마가 가도를 북상한 지 한 시간 만에 선두가 오쿠보(大窪)라는 마을에 당도했다. 거기서 전군이 휴식을 취했다.

 이 오쿠보의 휴식 중에 기리노 등 주요 장령이 모여 그런 작전을 짰던 것이다. 결정하는 방법은 과연 사쓰마 인답게 서로 몇 마디 말도 나누지 않고 단시간에 쉽게 결정지었다.

 그들은 승리를 의심하지 않았다. 마침내 다카세에서 대 전투가 벌어지면 그들로서는 적과 최초로 야외에서 충돌하게 되는 것이다. 공성과는 달라 야전은 사쓰마 인이 가장 장기로 여기는 곳이었다.

 26일에도 전선에서는 곳곳에서 전투가 벌어지고 있었다. 이 26일에는 구마모토 대 주력 천 명이 이케베 기치주로의 지휘 아래 기치지 고개를 넘었다. 전날부터 고전하고 있는 구마모토 대의 전초부대인 사사 도모후사 등을 구출하기 위해서였는데, 그들이 고개를 넘어 시라기 마을에 당도했을 때는 이미 정부군의 일부가 기쿠치 강을 건너와 데라다 산 등에 진지를 구축하고 있었다.

 구마모토 대는 전초의 사쓰마 군과 협력하면서 싸웠으나 곳곳에서 참패를 당했다. 그나마 600명의 사쓰마 군이 교묘하게 지형을 이용하여 싸웠기 때문에 간신히 총퇴각은 면할 수 있었다. 이 26일의 전투가 다카세에서의 제2전으로 불리는 것인데 그들과 교대하여 기리노 등 주력이 등장하는 제3전이 본격적인 전투가 될 것이었다.

정부군 2개 여단의 병력에는 연대나 대대에 결원이 있기 때문에 인원수를 짐작하기 어렵다. 대략 4천 명으로 보면 될 것이다.

정부군이 사쓰마 군보다 우월한 점이 몇 가지 있다. 포병을 가지고 있고 또 화포의 추진과 진지 구축을 용이하게 하기 위한 공병을 가지고 있었다.

또 휴대 병기는 스나이더 총이 주력을 이루고 있기 때문에 성능 면에서도 사쓰마 군의 총(주로 미니에 총)은 비교도 될 수 없었다. 이것은 이미 몇 번인가 언급했다.

더욱이 보급 능력은 사쓰마 군과는 비교도 안 될 정도로 우월했다.

보급에 대한 관념이 병적으로 희박한 것은 그 뒤의 일본 육군에서 체질적인 결함으로 지적되었으나, 이 시기는 약간 이례적이었다고 할 수 있다. 그것은 총지휘를 하고 있는 육군경 야마가타 아리토모의 성격에 기인하는 것이라고 할 수 있을지도 모른다.

야마가타는 군인으로서는 지나칠 정도로 사소한 문제까지 지시하는 성격 때문에 야전장군으로는 적합하지 않은 사람이었으나, 그 구상력과 치밀한 운영능력, 그리고 어떤 문제에 도박적인 기대를 갖지 않는 성격으로 보아 일본에서는 드물게 보급에 대한 사상과 능력을 가진 사람이었는지도 모른다.

그는 규슈 전선에 대한 후방 보급기지를 오사카에 두었다. 그것은 메이지 원년(1868)과 2년 사이에 이미 사이고가 규슈에서 반란을 일으키리라는 것을 예견한 당시의 병부차관 오무라 마스지로의 기초적인 사고방식이기도 했다. 그는 오사카 진대 사령장관 도리오 고야타(鳥尾小彌太 : 조슈 인, 중장)에게 그 임무를 맡겼다.

오사카에는 오무라 마스지로가 그 기초를 만들어 놓은 공창이 있었다. 그러나 이 공창의 기계는 전선에 배포된 신식 스나이더 소총탄의 제조 능력이 부족해 하루에 4만 발밖에 만들어 내지 못했다. 세이난 전쟁을 통해 정부군이 소비한 소총탄은 3489만 3500발로 오사카 공창의 제조능력을 훨씬 웃돌았다.

그래서 야마가타는 정부군에 구식 미니에 총을 병용할 것을 지시하고 또 외국에 주문하기도 했다. 하기는 전쟁 중에 정부는 새로운 기계를 사들여 도쿄의 공부성과 요코하마에 설치했다. 이 새 설비에 의해 하루에 20만 발을 제조할 수 있었다.

그런데도 전선은 늘 실탄부족을 호소해 왔다. 진대병들은 실탄을 물 쓰듯

하였다. 야마가타 등은 그것을 잘 알고 있었지만 거기에 대해 불평 한마디 하지 않았다. 총포탄을 많이 소비하는 것이 사족군에 대응할 수 있는 거의 유일한 방도라고 생각했을 것이다.

한편 사쓰마 군은 가와지리를 보급기지로 하여 가고시마의 공장에서 제일 좋은 것을 전선에 배포하고 있었는데 나중에는 후방에서, 또는 병사 각자가 솥냄비를 녹여 소총탄을 손으로 만들어 내게 되었다.

이 시기에 '여단(旅團)'이라는 것은 세이난 전쟁에 의해 만들어진 새 용어였다. '여'라는 글자는 본래 이동 중인 군대를 가리킨다. 어떤 지역에 주둔하고 있는 단위를 '진대'라 하고, 그것이 전투편제로 움직이는 것을 여단이라 부른다는 정도의 감각으로 이 말이 만들어졌을 것이다. 굳이 말하자면 진대가 총에 탄환을 재고 움직이기 시작하면 여단이 되는 것이다.

그러므로 이 시기의 여단은 후년과 같은 제도적인 엄밀한 단위는 아니었다. 덧붙여 말하자면 메이지 17, 18년(1884, 5)에 이것이 제도화되어 보병의 경우 보병 2개 연대를 합쳐서 여단이라는 하나의 전략 단위로 정했다.

이와 같은 관계로 이 시기에는 1개 여단이라고 해도 그것으로 병력 측정을 할 수는 없었다. 어떤 여단은 2, 3천 명이고 어떤 여단은 6, 7천 명이나 되는 형편이었다. 다만 육군 소장이 이것을 통솔한다는 점에서는 후년의 여단과 비슷하다.

야마가타가 실시한 여단 구성 방식은 진대를 그대로 여단으로 만드는 것은 아니었다. 각 진대를 그대로 움직이게 하면 그 지역에 군사적 공백이 생겨 전국적으로 빈발할 것으로 예상되는 불평사족들에게 틈을 보이게 된다.

그래서 진대라는 껍질은 그대로 두고 다소간의 병력을 남겨 두었다. 여단은 각 진대에서 몇 개 대대, 몇 개 중대씩 뽑아내어 편성했다. 모두 야마가타가 혼자서 생각하고 지시한 것이다.

이 시기의 육군경 야마가타 아리토모는 하나의 독재자와 흡사했다. 그를 독재자로 만들어 내고 있는 정치적 조건은 그가 조슈 인이라는 것 외에는 두드러진 것이 없으나 그의 신념인 징병제를 그가 입안하고 실시했기 때문에 진대의 실정을 그 이상으로 알고 있는 자가 없었다. 또 다른 사람은 야마가타 정도의 실무적인 능력이 없었기 때문에 자연히 그 혼자 동원에서 작전, 보급, 나아가서는 도쿄에 대한 정치적 조치에 이르기까지 모두 처리해야만

했다.

후년에 그가 육군과 관료계에 교황과 같은 지반을 차지하기에 이른 기초는 이때 만들어졌다. 바꾸어 말하면 사이고 다카모리 덕분에 이 조그만 이상밖에 가지지 못한 탁월한 실무가가 메이지 정부의 권력자가 될 수 있었다고 할 수 있을 것이다.

야마가타는 갓 탄생한 일본 육군의 상비병력이 3만 2000명밖에 안 된다는 사실에 고심했다. 그는 당초 이것으로 작전을 세웠다. 또 각 진대에 지시하여 새로 징병을 하기도 했다. 훈련받지 못한 병사들을 훈련된 부대에 혼합시킴으로써 그들의 취약성이 드러나지 않게 했다.

그러나 결국은 징병령 이외의 임시조치를 강구하지 않을 수 없었다. 정부 요로의 재치꾼들이 계획을 세워 사족을 징모하여 순사로 만든 다음 그들을 전장으로 보내는 방법으로 병력을 불려 나갔다. 이 결과 전쟁을 통한 정부군의 동원수가 5만 1800 명이나 되었다.

육군경 야마가타 아리토모는 규슈에서 육군을 총지휘하여, 특히 보급과 보충을 적절하고 또 신속하게 하기 위해 후쿠오카에 자신의 본영을 설치하기로 했다.

그는 참군이라는 자리에 앉았다. 별도로 해군 차관 가와무라 스미요시(川村純義)가 해군의 총지휘자로서 참군이 되었다. 이 시기의 해군은 해군이라고 할 만한 것은 아니었다. 원양에는 적합하지 못한 군함 11척과 운송선 14척, 사졸은 겨우 2,200여 명이었다.

참군 야마가타 아리토모가 막료를 거느리고 메이지마루(明治丸)라는 배로 고베를 출항한 것이 2월 23일이다. 하카타에 상륙한 것은 다카세의 제1전이 벌어진 2월 25일이었다.

그가 하카타에 상륙하니 후쿠오카 사족이 대거 참군을 습격할 것 같다는 정보가 있어 황급히 숙소를 후쿠오카 성내의 현청으로 옮기고 1개 중대로 호위하게 했다. 이런 점에서 야마가타의 조심성은 병적일 정도였다.

야마가타는 후쿠오카에 당도하자 막료에게 세세하게 명령하거나 소리를 지르기도 하고 제1선에 전령을 보내기도 하면서 빈틈없이 움직였다. 막료나 제1선의 지휘관들은 누구나 야마가타의 이러한 졸렬한 행동을 싫어했다.

이 무렵, 제3여단을 통솔하기로 된 소장 미우라 고로(三浦梧樓)는 뒤에 세이난 전쟁 중의 야마가타에 대해서 이렇게 말했다.

"도대체가 야마가타는 너무 조심스러운 성격의 사람이라 간섭이 너무 심해서 곤란했다. 그래서 야마가타가 오면 언제나 시끄럽게 떠들어대니까 모두 송충이처럼 싫어했다. 야마가타가 저기 온다고 하면 참모들은 모두 달아나 버리곤 했다."

미우라와 야마가타는 조슈 기병대 이래의 동료였다.

야마가타가 하카타에 상륙한 25일, 전선의 제2여단에서 미하라 쓰네요시(三原經是)라는 대위가 전선의 상황을 설명하기 위해 왔다. 야마가타는 열심히 들은 다음 노즈, 미요시 두 여단 사령장관에게 편지를 썼다. 그런 면에 그의 자상한 성격이 잘 나타나 있다.

'그저께 귀관들에게 후쿠오카에 도착했다는 것을 미리 전보로 알렸다. 그러므로 이미 잘 알고 있을 것이다.'

그저께라고 쓴 것은 그가 이 편지를 쓴 25일을 말하는 것이다. 미하라 대위가 이틀이 걸려야 전선에 돌아간다는 것을 시간적으로 계산한 것이다. 야마가타가 후쿠오카에 도착했다는 것은 당사자가 편지를 쓰고 있는 이상 알고도 남는 일인데 "내가 후쿠오카에 도착한 것은 미리 귀관들에게 전보로 알렸다. 그러므로 이미 알고 있을 것이다"라고 한 것은 어른이 어린아이를 다루는 듯한 말투이다.

야마가타는 편지에 원군(미우라의 제3여단)이 25일에 하카타에 상륙했다고 말하고 그 병력을 정확하게 쓰고 있다. 전선을 격려하기 위해서라면 다소 숫자를 불려도 될 터인데 야마가타는 그렇게 하지 않는 사람이었다.

"무슨 짓을 해서라도 구마모토 성의 길을 타개하라."

야마가타는 어디까지나 방어작전을 취하지 않고, 앞으로 앞으로 나아가라는 듯이 적어 놓았다. 야마가타는 그 같은 성격임에도 방어주의를 취하지 않는 사람이었다.

기쿠치 강이 강폭을 넓히면서 유유히 흐르고 있는 이 다카세 근방은 정취가 빼어나다고는 하기 어렵다.

양쪽 기슭의 들은 습기가 많고 석회암질의 산은 흙묻은 감자를 굴려 놓은 것처럼 볼품없이 솟아 있다.

다카세의 싸움은 제3전까지 있다. 제1전과 제2전은 이미 다루었다. 양군이 서로 기쿠치 강을 건너가고 건너오고 하는 것으로 계속됐다. 제3전에서는 사쓰마 군 출진 이래 최대의 격전이 되었다. 사쓰마 군은 주력을 투입했다. 정부군도 그 최강부대인 '근위'가 참여하고 있었으므로 우에키 전투이래, 사쓰마 군과 접촉해 온 노기의 고쿠라 제14연대와 같은 것은 아니었다.

근위라고 하는 것은 기리노나 시노하라 이하 사쓰마 군의 구 장교, 구 하사관으로 거의가 전에 속하고 있던 조직인데 메이지 4년 2월 22일에 사쓰마, 조슈, 도사 등 3번이 공출한 인원(당초 친위병이라 불렸다. 수는 약 1만)이 기초가 되고 있다. 사쓰마 출신자의 태반이 사직한 뒤까지 남았으나 창설된 징병의 진대와는 별도 편제로 되어 있었다.

복장도 모자가 빨간색(진대병은 노랑)이기 때문에 멀리서 보아도 구별이 되었다.

"근위병, 징병에 대포가 없다면 꽃피는 에도에 뛰어들 수 있건만."

전승에 따라 말의 차이는 있으나 이와 같은 속요가 사쓰마 군들 사이에서 불렸다고 한다. 또 우편보지 4월 1일자를 보면 사쓰마 군이 질색으로 여기는 것은 '첫째 비, 둘째 빨간모자, 셋째 대포.'였던 것 같다.

사쓰마 군의 소총은 구식 전장총이 많기 때문에 비가 오면 화약에 습기가 차서 쓰기 힘든 것은 사실이었다. 빨간모자가 근위병인 것은 두 말할 필요도 없다.

다카세 방면의 정부군은 각 연대 병력이 뒤섞여 있었으나 근위병이 과감하게 나가기 때문에 각 연대가 그것에 이끌려, 사쓰마 군으로서는 지난날의 제14연대와의 접촉에서 체험한 정부군의 인상과는 전혀 다른 것을 다카세의 제3전에서는 느끼지 않을 수 없었다.

기쿠치 강변에 모여들고 있는 정부군은 정찰에 있어서 사쓰마 군보다 앞서 있었다.

총지휘관 미요시 시게오미는 이날(2월 27일) 날이 채 밝기도 전에 정찰대를 파견했다. 정찰대가 다마나 마을을 지나 강 동쪽으로 건너가 고노하 산에 이르렀을 때 사쓰마 군의 대부대가 둘로 나뉘어 서로 뒤얽히듯이 전진해 오고 있는 것을 발견했다. 후방에 급히 알려 날이 밝을 무렵에는 기쿠치 강변의 정부군은 요격준비를 대략 마치고 있었다.

"기쿠치 둑에 바싹 붙어 적의 전진을 저지하라."

는 것이 제방에 배치된 부대에 내려진 명령이었다. 이 방어선에 배치된 것은 도쿄의 제1연대 2개 중대, 오사카의 제8연대 1개 중대, 고쿠라의 제14연대 일부, 그리고 근위대의 빨간모자 부대였다. 그들은 강에 걸려 있는 다카세 대교를 둘로 쪼개듯이 중간 지점에서 파괴했다.

이날, 오전 6시경에 겨우 날이 밝기 시작했다.
셋으로 나뉜 사쓰마 군 중에서 가장 기쿠치 강변에 일찍 당도한 것은 중앙대의 시노하라 구니모토, 벳푸 신스케의 연합부대였다.
그 선봉인 가세다 야하치로(加世田彌八郞) 소대가 무코즈루(向津留) 부락을 지나 둑으로 달려갔을 때 바로 날이 새기 시작했다.
"다리가 부서졌다."
뜻밖의 상황에 병사들이 어리둥절하여 둑 위를 왔다 갔다 하고 있을 때 건너편의 다카세 둑에서는 정부군이 이들을 조준하고 있었다. 기다렸다는 듯이 총탄이 쏟아지자 가세다는 일동을 엎드리게 하고 사쓰마 군 쪽에서도 곧 사격을 개시했다. 다카세 제3전에서의 첫 번째 총화 교환이라고 할 수 있다.
그 동안에 날이 완전히 밝았다. 이날은 보기 드물게 맑은 날씨였는데 아침노을이 아름다웠다. 뒤따라오던 사쓰마 군이 제방 밑에 꽉 찰 무렵에는 정부군의 사격이 더욱 맹렬해졌다. 사쓰마 군은 강을 건너가야 했으나 한 군데로 밀집하여 도강하는 것은 불가능했다.
"상류 쪽으로 가서 도강하자."
각대가 의논하여 상류 쪽으로 뛰기 시작했다.
대안의 정부군도 잠자코 있지 않았다. 사쓰마 병이 상류 쪽으로 뛰는 것을 보고 즉각 대를 나누어 똑같이 상류에서 저지하려고 우르르 북상하기 시작했다. 주로 도쿄 진대병과 근위병이었다. 그 동작의 기민성은 우에키나 고노하에서의 제14연대와는 비교도 할 수 없다.
여단 사장관 소장 미요시 시게오미는 성마르고 무게가 없는 사람이었으나 야전지휘때는 어김없이 탄환이 쏟아지는 본영을 전선으로 전진시키는 장점을 가지고 있었다. 그는 포를 중시하는 사람이기도 했다.
"대포를 제방 위로 끌어올려라."
명령하고 그 지점도 지시했다. 다카세에서 1킬로 남짓 상류인 사코마(迫間) 정도가 사쓰마 군에 의한 도강이 용이하다고 보자 공병에게 2문의 포상을 구축하게 했다.
포가 제1탄을 발사한 것은 오전 7시 반 경이었다.

오전 8시, 미요시는 그 포 옆에 총지휘소를 설치했다. 사쓰마 군이 이 포를 무력화하기 위해 소총탄을 집중적으로 퍼부었다. 이 때문에 미요시는 오른쪽 팔꿈치에 찰과상을 입었을 정도였다.

그 무렵, 사쓰마 군 좌익대의 무라타 신파치 부대가 이쿠라에서 강변에 도착했다. 이 부대는 다카세를 기준으로 그 하류에서 도강할 작정이었으나 정부군의 총화가 그것을 허락하지 않았다.

한편 중앙대의 시노하라 부대는 상류로 뻗어가는 형태를 취했다. 그 1대인 사카모토 신타로(坂元申太郎) 대는 가와베다(川部田)로 나갔다. 거기서는 건너편인 하자마로 도강하기가 쉽다. 하지만 하자마에는 정부군의 포가 포효하고 있었다.

망설이는 동안 정부군의 1대(근위대의 지시키(知識) 대위의 사쓰마 인 지휘)가 거꾸로 강을 건너 가와베다로 나왔다. 격전 끝에 사카모토는 머리를 관통당해 즉사하고 지시키는 넓적다리에 관통상을 입었다. 지시키의 부상으로 정부군은 물보라를 일으키며 대안으로 달아났다. 이런 식의 격투가 강변 곳곳에서 전개되었다.

기쿠치 강을 사이에 둔 전투는 해가 높아짐에 따라 더욱 격렬해졌다.

사쓰마 군은 어떻게든 강을 건너려고 했다. 이런 생각은 최소단위인 반대(牛隊)에 이르기까지 강하게 일었는데, 그것은 사쓰마 병이 둘 이상 모였을 때의 본능이라고 할 수 있는 것이었다. 그들은 정부군이 장점으로 하는 화력에서 뒤지고 있었다. 게다가 소총탄을 충분히 쓰지 못했다. 그들의 소총탄은 거의가 근방에서 솥냄비를 공출하여 손으로 만든 것이기 때문에 무제한으로 보충이 될 까닭이 없었다. 강 건너에 있는 적에게 명중도가 낮은 사격을 되풀이하고 있기 보다는 재빨리 적의 품에 뛰어들어 장기인 백병공격을 감행하고 싶었다.

이에 대해 정부군은 되도록이면 적의 육박을 피하고 자기네의 장점인 화력에 의한 우위를 유지하려고 했다. 그래서 사쓰마 군이 건너려고 하면 정부군은 서둘러 그 대안에 병력과 화력을 집중하여 방어해 나갔다.

이와 같은 전투가 오전 6시부터 4시간가량 계속되어 전선이 교착상태에 빠졌을 때, 그 상태를 가혹할 정도의 힘으로 깨뜨린 것은 사쓰마 군 기리노 도시아키의 우익대였다.

기리노 부대의 인원수는 600명쯤으로 중앙대나 좌익대에 비해 적었다.

기리노의 우익대에는 미야자키 하치로 등의 민권당이 전원 소속되어 안내 겸 선봉으로 탄환이 난무하는 산야를 앞장서서 달렸다.

그들 협동대는 전에 구마모토 시내에 있을 때 사쓰마 군 본영에서 사자가 와 "어떤 부서를 희망하는가"라고 묻자, 협동대 대장 히라카와 다다이치가

"부서는 아무데라도 좋다. 굳이 희망을 말하라면 곤란한 자리일수록 좋다. 특히 다른 대에서 싫어하는 자리면 더욱 좋다."

고 대답했다. 실로 협동대다운 양양한 기개가 잘 나타나 있다.

그 기리노 부대는 중앙대나 좌익대와는 달리 그들의 경로를 크게 우회하고 있었다.

먼저 북쪽인 야마가타까지 나간 다음 야마가를 첫새벽에 떠나 기쿠치 강 상류를 따라 다카세로 향했다.

다카세에서 상류 12킬로 정도의 지점에 우치다(內田) 나루라는 도보로 건널 수 있는 곳이 있다. 거기까지 서진하여 단숨에 대안으로 건너갔다. 건너면 바로 정부군의 수비지역이다. 기리노는 정부군의 기지인 미나미세키와 그 전선을 차단하려고 했다. 만약 기리노에게 하다못해 3000명 정도의 병력만 있었더라도 정부군은 크게 패주했을 것이 틀림없었는데, 기리노 부대는 그 정도로 상황에 대해 충격적이었다.

우치다의 도하점에서 적지에 들어가게 된 기리노와 그 600명은 기세가 등등했다.

강을 건너니 우치다 마을이다. 산을 등지고 있는 곳이었다.

그들은 남하했다. 이 남하길은 산이 강에 바짝 다가서 있어 곤란하기 이를 데 없었다. 2킬로 정도 남하하면 쓰키다(月田)라는 마을이 있다. 그들이 적정을 익히 알고 있었다면 이 쓰키다에서 서쪽으로 산중에 들어갔을 것이다. 산중을 4킬로 쯤 가면 정부군의 후방인 미나미세키에서 남하하는 가도 중간의 가와도코, 이시누키로 나갈 수 있다. 정부군은 전선인 다카세 방면에 병력의 대부분을 전개시키고 있기 때문에 이시누키 방면의 후방이 허술했다. 기리노가 거기를 찔렀더라면 정부군은 형언하기 어려울 정도로 혼란에 빠졌으리라고 생각되는데 사쓰마 군은 항상 자기네의 용맹을 믿는 나머지 적정을 충분히 정찰하는 것을 게을리했다. 이 경우에도 그 고장 사람에게 묻는 정도로 군대의 진로를 결정했다. 후방을 차단할 작정이었는데 그들은 취해

야 할 정도를 택하지 않고 쓰키다에서 그대로 강을 따라 계속 남하했다. 적과 우군의 총성이 남쪽에서 치열하게 들려왔기 때문에 그것에 이끌렸던 것이다.

강 연안에 아오키(青木)라는 마을이 있다. 거기서 비로소 적을 보았다. 정부군의 초계병에 불과했다. 초병들은 혼비백산하여 달아났다. 그들은 필사적으로 뛰어 후방인 이시누키까지 급보를 보냈다. 때마침 참모장 노즈 미치쓰라 대령이 미나미세키에서 이시누키에 와 있었다.

그러나 곁에는 병사가 그다지 많지 않았다. 노즈는 우선 1개 소대(제14연대)로 기리노의 남하부대를 담당하게 하고 따로 1개 중대로 이나리 산(稲荷山)이라는 고지를 미리 점령하도록 지시했다. 다시 노즈는 후방에 있는 제14연대의 2개 중대를 급파하고 또 전선에도 전령을 보내 1개 중대를 불러 각기 적당한 고지에 배치하기로 했다.

기리노는 더욱 남하하여 다마나 마을까지 왔다. 서쪽에 숲이 있는데 그쪽으로 가로질러 가면 적의 후방을 전복시킬 수 있다.

기리노는 그 경로를 택했다. 숲(언덕)을 내려가니 눈앞에 조그마한 다마나 산이 높고 낮은 융기를 이루면서 앞을 가로막고 있었다. 그 한가운데에는 이 지방에서 이나리 산이라고 부르는 해발 100미터도 안되는 산이 있다. 이 이나리 산과 잇대어 있는 몇 개의 조그마한 봉우리는 노즈의 병사 배치로 모조리 정부군이 점거하여 대기하고 있었다. 정부군 좌익에 위치한 지휘관은 다카이 대위, 오사코 대위, 무라타 소위, 후지이 대위, 이시마루 대위로 병력은 800명 정도일 것이다.

"잘도 늘어섰군."

기리노는 골짜기 너머로 그것을 바라보며 쓴웃음을 지었다.

기리노는 골짜기 저쪽으로 이어져 있는 봉우리(표고 50미터에서 100미터 정도)에 포진해 있는 적을 쳐부술 방법을 생각했다.

"적은 모두 산에만 의지하고 있다. 우리 1개 소대를 배후에 잠입시키고 주력으로 정면을 공격하면 쉽게 쳐부술 수 있을 것이다."

이렇게 생각하고 부서를 정했다.

기리노는 소부대 전투의 명수였다. 그는 휘하의 3개 소대 중 호리 신지로(堀新次郎)의 소대에 지시하여 숲 사이를 누비면서 적의 배후로 우회하게 한 다음 자신은 벳푸 구로(別府九郎) 소대, 시게히사 유시치(重久雄七) 소대를 이끌고 정면에서 맹렬한 공격을 퍼부었다.

이 때문에 정부군은 쉽게 허물어져 이시누키로 내빼는 자, 다시 북쪽 가와도코까지 도망치는 자 등이 있어서 기리노를 위한 전진로를 틔워 주었다.

그러자 그들 고지 중에서 이나리 산에 있는 적만은 움직이지 않았다.

이나리 산은 다마나 마을에 있는데 큰 산은 아니지만 북쪽의 산맥이 남하한 맨 끝의 고지로, 남쪽은 들판이다. 이 들을 가령 다마나 평야(다카세를 포함)라고 한다면 평야 전체에 정부군의 전선이 전개되어 동쪽의 기쿠치 강으로 사쓰마 군의 서진을 막게 된다. 이나리 산은 그 평야 북단에 있고 또 그 서쪽 기슭은 미나미세키의 가도(정부군의 보급로)가 남쪽으로 뻗어 있어 어느 모로 보나 정부군으로서는 절대적인 가치가 있는 존재였다. 적어도 이 고지를 사쓰마 군에게 빼앗기면 정부군은 멱살을 잡히는 거나 다름이 없다.

이것을 재빨리 알아차린 것은 기리노가 아니라 적의 여단 참모장인 노즈 미치쓰라 대령 쪽이었다. 노즈는 여기에 재빨리 병력을 배치했다.

기리노는 그보다도 자기의 전진로를 점거하고 있는 적을 더 중시했다. 이 적은 요하이구(遙拜宮)라는 곳에 의거하고 있었다. 특별히 미요시 시게오미 소장의 급명을 받고 노기 마레스케 소령이 요하이구의 지휘를 맡고 있었다. 이에 맞서 기리노는 주력의 2개 소대를 급진시켰다. 2개 소대는 좌우로 전개한 뒤 요하이구를 협공하여, 노기 등을 패주시켰다.

하지만 기리노는 이나리 산을 경시했다. 호리 신지로의 1개 소대를 보내 그것을 담당하게 했다.

산 위에는 이미 노즈의 명령으로 300명 가량의 정부군이 올라가 수목이나 바위 모서리에 숨어 밑에서 올라오는 사쓰마 병을 기다리고 있었다. 호리 신지로의 200명은 위를 향해 열심히 기어오르기 시작했다. 그러나 산 위에서 정부군이 맹렬히 사격을 퍼붓는 바람에 꼼짝도 못하게 되었다. 호리 소대는 사상자가 속출하여 두 명의 반대장과 두 명의 척후장을 잃고 결국은 무너져 버렸다.

이것으로 말미암아 기리노 부대는 애써 요하이구의 적을 쳐부수고서도 전략 요지인 이나리 산을 적에게 제압당해 다마나 평야 북방에서의 활동이 둔화되고 말았다. 이리하여 기리노는 그의 출현으로 정부군 전체의 좌익을 위협하기는 했으나 그 힘을 잃고 전장을 떠돌아다니는 신세가 되고 말았다.

기쿠치 강 상류에서 기리노와 그 부대가 강을 건넌 것은 오전 10시경이었으나 다카세보다 훨씬 하류 쪽에서도 도강에 성공한 부대가 있었다.

사쓰마 군 좌익대 사령관인 무라타 신파치(2번 대대장)가 지휘하는 후속부대였다. 병력은 3개 소대다.

사이고 고헤(西鄕小兵衞) (1번 대대 1번 소대장)

아사에 나오노신(淺江直之進) (1번 대대 3번 소대장)

사가라 기치노스케(相良吉之助) (1번 대대 6번 소대장)

그들은 원래 시노하라의 1번 대대에 속해 있었으나, 이 공격에 있어서의 부서는 일시적인 것이었다.

그들은 좌익대를 맡고 있는 무라타 신파치의 지휘 아래 있었다.

그들은 구마모토에서 기치지 고개를 넘어 기쿠치 강변에 도착하자 제방 위에 있는 무라타 신파치에게 도착을 알렸다.

무라타는 강을 건너지 못하여 애쓰던 중이었던 만큼 무척 반가워했다.

"고헤 씨, 훨씬 아래쪽으로 가서 건너요."

무라타는 고헤 등 3명의 소대장에게 명령했다.

훨씬 하류(다카세 대교에서 4킬로 하류)에 오하마쓰(大濱津)라는 곳이 있다. 동쪽 기슭의 오하마 마을에는 배도 있었다.

물론 건널 뿐만 아니라 건너게 되면 곧장 북쪽 들로 달려가 다카세의 적을 앞뒤에서 찌를 수 있다. 그와 같은 타격을 적에게 안기지 못하면 국면을 타개할 수 없을 뿐만 아니라, 무엇보다 큰 병력을 가지고 있는 무라타 신파치의 좌익대는 주력 자체가 정면으로 강을 건널 수가 없는 것이다.

3명의 소대장은 무라타의 곁을 떠나자 즉각 오하마쓰를 향해 행군을 개시했다. 총 600명이었다. 사쓰마 군의 관례에 따라 소대번호가 적은 소대장이 전체의 지휘를 한다. 고헤가 총지휘자가 되었다.

고헤는 사이고의 막내아우로 이 해에 나이 30을 갓 넘겼다.

풍모나 골격이 사이고와 가장 흡사하고 침착한 성격까지 꼭 닮았다고들 했다. 어려서부터 사물의 본질을 꿰뚫는 데 능하였으나 한학 암송을 좋아하지 않았다.

병략에 능하다는 점에서는 사쓰마 군 중의 노무라 닌스케와 쌍벽을 이루었으나 두 사람 모두 그들의 의견이 받아들여진 적이 없었다. 고헤는 인품도 훌륭하고 생각이 깊으며 일에 대한 준비가 철저했다. 지휘관으로서는 자기

몸을 사리지 않고 항상 앞장을 섰으므로 병사들이 모두 그를 따랐다.
 오하마쓰에서는 쉽게 건널 수가 있었다.
 그들은 맑게 개인 하늘 아래 상류를 향해 북상하기 시작했다.
 오후 1시 조금 지났을까.
 북상하고 있던 사이고 고헤 등 600명은 정부군이 득실거리는 다카세의 서쪽으로 나가 더욱 돌진하여 이와사키바루라는 나지막한 둔덕에 이르렀다. 거기에 작은 언덕이 있었다. 관음구라고 한다.
 "저 언덕에 달라붙자."
 그곳을 쉽게 점거했다.
 정부군의 틈새에 뛰어들었다고 할 수 있었다. 정부군은 기쿠치 강을 건너편에서 압박하고 있는 사쓰마 군의 주력과 북쪽의 기리노 부대——위력은 약화되었으나——에 계속 정신을 빼앗기고 있었다. 고헤 등 600은 그 배후에 출현한 것이다. 정부군으로서는 자기네 우익을 여지없이 위협당하는 형세가 되었다.
 사령관 미요시 시게오미는 놀랐다. 포위되었다고 생각한 것이다.
 그는 즉각 오사카 제8연대의 1개 대대를 보내 대항하게 했다. 그러나 제8연대의 병사들은 도저히 고헤 등 사쓰마 병의 적수가 못 되어 사쓰마 병이 돌격해 오면 번번이 도망쳤다.
 '또 졌구나, 8연대'
 이런 험구는, 이보다 뒤인 다바루 고개 전투에서 생긴 모양이지만 하여간 그 뒤 제8연대가 존재하는 동안 내내 따라붙어 다녔다고 한다.
 미요시는 다시 제1연대의 일부를 선발하여 이와 맞서게 하는 한편, 산포를 다마나 마을 고지에 끌어올려 거기서 고헤 등의 부대를 내려다보며 발사하게 했다. 이 산포는 단 1문이면서도 고헤 등을 크게 괴롭혔다.
 그러나 그들은 용전분투하여 제8연대를 격파했고, 제8연대는 다카세 교외(하네기 마을, 에이토쿠지 마을)의 민가를 불사르고——사쓰마 군의 거점이 되는 것을 막기 위해——북쪽 미나미세키와 고즈바루 산으로 도망쳐 버렸다.
 그 무렵에 무라타 신파치와 그 주력이 고헤 등의 전선에 참가하기 위해 강을 건너 도중에 적을 무찌르면서 전진하고 있었다.
 고헤가 전사한 것은 그 무렵이다. 그는 에이토쿠지 마을의 적을 무찌르기 위해 사격과 돌격을 반복하고 있었다. 그는 지휘 깃발을 흔들어 대면서 마침내 에이토쿠지 경내에까지 돌격했을 때 왼쪽 가슴에 총탄을 맞고 쓰러졌다. 그를 안아 일으킨 사람에게 말했다.

"내가 형님보다 먼저 갈 것 같구나. 그것이 마음에 걸린다."

유언은 그것뿐이었다. 고헤는 맏형 다카모리를 존경하여 항상 다카모리를 보필하는 것을 자신의 평생의 일로 생각하고 있었다. 이 마지막 말은 그런 점에서 그의 평소 언동과 잘 부합되고 있다. 구마모토의 기타오카(北岡)에 있는 사이고는, 고헤의 시체가 도착하자 눈을 두어 번 껌벅거렸을 뿐 아무 말이 없었다. 고헤의 죽음은 전군을 안타깝게 했다.

이 다카세의 제3전 만큼, 사쓰마 군에 용졸은 있으나 명장은 없다는 것을 증명해 보인 것은 일찍이 없다.

그들은 분명히 세 길로 나누어 서진하여 다카세로 육박했다. 중앙(시노하라), 우익(기리노), 좌익(무라타)으로 나누어 분진한 것은 꽤 잘한 일이었다. 그러나 남부에서 도하점인 기쿠치 강 남북에서 동시에 적을 압박하고 공격했어야 했다. 그런데 그들은 도착시간을 크게 달리하고 도착할 때마다 제멋대로 공격했다. 한정된 인원밖에 갖지 못한 정부군으로서는 안성맞춤이었다. 그들은 기쿠치 강 내선(內線)에서 사쓰마 군이 대안에서 공격할 때마다 그것에 대응하는 데 필요한 병력을 내기만 하면 되었다. 다시 말해 3개 제단의 사쓰마 군은 서로 시간이 다르게 도착했기 때문에, 정부군으로서는 그것을 동시에 응전하지 않으면 안 되는 어려움을 사쓰마 군 쪽에서 면하게 해준 것이 정부군은 사쓰마 군의 3개 제단에 하나씩 응전했다.

아무리 사쓰마 군이 전략에 어두웠다 하더라도 이 전선에서 지휘 체계의 통일을 꾀했더라면 이런 일은 없었을지도 모른다.

세 장수 중, 전장에서 플록코트를 입은 문관 출신 무라타 신파치가 전략·전술에 가장 뛰어났는데 그 점은 사이고와 다른 사람들도 모두 인정하고 있었다. 또 무라타는 다른 두 장수보다 선배로서 그 누구보다 사이고와의 친교가 오래되어 구번 시절에 사이고가 섬으로 유배되었을 때는 무라타도 기카이가 섬(鬼界島)에 쫓겨 갔을 정도였다. 무라타가 다른 두 장수를 포함하여 절대 지휘권을 쥐었더라면 여러 가지 혼란은 없었을 것이다.

그것은 사이고가 자신이 현직 육군 대장이라는 직책에 지나치게 집착하고 있었던 것과 직접적인 관계가 있다. 상경하는 데 있어서도 개인 사이고가 상경하는 것이 아니라 육군 대장으로서의 사이고가 상경한다는 원칙을 끝까지 고수했다. 이런 논리로 말하자면 그 다음 계급인 육군 소장이 권위를 가지게 된다. 때문에 사이고 등이 현외에 보낸 공문서에는 늘 이런 의미의 말이 정해진 형식처럼 되어 있었다.

'기리노 소장과 시노하라 소장을 대동하고'

그래서 문관인 무라타 신파치 등은 형식상 보충이라든가 의용적인 참가자로 되어 있었다.

육군 대장이라는 계급이 사이고를 강하게 구속했는데 그런 식의 사상은 이 전장에서도 나쁜 결과를 낳았다. 소장인 기리노와 시노하라는 사이고의 공식적인 대리자이고 무라타에게는 그것이 없었다. 무라타는 사쓰마 인으로서의 후배인 이 두 사람을 지휘할 수가 없었고, 그 이유의 하나는 사이고 군의 방침에서 연유되고 있었다.

시노하라 구니모토의 중앙대는 1,200명(6개 소대)이라는, 사쓰마 군으로서는 적지 않은 부대였다. 이만한 병력이 적의 대안에서 발이 묶인 채 끝내 강을 건너지 못했다. 기리노 도시아키의 우익대, 무라타 신파치의 좌익대는 기쿠치 강 내선까지 밀고 들어가 사면팔방의 적과 싸우고 있었으나 시노하라의 중앙대는 적의 대안의 제방 선에 못 박힌 채였다. 정부군은 이미 7, 8천 명으로 불어났다. 때문에 내선으로 밀고 들어온 사쓰마 군(총수 1600명)에 대응하면서도 정부군 전략의 기본선——기쿠치 강 선에서 안으로는 적을 들이지 않는다——인 제방 위의 방어는 약화될 염려가 없었다. 그래서 시노하라의 중앙대를 대안에 묶어 둘 수가 있었던 것이다.

시노하라의 중앙대는 사격만 하고 있었다. 이 부근의 강폭은 비교적 넓어 소총의 가장 효과적인 사정(400미터 이내)에서는 상당히 멀었으나 어쨌든 사격으로 나갈 수밖에 다른 방법이 없었다.

물론 이것도 효과가 전혀 없는 것은 아니었다. 적의 내선에 돌입한 기리노나 무라타의 부대를 위해 정부군의 대부분을 제방 위에 못 박아 두는 견제의 효과가 있었다. 그러나 최대의 병력을 가진 중앙대가 견제 역할을 하고 있다는 것은 본말이 전도된 것이라고 할 수 있다.

그렇기도 하지만 역시 졸책이었다. 정부군이 가장 견고하게 방어하고 있는 다카세 대교 부근을 공격하기 위해 중앙대를 투입한 것은 적정을 너무나 몰랐던가 아니면 다소는 알고 있었으나 시노하라의 전술 사상인 정면 공격에 지나치게 집착했기 때문이라고 할 수 있겠다.

사쓰마 군은 보급을 생각하지 않았다. 제대로라면 구마모토에서 총탄과 군량을 계속 보급하는 것이 당연한 일인데 그렇게 하지 않았다. 사쓰마 군의 사고방식은 무로마치 시대(室町時代)에 사쓰마 보노쓰(坊津)가 왜구의 한 기지였다는 것과 다소 관계가 있는 모양인지 왜구와 흡사했다. 그들은 알몸으로 적진에 뛰어들어 닥치는 대로 베고 찌르면서 적을 벌벌 떨게 하는 한편 스스로 일종의 승리감에 도취되어 있다가 지치면 돌아가는 식이었다.

일본의 전쟁 역사상 이토록 전쟁──전투에는 열심이었으나──을 제대로 이해하지 못한 집단은 드물다고 할 수 있을 것이다.

시노하라가 그 대표적인 사람이었다.

오후 2시쯤 되자 그의 휘하 1200명이 휴대하고 있던 총탄이 바닥났다.

그렇게 되자 시노하라는 자기 부대를 수습하여 뒤도 돌아보지 않고 전선을 이탈해 버리고 말았다.

이 시각은 적중에 돌입하고 있는 기리노, 무라타의 부대가 가장 치열하게 전투하고 있을 때였다. 그들이야말로 어처구니없는 꼴이 되었다.

적진에 내동댕이쳐지고 만 것이다.

중앙대 시노하라 구니모토가 탄환이 떨어졌다는 이유로 거의 순진한 소년처럼 전선을 이탈하고 만 것은 그들의 천진난만함을 나타내는 행동이었다고 해도 무방하다.

그는 평소에 극도로 말수가 적어 생각이 깊은 사람처럼 인식되어 왔다.

그러나 그가 회의석상에서 발언하거나 결정에 참가한 경우 등을 종합하여 생각해 보면 역시 사물을 전체적으로 보거나 종합적으로 생각할 수 있는 인물은 아니었던 것 같다. 장령이란 종합적 사고의 소유자를 말하는 것인데 시노하라는 전장에서 사물을 통찰하는 힘을 갖지 못하고 있었다. 사이고가 이러한 어리석은 사람을 발탁하여 육군 소장으로 앉히고 그를 기리노와 함께 가장 사랑하면서, 이번 거병에서도 기리노와 더불어 두 개의 기둥으로 중용한 것은 사이고의 불가사의한 일면이다.

시노하라는 자기와 자기의 휘하 1200명이 철수해 버리면 적중에 뛰어들어 싸우고 있는 기리노, 무라타의 천 수백 명이 고립되고 만다는 것을 생각해 보았는지 어떤지 알 수 없다.

"총알이 떨어져서 하는 수 없었다." 시노하라는 말할 것이다.

시노하라는 많은 장점을 가지고 있는 매력적인 사나이였으나 자기 자신이 하는 일이 미치게 될 영향을 미처 계산하지 못하는 치명적인 결함이 있었던 것은 아닌지 모르겠다.

하기야 시노하라는 그 뒤에도 멋대로 퇴각을 감행한 일이 있었는데 그것을 현장에서 구마모토 대의 사사 도모후사가 보고, 그렇게 하면 전체가 허물어지지 않느냐고 타이르자 홀연히 잘못을 깨닫고는 죽음을 각오하고 퇴각을 저지한 일도 있다. 시노하라는 일개의 무사로서는 그런 좋은 면도 가지고 있었다. 만약 그 자리에 사사 도모후사와 같은 충고자가 있었더라면 그는 철퇴하지 않았을 지도 모른다.

적중에 있는 무라타 신파치 대는 확실히 이기고 있었다. 그런데 정부군은 시노하라의 철퇴로 병력과 포에 크게 여유가 생겨 그것을 무라타 대에 돌렸기 때문에 무라타 대는 엄중한 포위망에 빠지고 말았다. 시노하라 대가 퇴각한지 2시간 뒤인 오후 4시에 간신히 혈로를 뚫고 강을 건너 동안의 이쿠라까지 달아날 수가 있었다.

전장의 북방 다마나 마을 근방에 있던 기리노 대는 더욱더 가련했다. 그때 정부군이 무라타 대가 도망친 뒤 남은 산포를 모두 끌고 가서 기리노 대의 전후좌우에 배치하고 사방에서 종횡으로 사격했기 때문에 기리노 대는 하마터면 전멸의 비운을 맛볼 뻔했다. 어쨌든 기리노 대도 북방으로 달아났다. 에타 마을에서 강을 건너 출발점인 야마가까지 꽁지 빠지게 달아나 거기에서 정지했다.

뜻을 이루지 못한 사쓰마 군은 그런 의미에서 전면적으로 패배했다고 할 수 있다.

사쓰마 군은 퇴각했다.

기리노(우익), 시노하라(중앙), 그리고 무라타(좌익)의 3개 제단은 각자의 경로를 취하여 저마다 판단한 지점까지 철퇴했다.

기쿠치 강은 야마가를 출발점으로 가정한다면 「자 형으로 흘러 바다로 들어간다. 사쓰마 군은 이 「자의 안 쪽에 잠적해 버렸다. 「자형 안쪽에는 이 글에서 자주 나오는 숱한 지명이 들어 있다. 야마가, 우에키, 기도메, 다바루 고개, 기치지 고개, 고노하, 이나사, 이쿠라 등등.

2월 27일의 다카세의 제3전이 사쓰마 군의 패배로 끝났다는 것은 물론 사쓰마 군 자체는 인정하지 않는다. 그들의 전쟁에 대한 엄밀하지 못한 사고는 몹시 고풍스러워, 중세적이라고 할 수 있을 정도였다. 시노하라는 총알이 떨어졌다는 이유만으로 다른 대를 버리고 함부로 도망치고 말았는데, 그 뒤 혈로를 개척하고 퇴각한 다른 대도 역시 이렇다 하게 시노하라를 탓하는 사람도 없었다. 또 자기들이 퇴각한 데 대해서는 자기들의 점거 지역에 돌아가 휴식한다는 정도로밖에 생각하지 않았다.

시노하라는 멀리 퇴각하지 않았다. 기쿠치 강 동쪽 2킬로 지점인 이쿠라까지 물러갔다. 그 뒤에 퇴각한 무라타 신파치 등도 일몰 후 이쿠라에 찾아들었다.

이날 밤, 시노하라와 무라타가 중심이 되어 군사회의를 열었다. 소대장이나 반대장은 결코 전쟁의 본질을 잃고 있지 않았다. 그들 사쓰마 인에게 있어서 전쟁에 대한 최대의 관심사는 개인적인 용기와 비겁성이었다. 오늘의 전투에서 사쓰마 병들은 확실히 강하고 용감했다. 그것으로 그들은 만족하게 생각했다.

"다시 한 번 다카세를 공격합시다."

오늘의 전투에서 사이고 고헤 등의 소대와 더불어 적진 깊숙이 들어가 종횡보신으로 활약한 아사에 나오노신(淺江直之進 1번대대 3번 소대)은 강력하게 주장했다.

아사에는 근위 육군 대위였으나 귀향 후 사학교 인사발령으로 가고시마 경찰의 경부가 되어 그 경시청의 나카하라 다카오(中原尙雄), 다카사키 지카아키라(高崎親章) 등을 붙잡은 인물이다.

그가 오늘의 전투에서 얻은 교훈은 정부군은 약하다는 것이었다. 아사에는 그것만 역설하고 그것을 바탕삼아 결론을 대전략으로 이끌고 갔다.

"다카세를 다시 공격하여 고쿠라까지 가서 도쿄로 나가는 겁니다. 구마모토 성 따위는 내버려 두는 것이 좋습니다."

대단히 용감한 내용이었다. 아사에의 주장에 소대장 급의 대부분이 찬성하는 분위기였다.

사쓰마 군의 비참함은 이 이쿠라 마을에서의 군사회의에도 나타나 있다.

사이고 한 사람의 존재에 무한한 가치를 두고 그것만을 정략과 전략의 대용으로 삼아 온 '궐기 전에 기리노가 말한 '하늘의 이, 땅의 이에 의해서 일어서는 일이 있으나 이번에는 사람(사이고)에 의해 일어선다" 사이고 군의 결함은 이때도 역시 드러나고 있었다.

다카세에서 퇴각해 온 이쿠라 마을에서도 또 다시 이런 종류의 주제가 군사회의의 중심이 되었다. 당초에 근본방침을 세워 두지 않았기 때문에 이 패전의 수라장 속에서 당면한 실무를 논하기보다 대방침에 대해 논하지 않을 수 없었던 것이다.

토의는

"구마모토 성 따위는 포기해 버리고 서둘러 규슈를 가로질러 도쿄에 나가느냐."

또는

"전력을 기울여 구마모토 성에 달라붙느냐."

이런 것이었다.

"이런 어중간한 것——병력의 일부로 구마모토 성을 누르고, 일부로 야외의 적을 맞아 싸운다는 것인데 사이고 자신이 모처럼 제시한 전략이다——을 되풀이하고 있은들 무슨 소용인가. 어느 쪽이든 하나를 선택해야 한다."

이것이 시노하라 구니모토의 생각이었다. 그 중 하나를 선택한다고 하면 시노하라는 전력을 기울여 구마모토 성을 공략하는 쪽이었다. 구마모토 성을 함락하여 무기 탄약 및 식량을 자기네 것으로 만든 뒤에 상경한다는 것이다.

무라타 신파치는 달랐다.

그는 본디 기리노, 시노하라가 주도하여 사이고를 끌어들인 이 폭거에 절대 반대였다. 사이고가 걸려들었기 때문에 사이고에 대한 의리로 그 자신도 부장의 한 사람이 되어 전장에 선 것이다. 사이고의 정한론에 대해서도 무라타가 회의적이었다는 것은 익히 알고 있는 사실이다.

무라타의 눈으로 보면 시노하라의 양자택일론도 공론에 지나지 않았다. 그는 일이 이렇게 된 이상 되도록 착실하게 해 나가야 한다고 생각했다. 점령지를 단단히 다져 놓고 싸울 때는 보급을 튼튼하게 하여 결코 경거망동해서는 안 된다는 것이었다.

이 군사회의에서도 무라타는 그렇게 말했다.

기리노는 혼자 야마가에 있었다. 무라타와 시노하라는 회의에서 논의된 여러 제안을 이날 밤 전령을 보내 야마가에 전달했다. 기리노의 의향을 묻고 또 기리노로 하여금 구마모토 본영에 앞으로의 방침을 물어보게 하기 위해서였다.

그날 밤 기리노는 야마가에 있었다.

다음 날인 28일 이른 새벽, 기리노는 아직 숙소의 잠자리에서 일어나지도 않았는데 전선인 이쿠라 마을에 있는 무라타와 시노하라에게서 전령이 왔다.

"앞으로 어떻게 할 것인가."

이런 것이었다.

전령은 무라타와 시노하라의 의견도 가지고 왔다. 기리노는 말하자면 '대대장회의의 의장'과 같은 존재여서 두 사람은 기리노에게 의견을 정리해 줄 것을 촉구한 것이다.

아무튼 현실은 당초의 사쓰마 군의 계획과는 크게 어긋나고 있었다. 다카세에서 세 번 싸워 세 번 다 뜻대로 되지 않았다. 고집이 센 것을 사나이의 미덕으로 삼아 온 사쓰마 인들로서는 이것을 패배라고 인정하고 싶지는 않았다. 그러나 사쓰마 군의 힘의 한계만은 자인하지 않을 수 없었다.

적어도 대나무 막대 하나로 구마모토 성을 두드려 부수겠다는 기리노의 무지개 같은 자부심도 공상이 되고 말았다.

사쓰마 인은 성을 공격하는 데에는 적합하지 못했다. 야외에서라면 승산이 있으리라 보고 세 갈래로 나뉘어 자신만만하게 다카세의 정부군과 맞부딪쳐 처음으로 가진 대회전이었으나 소기의 목적을 달성하지 못한 채 철수했다.

'이럴 리는 없는데.'

이런 생각이 기리노의 마음 한 구석에 무거운 소용돌이가 되어 퍼져 가고 있었을 것이다.

사쓰마 군은 천하무적이라는 신화를 사졸들이면 누구나 믿고 있었고, 그것이 사쓰마 군의 강인성의 한 요소가 되어 있었다. 기리노도 예외가 아니었다. 뿐만 아니라 그는 장령이면서 그 신화의 가장 열렬한 신봉자였고 단순히 신앙일 뿐만 아니라 그것이 사실이라는 것을 그는 막부 말기나 보신 전쟁에서 체험하고 있었던 것이다.

기리노는 모든 사람이 품고 있는 그 신앙을 허물어뜨리고 싶지 않았다. 그렇게 한다면 만사가 끝인 것이다. 사쓰마 군의 정략과 전략의 강점은 총수인 사이고의 전국적인 신망과 사쓰마 인 최강설이라는 신화 외에는 없었다.

사쓰마 인의 강인성은 전국시대 이래로 정평이 나 있었다. 그리고 그 탁월한 강인성은 보신 전쟁에서 입증되어 이 시기, 전국 사족계급의 상식이 되어 있기도 했다.

"과연 사쓰마 병의 이름은 헛되지 않도다."

하고, 3월에 들어서 전장을 찾아 온 도쿄니치니치 신문(東京日日新聞) 특파원 후쿠치 겐이치로도 4월 4일자 신문에 쓰고 있다. "그 용맹함은 필설로 다하지 못한다"고 그는 말했다. 후쿠치 겐이치로는 비 무사계급 출신으로 막부 말기에 막부 가신이 되었다. 때문에 사쓰마 및 사족 일반의 '용맹성'이라는 미질에 대해서는 복잡한 감정을 가지고 있었던 것 같다.

'마치 그 옛날 야만인이 강폭했던 것과 마찬가지로.'

라고 쓴 것은 후쿠치의 그런 감정과 그 분명한 의식의 발로임이 틀림없었다.

이날 아침, 기리노는 기마로 구마모토를 향해 떠났다.

그는 몹시 바빴다. 전선의 사령관이면서도 본영의 회의에도 주도적으로 참가하지 않으면 안 되는 것이다.

야마가에서 우에키를 거쳐 구마모토까지 50리가 넘는다. 정오 전에 구마모토 시내에 들어갔다. 거리는 불탄 허허벌판으로 구마모토 성의 석루가 유난히 두드러져 보였다. 천수각이 소실되었다지만 유별난 크기였다.

성과 그것을 공격하는 사쓰마 군 사이에 총포화가 여전히 교환되고 있었다. 하기는 당초와 같은 치열함은 없고, 사쓰마 군이 포위하고 있다고는 해도 자진해서 공격하지는 않고 길거리마다 진지를 쌓아 놓고 성을 지키는 병사가 나오지 못하도록 감시하는 것이 고작이었다. 다만 포만은 이따금 생각난 듯이 성을 향해 총을 쏘아대고 있었다.

성쪽도 비슷한 형편이었다. 그들은 총포탄을 절약하기 위해 되도록 사쓰마 군이 뚜렷하게 변화를 보일 때만 쏘는 데 그치고 있다.

하기야 성측에는 다소의 변화가 있었다.

진대는 사쓰마 군의 공위에 대해 지극히 소극적인 전법을 취했다. 출격은 하지 않고 사격으로만 응수하고 있었으나, 그런대로 사쓰마 군의 기색을 눈으로 관찰하거나 직감으로 알아내는 데는 참으로 예민했다. 다니 다데키는 이런 점에서 뛰어났다. 뒤에 천재적인 작전가로 일컬어지게 되는 가와카미 소로쿠 소령(사쓰마 인)과 고다마 겐타로 소령(조슈 인)을 참모로 거느리고 있었다. 그들은 2월 26일에 사쓰마 군 3000명이 세 갈래로 나뉘어 다카세 방면으로 갔을 때도 그 변화를 알았다.

　27일(다카세 제3전의 날)에 처음으로 성문을 열고 쓰보이 방면에 200명 정도의 병력을 보냈다. 위력정찰이었다. 그들은 사쓰마 군의 큰 진지가 있는 구사바 학교(草場學校)로 다가가 두 갈래로 나뉘어 습격했다. 이 습격을 성 안의 포들이 엄호했다. 사쓰마 군과 격전이 벌어져 이윽고 성을 지키는 병사들은 퇴각했는데, 먼젓번과 현저하게 다른 것은 사쓰마 군이 추적해 오지 않았다는 일이었다.

　야마가의 기리노가 구마모토 남쪽 교외에 있는 사이고의 본영에 가기 위해 이 잿더미가 된 거리를 가로지른 것은 그 이튿날인 28일의 일이다.

　이 무렵, 사쓰마 군은 구마모토 성을 공략하기 위해 2000명을 두고 있을 뿐이었다.

　총지휘는 5번 대대장인 이케다미 시로가 맡고 있었다.

　그 밖에 해안에 정부군이 상륙해 올 것을 경계하여 해안을 중심으로 1200명을 배치하고 있었다. 이 방면의 총지휘는 3번 대대장 나가야마 아이치로가 맡고 있다.

　기리노는 도중에 이 두 사람에게 전령을 보내 사이고의 본영에 모이도록 연락했다.

　기리노가 본영에 이르니 두 사람은 이미 바깥방에 앉아 있었다.

　이윽고 다 같이 사이고의 방에 들어갔다. 기리노는 먼저 사이고의 아우 고헤의 전사에 대해 정중하게 조의를 표했다. 사이고는 말없이 고개를 약간 끄덕거렸을 뿐이었다.

　이어서 기리노는 다카세의 주력 회전에 대해 보고했다. 사쓰마 병은 용감했고 그 활동에 조금도 유감이 없었다. 그런데 정부군의 숨통을 끊어 놓지 못한 것은 병력과 탄약의 부족 때문이라고 말했다. 승승장구하여 들판을 휩쓸면서 도쿄로 간다던 기리노가 군인으로서 당연한 현실적 발언을 사이고 앞에서 한 것은 이때가 처음이었다고 생각된다.

사이고는 뒤에 기리노와 말을 하지 않게 되고 기리노 쪽에서도 사이고를 기피하는 것 같은 기색을 보이게 되었다고 하는데, 사이고측에서 보면 그런 감정은 어쩌면 이때부터 비롯된 것인지도 모른다.

물론 사이고의 성격상 기리노를 책망하거나 탓하는 일은 없었다. 그의 꾐에 빠져 버린 사이고 자신에 대한 혐오가 기리노에 대한 감정을 무겁게 만들었는지도 모른다.

습관대로 사이고는 군사회의에서 줄곧 한마디도 말하지 않았다.

기리노는 특별히 그 자신의 의견을 갖고 있지 않았다. 그 자리에는 없었으나 시노하라의 의견을 중심으로 찬부 논의를 펴 나가기로 했다. 전력을 기울여 구마모토 성을 치느냐 아니면 구마모토 성을 버리고 전력으로 북상하느냐 하는 것이다.

그러나 정부군이 다카세까지 와 있는 이상 전력을 기울여 성을 공격한다는 것은 전술적으로 현실성이 없었다. 시노하라의 전술론에는 그의 성격이 모든 일에 정도를 밟는 것을 좋아하기 때문에 공론이 많았다. '전력 북상'이라는 그의 제의도 성의 공격을 맡고 있는 이케가미 시로가 찬성하지 않았다. 이렇게까지 공격해 놓고 그것을 버리기는 아깝다. 조금만 더하면 함락될지 모르는 것을 버리다니 어리석은 짓——결국 58여 일 동안 함락되지 않았다——이라고 말했다.

결국은 본래의 공성수야(攻城守野)라는 이중방침으로 돌아갔다. 수야라지만 먼저보다 방어선이 축소되었다. 북쪽은 기리노가 야마가를 지키고 북서쪽은 시노하라와 무라타가 다바루 고개와 기치지 고개의 천험을 이용하여 정부군이 안으로 들어오는 것을 방어한다는 것이었다.

사쓰마 군은 소극방어 방침으로 전환했다. 다카세 제3전의 뚜렷한 결과라고 할 수 있다.

들판의 광경

　사흘 동안 세 번에 걸쳐 전장이 돼 버린 다카세의 마을이야말로 날벼락을 맞은 꼴이었다.
　싸움이 시작되자 사람들은 살림살이를 짊어지고 산으로 피신하기도 하고 연줄을 찾아 먼 고을로 피난하기도 했다.
　민가가 적의 진지가 되지 못하도록 미리 불을 질러 태워 버리는 것은 전국 시대 이래 일본의 전투에서 흔히 사용된 방식이다.
　그러나 사쓰마 군은 원칙적으로 그렇게 하지 않았다. 사이고가 이런 종류의 행위를 못하게 한 듯한 증거는 몇 가지 더 있다. 그리고 사쓰마 군에는 호민군이라는 의식이 압도적으로 많다고는 할 수 없지만 정부군과 비교하면 더욱 강했다. 그들이 함부로 민가를 불태우지 않았던 것은 그들을 이해하는 데 중요한 요건이라고 할 수 있다.
　정부군은 달랐다. 그들의 사상에는 국민을 보호하지 않으면 안 된다는 요소가 거의 없었다. 그것은 이 군대를 파견한 태정관 자체의 체질 때문이다. 태정관은 호민사상이 희박했던 것이 아닐까. 그것이 정부군이 함부로 방화한 일과 무관하지는 않을 것이다.

태정관은 '근대화'를 위해 국민을 분명히 개화시키려 하고 있었다. 자세히 말하면 학교교육도 시켜 주고 철도를 놓아 거기에 태우기도 하고——철도원은 관원으로서 허리에 단검을 찼으며 승객에 대한 태도는 지난 날 무사가 백성을 대하던 것과 같아서 거드름을 피웠다——또 메이지 4년에 우편제도를 실시하여 도쿄, 오사카 간을 단돈 15전에 편지가 왔다 갔다 할 수 있도록 편리도 도모해 주었다. 또 사농공상의 구별을 철폐하기도 했으나, 그 모두가 국가의 근대화 때문에 이루어진 것이지 강렬한 호민사상에서 나온 것이라고는 도저히 할 수 없었다.

구마모토 성 천수각 화재는 어쩌면 실화였을 것이다. 그 불똥이 시가지를 태웠다는 것도 있을 수 있다. 그러나 동시에 진대병이 불을 지르며 돌아다닌 것도 사실이었던 모양이다.

다카세의 제3전에서도 그랬다. 진대병이 한때 기쿠치 강 동안에 나왔을 때도 가와베다 마을에 불을 지르고 돌아갔다.

또 정부군의 내선이 무라타 부대 돌입으로 교란되었을 때, 정부군 중 일부가 내빼면서 시게네기 마을에 방화하여, 이 불이 다카세 남서부의 민가들을 온통 태워 잿더미로 만들어 버렸다. 전술적으로 필요하면 태연하게 민가를 태워 버린다는 점에서 정부군의 사상적인 체질을 엿볼 수 있다고 해도 무방하다.

이미 구마모토 거리에서는 소학교 교육을 받는 아이들이 많았다.

메이지 후의 일본에서 가장 우수한 자서전을 남긴 이시미쓰 사네키요(石光眞淸)도 이 메이지 10년(1877)에는 만 10세로 소학교에 다니고 있었다.

그의 저서(사후에 아들이 정리하여 간행했다) 《성밑 사람》의 사진판에 메이지 9년에 군에서 발행한 '졸업증서'가 나와 있다.

구마모토 현 사족

이시미쓰 사네키요

8년 8월

하등 소학 제7급 졸업함.

제5대학 구마모토 현 제12번 중학구

메이지 9년 3월 13일

자서전《성밑 사람》에서는, 이 사네키요가 잿더미가 된 구마모토 거리를 호기심에 차서 뛰어 돌아다니고 있다. 구마모토 현 사족이 압도적으로 사쓰마 군 편이었던 것처럼 이 소년도 그랬던 모양이다. 그가 만난 사쓰마 병은 모두 용감하고 자상스러웠던 모양으로, 그는 대담하게도 전선지휘소에까지 가서 양복에 칼을 찬 사쓰마 장수 무라타 신파치나 공성 사령관인 이케가미 시로도 만났다.

구마모토 성의 천수각이 불탔을 때의 군중의 묘사도 처절하다. 군중은 불을 쳐다보면서 울었는데 그 중의 누군가가, 사쓰마 군에 가담하고 있는 구마모토의 사족이 불을 지른 것이 아니냐고 하자

"입 닥쳐, 아무리 두 패로 갈렸지만 성에 불을 놓는 사족이 어딨어?"

이렇게 호통치는 자도 있었다. 다시 불이 성밑 거리를 뒤덮었을 때 사네키요의 아버지는 이렇게 말했다는 것이다.

"54만 석의 성밑 거리도 이제 마지막이구나. ……시대의 변천이란 ……우리네가 생각하고 있는 것보다 훨씬 거세다……."

사쓰마 군 공격 중, 소년은 사쓰마 군 전사자의 유해 수용소인 조쇼 사(常勝寺)에 가서 유품 정리 등을 자발적으로 돕기도 했다. 그때 사쓰마 병 하나가 소년의 머리를 쓰다듬으면서 말했다.

"아가야, 나도 이제 금방 이런 꼴이 돼서 돌아올 거야. 그때도 도와 주렴."

그는 웃으면서 그렇게 말하고 전장으로 나갔는데, 두 시간도 채 안 되어 그 병사가 정말로 시체가 되어 운반되어 왔다.

한편 다카세에서는 제3전이 끝났으나 피란을 간 사람들은 거리가 허허벌판으로 타 버렸기 때문에 돌아올 수가 없었다. 그런데도 사람들은 사쓰마 병을 별로 원망하지 않고 오히려 사쓰마 군의 승리를 원하는 자가 많았다.

"적도 님 덕분에 연공도 없어진다네."

이렇듯 '다카세 희화(高瀨戲畫)'에 그 지방의 분위기가 묘사되어 있는 것으로 보아 사쓰마 군이 그렇게 포고한 것은 아닐지라도 사쓰마 군이 이기면 연공을 물지 않을 것이라는 기대가 일반에게 있었을 것이다.

야마가 천 호(戶)라고들 한다.

이 마을 주위는 낮은 산으로 에워싸여 있다. 그 여러 산의 물이 시내가 되어 몇 줄기나 이 마을에 흘러들어와 기쿠치 강과 합류하여 작은 평야를 이루

고 있다.

　교통의 요충지이기도 하다. 이와노 강(岩野川) 연변의 가도(야마가 가도)가 북쪽은 후쿠오카, 남쪽은 구마모토로 통하고 있다. 서쪽으로는 기쿠치 강 연변의 가도나 미나미세키로 통하고 미나미세키에서 북쪽은 구루메, 남쪽은 다카세로 통하고 있어 야마가는 옛날부터 역참으로 번성했다.

　여인숙 수도 대략 80호는 될 것이다. 한 역참에 이렇게 많은 여인숙이 있는 거리는 구마모토를 제외하면 히고에서도 그리 많지 않다.

　시내에는 세 군데에서 온천이 솟아나고 있다. 유황냄새가 약간 나지만 물은 투명하고 온도가 높으며 양적으로도 많이 솟아 '야마가 마을 1000호에는 빨래통이 없네'라고 했듯이 빨래는 모두 이 온천물로 할 수 있을 정도였다.

　구마모토 협동대의 본영은 사쿠라이야(櫻井屋)라는 여인숙에 있었다.

　이 당시, 막부 때의 유습으로 역참의 여인숙에는 반녀(飯女)로 불리는 창녀가 있었다.

　'맛 좋은 안주에 좋은 술이 있었다.'

　이것은 부대의 간부 다카다 쓰유의 얘기를 바탕으로 쓴 미야자키 도텐의 '구마모토 협동대'에 나오는 문장이다. 거기에 '국민의 환영까지 더하니'라는 것은 사실이었다. 사쓰마 군과 협동대는 조세 면에서나 징병에서나 또 국민을 내리누르는 듯한 교육적 태도에서도 에도 국가와는 전혀 다른 중(重)국가가 되어 가고 있는 태정관 체제에 대한 반역군으로서, 소규모 자작농과 비슷한 향사 및 농민들 사이에서 당초부터 압도적인 인기가 있었다.

　야마가는 앞에서 말한 창녀의 존재 때문에 방탕의 거리이기도 했다.

　"마마와 매독이 이 시기에 대원들에게 많이 퍼져서."

　이것은 다카다 쓰유의 말 그대로였으리라. 그러나 직업적인 창녀를 사는 것은 이 시대 윤리에 어긋나는 일은 아니었다. 미야자키 하치로가 오나미와 접촉을 거듭한 일로 대원들의 지탄을 받은 것은 상대가 여염집 여자였기 때문이다.

　사이고를 받든 사쓰마 군의 출현은 히고의 농민들에게 변화를 가져다 주었다.

　'관'

　이런 권력이 뜻밖에도 약하다는 것을 알았다. 그들은 전에(메이지 9년

(1876) 10월 24일) 신푸렌 폭동으로 구마모토 현의 관 그 자체였던 야스오카(安岡) 현령과 다네다(種田) 진대 사령장관이 쉽게 죽임을 당하는 것을 보고 의외의 느낌을 가졌을 것이 틀림없다.

그보다 먼저, 메이지 8년에는 미야자키 하치로 등의 식목학교를 중심으로 한 민권당의 운동이 현 안의 대부분은 아니더라도 농민의 의식을 일깨우기 시작했다.

하치로 등의 운동은 이론을 보급시켜 농민의 의식을 높이기보다는 실제행동에 충분히 중점을 두고 특히 '호장 징벌'에 의해 관을 골탕 먹이는 방법을 취했다. 이것은, 성공한 지역의 농민들에게 자신감을 안겨 주었다.

'호장'

이런 것은 에도 시대나 그 뒤에도 비슷한 기관이 없었기 때문에 이에 대한 농민의 혐오와 반발은 오늘날 이해하기 어렵다.

에도 시대에는 마을의 자치적인 행정의 책임은 촌장이 맡고 있었다.

호장은 그 촌장의 임무와 비슷하지만 관선이라는 점에서 본질적으로 달랐다. 태정관 정권은(구체적으로는 오쿠보 도시미치의 내무성) 부현청을 통하여 강력하게 지방 구석구석까지 국가권력을 펴려고 했다. 지방에서는 부현청을 정점으로 하여 부현청-구장-호장-서기 등, 지휘계통을 강화하기 위해 구장과 호장도 관선으로 되어 있었다.

때문에 호장은 반드시 그 마을 사람이 되는 것도 아니어서 마을 사람들로서는 어디서 굴러다니던지도 모르는 자가 부임해 오는 일이 많았다. 그들은 거의 예외 없이 사족이었다. 구마모토 현의 경우는 실학당과 같은 개화된 부농계급조차 호장으로 뽑히는 일이 드물었고, 구번 이래의 번 관료주의자 단체인 학교당 사족이 많이 임명되었다. 그들 중에는 농민을 '토민'으로 보고 오만불손하게 촌민을 대하는 자도 많았으며 나아가 촌민에게서 징수한 돈을 착복하는 자도 있어서 대체로 에도 시대의 목민자인 촌장과는 크게 달랐다. 또 하나 결정적으로 촌장과 다른 것은 호장은 급료제이고 그 급료는 촌민한테서 거두어들인 징수금으로 충당했다는 사실이다.

"호장이란 도둑이 아닌가?"

이것은 그 당시 히고 농민의 일치된 감각이었고, 농민들에게는 태정관이란 것이 관선 호장 바로 그것이었다.

마을의 관선 구장이란 농민에게 참으로 끔찍한 것이었던 모양이다. 농민 측에서 보면 정식 세금 외에 번번이 '돈을 내라' 하면서 집집마다 할당을 시킨다는 인상이 짙었다. 정규 징세 외에는 '기부금'이라는 형태를 취했다.

호장 자신이 착복하는 일이 없어도 태정관의 개명주의가 엄청나게 큰돈이 드는 사업이 많아 자연, 그 말단인 호장에게까지 여파가 밀려왔다. 마을의 소학교를 짓는 일도 마찬가지였다.

태정관은 마을의 소학교는 촌비로 충당하게 했다. 호장들은 그것을 정식 '민비'로 충당하기보다는 별도로 기부금 징수라는 형태로 처리하려는 경우가 많았다. 이것은 그렇지 않아도 현금수입이 적은 개개의 농가로서는 이만저만한 어려움이 아니었다.

세이난 전쟁과 같은 시기에 일어난 아소폭동에 대하여 폭동에 가담한 한 농민은 다음과 같이 말하고 있다.

"메이지 8년에 소학교가 설립되었는데 이때 부호장 다카키 히코타로(高木彦太郎)가 출장와서 기부금을 거두었다. 나는 걸맞지 않다고 생각했지만 10엔——경시청 하급 간부의 월급과 맞먹는 것——을 기부했다. 그런데 현금이 없어서 집에서 먹이는 소 한 마리를 저당 잡히고 빚을 얻었다. 그 이자를 1년 반쯤 치렀을 무렵 나와 같은 금액을 기부한 하시모토 겐타로(橋本源太郎) 등 5명은 그 포상으로 나무잔을 받았는데 나를 비롯한 8, 9명에게는 지금까지 아무런 소식이 없다. 어쩌면 중간에서 그 돈이 없어지고 만 것이 아닌가 하고 다카키 부호장을 의심하고 언젠가 한 번 물어보자고 다른 불평자들과 가끔 의논하고 있었다."

이 문제에 대해서는 아소 군 오노다(小野田) 마을에서도 비슷한 경우가 있다. 폭동에 가담한 오노다 마을의 한 농민이 말한 내용은 아래와 같다. 역시 다카키 부호장이 등장한다.

"메이지 8년 3, 4월 경으로 기억하는데 오노다 마을에 학교를 지을 때 다카키 부호장이 출장 나와 촌민들의 빈부에 따라 기부한 금액을 할당했다. 나는 12엔을 기부했다. 그런데 같은 마을의 야마모토라는 자는 할당된 금액에 대해 이런저런 불평을 하면서 오늘날까지 기부금을 내지 않고 있다. 이렇게 한 마을 안에서 바친 자, 바치지 않은 자가 있는 것은 모두 다카키 부호장이 불공평했던 까닭이 아니겠는가."

이 두 사건은 별난 일이 아닌 것처럼 보이지만 태정관 국가가 농민에게 끼

쳐온 경제적 중압감이 배경에 깔려 있어, 이것 때문만으로 그들이 폭동에 가담한 것이 아니지만 그런 것이 감정의 방아쇠가 되었다고는 할 수 있다.

히고(구마모토 현)는 온통 흔들리고 있었다.
이곳 들판을 쫓아다니고 있는 것은 사쓰마 군이나 구마모토 대, 협동대 등의 사족뿐만이 아니었다.
곳곳에서 농민 폭동이 속속 일어나고 있었다.
사쓰마 군이 온 뒤로 그 규모와 인원수가 날로 늘고 있는데 폭동 뒤 재판소에 기소된 사람만도 3만 5천 명이 넘었다.

현북(야마가, 우에키를 포함한 2개 군)이 12,400명, 아소 군이 8800명, 우도 군(宇土郡)이 9,000명, 가미마시키 군(上益城郡)과 시모마시키 군(下益城郡)이 1,100명, 야시로(八代), 아시키타(芦北) 양군이 4000명, 기타 아마구사 군(天草郡) 등을 넣으면 4만에 가까운 인원수가 된다.

폭동의 주안점은 각 군이 모두 호장 정벌로 비롯되었으나 공격목표는 자연적으로 확대되어 아소 등지에서는 농민의 피를 빨아먹는 악덕 지주에까지 미쳤다.
그 광경을 우선 보자.
아소 군에 통칭 '찻집'이라는 고리대금업자 겸 대지주가 있다. 이치하라(市原) 씨라고 한다. '찻집'도 폭동에 걸려들었지만 '찻집의 새집'이라고 불리는 그 일가도 형편없이 짓밟혔다. 폭동 뒤에 그집 주인이 재판소에 제출한 피해신고가 1972년 4월에 간행된 '연보 구마모토 근세사'에 발표되어 있다.
그것을 보면 '지붕기와를 모조리 집어던졌다'고 되어 있다.
달리 또 그와 같은 예가 있는 것으로 보아 폭도들이 대지주를 습격하는 방법은 하나의 형식이 있었는데 지붕에 올라가서 기와란 기와는 모조리 벗겨 버리는 모양이었다. 동시에 기둥 몇 개를 톱으로 잘라 버린다.
또 대지주 저택에 난입하여 장롱 속의 옷을 꺼내 밧줄을 만들어 그것을 용마루에 묶어 놓고 몇 백 명이 달라붙어 줄다리기처럼 잡아당겨서 집채를 쓰러뜨리는 방법도 있었다. 쌀광에서 쌀도 끌어냈다. 다만 가져가지는 않고 땅에 묻었다. 돈도 원칙적으로 직접 빼앗지 않고 돈궤를 지붕에 끌어올려 허공에 뿌렸다.

어디까지나 파괴였다.

"관이라는 이름이 붙는 건 약탈관이라도 용서 없다."

그것이 폭동의 구호였다. 지주, 호장, 부호장 등의 집들이 파괴되었다. 아소 골짜기에서만도 지주, 술도가, 촌서기 등의 집이 30여 호나 파괴되었다고 한다. 절간도 습격당했다. 지주를 겸하고 있는 절이었다.

그러나 얼마만큼의 혁명성을 가지고 있었는지에 대해서는 아직 잘 모른다.

냉정하게 살펴보면 태정관 정권이 돈도 없고 자본주의의 기초도 연약한 채 산업혁명을 통해 구미에 성립된 것과 같은 근대국가를 갑작스럽게 만들려고 했다는 데 원인이 있을 것이다.

극단적으로 말하면 전통적으로 쌀농사만 해 오던 한 지역이 구미적인 의미에서의 국가를 칭하면서 그 내실을 다지려고 육해군을 만들고 철도를 부설하고 항만시설을 정비하고 근대적 제철업을 일으키고 조선과 군수공장을 만들고 병원을 세우고 대학을 만들고 소학교를 전국 방방곡곡에 세우려고 한 것이 무리였다.

그렇게 하는 데는 돈이 필요했다.

그런데 유신 성립 뒤에도 사족과 농촌의 경제체제는 도쿠가와 시대가 그대로 지속되고 있었다. 농민은 조세를 쌀로 바치고 장군과 영주와 사족들은 그 쌀로 막부와 번의 재정 및 사족의 가계를 운영해 왔다.

도쿠가와 시대의 화폐제도가 이미 상품경제를 움직이고 있었다고는 하지만 실질적으로 주된 화폐는 쌀이었다. 그러나 쌀을 가지고서는 무엇보다 국제경제에 참여할 수가 없었다.

그래서 정부는 농민에게 세금을 돈으로 내도록 메이지 6년에 공포했다. 당연히 농민 사이에 이로 인한 혼란과 반발이 일어났는데, 이 제도 때문에 자작농민의 거의가 돈을 내지 못하여 애를 먹었고, 토지를 팔고 몰락하는 자도 나왔으며, 나아가서는 지주가 자본가화하여 예전부터 지주와 봉건적인 예속관계에 놓여 그 나름대로 안정되어 있던 소작농민이 돈만의 관계라는, 태고이래 한번도 경험해 본 적이 없는 자본주의적 환경 속에 내던져져서 경제생활은 물론 심리적으로도 어떻게 살아야 할지 모르게 되었다.

화제를 아소 지방에서 야마가의 분지로 옮긴다.

야마가 남쪽에 고가라는 마을이 있었다.

고가 마을의 노마(野滿) 집안은 부농이었다. 향사의 격을 가지고 있었다. 참고로 향사라는 격은 각 번에 따라 그 성립 사정이 저마다 다르다.

가령 도사의 경우는 전국시대 말기에 조소카베(長會我部) 씨가 시코쿠(四國) 평정을 지향했으므로 병력이 모자라 일종의 국민개병제를 취했다. 도쿠가와 시대에 이르러 조소카베 집안이 패망하고 도쿠가와 씨의 후원 아래 도사에 야마노우치 씨가 영주로 들어갔는데 민심이 불안정했다. 앞에서 말한 조소카베 씨의 국민개병제로 인하여 도사인 모두가 조소카베 씨의 유신(遺臣)이라고 할 수 있어 자연적으로 야마노우치 씨에 대해 승복하는 마음이 없었다고 할 수 있다. 야마노우치 씨는 이윽고 이의 위무책으로 향사제를 채택했다. 조소카베 씨 시대에 표창장을 받은 집만을 향사로 정했다. 그 뒤 그 기준 이외의 방법(금납)등으로도 향사가 만들어졌다. 사카모도 료마의 집 등은 금납 향사다.

사쓰마 향사는 성하사와 마찬가지로 전국시대부터 모두 시마즈 가문의 병사였다. 단순히 가고시마 성밑 거리 이외의 농촌에 살고 있다는 지방성 때문에 오랜 세월을 '향사'로 차별대우를 받았을 뿐이다. 다만 도사와 다른 점은 사쓰마 향사는 번의 상부에 대한 귀속의식이 압도적으로 강하다는 사실이었다. 이 말은 양자의 본질을 잘 나타내고 있다.

"사쓰마 향사는 위에 붙고 도사 향사는 밑에 붙는다."

밑이란 말할 것도 없이 농민이다.

히고 향사는 도사 향사와 비슷하다고 생각해도 무방하다. 히고 향사의 경우 에도 시대의 초창기에 사적에 들어간 집은 별도로 하고 에도 중기 이후에 향사가 된 집은 번에 일정액의 헌금을 하고 그 신분을 사들인 집으로 미야자키 하치로의 집도 그렇다.

야마가 고가 마을의 향사 노마 씨도 그렇다.

히고 향사는 대체적으로 농민의 이익대표라는 감각을 지니고 있는 학교당──주로 상급무사 출신들이 차지하고 있었다──처럼 통치자의 의식으로 농민을 보려고는 하지 않았다.

이 시기 정치화된 히고 향사 중 대부분은 개화적 부르주아 체제를 생각하는 실학당에 속하고 일부는 하치로 등과 같이 루소적인 국민주의를 주창하는 민권당에 속했다.

야마가의 고가 마을 향사 노마 조타로(野滿長太郞)는 그 사촌 노마 야스지카(安親), 도미키(富記) 형제와 더불어 일찍부터 민권주의자였다.

메이지 8년에 미야자키 하치로가 식목학교를 만들자 조타로 등 세 사람이 거기에 참가하여 루소의 민약론에 심취했다.

"이것에 의해서 제2의 유신을 일으키지 않으면 안 된다."

이것이 젊은 조타로의 입버릇이었다.

'제2의 유신'

이라는 것은 메이지 초기의 모든 반란자가 입에 담아 온 말이다. 민권주의적 색채가 상당히 짙은 국권주의자였던 사가의 에토 신페이도 주장했고 좁은 주자학적 사고에서 벗어나지 못했던 조슈의 마에바라 잇세이(前原一誠)도 그것을 주장했으나 민권론의 입장에서 전투적으로 격렬하게 그것을 얘기한 집단은 히고 민권당(구마모토 협동대)밖에 없다.

야마가 방면에서 일어난 아소 군의 과격한 파괴운동과는 약간 형태가 달랐다.

호장 정벌이 중심이었다.

"이 세상에서 호장만 없어져 준다면."

이런 농민의 기분이 구마모토 전역에 있었다.

호장의 주된 직책은 민비의 징수다.

에도 시대에도 촌락공동체에 소속된 집들은 공제비라고 할 수 있는 민비를 부담하고 있었다. 제례 비용, 신사의 보수 등을 포함하여 공동체의 공유 시설에 대한 경비를 마을 사람들이 부담해 왔으나 그것은 자기들 마을을 위해서라는 의식 아래 순탄하게 운영되어 왔으며, 에도 관습법의 성격상 무리가 되는 일은 피해 왔다.

그런데 오쿠보 도시미치가 만든——특히 사쓰마 인은 그렇게 믿고 있었다——내무성 중심의 중앙집권 국가는 이 점에서도 서민들에게는 이중국가였다.

태정관의 세제는 농민에게서 징수한 세금으로 국가를 운영했는데 지방의 행정비는 '되도록 민비로 충당하라'는 정책이 있었다.

그래서 현 형무소의 수리비도 민비를 징수하여 쓰게 되었다(메이지 5년

(1872) 5월). 또한 호장의 봉급이 민비에서 지출될 뿐만 아니라 그 위에 있는 구장, 부구장의 급료까지 민비 부담이 되었고 또 하천이나 항만 수축비의 일부도 민비 부담으로 이어졌다.

이것을 일일이 징수하는 것은 말단인 호장이다. 농민의 눈으로 보면 호장은 세금귀신 같은 것이었다.

그 '호장 정벌' 그 체제 자체에 대한 공격보다는 "호장에게 금전적인 부정이 있다"는 방향으로밖에 돌리지 못했다.

참으로 호장이라고 하는 것만큼 태정관 국가의 체질을 곧이곧대로 상징하고 있는 것은 없었다.

농민이 내는 민비로 부양되고 있음에도 불구하고, 관이 임명하고 관의 세력을 업고 군림하고 있었던 것이다.

'이런 어처구니없는 일이 어디 있담.'

히고의 농민은 누구나 이렇게 생각하고 있었다. 그들은 에도 체제의 경험자였다. 예를 들어 에도 체제에서는 마을 한가운데까지 에도 막부의 직속무사가 들어와서 쇼군 가문의 위세를 휘두르며 세금은 물론이고 그 밖의 마을 공제비나 번의 비용을 빼앗아 가면서 "쇼군님을 고맙게 생각하라"느니 하는 부당한 짓을 하는 일은 전혀 없었다.

마을의 입장에서는 '호장'의 출현이 바로 메이지 유신이고 태정관 정권의 출현이었다.

"호장은 우리네 돈으로 먹고 살고 있다. 그러니까 우리 손으로 직접 뽑도록 하라."

그런 목소리가 산과 들에 번지기 시작한 것은 농민의 에도 시대적인 감각의 반영일 뿐 그들이 구미의 사회를 알고 있기 때문은 아니었다. 주민에 의한 촌락 운영이 진보적이라고 한다면 에도 시대 쪽이 훨씬 진보적이었던 셈이다.

노마 형제는 사촌인 조타로를 포함하여 야마가 근방 농민들로부터 '세 노마'라고 불리고 있었다.

세 명 중 노마 조타로는 본디 관에서 뽑은 호장이었다. 현이 관선한 호장은 학교당원이 많았으나 조타로의 경우 그 학식과 인망이 인정되어 예외적으로 뽑혔다고 할 수 있다.

메이지 9년 봄, 야스오카 현령이 행정비가 모자라 또 민비를 더 거두어 벌충하려고 하자 노마 조타로는 더 이상 농민을 착취하는 일에 앞장설 수는 없다고 생각하고 사직을 결심했다. 결심하기에 즈음하여 다른 몇 명의 호장과 연명으로 다음과 같은 건의서를 제출했다.

"호장은 본디 촌민의 대표자가 되어야 한다. 따라서 민선으로 해야 마땅하다."

그 뒤 농민 지도자가 되어 폭동적인 압력을 가해 민의를 반영시키려 했다.

드디어 메이지 10년 1월 28일, 야마가의 고센사(光專寺)라는 절에서 인민대집회라는 것이 열렸다.

믿어지지 않는 숫자지만 여기 참가한 농민은 1만 명 이상이었다. 그즈음 야마가 지구(여섯구)의 호수가 14,659호로 되어 있었으니 대략 한 집에서 한 사람이 참가했다고 해도 될 정도의 기세였다.

이 집회는 야마가 지구의 호장 14명 중 12명을 파면시키는 데 성공했다.

이 집회 이틀 뒤에 가고시마 사학교가 폭발했던 것이다.

구마모토 민권당의 국민주의는 다른 지방의 자유민권 운동의 그것과 비교해서 분위기가 어느 정도 진짜인 듯한 느낌이 있다.

그런데 이 사람들조차 사쓰마 사족이 사이고를 옹립하고 궐기했다는 소식을 듣자 농민폭동은 거의 내동댕이치고 사쓰마 군 전사로 참가했다. 농민측에 서면서도 오히려 사족으로서의 피의 설레임이 보다 강했던 것일까. 사쓰마 군이 전략을 생각하지도 않고 벚꽃놀이 가듯이 고향을 떠나 온 것과 마찬가지로 구마모토 협동대도 또한 전략을 그르쳤다고 할 수 있을지도 모른다.

예를 들면 다카세의 제3전이 벌어진 2월 27일에 아소 일대에서 대규모 폭동이 일어났다.

뒤의 재판기록에 의하면 그 참가 인원은, 재판에 회부된 자가 8,881명이라는 많은 숫자이고(아소 군의 인구는 64,783명, 호수는 13,327호)이 가운데 전후에 유죄판결을 받은 자가 8,545명이나 되었다.

다카세의 제3전이 벌어진 날에는 아소 군 만간지 마을(滿願寺村)의 구로카와(黑川), 요시와라(吉原), 시라카와(白川) 근처의 농민 수십 명이 총을 발사하면서 각 마을을 돌아다녔으며 이윽고 570여 호의 사람들이 호장 사무소에 몰려가 흙발로 탁자, 장롱 위에 뛰어올라가 호장을 도둑놈이라고 욕하면서 묶어라 묶어라, 하고 새끼줄을 던졌다.
 이윽고 이 소동이 한 고을의 파괴행위로 확산되어 가는데, 구마모토 협동대는 이와는 관계없이 이날 기리노 도시아키 지휘 아래 기쿠치 강을 건너가 정부군과 싸우고 승자 없이 야마가로 철수했다.
 만약에 민권당(협동대)이 아소 군이나 그 근방 일대의 농민을 조직하여 정부군을 견제했더라면 정부군으로서는 적잖이 곤란을 겪었을 터인데 형편이 그렇게 되지 않았다.
 본디부터 사쓰마 군 자체가 농민폭동과 공동전선을 펴는 작전은 전혀 고려하지 않았다.
 사이고에게는 강렬한 호민사상이 있었으나 사쓰마 사족의 일반적인 전통적 의식구조는 농민이란 어디까지나 지배해야 할 대상이며, 사족인 자가 그런 유의 힘을 빌린다는 것은 생각만 해도 몸서리가 처질 것 같은 위화감이 들었다. 가령 협동대에서 이런 제안이 나왔어도 사쓰마 인들은 단연코 거부했을 것이다.
 협동대는 2월 27일, 다카세의 제3전에서 성과를 얻지 못하고 야마가에 돌아왔으나 사기가 반드시 저조한 것도 아니었다.
 특히 노마 조타로는 그랬다.
 "야마가에나마 별천지를 만들자."
 그것이 조타로의 기백이었다. 야마가가 사쓰마 군 기리노 대의 점령 아래 놓여 있는 이상 사쓰마 군의 허가만 얻으면 민권정치를 펼 수 있을 것이었다.
 권령의 훼방이 끼어들 리가 없었다. 권령 이하 현리들은 모두 구마모토 성에 농성하고 있어 현내는 무정부 상태에 있었다.
 이 무렵, 미야자키 하치로는 사쓰마 군 본영에 있다. 엄밀하게 따지자면 그 본영 옆집을 빌려 '집합소'라는 간판을 걸고 있었다. 사쓰마 군과의 연락을 맡고 있는 하치로는 다카세의 회전에도 참가하지 않았다. 야마가의 노마 조타로가 이 이야기를 하자 하치로는 먼저 사이고 측근의 후치베 군페이를 설득했다.
 후치베는 사쓰마 건아의 전형이라고 할 만한 사나이였다. 그는 육군 소령으로 도쿄에 있었을 때, 어느 날 볼일이 있어 육군성에 들어가니 사이고가 사임하고 귀향한다는 말이 들렸다.

즉각 자기도 귀향할 것을 결심하고 친구에게도 그 말은 하지 않은 채 하숙집에 있는 사물의 뒤처리를 부탁하기만 하고 육군성에서 나오는 길로 요코하마로 가서 배를 타고 가고시마로 돌아갔다. 친구가 그의 하숙에 가보니 자고 나간 그대로의 이부자리와 빈 양주병 두 개가 머리맡에 뒹굴고 있었다. 결단과 행동의 신속성을 숭상하고 집착을 무엇보다 꺼리는 사쓰마식 미학은 후치베에게 가장 농후했다.

후치베는 사이고의 부관이었으나 굳이 말하면 참모였다고도 해석할 수 있다. 사이고는 막부 말기 사쓰마 번의 병학자 이지치 마사하루(伊地知正治)의 병법과 재간을 가장 믿고 있었는데, 후치베가 그 제자였기 때문에 사이고는 작전에 대해서 다소간 후치베에 기대하는 것이 있었던 것 같이도 생각된다.

다만 후치베는 그런 정도의 사나이일뿐 하치로의 민권론을 이해하고 있는 것은 아니었다. 하치로도 그렇게는 말하지 않고 '노마 조타로를 야마가의 민정관으로 했으면 좋겠다'고만 말했다.

후치베는 노마의 이름을 알고 있었다. 구마모토 성 공격 첫날에 맨 먼저 전사한 노마 야스지카, 도미키의 용감성에 대해서는 공성전에 참가한 사쓰마 군 간부 누구나 알고 있었다. 노마 형제는 공격군 중에서 그들만 앞으로 달려 나가 석벽에 달라붙어 기어오르려고 했다. 석벽에 달라붙은 자는 제아무리 용감한 사쓰마 인이라도 아직 한 사람도 없었다.

"그 노마 씨의 사촌이라면."

후치베는 찬성하고 그 말을 사이고에게 전했다. 사이고는 응낙하였는데 어떤 모양으로 응낙했는지는 잘 알 수 없다.

"야마가를 민권의 천지로."

이것은 구마모토 협동대의 애처로울 정도의 소망이었다. 그것은 사쓰마 군이 구마모토 성에 진대와 현 관리를 몰아넣고 있는 한, 그리고 사쓰마 군의 야전 제1선이 정부군의 진출을 막고 있는 한 가능했다.

사쓰마 군의 사상에 의지하지 않고 사쓰마 군의 군사력에 의지하고 있는 한, 이윽고 사쓰마 군이 이기게 되더라도 야마가의 민권 천지는 무너질지도 몰랐다.

그런데도 '야마가 행정관'인 노마 조타로는 열심히 뛰어다니면서 조그마한 민권체제를 만들어 냈다.

그는 야마가의 인민을 모아 민권의 참뜻을 설명하고 '국민 총대'라는 것을 보통 선거 방식을 통하여 국민 가운데서 선출하게 했다.

오모리 소사쿠(大森惣作) 등 몇 명이 거기에 뽑혔다. 오모리 소사쿠는 야마가의 술도가 집안으로 짐작건대 부유한 상인인 듯 했다. 다른 사람의 이름은 전해지지 않고 있으나 모두가 민권당의 동조자였을 것이다.

또 치안유지를 위해 '인권 보호대'라는 것을 조직하고 각지의 유력자에서 그 보호대 간부임을 증명하는 사령장을 협동대의 이름으로 발부했다.

미야자키 도텐은 그들이 야마가 분지에 조그만 민권천지를 만든 것을 기특하게 여기고 '구마모토 협동대'에 이렇게 쓰고 있다.

"알지어다, 그들이 주의에 충실했음을."

협동대의 인원수도 늘어나고 있었다. 사쓰마 군이 들이닥치자마자 호타쿠보 신사에서 '구마모토 협동대'라는 민권군을 조직했을 때는 참집한 자가 겨우 40여 명이었다. 군자금이라야 앞에서 말한 오모리 소사쿠가 의연금으로 제공한 1500엔 뿐이었다.

그것이 야마가 민권정치 당시에는 3,400명으로 늘어나고 있었다.

민권군이기 때문에 사족군 같은 상하의 신분차이에 의한 통제가 없이 홀가분한 면은 있었으나 그것을 기화로 그 고장 불량배가 끼어들기도 하여 군대로서의 통제력이 약한 것이 결점이었다.

칼을 뽑아 들고 군자금을 조달하기도 했던 모양이다.

군사점령 지역의 호장, 부호장 가운데 공금을 보관하고 있는 자가 있으면 몰려가서 그들을 살해하고 그 공금을 빼앗았다.

전쟁 뒤에, 규슈 임시재판소는 이 점을 들어 협동대 병참장 안도를 체포하여 '와타나베(호장) 외 3명을 참살한 죄로 징역 10년'의 형에 처했다.

민권정치라고는 하나 그 행정구역이 전장이었고 또한 다분히 독선적인 면이 있어서 살벌에 치우친 소행이 꽤나 많았던 모양이다.

땅울림

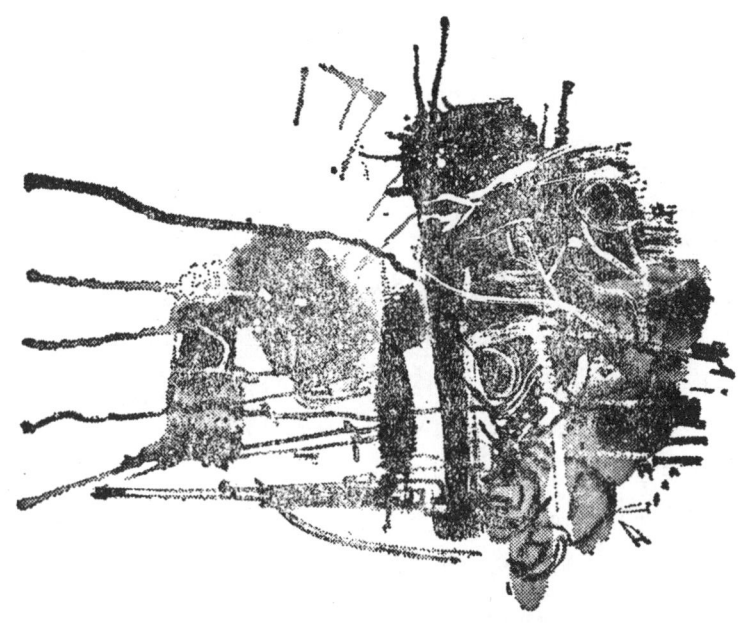

그 동안 사쓰마 군의 궐기에 대한 취지서가 사방에 배포되었다.

가고시마의 후방을 담당하고 있던 현령 오야마 쓰나요시의 말에 의해 각 부현에 발송된 것에 대해서는 이미 언급했다. 그 밖에 사쓰마 군 자체가 발송해서 각지에 궐기를 촉구한 격문 활동도 있었던 모양이다.

한편 도사는 도사대로 사이고의 통첩이 없었는데도 세이난의 동란에 호응하려고 거병할 준비를 추진하고 있었다.

그 당시 천하의 책사라고도 할 수 있는 존재가 하야시 유조(林有造)였다. 구상력이 비범한 하야시는 뒷날의 하야시로서는 상상할 수 없을 정도의 정열로 이 계획을 진행시켰다.

세이난에서 다카세의 세 번째 전투가 끝난 이틀 뒤인 3월 1일 거병에 관한 비밀회의가 고치(高知)에서 열렸다.

장소는 고치 성 밑 거리에서 떨어진 변두리에 있는 세에 마을(瀬江村) 이타가키의 집이었다.

모인 사람들은 하야시 이외에 군인이 많았다.

전 육군 대령이며 오사카 진대의 사령관을 지낸 다니 시게노부(谷重喜)와 어릴 때 시게노부의 옆집에서 자란 전 사관학교생 히로세 다메오키(廣瀨爲興)가 가장 열심이었다. 그 밖에 전 육군 포병 소령 이와사키 나가아키(岩崎長明), 전 근위 대위 가네코 이에도시(金子宅利)외 3명, 그리고 기리노 도시아키가 구마모토 진대의 사령관이었을 때의 참모이며 전 육군 보병 소령인 이케다 오스케(池田應助) 등이었다.

이 자리에 30 중반의 나이로 일종의 선배 대접을 받고 있던 가타오카 겐키치(片岡健吉)도 있었다.

가타오카는 보신 전쟁 때 도사의 한 부대의 대군감을 맡았고 메이지 4년 정부와 번에서 선발되어 영국에 유학했다. 2년 뒤에 귀국하자 해군의 경험이 없는데도 영국 사정에 밝다는 이유로 해군 중령이 되었다.

그러나 가타오카는 온건한 민권론적 결사를 만들어 계몽운동에 정열을 쏟아 메이지 7년 고치에 돌아온 뒤 얼마 지나지 않아 도사 민권운동의 거점인 '입지사'를 만들어 그 사장이 되었다.

히로세의 '메이지 10년 세이난 전쟁·도사 거병계획의 진상'이란 수기에 의하면 이 회담에서는 역시 오사카 성의 습격안이 이야기의 중심이 되었다.

그러기 위해서는 병력을 수송할 기선이 필요했다.

그 점도 하야시 유조는 수배했다. 그는 상해와 요코하마에 상관을 가지고 있는 '로자'라는 포르투갈 인으로부터 서양식 총 3천 정을 구입하는 상담을 이미 마치고 있었다. 1정에 15엔, 총액 4만 5천 엔이며, 구입 자금은 '입지사' 소유의 시라가 산(白髮山)을 정부가 15만 엔에 살 계획이어서 그것으로 충당하기로 했다.

이타가키는 거병에 전적으로 찬성한 것은 아니었지만 자기를 수령으로 추대할 여망이 높아지고 또 군사적 승리를 얻을 조건이 구비된다면 나서도 좋다는 심경인 듯했다.

《무형인 이타가키 다이스케》의 저자 히라오 미치오(平尾道雄) 씨는 그의 저서에서 '일설'로써 아래와 같은 내용을 이타가키가 말했다고 쓰고 있다.

'병력은 8000명에서 1만 명은 되어야 하고 이에 대해 한자루의 총(한 자루씩의 총이라는 뜻)과 3백 발의 탄환이 준비되면 내 스스로 지휘하겠다.'

도사파는 책모에 바빴다.

하야시 유조가 주력이 되어 추진하고 있는 거병 외에 그 일환으로 고관을 암살하려는 계획도 그들에 의해 진행되고 있었다.
 원로원 의관 무쓰 무네미쓰(陸奧宗光)도 그 한 사람이었다.
 무쓰는 본디 기슈 번(紀州藩)의 명문가 아들이었으나 아버지가 번내의 당쟁에 휘말려 가록이 몰수되었기 때문에 어릴 때부터 각지를 방황하였다. 그러다가 도사의 낭인 사카모토 료마에게 발견되어 나가사키에 있는 해원대에 들어가게 되어 사카모토의 비서 같은 일을 했다.
 그때부터 무쓰는 스스로 도사 인이라고 자칭하고 있었고 그 뒤에도 도사 인과의 친교가 잦았다.
 막부 말기에 막부파의 색채가 농후했던 기슈 번이 유신 뒤의 새로운 정세에 적응하기 위해 옛날에 탈번이라는 큰 죄를 범한 무쓰를 맞이해 번사로부터 태정관에 봉직하게 만들었다. 무쓰의 최초의 일은 외국사무국 감찰관이라는 직책으로 요코하마에서 대외관계를 담당했다. 당시 노래가 유행했는데 무쓰의 유신 뒤의 출발도 이 노래 그대로였다.

 나라(藩을 가리킴)를 저버린 탈주자가
 지금은 태정관의 돈 도둑

 그러나 요코하마에서 폐병을 앓아 사직했으나 그때의 사표는 대단한 내용이 없다. 그 뜻을 간추려 보면 다음과 같다.
 '어리석은 인간이 요직에 앉아 있다. 그들은 문벌과 요행에 의해 높은 벼슬을 뽐내고 있다. 나는 사직하나 나의 후임에는 이 같은 종류의 사람을 앉힌다면 곤란한 일이다.'
 이것으로 무쓰의 번벌에 대한 적개심이 대단했음을 잘 나타내고 있다.
 그 뒤 그는 '도사파'라고 해서 가나가와 현 지사가 되기도 하고 대장성 삼등 서기도 되었다가 오쿠보 도시미치와 이토 히로부미로부터 재주를 인정받게 되었다.
 그 동안 무쓰가 남긴 실적이라면 주로 건의인 듯이 생각된다. 그 뒤 농촌을 뒤흔든 지세 개정의 최초의 건의자도 무쓰인데, 문장은 짧지만 주안점과 실시법에 있어서는 정밀한 편이었다.
 "정부 이재의 방법으로 내년의 경비는 금년부터 예산을 세워야 한다. 그리고 내년의 흉작이나 풍작을 금년부터 미리 점쳐서는 안 된다."

불안정한 쌀을 국가 재정의 기초로 해서는 근대국가가 성립되지 않는다는 것이었다.

무쓰는 이런 의미에서 자기 이외에는 신국가 설계를 짊어질 인물은 없다는 격렬한 자신감에 넘쳐 있었다. 그러한 자신감이 관직에 오르지 못한 불평 사족이나 농민과는 격이 다른 살기 띤 불만감으로 표출되었다. 그는 그럭저럭 자신을 인정해 주는 오쿠보 도시미치나 이토 히로부미조차도 인정하지 않았으며, 오히려 그들 모두를 죽이고 싶다는 충동을 억누르지 못하고 있었다.

이때 무쓰는 33세였다.

무쓰 무네미쓰는 복잡했다.

그는 사이고에 대해서도 이렇게 말하며 사쓰마 벌을 키우려 하는 원흉에 불과하다는 낮은 평가밖에 하지 않았다.

"단지 감자덩굴의 왕초가 아닌가."

사이고가 정한론을 주장하고 내각이 그것 때문에 전율하고, 또한 오쿠보를 반대하는 이타가키 다이스케나 에토 신페이 등이 모두 사이고의 정한론에 동조했을 때도 무쓰는 혼자 사이고가 만일 정한론을 주축으로 해서 정권을 독점했을 경우에, 사쓰마 벌의 발호는 하늘 높은 줄 모르게 될 것이라 생각하고 오히려 사이고를 섬기기보다는 현상 쪽이 차라리 좋겠다고 생각하고 있었다.

생각만 한 것이 아니라 책동도 했다.

그는 도사의 오에 타쿠(大江卓) 등과 밀모해서 태정대신 산조 사네토미를 비밀리에 설득하여 외유 중인 이와쿠라, 오쿠보, 기도 등을 급히 귀국시키는 결단을 내리게 했다.

메이지 10년(1877) 1월 30일에 사학교가 화약고를 습격했다는 소식을 무쓰는 재빨리 접하고 오에 타쿠와 다시 밀모했다.

오에 타쿠는 개화적이고 정의감이 강한 인물로 메이지 유신을 인권 회복의 혁명이라고 보고 있었던 몇 안 되는 관료 중의 한 사람이었다. 그는 메이지 4년 차별호칭의 폐지에 관한 건의서를 제출하여 같은 해 정부에 의해 그것이 받아들여졌고, 이듬해인 메이지 5년 가나가와 현령 당시에 마리아 로즈 호 사건을 일으켰다.

페루 선적의 범선 마리아 로즈 호가 중국 관동 부근에서 노예 230명을 사서 본국으로 수송 중 요코하마에 기항한 것이 문제가 되어 오에는 외무대신 소에지마 다네오미의 후원 아래 현청 안에 임시 법정을 만들어 선장을 재판해서 마침내 중국인 노예 전원을 해방시켰다.

무쓰나 오에 등은 밀모한 결과 이렇게 결론지었다.

"사쓰마·조슈를 타도하기 위해서는 사쓰마·조슈를 서로 싸우게 해 그들의 소모전에 편승해서 일거에 양쪽을 타도해야 한다."

하야시 유조도 이에 찬성했다.

하야시가 급히 교토에 가서 기도 다카요시를 만나 선동한 것은 이 밀모에 의한 것이었다.

"태정관은 대거 병력을 출동시켜 사쓰마 인을 분쇄해야 합니다."

기도에게는 듣기 좋은 말을 했지만 실제로 이 밀모는 군자금과 총포가 준비되는 대로 한 부대는 오사카 성을 장악하고, 다른 한 부대는 교토와 오사카에 체류 중인 기도와 오쿠보를 죽여 버린다는 엉뚱한 것이었다.

이미 암살자 명부가 작성되어 있었다. 이 명부는 하야시와 오에 등이 작성하고 무쓰가 그 안을 검토한 것인데, 오쿠보나 기도보다 낮은 급의 인물로는 오쿠마 시게노부의 이름도 있었다. 무쓰는 오쿠마의 이름을 보자마자 말했다.

"또 한 사람 중요한 인물이 빠져 있네."

그리고 스스로 붓을 들어 '이토 히로부미'라고 써 넣었다.

세이난 전쟁 뒤에 그들은 모두 투옥되었으나 무쓰는 5년형에 처해졌다.

형을 마치고 무쓰는 공교롭게도 이토 히로부미 내각의 외무대신이 되었다. 이토는 지난 날 자기를 암살하려던 일을 잘 알고 있었으나 별로 말하지는 않았다.

오에는 메이지 17년(1884)에 출옥하여 어떤 술자리에서 이토와 만났다. 이토가 조롱하였다.

"왜 그때 오사카를 치지 않았는가?"

"자금이 여의치 않아서……."

오에가 그렇게 말하면서 두 사람은 껄껄 웃고 말았다. 도사파의 밀모는 결국 자금난으로 무산되고 말았다.

미야자키 현(휴가 번)은 가고시마 현과 인접해 있어서 옛 사쓰마 번의 영토였던 부분이 많았다.

그러나 작은 번이지만 시마즈 가문과 아무런 연고도 없는 번도 몇 개 있었다.

노베오카(延岡) 7만 석의 나이토(內藤) 씨, 다카나베(高鍋) 2만 7천 석의 아키스키(秋月) 씨, 그리고 오비 5만 1천 석의 이토(伊東)씨 등이다.

사이고 군이 출발한 뒤에 사이고로부터 냉대를 받으면서도 그의 지배인 역할을 자인하고 있었던 가고시마 현령 오야마 쓰나요시는 각 부현에 자주 격문을 보내고 밀사를 보내 사이고와 함께 궐기할 것을 권유하고 있었다. 이 같은 외교 선전활동은 사이고가 희망한 것이 아니고 대개 오야마의 독자적 판단에 의한 것인 듯했다. 오카야마 현의 산골짜기까지 '사이고의 밀사'가 와서 아직 서생이었던 가타야마 센(片山潛 : 뒷날 일본 최초의 사회주의자가 됨)을 흥분시킨 사건도 사이고의 밀사라기보다는 오야마의 밀사였을 것이다.

휴가의 옛 성밑 거리의 사족도 크게 동요했으나 가장 강하게 결속하여 행동을 뚜렷이 한 것은 오비의 사족들이었다.

오비의 이토 씨는 옛날 가마쿠라(鎌倉) 막부의 유력한 신하였던 이토 가문으로 미나모토노 요리토모(源賴朝)로부터 휴가 일국의 지배인격으로 임명되었는데 그 후 여러 가지 변천을 겪어 겨우 오비 5만 1천 석을 차지하는 작은 영주로서 메이지 유신을 맞이했다.

에도 봉건 시대에는 이 정도의 작은 번일수록 학문이 성했다.

오비 번에는 진덕당이라는 유명한 번교가 있어서 유신 뒤에도 자제 육성에 열성적이었다.

'오비의 정직'

이런 말이 있다. 오비 번의 사풍은 예부터 어깨를 펴고 활보하는 무사풍보다는 '정직'이라는 수수한 덕목에 주안점을 두고 있었다. 진덕당의 학풍도 검소하고 수수한 것이었다.

이 진덕당의 서생들로부터 압도적인 존경을 받고 있는 그들의 선배가 있었다.

오구라 쇼헤이(小倉處平)다.

그는 젊었을 때부터 번의 중신들의 신뢰를 받아 막부 말기의 겐지(元治) 원년(1864)에 번의 전권을 위임받고 교토에서 번의 외교를 맡았는데, 그때 불과 19세의 나이였다.

그 뒤 번에 돌아와서 진덕당에서 교편을 잡기도 하고 에도에 나가 야스이 솟켄(安井息軒)의 사숙에 적을 두고 여러 곳의 지사들과 교제했으며, 유신 뒤에는 번의 명에 의해서 나가사키에서 영어를 배우기도 했다. 그 후 번의 명령으로 도쿄에 가 있는 동안 태정관의 명령으로 영국에 유학했다가 런던에서 정한론의 결렬을 듣고 급히 귀국한 메이지 초기 풍운 속의 한 사람이 되었다.

"휴가의 오비에 가면 오구라 쇼헤이를 찾아라."
이것이 메이지 초기 불평가들의 상식이었다.

전 참의 에토 신페이도 메이지 7년 사가의 난에서 패하자 야마나카 이치로, 고쓰키 게이고로 등의 막료를 데리고 휴가의 오비에 와서 오구라 쇼헤이에게 의지했다. 쇼헤이는 에토가 천하의 대죄인이지만 그를 융숭히 대접했고 에토 등을 도사에 피신시키기 위해 비밀리에 배편을 주선해서 탈출을 성공시켰다.

사가의 난이 끝난 뒤 오구라 쇼헤이는 이 일로 해서 수 개월의 금고형을 받았다.

형기가 끝나자 곧 도쿄에 가서 논하고 있을 때 정부는 오구라를 대장성에 봉직시켰다.

이토 히로부미 등은 오구라가 영국 유학 당시 뛰어난 성적이었음을 알고 있었고, 또 그가 재정에 밝으며 《영국 지방조례》《영국 조세연보》 등의 역저가 있는 것도 알고 있었다.

또한 정부는 오구라가 휴가의 불평사족 우두머리라는 것도 알고 있었다. 알면서도 대장성에 봉직시킨 것은 불평분자를 야에 두는 것보다 관에 두는 쪽이 낫다는 당시 태정관의 일종의 방침 같은 것이 있었기 때문이 아닌가 생각된다.

여담이지만 그 극단적인 예가 있다.

무쓰 무네미쓰가 도사파 무리와 함께 고관 암살을 기도한 일은 앞에서 말했다. 세이난 전쟁이 끝나고 그 일당들이 체포되었으나 모두 입이 무거웠기 때문에 무쓰의 이름은 나타나지 않았고 그는 계속 원로원에 근무하고 있었다.

그러나 메이지 11년(1878) 오쿠보 도시미치가 암살된 직후에 무쓰도 체포되었다. 이유는 오쿠보가 내무성의 자기 방에 보관하고 있던 한 통의 증거서류가 있기 때문이라고 했다. 그 서류는 경찰이 오에 타쿠 등을 검거했을 때에 압수한 것으로써 무쓰가 그 일파라는 것이 분명했다.

그러나 오쿠보는 자기를 암살하려던 무쓰를 그다지 미워한 기색은 없다. 오쿠보는 그 증거서류를 자기의 서류함에 감춰 둔 채 무쓰를 쓰고 있었다. 그것은 한편으로 오쿠보가 무쓰의 재주를 아끼는 것이기도 했겠지만, 또 한편으로는 오쿠보의 기백으로서 재능이 있는 사람이면 그가 모반인일지라도 쓰고 싶은 마음이 있었음에 틀림없다.

오구라 쇼헤이도 그런 존재였다.

메이지 10년, 그는 사이고의 궐기를 알고는 즉시 휴가의 오비에 돌아가려 했으나 도중에 경계가 삼엄할 것을 생각하고 하나의 계책을 꾸며서, 이토 히로부미에게 부탁하여 '오비를 달래기 위해 귀향한다'고 거짓 서류를 꾸며 돌아갔다. 그런데 돌아가던 도중에 "나는 사이고의 거병에 참가할 생각이오"라고 이토에게 알린 것은 '오비의 정직' 때문이었을까.

오구라 쇼헤이가 도쿄에 있었을 때 오비 사족들은 이미 한 부대를 편성하고 있었다.

그 당시 태정관의 방침에 의해 미야자키 현(휴가)이 폐지되고 가고시마 현에 합병(메이지 9년)된 직후였다.

전 미야자키 현에는 미야자키 지청이 있었고 가고시마 현령 오야마 쓰나요시의 휘하에 있었다.

옛 오비 현의 유력자인 나가쿠라 시노부(長倉訒)는 앞서 미야자키 현의 관리였는데 계속 관리로 지청에 근무하고 있었다. 그는 일찍부터 사이고가 일어서면 오비도 함께 일어서야 한다고 생각하고 있었다.

'오야마 현령의 명령'

그래서 이런 형식으로 사족 부대를 편성했다. 편성에 있어서는 인망이 높은 옛 중심인 이토 나오키(伊東直記)를 움직였다. 이토는 폐번 뒤 군수가 되어 있었다.

요컨대 오비 사족 부대는 현령, 지청의 관리, 군수라는 현의 행정계통이 그대로 작동해서 반란군을 편성해 버린 것이다.

이런 점에서 구마모토 부대처럼 자기 뜻대로 참가한 군대가 아니고 오비 사족 2000명 중에서 특히 행정기관이 강한 사병을 선발했기 때문에 뒷날 구마모토 협동대와 함께 다른 현 부대 가운데 최강의 부대가 되었다.

그들은 2월 19일 휴가의 기요타케(淸武)를 출발해서 쌓인 눈을 밟고 아소의 우마미하라(馬見原)를 넘어가는 강행군 끝에 25일 구마모토에 들어갔다. 사쓰마 군 본영은 오비 부대를 가와지리(川尻)의 경비에 사용했다. 그 당시 가와지리는 사쓰마 군의 병참기지가 되어 있었고 병참 병원도 있었다.

도쿄에 있었던 오구라 쇼헤이가 오비에 돌아온 것은 오비 부대가 이미 출발한 뒤였다.

오구라 쇼헤이는 즉시 가고시마에 가서 현청의 오야마 쓰나요시를 찾아가 전략을 헌책했다.

그는 게릴라 전까지는 아니더라도 유격전을 할 필요가 있다고 역설했다. 정부군은 구마모토에 병력을 집결하고 있어서 분고 지방이 허약하다, 이것에 착안해서 휴가 방면에서 모병하여 오구라를 점령하면 구마모토에 묶여 있는 정부군은 양쪽에서 적을 맞이하게 되고, 결국 후쿠오카와 나가사키까지 후퇴하지 않을 수 없게 된다는 것이었다.

그때 오야마는 사쓰마 군이 구마모토에서 고전하고 있었기 때문에 고민하고 있던 차라 이 방책을 대단히 기뻐하며 구마모토에 사람을 보냈다.

그러나 우습게도 사이고는 이에 대해 이렇다 저렇다 말이 없었고 아무런 결단도 내리지 않았다. 이 같은 그의 태도는 그가 군사 정세에 어두운 것을 나타내는 것인지, 아니면 이 싸움을 스스로 포기한 것인지, 또는 군사 문제는 기리노 등에게 일임하고 있었기 때문인지 잘 알 수가 없다.

오구라 쇼헤이는 자기의 유격작전안에 기대를 걸고 있었다.

'사이고 군을 정체에서 구출할 방법은 이것밖에 없다.'

이렇게 생각하고 있었으며 현령 오야마 쓰나요시까지 이 안에 흥분할 정도였다.

오구라 쇼헤이의 이름은 규슈 북부지방 전역의 불평사족 사이에 널리 알려져 있었다. 그가 산과 들을 뛰어다니며 모병한다면 2000명이나 3000명의 유격군은 쉽게 편성될 것이고 이것으로 오구라를 점령하면 바람에 나부끼듯 찾아오는 사족이 점점 많아질 것이다. 명사인 오구라 쇼헤이의 '이름'은 이 같은 경우 수개 대대의 위력이 있다고 해야 할 것이다.
 그러나 사이고의 본영에서는 사이고가 결단을 내리지 않자 기리노 등이 결정했다.
 "그 같은 바보짓을 해서 무슨 소용이 있다는 것인가?"
그것이 기리노의 의견이었다. 기리노는 야전부대의 대장으로서는 가장 적합한 사나이지만, 전략의 감각이나 재능이 전혀 없다는 것을 이 일로도 알 수 있다. 그는 오구라 쇼헤이라는 이름도 잘 몰랐고 또 그 존재의 이용가치도 모르고 있었다. 그것보다도 싸움꾼인 기리노에 있어서는 눈앞의 정부군과의 싸움이 전부여서 이런 회답을 보냈다.
 "아무튼 그 같은 병력이 있다면 구마모토로 보내라. 이쪽은 병력 부족으로 고생하고 있다."
 다만 회답만은 직업적인 우체부에 맡기지 않고 일부러 사쓰마 군 본영에서 오이와네(大岩根)와 와다라는 두 사람을 사자로 가고시마에 파견한 것은 오구라 쇼헤이에 대한 경의의 표시라고 할 수 있다.
 오구라 쇼헤이는 가고시마 현청에서 이 회답을 받고 몹시 실망하여 말했다.
 "이미 싸움의 결판은 났다."
 그는 오야마 앞에서 노골적으로 말하고 자기는 이제 전선에 가지 않겠다, 가도 헛일이다, 그보다도 지금 도쿄로 가서 정부에 진정을 하겠다고 말하고 그 뜻을 사이고에게 편지로 썼다.
 사이고는 오구라의 상경을 반대했다.
 그 뜻이 또다시 가고시마의 오구라 쇼헤이에게 전달되었을 때 오구라는 결심했다.
 '이 헌책이 받아들여지지 않으면 사이고는 패망할 수밖에 없다. 패망은 사이고의 마음대로다. 그러나 오비의 사족 300여 명이 이미 전선에 있으니 의리상 이들을 방관할 수는 없다.'
 그는 그날로 가고시마를 떠나 구마모토의 전선으로 갔다.
 오구라 쇼헤이는 오비에서 후진 양성에 열심이었지만 특히 고무라 주타로(小村壽太郎)를 어미새가 그 새끼를 키우듯했다. 오무라는 만년이 되기까지 후회하며, 이렇게 푸념을 늘어놓았다.
 "세이난 전쟁에서 오비는 그 고장의 영재와 훌륭한 사나이들을 모두 잃었

다."
오비 부대의 300여 명은 그만큼 고르고 골라서 편성되었던 것이다.

휴가에 사토하라(佐土原)라는 마을이 있다.
지금은 간선도로에서 벗어난 옛 가도에 있기 때문에 옛날식의 기와집 지붕에 잡초가 우거져 있는 집이 많고 마을 전체가 황폐해 있다.
옛날 이 마을은 사쓰마 시마즈의 지번인 2만 70석의 사토하라 시마즈가 다스린 고장이다.
시마즈의 분가라고는 해도 사토하라의 무사는 약하다는 평판이 있었다. 옛날 세키가하라(關原) 싸움 때는 사쓰마와 같은 사기를 가진 무사단이 있어서 용맹을 떨쳤으나, 에도 시대에 들어와서는 본번처럼 엄격한 사족 교육을 하지 않고 풍요한 휴가의 풍토 속에서 느긋하게 시간을 보내고 있었다.
사토하라의 사족은 보신 전쟁 때도 사쓰마 군의 한 부대로서 종군했다. 병사의 질에 있어서도 사쓰마 군과는 완연히 표가 날 정도로 뒤지고 있었다. 사이고는 애향심이 강한 사람이기 때문에 사토하라 부대를 잘 보호했고 사토하라 부대가 어쩌다가 공을 세우기라도 하면 진심으로 기뻐했다고 한다.
사이고는 이번 사학교의 궐기에 있어서는 지번인 사토하라 부대까지 끌고 갈 생각이 없었다. 첫째 사쓰마 전역에 사학교 제도가 실시되었어도 사토하라에는 그 제도가 미치지 않았다. 기리노들도 당초에는 그럴 생각이 없었고 본심은
"사토하라 사람들까지 끌고 갈 필요가 있겠느냐?"
이런 정도였을 것이다. 폭발 당시 기리노의 자신감은 하늘을 찌를 듯했으니 지번의 약한 사병들까지 데리고 갈 필요가 없었고 오히려 거추장스럽다고 생각했을 것이다.
"당신은 나이도 젊으니 지금은 학업이 더 소중하오."
사이고도 사토하라의 사족 대표인 시마즈 게이지로(島律啓次郞)에게 이런 뜻의 말을 해서 마음을 바꾸게 했다는 이야기가 있다. 시마즈 게이지로와 사이고가 언제 어디서 만났는지는 잘 모른다.

사토하라 사람들로서는 옛 본번의 사족이 1만여 명이나 궐기한 이상 예부터의 연관성으로 보아서라도 못 본 체할 수는 없었을 것이다.

그러나 사토하라 사람들을 싸움터에 끌어내는 데는 별도의 견인력이 있었다.

시마즈 게이지로였다.

게이지로는 사토하라의 옛 번주 시마즈 다다히로(島律忠寬)의 셋째 아들이었으나 서자였다. 그것도 집에서 크지 못하고 태어나서부터 가신인 마치다 소시치로(町田宗七郞)의 집에서 컸으며, 마치다라는 성을 쓰고 있었다. 이 같은 사정이 그렇지 않아도 성격이 과격하고 머리가 좋은 이 소년을 더욱 격하기 쉬운 성격으로 만들었다.

양부인 마치다 소시치로는 이렇게 말하며, 가고시마의 사족 이상으로 게이지로를 엄격하게 교육했다.

"사토하라의 사풍은 나약하다. 본번의 사풍이야말로 시마즈 가문의 전통이다. 너는 사토하라 풍에 물들지 말고 본번 풍이 되어야 한다."

이 같은 것도 게이지로의 성격 형성의 한 요소가 되었다. 그는 언제나 사토하라 풍을 경멸했는데 그것은 적자인 형들로부터 업신여김을 받아 온 그의 감정과 일맥상통하는 것임이 틀림없다.

메이지 원년(1868) 그가 11세 때 일이다. 이때는 시마즈라는 성을 다시 찾고 있었다. 그는 가고시마에 유학해서 시게노 세이사이(重野成齊)의 사숙에 들어가 한학을 공부했다. 이때의 가고시마 성밑 거리는 보신 전쟁에서 돌아온 병사들이 살기등등해서 폭행 시비가 다반사였고 상인들은 전전긍긍하면서 생활하고 있었다. 시대에 뒤처진 게이지로는 살아 있는 영웅들이 횡행하고 있는 시기라서 언제나 선망과 자기 울분의 기분에 차 있었다.

게이지로는 이듬해 12세에 상경해서 사이고의 주선으로 가쓰 가이슈의 문하생이 되었다. 또 그 다음해 13세 때 미국에 유학하게 되었으니까 게이지로의 한학 수학은 13세에 끝나는 셈인데 그의 한시가 뛰어난 것을 보면 대단한 수재로 생각된다.

미국에선 5년간 유학했다.

메이지 9년에 귀국해서는 오우 지방에 가서 보신 전쟁터를 돌아보고 전사자의 넋을 위로했다고 하니까, 게이지로의 정신은 5년간의 미국 유학보다 사쓰마의 사풍에 더 강한 자력을 느끼고 있었던 것으로 짐작된다.

메이지 10년에 21세가 되었다.

그는 귀국 뒤 사토하라의 사풍을 고치기 위해 청년들을 모아 독서회를 조직했다. 이 같은 귀공자가 존재하는 한 사토하라 사족이 사학교의 폭발을 방관하려 해도 불가능했을 것이다.

다만 사토하라 부대에는 군자금이 없었다.
"2품 나으리(시마즈 히사미쓰)한테서 빌려 쓰자."
게이지로가 그렇게 생각하고 행동했다는 것은 역시 영주 가문의 도련님임을 나타내고 있다. 사학교 군을 비롯해서 다른 부현의 궐기 사족군이 모두 영주들을 상대하지 않고 군자금을 마련했는데, 게이지로에게는 일족의 아저씨로부터 빌려 쓰자는 나약함이 있었던 것이다.

그는 사메지마 겐(鮫島元)이라는 사나이를 데리고 히사미쓰에게 갔다. 사메지마 겐은 본번의 사족으로 뒷날에 현의 관리가 되는데 이때는 미야자키현 제3대구의 구장을 맡고 있어서 메이지 체제에 있어서는 사토하라의 최고 행정관이었다.

사메지마는 우선 히사미쓰의 집사 이주인 사추(伊集院佐仲)를 만나 이주인을 통해 히사미쓰에게 말하게 했다. 그리고 게이지로가 히사미쓰를 만났다. 히사미쓰로서는 상대가 일문의 말단이라고는 해도 돈 때문에 찾아온 사람을 대면하는 것은 생전 처음이자 마지막 경험이었으리라.

히사미쓰는 사이고를 좋게 생각하고 있지 않았다. 히사미쓰가 사이고에 대해 가장 불쾌하게 생각하는 것은 제멋대로 막부를 쓰러뜨린 것이고, 다음은 주군인 자기를 배신하고 영주제도를 부정하는 폐번치현에 가담한 일이며, 또 시마즈 가문의 가신이면서 도쿄에서 제멋대로 육군 대장이 된 일이었다.

히사미쓰는 음으로 양으로 사이고를 괴롭혀 왔으나 사이고가 관직을 버리고 귀향한 뒤부터는 약간 인정하게 되었다. 계속해서 사학교를 만들어 옛 번의 사풍을 변함없이 유지하려는 보수성도 히사미쓰의 마음에 들었다. 그 이상으로 마음에 든 것은 이번의 폭발이겠지만 그러나 그 일은 귀족 특유의 자가보전책으로 될 수만 있으면 관련 지으려 하지 않았다.

지금 게이지로에게 군자금을 빌려 주면 히사미쓰는 사이고의 도당이 되고 만다.

히사미쓰와 게이지로의 대면은 지극히 짧은 시간이었다. 히사미쓰는 무뚝뚝하게 말했다.

"나의 집안은 자네도 아다시피 분가이기 때문에 돈이 없네. 그러니까 본가(당주는 히사미쓰의 아들 다다요시)에 가서 부탁해 보게나."

그 뒤 게이지로가 본가에 가기 전에 히사미쓰는 손을 써서 거절하라는 지시를 해 두었을 것이다.

다다요시는 딱 잘라 거절했다.

"보통 대여관계라면 몰라도 군자금의 명목으로 대여할 수는 없네."

이것은 뒷날 사메지마가 정부의 재판소에서 구술한 바에 따른 것이다.

게이지로들은 그 뒤 사토하라의 사족들한테서 갹출한 천여 엔을 군자금에 충당했다.

사토하라 부대는 계속 군자금 때문에 곤란을 겪으면서 전투를 벌였다.

그 밖에 규슈의 산야를 넘어서 사쓰마 군에 동조한 다른 부현의 사족부대로는 휴가의 노베오카 부대가 있다.

노베오카의 옛 번은 막부를 대대로 섬겨 온 7만 석의 나이토 가문으로 막부 말기에는 별로 활동하지 않았다. 그들이 사이고에게 동조한 이유는 구마모토 협동대와는 달리 사족의 불만을 사이고의 성공을 통해 해소하려는 것이었다.

전투원은 150명이다. 이 부대의 특징은 병참과 의료기관이 사쓰마 군을 포함한 어느 부대보다 훌륭했다는 것인데 '병참 총장'이라는 이름으로 노베오카 구장인 스카모토 조민(塚本長民)이 일체를 지휘해서 앞서의 전투원 이외에 50명의 병참원을 더 거느리고 있었다. 병참원은 군수 물자의 운반뿐 아니라 의원으로 병원을 구성하고 또 소총 수리공에서 탐정원까지 갖추고 있었다.

군자금도 당초에는 노베오카의 부자들이 모은 천 엔으로 충당하고 있었으나 그 뒤 군자금으로 고생하고 있는 사쓰마 군을 위해 미야자키의 관금 5000엔을, 뒤이어 또 4000엔을 제공했고, 그 밖에도 사쓰마 군의 의료비로 수천 엔을 융통해 주었다. 총수는 노베오카의 명사 와라야 히데타카(藁谷英孝)였다.

이상은 전쟁의 시작과 함께 참가한 부대이지만 전쟁 중에 참가한 것으로는 옛 히토요시 번(人吉藩)의 히토요시 부대, 휴가 다카나베의 옛 다카나베 번의 부대, 휴가 후쿠시마(福島)의 후쿠오카 부대가 있었고 또 도조(土城)

부대, 분고 다케다(竹田)의 보국대 등이 있다.

이 밖에 나카스(中津)의 나카스 부대가 여러 부대 중에서 가장 활동적이었다고 할 수 있을 것이다.

나카스 부대는 옛 나카스 번의 젊은 명사 마스다 소타로(增田宋太郎)의 노력으로 편성되었다.

"나카스에서 소타로가 나온 것은 재떨이에서 용이 나온 것과 같다."

나카스는 후쿠자와 유키치의 출신 번이며 후쿠자와는 마쓰다를 가리켜 이렇게 말했다. 아무튼 마쓰다는 포부가 큰 사나이로 자기의 큰 뜻에 방향을 잡기 위해 사이고를 통해 현체제를 타파해 보려고 생각한 사람이다.

그는 본시 국학도였다. 메이지 3년(1870) 8월 게이오 의숙(慶應義塾)에 들어갔으나 어머니의 병으로 귀국한 뒤에 사방의 지사들과 사귀었다. 사쓰마에 가서 기리노 도시아키와 친교를 맺는가 하면 약간 민권적 경향이 있는 '공우사'를 나카스에 만들어 도사의 입지사와 관계를 맺었고, 또 메이지 9년에는 나카스에서 '이나카(田舍 : 시골)' 신문을 발행하기도 했다.

이때 마쓰다는 28세였다. 그의 사상은 확고하지는 않았지만 막연하게나마 번벌을 타도하여 국민의 권리를 회복하는 것이라 하겠다.

방어선

사쓰마 무사는 저절로 만들어진 것이 아니고 번 자체가 큰 교육기관이 되어서, 전국시대 말기부터 사족을 훈련시키고 또 훈련시킨 결과로 만들어진 것이라고 한다. 얼핏 보아서도 다른 번의 사족들과 구별될 뿐 아니라 전사로서는 일본 최강의 그들을, 그것도 1만여 명이나 거느린 사람이 사이고와 기리노였고, 그들이 100명 200명 단위로 산야를 달리는 모습을 보고 있으면 기리노가 아니라도 대업은 성취되었다는 느낌이 들었을 것이다.

그러나 다카세에서의 세 번째 전투도 그들의 앞길에 불행한 벽을 쌓고 있었다.

기리노들은 군사회의 결과 일부는 구마모토 성을 포위하고 주력은 기쿠치 강의 안쪽에 후퇴해서 천험을 이용하여 정부군의 진입을 막는다는 방침을 세웠다.

아무튼 사쓰마 군은 그 바깥 해자라고 할 수 있는 기쿠치 강의 도하를 정부군에게 허용하고 기쿠치강이 ㄱ자형으로 크게 대지를 경계짓는 안쪽 여기저기에 주둔했다.

기쿠치 강의 하류는 남으로 흘러서 바다에 들어간다. 그 강어귀에서 5, 6

킬로 올라간 곳에 있는 저습지가 다카세(다마나 시)이다.
　다카세에서 동남쪽을 향해 직선으로 약 30킬로 저쪽에 구마모토 성이 웅크리고 있다.
　물론 직선 거리로 30킬로의 사이에는 작은 구릉이나 골짜기가 무수히 기복하고 있어서 직선으로 갈 만한 도로는 없다.
　큰길은 다카세에서 구마모토까지 ㄱ자형을 이루고 있었다.
　도중에 다바루 고개(田原坂)라는 험난한 곳이 있다.
　또 다른 길로는 '기치지고에(吉次越)'라고 불리는 샛길이 있다. 큰길보다 남쪽이 더욱 험난한 구릉지를 통과하고 있다. 다카세에서 다리를 건너 남쪽으로 내려가 이구라(伊倉)에서 구릉지로 들어간 다음 기치지고에라는 인가가 드문 고개를 넘어 기도메(木留)로 나간다.
　그 밖에도 논둑길이나 나무꾼 길을 이어 놓은 듯한 길과 햣칸세키(百貫石)를 지나가는 해안길이 있지만 그 정도의 길은 화물과 포차가 지나갈 수 없다.
　이상과 같은 지형을 생각하면 방어에 전념하는 사쓰마 군으로서는 구마모토 입성을 서두르는 정부군을 저지하기 위해서는 주력 진지를 다바루 고개에 두고 기치지고에 고개를 경계하면 그만이었다.
　다바루 고개는 오늘도 옛 경관과 별 차이가 없다. 요새라고는 하나 자동차로 거기를 지나면 거의 아무 것도 느끼지 못하고 통과해 버리는 평범한 길이다.
　이 고갯길은 작은 구릉의 능선을 세로로 뚫고 있다.
　그러나 구릉이라고 할 정도의 높이가 없는 언덕에 불과하다. 요새라고 보는 점은 도로 양쪽에 골짜기가 있고 골짜기의 형상이 복잡한 데다 그 골짜기에 논이 경작되고 있어서 군대가 통과할 수 없다는 것을 들 수 있다.
　도로에도 특징이 있다.
　이미 말했듯이 아마도 가토 기요마사가 그렇게 만든 것 같은데 참호처럼 땅을 파서 만든 길이다. 파낸 흙을 양쪽에 쌓아 올려 그곳에 나무를 심어 햇볕을 가리고 있어서 어떤 곳에서는 길이 어두울 정도로 침침해 터널을 지나가는 느낌을 주기도 한다.
　그 위에 도로가 꾸불꾸불 이어져 있어 굽은 곳마다 보루를 만들면 고개로 올라오는 정부군을 저지하기에는 안성맞춤인 곳이다.

사쓰마 군의 전략은 여전히 거칠고 엉성했다.

"다바루 고개와 기치지고에 고개에서 정부군을 막고 있는 동안 후방의 구마모토 성은 항복하고 성문을 열 것이다."

라는 것이었는데 병력이 부족하여 중요한 구마모토 성을 포위한 병력은 800명으로 줄어들었다. 농성하고 있는 병력은 3000여 명이다. 예부터 성을 공격하는 싸움에서는 공격하는 쪽이 농성하는 쪽의 3배 이상의 병력이 필요하다고 하는데, 불과 800명으로는 성을 공격하는 것이 아니라 감시 정도밖에 할 수 없었다. 사실 800명으로 감소된 뒤 사쓰마 군은 위력을 잃어버려 성에 대한 적극적인 공격을 하지 못했다.

어떻든 간에 사쓰마 군은 다바루 고개, 기치지고에 고개, 그리고 북쪽 산기슭의 방어선에 병력의 대부분을 전개하고 있었다.

북쪽 산기슭에는 기리노의 대대와 협동대가 거의 외딴 부대처럼 나와 있었다.

기치지고에 고개는 시노하라 구니모토의 대대와 구마모토 부대가 지키고 있었다.

다바루 고개는 주로 무라타 신파치 부대와 벳푸 신스케의 향토군이 지키고 있었다.

다바루 고개와 기치지고에 고개의 총지휘소는 후방의 기도메에 두었으나 사쓰마 군에는 총지휘관이 없기 때문에 각 장령의 연락소라고 하는 편이 정확하다.

사쓰마 군이 진을 치고 있는 요새에 대해서는 정부군측의 《정서전기고(征西戰記稿)》의 한문 투의 문장이 간결하게 표현하고 있어서 좋다.

'다바루 고개의 지형은 밖은 높고 안은 낮아 흡사 凹자형을 이루고 있는데, 고개의 지세는 험준하고 급하여 굴곡이 심하고 언덕 좌우에는 단애절벽 또한 관목이 울창하게 덮고 있어 낮에도 어두우니 과연 천험이라 할 수 있다. 적은 그 요충에 보루를 구축하여 마치 바둑알이나 별처럼 포진하여 서로 호각지세를 이루었고 죽음으로서 이를 지켰다.'

이 다바루 고개의 진지 구축은 아마도 무라타 신파치의 지휘에 의한 것으로 생각되는데 이 시대의 군사 지식으로는 걸작이라 할 수 있다.

정부군의 장기는 포병력이었다. 사쓰마 군은 날아오는 포탄을 피하기 위해 凹자형을 이룬 도로 양쪽의 둑에 무수한 구멍을 뚫었다.

또 언덕이 구부러지는 곳과 도로의 요소요소에 10여 개의 성루 같은 보루를 구축하고, 그 밖에 흙을 담은 자루를 쌓아 올린 작은 보루는 수백 개가 넘었다.

또 정부군의 백병 돌격을 저지하기 위해 보루 앞에는 반드시 뾰족한 말뚝으로 녹채를 만들어 두었다.

이 점에 관해서 정부측의 《토벌군단 기사》에는 이렇게 말하고 있다.

'견고한 보루를 양쪽에 십수 개소 구축했다. 그 보루야말로 보통의 밋밋한 벽면과는 비교가 안 된다. 곧바로 땅을 파고 옆으로 굴을 뚫어 아군의 진로를 차단하고, 적은 거의 혈거 상태와 마찬가지……'

라고 했다.

본디 불을 뿜는 듯한 진격이 장기인 사쓰마 군이 다바루 고개에서는 '혈거 상태'를 방불케 할 정도의 처참한 방어전으로 전환한 것은 바로 그들의 투지가 보통이 아니었음을 말해 주고 있다.

한편 정부군은 다카세에 주둔한 채 쉽사리 다바루 고개를 향해 전진하려 하지 않았다.

그들은 2월 27일 다카세의 세 번째 전투에서 사쓰마 군의 맹공을 잘 방어했다. 사쓰마 군의 기도를 분쇄하고 그들을 기쿠치 강에서 멀리 퇴거시켰다는 점에서 승리는 정부측에 있었다고 할 수 있다.

정부군으로서는 적의 퇴각에 따라 즉시 강을 건너 추격했어야 했다.

그러나 멀리 후쿠오카에 있는 참전군 야마가타 아리토모의 신중함은 그것을 허락하지 않았다. 야마가타는 싸움에 있어서 모험을 거의 인정하지 않는다.

그는 조속히 승리를 얻기보다는 겁쟁이라고 할 정도로 실패를 겁내면서 승리의 조건이 구비될 때를 기다리는 성격이다.

그는 전투를 정치 속에서 생각하려는 사람으로 만일 정부군이 실수해서 사쓰마 군에 패하는 경우에는 태정관의 위신은 떨어지고 정권 그 자체마저 붕괴할 위험성이 있다는 것을 잘 알고 있었다.

다카세에 있는 정부군은 전과 같은 제1여단과 제2여단이었다.

애초의 총사령관은 조슈 인 소장 미요시 시게오미(三好重臣)였으나 2월 27일의 세 번째 전투에서 부상했기 때문에 대신 사쓰마 출신의 소장 노즈 시즈오(野律鎭雄)가 2개 여단의 지휘를 맡고 있었다.
 노즈는 사쓰마 인인만큼 진격주의자로 다카세에서의 세 번째 전투가 끝난 날 밤 간부장교를 모아 구마모토 성의 진격 부서를 정하고 후쿠오카의 야마가타에게 그 뜻을 전보로 알렸다.
 야마가타는 이에 대해 전보로 경고했다.
 '경거망동하지 말 것.'
 노즈는 또다시 진격 허가를 청했다. 이것에 대해 야마가타는 거듭 말렸다.
 '곧 오야마 이와오 소장이 인솔하는 4개 대대가 하카타(博多)에 도착한다. 도착을 기다려라.'
 소장 오야마 이와오는 사이고의 사촌 동생이며 어릴 적부터 친동생 이상으로 사이고를 따랐다. 그는 육군 대신 야마가타가 후쿠오카에서 전쟁의 총지휘를 하고 있기 때문에 도쿄에 남아 육군 대신 대리를 하고 있었다.
 그러나 22일 대리를 해임당하고, 27일 배편으로 고베에 도착해서 '별동 제1여단'의 사령관에 임명되었다.
 오야마의 여단이 하카타 만에 상륙한 것은 3월 1일 오전 8시였다.
 야마가타는 급히 전선의 노즈에게 전보를 쳤다.
 '오야마 소장이 군대를 인솔하고 도착했다. 이들과 힘을 합쳐 적의 간담을 서늘하게 하는 것이 선봉의 임무이다. 가령 진격해서 우에키를 점령하지 못한다 하더라도 물러나서 반드시 다카세를 지킬 승산이 있다면 진격해도 좋다.'
 이러한 신중함을 보더라도 야마가타의 사쓰마 군에 대한 공포가 얼마나 심했는지 짐작할 수 있다.

 육군 소장 오야마 이와오가 인솔하는 별동 제1여단은 나고야 진대와 오사카 진대의 병사로 구성되었다.
 이 나고야 진대에 속한 병사 중 청년이 한 사람 있었다.
 '기후 현 평민 상등졸, 미쓰와 다미야(三輪民彌)이다.'
 호적부에 의하면 미쓰와 다미야는 안세이 2년(1855년)생이니까 이때 22세였다.
 그는 이 종군 기간 중 면밀한 일기를 적어 귀환한 뒤 그 표지에 《가고시마 전쟁 일기》라고 써서 문갑 속에 넣어 두었다. 최근 그의 자손인 미쓰와 히로미치가 광 속에서 그것을 발견하여 필자에게 보여 주었다.

그 일기는 미농지의 괘지를 철해서 주머니에 들어갈 정도의 작은 책으로 만들어 자잘한 글씨로 꼼꼼하게 쓴 것인데 필기 용구는 휴대용 세필인 듯했다.

놀랍게도 진중에서 쓴 것인데도 그 글씨가 송조체 활자처럼 단정하고 한 획 한 점도 소홀하게 쓰지 않았을 뿐 아니라, 문장이 간결해서 가히 명문이라 할 수 있고 문법이나 조사에 있어서도 틀린 것이 하나도 없었다.

첫머리를 추려 본다.

'때는 메이지 10년 정축 이른 봄, 가고시마 사족 육군 대장 3품 사이고 다카모리, 육군 소장 기리노 도시아키, 육군 소장 5품 시노하라 구니모토 등이 도당을 만들어 정부에 모반해서 규슈에서 거병하여 폐란의 거동이 있으므로 2품 친왕 아리스가와노미야 다루히토(有栖川宮熾仁)를 토벌 총독에 임명하고 여러 대에 칙명을 내려 이를 치게 하셨다. 즉 제1대대 제3대대는 이미 2월 19일에 병영을 출발했다. 우리 대대는 3월 4일 오후 8시 나고야 진대를 출발, 10시 미야 역에 도착, 즉시 이곳에서 승선했으나 비바람이 심하여 항해 불능, 그날 밤 작은 배에서 묵음.'

사이고 군이나 각 부현의 사족이 진대의 사병이라는 명칭부터 모멸적으로 사용하여 '촌뜨기 병정이 무엇을 할 수 있겠는가' 하며 멸시하던 촌뜨기 병정 중에서 미쓰와 다미야는 그 중 극히 평균적인 존재에 불과했다.

그가 이 정도의 소양을 가지고 있었으며 군대 내에서의 훈련으로 간결하게 내용을 표현하는 능력을 가지게 되었던 것이다.

또 서민 출신 병사의 일기를 예로 들겠다.

'사카이 현 평민 육군 중사 아사히라 하쓰사부로(朝平初三郎).'

이 인물은 오사카 부 가와치(河內)의 농가 출신이다.

아사히라 하쓰사부로는 오사카 진대에 속해 있었고, 메이지 7년 사가의 난 때 보병 이등병으로 종군했다.

3년 뒤의 세이난 전쟁에서는 육군 보병 중사가 되어서 종전처럼 오사카 진대에 속해 있었으니 별동 제1여단의 하사관이었다.

그의 일기에 의하면, 그가 속해 있던 오사카 진대 보병 제10연대 제3대대가 동원령을 받은 것은 메이지 10년 2월 25일이었다.

'그래서 2일 오후 8시 오사카 성 교바시 문(京橋門) 영내에 정렬하다. 대대장이 명령하기를 지금부터 사관, 하사관, 사병을 막론하고 군대의 크고 작은 일을 모두 토벌 총독인 아리스가와 노미야 다루히토 친왕 전하의 명령에 따르기로 한다'고 했다.

이윽고 각 중대장은 각 대원을 둥글게 세워 놓고 대대장의 명령을 전했다. 그것이 끝나자 영문을 나와 차례차례 행진하여 우메타 정거장에 도착, 거기서 휴식하다.'

그 뒤 아사히라들의 부대는 기차로 고베에 도착, 그곳에서 일박, 다음날 27일 오전 7시 40분 미쓰비시 회사의 기선 다이헤이마루(大平丸)를 타고 하카타로 향했다.

그들은 3월 1일 오후 1시 '지쿠젠 하카타 항'에 입항, 곧 상륙하여 잠시 휴식한 뒤 후쓰카이치(二日市)를 향해 행군했다.

다음 2일 후쓰카이치의 숙영지를 출발하여 구루메를 향했다.

이날 오후 5시에 구루메에 도착해서 숙영했다.

3일 오전 7시 지쿠고의 세타카를 향해 행군했다. 이 행군 중에 군가를 합창했다. 오후 3시 40분 세타카에 도착해서 숙영 준비를 하고 있는데 급한 명령이 내려 히고의 난칸(南關)으로 급히 진군하라기에 즉시 출발했다.

이 사이의 일을 다음과 같이 일기에 기록하고 있다.

'야마가타와 다카세 양쪽에서 적군의 힘이 점점 더 창궐하여 관군이 거의 패하려 하고 있다. 따라서 응원차 히고의 난칸 역에 급히 진군하라는 명령을 받다. 즉시 정렬하다.'

밤이 되어 난칸에 도착하자 일기에 그 정경을 묘사하고 있다.

'다카세와 야마시카 방면에 격전이 벌어진 듯 총포성이 마치 벽력 같고 포화의 번쩍이는 빛이 마치 번갯불 같았다.'

다카세의 정부군이 행동을 개시한 것은 3월 3일이 되어서였다.

총지휘관인 노즈 시즈오는 2개 여단 병력을 본군과 지군의 둘로 나누었다.

본군을 다바루 고개 방면으로 진군시키고 지군을 기치지고 고개로 진군시키기로 했다.

그러나 단번에 다바루 고개를 목표로 정하지 않고 그보다 훨씬 앞쪽의 안라쿠지 마을(安樂寺村)을 목표로 정했다.

본군을 구성하고 있는 것은 노기(乃木)의 제14연대의 7개 중대와 진대 중에서도 사족 부대로서 최강을 자랑하는 근위 5개 중대이며 이에 오사카 진대의 포병이 산포 4문을 끌고 협동했다.

노기의 연대는 선봉을 명령받았다. 그들은 이미 우에키와 고노하에서 싸워 싸움터의 지형에 밝다는 것 때문에 선봉을 명령받았는데, 어찌 된 운명인지 그들은 어려운 전투만 도맡아 하게 되었다.

그러나 노기는 인솔하지 않았다.

그는 다카세의 세 번째 전투에서 부상당해 구루메에 후송되어 있었다. 본군의 인원은 4300명이었다.

출발은 오전 5시였다.

아직 해가 뜨지 않아 어둠 속을 행군했다. 반쯤 파괴된 다카세의 대교를 건널 때 발밑에 물소리가 요란하고 바람은 차가워 모든 병사들이 약간 떨고 있었다.

병사들은 외투를 말아서 왼쪽 어깨에 비스듬히 메고 오른쪽 어깨에는 스나이더 총을 멘 뒤 허리에 탄띠를 두르고 발은 각반과 짚신으로 단단히 감싸고 있었다.

보병이 지나간 뒤에 포병대가 포차와 탄약차를 끌고 지나갔다.

그들 주위의 전선에서 포대진지와 보루를 만들기 위해 공병대가 작은 삽과 큰 삽을 메고 지나갔다.

사쓰마 군의 주력은 다바루 고개를 지키고 있었으나 그 전위군인 벳푸 신스케의 향사 대대가 고노하 부근에 포진하고 정부군이 오기를 기다리고 있었다. 이 전위부대에는 사쓰마 군으로서는 귀중한 대포가 2문 있었다.

벳푸 신스케는 이 대포로 고노하 산기슭과 이나사 마을의 작은 언덕 위에 각기 포진지를 설치하고 있었다.

정부군의 선봉인 노기 군의 연대는 그 전위부대인 3개 중대의 지휘를 아오야마 호가라 대위에게 맡기고 있었다.

그들의 선두가 안라쿠지 마을의 입구에 이르렀을 때 날이 밝기 시작했다.

안개는 없었다. 그때 들판에 가득 차 있던 차가운 공기를 찢듯이 벳푸 신스케의 고노하 산의 포가 먼저 꽝하고 터지면서 포탄이 노기군의 머리 위로 날아갔다. 포탄이 멀치감치 떨어져 피해는 없었다.

벳푸 신스케의 또 하나의 포는 계속해서 이나사 마을의 언덕에서 흰 연기를 뿜어 올렸다. 포탄은 노기 연대가 행진하고 있는 논둑길 옆 논 가운데 떨어졌다.

이 두 발의 포성이 다음에 계속되는 다바루 고개의 참담한 전쟁의 개막을 알렸다고 할 수 있다.

고노하 마을은 다바루 고개의 사쓰마 군에는 전초기지라 할 수 있다.

여기서 정부군과 결전을 벌일 생각은 없었다. 사쓰마 군이 생각하기에는 정부군은 큰 길을 따라 점점이 취락하고 있는 이 마을을 지나 다바루 언덕으로 올 것이다.

그 진격을 고노하 마을의 요소요소에서 저지하고 희생을 무릅쓰고 지연시키면서 다바루 고개의 방어 공사에 필요한 시간을 조금이라도 더 번다는 것이 전략이었다.

따라서 사쓰마 군은 고노하 마을 부근에 강병을 배치하고 있었다. 벳푸 신스케가 인솔하는 가지키의 향토부대는 가지키 건아라는 호칭으로 알려진 순수한 사쓰마 장정들로 한 사람이 능히 정부군 5명을 상대할 수 있다고 기대하고 있었다.

정부군의 선봉은 노기 연대의 일부(3개 중대 약 600명)였다.

이것을 아오야마 호가라 대위가 인솔하고 있었다. 아오야마는 첫 싸움이 아니었다. 앞서 노기와 우에키와 고노하에서 사쓰마 군에 패했으나, 그 격전 때는 참가하지 않았다. 아오야마는 오구라에 있는 연대 병영을 뒤늦게 출발해서 도중에 총기를 스나이더 총과 교환하기 위해 시간을 소비했다. 오구라에서 도보 행군으로 난칸에 도착했고, 2월 23일에 고노하에서 고전 중인 노기의 본대에 따라붙었다.

결국은 노기와 함께 도망치지 않을 수 없었지만 이 고노하에서 겪은 다소의 경험이 재차 이곳에서 싸우는 그들의 기분을 약간 진정시켜 주고 있었다. 고노하 마을의 산천초목은 모두가 자기 뱃속에 들어 있는 듯한 느낌이 들었으며 벳푸 신스케의 부대가 계속 포탄을 퍼부어 올 때도 부하장교들을 모아 말했다.

"대포는 저 산과 이 산이다."

마치 자기의 친척집을 남에게 안내하는 듯한 표정으로 설명했다. 그의 병사들이 그의 지휘에 안심하게 된 것은 이 같은 아오야마의 태도가 극히 자연스럽게 600명에게 전달되었기 때문이리라.

아오야마와 그의 부대가 이른 아침 고노하 마을의 입구에 다다랐을 때부터 사격전이 시작되었다. 아오야마의 정면 왼쪽에 솟아 있는 것은, 그에게는 이미 낯익은 고노하 산이었다. 길은 그 산 밑을 지나고 있었다.

아오야마는 사쓰마 군의 사격 상황으로 보아서 사쓰마 군의 배치가 길을 지키는 데 집중되고 그 밖의 다른 곳은 약한 것을 알았다. 특히 그 지방에서 곤겐 산(權現山)이라고 불리는 고지의 수비가 약한 것을 알고 곧 병사를 지휘하여 그 곤겐 산에 이어져 있는 한 고지를 점령하고 눈 밑에 있는 사쓰마 군의 보루에 대해 사격을 가했다.

이날 해가 중천에 뜰 때까지 서로 사격과 백병전을 되풀이했으며 또 다른 방면에도 정부군 부대가 진출하여, 결국 해가 넘어갈 때쯤 벳푸 신스케의 부대는 이 방면을 정부군에게 넘겨주고 다바루 고개를 향해 퇴각했다.

정부군은 이미 말했듯이 두 개의 경로로 진격하려 했다.

본군의 경로인 다바루 고개 외에, 남쪽의 기치지고에 고개로 가는 길을 적군이 진격하고 있었다.

다카세에서 오는 정부군이 기치지고에 고개를 넘으려면 시게네키(繁根木)에서 기쿠치 강(菊池川)을 건너 먼저 이구라에 나오지 않으면 안 된다. 이구라는 큰 취락으로 마을이라기보다는 읍이라 할 수 있다. 동쪽의 좁은 길로 가면 노베타(野部田)라는 부락이 있다. 기치지고에 고개까지 약 6킬로미터 정도의 구릉과 골짜기가 교차되어 있어서 공격하는 쪽에서는 결코 쉬운 지형이 아니다.

'기치지고에 고개'

이 험난한 전략적 가치에 대해 처음으로 주목한 것은 구마모토 부대의 지휘자 중 한 사람인 젊은 사사 도모후사(佐佐友房)였다.

사사는 유신 때 아직 소년이었다. 그는 막부 말기의 유신 때 친막파로 활동한 이케베 기치주로를 존경하여 이케베와 함께 구마모토 부대를 조직해서 사이고 군의 힘으로 시세를 되돌리려고 기대하고 있었다.

이때 사사 도모후사는 23세였다. 그에게는 이케베와 마찬가지로 특별히 명쾌하고 선명한 정치적 이론은 없었고, 다만 일종의 강렬한 기분이 있었을 뿐이다. 이 기분은 구마모토 풍의 무사 기질과 구마모토 풍의 국권주의적인 우울, 그리고 구마모토 풍의 반골정신——구체적으로는 사쓰마·조슈 정권에 대한——이 있었을 뿐이었으나 그렇기 때문에 어정쩡한 개화주의자보다 더욱 강하게 분발했다고 할 수 있다.

군략가로서는 사쓰마 군의 누구보다도 이케베 기치주로가 훌륭했는지도 모른다. 또 사사 도모후사는 전투 지휘관으로서는 사쓰마 군의 소대장급에 비해 월등했다. 다만 그들은 사쓰마 군에 비해 세력이 약했기 때문에 그의 헌책은 거의 받아들여지지 않았고 보조부대로서 활동할 수밖에 없었다.

총수인 이케베 기치주로는 전투 지휘에 있어서는 출중하지 못했다. 2월 26일 다카세에서의 두 번째 전투에서 정부군에게 포위되어 부하는 후방의 기도메로 도망치고, 이케베는 부하 2명과 함께 적지를 탈출하여 밤중에 기치지고에 고개를 넘었다. 이 고개를 지키고 있던 것은 사사 도모후사였다. 이케베는 사사를 보고 웃으면서 지나갔다.

"졌다, 졌어."

이케베는 왼쪽 배에 총탄을 맞았으나 사기를 염려하여 별것 아니라고 속이고 있었다.

사사 도모후사는 모두 이 고개를 사수하다가 죽자고 말해 대원들을 감동시킨 뒤 칼을 뽑아 길가의 나무껍질을 크게 벗겨 '적개대(敵愾隊) 전원 이 나무 밑에서 전사하다'라고 크게 썼다. 사쓰마 병사에 비해 약졸인 구마모토 병사에게 전투가로서의 배짱이 서게 된 것은 이때부터라고 해도 좋다.

사쓰마 군이 기쿠치 강의 안쪽 전선에서 방어전을 전개할 것을 결정했을 때 기치지고에 고개의 방위는 시노하라 구니모토와 그의 1번대대 2천 명이 담당하기로 했다.

구마모토 부대의 일부인 사사 도모후사의 부대가 거기에 협력했다. 사사 도모후사들은 다카세의 두 번째 전투에서 실패한 뒤 기치지고에 고개의 파수꾼처럼 붙어 있었다. 사사는 평소 이렇게 말했다.

"기치지고에 고개는 구마모토의 서쪽 목 부분에 해당한다. 이것을 차지하는 자는 승리하고 이것을 잃는 자는 패한다."

한편 이 기치지고에 고개에 대한 정부군의 총지휘는 노즈 시즈오의 동생 노즈 미치쓰라 육군 대령이 맡았다.

전위부대는 도쿄 진대와 오사카 진대의 병사로 편성된 2개 중대이며 후위부대 또한 도쿄와 오사카 진대병으로 이루어진 3개 중대였다. 총병력은

1000여 명이고 대포 2문이 지원하고 있었다. 사쓰마 군보다 오히려 수가 적었으나 사쓰마 군이 기치지고에 고개를 중심으로 한 복잡한 지형 속에 넓게 전개하고 있기 때문에 전투는 쌍방 총력을 기울인 회전이 되지 못하고 각 지형마다 소부대간의 작은 전투가 무수히 전개될 것이다. 그러나 정부군에는 오야마 이와오의 부대가 예비군으로 있었기 때문에 수시로 전선에 투입될 것이므로 전병력을 모두 전개시킨 사쓰마 군보다는 훨씬 유리하다고 할 수 있었다.

3월 3일, 이 부대는 이구라 마을을 통과했다. 그때 고노하 방면에서 주력군이 사쓰마 군과 충돌하고 있어서 총성이 멀리 북쪽에서 들려왔다.

얼마 뒤에 기치지고에 가까운 다치이와(立岩) 마을 부근까지 와서 주민에게 물으니 사쓰마 군의 보루가 즐비하다는 것이었다.

선봉은 2개 중대였다. 도쿄와 오사카의 진대 사병이므로 강한 군대라고 할 수는 없었다. 지휘관은 사코다(迫田) 대위였다. 사코다는 주저했다. 주력의 도착을 기다려서 전투를 개시할까 하고 생각하기도 했으나 이 2개 중대로 공격을 개시하기로 작정했다.

그는 부하를 산개시키고 다치이와 마을에 접근하면서 치열한 사격전을 시작했다. 오전 10시였다.

그러나 사쓰마 군은 굴하지 않았다.

곧 본대가 사카몬다(坂門田) 어귀의 좁은 길을 지나 합류했기 때문에 병력은 배로 늘었다. 본대는 대포를 언덕 위에 끌어올려 사쓰마 군의 보루에 포탄을 퍼부었다.

오후 3시가 되어도 전황에 변화가 없어서 노즈 대령이 자기 부대를 세 부대로 나누어 화포의 엄호 아래 사격과 돌격을 반복하자 겨우 사쓰마 군이 움직여 다치이와 마을에서 철수하여 기치지고에 고개 쪽으로 물러났다.

사격전이 벌어지면 소총의 우열이 큰 차이를 나타낸다.

사쓰마 군은 처참했다. 보루에 몸을 숨기고 한 발을 쏘면 그들이 '촌뜨기 병정'이라고 부르고 있는 진대 사병은 우박처럼 총탄을 퍼부었다. 스나이더 총의 발사 속도는 사쓰마 군이 보기에는 마법 같은 것이었다.

사쓰마 군이 가지고 있는 총은 탄환을 넣고 그 다음에 약포를 넣어서 조준하여 발사하는 것인데, 이런 점에서 스나이더 총의 총탄은 약협에 탄두가 붙어 있기 때문에 장진과 격발이 대단히 쉬웠다.

　사쓰마 군은 언제나 탄약이 떨어질까봐 걱정했다. 그들은 납으로 된 원탄을 많이 사용했다. 원탄을 만드는 순서는 복잡하다. 옆에서 납을 녹여주면 철침 위에 뚫린 구멍에 부어서 만드는 것인데 이 방법은 전국시대부터 변함이 없었다.

　이것과는 달리 정부군의 보급은 마치 오사카에서 베를 짜듯 운송선이 하카타를 왕복하면서 총포탄을 쉴 새 없이 양륙시키고 있었다.

　그러나 이 같은 보급의 윤택함은 사쓰마 군에 비해서 그런 것이지, 정부군 자체에서도 언제나 총탄이 부족하다는 점은 실감하고 있었다.

　그 뒤 10여일 계속된 다바루 고개의 싸움에서 정부군은 31만 발의 총탄을 소비했다. 이 수량은 당시 육군 당국의 예상을 훨씬 넘어섰으며 불과 한 곳의 전투에서 이만큼의 탄약이 소비되리라고는 누구도 생각하지 못했다.

　이 당시 정부는 도쿄와 오사카의 두 개의 포병 공창에서 소총탄을 만들고 있었는데, 1일 제조 능력이 2개 공장을 합해 12만 발이었다. 이것은 상당한 것이라고 할 수 있는데, 다만 하카타로부터의 육로 수송이 원활하지 못해 전선의 사병들 손에 들어가기까지는 꽤 어려움이 많았다. 당시의 정부군에는 수송대라는 병과가 없었다.

　그렇다 해도 사쓰마 군이 볼 때 정부군은 방대한 소비를 이겨 낼 능력을 가지고 있었다.

　3월 3일의 기치지고에 고개 방면의 다치이와에서의 싸움은 전초전이라고 할 수 있다. 사쓰마 군은 오후 4시 전후에도 그 전초기지를 버리고 후방의 기치지고에 고개와 그 사이길인 미미토리(耳取)의 보루를 향해 철수했으나 보기에 따라서는 도망쳤다고도 할 수 있다. 사쓰마 병은 백병전에서는 용감했지만 진대 군이 설마 이같이 소나기처럼 총탄을 퍼부을 것으로는 생각하지 못했다.

　사쓰마 군은 그의 소총 지휘소(사쓰마 군의 호칭으로는 본영)를 후방의 기도메(木留)에 두고 있었다.

　다바루 고개에서의 길도 기치지고에 고개에서의 길도 이 기도메로 통하기 때문에 양쪽 전선의 상황을 잘 알 수 있었다. 여기에 전선의 위급 상황에 대처하기 위한 예비대도 있었다.

　"다치이와의 보루가 위험하다."

보고가 들어온 것은 오후 3시경이었다. 총지휘소에는 시노하라 구니모토, 무라타 신파치, 그리고 벳푸 신스케가 있었다.

시노하라는 즉시 예비대 8백 명을 거느리고 구원차 기도메에서 언덕을 달려 내려갔다.

시노하라는 육군 소장의 군복에 외투를 입고 은으로 장식한 칼을 서양식으로 차고 있었다.

기치지고에 고개 위에서 구마모토 부대의 사사 도모후사를 보았다. 전선에서 부상병이 후송되어 와서 보루 옆에 누워 있었다.

전선의 다치이와까지는 1킬로 남짓이었다.

시노하라들은 구보로 산길을 달렸다. 다치이와 부근에 오자 여러 보루에 있던 병사들은 이미 들떠 있었고 시노하라들은 외길을 내려오고 있었다. 길은 한줄기뿐이며 그 주위의 바위 모퉁이나 나무 사이에서 불을 뿜고 있어서 시노하라들은 그 이상 내려갈 수가 없었다. 쉴 새 없이 포탄이 날아와 보루를 날려 버리기도 하고 길가의 시노하라들을 위협하기도 했다. 시노하라의 병사는 모두 여기저기의 지형 지물을 이용해 엎드린 채 움직이지 않았다.

정부군은 가장 약하다는 오사카 진대와 도쿄 진대의 병사이지만 자기편이 우세하기 때문에 사기가 올라 계속 전진하면서 사쓰마 병을 향해 총을 쏘아댔다. 그 위에 사쓰마 병의 특기인 총검에 의한 돌격도 되풀이됐다.

사쓰마 군은 마침내 감당하지 못하고 일제히 도망치기 시작했다. 시노하라는 처음엔 그들을 노상에서 질타하며 제지했으나 한 번 무너지기 시작한 병사들을 저지하는 것은 불가능한 일이어서 병사들이 가장 무서워해야 할 시노하라를 무시하고 그 옆을 달려서 도망쳤다. 그러자 시노하라의 병사들도 같이 휩쓸려 도망치기 시작했고 끝내는 시노하라 자신도 도망쳤다. 싸움터에서 일어나는 공황은 한 사람의 지휘관이 막을 수 있는 것이 아니기 때문이다.

그들이 멀리 기치지고에 고개 위까지 도망쳐 왔다가 또다시 도망치려 할 때 노상에 서 있던 구마모토 부대의 사사 도모후사가 소리쳤다.

"시노하라 씨 당신까지 도망칩니까?"

이 말에 시노하라도 그제야 제 정신이 든 듯 평소의 표정으로 되돌아 왔다. 곧 노상에서 큰칼을 뽑아들고 크게 소리쳤다.

"멈춰라!"

사쓰마 군의 패주는 기치지고에 고개에서 겨우 진정되었다.

사사 도모후사가 인솔하는 구마모토 부대는 사쓰마 군이 무너지는 것을 보고 일종의 쾌감도 느끼고 한편으로는 화도 났을 것이다.
본디 기치지고에 고개 부근 전체의 방어는 사쓰마 군 1번대대인 시노하라 구마모토의 부대가 맡고 있었고, 사사 도모후사의 구마모토 부대는 기치지고에 고개의 큰길인 극히 제한된 일부를 맡고 있었을 뿐이었다. 제한된 일부라 해도 기치지고에 고개의 한 줄기 길인 이 방면은 방어진지의 중심을 이루고 있었으며, 이곳을 사쓰마의 1개소대(소대장대리 마쓰오카 이와지로)와 함께 수비하고 있었다.
이 마쓰오카 부대와 사사 부대가 1일 교대로 전선의 다치이와 마을의 통칭 다치이와고야라 불리는 곳까지 나가고 있었다. 공교롭게도 사쓰마의 마쓰오카 부대가 다치이와의 보루를 지키고 있을 때 정부군이 쳐들어온 것이다. 이날 구마모토의 사사 부대는 비번이어서 기치지고에(古次越) 고개 위에서 쉬고 있었는데 행운이라면 행운이었는지 모르겠다.
사쓰마 군의 소대장 대리 마쓰오카 이와지로는 전에 근위군 중사였던 인물로 본디 포술이 전문이었으나 이 방위전에서는 보병의 지휘를 맡고 있었다. 정부군의 맹렬한 사격으로 얼굴을 들 수 없는 상황이 되었을 때 아마도 마쓰오카가 견디지 못했기 때문에 전원이 공황에 빠져 버린 모양이었다.
그들의 공황은 후방의 기도메에서 온 시노하라 구마모토의 지원군까지 휩쓸고 시노하라 자신까지 도망치는 진기한 상황이 되었다.

사쓰마 군 2번대대장인 무라타 신파치도 전과 같은 플록코트 차림으로 이 패주 부대에 섞여 있었다.
그는 시노하라 구니모토가 지원군을 지휘하여 다치이와까지 간다고 할 때, 함께 기도메 본영에서 나왔다.
사쓰마 군이 다치이와에서 궤멸하여 시노하라 소장까지 기치지고에 고개를 향해 도망칠 때, 무라타는 그래도 심리적 불안에서는 멀어져 있었다. 그는 보루에서 그 훤칠한 몸을 천천히 일으켜 배후의 좁은 고갯길을 도망치는 동향인을 별로 화내거나, 가엾게 여기지도 않고 쓰디쓴 웃음을 띤 채 바라보고 있다가, 잠시 뒤 그도 늙은 나무꾼——그는 41세였다——이 집에 돌아가듯 보통 걸음으로 고갯길을 올라가 버렸다. 모두가 도망친 뒤라서 그의 외로운 그림자는 정부군이 보아도 싸움터의 사람으로는 보이지 않았을 것이다.

무라타 신파치만큼 사이고를 형님처럼 받들고 사이고에 대한 이해와 애정이 깊었던 사람도 없었을 것이다. 기리노는 이번 폭거에 있어서 그의 장사풍의 정략을 실현하기 위해 사이고를 이용했다고 할 수 있으나, 무라타가 자기 자신이 반대했던 이번 폭거에 몸을 맡긴 것은 단지 사이고에 대한 의리 때문이었다. 그는 의리를 위해서는 앉아서도 목숨도 버릴 수 있는 사나이였다. 이런 점에서 무라타처럼 지성과 투철한 희생적 정신을 가진 인물은 수많은 사쓰마 군 중에서도 나가야마 야이치로가 있을 정도이다.

무라타는 젊었을 때부터 사이고의 동생격으로 자기의 자리를 결정하고 분큐 2년(1862) 사이고가 히사미쓰 때문에 도쿠노시마(德之島)에 유배되었을 때 신파치도 일당으로 지목되어 기카이가시마에 유배될 정도였으나, 유신 후에 사이고는 무라타에게 이에 상응하는 보답을 해 주지 못했다.

무라타는 앞서 말한 바 있듯이 3년간 구미 각국을 시찰하고 귀국한 후 사이고를 따라 사직하고 귀향했다. 귀국 후에 무라타는 타향인에게 이렇게 말한 적이 있다.

"외교의 어려움은 사이고라도 능히 감당하기 힘들 것이다."

가령 사이고가 정권을 잡았다 하더라도 정한론 같은 단순한 국가행동을 취할 수 없다는 함축성 있는 말로 생각되며, 가쓰 가이슈가 무라타는 일국의 재상의 기량이 있다고 말한 것도 그런 뜻을 풍기고 있다고 보겠다.

기치지고에 고개의 꼭대기에 있던 구마모토 부대의 사사 도모후사는 도망쳐 오고 도망쳐 가는 사쓰마 군에 놀라고 있을 때 언덕길을 천천히 올라오는 무라타 신파치를 만났다. 무라타는 사쓰마 군의 장군 중에서도 가장 이야기하기 쉬운 인품이기 때문에 사사는 비아냥거리듯 말했다.

"무라타 선생까지 이 모양이십니까?"

무라타는 여느 때와 다름없이 대답했다.

"이것은 퇴각이 아니야. 정부군을 유도하기 위해서지. 산골짜기로 유도해서 한꺼번에 섬멸하려는 것일세."

물론 무라타가 동향인의 낭패를 타향인에 대해 변명한 것이었다.

기치지고에 고개에서 3월 3일 벌어졌던 서전에 대해 평가하기는 어렵다.

성곽에 비유한다면 기치지고에 고개의 꼭대기가 본성이라고 할 수 있을 것이다. 그 정문에 해당되는 것이 다치이와 마을이다. 서전의 전투는 이 다치이와 마을에서만 벌어졌다가 끝났다.

사쓰마 군은 7시간 동안의 격전 끝에 다치이와 마을을 버리고 동쪽으로 도주했으나 사상자는 정부군 쪽이 훨씬 컸다. 더욱이 정부군은 사쓰마 군이 일단 포기한 다치이와 마을을 점령하지 않고(사쓰마 군의 습격이 두려워 점령할 만한 용기가 없었다) 훨씬 후방으로 물러나서 재차 공격할 준비를 했다. 공격 재개라는 말은 듣기에는 좋지만 현실적으로 이런 일전에서 승리자인 진대 사병 사이에 전쟁에 대한 공포가 크게 번져갔다고 생각된다.

한편 일단 도주했던 사쓰마 군측은 오히려 사기가 올라 있었다.

사쓰마 인의 전투 습관으로서 이것도 전국시대 이래의 것으로 생각되나, 적을 습격해서 손해를 입히는 것을 항상 주안점으로 삼고 진지에는 집착하지 않았다. 그들이 다치이와 마을에서 도망친 까닭도 진지를 사수하는 습관이 희박했던 것이 한 가지 원인이 되었을 것이다. 그렇기 때문에 일단 도망친 뒤에 사기가 회복된 것이다.

"이번에는 관군을 습격하자."

사졸들이 모두 말하였다. 지키는 것보다는 공격하는 쪽이 사쓰마 인에게는 적합하다고 하겠다.

그러나 지킨다는 점에 있어서도 3월 3일의 서전 경험은 사쓰마 군 수뇌에게 진지 구축의 불리함을 뼈아프게 가르쳐 주었다. 그들은 기치지고에 고개의 전면이나 좌익 우익에 기복하는 지형을 철저히 이용해서 새로운 흙벽을 구축하고 보루를 만들어 서로의 연락을 긴밀히 했다.

이 같은 일은 북쪽의 다바루 고개서도 사쓰마 군이 서전에서 배운 점을 이용해서 보루를 계속 증축했다.

그리하여 북쪽의 다바루 고개와 남쪽의 기치지고에 고개 사이의 골짜기와 고지는 거의 진지화되었다.

정부군은 오야마 이와오의 여단이 도착함으로써 강화되었다. 3월 4일에 기치지고에 고개에 대한 공격이 재개되었으나 서전과는 달리 사쓰마 군이 강경하게 방어하며 가끔 적을 습격해 정부군 쪽이 오히려 고전하고 있었다.

기치지고에 고개에서 벌어진 전투의 첫 단계는 3월 3일에 계속되었으나 사쓰마 군은 날이 갈수록 완강해졌다. 이 같은 일은 정부군 수뇌의 생각을 다소 현명하게 만들었다. 그들은 기치지고에 고개에 너무 구애받고 있었다.

억지로 기치지고에 고개를 함락시킬 필요가 없지 않느냐 하는 것을 나중에야 겨우 깨달은 듯했다. 그보다도 총력으로 다바루 고개의 사쓰마 군 야전 진지를 공격하여 다바루 고개를 점령한다면 옆 가지에 불과한 기치지고에 고개는 스스로 말라 떨어질 것으로 보았다.

그 후부터 다바루 고개가 문자 그대로 주무대가 된다.

어쨌든 기치지고에 고개에서 벌어졌던 2일간의 전투에서 정부군의 손해는 막심했다.

그즈음 태정관의 육군 대령 중에서 가장 우두머리였던 후쿠하라 가즈가쓰(福原和勝)라는 조슈 인이 부상을 입고 사망했다.

후쿠하라는 천성적인 군인이라는 평판이 높았다. 그의 군경력은 막부·조슈 전쟁 때 조후(長府)의 보국대 군감이 된 후부터의 것으로, 보신 전쟁 때는 야마가타 아리토모 밑에서 실전과 작전 양면으로 보좌했다.

메이지 2년부터 3년간 영국에 유학하고 메이지 7년 오쿠보 도시미치가 전권변리대신으로 청나라에 파견되었을 때 그의 수행원이 되었다. 같은 수행원으로 사쓰마계의 가바야마 쓰케노리 중령이 있었는데 가바야마는 사이고의 외교 감각을 사숙해서 청나라에 대해 호전적인 의견을 가졌으나, 후쿠하라는 끝까지 이에 반대했다. 후쿠하라의 외교정치가로서의 자질은 이 시기에 이미 나타났다고 할 수 있다.

세이난 전쟁이 일어나자 후쿠하라는 출정해서 2월 26일 하카타를 상륙한 후 구루메에 들어갔다.

구루메에는 야전병원이 설치되어 있었는데 후쿠하라는 그곳에 입원중인 소령 노기 마레스케를 문병했다.

후쿠하라와 노기가 같은 조슈 인이라도 특히 인연이 깊었던 것은, 둘 다 조슈 번의 지번인 조슈 번사였기 때문이다. 노기는 오오다 이치노신의 사촌 동생이다. 오오다는 막부 말기 이래 지사 그룹의 명사로 그가 사쓰마의 구로다 기요타카에게 노기의 취직을 부탁해서 육군에 넣었다. 오오다가 죽은 뒤 후쿠하라가 대신 노기의 보호자처럼 되어 노기를 질책하고 교도하는 편지를 자주 보냈으므로 특별한 관계에 있었다.

3월 3일 후쿠하라는 다치이와 마을의 전선으로 내려가 진두에서 작전을 짜고 있을 때 날아온 총탄이 대검에 맞고 이어 가슴을 관통했다. 그 뒤 구루메의 병원에 후송되었으나 곧 사망했다. 나이 32세였다.

기치지고에 고개 전투에서 3월 4일은 사쓰마 군의 사기가 최고조에 달해, 보루를 뛰쳐나가 백병 돌격을 감행하고 도로상에서 소규모의 백병전을 반복할 때마다 정부군을 압도했다.

그 이유의 하나는 서전의 패주 이후 사쓰마 군 지휘관이 병사들의 사기 진작에 힘쓰는 한편 스스로 진두에 서게 되었기 때문으로 생각된다. 그 한 가지 예로 나가야마 규지(永山休二)의 경우가 있다.

나가야마 규지는 사쓰마 인이 사나이의 미덕으로 부르는 '고집통'으로 온몸이 똘똘 뭉쳐진 자로, 그의 성격이나 지향으로 보아 군인 이외에 살길이 없는 인물이라 할 수 있었다. 사이고도 평소에 그를 사랑해서 보신 전쟁이 끝나자 그 전공에 따라 근위 포병 대위로 임명했다. 그러나 학식이 뒤떨어졌으므로 대위의 직책을 수행할 수 없어서 중위로 강등되었다. 그 뒤 또 소위로 강등되었으나 규지는 태연했다. 그는 일반적인 조슈 인처럼 군인을 관리로 보지 않고 어디까지나 전사로 보고 있었다. 전사인 이상 자기가 대위이거나 소위이거나 무슨 상관이냐 하는 편이었으므로 전형적인 사쓰마 무사라고 할 수 있다.

그는 4번 대대의 5번소대장으로서 200명을 거느리고 싸우다가 이 기치지고에 고개의 방위에서는 가장 좌익 진지에 배치되었다. 그곳은 노데(野出)라는 부락인데 표고 685미터의 산 중턱으로, 산에 올라가면 서쪽에는 아리아케 바다(有明海)가 보이고 북쪽은 미쓰다타케(三岳 684미터)를 사이에 두고 멀리 기치지고에 고개의 험준한 모습을 볼 수 있었다.

주진지에서 멀리 떨어져 고독한 소진지에 있으니 주진지인 기치지고에 고개의 요란한 총소리가 간을 쥐어짜는 것 같았다. 3일 밤에는 정부군이 밤새워 기치지고에 고개를 포격해서 나가야마의 신경을 몹시 건드렸고, 4일 아침 정부군의 우세를 알고 나서는 나가야마는 참지 못하고 부하의 일부를 인솔하고 기치지고에 고개로 곧장 진군했다.

물론 제대로 된 길이 없었으므로 산등성이를 기어오르고 물에 뛰어들어 골짜기를 건너는 원숭이 떼 같은 진군 방식으로 기치지고에 고개 부근까지 진출해서 정부군의 우익에 불쑥 나타났다. 나가야마는 정부군의 우측 후면을 공격했다. 총격하다가는 돌격하고 도망치면 추격하고 또다시 돌격하는 참으로 맹렬한 활동을 전개했다.

그래도 나가야마 부대의 사병들은 가끔 도망쳤다. 나가야마는 칼을 뽑아 들고 큰소리로 외쳤다.

"한 사람이 후퇴하면 한 사람을 죽이고 열 사람이 후퇴하면 열 사람을 죽인다. 후퇴해서 내 칼을 더럽히기보다 전진해서 적진에서 죽어라!"

사쓰마 군의 불같은 격렬함은 나가야마 같은 중급 지휘관의 불같이 사나운 용기에 힘입은 바가 크다.

기치지고에 고개에서의 3월 4일 전투는 적과 아군의 거점이 개의 이빨처럼 들쭉날쭉하게 소부대 단위로 서로 육박하여 얼굴이 보일 정도로 가까운 거리에서 서로 사격하고 백병전으로 격돌했다.

정부군도 때로는 진대병이라고는 생각되지 않을 정도로 맹렬하게 사쓰마 군을 향해 총검을 앞세우고 쇄도했다. 스나이더 총은 총검을 꽂은 채 사격이 가능했기 때문에 사격에서 돌격으로의 전환이 간단했다. 후방의 인부들은 이 착검총을 보고 '칼 달린 총'이라고 불렀다.

4일 이른 새벽 정부군 선봉인 사코다 대위는 전날의 숙영지인 다치이와 산을 내려와 전면의 봉우리마다 배치된 사쓰마 군의 보루를 바라보며 백병전으로 보루 하나만이라도 점령하겠다고 결심했다. 점령하기 위해서는 부하인 진대 사병들이 죽음을 각오해야 하고 그러기 위해서는 연설을 해야 했다. 그는 국가의 위급함을 역설하고 사쓰마 병사가 전원 죽음을 결심하고 있는 것을 칭찬하며 말했다.

"그 같은 사쓰마 군의 보루를 점령하기 위해서는 보통 수단으로는 불가능하다."

이렇게 그들에게 죽음을 각오시킨 뒤 스스로 선두에 서서 봉우리로 올라가기 시작했다. 진대사병들은 '칼 달린 총'을 나란히 하고 사코다를 따랐다.

그들은 가까이 와서 총격을 하다가 또 전진하여 사격하고, 끝내는 총검 돌격에 의해 보루에 뛰어들어 사쓰마 병을 쫓아 버리고 점령했다. 그러나 점령하고 한숨 돌리는 동안 일단 후퇴했던 사쓰마 병이 사코다 부대처럼 보루에 육박해서 사격하다가 약진하고, 사격을 그치고는 총은 어깨에 메고 허리의 큰칼을 뽑아들고 보루에 뛰어들어 진대 사병들을 후려쳐서 쫓아 버렸다. 사코다는 애써 점령한 보루를 버리고 다치이와 산으로 도망치지 않을 수 없었다.

이 사코다 부대는 퇴각하는 도중에 나가야마 규지 부대와 만났다. 사코다 부대는 나가야마 부대의 용맹을 이기지 못하고 도망쳤으나, 두 사람의 사관이 남아서 단신 돌격해 왔다. 그 중 한 사람을 나가야마 자신이 겨냥해서 쓰러뜨리고 나머지 한 사람(구리다니 소위)을 나가야마 부대의 하마타 긴지로(濱田欽次郞)가 큰칼로 쳐서 죽였다. 정말 쌍방간의 처절한 싸움이라고 말할 수밖에 없었다.

정부군은 소장 오야마 이와오가 인솔하고 온 1개 여단이 각 전선에 분산 배치되었기 때문에 인원수에 있어서는 훨씬 우세했다.

다만 기치지고에 고개 부근의 지형이 복잡하여 크고 작은 언덕과 골짜기가 엉켜 있어서 대군을 전개하기에 어려움이 있었다.

정부군은 소부대별로 말하자면 서로 제멋대로 돌아다니고 있었는데 만일 이런 지형 상황 속에서 어떻게든 병력을 모아 대부대에 의한 타격력을 만들 수 있다면, 병력이 빈약한 저항선밖에 없는 사쓰마 군에 대해 효력을 보여 줄 수 있을 것이었다.

싸움터에서 소부대끼리의 우연 또는 필연적인 운동이 되풀이되는 과정에서 극히 짧은 시간이지만 대집합이 이루어질 수 있다. 그 결과 기치지고에 고개의 북쪽에 있는 한타카 산(羊高山 : 표고 200미터)이 정부군에 점령되었다.

사쓰마 군의 여러 부대는 놀라서 사방에서 모여들어 기치지고에 고개의 북쪽 사면에 집결해서 맹렬한 사격을 가했다. 정부군은 애써 점령한 고지를 수많은 사상자를 내고서도 포기하지 않으면 안 되었다.

사쓰마 군은 이제 겨우 새 활기를 띠게 되었다.

동시에 사쓰마 군은 이 국면 덕택에 병력을 집중할 수 있었다.

"이 기세를 살려 좌우 양익을 펴서 적을 밀어 버리자."

시노하라 구니모토가 무라타 신파치와 얼굴을 마주하자 제안했다. 무라타도 찬성했다. 싸움의 기회로는 다시 없는 것이었다.

두 사람은 그 부근의 여러 부대에서 건장한 사병을 각각 500명 정도 선발하여 우익은 한타카 산의 꼭대기에 두고 좌익은 미쓰다타케(기치지고에 고개의 남쪽)의 중앙에 두었다. 잠시 후 쌍방이 골짜기를 사이에 두고 신호를 교환하면서 정부군에 일제히 돌격을 개시했다. 기치지고에 고개의 큰길 위에도 사쓰마 군 주력이 있어서 함께 전진했다.

시노하라가 선두에 섰다.

여전히 은으로 장식한 큰칼을 차고 붉은 망토를 펄럭이면서 총을 잡고 있었다. 멀리서 보는 사람도 그것이 시노하라 소장이라는 것을 한 눈에 알 수 있었다. 시노하라는 빗발같이 쏟아지는 총탄 속에서도 자세를 낮추지도 않고 오히려 전진하는 아군에게 자기가 잘 보이도록 해서 사기를 북돋우려 했다.

사쓰마 병은 그 같은 시노하라가 사쓰마 무사의 귀감처럼 느껴져서 말할 수 없이 좋았다.

"시노하라 님에게 뒤져서는 안 된다."

서로 앞다투어 전진했다.

이 같은 시노하라 구니모토에 대해 이시바시 세이하치(石橋淸八)라는 소대장이 귀찮을 정도로 충고했다.

"후방에 있도록 하십시오. 당신에게 만약 불미스러운 일이 생기면 사기에 영향이 있습니다."

그는 거듭 충고했다.

이시바시는 시노하라보다 한 살 아래인 41세로 보신 전쟁 이래의 전우였다. 근위대 시절에 이시바시는 중위까지 승진했다가 사직했다.

시노하라는 이렇게 충고하는 이시바시가 귀찮아서 뒤돌아보며 조용하게 말했다.

"나는 싸우러 왔다. 위태롭거든 자네나 고향으로 돌아가."

가랑비가 내리고 있었다. 모자챙 밑에 시노하라의 검은 얼굴이 젖어 있었다. 고향에 돌아가라는 것은 상당한 욕이고 모욕이라 할 수도 있었다. 이시바시도 입을 다물었다. 이 말이 평소 전혀 말이 없던 시노하라의 마지막 말이 되고 말았다.

정부군의 소령으로 에다(江田)라는 사람이 있었다. 에다는 집 뒤에 숨어 있다가 전방 도로상에서 사병들을 지휘하고 있는 시노하라를 발견했다. 에다는 시노하라가 근위 사령관일 때 중대장으로 있어서 그의 얼굴을 잘 알고 있었다.

그는 사격 잘하는 사병을 불러 전방의 시노하라를 가리키면서 말했다.

"저 망토 입은 사람을 쏘아라."

사병은 숨을 죽이고 조준한 뒤 발사했다.

시노하라는 한 발에 넘어졌다. 즉사했다.

후방에 있으면서 많은 정보를 얻지 못하고 있는 사이고가 이 사실을 안다면 몹시 슬퍼했을 것이다. 사이고는 후진 중에서도 과묵하고 그 강직한 성격과 모든 일에 책략을 쓰지 않는 시노하라를 가장 사랑하였고 가장 믿고 있었다. 사이고는 향토 출신인 기리노를 남이라고 생각하고 시노하라를 집안이라고 생각한 것 같았다. 또 기리노에 대해서는 그 성격의 화려함에 약간 소원함을 느낀 듯했다. 쇠붙이의 결같은 시노하라의 중후한 인격은 사이고의 가치관에서는 얻기 힘든 보물이었음에 틀림없다.

사이고는 편지 외에는 문장을 거의 남기지 않아서 그의 사상을 이해하기 위해서는 사이고의 가치관으로 채용해서 발탁한 그의 후진들의 인격이나 언동으로 추정하는 수밖에 없는데, 그러한 의미에서 시노하라라는 존재는 사이고에 관해 무엇인가를 말해 주고 있는 듯하다.

시노하라는 죽었지만 그때 그가 남긴 작전은 계획대로 진행되어 사쓰마군은 기치지고에 고개의 큰길을 포함해서 세 방향에서 정부군을 압박하여 그들을 산 밑으로 쫓아버리고 끝내는 노즈 미치쓰라 대령으로 하여금 총퇴각을 결심하게 했다.

노즈는 이날부터 기치지고에 고개의 공격을 단념하고 이구라 마을에 초계부대를 남긴 채 전군을 다카세로 철수시켰다.

기치지고에 고개의 전투에 다네가시마(種子島)의 사족도 참가하고 있었다. 그 중 한 사람인 가와히가시(河東)가《정축 탄우일기》라는 수기를 남겼다.

그들은 오타오(大多尾)라는 방면을 수비하고 있다가 응원부대로서 3월 3일부터 기치지고에 고개 전투에 참가했다.

곧 사쓰마 군이 사력을 다해 정부군을 쫓아 버렸는데, 정부군이 다수의 사상자를 버려둔 채 멀리 달아난 뒤의 처참한 전장을 가와히가시는 기록하고 있다.

'뒤쫓는 아군은 전력으로 쫓아가고 도망치는 적군도 죽을 힘을 다하는데 총검도 버리고 부상자도 버리고 패주에 패주를 거듭했다. 도랑에는 선혈이 가득하고, 밭에는 시체가 즐비했다. 온 산의 나무에는 탄흔이 벌집 같았고, 땅 위에는 탄피가 산더미를 이루었다. 이처럼 전쟁의 격렬함과 버림받은 시체의 비참함은 듣도 보도 못한 일로 그 감회는 참으로 견디기 어려웠다.'

전투가 끝난 뒤 그들은 애초의 수비 지역인 오타오에 돌아왔으나, 오타오를 떠나올 때보다 병사수가 반으로 줄어 있었다.

'갈 때는 시끄러운 큰 부대를 이루었는데 올 때는 적적히 반으로 준 사병들. 이제사 알았다, 아군의 사상자가 많았음을.'

가와히가시들이 오타오의 보루로 돌아오려고 기치지고에를 떠날 무렵 시노하라 구니모토의 시체도 이시바시 세이하치 등의 손으로 들것에 실려 새로운 싸움터로 떠났다.

또한 이때는 시노하라를 쏘아 죽이게 한 정부군의 에다 소령도 사쓰마 병의 집중사격으로 전사한 뒤였다.

붉은색 망토를 씌운 시노하라의 시체는 밤중에 구마모토의 본영에 돌아왔다.

사이고는 본영의 안채에서 잠들어 있었는데 부관인 후치베 군페이로부터 이 사실을 듣고 이불을 걷어차고 시체 안치실로 갔다.

시노하라가 누워 있었다.

사이고는 평소 시노하라를 '도 군'이라고 부르고 있었다. 시노하라의 통칭이 도이치로(冬一郞)였다.

사이고는 지난 달 그믐께 다카세에서 전사한 동생 고헤의 시체가 돌아왔을 때도 큰 눈을 껌벅거리기만 했을 뿐 침묵을 지켰으나 시노하라의 경우에는 약간 평정을 잃고 있었다.

"도 군, 너무 급히 서둘렀군."

사이고는 시체를 부둥켜안고 몹시 눈물을 흘리며 한참 동안 자리를 뜨지 않았다.

고노 슈이치로(河野主一郞)는 5번대대(대대장 이케가미 시로)의 제1소대장에 불과했으나 작전 능력이 있어 대대장급에 버금가는 존재로 자부하기도 하고 그렇게 남에게서도 인정받고 있었다.

그는 이때 5번 대대가 구마모토 성의 공격을 담당하고 있었기 때문에 다바루 고개나 기치지고에 고개에는 없었다.
구마모토 성밑 거리 북쪽 어귀인 데마치(出町)에 있었다.
데마치에는 우에키외 야마시카로 가는 큰 길이 통하고 있는데 고노가 그곳을 주둔지로 정하고 있었던 것은, 공격군에 속하면서도 북방과 북동방 전선의 정보를 가장 빨리 가장 집중적으로 알 수 있다는 조건도 가지고 있었기 때문이다.
아마도 이케가미는 고노의 영민함을 높이 평가해서 이 북쪽 교외에 주둔시켜 포위군과 야전군과의 연락 기관도 겸하게 했던 것이리라.
고노는 전후에도 살아남았다.
다이쇼(大正) 5년 야기(八木)라는 사람이 고노의 세이난 실전담을 듣고 속기한 뒤 다시 정서하여 책으로 만들었다. 아마도 활자화되지는 않았겠지만 원본은 가고시마 현립 도서관에 보관되어 있다.
'나의 부대가 있던 곳은 데마치의 가토 기요마사의 묘소 근방이다.'
이 말과 함께 약도도 첨부되어 있다. 그 주둔지는 지세가 높아 성을 공격하는 지휘소로서는 적합한 곳으로 고노는 나카야마(中山)라는 옛 번의 상급 번사의 집을 빌려 쓰고 있었다. 뜰이 넓고 작지만 석가산도 있어 고노는 언제나 그 석가산에 올라가서 지휘했다.
고노의 병사는 200명으로 담당구역은 데마치 쪽과 가미야마 강(上山川) 쪽의 두 방면인데 후방에서 비교적 큰 규모의 전투를 지휘할 때도 있었으나, 본디 부지런한 사람이라서 성에서 탐색대가 몇 명 나왔을 때도 10명 정도를 인솔하고 직접 나가 이들과 싸워 격퇴시켰다. 예를 들면 그의 기억으로는 2월 27일인가 28일에 소규모 시가전이 있었는데 그가 직접 지휘하고 돌격하여 성에서 나온 부대를 쫓아 버렸다. 그의 이야기는 사실을 바탕으로 했으므로 약간 냉담한 느낌이 든다.
소규모 전투에서 돌아오는 길에 그의 부하가 길가에 죽어 있었다.
그 점에 대해서도 이렇게만 씌어 있다.
'니시다(西田) 출신 이케하타(池畑)씨의 시체가 길가에 있었다.'
라고만 씌어 있다. 이것이 오히려 전쟁터의 처절한 정경을 떠올리게 한다.
기치지고에 고개에서 시노하라 구마모토가 전사하기 전날인 3월 3일 저녁 때 고노의 본영에 다음과 같은 정보가 들어왔다.

"고노하 방면에서 패전하고 우에키의 다바루에서 전투가 위급해졌다."
 고노는 즉시 2명의 척후병을 보내 그 방면의 상황을 탐지케 했는데 밤에 뜻밖에 사이고가 나타났다.
 사이고가 본영을 나와서 외출하는 일은 거의 없는 일인 만큼 고노도 대단히 놀랐다.
 '어느 날 밤 선생이 호위를 데리고 나의 부대에 오셔서……'
 고노의 담화 속기에 이렇게 씌어 있다.
 사이고의 본영은 하나오카 산(花岡山)의 동남쪽 기타오카 신사(北岡神社)로 성에서는 서남쪽에 해당된다. 거기서부터 성의 북쪽 데마치에 있는 고노의 주둔지까지는 4킬로미터가 될 것이다.
 길은 여느 때 같으면 성의 해자를 지나오면 빠르지만 전투상황 속에서는 통과하기 곤란하다.
 아마 멀리 돌아서 왔을 것이다.
 사쓰마 군의 정의와 정략과 전략은 모두 사이고의 압도적 인기에 달려 있었으므로 사이고가 죽으면 전군이 붕괴될 수밖에 없다. 따라서 사이고를 밖에 내보내기 싫어해서 그는 마치 죄수 같은 처지였다.
 사이고가 밤이라고는 하지만 외출할 수 있었던 것은 귀찮게 충고하는 기리노와 시노하라가 나가고 없었기 때문일까.
 밤이라고는 하지만 시가지였으므로 사람들의 통행이 없을 수 없었다. 도중에 행인들의 눈을 피하기 위해 가마를 이용한 듯하다. 호위병은 1개 소대였으니 아마 200명 정도였으리라.
 고노의 얘기에 의하면 사이고는 들어오자마자 정중하게 물었다고 한다.
 "다바루는 고전이라고 들었는데 패하지는 않겠는가?"
 평소에 전투에는 직접 관심을 보이지 않던 사이고가 고노의 주둔지까지 전황을 물으러 온 것은 그곳이 여간 걱정되지 않았기 때문일 것이다. 그는 또 이런 말까지 했다.
 "가서 상황을 보고 올까?"
 고노 슈이치로는 놀라서 어떻게 하든 말려야겠다고 생각했다.
 "저도 그런 말을 듣고 척후병을 보냈습니다."
 척후가 곧 돌아올 터이니 여기서 기다려 달라고 고노는 말하고, 아까부터 풍기고 있는 쇠고기 냄새에 대해 설명했다.

"마침 잘 오셨습니다."
고노는 부근 농가에서 소를 한 마리 샀다.
"지금 소를 잡아서 뒤뜰에서 요리하고 있습니다."
그러면서 사이고를 만류했다. 사실 고노는 휴대식품으로 쇠고기조림을 만들고 있었다.
잠시 뒤 그것을 가지고 왔다. 사이고는 쇠고기를 좋아했다. 그것을 먹고 있는 동안 척후병이 돌아왔다.
다바루 고개는 괜찮다는 것이었다.
사이고는 그 이상 설명을 요구하지 않고 아무런 감상도 말하지 않은 채 다만 잘 되었다고 한 마디 하고는 돌아가 버렸다.
그날 밤중에 기도메의 전선 본영에서 고노의 주둔지에 "고노하 방면에 응원하러 가라"는 명령이 왔다. 고노는 즉시 병사들에게 쇠고기조림을 나눠 준 뒤 출발했다.
"다하라가 고전한다고 들었다. 패하지는 않겠느냐?"
사이고가 불안해 한 것은 3월 3일 고노하의 사쓰마 군 전초기지가 뚫린 것이 과장되게 전해졌기 때문이다.
정부군이 고노하에서 사쓰마 군을 쫓아 버리자, 동쪽 다바루 고개로 거의 직선으로 통하는 큰길은 고개 밑까지 통행이 쉬워졌다.
정부군이 다바루 고개를 공격하기 시작한 것은 3월 4일 오전 6시부터다.
밤부터 내린 가랑비가 야산을 연기처럼 덮고 있었다.
이른 아침 안개가 끼어 눈앞을 충분히 가릴 수 있었기 때문에 공격측으로서는 불리한 조건은 아니었다.
정부군은 사쓰마 인 노즈 시즈오 소장이 지휘하고 있었다. 다카세의 전투보다는 병력이 빠르게 증가되어 이제는 대군이었다.
그들은 물론 큰길에서만 공격한 것이 아니었다. 대군을 셋으로 나누어 동쪽의 다바루 고개에 대해 마치 세 개의 화살을 쏘는 형태를 취했다.
참가한 것은 병력이 팽창될 대로 팽창된 제1여단과 제2여단이었다. 이 두 여단의 주력은 큰길을 전진했다.
제1여단의 좌익부대는 다바루 고개의 북쪽 고지(스즈무기 마을)를 제압하려고 사카이기 마을(다바루 고개 서쪽 입구)에서 북쪽으로 꺾어 진격했다. 협공 부대라고 할 수 있다.

두 여단의 우익부대는 다바루 고개의 남쪽 고지(후타마타 마을)을 점거하려고 샛길로 접어들었다. 이것도 협공 부대이지만 그 부근에 사쓰마 군의 작은 보루가 있어서 다소의 고통을 받을 것이다.

또 제1여단의 지원군 일부는 큰길을, 다른 일부는 후타마타로 통하는 샛길로 접어들었다.

그러나 앞서 말한 스즈무기에의 샛길이나 후타마타의 샛길은 내리는 비 때문에 진구렁이 되어서 행군에도 전투에도 지장이 있었으므로, 계속 내리는 비는 그러한 의미에서 사쓰마 군에게 반드시 불리하다고만 할 수는 없다.

큰길의 선봉은 지난번에 연전연패한 오구라의 제14연대로 연대장인 노기 마레스케 소령은 다카세에서 오른쪽 발을 부상당하여 구루메 병원에서 가료 중이었다. 연대장대리는 두지 않았으나 실질상의 대리는 아오야마 호가라 대위였다.

아오야마는 2개 대대를 합쳐서 지휘했으며 더욱이 용감하게도 선두 중대의 반으로 직접 지휘해서 적군의 맨 앞에 서서 행군하고 있었다.

고개로 올라가는 어귀에 다소의 사쓰마 군 보루가 있었으나 사쓰마 군의 소부대는 안개 속에서 갑자기 나타난 대부대에 당황한 듯 놀라서 언덕 위로 도망쳤다.

다바루 고개 입구의 보루를 지키고 있던 사쓰마 병이 한 발의 사격도 가하지 않고 겁에 질려 도망친 것도 앞에서 말한 사쓰마 병의 전통에 의한 것인지 모른다.

적은 인원으로 너무나 방대한 적과 싸우다가 전멸하기보다는 빨리 도망쳐서 다시 습격하면 된다는 것이었으리라. 그러나 도망을 치더라도 발포는 했어야 했다. 발포했다면 아군의 주력 진지에서 적의 내습을 재빨리 알 수 있었을 것이다.

그렇다 하더라도 사쓰마 군이 가지고 있는 콘피르 총은 탄약이 젖으면 쓸 수 없게 된다. 노천의 전초 기지에서 온몸이 비에 젖은 그들은 휴대하고 있던 탄약을 부주의로 적셔 버렸는지도 모른다. 이런 점에서 정부군의 스나이더 총은 약협(藥莢)이 붙어 있기 때문에 날씨에 좌우되는 일은 없다.

그러나 아오야마 대위들에게는 전초 보루의 사쓰마 병이 도망가는 것이 오히려 불안했다. 고개 전방은 양쪽에 수목이 울창하여 동굴 속에 들어가는 듯해서 모든 사병들이 겁을 먹고 있었다. 아오야마는 칼을 뽑아 들었고 병사들은 총에 칼을 꽂고 총검으로 창같이 벽을 만들어 대여섯 사람이 무리를 이루어 천천히 올라가고 있었다. 모두들 말이 없었다. 추위와 공포로 말을 할 수 없었던 것이 아닐까.

얼마 올라가자 과연 전방의 모든 보루에서 일제히 불을 뿜어 댔다. 순식간에 사병들이 쓰러지거나 도망쳤다. 아오야마의 제지를 듣는 사람은 아무도 없었고 아오야마 자신도 도망치지 않을 수 없었다. 그들은 고개 밑까지 도망쳐서 사쓰마 군이 버리고 간 보루에 들어가거나 수풀에 몸을 숨겼다. 아오야마는 큰길을 곧장 진격하는 것을 단념하고 후방의 본대를 고개 좌우로 돌렸다. 고개 좌우는 골짜기였다. 골짜기에 뛰어들어 절벽을 기어올라 큰길로 나오려는 작전인데 올라가 보니까 거기에는 반드시 사쓰마 병의 보루가 있고 위에서 맹렬한 사격을 가하니 한 사람도 올라갈 수 없었으므로 공격도 끝나고 말았다.

구마모토 성 북쪽 데마치에 있던 고노 슈이치로의 부대가 전날 밤을 꼬박 새워 행군해서 이 근처에 도착한 것은 오전 7시로 아오야마의 부대가 정신없이 언덕 밑으로 내려오고 있을 때였다.

고노 부대는 불같이 공격해서 아오야마 부대를 멀리 쫓아 버리고 빼앗겼던 보루도 탈환했다. 다바루 고개의 싸움은 이 고개 밑에서의 전투로부터 시작되었다고 할 수 있다.

정부군이 다바루 고개가 이미 요새화한 것을 뼈저리게 느끼게 된 것은 이날 3월 4일의 오전 6시부터 한 시간 정도의 전투에서였다.

정부군이 열 발짝 전진하면 열 사람이 희생됐다. 언덕 양쪽에서 지형의 맹점을 찾아보았으나 모두 사쓰마 군이 그 맹점을 없애고 정부군 보병을 접근시키지 않았다.

벌써 전선엔 절망감이 감돌고 있었다.

포병이라도 추진시켜 볼 수밖에 없는데 다바루 고개도 멀리서 보면 울창한 숲이라 어디를 조준해야 좋을지 모를 뿐 아니라 발사해도 효과가 없었다.

총지휘관 노즈 시즈오 소장은 보신 전쟁 때 동생인 미치쓰라와 함께 사쓰마 번 군의 포병 사관으로 포술에 밝았다. 이들 노즈 형제가 도바 후시미 싸움에서 불을 붙인 것은 널리 알려진 이야기다. 그들은 미야노모리(宮森) 숲

속에 대포를 숨겨 두고 도바 가도에 조준을 한 뒤 큰길을 북상하는 도쿠가와 군의 선두에 제1탄을 발사해서 당시의 대포 성능으로서는 기적적으로 명중시켜 도쿠가와 군을 혼란에 빠뜨렸다.

이 같은 경험으로 노즈 시즈오는 조금 특수한 사례를 남기게 되었다.

"포병이라는 것은 단지 후방에서 보병을 원호할 뿐 아니라 때로는 비약해서 최전선에 나가 근거리에서 적을 분쇄할 수도 있다."

노즈는 다바루 고개에서의 교착상태를 알고, 이 상태를 타개하려면 포병이 언덕에 올라가서 적의 코밑에 포를 설치하고 포격하는 것 외에는 방법이 없다고 생각했다.

그러나 보병도 사쓰마 군의 총화 때문에 오르지 못하는 언덕을 포병이 대포를 끌고 올라간다면 전멸하는 길밖에 없다.

노즈 시즈오가 생각한 것은 우선 다수의 공병으로 흙가마를 메고 언덕을 올라가서 길 위에 흙가마를 쌓아 순식간에 포병을 위한 방루를 구축하고 그 뒤에 대포를 전진시키면 가능하지 않을까 하는 것이었다.

그는 공병의 지휘관과 의논했다.

공병이라는 것은 메이지 초기 프랑스식으로 창설된 것으로 군인들 사이에서도 그 운용에 대한 인식이 낮았다. 전국시대의 영주들의 군대에서는 공병은 '검정 괭이 부대'라고 불린 졸개보다 낮은 존재였고 에도 시대의 군사체제에는 그런 요소가 아예 없었다.

메이지 육군은 메이지 6년(1873)에 하사관 양성기관 교관단이 우선 출발했고, 다음 해 메이지 7년에 사관 양성기관의 사관학교가 설립되어 각기 공병과를 두고 전문가를 양성했다.

사관학교는 제1기생을 앞당겨 졸업시켜 소위보로 임명해서 이번 전쟁에 내보냈으나 전문적 수준이 낮았다.

오히려 교관단에서 교육받은 하사관 출신의 소위들이 전문지식이 있었고 사병 지휘도 능했다. 노즈가 의논한 것도 이 자들이다.

소속은 도쿄 진대의 공병 제1대대 사람들이었다.

"해보지요."

그들이 이렇게 말하고 결사대 지원자를 뽑았다.

이들은 세토구치 시게오(瀨戶口重雄)라는 사쓰마 출신 공병 소위가 인솔하고 다바루 고개 밑까지 가서 보병의 아오야마 호가라 대위에게 엄호해 줄 것을 부탁했다. 여기에 뒤따를 2문의 산포와 포탄 운반부대도 언덕 밑에 집결했다. 그들은 용감하게 전진하여 빗발같이 쏟아지는 총탄 속에서 재빨리 보루를 쌓았다.

사쓰마 군의 전투 상황을 4번 대대의 5번 소대장 나가야마 규지에게 초점을 맞추어 본다면 정말 치열했다고밖에 말할 수 없다.
나가야마의 소대 200명의 임무는 보루의 수비가 아니라 유격이었다.
그는 4일의 전투에서 왼쪽 발을 부상당했다. 그는 큰칼을 휘두르며 적을 베다가 적이 도망가는 바람에 자기 칼로 자기의 왼발을 베고 말았다. 응급 지혈을 한 뒤 저녁 때 큰 비를 맞으며 후방인 기도메에 돌아왔다.
기도메의 본영은 큰 농가였다. 그는 화롯가에서 붕대를 말리고 상처를 소주로 씻은 뒤 다시 붕대를 감았다. 붕대를 감으면서 생각했다.
'대포가 없는 것이 사쓰마 군의 고민이다.'
그는 내일은 정부군의 대포를 빼앗아야겠다고 생각했다. 그는 앞서 근위 부대의 포병 사관이었다. 포술은 신통하지 않았으나 그럭저럭 대포는 만질 수 있었다.
그는 그 같은 생각을 화롯가에 있는 몇 사람에게 이야기했다. 모두들 제대로 걷지도 못하는 나가야마가 어떻게 정부군의 대포를 빼앗을 수 있느냐고 웃었다. 규지는 꼭 빼앗겠다고 약속했다. 사쓰마의 무사 정신에서는 할 수도 없는 일을 호언장담하는 것을 천시하고 일단 입에서 나온 이상 그 말을 실천하지 못하면 웃음거리가 되었다. 웃음거리가 된다는 것은 가장 큰 치욕이기도 했다. 규지는 물론 대포를 빼앗을 자신이 있었다.
비는 밤새 내렸다. 다음 날인 5일에도 아침부터 내리고 있었다. 규지의 소대는 출발했다. 다바루 고개 옆의 샛길로 숨어들어 정부군의 배후를 습격한 뒤 거기에 장치된 대포를 끌고 돌아올 작정이었다. 이들을 응원하려고 사가라 기치노스케(相良吉之助)의 소대가 진창길을 고생스럽게 걸으며 따라갔다.
나가야마는 기묘한 들것에 타고 있었다.
큰 솥의 뚜껑을 뒤집어서 밧줄로 엮어 마치 가마처럼 만들어서 타고 있었던 것이다. 사쓰마에서 데리고 온 인부 두 사람이 그것을 메고 갔다. 인부는 둘 다 쾌활하고 용감한 사람으로 규지를 메고 맨 먼저 정부군 포대에 돌격한다고 큰소리쳤다.

그러나 결국은 정부군의 포대 진지까지 갈 수 없었다.

정부군의 2개 중대가 우연히 이 샛길을 통과하여 다바루 고개의 큰길을 습격하러 오는 것과 맞닥뜨렸다.

정부군도 근위군이므로 사족부대였다. 두 부대는 빗속에서 격돌했다. 곧 백병전이 되어 서로 베이고 베는 장검과 총검의 혈투가 벌어졌다.

정부군은 부근에 있던 사사키 대위가 지휘하는 근위군의 1개 중대가 응원차 달려와서 600명이 되었고, 사쓰마 군은 사가라 기치노스케 소대가 헐떡이며 달려와 400명이 되었다. 규지는 선두에 설 수 없었기 때문에 사가라가 선두에서 총지휘를 했다.

쌍방은 한 치도 물러서지 않고 싸웠다. 해질 무렵 사가라가 왼쪽 목을 관통당하여 죽고 그를 대신해서 지휘하던 대리 대장 고타마 주로(兒玉十郎)가 얼굴에 총탄을 맞고 즉사했다. 그래도 사쓰마 인들은 싸움을 계속했으나 주위가 어두워 행동이 자유스럽지 못해 철수했다. 피해는 정부군측 600명이 훨씬 더 크게 입었다.

다바루 고개에서는 정부군의 참패가 계속되고 있었다.

기치지고에 고개에서 패배를 거듭하던 정부군은 이 방면의 작전을 중지하고 5일 이후에는 크게 부서를 변경하여 다바루 고개 공격에 전력을 집중했으나, 사쓰마 군은 점점 더 용맹해져서 정부군의 접근을 허락하지 않았다.

사쓰마 군에는 '돌격대'라는 것이 있었다.

사격전이 한창일 때 사쓰마 군의 돌격대는 큰칼을 짊어지고 땅을 기어 나무 그늘이나 풀숲에 숨어서 전진하여 정부군의 산병선에 접근하면 쏜살같이 달려가 큰칼을 휘두르면서 진대 사병들을 베어버렸다.

사쓰마 인의 지겐 류라고 하는 검법은 다른 나라의 그것과는 판이해서 달려갈 때에는 양손에 움켜쥔 손잡이를 얼굴까지 올리고 칼끝을 하늘로 향하여 소리치며 달려간다. 원숭이가 날카롭게 소리치듯 독특한 발성을 하는데 진대 사병들은 그 소리만 들어도 기겁을 하여 도망치고 만다.

예를 들면 3월 6일의 전투에서 정부군의 궤멸은 참담하기 그지없었다.

이날 제1여단이 새벽에 행동을 개시해서 오전 8시 사쓰마 군의 수비선에 육박하여 사격뿐 아니라 백병 돌격도 되풀이했으나 그때까지 사쓰마 군이 반격해서 끝내는 역공을 당했기 때문에 퇴각하지 않을 수 없었다.

정부군은 제1여단으로 하여금 정면으로 공격하게 하고 동시에 지대(3개 중대)를 우회시켜 사쓰마 군 배후의 요새를 확보하려 했다. 그들이 구보 산 밑에 있는 사쓰마 군의 한 보루를 점령했을 무렵 사쓰마 군의 주력이 그것을 알고 유격군을 보내 사격 끝에 위에서 말한 돌격대를 투입했다. 이것 때문에 진대 사병들은 기겁하고 도망치려 했으나 사쓰마 군은 포위망을 좁혀 전멸시키려 했다.

이때의 지대가 오사카 진대의 제8연대 병사들이었으며 그 패전은 눈뜨고 볼 수 없을 정도였다. 하카타에서 모집한 후방의 인부들이 우스워서 '또 졌구나, 8연대'라는 노래까지 만들어 유행하게 되었다.

노즈 미치쓰라 대령은 이미 전선에 나가 있었다. 이 연대를 구출하기 위해 새로 전선에 도착한 제9연대를 파견했다. 어떻게든 적의 포위를 뚫고 8연대의 패잔부대를 수용했으나 이 9연대의 전투상황도 사쓰마 군을 너무나 겁냈기 때문에 뒷날 유행가에 아랫구가 붙게 되었다.

'그래서 훈장은 9연대'

노즈 대령은 사쓰마 인의 돌격대를 저지하기 위해 전군에서 사격의 명수를 선발하여 300명의 저격병을 만들었다. 그것을 전선 요소요소에 배치해서 사쓰마 인이 칼을 뽑아 들고 달려오면 즉시 사살하는 방법을 취했다. 국부적으로는 효과가 있었으나 물론 전황을 변경할 만한 효과는 없었다.

사쓰마 인의 돌격대의 무서움에는 진대의 병졸만이 공포를 느낀 것이 아니고, 그 공포는 사족 출신의 사관들도 똑같았다.

다음 사건은 진행 중인 다바루 고개의 결전보다는 약간 뒤지만 야마시카에서의 일이다.

다바루 고개에서 북쪽인 야마시카는 교통의 요충지였으므로 기리노의 대대와 구마모토 협동대가 그곳을 점거하고 있다가 전황의 추이에 따라 그곳을 포기하고, 그 뒤에 소장 미우라 고로(三浦梧樓)가 인솔하는 제3여단이 들어왔다.

온천장이었으므로 숙사는 부족하지 않았다. 여단의 본영은 우메노이(梅井)라는 큰 온천여관에 있었는데 참모장 이하 사령부 근무 장교가 쓰고 있었다. 건물 입구에 보초가 서고 길가에는 언제나 인부들이 군수품을 나르고 있었으며 말도 많이 매여 있었다.

저녁 때인 듯했다. 어디서 말 한 마리가 인부들이 모여서 술을 마시는 자리로 미친 듯이 뛰어 들었다. 일은 단지 그것뿐이었다.

그러나 인부들이 비명을 지르며 도망가는 것을 보고 우메노이의 보초가 깜짝 놀라서 소리쳤다.

"돌격대다!"

그때 참모장 이비 대령 이하의 장교들이 마루에 걸터앉아 찬 술을 마시며 주먹밥을 먹고 있었다.

그 사관들은 돌격대라는 소리에 소스라치게 놀라 얼굴빛마저 하얘졌는데, 이 현장에 있었던 야부키 히데이치(矢吹秀一) 중위가 후일 중장이 되어 얘기한 그 추억담에 의하면 누구 한 사람 응전하는 사람이 없었고 또 지시하는 사람도 없이 모두가 뿔뿔이 도망쳤다고 한다. 주먹밥과 식기가 내동댕이쳐진 채 굴러다닌 것은 말할 것도 없고 군도와 병기까지 팽개치고 도망쳤다. 방에 있던 사람은 미닫이를 열 여유가 없어 몸으로 부딪쳐서 뜰로 굴러 떨어졌다. 사사키라는 소령도 그 중의 한 사람이었다. 사사키가 달려 나간 뒤에 사람 모양의 구멍이 미닫이에 남아 있었다고 한다.

참모장인 이비 대령은 뜰의 연못에 떨어져서 물에 빠진 생쥐 꼴이 되었고 담장을 넘으려고 애쓰다가 몇 번이나 떨어진 사람도 있었다. 군기는 둘 있었다. 가메오카(龜岡)라는 소위가 그것을 짊어지고 담장 밑에 쭈그리고 엎드려 있었다. 그의 등을 발판으로 담장을 올라간 사람도 있었다. 그 사람은 그때 권총을 떨어뜨렸다. 그 사람의 이름은 뒤에 알았지만 이 추억담의 주인공 야부키라고 했다.

야부키는 솔직하게 말했다.

"차마 눈뜨고 볼 수 없는 추태였다."

사쓰마 무사의 용맹함은 그 정도로 정부군을 떨게 하고 있었다.

참고로 말하면 그 당시의 육군은 이 같은 소동에 대해서는 관대했다. 여단 사령관인 미우라 고로는 뒤에 오히려 군기를 가지고 도망간 가메오카 소위를 크게 칭찬했을 정도였다.

또한 미우라라는 조슈 기병대 출신의 소장도 사쓰마 인을 무서워했는지 되도록 적과 직접 충돌하는 기회를 적게 해서 제2선만 돌고 있었으므로 도쿄까지 악평이 자자했다.

경시대(警視隊)

이 무렵 천황은 여전히 교토의 옛 궁성에 있었고 태정대신 산조 사네토미를 비롯하여 기도 다카요시 등도 교토에 있었다.

오쿠보 도시미치도 2월 27일 교토에 와서 여러 가지 일을 처리하고 옛 궁성을 임시 태정관으로 정한다는 시달을 했다. 이 상태로 태정관은 세이난 전쟁의 큰 소용돌이 속으로 들어갔다.

이와쿠라 도모미는 집을 지키는 사람으로 도쿄에 남아 있었다.

이 환경은 이와쿠라의 마음을 몹시 약하게 만들었다. 이와쿠라 정도로 일종의 악당 같은 배짱이 있는 사람이라도 공경 출신이라는 신분은 속일 수 없는지, 단독으로 사물을 처리하거나 책임을 지는 일에는 대단히 겁을 내고 있었다. 그는 분주하게 교토의 오쿠보에게 편지를 써 보냈다.

전황은 전보로 보고되었다.

전보의 위력이 인식된 것은 이 세이난 전쟁부터라고 할 수 있다.

3월 9일자의 '도쿄 일일신문'에도 이렇게 쓰고 있다.

'과연 전보는 싸움터의 실지 형세를 수천 리 떨어진 곳에서도 알 수 있는 편리한 수단이다.'

그러나 이 기사는 이 말에 이어서, 전보의 결점은 내용이 너무 짧아 사태의 조각들만 신문 편집의 데스크에 쌓일 뿐 전황의 세세한 부분은 알 수 없고 그렇다고 전체도 알 수 없다고 솔직하게 고백하고 있다.

태정관도 사정은 같았다. 실황이 어떻게 되었는지 그 단편만이 전보로 보고 되니 그것을 산처럼 쌓여도 정부군이 이기고 있는지 지고 있는지 잘 몰랐다.

이와쿠라는 불안했다. 아마 이와쿠라의 상상력으로는 언젠가는 도쿄도 고립되고 자기들도 목이 잘리는 것이 아닌가 하고 걱정했음이 틀림없다. 한 가지 예로 다음과 같은 일이 있었다.

야마카와 겐지로(山川健次郞 : 뒷날 도쿄 제국대학총장)라는 미국 유학에서 돌아온 젊은 이학자가 있어 가이세이 학교(開成學校 : 그해 4월에 도쿄 대학으로 개칭)의 부교수로 있었다. 야마카와는 옛 아이즈 번사로 백호대에는 연령 미달로 입대할 수 없었고 뒤에 홋카이도 개척사에 의해 선발되어 미국 예일 대학에 유학했다. 이 메이지 10년(1877)에 그는 24세였다.

"야마카와라는 젊은이는 아이즈 인들에게 인망이 높다."

이 말을 이와쿠라가 듣고 가이세이 학교에 사람을 보내 만나기를 청했다. 야마카와는 아이즈 번을 끝까지 애먹인 이 시대의 정치가들을 좋아하지 않았기 때문에 핑계를 대어 가지 않았다. 그러나 상대가 재차 사람을 보내서 집요하게 만나기를 청하자 할 수 없이 이와쿠라의 자택에 찾아갔더니 이와쿠라가 말하는 것이었다.

"야마카와 군에게 특별히 부탁하겠는데 육군 소령이 되어 아이즈에서 사병들을 모집하여 사쓰마 정벌에 가 주었으면 좋겠네."

야마카와는 어이가 없어서 한 마디로 거절하고 돌아와 버렸다. 도쿄가 고립되어 있다는 공포와 전율을 느끼지 않았더라면 이와쿠라도 이 같은 말은 하지 않았을 것이다.

이 시대에는 관청의 명칭과 조직이 자주 바뀌었는지 가와지 도시나가의 본거지인 도쿄 경시청도 '도쿄 경시본서'라는 이름이 되어 있었다.

그 역할은 어디까지나 수도권 경찰에 있었고 도쿄 관할의 27개 분서를 통괄하고 있었으나 세이난 전쟁의 발발에 의해 임시이기는 해도, 그 기능이 확대되어 얼핏 보면 전국의 치안 행정을 가와지가 한 손에 쥐고 있는 듯한 인상을 주고 있었다. 이 가와지에게 임전태세적인 권능을 부여한 것은 두말할 것 없이 그의 장관인 내무대신 오쿠보 도시미치였다.

이 두 사람에 대한 인상에 관해서는 기도 다카요시의 행동이 가장 통렬했다고 할 수 있다. 기도는 평소 가고시마 현이 난폭하고 오만하여 태정관의 명령에 따르지 않는 것을 미워했고, 또 도쿄의 관원들 대다수가 압도적으로 가고시마 현 사람인 것에 깊은 불만을 가지고 있었으므로 오쿠보에게 그것에 대한 선처를 요구하고 있었다. 오쿠보는 기도의 말을 시인하면서도 대수술을 하게 되면 사쓰마 인 중에서 관에 남아 있는 관료파까지 반란에 가담할 것을 겁내어 아무런 조처도 취하지 못하고 있었다. 기도의 생각으로서는 세이난 전쟁의 원인은 오쿠보가 동향인을 너무 비호했기 때문이라고 보고 있었다. 또 가까운 원인으로는 문제의 사이고 암살 사건이라고 했다.

기도는 이 사건에 관해서는 사학교측의 주장에 동조한 듯한 흔적이 있다. 그가 동향인 미우라 고로에게 말했듯이 '세이난 전쟁의 가장 가까운 이유는 사이고 다카모리 등 몇 사람을 오쿠보와 대경시 가와지 도시나가 등이 암살하려 했다는 점에 있다'고 생각하고 있었다.

이 암살 사건의 사실 여부에는 다소의 논란이 있어서 완전한 판단은 곤란하지만 사쓰마 인을 좋아하지 않는 기도로서는 그의 오랜 사쓰마 인과의 접촉 경험에서 사쓰마 인이라면 할 수 있는 일이라고 판정한 것이리라. 기도가 미우라 고로에 말한 바에 따르면 대충 이러한 내용이다.

"이 암살 사건 때문에 전쟁이 일어났고 관과 적을 모두 합해서 사상자가 거의 2만 명, 백성이 잃은 가옥과 재산은 몇 천만 엔이라는 참담한 결과를 빚었다. 오쿠보는 전쟁이 끝나면 곧 사퇴해야 하며 또 그가 조정을 지나치게 편중시킨 것을 반성하고 서민의 복지를 증진시켜야 한다."

대충 이러한 내용이다. 기도로서는 이 싸움은 본디 오쿠보·가와지와 사이고·기리노 등의 사사로운 투쟁에 불과했다. 그것에 정부와 국민을 끌어들인 것은 오쿠보 탓이다. 더욱 오쿠보가 자기 파벌(태정관)을 유리하게 하기 위해 조정을 무턱대고 업고 사이고파를 협박하는 수단으로 사용했다. 기도가 말하는 '조정을 편중'시킨 의미는 이것을 말하는 것이다.

기도의 판단에 의하면 오쿠보와 가와지는 태정관 권력의 핵심을 좀먹는 2인조 악당 같은 것이었다. 확실히 두 사람은 동향인에게 몰려서 자기들이 이기기 위해서는 무슨 짓을 할지 모른다는 느낌이 없지도 않았다.

그러나 당사자인 오쿠보와 가와지는 사쓰마 벌 태정관파라는 사사로운 당을 지키기 위해서 한 짓은 아니고 태정관 자체를 지키기 위해서였을 것이다.

이 시기에 오쿠보가 가와지에게 부여한 것은 태정관의 재정 능력을 초과해서 경찰관을 대대적으로 모집하는 권능이었다.

오쿠보와 가와지의 적은 사학교 군만이 아니고 이것에 유발되어 각지에서 일어난 크고 작은 반란이었다.

파리에서 배운 치안 전략가인 가와지는 '이것을 방지하는 것은 경찰뿐'이라는 사상의 소유자였으며 확실한 증거는 없으나 경찰관의 대대적인 모집을 오쿠보에게 건의했음이 틀림없다. 오쿠보 자신의 성격으로 볼 때 그가 단독으로 그것을 입안할 리가 없었다.

먼저 사학교가 폭발하자 오쿠보와 가와지는 총경 와타누키 요시나오(綿貫吉直)를 대장으로 하는 600명을 기선으로 나가사키에 보내 치안을 담당시키려 했다. 그들이 나가사키에 도착하자 오쿠보는 자신의 이름으로 전보명령을 내려 급히 구마모토 성에 입성시켰다. 본디 치안을 임무로 하는 경찰관을 농성병으로 쓴 것은 오쿠보도 어지간히 당황——사학교 군이 구마모토 성을 목표로 한다는 말을 듣고——한 증거라고 여겨진다.

규슈에서 대규모 반란이 일어날 가능성이 있는 곳은 후쿠오카 성밑 거리와 사가 성밑 거리였다. 그것을 미리 막으려고 총경 시게노부 아메노리(重信當憲)를 대장으로 하는 900명을 후쿠오카와 사가로 보냈다. 후쿠오카에는 또 경감 우에다 요시자네(上田良寬)와 경감보 소노타 야스요시(園田安賢)를 대장으로 하는 200명을 보내 증강했다.

그동안 세토 내해(瀨戶內海)에는 정부군과 병기, 탄약을 가득 실은 기선이 줄지어 왕복했는데 경찰관도 대량으로 보내졌다.

교토, 오사카, 고베도 요지가 되었다. 도사 근방의 반란군이 그곳을 공격하여 점령한다면 정부는 병참기지를 잃고 만다.

따라서 교토에 300명, 오사카에 900명이 보내지고 고베는 가장 중요한 항만이기 때문에 특히 1800명을 보내 주둔시켰다. 니시노미야 항(西宮港)까지 포함해서 수상하다고 생각되는 여객은 닥치는 대로 취조하고 유치시켰다.

전황이 진전됨에 따라 규슈 지방의 동요가 커졌기 때문에 위에 든 인원 외에 또다시 5900명을 보냈다. 지휘자 이외에는 거의 신규 모집의 벼락치기 경찰관이었으나 그 당시 국가 재정의 규모로 보아서는 믿기 어려운 인원수였다.

그래도 태정관은 불안했다.

불안에 대해서 말한다면, 태정관의 본고장인 도쿄의 불안이 가장 컸을 것이다.

세이난 전쟁이 일어날 당시의 도쿄 경찰관 수는 한 마디로 3000명이라고 했으나 그 밖에 도호쿠 지방에서 급히 모집한 5200명의 인원을 확보해서 도쿄 경비에 충당했다.

참고로 말하면 필자의 손에 호시 데루야(日生輝彌)라는 경찰관의 사령장이 대여섯 장 있다.

메이지 9년(1876) 9월에 '4등순경 임명'이라는 것은 시작이고, 이듬해 메이지 10년 3월에 3등순경이 되었고 수십 일 뒤에는 2등순경이 되었다. 또 7개월 뒤인 동년 11월에는 2등경감보가 되는 급속한 승진 속도다. 경찰관의 가치가 폭등하고 있었음을 이 몇 장의 사령장을 통해서도 상상할 수 있다.

이 시기에 경찰관은 사족(士族)이 아니면 채용되지 않는다는 말이 있었다.

가와지가 귀국 초에 상신한 '건의 10항' 속에 이와 같이 씌어 있다.

'원래 경찰에는 군인을 사용하는 것이 유럽의 통례이며, 모두 군인 출신으로서 신체 건강하고 신장 5척 이상인 자로 전공의 훈장이 있는 자가 많음.'

그러나 일본은 징병령을 실시한 직후이기 때문에 '군인 출신'은 사실상 없는 것이나 다름없어서 가와지는 그 점을 감안하여 말했다.

'우리 나라에는 아직 무사가 있다. 그런데 이를 폐하고 쓰지 않음은 그 제도가 잘못된 것이다.'

이것이 일종의 내규가 되어 경찰관은 사족에서 채용하게 되었다.

태정관이 실시한 경찰관 대모집은 정한론 결렬 직후와 세이난 전쟁 발발 직후에 두 번 있었다. 두 번 모두 보신 전쟁 때의 적이었던 오슈(奧州) 지방의 여러 번 출신자가 많았으며 특히 아이즈 번 사람이 많았다.

그 이유 중 하나는 옛 막부 시대에 일본에서 최강의 사졸과 통제력을 가진 번은 사쓰마 번과 아이즈 번이라 할 정도로 아이즈 인의 무사적 용맹이 인정되었기 때문이다.

그것 이상으로 강한 이유로서 또 하나는 아이즈 인이 가지고 있는 사쓰마 인에 대한 원한을 이용했다는 점이다.

사가와 간베(佐川官兵衛)라는 아이즈 인이 있었다. 보신 전쟁 때 아이즈 번의 번장을 맡아 '귀신 간베'로 불리었다.

사가와 집안은 번의 선조 마사유키(正之) 이래의 중신 가문으로서 천 석을 받으며 간베까지 이르렀다. 간베는 젊어서 무사 우두머리 직책인 '모노가시라(物頭)'로 봉직하면서 아이즈의 무사 훈련과 에도의 큰 화재 때 눈부신 활약을 했다. 그 뒤 아이즈 번이 교토 수호직이 되고 나아가서 도바 후시미 싸움, 호쿠에쓰(北越) 전쟁, 아이즈의 와카마쓰 성 농성에 이르기까지 번의 군사를 지휘하여 당시의 관군을 두려움에 떨게 했다.

사가와 간베는 같은 번의 친구인 다카기 모리노스케(高木盛之輔)가 구술한 《사가와 간베전》이라는 메이지 4년 간행의 작은 전기가 하나 있다. 그 서문에 다카기 모리노스케는 이렇게 적고 있다.

'사가와의 생애를 깊이 생각할 때 그의 반생은 치세에 있었고 반생은 난세에 있었다. 치세와 난세를 똑같이 무용으로 이름을 떨쳤다. 난세에 있어서 무용으로 이름을 떨치는 자는 많으나 치세에 무용으로 이름을 떨치는 자는 거의 없다. 하물며 치세와 난세에 똑같이 무용으로 이름을 떨친 자가 어디 그렇게 많겠는가.'

보신 전쟁 중 간베는 발탁되어 가로(家老 : 가신의 우두머리)에 임명되었다. 여기저기서 싸우다가 번이 항복했을 때 책임을 지고 할복하려 했으나, 수석 가로 스가하라 곤베만 할복을 허가받고 간베는 허락되지 않았다. 그 뒤 아이즈 번은 3만 석으로 축소되고 번사는 모두 도탄에 빠져 고생했는데 간베도 예외가 아니었다.

메이지 초기의 아이즈 사족처럼 비참한 환경에 처한 사람들은 없다.

당시 아오모리 현의 시모키타 반도(下北半島)의 도나미(斗南)라는 땅은 사람이 살 수 있는 곳이 아니라고들 했다. 사쓰마·조슈 정권은 아이즈 번으로부터 풍요한 아이즈 분지를 빼앗아버리고 이 도나미라는 황무지를 억지로 3만 석이라 평가해서 이주시켰다. 패전한 그들은 차례차례 배를 타고 시모키타 반도로 이주해 갔는데, 사실 대집단을 그대로 유배시킨 것과 다름없었다. 도나미 땅에서 굶주림과 추위에 고생한 그들은 사쓰마·조슈 인의 살을 씹어 삼키고 싶을 정도로 미워한 것도 무리는 아니다.

사가와 간베도 한때 도나미에 있었다.

얼마 뒤 아이즈 와카마쓰의 자택에 돌아와 밭을 일구며 겨우 목숨을 부지했다. 다시 세상에 나갈 생각은 하지도 않고 지냈다.

"도쿄에 '폴리스'라는 것이 생겼네. 자네가 그 간부가 되어 옛 아이즈 사족 중에서 인원을 모집하지 않겠는가?"

이 간베에게 헌청을 통해 이런 이야기가 있었던 것은 정한론 결렬 후의 일이었다.

"신규 모집하는 '폴리스'의 역할은 도쿄를 수비하는 일일세."

헌청의 관리가 사가와에게 말했다.

사가와는 마음이 내키지 않았다. 아이즈에 대해 그만큼 가혹한 처사를 한 사쓰마·조슈 정권의 수도를 지키기 위한 일꾼이 된다는 것은 사가와에게는 상상할 수도 없는 일이었다.

그러나 실직하고 있어서 그날의 양식에도 곤란을 받고 있는 젊은 사족들이 사가와에게 여러 번 간청했다.

"꼭 승낙해 주십시오."

이 바람에 사가와도 끝내 그들의 호구지책이라고 생각하고 도쿄에 나가 가와지를 만나기로 했다.

사가와 간베가 여장을 꾸리고 젊은 아이즈 사족 300명을 인솔하여 도쿄로 떠난 것은 메이지 7년(1874)의 이른 봄이었다.

여비로 경시청에서 준비금이 나왔다. 도쿄까지는 옛 번 시절에 에도 근무를 위해 가던 길을 택해 걸어서 갔다. 젊은이들은 수령인 간베를 호위하듯 걸어갔다. 간베의 친구 다카기 모리노스케가 뒷날 이야기했다.

"모두가 간베를 호위하는 것이 마치 후시미나 에치고 전쟁 때 같았다."

간베 일행이 도쿄에 도착해서 옛 번주 집에 인사차 문안하고 간베가 대표로 가지야바시에 있는 경시청에 가서 대경시 가와지 도시나가를 만났다.

"수고했습니다."

지난 날 간베의 적은 정중하게 인사했으나, 가와지가 간베에게 준 직책은 아주 낮은 것이었다. 경감에 지나지 않았다. 경감이란 육군의 계급으로는 중위 정도의 것인데, 왕년의 큰 번의 가로였고 번군의 유격군 사령관으로 명성을 떨친 인물에 대한 대접은 아니었다.

그러나 사쓰마 인인 가와지는 사이고가 그러했듯이 경시청 인사는 사쓰마 인의 전리품같이 생각하고 있었다. 더욱이 아이즈 인에 대해서는 아직도 경계해야 할 존재이므로 요직을 주지 않았을 것으로 생각된다.

간베는 속았다는 기분이 없지 않았고 적어도 그가 데리고 온 300명의 아이즈 인은 간베의 처우에 불만인 듯했다. 그러나 간베는 승낙했다.

아이즈 인은 태정관에 의해 도나미로 이주당한 것으로도 알 수 있듯이 늘 학대받아 왔다. 그들은 관원이 되고자 해도 차별을 받았다.

옛 막부 시대 아이즈 번은 3백여 번 중에서도 번사의 교육 수준이 가장 높은 번의 하나였지만 그렇기 때문에 오히려 관리가 되는 길이 거의 봉쇄되어 있었던 이런 현상은 그들의 옛 원한을 한층 더 깊게 만들었다.

이 시기에 아이즈 인으로 도쿄에 나와 태정관의 녹을 받고 있었던 사람은 야마카와 히로시(山川浩), 야마카와 겐지로(山川健次郎) 형제 정도였다.

겐지로는 아이즈 성이 함락된 번의 어른들이 그가 수재인 것을 아깝게 여겨 에치고로 피신시켰다. 에치고에서 조슈 인 오쿠다이라 겐스케(奧平謙輔)에게 발탁되어 그의 서생이 되었다. 겐지로가 메이지 4년에 미국에 유학하고 8년 5월에 돌아온 직후 스승인 오쿠다이라는 마에바라 잇세이와 함께 하기의 난을 일으켜 실패해서 참형을 당했다. 보신 전쟁 당시 관군의 대장이었던 오쿠다이라는 조슈 인의 여러 대장과는 달리 아이즈 인에 대해 동정적이었으며 겐지로를 몹시 사랑했다. 겐지로에게는 오쿠다이라 겐스케의 죽음은 가슴 아픈 일이었다.

겐지로는 아이즈 성이 함락될 때 15세로 농성 중 성안에서 누마 모리카즈(沼間守一)로부터 프랑스어를 배우고 있던 소년 서생에 불과했다. 그러나 그의 형 히로시는 20대의 젊은 나이로 사가와 간베와 함께 가로에 임명되어, 농성 후반에는 사가와가 야전군의 총지휘를 맡고 야마카와 히로시는 농성군의 총지휘를 맡고 있었다.

야마카와 히로시는 아이즈 번이 도나미로 옮겨진 뒤에 번의 참사로 고난의 시기를 이끌어갔는데 그때 나이 불과 26세였다.

폐번치현 뒤에 야마카와 히로시가 도쿄에 나왔을 때 그에게 면회를 청한 사람이 당시의 육군재판소 소장인 육군 소장 다니 다테키(谷干城)였다. 다니는 보신 전쟁 때 도사 병의 지휘자로서 아이즈 군과 싸우다가 그의 기량에 감탄하여 한 번 만나보고 싶어했다.

다니는 야마카와를 만난 뒤 말했다.

"나에게는 힘이 없으므로 당신을 고관에 천거할 수는 없지만······."

다니는 육군성의 법무관 비슷한 육군재판소 일등서기라는 낮은 직책을 맡을 것을 권유했다. 야마카와는 그것을 응낙했다. 그 이유는 도쿄에 올라오는 아이즈의 서생들을 뒷바라지하기 위해서였으며 그는 평생토록 아이즈 인에게 그 같은 역할을 다했다.

사쓰마 인 가운데 패전한 아이즈 인을 걱정하고 돌보아 준 사람은 끝내 한 사람도 없었다.

이 일은 야마카와 히로시의 의식 속에서 언제나 잊혀지지 않았다.

야마카와 히로시가 육군재판소장 다니 다테키의 부하로서 '육군재판소 일등서기'라는 직책에 있게 되었으나 그것은 판임관이었다. 군대의 계급으로 말하면 중사 정도일 것이다.

다니 다테키는 두 번이나 구마모토 진대 사령관 직에 있었다. 최초에 메이지 6년(1873) 5월에 임명되어 그해 10월에 사이고 등이 정한론에서 패해 집단 사직했기 때문에 갑자기 구마모토 진대의 국내 치안상 비중이 높아졌을 때였다.

다니는 결국 두 번째 구마모토 진대 사령관 때 농성하게 되는데, 그 위기의식과 각오는 첫 번째 부임 때 이미 마음속에 다진 바가 있었을 것이다.

그래서 다니는 도쿄의 육군재판소에서 법무관으로 지내고 있는 야마카와 히로시를 구마모토로 불렀다.

그를 불러들이면서 다니는 야마카와의 직책을 높여주기 위해 야마가타에게 꽤나 교섭을 시도한 모양이었다.

야마가타는 아이즈 인을 싫어한것 같은데, 다니는 그를 설득했을 것으로 생각된다.

"야마카와 히로시는 아이즈 와카마쓰의 농성군을 총지휘해서 그처럼 훌륭하게 싸운 사람이 아닌가."

이 같은 다니의 예비공작이 주효해서 육군성은 법무관으로 도쿄에서 단조로운 사무를 보고 있던 야마카와 히로시에게 구마모토 진대에 근무하라는 명령을 내렸다.

사령장에는 야마카와 히로시를 육군 소령에 임명한다는 것이었다. 정세는 지난날의 적장이었던 야마카와 히로시의 군사 능력을 필요로 하고 있었다.

그렇게까지 정세가 절박하다는 것에 야마카와 자신도 놀랐을 것이다.

구마모토에 도착하자마자 사가와 난이 일어나 야마카와는 야전부대를 인솔하고 눈부시게 분전했다. 그러나 왼쪽 팔꿈치에 총탄을 맞아 뼈가 부서져 구루메에서 요양하고 있었다. 요양 중에 육군 중령이 되었다.

전투가 끝나자 도쿄에 돌아와서 자택에서 요양을 했다. 이를 전후해서 아이즈에서 폴리스 300명을 인솔하고 상경한 사가와 간베는 당연히 자택 요양 중인 야마카와를 찾았을 것이다. 이야기의 내용은 아이즈 인들을 도쿄에서 어떻게 지내게 하느냐는 것이었으리라.

세이난 전쟁이 발발하자 앞서 말했듯이 대경시 가와지 도시나가는 규슈에 많은 경찰관을 보냈다.

"규슈의 유력한 옛 성밑 거리를 경찰이 장악해서 사족들의 봉기를 억제한다."

그것이 그의 주안점이었다.

그러나 가와지는 그 후방 경계방침과는 별도의 생각을 하고 있었다.

"경찰관을 사병으로 사용할 수는 없을까?"

이런 것이었다. 사쓰마 사족의 사나움은 사쓰마 인인 가와지가 잘 알고 있다. 정부군이 공포에 질려 도망치지 않을까 하는 불안을 얼마라도 해소하는 방법으로 사족 집단인 경찰을 임시 군대로 전용하는 일이었다.

가와지가 임시 군대로서 폴리스 집단을 규슈로 출발시킨 것은 구마모토 농성이 시작된 2월 18일로, 최초의 부대는 거의 아이즈 사족이었다. 분명히 아이즈 인의 사쓰마 인에 대한 원한을 이용한 것이다.

가와지는 일상적인 일에 있어서도 목적을 위해 거의 초인적으로 사고를 집중시키는 경향이 있었는데, 예술가라면 좋은 성질이라고 할 수 있는 그의 성격은 정치에서는 때때로 부적당했다. 목적만 달성하려는 경향이 너무 강했다. 자기의 향당이 바로 태정관의 적이라고 인식하는 경향도, 인식을 넘어서서 너무 전투적이었다. 그의 목적이 향당을 무찌르는 일이었으므로 지난번에 경시청 귀향단을 가고시마 현에 보낼 때도 그들에 대한 설득에서 그랬듯이 말투까지 과격했다.

사가와 간베들을 보낼 때도 그런 뜻을 표현을 바꾸어 말했을지도 모른다.

"아이즈 인으로서 사쓰마에 대한 원한을 잊지 마라."

그들 제1진의 인원수는 500명이었다.

단, 그 총지휘는 사가와 간베에게 맡기지 않고 히가키 나오에(檜垣直枝)라는 도사 출신의 평범한 총경에게 맡겼다.

히가키는 막부 말기에는 세이지(淸治)라는 이름이었다. 같은 번의 사카모토 료마를 존경하고 모든 일에 사카모토의 흉내를 내던 시기가 있었다. 료마가 어느 날 큰 칼을 차고 있는 히가키를 놀리면서 '무용지물'이라고 말하며 자기의 단도를 보여 주었다.

히가키는 큰 칼을 버리고 단도를 찼는데, 얼마 지나서 료마를 만나니 료마는 피스톨을 내보이면서 이것으로 충분하다고 말했다. 히가키가 세 번째로 료마를 만났을 때 '이제부터는 무력만으로는 아무 일도 못한다' 면서 호주머니에서 만국공법을 끄집어냈다는 료마의 유명한 일화의 상대역이 되는 인물이다.

막부 말기에는 거의 번의 옥에서 지냈다. 메이지 유신 뒤에 지난날의 지사 경력을 인정받아 경시청의 총경(육군의 계급으로는 소령에 상당한다)이 되었으나 전투 지휘를 할 수 있는 인물이 아니었다. 가와지도 뒷날 후회했지만 간베를 발탁하지 않고 경감에 머무르게 하여 히가키의 지휘를 받게 한 것은 아이즈 인에 대한 경계심에서 나온 것임이 분명하다.

사가와 간베는 출발 전에 야마카와 히로시에게 작별인사를 하려고 그의 집에 찾아갔다.

이미 2년 전에 귀국하여 가이세이 학교에서 이학과 부교수를 맡고 있는 동생인 겐지로도 히로시의 집에 동거하고 있었으니까 간베를 형과 함께 맞이했을 것이다.

야마카와의 집에는 아이즈 인 서생들이 많이 살고 있었다는 것은 앞에서 말했다. 히로시는 그의 생애를 통해 연 인원 70명의 서생을 돌보았다고 하는데 이때는 시바 고로(柴五郞) 등이 있었다. 도쿄의 아이즈 학교라고 할 수 있었다.

여기에 간베가 찾아오니 아이즈 인의 큰 집회 같은 것이 이루어졌을 것이다.

간베의 집안과 히로시의 집안은 모두 옛 아이즈 번에서는 역대 가로에 다음 가는 명문으로 두 사람 모두 가문의 격을 넘어서 실력으로 가로가 되었다는 점에서도 비슷했다. 다만 간베 쪽이 나이가 훨씬 많아 그해 47세였다. 그 시대의 현령으로서는 이미 노경이라 할 나이였다.

이런 점에서 야마카와 히로시는 30을 갓 넘은 청년으로 옛 번에서는 같은 직책이었다고 하더라도 간베를 선배처럼 존경하고 있었다.

야마카와 히로시는 사가의 난에서 부상당한 왼손을 쓰지 못하게 되었다.

오른손으로 술잔을 들고 간베에게 술을 권했을 것이다.

"자네에게는 아직 소식이 없나?"

간베는 야마카와에게 출정에 관한 것을 물었다. 그해 2월 하순 육군은 야마카와에게 출정 명령을 내리지 않았다. 야마카와는 그로부터 한 달 뒤인 3월 19일 서정 별동군의 참모로 보직되었다.

이 작별의 자리에서는 사쓰마 인에 대한 증오가 주된 화제가 되었을 것이다.

사가와 간베 등 500명의 경시청 폴리스는 특별한 호칭이 없었기 때문에 '경시대'라고 불렀다.

2월 28일 도쿄를 떠난 그들은 요코하마에서 기선 세이코마루(西京丸)를 타고 23일 오구라에 도착했다. 이날은 사쓰마 군에 의한 구마모토 성 공격이 시작된 지 이틀째였으며, 그 뒤 규슈를 향해 계속해서 들어온 지원부대로서는 빠른 시기에 상륙한 부대였다.

현지에는 아직 전체를 통괄하는 지휘계통이 확립되어있지 않았으므로 그들은 "분고(오이타 현)를 수비하라"는 명령을 받고 있었을 뿐이어서 어떻게 해야 좋을지 몰랐다.

오구라, 나카스, 우사, 가시라나리 등을 전진하고 있는데 3월 1일이 되어서 이런 명령을 받았다.

"구마모토 성을 향해 진군하라."

3월 1일이라면 다카세에서 세 번째 접전도 끝난 뒤였다.

그들이 분고에 있었다는 것은 전략상 다소의 의미가 있었을 것이다. 정부군은 병력 부족으로 분고에는 오구라 연대 중 약간의 잔류부대 외에는 병력을 두지 않았기 때문에, 말하자면 공백 상태가 되어 있었다.

만일 사쓰마 군이 처음부터 구마모토 성을 묵살하고 그 길로 분고를 공격해서 오구라 성을 점령하고 연대의 병기 탄약을 탈취했다면 손쉽게 성공했을 것이 틀림없고, 그랬으면 역사가 바뀌었을지도 모른다.

사가와 간베들의 '경시대'는 그 분고의 공백을 약간 메우는 병력이었으나 만일 사쓰마 군이 처음부터 앞서 말한 대로 행동했다면 그들은 전멸했을 것이다.

구마모토를 향해 떠나면서 그들은 도중에서 두 길을 취했다. 총경 히가키 나오에는 주력 300명을 인솔하고 구주(久住)를 거쳐 히고로 들어갔다. 사가와 간베는 분고 다케다의 옛 성밑을 지나 히고에 들어갔다.

히고의 경계를 넘어서 아소의 동북쪽 산기슭에 사카나시(坂梨)라는 읍이 있다. 거기서 만나기로 했다.

사가와 간베의 200명은 행동이 빨라 히가키의 주력보다 한 발 빨리 사카나시에 도착했다.

사카나시에 도착해서 그들은 지방 사람으로부터 정보를 모았다.

이 근방은 구마모토 현에서는 동북쪽에 있어서 구마모토 옛 성 부근의 싸움터와는 멀리 떨어져 있었다.

사쓰마 군이 설마 여기까지 나와 있지는 않을 것이라는 견해도 있었으나 그런 관측은 간베가 수집한 정보에 의해 뒤집혔다.

사쓰마 군의 한 부대가 전방의 후타에(二重) 고개에서 흙을 쌓아올려 보루를 열심히 구축하고 있다는 것이었다.

이 정보는 정확했다. 야마시카를 본영으로 하는 기리노 군은 후방의 경계 진지로서 멀리 떨어진 곳이지만 이 후타에 고개에도 소부대를 보내고 있었다.

이때 사가와 간베가 내린 판단은 전술상의 극히 평범한 상식에 의한 것으로 별로 좋은 묘안은 아니었다.

후타에 고개는 아소의 사카나시에서 구마모토 성으로 가려는 사람은 반드시 지나야 하는 곳이었다. 그 고개 위의 적의 보루가 더 높아지기 전에 이것을 공격해서 쫓아버려야 하며 적에게 시간을 주면 줄수록 방어력은 강화된다. 그러면 간베들에게 주어진 "구마모토로 들어가라"는 명령은 실행불가능하게 된다.

간베는 곧 공격하고 싶었으나 그에게는 권한이 없었으므로 자기의 지휘자인 총경 히가키 나오에의 허가를 받아야 한다.

그는 히가키가 자기의 위치보다 8킬로미터 후방의 사사쿠라라는 산속 마을까지 와 있다는 것을 알고 혼자 산을 넘어 히가키의 숙영에 갔다.

히가키는 이때 잔뜩 겁을 집어먹고 있었다.

그도 또한 후타에 고개에서 사쓰마 인이 보루를 구축하고 있다는 정보를 얻고 있었다. 그뿐 아니라 한 마디로 '아소 골짜기'라 불리우는 전방 일원의 산야에 농민 봉기의 불길이 올라 도처에서 고리대금업자의 집을 습격하고 있다는 정보도 듣고 있었다. 히가키는 사쓰마 인과 농민이 손을 잡고 있다──사실은 그렇지 않았다──고 보고 있었는데, 말하자면 그 같은 산골 속에 불과 500명의 병력으로 들어가는 것에 공포를 느끼고 있었음에 틀림없다.

그러나 사가와 간베는 달랐다.

눈앞의 상황은 안개 속의 경치처럼 확실하지는 않았으나 다만 한 가지 확실하고 명료한 광경이 있었다. 후타에 고개에 얼마 안 되는 사쓰마 군이 흙가마니를 운반해서 보루를 만들고 있다는 것이었다. 보루가 높아지기 전에 이것을 치면 틀림없이 이긴다. 이것은 전략이라기보다 전술적 이점에 불과하다고 한다면 전략적으로는 오리무중의 상황 속에서 어쨌든 전술적 이점만이라도 눌러두면 적의 상황이나 방향도 명쾌해지고 다음에 강구할 수단도 생기게 된다. 천성적인 무인이라면 반드시 그렇게 했을 것이다.

간베도 방법은 둘이 아니라 그것뿐이라고 히가키에게 역설했다. 다만 간베의 태도가 나빴다. 그는 지난 날 큰 번의 가로였던 것과는 달리 히가키는 도사 번에서 졸개 정도의 출신이었다. 또 간베는 보신 전쟁에서 적과 아군을 통해 명장이었던 것과 달리 히가키는 전투경험이 거의 없었다.

"누가 대장인가?"

히가키가 갑자기 노기를 띠며, 자네가 나에게 지시하는 건가, 하고 트집을 잡아 간베의 입을 다물게 하고 말았다. 이것은 전투에 대한 공포 때문에 빚어진 히가키의 착란이라고밖에 생각할 수 없다.

사가와 간베 같은 사람이 보기에는 믿을 수 없는 현상이었지만, 총경 히가키 나오에는 적의 보루가 높아지는 것을 바라보며 진퇴를 결정하지 못하고 엉거주춤 보낸 시간이 6일이나 되었다.

전선에 있는 간베도 안절부절못했다.

그 동안 그는 사쓰마 인이 신마치(新町 : 아소 산의 남쪽)에 있는 정부의 쌀창고를 노리고 있다는 정보를 들었다. 곧 자기의 병력에서 백 명을 뽑아 자신이 인솔하여 아소 산 북쪽 기슭인 사카나시에서 남쪽 기슭의 신마치까지 행군해서 그 쌀을 사카나시까지 옮겨왔다.

14일, 후방의 히가키도 이런 상황 속에 더 이상 앉아만 있을 수 없었는지 사사쿠라(笹倉)에서 사카나시까지 나와서 간베와 군사회의를 열었다. 그러나 히가키가 온 것은 상황을 어떻게 타개할 것인가 하는 예리한 목적의식에서가 아니라, 자기의 정신에 무슨 안정이라도 얻으려고 온 듯했으며, 간베가 공세로 나가자고 하면 불같이 화를 내는 형편이었다.

"차라리 500명을 한동안 나에게 빌어주면 어떨까요. 틀림없이 단숨에 후타에 고개를 소탕하고 구마모토에 나갈 수 있도록 할 테니까요."

가령 간베가 이와같이 말하면 히가키는 기고만장해서 이렇게 말하는 것이었다.

"나는 분고의 총독이야. 그같은 경솔한 짓은 허락할 수 없어."

히가키가 사사쿠라에 돌아간 뒤 간베는 술을 밥사발에 부어 마시고 있었으나, 초조함을 억제하지 못해서 밤이 되기까지 여러번 히가키에게 사람을 보내 진격의 허가를 요청했다. 나중에는 이렇게까지 말했다.

"나의 손안에 있는 200명만 가지고 후타에 고개를 공격하는 것은 어떻겠소?"

그래도 히가키는 망설이고 있었다.

히가키의 공포심이 보통 이상이었다는 것을 알 수 있는 것은 이 일을 당시 오사카에 와 있었던 대경시 가와지 도시나가에게 의논하는 전보를 쳤다는 점이다.

가와지는 놀라서 중얼거렸다.

"눈앞에 있는 적을 칠 것인가 아닌가를 오사카까지 문의하는 장수가 어디 있나?"

그리고 옆 사람에게 말했다.

"내가 사람을 잘못 골랐다. 사가와 간베를 총경으로 만들어 그 부대를 인솔케 했어야 옳았어."

하지만 사태는 이미 진행되고 있어서 어떻게 할 도리가 없었다.

히가키는 17일이 되어서야 겨우 간베 혼자 후타에 고개를 공격하는 것을 허락했다. 그러나 그때는 이미 사쓰마 군이 '경시대'의 도착을 탐지하고 나서 병력을 증강했고 또 보루를 견고하게 굳혔기 때문에 간베측으로서는 공격할 시기가 지나간 뒤였다.

이 시대에 인망이라는 것을 도외시하고는 사가와 간베도 이해할 수 없고, 사이고도 이해할 수 없으며, 그 밖에 각 지방에서 방향을 잃고 방황하면서 소용돌이치는 에너지의 핵이 되는 사람들도 이해할 수 없을 것이다.

인망가들은 인망을 끌어들이고 있었다기보다는 세상이 인망가를 기다리고 사모하고 있었다는 이상한 경향이 있었다고 말하는 것이 더욱 타당할 것이다.

사족이거나 농민이거나 번이라는 치밀하고 견고한 봉건 조직이 무너져버리자 껍질을 잃어버리고 살을 내놓은 소라게처럼 불안해졌고, 그렇다고 해서 '관'이라는 새롭게 나타난 무게에 대해서는 위화감만 느껴 거기서 도피하려고 했다. 그같은 자기들에게 방향을 제시하고 거처할 장소를 정해주며 때에 따라서는 죽을 자리를 만들어 주는 것이 인망가였다.

예를 들면 기리노 도시아키는 사이고를 비난할 때도 있었으나 이렇게 옹호한 적도 있다.

"그 양반은 나처럼 죽을 자리를 잘못 잡을지도 모르는 사람에게 확실히 죽을 자리를 만들어 주는 분이다. 그래서 나는 따라왔다."

인망가란 에도 시대처럼 편안한 시대에는 필요 없는 존재이고 또 그 같은 유형의 사람이 인기를 끈 적이 없다. 무사들은 근무에 충실하기만 하면 녹을 잃을 염려가 없었고 그 범위 내에서만 처세하면 되었으며 어설픈 인망가가 있었다 하더라도 그 같은 비조직적인, 또는 반조직적인 소재에 가까이 가는 것 자체가 위험했다. 그렇기 때문에 가령 인망가가 나타난다 하더라도 사회적 가치를 가지지 못했다고 하겠다.

사이고의 사촌동생인 오야마 이와오가 사이고의 사후에 사이고를 평하기를 그에게는 사욕이 없고 정말 훌륭했으나, 다만 인망에 대한 욕심이 있어서 그것 때문에 남에게 업히는 결과가 되어 처신을 그르쳤다고 말한 적이 있다.

적절한 평이기는 하지만 오야마 이와오처럼 '관' 쪽에서 관의 조직에 신분과 생활이 보호되고 있다는 의미에서 에도 시대의 무사와 다름없는 사람이, 시대의 된서리를 맞고 고생하고 있는 쪽——즉 인망가를 기다리고 따르는 쪽——에 서버린 사이고를 평가하는 것은 가혹하다고 아니 할 수 없다.

사가와 간베에 대해서도 옛 아이즈 번 이래의 친구인 육군중령 야마카와 히로시가 간베를 애도 하면서 이와 같이 평했다.

"사가와 간베는 사이고 같은 사람이었다."

사이고 같다는 것은 인망가라는 뜻이다.

확실히 간베는 인망가이며 사카나시에 머문 것은 불과 6일이라는 짧은 기간인데 지방 사람들로부터 대단한 흠모를 받았다.

사카나시와 그 부근의 농민이 어떠한 기분으로 사가와 간베를 흠모했는지는 자세히 알 수 없다. 어떻든 간에 간베가 전사한 뒤에

'마을 사람의 예로써 정중하게 장사지내고 묘비를 세워 이를 제사지내다'라고 《사가와 간베 부자전》이라는 짧은 글 속에 있는데, 실제로 묘비는 돌비석이 아니고 나무였다.

사가와 간베와 그의 부대는 아소 산 남쪽 기슭의 신마치에 가서 그곳을 공격 준비기지로 삼았다.

그는 무장하고 도우러 온 그 고장 농민 50명에게 1인당 3엔의 군자금을 주고 암호도 가르쳐 주었다. 이 같은 일만 보더라도 농민의 일부가 협력한 것은 사실인 듯했다. 만일 사쓰마 군이나 구마모토 협동대가 농민을 잘 교육하고 조직했더라면 이 같은 일은 있을 수 없었을 것이며, 또 사쓰마 군은 사족의 범위 안에서만 모든 것을 생각했고 결국은 그것이 패인의 하나라고 생각된다.

간베와 200명의 부대가 신마치를 출발한 것은 3월 18일 오전 0시였다. 출발에 앞서 간베는 숙소인 포목 및 젓갈류 도매상 에비스야(蛭子屋)에 소지품을 모두 맡긴 것을 보면 죽음을 각오한 모양이었다. 간베는 이미 싸울 기회를 잃고 있었기 때문에 200명의 적은 세력으로 공격하더라도 패할 것을 알고 있었다. 그래도 공격하려 한 것은 적을 보고도 좌시한다는 것이 무사로서는 참을 수 없는 일이기도 했고, 그 이상으로 아이즈 의식이 강한 간베로서는 아이즈 무사의 용감한 넋을 아소 산 남쪽에 묻어두고 관과 사쓰마 양쪽에 대해서 항거해 보고 싶었을 것이다. 그 당시의 아이즈 인의 심정은 후세의 감각으로는 파악하기 힘들 정도로 기이했다.

그날 밤 별은 떴으나 달은 없었다. 그들 아이즈 인들은 몇 개의 초롱으로 길을 비추면서 전진했다.

후타에 고개는 신마치로부터 서쪽 10여 킬로미터 전방에 있었다. 간베는 이미 47세로 야간행군은 체력적으로 무리여서 이 고장 젊은이의 어깨를 빌

리면서 전진했다.

고개 가까이에 구로카와(黑川)라는 시냇물이 흐르고 있었다. 그 부근에서 날이 밝았다.

간베는 부대를 둘로 나누어 한 부대는 큰길을 왼쪽으로 꺾어 샛길로 나가게 하고 자신은 다른 한 부대를 인솔하여 큰길을 오른쪽으로 돌아 올라가서 방목장 같은 초원에 도착하자 대원들을 산개시켰다.

보루 안의 사쓰마 군은 그것을 눈치채고 맹렬하게 사격했다. 사쓰마 군의 병력은 간베가 공격을 제안했을 때에는 200명 정도였으나 이 시기에는 6, 700명으로 증강되어 있었다.

간베 군은 이를 공격하며 분전했다. 6시간 이상 걸린 격전을 되풀이했으나 끝내 점령하지 못한채 간베는 그는 왼팔에 총을 맞았다. 그래도 계속 지휘하다가 가슴을 맞았다. 넘어진 뒤에도 그는 칼을 들고 지휘하는 동작을 하려다가 제3탄이 이마를 뚫었다. 즉사했다.

이때 아이즈 인은 50명 정도가 부상하고 17명이 전사하여 하는 수 없이 사카나시로 퇴각했다.

격투

다바루 언덕과 그 주변에서 격전이 계속되고 있었다.

참고로 말하지만, 지금도 이 부근의 흙 속에서 총탄이 나오는데 때로는 '맞붙은 총탄'이 나오기도 한다.

적과 아군의 총탄이 공중에서 부딪쳐서 서로 물고 있는 듯한 형상의 것인데 현재 다바루 고개 위에 있는 통칭 '탄흔의 집'이라고 불리는 집에도 한두 개가 보존되어 있다.

우연의 소치는 아닐 것이다. 이 같은 '맞붙은 총탄'이 여러 개 나오는 것은 일정한 공간에서 아주 농후한 밀도로 총탄이 오가지 않는 한 일어날 수 없는 것으로 생각된다.

10여 일 동안 계속된 다바루 고개의 공방전은 그 시대의 세계 전사상 유례없는 격전이었다. 소총탄의 사용량이 어마어마할 정도로 많았다는 것과 기관총의 출현 이전의 전쟁에서 병력 규모가 컸던 것은 다른 전투와 비교하려 해도 그 예가 없을 것으로 생각된다. 또 방어군측의 의지가 강했다는 것과, 공격군측이 집요했다는 점에서 일종의 공포마저 느끼게 하는 점이 있다.

쌍방에 사상자가 속출했다. 정부군의 응급 처치소의 형편에 대해서는 이렇게 씌어 있다.

 '내가 미우라(三浦) 군의병을 만나 그 상황을 물으니, 하루 평균 사상자가 180명에 이르렀다고 한다. 그 부상자들을 모두 충분히 치료할 수 없었으므로 그저 출혈을 막고 탄환을 빼거나 칼자국을 꿰매고 또는 다친 뼈에 부목을 대주는 외에 다른 치료를 할 틈이 없었다고 한다. 약이라고는 아질산 에틸, 소주 두 가지 뿐이었다고 한다.' ('종서일기')

 정부군의 경우 부상자의 운반은 덧문짝이나 들것이 이용되었다. 두 다리에 지장이 없는 자들은 서로 도와 후방의 난칸 야전병원에 가게 했다. 죽은 자는 가장 대접이 소홀했다. 노루나 멧돼지처럼 사지를 묶어 대나무 장대에 매달아 메고 갔다.

 '종서일기'에는 비분강개한 한 구절이 나타나 있다.

 '그 참상은 말로 할 수 없고……'

 사쓰마 군의 군의부대는 사군(私軍)으로서는 비교적 충실했다. 영국 의사 윌리엄 윌리스가 가고시마 의학교에서 양성한 양의들이 몽땅 위생부를 담당했기 때문인데 부상자의 처리는 정부군보다 훨씬 좋았다.

 병원은 구마모토의 남쪽 가와지리에 있었으나 다바루 고개, 기치지고에 고개의 격전이 계속됨에 따라 사상자가 많아져 끝내는 가와지리의 민가 백수십 채가 모두 병원이 되는 형편이었다.

 전사자는 가와지리의 엔타이사(延對寺) 묘지에 매장했다. 나중에는 묘지가 부족해서 부근의 밭 2단보를 사서 통계 8백 수십 구까지는 매장했으나 끝내 매장할 자리가 없어서 전선 부근에 적당히 묻어버렸다.

 한편 구마모토 성의 공방전은 사쓰마 군의 다수가 성 밖의 야전에 나갔기 때문에 위세가 약해져서 성병 쪽이 약간 우세해졌다.

 사쓰마 군은 포위만 하고 성벽에 접근하지는 않았으며, 성곽 주위의 요소요소에 보루를 구축하여 성병의 돌출을 방지하고 있었다. 다만 사쓰마 군의 포병만은 활동하고 있었다. 그러나 공성포가 아니었기 때문에 그 효과는 성병에 대한 심리적인 것에 불과했고 성벽이나 망루를 파괴하지는 못했다.

 다만 구마모토 성의 성곽 중에서 서쪽에 길게 돌출한 부분 즉, 단 산(段山)에서만 보병 전투가 되풀이되고 있었다.

 진대측은 단 산의 사쓰마 군에 대해 3월 12, 13일 이틀에 성내의 포를 향해 맹렬히 집중공격을 퍼붓고 보병을 출격시켜 13일 오후 1시에 이르러서는 백병전이 되었다.

단 산 근처에 이제리 강(井芹川)이 흐르고 있는데 백병전의 치열함은 이 강 속에서도 싸울 정도였다.

결국 병력이 부족한 사쓰마 군은 단 산이라는 조건 좋은 공성 거점을 포기하고 퇴각하지 않을 수 없었다.

성측은 단 산을 손에 넣은 뒤 사쓰마 군이 다시 쳐들어오지 못하도록 이제리 강 하류에 둑을 만들어 강물을 단 산 밑까지 침수시켜 안전을 기했다. 그 위에 이 돌출부 부근에 산포 2문의 진지를 만들어 포의 앙각을 높인 뒤 뜻밖의 방향을 포격하기 시작했다.

구마모토 성 북서쪽 가쓰가 마을에 기타오카 신사(北岡神社)가 있고 거기에 사이고가 기거하는 본영이 있었다. 사이고가 거기에 기거하고 있다는 것은 사쓰마 군내에서도 비밀사항이라 성병이 알 수 없었을 터인데 그들이 알아버린 것이다. 전날 사쓰마 군은 성내에 항복 권유의 사신을 보냈는데 진대측은 이들을 억류하고 신문해서 사이고의 거처를 알아냈다. 거처를 알았으나 포격하기에는 너무 거리가 멀었는데, 이제 단 산을 탈취했으므로 여기에 2문의 산포를 설치하고 포격을 개시했다.

단 산에서 기타오카 신사까지는 1500미터이다. 이 당시의 산포의 유효사정거리는 2천 미터였으니까 포탄은 닿는다. 다만 원거리이기 때문에 명중률은 낮았다.

사쓰마 군은 사이고에게 만일의 일이 생기면 모든 것이 허사라고 겁을 내고 본영을 훨씬 후퇴시켜 니혼기(二本木)로 옮겼다. 니혼기에는 옛 번 때부터의 호상 도리이의 저택이 있었다. 거기를 본영으로 정했다.

이 동안(3월 6일 이후) 기리노 도시아키가 야마시카의 전선 지휘를 각 대장에게 맡기고 사이고의 막료가 되었다. 사이고가 막료의 필요를 느껴서 기리노를 불렀다고 하는데 아마 그랬을 것이다.

고급간부로서는 벳푸 신스케도 전선인 다바루 고개의 지휘를 무라타 신파치 혼자에게 맡기고 가고시마에 돌아갔다. 모병을 위해서였다. 병력 보충면에서 사쓰마 군은 정부군에 훨씬 뒤져서 늘 병력 부족에 고심하고 있었다.

정부군의 본영은 또 전진해서 우리유다(瓜生田)에 있었다.

전에는 본영이 다바루 고개로 통하는 큰길 위에 있었으므로 성 공격의 예로 본다면 적의 성 큰 대문 앞에 있는 형상이었다. 이번의 우리유다는 다바루 고개 남쪽 옆이었다. 다바루 고개를 정면으로 큰길을 따라 공격하기보다는 옆에서 공격하려는 작전 변경이라 할 수 있다. 그것도 사쓰마 군의 야습을 받을지도 모를 정도로 접근하고 있었다. 이 같은 위치에 본영을 둔 노즈 시즈오의 배짱도 대단하다고 하겠다.

춥고 긴 다바루 고개의 구릉 옆은 골짜기로 떨어져서 마치 배의 밑바닥같이 되어 있었다. 오늘날 그 골짜기의 지명은 후나소코(舟底 : 배의 밑바닥)이다.

후나소코에서 다시 남쪽은 낮은 지대이지만 높고 낮은 지형이 서로 엇갈려 섞여 있고 도중에 사쓰마 군의 보루가 몇 개 있었다. 지형은 점차로 우리유다의 낮은 대지로 이어진다.

도쿄 일일신문의 기자 후쿠치 겐이치로는 본영을 옮긴 며칠 뒤에 이 대지 위에 올라가 있었다.

그는 고노하 마을에서 왔다. 우리유다에 올 때까지 과자와 엿을 파는 가게를 보았다. 마을은 텅텅 비어 있었으나 마을 사람들은 낮이면 정부군 병사를 상대로 그런 것을 팔고 있었다.

우리유다의 본영에서 보니까 북쪽의 직선거리로 1300미터 쯤에 옆으로 길게 뻗은 다바루 고개가 누워 있었다. 그곳으로 가는 길은 없고 도중에는 구릉이나 논밭이 펼쳐져, 가령 밀고 쳐들어간다 하더라도 도중에 있는 사쓰마 군 보루에 포착되어 살아서 돌아오기는 아마 곤란할 것 같았다.

사쓰마 군의 총지휘자 무라타 신파치는 정부군 진영에 육군 소장 오야마 이와오가 도착했다는 것을 알고 포로에게 편지를 주어 오야마에게 보냈다. 편지는 이런 문장으로 시작된다.

'전해 듣기에 자네가 이곳으로 출장 왔다고 하니……'

오야마는 사이고의 사촌동생인 동시에 무라타를 형으로 받들어 서로 친밀한 사이였다. 편지를 의역하면 이와 같다.

'자네는 작년에 귀향했을 때 이렇게 말했네. "정부에 부정한 자만이 있는 것이 아니다. 올바른 사람도 있고 옥석이 섞여 있다. 그러므로 나로서는 혼자 고립하여 확고부동한 정론으로 부정을 이기고자 한다"라고. 정말로 의기양양하고 들을 만한 의론이었는데 자네는 지금 출전 중에 있으면서 속된 관리들과 교제하고 있구나. 옛 정신을 그렇게 심히 잊고 있는 줄 미처 몰랐네.'

사쓰마 인이 말하는 속된 관리의 대표는 지난 날 오직으로 사복을 채운 야마가타 아리토모를 가리킨다. 오야마가 야마가타와 교제하는 것을 무라타는 포로를 풀어 그날로 돌려보내면서 비웃은 것이었다. 이 시기의 사쓰마 인의 기운이 풍기고 있는 듯하다.

정부군은 3월 3일부터 계속 격전을 되풀이했으나 사상자가 늘어날 뿐 별 효과가 없었다.

총수인 야마가타 아리토모는 다카네에 있었다. 야마가타는 성격때문이기도 하지만, 적은 군사로 많은 군사를 치는 일본식――오히려 사쓰마식――전법을 좋아하지 않고, 적보다도 압도적 다수의 병력과 적보다 우수한 병기를 가지지 않으면 공격하지 않는 사람이었다.

정부군의 보급은 하카타 만-구루메-난칸이라는 경로로 들어온다. 9일과 10일 사이에 야마가타가 기다리고 있던 그 공격조건이 갖추어졌다.

오야마 이와오의 여단도 미우라 고로의 여단도 도착했고 또 대포도 8문이나 더 도착했다.

"11일에 대공세를 시작하자."

야마가타 중장은 노즈(野津)소장, 오야마(大山)소장 등 두 사람의 사쓰마 출신 장수에게 지시했다. 원래는 그것만으로 야마가타의 총수로서의 기능은 필요에 의해 충분하게 이루어졌다. 그러나 그는 자세한 지시를 하는 사람으로, 기치지고에 고개의 사쓰마 군과 대치하고 있는 대포 8문도 다바루 고개 공격에 전용하라, 그 포병진지는 어느 위치에 잡으라, 등으로 싸움터의 지리에 그다지 밝지도 못하면서 귀찮게 지시했다.

"그것은 우리에게 맡겨주십시오."

포병 전문가인 노즈 시즈오는 말했고, 노즈 이상으로 포병 권위자인 오야마는 쓴웃음조차 짓지 않고 무표정인 채 말이 없었다.

정부군은 11일 새벽에 총공격하는 것을 목표로 전력을 기울여 준비를 시작했다.

그 동안 사쓰마 군은 준비를 하려 해도 여력이 없었다. 솥이나 냄비를 녹여서 손에 철침 같은 도구를 들고 탄환을 만들거나 이를 잡고 있는 형편이었다.

다바루 고개의 싸움 때는 맑은 날이 적었다.

정부군이 총공격을 시작하려고 예정한 3월 11일도 새벽부터 비구름이 낮게 깔려서 비인지 안개인지 모를 것이 산야를 적시고 있었다.

"오늘도 비야?"

사쓰마 군의 어느 보루에서 지겹다는 듯한 소리가 들려 왔다. 추위도 전날보다 심했다. 이날은 마침내 가랑비가 계속 내렸고 도중에는 눈으로 바뀌었다. 바람도 몹시 불었다.

사쓰마 군으로서는 비가 적(敵)이었다. 사쓰마 군의 총은 거의 전부가 한 발 쏘면 총구로 화약을 넣고 작대기로 쑤셔서 다진 뒤에 또다시 총구로 총탄을 넣는 식이었다. 비가 오면 화약을 적시지 않고 조작하기는 곤란했다.

그리고 사쓰마 군이나 구마모토 부대의 군장은 거의 일본옷에 하카마였으므로, 그것이 비에 젖으면 옷이 몸에 달라붙어 불쾌하기도 하고 비위생적일 뿐 아니라 바지가 다리에 감겨서 행동에 지장이 많았다. 사쓰마 군이 이같이 불리한 조건을 이겨내고 또 보급과 보충에 고생하면서 끝까지 전의와 전투 능력을 떨어뜨리지 않은 것은 사상 유례 없는 일이라 할 수 있다.

파노라마처럼 이 산하를 내려다보면 3월 10일 전후의 사쓰마 군 진지는 가장 강했다. 남북으로 크게 우익을 펴고 산과 골짜기의 보루는 모두 강철처럼 강인하며 세계 최대의 야전 진지였을지도 모른다.

이것을 성에 비유하면 다바루 고개와 기치지고에 고개를 연이은 본성이라고 할 수 있다. 저 멀리 북쪽의 야마시카는 앞에 나와 있는 보조 성곽이며 남쪽의 노이데(野出) 또한 경계진지이면서 보조 성곽이라 할 수 있었다.

총병력은 때때로 이동이 있었으므로 파악하기 어렵지만 야마시카 방면이 3천, 다바루와 기치지고에 방면이 6천 5백으로 대충 1만 명 정도였다.

정부군은 여기에 대해서 3월 11일 아침을 기해서 총공격을 준비했다.

그날 아직 어두울 때 각 부대는 각자 위치에 자리 잡고 신호포를 기다리고 있었다. 그러는 동안 비구름이 짙어져서 산도 들도 장병들도 아침 해를 보기 전부터 젖기 시작했다. 빗발은 점점 세어졌다.

그 뒤 히고의 속요에 '비는 계속 내리고 마부도 젖고 말도 젖고, 넘으려도 못 넘는 다바루 고개'라고 불린 정경은 특히 이날의 기억을 읊은 것인지도 모르겠다. 넘으려도 못 넘는 것은 사쓰마 군의 입장이 아니고 정부군의 입장이었다. 다바루 고개를 넘지 못하면 구마모토 성에 들어갈 수가 없었다.

다바루 고개의 남쪽 계곡을 몇 개 지나서 솟아 있는 우리유다의 본영에서는 밭 가운데 8문의 산포가 즐비하게 배치되어 있었다. 이제까지의 정부군의 포병 운용은 1문 또는 2문 정도를 각 전선에 뿌려두는 것이었는데, 이 총공격을 지원하려고 8문을 한 자리에 모으고 종일 쉴새없이 사격을 계속하는 방법이 채택되었다.

이 우리유다의 포병진지는 주로 다바루 고개의 높은 곳을 사격하고, 별도로 후타마타의 들에도 몇 문의 산포를 설치하여, 주로 나카구보(中久保), 나나모토(七本)의 사쓰마 군 보루를 사격하도록 했다.

날은 밝아 왔으나 운무와 안개 때문에 햇빛이 언덕이나 골짜기의 주름진 곳까지 미치지 못했다.

잠시 뒤 우리유다의 포병진지에서 계속해서 세 발의 포성이 들려왔다. 일제히 전진하라는 신호포로 보병대와 '경시대'는 차고 어두운 가운데 움직이기 시작했다.

사쓰마 군이나 구마모토 부대의 각 보루는 조용했다. 그들은 이날의 총공격을 모르고 있었다.

엔다이지 산(圓台寺山)이라는 고지가 있다.

이 구릉은 기도메의 사쓰마 군 본영에 가까워 기도메에서 걸어서 20분 정도면 갈 수 있기 때문에 사쓰마 군으로서는 본영을 직접 지키는 보루가 그곳에 설치되었다.

그곳을 하시구치 세이이치(橋口成一)를 소대장으로 하는 200명이 지키고 있었다. 하시구치의 나이는 32세, 보신 전쟁의 종군자로 뒤에 근위 중위에 임명되었으며 기리노들과 함께 사직하고 이 싸움터에 와 있었다. 기민한 편은 아니지만 용감하고 용모가 우락부락해서 과연 소부대의 전투대장 같은 인상을 주는 인물이었다.

이날 새벽 그도 그의 대원들도 쌓인 피로로 눈을 뜨지 못하고 꿈결에 세 발의 신호포 소리를 들었으나 일어나서 주의를 기울이지는 못했다.

이 보루에 진격한 것은 정부군 제1여단의 사병들이었다. 그들은 길을 나누어 숨을 죽이듯 접근해서 마치 사쓰마 병이 잠든 틈을 습격하듯 느닷없이 사격하고 돌입했다.

하시구치 부대는 한순간에 패주했다. 보루를 버리고 산을 달려 내려가 뿔뿔이 흩어졌으나 정부군은 뒤쫓지 않고 오히려 보루를 확보하는 데 전념했다. 보병이 지키고 공병은 급히 보강공사를 시작했다.

이 같은 상황을 안 것은 엔다이지 산의 좌익에서 소대를 모아놓고 졸고 있던 나가야마 규지였다.

나가야마는 대뜸 20여 명의 부하를 모아 돌진해서 엔다이지 산을 뛰어올라 보루의 보병과 공병을 급히 쏘아붙였다. 나가야마 자신은 솥뚜껑 위에 타고 앉아 큰소리로 부하를 질타하며 직접 솥뚜껑 위에서 사격했다.

이 소동으로 뒤에 남아 있던 나가야마의 부하들도 달려오고 또 보루를 버리고 도망치던 하시구치 부대도 되돌아왔으며, 또 부근에 있던 하기하라 무네조(萩原宗藏) 부대, 사가라 기치노스케 부대도 늑대처럼 떼를 지어 달려와서 정부군을 보면 반드시 죽여 버렸다. 정부군은 병력이 압도적으로 많았으나 사쓰마 군의 기세에 눌려 낙엽이 날아가듯 보루를 버리고 도망쳐버렸다. 보병은 총기를 버리고 공병은 공사용 도구를 버렸다.

그러나 이 탈취의 승리를 안겨준 나가야마 규지는 이때 전사했다. 동시에 두 발의 소총탄에 두 눈을 맞았다고 하니 정부군의 사격도 대단했다는 것을 상상할 수 있다.

사쓰마 군은 도망가는 정부군을 추격해서 멀리 쫓아버렸기 때문에 정부군 중에서 제1여단의 공격은 거의 오전 중에 궤멸되고 말았다.

11일의 총공격에 있어서 정부군의 제2여단이 목표한 것은 후타마타의 다른 한쪽에 붙어 있는 사쓰마 군에 대한 공격이었다.

후타마타에는 몇 개의 구릉이 기복하고 있어 지방 사람이 히라 산(平山), 다치노 산(立野山), 나카구보 산(中久保山) 등으로 부르고 있었다. 그 어느 구릉에도 사쓰마 군의 보루가 있어서 정부군을 지키고 있었다. 제2여단은 오전 5시의 3발의 신호포와 함께 그 구릉들에 육박했다.

한 보루에 각각 10여 명의 사쓰마 병이 있었다. 밝아오는 빛 속에서 들이며 산이며 모두 들썩거리는 듯이 느껴졌다.

정부군의 병력은 이 시기에 압도적으로 우세했다. 그들은 8문의 산포에 의해 지원받고 있었다. 후방에서 간단하게 발사되는 포탄은 정부군의 머리를 넘어 사쓰마 군 보루에서 작렬했다.

보루에 가까이 온 정부군 사병들은 재빠른 총격과 백병전을 되풀이했다. 사쓰마 병 한 사람에 대하여 세 사람 이상의 정부군 사병들이 덤벼드는 식이어서 사쓰마 병도 견딜 수가 없어 보루를 포기했다. 그러나 정부군이 보루를 점령하면 머리 위에서 사격하거나 큰칼을 휘두르며 역습해서 탈환하기도 했다. 사쓰마 병은 탈환하면 보루 안에 쓰러져 있는 아군의 시체를 보루 밖으로 내던지고 사격했다. 때로는 시체를 방패삼아 싸웠다. 날 때부터의 용자라고밖에 달리 할말이 없다.

이같이 해서 제2여단은 많은 보루를 빼앗았다. 그러나 빼앗은 보루마다 처참한 사쓰마 군의 역습으로 결국은 다시 빼앗겼다.

제2여단 중에서도 사족 부대라 할 수 있는 근위 제1부대는 믿기 어려운 용기로 저돌해서 끝내 사쓰마 군의 다바루 고개 진지의 후방이라고 할 수 있는 나나모토(七本)까지 나갔다.

그러나 사방에서 몰려온 사쓰마 군 때문에 포위되어 전멸의 위기에 빠졌으나 생존자들은 혈로를 열고 퇴각했다.

이 동안 난전의 싸움터를 쏘다닌 것은 사쓰마 군의 돌격대로서 정부군을 불의에 습격해서 무찔러버리고 차례차례로 적을 찾아 미친 듯이 쏘다녔다. 그러나 사쓰마 군의 돌격대는 적을 벨 뿐 정부군의 점거 지점을 확보하려는 의도가 희박했기 때문에 전세를 전환시키지는 못했다.

그동안 정부측의 유력한 관료들의 소재를 살펴보면, 우선 대경시 가와지 도시나가는 2월말부터 오사카에 있었다.

그가 오사카로 옮긴 것은 오사카가 전선인 규슈의 수송기지였기 때문이다.

가와지는 기타센바(北船場)의 노구치야(野口屋)라는 여관에 머물렀다. 2월말 규슈에 있는 와타누키 총경에게 보낸 그의 편지에는 이렇게 썩어 있다.

'나도 오사카 이마바시 1가 노구치야에 있으면서 각 방면을 지휘하고 있다.'

여관 한 채를 빌려 총지휘소로 쓰고 있었다. 도쿄에는 기선편에 편지를 보내 순경의 신규 대모집과 그 경찰단을 수송할 것을 지시하고 고베와 오사카에 도착한 경찰단을 전선에 보내는 업무를 지휘하고 있었다. 또 가와지 자신이 육군 소장이 되어서 새로 편성한 여단의 사령관에 취임했을 정도였으니 마치 전국시대에 한 나라의 무장이 이웃나라를 치는 듯한 숨막힘을 느끼게 했다.

그의 개화사상에서 보면 사이고와 그의 사학교당의 궐기는 하나의 반혁명

현상에 불과했다. 그는 메이지 유신을 정의라고 믿고 있었으므로 그의 이론과 감정의 모든 것을 집중하여 그들을 증오해야 했고 주저없이 그들을 쳐부숴야 했다.

반대로 가고시마 사족의 향당 감각에서 본다면 가고시마 현을 적으로 계속 대해 온 오쿠보나 가와지는 죽여도 시원치 않을 상대였고, 만일 기리노들이 도쿄를 점령해서 새 정권을 만드는 일이 있다면 맨 먼저 오쿠보와 가와지를 군중 앞에 끌고 나와 목을 쳤을 것이다. 가와지가 군복을 입고 스스로 사쓰마 군을 치고 싶은 감정이 되었다는 점에 사투 비슷한 증오의 표현을 여실히 보는 것 같다.

한편 현지의 육해군 총지휘자로 두 사람의 참모가 있었다.

육군의 참모는 중장 야마가타 아리토모이며 해군의 참모는 사쓰마 인이자 사이고의 인척인 중장 가와무라 스미요시였다.

야마가타는 다카네에 있었다.

한편 가와무라 스미요시는 2월 26일 하카타에 상륙해서 해군에 관한 지시를 한 뒤 3월 7일 다카세에 와서 동쪽의 다바루 고개에서 솟아오르는 포연을 보았다.

병략에 관해서 언급한다.

기리노들이 사이고를 옹립하고 거병하기는 했으나 마치 토끼가 덫에 걸린 듯이 구마모토 성에 걸려버렸다. 이 사실이 알려졌을 때 이렇게 예언한 병략자가 두 사람 있었다.

"아깝게 되었다. 사이고는 지고 말 것이다."

한 사람은 이타가키 다이스케였다. 이타가키는 보신 전쟁 때 정부에서는 유일하게 탁월한 야전관 사령관으로서 능력을 발휘했으나 사쓰마·조슈 벌은 그의 그러한 재질을 겁내어 군에서 멀리하고 문관으로 우대했다. 이 사학교 궐기 때 이타가키는 이미 하야해서 도사의 자유민권당의 총수였으며, 그의 부하들은 사쓰마 군과 호응하려 했으나 상식가로서의 이타가키의 성격이 도사파의 망동을 뒤에서 누르고 있었다. 그 이유의 하나는 구마모토 성이라는 토끼 덫에 걸린 사이고 등의 졸렬한 병략을 보고 이타가키는 그들과 행동을 같이 하면 자멸할지도 모른다고 보았기 때문이다.

또 한 사람은 사쓰마 출신의 병학자 이지치 마사하루(伊地知正治)였다.

이지치는 막부 말기의 사쓰마 번이 호랑이 새끼처럼 소중하게 대접하던 병학자로 사이고도 평소 이지치에 대해 '이지치 선생'이라 부르며 형님으로 대접했고, 만일 혁명전이 일어나면 이 '이지치 선생'에게 작전을 통괄시킬 작정이었다. 그러나 보신 전쟁의 중반에 조슈 인 오무라 마스지로가 말 그대로 혜성처럼 나타나서 군사의 모든 것을 처리했기 때문에 사이고도 이지치를 고집할 수가 없었다. 그 뒤 이지치의 존재는 희박해져서 좌원의 부의장 등을 역임하고 만년에는 궁내성의 섭외관을 지냈다.

"사이고도 기리노 같은 자에게 업혀서……."

사학교가 궐기했을 때 이지치는 이번 일에 동조하지 않고 도쿄에 남아 있었다. 이 이지치도 이타가키와 같은 의견을 사쓰마 인에게 말했다고 하니 막부 말기의 두 사람의 병략가는 모두 병략면에서 비관적이었다.

사이고의 총수로서의 재질을 높이 평가한 사람도 있다.

정부군의 총지휘자인 참모 야마가타 아리토모였다. 그는 다바루 고개의 공방전을 다카세의 총지휘소에서 지휘하고 있었는데, 여가가 있으면 바둑을 두었다. 바둑을 두면서 중얼거렸다고 한다.

"나와 사이고는 아홉 점 차이는 있을 거야."

야마가타는 다바루 고개의 난전과 사쓰마 병이 강한 것을 보고 도저히 자기는 사이고에 미치지 못한다고 생각했다. 그러나 이 싸움에 있어서 정부군 측으로서는 야마가타 같은 평범한 사람이 적합했다고 생각된다.

일반론으로 보아서는 사병들이 기꺼이 죽음의 자리에 뛰어들 수 있는 인격적 통솔력을 가진 점에서는 일본 역사상 어느 누구도 사이고에게 미치지 못했다. 야마가타는 그 점을 말한 듯했다.

해군 총장 가와무라 스미요시는 규슈에 대한 해군의 수배를 마치고 나자 자신은 한가했다.

사쓰마에서 예부터 전해온 군사 용어에 '사시히키(差引)'라는 말이 있다. 지휘권을 맡은 대장을 가리킨다.

대장의 마음가짐은 휘하의 작은 대장들에게 큰 방침을 지시하고 그 뒤에는 자질구레한 지시는 하지 않고 그들의 재량에 맡기되 책임만은 자기가 진다는 방식의 것이다. 가와무라도 이 같은 전통적 방식의 대장이었다고 하겠다.

그로서는 이번 싸움처럼 가혹한 싸움은 없었을 것이다. 그의 부모와 친척 몇 사람이 사쓰마 군에 있었는데, 특히 그의 장인이 사쓰마의 후방을 담당하고 있었다.

시하라 요에몬(椎原與右衛門)이다. 이름은 구니모토(國幹). 시하라의 누이가 사이고 다카모리의 어머니이며, 사이고는 소년 때 가고시마 성밑 거리의 히라바바초(平馬場町)의 시하라 댁에 자주 놀러가서 요에몬의 귀여움을 독차지했다. 이 요에몬 같은 노인까지 분발해서 사학교 군에 참가하고 있다는 것은 그의 사위인 가와무라에게는 가슴 아픈 일이었을 것이다.

요에몬 노인의 경우는 사이고에 대한 애정에서 참가했다는 것도 있겠지만 유신 직후 히사미쓰가 좋아하는 사람들만으로 짜여진 가고시마 현의 간부가 되었다. 또 만년에 시마즈 가문의 집사로 있었던 것으로 보아 히사미쓰의 봉건유지 사상과 비슷한 기분을 가지고 있었는지도 모른다.

가바야마 스케노리(樺山資紀)의 담화에 의하면 사이고는 가와무라 스미요시를 '자식처럼 귀여워했다'고 말하고 있으나, 유신 뒤에는 사이고의 기분이 약간 냉각한 듯한 느낌이 있었다. 그렇다기보다도 가와무라는 새 정부의 일이 바빠서 사이고의 곁에 있으면서도 기르는 강아지처럼 귀여움을 떨지 않았기 때문에, 사이고의 주위에 새로 뭉쳐진 근위육군 친구들과 소원해져서 때로는

"가와무라는 관직이 그렇게도 좋은가봐."

이런 정도의 욕설도 들었을 것이다. 가와무라 쪽에서 보면 유신 뒤 사이고에게 발탁된 기리노 도시아키 등이 싫었을 것이다. 기리노는 본디 한낱 테러분자에 불과했는데 그 같은 인물이 육군 소장이 되었다는 것은 아무리 혁명기라도 특이한 일이었다. 태정관 관료들이 기리노를 거의 동물적으로 겁내고 있었다는 증거가 몇 가지 남아 있다. 사이고가 그 같은 기리노를 육군 소장으로 키우고 있다는 것이 사이고로부터 가와무라 스미요시나 오야마 이와오 같은 그의 옛 막료 즉, 친척이기도 한 그들을 멀어지게 한 원인이 되었다고 할 수 있다.

가와무라 스미요시의 전투능력은 보신 전쟁 때 그의 주위 사람들이 평가해 주었으나 사이고는 별로 인정하지 않았다.

그러한 가와무라 스미요시가 다카세의 총지휘소에 있었다.

총지휘소의 책임자(참모)는 육군 중장 야마가타 아리토모였고 해군 참모

인 가와무라 스미요시로서 간섭할 여지가 없었다.

가와무라는 말이 없었고 온순한 얼굴이었기 때문에 야마가타나 그의 막료를 자극할 만한 언동을 일체 하지 않았다.

가와무라가 다카세의 본영에 있을 때 공교롭게도 난칸을 거쳐서 '경시대' 간부가 다카세에 도착했다. 경시청 간부는 향사 출신의 사쓰마 인이 많았고 여기에 도착한 그들도 거의 모두가 그랬으므로 향당의 선배인 가와무라에게 인사했다.

그 뒤 가와무라는 전선 시찰을 위해 우리유다에 있는 본영으로 옮겼다.

가와무라는 골짜기를 넘기도 하고 언덕에 오르기도 하면서 다바루 고개의 상황을 보고 다녔는데 역시 전선 시찰에 나선 총경 가미타 요시사다(上田良貞)와 경감보 구마모토 사네미치(隈元實道)의 두 사람과 만났다. 두 사람은 가와무라의 종자인 것처럼 진흙처럼 논둑길을 걷고 있었다.

가와무라 스미요시를 따라다니는 두 사람의 경관은 모두 사쓰마 향사 출신인데, 특히 총경 가미타 요시사다는 하마구리 문의 난에 참가한 뒤부터 사쓰마 인으로서는 역전의 사나이였다.

"하마구리 문 전투 때는 누구의 부대였나?"

해군 중장인 가와무라가 사쓰마 말로 정중하게 물었다. 가미타 요시사다는 고마쓰 다테와키(小松帶刀 : 그즈음 사쓰마 번 가로) 부대에 있었다고 대답했다.

"하마구리 문 이래의 사람은 사쓰마 인 중에도 몇 사람 남지 않았군."

가와무라가 답했다.

그러나 가미타 요시사다는 고카(弘化) 3년(1846) 생으로 아직 30대 초반이며 그런 소리를 들을 나이는 아니었다. 가와무라는 그보다 열 살이나 위였으나 그의 전력은 그 뒤의 도바 후시미 싸움부터여서 하마구리 문 전투에는 참가하지 않았다.

가미타 등 향사 출신 경시청 패들은 자기들을 차별하는 성밑 거리 상급무사 출신자들을 심하게 증오했다.

이 차별과 증오는 사쓰마 번 고유의 사족 풍토이기는 했으나 향사 출신 가와지 대경시가 이들을 선동한 흔적이 있다.

"상급무사들에게 언제까지나 소나 말처럼 대접받아도 좋단 말인가"

또 사이고가 이 두 신분의 반목을 걱정해서 향사는 경시청, 상급 무사는 육군, 특히 근위군에 넣었기 때문에 경시청의 근위군에 대한 증오는 대단했다.

"기리노가 그 원흉이다."

이런 견해가 있었는데, 예를 들어 다네가시마의 향사인 다가미 곤조(田上權藏), 사사가와 요시이치(笹川芳一)라는 두 사람의 젊은 검객이 메이지 9년(1876) 가을에 기리노가 마게시마(馬毛島)에 노루 사냥을 갔을 때, 그를 죽이려고 종일 따라 다니다가 끝내 실패한 일이 있었다. 기리노는 본디 향사 출신이었으나 유신 초기 사이고에 의해 상급무사가 되었다. 이 같은 신분 변경은 아무리 유신 뒤라 하더라도 드문 일이었다.

이 때문에 가미타 요시사다, 구마모토 사네미치의 두 경관이 옛 근위 육군 출신자를 상부구조로 하는, 사이고 군에 대해 맹렬한 투지를 가지고 있었다는 것은 오히려 자연스러운 일이라 하겠다.

가와무라 스미요시가 언덕 위에 서서 멀리 다바루 고개를 바라보며 혼잣말처럼 중얼거린 내용이 경시청의 자료로 남아 있다.

'아아, 저 작은 하나의 보루를 공격하는 데 얼마나 시간을 끌었으면 병사를 몇 백 명이나 잃었단 말인가. 얼마나 값비싼 대가를 치렀단 말인가. 지금 장정 백여 명을 뽑아 죽음을 각오하고 좌우에서 분진 돌격한다면 보루를 반드시 탄환할 수 있을 텐데.'

가와무라 스미요시가 언덕 위에서 중얼거린 것을 총경 가미타 요시사다와 경감 구마모토 사네미치는 자기들이 그 결사대가 되라는 것으로 받아들였다.

가와무라 스미요시의 말은 다음과 같이 계속된다.

'……누군가 이미 지불한 값비싼 희생을 위해 새로이 100여 명의 결사적 청부 전투를 할 자는 없는가.'

'결사적 청부 전투'라는 것은 기묘한 조어지만 의미는 확실하다.

다바루 고개는 옆으로 작고 긴 구릉이었으므로 가와무라의 생각은 그것을 정면에서 공격하지 않고 방어상의 취약점인 좌우에서 기어 올라가 100여 명으로 쳐들어간다는 것이었다. 결사적이라고 말할 수밖에 없는 공격법이지만, 그것을 가와무라는 정규병인 진대 병에게는 기대하지 않은 모양이었다.

그래서 '청부 전투'라고 한 것이다.

이 싸움터에서 비정규병은 경시청의 경찰부대였다. 경찰부대의 본 임무는 이 단계에서는 아직 후방 경비와 수송 경계였다. 그렇다면 가와무라의 말은 듣기에 따라서는 두 사람의 경관이 들으라고 말한 것과 같았다.

그러나 가와무라는 해군 총수였으니까 이 전투에 책임은 없었다. 더욱이 경관에 대한 지휘권도 없었다.

따라서 그것은 잡담이었다. 두 사람의 경관은 웃으면 그만인 이야기였다.

"정말 그렇겠군요."

그러나 이 시대의 사족 기질, 특히 사쓰마에 있어서의 기질을 이해하기 위해서는 그 내용이 무사의 명예에 관계되는 사항인 만큼 명령 이상의 비중으로 가미타와 구마모토의 마음을 울렸음을 마음에 두어야 한다.

'우리가 하라고 이 사람은 암시하고 있다.'

이렇게 느낀 이상 하지 않는다면 무사로서의 체면은 치명적일 정도로 손상되는 것이다.

두 사람은 다카세의 '경시대' 숙사에 돌아와서 사쓰마 출신 간부들에게 그 이야기를 하고 야마가타 참모에게 지원하지 않겠느냐고 제안했다.

이 일에 관해 협의한 것은 다음 세 사람이다.

경감 가와바타케 마사나가(川畑雅長)

경감보 소노타 야스카타(園田安賢)

경감보 나가타니 쓰네오사무(永谷常修)

모두 그 생각에 찬성하고 다음날 아침 선임자인 가와바타케가 가미타와 소노타를 데리고 우리유다의 본영에 갔다.

아직 거기에 있는 가와무라 스미요시에게 그 뜻을 말하고 동석하고 있던 육군소장 오야마 이와오에게 허가를 청했다.

오야마는 경관에 대해서는 명령권이 없었기 때문에 이렇게 말했다.

"다카세에 돌아가서 야마가타 씨에게 부탁하면 어떨까?"

다카세에서 야마가타 아리토모는 3명의 경관 대표의 신청을 들었을 때, 무슨 일이든 제자리에서 대답하는 일이 없는 그는 지그시 3명의 얼굴을 바라볼 뿐 말이 없었다.

잠시 뒤 이렇게 말하며 허가하지 않았다.

"육군은 아직 병력의 부족을 느끼고 있지 않다."

야마가타의 성격으로 보아 결코 유쾌한 일은 아니었을 것이다. 그의 작전이 강인한 사쓰마 군에 잘 통하지 않고 있다는 것을 자신이 알고 있었고, 도쿄의 원로들도 불평을 하고 있다는 것도 알고 있었다.

가령 기도 다카요시가 우대신 이와쿠라 도모미에게 편지로 알렸다.

'구마모토를 포위 중인 사쓰마 군은 앞뒤가 비어 있다. 이것을 공격하면 다바루 고개의 사쓰마 군도 퇴각하지 않을 수 없다.'

그것은 육군 소장 야마타 아키요시(山田顯義)의 안이라 하고 힐책했다. 야마타는 조슈 인 사이에서 작은 나폴레옹이라고 별명이 붙어 있는 전략가로 평소 야마가타를 경멸하고 있었다. 뒷날 야마타는 이 버릇이 화근이 되어 야마가타의 미움을 사 육군에서 떠나지 않으면 안 되었다는 설도 있다. 그것은 그렇다 치고 야마타도 후속부대인 1개여단의 통솔자로서 도쿄를 출발했다. 떠나기에 앞서 기도에서 그렇게 말한 것이다. 어쨌든 야마가타에게는 시어머니처럼 참견하는 사람이 많았다.

'야마가타로는 사이고를 이기지 못한다'

모두가 이런 불안을 가지고 있었고, 또 그렇다는 것을 야마가타도 잘 알고 있었다. 경관들이 지원했을 때 야마가타는 이렇게 생각했을지도 모른다.

'경찰까지 그렇게 생각하는가?'

그러나 3월 13일 정부군이 점거하고 있었던 다바루 고개 큰길 위의 보루를 칼을 뽑아들고 나타난 사쓰마 군의 한 부대에 의해 빼앗겼다. 진대 병들은 지리멸렬 도망쳤다.

여러 번 있는 일이지만 야마가타가 경관을 전선에 출동시킬 결심을 한 것은 이 급보 때문이었다고 한다.

경관은 진대 병과 달라서 모두가 사족이었다. 간부도 천하에 강하다는 사쓰마 사족이었으며 평순경이라 하더라도 아이즈 사족이 많았다. 그들에게 사쓰마 군에 대한 폭격대 같은 것을 편성시켜 투입한다면 사쓰마 인의 간담을 서늘하게 할 수 있을 것이다.

야마가타는 이틀 전에 왔던 경감 가미타 요시사다를 불러 다시 한 번 구상을 물었다.

가미타는 말했다.

"총은 일체 가지고 가지 않겠습니다. 큰칼만 들고 접근해서 적루에 뛰어들어 베고 또 베어 이를 빼앗겠습니다."

"생각지도 않은 승리를 얻으리라."

야마가타는 즐거워하며 예전과는 달리 기분 좋게 허락했다. 게다가 그 부대 이름을 말했다.

"발도대(拔刀隊)라고 하겠네."

'발도대'라는 일본어는 그때까지 없었던 것으로 보아 시상이 풍부한 야마가타가 이때 만든 말이라 해도 무방하다.

경시청 발도대 백 명은 3월 13일에 편성되어 그날로 다카세를 출발하여 우리유다의 전선 본영에 도착했다.

100명을 구분해서 구마모토 경감보 부대 11명, 가와바타케 경감 부대 30여 명, 나머지는 가미타 소노타 등이 지휘했다. 모두 총기는 가지지 않고 큰칼만 지녔다. 큰칼은 그 지방의 다카세와 난칸 부근에서 급히 사모은 것이었다.

가와바타케와 구마모토는 그날 밤 할 수 있는 데까지 지형 정찰을 했다. 밤이 되어서 다카세에 있어야 할 회계부의 가와구치나 노구치 같은 군복차림의 관리들이 찾아와서 내일은 꼭 구경하겠다고 말했다. 그들은 칼을 사러 다녔기 때문에 이번 일을 누구보다 잘 알고 있었다.

"구경이라니?"

구마모토 등은 놀랐다. 구경하려면 죽음을 각오하고 힘들게 뛰어다니지 않으면 안 된다.

"신문도 이번 일을 알고 있을 것입니다."

가와구치가 말했다. 구마모토들은 이번 일이 세상에 알려진다고 생각하니 더욱 더 흥분되었다.

14일 새벽 발도대는 발소리를 죽이고 출발했다. 그 좌우를 오사카 진대(제8연대)의 보병 2개 중대가 엄호하기 위해 함께 진격했다.

구마모토는 10명의 부하와 함께 새벽녘의 숲 사이를 누비면서 전진해서 정말 기적적이라고 할 수 있을 정도로 은밀하게 사쓰마 군의 보루 밑까지 육박했다. 기색을 살피니 사쓰마 인들은 아직 자고 있었다. 그때 주위가 약간 밝아졌다. 해가 뜨고 있었다. 구마모토는 그 기회를 포착했다. 부하들에게 칼을 뽑아들게 하여 일제히 보루에 뛰어들었다.

보루 안의 사쓰마 인들은 불의의 습격에 칼을 뽑을 사이도 없이 당황하는 사이에 8, 9명이 칼에 쓰러지고 말았다. 사쓰마 인들은 사태를 깨달았다. 자기들의 특기인 돌격을 정부측에서 흉내내는 놈이 나타났다고 생각했다. 사쓰마 인들은 도망쳤다.

그 밖의 가와바타케 부대, 가미타 부대, 소노타 부대도 가까운 보루를 발견해서는 뛰어들어 닥치는 대로 베었다. 차례차례 보루를 습격했다.

사쓰마 인들은 전과 같이 멀리까지 도망치지는 않고 점거된 보루를 향해 재빨리 총격을 가했다. 그 때문에 발도대 중 총탄에 맞고 10명이 전사하고 17명이 부상했다.

엄호하고 있던 진대 병이 보루 밖에서 역습하려는 사쓰마 인을 사격으로 쓰러뜨렸다.

발도대는 더욱 전진해서 큰칼로 골뱅이의 덮개를 열 듯이 보루를 빼앗기는 했지만, 진대 병이 겁을 먹고 따라오지 않았기 때문에 도처에서 고립됐다. 이 작전에서 진대 병은 보루를 확보하는 임무를 띠고 있었으나 그 어느 보루도 그들은 확보하기를 주저했기 때문에, 발도대도 사쓰마 군의 반격 태세가 정비되었을 때는 더 이상 지탱하지 못하고 진대 병과 함께 퇴각하지 않을 수 없었다.

3월 14일의 발도대 출진 때 도쿄 일일신문의 종군기자 후쿠치 겐이치로는 우리유다 고지의 포병 진지까지 가서 거기서 멀리 다바루 고개를 바라보며 관전했다. 옆에 소장 오야마 이와오, 대령 노즈 미치쓰라가 있었고 야마가타 아리토모도 있었다.

후쿠치는 발도대의 용감함과 성공을 보도했으나 사쓰마 군의 전의가 강하다는 것도 지적했다.

어떤 작은 보루에 12명의 사쓰마 병이 있었는데, 발도대와 진대 병의 다수가 공격했으나 도망친 것은 불과 한 사람뿐이며 나머지는 모두 전사했다고 쓰고 이로서 그 결심을 헤아리기에 충분하다고 했다.

종군기자 이누가이 쓰요시(犬養毅)도 '우편보지'에 이날의 상황을 보도했는데, 그의 기사는 후쿠치의 그것이 개황을 잘 말하고 있는 것과는 달리 적과 아군의 인정에 대한 묘사가 뛰어났다.

발도대에 참가한 순경 중에 아이즈 사족 한 사람이 귀신 같은 기세로 사쓰마 보루에 뛰어들면서 고함쳤다.

"보신의 복수다, 보신의 복수다."

그리고 사쓰마 인을 베었는데 '순식간에 적 열 셋을 베었다'고 했다. 13명은 약간 과장된 듯이 생각되지만, '보신의 복수'는 사실인 듯해서 그 뒤 발도대의 아이즈계 대원은 반드시 그같이 고함치며 사쓰마 군 속에 뛰어들었고 그것이 하나의 구호처럼 되었다.

태정관이 사학교 군을 대하는 데 있어서 아이즈 인의 증오를 이용했다는 것은 정치의 무자비함과 우스꽝스러운 면을 잘 나타내고 있다. 제3자가 보면 이용당한 아이즈 인이 바보처럼 보이지만 당사자인 아이즈 인의 감정에서 보면 그렇지 않았다.

아이즈 인은 보신 전쟁 때 사쓰마·조슈로부터 느닷없이 '적'이 되어 번 전체가 처참한 처벌을 받았다. 그러나 이번에는 사쓰마 인이 '적'이 되었다. 그것을 아이즈 인이 '관'이라는 정의의 입장에서 벤 것이다. 본디 태정관 자체가 아이즈의 적이 되어야 했다. 그러나 아이즈 인은 그것에 대해서는 눈을 감고 눈앞의 사학교 병사를 사쓰마 인으로 보고——그것은 사실이지만——복수의 귀신이 되었다.

너무나 직선적인 감정이지만 본디 증오라는 것은 그 차원이 낮을수록 심해진다. 하기는 아이즈 인의 이성의 차원에서도 증오는 생겨날 수 있다. 아이즈 인은 보신 전쟁을 사이고와 사쓰마 인들의 사욕에 의해 생긴 것으로 생각하고 있었는데 사학교 궐기를 반혁명으로 봄으로써 확인했다.

그 확인이 다시금 증오를 낳았다고 할 수 있다.

경시청 발도대는 후쿠치, 이누가이라는 이 나라 최초의 종군기자에 의해 선전되고 세이난 전쟁에서 화려한 광경으로 알려졌으나 전국(戰局)을 결정하는 요소가 되지는 못했다.

오히려 사쓰마 군의 투지를 부채질한 느낌이 없지 않다.

3월 14일, 발도대의 첫 출격에서도 그들은 사쓰마 군의 보루 몇 개를 갑자기 습격하여 성공하기는 했으나 해가 기울어질 때쯤에는 사쓰마 군측의 공격이 오히려 더 맹렬해졌다.

가령 오후 5시가 되자 몇 백 명의 사쓰마 인이 칼을 뽑아들고 정부군 1개 중대가 지키고 있는 보루를 성난 파도처럼 급습해서 정부군 병사를 마구 베어 궤멸에 빠뜨렸다.

또 다바루 고개 동쪽의 나나모토 마을 부근에 공격해 온 정부군 4개 중대에 대해 사쓰마 군은 재빠른 총격과 큰칼에 의한 돌격을 되풀이한 결과 이를 혼란시켰는데, 이 전투에서 4개 중대의 장교 대부분이 전사한 참상을 빚었다.

어떻든 정부군이 대군을 투입해서 한 보루를 장악하면 죽음을 결심한 사쓰마 군이 맹공에 맹공을 가해 피보라 속에서 탈취하여 곧바로 보루 속의 적과 아군의 시체를 밖으로 집어던지고 싸웠다. 이 같은 상황이 각 전선에서 되풀이되니 쌍방이 전국의 전도를 예측할 수 없는 형편이었다.

다만 사쓰마 군은 사상자의 보충이 거의 없었다. 그러나 정부군은 차츰 증강되고 있었고 이대로 소모전을 계속한다면 전력에 한계가 있는 사쓰마 군이 불리할 것은 확실했다. 하지만 구마모토에 있는 사이고며 기리노 등의 수뇌는 이 점에 대해 조금도 동요하지 않는 것 같았고, 보충과 보급이 무한하게 계속되는 듯이 기정 방침을 밀고 나갔다.

한편 정부군의 약점은 도망치는 것을 별로 굴욕으로 생각하지 않는다는 것과 또 도망칠 때 예사로 총포와 탄약을 버리고 가는 점이었다.

이 같은 일에 대해 육군 소장 미요시 시게오미는 훈시를 발표했다.

'무릇 병기는 군인의 생명을 지키는 것으로 지극히 소중한 것이다.'

병기는 소중한 것이라는 지극히 당연한 사실을 새삼스럽게 일깨워야 하는 상황이었고, 또 그보다 며칠 뒤에 야마가타 아리토모는 전군에 대해서 '도망치지 말라'고 시달했다.

"도망가는 자는 장교가 베어라."

마치 불난 집의 절규 같은 내용이었다.

"싸움에 임해서 후회하거나 무너져서 전군의 사기를 떨어뜨리고 군기를 그릇되게 하는 자는 장교들이 용서 없이 참살하여 총 붕괴의 위급을 방지하라."

이처럼 대군을 거느리고 있으면서도 치명적인 병폐를 지닌 정부군의 난제를 폭로하고 말았다.

충배군(衝背軍)

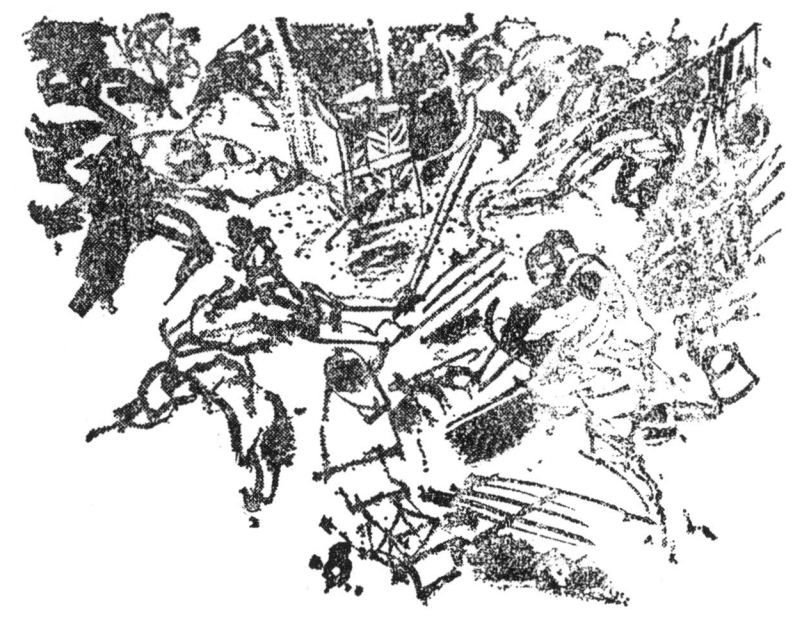

사쓰마 군은 기묘한 행동을 했다.

그들이 강렬한 향토 의식을 가지고 또 그 향토에서 병력과 물자의 보급을 받고 있는데도 불구하고, 향토의 방위는 하지 않고 가고시마를 버려 둔 채 타향으로 뛰쳐나간 것이다.

'가시고마 사족의 기질'이라는 것에 대해 사쓰마 출신의 육군 대령 다카시마 도모노스케(高島鞆之助)는 사학교가 폭발했을 당시 야마가타 육군 대신에게 다음과 같이 말했었다.

"그들은 전진만 알고 후퇴를 모릅니다. 다만 앞뒤 가리지 않고 돌진하는 것뿐이며 종횡의 임기응변을 모릅니다."

그야말로 옛날 사쓰마 무사가 나는 듯이 공격하고 나는 듯이 물러났던 집단의 본성을 지금도 그대로 이어받고 있는 것 같았다.

다카시마 도모노스케는 오히려 그것을 자기의 출신 집단의 자랑으로 알고 있었으며 결코 그들에게 임기응변의 재능이 없다고는 생각하지 않았다. 없는 것이 아니라 잔꾀를 써서 우왕좌왕하는 것을 무의식적으로 싫어하는 습성이 있다는 것을 조슈 인인 야마가타에게 설명한 것이다.

"그들과 정면으로 충돌하면 그들의 장점을 더욱 더 자극시켜 약한 병사들인 진대 군이 감당할 수가 없습니다."

그러므로 그들의 정면을 공격할 때는 언제나 '충배군'을 두어서 그 측면이나 배후를 공격하는 것이 좋다고 다카시마는 말했다. 그러나 야마가타의 기량으로는 그렇게 할 수 없었으므로 사쓰마 군의 기세에 끌려 다닐 뿐, 다바루 고개에서 황소의 뿔 싸움 같은 정면충돌만 되풀이하고 있었다.

결국 충배군 작전은 다카세 현장에 있는 야마가타의 손에 의해 만들어진 것이 아니고 도쿄의 태정관요인들의 합의에 의해 차례차례 탄생하게 된다.

다카시마 도모노스케가 앞서 야마가타에게 제시한 의견 상신의 결론이 몇 가지 있었는데 그 중의 하나가 이런 것이었다.

"가시고마를 점령하라."

라는 것이었다. 다카시마는 가시고마를 '그들의 근거지'이며 '그들의 병참기지'라고 규정하고, 그들이 인원과 군수품을 징발하는 원천을 끊으면 된다는 것이었다.

"가시고마를 점령하라."

이것은 사학교 폭발 당시에서는 기묘한 계책이라고 할 수 있었다. 태정관의 군사력을 총집결해도 사쓰마 군을 칠 수 있느냐 없느냐 하는 단계에서 그 근거지를 치는 것은 잘못하다간 오히려 사쓰마 사족의 남녀노소가 봉기함으로써 침입군은 단번에 고립되고 그 뒤처리를 할 도리가 없게 되는 불안이 있었다.

'다카시마는 꿈같은 소리를 한다.'

야마가타는 그렇게 생각했으리라.

그러나 일은 의외로 진전됐다.

태정관은 당초 가시고마 침입 작전을 생각하지 않았으나 결과적으로 그렇게 되고 말았다. 태정관은 가시고마에 있는 시마즈 히사미쓰가 사이고에 호응할 것을 겁내어 히사미쓰에게 칙사를 파견했는데, 그 칙사 일행은 아무런 방해도 받지 않고 해상으로 들어갈 수 있었다.

사쓰마 군은 전략을 초월한 커다란 권위로 사이고를 업고 있었다.

사이고가 어떠한 용모를 가지고 있으며 어떠한 사람인지는 그 시대 사람들은 시각적으로는 알지 못했다.

그러나 방방곡곡의 사족들 사이에서는 그가 사족의 옹호자이며 거의 신화적일 정도로 '고금에 다시없는 영웅'이라고 믿고 있었다. 사이고는 영웅이라기보다는 '거대한 인자'라고 말한 것은 태정관측의 사쓰마 인 구로다 기요타카였지만, 세상 사람들은 그렇게 생각하지 않았다. 보신 전쟁이 불과 1년으로 끝났다는 일종의 기적을 이해하는 데에는 한 사람의 영웅적 존재의 공에 의한 것이라고 생각했으며 그 존재가 바로 사이고라는 것이었다.

그렇기 때문에 다분히 허상이기는 했지만 사이고의 높은 인망은 천하를 덮고 있었다. 그를 업고 있는 사쓰마 군의 존재는 오히려 정부군보다 무겁다고 세상에서는 알고 있을 정도였다. 특히 사쓰마 군 내부에서는 사이고를 업고 있음으로써 도쿄의 태정관을 사기면에서 가볍게 볼 수 있었으며, 태정관을 정통 정부라기보다는 오쿠보의 '사정부'처럼 받아들이는 기분도 가릴 수 있었다.

태정관측도 이것이 가장 큰 골칫거리였다. 태정관으로서는 사이고 다카모리에 대해 오쿠보 도미치의 이름을 쓰는 것은 꿈에도 생각할 수 없었다. 오쿠보라는 이름과 존재는 대중과는 인연이 없는 것이었다. 결국 '관'이라는 권위와 위협에 의지할 뿐이었다. 그러나 권위를 세워 주는 무력이 약하다고 정평이 난 농민병의 육군인 이상 천황을 높이 옹립하는 도리밖에 없었다.

천황의 권위는 이 시대의 사족 일반의 교양이었던 주자학에 근거하고 있었다. 주자학은 도쿠가와 막부가 사상 통일을 위해 채용한 관학이었지만 막부에는 필요 없는 부작용도 있었다. 주자학은 관념론적 일면이 농후하여 왕을 존경하고 패자를 천시했다. 또 대의 명분론이라는 주자 당시의 중국의 정치 사정에서 나온 사상도 있었으므로 이 주자학의 일면이 조선으로 건너와 이퇴계라는 위대한 학자를 통해 퇴계학으로 정립되었고, 일본의 야마자키 안사이(山崎闇齋)를 통해, 일본에 전수되어 막부 말기 도막사상의 근거가 되었다.

유신이 성립되어서 정부는 천황이 얼마나 존귀한 것인가를 사족 이외의 서민에게 알리려고 노력해 왔지만 아직 그 보급은 불충분했다.

그러나 태정관으로서는 사이고에 대항하는 권위로서 천황을 크게 떠받들고, 그것을 방패삼아 이와쿠라나 오쿠보가 사이고들에게 대항하는 길밖에 방법이 없었다.

애초에 사학교가 폭발했을 때 정부는 그것과 사이고는 관계가 없다고 믿고, 사이고와 시마즈 히사미쓰 두 사람을 시켜 사학교를 무마할 작정으로 칙사를 파견할 계획을 세웠다.

그러나 사태가 명백해지자 불발로 끝났는데, 또다시 시마즈 히사미쓰만을 목표로 칙사를 파견하게 되었고, 그것이 칙사의 가시고마 행이다.

칙사로는 공경인 야나기와라 사키미쓰가 선정되었다.

야나기와라 사키미쓰는 지난날 오쿠보 도시미치가 북경에 사신으로 가서 대만 문제를 담판했을 때, 주청 공사로 있으면서 이홍장으로부터 어린아이 취급을 받았던 인물이다.

야나기와라는 이때 37세였다. 지난 날 주청 공사 시대에 이홍장으로부터 경멸당한 것은 너무 젊다는 것이 하나의 원인이 되었을 것이다. 그러나 이 정도의 인물에게 태정관 시대의 기량에 걸맞지 않는 활동의 자리가 주어졌다. 그것은 이와쿠라의 뜻에 의한 것이었다. 이와쿠라는 태정관에서 공경의 세력을 키우려고 했으나 아무리 살펴보아도 제대로 된 인재가 없던 차에, 야나기와라에게 약간의 재기가 있다는 것을 반가워하며 그를 위해 활동할 자리를 만들어 주고 공을 세우게 하려고 애썼다.

야나기와라의 수행으로 각료급의 구로다 기요타카와 육군 대령 다카시마 도모노스케라는 두 사람의 '태정관 사쓰마 인'을 붙여 주었다.

구로다와 다카시마는 모두 사이고와 오쿠보의 양쪽에 속해 있었으나 정한론 이후에는 오쿠보에게 가담했으며, 특히 구로다는 오쿠보의 정략 참모같이 되어버렸다.

다카시마의 경우 야나기와라의 수행원으로 선정된 이유의 하나는, 그가 메이지 4년 궁내성에 들어가서 아직 나이 어린 천황의 시종으로 있었고 같은 5년부터 7년까지 시종장으로 있었던 경력에 의한다. 공경들의 사회에 대해 밝았고 야나기와라를 잘 보좌할 수 있다는 기대가 있었음이 틀림없다.

다카시마는 가시고마 성밑 거리의 고라이바시(高麗橋) 부근에 집을 가진 상급무사 출신이다. 도바 후시미 싸움 뒤부터 보신 전쟁에 이르기까지 각지로 옮겨 다니며 싸워 군인으로서는 출중한 사람이었지만, 지난 날 옛 번 때는 시마즈 가문에서의 직분이 내전 시동이었다. 유신 뒤 궁내성에 들어간 것도 영주의 내전 근무 경력이 평가된 것이겠으나 무사의 내전과 공경의 내전은 판이하게 다르다.

다카시마는 궁내성에 근무하는 동안 교토 출신의 공경과 궁녀들에게 많은 시달림을 당한 듯 만년에도 '그 당시의 인내를 생각하면 무슨 일이라도 할 수 있다'고 말했다.

본디 무사인 다카시마가 궁내성을 사직하고 육군에 들어간 것은 메이지 7년(1874) 5월이었다. 대뜸 대령에 임명되어 육군성 제1국 부장으로 근무했다. 다카시마로 하여금 공경 상대에서 군인으로 전직하게 한 것은 정한론의 결렬로 사이고 등 사쓰마계 군인이 대량 사직한 사태에 의한 것이다. 사쓰마 벌로서의 육군을 급속히 보충해야 하기 때문에 다카시마에게 대령의 옷을 입혔다.

그들은 3월 1일 고베에서 고류마루(黃龍丸)라는 기선을 타고 서쪽으로 향했다.

칙사 일행의 배가 하카타 만, 나가사키 만, 그리고 가시고마의 야마카와 항구 등을 거치는 동안 일행을 호위하는 해상 병력이 많아졌다.

3월 8일 사쿠라시마의 섬 그늘을 지나면서 긴코 만에 들어갔을 때는 그 즈음으로서는 대단한 대함대가 되어 있었다.

함대는 옛 사쓰마 번이 헌상한 '가쓰가(春日)'가 기함이 되어 사쓰마 인의 해군 소장 이토 스케마로(伊東祐磨)가 탑승하고 있는 것까지 모두 4척이었다. 또 운송선이 5척으로 함선은 모두 9척이었다.

게다가 각 운송선에는 육군 사병이 타고 있었다. 도쿄 진대의 사병 1개대대하고 반과 경시청 순경 7백 명이었는데 물론 그 정도의 병력으로는 가시고마 현을 점령할 수 없으며 겨우 호위가 가능할 뿐이었다.

이미 군함 '가쓰가'와 '쓰쿠마'는 전날 입항해서 현청과 시마즈 집안에 칙사가 왔음을 통첩하기도 하고 해병을 이소에 상륙시켜 해군성 소관의 조선소를 멋대로 다루고 있었기 때문에 성밑거리 사람들은 대혼란을 일으키고 있었다.

"관리 놈들이 우리를 정벌하러 왔다."

시내를 지키고 있던 노인들이 쏘다니며 그렇게 떠들었다.

"관리가 아니야. 오쿠보야."

이렇게 냉정하게 정정하는 사람도 있었다. 막부를 쓰러뜨리고 도쿄에 태정관을 만든 사쓰마 인에게는 '관'이라는 것은 자기들의 지점 정도로밖에 이해할 수 없는 것이었다. 이 때문에 '관'이라는 권위가 담긴 용어를 쓰려 하지 않았고 오쿠보라는 구체적 존재로 이해하려고 했다.
"오쿠보란 놈이 자신의 영달을 위해 사쓰마를 정벌하러 왔다."
이런 말을 하는 사람도 있었으며, 그렇게 말하는 것이 더욱 저주스러운 실감이 있었다. 오쿠보가 사쓰마 인에게 결정적인 악당이 된 것은 이날부터였다.
더욱이 가시고마 현 사족들도 지난 날 자기 번의 자랑스러운 군함인 '가쓰가'의 모습을 누구나 기억하고 있었다. 그 '가쓰가'가 사쓰마를 공격하려고 왔다는 것은 믿을 수 없는 놀라움이었고 또한 노여움이었다.
"오쿠보란 놈이 사쓰마의 군함으로 사쓰마를 정벌하러 왔단 말인가?"
이렇게 말하는 사람도 있었다.
장사꾼과 농사꾼들은 지난 날 사쓰마·영국 전쟁 때 영국 함대의 함포 사격으로 성밑 거리가 불바다가 된 경험이 있었기 때문에 살림살이를 손수레에 싣고 시골 친척을 찾아 피난가는 사람도 있어서 어느 길이고 할 것 없이 뒤죽박죽이 되어 있었다.
가시고마 인에게 칙사의 도래는 그런 것이었다.
또 칙사측도 상륙을 겁내어 '겐부마루'의 선실에 틀어박힌 채 움직이지 않았고 육지의 현청이나 시마즈의 집에는 낮은 신분의 사람을 보내 우선 급한 용무를 연락하도록 했다.

칙사인 야나기와라 사키미쓰는 '겐부마루'에 있었다.
그는 시마즈 히사미쓰에게 자신의 뜻을 사자를 시켜 알렸다.
"칙사가 왔으니 겐부마루까지 오시오."
히사미쓰가 천황의 권위를 빌린 덫에 걸릴 사람이 아니라는 것은 그의 과거가 증명하고 있다.
"병중……."
이렇게 핑계대고 셋째 아들 우즈히코(珍彦)를 겐부마루에 보내 문안 형식만 취했다. 우즈히코는 이미 33세로 시마즈 일문의 시게토미(重富) 집안(1만 4060석)의 대를 이어받기는 했으나, 이 시기에 태정관에 출사하지 않았기 때문에 관직이 없었다고 할 수 있다. 관직이 없는 사람을 사자로 보내 칙사를 만나게 하고, 이를테면 적당히 대접하는 배짱을 가진 사람은 이 시기의 일본에서는 시마즈 히사미쓰 정도였을 것이다.

"새 정부는 나의 가신들이 나에게 충분한 양해도 얻지 않고 멋대로 만든 정부이다. 그 뿐이다."

이러한 오만한 기분이 유신 성립 이후 이날까지 히사미쓰의 태도에 일관하고 있었다. 태정관은 그를 좌대신에 임명하면서 비위를 맞췄으나 히사미쓰는 태정관이 하는 일은 모두 마음에 들지 않았다. 그래서 모든 것을 물리치고 고향에 기거하면서 직접적인 관계를 가지고 싶어하지 않았다. 병이라고 핑계대고 만나러 가지 않은 것은 히사미쓰로서는 당연한 일이라고 할 수 있다.

그러나 히사미쓰도 심약한 면이 있어서 시마즈 가문의 주인인 아들 다다요시(忠義)만은 칙사가 긴코 만에 입항한 8일 밤에 보내 문안하게 했다.

칙사 야나기와라 사키미쓰는 가시고마 현령인 오야마 쓰나요시도 초빙하려 했다.

그러나 오야마 쓰나요시도 자기가 오지는 않고 관원의 말석이라고 할 수 있는 미기마쓰 스케나가(右松祐永)를 대리로 보냈다.

"미기마쓰가 왔나?"

구로다 기요타카와 다카시마 도모노스케는 기가 막혀 놀라고 있었다. 칙사는 현령인 오야마에 대해서도 위력이 없었다.

그동안 1개 대대와 그 반인 육군 사령관 경시청의 경관 7백 명이 상륙하여 시중을 경계하고 있었다.

9일, 칙사는 그들의 무력 시위를 배경으로 현령 오야마 쓰나요시에 대해 서면으로 '사이고 등은 역도'라는 뜻을 시달하고 명령했다.

"현청에서 감금 중인 나카하라 다카오 등 경시청 간부를 인도할 것. 현 안에서 칼을 차는 것은 금지할 것."

오야마 쓰나요시는 이 처치에 고심하다 대답으로서 스스로 근신하겠다는 뜻의 서류를 겐부마루에 전하고 자택에 들어앉아버렸다.

한편 히사미쓰는 이 9일에도 계속 침묵만 지킬 수가 없어서 다음날인 10일 만나고 싶다는 뜻의 회답을 보냈다. 단, 자택까지 와 달라고 덧붙였다.

이 시기에 시마즈 히사미쓰는 가시고마 성의 별관에 거처하고 있었다.

칙사가 해상에서 니노마루까지 가려면 시오미초(潮見町) 부두에서 아사히(朝日) 거리를 곧바로 지나가야 한다. 이 구간의 경비는 대단히 엄중했다.

현이 채용한 경찰관은 사학교당이기 때문에 경비에 쓸 수 없었다. 모두가 도쿄에서 기선으로 온 사병과 순경이 경비를 맡았다.
3월 10일 오전 9시 전 칙사 야나기와라 사키미쓰, 부사 구로다 기요타카 이하의 수행원은 보트로 겐부마루를 떠나 시오미초 부두에 상륙했다.
한편 시마즈 히사미쓰는 이날 아침밥을 거의 먹지 않고 상을 물렸다. 그에게는 유신 이래 유쾌한 일은 한 번도 없었으나, 칙사를 기다리는 이날 아침처럼 불쾌한 일은 없었다.
'태정관은 나를 모반인 취급을 하는가.'
히사미쓰의 감각에서 본다면 태정관이나 오쿠보나 다를 바가 없었다. 칙사라고 요상스럽게 꾸며 보내고 있지만, 지난 날 자기가 부리던 오쿠보라는 얼굴 긴 사나이가 마술을 써서 여우를 보냈을 뿐이고 여우 뒤에 마술사 오쿠보가 있다는 것을 히사미쓰가 모를 리 없었다.
히사미쓰가 그같은 주관에서 보고 있는 이 사태의 바보스러움이란 어찌된 일일까.
지난 날 오쿠보 도시미치와 사이고 다카모리는 교토에서 제멋대로 도막공작을 해서 그뒤 자기를 속이고 번병을 사용하여 막부를 쓰러뜨리고 천황을 세웠다. 그것만으로도 시마즈 가문에 대한 불충이며 큰 죄인데, 그들 태정관은 양이를 버리고 개국 방침을 세워 극단적인 서구화 정책을 취했다.
히사미쓰가 볼 때 이 같은 일은 일본국에 대한 큰 죄라 할 수 있었다. 게다가 메이지 4년에는 '친위병'이라 칭하며 번군을 도쿄에 옮겨 근위병을 만들고, 그 힘으로 폐번치현을 단행하여 영주 제도를 폐지함으로써 대대로 섬겨온 주군 가문을 없앴다. 은혜를 원수로 갚는다는 미적지근한 표현으로도 도저히 표현 할 수 없는 악이 아닌가.
"사이고는 어디까지나 역신일 뿐이다."
히사미쓰는 평소에 말했다. 오쿠보 또한 마찬가지였다.
다만 히사미쓰로서 뜻밖의 일은 두 흉물 중에서 사이고가 태정관을 반대하여 사직하고 고향에 돌아온 일이었다.
조금은 재미있다고 여기고 히사미쓰는 자기 심복인 오야마 현령을 시켜 사학교를 원조하게 했다.
그런데 사이고가 반란을 일으켰다.
히사미쓰는 반란과 관계가 없었다. 그런데 도쿄의 태정관은 히사미쓰가 사이고에게 가담한 듯이 의심하고 함선 9척을 가지고 성밑 거리의 바다를 봉쇄하고 성밑 거리에 함포를 겨누며 히사미쓰에게 칙사를 보냈다. 포악무도도 이만저만이 아니라고 느끼며 히사미쓰의 가슴은 들끓고 있었다.

시마즈 히사미쓰는 예(禮)에 사는 사람이라 해도 좋았다.
그는 한학자일 뿐 아니라 그 정신도 일본에서는 드문 유교의 신봉자로, 예의 가르침이라는 중국적 질서 철학 이외에 이 세상에 진리는 없다고 생각하고 있었다.
그렇기 때문에 칙사의 배후에는 오쿠보라는 마술사가 있다는 것을 알면서도 칙사 그 자체에 대해서는 형식상의 은근함을 유지했다.
넓은 접견실의 하석에 앉아 있는 칙사 야나기와라 사키미쓰를 상석으로 맞이하고 배례했다.
야나기와라는 공경다운 엄숙한 동작으로 칙어를 쓴 서찰을 히사미쓰에게 전했다. 히사미쓰는 무릎걸음으로 다가가 받아들고 물러나서 그것을 읽었다.
'그대 히사미쓰는 실로 국가의 공신으로서 짐이 언제나 소중히 믿는 바이나, 여기에 특별히 의관 야나기와라 사키미쓰를 보내 짐의 뜻을 전하는 바이다. 그에 따라 그대의 성의를 다하라.'
히사미쓰는 엄숙한 동작으로 이 칙서를 받는다는 뜻의 말을 중얼거렸다.
이 형식으로 말미암아 히사미쓰는 '공손'했던 셈이 된다. 다만 '공손'을 표시하면서도 그의 얼굴에는 불쾌한 빛이 사라지지 않았다.
이를테면 화난 얼굴이었다.
이상은 칙사에 대한 의식이었다.
다음은 야나기와라 사키미쓰를 위로하기 위해 별실을 준비하지 않으면 안 된다.
시마즈 가문에서는 별실을 준비했다.
히사미쓰의 측근들이 야나기와라 사키미쓰를 그 방으로 안내하자 당연히 부사이며 육군 중장의 군복 차림인 구로다 기요타카(참의·개척사장관)도 그 방에 들어가려 했다. 그러나 히사미쓰의 측근이 '료스케(了介)'라고 통칭으로 부르며 눈짓으로 "삼가라"고 제지했다.
구로다 기요타카는 태정관에서는 대신보다 높은 참의라는 고관이지만, 그 같은 태정관이 붙여준 겉장식은 시마즈 가문에서는 인정할 수 없다는 기백이 히사미쓰의 측근들의 태도에 넘치고 있었다. 그것은 당연히 히사미쓰의 지시에 의한 것이었다.

이 별실에서 히사미쓰는 종2품 전 좌대신이었으므로 상석에 앉았다. 정4품인 야나기와라 사키미쓰는 하석이었다. 이것은 서열로서 별 이상은 없다.

구로다 기요타카는 궁중의 서열로써 정4품의 품계를 가지고 있었고, 참의이며 육군 중장이었으나 히사미쓰는 구로다의 '조신'으로서의 신분을 일체 인정하지 않았다. 방에도 못 들어가게 하고 문지방을 사이에 둔 다음 방에 앉게 했다. 히사미쓰의 사고에 따르면 구로다는 시마즈 가문의 가신이며 그 외에 아무것도 아니었다.

구로다는 다음 방에서 엎드려 히사미쓰에게 말을 하기는커녕 얼굴도 들지 못하고 거미처럼 다다미에 끝까지 머리를 조아리고 있었으므로 오쿠보가 기대한 구로다의 말재주를 발휘할 수도 없었다. 가시고마측은 기분이 좋아 졌고, 태정관 일행은 태정관 자체를 인정하지 않는 히사미쓰의 태도에 분개했다.

시마즈 히사미쓰는 칙사 야나기와라 사키미쓰에게 과격하게 따졌던 모양이다.

"내가 사이고와 관계가 있다는 것인가?"

야나기와라의 이야기가 그런 뜻을 말했던 것이리라.

확실히 태정관에서는 히사미쓰가 사학교당과 유착해 있다고 믿고 있었다. 히사미쓰의 심복인 현령 오야마 쓰나요시가 현의 권력과 현청 조직, 현의 재정을 동원해서 사학교에 가담하여 현이 마치 사학교의 하부기관으로서, 그 병참본부같이 되어 있었던 것은 도쿄에서 볼 때 히사미쓰 당과 사학교당이 한 통속이 되었다고 생각하기에 충분했을 것이다.

객관적으로 본다면 히사미쓰에게 책임이 없다고 할 수는 없다. 그 뒤에 시마즈 가문에서는 증거를 인멸시킨 듯한 흔적도 있으나 히사미쓰가 "사학교를 응원하라"고 현령 오야마 쓰나요시에게 지시하지 않는 한 제아무리 오야마가 대담하다 해도 현청을 사학교의 하부기관처럼 만들지는 않았을 것이다. 본디 사이고는 오야마가 싫어서(싫은 이유의 태반은 오야마가 히사미쓰 당이었기 때문이다) 평소에 이렇게 말하고 있었다.

"오야마 쓰나요시의 얼굴 가죽은 양파 같다."

오야마도 물론 사이고가 싫어한다는 것을 알고 있었고 자기를 싫어하는 사람을 오야마가 좋아할 턱이 없으니 자진해서 사학교를 응원하자는 않았을 것이다. 히사미쓰의 지시였으리라.

태정관의 사쓰마 인들은 그 정도는 알고 있었기 때문에 칙사를 보내 히사미쓰에게 암암리에 사학교에 관계하지 말라고 타이르고 있었던 것이다.

그러나 히사미쓰로서는 우스운 일이었다.

자기가 암암리에 지시해서(?) 오야마에게 사이고를 응원하도록 했는데, 사이고의 무리는 그것을 고맙게 생각하기는커녕 히사미쓰 당 사람을 죽인 흔적이 있었다.

히사미쓰는 사학교의 존재를 봉건 복귀 운동이라고 기대하고 있었으나 거병하는 것에는 반대였다.

히사미쓰의 측근으로서 식자인 이치기 시로(市來四郞) 같은 사람은 시마즈 집안에 대한 충성 논리라는 입장에서, 옛 가신들을 제멋대로 조직한 사이고나 사학교라는 존재에 대해 부정적이었고 물론 거병하는 것에는 반대였다. 따라서 그의 혈육들은 사학교에 참여하지 않았고 사학교의 북정에도 종군하지 않았다.

사학교는 종군을 사상적으로 거부하는 사람을 이른바 인민재판에 부쳐서 참살했다. 이런 점에서 사이고의 사학교가 전제 하에 있는 가시고마 현은 이에 대한 반대자에게는 암흑상태라고 할 수 있었다.

사학교 간부 중의 한 사람이던 가지키가 자신의 저서 《사쓰난 혈루사(薩南血淚史)》에서 이렇게 쓰고 있다.

'이치기는 본디 사학교에 반대한 사람인데 그의 집안에서 동생 아리마 소주로(有馬莊十郎), 조카 도쿠오 겐시치로(德尾源七郞), 조카 오구라 모토히코(小倉基彥)는 이케다 슈헤이(池田周平) 등과 함께 간첩 혐의로 사쓰마 군에 체포되어 오구치에서 목이 잘리었다.'

히사미쓰 당과 사이고 당은 사상과는 관계없이 서로 미워하였으므로 이런 점에서 생각해 보더라도 칙사로부터 다소 아픈 데를 꼬집힌 히사미쓰의 분노는 상상하고도 남음이 있다.

시마즈 히사미쓰는 계속해서 격하게 추궁한다.

"자객 문제는 어떻게 된 일인가?"

히사미쓰는 사이고를 암살하려고 정부가 보낸 자객 문제에 대해서는 사학교와 같은 감정으로 분노하고 있었다. 그 일이 폭발의 도화선이 되었던 것이다.

"불을 지른 것은 정부측이 아닌가?"

히사미쓰가 이렇게 말했던 모양이다. 그것 때문에 가시고마 현의 평화가 깨어졌다. 자객 문제에 대해서 정부에 검은 이면이 없다면 그렇다고 사실을 규명해서 천하에 해명하라, 만일 정부에 죄가 있다면 그 책임자는 누구누구라는 것을 확실히 밝혀서 처분하라고 말했다. 뒷 부분이 오쿠보를 싫어하는 히사미쓰의 본뜻이리라. 지난날에 그는 정부에 대해 오쿠보를 지명해서 "저 자를 사임시켜라" 하고 요구한 적이 있었고 옛 번 시절이었더라면 당연히 히사미쓰는 오쿠보를 참수에 처했을 것이다. 참수형에 처해야 할 시미즈 집안에 대한 모반자가 보낸 칙사 따위는 히사미쓰로서는 차시중 드는 심부름꾼보다 못한 존재였다.

히사미쓰는 내내 거만한 태도를 취하고 있었다.

야나기와라 칙사는 젊기도 하고 인품이 경솔하기도 해서 히사미쓰를 똑바로 보지 못할 정도로 안절부절 못했고 특히 자객 문제에 대해서는 이렇게 말했다.

"나는 그 일에 관한 사정은 모르기 때문에……."

그리고 다음 방에 있는 부사 구로다 기요타카를 돌아다보았으나, 대답해야 할 구로다 기요타카는 이미 천황의 칙사는 커녕 엎드린 채 얼굴도 들지 못하고 있었다.

히사미쓰도 지난 날 '료스케'로만 구로다 기요타카를 대우했기 때문에 자기에게 직접 발언을 결코 허락하지 않겠다는 자세를 지키고 있었고, 만일 '료스케'가 그것을 무시하고 무슨 말이라도 한다면 윽박질러 쫓아낼 기색이었다.

야나기와라는 도쿄에서 교육받고 온 마지막 대목을 말했다.

"역도를 토벌해 주시지 않겠습니까?"

물론 히사미쓰에게 병력은 없다. 그러나 그가 자기 자식인 시마즈 가문의 후계자 다다요시의 이름으로 온 현에 지시를 내린다면 영향력은 클 것이다. 북정중인 사쓰마 군에서도 어쩌면 동요가 일어날지도 모를 일이다.

"이제 와서 늦었네."

이 말만 하고 히사미쓰는 이 대목도 가볍게 피해버렸다.

잠시 뒤 야나기와라 칙사는 구로다들을 데리고 성관에서 떠났다.

야나기와라와 구로다 등은 현령인 오야마를 속여 그를 체포하라는 임무를 띠고 있었다. 잘 해내지 못하면 오야마 쓰나요시가 설쳐서 현의 사족들을 선동하고, 그것 때문에 오히려 칙사들의 생명이 위험하게 될지도 모른다. 야나기와라 칙사는 이 일에 대해서는 암암일에 히사미쓰의 양해를 받았을 것이다. 히사미쓰에게도 있는 귀족 일반이 가진 성격 탓으로

'도쿄에서 나를 의심하고 있다. 오야마를 버리자.'

이런 생각을 했음이 틀림없다. 사실 오야마는 히사미쓰에 의해 구제되지 못한 채 광대의 역할을 끝내고 결국은 사형당하고 만다.

칙사 일행의 모습은 마치 사냥꾼과 같았다. 현령 오야마 쓰나요시를 생포하려고 '속여야 한다'고 처음부터 계획하고 있었다. 부사인 육군 중장 구로다 기요타카는 뒤에 교토의 별궁에 와 있는 오쿠보 등에게 전보를 쳤다.

'현령의 체포는 가망 있음.'

이 당시의 '가망'이란 말은 '작정'이라는 정도의 의미였다.

칙사 일행은 자택에서 스스로 근신하고 있는 오야마 쓰나요시에 대해 사령장을 보냈다.

'용건이 있으니 칙사를 수행하여 상경하라.'

가시고마에서 배짱 있는 정치가라 할 수 있는 사람이라 하면 오야마가 첫째일 것이다. 그런 사람이 아이들 장난 같은 사령장에 놀아날 턱이 없었으나, 어쨌든 단신으로 함대에서 보낸 보트에 타고 고류마루를 향했다. 검은 예복에 하카마를 입고 하얀 부채 하나만 쥐고 있는 차림이었다.

오야마 쓰나요시가 칙사에게 가는 것에 대해서는 그를 보좌해온 서기관 다바타 쓰네아키(田畑常秋) 이하의 현 관리들이 모두 말렸다.

시마즈 히사미쓰의 측근인 이치기 시로도 이 동지가 뻔히 알면서 오쿠보들의 꾀에 빠지는 어리석음을 걱정해서 한 번 아닌 두 번씩이나 오야마에게 가서 진심으로 충고했다.

"결국 오랏줄을 받는 치욕을 당할 걸세. 그보다는 싸움터에 나가세. 사이고와 진퇴를 같이하는 것이 좋지 않겠나?"

그 일이 이치기 시로의 일기에 나와 있다.

일기에는 오야마의 말이라면서 이치기의 호의를 감사하면서도 그의 충고를 받지 않았다고 쓰고 있다.
"나는 잘못 생각했네. 그러나 이제는 어떻게 할 수 없네."
라고 말하고 자기에게는 이미 결심한 바 있다고도 했다. 그는 정부의 법정에서 정부와 오쿠보 그리고 가와지 등을 통렬하게 탄핵할 생각이었는지도 모른다.

그 위에 죽음도 각오한 흔적이 있다. 그는 충고를 위해 두 번째 찾아온 이치기 시로에게 웃으면서 말했다.
"이번 상경은 자네와 영원한 이별이 될지도 모르겠네."
오야마는 가령 구마모토의 싸움터에 가더라도 사이고에게 환영받지도 못하고, 사이고의 권위를 업고 있는 기리노 도당에게 모욕만 받을 뿐 결코 마음 편히 있을 곳이 못 된다는 것을 알고 있었을 것이다.

오야마는 다바루 고개를 중심으로 한 전세가 좋지않다는 것도 알고 있었고 사이고들이 구마모토 성에서 발목이 잡혀 싸움에 질 것도 예상하고 있었다. 이 싸움에 진다면 태정관이 주군인 시마즈 히사미쓰에게 뜻밖의 죄를 씌울지도 몰랐으므로――그 가능성은 다분히 있었다――차라리 모든 것을 뒤집어쓰고 자기가 형장에 끌려가는 편이 좋다고 생각했을 것이다.

오야마의 친척 가운데 고다마(兒玉)라는 일가가 있는데 그 집의 부인과 오야마가 길에서 만났다. 함대로 가는 도중이었다. "상경하십니까?" 하고 부인이 놀라니까, 오야마는 미소를 지으며 대답했다.
"네, 나가사키까지 죽으러 갑니다."
이 이야기가 뒤에 성밑 거리에 퍼졌다. 오야마는 히사미쓰에게도 버림을 받고 사이고 당에서도 동정 받지 못한 채 자신이 예언한대로 나가사키에서 참수되었다.

칙사 일행이 가시고마에 체류 중일 때도 구마모토의 서북쪽에서는 다바루 고개의 격전이 계속되고 있었다.
사쓰마 군의 약점은 병력이 적고 탄약이 부족한 것이었다.
"간부를 가시고마에 보내 모병한다."
이런 안(案)이 구마모토에 있는 사이고의 본영에서 결정된 것은 3월 7, 8일경의 일이었다.

그래서 제1선의 가장 유능한 지휘자인 벳푸 신스케, 헨미 주로타, 그리고 사이고의 부관인 후치베 군페이가 산과 들을 달려 가시고마로 돌아왔다.

그들이 가시고마에서 모병 공작 중 뜻밖에도 정부의 해군이 함대를 편성해서 긴코 만에 들어와 병사와 경찰을 상륙시키고 칙사도 상륙시켰다. 가시고마 성밑 거리는 한때 그들의 제압 아래 놓였다.

"재미없게 되었군."

이 세 사람은 숨박꼭질하는 아이처럼 얼마 동안 친구 집에 잠복했다.

탄로날 턱은 없었다. 정부의 7백여 명의 경찰관이 시중을 경계하고 있어도 그들은 칙사 호위가 임무였기 때문에 시중에서 수상한 자를 발견한다 해도 못 본 척했다. 만일 그 같은 사람을 검거하게 되면 가시고마 전체가 시끄러워져서 칙사의 신변에 위험이 미칠 듯한 분위기였다.

더욱이 벳푸, 헨미, 후치베 등은 현의 경찰에 의해 보호되고 있다고 할 수 있었다. 현청은 오야마 현령 이하 모두가 사학교의 가담자로 적(敵)인 칙사 일행에게 그들을 인도할 턱이 없었으므로 자연히 그들은 칙사 체류 중에는 술이라도 마시는 것외에 할일이 별로 없는 상태였다.

칙사와 호위병력이 해상으로 떠난 뒤 성밑 거리는 또다시 가시고마 인의 세상이 되었다. 헨미들은 큰 칼을 차고 시중을 활보하면서 사족들을 선동했다.

"오쿠보와 가와지의 집을 부수어버려라."

그래서 도쓰기 강가에 있는 판잣집 같은 오쿠보의 생가에 군중이 밀어닥쳐 건물과 가재를 엉망으로 부수어버렸고, 또 가시고마 성밑 거리에서 북쪽으로 30리 떨어진 이시키 마을의 히시시마(比志島)에 있는 가와지의 생가에도 군중이 밀어닥쳐 언덕 앞에 있는 작은 집을 부숴버렸다. 지금은 그 텅 빈 부지 앞 길가에 '대경시'라는 버스 정류장이 있다. 정류장 이름이 '대경시'라는 것도 사쓰마 인의 유머라 할 수 있다.

칙사를 시마즈 히사미쓰에게 안내한 사람은 나라하라 시게루였다. 나라하라는 히사미쓰 당이었으나 이 시기에는 오쿠보에게 붙어서 그의 심부름을 하고 있다는 평판이 나 있었다.

"나라하라란 놈이 칙사를 안내했다."

이로 인하여 그의 생가는 가장 심하게 파괴되었고 끝내 불을 지른 사람이 있어 재가 되어버렸다.

이야기를 되돌리겠다.

칙사 일행의 호위부대를 인솔하고 있는 사람은 육군 대령 다카시마 도모노스케였다.

그는 평소에 구마모토, 특히 다바루 고개의 사쓰마 군에 대한 정면공격을 되풀이하고 있는 것은 어리석다고 생각하고 있었다. 오히려 전략적 별동군을 조직하여 그 배후를 찔러야 한다는 의견을 말했다는 것은 이미 언급했다.

그는 칙사 일행을 호위하여 가시고마에 상륙한 뒤 자기주장이 옳다는 것을 더욱 더 동감했다. 후방을 돌아보지 않는 것은 사쓰마 군의 습관처럼 되어 있었으나 가시고마 현이라는 최대의 후방을 비워둔 채, 그들은 구마모토에서 싸우고 있었다.

"내가 말씀드린 일이 틀림없는 듯합니다."

그는 칙사의 부사인 육군 중장 구로다 기요타카에게 역설했다.

"꼭 별동군을 만들어 구마모토 현의 남쪽 야쓰시로(八代) 부근의 해안에 상륙시켜야 합니다. 사쓰마 군을 후방에서 공격하는 한편 사쓰마 군이 그 향토인 가시고마에 의존하고 있는 보급로를 큰 낫으로 끊듯 절단하면 다바루 고개의 사쓰마 군이 제아무리 강하다해도 말라죽고 말 것입니다."

다카시마의 의견은 옳았다.

참모인 야마가타는 생각하지 못하고 있었다. 만일 야마가타 아리토모——지금 다카세 본영에 있으며 다바루 고개의 전투를 지휘하고 있다——에게 그러한 지혜가 처음부터 있었더라면 진대군의 많은 병사들이 쓸데없이 사쓰마 인의 칼날에 쓰러지지 않아도 되었을 텐데, 이 같은 점을 생각하면 야마가타는 훌륭한 군정가라고는 할 수 있으나 실전에서는 별로 재능이 없다고 하겠다.

가시고마에 있는 다카시마는 다행히도 칙사 호위를 위한 병력(순경 7백 명, 진대명 1개대대반)을 가지고 있었다.

"이들을 충배군으로 쓸 수 없을까요?"

구로다를 졸랐다. 구로다는 크게 찬성했으나 그것을 실시하자면 정부의 허가를 얻어야 했다.

"나가사키에 가서 전보를 쳐보자."

칙사 야나기와라와 구로다가 가시고마의 긴코 만을 떠난 것은 3월 12일이었다. 다카시마와 그의 부대는 이틀 후인 14일에 출발했다. 가시고마 성밑 거리에서 또다시 정부의 군사력이 사라졌다.
 구로다는 13일 나가사키에 도착해서 교토의 별궁에 전보를 쳤다.
 '칙사 호위병으로 적의 배후를 공격해서 구마모토를 구원하는 길밖에 방법이 없음.'
 이런 내용인데, 태정관은 곧 이것을 허가하고 다음 14일로 구로다를 별동군의 참모장으로, 다카시마를 그 사령관으로 임명한다는 뜻의 전보를 쳤다.
 그 동안 다바루 고개에서의 혈전은 최고조에 이르고 있었다.
 이 사쓰마 인을 한꺼번에 측면과 배후에서 뒤엎으려고 정부에 소속된 2명의 사쓰마 인(구로다 기요타카와 다카시마 도모노스케)이 함대를 이끌고 해상을 오락가락하면서 상륙 지점을 물색하고 있는 것은 보기에 따라서는 처절한 느낌이었다.
 히고의 야쓰시로 부근의 해안은 거의 먼 곳까지 바닷물이 얕다.
 큰 군함이 진입할 수 있는 해안을 발견하기가 곤란해서 구로다는 겐부마루(玄武丸), 다카시마는 군함 호쇼마루(鳳朝丸)에 타고 조심스럽게 해상을 배회하면서 조사하고 있었다.
 잠시 뒤 다카시마는 야쓰시로에서 10킬로미터 남쪽의 히나구(日奈久) 해변이 좋다고 생각했다. 또는 히나구보다도 거기서 약간 남쪽으로 내려간 스구치(須口)가 가장 좋다고 생각했다. 그래서 19일 아침 호쇼 함 이하 몇 척의 배로 스구치에 진입해서 보트로 사병들을 상륙시켰다.
 다카시마 대령은 스구치의 해변 모래를 밟았을 때 중얼거렸다.
 "다바루 고개는 훨씬 저쪽이다. 그러나 이것으로 전황은 바뀐다."
 상륙군은 사쓰마 인 구로다 다메모토(黑田爲楨)가 인솔하는 보병 제2연대와 미쓰마(三間) 총경이 인솔하는 순경 500명이었다.
 '설마 히나구에 사쓰마 병이 있는 것이 아니겠지.'
 다카시마는 이렇게 생각했으나 뜻밖에도 있었다.
 사쓰마 군 본영에서는 히고 해안의 어딘가에 정부군이 해군이 육군부대를 상륙시키지 않을까 하고 염려하고 있었다. 그래서 적은 인원이지만 경계선을 펴고 있었는데 3월 15일경부터 야쓰시로 해상에 초계함이 나타나서 연안을 물색하고 있다는 보고가 들어왔다.
 그래서 3월 16일 다케시타 소노신(竹下莊之進)을 대장으로 하는 100명을 파견해서 히나구에서 해상을 살피게 했다.

과연 19일 아침에 정부의 대군이 스구치에서 상륙했다. 다케시타 등 100명은 길가의 구릉에 몸을 숨기고 있다가 북상하는 이 부대에 도전했다.

이에 대해서 호쇼 함은 뱃바닥이 모래에 긁히는 곳까지 육지에 접근하여 함포사격을 맹렬하게 가했기 때문에 다케시타 등의 사쓰마 병은 북쪽으로 도망쳤다.

상륙군은 거짓말 같은 속도로 야쓰시로의 요충을 점령했다.

"야쓰시로 사족은 믿음직하지 못하다나."

이 소리가 구마모토의 사쓰마 군 본영에서 일어났다. 애초에 사쓰마 군이 히고와 사쓰마의 국경을 넘어 히고에 들어왔을 때 맨 먼저 연도에 나와서 환영한 것은 야쓰시로 사족단이었다. 그들은 야쓰시로에 정부군이 공격해 온다면 야쓰시로 사족의 손으로 격퇴하겠다고 말했다. 그러나 막상 정부군이 들어오자 그들은 일체 저항하지 않고 오히려 환영하는 듯한 모습을 보였다. 야쓰시로 인으로서 구마모토 성에 발이 묶여 있는 사쓰마 군의 형편을 보고 협력한 기분을 잃었을지도 모른다.

서북의 붕괴

 사쓰마 군은 인력 소모를 피하지 않으면 안 되었다.
 그들은 결국 전국시대의 영주처럼, 가지고 있는 군대에 한계가 있었다. 전국시대의 각 영주들은 자기 군사의 과도한 소모를 되도록 피하면서 승리를 계산하는 전투 방식을 취했는데, 사쓰마 군도 그렇게 하지 않으면 안 되었다.
 기리노도 그것은 생각하고 있었다. 히고에 들어온 당초에는 구마모토 성을 맹렬하게 공격하여 점령하려 했으나 도중에 방침을 변경해 포위방식을 취한 이유의 하나도 '무예가 뛰어난 사쓰마 사족의 목숨을 징병된 진대군의 목숨과 바꾸는 것은 어리석은 일이다'는 것이었다. 기리노가 생각한 전쟁 경제란 그 정도의 것이었고 또 그것이 기리노에게는 중대했다. 또한 기리노는 이렇게도 말했다.
 '사쓰마 사족들은 정한론이 이루어지면 장차 러시아와 싸우지 않으면 안 된다. 그 사족들을 징병된 진대군과 싸워서 죽게 만들면 아무것도 안 된다.'
는 것이었다. 군대의 소모라는 중대한 문제를 외교론에 비약시켜 결부하는 것은 과연 지사풍의 의견이며 필경 기리노의 본질은 지사에 불과했는지도 모른다.

다바루 고개에서 양쪽은 격돌했다.

기리노에게 특별한 전략이 없었기 때문에 격돌하면, 그 격돌은 자동적으로 끝없이 계속될 뿐이었다.

사쓰마 인은 유례없이 용감했다. 이 유례없는 용감성만이 사이고와 기리노가 믿고 있었던 것이며 그들로 하여금 전략 같은 것은 필요 없다고 생각하게 한 최대의 사고요소였다.

"구마모토 성쯤은 이 대나무 막대로 한 번 때리면 그만이다."

기리노가 가쿠토고에(加久藤越)의 산길에서 대나무 막대를 내려쳐 길가의 눈 더미를 산산조각을 만들면서 한 말은 사쓰마 인의 용기만 계산한 것이며 그 밖에는 아무것도 생각하지 않았다——구마모토 진대의 참모장 가바야마 스케노리의 내통을 믿고 있었던 점이 다소 있었지만——고 할 수 있다.

그래서 다바루 고개의 격돌을 끝없이 계속할 작정이었다. 사쓰마 군에는 군 지휘자로서의 사고가 전혀 없었기 때문에 개개인의 용기는 피투성이가 되어 돌아가는 대로 내맡기고 있었다. 지휘자들이 사고력이 없었기 때문에 사병들은 언제까지나 죽을 때까지 싸움을 계속해야만 했다. 이를테면 다바루 고개의 격돌은 사쓰마 인이 한 사람도 남지 않고 죽을 때까지 되풀이될 것이고 사쓰마 군의 지휘자에게는 그것밖에 사고력이 없었다.

그것은 군대간의 전쟁이라기보다는 사쓰마 군의 경우에는 종교 봉기와 비슷했다. 수령인 사이고 다카모리에 대한 종교적 숭앙심 외에는 정략도 전략도 없었고, 그 뒤는 개개인의 순교정신을 믿고 있었다는 점에서 종교 봉기와 똑같다고 할 수 있다. 종교 봉기가 처참한 자기 소모의 싸움을 하고 있듯이 다바루 고개의 사쓰마 군도 소모전 끝에 전군이 소멸되어버리는 것이 아닌가 할 정도로 격렬하게 싸웠다.

다바루 고개의 싸움에서는, 그 고갯길을 위에서 내려다볼 수 있는 요코히라 산(橫平山)의 쟁탈전이 가장 치열했다.

애초에 사쓰마 군은 이 구릉을 다바루 고개의 측면 방어로서 보루를 구축하고 있었다.

정부군이 요코히라 산의 전술적 위치에 주목을 하게 된 것은 3월 10일이

지나서였을 것이다. 이곳을 빼앗으면 높은 곳에서 다바루 고개를 제압할 수가 있었다.

정부군은 대군을 투입하여 손해를 돌보지 않고 공격해서 끝내 3월 15일 오후 4시 그곳을 점령했다. 그 동안 정부군은 포격과 총검 돌격을 되풀이했고 사쓰마 군은 큰칼과 소총 사격으로 이것을 방비하며, 쌍방의 전투는 12시간 동안 용변 볼 틈도 없었고 양군 모두 밥도 먹지 못했다.

이 요코히라 산 쟁탈전이 어떠한 격전이었던가는 정부군이 사쓰마 군의 돌격대를 방지하기 위해 편성한 사격 명수부대(별동 저격대)가 불과 이날 하루의 전투에서 한 사람 남지 않고 전사한 것으로도 알 수 있다.

또 정부군은 그 전날인 14일 난칸에서 새로 도착한 경시청 순경 50여 명으로 두 번째 '발도대'를 조직했다.

그들 두 번째 '발도대'는 15일의 요코히라 산 공격에 투입되었다. 격투 끝에 50여 명 중에 살아남은 자는 불과 2명뿐이었다.

15일의 요코히라 산 공방전에서의 사쓰마 군의 손실은 정부군보다 많았다.

고노 기하치로(河野喜八郞)는 30세였다.

지난 날 근위 소위였으나 사직한 뒤 사쓰마에 돌아와서 이번 전쟁에 4번대대의 부대대장으로 있었다. 그런데 그의 상관인 나가야마 규지가 전사했기 때문에 나가야마의 소대 '5번소대'의 지휘를 맡았는데, 성격이 온후하고 인간관계가 좋았기 때문에 이 소대의 사병들은 모두 입버릇처럼 말하고 있다.

"기하치로를 위해서라면 목숨도 버릴 수 있다."

이왕 죽을 바에는 기분 좋은 대장 밑에서 죽고 싶다는 것이 이런 상황에서의 사쓰마 인들의 그나마의 염원이었다.

고노는 뛰어난 저격병 40여 명을 그의 부대에 모아놓고 있었다. 적으로부터 빼앗은 신식 7연발총을 가진 자들이라 고노의 부대가 가는 곳에는 정부군이 모두 겁을 먹고 있었다.

"여기서 한 발짝도 후퇴하지 않겠다."

고노는 요코히라 산의 한쪽에 지휘기를 세우고 병사들을 지휘하다가 끝내 총탄에 맞아 목숨을 잃었다. 대원들은 고노가 죽은 뒤에도 고노가 세워둔 지휘기의 위치에서 후퇴하지 않고 전원 130여 명이 한 명도 남지 않고 그 자리에서 전사했다.

사쓰마 군이 이 같은 전투를 계속하는 동안 부대에 따라서는 돌을 던져가며 싸워야 할 정도로 탄약이 모자랐다. 그래도 아직 큰칼을 휘두르며 싸웠고 적의 총을 빼앗아 쏘고 있었으나 3월 19일이 되자 전군이 다 소모된 듯했다.

정부군도 3월 19일에는 공격하지 않았다. 그들이 공격하지 않은 것은 이튿날인 20일의 대규모 총공격 때문이었다. 20일은 아침부터 큰비가 내렸다. 정부군이 비를 뚫고 총공격을 감행하자 모든 보루가 거짓말처럼 쉽게 떨어졌다. 오전 10시 사쓰마 군은 힘없이 퇴각하고 다바루 고개 일대는 정부군의 손안에 들어갔다. 3월 4일부터 시작되었던 이 고개의 공방전은 17일만에 막을 내렸다.

사쓰마 군의 다바루 고개 진지에 거대한 우익을 형성하고 있는 것이 북쪽의 야마시카(山鹿) 진지였다.

애초에 기리노가 이 야마시카의 총지휘를 맡아 적은 병력으로 정부군을 잘 방어하고 있었으나 후반에 기리노가 사이고의 막료로 일하기 위해 구마모토 니혼기의 본영으로 가게 되자, 그 뒤는 소대장 노무라 닌스케를 중심으로 한 간부 합의제로 야마시카를 방어했다.

3월 10일 다바루 고개에서 격전이 되풀이되고 있을 때 정부군은 야마시카 공격병력으로 토벌 제3여단을 창설했다. 주로 오사카, 나고야, 히로시마의 각 진대 병사들로 구성하고 포병 3개 분대, 공병 3개 분대를 배속시켜 총병력 3985명이나 되는 대부대였다. 여단의 사령관은 소장 미우라 고로였다.

12일 아침부터 정부군은 야마시카를 공격했으나 사쓰마 군은 이를 방어하여 일일이 격퇴시켰다.

12일의 전투에서 5번 대대의 2번 소대장 무라타 산스케가 이마에 총을 맞고 전사했다. 그는 야마시카에서 정부군과 13회에 걸쳐 접전했으나 그때마다 민첩하게 병사를 써서 기책으로 대병을 패주시키는 등 단 한 번도 패하지 않았었다.

그는 사학교가 사이고를 업고 무장해서 대거 상경하는 계획에는 처음부터 반대했으며 "내가 자객인 나카하라 경감 등을 앞세워 도쿄에 가서 정부에 대해 시비를 따지겠습니다" 하고 발언했으나 시노하라 구마모토에게 단번에

서북의 붕괴 367

봉쇄당했다.

　시노하라는 그의 말을 봉쇄하기 위해 "산스케는 목숨이 아까워서 그러는 건가"라는 말을 자주 했는데 사쓰마 인에게 이보다 가슴을 찌르는 말은 없다. 산스케는 자기의 주장을 철회했을 뿐 아니라 시노하라의 주장에 분발해서 찬성하고 게다가 "꼭 죽어 보이겠다"고 장담하고 자기가 비겁한 사람이 아니라는 것을 꼭 보여줄 결심을 했다.

　산스케는 죽었으나, 그의 한이라면 그가 죽는 자리에 시노하라 구마모토가 없었다는 것이었다. 시노하라는 8일 전의 기치지고에 고개의 전투에서 전사했다.

　야마시카의 공방전은 며칠이나 계속되었다.

　소장 미우라 고로는 대군을 가지고 있으면서도 비명을 질렀을 정도였는데, 그 이유는 진대병이 약하기 때문이라고 말했으며 사족병인 근위병을 몹시 탐내고 있었다. 마침 근위군 1개 대대가 다카세에 도착했다는 소문을 듣고 후방의 야마가타 아리토모에게 요청했다.

　"들자하니 근위군 1대대가 새로 도착했다던데 바라건데 이를 보내 주시면 야마시카를 반드시 함락시키겠소."

　야마가타는 이에 대해 16일에 회답을 보냈으나 미우라의 요구에는 언급하지 않았다. 같은 조슈 인 동지인 만큼 야마가타는 미우라의 지나친 욕심에 화가 났는지도 모른다.

　사쓰마 군의 야마시카 방위군은 정말 용감했다.

　그들은 자기들의 정면을 방비하는 것만도 힘에 겨운 일인데 다바루 고개가 위태롭다는 연락을 받고 사병들을 그 방면에 나누어 주기도 했다.

　특히 3월 15일 다바루 고개 전투의 요충지인 요코히라 산을 정부군에 빼앗기고 우에키까지 위급하다는 통보를 받았을 때 노무라 닌스케 등 야마시카의 각 대장은 합의해서 각 부대에서 5명, 10명씩 사병을 떼어 보냈다. 때문에 야마시카의 방위력은 대단히 약해졌다.

　그런데도 미우라 고로와 그의 여단은 사쓰마 군을 두려워하여 적극적인 공격을 하지 못했다.

　"19일 야쓰시로 남쪽의 히나구에 관군이 상륙했다."

그런데 30일이 되어 이런 정보를 받았을 때의 노무라 닌스케들의 놀라움은 심각한 것이었다. 더욱이 노무라는 대군의 운용을 잘 아는 사람이었기 때문에 그것이 사쓰마 군에는 전군 붕괴의 서막이라고도 생각했다.

야마시카는 사쓰마 군의 최북단에 있었다. 저 멀리 남쪽의 히나구 쪽은 본영 또는 다른 방면의 사쓰마 군에 맡겨 두면 된다고 할 수도 있었으나, 노무라들은 자기들 야마시카 부대가 희생함으로써 히나구의 파탄을 막으려 했다.

그들은 사쓰마 군 중에서도 가장 뛰어난 지휘자인 기시마 기요시(貴島淸) 부대와 오비(飫肥)대를 뽑아 히나구로 보냈다.

기시마 기요시 부대가 남하해서 우에키 부근까지 오자 굉장한 수의 패잔병들이 비를 맞으며 길을 메우고 있었다. 모두 사쓰마 병이었다.

"다바루가 무너졌다."

기시마는 이때 처음으로 다바루 고개의 함락을 알게 되었다. 20일 오전 7시경이었다.

북쪽 야마시카에서도 이것을 알았다.

다바루 고개의 함락은 그 언덕을 잃는 데 그치지 않았다. 언덕 동쪽의 나나모토(七本)와 우에키도 잃게 되고, 우에키를 잃으면 북쪽의 야마시카 부대는 구마모토 본영과 연락이 끊어진다. 히나구의 소동은 문제가 안 된다.

야마시카 부대는 정부군에 대해 허세를 펴는 한편 사병들을 자꾸 남하시켜 우에키를 확보하려고 애썼다.

지난 2월 22일 밤 우에키에서 노기 소령의 연대와 충돌함으로써 시작된 이곳 야전은 결국 우에키에서의 전투로 끝날 것 같았다.

야마시카 부대는 우에키가 점점 위급해졌기 때문에 자꾸만 남하했다. 결국 노무라 닌스케 등은 야마시카를 포기하지 않을 수 없어 21일 날이 채 밝기도 전에 안개 속을 정연하게 퇴각했다.

미우라 고로 등 정부군은 이 퇴각을 눈치채지 못하고 그날 아침 보병과 포병 연합에 의한 대공세를 취할 준비를 한 뒤에 비로소 사쓰마 군이 사라졌다는 것을 알았다. 조슈 인 미우라 고로가 신랄한 논객이기는 하지만 군인으로서의 평판이 떨어진 것은 이 전후의 거동 때문이다.

다바루 고개에 이어 야마시카도 잃고 그 위에 남쪽 히나구에 상륙한 정부군이 남쪽에서 구마모토를 압박할 기세를 보이고 있었다.
 '이제는 정말 지는구나.'
 구마모토 니혼기의 본영에 있는 미야자키 하치로는 생각했다. 사쓰마 군에 협력해서 야마시카를 지키고 있던 하치로들의 구마모토 협동대도 야마시카를 버리고 별다른 전략 목표도 없이 그 근처의 산야를 뛰어다니고 있었다. 하치로는 사이고의 본영에 있었기 때문에 자기 부대의 상황을 자세히 알 수 없어서 초조했다.
 후회하는 바도 있었다.
 뒷날 그의 동생인 미야자키 도텐이 쓴 《구마모토 협동대》에서도 이 시기의 하치로의 심경이라면서 다음과 같이 썼다.
 '그는 당시에 이미 사쓰마 인의 소동이 무지로 인하여 가르칠 수 없는 것임을 알고 남몰래 일을 함께 한 것을 후회한다고 말했다.'
 도텐의 이 문장은 하치로의 동지 다카다 쓰유의 얘기에서 많은 재료를 얻은 것이므로 이 말은 거의 하치로의 심경에 가까운 것이리라.
 사쓰마 인과 히고 인의 사족 기질이 서로 상당히 다르다. 사쓰마 인은 학문과 교양을 별로 중요시 않고 그보다도 남자로서의 행동의 깨끗함과 죽음을 겁내지 않는 통렬함을 즐기고 존중한다. 이에 비해 히고 인은 무학 무지를 천시하는 점이 우선 다르다. 또 사쓰마 인이 즐기는 통쾌함이 히고 인이 보기에는 단순한 무사려와 경박함이 될 것이다. '무지로 인하여 가르칠 수 없다'고 말한 하치로의 사쓰마 인에 대한 관찰은 구마모토 사족 일반의 것이며 기풍의 차이에서 온 것이라고 할 수 있다.
 그러나 이번의 파탄은 어쨌든 사쓰마 인의 경박함과 무지에서 일어났다.
 그들과 행동을 같이 한 하치로에게는 구마모토에 자유민권 운동이 이것으로 괴멸한다는 후회를 느꼈을 것이다.
 이 시기에 나카에 조민이 '도쿄에서 달려와' 구마모토의 진중에서 하치로를 찾았다는 사실 또는 전설이 이 《구마모토 협동대》에 씌어 있다.
 조민은 말했다.
 "사이고 다카모리는 자유민권주의자가 아닐세. 그러니 아마 애쓴 보람이 없을 것 같네. 바라건대 자네는 이것을 다시 생각하기 바라네."
 하치로가 이때 억지를 썼다고 한다.
 "사이고가 천하를 잡도록 한 뒤에 다시 도모하겠소."

또한 그 말 뒤에 덧붙여 말했다고도 한다.
"그러나 이번에는 아무튼 헛수고를 했소."

사이고가 있던 니혼기의 본영은 부잣집 저택인 만큼 광대한 부지에 여러 가지 건물이 있었다.

19일 밤 정부군이 야쓰시로 남쪽 히나구에 상륙했다는 보고는 본영을 지키고 있던 기리노 도시아키에게 먼저 전달되었다.

"그래?"

기리노는 조금도 동요하지 않고 감상도 말하지 않은 채 이렇게 사쓰마 말로 중얼거리고 눈썹을 치켜세웠으나 얼굴빛은 조금도 달라지지 않았다.

미야자키 하치로가 옆에 있었다.

기리노는 미야자키를 바라보면서 생각했다.

'이 사람에게 연락을 부탁해 볼까?'

기리노의 머릿속에 떠오른 것은 구마모토 현 남쪽 야쓰시로 부근에서 더 남쪽으로 내려가는 해안선과 가시고마 현 경계선 근방의 도로와 지세였다.

이미 예정된 일이지만 사쓰마 군에도 가시고마에서 곧 지원군이 온다. 지원군이라 하지만 새로 모집한 병사였다. 벳푸 신스케, 헨미 주로타, 그리고 후치베 군페이 세 사람이 가시고마로 돌아가 병사들을 모집하고 있었다.

물론 처음에 치고 나온 1만여 명의 동지들에 비하면 사병으로서의 훈련과 근성이 재탕한 한약처럼 진하지 못하다.

그러나 지금의 사쓰마 군은 사치스러운 욕심을 부릴 때가 아니었다.

기리노는 그들 새로 모집한 병사로 야쓰시로의 정부군 배후를 공격하려 하고 있었다. 야쓰시로의 정부군은 구마모토와 그 북쪽의 사쓰마 군을 배후 (남쪽)에서 공격하려고 상륙해 군세를 펴고 있었다. 기리노의 안은 정부군의 그 배후(남쪽)에서 벳푸 신스케 등으로 하여금 공격하게 하는 것이었다.

그러기 위해서는 벳푸 신스케 등에게 그 뜻을 전해주어야 한다. 그 연락장교는 가는 도중에 정부군이 가득 찬 곳을 돌파해야 하는데 거기에는 그 지방 사람인 미야자키 하치로가 최적임자일 것이다.

하치로는 승낙했다.

그는 니혼기의 사쓰마 군 본영 부근에 있는 협동대 본영으로 돌아와서 동지들에게 자기의 임무를 얘기한 뒤 "아마 이것이 작별이 될지도 모르겠다"

라고 말하고 고향인 아라오 마을에 있는 아버지 조베에게 올리는 편지를 써서 동지에게 맡겼다.
그는 아버지에게 올리는 편지 말미에 이 시를 적었다.

달그림자는 쓰쿠시의 바다에 변함이 없는데, 단잠을 깨우는 바깥 해변 바람.

하치로는 남쪽으로 내려갔다. 밤낮없이 걸어 히고 동쪽의 산악지대에서 이쓰키로 나와서, 좁은 길을 따라 히토요시(八吉)로 나갔다.
거기서 우연히 새로 모집한 병사 1500명을 인솔한 채 머물고 있는 벳푸 신스케들과 만나 하치로는 기리노의 명령을 전달했다.

정부군의 충배군이 야쓰시로 남쪽의 히나구에 상륙한 새로운 사태는 겨우 유지되고 있던 양군의 균형을 무너뜨렸다고 할 수 있다. 지금까지의 상황은 모두가 과거의 것이 되었다.
니혼기의 사쓰마 군 본영은 낭패한 기색을 감추지 못했다. 그러나 사이고가 어떠한 표정을 보였는지는 전해지지 않는다. 사이고를 둘러싸고 있는 여러 가지 사정으로 보아 이 충격적인 뉴스는 조금 시간을 두고 천천히 그에게 전해진 것이 아닐까.
"지금까지의 방식으로는 안 된다."
하나의 절벽 앞에 선 듯한 긴장이 본영을 에워싸고 있었을 것이다. 적어도 사쓰마 군은 사족들 개개인의 용기만 믿고 있었던 기리노 도시아키나 시노하라 구니모토적인 사상을 바꾸어, 더욱 작전적이어야 한다는 반성이 본영에 드나드는 간부들의 가슴 속에서 자라나기 시작했다고 생각된다.
19일 밤에 이 같은 보고가 들어왔을 때 기리노와 동격——대대장직이라는 의미에서——인 나가야마 야이치로가 스스로 남하군의 총지휘관을 자원했다.
"내가 야쓰시로에 가겠네."
지금까지 나가야마 야이치로의 부서는 구마모토 성 공격과 포위가 담당이었다. 나가야마의 사려깊은 성격으로 보아 그는 지금까지 기리노의 작전에 의문을 품고 있었을 것이다. 그러나 사이고가 기리노를 믿고 있는 이상 할 수 없이 가만히 있었던 흔적이 있다.

 그는 각 방에서 소대를 뽑아 1300명 정도의 남하군을 편성했다. 이때 소대라는 호칭은 중대로, 지금까지의 분대라는 호칭은 소대로 끌어올렸다.

 전부터 사쓰마 군의 소대는 2백 명으로 정부군의 중대에 상당한다. 정부군과 전투를 계속함에 따라 단위 내용의 차이가 불편해서 이를테면 적인 정부군의 호칭을 따른 것이다.

 이 남하군에 3번 대대 3번 중대장으로 다카기 시치노조(高城七之丞)도 섞여 있었다. 가시고마 성 거리의 고라이바시 부근에 살고 있으면서 기리노 도시아키와는 특별히 친한 이 인물에 대해서 이미 몇 번 얘기한 적이 있다.

 '이번에는 전사할지 모른다.'

 젊은 다카기 시치노조는 이렇게 생각했을 것이다.

 야쓰시로 부근의 적의 상륙군을 격멸하지 않으면 구마모토 히го 평야의 사쓰마 군은 완전히 적의 포위망 속에 들어가게 된다.

 그러나 상륙군은 병력을 더욱 더 증강하고 있어서 그들을 격멸하는 것은 지금까지 정부군과 싸워온 경험으로 보아 쉬운 일이 아니라는 것을 잘 알고 있었다.

 이리하여 상륙군을 격퇴시키기 위해 남하군이 출발했다.

 다카기 시치노조도 그 지휘관의 한 사람이었다. 그러나 시치노조와 그의 부대는 22일에 출발했다. 출발할 때 기리노 도시아키가 그를 불러 세우고는 자네의 칼은 무엇이냐고 물었다. 다카기 시치노조는 출진 때 자기 집에 전해 오는 히젠노카미 다다요시(肥前守忠吉)를 차고 있었다. 그렇게 말하니 기리노는 다음과 같은 말을 했다.

 "도쿄 진대의 병사는 어느 정도 기골이 있으니까 영주들이 좋아하는 히젠노카미 다다요시로는 불안하네. 이것을 선사하겠네."

 '이즈미노카미 가네사다(和泉守兼定)' 2척 8촌의 명검이었다. 이 칼은 기리노가 막부 말기에 나카무라 한지로라는 이름으로 불릴 때 쓰던 것이다. '사람 백정' 한지로라는 별명을 듣고 있었으니, 많은 사람의 피가 묻은 칼이기도 하다.

 이러한 말을 필자는 다카기 요시유키(高城義之) 씨로부터 들었다. 그 칼이 지금도 다카기 집안에 있느냐고 물으니 있다고 했다.

 그래서 그 기리노가 아꼈던 명검의 인상을 편지로 알려 줄 것을 청했더니 곧 다음과 같은 회답을 받았다.

'이 칼을 조부 시치노스케는 시로야마에서 전사하실 때까지 가지고 있었습니다. 칼은 검푸르게 빛나 무서운 느낌을 주는 요도(妖刀)의 상을 띠고 있습니다. 기리노 도시아키 씨가 나카무라 한지로라고 불리던 시절에 교토에서 많은 사람의 피를 묻힌 칼입니다.'

이 일화는 기리노의 이날의 심경을 짐작하기에 충분하다.

그는 평소 다카기 시치노스케의 보호자 같은 기분을 가지고 있었으나 이날 특히 자기의 애도를 준 것은 특별한 의미가 있었을 것이다. 야쓰시로 부근에 상륙한 정부군을 치는 것이 그에게는 몸부림쳐질 정도로 간절한 소원이었음을 알 수 있다.

기리노가 기대한 남하군의 진격은 여의치 못했다.

그들 중 선발부대는 가와지리(구마모토 남쪽 7킬로)를 출발점으로 했다. 19일 밤에 비를 뚫고 가와지리를 출발해서 밤새워 남하를 계속하여 우도를 지나 20일 오전 5시에 마쓰바시(松橋)에 도착했다.

계속 남하했다.

길은 야쓰시로 방면으로 곧장 남하하고 있었다. 도중에 강물이 몇 줄기나 흐르고 있었다. 강이 동쪽에서 서쪽으로 길을 가로지르며 흐르고 있는 것이 사쓰마 인에게는 그나마 다행스러웠다. 그 중의 어느 제방선에서 정부군의 북상을 저지하면 된다.

선봉 600명이 스나 강을 건넜다.

다음에 히가와(氷川)라는 강이 있었다. 선봉 600명은 거기를 방어선으로 정하고 각 부대가 작전을 협의한 뒤 정부군의 북상을 기다렸다. 잠시 뒤 다카시마 도모노스케가 인솔하는 여단이 도착해서 강을 사이에 두고 빗속에서 대치했다.

종일토록 대치했다.

쌍방이 여러 가지로 움직이긴 했으나 이날 해질 때까지 전사자로 정부군 1명, 사쓰마 군 1명인 것만 보아도 양군이 빗속에서 거의 숨을 죽이고 대치만 계속했다는 것을 알 수 있다. 이 무렵은 사쓰마 군도 경솔하게 돌격하는 일이 적어졌다. 돌격한다해도 전투 전반을 호전시킬 만한 이득을 얻는 것도 아니고, 오히려 정부군의 장기인 화력의 밥이 될 뿐이기 때문이었다. 돌격만

하면 도쿄까지 갈 수 있다고 믿었던 기리노들의 생각은 비온 뒤의 무지개처럼 퇴색했다고 해도 무방하다.

요컨대 20일 종일토록 사쓰마 군은 전투 태세만 갖춘 채 놀고 있었다. 하나의 이유는 사쓰마 군의 총이 빗속에서는 사용이 불편했기 때문이리라.

정부군의 경우는 상륙군의 참모 구로다 기요타카가 다카시마 도모노스케에게 훈시한 방침에 따랐기 때문이다.

"한 발 한 발 굳혀라. 앞에 나서지 마라."

구로다는 후방에서 계속 그렇게 경고했다.

21일 아침에 밤 사이의 비는 그쳤다. 정부군은 증가했다. 오전 7시부터 강을 사이에 두고 사격전이 벌어졌다.

사격 솜씨는 사쓰마 군의 총기가 구식인데도 불구하고 정부군보다 훨씬 앞섰다. 그들은 상반신을 노출시켜 적을 잘 겨냥해서 쏘아댔다.

때로는 나무에 몸을 의지하고 사격하는 사람도 있었다.

여기에 비해 정부군 병사의 경우는 둑에서 얼굴도 내놓지 않고 손만 내놓고 쏘는 자가 많았다. 이 겁쟁이 자세를 '창칼식'이라고 그들 자신이 비웃고 있었다. 많은 병사들이 창칼식 자세였기 때문에 성능 좋은 7연발총을 가지고 있으면서도 사격효과는 사쓰마 군이 훨씬 좋았다.

그러나 결국 병력의 차이는 어쩔 수가 없어서 사쓰마 군은 퇴각하게 되고 또 한 줄기 북쪽에 있는 스나 강 둑에 방어선을 쳤다.

다카기 시치노스케의 부대가 참가하는 것은 이 스나 강의 단계에서다. 이후 날이 갈수록 정부군은 증강되었고 격전이 며칠이나 계속되었다.

민권주의자의 전사

이야기는 다시 뒤로 돌아간다.

모병을 위해서 벳푸 신스케, 헨미 주로타 그리고 후치베 군페이가 전선에서 가고시마로 돌아와 있었을 때의 일이다.

그들은 칙사 야나기와라 사키미쓰 등이 함대의 호위를 받으며 가시고마에 상륙한 것과 맞부딪쳐 하는 수 없이 잠복했다. 칙사 일행이 떠나자 다시 나타나서 성밑 거리와 가지키 등지를 뛰어다녔다.

"구마모토에서는 이기고 있다. 머지않아 관은 항복할 것이다."

그들은 부지런히 선전했다.

현의 관리를 비롯하여 사족들과 백성의 귀에는 전선의 정보가 일체 들어오지 않았기 때문에 벳푸나 헨미의 말을 믿을 수밖에 없었다.

현에서는 현령인 오야마 쓰나요시가 칙사에게 끌려갔기 때문에 서기관인 다바타 쓰네아키가 현령 대리로서 현의 업무 일체를 지휘했다. 다바타는 옛번 시절에 탁월한 관리 재질에 의해 수석 서기라는 서기관 비슷한 직책에 있었다.

온후하고 말이 없는 그는 천하 국가를 논하는 일이 없었고 훌륭한 관리라는 점에서 오야마 현령의 신임을 받고 있었으나, 한편으로는 비정치적인 성격 때문에 사학교당으로부터 경멸당하고 있었다.

"이 바보자식!"

이런 말을 들으면서 사학교당의 헨미 주로타의 발에 채여 넘어지는 욕을 당한 적도 있었다. 헨미는 사학교당의 일당독재의 화신 같은 사나이로 현이 따라오지 않을 때는 손댈 수 없이 난폭해졌다.

다바타는 구마모토에서의 전황을 약간 알고 있었을 것이다. 그러나 현정 자체가 사학교당의 포로같이 되어 있는 이 정세 아래에서는 헨미에게 발길로 채이든 두들겨 맞든 그의 명령에 복종하지 않을 수 없었다. 다바타는 이미 말했듯이 헨미에게 받은 굴욕을 부끄럽게 생각하고 할복해야 했는데, 그는 감정으로서는 아마도 사이고를 불한당의 두목처럼 생각하고 있었는지도 모른다.

칙사의 호위부대가 가시고마를 떠날 때 사쓰마 군의 병기창 기계를 부수고 화약을 버리고 갔다. 헨미들은 현에 명령하여 그것을 재빨리 복구시켰다.

현의 다바타 쓰네아키 등은 시내에 살고 있는 주물업자와 대장간을 모조리 병기창에 집합시켜 파괴된 기계를 수리시키고 기계가 움직이게 되자 총기를 제조시켰다. 화약은 비교적 많았다. 칙사 일행이 버린 화약은 주로 전 해군조선소에 있었던 것이고, 그 밖에 요시노 마을에도 많이 남아 있었으며 지방에서는 정부측의 눈에 띄지 않도록 땅에 묻어두었다. 현에서는 그것을 다시 파냈다.

모병은 연령의 폭을 넓힘으로써 새로운 병력을 얻을 수가 있었다. 전에는 사학교당원 외에는 20세에서 40세까지의 장정을 모집했으나 이번에는 15세에서 45세까지로 해서 1500명을 모았다. 전처럼 정예병은 아니었으나 전선에서 병사 부족을 호소하는 병력 문제의 해결방법은 그것밖에 없었다.

벳푸와 헨미가 이끄는 사쓰마 군의 보충병 1500명이 가지키의 해변을 출발한 것은 3월 26일이다.

이날 날씨가 개어서 제법 봄같이 사쿠라지마에 조금 안개가 끼었을 뿐 바람은 없었다. 이 해의 구정에 눈보라의 추위를 무릅쓰고 사학교군이 출발한 것과 비교하면 보충군의 행군은 훨씬 쉬웠다.

그들은 북쪽을 향했다. 히고의 구마 군의 대지 위에 있는 히토요시 분지

(八吉盆地)가 목적지였다.

　신속한 행군은 전국시대의 시마즈 군 이래의 특징이라 할 수 있는데 상체를 앞으로 숙이고 앞으로 엎어질 듯하면서 걷는다. 용변을 보기 위해 뒤쳐진 사람은 자기의 소대를 따라잡기 위해 힘껏 달려가지 않으면 안 되었다.

　27일은 요코가와(橫川)에서 숙박했다. 28일은 요시타에서 자고 국경의 산과 들을 넘고 넘어 히토요시 분지에 들어간 것은 29일 저녁때였다.

　"잘들 오셨습니다."

　옛 사가라 번(相良藩)의 가로였던 나스 셋소쿠(那須拙速)라는 키 큰 노인이 하얀 부채를 오른손에 쥐고 길가에 나와서 마중했다.

　그는 옛번에서 3백 석의 녹을 받았고 젊었을 때 에도에 유학했기 때문에 여러 번의 명사와 친교가 있었다. 특히 미도 번의 강력한 양이파 우두머리인 다케다 고운사이와 친해서 만년까지 고운사이의 이야기를 되풀이하고 있었다고 하니까, 나스 셋소쿠의 사상이 어떠한 것인지 대충 짐작할 수가 있다.

　막무 말기에 사가라 번의 번정은 나스 셋소쿠가 전담했다. 그는 사가라 번 가신 중에서 첫째가는 무예가였을 뿐만 아니라 번 밖의 사정에도 밝았고 행정 능력도 있었기 때문에 상하의 신망이 두터웠다. 유신 후에도 번의 대참사로서 행정의 주축을 이루고 있었으나 유신에는 불만이었다.

　유신 정부는 전국의 양이 분위기 속에서 성립한 혁명정부일 터인데 제일 먼저 양이를 버리고 개화방침을 취했다는 것이 셋소쿠처럼 과격한 보수 감정의 소유자에게는 배신으로밖에 보이지 않았다. 또 새 정부가 영주와 사족을 폐지하고 게다가 폐령까지 시행한 것도 양이적 사족층에 대한 결정적 배신이라고 할 수도 있었으므로, 이 같은 그의 사상과 감정이 셋소쿠로 하여금 사이고 군과 손을 잡게 했다.

　그는 사이고의 구마모토 출정과 함께 젊은 옛 번사들을 조직해서 히토요시 부대를 만들어 히고 평야의 싸움터에 보내고 자기는 70이 넘은 노령이기 때문에 히토요시에 남아서 병참 일을 맡고 있었다.

　사쓰마 군의 보충병이 히토요시에 들어오자 이들을 배웅하고 숙사를 할당하는 등 모든 뒷바라지를 했다. 사쓰마 군에는 히토요시가 동맹의 땅이라고 할 수 있다.

　미야자키 하치로가 히토요시 성 밑 거리에 들어온 것은 사쓰마 군의 보충병이 거기에서 휴식하고 있을 때였다.

보충군은 3월 29일 저녁때 히토요시에 도착하기는 했으나 총기가 부족하여 각 소대 모두 10명 중 한두 명은 총을 가지고 있지 않았다. 그들의 총기와 탄약은 별도로 이즈미(出水)에서 부쳐오게 되어 있었다.

"잠시 쉬어라."

벳푸와 헨미들은 전군에게 이렇게 전하고 또 출발은 총기 관계로 4월 1일쯤 될 것이라는 점도 말해 두었다. 꼭 이틀을 히토요시에서 머물게 된 셈이다. 이 같은 태평스러움은 벳푸와 헨미들이 오랫동안 전선을 떠나 있어서 상황을 몰랐기 때문이었다.

전선의 형세는 매우 절박한 상태에 있었다.

사쓰마 군은 다바루 고개를 잃기는 했으나 약간 후퇴해서 방어선을 펴고 정부군의 남하를 저지하고 있었다. 다바루 고개의 함락으로 그들이 모두 붕괴되지 않고 제2전선으로 후퇴하여 새로이 구멍을 파고 흙가마를 쌓아 사격과 백병전으로 정부군의 기도(구마모토 성의 구원)를 저지하고 있었던 것은 군대로서는 경이적인 강군이라 하겠다.

그러나 이 서북 전선의 사쓰마 군에는 병력 보충이 전혀 없었다. 정부군의 별동대가 야쓰시로에 상륙(3월 19일)하기 전까지는 구마모토 성밑 거리의 사쓰마 군이 서북 전선에 적은 수나마 병력을 보충하고 있었는데, 남쪽의 야쓰시로에 정부군이 상륙한 뒤부터는 급속히 남쪽 방어선을 구축해야 하므로 서북 전선에 신경을 쓸 여유가 없었다.

'이래서는 자멸하겠다'

구마모토의 니혼기 본영에 있는 기리노 도시아키의 머릿속에 겨우 이와 같은 패배의 위기감이 싹텄을 것이다.

"자네는 벳푸, 헨미 등과 연락하여 그들을 야쓰시로에 나가게 해서 적을 공격 격퇴시켜 주게."

기리노가 미야자키 하치로에게 부탁하여 그를 연락장교로 삼아 벳푸, 헨미에게 이 뜻을 전할 것을 부탁한 것은 그 같은 절박한 생각때문이었다.

하치로가 히토요시에 들어간 것은 31일 저녁때였다.

벳푸들이 본영으로 쓰고 있는 절에 가서 사람을 물리치고 전선의 상황을 설명한 뒤 야쓰시로에 상륙한 정부군 이야기를 하고 또 기리노의 명령을 전했다.

사쓰마 인의 특징은 대부분이 토론에 능숙하지 못한 점이다. 토론 대신 언제나 뛰어난 직관력을 가지고 있었으며 또 직관에 따른 행동이 민첩했다.

"당장 야쓰시로로 가세. 도착 안 된 총기는 그것을 받을 사람을 히토요시에 남겨두면 되네."

벳푸와 헨미는 결단을 내렸다. 그들은 자기들 별동군에 사쓰마 군의 사활이 걸려 있다는 것을 느꼈다.

"히토요시에 사쓰마 군의 별동군이 출현했다. 그들은 구마 강의 급류를 내려와서 하구인 야쓰시로를 치려하고 있다."

정부군으로서는 놀라운 보고가 그들의 진중에 들어온 것은 뜻밖에 빨라서 3월 30일의 일이었다. 이때 사쓰마 군은 아직 움직이지 않고 히토요시에 있었다.

정부군 상륙부대는 이미 야쓰시로에서 구마모토를 향해 북상하고 있었다. 그들의 병력은 몇 번에 걸친 상륙으로 늘어나 약 5000명에 달했다. 이들은 사쓰마 군을 압박하면서 북상하여 이미 마쓰바시(구마모토에서 17킬로)를 점거하고 있었다. 그래서 야쓰시로는 훨씬 후방이 되어버렸는데 지금은 병참 경비 정도의 병력만 두고 있었다.

"야쓰시로가 공격받으면 큰일이다."

이 방면의 지휘관 중 한 사람인 육군 소장 야마다 아키요시(山田顯義)가 급히 3개 중대의 병력을 떼어서 남하시켰다. 불과 600명 정도의 병력으로 구마 강을 내려오는 사쓰마 군을 하구에서 방어할 수 있을 턱이 없었다. 그러나 정부군은 압도적인 우세를 자랑하면서도 각 국면에 사쓰마 군의 소부대가 출몰하기 때문에 새로운 방면에 대병력을 보내는 것은 각 당사자에게는 제 몸을 깎은 듯한 고통이었으므로 결국 그 정도의 병력이 된 것이다.

야쓰시로에는 구마모토로 북상하는 정부군의 병참병원이 있었다.

"빨리 병원을 옮겨라."

야마다 아키요시는 후방으로 전령을 보냈다. 병원은 우토 군 마쓰아이 마을(松合村)로 옮기게 되었고 경상자는 기선으로 나가사키에 후송하도록 했다. 또 야쓰시로에 모아둔 식량도 마쓰바시로 옮겼다.

야쓰시로는 혼잡했다. 이 작은 성밑 거리의 경비는 야쓰시로의 사족들에게 맡기기로 했다. 야쓰시로의 사족들은 당초에는 사쓰마 군에 호의를 보였는데 정부군이 팽창하자 정부군에 호의를 표시했다. 정부군은 야쓰시로 사족단에 대해 '협력하면 관에 특채하겠다'고 그들을 낚았다. 사족들은 관작에 약했으므로 다수가 지원했다. 그들은 곧 총기를 대여 받아 경시청 경찰부대에 편입되었다.

한편 히토요시의 사쓰마 군이 움직인 것은 4월 2일이나 되어서였다. 그들은 지난 날 사이고가 그러했듯이 구마 강의 급류를 미끄러지듯 내려갔다. 중류의 고노세(神瀨)에서 하룻밤을 새고, 다음 3일에는 또 다시 세토이시(瀨戶石), 가마세(鎌瀨)까지 내려가 부대를 두 길로 나누었다.

한 부대는 강을 따라 내려가고 다른 한 부대는 동쪽 기슭의 산길을 헤치며 전진했다. 산길을 전진한 부대는 헨미 주로타가 지휘했다. 미야자키 하치로는 헨미와 행동을 같이했다.

4월 4일 헨미 부대는 산중에서 보루를 구축하는 분견대와 처음으로 충돌하여 이를 격파하고 또 다시 구마 강으로 나와서 사카모토라는 큰 마을에서 숙영했다. 사카모토에서 하구인 야쓰시로까지는 불과 10킬로였다.

구마 강은 겹겹이 에워싼 험준한 산협을 가르며 길게 흘러서 야쓰시로 만으로 흘러간다.

산들은 하류에 내려와도 그 기세가 줄어들지 않고 그대로 바다에 꽂히듯 험준한 형세를 하고 있었다. 그 같은 지세를 볼 때 본디 이 근처에는 해변이라고 할 정도의 평지가 없었던 것이 틀림없다. 다만 구마 강이 홍수 때마다 세차게 흙과 모래를 날라왔기 때문에 바다를 메워 넓지도 않은 야쓰시로 평야를 만들었다.

따라서 구마 강은 하구 가까이까지 양 옆이 산악으로 되어 있었다. 정부군의 분견군은 구마 강을 내려오는 사쓰마 군의 보충군을 방어함에 있어서, 들에 산개하기보다는 양 옆의 산기슭을 이용해서 기슭에 병사를 숨겨두고 사격 효과를 올리려 했다.

여기에 대해 벳푸와 헨미는 병사를 나누어 협공하거나 한 부대를 샛길로 진군시켜 적의 등을 공격하거나 혹은 갑자기 산 위에 출현해서 달려 내려와 산기슭의 적을 패주시키는 등 소부대 전술의 묘를 다해 공격했다. 이 같은 전투규모의 지휘에서는 사쓰마 군에서 벳푸와 헨미에 앞설 자는 없을 것이다.

특히 헨미에 대해서는 '헨미 대장이 있으면 싸움은 이긴다.' 이런 신앙이 첫 출진하는 병사들에게 충만했다. 사쓰마 인은 예부터 무신(武神)에 가까운 사나이를 숭배했다. 특히 얼굴이 특이하게 생긴 사람에게 신비를 느낀다. 헨미는 붉은 얼굴에 볼부터 턱까지 수염이 외국인처럼 붉었고 눈이 매섭게 생겼다기보다 이상한 정기가 깃들어 있어서 얼핏 보아도 보통사람이 아니었다.

그는 진중에서 밤 12시가 지나서야 자리에 들고 자다가 한 시간마다 일어나서 척후병을 내보내고 또 그들의 보고를 듣기도 했다. 정력이 거의 초인적이었고 또 적을 향해 산야를 달릴 때는 표범이 달리는 듯하여, 사람들은 헨미 주로타를 볼 때마다 수호지의 호걸이란 이런 사나이였겠구나 하고 연상했다.

구마 강 하류의 산악지대에서의 전투는 주로 헨미의 작전과 분투에 의해 돌아갔다. 닥치는 대로 정부군의 분견대를 격퇴하고 전진했기 때문에, 처음으로 탄환 속을 지나가는 새로 모집한 사쓰마 병들도 '우리가 이처럼 강한가?' 하는 자신감을 가졌다.

4월 5일 종일토록 싸워서 끝내 야쓰시로 시가지에 돌입할 수 있는 지점까지 전진했으나 마침 밤이 되었기 때문에 벳푸와 헨미는 일단 사병들을 후퇴시켜 후루타, 묘겐산, 미야치 등 시가지의 동남 구릉지에서 야영을 했다.

사쓰마 군은 태풍 같았다.
적에 대해 숨쉴 틈도 주지 않고 공격에 공격을 계속했지만 언젠가는 그 바람의 운동 에너지는 끝이나지 않을 수 없다.

이것과는 달리 정부군이 사쓰마 군을 대하는 작전 구상은 태풍의 피해를 당연히 받는다는 각오와 계산 아래 성립되어 있었다. 그래서 병력과 화력은 사쓰마 군에 비해 압도적으로 우월하게 언제나 준비되어 있었다. 방어 진지는 계획적인 것이 아닌 극히 자연적으로 종심(縱深) 진지가 되었고, 공격으로 전환할 때는 사쓰마 군을 압도하는 병력과 화력이 준비되지 않는 한 쉽게 일어서지 않았다.

다만 이 구마 강 하구에서의 싸움은 이상하게도 정부군의 분견대가 사쓰마 군보다 소수였다. 따라서 사쓰마 군의 태풍이 부는 대로 끌려다니다가 재처럼 풍비박산되었다.

구마모토를 남쪽에서 공격하려는 이 방면의 정부군 본거지는 야쓰시로보다 훨씬 북쪽인 마쓰바시에 있었다. 야쓰시로의 위급함을 알고 점차 병력을 남하시켰다.

4월 5일, 압도적으로 우세했던 사쓰마 군은 야쓰시로 시가지에 돌입하기 직전에 날이 저물었기 때문에 돌입을 이튿날 아침으로 미루었다. 이것에 대비해 정부군은 야영중인 사쓰마 군이 쉬는 동안 2개 중대의 병력을 증강했다. 이로서 그럭저럭 1000여 명의 인원이 되었으므로 사쓰마 군과 거의 균형이 잡혔다.

다음날인 6일 아침 사쓰마 군은 분발해서 새로운 공격에 나섰다.

싸움터는 하구의 산악지대뿐만 아니라 들에도 옮겨졌다. 야쓰시로 남쪽 교외의 무기시마(麥島), 하기하라(萩原) 둑 쪽에서 처절한 격전이 전개되어 사쓰마 군은 정부군을 마구 밀어붙였다. 때때로 교착상태가 되면 헨미 주로타가 큰소리로 사병들을 질타하며 스스로 선두를 달려 적진에 돌입함으로써 국면을 타개했다.

마침내 야쓰시로 거리 입구에 돌입하려 했을 때 사쓰마 군의 공격은 종말에 이르렀다. 북쪽의 미야바라(宮原)에서 달려온 정부군의 증원부대 2개 중대의 400명이 야쓰시로 거리 입구인 미야치(宮地)에 있는 헨미의 등을 공격한 것이다. 너무도 갑작스러운 공격이라 헨미의 부대는 이에 대응할 사이도 없이 순식간에 붕괴되었다. 사쓰마 군은 이미 전력을 동원하고 있었기 때문에 이 불의의 급변에 대해 곧 응원할 예비부대를 준비하고 있지 않았다. 벳푸와 헨미의 작은 실수라고 할 수 있다.

한편 정부군의 한 부대 중 네코다니(猫谷)라는 산골짜기로 쫓겨 간 100명 쯤의 부대가 있었다. 이 부대도 이 같은 정세를 알고는 즉시 헨미 부대의 우익 배후를 공격했다.

이때 헨미 부대는 소총탄까지 탕진하여 대여섯 발 정도밖에 없었다. 이것이 헨미 부대의 동요를 더욱 크게 부채질했다.

하기하라 둑에는 헨미 부대의 주력이 있었다. 미야자키 하치로 등이었다.

사쓰마 군은 확실히 이기고 있었다.

이 하기하라 둑에서 불과 수백 명의 정부군에게 등을 공격당했다 해서 갑자기 궤멸된 것은 병사들에게도 마치 여우에게 홀린 듯 어리둥절한 일이었다. 정부군은 소나기처럼 충격을 가해 왔다. 총탄이 없는 사쓰마 병으로서는 어찌 할 도리가 없었다.

둑 위에서 난리가 일어났다. 사쓰마 병들은 저마다 구마 강의 급류에 뛰어들기 시작했다. 건너편 둑으로 헤엄쳐간다 하더라도 그 무엇이 있는 것도 아니었다. 다만 멀리 상류인 히토요시에서 그들은 육로를 타고 내려왔다. 오던 길을 그리워하며 그곳으로 도망치고 싶은 것이 본능이었을까.

헤엄쳐가는 사쓰마 장정들을 향해 둑 위에서 정부군들이 마구 총을 쏘아댔다. 명중하면 강물이 새빨갛게 물들어 흐르고 시체는 의외로 천천히 하구 쪽으로 떠내려갔다.

'어쩐지 이 둑이 죽을 자리가 될 것 같다.'

난전 속에서 미야자키 하치로는 그렇게 생각했다. 그는 구마모토 협동대의 간부이지 헨미의 부하는 아니었다. 연락장교로 왔기 때문에 자기의 부하도 없었다.

그의 입장은 사쓰마 군을 버려두고 달아날 수도 있었고 달아나서 구마모토 협동대 본영에 무사히 돌아가는 것이 오히려 그의 본분에 충실한 일이기도 했다.

그러나 그 당시의 윤리 감정은 전혀 달랐다. 그는 신변이 가볍고 선택이 허락된 처지일수록 이곳에서 죽어야 한다고 생각하고 그 순간 결심했다.

그의 곁에 헨미 주로타가 있었다.

헨미는 가시고마를 출발한 뒤부터 붉은 깃발을 지휘기로 썼다. 6척 정도의 대나무 장대에 붉은 천을 매고 그것을 좌우로 흔들기도 하고 전후 또는 아래위로 흔들면서 병사들에게 신호를 보내 지휘하고 있었는데, 하치로는 그것을 자기에게 달라고 강요했다. 하치로의 얼굴빛이 달라져 있었다.

"헨미, 그 지휘기를 나에게 주게."

지휘기가 아니고 지휘에 사용하던 부채라는 설도 있으나, 헨미의 지휘자로서의 상징이며 작전도구가 붉은 지휘기였기 때문에 헨미를 대신하려고 결심한 하치로는 당연히 지휘기를 요구한 것이었다.

"자네가 죽으면 사쓰마 군은 모두 무너지네. 이곳은 나에게 맡기게."

그 까닭은 이것이었다.

헨미도 하치로에게 넘기기로 했다.

기뻐하며 지휘기를 받아든 하치로는 아버지 조베로부터 물려받은 '도타누키(胴田貫)'라는 큰칼을 뽑아들고 왼손에는 지휘기를 들어 지휘기 끝을 땅에 꽂았다.

그 동안에도 사쓰마 병들은 물가로 달려가서 헤엄치고 있었다.

둑 위에는 주저하고 있는 헨미와 하치로 외의 몇 명뿐이었다.

헨미는 떠나려 했다. 그 순간 강과 반대 방향에서 날라온 정부군의 소총탄이 하치로의 아랫배를 후볐다.

'사나이는 마땅히 초연 탄우 속에서 죽어야 한다. 그렇지 않으면 산수간에 고답 장소(高蹈長嘯)할 뿐이다.'

미야자키 하치로는 평소에 이렇게 말했다고 그의 동지인 아리마 겐시치(有馬源七)가 술회한 글이다. 총탄이 빗발치는 전장에서 죽거나 산수간의 세속에서 초연히 시나 읊거나 그 어느 쪽이라는 것은 혁명가로서의 집념이 약간 부족하다고 해야 할 것이다.

그러나 이것은 그의 막내 동생 미야자키 도텐에게도 통하는 것이리라. 일본적인 무사 기질과 강개 시인으로서 시적 감정이 강렬한 정의감과 함께 항상 그를 움직여왔다.

이런 점에서 그는 시적 기분으로서는 막부 말기의 지사들의 정통적 후계자라 할 수 있을 것이다. 지난날의 많은 지사들은 자기의 인생이나 생명을 한 편의 시로 승화시킬 것을 바라고 있었는데 국민을 좌표에 둔 최초의 혁명가였던 미야자키 하치로도 그러했다. 그의 희망처럼 총탄이 빗발치는 하기하라 둑에서 죽음이 그를 확실하게 잡았다.

하복부의 총창은 치명상이었다.

그러나 즉사하지는 않았다.

뒷날 헨미 주로타가 구마모토 협동대의 대원들에게 말했다고 하는 하치로의 최후는, 부상 후 한참 동안 숨이 끊어지지 않고 있었다.

헨미가 달려가자 하치로는 하복부를 누르면서 호주머니에서 일기책을 꺼내 헨미에게 주었다.

"이것을 협동대 대원들에게 전해주게. 중요한 것이 적혀 있네"

하치로는 혁명가로서 뚜렷한 일도 저술도 하지 않고 덧없이 죽어갔으나, 그는 이런 것을 예감하고 진중에서 뒤에 남기는 감상, 포부, 논책등을 적고 있었음에 틀림없고 오히려 그 문장 속에 후세에서 보면 하치로의 존재 자체가 담겨 있었을지도 모른다.

그러나 그것은 후세에 전해지지 않았다.

헨미 주로타가 적으로부터 도망치려고 구마 강에 뛰어 들었을 때 잃어버리고 말았다. 헨미는 본디 글이나 책, 또는 사상이라는 것에 구애받지 않는 사람이었으므로 하치로로부터 맡기는 했어도 별것 아니라고 생각했을 것이다.

동지인 아리마 겐시치는 전쟁이 끝난 뒤 투옥되어 메이지 11년(1878) 6월 미야기 현 감옥에서 앞서 말한 글을 썼다.

그 문장 속에 일기에 관한 구절이 있다.

'헨미 씨는 구마 강을 건너 퇴각할 때 그 일기를 물 속에 빠뜨려 버렸다. 뒤에 나와 헨미 씨가 만나 하치로에 대한 얘기가 나오면 그는 몹시 애석해했다. 나는 그 일 때문에 가슴이 아플 뿐이다.'

아리마 겐시치가 미야자키 하치로를 가장 잘 알고 있었으니 더욱 더 아까운 마음이 들었을 것이다.

사쓰마 군이 도망친 뒤에도 미야자키 하치로는 숨이 붙어 있었다. 그는 정확하게 부상자에 불과했다.

하기하라 둑에서의 사쓰마 군의 패주는 오후 5시에서 6시 사이여서 하치로 혼자 남겨졌을 때는 이미 엷은 어둠이 깔리고 있었다.

그는 힘들게 몸을 움직였다. 제방 밑은 뽕밭이었다. 그 뽕밭에 들어가 고통스러워하고 있을 때 정부군의 일대가 지나갔다.

그들이 하치로를 포위했을 때 하치로는 숨을 거둔 뒤였다고 한다.

시체를 살펴보니 새 속띠에 그 자신이 필사한 루소의《민약론(사회계약론)》이 꽂혀 있었다.

"이 사람은 구마모토의 미야자키 하치로가 아닌가?"

대장이 그 책을 다시 펴보면서 말한 뒤 이 자는 대장급이라고 떠들면서 하치로의 목을 베어 버렸다.

하치로를 죽였다는 소문은 곧 북쪽의 정부군 본영에도 들어갔고 야쓰시로의 사족들에게도 알려졌다. 어떠한 경로인지 구마모토의 협동대 본영에도 알려졌다.

그래서 아라오 마을의 미야자키 집안에 전사통보가 들어간 것은 뜻밖일 정도로 빨랐다.

"이젠 한평생 관의 밥은 먹지 않겠다."

영웅풍의 아버지 조베는 소리치며 울면서 이와 같이 말했다고 하며, 또는 미야자키 집안의 전설에서는 다른 사람이 말했다고도 한다.

조베하치로 같은 애국자를 죽이는 정부가 악마같이 생각되었을 것이고, 관은 끝내 애국의 관청이 아니라 어리석은 자들이 입신출세하려는 곳이라는 생각이 점점 강하게 가슴에 새겨졌을 것이다.

퇴각

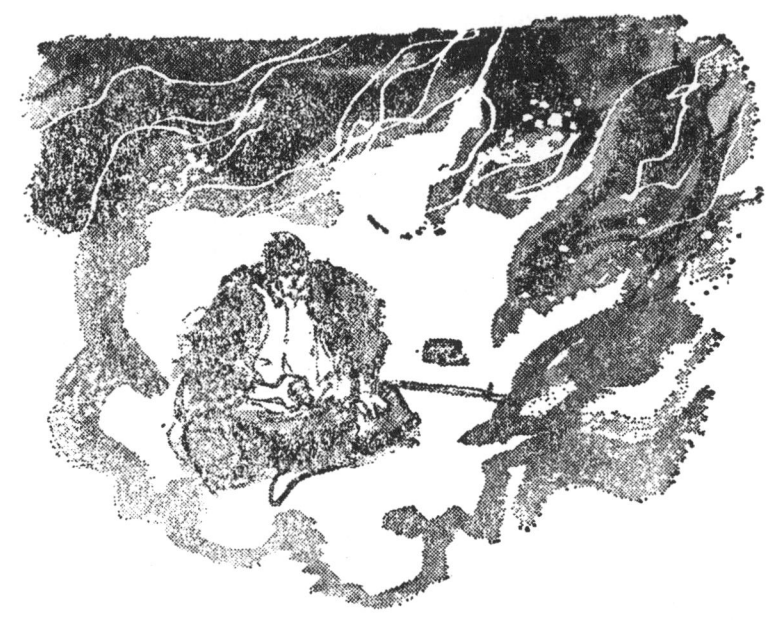

필자의 손에 들어온 당시의 진대병의 수기 속에 이런 말이 씌어 있다.

'사쓰마 병은 강했다. 특히 큰칼을 뽑아 돌격할 때는 그 기세가 대단했고 묘하게도 비오는 날에 나타났다.'

비 오는 날에 사쓰마 병이 큰칼을 뽑아들고 질풍처럼 정부군 진지에 쇄도한 것은 사쓰마 군의 주력 소총이 이른바 격침식이 아니고 약봉지 같은 종이 봉지에 싼 화약을 일일이 총에 밀어 넣는 구식총이었기 때문이며, 비 오는 날이면 화약이 젖거나 습기가 차서 소총 조작에 지장이 있었다. 총이 쓸모 없으니까 큰칼을 휘두르며 적진에 뛰어드는 것 외에 방법이 없었을 것이다.

사쓰마 군은 확실히 강했다.

그들이 다바루 고개를 잃은 것은 3월 20일이다. 그러나 총붕괴에는 이르지 않고 조금 후퇴해서 제2방어선을 구축하고 다카세, 고노하 또는 야마시카 등지에서 홍수처럼 밀려오는 정부군을 완강히 물리치고 있었다. 이에 대해서는 이미 말했다.

사쓰마 군의 병력은 구마모토 성을 중심으로 4개의 전선에 분산되어 있었다. 구마모토 성 서북쪽 산야의 이 방어선은 서북 전선이라 명명해야 할 것이다. 그리고 구마모토 성을 포위하여 공격하고 있는 시가지의 전선, 또한 구마모토 성 남쪽에 육박하는 정부의 야쓰시로 상륙군에 대한 방어선, 끝으로 구마 강에서 돌출해서 야쓰시로의 정부군을 분쇄하려는 벳푸와 헨미의 유격군이었다.

사쓰마 군으로서는 거의 바닥이 난 병력을 분산시키고 있었기 때문에 모든 전선이 막심한 병력 부족에 빠져 있었다.

반대로 정부군은 점점 강화되고 있었다.

"야마가타는 보신 전쟁 당시 호쿠에쓰 전투에서도 그랬다. 쓸데없이 많은 병력만 요구하고 대병력을 얻은 뒤에도 기다리기만 하고 움직이지 않는 버릇이 있다."

같은 조슈 인이며 야마가타에 대해 강한 대항 의식을 가진 야마다 아키요시는 뒤에서 욕하고 있었다.

그러한 점 때문에 야마가타는 전쟁을 시키거나 행정을 시켜도 정공법을 취하고 또한 정공법을 취해도 실패할 것을 겁내어 무리한 공격은 되도록 삼가려했다.

정부군의 총지휘자가 애매해졌다. 야마가타는 애초에 전반적인 총지휘자였으나 야쓰시로 상륙군이 창설되어 육군 중장 구로다 기요타카가 새로 참군에 임명된 뒤부터 야마가타는 서북 전선만의 참모가 되었다. 그는 4개 여단 1만 7,8000명의 병력을 가지고 있으면서 서북 전선의 3000명 정도의 사쓰마 군을 격퇴시키지 못했으므로, 사쓰마 군은 다바루 고개 함락 이후 4월 14일까지 25일 간이나 서북 전선을 지켰다.

정부군의 구마모토 성 농성군으로서는 견딜 수 없는 일이었다. 그들은 성 안에서 야마가타 군대를 기다리다가 지쳐 비웃는 노래를 지었다.

　여단은 우에키에서 영치기 영차
　소리만 요란하다 영치기 영차

아이즈 인 야마카와 히로시(山川浩)에 대해서는 앞에서 약간 말했다.

아이즈 농성 때 20세의 젊은 나이로 가로에 발탁된 이 인물에 대해서는 그 당시 '역적'의 잔당으로서 사쓰마·조슈 인의 시야 밖에 있었다.

"보신 전쟁 때 아이즈에 그 같은 이름의 젊은 중신이 있었지."

이 정도로 기억하고 있는 사쓰마·조슈 인이 있었다면 나은 축에 속한다.

다만 도사 인인 다니 다테키만은 보신 전쟁 때 적인 야마카와 히로시의 탁월한 능력을 아이즈 공격의 혼전 속에서 올바르게 인식했고 뒷날까지 기억하고 있었다.

도사 인은 새 정권에서 제3세력이며 그래서 사쓰마·조슈 인처럼 패자인 아이즈 인을 미워하지도 않고 크게 경계하지도 않았는데, 다니 다테키는 자기가 육군에 나오게 된 뒤에 야마카와 히로시를 찾아내어 자진해서 만나보고자 요구해서 '육군재판소 서기'라는 법무관직을 알선해 주었다.

혁명의 승리자 쪽에 있는 다니는 결코 그러한 태도로 야마카와를 대하지 않았다. 법무관직을 알선해 줄 때도 오히려 미안하다는 듯이 말했다.

"나의 힘으로는 그대에게 이 정도밖에 해줄 수가 없네. 그대의 기량은 이 정도의 것은 아니지만……."

그 임관이 메이지 6년(1873)이다.

야마카와는 그 뒤 육군 소령에 임명되어 사가의 난에서 야전부대를 인솔하여 용전했고 따라서 갑자기 육군 안에서 이름이 알려지게 되었다.

그는 딴 사람들보다 늦게 출동을 명령받았다.

3월 19일에 도쿄를 떠났으니 사쓰마 군이 구마모토 성을 포위한 날(2월 22일)부터 20여 일이 지난 뒤였다.

야마카와는 고베에 나와서 육군 수송선을 탔다. 배 안에는 공병과와 포병과의 진대병이 1개 중대씩 타고 있었으나 믿음직스럽지 못한 얼굴들이 많았다.

이 배는 3월 27일 야쓰시로 남방의 히나구에 들어가서 병사들을 상륙시켰다. 야마카와는 스스로 선택한 일도 없이 야쓰시로 상륙군에 참가한 셈이 되고 말았다.

그는 야쓰시로의 북방에 진출해 있던 별동 제2여단에 따라붙었고 여단이 또 북상해서 도요후쿠에서 사쓰마 군의 남하 부대를 격파하고 마쓰바시의 사쓰마 군 방어선을 돌파하고 4월 1일 우토에 들어갔을 때 임시 여단의 참모가 되었다.

이 별동 제2여단의 사령장관은 육군 소장 야마다 아키요시였다. 이 조슈 인은 보신 전쟁 때 오슈에서 싸웠는데, 어느 사쓰마·조슈 인보다도 아이즈 인을 싫어하고 미워한 것으로 알려진 사람이다.

"야마카와는 아이즈 인이야."

다른 사람들에게 이렇게 말할 정도로 야마카와에 대해 노골적으로 냉담한 태도를 보였다. 야마카와에게는 사쓰마 인도 미웠고 육군도 미웠고 이 야마다 아키요시도 미웠다. 다만 은인인 도사 인 다니 다테키를 농성하고 있는 처지에서 구출해 주고 싶다는 일념뿐이었다.

구마모토의 남쪽부터 치려고 한 구로다 군의 전진 상태는 순조롭게 진행되지는 않았다. 이 부대는 총병력 4500명이었다.

3개 여단으로 나뉘어 있었다. 우익, 중앙, 좌익으로 전개하여 포병대의 위력에 의지하면서 북상했으나, 이들을 각 하천의 방어선에서 맞이하여 싸운 사쓰마 군은 적은 병력으로 용감하게 싸우고 있었다.

3월 23일 마쓰바시 남쪽의 격전에서 사쓰마 군은 대장 고다마 하치노신(兒玉八之進) 등 이름 있는 대장 몇 사람을 잃고 방어선을 약간 후퇴시켰다.

고다마 하치노신은 본디 근위군 포병 소령으로 있다가 정한론 때 하야했다. 뇌동해서 하야했다기보다는 마음속으로 반정부적 정열을 가지고 있었던 모양이다. 메이지 9년(1876) 조슈의 마에바라 잇세이가 하기에서 난을 일으켜 패했다. 그때 그 잔당이 밀행해서 사쓰마에 들어와 옛 친구인 고다마의 집을 찾아왔을 때 그들이 "패했네"라고 말했을 때 고다마는 눈물을 흘리면서 말없이 그들의 어깨를 끌어안고 계속 울었다.

3월 23일의 전투에서 그는 대장으로서 오가와(小川 : 마쓰바시 남쪽 8킬로미터)를 지키고 있었으나 대병력의 정부군을 감당하지 못하고 병사들은 도망치고 말았다. 대장인 고다마 하치노신은 뒤에 남게 되었다. 사쓰마 인은 무엇보다 싸움에 패하는 것을 수치로 생각하지만 고다마는 특히 더 그랬다.

"청운이 우리 사쓰마를 돕지 않아 이 같은 패배를 당했다. 살아남아 세상 사람들에게 얼굴을 들 수 없다."

그는 이 말을 한 뒤 칼을 뽑아 단신 적진에 돌격해서 닥치는 대로 베고 베었으나 끝내 총탄을 맞고 쓰러졌다.

이때 고다마 하치노신 부대에 협동하고 있던 대포가 1문 있었는데 다시로 고로(田代五郎)가 그것을 조작하고 있었다. 다시로는 고다마와 같이 근위군의 포병 소령이었던 사나이로 고다마와는 시우(詩友)이며, 고레에다 이쿠타네(是枝生胤)의 문하생으로서 동문이었다. 일찍이 고다마와는 "죽을 때는 함께"라고 서로 맹세한 사이였는데, 고다마가 혼자 적진에 쳐들어가는 것을 보고 그도 대포를 버리고 칼을 뽑아 혼자 적진에 달려가 야쿠마루 류(藥丸流)의 검술 솜씨를 발휘해서 몇 사람을 벤 뒤 총탄에 맞아 죽었다.

정부군은 사쓰마 군의 이 같은 방어전에 고생하면서 조금씩 북상했다. 뒤돌아보면 3월 19일에 히나구 부근의 해변에 상륙하여 20킬로미터를 북상해서 오가와라는 큰길 옆의 마을을 확보하고 그곳으로 본영을 옮긴 것이 3월 29일로 그 동안 10일이나 걸렸다. 하루에 2킬로미터씩의 전진 속도였다.

3월 29일 참모 구로다 기요타카는 휘하의 세 사람의 여단 사령관을 오가와에 있는 본영에 모아 여단의 호칭을 바꾸었다.

다카시마 도모노스케(대령에서 소장으로 진급)의 여단을 별동 제1여단, 야마다 아키요시 소장의 여단을 별동 제2여단으로 정했다.

세 번째 여단은 경시청 부대였다. 이것을 별동 제3여단으로 했다. 여단 사령관은 임시로 육군 소장이 된 대경시 가와지 도시나가였다.

"적은 나를 원수로 생각한다."

가와지는 회의가 잠시 쉬는 동안 쓴웃음을 지으며 이렇게 말했을 뿐 큰 몸집의 등을 숙이고 별로 말이 없었다.

사쓰마 군이 포위한 구마모토를 남쪽으로부터 치겠다는 이 야쓰시로 상륙군을 먼저 이 책에서는 '충배군'이라고 했다. 그 뒤 북상했는데 북상 이후부터 임시로 '북상군'이라고 부르기로 한다.

북상군은 저항하는 사쓰마 군의 분견대와 난전을 되풀이하면서 마쓰바시를 돌파하고 우토의 전선에 도착한 것이 4월 1일이다.

우토는 도요토미 히데요시(豊臣秀吉) 시대에 히고의 절반을 받은 고니시 유키나가(小西行長)가 성을 신축하고 성밑 거리로 만든 곳이다. 나머지 절반은 가토 기요마사(加藤淸正)가 받아서 거성 구마모토 성을 신축했다. 고니시 가문이 몰락한 뒤 히고 일원은 가토 가문의 것이 되었는데 우토 성은 도쿠가와 막부의 명령으로 헐어버렸다. 그 뒤 히고의 번주가 된 호소카와 가문은 분봉해서 우토에 3만 석의 지번을 두고 유신에 이르렀다.

이상과 같은 역사도 있고 해서 우토는 아직 성밑 거리로서 다소의 번창함을 유지하고 있었고 인구도 5000명 정도 되었다. 구마모토 성과 연결하려는 본영을 거기에 둔 것은 우토 반도의 부리에 해당하는 요해지라는 견지에서도 타당하다고 할 수 있다.

　우토에서 구마모토까지는 불과 12킬로미터밖에 되지 않아 부르면 대답할 수 있는 거리였다. 사쓰마 군의 병참기지인 가와지리는 북쪽으로 5킬로미터 지점에 불과하다. 이 가와지리에는 사쓰마 군의 병참병원이 있어서 민가 200호에 부상병을 수용하고 있었으나 정부군의 접근으로 급히 병원을 철수해서 우마차의 혼잡을 거듭하면서 동쪽의 가미마시키 군(上益城郡) 기야마초(木山町)로 옮겼다. 그러나 가와지리 자체는 포기하지 않았다. 만일 구로다에게 그럴 생각만 있었다면 계속 가와지리를 향해 북상군을 진격시켰을 것이다.

　북상군은 4500명으로 화포도 사쓰마 군에 비하면 충분했다. 구로다에게 그럴 마음이 있었다면 북방의 참모 야마가타 아리토모와 연락해서 사쓰마 군의 구마모토 성 포위군을 남북에서 협공할 수도 있었다.

　4월 4일 구로다가 우토에 들어온 날 북쪽의 야마가타 참모의 다카세 본영에 대기하고 있던 해군의 총수 가와무라 스미요시가 바닷길로 찾아와서 구로다와 밀담했다.

　밀담의 내용은 모른다. 다만 밀담 뒤에 구로다는 휘하의 각 여단 간부들에게 말했다.

　"3000명의 병력만 더 있으면 가와지리를 돌파하겠다."

　구로다는 가와무라의 군함을 통신함으로 만들어 다카세의 야마가타에게 "거기서 3000명의 병력을 뽑아 이쪽에 빌려 달라"고 전보로 요구했다. 야마가타가 승낙할 턱이 없었고 구로다도 그것을 계산하고 있었을 것이다.

　구로다는 야마가타에게 거절당하자 교토에 있는 태정대신 산조 사네토미와 내무대신 오쿠보 도시미치 앞으로 전보를 쳐서 증원병을 요청했다. 요컨대 그는 그렇게 함으로써 시간을 벌고 있었던 듯도 했다. 그 이유는 억측이지만 작전 때문은 아닌 듯했다.

　이 북상군의 참모 구로다 기요타카의 거동에는 사이고를 도망시키려 한, 즉 정확하게는 사이고에게 정부군이 북과 남에서 구마모토로 진격하기 전에 탈출할 기회를 주려는 것이 아니었던가 하고 생각되는 점이 있다.

　그러나 증거는 없다.

　다만 구로다 기요타카에게는 그러한 버릇이 있어서 보신 전쟁 때도 그런 일이 있었다. 쇼나이 번(庄內藩)의 쓰루오카 성(鶴岡城) 공격 때 당시 '료스케(了介)'로 불리던 구로다가 관군의 실권을 쥐고 있었는데, 쇼나이 번의 항복 신청에 대해 응대한 언사는 공손했고 얼마 뒤에 그 항복을 받아들였다.

쇼나이 번 사람들이 두고두고 감사한 그때의 처사는 구로다의 배후에 사이고의 양해가 있었다고는 하나, 적에 대한 구로다의 관용이라는 개성이 다소는 작용했다. 또 지난 날 막부군을 고료가쿠(五稜郭)에서 포위했을 때 구로다는 적을 섬멸하지 않고 항복을 받아 성을 열게 해서 전쟁을 마무리지었다.

구로다는 사이고를 경애하고 사이고의 은혜를 깊이 느끼고 있었다. 그로서는 정부군에 의한 그물이 완성되어 섬멸전이 시작되기 전에, 독 안에 든 쥐의 형국인 사이고를 도피시키고 싶었을 것이다. 머지않아 시작될 구마모토의 시가전에서 사이고의 시체를 발견하기는 싫었을 것이 분명했다.

그런 점에서 해군 참모인 가와무라 스미요시도 심정은 같았을 것이다. 가와무라는 사이고의 인척이며 젊었을 때 사이고의 귀여움도 받았고 그의 천거도 받았다. 구로다와 가와무라가 모두 준엄한 처지보다는 조정하는 쪽을 좋아하는 성격이었고, 두 사람이 만나면 비슷한 성격과 비슷한 발상법에서 나올 듯한 이야기를 대체로 상상할 수 있다.

4월 4일 바다로 해서 우토에 나타난 가와무라가 작전회의라 칭하고 구로다와 밀담했을 때는 타인을 일체 넣지 않았다. 소장급에는 조슈 인도 있었고 또 법의 논리를 정면에 내세워 사이고를 가혹하게 대했던 가와지 도시나가도 있었다. 작전회의라면 당연히 그들도 참석해야 했다. 그렇게 하지 않고 이 두 사람의 사쓰마 인만 밀담한 것은 '시간을 지연시켜 사이고를 탈출시키자'는 한 가지 의견이었으리라고 짐작된다.

구로다는 교토의 오쿠보에게 병력 증강을 독촉하여 승낙을 받았다. 이때 육군 소장 도리오 고야타(조슈 인)가 오사카에서 수송 지시를 하면서 센다이(仙台) 진대의 사병(별동 제4여단)을 나가사키에 집결시키고 있었다. 오쿠보는 태정관 명령으로 이들을 구로다의 산하 부대로 편입시켰다.

이 신설 여단(보병 2개 대대, 유격 1개 대대, 대포 6문)이 구로카와(黑川)라는 대령의 지휘하에 가와무라의 해군 호위를 받으면서 우토 근방의 아미타(綱田)라는 어촌에 상륙한 것은 4월 7일이었다.

구로다에게는 이 증원병도 너무 빨랐을 것이다. 그리고 남쪽의 야쓰시로에서 아직도 사쓰마 군이 출몰한다는 이유를 내세워 전면적 공세를 취하는 것을 망설이고 있었다.

이 전선은 우토의 일선에서 사실상 휴식 상태가 되었다. 사쓰마 군의 분견대도 공세로 나올 여유가 없었으므로 미도리 강(綠川)이나 가와지리에 보루를 만들어 숨어버린 듯이 숨을 죽이고 있었다.

어쨌든 북상군의 참모인 구로다 기요타카는 불과 12킬로미터 저쪽에 구마모토 성을 보면서 전군을 미도리 강 건너편 남쪽에서 정지시켰다.

"이쪽에서 진격하지 않는 한 사쓰마 군은 공격해오지 않을 것이다."

모든 지휘관이 그렇게 생각하면서도 경계만은 엄중히 했다. 구마모토의 사쓰마 군은 병력의 과소를 한탄하고 있었을 것이며 그것을 포위한 정부군은 마치 고기잡이에서 말하는 모험적 투망을 완성시키고 있었다.

싸움이 다소 잠잠해지자 우토와 마쓰바시 부근의 촌민들이 부대를 상대로 떡이나 엿을 팔러 왔다.

"온 일본의 진대병이 히고에 왔다."

마을 사람들은 떠들고 있었다.

7일에 우토 반도의 북쪽 기슭 아미타의 어촌에 도착한 별동 제4여단은 대부분 도호쿠 인(東北人)이었다. 8일 그 사령관인 구로카와 대령이 우토 본영에 보고차 와 보니 구로다 기요타카는 매우 명랑한 표정으로 한가롭게 위로했다.

"아직 지리를 모를 테지. 한동안 사병들을 휴양시키게."

구로카와는 도착 즉시 격전지에 투입될 각오로 상륙했던 만큼 맥이 빠지는 느낌이었다. 그래도 앞으로의 작전방침을 묻자 구로다 기요타카는 말했다.

"곧 회의에서 정하겠네."

구로카와 대령과 동행하여 해군의 이토 스케마로(伊東祐磨)도 본영에 와 있었다. 구로다는 동향인인 이토와 사쓰마 말로 농담을 주고받다가 문득 이토의 어깨를 두드리며 구로카와를 돌아다보고 말했다.

"어때, 날씨도 좋은데 오늘은 기하라 산(木原山)에라도 올라가서 그쪽을 살펴볼까요?"

산에 놀러가는 듯한 느낌이었다. 적어도 구로다는 무엇인가 뱃속에 생각이 있는 만큼 그와 같은 모습을 꾸미고 있었는지도 모르겠다.

구마모토를 향해 곧바로 북상하고 있는 가고시마 가도는 우토를 통하고 있었다. 이 길을 북쪽으로 12킬로미터만 더 가면 구마모토지만 물론 이 12킬로미터를 강행해서 진군하면 몇 천 명의 진대병이 죽거나 상할 것은 각오해야 한다.

이 큰길의 동쪽에 340미터의 높이로 솟아 있는 것이 기하라 산이다.

북쪽 기슭에 기하라라는 마을이 있다. 마을에 인접해 있는 산을 조금 올라가면 북쪽에 평야가 펼쳐진다. 구마모토 남쪽의 평야다. 사쓰마 군과의 경계선인 미도리 강이 흐르고 서쪽은 바다로 흘러 들어간다.

정부군은 이 기하라 산 북쪽 기슭에 큰 포병 진지를 구축해서 가고시마 가도의 사쓰마 군을 경계하고 있었다.

구로다들은 말을 달려 기하라 마을까지 가서 풀들이 파릇파릇한 봄빛을 더해가는 언덕길로 올라갔다. 포병 진지까지 올라가자 눈앞이 환히 트이고 북쪽 평야가 햇볕 아래 파랗게 빛나고 있었다.

"구마모토 성이 보입니까?"

구로다가 포병 지휘관에게 물었으나 미도리 강 이북은 안개에 싸여 보이지 않았다.

구로다 기요타카 일행이 소풍나온 기분으로 기하라 산에 온 것을 내심 유쾌하지 않게 생각하고 있던 보병장교가 기하라 마을에 있었다.

아이즈 인 야마카와 히로시 중령이었다. 그는 지난 날 법무관으로서 구마모토 진대에 근무한 경험이 있었던 만큼 이 부근의 지리에 밝다는 것으로는 드문 존재였다. 따라서 상륙하자마자 곧 별동 제2여단(육군 소장 야마다 아키요시)의 참모가 되었으나 야마다는 본디 아이즈 인 전체를 싫어했다.

조슈의 작은 나폴레옹이라고 불린 이 사나이는 막부 말기에, 같은 번의 오무라 마스지로의 문하에서 서양식 전술을 배우고, 보신 전쟁 때는 도호쿠 지방에 옮겨가 싸우다가 도쿄에 돌아왔다.

"새 정부를 위태롭게 하는 것은 도호쿠 지방입니다. 군대를 도호쿠 지방에 보내 대비해야 합니다."

이렇게 오무라에게 역설했으나 그 말을 대수롭지 않게 여긴 오무라는 데친 두부로 야마다를 위로하며 말했다.

"대비할 곳은 규슈일세."

오무라의 소신이었다. 규슈에 아시카가 다카우지(足利尊氏) 같은 자가 나타나서 도쿄를 위태롭게 한다는 오무라의 소신은 물론 암암리에 사쓰마와 사이고 다카모리를 가리킨다. 메이지 1년 오무라가 사쓰마 인 가에다 노부요시(海江田信義)의 교사를 받은 암살단에 의해 죽은 뒤에 야마다는 보호자를 잃고 그뒤부터 육군의 조슈 번은 오무라와 인연이 얕은 야마가타 아리토모의 손으로 넘어갔다.

어쨌든 야마다 아키요시는 아이즈 인을 싫어해서 아이즈 농성 때의 가로인 야마카와 히로시 중령이 시대의 변천에 따라 자기의 막료가 되었다는 것에 어딘가 석연치 않아 했고 자연히 야마카와 쪽도 야마다와 친밀해질 수가 없었다.

그래서 곧 참모직을 그만두고 동서로 나래를 펴 전개하고 있는 야마다의 여단 우익을 담당하는 지휘관이 되었다.

구로다 기요타카 일행이 전선 시찰을 왔을 때 야마카와 히로시 중령의 부대는 기하라 산 북쪽 기슭에 진지를 치고 있었다.

이 야마카와의 부대 중에 '선발대'라고 칭하는 부대의 지휘관은 다베 마사타케(田部正壯 : 뒷날 육군 중장이 된다)라는 중위였으나, 만년에 4월 8일의 상황을 말하는 담화 중에서 그날 아침 구마모토 성 방면에서 계속 검은 연기가 피어오르고 있었다고 말했다.

"4월 8일 아침 기하라 산에서 망원경으로 보니까 구마모토 성 방향에서 총포성이 많이 들리고 불과 연기가 하늘을 뒤덮고 있었다. 그날 아침에 격전이 있었던 모양입니다."

구로다들은 이 시간보다 약간 뒤에 기하라 산에 왔기 때문에 이 상황은 말로만 들었을 뿐이었다.

어쨌든 구마모토 성 안팎에서 무슨 이변이 일어난 모양이어서 야마카와 히로시는 그가 아이즈 농성의 참혹한 경험을 했었고, 또한 구마모토 농성군의 총지휘자인 다니 다테키 소장에게 은혜를 입은 바가 컸기 때문에 안절부절못하는 심정이었을 것이다. 야마카와의 이러한 감정에서 본다면 충분한 병력을 준비하고 있으면서도 아직 공격을 개시하지 않는 구로다 기요타카의 한가한 모습에 화가 나기도 했을 것이다.

4월 8일, 확실히 구마모토 성에서는 여느 때의 농성과는 다른 일이 일어났다.

성 안은 농성 50일째가 되어 양식도 모자라서 말을 끓여 먹고 있는 상태였다. 이러한 중에도 성 안의 인심이 안정되어 있었던 것은, 성을 지키는 다니 다테키의 사심 없는 통솔력에 의한 것이라고 할 수 있었다.

"결사부대를 편성해서 성 밖으로 뚫고 나가 성 바깥 몇 십리 저쪽까지 와 있는 아군에게 연락할 수 없을까?"

이런 의견이 다니의 주재하에 진지하게 연구되기 시작한 것은 식량에 겹쳐 탄약도 딸리기 시작했기 때문이다. 이를 감행하여 연락을 취함으로써 성 안의 상황이나 포위 중인 사쓰마 군의 모습 등을 응원군에 알리고 싶었다.

응원군은 확실히 멀리서 총포소리를 내고는 있었으나 그것을 저지하는 사쓰마 군이 너무 강했기 때문에 며칠을 줄곧 기다려도 그 총성이 가까워지지 않았으므로 제아무리 다니 다테키라도 초조했을 것이다.

'포위망 돌파'

이 말을 다니는 이번 작전에 썼고, 그 요강에 대해서는 참모장인 가바야마 스케노리들과 의논했으나 스스로 붓을 들어 안을 만들었다. 그 안의 말미에 썼다.

'이번 싸움에야말로 이 성의 목숨이 달려있다. 따라서 내가 직접 앞장서겠다.'

다니의 성격으로 결사적인 역할을 부하에게 맡기고 싶지 않았을 것이다. 그러나 가바야마가 충고를 하며 가바야마 자신이 지휘하겠다고 고집해서 서로 실랑이를 벌이다가 사쓰마 인이며 사이고와의 인연이 깊은 가바야마를 성에서 내보내는 것은, 성 안에 의혹을 줄 수 있다는 점에서 문제가 생겨 결국 육군 소령 오쿠 야스카타(奧保鞏)가 선발되었고, 참모로는 오사코 나오토시(大迫尙敏) 대위(가고시마 현 사족)가 선정되었다.

준비는 치밀하게 진행되었다.

병력은 1개 대대(제13연대)였다.

이 포위망 돌파대가 한눈 팔지 않고 질주하는 동안 이들을 성밑 거리에서 저지하려는 적에 대해서는 호위대라고 할 수 있는 부대(3개 중대)가 성 바깥으로 나가 싸워서 돌격대의 탈출을 쉽게 터 준다는 것이었다.

탈출하는 방향으로는 애초에는 북쪽의 우에키를 예정했으나 그 뒤 남쪽의 총성이 요란해졌으므로 방침을 바꾸어 남쪽 가와지리와 우토 방향으로 가기로 했다.

4월 8일 날이 밝기 전인 오전 4시, 돌격대가 뛰쳐나갔다.

그들은 옷차림을 될 수 있는 대로 가볍게 하고, 저마다 150발의 탄약을 휴대하였으며, 물통에는 혼화수(힘이 나도록 소주를 탄 물)를 담았다. 또한 장교 이하 자기의 부상을 스스로 처치하기 위해 붕대를 각자 준비했다.

"상관이나 전우가 넘어져도 뒤돌아보지 마라. 사상자는 성 안에서 구호병을 보내 후송한다."

이 말도 지시했다.

식량은 두 끼 분을 휴대했다. 1인당 떡 4개, 주먹밥 1개, 말고기 반 근이었다.

그들이 뛰쳐나가기에 앞서 그 방향의 적에 대해 14문의 포를 포신이 뜨거워지도록 쏘아댔다.

이날 아침 북상군의 기하라 산 경계선에 있던 야마카와 히로시 일행이 멀리서 본 검은 연기는 바로 그것이었다.

포위망 돌파대는 달리면서 사격을 계속해서 끝내 성의 남쪽 평야로 탈출했다. 정부군으로서는 뜻밖의 일이었으나 사쓰마 군의 포위는 너무나 허술했다.

소령 오쿠 야스카타는 지난 날 막부 지지 번인 오구라의 번사로서 막부·조슈 전쟁에 종군했고 조슈 번과의 싸움이 그의 첫 출진이었다.

유신 뒤 사쓰마·조슈 벌에서는 극히 불리한 전력이지만 수수하면서도 독실하고 유능한 이 천성적 군인을 사쓰마·조슈 인도 무시할 수가 없어서 전쟁에 직접 참여하게 했다. 오쿠의 생애를 통해 사쓰마·조슈 벌은 그를 그렇게 이용했고 뒷날 러일 전쟁의 각군 사령관을 인선할 때도 그랬다.

러일 전쟁 때의 군사령관은 세이난 전쟁의 이 단계에서는 노즈 미치쓰라(사쓰마, 중령)가 우에키 방면에 있었고, 구로키 다메모토(사쓰마, 중령)는 북상군의 선봉을 인솔했으며, 노기 마레스케(조슈, 소령)는 구루메의 병원에 있었다. 참고로 총사령관인 오야마 이와오(사쓰마)는 소장으로서 우에키 방면에서 1개 여단을 지휘했고, 총참모장인 고다마 겐타로는 소령 참모로서 구마모토 성에서 농성하고 있었다.

이야기는 오쿠 야스카타에게 되돌아간다.

그가 러일 전쟁 때 유일한 비번벌인으로서 네 사람의 군사령관 중의 한 사람으로 선정된 것은 누구도 그의 능력을 무시할 수 없었기 때문이다.
 이 점도 번벌의 보호를 받는 노기 마레스케와 대조적이다. 노기가 일종의 화려한 성격을 가지고 있는 데 반해 오쿠는 수수하여 한평생 그의 전공이나 이력을 남에게 말한 적이 없었고, 노기가 대만 총독을 역임한 데 비해서 오쿠에게도 그 같은 권유가 있었으나 정치적인 자리는 일체 받아들이지 않고 소박한 만년을 보냈다.
 쇼와(昭和) 6년(1931) 85세로 죽을 때도 신문의 사망란을 보고 사람들은 아직도 그런 사람이 살고 있었느냐고 놀랐을 정도였다. 오쿠는 천성이 사물을 판단할 줄 아는 사나이였는데 자기가 언제 죽느냐 하는 것까지 알 수 있었던 모양으로, '이틀 후에 죽을 것이다'라고 집안사람에게 말하고 정말 이틀 뒤에 죽었다.
 오쿠가 1개 대대를 인솔하고 구마모토 성에서 탈출을 감행한 것은 31세 때의 일이었다. 야스키 다리를 건너 모닥불을 피우고 있던 사쓰마 군의 경계 부대를 돌파하고 스이젠 사(水前寺)를 나와 빈집에 불을 질렀다. 성에 신호를 보내기 위해서였다.
 그리고 핫초바바(八丁馬場)에서 오른쪽으로 돌았다. 그들은 남하함에 있어서 가고시마 가도를 피해 동쪽으로 돌아가는 미후네(御船) 가도를 택했다. 다케미야 마을(健軍村)로 나와 우오토리 다리(魚取橋)를 건너 그 근처에서 휴식하고 척후병을 보내 적정을 살피고는 다시 남하했다. 미도리 강의 약간 상류쪽 여울을 건너 그 남쪽에 들어왔을 때는 한낮이 기울었으나 뜻밖에도 사쓰마 군에 전혀 발각되지 않았다.
 미도리 강 이남은 참모 구로다 기요타카의 북상군의 영역이었다. 그때 기하라 산에서 망원경으로 북쪽을 보고 있던 구로다 일행은 급히 내려오는 오쿠의 대대를 보고 대경실색해서 사쓰마 군의 급습인 줄 알았다.
 구로다와 그의 막료들은 매우 놀란 듯 떠들어댔다.
 "전령, 전령!"
 그리고 각 방면에 적의 습격을 알리고 전투태세를 취하게 하는 등 도가 지나치다는 느낌마저 들 정도였다. 그들이 사쓰마 군의 급습을 얼마나 겁내고 있었는지 이 일 하나로도 알 수 있다.
 설마 그것이 농성군의 일부가 성을 빠져나와 적의 포위망을 과감히 돌파하고 오는 중이라는 것은 상상도 하지 못했다.

잠시 뒤 그것이 오쿠 야스카타 소령이 인솔한 대대라는 것을 알았을 때 이상한 감동이 기하라 산 북쪽 기슭 전선을 감쌌다. 기하라 산 북서쪽 기슭에 히라바라(平原)라는 마을이 있는데 오쿠 대대는 이 마을에 뛰어들었다. 히라바라 마을 일대의 정부군 병사들은 이들을 환영하여 환호하며 울고 있는 자도 있었다. 한편 오쿠의 포위망 돌파대 병사들은 50일의 농성을 이겨내고 왔기 때문에 아군과 연락이 되었다는 안도와 죽음 속을 빠져나온 흥분이 뒤범벅이 된 감정에 넘쳐 모두 울고 있었다.

그들은 본영의 영접을 받으며 우토로 향했다. 북상군 병사들은 누구의 명령이 있었던 것도 아닌데 큰길에 몰려나와 소리 높여 오쿠 대대를 환영했고, 우토의 거리에 도착하자 경리장교가 자리를 마련하여 술과 안주를 충분히 준비해서 환대했다.

대대장인 오쿠 야스카타 소령과 참모인 오사코 나오토시 대위는 구로다 참모의 본영에 불려가 농성의 상황과 포위망 돌파전의 경위, 그 도중에 듣고 본 사쓰마 군의 상황에 대해 보고했다.

"농성은 사기가 아직 왕성하다 해도 탄약과 양식이 부족해서 앞으로 며칠이나 버틸지 걱정입니다."

오쿠는 감정을 누르며 말했다. 구마모토 성 남북의 교외까지 구원군이 대거 육박하고 있다. 앞으로 한 번만 더 밀어붙이면 성과 통할 수 있는데 무엇을 우물쭈물하고 있느냐는 말을 하고 싶었을 것이다. 오쿠라는 사나이는 늙어서도 그랬지만 쇠붙이로 만든 화로처럼 표정이 무겁고 거의 감정적인 말을 하지 않는 사람이었다.

본영에서 주안상을 내어 두 사람을 후하게 대접했다. 여기에 참석한 북상군 간부의 말석에 야마카와 히로시 중령이 있었다.

야마카와는 술병을 들고 오쿠와 오사코 앞에 가서 아이즈 사투리로 정중하게 노고를 치하하고 다니 각하의 안부를 물었다.

오쿠는 이 사나이가 보신 전쟁 때 아이즈 성에 농성했던 장수임을 알아차렸다.

한편 사쓰마 군의 사정은 이 단계에서 비참하다고밖에 말할 수 없었다. 북쪽의 우에키 방면에서는 야마가타 참모가 총지휘하는 정부군이 압력을 가하고 있다. 이에 대해 사쓰마 군의 무라타 신파치를 지휘관으로 한 방어진지가 그들을 구마모토에 들어오지 못하게 죽을 힘을 다해 각 거점에서 버티고 있었다.

다만 구마모토의 남쪽은 허술했다.

사쓰마 군으로서는 이쪽으로 적이 공격해 온다는 것을 예측하지 않았던 것은 아니지만 본디 남쪽을 지킬만한 병력이 없었기 때문에 거의 방치해 두고 있었다. 야쓰시로 부근에 정부군이 상륙하고 나서 급히 경계태세를 취했다.

이 방면의 사쓰마 군의 총지휘는 포위군의 지휘를 맡았던 나가야마 야이치로가 담당했는데 병력을 여기저기서 모으는 데 여간 고생하지 않았다. 따라서 구마모토 성을 직접 포위하는 병력은 소수였다. 구마모토 성에서 오쿠야스카타 소령의 1개 대대가 탈출에 성공해서 남쪽 우토에 있는 정부군과 합류할 수 있었던 것도 포위 병력이 적었기 때문이다.

그래도 나가야마 야이치로는 남쪽을 방어하는 병력으로 2천5백 명을 배치했다.

그는 미도리 강둑을 방어선으로 하여 2500명을 한 줄로 세웠다. 그 방어선은 미도리 강 상류의 미부네로부터 아리아케 바다로 흘러들어가는 하구까지 6, 70리에 뻗어 있었기 때문에 명주실처럼 가늘었다.

여기에 대해 우토를 본영으로 하는 구로다 기요타카의 정부군은 점차 병력을 증가하여 4월 12일에는 4개여단 7천 명의 대군으로 부풀어 올랐으니, 아무리 무능한 장군이라도 이만한 병력을 가지면 사쓰마 군의 허약한 방어선을 뚫고 구마모토 시가에 들어가는 것은 쉬운 일이었다.

더욱이 이때 사쓰마 군의 남방 총지휘관인 나가야마는 부상을 당해서 구마모토의 니혼기 본영 옆에 있는 야전병원에 누워 있었다. 그는 3월 31일, 마쓰바시의 방어전에서 진두지휘하고 있었을 때 포탄의 파편을 맞아 중상을 입고 지휘를 고노 시로사에몬에게 맡기고 후송되었다.

그러나 4월 12일 아침 남쪽 정부군의 포성이 심해지자 "누워만 있을 수 없다"며 인력거를 타고 병사 10여 명을 데리고 구마모토 시가로 나왔다. 본영을 나올 때 적을 무찌르지 못하면 두 번 다시 만날 수 없을 것이라고 기리노들에게 말했는데, 결국 그 말처럼 다시는 만나지 못하게 되었다. 나가야마는 남하해서 미도리 강 상류의 미부네에 들어가 인력거를 달리면서 전선을 독려했다.

우토의 구로다 기요타카는 4월 10일 우토에서 작전회의를 열고 11일에 공격준비를 해서 12일 일제히 총공격을 개시하기로 작정했다.
 "가와지리를 빼앗자."
 그것이 목적이었다. 일거에 구마모토를 칠 수 있었을 텐데도 아직도 구로다는 신중해서 목표를 가와지리 정도로 잡았다. 사이고를 도망치게 하려는 것 외에는 그 이유를 짐작할 도리가 없었다.

 구로다 기요타카의 북상군이 총공격의 위치를 잡은 4월 12일은 밤이 새는 것이 아까울 정도로 새벽까지 별빛이 히고의 하늘에 넘치고 있었다.
 '가와지리'
 미도리 강의 가고시마 가도 연변 건너편 둑에 있는 사쓰마 군의 이 병참기지가 공격 목표였다. 그러나 정부군은 가와지리를 직접 공격하는 것은 피했다. 미도리 강의 가와지리 둑 건너에는 두 곳의 나루터가 있었다. 스기시마(杉島)의 큰 나루터와 고이와세(小岩瀨)의 나루터인데, 이 가도연변 정면의 사쓰마 군 진지는 당연히 견고하다고 보고 희생을 피하기 위해 야마카와 히로시의 1개 대대만 배치했다.
 좌익은 별동 제2여단(야마다 아키요시)가 주력이 되어 하류의 니가와(新川)를 공격하고 중앙은 별동 제1여단(다카시마 도모노스케)이 주력이 되어 돌파대인 오쿠 대대와 같이 그 산하에 들어가서 가고시마 가도보다 훨씬 동쪽인 구마쇼(隈庄)로부터 진격하여 미부네를 공격한다. 또 우익의 별동 제3여단(가와지 도시나가)은 훨씬 상류로 나가 고사(甲佐)에서 진격하여 미부네를 공격한다는 것이었다.
 요컨대 정부군은 미도리 강 70리 정도의 동서선에 크게 날개를 펴고 이른 새벽에 각기 공격 준비지에서 출발했다.
 야마카와 히로시와 그의 대대에 주어진 부서는 가와지리에서 가장 가까웠다. 당연히 격전과 희생이 예상되었다.
 '다니 대장을 구하지 않으면 안 된다.'
 그러나 이런 마음이 가득했던 야마카와 히로시로서는 이 부서에 행운마저 느끼고 있었다.
 구마모토 남쪽 교외의 산야는 예부터 '마시키(益城)'라고 불리었다. 해가 뜰 때는 벌써 7, 80리에 걸쳐 총성이 들리기 시작했고, 오전 9시쯤에는 각지에서 사쓰마 군의 소부대와 정부군의 대부대가 충돌하여 세이난 전쟁 발발 이래 최초의 회전 형태가 나타났다.

사쓰마 군의 주장 나가야마 야이치로는 미부네 가도 연변의 상가를 본영으로 삼아 이 광대한 전선을 총괄하고 있었다. 사쓰마 군의 군대로서의 결함은 병기가 구식이라는 것 외에 통신부대가 없었다는 점이다. 전달과 보고는 도보 전령이었다.

나가야마는 본영 앞의 가도에 술통을 엎어놓고 그 위에 플록코트 차림으로 책상 다리를 하고 앉아서 칼을 칼집에서 뽑아 무릎 앞에 놓고 보고 차 달려오는 병사를 술통 위에서 질타했다. 얼마 뒤 홍수처럼 밀려오는 정부군 때문에 각 수비대가 뚫려 원병을 청하려고 각 방면에서 마치 번개처럼 전령이 달려왔다. 나가야마에게는 이미 예비대가 없었으므로 다만 호통을 쳐서 전선으로 돌려 보내는 수밖에 없었다.

"오늘은 모두 죽어라."

하며 고함을 치고 있었고 나가야마 자신도 이날 죽을 것을 각오하고 있었을 것이다.

오전 10시쯤 되자 나가야마 주위에 포탄이 날아올 뿐만 아니라 가까운 거리에서 저격하는 듯한 총탄이 계속 길바닥에 박혀 작은 흙먼지를 일으키고 있었다. 나가야마는 자기 군의 전선이 모두 무너진 것을 알았다. 몇 사람의 막료를 데리고 미부네 강(미도리 강의 지류)을 건너 둑에 나가 전선을 살펴보니 그 근처에 아군이라고는 시체뿐이었다.

싸움터에 남아 있는 사쓰마 인은 나가야마 야이치로와 그의 몇몇 막료뿐이었다. 나가야마는 평소에 각오한 대로 이 전장에서 자결하려고 생각했다.

"너희들은 본영으로 돌아가라. 돌아가서 나가야마는 패전의 책임을 지고 자결했다고 보고하라."

그는 억지로 호통을 쳐서 막료를 쫓아버리고 혼자서 걷기 시작했다.

작은 농가가 있었다. 그 집에는 노파가 혼자 살고 있었는데 나가야마는 의지할 사람은 있느냐, 어디에 있느냐, 등을 묻고는 간청했다.

"이 집을 나에게 팔 수 없습니까?"

하고 간청했다.

나가야마는 보신 전쟁 이래 용맹한 것으로 알려졌으나 대단히 소탈하고 익살스러운 면이 있는 사나이로 입가의 수염까지 애교스러울 정도였다. 그래서 가고시마에서도 부녀자까지 나가야마의 인품을 존경했고 청년들 사이에서도 이상스러울 만큼 인기가 있었다.

나가야마는 정한론으로 고향에 돌아온 뒤 사학교와는 거리를 두었고 기리노들의 서생론에는 비판적이었다. 거병하는 것도 끝까지 반대했고 궐기군에는 참가하지 않는다며 집에 틀어박혀 있었다.

그러나 기리노가 직접 몇 번이나 찾아와서 출전을 권했다. 기리노는 나가야마에게 시비를 따지지 않고 그의 의협심에 호소했다. 나가야마는 마침내 이에 감동해서 죽음을 각오하고 종군했다. 기리노가 나가야마에게 집착한 것은 그의 장수로서의 자질과 배후에서 사이고가 아마 "나가야마도 반드시" 하고 말했으리라고 생각된다. 이렇게 해서 나가야마는 사이고 막하의 6명의 대장 중 한 사람이 되었으나 만에 하나라도 이길거라고 생각하지 않았는데도 불구하고 종군 중에 "나는 반대했지만……."이라는 말은 끝내 한 번도 한 적이 없었다. 이 같은 사정과 인간으로서의 느낌은 무라타 신파치의 경우와 비슷했다.

그 농가의 노파는 나가야마가 이 방면의 대장이라는 것을 알고 있었고 나가야마의 인품도 좋아해서 그 오두막집을 그냥 드리겠다고 말했지만, 나가야마는 굳이 100엔을 노파에게 주고 그 집을 샀다. 100엔이면 훌륭한 저택을 한 채 지을 수 있는 돈이었다.

나가야마는 노파를 나가게 한 뒤 집에 불을 지르고 집 안에 들어가 연기 속에서 배를 갈랐다. 그 뒤 불길이 농가를 휩싸고 전소했을 때는 나가야마도 재가 되어 있었다. 그때 나이 40세였다. 사이쇼 자이이치로(稅所在一郎)라는 수송부대 대장도 나가야마와 함께 순사하는 듯이 그 집 옆에서 자결했다.

그 뒤 노파와 그 집안 사람들은 나가야마를 깊이 사모하여 묘표를 세우고 장사를 지냈다. 전후에 나가야마의 동생 모리시게(盛繁)가 가고시마로 이장하려고 이 마을에 와서 그 뜻을 말하자, 온 마을 사람들이 묘소를 그대로 두어달라고 부탁해서 모리시게가 애를 먹었다고 한다.

나가야마의 자결 소식은 구마모토 니혼기의 사쓰마 군 본영에 전해졌다.

"우리 군에서 가장 훌륭한 용장을 잃었다."

이렇게 말하면서 기리노는 몹시 슬퍼했으나 나가야마의 죽음이 사쓰마 군의 구마모토 남쪽 교외의 패전을 명백히 알려 주었기 때문에 기리노는 슬퍼만 하고 있을 수는 없었다. 이미 미도리 강의 방어선이 돌파되었다는 보고가 계속 전해졌으므로 전선을 대폭적으로 변경하지 않으면 안 되었다.

패장

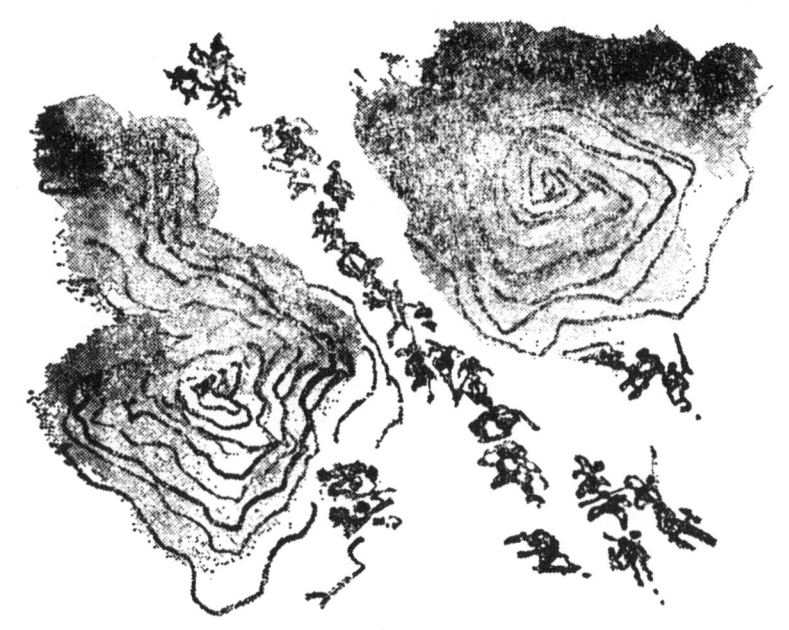

사이고는 니혼기 본영으로 불린 어느 부자 상인의 저택에 있었다. 거의 한 달 동안이나 그곳에서 기거했다.

그는 해가 뜨면 말없이 일어나서 식사가 끝나면 넓은 뜰에 나가 연못가를 산책했다. 전황은 사이고의 이목으로 느끼기에도 확실히 불리했으나 전쟁에 관해서는 거의 말하지 않았다. 저녁에는 저녁밥만 먹으면 침실에 들어가 버렸다.

온 일본이 "사이고가 궐기했다"고 떠들썩했으나 그 총수 자신의 일상생활은 스스로를 죄인처럼 생각하고 있는 듯해서 도저히 궐기한 사람같지 않았고, 이를테면 명성과 육체를 기리노들에게 주어버렸다는 것을 철저하게 생활화하고 있었다고밖에 생각되지 않았다. 다만 '속았다'는 표현은 사이고의 성격이나 사상에서는 나올 수 없다 하더라도 그것과 비슷한 내용의 뜳은 생각이 마음속에 소용돌이치고 있었음에 틀림없다. 사이고는 한낱 테러리스트였던 기리노와 서생에 불과했던 시노하라를 진흙탕에서 건져올려 육군 소장의 군복을 입히고 누구보다도 그 두 사람을 신뢰해서 끝내는 그들의 정치적 광증에 업혀버렸다. 사람을 보는 눈이 얼마나 무디었는지 그 동안 문득 느끼게 되었으리라고 생각된다. 기리노의 정치적 광증은 두고라도 기리노만큼 전쟁을 모르는 사나이도 드물다고 할 수 있다.

"선생님(사이고)과 기리노 씨 사이가 차가워졌다."

이런 말이 본영 안에서 은밀하게 나돌기 시작한 것은 이때부터인 듯하다. 사이고는 기리노와 얘기하기를 좋아하지 않았고, 감정이 남달리 과격한 기리노도 그것을 눈치채고 스스로 사이고 앞에 나가서 말하려 들지 않았다.

4월 12일과 13일에는 사쓰마 군의 패색이 결정적이었다. 구마모토 동남쪽 미부네(御船)의 방어선에 나가 있던 나가야마 야이치로가 부하들이 도망치거나 죽어버린 뒤 혼자 싸움터에 남아서 농가에 불을 질러 그 속에서 자결하고 스스로 화장했다. 나가야마가 이번 거사에 반대였던 것을 사이고는 알고 있었다. 그런만큼 그에 대한 보고를 받았을 때 '나도 이제 나서야겠군' 하고 생각했을 것이다.

13일 니혼기 본영에서 군사회의가 열렸다.

남쪽 교외의 평야에서 정부군의 포성이 계속 들려오는 가운데 사이고는 오랜만에 입을 열었다.

"이제 이것으로 끝이 났을 테지. 나는 퇴각하고 싶지 않다. 몇 사람의 병사를 인솔하고 진두에 서서 마지막 싸움을 해보고 싶다."

이 말을 큰 눈을 깜박이지도 않고 했다. 나머지 여러 대장들이 반대하고 기리노도 아직 사학교 생도가 8천 명이나 남아 있는데 서둘러서는 곤란하다고 말함으로써 사이고의 발언은 그대로 눌러앉고 말았다.

당장 퇴각할 목적지는 가미마시키 군의 기야마(木山)였다.

기야마는 구마모토에서 동쪽으로 불과 10킬로미터 정도 떨어진 마을이다. 무로마치(室町) 시대부터 그 부근의 물자를 집산시키고 있는 큰 고을이었기 때문에 사쓰마 군은 그곳을 가와지리 다음 가는 부병참기지의 하나로 삼았고, 앞서 가와지리에 적의 북상군이 육박했을 때 부상병을 급히 이동시킨 곳도 이 기야마였다.

"선생님을 기야마로 옮겨야 한다."

여러 대장들은 암묵리에 인정했다.

13일의 회의는 북쪽 우에키 방면에서 무라타 신파치가 돌아오는 것을 기다린 뒤에 열렸다. 당초의 장령급에서는 이미 시노하라 구마모토와 나가야마 야이치로가 죽었고 벳푸 신스케는 야쓰시로 방면에서 싸우고 있는 것으로 되어 있으나, 사실은 다리를 다쳐서 멀리 히토요시에서 치료중이었다. 그래서 이날 모인 얼굴들은 기리노, 무라타, 그리고 이케가미 시로였다. 무라타의 경우에는 본디 정치적 견지에서 이번 거사와는 취향이 다른 기분을 가진 사람이었는데, 사이고를 위해 죽는다는 한 가지 목적으로 참전했으므로 작전에 관해서도 많은 말을 하지 않았다.

이케가미 시로는 처음부터 총력을 기울여 나가사키와 시모노세키로 나가서 바닷길로 오사카에 들어가는 방책을 주장하며 구마모토 성에 구애되는 것을 반대해 왔다.

기리노와 죽은 시노하라만이 처음부터 구마모토 성에서 버티자는 의견을 내놓아서, 말하자면 강인하게 전군을 이끌고 여기까지 왔던 것이다.

이 회의 석상에서 구마모토 부대의 대장은 이케베 기치주로였다. 이케베가 회의를 진행시키고 있었으나 사쓰마 장령들은 지방색이 있어서 모두 입이 무거웠다.

그러나 기야마로 퇴각한다는 것만은 의견의 일치를 보았다. 단, 퇴각함에 있어서 여러 부대가 사방에 흩어져 있기 때문에 그것이 정연하게 진행될지가 의문이었다.

기리노가 마지막으로 발언했다.

"내가 남겠소."

퇴각에는 후위가 중요하다. 후위로 싸우면서 적을 막고 아군을 차례차례 퇴각시켜 퇴각이 완료된 뒤에, 한편에서는 싸우고 한편에서는 후퇴하는 지휘를 맡아야 하기 때문에 그 어려움은 대단한 것이었으나, 기리노는 과연 그런 점에서 믿음직한 사나이로 자진해서 그 역할을 맡았다.

그보다도 퇴각에 앞서 사이고를 기야마에 보내지 않으면 안되었다.

낮에 사이고를 이동시키면 적과 아군 모두에게 주는 충격이 크기 때문에 13일 밤을 틈타 구마모토를 떠나도록 했다.

결국은 14일 오전 2시에 사이고를 태운 가마가 니혼기의 집을 출발해서 세이안 다리(世安橋)에서 하루타케 마을로 나와 거기서 기야마 가도를 동쪽으로 향했다. 가마 앞뒤에는 인부들이 여덟 개의 궤를 지고 갔다. 궤는 사이고의 가마를 표가 나지 않게 하려는 것이었다. 그 날은 음력 3월 1일이라 달이 없었다. 가랑비까지 오고 있어 사쓰마 군으로서는 신과 같은 존재를 옮기

패장 409

는 데는 썩 좋은 밤이었다.

　야마카와 히로시 중령의 돌진(突進)이 타당한 것이었을까.
　야마카와 들 앞에는 미도리 강둑이 있고 그 강은 동쪽의 미야자키 현 경계 가까이의 산부터 시작해서 서쪽으로 흘러가 아리아케 바다로 들어간다.
　들에는 나비가 날아다니고 아지랭이가 끼어 있어서 전쟁만 아니었다면 이렇게 한가하고 평화스러운 풍경은 없었으리라.
　야마카와는 동쪽에 있는 산들을 바라보며 '어딘가 아이즈 분지와 비슷하다'고 생각했음이 틀림없다.
　마시키 평야의 수전(水田) 지대를 풍성하게 적셔 주는 이 강은 그대로 북쪽의 사쓰마 군 지역과 남쪽의 정부군 지역의 경계를 이루며 특히 정부군은 그 남쪽 둑 20여 킬로미터에 걸쳐서 7천여 명의 병사를 가득 배치하고 있었다.
　'왜 밀고 나가 사쓰마 인을 압도하지 못하는 것일까?'
　야마카와는 불만을 참지 못하는 이런 심정이었을 것으로 생각된다.
　20킬로미터가 넘는 길다란 공격 부서가 완성된 것은 4월 12일로, 목표는 구마모토가 아니고 가와지리(미도리 강 하구 부근의 북안)의 사쓰마 군 병참기지였으며 모든 부대가 제각기 건너편 둑을 공격함으로써 목표인 가와지리 탈취를 쉽게 하려는 것이었다. 여러 부대가 정해진 부서에 도착한 12일부터 포병들의 활발한 공격이 시작되고 보병도 완만하게 적을 압박하기 시작했다. 사쓰마 군의 나가야마 전선의 가장 동쪽인 미부네에서 자결한 것이 이날이다.
　12일 밤 우토 본영의 구로다 참모에게 집계된 정부군의 사상자 수는 장교 사상 6명, 하사관과 사병 사상이 176명으로 정부군으로서는 그다지 큰 격전은 아니었다.
　13일도 각 부서는 제각기 활동했다.
　야마카와 히로시는 구마쇼 마을에서 논두렁길을 북상해서 미도리 강 남쪽 둑에 있었는데, 13일 새벽 강 안개가 짙은 것을 다행으로 여기고 서둘러 강에 배다리를 놓은 뒤 대대의 1000명이 미도리 강을 건너고 말았다.
　강을 건너면 곧바로 가세 강(加勢川)이라는 작은 내가 있었는데 범람할 때마다 퇴적된 삼각주가 있었다. 그 풀 속에 병사를 매복시켜 놓고 저쪽 가와지리에 돌입할 기회를 엿보고 있었다. 그리고 여단 사령부의 명령을 기다리고 있었다.

서쪽으로 밀고 나가면 곧 가와지리다.

이미 안개가 바람에 흩어져서 가세 강 북쪽 둑의 사쓰마 병이 정부군이 있는 것을 눈치채고 사격하기 시작했으나 야마카와는 사병들을 타일러 쏘지 못하게 했다.

"명령 없이는 공격하지 마라."

여단 사령관의 야마다 아키요시가 사전에 대대장급에게 말했기 때문에 야마카와는 참고 있었다. 다만 후방의 야마다 아키요시에게 의향을 물으려고 심부름꾼으로 데리고 온 아이즈 인 다카기 세이노스케(高木盛之輔)를 보냈는데, 다카기는 사령부를 찾지도 못하고 가와지리 방면에 이미 총성이 요란해 사람과 말들이 술렁거리고 있는 것을 바라보고 야마다가 이미 가와지리에 들어갔다는 뜻을 야마카와에게 보고했다.

야마카와는 독단적이었으나 곧장 구마모토로 진격할 것을 결심했다.

야마카와 히로시 대대의 정면(가세 강 북안)에는 사쓰마 군 한 부대가 있어서 계속 사격하고 있었다.

"저쪽 건너편 둑에 있는 사쓰마 인을 한꺼번에 무찌른다."

야마카와가 남쪽 둑 밑에 각 대장들을 모아놓고 이렇게 말했을 때의 기세에는 이 옛 아이즈 번의 가로(家老)가 평생 잊을 수 없었던 사쓰마 인에 대한 증오가 담겨 있었다.

사쓰마·조슈 파벌의 육군 속에서 타인 취급을 받아온 그에게는 사이고의 위대함 같은 것은 통하지 않았을 뿐 아니라, 아이즈 인인 그에게는 막부 말기의 사이고는 정치적 사기꾼이고 보신 전쟁 때의 사이고는 세키가하라의 원한을 풀겠다는 번사(藩士)의 감정만을 지닌 존재였을 뿐, 혁명가로서의 보편적인 이론이나 정열을 가지고 있지 않은 사나이였다. 가능하다면 구마모토에 진입해서 사이고에게 원한의 한 칼을 찌르고 싶었을 것이다.

그러나 군령(軍令)이 있었다.

참모인 구로다 기요타카는 각 여단의 사령관들에게 여유있는 일정을 제시하고 엄중하게 시달했다.

"가와지리를 점령하는 것은 14일로 한다(이 날은 13일). 다음 15일에 기하라 산 위에 봉화불을 올리겠으니 그것을 신호로 각 여단은 소정의 길을 따라 구마모토를 향해 진격하라."

그 일은 야마다 아키요시 소장으로부터 야마카와 히로시에게 거듭 명령되었다. 야마카와는 사실 그것을 지켜야 했으나 지키지 않았기 때문에 엄중한 견책을 받았지만, 숙적인 사이고를 눈앞에 두고 병사를 쉬게 할 수는 없었을 것이다.

　보아라 사쓰마 인이여, 아즈마(東)의 대장부가
　차고 있는 칼이 예리한가 둔한가를.

출진할 때 이런 시를 지었을 정도로 강한 복수심을 가지고 있던 사람이었다.

그는 빗발같이 쏟아지는 총탄 속에서 인부와 사병들에게 배를 둘러메게 하고 순식간에 가세 강 둑을 뛰어내려 일제히 배를 타고 건너편 둑으로 갔다. 배 안에서도 총을 쏘게 했다. 그는 미리 각 부대장에게 일러 두었다. 좌익과 우익 부대는 사쓰마 부대를 격파하라, 도망치더라도 계속 추격하라, 그들이 도망쳐서 다시 보루를 쌓지 못하도록 하라고 했다. 야마카와 자신은 중앙의 2개 부대를 인솔하여 사쓰마 부대 방어전에는 관계하지 않고 곧장 구마모토로 돌진하겠다는 것이었다. 이 명령을 보아도 야마카와는 처음부터 의식적으로 군령을 위반할 작정이었다는 것을 알 수 있다.

야마카와는 싸움에 능숙했다. 그의 예상대로 사쓰마 부대는 도망치고 그의 명령대로 좌우 양익 부대가 그들을 추격했다.

그 사이에 야마카와와 그가 직접 인솔하는 2개 중대가 구마모토를 향해 곧바로 달려갔다. 길은 본가도가 아니고 그 동쪽에 있는 시골길이었다.

기노베를 지나 후에타, 다이지마, 데나카마, 다무카에, 하루타케를 달려 구마모토 성의 바깥 해자(垓字)라고 할 수 있는 시라카와(白川)에 걸려 있는 조로쿠 다리(長六橋)까지 갔을 때는 완전히 따로 떨어진 부대였다.

야마카와 히로시와 그의 부대가 도착한 조로쿠 다리라는 곳은 눈앞에 구마모토 성을 바라보는 위치에 있었고 성곽의 남서 끝에 있는 센바 다리(洗馬橋)까지 직선으로 불과 6백미터 거리였다.

이 부근은 사쓰마 군 포위진의 전선 거점이 있었던 곳인데 뜻밖에도 단 한 사람의 사쓰마 병도 없었고 보루 대용으로 쓰던 흙가마니와 다다미가 쌓여 있었으며 냄비와 찻잔 따위가 어지럽게 흩어져 있었다.
"도망친 뒤인가?"
야마카와 히로시는 마음이 긴장되어 있었던 만큼 그만 어리둥절해졌다. 이런 풍경은 기리노 도시아키의 지시에 따른 것으로 철수 준비를 위해 전선을 축소시키고 있었을 때였다.
그러나 구마모토 성에서 이것을 바라보고 있던 농성 중인 병사들은 그렇게 생각하지 않았다. 야마카와들이 사쓰마 병인 줄 알고 포탄을 쏘아대었다. 야마카와는 놀라서 나팔수를 시켜 성을 향해 세워놓고 쏘지 말라는 나팔 신호를 몇 번이나 불게 했다. 성쪽의 포성이 멎었다.
또 야마카와는 정부군인 것을 보여주기 위해 대오를 정돈시키고 선두에 나팔수를 세워 전부대가 보조를 맞추어 성을 향해 행진했다.
야마사키초(山崎町)에서 하나바타케(花畑)를 지났다. 곧 구마모토 성 정면의 다케노마루(嶽丸) 망루 밑에 이르러 선두부대의 지휘관 다베 마사타케 중위가 해자 옆까지 가서 성벽을 쳐다보며 큰소리로 고함을 질렀다.
"별동 제2여단 야마다 소장의 우익 지휘관 야마카와 중령, 선발 2개중대로 적을 격파하고 왔습니다. 후군도 계속 올 것입니다."
이 광경은 뒷날 중장이 된 다베 마사타케의 추억담이다. 이것을 성벽에서 들은 것은 오가와 마타쓰구(小川又次) 대위로 다베와는 다행히 옛 친구였기 때문에 서로 얼굴을 확인했다. 성 안이 들끓었다. 이때 성위에서 기뻐 춤추던 한 사람으로 포병 제6대대의 호타 만키(保田萬喜)라는 23세의 하사관이 있었는데 이 사람은 쇼와 초기까지 장수하여 이날의 기억을 활자로 남겼다.
'가장 반가웠던 것은 구마모토 성의 포위가 풀렸을 때였습니다. 잊혀지지도 않아요. 4월 14일(사실은 13일) 오후 3시쯤 온통 불타버린 평야의 야마사키 텐신(山崎天神) 방향에서 우리편 정부군이 위풍당당하게 나팔을 불며 입성하고 있는 것을 보았을 때는 그야말로 모두 펄쩍펄쩍 뛰면서 함성을 질렀지요.'
다베 마사타케의 기억에는 성문 앞의 장애물을 일부 열고 한 사람만 성 안에 들어가 오가와에게 말한 뒤 되돌아와서 후방에 있던 야마카와 히로시에게 급히 알렸다.

야마카와는 부대가 입성하는 형식을 피하고 전 부대를 바깥 해자 가에 정렬시키고 다베와 둘이서 성안에 들어갔다. 이때 다니 다테키는 머리에 찰과상을 입고 침대에 누워 있었는데, 들어온 야마카와들을 보자 좀처럼 웃지 않는 이 사나이가 크게 웃었다.

그러나 야마카와 히로시 중령은 부대를 인솔해서 입성하지는 않았다.
"가와지리 이상은 진격하지 말라."
여단 사령관 야마다 아키요시의 엄명이 있었기 때문이리라. 이미 야마카와 히로시는 군령을 위반하고 단독으로 구마모토 성과 접촉해버렸으나, 그래도 야마다 사령관에 대한 염려를 했음이 분명하다.

성 안의 다니 다테키와 가바야마 스케노리 등이 오늘밤은 성 안에서 자라고 권해도 "성 밖에서 야영하겠다"며 듣지 않고 대대를 수습해서 성밑 거리 남쪽 끝에 있는 다무카에초(田迎町)까지 물러나서 거기서 야영했다.

사쓰마 군이 성밑 거리 어딘가에 남아 있을 터이고 당연히 그들의 습격도 각오하지 않을 수 없었으므로 야영지인 다무카에초에서는 병사들에게 착검시켜 사방에 보초병을 세워 적의 습격에 대비시켰다. 다행히 이날은 저녁때부터 음산한 비가 내리고 있었다. 고독한 부대가 적지에서 숨을 죽이고 하룻밤을 보내기에는 적당한 밤이라고 할 수 있다.

농성측은 이것에 대해 몹시 신경을 썼다. 다니 다테키는 일부러 참모 소령인 고타마 겐타로를 보내서 "성에 들어오라"고 끈질기게 설득하기도 했다. 고타마는 귀찮도록 권했다. 야마카와 히로시도 만년에 "그때의 고타마의 능변에는 혼이 났다"고 말했는데, 야마카와가 만일 이때 성 안에 들어갔더라면 아마도 육군에서 떠나지 않으면 안되었을지도 모른다.

성 밖에서 비를 맞으며 야영했다는 것만으로도 문제는 많았다. 여러 대장의 질투심도 있었을 것이다.

소장 야마다 아키요시 밑의 여러 대장 중에서도 구마모토까지의 평야가 뜻밖에 저항이 적은 것을 보고 차라리 좀더 돌진하자고 야마다 아키요시에게 의견을 낸 사람도 두셋 있었으나, 아키요시는 이를 강경하게 억제했다.

군령이기도 했고 또 그 같은 사정이 있었던 만큼 야마다 아키요시는 야마카와 히로시의 독단적인 진격에 대단히 노해서 13일 밤에 야마카와 히로시를 일부러 가와지리의 본영까지 불러 심하게 면박을 주었다.

'그러니까 아이즈 인은 신용할 수 없어.'

아이즈를 미워하는 야마다 아키요시는 그렇게 생각했을지도 모른다. 그러나 야마카와 히로시를 따라 다닌 아이즈 인 다카기 세이노스케가 말했다.

"야마다와 구로까와가 야마카와 히로시의 공을 질투한 것이 아닐까?"

이것은 보신 전쟁 뒤부터 피해의식이 강해진 아이즈 인의 지나친 생각이리라. 야마다 아키요시로서는 자기의 부하뿐 아니라 다른 여단에 대해서도 부하인 야마카와 히로시의 군령 위반에 의한 첫 입성은 변명할 수도 없는 불상사였음에 틀림없다.

야마카와 히로시는 전후의 농공행상에 있어서도 최하위였다. 최하위가 된 것에 야마다 아키요시의 다소 여성적인 감정이 짙게 반영되었다고 말하지 않으면 안된다.

참고로 사이고는 야마카와 히로시가 구마모토에 돌입한 날에도 구마모토 본영(니혼기)에서 떠나지 않고 있었다.

14일 오전 2시가 되어서야 겨우 떠났다.

"15일에 구마모토에 들어간다"고 구로다 참모가 며칠 전부터 각 여단 사령관에게 지극히 한가한 일정을 말한 것과 아울러 생각하면, 구로다는 사이고의 본영에 대해 무언가 개인적인 밀사를 보내 구마모토 진격 일자를 조절한 것이 아닌가 하는 의심도 든다.

사쓰마 군은 구마모토에서 퇴각하기 시작했다.

예를 들면 다네가시마 출신의 가와히가시 유고로(河東祐五郞)는 제1대대에 소속되어 북쪽(구마모토의 북서쪽 산지) 전선에 있었다.

수비하고 있던 보루는 오타오(大多尾)였다. 오타오는 기치지고에 고개에서 남쪽으로 산 하나를 지난 계곡에 있으며 다바루 고개가 함락된 뒤 야마다 참모가 총지휘하는 북방군(다카세, 고노하, 우에키 부근에 있었다)의 남하를 필사적으로 막아 그들을 구마모토에 들어가지 못하도록 구마모토 북서쪽의 산지에서 장기간 싸워 왔었다. 오타오는 그 같은 여러 보루 중의 하나였다.

"남쪽(구마모토 남쪽 교외의 가와지리 방면)이 무너져서 우리 사쓰마 군의 구마모토 포위가 풀렸다."

이런 놀라운 통보가 다바루 고개 전투 이후부터 계속 싸워온 이 북방 전선에 전해진 것은 4월 14일이었다. 사이고가 기야마로 떠난(이 날 오전 2시) 날이었다. 정보는 들어왔으나 명령이 이에 뒤따르지 않아서 전부대는 공포에 싸였다. 그만큼 원기왕성하던 사쓰마 군이 진대 병과 다를 바 없이 겁쟁이가 된 것은 이때부터였다.

이 정보가 들어온 날의 가와히가시 유고로의 일기에는 다음과 같이 씌어 있다.

'온 부대가 전전긍긍하며 곧 적병이 머리 위에 내습하지 않을까 걱정할 정도로 모두 마음이 조마조마했는데 밤이 되어 본영에서 급한 전령이 와서 알리기를 각 대장은 급히 집합하라고 했다.'

오타오의 사쓰마 군의 공포를 부채질한 것은 옆에 있던 보루였다. 거기에 동맹군인 구마모토 협동대가 포진하고 있었는데 그들은 전쟁에 실망했는지 진지에 불을 지르고 어디론가 사라져버렸다. 그러나 사쓰마 병들은 명령을 기다리지 않을 수 없었다. 그들은 협동대가 떠난 뒤의 빈 자리를 그냥 둘 수 없어서 인원을 나누어 경계선을 폈다.

다음날인 15일 오전 11시쯤 되어서야 겨우 명령이 나왔다.

"총군 물러나라."

이런 것이었다.

그때부터의 퇴각은 굉장한 혼잡을 이루었다.

여러 곳의 산과 골짜기의 보루에 있던 사쓰마 병이 남하해서 퇴각하려면 우에키 가도(우에키에서 구마모토까지)를 이용하는 수밖에 없다.

가와히가시에 의하면, 일진일퇴하는 대혼잡을 이루어 자칫하면 길 밖으로 밀려났다. 가와히가시의 부대는 흩어지지 않도록 각자 앞 사람의 허리띠를 잡고 한 줄로 섰으나 다리가 공중에 뜬 듯한 혼란 때문에 쉽게 전진하지 못했다. 공포에 의한 유언비어가 난무했다.

"적이 쫓아온다. 뛰어라!"

후방에서 이러한 고함소리가 차례로 전해질 때마다 대오는 더욱 더 혼란에 빠졌다. 이따금 유탄이 머리 위를 스쳤다.

"적, 적이다!"

이럴 때면 혼잡 속에서 고함소리가 나고 사람은 길 양쪽으로 미친 듯이 쫓아가곤 했다. 밤에는 비가 세차게 내려 '도로가 시내가 되고 진흙에 발목이 빠지는' 곳을 '전후좌우로 밀치고 당기며' 퇴각했다.

이 시기에 우에키 방면에 있던 대대장격인 고노 슈이치로는 만년의 회고에서 이날의 퇴각 개시에 대하여 '그러는 동안 본영에서 적이 가와지리까지 왔다. 따라서 기야마로 퇴각하라는 명령이 있었다'고 속기록에서 말하고 있다.

고노는 자세한 것을 알기 위해 단신 가노코기(鹿子木 : 우에키 남쪽 3킬로미터의 우에키 가도 옆)까지 달려갔더니 각 대장이 퇴각 방법에 대해 군사회의를 열고 있었다. 고노는 자신이 후미를 담당하겠다고 주장해서 일동의 승인을 얻었다. 이때의 군사회의에서 고노는 죽은 나가야마 야이치로가 맡았던 3번 대대장의 직책을 이어 맡았다. 앞뒤를 종합해보면 4월 15일 정오쯤이었던 것 같다.

'기야마(木山)까지'가 퇴각 목표였다. 전날 14일 오전 2시에 사이고가 구마모토를 떠나 기야마까지 퇴각한 것도 이때 들었다.

'기야마'까지라는 퇴각 목표는 정부군에게 점령당한 구마모토에서 동쪽으로 직선 거리 10킬로미터로 너무 가깝다는 결점이 있었다고 할 수 있다.

제1선의 어느 누구도 사이고의 동정을 모르고 있었다. 사이고는 기리노의 강요로 아직 교전중인 14일 새벽에 구마모토를 탈출해서 기야마로 왔으나 그곳도 안전하지는 않았다. 이틀 동안 있다가 그 뒤 다시 기야마를 버리고 25킬로미터 동남쪽의 기미마시키 군의 야베 고을(矢部鄕) 하마마치(濱町)에 왔다. 야베 고을은 산속에 있는 큰 고을로 휴가(日向) 방면으로 가는 연도변에 위치한 절호의 장소였다. 기리노가 사이고를 거듭 야베 고을로 옮긴 것은 히고 평야에서는 전선 재정비를 포기하고 아주 멀리 퇴각할 작정이었기 때문이리라.

그러나 전선에서는 그 같은 내용은 모르고 아무튼 기야마로 향했다.

"기야마라고?"

병사들은 주문을 외듯 중얼거리며 모든 길을 이용하여 동쪽으로 갔다. 고노 슈이치로는 후미군이었으므로 모든 부대를 앞에 보내고 낙오자를 수용하며, 때로는 적과 작은 전투를 벌이면서 갖은 고생 끝에 기야마에 들어갔는데 그때가 16일 해지기 전으로 생각된다. 어쩌면 17일인지도 모른다. 고노의 기억으로 날짜는 애매하다.

기야마에는 이미 사이고는 없었다.

기리노도 없었다.

이 경솔하다고밖에 표현할 수 없는 사나이는 "내가 후미군을 맡겠다"고 선언해 놓고는 사이고와 함께 야베 마을로 옮겨가버렸다. 이 시기에 세 방면 (오쓰, 다케미야, 호타쿠보)에서는 아직도 사쓰마 군이 조직적으로 싸우고 있었고 그것도 이기고 있었다. 그들 세 방면의 사쓰마 군이 야베 고을로 퇴각한 것은 퇴각 명령이 내리고 나서 5일 후인 20일 오전 3시였다.

고노 슈이치로의 경우 기야마에 도착해보니 본영은 텅텅 비어 있고 오직 사쓰마 군에서 가장 용감한 장수로 알려진 기시마 기요시(貴島淸)만이 기다리고 있었다.

기야마에는 구마모토의 동남쪽 교외인 다케미야(健軍)에서 큰길이 통하고 있었다.

후미군의 대장인 고노 슈이치로가 기야마에 들어왔을 때 정부군의 소부대가 추격해 왔다. 이 정부군 소부대는 사쓰마 군이 어느 방향으로 퇴각하는지 확인하기 위한 정찰을 겸하고 있었음이 틀림없다.

이것을 기시마와 고노가 의논해서 "협공하자"고 합의했다.

이 약속으로 기시마는 그 자리의 부하를 인솔하고 힘차게 달려나갔다. 그러나 사정을 모르는 사병들이 보기에는 기시마와 그의 부대가 역행하기 시작한 것은 본대에서 도망치는 꼴 같았다.

고노와 기시마가 인솔해 온 사쓰마 병이 길에 꽉 차 있었다. 아마 2천 명 정도의 병력일 것이다. 정부군의 정찰대로 여겨진 부대는 불과 10명 정도였다.

믿지 못할 일이지만 2000여 명의 사쓰마 인이 앞다투어 도망치기 시작했다. 이 기현상에 관해서는 고노 슈이치로의 담화 사본에서 말하고 있다.

'기시마가 앞으로 달려나가는 것을 보고 대장이 도망치는 것으로 오인했기 때문'이라고 했다. 붕괴되어 도망치기 시작한 사쓰마 인들의 낭패는 고노가 아무리 제지해도 도저히 손쓸 수 없는 상태였다.

사쓰마 사족에게는 구역마다 '향중(鄕中)'이라고 하는 소년단이 있어서 그들이 신뢰하고 존경하는 '선배'의 집을 방문해서 밤에 이야기를 듣는 것을 '훈화(訓話)'라고 했다. 고노가 소년 때 들은 훈화에

"후미군은 모두 겁쟁이가 된다. 만일 말을 탄 무사가 말머리를 적에게 돌릴 수 있을 정도면 대단한 호걸이다."

라는 훈화가 있는 것을 생각하고 일동을 진정시켜 볼 생각에 혼자 밭에 들어가 책상 다리를 하고 앉아 있었다.

그러나 그 정도로는 사병들이 도망치는 것을 막을 수 없었고, 결국 모두 도망치고 고노 혼자 밭에 남게 되었다.

우습기도 하고 기가 막히기도 해서 앉아 있는데 뒤이어 나가사키 곤베(長崎金兵衞)라는 자가 사병 대여섯을 데리고 오기에 그 자에게 명령해서 적을 치게 했다. 나가사키는 간단하게 쫓아버렸다.

그러는 동안 멀리서 총성이 나기에 가 보니까 후미군 중에서도 최후미였던 다카기 시치노스케(高城七之丞)와 그의 부대가 강변에서 따라붙는 적의 소부대와 총격전을 벌이고 있었다. 고노가 다카기의 허리를 보고 묘한 칼을 차고 있군, 하고 비아냥거리자 다카기는 총탄이 날아오는 데서 자초지종을 이야기했다.

이윽고 고노가 사병들이 모두 도망쳐버렸다는 우스운 이야기를 하였다.
"나와 함께 야베 고을까지 가세."
그러나 다카기는 고개를 저으며 거절했다.
"나는 아직 밥도 못먹었네. 여기서 먹겠어. 자넨 먼저 가 있게나."
이 이야기가 속기록에 남아 있다. 총퇴각하는 사병들이 모두 다 겁쟁이였다고는 말할 수 없다.

가는 봄

야베 고을 하마마치는 동부 히고(肥後)의 산 속에 있는데 또 다시 동쪽으로 가면 인적이 거의 없는 휴가의 산악지대로 들어간다.

하마마치는 산속에 있는 취락이지만 질이 좋은 물이 많아서 에도 시대 후기부터 양조업이 성했는데, 그중에서도 비젠야(備前屋)라는 양조업자 집이 창고도 가장 크고 장사도 대규모였다.

사이고는 이 비젠야의 안채에서 쉬고 있었다. 이전의 본영인 기야마에 들어가기 전후부터 날씨가 흐려져서, 장마철이라고 할 수 있는 늦봄의 우기에 접어들고 있었다. 지난 날 오스미의 네지메(根占) 산골에서 넘어져 나무등치에 머리를 세게 부딪친 뒤부터 사이고는 비오는 날이면 기분이 좋지 않았다. 하마마치에 온 때에도 사이고는 보통 때와 달리 초조함이 배어있는 험한 표정을 지었다.

이 하마마치의 비젠야에서 군사회의가 열렸다.

우선 각 대대를 정리하지 않을 수 없었다. 얼마 전에 중대, 소대, 반대(半隊), 분대라는 제도를 취하고 있었으나 그 뒤 사상자가 많아 어느 부대를 막론하고 인원이 부족해서 명칭과 내용이 걸맞지 않게 되어버렸다.

"차라리 대대의 이름도 바꾸자."

이런 의견이 나와서 모두 찬성했다. 번호에 따른 대대 호칭을 없애고 위세 좋고 사기를 고무할 수 있는 중국식 명칭으로 바꾸기로 했다.

기병대(奇兵隊), 진무대(振武隊), 정의대(正義隊), 행진대(行進隊), 간성대(干城隊), 뇌격대(雷擊隊), 상산대(常山隊), 붕익대(鵬翼隊), 파죽대(破竹隊)의 9개 대대가 이전의 대대를 대신하는 최고단위가 되었다. 장부의 칼춤을 보는 듯한 어렵고 뜻이 요란한 말이 선정된 것은 반대로 말하면 전투력이라는 알맹이를 잃어버렸기 때문에 명칭이나마 거창하게 붙이지 않을 수 없었던 것이리라.

이들 대장에는 지금까지의 실전을 통해서 가장 잘 싸운 소대장급이 승격 임명되어(단, 벳푸 신스케는 전과 같다) 나이가 젊어졌다. 새로운 대장은 노무라 닌스케, 나카시마 다케히코, 고노 쥬이치로, 다카기 시치노조, 사가라 고자에몬, 아타 소고로, 헨미 주로타(부재), 후치베 군페이(부재), 벳푸 신스케(부재)의 9명이다.

그와 동시에 전 대대장들(이케가미 시로, 무라타 신파치 등)은 직접 군을 지휘하지 않고 사이고 곁에 있으면서 군사회의에 참여하기로 했다. 이들은 참모라고 할 수 있었으며 이런 점에서 사쓰마 군은 그제야 정부군과 비슷한 조직을 취하기 시작한 것이다.

위 9개 대대의 총지휘는 전 육군소장 기리노 도시아키가 맡기로 했다. 뒷날 사쓰마의 노인들이 "정축년(메이지 10년) 싸움은 잘했건 못했건 기리노의 싸움이었다"고 말한 것은 이 사변에서의 하나의 본질을 더 한층 분명히 한 것이라고 보겠다.

사이고는 여전히 지휘할 뜻을 비치지 않았다. 그러므로 전 대대장이 막료가 되었다 해도 거기서 작전이 나오리라는 희망은 거의 희박했다. 군은 기리노가 거의 쥐고 있었다. 그것은 처음부터 거병으로 몰고 간 기리노 도시아키의 일종의 책임이행이라고 볼 수도 있다.

"히토요시에서 농성하자."

이것이 하마마치에서 열린 군사회의의 결론이었다.

히토요시의 작은 분지는 히고 동남의 첩첩산중에 있었으며 그야말로 '은둔국(隱遁國)'이라 할 수 있었다.

이 조그만 성밑 거리는 북쪽에 시바(휴가), 고키(히고)의 산들이 둘러싸고 있었고 남쪽에 시라가(白髮), 구니미(國見), 다라미즈(陀來水) 등의 산들이 꽉 막고 있었으며, 사쓰마로 통하는 길은 겨우 가쿠도 고개와 규시치 고개 사이의 산협을 뚫은 길이 있을 뿐이었다. 히고의 야쓰시로 평야로 나가려면 중첩한 산악 사이를 흘러가는 구마 강의 급류에 몸을 맡겨야 하는 형편이어서 이곳에 사쓰마 군이 틀어박힌다면 정부군도 쉽게 공격할 수 없을 것이었다.

더욱이 이 고원은 물이 풍부하고 안개가 많이 끼어 벼농사의 적지이므로 작은 곡창지대라 할 수 있었고 8천 명의 사쓰마 군을 기르기에 충분했다.

"히토요시에 근거를 두고 사방에 군대를 보내 기회를 보아 중원에 진출한다."

이것이 하마마치 군사회의의 결론이었다.

무라타 신파치들이 안채의 사이고에게 이 결론을 보고하자 사이고는 눈을 크게 뜬 채 두세 번 머리를 끄덕였다. 승낙한다는 뜻이다.

이때의 사이고의 심정은 그가 글을 남기지 않았기 때문에 추측할 수밖에 없다.

그는 본디 자기의 진퇴에 관한 결단력이 강한 반면 인내력이 약간 적은 편이다. 그러나 사물의 장래에 대한 판단은 할 줄 아는 사람이었다.

'사냥꾼처럼 그런 첩첩산중에 들어가서 싸워봤자 결과는 같은 것이 아닌가.'

그렇게 생각했을 것이다.

그러나 동시에 그의 성격으로는 사쓰마의 건아 1만(이미 그 중에서 2000여 명은 사망했으나)에 대한 책임을 질 작정이었음이 틀림없다.

사이고는 지난 날의 동지인 오쿠보가 가끔 말했듯이 일이 어려워지면 도중에 팽개치고 그만두는 성격이었다.

그같은 사이고이므로 이쯤에서 싸움을 그만두고 싶었을 것이다. 그러나 사이고가 싸움을 그만둔다면 살아남은 7, 8000명의 사쓰마 병은 정부에 의해 짐승처럼 잡혀서 명예를 박탈당하거나 혹독한 형벌을 받을 것이다. 그것을 생각하면 사쓰마 병의 최후의 한 사람이 싸움터에서 죽을 때까지 사이고는 따라가지 않으면 안된다고 생각했음이 분명하다.

히토요시로 바로 가는 길은 없다.

일단 휴가(미야자키 현)의 첩첩산중을 뚫고 들어가지 않으면 안되고 하마마치에서 그 길은 동쪽의 우마미하라(馬見原)를 넘어가야 한다.
사이고가 히고 야베 고을 하마마치를 떠난 것은 4월 22일이다.
검소한 대나무 가마에 타고 인부가 앞뒤에서 메었다. 사이고는 무겁기 때문에 언제나 6명이 예비로 따라다니며 교대했다. 히고와 휴가 경계까지의 몇십 리는 거의 고갯길이었다. 그 길을 장마철의 가랑비가 끊임없이 적시고 있었다.

사쓰마 군은 히토요시까지 행군하면서 군을 2개 부대로 나누었다.
사이고가 2000여 명을 인솔했다. 기리노가 나머지 모든 병력을 인솔하고 하루 뒤인 4월 23일, 야베 고을 하마마치를 출발해서 우마미하라를 넘어 휴가의 산속으로 들어갔다.
선발대인 사이고는 야베 고을 하마마치에서 세이와 마을을 지나 동남으로 내려간 뒤 사와쓰(澤津)라는 산촌에서 하룻밤 묵었다. 인가는 적어 갑자기 나타난 2000명의 사병들을 모두 수용할 수 없었는데 비까지 점점 세차게 내렸다. 사병들은 처마 밑이나 나무 밑에 들어가서 겨우 비를 피하며 밤을 세웠으나 행군 첫날부터 이 모양이니 앞으로 불어닥칠 어려움은 상상을 넘을 듯했다.
이 숙영지인 사와쓰의 눈앞에(동쪽) 구로미네(黑峰)라는 높이 1,283미터의 봉우리가 솟아 있다. 다음 23일은 그 봉우리를 넘어 구라오카(鞍岡)라는 한촌에 들어갔는데 도중에 길이라고 할 만한 것은 없었고, 그 고장 나무꾼이 안내하며, 나뭇가지를 잡으며 비탈길을 기어올라 구라오카까지 불과 12킬로미터 정도의 산길을 온 종일 걸려서 가는 형편이었다.
구라오카에서 사이고는 긴코 사(金光寺)라는 절에서 쉬었다. 절의 중이나 마을사람도 일동이 가고시마 사람이라는 것만 이해할 뿐이고 사이고의 이름도 모르고 히고 평야에서의 전쟁에 대해서도 먼 풍문으로 듣고 있었을 뿐이었다.
사이고의 인솔부대가 구라오카에 도착한 이틀 후에 기리노의 인솔부대도 그곳에 도착해서 묵었다. 긴코 사가 역시 기리노의 숙소가 되었다.
"무엇이든 글을 부탁드립니다."
주지가 기리노에게 조른 모양이다. 기리노는 등잔불을 당겨놓고 잠시 글

귀를 생각하다가——그렇게 짐작된다——적당한 글귀가 생각나지 않았는지 자기의 옛 이름만 썼다.

'나카무라 한지로(中村半次郎)'

막부 말기에 기리노가 교토 지방에서 칼 한 자루로 이름을 떨칠 때의 이름을 쓴 것은, 기로노로서는 다소 감상에 빠져 있었던 건지도 모른다.

사이고는 구라오카에서 남하했다.

그즈음은 길이 오늘날처럼 골짜기나 산 중턱에 있지 않고 대부분 산등성이를 지나갔다.

길은 없는 것과 같았고 때로는 선두부대가 손도끼를 휘둘러 나무를 베어 길을 만들기도 했다.

사이고는 몸이 뚱뚱해서 걸어가기가 곤란했기 때문에 대나무 가마를 타고 있었는데, 무릎을 굽히고 흔들리면서 가는 것은 걸어가는 것보다 더 고통스러웠을 것이다. 때로는 너무 피곤해서 이대로 하늘 끝을 향해 영원히 걸어가는 것인가 하는 아득한 생각도 오갔을 것이 분명하다.

고마 산(胡摩山)을 넘으면 이미 휴가의 시바 산(椎葉山)이라고 불리는 첩첩산중이다. 가나스비라는 산꼭대기 마을을 지나 잠시 뒤에 구와유미 마을에 이르자 그 부근은 깊은 계곡을 이루고 있었다.

비는 쉬지 않고 내리고 갈 길은 고된 정도가 아니었다. 때로는 절벽을 기어올라야 했고 사이고도 대나무 가마에서 내려 인부들이 엉덩이를 떠밀어서 바위를 기어오르고 또 미끄러져 내려오고 했을 것이다.

사이고가 히토요시 분지의 동쪽 산길을 내려와 넓다란 구마 강(球磨川) 상류를 따라 나 있는 길을 걸어서 이 분지의 작은 성밑 거리에 들어간 것은 4월 28일이었다. 야베 고을 하마마치를 22일 새벽에 떠난 뒤 7일 동안 시바의 산속에서 이동을 계속한 셈이다.

"이제 곧 히토요시다."

사이고의 대나무 가마를 멘 인부들도 살아난 듯한 기분이었을 것이다.

히토요시의 사족들은 대부분 보수적이어서 사족제도를 파괴하고 미친 듯이 문명개화를 추진하는 태정관을 전적으로 반대해 왔는데 그러한 심정에서 지금의 세태를 옛날 세상으로 되돌리려는——그렇게 여기고 있었다——사이고 군에 대해 대단한 친근감을 가지고 있었다.

또한 이 히토요시 땅은 일찍 헨미 주로타, 벳푸 신스케, 후치베 군페이를 대장으로 하는 보충 부대 천 수백 명에 의해 점령된 상태여서 사쓰마 군의 영유지처럼 되어 있었다. 따라서 사이고에게는 지상의 어느 곳보다 안전하다고 할 수 있었다.

헨미들은 지난 날 구마 강을 내려가서 야쓰시로로 나아가 야쓰시로를 점거하려고 4월 6일 야쓰시로 남쪽 교외의 하기하라 둑에서 싸우다가 제1전은 패하여 미야자키 하치로가 죽었다. 그 뒤에도 집요하게 야쓰시로로 나가려고 소전투를 계속했으나 정부군의 진용이 정비됨에 따라 화력이며 병력 모두 우열의 차가 심하여 결국 4월 16일의 전투를 끝으로 히토요시로 되돌아왔다.

히토요시에서 사쓰마 군의 행동은 거칠었다.

그들은 전에 군대를 정비하여 이 거리를 통과했을 때는 사기도 높았고 승리감에 차서 마을의 사족들이나 백성들을 대하는 태도도 관대했는데, 전세가 여의치 못한 이 시기에는 그렇지 않았다.

"사병을 모집한다."

이런 격문을 히토요시 사족들에게 보내 지원하지 않는 사람에 대해서는 강압적으로 대했고 마침내 성밑 거리 아오이 신사(靑井神社) 앞에 단두대를 설치하고 "모병에 응하지 않는 자는 목을 벤다"는 식으로 아이들 같은 위협을 하기에 이르렀다. 사람을 우롱한 이런 공포정치를 시작한 것은 아마 이 방면의 대장인 헨미 주로타였을 것이다.

인부의 징발에도 비슷한 수법을 썼다.

구마 강은 히토요시에서는 완만하게 흐르고 있었다. 넓은 강바닥이나 강 가운데의 삼각주에는 풀이 무성했는데 북쪽 둑이 평민들 거리이고 남쪽이 성과 무사의 거리로 나뉘어 있었다.

선종(禪寺)인 에이코쿠 사(永國寺)가 남쪽에 있다는 것은 앞에서 이 절이 가고시마를 출발해서 가쿠도 고개를 넘은 사쓰마 군의 숙사가 되었을 때 언급했다.

지금은 사쓰마 군의 병원이 되어 있었다. 야쓰시로의 남쪽 교외에서 부상당한 벳푸 신스케도 구마 강을 거슬러올라 히토요시까지 옮겨와 이 에이코쿠 사에 누워 있었다.

"에이코쿠 사를 본영으로 정했습니다."

이 말을 사이고는 히토요시에 들어오기 전에 호위대장인 가모 히코시로(蒲生彦四郞)한테서 들은 적이 있었다. 히코시로는 이때 28세로 온순한 성격의 청년이라는 것과 사이고와 같은 동네에서 나서 성인이 되었다는 것으로 지연(地緣)을 소중히 여기는 사이고로부터 남보다 훨씬 신뢰를 받고 있었다.

그러나 사이고의 숙소는 에이코쿠 사가 아니었다. 에이코쿠 사는 히토요시에서는 이름난 선사인데 비해 건물이 작았고 게다가 임시 병원으로 되어 있었으므로 사이고의 숙소로는 적당하지 않았다.

사이고는 걸어가고 있었다. 히코시로 등 한 무리의 사병들이 사람 울타리를 만들어 사이고를 숨기듯이 하며 에이코쿠 사의 소박한 산문 앞을 지나 그대로 서쪽으로 갔다.

히토요시의 사족 니미야 가셴(新宮嘉善)이라는 젊은이가 앞머리에서 길 안내를 했다.

니미야 가셴은 히토요시 부대의 젊은 간부 중 한 사람으로 우에키와 기치지고 고개에서 싸우다 온 사나이였다. 사쓰마 인은 걸핏하면 외원(外援)부대의 전투상황에 불만을 품고 언제나 두 마음이 없나 하고 의심하는 버릇이 있었다. 다바루 고개의 격전 중에도 외원부대가 지키는 보루를 향해 고함치는 사쓰마 인도 있었다.

"도망가는 자는 고향의 부모형제를 죽일 테다."

그래서 외원부대의 빈축을 샀다고 한다. 니미야 가셴은 용감하고 인품이 훌륭하여서 많은 사람의 존경을 한몸에 샀다. 니미야 가셴이 더욱 더 용감하고 좋은 사나이가 되지 않으면 안되는 이유가 있었다.

그의 아버지 니미야 간(新宮簡)은 이 작은 번으로서는 많은 녹이라고 할 수 있는 백 석을 받는 신분으로 막부 말기에 지사로 활약했고 유신 뒤에는 육군성에 봉직하다가 이번 전쟁이 일어나자 제2여단의 참모부에 속해서 정부군측에 있었다. 사쓰마 인은 부자와 형제, 숙질간이 적과 아군으로 갈라져 있는 예가 많았지만 외원부대에서 아버지가 정부군에 속해 있는 예는 어쩌면 니미야 가셴 뿐이었을지도 모른다.

니미야 가셴의 집은 에이코쿠 사에서 가까웠다.

그는 딴 마음이 없음을 보여주기 위해 사이고에게 자기 집을 숙소로 제공하고 자기는 가족과 함께 친척집으로 옮겼다.
 호위대장인 가모 히코시로는 대문을 들어서자 곧 집 안을 점검하고 사병들을 배치했다.
 안채는 2층이었다. 사이고는 계단을 올라가 방에 들어가자마자 누워서 조용히 발을 뻗었다. 뚱뚱해서 29관이나 되는 그에게 이레 동안의 산길 행군은 몹시 고통스러웠을 것이다.

 에시로(江代)라는 산마을이 있다.
 히토요시 성밑 거리에서 30킬로미터 동쪽에 있으며 구마 강 상류 부근이다. 구마 강이라는 큰 강은 그 수원이 두 줄기로 갈라지는데 그 하나가 에시로 마을의 산 기슭을 돌아서 흐르고 있었다.
 첩첩한 산과 산을 뚫고 넘어 남하한 사이고도 히토요시에 들어가기 전날 밤 이 에시로의 하야타 소주(早田松壽)라는 사람의 집에서 잤다.
 사이고와 그 부대보다 하루이틀 늦게 히토요시에 들어오게 될 기리노와 그의 부대도 당연히 이 에시로를 통과해야 한다.
 그러나 이틀이 지나도 오지 않아 히토요시의 에이코쿠 사 사쓰마 군의 본영에서 사람들이 걱정하고 있었다.
 "기리노가 아직도 오지 않았나?"
 이때 기리노의 부대는 대부분 히토요시 성밑 거리에 들어와 있었다. 그러나 기리노의 모습은 보이지 않았다. 본영에 기리노의 심부름꾼이 와서 전했다.
 "에시로에서 지휘한다고 합니다."
 이 말을 들은 사이고의 막료인 무라타 신파치와 이케가미 시로가 무엇인가 묻고 싶은 표정을 지었으나 스스로 억제하는듯 말을 삼키는 기색이었다. 만일 무슨 말이라도 한다면 사쓰마 군의 사령부가 분열한 듯한 인상을 사졸들에게 줄 수도 있으므로 부대 안에 그 같은 소문의 씨앗을 만드는 것을 무라타나 이케가미도 삼갔음이 틀림없다.
 그러나 가슴속에서 생각했을 것이다.
 '기리노는 사이고 선생에게 무엇인가 불만이 있구나.'
 사이고는 노골적인 말로 표현하지는 않았지만 기리노에 대해 차가워져 있었다. 그같은 감정의 양이 아주 작은 것이라 할지라도 정치와 전쟁에 실패한

가는 봄 427

기리노 쪽에서는 강하게 느껴졌고, 그러면서도 미안하다고 생각하지는 않았다.

"기리노가 사이고의 부하라고 보는 것은 잘못이다. 그는 그대로 자립한 사람이다."

사쓰마 태생이며 사쓰마의 정치통인 나카이 히로시(中井弘)가 세이난 전쟁 때 도쿄에서 그렇게 말했다고 하는데, 평소에 담론이 벌어지면 오대주를 콧김으로 날려버릴 듯이 말하는 기리노는 자기 자신을 영웅이라고 과장하는 느낌이 없지 않았다.

'도무지 그 자들이 마음에 안든다.'

기리노는 사이고와 그 주위에 있는 무라타와 이케가미가 어른인 체하며 점잔을 빼는 것이 이 패잔군 속에서 견디기 어려웠는지도 모른다.

기리노는 에시로에 도착하자 곧 각 대장들을 모아 군사회의를 열고 부서를 정했다.

사이고와 그의 막료들은 히토요시에 있었다. 그들을 부르지도 않고 승낙도 얻지 않고 독단으로 군사회의를 열어 부서를 정하고 명령을 내린 것이다.

이런 점에 기리노의 성격이 나타나 있으며 사학교 봉기의 진짜 원인이 어디에 있었는지도 노출되었다. 또 기리노에 업힌 사이고의 기묘한 입장과, 사이고가 일어섰기 때문에 자기의 의견을 버리고 사이고를 위해 죽으려고 참가한 무라타 신파치의 과제(課題)도, 마치 대지의 균열(龜裂)이 붉은 흙을 노출시키듯 확실하게 빛깔을 드러내고 말았다.

사이고와 그의 막료들을 무시하고 기리노 도시아키가 에시로의 한촌에서 군사회의를 열어 각 부대를 배치한 새로운 방어선――방어만은 아니지만――은 규모가 웅대한 것이었다.

히고 평야에서의 싸움에서 병력이 2000명 정도 사망했으나 아직 8000명은 살아 남아 시바의 산을 넘어왔다. 거기에 벳푸, 헨미, 후치베 세 사람이 가고시마에서 데리고 온 신규 모병 천 수 백 명과 히토요시 기타 사족들을 모은 인원수를 합치면 1만 명은 충분히 되었다.

기리노가 새로 배치한 전선은 지도를 보고 연결해 가면 무려 천 수백 리에 이르고 있으며 히고 평야에서 한 번 패했다 해도 기백이 조금도 줄지 않았다는 점에서 기리노답다고 할 수 있었다.

병력을 8개의 방면군(方面軍)으로 나누었다.

제1방면군은 노무라 닌스케가 담당한다. 그는 산을 동쪽으로 내려가 휴가(미야자키 현)의 노베오카(延岡)로 나간 뒤 해안선을 북상하여 분고(오이타 현)를 평정하고 앞으로 대거 동쪽으로 진군할 통로를 확보한다.

본디 노무라가 거병할 때부터 곧장 동쪽으로 진격할 것을 주장한 것을 생각하면 이 방면의 담당자로선 적임자라고 할 수 있었다.

제2방면군은 나카시마 다케히코, 기시마 기요시, 사가라 고자에몬, 이들 행동력이 왕성한 세 사람의 대장이 가고시마 현을 담당한다.

이미 가고시마에 상륙해서 사쓰마 군의 병참기지인 그곳의 기능을 뺏아버린 정부군을 소탕해버린다.

제3방면군은 헨미 주로타가 담당한다. 그도 히토요시 분지를 내려가 멀리 가고시마 현 북부로 돌아가서 오구치(大口), 이즈미(모두 구마모토의 정부군이 남하해서 사쓰마에 들어갈 때의 관문)를 장악하여 남하군과 혈전을 벌인다.

제4방면군은 후치베 군페이가 담당한다. 히토요시 방어를 위해 멀리 히고의 사지키(佐敷 : 야쓰시로에서 남으로 28킬로)를 장악한다. 사지키를 장악하여 히토요시를 방어한다는 것은 지리적으로 얼핏 기이하게 보인다. 그러나 히고 평야에서 히토요시로 올라오는 교통은 당시 주로 두 길이 있었다.

하나는 야쓰시로에서 구마 강을 따라 산길을 올라가는 길인데 산악이 중첩해 있어서 통행이 곤란할 뿐 아니라 거리가 65킬로미터나 된다. 이에 비해 사지키에서 올라오면 길이 그렇게 험하지도 않고 거의 50킬로미터의 거리다. 히토요시를 공격할 정부군이 그곳을 점거할 것으로 보고 기리노는 거기를 요격할 부대를 파견했다.

제5방면군은 고노 슈이치로가 담당해서 야쓰시로를 습격한다.

제6방면군은 히라노 마사스케가 담당해서 히토요시 북족의 산으로 오는 적을 이쓰키(五木) 어귀에서 방어한다.

제7방면군은 다카기 시치노스케가 담당하고 히토요시 북쪽의 산으로 오는 적을 멀리 우마미하라 방면에서 방어한다.

제8방면군은 아타 소고로가 인솔하고 기리노 본영의 에시로 부근을 수비한다.

그 대장의 한 사람이었던 고노 슈이치로의 담화가 남아 있다.

그가 에시로에서 기리노가 주재한 군사회의를 마치고 자기 부대에 돌아오니 잠시 뒤에 히토요시의 사이고 본영에서 사람이 왔다.

오라는 것이었다.

에시로의 기리노 본영에서 히토요시의 사이고 본영까지는 하룻길이었다. 기리노는 불만이었다——고 상상된다——하더라도 참으로 불편한 짓을 했다.

에이코쿠 사의 본영에 도착하니 "선생은 본영에 계신다"고 했다.

사이고는 본디 자기의 정양 장소에 틀어박혀 있는 일이 많았고 본영에 있은 일은 극히 드물었다.

고노는 새 작전에서 히토요시와 야쓰시로 사이의 구마 강 연도를 방어하고 게다가 야쓰시로를 점거하는 것이 주임무였으므로 지난 번에 이 방면에서 싸운 헨미, 벳푸들에게 싸움의 형편을 물었다.

벳푸는 그때 야쓰시로 남쪽 교외의 전투에서 다리에 총을 맞아 살이 터지고 뼈가 드러날 정도의 부상을 입고 에이코쿠 사에서 가료하고 있었다.

사이고는 대장급에서는 헨미 주로타와 이 벳푸 신스케를 무척 아꼈기 때문에 몇 번이나 벳푸의 병상에 가서 위로했다.

사이고는 젊은이들을 무척 귀여워하는 버릇이 있는 듯했다.

옛날에는 지금 막료가 되어 있는 무라타 신파치를 귀여워했고, 무라타가 어른이 되자 지금은 정부군의 소장인 오야마 이와오와 기리노 도시아키를 귀여워했으며, 유신 뒤에는 점차 성인이 된 사람을 약간 경원하고 헨미와 벳푸에게 강한 애정을 쏟게 되었다. 사이고가 좋아하는 개를 예로 든다면 늙은 개처럼 사려깊은 사람들보다 강아지처럼 분별없이 장난끼가 있는 젊은이들이 사이고로서는 귀여워하는 맛이 있었던 모양이다.

기리노의 경우, 그는 사이고로부터 귀여움을 받을 나이를 지나서, 경솔하지만 하나의 독립된 사상과 자세를 가지기 시작했다.

말하자면 사냥개라기보다는 포수가 되었던 것이다. 사이고가 기리노에게 거리감을 느끼고 있었다면 이같은 것도 원인이 되었을 것이다.

사이고의 본영에서 고노가 받은 명령은 기리노의 본영에서 받은 부서와는 조금 달랐다. 그러나 고노는 사이고 쪽에 따랐다.

"벳푸가 부상을 입었네. 자네가 벳푸의 부대를 인솔하고 가게."

야쓰시로에 가는 것은 기리노가 명령한 것과 같았다.

고노는 야쓰시로를 담당한다고는 하지만 정부군은 여기에 대군을 집중할 것이므로 싸움은 지극히 곤란할 것이다. 사이고의 본영은 "따라서 부책임자로 누구라도 원하는 사람을 데리고 가도 좋다"고 고노에게 말했다. 고노는 다카기 시치노스케를 골랐다. 본영측은 좋다고 했으나 다카기는 기리노가 배치한 것으로는 북쪽의 산길을 가서 우마미하라를 지키게 되어 있었다. 그 부서 배치 안은 간단하게 무너지고 다카기는 고노와 협동해서 야쓰시로 작전을 담당하게 되었다.

사쓰마 군과 사이고가 한꺼번에 규슈의 비경(秘境)이라고 할 수 있는 시바의 산속에 숨어버렸을 때 히고 평야의 정부군은 뭔가 어리둥절한 느낌이 들었다.

'어떻게 하면 좋을까?'

잿더미처럼 된 구마모토에 들어온 참모 야마가타 아리토모는 어찌할 바를 모르고 있었을 것이다.

지금까지의 그의 머리는 어떻게해서든 농성중인 구마모토 성을 구하기 위해 그 길을 타개하는 것이었다. 그러나 그것은 쉽지 않았다. 다카세의 전투, 야마시카의 국지전, 다바루 고개에서의 공방전, 기치지고에 고개의 난공전 등, 글자 그대로 시산혈하(屍山血河)의 싸움을 거듭했고 그것도 자기측만으로는 이기지 못하고 남쪽으로부터 구로다 기요타카 군이 구마모토에 돌입함으로써 비로소 사쓰마 군은 구마모토 포위를 풀고 모든 전선에서 철수하고 물러가버렸다.

'이제부터 어떻게 할까?'

이런 것은 처음부터 생각하지도 않았다. 훌륭한 군정가(軍政家)인 이 사나이도 실전의 총수로서는 자신이 자부하고 있는 몇분의 일 정도의 실력도 없었다.

그는 다만 보급에만은 충분한 배려를 했다. 교토의 오쿠보나 도쿄에 전보를 치고 기선편에 편지를 보내어 탄약보급을 귀찮게 독촉했다. 소총탄의 사용량은 국산품의 제조 능력을 훨씬 웃돌기 때문에 정부는 그것을 외국에서 사왔다. 야마가타는 그 수입에 대해 독촉에 독촉을 거듭했다.

병력 보충도 귀찮도록 재촉했다. 진대병은 군제에 따라 일정한 자격이 필요했기 때문에 각 부현의 사족들에게 권유해서 순경이 되도록 했다. 그 순경이라는 신분으로 전투원을 만들었다.

야마가타의 이 같은 후방 감각과 겨룰 만한 사람은 일본 역사 속에서는 선례로 도요토미 히데요시가 있을 정도이며, 그것은 우연이었을지도 모르지만 유럽풍의 감각이었다. 이에 비하면 거칠고 결사적인 진격만 알고 후방의 보급을 전쟁의 핵심에 두지 않은 사쓰마 군은 옛 일본의 군사(軍事) 사상의 소유자라고 할 수 있었다.

히고 평야의 싸움에서 정부군의 사병들은 소총탄을 무제한으로 마치 물쓰듯 썼다.

사쓰마 군은 냄비나 솥 따위를 녹여서 총알을 만들면서 싸웠다는 것은 이미 말했으나 전투 말기에 히고 평야에서의 싸움에서는 정부군이 쏜 탄환을 흙을 파고 주워서 다시 만들어 쓰는 지경에까지 이르렀다. 사쓰마 군 사병들은 구식총으로, 그것도 탄약이 아주 모자랐는데도 소총에 의한 살상 능력이 정부군을 웃돌 정도의 사격효과를 올린 것은 그 저격 자세의 대담성에 의한 것이었다. 정부병이 차폐물에 머리를 처박고 총만 내놓고 쏘는 경우가 많은 것과는 달리 사쓰마 병은 차폐물에서 몸을 내놓고 충분히 조준해서 발사하거나 또는 대담하게도 서서 쏘는 사람도 많았다.

'사쓰마의 서서 쏘기'는 보신 전쟁 때부터 각 번의 병사들을 놀라게 한 솜씨이긴 했다.

인간은 전장에서 죽을 때 가장 아름답다고 믿고 있는 이 사람들이 대거하여 규슈의 비경인 산속에 들어박히면, 평야에서의 싸움에서도 그처럼 혼이 난 정부군으로서는 대응하기가 곤란했다. 야마가타는 어려운 점만 생각했다.

구마모토 성은 적으로부터 해방되었다.

북쪽에서 온 참모 야마가타 아리토모의 부대 속에는 부상을 치료한 노기 마레스께 소령도 끼어 있었다. 노기는 첫 전투에서 부상을 입어 후송되었는데 전쟁 말기에는 전선에 나갈 수 있었다. 그러나 부대를 지휘하지는 않고 후방에서 제1여단의 참모 같은 일을 하고 있었다.

구마모토 입성 직후(4월 22일부) 중령으로 진급하여 구마모토 진대의 '막료 참모'에 보직되었다.

"미증유의 전쟁이었던 만큼 새 싸움터의 사진을 찍어 둘 필요가 있습니

다."

노기는 사령관인 다니 다테키에게 의견을 올려서 그 허가를 받았다. 시인 풍의 노기로서는 이 싸움에 관한 감상도 있었을 것이고, 이 싸움이 역사가 될 것을 생각해서 후세를 위해 사진을 찍어 두자고 생각했을 것이다.

그즈음 사진사는 보통이 넘는 기술자라는 인상을 세상에서 받고 있던 시대였으므로 사진사의 수도 적었다.

구마모토에 도미시게 도시히라(富重利平)라는 사진사가 있었다.

노기 중령은 이 도미시게 도시히라를 불러 부탁했다.

"새 싸움터를 촬영해 주게."

그리고 도미시게를 인력거에 태우고 자기는 말을 타고 파괴될 대로 파괴된 구마모토 시가와 야전병원 그 밖의 여기저기 싸움터를 종일토록 돌아다니며 사진을 찍었다. 노기는 사진을 좋아하는 사람이었는데 그의 후세에 대한 공적은 이 같은 일이었을 것이다.

"이날 일이 끝나자 노기 씨는 우리 할아버지인 도시히라에게 10엔을 주었다고 합니다."

도미시게 도시히라의 손자이며 지금 구마모토 시의 중앙우체국 앞에서 사진관을 경영하고 있는 기요시 씨가 말했다. 진대의 전속 사진사였기 때문에 진대에서 보수가 나왔는데 그 10엔은 노기의 촌지라 할 수 있다. 10엔이라면 그즈음 순경의 월급을 웃도는 큰 돈이었다.

그동안 4월 22일 야마가타 아리토모는 구마모토 동쪽 교회 하이쓰카(灰塚)라는 곳에 각 여단 사령관을 집결시켰다.

"앞으로 어떻게 할 것인가?"

이런 의논이었다.

이틀 후인 24일에도 모였다.

"자중해야 합니다."

이것이 야마가타의 의견으로, 각 여단의 사령관들도 이 의견에 거의 찬성했다.

전쟁은 이겼다. 흔히 싸움에 이기면 남은 힘을 몰아 사쓰마 군을 추격해서 전열이 정비되지 않았을 때 공격하여 궤멸시키는 것이 전술의 정상적 이치이고, 그것을 위해 병력도 남아돌만큼 충분했다. 그러나 사쓰마 군이 강한데 모두들 혼이 났는지, 신중론자인 야마가타의 성격에 따라 이 정도에서 쉬고 싶었다.
"하이쓰카에서의 방침은 잘못이었는지 모르겠다. 그때 군대를 몰고 급히 진격해서 적을 추격했더라면 그들을 몰살시킬 수도 있었을 것이다."
야마가타는 뒷날 이런 말을 했지만, 모두 사쓰마 공포증에 걸렸기 때문이었을 것이다.

그동안 기도 다카요시는 교토에 있었다.
태정관이 교토의 옛 궁성에 임시로 옮겨가 있었기 때문에 기도, 산조 사네토미, 오쿠보 도시미치, 이토 히로부미 등과 함께 교토에 체류하고 있었으나 지병인 결핵이 심해졌다.
결국은 그해 늦봄에 세상을 떠나게 되는데, 죽기 직전까지 일일이 세이난의 전황을 보고받고 언제나 오쿠보들에게 의견서를 보내면서, 때로는 과격하게 오쿠보의 조치에 간섭하기도 하고 견제하기도 했다.
'오쿠보의 어려운 상대는 기도'라고 말하고 있지만 기도는 그가 죽기 3개월 전에 일어난 이 전쟁에 대해 고양이가 털을 곤추세우고 덤벼들 듯이 모든 신경을 집중한 느낌이 있었다. 만일 태정관이 이 전쟁에서 진다면 기도로서는 그의 생애를 건 혁명사업(온화한 개화주의)은 무너져버리고 그의 일생은 완전히 무의미한 것이 된다.
"기도가 나를 싫어하고 있다."
이것을 사이고 자신 만년에 이르기까지 마음에 두고 있었으나, 기도는 확실히 사이고에 대해 준엄했다. 그러나 기도의 사이고 관(觀)은 유신과 똑같이 감정적인 것은 아니었다.
첫째, 기도는 사이고가 사쓰마계의 너무나 큰 우두머리여서 사쓰마 인을 대량으로 태정관에 넣은 것을 비판했다. 둘째, 기도는 사쓰마 파벌의 내부사정에 어두웠으므로 사이고와 히사미쓰의 사상을 같은 것으로 보고 진보라는 것에 대해 너무 둔감한 것을 염려했다.
기도의 동지인 죽은 오무라 마스지로는 사이고를 일찍이 '아시카가 다카우지'로 보고 경계했으나 만년의 기도는 그렇게 생각하지 않았다(그즈음 사람들의 공통적인 역사 지식으로는 아시카가 다카우지는 반혁명자의 대명사처럼 되어 있었는데, 반혁명이라는 말이 없었기 때문에 역사상의 고유명사를 써서 대용한 것이었다).

전쟁 중 기도가 도쿄의 이와쿠라 도모미에게 보낸 편지에도 이와 같이 말했다.

'사이고는 아시카가 다카우지처럼 야심찬 자는 결코 아니오. 다만 아까운 것은 식견이 부족하여 시세를 모르고 한 번의 노여움으로 자신을 망치고 국가에 해를 끼친 것인데, 그의 소행은 밉지만 한편 연민의 정을 금치 못하겠소.'

식견이란 세계 정세를 충분히 파악한 뒤에 국가 건설을 한다는 것을 가리킨 것임에 틀림없다.

전쟁터에서 야마가타가 자꾸 증원군을 간청해 온 데 대해 오쿠보는 언제나 그것에 대처해서 증원계획을 세웠다. 증원병이란 각 부현의 사족들에게 무기를 주어서 규슈의 싸움터에 보내는 것인데, 기도는 "큰 해독을 자초한다"고 하며 그것을 극력 반대했다.

"군대를 늘리면 또 우환이 일어납니다."

이것은 메이지 이후 기도의 불변의 정치감각이라고 할 수 있는데, 오쿠보는 기도가 이 문제에 대해서 거듭 반대한 데에 신경이 쓰여서 조슈 인인 이토 히로부미를 보내서 기도를 무마시켰다.

"순경으로 만든다"고 오쿠보는 이토에게 말하게 했다. 새로 모집한 사족들을 결코 군인이 아니라 순경이라는 형태로 싸움터에 투입시키므로, 장차 군인에 의한 해는 일어나지 않는다는 것이 이토를 통한 오쿠보의 설득으로, 사실 거의 그와 같이 실시되었다.

만년의 기도는 태정관의 옹호자로서 그의 헌책은 대단히 예리한 것이었다고 할 수 있다.

예를 들면 다바루 고개의 난전 중에 오히려 남쪽의 야쓰시로 부근에 한 부대를 상륙시켜 남쪽에서 구마모토를 공격하라는 것은 야마다 아키요시와 다카시마 도모노쓰게 등의 의견이었는데, 기도는 그것을 받아들여 오쿠보에게 그것을 실행할 것을 촉구했다. 결과적으로 볼 때 그것이 정부군을 승리로 이끄는 관문이 되었다.

또 비상사태가 일어났다.

기도가 태정관의 진짜 적으로 여기고 있는 사쓰마의 시마즈 히사미쓰가 또다시 움직여 "휴전하라"고 교토의 태정관에 상신했다.

종2품 시마즈 히사미쓰는 구마모토의 사쓰마 군의 전황이 불리한 것을 보고 사쓰마 군이 크게 붕괴되기 전에 휴전을 시키려고 자신의 아들 우즈히코 및 다다요시 두 형제를 교토에 사자로 보내면서 표면상으로는 앞서 칙사가 온 데 대한 답례라고 했다. 그때가 바로 구마모토에 사쓰마 군이 포위를 풀고 동쪽으로 떠난 때였다.

히사미쓰의 두 아들이 가지고 온 취의서는 태정대신 산초 사네토미에게 전달되었다.

'난을 일으킨 우두머리에 대해서만 죄를 규명하고 전쟁을 끝내자.'

그 요지는 이런 것으로, 요컨대 사이고 등 몇 사람만 처형하고 참전한 사족을 모두 사면하라는 것이었다.

이 히사미쓰의 건의는 가령 히사미쓰의 사상과 그의 반생의 행적을 시인한다 하더라도 동기가 간악하다는 비평을 면할 수 없다. 히사미쓰로서는 사이고가 원래 증오의 대상이었을 뿐이므로 그가 살해되거나 말거나 상관이 없었다. 그러나 사이고의 휘하에 있는 수많은 사족단은 히사미쓰의 힘이기도 했다.

히사미쓰가 자신의 가신들에 불과한 현의 관리들과 함께 태정관 체제 밖에서 봉건적 독립국을 지금까지 유지하고 또 앞으로도 계속 유지하려면 만여 명이 넘는 사나운 구신(舊臣)들의 옹호가 필요했다. 그들이 시바 산속에서 전멸하는 것은 히사미쓰의 체제 유지를 불가능하게 하는 것이므로 휴전이라는 미명 아래 그것을 회피하지 않으면 안되었다.

기도는 분개했다. 4월 18일자의 그의 일기에는 다음과 같이 씌어 있다.

'히사미쓰의 입과 마음은 아직 믿을 수 없다……그리고 가고시마 현은 일종의 독립국과 같은 형편이다.'

이것은 봉건적 사욕이라 할 수 있는 히사미쓰의 의도를 잘 파악하고 있을 뿐 아니라, 사쓰마 지방의 실정을 단적으로 표현하고 있다. 옛 번 때부터 사쓰마는 다른 번에 유례가 없을 정도로 농민에게 가혹했고 세금이 무거웠다. 메이지 후에도 히사미쓰의 의도에 따라 현의 관리는 옛 번 시대와 똑같이 농민에 대해 착취를 계속했다. '백성을 억압하고 가렴주구(苛斂誅求)가 극심하다'고 기도는 쓰고 있다. 히사미쓰의 휴전 권고는 그것을 계속하고 싶다는 것을 은연 중에 말하는 것이었다.

기도는 4월 18일부로 도쿄의 우대신 이와쿠라 도모미에게 건백서를 올려 "잔병을 소탕하라"고 과격하게 말하고, 또 교토의 오쿠보에게도 사람을 보내 설득하고 또 설득했다. 기도로서는 '독립국'을 없애는 방법은 그 길밖에 없다고 생각했다.

그리하여 태정관의 '조정회의'에서 히사미쓰의 휴전 청원은 각하되었고, 그 달 23일 태정대신 산조 사네토미는 우즈히코와 다다요시를 접견하고 그 뜻을 설명한 뒤 귀향시켰다.

휴가(日向)를 향하여

적은 아직 움직이지 않고 있었고 히토요시의 별천지에도 총성이 들리지 않았다.

사이고는 무사 주택가의 한곳에 거처를 정한 채 사병들이나 동네 사람들에게 모습을 보이는 일이 없었다. 그 니미야(新宮)씨의 집 문앞에는 삼엄하게 보초가 서 있었기 때문에 상상력이 매우 풍부한 사람만이 '이곳에 누군가 귀인이 있는 것이 아닌가?' 생각하는 정도였을 것이다.

"사이고 선생에 의해 사족(士族)시대가 부활된다."

따라서 고맙게 생각하라는 듯한 포고도 아니고 소문도 아닌, 군대의 위엄을 업은 무게있는 말이 상급무사들의 주택가에서 졸개들이 사는 거리에 이르기까지 곳곳을 빙빙 돌아서 되풀이하여 들려오고 있었다.

히토요시는 인구가 약 7000명이다.

에이코쿠 사의 사쓰마 군 본영에서는 이들에 대해 사족이나 서민의 구별 없이 호적 조사를 실시했다. 사족에 대해서는 병력을 모집하기 위해서였고 서민에 대해서는 탄약제조 등의 노역에 쓰고 조세를 징수하기 위해서였다.

"무엇 때문에 그렇게 하는 것일까?"

많은 히토요시 사람들은 입밖으로 말은 하지 않았지만 이 슬픈 운명을 탄식하지 않을 수 없었을 것이다. 무엇 때문이라기보다도 현실적으로 대군단이 이 작은 성밑 거리를 점령해버린 이상 이유보다는 공포 때문에 따라가지 않을 수 없었다.

아오이 신사 앞에는 단두대가 세워져서 느닷없이 나타난 작은 국가의 사법권을 상징했고, 또 구체적으로 복종하지 않는 자는 그 장치에 의해 목이 잘리지 않을 수 없었다.

본영에서는 거듭해서 말한다.

"이 대군이 이곳 요충지에 할거하면 2년 동안은 지탱할 수 있다."

어떤 이들은 또 이렇게 말하고 있다.

"머지않아 도사의 동지도 봉기할 것이다."

이 두 가지 말은 사쓰마 군의 전략적 희망을 말한 것에 불과하다. 히토요시 사람들을 설득하여 사이고와 사쓰마 군에 공명시키기에는 너무 빈약했다. 적어도 사이고가 어떠한 정치적 이상을 가지고 있는가에 대해서는 아무 말도 하지 않고 있었다.

옛 성 안이 탄약 제조소가 되었다. 사쓰마 사족이 토민(土民)으로 보고 있는 평민들이 끌려나와 탄약 제조 작업에 종사하고 있었는데, 그것은 무서움 때문이었다.

'후덕 신정(厚德新政)'이라는 큰 깃발이 본영 옆에 나부끼고 있었으나, 신정이란 어떤 이상의 정치인가를 사쓰마 인들은 아무것도 설명하지 않았다.

그저 태정관의 관리가 나쁘다는 것이었다. 오쿠보 이하 관리들은 외국을 겁내어 외국에 무릎을 꿇고 외국의 흉내를 내며 외국이 시키는대로 일하고 일본국을 팔아먹으려 한다는 것 정도가 오쿠보를 쓰러뜨려야 하는 이유이다. 그러나 오쿠보를 쓰러뜨린 뒤에 국민들을 위해 어떠한 사회를 만들 것인가에 대해서는 '일체 말이 없었다. 믿기 어려운 일이지만 기리노는 물론이고 사이고조차 그 일에 관해서는 막연했던 것 같다. 적어도 사쓰마 인들은 히토요시 사람들에게 그것에 대해 한 부분도 말한 흔적이 없었다.

사쓰마 군의 협력부대로서 구마모토 사족의 구마모토 부대와 민권주의자의 부대인 협동대가 시바의 수천 개의 가파른 산을 넘어서 히토요시까지 따라왔다.

'사이고가 일어섰다는 것이 알려지면 60여 주의 사족이 모두 궐기할 것'

당초에 기리노들은 이와 같이 예상하고, 그렇게 믿었으며 그것을 유일무이한 정략과 전략으로 삼았다. 사이고 자신도 그렇게 믿었던 흔적이 짙다. 사이고가 가진 크나큰 성망이 만천하를 덮고 있다고 믿고 있었다.

궐기한다고 보았으나 실정은 기대에 어긋났다. 과연 휴가 등의 사족은 일어섰으나 그들은 가고시마 현령인 오야마 쓰나요시(당시 미야자키 현과 가고시마 현의 행적구역의 하나였다)의 강제적 명령에 의해 일어선 것이고 소수의 지사적 인물 외에는 마지못해서 사쓰마 군과 행동을 함께 하고 있을 뿐이었다.

구마모토의 사족만은 그 풍토성으로 인해 개성적인 의식을 가지고 합쳐서 참가했다고 볼 수 있다. 그들 중에는 가족을 정부군의 점령지에 남겨둘 수 없어서 처자와 함께 험준한 산을 넘어 행군해 온 사람도 있었다. 젊은 부총수격인 사사 도모후사(佐佐友房)의 《전포일기(戰砲日記)》에도 그때의 사정이 나와 있다.

'산, 또 산, 산세는 가파르고 마치 흙담을 기어오르는 듯, 한 발은 또 한 발보다 높고 마치 뒷사람이 앞사람을 머리에 이고 오르는 듯하다. 길은 넓이는 한 자가 될까말까하고, 나무 밑둥과 날카로운 바위가 길위에 불쑥 돌출한 꼬불꼬불한 길을 지나……한 발 한 발 조심하지 않으면 단번에 떨어져 절벽 아래의 귀신이 된다……게다가 빗발은 점점 굵어지고 바람은 점점 세차다. 온 산이 안개로 어둑하고 한 치 앞도 분간할 수 없다. 대원 중에는 가족을 동반한 자도 있었다. 어머니는 비에 울고, 아이는 바람에 고함친다. 보기에도 가슴 아파 눈물을 흘리지 않을 수 없다.'

이 어렵고 모진 길은 전도에 승리의 희망이 반드시 있어서도 아니었고 "패전군의 우울한 마음을 쌓으면 산보다 높고, 고향을 떠난 심정은 절절해서 바다보다 깊다"는 감회와 함께 전진하지 않을 수 없었다. 본디 사쓰마 인을 비판하는 경향이 강한 이들 히고 인은 아마 사이고나 기리노의 지략을 너무 높이 산 것에 대해 반은 후회하고 반은 스스로 택한 운명에 죽으려고 체념하고 있었음이 틀림없다.

5월이 되었다.

사쓰마 군은 출발할 때부터 큰 눈의 저주를 받았고, 다바루 번내의 전투에서는 찬비로 고생했으며, 시바 산의 행군에서도 역시 비가 내렸다.

5월이 되어 또다시 비오는 날이 많아졌고 어느 새 장마철이 되었다.
적(敵)은 아직 오지 않고 비만 계속 내리고 있었다.
'5월 17일, 비가 몹시 오다. 시절은 바야흐로 장마철이다. 당연한 일이지만, 맑은 날이 하루도 없다. 그런데 적은 아직 오지 않는다.'
구마모토 부대의 사사 도모후사는 《전포일기》에 이렇게 쓰고, 온 사병들이 무료해서 고향을 생각하는 정을 참지 못하고 있다는 말을 쓴 뒤 떠오른 시를 적었다.

백전(百戰)에 공이 없고 장한 뜻과 다르도다
노영(露營) 석 달 동안 전의(戰衣)만 적시도다
두견새는 알지 못한다. 군인의 참뜻을
밤마다 분별없이 노래한다. 돌아감만 못하다고

이 시기에 두견새가 밤마다 울었다. '돌아가는 편이 좋지 않을까' 하고 장병들의 마음도 모르면서 그렇게 불러대는 듯이 들렸다고 사사는 말했다.

히고 평야의 정부군은 이 무렵 거의 싸움을 잊어버린 것처럼 한가하기만 했다.
"천천히 하면 되지 않겠나."
사쓰마계 고급 장교들 사이에 말없이 오고간 기분이 있지 않았나 하고 생각된다. 그들의 대부분은 사이고가 키우거나 인척되는 사람이었으므로 사냥하듯이 사이고를 추격하는 일에 마음이 내키지 않았을 것이다.
참모 야마가타에게도 그런 기분이 있었다. 그는 지난 날 정상배인 야마시로야 와스케로부터 뇌물을 받은 사건 때문에 육군의 사쓰마계 군인들이 죽인다 살린다 하고 야단이었다. 그때 사이고가 사쓰마계 군인들을 무마해 주었기 때문에 야마가타는 살아났고 그 뒤에도 사이고에게 큰 은혜를 입었다. 더욱이 그를 규탄한 사쓰마계 군인의 대부분은 기리노 이하 지금 '적군'이 되어 있었으나 정부군 안에도 있었다. 야마가타의 사쓰마 인에 대한 염려는 다른 조슈 인에게선 볼 수 없을 정도로 미묘한 것이었다.
조슈 인 야마다 아키요시(소장·별동 제2여단장)는 그것이 못마땅했다.
'야마가타는 전쟁을 모른다'고 고인이 된 오무라 마스지로의 수제자로 자부하는 야마다 아키요시는 평소에 그렇게 생각하고 있었는데, 이 시기의 야마다는 교토의 기도 다카요시와 빈번하게 편지를(기선이 운반했다) 주고받고 있었으므로 거의 기도의 지시를 받고 있는 형편이었다.

기도는 철저한 유신 옹호자였으며 또 옹호자라는 점에서는 이제 자기 혼자뿐이라고 생각할 정도로 비장감을 가지고 있었다. 게다가 유신 이래 가고시마 현이 일종의 독립국의 기세를 보이며 태정관의 명령에 복종하지 않는 상태가 사학교의 폭발에 연관되었다고 믿고 있었다. 그로서는 유신의 완성은 가고시마 현의 꿇리지 않으려는 독립 세력과 기분을 꺾는 데 있다고 생각하며 이미 죽음이 가깝다고 느끼고 있는 만큼 초조해 하고 있었다. 그같은 것을 항상 야마다 아키요시에게 말하고 편지로 써 보낸 흔적이 짙었고, 기도의 일기를 보더라도 이 전쟁에 관해서는 야마다 아키요시와의 관계가 가장 농후했음을 알 수 있다.

기도는 동향의 후배이지만 야마가타 아리토모라는 사나이가 하나의 성곽을 구축하고 있는 듯한 느낌을 주어 속마음을 털어놓고 이야기할 수 있는 사이가 아니었다. 그런 점에서 약간 가벼운 야마다 아키요시가 적당한 상대였을 것이다.

또 야마다 아키요시로서도 조슈계 군인으로서는 중장 야마가타 아리토모를 경쟁 상대로 생각하고 있었고 적어도 야마가타의 콧김을 살피려는 기분은 없었다.

5월 6일 야마다 아키요시는 구마모토 성 안의 본영으로 야마가타를 찾아가 고함부터 질렀다.

"왜 우물쭈물하고 있나?"

야마가타로서도 야마다를 좋아하지 않았으므로 이 적극적 의견이 나온 것을 기회로 그날 그 의견을 중심으로 본영 회의를 열었다. 그래도 여전히 사쓰마계 군인들은, 히토요시에 대한 직접 공격은 희생이 많아 불리하다고 주장했으나, 말재주가 능한 야마다 아키요시가 병학적으로 그 오류를 하나하나 반박하여 끝내 야마가타로 하여금 적극책을 수용토록 했다. 야마가타로서도 강에서 배를 만난 심정이었을 것이다.

사쓰마 군과 여러 협력부대 중에서도 이미 죽은 미야자키 하치로 일행의 구마모토 협동대는 민권주의를 표방하고 있었기 때문에 사람들에 대한 친근감이 짙었던 것으로 생각된다.

이 부대에서는 간부를 선거로 뽑았다.

대장에는 하치로가 선출되지 않았고, 하치로는 그의 성품에 따라 사쓰마 군 본영부속이 되어 연락을 맡았으며, 전투부대는 하치로의 동지인 히라카와 다다이치가 맡았다.

히라카와 다다이치는 3월 3일 야마시카 방면 나베타(鍋田) 전투에서 전사하고, 하치로는 이미 말했듯이 4월 6일 야쓰시로 전투에서 사망했다.

히라카와 다다이치가 죽은 뒤 협동대에는 대원들을 설득하여 기꺼이 사지에 뛰어들게 할 만한 덕망있는 수령이 없었다.

"사키무라를 수령으로 추대하자."

이것으로 중의가 결정되어 다카다 쓰유, 아리마 겐나이 등이 사키무라 쓰네오(崎村常雄)가 병을 치료하고 있는 누마야마쓰(沼山津)까지 가서 간청했다.

사키무라 쓰네오는 31세였다. 하치로가 27세, 히라카와 다다이치가 29세인 데 비해 조금 선배였다. 구마모토에서의 민권운동은 미야자키 하치로가 먼저 제창한 것이지만 그는 서생풍이 강했기 때문에 인망을 얻지 못했으며 만일 사키무라 쓰네오가 이에 동의하지 않았다면 운동은 그처럼 급속하게 퍼지지 못했을 것이다.

사키무라 쓰네오는 시습관(時習館) 출신으로 옛 번에서의 봉록은 100석이며 번주의 측근으로 있었다. 이러한 경력으로 보아 구마모토 풍의 관료적 우국주의 집단인 학교당(이케베, 사사 등의 구마모토 부대)에 속할 인물이었지만, 사키무라는 하치로의 영향으로 루소의 사상에 접촉하기 전부터 일종의 성격화한 독자적인 평민 중심의 사상을 가지고 있었다. 그는 천성이 영민했기 때문에 막부 말기에 번의 명령으로 상경해서 여러 가지 정세를 탐색했는데, 그 보고는 하나하나 시세의 본질을 잘 파악한 것이었다.

'장자방(張子房)'이라는 것이 그의 별명이었다. 한나라 유방(劉邦)의 모신(謀臣)이었던 장량(張良)이 여자 같은 용모를 지녔었는데, 창백한 얼굴에 수척한 체구를 한 사키무라의 인상과 어딘가 닮은 데가 있었기 때문이리라.

사키무라 쓰네오는 민권당이 사쓰마 군에 협력해서 협동대를 조직했을 때 병이 나서 참여하지 않았다. 다카다나 아리마는 이미 전세가 불리한 때 사키무라를 출마시켜 수령으로 삼겠다고 설득했다.

사키무라는 한 마디로 승낙했다.
"싸움은 아마 이기지 못할 걸세."
그는 냉정하게 앞일을 판단하고 다카다 일행에게 말했다. 그때는 다바루 고개에서 공방전이 벌어지고 있었는데 사키무라는 "승패는 이미 정해졌다"고 단정했다.
"그러나 남자가 한 번 결단해서 대사를 시작한 이상 이길 승산이 없다고 그만둘 수는 없으며, 끝매듭을 지어야 한다."
사키무라는 자진해서 패색이 짙은 부대의 수령을 맡아 각지에서 싸웠고 또 부대를 인솔하고 시바의 험준한 산들을 넘어 히토요시에 들어갔다. 대원들은 그의 인품에 잘 복종했다.

구마모토 협동대는 애초에 40여 명으로 출발했으나 점차 참여자가 불어나 그때에는 400여 명 가까운 인원으로 증가해 있었다.
"협동대에는 도적까지 들어가 있다"고 그즈음 말들이 많았다.
같은 히고 인의 부대라도 학교당을 기반으로 한 구마모토 부대는 전원이 정통 사족으로만 구성되어 있었다. 그런 점도 있어서 군의 규율에 대해서는 별문제가 없었는데, 그것과는 달리 민권주의자가 모인 협동대에는 실직자나 불량배까지 끼어 있었기 때문에 기강이 문란해지기 쉬웠다.
또 하치로의 동생인 미야자키 도텐이 썼듯이 이런 문제도 있었다.
'이 부대는 주의 주장을 전쟁에 이용하여 공화적 조직으로 성립된 단체였기 때문에 각기 주장이 백출해서 통일시킬 도리가 없었다.'
이 '공화'라는 말은 막부 말기 이래의 것으로 뜻은 그 뒤의 공화라는 내용보다는 민주제라는 뜻에 가깝다. 이 같은 부대를 잘 통솔할 수 있었던 것은 오직 사키무라 쓰네오의 성실한 인격과 덕망에 의한 것이라고 할 수 있다.
또 한 가지는 크고 작은 간부를 몇 번이나 투표에 의해 공선한 것에 기인한다.
지난 번 히고 평야의 싸움에서 협동대는 미부네에서 싸우다가 패해서 하마마치까지 철수했는데, 뒷날 다카다 쓰유가 도텐에게 말한 바에 의하면 이 단계에서는 '군의 규율이 크게 떨어져서 거의 수습할 수 없는' 상태였다.
총수인 사키무라 쓰네오도 사쓰마 군 간부와의 절충이 불쾌했던 것과 그들의 교만에 의한 용병의 졸렬함을 더 볼 수 없어서 한때 총수를 그만두려고 생각했는데 다카다들의 만류로 그대로 머물러 있었다.

이 하마마치에서 사키무라는 전원을 본영에 모아놓고 진심을 다해 설득했다.

"이번 싸움은 도저히 이길 수 없다. 제군 중에 고향으로 돌아가고 싶은 사람은 돌아가도 좋다. 돌아가서 부모처자에 대한 의무를 다하는 것도 또한 인생의 중요한 책임을 다하는 일이다. 그러나 우리와 함께 희망 없는 싸움을 계속하려는 사람은 남아라."

사키무라의 이 무게있는 연설은 그 뒤 살아 남은 대원들의 이얘깃거리가 되었으나 어쨌든 패망의 끝이 빤히 보이는 이때 병사들에게 각자 진퇴는 자유라고 선언한 대장은 고래로 드물 것이다.

그런데 고향에 가겠다는 자는 세 명뿐이었다. 사키무라는 군비를 쪼개 여비를 후하게 주어 그들을 전송했다.

그리고 사키무라가 몇 번인가 간부 공천을 실시했더니 부대 안에 생기가 되돌아왔다고 한다.

협동대는 히토요시에 들어와 잠시 휴식하고, 5월 5일 사쓰마의 오구치를 향해 출발했다.

'모두 희망없는 싸움터로 떠나 마지막 절개를 지킬 것을 빌었다'고 도텐은 쓰고 있다.

"따라서 2년은 견딜 수 있다"고 기리노가 히토요시의 요충지로서의 가치에 대해 큰소리를 친 것은 군사상의 무지라고 할 수 있을지도 모른다.

히토요시는 중첩한 높고 가파른 고개로 둘러싸여 있어서 얼핏 보아 요충지로 보이지만 산들이 무수한 작은 강을 만들고, 그 작은 강을 따라 산등성이를 지나는 나무꾼의 길이 많았으므로 외부에서 히토요시로 통하는 길은 비교적 많았다.

사쓰마 군은 그 길목을 병력으로 지켜야 하기 때문에 병력이 몹시 분산될 수밖에 없었다.

본디 히토요시 본영의 사쓰마 군은 가고시마, 구마모토, 미야자키라는 3개 현에 병력을 파견하고 있었기 때문에 히토요시 부근의 방위에 남아 있는 병력은 2000명에 불과했다. 이 2000명을 여러 곳의 산마루, 고개목, 요지 등에 분산 배치했으므로 결국 1,2백 명의 소단위로 세분화되고 말았다.

여기에 대해 정부군은 1만 명 이상의 병력으로 모든 길에서 진격할 수 있도록 배치했다. 북쪽 산지에서는 모미노키(樅木)에서 나스 고개를 넘는 경로, 그리고 시바에서 구니미 산을 넘는 길, 또는 이쓰키 고개의 길, 다네야마 고개의 길로 각각 부대가 전진했다. 서북방의 산지에서 마에 고개의 길, 이치노마타(市俣)에서 구니미 고개를 넘는 길, 또 히토요시로 가는 대문이라고 할 수 있는 구마 강과 그 양 언덕의 길을 따라, 이를테면 길이라는 길은 모두 정부군의 통로가 되었다.

이 방면의 작전 지휘는 소장 야마다 아키요시가 맡았다. 야마다는 정부군의 장성 중에서도 적극적인 사나이였으나, 그래도 아직 히토요시의 천험적 요해지에 의지하고 있는 사쓰마 군을 겁내고 있었다.

그는 공격 방침으로 "히토요시는 천험의 요지이지만 진로도 역시 많다. 아군이 이를 공격할 때는 모든 길을 통해 동시에 전진하여 곧장 그 본거지를 공격하지 않으면 안된다"고 했으나 반드시 이긴다고는 보지 않았다. 만일의 경우를 대비하여 패전했을 때의 퇴각 방법까지 마련했는데, 패전군을 산중에서 뿔뿔이 흩어지게 하면 병단으로서의 힘을 잃게 되기에 퇴각 목표지는 야쓰시로 정하고 그곳에서 패잔병을 수용해서 다시 공격할 힘을 기른다는 것이었다.

이하는 그의 방침이다.

"예부터 장수들은 흔히 공격 계책은 치밀하게 세웠으나 패전군의 후퇴방법에 소홀했기 때문에 일단 패하면 다시 수습하지를 못했다. 히토요시라는 곳은 과연 사쓰마 군의 근거지이기 때문에 이를 통솔하는 것은 노련하고 훌륭한 지휘자에게 맡긴다. 만일 패전했을 경우 마땅히 이쓰키 고개, 마에 고개 방면의 군대를 구마 강 연도에 집결시켜 전력을 다해 다시 진격할 계책을 세워야 하므로 야쓰시로를 지켜야 하는 것은 당연하다."

그는 이와 같이 말하고 고급 지휘관들에게 그것을 지시했다. 야마가타가 작은 나폴레옹이라고 불린 것은 이와 같은 용의주도함에 있었는지도 모른다.

각 방면의 주둔군 중 북쪽 산지로 향할 부대는 5월 17일경부터 진격을 개시했고, 나머지 부대는 5월 20일경부터 여러 갈래의 길로 히토요시를 향해 진격했다.

각 방면의 사쓰마 군의 방어력은 초기의 끈기와 반발력을 잃고 있었다. 여러 갈래 길을 경쟁적으로 진격하고 있는 정부군은 각 요소에서 사쓰마 군의 소부대를 격파하면서 히토요시에 접근하고 있었다.

히토요시의 시가지에 정부군의 한 지대(야마지 모토하루 중령)가 돌입한 것은 6월 1일 아침이었다.

사이고는 그 3일 전인 5월 29일 아침에 히토요시에서 모습을 감추고 미야자키 방면으로 떠나버렸다.

"무엇 때문에 싸우는가?"
히토요시 사족들도 생각하지 않을 수 없었을 것이다.

그들의 간부급은 사쓰마 군의 반정부적 정열에 공명했는데, 예를 들면 구 히토요시 번의 중직을 역임한 이누토 히라베(犬童平兵衞)는 70세 가까운 노령이면서도 "무사의 세상을 다시 만든다"는 것에 강한 기대를 가지고, 에이코쿠 사의 사쓰마 군 본영에 매일 나가서 사쓰마 군의 보급을 도와주고 젊은 히토요시 사족들을 병사로 내보내기도 했다.

그러나 갑자기 병사가 되어 히토요시 방위에 끌려나온 사족들로서는 사쓰마 군의 정치적 이상이 무엇인지 알 수 없었고, 그렇다고 옛 히토요시 번 자체의 문제도 아니었기 때문에, 지난 날 보신 전쟁 때의 아이즈 인처럼 목숨을 버리면서까지 고향을 지키지 않으면 안될 이유를 도저히 납득할 수 없었을 것이다. 그들은 히토요시 함락 후 정부군에 항복했다.

"2년 동안 이 땅을 지킨다"

사쓰마 군 대장 기리노는 히토요시 사족들에게 말했다. 히토요시 사족 중에서도 무엇이 어떻게 되든 쳐들어 오는 정부군으로부터 조상의 땅을 지켜야 한다고 생각한 사람도 있었는지 모른다.

그러나 사쓰마 군은 히토요시라는 땅에 대해 심리적으로 집착하지 않았음에 틀림없다. 본디 사쓰마 번은 다른 번 사람을 필요 이상으로 경멸하는 전통을 가지고 있었고, 그것으로 사쓰마 무사의 긍지를 보전하는 풍습을 계속하고 있었다. 사쓰마 인은 사쓰마 인을 지키기 위해서만 싸웠다. 그러니 히토요시와 히토요시 인을 지키기 위해 싸울 턱이 없었다.

기리노 도시아키는 히토요시가 함락되는 것을 보지 못했다. 그는 히토요시 동쪽의 에시로 마을에 본영을 정하고 있었으나 얼마 뒤 전선 재정비의 거점으로 히토요시보다 미야자키가 적당하다고 하며 미야자키로 떠나버렸다.

사이고는 기리노가 떠난 뒤에도 히토요시에 있었으나 여러 방면의 정부군이 앞으로 사흘이나 이틀 정도의 행로로 히토요시에 접근한다는 정보를 들었을 때 막료들의 헌책을 받아들여 미명의 어둠을 틈타 히토요시를 떠났다.

남은 것은 첩첩산중의 보루를 지키는 2000명의 사병들뿐이었다.

그 중에서도 잔류 전에 재빨리 항복한 부대도 있었다. 구마 강 중류의 가미세 서쪽의 산지인 야시키노(屋敷野)를 지키고 있던 100명 정도의 사쓰마 군은 5월 22일 정부군이 들이닥치자마자 항복했다. 또 그 부근의 에비라세(箙瀨)를 지키고 있던 사쓰마의 가모(蒲生) 사족 79명(인부를 합치면 104명)도 대장 아카쓰카 겐타로(赤塚源太郎)의 인솔하에 정부군에 항복했다.

사쓰마 인이 집단적으로 항복한 것은 이것이 처음이었다.

본래 가모의 사족단은 상급무사에 대한 반발이 강했으며 사이고의 영향이 비교적 적었고 또 가모 고을의 사학교당에 반대하는 감정도 강했다. 아마 더 이상 싸움을 계속하는 것에 대한 강한 의의를 발견할 수 없었기 때문이리라. 그들은 정부군의 용서를 받고 그 편제 속에 들어갔다.

히토요시와 그 부근의 전역적 수비는 후치베 군페이와 고노 슈이치로가 분담해서 지휘하고 있었다.

그들은 사이고가 떠난 뒤에 사람이 적어진 에이코쿠 사의 본영에서 기거하고 있었으나 전선의 형편을 잘 모르고 있었다.

아무튼 전선이 여러 갈래로 흩어져 있을 뿐 아니라 히토요시와의 사이를 산악이나 하천이 가로 막고 있어서 연락이 불충분했기 때문이다. 다만 구마 강 중류에서 가모 사족들이 집단적으로 정부군에 항복했다는 소식을 들었을 때 고노 슈이치로는 전선에 가서 각 부대를 독려하면서 고함쳤다.

"두 마음을 가진 자는 항복해도 좋다. 그러나 항복한 뒤에는 나의 전선에 덤벼들어라. 내가 무찔러버리겠다."

한편 정부군의 선봉 중에 구마 강 연도로 히토요시를 향해 진격한 것은 야마지 모토하루(山地元治) 중령의 부대였는데 그들은 구마강의 가미세에서 동쪽 산길로 들어가 곧 히토요시 북쪽 데루타케(照嶽) 부근으로 나왔다.

6월 1일 새벽, 야마지의 부대는 겐나이 고개를 지키는 사쓰마 병을 아직 어두울 때 격파하고 날이 밝아오자 도망치는 사쓰마 병을 추격하면서 그대로 히토요시 시가에 들어왔다. 시가에는 아침 안개가 짙게 끼어 있었다.

그날 아침 고노 슈이치로는 후치베 군페이와 함께 히토요시의 서쪽 교외의 통칭 와타리라는 곳에 갔다가 돌아오는 길에 시가지 입구에서 쉬고 있을 때 날이 밝았다. 그때 갑자기 총성을 듣고 적이 돌입했음을 알았다. 두 사람은 적이 이렇게 빨리 들어오리라고는 생각하지 못했다.

다음은 고노의 담화 속기다.

'거리 입구에서 쉬고 있을 때 날이 밝았다. 가까이에서 총성이 들려 달려가 보니 과연 적이 히토요시 가까이에 왔는데 다리에서 멀지 않는 곳이었다.'

고노와 후치베는 달려가서 도망쳐 오는 사쓰마 군을 진정시키고 근처의 농가와 광을 방패삼아 응전했는데, 얼마 뒤에 아군 속에서 큰소리로 "후치베님이 총에 맞았다"고 외치는 소리가 들렸다.

고노가 돌아보니 배꼽 밑을 맞고 엎드려 있는 후치베가 보였다.

고노는 병사들에게 명령해서 후치베를 후송시켰으나 후치베는 곧 절명했다.

후치베는 본디 근위군 소령이었다. 사이고를 신처럼 숭배했고 사이고도 후치베를 사랑하여 궐기 후 자기의 부관으로 삼아 언제나 막사에서 근무시켰다.

이때 불길이 크게 일어났다.

사쓰마 병이 정부군의 야마지 부대에 쫓겨 시가지로 도망쳐 오며 밀고 밀리면서 호오 다리(鳳凰橋)를 모두 건넌 뒤에 불을 질러 다리를 불태웠다. 그 불똥이 시가지에 날아가 민가가 타기 시작했다. 불길을 더욱 크게 하기 위해 사쓰마 병이 여기저기 뛰어다니며 방화하고는 도망쳤다. 때마침 바람이 거세져 이날 하루 사이에 시가지의 거의 전부가 타버렸다.

이 방화는 고노가 지시한 것은 아닌 듯했다. 사쓰마 병 개개인이 불을 지른 듯하며 그들은 구마강의 남쪽 둑까지 도망쳤고 곧 히토요시를 포기했다. 히토요시에 불을 지른 이유는 불로 정부군의 진격을 막는다는 것도 있었을지도 모르나 그 이유는 희박하다.

히토요시 주민들은 비참했다고 말할 수밖에 없었다.

그러나 계속 방화하면서 민가를 불태운 것은 사쓰마 군뿐만이 아니었다.

히토요시 북방의 데루타케 방면에서 남하한 정부군의 좌익대도 연도의 민가에 불을 지르며 나아갔다.

이유는 사쓰마 병이 거기에 은신해 있을 것을 겁낸 것도 있었고, 또 민가에 방화함으로써 후속 부대에 대한 봉화 대신 신호가 되는 경우도 있겠으나, 어느 쪽이든 전술상 중요한 이유는 될 수 없다. 전쟁심리라고 할 수밖에 없다.

6월 1일 아침, 정부군의 히토요시 돌입 후 몇 시간 뒤에 히토요시 시가지와 교외에서 검은 연기가 하늘 가득히 치솟고 불길이 땅을 쓸며 하늘 높이 솟아 올랐으며 각처에 저장된 탄약이 폭발하여 시민이 도망치는 처참한 상황이 되었다.

각 방면의 정부군 진격을 촉진시킨 이유의 하나는 각지에서 항복한 사쓰마 군의 소부대가 항복과 동시에 정부군의 길안내를 맡아 사쓰마 군의 배치 상황을 가르쳐 주었기 때문이기도 했다.

정부군이 특별히 강제한 것이 아니라 그들이 적극적으로 희망했기 때문이었다.

"항복했으니 관병(官兵)으로 일하고 싶습니다."

그들의 말이 또한 정서적이어서 "죽음을 무릅쓰고 지난 죄를 속죄하고 싶어서"라는 것이었으니 일종 기묘하다고 밖에 말할 수 없다.

이같은 일은 일본 고대의 전쟁 관습이기도 했다. 항복부대는 창을 되돌려 적군의 일익이 되는 것이다.

항복한 사쓰마의 가모 사족들은 야마다 아키요시의 허가로 오카모토(岡木) 대위를 따라 전투에 참여했다.

가모 사족들은 앞서 말했듯이 가고시마 사학교 사상에 공명하여 참여한 것이 아니고, 가고시마의 사학교 본교에 의해 강제로 끌려 나왔다고 할 수 있다.

이 싸움 전에 가모에 사학교 분교를 만든 것은 가고시마에서 온 헨미 주로타였다.

혼시 다케지로(本司猛次郎)라는 이 고을의 지도자가 당초 가모에 귀향한 경시청 순경과 접촉했다고 해서 스파이 혐의를 받아 고을의 '고칸안(幸閑庵)'이라는 술집 앞 기둥에 묶여 몽둥이로 두들겨 맞는 공개 고문을 당했다. 혼시는 그 뒤 가고시마의 사학교 본교에 압송되었다가 사이고 군에 가모 고을을 참가시킨다는 억지 약속을 하고 돌아왔다.

혼시는 히토요시 함락 전에 전사했는데 이러한 사정으로 보더라도 가모 사족들의 사학교 간부에 대한 감정을 상상할 수 있을 것이다.

히토요시 사족들의 우두머리인 이누토 히라베는 옛 번의 중신이었던 만큼 히토요시 사족들을 사쓰마 군에 가담시키는 데 공이 있었다.
히토요시에서 사쓰마 군이 방어 준비를 할 때 이누또는 식량, 탄약, 병사, 인부 등의 조달에 힘썼다는 것은 앞에서 이미 말했다.
사이고도 이 사무에 능숙한 인물에 대해 각별한 경의를 표했고, 노인도 사이고를 대단히 존경한 듯했다.
그러나 히토요시에서의 전승에서는 이누토 노인이 무슨 연락할 일이 있어 5월 29일 아침에 사이고의 처소에 갔을 때 이미 거처가 비어 있다는 것을 알고는 망연자실했다고 한다.
'벌써 도망쳤나.'
이런 아쉬움이었는지, 아니면 그토록 사쓰마 군을 위해 일한 히토요시 사족의 대표인 자기에게 한 마디 인사도 없이 떠나버린 사쓰마 군의 총수에 대한 말할 수 없는 분노를 느꼈는지는 알 길이 없다. 적어도 이 노인은 유쾌하지는 않았을 것이다.
6월 1일 정부군이 히토요시에 돌입하고 사쓰마 군이 도망치기 시작했을 때, 그는 시가지의 대화재 속에서 히토요시 사족의 구제책을 강구하지 않으면 안 되었다.
앞서는 그 자신이 사족들에게 사쓰마 군에 가담하라고 큰소리쳤지만, 이제는 그 자신이 그들을 정부군에 항복시킴으로써 구제하지 않으면 안될 우스꽝스러운 입장이 된 것이다.
6월 4일 히토요시 주변의 사쓰마 군이 어디론가 사라지고 정부군의 점거가 확립되자, 그는 군감(軍監)인 다키가와 준조와 함께 잿더미가 된 거리를 걸어서 별동 제2여단의 본영에 가서 항복했다.
그들이 조직한 히토요시 부대 280명도 스스로 무장을 풀고 죄의 대가를 기다렸다. 무장을 풀었다 해도 히토요시 부대가 가지고 있던 화기의 거의 전부가 전국시대의 화승총이었는데, 그것만 보더라도 이 산간의 작은 번의 평화스러운 역사를 상상할 수 있다.
그 결과 간부급은 처벌을 기다려야 했다. 뒤에 나스 셋소쿠와 이누토 히라베는 징역 3년, 다키가와 준조는 징역 5년, 니미야 가센은 징역 3년을 각각 복역했으나, 나머지는 앞서 항복한 사쓰마의 가모 사족대와 함께 탄원하여 정부군에 편입되었다.

한편 히토요시의 사쓰마 군 본영은 사이고와 기리노가 떠났기 때문에 무라타 신파치만 남았다.

그는 어떠한 사태에 처해도 얼굴빛이 변하지 않는 사람인만큼 패잔군의 수습에는 가장 적합한 인물이었다.

그는 히토요시에서 8킬로미터 남쪽의 오하타케라는 산기슭 마을에서 패잔병을 수습하여 정부군에 대해 1승 3패로 싸우면서 퇴각해서 6월 12일에는 가쿠도 고개에서 싸우고, 13일에는 휴가의 이노 고개에서 싸웠다. 탄약이 거의 떨어져서 싸움도 기회를 보아 칼로 쳐들어가는 것 외에는 어떻게 할 도리가 없었다.

이 날 이노 고개에서의 싸움에서 무라타로부터 정부군 습격을 명령받은 사쓰마 군의 소대장 이하 40명이 그대로 정부군에 투항해버린 사태가 일어났다.

사이고의 나날

휴가(日向)는 옛 막부 시대 중간쯤까지 사쓰마 번의 영토였다.

인정은 사쓰마와는 달라서 일반적으로 온화한 편이라고 하지만, 같은 현에서도 사쓰마령이었던 곳에 사는 사족들은 에도 시대부터 계속 웅번(雄藩)의 소속이라는 자존심이 있어서 오비 번이나 노베오카 번과는 다른 기풍을 가지고 있었다.

유신 뒤 한때는 휴가의 행정 구분에 변천이 많았으나, 메이지 6년 미야코노조 현(都城縣)과 미미쓰 현(美美津縣)은 없애고 '미야자키(宮崎)' 현이 설치되었다. 그러나 메이지 9년(1876)에 이것이 다시 가고시마 현에 편입되어 메이지 6년에 생겼던 현청은 지청으로 격하되었다.

지청(支廳)은 미야자키 시에 있다.

오요도(大淀) 강 어귀에 있는 이 도시는 몇 개의 농촌을 연결한 정도의 취락에 지나지 않았으나, 메이지 6년 현청이 설치되고부터 갑자기 인구가 급증했으며, 그후 현청이 지청이 되었다고는 해도 인구는 1만 명이 넘었다.

히토요시의 동쪽 교외 에시로에 있던 기리노 도시아키가 별안간 생각난듯이 미야자키 지청에 들어간 것은 5월 중순께였다.

사이고의 나날 453

이 무렵 미야자키 현에는 정부군이 한 사람도 발을 들여놓지 않고 있었으며, 군량으로 쓸 미곡도 풍부하고 사병으로 징발할 인구도 많았다.
이른바 보급기지로서는 적격지라고도 할 만했으며, 히토요시 같은 곳에 웅크리고 앉아 있는 것은 어리석은 일이라고 기리노는 생각한 모양이었다.
이때의 미야자키 지청장은 노베오카 사족 와라야 히데타카(藁谷英孝)라는 사람이었는데, 기리노는 부대를 이끌고 미야자키에 들어가자마자 지청장 앞으로 서면을 보냈다.

'이번에 용이치 않은 거사를 하게 되어, 일이 여기에 이른 이상 간적(姦賊 : 정부군)이 휴가로 군대를 보낼 것이 뻔하다. 휴가는 머지않아 아군(사쓰마 군)이 할거할 땅으로 민정(民政)을 실시할 작정이다. 따라서 사족과 평민은 한마음이 되어 휴가를 부모의 땅으로 알고 그것을 의무를 다해 지켜야 한다. 그러므로 사족은 물론 농상(農商)까지 포함하여 강한 장정을 모집한다. 이 모병에 대해 만에 하나, 위배가 있어서는 안된다. 위배가 있을 때는 적으로 간주하여 군법에 회부한다. 이것을 각 구장에게 주의시켜 주기 바란다.'

매우 고압적인 내용으로, 보내는 사람 이름은 '본영(本營)'으로만 되어 있었고, 날짜는 5월 21일이었다.
다시 기리노는 미야자키 지청에 들어가서 그 대문에 '사쓰마 군 군무소(軍務所)'라는 현판을 내걸었다. 점령군으로서 군정을 펴고, 군대와 돈과 양곡을 징발할 생각이었으며, 즉각 그 실무에 착수했다.
이에 대해서 정부군이 탐지한 정보가 《정서전기(征西戰記)》에 실려 있다.
'5월 중순부터 사쓰마 적도들은 속속 휴가에 들어가 본영을 미야자키에 두고…… 18세에서 40세까지의 남자를 강제로 모집하여 사병으로 충당하고 한 사람도 빠지지 못하게 했다'고 씌어 있는데, 거의 그대로였다.
5, 6월께, 사쓰마 군은 히토요시를 잃기는 했지만, 남 규슈(九州) 일대에서 분고에 걸쳐 각지에서 방어전을 벌이거나 칼을 번쩍이며 진군하는 등 활발히 움직이고 있었다.
다만 전선이 5백 리나 뻗어나가고 산하가 이를 막고 있어서, 정부군처럼 통신 설비를 갖추고 있지 않았기에 서로 연락하기가 곤란했으며, 이 때문에 전선마다 고립되어 활동하는 느낌이 없지 않았다. 그러나 본디 사쓰마 군은 통제적인 정부군과는 달리 각급 간부에게 독단 전행의 권한이 주어져 있었고 또 그만한 능력도 있어서 연락의 부자유를 군대의 관습으로 그리 크게 느끼지 않는 것 같았다.

이 사쓰마 군의 총 지휘권을 기리노 도시아키가 쥐고 있었다. 지휘권을 기리노에게 집중시킨 것은 구마모토에서 패퇴한 직후 참모회의에서 결정된 일인데, 그 까닭의 하나는 기리노가 비록 무라타 신파치의 후배이기는 하지만 육군 소장이란 전직을 가지고 있었기 때문인 것 같다. 총수인 사이고가 육군 대장이란 전직을 가진 이상, 군대에 있어서의 계급 질서에 따라 전 육군 대장이 전 소장에게 위임한 것으로 되었는지도 모른다.

그리고 또 이 궐기를 일찍부터 기획하고 단행한 우두머리는 무라타가 아니라 기리노였으며, 그래서 기리노가 패세를 만회하는 책임을 느끼고 자진하여 총지휘권을 쥔 것이었다. 그러므로 무라타 등도 그것을 당연한 것으로 받아들이고 그 밑에서 적극 협력하려 한 모양이었다.

또 한 가지는, 기리노의 능력이 여전히 미지수여서 계속 사람들의 인정을 받고 있었기 때문이었다는 생각도 든다. 사이고는 전부터 일본 사족이 총력을 기울여 해외 원정을 할 경우 총사령관은 첫째 이타가키 다이스케가 될 것으로 보았고, 이타가키가 형편이 나쁠 때는 기리노 도시아키가 있다고 생각했다. 싸움터에서 장수로서의 재간을 한 번도 시험해 보지 않은 이 사나이를 그렇게까지 인정하고 있었던 것이다. 사이고의 이 같은 평가가 각 간부들의 기리노에 대한 평가의 기준이 되고 있었던 것 같다.

다시 말하면, 전선의 각급 지휘관은 대부분 근위사관 출신들이라 이런 점에서 기리노를 일찍이 상관으로 받들었던 사람들뿐이었으며, 기리노가 총지휘권을 쥘 경우 지휘와 상하의 기맥이 잘 통할 것이라는 전망도 있었을 것이다.

기리노는 언제나 아침부터 미야자키 지청에 나와 있었다. 지청장 와라야 히데타카(노베오카 사족)는 지청을 총동원하여 기리노 밑에서 징병과 징발하는 일을 맡았다. 그럭저럭 석 달 동안 기리노 군정을 보좌하다가 정부군이 들어오자 대문을 활짝 열어 이를 맞이하고 항복했다. 와라야가 어떤 심사였는지는 알 수 없다.

지청은 오요도 강 북쪽 기슭의 마쓰바시(松橋)라는 곳에 있었다.

오요도 강 남안에는 나카무라라는 곳이 있고, 거기에 유곽이 있었다. 밤이 되면 기리노는 강을 건너 나카무라의 유곽에 가서 세키야(關屋)라는 기루에서 호탕하게 놀았다. 세키야에 있는 마쓰오(松尾)라는 창녀가 기리노의 단골이었으며, 마지막 헤어질 때 마쓰오에게 100엔이라는 거금을 주었다는 이야기가 이 지방에 전해지고 있다.

5월 29일에 히토요시를 철수한 사이고가 미야자키에 들어간 것은 31일로 짐작된다.

결국 그는 약 60일 동안 미야자키에 있었다. 그 동안 사쓰마 군은 남 규슈 각지에서 싸우고 있었지만, 본영이 있는 이 미야자키만은 진공 지대처럼 총성이 들리지 않았다.

미야자키의 정적은 일종의 우연에 의한 것이었다.

불과 1만 수천밖에 병력이 없는 사쓰마 군은, 산산히 흩어져 남 규슈의 산과 골짜기, 도로의 요충에서 할거하고 있었으며, 해안선의 방위까지는 손이 미치지 않았다. 특히 오스미(大隅) 반도 남안과 휴가 해안은 텅 비어 있었으므로, 만일 정부 해군이 그곳에 닿았더라면 각지의 사쓰마 군이 이에 응전(應戰)하기는 불가능했을 것이다.

그러나 해군 차관 가와무라 스미요시가 지휘하는 정부 함대는 가고시마 만과 그에 면한 육지를 약간 누르고 있었을 뿐, 다른 방면(이를 테면 미야자키 방면)에 적극적으로 상륙 활동은 하지 않고 있었다. 그 이유는 알 수 없다.

사쓰마 군 부대 간부의 한 사람인 가지키 쓰네키는 나중에 《사쓰난 혈루사(薩南血淚史)》를 썼는데, 그 속에서 이 시기에 정부군이 그런 작전을 쓰지 않은 것은 '정부군을 위해 매우 아까운 일이었다'고, 슬쩍 조롱하는 투로 감상을 적고 있다.

확실히 정부군의 전략에는 야마가타 아리토모가 주축이 되어 있었던 탓도 있어서 규모의 크기와 기책(奇策)이 결여되어 있었다.

그들은 황소가 서로 뿔을 맞대고 있듯이 각지에 조금씩 흩어진 사쓰마 군 소부대에 밀착하여 이에 사로잡혀서 사쓰마 군의 백병 돌격에 애를 먹고 있었으며, 이를 격퇴하는 데 거대한 정력을 소모하면서 쌍방의 병력을 소모시키는 방법을 쓰고 있었다.

게다가 정부군은 사이고가 미야자키에 있다는 것을 오랫동안 탐지하지 못했는지도 모른다. 또 설령 탐지할 수 있었다 하더라도 사이고를 직접 공격하는 전법은 조슈 사람인 야마가타 자신도 주저하는 빛이 있었고 그 막료인 사쓰마 인들이 좋아하지 않았을 것은 분명하며, 하물며 해군을 이끌고 있는 가와무라 스미요시는 사이고에 대한 애석한 감정 때문에 몹시 고민했을 것은 거의 의심할 여지가 없다.

정부군 고급 간부들이 암암리에 가진 사이고에 대한 이 같은 배려나 감정은, 도쿄에서 이 싸움의 진행을 지켜보고 있는 지난 날의 사이고의 맹우 가쓰 가이슈에게도 짙게 통하고 있었던 것 같다. 뒷날 그의 실화를 속기한 것이다.

'대 사이고는 메이지 10년(1877)에 그런 난폭한 짓을 했지만, 오늘날 그를 원망하는 사람은 천하에 하나도 없을 것이다. 이는 확실히 대 사이고의 본바탕을 세상 사람들이 분명히 인정하고 있기 때문이다.'

정부군의 고급 간부들의 감정과 배려도 이것과 무관하지 않았다. 그래서 그들은 각지에서 밀착 전법으로 사쓰마 군을 치되, 사이고에 대해서는 배려를 한다는 기묘한 감정을 가지고 있었던 것 같다.

미야자키가 60일 동안 조용했던 것도 이것과 관계가 없지 않았던 것 같다.

5월 31일 미야자키에 들어간 사이고의 거동에는 뚜렷하게 기리노 도시아키를 꺼리는 감정을 느낄 수 있다. 그는 기리노가 있는 사쓰마 군 본영(오요도 강북안의 마쓰바시)에는 들지 않고 일부러 1.5킬로미터 동북쪽의 시골 농가에서 기거했다.

미야자키에서의 사이고의 나날은 내면이야 어떻든 마음 편한 지난 날의 은퇴자로 돌아가 있었던 듯한 느낌이 든다.

호위하는 사람도 적었고, 출진 후 처음으로 일상의 자유를 되찾은 것처럼 보였다.

그 까닭의 하나는, 미야자키가 히토요시처럼 인가가 밀집한 성밑 거리와는 달리 밭과 숲이 있고 그 사이에 농가가 산재해 있으며, 기리노가 있는 미야자키 지청 근처에만 겨우 가옥이 몰려 있는 시골이었기 때문일 것이다.

사이고가 숙소인 농가의 주위를 거닐거나 사냥하러 간다면서 갑자기 없어

겨도 수상하게 볼 사람이 없었다. 첫째, 통소매의 사냥옷을 입은 이 거구의 사나이를 사쓰마 군의 총수로 짐작할 농민은 없었을 것이다.

그런 점에서 태평스러웠다. 게다가 미야자키 근처는 옛날부터 옛 사쓰마의 영역이었으므로, 히토요시와는 달리 고향에 돌아온 듯한 편안함도 있었다.

사이고가 묵고 있는 농가와 뒷마당으로 이어진 가네마루(金丸)라는 농사꾼 집이 있었다. 사이고는 뒷마당으로 해서 이 가네마루네 집에도 자주 들렀다.

무슨 볼일이 있었던 것은 아니다.

놀러 간 것도 아니지만, 꽤나 무료했던 모양이다.

"이 근처에서도 토끼 사냥들을 하오?"

이런 화제로 그 집 주인과 이야기를 나누게 되어, 이따금 찾아가서는 툇마루에 걸터앉아 멍청하니 하늘을 쳐다보곤 했다. 불과 10년 전에 일본의 정치와 사회를 깡그리 뒤집어 놓은 혁명가가 지금은 할 일도 말 벗도 없는 것처럼 남의 집 툇마루에 앉아 흘러가는 구름을 바라보고 있었으니, 보기에 따라서는 이토록 처절한 풍경도 없다. 사이고라는 인물과 접하고 있으면 솟아오르는 애정이 그칠 줄 모르게 되고, 숭배하기 시작하면 걷잡을 수 없게 되며, 안타깝게 생각하면 단장의 느낌이 드는 까닭도 이런 데 있었던 것 같다.

사이고가 찾아와서 툇마루에 앉으면, 가네마루의 안주인이 차를 대접했다. 이따금 사이고의 발 아래 그가 진중에 데리고 온 사냥개가 놀고 있었다. 그 집에 '가메마쓰(龜松)'라는 열한 살난 아들이 있었다. 사이고는 그 아이의 안내로 서쪽의 시구레(時雨), 시야가타, 시카무라노 근처까지 가서 토끼 덫을 놓기도 했다.

메이지 21년(1888)에 태어난 가하루 겐이치(香春建一)라는 사이고 연구가이자 승려는, 1939년 1월말께 미야자키에서 가네마루 가메마쓰 씨를 만났다고 그의 저서 《사이고 임말기(西鄕臨末記)》에 쓰고 있다.

그렇다고 사이고가 병사들과 초연하게 지낸 것은 아니다.

히토요시의 진중에 있을 때는 숙소 마당에 씨름터를 만들어 호위대 사병들을 모아놓고 씨름을 붙이고는 좋아했다고, 사병중 한 사람이었던 이케가미 신아이(池土信愛)는 회상하고 있다.

사이고의 호위대는 각 소대에서 두 명씩 뽑은 사병들로 편성되었다. 호위대라고 싸움을 안 하는 것은 아니어서, 교대로 일선에 나갔다. 그래서 사망률은 다른 부대와 조금도 다르지 않았으며, 대장격이 전사하는 경우도 많았다.

이를테면, 42세 되는 야마구치 주고(山口仲吾)라는 사람이 있었다. 성격이 예스럽고 소박하여 평생을 구름처럼 떠돌아다니는 행각승을 연상시키는 인물로, 사학교 시절에는 강의를 들으러 와서도 졸리면 돌아가고 시장해도 돌아갔다.

싸움터에서는 언제나 태연자약했고, 빗발치는 총알 속에서도 몸을 도사리지 않았다. 다바루 고개의 격전에서는 보루 위에 우뚝 서서 지휘하는 그를 보고 정부군 쪽에서 오히려 위태로워하며, 정부군 속에 있는 사쓰마 인들이 "저건 야마구치가 아닌가?" 하고 떠들어 댔지만, 결국 다바루 고개의 보루에서 이마 한가운데 총을 맞고 죽었다.

"주고가 죽었나?"

사이고는 그날 종일 쓸쓸해했다고 한다. 사이고는 이런 옛 풍격을 지닌 사람을 좋아했던 모양이다.

본영 호위대는 구마모토 남쪽 가와지리 전투에도 출전했다. 구마모토에서 가와지리로 달려갈 때

"탄환은 세 발밖에 없다. 그 뒤에는 칼로 쳐들어가라."

는 명령이 내렸다. 총알 세 발을 가지고 물쓰듯 총포탄을 쏘아대는 정부군과 싸운 것이다. 그래서 가와지리에 달려갔을 때 145명이었던 대원이 전투가 끝날 무렵에는 25명으로 줄어 있었다. 총탄 때문에 사쓰마 군은 줄곧 고생만 했다. 주석이나 구리를 녹여서 탄환을 만들고, 철을 사용하기도 했다. 철은 총포에 재어서 쏘면 별로 멀리 날아가지 못하는지, 고노 슈이치로의 회상에도 이런 대목이 있다.

'2, 30간(間)이 넘으면 효과가 없다. 총구에서 튀어나가더라도 위로 날아가고 아래로 떨어지고 하여 도무지 명중하지 않기 때문이다.'

미야자키에 들어간 뒤의 호위대장은, 다리를 다쳐 전투 지휘를 하지 못하는 벳푸 신스케가 맡았다. 사이고는 벳푸를 무척 좋아하여, 그가 가까이 있으면 언제나 기분이 흔쾌했던 모양으로 사냥에서 돌아오면 정답게 말을 건네곤 했다.

"신스케 군, 이제 돌아왔네."

사이고의 호위대를 비롯해서 미야자키 주둔 부대는 전투가 없어서 편하기는 했지만, 날마다 납을 녹여 탄약을 만들기에 바빴다.

병사들은 대개 일본옷을 입고 있었다. 그 옷은 큰 눈이 오던 구정날 입고 출진한 옷으로, 그대로 입은 채 여름이 되었기 때문에 모두들 솜을 빼고 홑껍데기로 만들어서 입고 있었다. 이제는 그 옷이 비바람에 바래고 너덜너덜해져서 모두 거지꼴이 되어 있었다.

사이고는 미야자키에서 서쪽 산촌 길을 자주 걸었다.

언제나 개 두 마리가 앞뒤로 따랐다.

출진 때 몇 마리의 애견 중에서 고른 개라 아주 영리해서 토끼를 잘 잡았다.

두 마리 다 귀가 뾰죽하게 선 사쓰마 개였으며, 평소에는 온순했다. 토끼사냥을 할 때는 잘 움직여서 한 번 사냥감을 쫓기 시작하면 결코 놓치는 일이 없었다.

한 마리는 털이 검었는데, 사시 군(佐志郡)의 향사 오시카와 진고사에몬(押川甚五左衛門)이 헨미 주로타를 통해 사이고에게 선사한 것이다. 또 한 마리는 갈대빛 털로 고야마다(小山田)의 가마가하라라는 화산회 지대에 사는 다로(太郎)라는 한 농부가 사이고에게 준 것이다.

사이고는 휴가의 에노다케(可愛) 산 기슭에서 전세가 절망적이 되었을 때, 이 두 마리 개의 머리를 쓰다듬어 주면서 말했다.

"너희들은 사쓰마로 돌아가거라."

개들은 어떻게 이해했던지 두 마리가 나란히 싸움터에서 빠져 나갔는데, 검둥개만 사쓰마의 원주인 오시카와 진고에몬에게 돌아가고, 갈대빛 털 개는 해방불명이 되었다.

이 두 마리의 개에 대해서는 그즈음 가고시마 현청의 관리였던 우에무라 스나오(上村直)라는 사람이 다른 정경을 본 기억을 전후에 회상하고 있다.

기리노와 시노하라 등이 사이고를 궐기시켰을 때, 그들은 '육군 대장'과 '육군 소장'의 자격으로 각 부현에 대해 '상경하기 위해 통과한다'고 통고했다. 사이고가 거병한 것은 개인으로서가 아니라 '벼슬과 직위'를 근거로 한 것은 틀림이 없다.

거병 후 정부는 곧 사이고 등의 관위를 박탈했다. 그 뜻을 칙사 야나기와라 사키미쓰가 3월 9일 군함으로 내려가 함대의 호위를 받으면서 현령 오야마 쓰나요시에게 정식으로 전달했는데, 궐기 후 상당한 시간이 지난 뒤였다.

가고시마 현으로서는 '관직 박탈'을 알리지 않고 있을 수도 없어 앞에서 말한 우에무라 다다시를 사자로 하여 사이고의 진중에 파견했던 것이다. 우에무라가 가고시마를 떠나 사이고를 찾아서 싸움터를 돌아다니는 동안 사쓰마 군은 구마모토에서 패퇴했다. 우에무라는 다시 히토요시로 갔으며 거기서 사이고를 만날 수 있었다.

사이고로서는 이 현 관리가 불쾌한 사자였을 터인데도, 오히려 그런 언짢은 임무를 맡은 우에무라를 동정하여 위로하고 환대했다.

"먼길에 수고가 많으셨소."

"나는 이제 육군 대장이 아니란 말이냐?"

이런 말은 한 마디도 하지 않고, 우에무라를 자기 숙소에 하루 묵게 한 다음 맛있는 것을 잡아 오겠다며 두 마리의 개를 데리고 나갔다. 다행히 수확이 있어서 저녁때 돌아온 그는 토끼탕을 끓여 우에무라에게 대접했다. 이런 인품에 접한 우에무라는, 평생 사이고를 성인처럼 숭앙했다.

이 전진(戰陣)에서의 사이고에 대해 그를 기억하는 사람들의 추억에서 몇 가지를 모아 본다.

사쓰마 군의 군의들은 영국인 의사 윌리엄 윌리스의 제자들이었으며, 다른 양의학의 의사들도 종군했다. 참고로 말하지만, 사쓰마 군의 합리적인 경향의 하나는 한방 의사를 군으로 인정하지 않았다는 것이다. 그 당시의 한방의의 외과는 종기의 치료 정도밖에 하지 못했기 때문이다.

기이레(喜入) 마을의 의사 마에다 모리야(前田盛也)는 스승 우에무라 고조(上村剛造)와 그 제자들과 함께 종군했다.

구마모토 성의 포위 공격으로 사쓰마 군이 아직 경기가 좋았을 무렵, 병원 소속 병사들이 칼을 뽑아들고 걸어가는 구마모토 현청의 관원 두 사람을 붙들었다. 의사들도 사쓰마 사족인 데다 싸움터의 살기 속에 있었기 때문에, 한 의사가 그 포로 한 사람을 밭에 끌고 나가서 목을 쳤다.

이 말을 들은 사이고가 우에무라 고조를 불러 "병원에 소속된 건 사람의 목숨을 구하기 위해서다" 하고 소박한 윤리를 설명하면서 앞으로는 그러지 말라고 꾸짖었다.

사이고는 본영 소속 사병들에게도 같은 말을 하며 농민을 괴롭히지 말라, 보리밭을 함부로 짓밟지 말라 하고 몇 번이나 시달했다.
 이를테면, 다네가시마(種子島) 출신의 스기사키 사타로(杉崎佐太郎)라는 자가 농가에서 감을 따다가 사이고에게 꾸중을 들은 이야기가 있다. 감은 농가의 울 안에 있었고, 스기사키는 문으로 들어가 마구 따서 품에 넣을 수 있는 데까지 넣었다.
 마침 이 농가가 사이고의 숙소였다. 다 훔친 스기사키가 문밖으로 나가다가 밖에서 돌아오는 사이고와 마주쳤다. 스기사키는 아마도 이 거한이 사이고인가 보다 하고 절을 했다.
 "그 감…… 돈을 냈나?"
 사이고가 물었다. 스기사키는, 사병들이 굶주리고 있어서 할 수 없이 훔쳤다고 대답했다.
 "설령 굶어 죽는 한이 있더라도 남의 것을 훔쳐서는 안된다."
 그렇게 말하고, 자기가 감값을 치러 주었다. 사이고만큼 소박한 도덕심이 확고했던 인품도 드물 것이다.
 "규슈에 독립정권을 만들어버리라."
 이런 의견에 반대한 것도, 사이고에게 감을 훔치면 안된다는 소박한 윤리관과 같은 것이라 할 수 있다.
 이 제안은 협동대의 대장 사키무라 쓰네오가 히토요시에 머물렀을 때 꺼낸 말인데, 구마모토 부대에 대해서도 같은 주장을 했으나 대장 이케베 기치주로가 반대했다. 이케베의 국권론적(國權論的) 입장에서 본다면, 아무리 싸움에 지고 있다고 하더라도 그것은 좋지 않다고 보았던 모양이다.
 사키무라는 하는 수 없이 사이고를 찾아가 역설했다. 사이고에게는 규모를 작게 하여 사쓰마 독립론을 주장했다.
 "가고시마에 독립 정부를 세워 가고시마 만을 개방하여 자유항을 만들고, 이를 세계열국에 통첩하여 통상무역을 개시한다면 중앙정부를 상대하지 않고도 해나갈 수 있습니다."
 사키무라가 이렇게 말한 것은 그것이 만회할 수 있는 유일한 방법이라고 생각했기 때문인 것 같다. 일찍이 보신 전쟁 때 에노모토 다케아키(榎本武揚) 등 막부 신하들이 홋카이도에 독립 정부를 만들 생각을 한 전례도 있으므로 사이고도 그것을 알고 있었을 것이다. 그러나 사이고는 "그것은 궐기하는 취지와 다르다"고 잘라 말하며 반대했다.

사쓰마 군에는 '기세(氣勢)' 외에는 전략다운 사상이 없었다.

그것은 다분히 사이고나 사쓰마 군 간부들의 보신 전쟁 때의 경험에 뿌리를 내리고 있다.

"상대가 내치는 기세로 그냥 밀고 오는 것을 보면, 사람도 모두 커 보이는 법이다. 시간이 지나면 평가는 정해지지만."

이런 뜻의 말을 무진 때 시대를 담당할 능력을 잃은 도쿠가와 측에 속해 있던 가쓰 가이슈가 말했다. 사쓰마 인이 존중하는 '기세' 속에는 '시세(時勢)'라는 요소도 마땅히 포함되어 있다.

보신 전쟁 때, 사이고와 사쓰마 군은 시세라는 거대한 기세를 탔다. 도바 후시미 싸움에서 사쓰마와 조슈 군세가 적은 병력으로 교토를 수비하고, 북상하는 대군을 교토 남쪽 교외에서 대파하여 격퇴시킨 것도, 오히려 대군쪽이 시세라는 '기세'에 두려움을 느끼고 스스로 굴러서 사태처럼 패퇴했다고 말하지 못할 것도 없다. 보신 전쟁 때 사쓰마 군은 그야말로 시세의 '기세'를 탔던 것이다. 그 기세를 타고 다시 고유의 군대적 기세에 박차를 가하여 기적적인 승리를 동부 일본 각지에 이룩해 나갔던 것이다.

"전쟁이란 기세이며, 전략 따위는 필요없다."

이런 교훈이 승리자인 사이고와 기리노 등의 골수에 스며버렸으며, 더 나아가서 기리노 등은 시세가 사이고를 낳는데도 거꾸로 사이고 개인이 언제나 시세라는 착각을 품게 되었다. 그것은 한 번 사이고가 움직이면 '시세'가 그에 의해 구름처럼 바람처럼 조성된다는 도착(到錯), 혹은 종교 감정이라고도 할 수 있는 것으로, 그들이 이 같은 상념에 사로잡혀 있었던 증거는, 이를테면 '우리는 하늘이나 때에 의해 일어나는 것이 아니라, 사람(사이고)으로 일어난다'고 한 기리노의 말로도 알 수 있을 뿐 아니라, 사실상 기리노가 전략다운 전략을 전혀 갖고 있지 않았고 또 가지려 하지도 않았던 것으로도 충분히 짐작할 수 있다.

다만 구마모토 철수 후에는 기리노도 역시 고민하게 되었다.

'어떻게 할 것인가?'

어떻게 할 것인가 하는 것이 바로 전략이며, 이때 기리노가 세운 전략은 '삼주(三州 : 사쓰마, 오스미, 휴가) 사수'라는 퇴각 수비책이었고, 실제로 그는 히토요시 이후 그와 같이 군대를 배치했다.

이 한 가지만 보더라도 기리노가 얼마나 공허한 사나이였는지 알 수 있을 것이다.

그는 제법 혁명가답게 큰소리를 치기는 했지만 이 대책에는 조금도 혁명가다운 요소가 없었고, 그는 대군의 장수로서의 능력도 전혀 없었다. 또 개인적으로는 쾌남아였지만, 세 개의 주를 사수하는 데에는 쾌남아적 기질의 반영을 조금도 볼 수가 없다. 그리고 세 개의 주를 무엇 때문에 방위하고, 그걸 방위하면 무슨 소용이 있느냐, 하는 문제에 이르러서는 공허 바로 그것이라고밖에 할 말이 없었다.

다만 대대장급에서 노무라 닌스케가 그나마 전략적 의식이 왕성했다.

"멀리 분고(오이타 현)로 튀어나가 산요도와 시코쿠(四國)로 진출하는 발판을 구축해야 한다."

이런 주장을 한 것은 노무라 닌스케였다.

그는 이 지론을 히토요시로 물러났을 때부터 사이고와 그 막료들에게 주장하고, 에시로에 있던 기리노에게도 주장했다.

퇴각하여 가고시마 현과 미야자키 현의 현계(縣界)를 공고히 한다는 책략을 추진하고 있던 기리노로서는, 병력을 쪼개어 분고로 진출시키는 일은 가뜩이나 모자라는 병력을 분산시키는 것이 되어 마음에 들지 않았다.

그러나, 사이고 역시 히토요시의 단계에서는 '3주의 국경을 고수하고 있어 봐야 별 수 없다'는 기분이 들었던 모양이다. 4월 29일 에시로에서 기리노가 보낸 나카지마 다케히코에게 이 전략을 말하고, 기리노 앞으로 간단한 편지를 써서 분고 진출책을 쓰라고 권했다.

기리노도 양해하여, 노무라 닌스케는 분고로 진출하는 부대장으로서 사병 2000여 명을 이끌고 히토요시를 떠나 먼저 휴가 노베오카로 들어가서 그곳을 작전 근거지로 삼았다.

그러나 노무라가 당초에 생각한 전략구상은 이런 것이었다.

"나의 1개부대뿐 아니라 전 사쓰마 군을 투입하여 분고 전체를 장악하고, 사이고 선생을 옹립해야 한다. 그런 다음 부젠 오구라(豊前小倉)와 히젠 나가사키(肥前長崎)를 차지하여 천하의 불평 사족들의 시선을 그리로 모아 형세의 선회를 기다린다면, 사기는 다시 일어나 천하의 대사를 이룩할 가능성이 아직도 있을지 모른다."

마침 구마모토 협동대의 간부 아리마 겐나이가 노베오카의 노무라 군 막사에 있었으며, 노무라의 전략을 크게 지지했다. 아리마의 생각도 분고는 세토내해(瀨戶內海)의 요충이므로, 사쓰마 군의 총력을 기울여 그곳을 점령하여 천하의 형세에 임한다면, 패세를 만회할 희망이 없지 않다는 것이었다.

"기리노를 설득시켜 줄 수 없을까?"

노무라가 구마모토 인 아리마에게 부탁한 것은, 기리노가 자기를 피하려고 하는 눈치가 보였기 때문이었다.

노무라 닌스케는 전후에 살아 남았다. 그의 추억은 여기서 심각하다. 아리마 겐나이가 미야자키에 가서 기리노를 설득하려 했으나 "나한테는 다른 전망이 있다"면서 응낙하지 않았다. 기리노의 전망이 어떤 것이었는지는 짐작할 수도 없다. 요컨대 기리노는 그의 복안인 3주 사수책을 버리지 않았던 것이다.

아리마는 헛되이 노베오카로 돌아갔다.

노무라는 단념하지 못하고 몸소 말을 달려 미야자키로 가서 기리노에게 자기의 전략안을 다시 설명했다.

그러나 기리노는 끝내 동의하지 않았다.

노무라는 한탄하면서 말했다.

"그렇다면 나의 1개 부대만으로 분고에 진출하겠소. 그러나 그렇게 되면 정부군은 미다이(三田井), 호소지마(細島)에서 진출하여 분고의 나와 사쓰마 군 주력부대를 차단할 것이오(실제로 그렇게 되었다). 그렇게 되면 사쓰마 군의 손실이 아닙니까?"

"설령 그렇게 되더라도 하는 수 없지 않은가?"

기리노는 일소에 부치면서 이렇게 잘라 말하고 상대하지 않았다.

분고는 유력한 하천 유역마다 조그만 번이 자리를 차지하여 서로 영역을 다투고 있는 느낌이었다.

유신 뒤에도 저마다 옛 성의 서민가에 많은 번사들이 살면서 폐번치현 이후의 시국의 변동에 견디어 나가고 있었다.

그 가운데서 정치 활동이 활발했던 것은 부젠 나카쓰(豊前中津)였을 것이다. '이나카 신문'이라는 신문을 발행하고 있던 28세의 마스다 소타로(增田宋太郎)가 사쓰마 군의 구마모토에서의 형세가 변하기 시작한 3월 31일에 동지 100여 명을 이끌고 궐기했다.

사이고의 나날 465

"마스다는 궐기 전날까지 이나카 신문사에 출근했으며, 조금도 색다른 눈치가 보이지 않았다."

그의 궐기 뒤 지방 사람들은 말하고 있었다. 먼저 그들은 나카쓰의 옛 성 안에 있는 지청을 습격하여 관리 한 사람을 죽이고 창고에 있던 탄약을 탈취했고, 다른 한 부대는 성밑 거리 요코마치(橫町)의 돈 많은 상인을 습격하여 군자금 2,900엔을 빼앗는 한편, 감옥을 열고 죄수들을 석방하여 사역병으로 삼았다.

그 뒤 사쓰마 군과 합류하여 노무라 닌스케 부대가 분고에 진출할 때 그 선도 역할을 맡았다.

참고로, 마스다 소타로가 궐기한 날, 이에 호응하여 농민 300여 명이 폭동을 일으켰다. 그들은 마스다와 어떤 횡적 조직이나 연락이 있었던 것은 아니고, 그날 아침 나카쓰 부근의 용수로를 청소하러 모인 사람들로 폭발은 우발적인 것이었다. 아마도 마스다가 궐기한 직후 부근의 서민들을 모아 '신정당(新政黨)' 결성의 격문을 낭독한 것이 즉각 전해졌거나, 아니면 마스다의 당우들이 달려가서 선동했거나, 또는 그 두 가지가 다 원인이었는지는 알 수 없다.

"새 정부를 타도하는 일이라면."

그들은 당장 소학교에 불을 지르고, 구장과 호장(戶長) 집을 습격하여 방화했는데, 이 파동은 믿어지지 않는 일이지만 하룻밤 사이에 시모게 군(下毛郡)과 우사 군(宇佐郡) 농민들에게 번져서 폭동 인원수가 급격히 늘어나 이 두 군의 소학교를 깡그리 불사르고 말았다.

그들이 '쌀이 아닌 현금으로 세금을 납부하라'는 조세법의 개정과 그 불공평함에 얼마나 불만이 컸는지 이 한 가지로도 알 수 있으며, 소학교를 불사른 것은 지방마다 '관(官)'과 관의 '새 정치'의 상징이 그것이었기 때문인 것 같다.

하기야 옛 나카쓰 번의 다른 사족 60여 명이 농민들을 타일러서 폭동은 하루 이틀에 끝나고 만다.

분고의 지세는, 수많은 산맥이 하늘을 찌르면서 북동쪽 바다를 향해 거칠게 밀고 나가는 느낌을 준다. 어떤 것은 반드시 나란히 나가지 않고 남북으로 울타리를 형성하여 서로 막아서면서 산의 물이 골짜기에 떨어져 도처에 조그만 분지를 만들고 있다.

이런 분지 중에서 대표적인 곳이 다케다(竹田)일 것이다.

이 분지의 중앙에 언덕이 우뚝 솟아 있고, 성이 있다. 성의 소재지만 언덕이라고 불렀다. 성밑 거리의 이름이 다케다이다.

노무라 닌스케는 휴가에 있었다.

노베오카를 본영으로 정하고 북방의 분고를 공격할 준비를 하고 있었다. 그러나 닌스케의 본심은 '일이 고약하게 되었다'는 것이었는지도 모른다. 그의 의도는 애초에 사이고를 포함하여 사쓰마 군의 전력을 투입하여 분고를 공격하고, 그곳에 주저앉아 가고시마 현은 한때 정부군에 주어버린다는 것이었다. 규슈에서 동쪽으로 가는 지리적 요충인 부젠, 분고를 차지하지 않으면 천하에 대한 정치, 사회에 대한 심리적인 충격력이 없다고 했는데 그 대계획이 기리노의 반대로 축소되어 노무라 부대만 혼자 들어와 마치 고립된 것처럼 되어 있었다. 그가 거느린 2000여 명 정도가 분고에 들어가봐야 어느 정도 정치 정략적인 효과가 있을 것인지, 그 효과는 매우 의심스러웠다.

그러나 노무라는 할 수 있는 데까지는 했다.

공격 준비지인 노베오카에 탄약 제조소를 만들고, 지방 지사 스카모토 조민(塚本長民) 등의 협력을 얻어 열심히 모병하는 한편 꾸준히 정보를 모았다. 부젠, 분고에 척후병을 들여보내는 한편 오구치(大口)와 가고시마 같은 데까지 정찰자를 보내어 아군의 전황을 파악했다. 이 시기의 노무라의 의식과 그가 취한 조치는 사실상 총사령관이 할 만한 일이었는지도 모른다.

"먼저 선봉대를 보내 다케다를 점령한다."

이런 방침을 세우고, 노베오카에서 북쪽의 분고까지 산속 90리를 행군한 것은 5월 12일이다. 산속의 마을 시게오카(重岡)라는 곳에 도달했다. 시게오카는 한적한 주막거리이기는 했으나, 도로의 분기점이라 정부군은 거기에 경찰 분서를 두고 순경 30여 명이 지키고 있었다.

그들은 이 산속에 느닷없이 나타난 사쓰마 군에 놀라 도주해 버렸다.

노무라 군의 본심은 다케다를 찌르는 데 있었다. 그러나 다케다를 안심시키기 위해 엉뚱한 방향에 있는 오이타(大分: 현청 소재지)를 공격한다고 떠벌리면서 일부러 오이타 가도 쪽으로 격문을 돌리고 그 연도에서 말과 군사를 징발했다.

이 작전은 적중했다. 5월 13일, 오이타 현청에 있는 권령(權令) 가가와

신이치(香川眞一)는 소스라치게 놀라 구마모토에 전보를 쳤다.

다케다는 비어 있었다. 노무라 군의 선봉이 아무 저항도 없이 다케다 성밑 거리에 들어간 것은 13일 오후 5시였다.

이즈음 분고의 다케다는 그 지세적 성격으로 보나 인정의 느긋함으로 보나, 과장해서 말한다면 별천지의 성밑 거리라고 해도 되었다.

그들이 노무라 군의 갑작스런 출현에 놀란 것은 당연한 일이었다. 5월 13일에 선발 소부대를 들여보낸 노무라 군이, 14일과 15일 후속 부대가 들어가 다케다를 점거한 인원수는 부대의 총력(2000여)에 거의 가까운 숫자가 되었다.

노무라 자신은 노베오카에 남아 있었고, 이 방면의 총지휘관은 이시쓰키 조사에몬(石塚長左衞門 : 사쓰마 사족, 전 근위 포병 중위)이었다.

사쓰마 군의 첫 행동은, 이 조그만 성밑 거리의 사방을 봉쇄하여, 다케다 점령이 정부군에 전해지는 것을 되도록 막은 일이었다.

여기에 다케다의 상가에서 태어난 다지마 다케마(田島武馬)라는 인물이 있었다. 기름가게의 둘째 아들로 태어났으나 소년 시절 총명함을 인정받아 번의 한방의사 다지마 집안의 양자가 되었다가 유신 뒤 직업을 갖기 위해 미야자키에 가서 대서소를 차렸다.

메이지 10년 가고시마로 옮겼는데, 현의 관리는 그를 정부의 간첩으로 보고 체포하여 경찰서 감방에 집어넣고 고문을 거듭했으나 다지마는 굽히지 않았다. 혐의가 없음이 밝혀져서 석방된 뒤 그의 용기에 감탄한 사쓰마 인 나카무라 유키치의 부하가 되었다. 출진 뒤, 나카무라가 수송대에 있었기 때문에 다지마는 오로지 후방의 잡일만 맡아서 뛰어다녔다. 그러다가 재치가 있다는 것을 인정받아 본영에 들어가서 잡무를 보게 되었다. 다지마는 특별한 주의나 사상 같은 것은 없었던 것 같다. 그래도 사쓰마 군이 천하를 잡기만 하면 내 신분이 승격되겠지 하는 희망까지 없었다고 볼 수는 없다.

사쓰마 군이 다케다에 진주(進駐)했을 때는 이 자가 길 안내를 했으며, 점거 뒤에는 숙소 배정 같은 것을 했다.

"다마키(玉來) 마을의 그 기름집 아들이?"

다케다의 사족과 서민들은 놀랐을 뿐 아니라, 강대한 사쓰마 군을 배경으로 하고 있어서 그를 두려워했다.

다케다 사족 가운데 홋타 마사이치(堀田政一)라고 하여 전에 2백 석의 녹을 먹던 인물이 있었는데, 보신 전쟁 때 번병의 대장도 하여 인망이 있었다.
'홋타님을 설복하면 다케다의 사족들은 반드시 사쓰마 군에 가담할 텐데.'
다지마 다케마는 생각했다.
그는 먼저 사쓰마 군 장교들과 함께 홋타를 찾아가 다케다 사족대의 대장이 되어 달라고 부탁하여 그의 승낙을 얻었다. 따라서 자연히 홋타의 영향 아래 있는 몇 사람의 무술가들이 그의 뒤를 따랐다.
그러나 대다수 사족들은 이 당돌한 사태에 어리둥절했으며, 많은 사람들이 반감을 품고 대개는 잘 나다니지도 않았다. 이들을 조직하여 하나의 부대로 만들려면 속임수를 쓰지 않을 수 없었다.

사쓰마 군이 다케다 성밑 거리를 점령한 것은 5월 13일이다. 사쓰마 군이 내세우는 정의가 무언이든간에, 느닷없이 나타난 무장병단이 이 마을의 지배자로 군림한 것은 이곳 사족이나 서민들로서는 그리 유쾌한 일이 아니었다.
다케다 사족 중에도 막부 말기의 분큐(文久) 연간에 그즈음의 정치적 과격파였던 이른바 근왕파(勤王派)의 세력이 존재했다. 그러나 그 뒤 번의 탄압으로 숨이 죽어 거의 하는 일이 없었다. 도사(土佐) 등지에서 말하는 '고근왕당(古勤王黨)' 같은 존재로, 유신 뒤의 새 정치 사상에 밀려난 채 무료하게 있는 형편이었다.
그들 대부분은 《일본외사(日本外史)》적인 역사관밖에 갖고 있지 않았고, 관군이면 정의, 적군이면 부정으로 간주하는 식이었다.
이를테면 사쓰마 군에 속한 홋타 마사이치나 다지마 다케마가 '고근왕파'인 아나미 다케시(阿南猛)를 설득하여 사쓰마 군에 가담시키려 했을 때, 아나미는 얼굴빛이 확 변하면서 말했다.
"나는 정치 논쟁에는 어둡소. 사이고와 오쿠보의 정견 중에 어느 쪽이 옳고 그른지를 모르오. 그러나 정벌하라는 대명이 내렸소. 옳고 그름이 스스로 분명하오. 다시 말해서 당신들은 적도란 말이오."
그러면서 칼을 잡았으므로, 홋타와 다지마 등은 그 사리의 어두움을 구제할 길 없구나, 하고 나와 버렸던 것이다. 이런 사정이라 사쓰마 군은 할 수 없이 포고를 내리지 않을 수 없었다. 그래서 다음과 같이 주장했으나, 새로운 정치에 대한 사상이나 정책은 설명하지 않았다.

"항간에서는 사쓰마 군을 적도라 부르나 결코 그렇지 않다. 우리 군대는 본시 군민(君民)을 위하려는 것이다."

이런 점에서 사쓰마 군이 혁명군이었다면 혁명성이 뚜렷하지 않았다고 할 수 있고, 만일 반혁명군이었다 하더라도 그 사상과 정책을 선명하게 포고하지 못한 것은 가장 큰 약점이었다고 하겠다. 그래서 강압적으로 다케다 사족대를 만들지 않을 수 없게 되었다.

5월 17일, 사쓰마 군은 다케다 사족의 유력자들 이름으로 그들을 집합시켰다.

'16세 이상 40세 이하의 남자는, 한 집에 한 사람씩 쇼카쿠 사(正覺寺)에 집합할 것.'

이런 내용의 통고문으로, 집회의 목적은 '앞으로의 진퇴 문제를 논의하자'는 것이었다. 물론 사람들을 끌어모으기 위한 계략이었다.

그들이 쇼카쿠 사에 집합하자, 홋타 마사이치 등이 일어나서 선고했다.

"우리는 사이고 다카모리를 수행하여 상경한다. 따라서 16세 이상 40세 이하의 남자는 빠짐없이 참가하라. 만일 이에 따르지 않을 때는 그 가족에게 재해가 미칠 것이다."

모두 깜짝 놀라, 그들 중에는 "일단 집에 돌아가서 노부모와 의논하겠소" 하고 말하는 자도 있었으나 홋타 등은 이를 금하고 "이 자리에서 혈맹(血盟)을 맺어야 한다. 떠나는 자는 도망으로 간주한다"고 협박하여 나가지 못하게 했다.

마침내 그 자리에서 200여 명의 다케다 사족대가 결성되어 '보국대(報國隊)'라고 이름이 지어졌다. 그러나 밤중에 절에서 도주하여 구마모토 진대에 보고한 자도 있었고, 자기 의사를 봉쇄당한 채 노예처럼 복종해야 하는 굴욕을 참지 못해, 단 한 사람이긴 했지만 절 경내에서 배를 가르고 죽은 자도 있었다.

사이고가 히토요시에서 유유히 토끼 사냥을 즐기고 있었을 때의 일이다.

"관이 이기느냐, 사이고가 이기느냐?"

이것은, 에도 2백 수십 년 동안 시간이 한가로이 흘러간 이 다케다라는 조그만 성밀 거리 사람들로서는 판단할 밑천도 없었고, 판단할 지혜도 없었다.
 다만 사쓰마 군의 일개 부대라고 해도, 다케다로서는 강대한 군대가 이곳을 점령하고 '홋타와 다지마'라는 다케다 출신 인물들이 이 강권의 앞잡이로 군림하고 있었다. 기름가게의 아들 다지마는 이렇다 할 사상도 없이 하루 아침에 쥔 권력에 기고만장해 있었다. 협력하지 않는 자는 사이고를 반대하는 무리로 간주하고 본영에 끌고 가서 고문했다.
 염탐꾼으로서는 옛번 때의 포도청 앞잡이가 '보국대' 대원이 되어 남의 집 처마 밑이나 뒷문 앞에 서성거리며 살피고 다녔다. 막부 체제 때 이런 앞잡이 노릇을 한 자 가운데는 제대로 된 인간이 적었다 해도 과언이 아니며, 따라서 이 무렵에 날뛴 자들의 질도 대강은 짐작할 수 있다. 덴키치(傳吉)라는 자도 그런 사람의 하나였던 모양으로, 보국대의 유력한 대원으로 활약하고 있었다.
 정부측의 염탐꾼도 들어와 있었다.
 시게오카 마을의 분서장으로 후지마루(藤丸)라는 경감이 있었다. 우스키 (日杵) 사족이었다.
 분고의 우스키라는 곳은 이나바(稻葉) 가문의 5만 석의 옛 성하 읍으로 우스키 만(灣) 안쪽에 조그만 취락이 있다. 이 시기보다 조금 후에 우스키의 자위를 위해 사족대가 편성되어 사쓰마 군에 대항하게 되는데, 우스키 사족들이 왜 사이고 군이 기대한 것처럼 방향을 사족 반란 쪽으로 가져가지 않고 자체 사족대까지 만들어 정부쪽에 붙었는지는 알 수 없다.
 막부파의 번으로서 보신 전쟁 때 사쓰마 군에 대한 반감이 있었다는 것도 생각할 수 있고, 자위대의 모체가 된 우스키 사족들의 공제조합인 '류케이사(留專社)'가 옛 번 조직 그대로 온후한 지도층을 가지고 있어서 반란을 일으킬 기분이 없었는지도 모른다.
 사쓰마 군은 다케다에 진입할 때, 먼저 시게오카 마을의 경찰 분서를 습격했다. 분서에는 순경이 몇 사람밖에 없었고 총기도 없었기 때문에, 분서장 후지마루는 순경들을 사방으로 뛰게 하여 각지에 급보를 보내고 자기는 농부로 변장하여 그 뒤의 사쓰마 군 동태를 살폈다.
 이윽고 구마모토 진대로 가서 다니 다테키에게 보고하고, 상세한 지도에다 사쓰마 군 배치 상황까지 기입하여 넘겨 주고는, 다시 다케다 부근으로 돌아와 정찰을 계속하다가 '보국대'의 덴키치라는 앞잡이에게 붙잡히고 말았다.
 그리하여 사쓰마 군 본영에 끌려가 보국대원들로부터 잔인한 고문을 당했다.
 고문이 며칠이나 계속되어 거의 다 죽게 되었는데도 자백을 하지 않아 사쓰마 인들은 속으로 은근히 존경했으나 결국은 이나바 강변에 끌려 나가서 참수당했다.
 이 마을에는 생선장수 스케로쿠(助六)의 아들로 분조(文造)라는 이름난 깡패가 있었는데, 도둑질과 노름을 상습으로 해 전에 후지마루에게 붙잡혀 들어간 적이 있었다. 보국대 간부는 분조에게 후지마루의 목을 치게 했다. 그는 몇 번이나 칼을 내리쳤지만 번번이 후지마루의 두골은 베어지지 않았으며, 그때마다 후지마루는 사쓰마 군에 사도(士道)가 없음을 비웃었을 뿐, 자세를 흩뜨리지 않았다. 후지마루는 이렇게 처참한 죽음을 당했다.

 사쓰마 군이 들어올 때까지 분고는 군사적으로 거의 진공 상태였다.
 3월 초순에서 중순에 걸쳐 가와지 도시나가(川路利良)가 보낸 경시대(警視隊) 몇백 명이 이곳에 들어오기는 했으나 곧 이동 명령을 받고 멀리 구마모토로 떠나 분고는 그저 지나갔을 뿐이었다.
 정부군은 분고 경비를 해군에 맡겼다.
 해군은 분고의 해안선 경비를 위해서 군함 '모슌(孟春)' 한 척을 배치했다. 이 군함은 2월 하순 구마모토 공방전이 시작된 뒤부터 오이타 현청과 연락을 취하면서 벳푸 만(別府灣), 우스키만, 사에키 만(佐伯灣) 등을 오르내리고 있었다.
 5월 중순, 사쓰마 군이 별안간 분고 다케타로 들어왔을 때, 오이타 현의 권령 가가와 신이치는 놀라 마침 사가노세키(佐賀關) 항에 닻을 내리고 있던 '모슌'에 부랴부랴 알렸다.
 "본함은 비록 작지만 그 요충을 방위하고자 합니다. 그러나 어찌하리까, 수병(水兵)이 불과 6, 70명에 지나지 않으니."
 함장 가사마 히로타테(笠間廣盾) 소령은 현청에 이러한 비통한 회신을 보냈으나 그래도 수병의 절반인 30명을 잘라 육전병(陸戰兵)으로 하여 현포 1문(20파운드 포)을 양륙(揚陸)하여 오이타 시를 경비시켰다.
 이어 5월 16일, 군함 '아사마(淺間)'가 시모노세키에서 내려와 역시 소수의 육전대를 상륙시켰다. 분고의 정부군 병력은 경찰을 제외하고는 이것이 전부였다.

야마가타 아리토모는 구마모토 성에 있었다.

그는 사쓰마 군이 남 규슈 각지에 흩어져서 무수한 작은 부대로 갈라져버렸기 때문에 병력 분배에 바빴다.

"사쓰마의 대군이 분고에 들어갔다."

이것은 확실히 눈이 휘둥그레질 새로운 사태 발전이었으며, 야마가타도 놀라지 않을 수 없었다.

그는 4000명의 병력을 떼어 분고 방면을 노즈 시즈오(野津鎭雄) 소장에게 맡겼다.

5월 21일, 노즈가 다케다로 떠나려고 마지막 연락을 위해 구마모토 성으로 야마가타를 만나러 가니, 야마가타는 "다케다만 탈환해봐야 아무 소용도 없다"면서, 전날에 지시한 방침을 수정했다.

다케다를 공략한 뒤 그 기세로 해안선까지 진출하여 노베오카의 사쓰마 군 근거지를 치고, 미야자키와 노베오카를 잘라 분고의 사쓰마 군과 남쪽의 사쓰마 군을 차단하라는 것이었다. 잘된 작전안이었는데, 아마도 고타마 겐타로 소령이나 가와키미 소로쿠(川上操六) 소령의 안이 틀림없다.

아울러 이 전략은 앞서 사쓰마 군의 대장 노무라 닌스케가 분고로 향하면서, 이런 사태를 예측하고 기리노에게 상신하여 "정부군은 아마 그렇게 나올 것이다"고 가장 염려했던 일이다. 그러나 '3주 할거책'을 고집한 기리노는 처음부터 분고 진출에는 불만이어서, 노무라에게 "그렇게 되더라도 하는 수 없다"고 기각해버렸던 것이다.

휴가의 오비(飫肥)는 미야자키에서 40여 킬로미터 남으로 내려간 곳으로, 이토(伊東) 가문의 5만 1천 석의 성밑 거리라는 것은 몇 번인가 말했다. 산이 주위를 둘러싸고 있다. 강 몇 줄기가 마을과 들판을 적시면서 7, 8킬로 떨어진 니치난(日南) 해안의 바다로 흘러들어간다.

오비의 구 번령(藩領)은 메이지 초기의 행정 구분에서 하나의 구(區)로 통합되었다.

'구장'이 행정 담당자이다.

오비 구는 다카야마 덴조(高山傳藏)라는 노인이 구장이었다. 옛 번 처럼에도 번저(藩邸)의 재정관도 하고, 오사카 창고의 관리도 맡고 하여 내정과 재정에 밝아 그 재간과 이력이 인정되어 오비 구장이 되었다.

이 소란 중 오비에서는 '오비의 사이고 다카모리'라 일컬어진 오구라 쇼헤이(小倉處平)가 한 부대를 조직하여 사쓰마 군에 들어가 각지를 전전하고 있었으며, 이 무렵에는 노무라 군 휘하에 들어가 분고에 있었다.

오구라는 정부 유학생으로 영국과 프랑스에서 정치 경제를 공부했으며, 프랑스 본바닥에서 터득한 자유주의를 터득하였음에 틀림없다. 그가 왜 오비의 자제들을 이끌고 자진하여 사이고를 따랐는지는 수수께끼로 남아 있다.

어쨌거나 오비 사족은 오구라 쇼헤이의 견인력에 이끌려서 사쓰마 군의 가장 충실한 우군이 되었으니, 옛 번령(藩領)의 행정자(구장)인 다카야마 덴조 노인으로서는 참으로 달갑잖은 일이었을 것이다.

그는 이 시기의 고충을 짤막한 자서전(自敍傳) 속에서 넉두리 같은 문장으로 쓰고 있다.

'본디 폭도의 편을 드는 것이 아니라고는 하나, 구장으로서 이를 모른 체할 수도 없었다. 의논을 받고 모금하여 마침내 공조금(貢組金)을 군무에 사용하기에 이르렀다. 좋아서 한 일이 아니었다.'

오비 구장 다카야마 덴조에 대해서는 오비의 사족들과 서민들은 옛날의 관리 장관을 보는 기분으로 이 노인을 대했던 모양이다.

그의 수기는 간행을 목적으로 한 것이 아니라 읽는 대상을 자손에게만 한정하여 쓴 것이다. 그러기에 감회적인 서술은 정직하다고 할 수 있겠으나, 전후에 1년 징역을 살고 출감하여 메이지 11년(1878) 12월에 쓴 것을 생각하여 읽을 때는 약간 참작할 필요가 있을 것 같다.

그 문장 속에는 이런 말도 있다.

'나에게 이르러 7대(代)가 된다. 본디 녹 10석이었던 것이 몇 대에 걸쳐 훈공이 있어 조부 사다히로(定弘) 대에는 1백 석에 이르렀다. 부친 요시히로(能弘)도 역시 참정직(參政職)으로 봉직했다. 부귀 영화를 한없이 누리게 되었다.'

오비라는 조그만 번에서 1백 석의 참정직이 있었던 것을 '부귀영화'를 지극히 누렸다고 술회할 정도의 인물이므로 적과 자기 편을 포함하여 옥석이 함께 망하는 싸움에 적극적으로 가담할 만한 인물이 아니었던 것 같다.

사이고, 기리노 등이 미야자키에 있을 무렵에 관한 대목에는, 휴가에 군정이 실시되었다는 뜻의 글이 적혀 있다. 이것은 이미 좀 언급했고, 또 다른 기록에도 있다. 그러나 구장직에 있었던 사람의 글을 읽으면 무언가 생생한 것을 느낄 수 있다.

'미야자키 지청을 군무소(軍務所)로 하고, 구무소(區務所)를 군대소(郡代所)로 하며, 호장소(戶長所)를 지군소(支郡所), 구장을 군재(郡宰), 부구장을 부군재, 호장을 군리(郡吏), 부호장을 부군리로 한다는 명이 내렸다. 이러한 시달은 모두 군무소에서 나왔다.'

기리노가 미야자키 현의 최고 기관을 구무소로 하여 정부의 행정 구분의 명칭을 바꾼 것은, 사쓰마 군이 내세운 '신정후덕(新政厚德)'과는 관계가 없을 것이다. 그들이 품고 있는 사상을 행정화하기 위해서가 아니라 군비 자금을 조달하는 것이 목적이었다. 농민들의 토지세(현금으로 납부)는 호장 및 구장을 통해 미야자키 지청이 징수하게 되어 있었는데, 그것을 군무소가 징수하기 위해 호칭을 변경했던 것 같다.

미야자키에 본영(군무소)을 둔 사쓰마 군이 본디 구장을 통해 징수되고 있던 농민들의 세금을 모두 군용금으로서 흡수하고 있었다는 것은 오비 구장 다카야마 덴조의 수기에도 나와 있다.

'나는 야스이(安井) 씨(부구장)와 의논하면서 말했다. "세금 문제는 중요하다. 손을 대지 말자는 데는 물론 동감이다. 그러나 지금 정세가 이 지경에 이르렀으니 넘겨 주지 않을 수 없다. 이를 어찌 하겠는가. 하는 수 없지 않은가" 하고, 여기서 동년 7월 5천2백 엔을 몽땅 본영에 인도했다.'

사쓰마 군은 군자금에 궁핍해 있었다.

다카야마의 수기에는, 사쓰마 군이 이른바 '사이고 찰(西後札)'이라는 불환(不換)지폐를 발행하기 시작한 데 대해서도 언급되어 있다.

'또 새로이 화폐를 만들어 시행하니 이를 '사이고 찰'이라고 했다.'

지폐 발행 당초부터 '사이고 찰'이라 불리고 있었다는 것을 알 수 있다. 어쩌면 미야자키의 군무소에서 적극적으로 사이고 찰이라는 호칭을 유포시켰는지도 모르며, 아마도 그랬을 것이다. 미야자키 현 사람들은 사이고에 대한 존경심이 강해서 비록 불환의 군표(軍票)였지만 사이고의 인기가 그 불환성을 능히 보충할 수 있었던 면이 없지 않았다.

"재수가 좋기 때문에."

그런 이유로 실제로 그것을 좋아한 사람도 있었고, 좀 시간이 흐르지만 메이지 22년(1889)께 오사카 같은 지방에서는 이제 화폐도 아무것도 아닌 '사이고 찰'을 서로 가지려고 다툴 만큼 귀중하게 생각했다는 이야기도 있다. 사쓰마 군은 전략을 무용지물로 알 만큼 사이고의 인기에 기댄 바가 컸지만, 그것이 군포에까지 미친 것을 보면 사이고의 성망이 얼마나 엄청난 것이었는지 짐작하고도 남는다.

그러나 세상이 다 사이고를 눈으로 보아서 알고 있었던 것은 아니다.

4월 28일자 전국 신문에 오사카 일보에서 전재했다는 교토발 기사가 실려 있다. 데라마치(寺町)의 세이간 사(警願寺)에서 사진관을 경영하는 사람이 사이고의 인기를 영업에 이용하기 위해 가게 앞에 양복을 입은 사이고의 사진을 내걸었다.

기리노와 시노하라의 사진도 장식했다. 모두 유신 당시의 관의 정장인 듯 공경 같은 모습으로 찍혀 있었다. 어느 날, 후시미 이나리의 신관(神官 : 야마다 소타로(山田錝太郎)라는 사람이 그 앞을 지나가다가, '기리노 도시아키'라고 씌어 있는 사진이 자기 사진이라는 것을 발견하고 깜짝 놀랐다. 그 옆에 '시노하라 구니모토'라고 되어 있는 것은 친구 마쓰이(松井)의 사진이고, '사이고 다카모리'라고 씌어 있는 양복차림의 신사는 신관 아무개의 부인의 친척되는 남자의 사진이었던 것이다. 그는 사진관 주인에게 강력히 항의했다고 한다.

이런 사실은 어찌 되었든 사이고 찰은 사이고의 인기가 신용보증이 되어 있었다고 할 수 있다.

'메이지 10년(1877) 6월 발행, 관내 통보(管內通寶)' 등의 문자가, 군표의 겉에 옻을 잉크로 써서 목판인쇄로 찍혀 있었다. 일본 종이 앞뒤에 얇은 무명을 바르고 그 위에 다시 천을 입힌 것으로 10엔, 5엔, 1엔, 50센(錢), 20센, 10센의 여섯 가지였다. 발행고는 총 14만 엔에 이르렀다고 하는데, 너무 많이 만드는 바람에 천이 모자라 신사(神社)의 깃발까지 징발했다'고 한다.

사쓰마 군은 처음부터 군자금에 곤란을 겪었다.

미야자키 현에서 사이고 찰을 발행하여 점령 구역 안에서 통용시키지 않을 수 없었던 단계에서는 궁핍이 극에 달해 있었다. 고래로 1만여 명(연 3만에 가깝다)이라는 대군을 발진시켜 놓고 재정을 거의 생각지 않은(초기에는 현령 오야마 쓰나요시가 그 일을 맡았으나, 그는 사이고의 명령에 의한 사쓰마 군의 정식 대장이라고는 할 수 없다) 예는, 역사상 사이고 군밖에 없었을 것이다. 재무적으로 다스리지 않았다는 측면에서 사이고 군을 본다면, 혁명군이라기보다 단순한 사족 기분의 집합체이거나, 단지 폭동적인 폭도의 세력에 지나지 않았다는 것을 알 수 있다.

이곳 저곳을 전전하면서 열심히 관금(대부분은 세금)을 탈취했다. 반정부군인 이상 그것은 당연한 일이었다. 관금을 보관하고 있음직한 호장, 구장을 잡아다가 토해 내게 했으나, 거의 대부분은 뜻대로 되지 않았다. 사쓰마 군이 구마모토를 장악하고 있었을 때, 현청이 야베(矢部)의 호장 와타나베 겐(渡邊現)에게 세금 3만 7,500엔을 맡겨 숨겨두라고 부탁한 사실을 탐지했다. 그 탐색을 맡은 구마모토 협동대가 호장 와타나베와 손자 료조(量藏)를 잡아다가 고문한 결과, 와타나베가 위험을 느끼고 사전에 지폐를 모두 찢어버렸다는 것을 알았다.

전부터 '호장 정벌(戶長征伐)'을 해온 협동대로서는 호장과 구장은 관권 그 자체이고 악당이라는 인상이 강했기 때문인지, 이 두 사람을 베어 죽였다. 조부 와타나베 겐은 60세, 손자 료조는 22세였다. 와타나베 겐은 베일 때 마루 끝을 물었다. 목을 쳤을 때 그의 이빨은 마루 끝을 한 치나 물어뜯고 있었다고 한다. 4월 17일의 일이다.

사쓰마 군이 다케다에 진입했을 때(5월 13일)도 관금을 찾았으나, 다케다 경찰서의 이데(出) 경감 등이 공금 6백여 엔을 가지고 산으로 달아나서 별로 수확이 없었다. 다만 '등고사(登高社)(사족들의 결사)의 예금 9천 엔을 빼앗았다. 사쓰마 군은 사족을 옹호해 준다는 기대가 있었는데 몰락사족들이 푼푼이 모은 예금을 탈취한 것은 군자금의 궁핍에 의한 군대의 퇴폐 행위라고 아니할 수 없다.

이 점에서 사쓰마 군은 비참했다.

총지휘관 기리노 도시아키는 미야자키 본영에 있었다.

주변의 전황은 나날이 악화되고 있었는데 오히려 그 탓도 있었던지 기리노가 오오도 강을 건너 건너편의 나카무라의 기루 세키야에 드나드는 일이 잦아졌다.

이 지방의 기루의 관습으로서 사이가 깊어지면 그 창녀를 아내와 마찬가지로 취급하여 이를 까맣게 물들이게 했다. 기리노는 단골인 세키야의 마쓰오 이외에 다른 기루의 여자 두 사람에게도 이를 물들이게 했다. 이를 물들이게 하려면 기루의 주인에게 그 창녀를 기적(妓籍)에서 빼낼 만큼 큰 돈을 지불하는 것이 보통인데, 기리노는 그것을 사이고 찰로 지불한 모양이다.

각 전선의 사쓰마 군은 처절한 양상을 띠기 시작하고 있었다.
사이고와 기리노가 있는 미야자키만은 오구치와 야시로 그리고 분고 방면의 사쓰마 군 전선이 몰려오는 적을 흡수하고 있었기 때문에 싸움 속에 진공처럼 고요했다.
총지휘자이면서 기리노는 별로 바쁘지도 않았다. 본래의 기능으로서의 본영이라면 전선에 보낼 인원보충과 탄약, 양식의 보급만으로도 눈코 뜰 새 없이 바빠야 했다.
그러나 이 시기의 사쓰마 군은 사방에 병력을 산재해 놓았을 뿐, 본영에 예비 병력이 없었다. 필요한 곳에 보낼 병력이 없었기 때문에 그런 면에서 한가했던 것이다. 사쓰마 군의 방식을 보면 전투는 해도 전쟁은 안하고 있는 거나 같았다. 말하자면 전투는 제일선이 하는 일이고 전쟁은 본영이 해야 하는 일인데도, 기리노의 사상으로는 전투의 집합 형태를 전쟁으로 생각하고 있는 듯했다.
기리노는 이 일시적인 안일 속에서 나카무라의 기루에 다닐 뿐 아니라 밤에는 오요도 강에 배를 띄워 화톳불을 피우고, 기생들에게 노래를 부르게 하며 크게 울분을 풀었다.
"사쓰마 인은 여자, 조슈 인은 돈."
전 막부 신하 가쓰 가이슈는 이 두 지방의 약점을 지적한 적이 있다.
사쓰마의 무사 교육은 무사로서의 생사 철학과 용기와 비겁함의 철학에서 세계에서 그 유래를 찾아볼 수 없을 만큼 엄격했지만, 환기 구멍을 내듯이 여색에 대한 창문을 개방하여 전통적으로 너그러웠다. 이런 점은 무사적 윤리 전반에 대해 엄격했던 아이즈 번의 교육과는 다르다.
사이고는 여색에 대해 자율적이었다. 그러나 남에게까지 강요하지는 않았다. 이를테면 막부 말기에 고향에서 젊은 사람들이 교토에 올라와서 사이고를 배알할 때(사이고는 사람들의 배알을 받을 만한 신분이 아니었지만, 주위가 그를 스승으로 삼았기 때문에 그런 기분이 들었다), 그는 옆에 있는 돈궤에서 놀랄 만큼 많은 돈을 집어내어 "젊을 때는 돈이 필요한 법이지" 하고 주는 것이었다.

사쓰마 인이라고 다 여색에 빠졌던 것은 아니다. 그러나 가이슈의 귀에는 사쓰마 인 기질의 대표적 인물들의 화려한 유곽 놀이 소문이 많이 들어갔던 모양이다. 그들의 놀이에는 다른 지방 사람들에게는 없는 호쾌함이 있었으며, 특히 주석에서 기리노 같은 사람은 너무나 상쾌하게 행동하여 훈풍이 불어 지나가는 듯한 분위기를 자아냈다. 헨미 주로타 근위대위 같은 사람도 도쿄에 있을 때 그와 비슷했는지도 모른다.

메이지 6년(1873) 천황의 거처에 불이 났을 때, 헨미는 그 수비를 맡은 근위장교인데도 직장을 이탈하여 신주쿠(新宿)의 유곽에 있었다.

헨미의 배를 가르게 하라는 소리가 나왔으나, 당시 근위도독이었던 사이고가 불문에 부쳤다. 이때 사이고가 한 말이 남아 있다.

"그것은 젊은이가 면치 못하는 바."

젊었을 때의 여색은 어쩔 수 없는 일이니 용서해 주라는 것은, 사이고뿐 아니라 사쓰마의 어른의 전통적인 태도였던 것이 틀림없다.

노무라 닌스케 부대가 멀리 진출한 분고 전선의 상태가 악화하기 시작했다.

정부군의 야마가타 아리토모가 이 방면의 총수에 노즈 시즈오를 택했다는 것은 이미 말했다.

4000명의 병력이 움직였다.

그 가운데 경시대(해상으로 구마모토에서 수송되어 오이타에 상륙)는 대부분이 아이즈 사족들로 복수의 말을 암호처럼 외고 있었다.

"보신 전쟁 때의 원수를 분고에서 갚자."

진대병들도 다바루 고개나 구마모토 전투에서 이긴 결과 자신감을 갖게 된 듯했으며, 개전 초기에 노기(乃木) 연대가 우에기 고노하 등지에서 처음으로 사쓰마 군과 접전했을 때와는 전투의 집착력에 있어서 하늘과 땅 차이였다.

그리고 또 이 방면에는 야마가타가 그렇게 배려했거나, 아니면 우연이었는지 전투 능력이 가장 뛰어난 장교들이 배치되었다.

이를테면 나중에 참모본부의 작전 부문에서 전통을 세운 가와카미 소로쿠 소령(사쓰마), 같은 본부에서 현대의 신겐(信玄 : 일본의 옛 명장)이라 일컬어졌던 오가라 마타쓰구(小川又次 : 후쿠오카 현) 소령 그리고 오쿠 야스카타 소령(후쿠오카 현) 등이 저마다 대규모의 부대를 이끌고 다케다 가도, 오이타 가도의 각 방면에서 분고에 들어오고 있었다.

이들에 대해 사쓰마 군은 믿기 어렵도록 과감하게 싸웠다.

"몇 발 쏘고 돌격하라."

이것이 사쓰마 군의 방침처럼 되어 있었다. 탄약이 적어 결국 백병전에 의존하지 않을 수 없었던 것이다.

다케다의 공방전은 5월 20일에 시작되어 29일 오전 3시 사쓰마 군의 패주로 끝났다. 사쓰마 군이 패주하지 않을 수 없었던 것은 싸우고 싶어도 총탄이 없었기 때문이지만, 직접적인 패배의 원인이 된 것은 정부군의 화포였다. 29일 새벽, 포탄이 보루마다 쉴 새 없이 떨어져서 견디다 못해 보루를 버렸다. 이 계기를 만든 정부군 전선의 화포는 산포가 하나, 박격포가 하나뿐이었으니, 대단한 화력이라고는 할 수 없다.

사쓰마 군은 29일 새벽 어둠을 틈타 이가타 방면으로 후퇴했다. 후퇴하면서 시가지 곳곳에 불을 질러 시중은 형용할 수 없는 혼란에 빠졌다.

참고로 사쓰마 군은 다케다를 점령했을 때 포고했다.

"설령 관군이 오더라도 결코 불을 지르지 말라."

다케다는 우리가 지킨다. 결코 관군이 방화하지는 못하게 한다는 이 포고는, 주민들이 살림살이를 달구지에 싣고 다른 곳으로 가지 못하게 하기 위한 것이었다. 사쓰마 군은 인부와 물자의 확보를 위해 사람의 이동을 금했다. 그러나 철수하면서는 방화를 했다. 화재를 일으킴으로써 퇴로를 밝히기 위해서였으며 그 밖에는 아무 이유도 없었다.

사쓰마 군에 협력하고 있던 다케다 사족도 사쓰마 군과 함께 달아났는데 도중에 왜 다케다를 지키지 않고 도주하는가 하는 의문을 느꼈는지, 아니면 모든 일이 시시해졌는지 2백 몇십 명이 정부군에 투항해버렸다. "관군에 항복하는 자는 죽이지 않는다"는 전단이 이미 뿌려져 있었기 때문이기도 했을 것이다.

요컨대 사쓰마 군은 다케다에서 크게 패했다.

총수 노무라 닌스케는 노베오카의 본영에 있었다.

"다케다는 질 싸움이 아니었다."

싸움터에서 달려와 보고한 아라마키 주사부로(荒卷重三郎)라는 자가 있었다. 지휘자가 능력이 없어 작전은 언제나 일정하지 않았고, 각 부대는 갈팡질팡하기만 했다고 보고했기 때문에, 노무라는 생각 끝에 이토 나오지(伊東直二)라는 중대장을 지낸 자를 새 지휘관에 임명하기로 했다.

이토는 노베오카의 사쓰마 군 병원에서 치료를 받고 있었으나, 노무라의 간청에 분기하여 가마를 빌려타고 북쪽으로 급히 갔다. 이토는 철저한 무사로, 진영류(眞影流)의 검술에 능하고 포술가로서도 소양이 깊었으며, 보신전쟁 때는 번의 포병을 지휘하여 오슈(奧州)에 옮겨가 싸웠으므로 숙련된 전투 지휘자였다. 그후 근위포병 대위로 있다가 제대한 뒤 사학교 간부로서 다니야마(谷山)의 구장직을 맡았다.

이토 나오지가 나카쓰의 무레 산(车禮山)의 하나다테(花立) 고개에 도착한 것은 정오가 지나서였다. 패주하는 사쓰마 군 병사들이 이토 곁을 지나갔다. 모두 평소의 인상이 아니었으며, 이토가 "정지, 정지하라"고 제지해도 모두 들은 체 만 체 그냥 달아났다. 밤새도록 한숨도 못자고 패주해 와서 얼굴마다 얼빠진 듯이 창백했고 사람다운 표정이 없었다.

패주병은 인간이 야성으로 되돌아가버린 듯한 느낌이었지만, 그렇다고 야생동물의 아름다움이나 자유도 없었다. 공포에 사로잡혀 사람마다 실어증(失語症)에 걸린듯 누가 무엇을 물어도 대답도 없었고 표정도 없었다. 좁은 비탈길을 한 줄로 걸어오고 있는데, 다섯 명 중에 하나는 피투성이였다. 이토는 결국 패주병들과 함께 패주하지 않을 수 없었다. 그들의 체력이 소진되고 아울러 공포가 가라앉을 만한 거리까지 가지 않으면, 제 정신을 차리지 못한다는 것을 깨달았기 때문이다.

오노이치(小野市)라는 산속의 마을이었다. 거기서 밤이 되었다. 모두 오노이치에서 걸음을 멈추었다.

이 무렵의 사쓰마 군 복장에 대해서는 히지오 오네사쿠라는 사람이 인근지방에 전해내려온 이야기를 모아 《오이타 현 지방사(地方史)》에 수록한 것이 있다.

사쓰마 병들은 오랜 전진 생활로 단벌옷이 해지고 닳아서 모두 거지나 다름없는 누더기꼴이었다고 한다. 검도용 가슴 호신구를 두르고 있는 자도 있고, 발가벗은 자도 있었다. 빨간 훈도시에 빨간 칼집의 큰칼을 차고 있는 자도 있고, 알몸에 투구만 쓴 자도 있었다. 투구는 다케다 사족의 집에서 징발한 것인 듯했다.

이토는 이튿날 아침 오노이치에서 작전회의를 열었다.

후퇴할 때는 그런 꼬락서니였는데, 회의를 열었을 때는 모두 침착했다. 이토를 믿어서이겠지만, 사쓰마 인의 이상한 점의 하나라고 할 수 있다.

더욱이 그 이튿날부터 이토의 지휘 아래 전투마다 모조리 승리한 것을 생각하면, 무사로서의 사쓰마 인은 참으로 기묘하다고 아니할 수 없다.

그 다음날(5월 31일)부터 분고 방면에서의 사쓰마 군의 활동에 대해서는 '이때에 이르러 연전연승, 사기가 크게 올라갔다'고, 사쓰마 군 장교였던 가지키 쓰네키도 지난 날을 회상하여 쓰고 있다.

확실히 그 활동은 처절한 것이었으며, 사쓰마 군은 멀리 정부군의 허를 찌르고 약점을 쳐서 잘 싸우고 자주 이겼다. 그 기간이 한 달 이상 계속됐다.

사이고는 뒷날(7월 1일) 이것을 기뻐하여 노무라 닌스케와 그의 군대에 포상으로 술 50통 소 10마리를 내렸다. 모두 '사이고 찰'로 상인들한테서 산 것이었으며, 이 군표를 받은 상인들은 그 가치를 미심쩍어하면서도 도박을 하지 않을 수 없어 사이고 군의 본영이 미야자키 현 해안을 북으로 전전하며 이동하는 동안에도 떠날 용기도 없이 그냥 따라다녔다.

사이고와 가지키가 인정한대로, 분고 전선은 노무라 닌스케의 전술과 이토 나오지의 지휘가 적절하여 계속 이겼다. 그러나 전술적 부분에서나 이기고 있었을 뿐이지, 전쟁 그 자체가 승리하고 있었던 것은 아니었다.

사쓰마 인의 사고법(思考法)에서 치명적인 결함은 승리에 대한 정의의 모호함에 있었다. 적의 소부대를 급습하여 그 수비지점에서 몰아내는 전술적 승리를 가지고 적에게 이겼다고 생각하는 폐단이 있었는데, 그것을 무참하게 표현한다면 파리를 쫓은 데 지나지 않는다고 할 수 있을 것이다.

가고시마를 떠날 때부터 아무런 전략도 갖고 있지 않았던 것이 이런 폐단이 되어 나타났다. 싸움에 대한 종합적인 관점과 배려, 준비도 없이, 개인 경기처럼 전술적 용맹만으로 구마모토 성도 무찌를 수 있다고 보았기 때문에, 결국은 말을 잡아먹는 장기처럼 졸병들을 이리 뛰고 저리 뛰게 하여 정부군 사졸들을 살상하는 것만이 싸움이라는 몰전략적(沒戰略的) 사고에서 빠져나오지 못했다. 그 책임은 사이고가 테러리즘만의 경험과 능력을 가진 자를 총수의 자리에 앉힌 데 있었을 것이다.

분고로 진출한 노무라 닌스케만이 전략적인 감각을 가지고 있었다는 말은 이미 했다. 그러나 "전 사쓰마 군을 분고에 투입한다"는 노무라의 전략안은 기리노에 의해 묵살되었다. 하는 수 없이 노무라는 실력으로 분고의 전국을 호전시켜 현실을 그대로 보여줌으로써 본영의 사상을 전환시키려고 했다.

이 때문에 그의 군의 활동은 현기증이 날 지경이었다.

미에이치(三重市)를 습격하고, 미쿠니 고개와 하타가에서 고개에서 싸우고, 시게오카를 넘보고 구가치(陸地), 후도 고개에서 난전하고, 아즈사 고개, 구로쓰지 고개에서 분전하고, 다시 얼마 전에 우스키 성밑 거리를 습격했다. 정부군은 대군을 거느리고 있는데다 해안은 해군이 지키고 있는데도, 복잡한 분고의 지형때문에 줄곧 사쓰마 군에 희롱당하고 있었던 것이다.

이미 말했듯이 분고에서의 사쓰마 군의 '우세'는 전략적인 우세가 아니라, 수많은 전술적인 장에서 사쓰마 인들이 보인 기백의 인상이 그와 같이——우세한 것처럼——보였다는 것이 더 정확할 것이다.

총탄이 극도로 모자랐다.

노베오카의 탄약 제조소에서는 휴가 해안 번대의 어촌에서 어망에 쓰는 납까지 사들였으나 그것도 바닥이 나고, 전장총에 재는 총탄으로는 적당치 않은——명중도가 극히 나쁘다——구리나 쇠를 녹여서 전선에 보냈다. 그것도 수량이 얼마 되지 않아, 전선에서는 결국 백병전에 의존하지 않을 수 없었다.

'초월법(超越法)'이라는, 인간의 목숨을 물리화(物理化)한 괴이한 돌격법이 고안되어 정부군을 놀라게 한 것도 이 시기의 분고에서였다. 고안자는 노무라 닌스케는 아닌 듯하며, 이토 나오지였는지 아니면 전선의 어느 지휘자였는지 모르나 그 사정은 분명치 않다. 아무튼

"사쓰마 인은 죽음을 깨끗하게 받아들일 뿐 아니라 오히려 기뻐한다."

이런 에도 시대의 사쓰마풍 무사 교육에 의해 속속들이 밴 윤리 감정을, 전술이라는 작위적인——말하자면 속임수의——분야에 빛의 다발을 한 점

에 모으듯이 수렴한 것이다.

　정부군 측의 《종정일기(從征日記)》에 다음과 같이 씌어 있다.
　'지난 6월 24일, 적이 대거 우리 분고 방면의 방위선에 내습한 바 있는데, 그 전법이 무지막지한 야만법으로써 고금 내외의 명장도 일찍이 시도한 적이 없는 것이었다. 오단(五段) 추월 공격법이라고나 불러야 할까, 대체로 사병을 5대로 나누어 제1대부터 전단을 열면 제2대는 이를 넘어 앞으로 나아가면서 맹렬히 발사한다. 그 병이 조금이라도 주춤거리는 빛이 보이면 제3대 또한 이를 넘어 앞으로 나아가고, 제4대, 제5대 역시 이를 넘어 진공하는 방법이다. 참으로 공연히 죽음을 자행하는 군략이었다.'

　에도 시대의 무사도는 삶과 죽음을 두려워하는 인간의 인정을, 의(義)와 정(情)을 투명하게 하면서 통합한 윤리이다. 무턱대고 무사들에게 죽음을 강제한 것은 아니었다. 그러나 이 전법은 인간의 공포심을 윤리적 협박으로 잊게 하여 제거하고는, 인간을 물건으로 간주하여 수족이 달린 물건이 적진에 뛰어들어가는 것을 전술의 기초로 삼고 있다.
　《종정 일기》를 쓴 사람도 에도의 교양기(敎養期)라는 무사도의 윤리적 완성기를 거친 사람이며 결코 외국인은 아니다. 그런 입장의 사람이 '무지막지한 야만법'이라고 혐오감을 가지고 비판하고 있는 점은 주목할 만하다. 물론 이 '야만'이라는 유신 뒤의 유행어를 쓰고 있는 것에 자못 새 정부파다운 유럽적 감각이 비평 속에 숨쉬고 있다고 할 수 있으며, 또 이 글 속에는 도쿄의 가스등 문화와 사쓰마적인 것의 문화가 서로 대조적으로 갈라진 채 잘 나타나 있다.
　아무튼 무사도라고 하지만 어디까지나 개인의 도덕에 속하는 사상관을, 전술이라는 다른 차원으로 바꾸어 놓아 사상을 획일화(劃一化)시켜 인간을 물건으로 사용한 것에, 가혹한 지휘자의 인간적 퇴폐성이 잘 나타났다고 할 수 있다.

　분고(豊後)의 미에(三重)는 오노 군(大野郡)의 조그만 분지에 있는 취락이다.
　예부터 오랜 주막거리로 에도 시대에는 인근 지방의 물자 집산지로서 작지만 도시 기능을 갖추고, 일반적으로 '미에이치(三重市)'라는 시의 호칭으로 불리고 있었다.

미에 시는 남쪽에 미쿠니 고개, 하타가에서 고개 등 험난한 곳이 늘어서 있다. 분고의 사쓰마 군은 이 미에 시의 탈환을 고집했다. 그 때문에 이 근처에서 전투가 여러 차례 벌어졌다.

《오이타 현 지방사》가 편찬되었을 때 '세이난 전역(西南戰役)에서의 미에이치 전투' 이야기를 한 사람 가운데 아카네 마사라는 노파가 있다. 이야기가 수집된 1946년에 95세였으며, 세이난 전쟁 때는 마침 임신중이었다고 한다. 노파는 진저리를 치며 말했다.

"모심기를 하고 있는데, 지금의 미에 임산(林産) 근처에서 사쓰마 군의 칼이 번쩍번쩍하더니, 총소리가 요란하게 들리기 시작했어요. 위험하다는 생각이 들어서 모두들 가까운 묘지에 숨기도 하고, 슈토라는 이웃 집에 피난하기도 했는데 이윽고 전투가 끝났어요. 그 뒤 싸움터에 가 보았어요. 사당 아래 벼랑 밑에 온통 시커먼 피가 스며 있고, 시체가 42구(具)나 뒹굴고 있었어요. 모두 정부군이었지요. 모심기 할 때 모를 가지러 가면 논에 사람의 머리가 떨어져 있기도 하고, 기름이 사방에 떠 있기도 했어요. 무섭기도 하고 기분도 나쁘고 해서 제대로 모를 뽑을 수가 없었지요."

사쓰마 군은 확실히 강했다. 전략적으로는 정부군이 우위에 서고, 사쓰마 군은 그저 뛰어다니면서 전술적 전투만 하는 양상이었으나, 분고 지방에서의 사쓰마 군은 강하다는 인상이 아주 뚜렷했던 모양이다.

"사쓰마의 붉은 칼집, 붉은 훈도시(샅을 가리는 천)."

이런 노래를 나중에 이 지방에서 부르게 되었지만, 이 말대로 사쓰마 병은 붉은 칼집의 칼을 차고 붉은 훈도시를 맨 자가 많았으며, 더운 계절이라 발가벗고 뛰어다니는 자가 많았던 모양이다.

메이지 시대에는 여러 지방에 징병을 피하게 하는 영검이 있다는 사당이 있었다. 미에 시의 경우, 남쪽 미쿠니 고갯길의 찻집 옆에 신사라고도 할 수 없는 조그만 석조 사당이 있는데, 징병을 면하게 하는 영검이 있었다고 한다. 기원하는 사람은 붉은 깃발을 봉납하고, 붉은 팥밥을 바쳐 소원을 빌고 난 뒤, 준비해 온 붉은 훈도시로 바꾸어찼다. 이유는 알 수 없지만, 이 고개에서 진대 병을 무찌른 사쓰마 병처럼 되고 싶다고 비는 것이다. 다시 말해서 붉은 훈도시를 차면 진대가 무서워한다는 데서 와전되어, 무서워서 병정으로 뽑아 가지 않을 것이라는 식으로 발전한 듯 싶다.

미에서 전해지는 이야기로는, 사쓰마 군이나 정부군이나 싸움터의 규율이 매우 엄격했다고 한다. 민가를 털거나, 부녀자를 희롱하고, 무전 취식을 하는 일이 없었다. 다만 양조장의 경우는 달라서, 사쓰마 군인들이 찾아와서는 주인에게 부탁하여 술을 얻어마시고 간 모양이다.

사쓰마 군이 히토요시에서 미야자키로 이동한 뒤에도 정부는 그들이 다시 일어날 것을 두려워했다.
"사병을 더 모집해야 할 것이 아닌가?"
도쿄에 남아 있는 우대신 이와쿠라 도모미 등은 이 무렵의 공포만이 대책의 발상점이었다고 해도 과언이 아니다. 사쓰마 인의 강함과 사이고의 성망이 얼마나 신화적인 것이 되어 있었는가를 알 수 있다.
개전 뒤 정부는 전국의 진대를 거의 모두 동원했다. 오사카, 히로시마, 구마모토, 나고야, 도쿄, 센다이, 근위군, 교도단(教導團 : 하사관양성소) 등의 메이지 초기의 육군 정규병이었는데, 그 동원수는 4만 1,300여 명. 이에 대해서 반(半)정규병이라고 할 수 있는 홋카이도 둔전병(屯田兵)이 500. 여기에 신병이 7,500, 후비병(後備兵)으로서 소집한 병사가 6,400명. 이어 비정규병이지만 실제의 전투에서 크게 활약한 경시청 순경이 5,700명.
모두 합쳐서 6만이 넘는 병력이 1만여 명의 병력밖에 안 되는 사쓰마 군을 토벌하기 위해 동원되어 규슈 각지에서 싸웠다.
이와쿠라는 그래도 불안하여, 사쓰마 군이 히토요시에 있었던 5월 29일 '제2회 소집'이라고 하는 대모집을 하기로 결정했다. 다만 기본 방침으로서 "군대를 증원하지 않는다. 경찰 형태로 모집한다"고 했다. 군대를 증원해 놓으면 부풀어 오른 군대가 전후에 커다란 힘으로 정부를 압박할 우려가 있었기 때문이다.
다만 경찰을 징병이라고 할 수 없었으므로 지원자의 자유 의사에 맡기지 않을 수 없었다. 그래서 이와쿠라는 여러 참의와 육군성에 남아 있는 고관들과 협의한 끝에 여러 가지 수를 썼다.
그 하나는 전 번주(藩主)들을 움직이는 일이었다.
"귀국의 전 번사(藩士)들이 순경 모집에 응모하도록 꼭 주선해주기 바란다."
이렇게 부탁하는 것이었다. 폐번치현을 해서 봉건제를 폐지해버린 '원흉'

인 새 정부의 최고직 차석인 이와쿠라가 폐번치현의 피해자들에게 협력을 요청한다는 것은 역사의 아이러니가 아닐 수 없다.

더욱 아이러니컬한 것은, 일찍이 막부 타도의 주도 세력이었던 서일본의 여러 번을 빼놓은 일이었다. 보신 전쟁 때 사쓰마와 조슈로부터 적군 취급을 받은 현만 골랐다. 선정된 현은 18개 현이었다.

'그들은 사쓰마와 조슈를 미워할 것'이라는 점을 노린 것이다.

이와쿠라는 18개 현의 전 번주 또는 그 대리를 자기 집에 초대하여 직접 사정을 설명하고 간곡히 부탁했다.

그리고 그것만으로는 아직도 모자란다고 생각했던지, 그 자신의 성명이 든 서한을 18개 현의 현령에게 보내 '전 번주와 협의하라'고 시달했다.

아울러, 경찰을 모집하는 데는 평민을 대상에 넣지 않고 사족만 대상으로 했다. 사족은 전투력이 있을 뿐만 아니라 불평 사족을 정부편에 끌어들이는 1석 2조의 효과를 노린 것인데, 사족의 복권(復權)을 기본 목적으로 하는 사이고 군에 사족으로 대항하는 것은 어디까지나 공경과 비슷한 수법이었다고 할 만 하다.

야마가타 아리토모의 사령부 방침은, 사이고를 직접 추적하는 집요함을 보이지 않았다.

오히려 사쓰마 군의 고향인 가고시마 현을 제압함으로써 다른 지방을 뛰어다니고 있는 사쓰마 군의 뿌리를 말려버린다는 방침을 썼다.

그렇다고 야마가타의 사령부가 전략 능력이 탁월했던 것은 아니다. 위의 방침도 강한 의도에 의해서 정해진 것이 아니라 다분히 자연적으로 발생되었다. 물량과 병력면에서 우월하고 아울러 해군력을 갖고 있는 정부군은, 전략이 자연스럽게 형성되는 여유를 가지고 있었다.

만일 강력한 의도로 이 방침이 결정되었다면 대병력을 가고시마 현에 집중시킬 것이었지만, 실태는 그렇지 않았고, 남 규슈 각지에 불티처럼 흩어진 사쓰마 군 각 부대에 정부군 병력의 태반이 밀착하여 가고시마 현으로 지향하는 일은 우선 해군에 맡겨졌으며, 그 방면에 할애된 육군 병력은 얼마 되지도 않았다.

사쓰마는 조슈 남부를 차지하여 인정, 풍속, 사투리 등 여러 면에서 별천지를 이루고 있었다.

에도 시대의 일본은 두말 할 것도 없이 해외에 대해 쇄국(鎖國)정책을 펴고 있었는데, 사쓰마의 시마즈 가문을 쇄국하는 일본에 대해서도 쇄국을 하여 "사쓰마는 이중 쇄국을 한다"고 막부 말기에 다른 번들은 말하고 있었다.

외계로부터는 막부의 밀정도 용서치 않고 사정없이 베어죽였다. 번 안의 사람이 개인 자격으로 밖으로 여행하는 것도 허용되지 않았고, 원칙적으로 나가사키나 에도에 유학하는 의학 수업생과 사족 신분의 수도승이 교토의 성호원(聖護院) 본산에 수도하러 갈 때만 허용되었다. 그러면서도 사쓰마 번의 대외 감각으로서의 성격은 복잡해서 쇄국의 에도 시대에 류큐(琉球)를 통하여 무역을 하는가 하면, 보노쓰(坊律) 등을 기지로 밀무역을 해 풍족하게 번 재정을 마련했다. 그뿐 아니라 그러한 경로를 통해 해외에 대한 견문이 다른 번보다 밝았으며, 사족과 평민들의 기질도, 이를테면 히고 인(肥後人)의 일부가 가진 보수적인 경향이 별로 없었고, 오히려 해외의 지식이나 물품을 좋아하는 탁 트인 기질을 가지고 있었다고 할 수 있다.

그 반면, 번경의 경계와 방위는 엄중했다. 번경을 굳게 닫아 놓고 있었던 것은, 밀무역이 막부에 탄로되는 것을 두려워한 것도 그 이유의 하나지만, 긴 역사적 시간 동안 번경의 기질을 닫아 놓았기 때문에, 외계에 대해 사쓰마를 폐쇄하는 것과 외계에 대한 배타성이 사쓰마 사족 집단의 성격이 되어 있었기 때문이다.

에도 시대 이전부터 번경에는 방위를 위한 향사 집단이 곳곳에 배치되어 그들이 최전선의 둔전병 같은 전투적 기개를 길렀다.

서북 번경에 있는 '오구치'도 그 하나이다. 히고에 대한 '입구'로서는 약간 광활한 들판이었으므로 '오구치(大口 : 큰 입)'라는 지명이 생긴 모양이다.

"히고 미나마타에서 산을 넘어 사쓰마의 오구치로 들어가 가고시마 현의 껍질을 비틀 것이다."

이것이 정부군의 가고시마 진입 방침이 되었다.

가고시마 현을 향하고 있는 정부군은, 구마모토 현 야시로를 후방에 두고 사시키와 미나마타에서 병력을 모으고 있었다.

정부군이 가고시마 현의 오쿠치와 현 서북의 이즈미라는 데서 들어오려 하고 있다는 것을 사쓰마 군이 안 것은, 사쓰마 군이 히토요시를 근거지로 전세 만회의 기운을 보이고 있던 초기였다. 5월 5일이다.

"당장 달려가라."

우선 4개중대 6백 명 정도의 소부대를 보냈다. 히토요시에서 오구치까지는 옛날부터 사용되어 온 산길이 있다. 옛 변경인 규시치 고개를 넘어 사쓰마의 오구치로 들어간다.

600명 속에 구마모토 민권당인 협동대가 끼어 있었다. 그들은 5월 5일 폭우를 무릅쓰고 히토요시를 떠나 몇 개의 산을 넘어 오구치 동북에 있는 낮은 구릉지대인 '기노우지(木氏)'라는 취락에 들어가서 진을 쳤다.

정부의 여단 가운데 제일 먼저 이 방면의 진입을 맡은 것은 별동 제3여단이었으며, 그 여단장이 대경시 가와지 도시나가(군대의 지휘상 육군 소장의 임시 계급을 달고 있었다)였다.

사쓰마 군에는 사쓰마가 성지(聖地)나 다름없다. 이 방면에 제일 먼저 진입하는 정부군 대장이 가와지 도시나가라는 것을 변병이 알았다면, 그들은 아마 분노로 폭발했을 것이다. 사학교가 궐기한 데는 두 가지 원인이 있었다. 하나는 정한론이라기보다 동향의 오쿠보 도시미치가 주재하는 새 정부의 계속된 구체제 파괴에 대한 증오였고, 다른 하나는 오쿠보와 협력하여 새 정부의 문명을 추진하고 있는 가와지가 '사이고의 큰 은혜를 잊고 오쿠보에게 붙었을 뿐만 아니라, 자객을 보내 사이고를 죽이려 한' 사건이었다. 사학교가 들고 일어난 목표는 요컨대 이 두 사람이었던 것이다. 가쓰 가이슈는 발언했다.

'가와지는 확실히 암살을 명령했다. 오쿠보도 음모의 공범자로, 직접 지시한 것은 아니었다 하더라도 아무튼 명령을 한 것이다.'

그해 3월 31일, 영국외교관 어네스트 사토가 가쓰 가이슈를 방문하여 이와 같이 말하는 것을 들었다는 글을 사토가 썼다.

하기야 이 무렵의 가쓰 가이슈는 "오쿠보가 지배하는 정부에는 근무하고 싶지 않았다"고 나중에 사토에게 말할 만큼 오쿠보에 대한 혐오를 느끼고 있었으며, 그의 발언은 그가 사실에 충실하려고 한 것이 아니라, 되도록이면 사이고 일당에게 정권을 쥐게 하고 싶었다. 그러기 위해 영국의 후원을 기대하는 심사에서 나왔을 것이다.

같은 석상에서 가쓰는, "관군이 승리하고 있다는 보도는 거짓말이다. 구마모토 진대는 3월 27일 사쓰마 군에 명도되고, 사령관 다니 다테키는 할복

자살했다고, 좀 신뢰가 가지 않는 거짓말을 했다. 가쓰 가이슈는 자기에게 냉정한 오쿠보 정권보다, 사이고 정권 아래서 일하고 싶은 마음이 간절했던 모양이다.

아무튼 사학교의 증오는 오쿠보와 가와지에게 집중되어 있었다. 가쓰 가이슈 자신도 비슷한 말을 하고 있지만, 새 정부가 이 두 사람을 인계한다면 사쓰마 군은 조용해질 것이 틀림없었다.

그 가와지가 오구치를 향해 진격해 온 것이다.

오구치 분지의 동북쪽에 있는 구릉을 점령한 사쓰마 군 600명이 정부군(가와지의 별동 제3여단)의 선봉 500여 명을 목격한 것은 5월 6일이다.

정부군 선봉은 미마(三間)라는 소령이 지휘하고 있었다. 그들은 전날에 구마모토 현 미나마타를 떠나 오구치 분지 북쪽 끝에 있는 고가와치에서 야마노(山野) 마을을 거쳐 오구치에 들어가기 위해 막 우시오 강을 건너려고 하는데, 사쓰마 군이 공격해왔다.

이 강을 사이에 끼고 쌍방이 사격전을 벌이는 동안, 사쓰마 군의 한 부대는 정부군 후속 부대가 고기하라(小木原: 오구치 북쪽 교외)에 있는 것을 알고 멀리 돌아 습격했다. 그러나 정부군이 이를 기다리고 있었다는 듯이 난사하는 바람에 사쓰마 군도 응사했으나 곧 탄약이 떨어졌다.

"돌격!"

사쓰마 군 대장이 둑에서 강물에 뛰어들려고 칼을 뽑았을 때, 뜻밖에도 옆에 있는 언덕 위로부터 사격을 받았다. 정부군 새 부대가 어느 새 나타나서 사쓰마 군은 등과 옆구리에 공격을 받는 꼴이 되었다. 이 정부군의 새 부대는 일찍이 사가와 간베(佐川官兵衛)의 상관이었던 총경 히가키 나오에(檜垣直枝)가 이끄는 경시대였다.

사쓰마 군은 칼을 뽑아 들고는 돌격할 수도 없고, 응사하자니 총알이 없어 좁은 지형 속에 몰린 쥐처럼 되고 말았다.

사쓰마 군의 탄약 부족은 이제 고질처럼 되어 있었다. 이에 대해서 분고의 노무라 닌스케 군의 본영에 소속돼 있던 후쿠오카 현의 사족 히라오카 고타로(平岡浩太郎)가 '승리를 얻지 못한 것은 사병들이 나아가지 않아서도 아니었고 장교가 노력하지 않아서도 아니었다. 오로지 탄약이 모자랐기 때문이다'라고 썼다는 것은 통렬한 실정을 잘 말해 준다.

이 사쓰마 군은 다른 곳에 있던 구마모토 협동대에 구원을 청했다. 협동대가 현장에 달려왔을 때 사쓰마 군은 막 무너지기 시작하고 있었다. 사쓰마 군은 협동대가 달려와 주어 간신히 다시 사기를 북돋아 전선을 정돈했지만, 겨우 두 시간을 지탱했을 뿐 결국 패주하여 멀리 히토요시까지 달아났다.

당시 히토요시에 있던 사쓰마 군 대장 헨미 주로타가 적극 오구치의 방위를 맡게 된 것은 이 패배 뒤의 일이다.

헨미가 병력 천 수백 명을 이끌고 포 2문, 박격포 1문과 함께 히토요시를 떠난 것은 5월 8일이었으며, 9일 오구치 동북 교외의 기노우지에 들어가 낮은 언덕에 진을 치고 사방에 첩자를 보내 적정을 살폈다.

이날 헨미는 신사에서 꺼내온 넉 자가 넘는 귀신 같은 거대한 야전도를 짊어지고 있었는데, 본시 몸집이 크고 눈이 표범처럼 날카로우며 얼굴이 붉은데다, 수염과 구레나룻까지 모두 붉은 이 괴이한 사나이에게는 그 연장이 잘 어울렸다.

종군자인 가지키 쓰네키의 문장에도 오구치에서의 헨미를 평하여 이렇게 말했다.

'헨미의 용병(用兵)을 보면 호령이 엄숙했고 통솔에도 사심이 없었다. 노략질을 금했으며, 상벌을 분명히 했고, 사병과 고생을 함께 하며 싸울 때마다 앞장섰다. 이에 사쓰마, 히고 각 부대는 모두 그를 존경했다.'

오구치의 방위를 담당한 헨미 부대는 처음에는 연전연승했다.

정부군은 가와지의 별동 제3여단에 다른 여단 부대가 다소 소속돼 있을 정도였는데도, 오히려 방어의 위치에 있었다.

그들은 오구치 분지 북방의 야마노 마을 부근에 보루를 구축하고 사쓰마 군을 기다렸다. 사쓰마 군을 기다렸다기보다 증원될 아군을 기다려 충분한 병력으로 커진 뒤에 공격할 참이었다.

이런 점에서 사쓰마 군의 말 그대로 앞뒤를 가리지 않는 당돌하고, 사나운 민첩함과 정부군의 신중함, 이 두 성격의 차이는 같은 민족의 싸움이 아닌 것 같은 생각마저 들 정도이다.

일찍이 보신 전쟁에서 용맹을 떨쳤던 가와지마저 사쓰마 사람답지 않을 만큼 정부군풍이 되어, 본영을 구마모토 현 미나마타에 둔 채 스스로 진두에 서는 일이 없었다. 어쩌면 고향땅을 '적장(敵將)'이라는 입장에서 밟기가 켕

겼기 때문인지도 모른다.

 헨미 부대와 가와지의 여단은 병력이 거의 같아 천 수백 명씩이었다. 각각 그 정도의 부대를 지휘하면, 가와지는 도저히 헨미의 적수가 되지 못한다. 더욱이 헨미는 언제나 부대의 선두에 섰으므로 사기면에서 두드러지게 유리했다.

 5월 10일 이른 새벽, 헨미는 각 부대의 공격 부서를 정하고 일제히 진격, 압도적인 기세로 몇 차례의 공격을 되풀이한 끝에 정부군의 여러 보루를 거의 다 뒤집어엎었다. 이날 협동대가 일제히 흰 칼을 뽑아들고 돌격하는 것을 보고 헨미는 뛸듯이 기뻐하면서 소리쳤다.

 "이번 전쟁에서 첫째가는 공을 세웠다."

 사쓰마 인의 우월성을 믿는 그가 히고 인을 칭찬한 것은 아마 이것이 처음이었을 것이다.

 정부군의 보루는 잇따라 무너져서 보급품도 버리고 달아났다. 정부군의 비보(秘寶)라고 할 수 있는 후장식(後裝式) 암스트롱 포 1문까지 버리고 달아나 헨미 군의 것이 되었다. 정부군의 패주는 걷잡을 수 없었다. 멀리 미나마타까지 달아나서 겨우 멈췄다.

 헨미는 미나마타 앞 50리까지 따라가서 야영했다.

 '미나마타가 사쓰마 군에 의해 압도되고 있음.'

 이런 급한 전보가 그날 밤으로 구마모토 성의 야마가타에게 전해져서 사령부를 당황시켰고, 군함과 기선으로 부랴부랴 증원 부대를 급파했다.

 헨미는 천성적으로 공격성이 강한 성격이었다. 그는 후속 병력도 없이 "내일은 미나마타를 탈환한다"고 큰소리 치고 말 그대로 각 부대를 배치하여 5월 11일 크게 싸웠으나, 정부군도 이를 잘 막아 일진일퇴를 거듭하면서 사쓰마 군의 맹공에 버티었다.

 이때부터 헨미 부대는 한 달 이상 싸움을 계속했으나 끝내 미나마타에는 들어가지 못하고 말았고, 차츰 탄약과 전력이 떨어져 하는 수 없이 후퇴하면서 보루를 구축하여 항전하고, 때로는 진격하여 정부군에 큰 손해를 입히곤 했다. 그리하여 헨미 부대가 마침내 오구치까지 후퇴한 것이 6월 14일인 것을 생각하면, 세이난 전쟁을 통해 가장 치열한 싸움을 벌인 지휘자는 아마 헨미 주로타가 될 것이다.

 특히 6월 14일 오구치 방위전에서 헨미는 빗발처럼 쏟아지는 총탄 속에

"여기를 죽음의 자리로 삼아라" 하고 외치면서 말을 타고 질주했으며, 사쓰마 군 쪽의 기록에도 그 인상이 적혀 있다.

'오늘의 헨미의 용분(勇奮), 귀신을 보는 것과 같았다.'

헨미 군은(사학교 생도 출신을 사쓰마 군의 정규군으로 친다면) 다분히 잡군의 색채가 있었다고 할 수 있다.

각 대장은 거의 사쓰마 인이었으나, 병사들 중에는 옛 지번(支藩)인 사토하라(佐土厚)의 시마즈 씨의 사족이나 휴가, 여러 번의 병사들도 많았다.

'헤코(兵兒)'라는 사쓰마 말은 15세에서 25세까지의 청년을 가리키는데, 다른 번 출신자가 섞여 있는 이런 경우는 사쓰마 본번(本藩) 사람이라는 뜻으로 사용되었다.

"헤코가 적다"는 것이 헨미의 고민이었다. 같은 헤코라도 궐기 당시의 헤코는 다바루 고개와 그 밖의 싸움에서 많이 죽고, 그후 새로 모집되어 히토요시의 단계에서 참가한 자가 많았다.

그래도 여전히 용맹을 발휘한 것은 헨미 주로타의 지휘와 용기 때문이었을 것이다.

천성적으로 전투 지휘자인 헨미는, 아군이 주춤거릴 때는 언제나 전면에 나타나 자기의 약동하는 모습을 보이면서 우렁찬 소리로 질타했다. 그래서 그는 사쓰마 인으로서는 보기 드물게 말을 사용했다. 사쓰마의 군제(軍制)는 전국시대에도 기마 무사는 별로 없었고 보병이 주축이었으며 세키가하라의 싸움에서도 전군이 도보의 독특한 전범을 보였는데, 헨미의 경우는 언제나 말을 타고 다녔다. 장수로서의 위엄을 보이기 위해서가 아니라 각 진지와 부대를 쉴새없이 뛰어 다니기 위해서였으며, 언제나 진두에서 지휘했다. 4척의 큰 칼을 등에 지고 말을 달린 것도 자기를 귀신으로 보이게 해서 자칫 주춤거리기 쉬운 부하를 분발시키기 위한 것이었는데, 후반에 가서는 전국시대의 무사처럼 긴 창을 옆에 끼고 뛰어다녔다. 이러한 것들이 혼성된 헨미 부대는 이 무렵 사쓰마 군에서 첫째 가는 용맹을 발휘한 근원이었을 것이다.

다만 '헤코'의 수가 적어서 백병전 때 박력이 전에 비해 날카로운 점에서나 기술면에서나 약간 둔화되어 있었다.

오히려 백병전은 헨미 군에 속해 있는 구마모토 현 사족이 더 과감했는지도 모른다. 히고 인은 협동대 이외에 그 동안에 상처가 나은 이케베 기치주로가 이끄는 구마모토 부대도 참가하고 있었는데, 이 오구치의 싸움은 히고, 사쓰마 두 사족의 용맹을 겨루는 자리처럼 되었다.

헨미는 이렇게 사쓰마 인을 질타했다.

"헤코가 히고 인에게 져서야 되겠는가!"

사쓰마 인 부대가 사경에 빠졌을 때 히고 인 부대가 달려와서 구해 준 일이 한두 번이 아니었으나, 사쓰마 인의 폐단으로서 타향인을 경계하며 이를 언제나 밑으로 보고 동지로 대우하는 감각이 없었기 때문에, 6월 7일 협동대원 37명이 마침내 "헨미가 히고 인 보기를, 진(秦)나라 사람이 월(越)나라 사람 보듯 한다"며, 군을 이탈하여 멀리 분고의 노무라 닌스케 부대로 가 버리는 사건이 일어났다. 확실히 헨미는 격전장에서 순수한 헤코를 아끼려는 기미가 있었다. 약한 휴가 병(日向兵)이나 새로 모집한 신병을 투입할 수 없는 경우, 대개 히고 인을 투입했다.

"이는 유한한 병력으로 무한한 싸움을 강요하는 것과 같으며, 마침내 그 무리가 소진되지 않을 수 없다."

이것이 이탈의 이유였다.

그러나 남은 히고 인은 그 뒤에도 잘 싸웠다. 민권당의 협동대가 용감한 데 대해서는, 사쓰마인 가지키 쓰네키가 '이 번 전역에서 협동대가 가장 고전용투하여 이름을 더욱 떨쳤다'고 쓰고 있다. 사망률도 사쓰마 인 부대보다 훨씬 높았다.

오구치의 싸움은 6월에 들어와서 헨미 군에 불리해졌다.

그때까지의 정부군 주력은 별동 제3여단뿐이었으나, 소장 미우라 고로가 이끄는 제3여단이 6월 2일부터 합류하여 함께 오구치를 압박해왔기 때문이다. 6월 중순 이후에는 다시 별동 제2여단이 해상으로 미나마타에 수송되어 전열에 끼었다.

오구치 분지 동북쪽에 다카구마 산(高熊山 : 412미터)이라는 산이 분지를 에워싸듯 솟아 있다. 구마모토 부대의 이케베 기치주로 등이 이곳을 지켜 잘 싸웠는데, 그 싸움이 얼마나 격렬했던지 헨미까지도 이렇게 말했을 정도이다.

"구마모토 부대가 미쳤나!"

또한 다카구마 산(高熊山)에 이어진 여러 고지의 사쓰마 부대가 중후한 정부군의 압박에 못견디고 달아나는 바람에 구마모토 부대가 고립되는 사태 (6월 18일)도 벌어졌다.

이때쯤 헨미 군은 잘 싸웠지만 번번히 패했다. 대군을 가진 정부군은 서두르지 않고 사무를 보듯 싸웠으며, 한 걸음씩 확실히 전진했다. 해가 지기 전에 새 진지 앞에 녹채를 둘러치고 사쓰마 군의 야습을 막았다. 정부군이 마침내 오구치를 점령한 것은 6월 20일이다.

오구치는 전국시대 말기 시마즈 가문의 명장 니노 다다모토(新納忠之)의 영지였으며, 다다모토를 모시는 사당이 있다. 그 경내에 수령이 전국시대까지 거슬러 올라간다는 늙은 소나무가 하늘을 뒤덮으며 가지를 펴고 있었는데, 헨미 주로타는 걷잡을 수 없이 허물어지는 부하들을 질타하면서 이 소나무에 이르렀을 때, 전황에 절망하여 나무를 부여안고 통곡했다.

"만일 나에게 다바루 고개 때의 '헤코'들만 있었더라도."

그는 울고 소리치고, 소리치고는 울었다. 이 무렵 다바루 고개 때의 사학교 생도들은 거의 다 죽고, 남은 구마모토 병을 제외하면 약병이라 할 수밖에 없었다. 지난 날의 그 헤코들이 있었더라면 이런 고배는 마시지 않을 텐데, 하고 헨미는 아쉬워했지만, 정부군 병력은 거의 4배나 되고, 총기의 속사 능력과 탄약의 양을 생각하면 화력에서는 20배가 넘을 것이다. 저항할 도리가 없는 일이지만, 헨미는 싸움의 조건은 사병의 용맹에 있다고 믿었다. 참으로 옛 사쓰마 무사의 재래 같은 사나이가 바로 헨미였는지도 모른다.

그 소나무를 '주로타의 눈물 소나무'라고 하여 오구치 사람들은 소중히 했다. 말년에 이르러서도 사이고는 그의 휘하에서 헨미 주로타를 가장 사랑했으며, 그의 막장(幕將)이면서도 사이고의 충분한 사랑을 받지 못한 무라타 신파치, 나가야마 야이치로 같은 사람의 인격과 사상과는 감각적으로 약간 전류가 통하기 어려운 데가 있었다. 헨미의 강경한 의협심과 사람을 전율시키는 용기, 담백한 인품, 사쓰마 인이 좋아하는 바로 그것이라고 할 수 있을지도 모른다.

헨미 부대는 후퇴하면서 7월초까지 싸우다가 이윽고 휴가로 떠났다.

각 전선에 포로가 늘어나기 시작했다. 정부군 병사가 포로가 되면, 사쓰마 군은 인부로 쓰면서 짐 같은 것을 나르게 하는 일이 많았다.

혹은 싸움터의 심리로서 전우가 전사한 데 대한 미움을 포로에게 앙갚음하려는 듯 칼로 베어 죽이는 경우도 있었다.

　사쓰마 인은 전국시대부터 항복한 적이나 포로에 대해 관대하게 대하는 전통이 있었는데, 전세가 신통치 않아지자 그 아름다운 풍속이 사라지기 시작했다. 분고 방면에서 이 경향을 걱정한 것은 총수 노무라 닌스케와 막료 오구라 쇼헤이었다. 두 사람은 협의하여 7월 1일자로 다음과 같은 포고문을 냈다.

　'이 거사(세이난 전쟁)는 천하를 바로잡고 백성의 의무를 다하는 데 목적이 있다. 싸움터에서 서로 죽이는 것은 본시 부득이하다 하더라도, 적어도 포로와 무고한 자를 죽임은 의(義)가 아니다. 앞으로는 반드시 포로는 본영에 호송하라. 사사로이 참살하는 자는 군법에 처한다.'

　이 단계까지 사쓰마 군으로서 집단 투항한 자 외에 포로가 된 자는 대부분 부상자였으며, 정신이 몽롱할 때 사로잡힌 것이었다.

《정축 탄우 일기(丁丑彈雨日記)》

　이것의 필자인 다네가시마 사족 가와히가시 유고로(河東祐五郞)도 포로가 되었다. 때는 노무라 닌스케 부대가 분고에서 싸우고, 헨미부대가 오구치에서 싸우고 있었을 때였으며, 그의 부대는 가고시마를 탈환하라는 명령을 받고 6월 22일 시가지 부근에서 싸우다가 오른쪽 허벅지에 관통상을 입고 쓰러져 '눈앞이 캄캄해지고 정신이 멀어진' 것이다.

　정부군 병사들이 달려왔는데, "베지 마라, 베지 마라" 하고 외치는 소리를 고토는 들었다. 곧 무기를 빼앗겼다. 이하의 대화는 고토의 일기에서 인용한 것이다.

　'항복하겠나?'

　상대편이 물었다. 고토는 '나는 처음으로 얼굴을 들고, 그렇게 하겠다, 살려 줄 수 있으면 살려 주기 바란다'고 말했다. 이 경우 본번의 헤코라면 반대되는 감정을 나타냈겠지만, 사쓰마 사족이라도 다네가시마 사족의 성격은 온순하고 무사적인 억척스러움이 적다. 고토의 정직함은 다네가시마의 기풍에도 다소 뿌리가 박혀 있었을 것이다. 상대편은 '그럼 좋다' 하고는 출신과 이름, 나이 등을 물어 본 다음 각성제인 '보단(寶丹)'을 꺼내어 그의 입에 넣어주었다.

　다시 그 사람은 고토의 허리띠를 끌러 상처를 싸매주고 위로하면서 "즉각 군함에 수용해서 나가사키 본병원에 보내어 잘 치료해 주도록 하겠다"고 말했다.
 대원들이 모두 큰 칼을 차고 있는 것을 보고 고토는 경시대라는 것을 알았다. 경시대는 모두 사족이다.
 고토로서는 다행한 일이었다. 무사도가 아직도 살아 있는 시대였으므로, 무력한 부상자에 대한 윤리의식이나 정의를 기대할 수 있었다.
 그들의 부대가 떠나고 고토가 인부를 기다리고 있는 동안 진대 병 세 사람이 지나갔는데, 하마터면 그들에게 죽을 뻔했다.
 '사학교 도배로군. 정부군에 저항한 죄과가 분명하여 일어서지도 못하는구나. 오래도록 고통을 겪느니 차라리 네 목을 쳐서 고통을 면하게 해주마.'
 그 독설은 참고 들을 수 없었다고 고토는 쓰고 있다. 그러나 그가 사정을 이야기하니 그 자들도 그냥 떠나갔다.

여름은 다가오고

그동안 정부측에서는 인사상의 사고가 많았다.
별동 제3여단장 가와지 도시나가는 오구치 점령 단계가 지났을 무렵 갑자기 해직되어 대경시로 돌아가서 전쟁터에서 떠났다.
"그때 가와지는 병을 앓아……."
그 사정은 이렇게밖에 공표되지 않았다.
표면상으로는 그 자신이 6월 29일 사임원을 총독 본영에 제출하여 당장 도쿄로 돌아가도 좋다는 허가가 내려 7월 13일 가고시마를 떠난 것으로 되어 있다. 배편으로 가서 즉각 교토에 들어가 오쿠보에게 전선의 상황을 보고했다.
"야마가타는 참으로 편애가 심합니다. 미나마타와 오구치 사이에서 나는 사학교군과 격전을 벌였습니다. 그때 야마가타에게 원군을 청했으나 일부러 보내주지 않았으며, 그 때문에 공연히 사졸들을 죽이고 곤경에 빠졌습니다."
그 보고 내용은 확실치 않지만 이와 같이 말했다는 방증이 몇 가지 있다.
가와지는 일부러 사물을 왜곡해서 말한 것이 아니라, 그 자신은 그렇게 믿고 있었던 모양이다.

　그러나 야마가타 쪽에서는 충분한 병력의 집중을 기다렸다가 미나마타에서 오구치로 진격시킬 생각이었던 것이 틀림없으며, 사실 또 그렇게 조처하고 있었다. 그런데 가와지의 여단은 가와지가 공을 서두른 탓인지, 단독으로 오구치에 접근하여 헨미 부대군의 사나운 불길 같은 대반격을 받아 한때 패주를 되풀이했던 것이다. 야마가타의 입장으로서는, 왜 진격을 잠시만 더 기다리지 않았는가 하고 따지고 싶었을 것이고, 가와지 여단이 단독으로 행동해 봐야 원군(미우라 고로의 제3여단)이 그렇게 빨리 싸움터에 도착할 수는 없는 사정이었던 것이다.

　다만 가와지의 파면(표면상으로는 자원)은 그 같은 실패 때문이 아니었다.

　그 무렵 구마모토 본영에 배속되어 있던 육군 소장 오야마 이와오는 부대의 지휘는 하지 않고 교토와 전지의 연락을 맡고 있었다.

　'가와지가 가고시마에 뛰어 들면 걷잡을 수 없는 사태가 벌어진다.'

　그는 이렇게 생각하고, 교토의 오쿠보 앞으로 편지를 써서 가와지를 면직해야 한다는 의견을 올렸다. 오야마는 사쓰마 사람 만큼——특히 사이고의 사촌동생인 만큼——사쓰마 인들이 가와지를 얼마나 미워하고 있는지 잘 알고 있었기에, 만일 가와지가 부대를 이끌고 사쓰마로 들어간다면 사쓰마 인들은 여자, 아이, 할 것 없이 화가 나서 죽을 만큼 흥분하여 전의(戰意)가 격화된다는 두려움때문에 오쿠보에게 선처하라고 요청했던 것이다. 그러면서도 오야마는 '설마 가와지가!' 하고, 가와지가 그렇게까지는 하지 않으리라 믿었다. 가와지 자신이 사쓰마를 싸움터로 짓밟지는 않겠지 하고 생각한 것이다. 그런데 가와지는 오야마가 생각한 것보다 배짱이 셌다. 그는 모험적인 기세로 누구보다 빨리 사쓰마(오구치)에 들어가려고 했다.

　'이 자가 미쳤나?'

　오야마는 불쾌하기까지 했을 것이다.

　결국 오쿠보는 오야마의 공작을 받아들여서, 오야마 자신이 미나마타에 가서 가와지를 만나 무언가를 설명하고 그를 납득시켰다. 그 뒤 가와지 여단은 오야마가 지휘했지만 사령(辭令)은 나오지 않았다. 사령 없이 지휘한 언저리에 문제의 미묘함을 엿볼 수 있다.

새 정부로 봐서 가장 큰 타격은, 그 동안에 기도 다카요시를 잃은 일이었을 것이다.

그는 정부의 의결기관이 임시로 교토에 옮겨와 있던 이 시기, 교토의 자택에서 앓아 누워 있었다.

죽기 전 달에는 죽음을 예측하고, 누가 "구마모토에 다녀오겠습니다" 하고 문병하러 와서 인사하면 "이것이 자네와 마지막이 될 걸세" 하고 말하였다. 측근에게는 자기의 유해를 묻을 장소에 대한 희망을 이야기하기도 했다.

그는 고향 하기(萩)보다 교토를 더 사랑하여, 시가지를 내려다볼 수 있는 자리에 자기를 묻어 달라면서 말했다.

"히가시야마(東山)의 한 봉우리 료잔(靈山)이 좋겠어."

료잔에는 유신 전의 변란과 막부측의 테러리즘으로 쓰러진 조슈 인들과 다른 번의 동지들이 잠들어 있었고, 그 묘석군 자체가 막부 말기의 혁명 운동을 말해 주는 것이었으며, 그 대부분이 가쓰라 고고로(桂小王郞)라고 불리던 때의 그의 친구들이었다. 죽은 뒤 옛 이야기를 나눌 수 있다는 생각도 있었을 것이다.

게다가 이 묘석군의 특징은 사쓰마 인의 무덤이 매우 적다는 것이었다. 그것도 그의 마음을 편안하게 해주었는지 모른다. 죽어서까지 위화감(違和感) 덩어리 같은 사쓰마 인들과 같이 지내야 한다는 것은, 이 혁명가라고 하기엔 너무 섬세한 신경의 소유자에게는 울적한 일이었을 것이다.

사이고를 거의 이해하지 못한 그는, 사이고보다 자기가 진정한 혁명가였다고 자부하고 있었다. 그 자부심은 다분히 심리적인 것으로, 막부 말기에 사쓰마가 한때 막부 지지파인 아이즈 번과 결합하여 조슈 세력을 교토에서 몰아내는 바람에 조슈의 혁명 세력이 참담한 길을 걸으리라는 것을, 자기 자신이 적의 칼숲을 헤치고 나온 경험으로 잘 알고 있었다. 그가 히가시야마의 료잔을 깊이 생각한 것은, 그곳에 잠든 사람들 대부분이 조슈 인이거나 조슈파 사람들이고, 기도의 주관으로 말한다면 그들이야말로 유신을 가져온 밑거름이었다고 생각하고 있었던 것이다.

"히가시야마의 료잔에 묻어 달라"는 그의 희망은, 그들과 자기를 하나의 그룹으로 만들고 싶다는 희망인데, 그것은 묘지의 선정 이상으로 그의 유신 사관(維新史觀)과 깊은 관계가 있었다. 사쓰마는 큰 번으로서 정략적으로 행동했을 뿐, 조슈 인이나 조슈계 지사들처럼 개개인이 혁명 의식을 가지고 그 시대에 참가한 것이 아니므로, 사쓰마 인은 혁명을 논할 자격이 없다는 독단에 뿌리를 두고 있는 것이다. 그는 건강했을 때부터 이 일을 생각하면 기분이 울적해지고 마음이 좁아져서, 그 총명한 사나이는 여유를 잃었다.

그에게 있어서 새 정부는 그와 같은 혁명의 열매였다. 정부를 지키기 위해 사쓰마와 조슈는 끝까지 연합 제휴를 해야 한다는 것이 그의 불변의 정치 방침이었다.

정부가 마치 오쿠보의 정권처럼 된 것도 그로서는 불만이었지만, 그렇다고 자기가 대신 들어 앉겠다던가, 오쿠보를 부정할 생각은 없었다. 이런 점에서도 그의 가슴속에선 확 태워버리지 못하고 늘 연기만 나고 있었다. 그러나 전체적으로는 오쿠보에게 협력해 왔다. 새 정부를 지키기 위해서였다.

기도 다카요시가 숙환인 결핵이 악화되어 마침내 생애를 마친 것은 5월 26일이다.

그는 죽기 조금 전까지 의식이 또렷하여 싸움터에서 오는 전보는 빼놓지 않고 읽었다.

그가 메이지 원년(1868) 4월 1일부터 쓰기 시작한 일기도 와병중에 계속 기록하여 5월 6일에 끝을 맺었다.

그 무렵의 일기를 들추어 보면, 4월 24일자에 이렇게 씌어 있다.

'나는 뼈를 히가시야마에 묻는 것이 평생의 숙원이다.'

그 다음 25일자 일기를 보면, 오쿠보 도시미치가 문병하러 왔다.

'암살에 관한 건 나의 이견(異見)을 진술하고 정밀하고 명백한 재판이 있기를 희망했다.'

기도는 이와 같이 쓰고 있다. 세이난 전쟁의 직접적인 도화선이 된 것은, 가와지가 가고시마 현 출신 경찰관을 많이 귀향시킨 일이었다. 그것을 수상쩍게 여긴 사학교측이 그들을 붙잡아 고문한 결과, 짐작한 대로 그들은 사이고를 암살하기 위해 돌아왔다고 자백한 것 같으며, 그런 점에서는 사람들이 확실히 알지 못하고 있었다. 기도는 마음속으로 오쿠보와 가와지가 사학교를 도발했다고 보고 있는 듯했고, 그 사실을 재판으로 명백히 밝히라고 오쿠보에게 충고했다. 그러나 오쿠보는 기도의 요구대로 하지 않았고, 흑백은 후세에까지 모호한 채로 끝났다.

기도의 병상에는 날마다 높은 관리들이 찾아왔다. 4월 29일에는 산조 사네토미가 와서 기도에게 의논했다.

"슬슬 정부도 도쿄로 돌아가야 할 때라고 생각하는데요."

사쓰마 군은 이미 구마모토 성의 포위망을 풀고 떠났으므로, 산조는 이때를 하나의 단락으로 보고 천황을 도쿄로 돌아가게 하고 싶었던 모양이다. 교토에 머문 지 벌써 70여 일이 지났다. 그러나 걱정이 많은 기도는, 상태가 아직 어떻게 될지 모르지 않느냐고 소극적인 대답을 했다. 4월 24일의 일기에는 이렇게 씌어 있다.

"오늘의 전쟁은 거의 2만에 가까운 쌍방의 사상자가 났다. 그리고 국민의 가옥 재산의 소실이 몇천만 엔에 이르는지 알지 못한다. 국민이 겪는 고통과 간난은 실로 연민을 누를 길 없다. 그 원인을 추정하면, 사이고 다카모리 등 몇 명을 오쿠보 도시미치, 가와지 도시나가 등이 암살하려 했다는 그 한 가지에 지나지 않는다."

기도는 이 전쟁을 어디까지나 사쓰마 파의 사사로운 감정 문제로 보았다. 그러나 이것만으로는 끝나지 않을 역사의 심각함까지를 동시대인인 기도는 알지 못했던 것이다. 오쿠보는 그 책임을 지고 내무대신을 그만두어야 한다고 이날의 일기에 적혀 있다.

5월 2일, 서기관 시즈마 겐스케(靜間謙介)라는 자가 전선에서 돌아와 기도를 방문하고 싸움의 실정을 이야기했다.

'병사들의 고전 등, 소상한 현상을 알게 되어 나도 모르게 눈물을 흘렸다.'

5월 17일, 찾아온 동향의 스기 마고시치로(杉孫七郞)에게 병이 너무나 괴로워서 "빨리 흰 구름을 타고 떠나고 싶다"고 말했다. 이 무렵 꿈속에서도 "사이고, 대강 해두지 못하겠는가!" 하고 사납게 소리치곤 하다가 26일 오전 6시 병세가 갑자기 악화되었다. 감상적이고 집착이 강하며, 여자처럼 군소리가 많은 이 혁명가는 마침내 세상을 떠났다. 향년 45세였다.

그는 오쿠보에게 권력의 자리를 양보하고 일부러 방류(傍流)에 서서 이따금 비평가 같은 태도를 보여 왔기 때문에 그의 죽음으로 시류가 바뀌지는 않았다. 오쿠보는 소식을 듣고 즉각 달려왔는데 '앞으로 누가 조슈 인을 이끌어갈까?' 하는 것이 다소 염려스러웠을 것이다. 야마구치 현에서의 사족 반란의 에너지는 마에바라 잇세이(前原一誠) 일당이 궤멸됨으로써 쇠약해진 것처럼 보이지만, 정부 안팎의 조슈 인이 일을 일으킬 경우, 이토 히로부미나 야마가타 아리토모 등으로는 아직 관록이 모자라 도저히 수습이 되지 않는다. 기도를 잃음으로써 나타나는 오쿠보의 정치적 염려는 고작 이런 정도였을 것이다.

다시 말한다면 어딘가 '귀찮은 사람이 갔다'는 기분이 있지 않았을까?

기도는 오쿠보의 정치에 대해서 일일이 귀찮게 잔소리를 해왔다. 기도 자신은 자기의 건의가 '하나도 채택되지 않았다'는 뜻을 죽기 전의 일기에 기록하고 있지만, 오쿠보로서 정부 운영에서 가장 신경이 쓰이는 것은 기도였다.

오쿠보에 대한 기도의 잔소리는 언제나 통렬하고 심각했으며 아울러 집요했다.

세이난 전쟁도 기도 자신이 일으켰다는 견해도 성립되지 않는 것은 아니다. 기도는 늘 오쿠보를 공격했다.

"가고시마 현은 꼭 독립국 같다. 중앙의 정령(政令)은 모조리 현경(縣境)에서 거부되고, 지세(地稅) 개정도 실시하지 않고 있으며, 조세 출납도 옛 번처럼 현에서 독자적으로 하고 있다."

확실히 유신과 폐번치현 그리고 지세 개정은 근대화를 노리는 혁명의식으로 본다면 최대의 사업이었으나, 농공상(農工商)측에서 본다면 잃는 것만 많았다. 사족의 특권은 폐지되고, 농민은 쌀 대신 현금으로 세금을 지불하지 않으면 안되었다. 만일 근대화를 '진보'라고 긍정한다면, 농민이 현금으로 세금을 내고 정부가 곡식 대신 현금으로 예산을 짜게 된 것은 부르주아 혁명으로의 첫걸음으로 간주하지 않을 수 없는데, 가고시마 현만은 이를 거부했다. 다른 부현의 농민들은 쓸 현금도 없는데 현금으로 세금을 내라는 바람에 폭동을 일으킬 만큼 고통스러워했지만 가고시마 현만은 예외로 여전히 옛 번이나 다름 없는 모습을 간직해 오고 있었던 것이다.

기도의 일기나 편지류로 미루어, 그는 가고시마 현의 치외법권적 특권을 오쿠보가 은밀히 허용해 주고 있는 것으로 보고 있었으며, 시마즈 히사미쓰가 현청을 지배하고 있는 실정이라든가 새 정부의 변혁을 좋아하지 않는 현의 사족들이 사이고에게 반정부적 힘을 기대하고 있는 실정을 알지 못했다.

기도는 그저 오쿠보를 힐책할 대로 힐책했다. 중간에 낀 오쿠보의 그러한 고통을 가와지가 그 나름대로 이해하고, 그 나름의 '근대화'를 추진한다는 정의(正義)에서 경관들을 귀향시켜 사학교에 도전하여 오늘의 참상에 이르렀다고 볼 수 없는 것도 아닌데 기도는 그간의 소식에 대해서는 죽을 때까지 몰랐던 것 같다. 아무려나 오쿠보는 기도라는 통렬한 비판자를 잃었다.

이토 히로부미에게는, 기도 다카요시가 철두철미한 은인이라고 하지 않을 수 없다.

조슈에서의 그의 출신이 낮아서, 다른 번에 가서 도저히 조슈 번사라고 말할 수 없는 신분이었다. 막부 말기에 기도가 서생 시대의 히로부미를 자기의 피보호자로 번에 신고해 주었기 때문에 녹봉은 없지만 조슈 번사라고 칭할 수 있었으며, 번 안팎에서 활동하여 그 존재가 알려지게 되었다. 기도는 이토를 피보호자로 만들어 줄 때 평등을 다짐해 주었다.

"이것은 형식이지, 이렇게 되었다고 해서 자네와 나 사이에 상하 관계가 생긴 것은 아니다. 자네는 나의 친구이자 동지이다."

기도의 이 평등 의식은, 신분 관계가 까다로웠던 에도 시대에서는 그 예를 찾아보기 힘든 것이라 해도 무방하다.

유신 뒤(특히 메이지 4년, 오쿠보, 기도, 이토 등이 대거 구미 여행을 한 이후) 이토는 오쿠보에게서 탁월한 경륜적 정치가의 모습을 발견하고, 오히려 그에게 붙어 그 감화를 받으려 함으로써, 본디 그런 점에서 질투심이 강한 기도를 불쾌하게 만들었다. 그 후 이토는 기도의 질투를 달래는 데 신경을 썼으며, 뒷날 기도의 양자에게 푸념을 늘어놓을 정도였다.

"군에게 이런 말을 하기는 뭣하네만, 그 양반은 워낙 괴팍해서 애를 먹었다네."

이 말은 앞에서 이미 한 말이다.

본디 사쓰마 인 가운데는 관료가 될 만한 자질이 있는 자가 적었다. 그런 이유도 있고 해서 오쿠보는 이토 등 조슈 인을 많이 등용하여 심복으로 삼아 정부의 행정 운영 능력을 높였다. 이것이 사쓰마 인의 마음에도 안 들었으나, 기도의 마음을 울적하게 만든 씨가 되기도 했다.

기도의 병세가 악화했을 때, 이토는 독일인 의사를 불러오는 등 은인을 위해 사방으로 뛰어 다녔다. 그러나 결국 기도의 죽음으로 이토는 감정면에서는 어쨌든, 사실상 목에 걸려 있던 큰칼이 풀려 앞으로는 누구의 눈치도 볼 것 없이 자기가 좋아하는 오쿠보 밑에서 마음대로 수완을 발휘할 수 있게 되었다고 해도 좋다. 만일 이토가 속으로 '정부는 명실공히 오쿠보의 시대가 되었다'고 생각했더라도, 그것은 실무가로서의 그의 감정이지 윤리적인 배신감이랄 수는 없다고 생각된다. 싸움터에서 많은 숭배자들에게 옹립되어 있는 사이고――거꾸로 말한다면 그 때문에 그는 싸움터를 전전하고 있는 셈이지만――와 기도의 차이는 이런 데도 있을 것이다.

이토는 이 해 나이 37세였다.

그러나 그의 관직은 오쿠보와 같은 참의이며, 육군 중장 야마가타와 더불어 조슈 인 선배 어느 누구보다 관등이 높았다. 오쿠보가 이토의 재능을 필요로 하여 이례적인 발탁을 거듭하면서 그를 중용했기 때문이지만, 조슈 인들 사이에서 이토는 기도만큼 중시되고 있지 않았다.

그러나 기도의 뒤를 잇는 조슈 인 정객이 없었기 때문에, 이토가 자연적인 추세로 조슈 인의 총수까지는 아니더라도 그 대표가 되지 않을 수 없었을 것이다.

사실 그와 같이 보는 자들도 있었으나, 이토의 성격으로는 동향인의 우두머리로 안일하게 있기에는 감각이 너무 개화적이었다. 이토의 개화성은 굳이 말한다면 기도로부터 이어받았다고도 할 수 있다.

구마모토(熊本)의 본영에 있는 조슈 인 야마가타 아리토모가 기도의 부고를 듣는 것은 약간 극적이다.

야마가타는 이토만큼은 기도의 은혜를 입지 않았다. 또 이토는 막부 말기에 조슈에 여러 선배들이 많아 경시를 당하면서도 정략면에서 분주했다. 이런 점은 기도와 행동하는 성질이 비슷해서 많이 접촉을 했다.

야마가타는 막부 말기의 조슈 번 혁명 그룹 속에서 자립한 냄새가 강하다. 그는 졸개 신분으로 다카스기 신사쿠(高杉晋作)의 기병대(奇兵隊)에 지원하여, 그 속에서 실력으로 두각을 나타냄으로써 군감(軍監)이 되었다. 다카스기는 기병대 창설자였는데 나중에 다른 곳으로 옮겼다. 그는 기병대를 움직이려고 야마가타의 의향을 존중했고 그의 응낙을 얻기 위해 말하자면 허리를 굽히는 태도를 보이기도 했다.

조슈에서의 계보로 말한다면 야마가타는 기도와는 남과 다름없었는데, 다카스기계(系)라고 할 수 있다. 그러나 다카스기는 유신을 보지 못하고 죽었다.

야마가타는 조슈의 선배로서 기도를 정중하게 대했지만, 그 지시대로 움직이지는 않았다. 게다가 그는 조슈 인으로서는 이례적으로 사이고를 존경하는 듯했으나, 같은 육군이라도 군정(軍政) 계통이었기 때문에 육군 대장으로서의 사이고 계열에 있지는 않았다.

기도 자신은 야마가타를 오히려 위험한 사람으로 보았다. 메이지 6년(1873), 정한론 결렬 뒤의 내각에서 이토 히로부미, 오쿠마 시게노부, 데라지마 무네노리 같은 젊은 사람들이 일약 참의가 되었으나, 야마가타는 육군경에 머물렀다. 야마가타의 참의 취임이 실현되지 못한 것은 기도의 심한 반대 때문이었는데, 그것은 이미 언급했다. 기도는 그 지론인 "군인을 정치에 참여시키면 그 폐해를 예측할 수 없다"는 데서 반대한 것이지만, 참의가 되고 싶었던 야마가타로서는 유쾌한 일이 아니었다.

오자키 사부로(尾崎三郎)가 교토 정부의 사자로서 구마모토에 내려가, 구마모토 성으로 야마가타 중장을 방문한 것은 5월 26일이었다.

야마가타 등은 테이블을 늘어놓고 오자키 사부로 일행을 맞이하여 사자로서의 용건을 들었다.

그 뒤 오자키는 교토에서 앓고 있는 기도 다카요시의 상태와 전갈을 전했다.

"아무래도 회복이 어렵지 않겠나 하는 생각이 듭니다. 떠나올 때 인사를 드리러 가 뵈었더니, 이것이 그대를 만나는 마지막이 되겠소, 이런 말씀을 하셨습니다."

야마가타 이하 좌중의 조슈 인들은 이 말을 듣고 긴 침묵에 잠겼다. 그때 부관 한 사람이 들어와서 야마가타에게 전보 한 장을 건네주었다.

기도의 부고였다.

야마가타는 기도를 잃은 지금 앞으로 조슈파를 이끌고 갈 사람은 자기 외에는 없다고 생각했을 것이다. 이 점이, 파벌 형성에 대해서는 냉정한 태도를 가졌던 이토와의 차이였다고 생각된다.

북으로

 7월 중순쯤부터 정부군의 움직임이 활발해졌다. 구마모토 현은 처음부터 정부군이 제압하고 있었다. 7월에 들어와서는 가고시마 현도 거의 전 지역이 정부군 관할 아래 들어갔다.
 "각지에서 패주한 사쓰마 군은 주로 미야자키 현에 모여들고 있다."
 이런 정세는, 정부군 간부면 누구나 다 알게 되었다. 자연히 '사이고는 미야자키 현에 있는 게 아닐까?' 하는 추측이 모든 사람의 머리에 떠올랐다. 그러나 진중에서 이 말을 입밖에 내는 간부는 이상할 만큼 드물었다. 정부군은 누구나 사이고에 대한 외경심을 잃지 않고 있었으며, 사이고를 치는 것이 아니라 사학교 군을 치는 것이라고 굳이 자기 자신에게 납득시키려고 하는 것처럼 보였다.
 그러나 '만일 사이고가 진두에 나타나면 어떻게 한다?' 하는 불안이나 대답을 찾기 어려운 상상에 대해서는 간부들이 모두 속으로 고민했을 것이 분명하다.
 하기야 정부군 간부(특히 사쓰마 출신들)들에게 다행인 것은 지금까지 어느 싸움터에서도 사이고가 진두에 모습을 나타내지 않았다는 점이다.

정부군 중에서도 옛 막부 지지 번의 출신이 많은 경시대나 농민 출신의 진대병들, 혹은 사역병들은, 당연한 일이지만 사이고의 명망이라는 주문(呪文) 같은 관념에 묶여 있지 않았다.
이 무렵 졸병들 사이에 이런 노래가 유행했다.

사이고 다카모리는 정어리냐, 잡고기냐
다이(도미라는 뜻)에 쫓겨서 도망을 친다.
사이고 다카모리는 부처냐 귀신이냐
모습도 안 보이고 싸움을 한다.

둘째 절은 외경심이 좀 깃들어 있긴 하지만, 병졸들이나 사역병들은 사이고와의 싸움이라고 해서 끌려 나왔는데도 그가 도무지 적진에 나타나지 않는 것이 솔직히 말해서 이상했을 것이다.
'다이'
이것은 두말 할 것도 없이 다이(隊)를 말하며, 다이(도미)에 빗댄 말이다. 다이(隊)라는 말은 본디 일본 말에는 없었다. 무사의 조직 단위는 전국 시대 이래 조(組)였으며, 에도 시대의 막번(幕藩) 체제에서도 조라는 용어가 사용되었다.
막부 말기에 조슈 번이 막부와 대치하게 되어 온 번이 총동원을 하지 않을 수 없게 되었을 때, 신분이 낮은 자나 평민 중에서 지원병을 모집하여 기병대(奇兵隊)라고 이름을 지은 데서 대라는 말이 새로운 일본어로 퍼지게 되었다. 그즈음의 조슈 번에는 사족의 자제들이 만든 선봉대(選鋒隊)라는 것도 있었고, 각 마을의 힘깨나 쓰는 남자들이 동원되어 역사대(力士隊)라는 것까지 조직되어 있었다. 그런 것들을 통틀어 '제대(諸隊)'라고 불렀는데, 이 메이지 10년 쯤의 어감으로는, '대'란 서민 출신자의 군대 즉, 진대(鎭臺)라는 느낌이 짙었다.

정부군이 사이고 군을 큰 어망으로 잡듯이 미야자키 현에 병력을 집중하기 시작한 것은 7월 중순쯤부터이다.
미야자키 현은 전술지리로 본다면 참으로 단순한 지세라고 할 수 있다.
동쪽은 긴 해안선으로 모두가 바다이다. 사이고 군이 바다로 달아날 수는 없었다.
　서쪽은 모두 산이다. 현의 하천은 이 서쪽 산에서 나와 평행선을 긋듯이 동쪽으로 흘러 바다에 들어간다. 따라서 정부군의 병력 집중 운동도 단순했다고 할 수 있다. 서쪽 산에서 나타나 동쪽으로 흐르는 하천을 따라 계속 동진하면 사이고 군이 모여 있는 해안의 평야로 내려갈 수 있는 것이다.
　7월 중순부터 월말까지, 정부군 각 부대의 이동 상황을 미야자키 현 지도에 날짜별로 기입해 보면, 그것이 참으로 활발했다는 것을 알 수 있다.
　사이고는 평소와 다름없이 적이 접근하기 직전, 그 소재지 즉 미야자키를 떠났다.
　출발은 7월 29일 오후였다.
　가마로 떠났는데, 여느때나 다름없이 은밀히 하기 위해 사이고의 가마는 궤짝 같은 것을 여러 사람이 지고 가는 행렬에 끼어 흔들거리며 갔다. 다리를 다친 벳푸 신스케의 가마가 선두에 서고, 약 100명의 호위대가 앞뒤에서 따랐다.
　사이고 일행은 북쪽으로 갔다.
　며칠 전, 앞으로 어떻게 할 것인가 라는 주제로 작전회의가 열려서, 기리노의 지론대로 결론이 났다.
　"가고시마를 향해 정부군을 몰아내고, 우선 한 현을 지킨다."
　이런 것이었다.
　그러나 정부군의 미야자키 집결이 예상 밖으로 빨라, 우선 고향 가고시마와는 다른 방향으로 향하지 않을 수 없게 되었다.
　정부군측에서는, 총수 야마가타 아리토모가 24일 미야코노조(都城)에 들어갔다.
　26일에는 별동 제1여단, 별동 제3여단, 제4여단, 제3여단이 미야자키 현 서부에서 남쪽에 걸쳐 속속 몰려들고 있었다.
　28일에는 제4여단이 미야자키 시에서 남쪽으로 불과 7, 8킬로미터 거리에 있는 기요타케(淸武)를 점령했다.
　사이고가 29일 쫓기듯이 미야자키 시를 떠난 것은 어쩔 수 없는 선택이었다.
　그 동안 사쓰마 군에 가담해 있던 오비(飫肥) 사족 8백 40명이 오비에서 투항하는 등 동맹 부대의 항복이 잇달았다.

사쓰마 군의 병력도 격감했다.

이를테면 오구치 방면에서 그토록 용감히 싸운 헨미 주로타의 부대도, 미야코노조에서 정부군과 싸운 뒤 퇴로를 잃고 뿔뿔이 흩어져서, 헨미가 직접 포위망을 뚫고 미야자키 교외의 우군과 합쳤을 때는 부하가 몇 사람밖에 없었다. 그래도 그는 고노 슈이치로, 사가라 나가요시 등과 함께 나머지 병력을 지휘하여 사이고의 탈출을 돕기 위해 근교에서 여전히 싸우고 있었다.

이때, 사이고는 무슨 생각을 하고 있었을까?

북쪽으로 이동하고 있었다. 그 때문에 이곳 저곳을 전전하며 숙소를 옮기고 있었다.

"휴가 해안 도로를 따라 다카나베(高鍋)로."

이것이 7월 19일 미야자키를 떠날 때의 호위들의 목표였다. 다카나베는 아키쓰키(秋月)씨 2만 7천 석의 성밑 거리로 800명의 사족들이 있었다. 사이고가 사족의 옹호자라는 인식이 널리 퍼져 있었기 때문에 성밑 거리라면 사이고의 안전을 기할 수 있다는 생각도 있었다.

게다가 이 싸움이 시작된 뒤, 사쓰마 인 기시마 기요시(貴島淸)가 휴가에 와서 모병을 했다.

사쓰마 군에서의 기시마 기요시의 입장은 기구하다고 할 수 있다. 그는 전에 육군 소령으로 가고시마 분영(分營 : 구마모토 진대의 지부)의 우두머리였으며, 사이고가 사직했을 때도 함께 사직하지 않았다. 사학교측에서 보면 관의 앞잡이로 간주할 만했고, 가고시마에서 진대병의 우두머리라는 입장은 독립국 같은 가고시마 현에서는 매우 난처한 것이었다.

메이지 7년(1874) 11월 그가 도쿄에 있을 때 분영에 수수께끼 같은 불이 일어나 타버리자, 그는 관에서 물러나 가고시마로 돌아와서 조용히 지내고 있었다. 그러나 사학교 일당이 그를 적시해서 교제는 없었다.

사쓰마 군이 궐기하여 구마모토 성 공방전이 계속되고 있을 때, 기시마 기요시는 참다 못해 구마모토 진중의 사이고에게 편지를 써서 종군을 간청했다. 사이고는 단호히 거절하고 허락하지 않았다. 사이고가 허락하지 않은 이유는 잘 알 수 없다. 그러나 기시마가 사학교당과 불화를 안고 있는 것을 알고 부대 안의 감정이 통일되지 않는 것을 피하기 위해서였는지도 모른다.

사이고는 우두머리로서 '군대 통솔의 기초는 감정의 통일'이라는 것을 잘 알고 있었기 때문이었다.

다만 기리노는 기시마를 아까워했다. 몰래 편지를 보내 "사이고가 허락하지 않는 것은 어쩔 도리가 없네. 그러나 자네의 결심 여하에 달려 있는 것이 아니겠는가" 하고 말했다. 기리노는 기시마가 한 부대를 이끌고 나간다면 사쓰마 군의 위세가 커진다는 것을 잘 알고 있었다.

기시마는 현령 오야마와 교섭하여 휴가 방면(주로 다카나베)에서 모병하기로 했다. 그가 사쓰마에서 모병하기를 피한 것은 그 자신의 입장 때문이었다.

당초 그는 휴가 각 번의 사족들을 이끌고 "분고를 거쳐 멀리 오사카로 나가서 사이고 군과 합류한다"는, 노무라 닌스케와 비슷한 전략을 가지고 있었다. 하지만 다바루 고개에서 난전이 계속되고 있다는 소식을 듣고 그리로 진출하여 정부군에 중대한 손해를 입혔다.

다카나베는 이와 같은 사정으로 사이고의 안전이 보장될 수 있는 땅이었다.

그런데 19일에 미야자키를 나온 사이고는 정부군 선봉의 출몰 상태가 명확히 파악되지 않아 예정을 바꾸어 미야자키 북쪽 교외의 데이샤꾸 사(帝釋寺)에서 이틀 밤을 묵었다.

31일 이른 새벽, 야자미키 북쪽 교외의 조그만 선사(禪寺)인 다이샤쿠에서 나온 사이고는 북쪽으로 향했다.

'다카나베로 가겠지.'

사병들은 그렇게 생각하고 있었는데, 해가 높이 떠 있는 동안에 통과해버렸다.

왜 다카나베를 통과해 버렸을까?

다카나베 사족들은 사쓰마 인 기시마 기요시의 모병이라든가 그 후 기리노의 강제 징병으로 많은 사람들이 사이고 군에 참가하고 있었으며, 지금도 그 부대는 미야자키 현 북부를 지키고 있었다. 그러나 그 일부는 전에 구마모토 패배 후 전쟁이 싫어져서 아프다면서 다카나베로 돌아와버린 사람들이 많았다. 만일 이들이 정부군과 내통하는 날이면 사이고의 신변이 위험하다고 호위자들은 본 것일까?

아니면 사쓰마 군의 예상과 달리 정부군 선봉의 약진이 빨라, 이 31일에는 미야자키로 밀고 들어올 기색이 짙어서 될 수 있는 대로 다카나베보다 멀리 달아나는 것이 상책이라고 판단한 것일까?

일행은 쓰노(都農)까지 가버렸다.

그곳은 이 가도상에서도 다카나베나 사도하라 같은 성밑 거리가 아니라, 부근 농촌의 상품경제의 필요에서 발달한 곳이다. 따라서 사이고의 숙소로 알맞은 큰 집이 없었다.

사이고와 그 본영 부대는 속수무책이었다.

8월 2일 아침, 쓰노를 떠나 남쪽에서 쫓겨 올라가듯이 북방으로 향했다. 기리노의 전략에는 전군을 모조리 몰아서 가고시마로 돌아가게 되어 있는데, 적의 총화에 의해 쫓기듯이 북쪽으로 향하고 있는 것이다.

'무엇 때문에 싸우고 있는가?'

동맹군인 구마모토 부대에는 그렇게 생각하는 자들이 많았다. 그들은 이 싸움에 현 정권을 뒤집어 엎는다는 장대한 꿈을 걸고 있었는데, 결과적으로 그들의 눈에는 무모하게만 보이는 사쓰마 인의 전략에 따라 여기저기 옮겨 다니며 싸우다가, 미야자키 현에 들어와서는 마침내 사쓰마 인을 고향에 보내 주기 위해 싸우는 꼴이 되어버리지 않았는가.

만일 수령으로 이케베 기치주로를 받들지 않았고, 전술 책임자에 사사 도모후사(佐佐友房)가 없었더라면, 그들은 탈락해버렸을지도 모른다.

구마모토 부대는 참으로 잘 싸웠다.

싸움터가 미야자키 현으로 옮긴 뒤에도 구마모토 현 사족들은 여전히 사쓰마 군의 유력한 일익을 담당하고 있었다. 그러나 7월 중순까지는 총수인 이케베는 이질을 앓고, 사사는 부상당하여 한때 야전병원에 들어가 있었기 때문에 사기가 크게 떨어져 있었다.

나중에 사도하라 부근까지 북상했을 때는, 이케베도 사사도 부상당한 몸으로 진두에 섰다.

8월 2일, 사이고가 쓰노를 떠나 북쪽으로 향한 날, 구마모토 부대는 오요도 강의 지류인 아야키타(綾北) 강변에서 정부군의 대군에 포위되어, 병력도 적고 탄약도 모자라 마침내 크게 패주하고 말았다.

사사는 또다시 부상당하고, 이케베는 우군을 놓쳐 방황했으며, 날이 저문 뒤 부하들이 그를 찾아 다녔으나 끝내 찾지 못했다. 이때부터 구마모토 부대는 전의를 상실했다고 해도 무방하다. 그 뒤에도 이 부대는 현안을 헤매고 다니다가, 8월 17일 한꺼번에 정부군에 항복했다.

총수 이케베는 이질 때문에 쇠약해질대로 쇠약해진 채 민가에 잠복하여 이곳 저곳을 헤매고 다니다가, 시로야마(城山)가 함락되고 사이고가 죽었다는 말을 들은 뒤 정부군에 잡혔다. 나중에 나가사키에서 재판을 받고 처형당한다.

이케베 기치주로는 개전 뒤 전략상식을 무시한 사쓰마 인의 무모함에 아연해져서, 일이 틀렸다는 것을 일찍부터 깨닫고 있었다. 그러나 동고동락의 맹약을 어기지 않고 부하를 잘 이끌어 온 것은 의지가 굳은 히고 인 기질이라 할 수 있을 것이다.

전세는 히토요시의 단계에서 이미 앞날에 빛이 없었다.

이케베가 히토요시에 있던 5월 4일, 옛 번주 호소카와 모리히사(細川護久)가 정부의 부탁을 받고 늙은 가신 오야노 겐스이(大矢野源水)와 구니토모 한우에몬(國友半右衞門) 두 사람을 보내, 은밀히 이케베와 달아날 방법을 의논하게 했다.

이케베는 눈물을 흘리며 옛 번주의 호의를 고마워했으나, 이 상황에 이르러 도중에서 탈락한다는 것은 의리가 용서치 않는다면서, 두 사람이 떠나는 것을 정중하게 전송했다.

사이고는 북쪽으로 이동하고 있었다.

그 후방에서 사쓰마 군은 열심히 싸웠으나 병력이 모자라 그때마다 졌다.

8월 2일, 사이고가 쓰노를 떠난 것은 날이 새기 전이었는데, 그 날은 60명의 호위대와 함께 무려 40킬로 가까이나 행군했다.

약간 무리한 이 북상은 남쪽 정부군의 추격이 급했기 때문이기도 했지만 '북으로 가기만 하면 곧 노베오카에 본영을 두고 있는 노무라 닌스케 부대와 합류할 수 있다'는 기대도 그 이유의 하나였을 것이다.

사쓰마 군 가운데 이제 조직적인 전투 능력을 가지고 정부군의 진출을 과감히 막고 있는 것은, 분고(오이타 현)의 노무라 닌스케 부대뿐이었다.

미야자키 남부에서 누더기가 된 사쓰마 군이 북방의 노무라 부대와 합류하고 싶어한 것은 쇠조각이 자석에 끌리듯이 자연스러운 일이었지만, 아이러니컬하게도 그것은 바로 노무라의 지론이었다.

사쓰마 군이 아직 강력할 때 분고에서 하나가 되어 멀리 오사카로 진출하자는 것이 그의 안이었는데, 기리노에게 이 안을 두 번이나 건의했다가 기각

당했다.
 사이고는 이 강행군날 밤, 노베오카 서쪽 교외의 오누키(大貫)라는 마을에 들어가 야마노우치 젠키치(山內善吉)의 저택을 숙소로 정하고 팔다리를 뻗었다.
 다음 날 3일, 북상중인 사쓰마 군의 잔존 부대는 어항 미미쓰(美美津)에 들어가, 그곳으로 쏟아져 들어가는 미미 강을 북으로 건너 북안에 방어진을 쳤다.
 그것을 급히 추격해 온 정부군은 미미 강 남안에서 총포탄을 퍼부으며 일부는 상류로 우회하여 사쓰마 군 방어선의 후방으로 나갈 기색을 보였으므로, 사쓰마 군은 다시 북쪽으로 달아나, 9일에는 가도가와 만(門川灣) 부근에 방어선을 깔았다.
 이 참담한 상황 속에서나마 간신히 기세를 보이고 있는 것은 헨미 주로타 부대로, 그는 정부군을 급습하여 포 2문, 탄약 3만 발을 탈취했다. 그러나 이런 전술적 승리로는, 전략적으로 아주 불리한 상태에서 전세를 되돌릴 수가 없다.
 한편 사이고는 이 같은 수라장을 보지도 않고, 한 걸음 앞서 오누키 마을로 들어가 부농 야마노우치의 저택에서 쉬고 있었다.
 남으로는 오세 강(大瀨川)이 흘러 정부군에게는 천연의 장애를 이루고 있고, 앞은 좁은 들, 뒤는 고분(古墳)이 무리를 짓고 있었다.
 사이고의 숙소에는 집 주인도 가족도 없었다. 사이고가 들어오기 몇 시간 전에 사쓰마 군인 몇 사람이 찾아와서 식량과 일용품을 주어서 퇴거시켰다.
 "당분간 어디 가 있거라."
 그 뒤 어둠을 타고 사이고의 가마가 들어왔으니 본 사람이 아무도 없었다. 사쓰마 군은 이 대장을 그런 식으로 모시고 다녔다.
 분고 군 총수 노무라 닌스케는 노베오카의 본영에 있었다.
 노베오카는 분고 공략을 위해 노무라가 열심히 다스려온 근거지로, 제법 규모가 큰 탄약 제조소(냄비, 솥 따위를 녹이는 수공업 공장이긴 하지만)도 있고 200명쯤 입원하고 있는 야전 병원도 있었다.
 노베오카 남쪽의 방위선은 미미쓰에 있었다. 그러나 미미쓰의 방위는 정부군이 한 번 공격하자 허물어졌다. 사쓰마 군은 이제 패잔 부대나 다름없었다.

미미쓰가 무너진 날, 노무라가 말을 달려 가도가와에 있는 기리노 도시아키의 본영에 가 보니 그는 바닷바람이 불고 지나가는 방에 호젓이 앉아 있었다. 그는 평소와 조금도 다름없는 태도로, 찾아온 노무라를 여느 때보다 반갑게 맞이했다.

'이 패전 속에서?'

노무라는 놀라며, 과연 이 사나이가 사이고가 인정한 대로 희대의 명장일까, 하는 생각까지 들었다.

기리노는 언제나 자기와 다른 전략 전술안을 갖고 들어오는 노무라를 성가시게 생각했고, 전략가와 같은 인간관(人間觀)을 좋아하지 않는 점은 유신 후의 사이고와 비슷했다.

그러나 이 참패 속에 앉아 있으면 아무리 기리노라 하더라도, 처음부터 전략을 무시한 자기의 난폭함을 속으로 인정하지 않을 수 없었을 것이다. 겸연쩍게도 찾아온 노무라는 당초부터 기리노의 안에 반대한 사람이었다.

'불쾌한 녀석이 찾아왔군.'

기리노는 이렇게 생각했을지도 모른다.

그러나 기리노는 태연했다.

이런 점은 패군 속의 장수로서는 참으로 얻기 어려운 태도라고 할 수 있을 것이다.

그러나 꼬집어 본다면, 기리노는 이때 될 대로 되라는 배짱이었는지도 모른다.

그는 젊었을 때부터 철두철미하게 겉모습을 꾸미는 사나이였으며, 배짱과 멋만으로 살아 왔다. 사쓰마 풍의 멋 그 자체가 본질이 되어버린 느낌이 있으며, 그런 점에서 사이고가 그를 전형적인 사쓰마 무사로 보았다면 무리도 아니다.

기리노는 본디 책임감 같은 것은 없었다. 이 거사도 배짱으로 일대 도박을 벌였고, 싸움도 배짱 하나로 마구 밀고 나왔다. 실패하면 어쩌겠다는 생각은 아예 없었다. 실패해 봐야 사이고와 사쓰마의 1만여 사족과 자기가 죽는 것뿐이다. 싸움터에서의 죽음은 오히려 사쓰마 인이 극히 아름답게 보는 바이므로, 실패하여 거기에 이르렀다고 해서 자기가 책망을 들을 이유는 없었다. 가도가와에서의 기리노는 이런 배짱으로 있었는지도 모른다.

마주 앉아 있는 동안 비가 내리기 시작했다.

비가 오는 듯하더니 호우가 쏟아졌다.

빗줄기는 마당을 후리치며 방안까지 물보라를 튀겼다. 기리노는 웃으면서 패배를 인정하고 말했다.

"너무들 사기가 죽어서, 모두 앞을 다투어 달아난단 말이야. 큰일났어."

책임을 사족들에게 돌리는 투였다.

"몇 번 패배했다고 해서 꺾이는 것은 남자가 아니야. 다행히 헨미 주로타가 아직도 제방 위에 남아 있네. 오늘밤 그에게 명령하여 강을 건너 도미타카 신마치(富高新町)의 정부군을 공격시킬 참이야."

기리노는 이 지경에 이르러서도 아직 전략적 시야가 없었고, 전술 규모의 활동만으로 전세를 만회할 수 있을 줄 알고 있었다.

하기야 헨미 주로타의 야간습격은 날이 새기 전에 강물이 너무 불어 중지되었다.

노무라는 기리노에게 한두 가지 노베오카 방어책을 일러주었다.

"정부군은 반드시 미타이(三田井) 방면에서 옵니다. 이 방면의 아군 병력이 너무 적으니 당장 증원해 주기 바랍니다."

이 정도의 방어책이었는데 기리노는 여느 때 없이 좋아하며 동의하고 그 수배를 지시했다.

기리노는 이 무렵, 가고시마로 돌아가서 전군이 깨끗이 죽음을 택하는 마무리 방법밖에 생각지 않고 있었던 것이 틀림없다. 노무라가 건의한 미타이 방면 운운하는 것은 그로서는 아무래도 좋은 일이었으며 모처럼 말하니 일단 수배나 해 두자는 기분이었는지도 모른다.

노무라도 속으로는 다른 대안을 가지고 있었다. 지론인 분고 집결책이었는데, 방어면에서 보더라도 산하가 복잡하게 얽혀있는 분고는 사쓰마보다 적은 수로 많은 수를 상대하는 데 훨씬 적합한 곳이었다.

다만 그러려면 사이고를 옹립하고 있어야지, 그렇지 않으면 단순한 도적이 되어 사졸들도 뿔뿔이 흩어져버릴 것이고, 곳곳의 동지들에 대한 정치적 영향도 기대하기 어려워진다. 노무라는 기리노에게서 사이고를 빼앗고 싶었다. 물론 기리노가 사이고를 업고 분고에 와주는 것이 가장 바람직했다.

노무라는 이 안에 대해 막료인 오구라 쇼헤이 등과 뜻을 같이 해 왔지만, 이 가도가와에서의 밤에는 기리노가 너무나 태연자약한 데 질려서 차마 말을 꺼내지 못했다.

'어차피 그렇게 될 것이다.'

이런 생각을 하면서, 이튿날 아침 기리노와 함께 노베오카 수비를 위한 수배를 서둘렀다.

다만 이제 전군은 궤란(潰爛)한 거나 다름없었다.

싸우고 싶어도 총알이 없어서, 참나무를 잘게 썰어 총구에 쑤셔넣는 자도 있었다. 식량이 적어서, 북으로 달아났던 지난 4일 동안 딸기와 풀잎만 먹었다는 병사도 있었다.

정부군에 대한 투항이 잇달았다.

떼를 지어 정부군의 취사장에 가서 항복한 자들도 있었고, 초계선(哨戒線)에서 그만 잠들어버린 정부군 보초를 깨워 정중히 투항을 신청한 집단도 있었다. 탄약도 식량도 없는 이런 상태로는 싸우려야 싸울 수가 없었던 것이다.

해산명령

정부군은 미야자키 현 북부의 가장 큰 도시인 노베오카를 향해 포위망을 두껍게 치고 있었다. 사쓰마 군은 아직 3000여 명을 헤아렸다. 그러나 이들이 다 노베오카 방위에 투입되고 있지는 않았다.

만사에 진격 습격주의인 사쓰마 군은 그 인원을 사방에 깔아놓고 있었다.

이렇게 분산하여 활동하는 전법이 그런대로 유효한 때가 전에는 있었다. 회오리바람처럼 정부군 진지를 야습하여 진대병의 간담을 서늘하게 만들어 왔으나, 이제는 싸우려 해도 탄환도 없었고 연명할 양식조차 떨어져가고 있었다. 더러 야습을 감행하는 부대도 있었지만, 대부분은 정부군의 압도적인 화력 앞에 무릎을 꿇었으며, 마침내 정부군 후방의 취사장을 습격하여 양식을 얻으려는 자까지 나타났다.

아무튼 사쓰마 군은 분산되어 있었다. 총수인 기리노 도시아키도 사병 4, 5백 명을 직접 지휘하는 전투대장에 지나지 않았고, 전군에 통일된 의도가 일관하는 일도 별로 없었다.

그리고 분산되어 있었다고는 하나 그 범위는 넓지도 않았다. 정부군은 고기떼를 그물 속에 몰아 넣듯 사쓰마 군을 미야자키 현 북쪽으로 몰아가고 있었다.

'싸움도 이제 슬슬 끝이 나겠구나.'

정부군의 총수 야마가타 아리토모는 생각하고 있었다.

그러나 야마가타는 이 단계에서도 여전히 신중했다.

이를테면 다니 다테키 소장이 이끄는 구마모토 진대는 이제 야전군이 되었다. 다니는 다른 야전 여단에 뒤지지 않으려고 산하를 급진하고 있었는데, 야마가타는 다니에게 서한을 보내어 '성급하게 진격하지 말라'고 경고하고, 진격보다는 수비를 엄중히 하라고 명령했다. 야마가타는 싸움에서 도박을 싫어했으며, 부하들이 공을 세우려 서둘다가 뜻밖에 실패를 할까 두려워했다. 그의 성격이 본디 그랬지만, 이 무렵에는 특히 더 심했다. 그는 사쓰마 군을 큰 그물 속으로 몰아넣고, 그 그물도 두 겹, 세 겹으로 둘러쳐서 물샐 틈이 없도록 했다.

한편 사이고는 노베오카 서쪽 교외의 야마노우치 저택에 있었다. 그는 전황에 관해서는 상세하게 알지 못했지만 군의 사기가 떨어지고 있다는 것은 알고 있었다.

6월 6일, 사이고는 손수 붓을 들어 각 부대장에게 편지를 썼다. 문서에 의한 것이기는 하나 사이고가 직접 통솔상의 행동을 취한 것은 이것이 처음이었는지도 모른다.

"승리는 눈앞에 있다"고 그는 격려하고 있었다. 적과 아군의 병력에는 차이가 없다고도 했다. 격려의 말이라지만 그 말과 현실이 정반대라는 것을 너무나 잘 알고 있는 일선 부대장들은, 현실과는 동떨어진 그의 편지를 읽고 무슨 생각을 했을까?

이것은 8월 6일자 사이고의 편지이다.

각 대장 귀하

각 부대의 진력으로 전쟁은 벌써 반 년에 이르렀소.

승리가 눈앞에 보이는 이때 마침내 사기가 약해져서 급박하기 이를 데 없으니 이는 유감스럽기 짝이 없는 일이외다. 사실 병력의 강약에는 서로 차이가 없은 즉 한 걸음이라도 앞서 나아가 쓰러짐으로써 후세에 오욕을 남기지 않도록 일러주시기 바라외다.

8월 6일
사이고 기치노스케

이 편지에는 자못 사쓰마 인의 미의식이 넘쳐흐른다고 할 수 있다.
'승리는 눈앞에 있다. 적과 아군의 병력에도 강약의 차이가 없다.'
이것은, 사이고가 이 마당에 이르러서 아직도 그렇게 인식하고 있었다고도 해석할 수 있고, 또 일부러 그렇게 말함으로써 격려를 했다고도 해석——격려의 말 치고는 너무나 현실과 떨어져 있지만——할 수 있다. 다시 말하면, 사이고가 가장 사랑하는 동포인 사쓰마 무사가 전통과는 너무도 걸맞지 않게 사기가 꺾인 것을 서글프게 생각하고, 크게 야유하며 그들을 분발시키려 했다고도 생각할 수 있는 것이다.
사이고가 말하고 싶었던 것은 마지막 한 줄이었을 것이다. 도바·후시미의 싸움 때도 사이고는 후방에 예비부대를 남겨두지 않았고, 전선에서 원군을 청하는 사자가 올 때마다 "모두 죽으라"고 질타했다. 전원이 전사한다는 기백으로 싸운다면 어떻게 된다는 것이 사이고의 전쟁 철학이었다. 도바·후시미 싸움은 진정한 본보기였다. 본디 혁명가인 사이고는 그 승리로 전쟁지도자로서도 신비로운 이름을 떨치게 된 것이다.
이 단계에서도 사이고는 과연 도바·후시미에서 성공한 질타로 노베오카도 다시 성공할 수 있다고 생각했을까? 어떤 한 가지 방법으로 성공한 장군은 다른 국면에서도 반드시 그것을 되풀이한다지만, 사이고 역시 그랬던 것일까?
아니면, 노베오카 부근에서 죽을 힘을 다하여 싸우다 모두 쓰러짐으로써, 사쓰마 무사의 미(美)를 후세에 전하려 한 것일까? 아마도 그 양쪽이었는지도 모른다.
'전세는 바야흐로 무너지려 하고 있소.'
이런 절망적인 서한을, 사쓰마 군 제1의 전략가——그러나 그의 제안은 한 번도 채택되지 않았지만——인 노무라 닌스케가 분고 전선을 간신히 지탱하고 있다가 오구라 쇼헤이 등에게 써 보낸 것은 사이고가 격려 편지를 쓴 다음 다음날이다.
이때의 노무라는 노베오카 방어전에서 죽을 생각이었다. 그러면서도 노무라는 여전히 분고에서 사이고를 옹립하는 전략안을 버리지 못하고 있었으니, 이 글에 이어 오구라 쇼헤이 등에게 사이고 선생을 분고에서 옹립해 달라고 부탁했다. 물론 황망한 싸움터에서 잠꼬대 같은 말이었다.

정부군이 노베오카 포위를 완료한 것은 8월 13일이다.
이 조그만 마을에 갇힌 사쓰마 군을 6개 여단이 에워싸는 어마어마한 것이었는데, 야마가타 아리토모가 총지휘하여 각 여단을 배치했다.
'이 그물속에 사이고가 있을까?'
이것이 야마가타를 비롯한 정부군 간부들의 다분히 우울한 기대였을 것이고, 특히 사쓰마계 간부들은 사이고가 만일 투항자로서 나타날 경우 어떻게 한다는 마음의 준비를 하지 못하고 있었을 것이다.
야마가타는 조슈 인이라고는 해도 일찍이 야마시로야(山城屋) 사건이라는 의혹의 소용돌이 속에 빠졌을 때 사이고가 구해 준 은혜도 있고, 또 어느 정도까지 진심이었나 하는 것은 별도로 치고라도 사이고를 경애해 온 것만은 틀림없었다.
야마가타는 이날부터 나흘 뒤에 승리군 총수의 심경답지 않은 시를 읊었다.

꿈 같은 세상이라 생각하고 버린 그 꿈 깨어나
그 생각 어디다 둘 곳이 없어 하노라.

하기야 사이고의 일신에 대해서는 정부군이 걱정할 것도 없었다.
사이고가 노베오카 오누키 마을의 야마노우치의 집에 숨어 있었던 것은 8월 2일부터 8박 9일이다. 그는 정부군의 노베오카 포위가 시작되기 사흘 전인 10일 밤, 그물에서 빠져나가듯 다시 비좁은 북쪽 땅을 향해 떠났다.
마치 물에 장치된 대나무 어살 속으로 깊숙히 파고 들어가는 물고기와 같았다. 미야자키 현(휴가) 북부의 지형은 오이타 현(분고)과의 국경이 자루를 오무리듯 산으로 갇혀 있어서 그 앞까지 가버리면 빠져나오지도 못하는데, 노무라 닌스케의 말대로 '형세가 궁하면' 몰이꾼에 쫓기는 짐승처럼 어쩔 수 없이 사지(死地)로 들어가지 않을 수 없는 모양이었다.
그러나 사쓰마 군 주력은 노베오카 부근에 남았다.
이에 대해 정부군은 예정대로 8월 14일 새벽을 기해 일제히 총공격을 개시했다.
 반나절도 싸우지 못한 사쓰마 군은 노베오카를 버리고 몇 번째인가의 북방 패주를 했다.
 노베오카 공방전에서의 사상자는 정부군이 26명, 사쓰마 군의 사상자는 알 수 없었으나 투항자와 포로가 178명이었다니까 거의 전투다운 전투도 없었던 셈이다.
 노베오카 땅이 사쓰마 군과 접촉한 지도 90여 일이 되었고, 사족, 평민 할 것 없이 사쓰마 군에 호의적이었다.
 노무라 닌스케는 후퇴할 때 전송하러 나온 노베오카 구장 스카모토 조민(塚本長民)에게 정중히 인사하고 이렇게 말하여 스카모토 구장을 감동시켰다.
 "노베오카는 남북에 강이 있어 그것을 근거로 싸우면 한때의 위급을 충분히 면할 수 있는 요충지이지만, 지금까지 여러분께서 우리 사쓰마 군에 그토록 호의를 베풀어 주셨으니 차마 이곳을 잿더미로 만들 수가 없소."
 이야기를 사이고에게 돌린다.
 사이고가 사쓰마 군 주력과 헤어져서 북상했다는 것은 이미 말했다.
 그와 그의 호위대가 향하고 있는 곳은 매우 협소한 지형이다. 미야자키 현 북단의 산지에서 산속을 누비며 남쪽으로 흘러 노베오카에 이르는 강이 있는데, 이를 기타 강이라고 한다. 상류는 계곡이라고 할 수 있다. 이 기타 강의 계곡이 겹겹이 쌓인 산의 기슭을 거칠게 씻어내리고 여기저기 강바닥을 펼친 것만한 밭이 있고, 또 산허리에도 밭이 있다. 이들 밭 가까이에 작은 마을이 흩어져 있었다.
 사이고가 노베오카를 떠난 것은 8월 11일이다(10일 밤 오누키 마을에서 나와 그날 밤은 노베오카 읍내에서 잤다). 간밤부터 내리기 시작한 호우는 아직 그치지 않고 있었다. 강마다 불어난 물이 황토색으로 변하여 바다로 쏟아져 들어갔다. 강은 위험한데도 사이고는 노베오카에서부터는 배를 타고 기타 강을 거슬러 올라갔다.
 사공은 지방 사람을 고용했다. 노를 열심히 저었지만, 물살이 거칠어 배는 좀처럼 올라가지 못했다. 호위대는 육지로 가고 있었기 때문에 배에서 사이고를 지키는 사람은 벳푸 신스케와 그 밖에 몇 사람뿐이었다. 상류에서 나무와 나무뿌리 같은 것이 수없이 떠내려 왔을 것이다.

기타 강가에 있는 여러 마을을 '기타가와 촌'이라고 한다.

강가에 '에'라는 지명이 있다. 마을 서쪽에 에노타케(可愛岳)라는 산이 솟아 있다. 이 '에'에 이르렀을 때 누가 판단했던지, "이 근처가 좋겠다"고, 배를 서쪽 기슭에 댔다.

강은 땅을 파고 흘러 도로 위로 올라가려면 벼랑을 기어올라가야 한다. 벼랑에 나 있는 풀과 나무를 잡고 물먹은 발판을 조심하면서 몸을 들어올려야 했는데, 사이고는 거대한 몸뚱이로 그렇게 했다.

"이리로 사이고님은 기어올라 오셨습죠."

바로 다 올라온 자리에 있는 찻집 노인이 사이고가 마치 방금 올라오기라도 한 것처럼 필자에게 설명해 주었다. 찻집의 간판에는 사이고 찻집이라고 씌어 있었다. 사이고도 비통한 신세가 되었다.

사이고는 올라선 곳에 있는 농가에 들어가 마루에 앉아 점심을 들었다.

점심을 먹고 나서 다시 가마를 타고 북쪽으로 올라갔다.

길이 비에 패어 나아가는 데 힘이 들었다.

북상해 봐야 전략으로서 기대되는 것은 아무 것도 없었다.

사쓰마 군 간부들이 사이고를 북상시키고 있는 것은 그를 피난시키기 위한 것뿐이었다.

그러나 정부군으로서는 사이고가 물고기처럼 아주 자연스럽게 쳐놓은 그물 속으로 들어갔다고 생각했을 것이고, 또 사실 그랬다.

기타 강 계류의 지류가 동쪽 산지에서 흘러 들어오고 있다. 사이고 일행은 그 지류를 건너 대안(對岸)의 산에 붙었다. 이 근처를 구마다(熊田)라고 하고, 대안의 산을 구마다의 센다이묘(川內名)라고 한다. 산은 강이 마치 해자(垓字)처럼 둘러치고 있어 참으로 천험(天險)의 땅이라고 할만하다.

이 산중턱에 절이 있다. 산문까지 돌계단이 높다랗게 이어져 있는데, 사이고는 이 돌계단을 올라갔다. 돌계단 양쪽에는 대숲이 이어져 있었다. 군데군데 잎이 무성한 벚나무가 서 있었다. 돌계단을 다 올라서서 돌아보니 아득히 눈 아래 기타 강 지류의 강바닥이 허옇게 번쩍이고 있었다.

사이고에게는 다시 없는 피난처였을 것이다.

'구마다'라는 고장은 멀리 북방의 분고 공격을 지휘하고 있는 노무라 닌스케가 지휘소를 둔 적이 있는 곳이다. 그래서 사쓰마 군과 지방 주민들은 서로 친했으며, 사이고의 피난처로서 깃쇼 사(吉祥寺)라는 이 산사를 택한 것도 아마 노무라였을 것이다.

노무라 부대의 막장(幕將)인 나카쓰 인 마스다 소타로도 전에 이 절을 숙소로 삼은 적이 있다.

주지는 노승이다. 사이고가 메밀국수를 좋아한다고 하여 일부러 지방 사람에게 메밀국수를 만들게 했다니까, 노무라와 마스다 등이 주지의 인품을 믿고 안심하고 사이고의 숙소로 정한 모양이다.

깃쇼 사는 조그만 절이었다. 산문에서 보면 뒤쪽이 주지의 마루가 되어 있고, 어느 때 주지가 손수 만들었는지 조그만 정원이 있었다. 정원은 산을 등지고 있고, 산은 주로 대숲이었다.

사이고는 이 절이 쾌적했을 것이 틀림없다. 절에 전해지는 이야기로는, 노승이 권하는 메밀국수를 사이고가 몇 공기나 먹었다고 한다.

노승은 이 인물이 사이고라는 것을 알고 있었던 것 같다.

사이고의 이름을 감추고 있는 사쓰마 군으로서는 그것이 마음이 걸렸던 모양이다.

그래서인지 혹은 다른 이유가 있어서인지, 사이고는 이 절에서 하룻밤만 묵었다. 다음 날, 전 날의 길을 약간 되돌아가서 사사쿠비(笹首)라는 마을로 옮겨 오노 히코하루(小野彦治)라는 농민의 집에 들었다. 그리 큰 농가는 아니었다.

호위병들은 뒷산에서 나무를 잘라다가 가지와 잎이 붙은 채로 집 주위에 꽂아 바깥에서 안보이게 했다. 사이고가 묵고 있다는 소문이 날까봐 무척 신경을 쓰고 있었다는 증거라 할 수 있다.

노베오카의 북쪽 10리쯤에 나직한 언덕이 비스듬히 누워서 북쪽으로 가는 자를 막고 있었다.

'와다(和田) 고개'라고 부른다.

이 언덕은 제일 높은 지점이 92미터밖에 안되고, 고갯길은 39미터이다. 낮다고는 하지만 노베오카에서 북쪽으로 나있는 가도를 따라 기타 강 계류쪽으로 나가려면, 이 와다 고개를 넘지 않을 수 없다(오늘날 이 언덕은 이미 옛날 그대로가 아니다. 터널이 뚫려서 교통상 어려움은 완전히 사라졌다).

만일 사쓰마 군이 기타 강 줄기――사이고는 이미 기타 강 줄기에 있었다

──로 달아날 경우, 정부군이 추격하려면 이 와다 고개 언덕을 넘지 않으면 안된다. 비유해서 말하자면, 전체가 그물 같은 이 지형에서 기타 강 줄기가 그물의 가장 깊숙한 안쪽이라고 한다면, 와다 고개는 그 안쪽에 들어가기 위한 자루의 졸라매는 주둥이와 같다. 안으로 달아나는 사쓰마 군의 입장에서 말한다면, 이 와다 고개는 천연의 관문이라 할 수 있으며, 정부군의 북진을 일단 이 고개에서 막을 수 있었다.

사쓰마 군이 노베오카를 버리고 와다 고개를 넘어 북쪽으로 후퇴한 것은 8월 14일이다.

기타 강 계류를 따라 나간 길을 북쪽으로 거슬러 올라가서 사시키노(差木野), 효노(俵野), 에노타케(可愛)를 지나, 나가이(長井 : 이상의 취락 이름은 모두 기타가와 마을이다)에 이르러 멎었다. 나가이는 기타 강이 구부러지면서 약간 넓은 강바닥과 들이 있었으며, 패잔병 3천여 명은 수용할 수 있었다.

14일 밤, 기리노 등 장수들은 미리 계곡에 들어와 있던 사이고를 만나기 위해 그 숙사(사사쿠비에 있는 오노의 집)로 찾아갔다.

"앞으로 어떻게 할 것인가?"

하는 것을 의논하기 위해서였다. 기리노 도시아키, 무라타 신파치, 노무라 닌쓰케, 고노 슈이치로, 다카기 시치노조, 벳푸 신스케 등이다. 비에 젖은 옷은 척척하고, 피로가 얼굴의 그늘을 더 짙게 만들고 있었다.

사이고의 표정이나 태도는 조금도 변화가 없었다. 그는 이때 이미 자기 인생의 막을 내리는 일만 생각하고 있었던 것으로 짐작된다.

"내일은 다시 와다 고개로 내려가서 그 천험에 의지하여 관군과 결전을 벌이자."

는 작전 논의가 결정을 보았을 때, 사이고가 전투에 대해서는 처음으로 발언을 했다.

"내일은 나도 한 부대를 끌고 나가겠다."

자기도 한 부대를 이끌고 전선에 나가겠다는 것이었다. 대장들은 놀라서 반대했고 사이고도 입을 다물었지만, 평소 같으면 반대할 기리노가 이때는 끝내 아무 말이 없었다.

기리노는 사이고의 심사를 알고 있었을 뿐 아니라, 죽을 자리가 이제 슬슬이 근처쯤이 되지 않을까 하고 적절한 시기로 보았는지도 모른다.

8월 15일 새벽, 사쓰마 군 3000여 명은 어제 후퇴한 길을 와다 고개로 되돌아가기 시작했다.

사이고도 새벽에 다른 대장들과 함께 사사쿠비의 오노의 집을 나섰다.

"전선에 나간다"는 사이고를 아무도 말리지 못하여, 결국 기리노가 함께 동행했다.

사이고는 두 마리의 개를 데리고 있었다. 이날 전사할 각오를 한 것으로 여겨지는 그는 자기가 사랑하는 개와 함께 죽을 작정이었던 모양이었다.

강가에 도착했을 때도 아직 어두웠다. 배가 10척 매어져 있었다. 그 배는 기타 강 어귀의 어촌에서 어부와 함께 징발해 온 것으로, 일당은 쌀 두 홉이었다. 쌀 두 홉으로는 개 양식도 되지 않는다.

사이고가 타자 배는 물결을 따라 미끄러지기 시작했다. 이때의 어부 가운데 도카이(東海) 마을의 주지(忠治)라는 젊은이가 있었다는 것은, 《대 사이고 돌위전사(大西鄕 突圍戰史)》의 저자 가하루 겐이치(香春建一)씨가 1934년 5월 4일, 이제는 할아버지가 되어 있는 그를 직접 만나서 확인했다.

사쓰마 군에 가맹한 다른 현 사족들도 남하했다. 구마모토 부대도 있고, 노마 조타로(野滿長太郞)가 지휘하는 구마모토 협동대도 있었다. 비바람에 바랜 일본옷을 입은 그들은 거의 거지꼴이었다. 이제 잔당이라고밖에 할 수 없는 다케다 보국대도 섞여 있었고, 다카나베 부대도, 오비 부대도 있었다. 또 마스다 소타로의 나카쓰 부대도 있었다. 모두 이 날의 싸움이 마지막이라고 생각하고 있었을 것이다. 언덕은 동서로 누워 있었다.

　　동쪽에서부터
　　무시카 산(無鹿山)
　　와다 고개(남쪽 비탈은 도자카(堂坂)
　　고아즈사 산(小梓山)
　　나가오 산(長尾山)

동서로 이어지는 이 구릉 일대는 그즈음 거의 풀이 우거진 산이었으며, 능선을 차지한 사쓰마 군 3000여 명으로서는 정부군이 올라올 경우 저격하기에 전망은 아주 좋았다.

이에 대해 정부군은 5개 여단 4만여 명을 거느리고 사쓰마 군 각 진지와 맞섰다.

정부군 여단장들은 역전의 소장 미요시 시게오미(三好重臣), 소장 노즈 시즈오, 소장 미우라 고로, 소장 소가 유준, 소장 야마다 아키요시 등이다. 소장 미우라 고로 여단은 예비군으로서 노베오카에 있었고, 소장 다니 다테키의 구마모토 진대군은 훨씬 북쪽의 분고에서 남하하여 사쓰마 군의 탈출을 막고 있었다.

그 밖에 노베오카 앞바다에는 닛신(日進), 데이유, 호쇼, 세이키 등의 군함이 경계하면서 사쓰마 군의 거점인 언덕에 함포 사격을 할 태세를 갖추고 있었다.

와다 고개의 결전은 오전 8시에 시작되었다.

사쓰마 군의 노무라 닌스케는 나카쓰 부대의 마스다 소타로와 함께 고아즈사 산에서 나가오 산 일부까지 방위선으로 맡아 지휘하고 있었다.

"이제 달아날 곳이 없다. 구마다로 들어가 봐야 굶어 죽을 뿐이다. 굶어죽느니 나아가 적 속에서 죽어라."

그는 이렇게 외치며 사병들을 격려했다.

사이고는 기리노 등과 함께 와다 고개에 있었다. 와다 고개 남쪽 기슭의 도자카 위에는 사쓰마 군이 정부에서 빼앗은 포가 장치되어 있어서, 한번 불을 뿜으면 포차가 반동으로 후퇴하여 다시 대 위로 끌어 올려서 발사하곤 했다.

공격에는 정부군이 불리했다. 압도적인 우세를 믿고 있기는 했지만, 와다 고개까지의 공격 진로가 모두 평탄한 밭이라 몸을 숨길 곳도 적고, 달려 나가다가는 언덕 위의 사쓰마 병이 쏘는 총에 맞아 쓰러지곤 했다. 그래도 정부군 병사들은 밭두렁을 달려 풀 속에 엎드렸다가 다시 나아가곤 했다.

도자카의 서쪽 기슭 쓰케다(助田) 부근 같은 곳은 온통 진흙밭이라, 들어가면 발을 빼기가 어려웠지만, 그래도 병사들은 뛰어들어갔다.

정부군이 진흙밭에서 빠져 나오지 못한다는 것을 알고, 사이고 곁에 있던 기리노는 사병 50명쯤을 거느리고 산에서 달려 내려가 순식간에 습격하고 되돌아왔다.

정부군은 그래도 굽히지 않고 진흙밭을 돌파하기 위해 빈 통과 가마니 같은 것을 짊어지고 와서는 던져 넣어 진격로를 만들었다. 이 수라장의 작업

속에서 사쓰마 병의 총에 맞아 쓰러지는 병사가 많았지만, 그래도 단념하지 않고 가마니 등을 던져 넣었다.
 한편 사이고는 능선 위에서 온몸을 드러냈다. 앞뒤에 개가 서 있었다. 사이고가 음력 설날 이후로 6개월에 걸친 이 긴 전쟁 동안 진두에 서기는 이때가 처음이었으며, 정부군은 깨닫지 못했지만 적어도 사쓰마 병들에게는 경탄스러운 일이었다. 사이고는 이 와다 고개에서 총에 맞아 죽고 싶었던 것이 분명하다. 그는 필요 이상으로 적탄 속에 몸을 드러냈다.
 "저 농민과 서민 병사들이 얼마나 강한가 좀 보아라."
 사이고는 좌우를 돌아보며 그렇게 말했다고 한다. 사이고의 제자들은 전부터 징병제에 불만을 품고 사족 중심의 군대를 고집했다. 그것도 새 정부에 반대한 이유의 하나이지만, 사이고는 눈앞의 농민과 서민 병사들의 용감함을 보고, 너희들이 평소에 한 말은 틀리지 않느냐고 말했다.
 또 "이만하면 외국 군대가 쳐들어와도 걱정이 없겠구나" 하고 말했다지만, 이러한 사이고의 말을 누가 듣고 어떤 경로로 전했는지는 알 수 없다.
 총알은 사이고를 피하고 지나가는 것 같았는데, 마침내 무라타 신파치와 기리노 도시아키가 시끄럽게 그를 말리다가 끝내는 손을 잡아 끌어내리는 바람에 하는 수 없이 아래로 내려왔다.

 이날, 여러 일기를 보면 날씨는 쾌청했다.
 그러나 산길의 풀숲은 습기가 많아 양군 모두 계속 달리기 어렵도록 후덥지근했다.
 정부군은 여전히 무제한에 가깝도록 탄약을 썼지만, 사쓰마 군은 홀쭉한 주머니를 뒤져서 총알을 재고 아끼면서 쏘았다. 점심 때가 되자 정부군에게는 후방 취사장에서 주먹밥이 날라져 왔으나, 사쓰마 군은 대부분 아무 것도 먹지 못했다. 사쓰마 군의 날카로운 기운이 시들해졌을 때, 정부군이 사쓰마 군 우익의 무시카 방면에 강한 압력을 가하여 그쪽 사쓰마 군이 허물어지고, 이것이 또 순식간에 전군에 번져 점심때가 지나자 북쪽으로 후퇴하기 시작했다.
 기타 강 계류를 따라 북쪽으로 올라가는 좁은 길을 사쓰마 군은 다시 후퇴해 갔다. 졸병에 이르기까지 절망감에 사로잡혀 있었다. 구마모토 부대는 새 수령인 야마사키 사다히라(山崎定平)가 배에 관통상을 입었고, 오비 부대의 수령 오구라 쇼헤이도 허벅지를 맞아 들것에 실려 있었다.

한편, 정부군의 후방 본영에는 사이고의 동생 육군 중장 사이고 쓰구미치가 와 있었다. 그는 육군 대신 야마가타가 싸움터에 나와 있는 동안 정부에 남아 육군경 대리 일을 보고 있었는데, 이때 토벌군 배속이라는 명분으로 이 싸움터에 찾아온 것이었다.

말이 없는 사람이라 "보러 왔다"는 말밖에 목적을 밝히지 않았지만, 사실은 별다른 목적도 없이 그저 초조했을 뿐이었는지도 모른다.

사이고의 사촌동생인 오야마 이와오 소장도 노베오카의 본영에 있었으며, 쓰구미치와 한 방에 기거했다. 오야마는 앞서 가와지 도시나가가 경시청 순경으로 구성된 별동 제3여단을 지휘하는 것은 좋지 않다고 하여 미리 공작해서 '병'을 이유로 싸움터를 떠나게 만들었다. 그 후 임시로 자기가 경찰여단을 이끌고 있었으나, 그 달(8월) 1일, 미야자키의 함락을 계기로 관명에 의해 여단이 해산되고, 오야마 자신만 혼자 싸움터에 남은 것이다. 별로 할 일도 없었다.

쓰구미치와 이와오, 사촌형제라고는 하나 친형제보다 더 인연이 깊은 이 두 사람은, 싸움에 직접 볼일도 없이 텁수룩한 몰골로 숙소에 틀어박혀 서로 얼굴만 쳐다보고 있었다. 그 모습이 하도 가엾어서 조슈 인 야마가타까지 동정했다고 한다. 그해 쓰구미치는 35세, 오야마는 36세였다.

이날 오후 1시, 와다 고개 일대의 구릉지대는 모두 정부군의 손안에 들어갔다.

"잠깐 적진지를 보고 오겠네."

쓰구미치가 말했으나, 오야마는 응, 했을 뿐 움직이지 않았다.

쓰구미치는 숙소 옆집 노인의 안내로 와다 고개에 올라가자마자 곧 내려가려고 했다.

"이제 됐다."

안내하는 늙은이가 좀 더 가보시죠, 하고 말했으나 쓰구미치는 북쪽산으로 눈을 돌리고

"형님은 저 근처(효노 부근) 어디에 숨을 죽이고 숨어 계신다. 이젠 됐다."

그는 보고 싶지 않다는 듯이 고개를 젓고 산에서 내려갔다. 숙소에 돌아오니 오야마는 곰보 얼굴에 아무 표정도 없이 멍하니 앉아 있었다.

북쪽으로 후퇴한 사이고와 사쓰마 군은 도중에 효노에서 진퇴가 막혀버렸다.

효노는 와다 고개에서 북쪽으로 4킬로미터가 안된다. 동쪽에는 기타 강이 평소에는 허옇게 강바닥을 드러내고 흐르는데, 이날은 홍수 직전처럼 물이 불어 있었다.

효노는 기타 강 유역의 골짜기 중에서는 약간 지면이 넓다.

북쪽에 거뭇거뭇한 삼나무 숲이 있고, 그 속에 고분이 있다. 고분 언덕에는 신사가 있는데, 지방 사람들은 신사의 신관을 다유(太夫)님이라고 부른다. 이 패전의 날 저녁때, 언덕의 비탈을 올라간 자가 동료에게 목을 쳐 달라한 뒤 배를 가르고 죽었다.

지난 날 구마모토의 옛번에서 승마술 사범으로 있었던 나카쓰 다이시로(中津大四郞)라는 인물로, 구마모토 사족의 제3세력이라고도 할 수 있는 용구대(龍口隊)를 조직하여 수령이 되어 각지로 옮겨 다니며 싸웠다.

배를 가르고 죽은 이날, 그는 동향의 구마모토 부대와 협동대의 숙소를 두루 찾아다니며 정중히 인사를 했다고 한다.

산으로 둘러싸인 이 효노의 평지 한가운데쯤에 고다마(兒玉)의 집이 있다. 초가집으로 주인은 구마시로(態四郞)라고 했다. 사이고는 이 고다마의 집을 숙소로 삼았다.

그는 이 집에 들어가자 곧 가벼운 평상복으로 갈아 입고 벌렁 드러누웠다.

'와다 고개에서 죽지를 못했구나.'

이런 생각이 절실했을 것이다.

사이고의 성격의 한 특징은, 그 거대한 감정의 양치고는 자신의 생명을 포함하여 사물에 대한 집착이 희박했다는 것이다. 그것은 타고난 성격이었는지도 모르고, 또는 그의 철학이 그를 후천적으로 그렇게 만들었는지도 모른다. 이번 전쟁에 대해서는 구마모토 성 공방전 초기에 이미 앞날을 내다본 것이 틀림없었으며, 그런 이상 그가 할 일은――그의 철학이 그에게 명령하고 있는 것은――죽을 자리를 얻는 일이었을 것이다. 와다 고개에서 총에 맞지 않은 것은, 죽을 자리를 얻는 것밖에 생각지 않은 그로서는 실망이 컸을 것이다.

'어쨌거나 이 효노에서 싸움의 결말을 짓고 싶구나.'

그는 이와 같이 생각한 것 같다. 그러나 다른 사람에게는 말하지 않았다.

구마모토 용구대의 대장 나카쓰 다이시로가 자결한 것을, 사이고는 거의 동시에 알았을 것이다.

기리노 도시아키가 즉각 알렸을 것이 틀림없다.

사쓰마 군의 젊은 군의관이었던 마에다 모리야(前田盛也)의 후일담이 남아 있다.

"이젠 각오할 때다."

나카쓰가 간부들이 모였을 때 하는 말을 듣고, 기리노는 즉각 "아직 멀었어" 하고 웃었다. 그러나 나카쓰가 신사의 숲으로 가는 것을 보고 기리노는 옆에 있는 사람에게 말했다.

"따라가 봐. 만일 자결한다면, 매우 소심한 인간이 되는 셈이다."

아니나 다를까 죽어 있었다. 이런 점에서 기리노의 성격이 잘 나타나 있다.

사쓰마 군에 있어서 무서운 요소는, 다니 다테키가 이끄는 구마모토 진대군이 북쪽에서 남하하여 며칠 전까지 사이고가 묵었던 구마다를 점령한 일이었다. 병에 마개를 한 꼴이 되었다.

요컨대 기타 강 계곡의 북쪽이 막혀버린 것이다. 남쪽에는 정부군 주력이 가득 차 있었다. 사쓰마 군은 밀실에 갇힌 거나 같았으며, 동서고금의 전쟁 사상 이런 우습고 어리석은 처지에 스스로 들어가버린 군대는 없다. 사이고가 인정한 기리노 도시아키가 전략 능력에 있어서 본질적으로 얼마나 결함을 가진 인간인지 이 한 가지만 보아도 알 수 있을 것이다.

그러나 일개 장한(將漢)으로서는 훌륭한 사나이였다. 패잔의 감정과 피로와 굶주림——식량을 입수할 수 없어서 꽁보리죽을 쑤어 먹는 것이 전부였다——으로 전군이 진흙처럼 되어버린 때도 그만은 씻은 듯이 상쾌한 얼굴을 하고 있었고, 허세만도 아닌듯 언동이 평소와 조금도 다름이 없었으니, 그야말로 무사의 전형이라고 하지 않을 수 없었다.

효노의 고다마 구마시로의 집에 있는 사이고를 둘러싸고 작전 회의가 열린 것은 15일 밤이다.

그러나 결론은 나오지 않았다. 무라타 신파치는 줄곧 말이 없었고, 사이고도 일체 의견을 말하지 않았다.

다만 사이고는 16일 해가 뜨자 그 자신의 판단으로 전군을 해산한다는 포고를 내기로 했다. 그의 총수로서의 단독 행동에 가까웠다고 할 수 있다.

16일 점심 뒤, 평상복 차림의 그는 손수 붓을 들어 다음과 같은 포고문을 썼다.

'아군의 궁박(窮迫)'이 여기에 이르렀다.
오늘의 할 일은 다만 죽음으로 일어나 결전을 치를 따름이다.
이에 즈음하여 각대는 투항하고자 하는 자는 투항하고, 죽고자 하는 자는 죽고, 사관이 사졸이 되거나 사졸이 사관이 되거나 오로지 저마다 바라는대로 맡길 따름이다.

요컨대 해산 명령인데, 그 속에 '죽을 자만은 남으라'는 뜻이 들어 있었다.
지금까지 다른 현의 사족대는 태반이 항복했으나, 서전 때부터 고난을 같이 해온 구마모토 사족은 아직도 5, 6백 명이 남아 있었다. 그들 내부에서 여러 가지 논의가 벌어졌으나, 결국 이날 북상해 온 구마다의 구마모토 진대군과 접촉하여 투항하고 다케다 보국대도 항복했다.
사쓰마 군의 인원수는 와다 고개의 싸움 때는 3000명이 넘었으나 효노로 후퇴했을 때는 2000명으로 줄고 16일의 해산 명령으로 다시 1000명으로 격감했다. 앞으로 더 줄어들 것은 분명했다.
사이고가 싸움터에 데리고 온 두 마리의 애견을 풀어준 것도 이날이다.

사이고가 효노에서 육군 대장의 군복을 태운 데 대해서는 목격자가 많다.
많은 사쓰마 사람들의 후일담에서는 이 근처를 '나가이(長井)'라고 부르고 있다. 나가이는 기타 강 계곡의 주막거리였는데, 효노보다 이름이 더 알려져 있었을 뿐 아니라, 많은 사쓰마 병들은 같은 기타 강가에서도 이 나가이의 민가에 들었다. 그런데 사이고의 숙소인 고다마 구마시로의 집은 효노에 있었다. 사쓰마 군 조직의 마지막 땅으로 어느 쪽을 호칭하든 상관이 없다.
사쓰마 군의 야전병원의 하나는 기타 강변의 민가에 있었다. 거기서 부상병을 치료하고 있던 젊은 군의관 마에다 모리야는 당시를 회상하여 "나가이 마을에는 먹을 것이 없었다"고 말하여 기록에 남겼다. 와다 고개의 싸움에서 패하고 돌아온 사이고에 대해서는 이렇게 말했다.
"사이고 선생은 짚신을 신고, 허리에 한 자루의 칼을 차고 앞을 지나가셨

다."

사이고는 가고시마를 출발한 뒤 육군 대장 군복을 고리짝에 넣어 호위병에게 짊어지고 다니게 했다. 육군 대장이라는 신분에 대해서는, 중세나 도쿠가와(德川) 시대의 정이대장군(征夷大將軍)과 비슷하여 일본국의 병마대권을 한 손에 쥐고 있다는 식으로 많은 사쓰마 인들은 매우 고전적으로 해석하고 있었다. 사이고도 그와 약간 비슷한 해석을 하고 있었던 모양으로, 도쿄에 올라 갈 경우 각 진대를 통과할 때 이 군복을 입고 가는 데마다 진대병을 거느리고 수도로 올라갈 참이었다. 이런 점은 남북조 시대에 일단 규슈로 내려갔다가 이어 산요(山陽) 가도의 무사들을 귀순시켜 가면서 대군을 이끌고 다시 교토로 올라간 아시카가 다카우지(足利尊氏)의 발상과 매우 흡사하며, 메이지 원년에 이것을 예언한 오무라 마스지로의 말이 적중했다고 해도 무방하다.

개전 후 곧 정부는 정3품 육군 대장인 사이고의 관위를 모두 박탈하여 야인으로 깎아내렸다. 그러나 사이고와 사쓰마 인들이 보기에 그것은 오쿠보가 한 짓에 지나지 않으며, 이기면 아주 자연스럽게 그 관위로 복귀한다는 생각으로 군복을 그대로 갖고 다닌 것이 틀림없다.

패전의 밑바닥에 빠져서도 사쓰마 군과 동맹군이 훌륭하게 군대 질서를 유지하고 있었던 것은, 사이고의 인격과 인망 때문이었지만, 적에 대해서 유효하다고 믿어졌던 것은 이 군복의 권위였다.

그러나 그것도 이제는 필요가 없어졌다.

마에다 모리야는 목격담을 말했다.

"하루는 보리밭에서 선생의 옷이 불살라지고 있는 것을 보고 군의대장 우에무라 씨는 '이제 관에 봉사할 일도 없다'고 해서 태우는 것이라고 말했다."

그 하루는 바로 16일을 말한다. 그날 점심때가 지나서 사이고는 해산 명령을 쓴 후 군복을 태웠다. 직접 태운 것은 사이고의 명령을 받은 병사들이다.

장소는 숙소인 고다마 구마시로의 집 뒤꼍 벼랑 밑의 좁은 땅이다. 효노의 농민 다치야마 하치고로(立山八五郞)라는 자가 목격했다. 하치로의 목격담이 지금도 마을에 전해지고 있는데, 불길을 에워싼 사쓰마 병들이 "지금 일본에 하나밖에 없는 육군 대장의 군복이란다" 하면서 울고 있었다고 한다.

사이고는 해산 명령을 내린 뒤, 직접 사람들을 불러 병원의 뒷처리를 명령하고 자질구레한 지시를 했다.

사이고는 전쟁 동안에는 사냥이나 하고 아무것도 하지 않았으며 와다 고개를 제외하고는 전선에 서지 않았으나, 마지막에 군 해체에 대한 갖가지 처리를 막료들과 의논도 없이 손수 했다는 점에서 이 인물의 무엇이 보이는 듯하다.

당시 효노, 나가이 등 기타 강 계곡의 마을마다 사쓰마 군이 민가를 징발하여 부상병을 수용하고 있었다.

강변의 초목에 묻히다시피 한 조그만 절 조슈 사(成就寺) 같은 것도 그 하나로, 법당에 가득 부상병들이 누워 있었으며, 후덥지근한 공기 속에 파리 떼가 몰려들어 사람들을 괴롭혔다.

사쓰마 군은 군의관 외에 병원장이라는 직책을 두고 있었다. 지난 날의 근위중위 나카야마 모리타카(中山盛高)가 그 역할을 맡고 있었다.

사이고가 병원장을 부른 것은 16일 밤이었다. 나카야마는 나중에 부상병을 보호하여 투항하고 10년 징역형을 받는다. 후일 그가 이때 사이고가 한 말을 사람들에게 한 것으로 보아 사실이 틀림없다.

"아군은 사지(死地)에 들어왔다."

사이고는 입을 열어 다음과 같은 내용의 말을 간단하게 했다.

"회의를 한 결과, 모든 어려움을 무릅쓰고 적의 포위망을 돌파하여 분고 방면으로 향하기로 했다. 도중에 산악이 중첩되어 뚫고 나가기가 극히 곤란하다. 개전 이래 고락을 같이 해온 부상병들과 헤어지는 것은 슬프기 짝이 없는 일이나, 앞으로 같이 뚫고나가는 것은 더욱 곤란한 일이다."

그리고 "만국 공법이라는 것이 있다" 하고 사이고는 말했다.

다시 덧붙여 정부군이 이것을 지키는 한 사쓰마 군의 부상자들에게 위해를 가하지는 않을 테니, 여러분은 안심하고 이곳 관군에게 항복해 주기 바란다. 군의관은 전원 남아 있으라고 말했다.

나카야마 모리타카는 하는 수 없이 동의하여 병원이 되어 있는 민가마다 '병원'이라고 흰 종이에 써 붙이고, 사이고 일행이 떠난 후 백기를 내걸었다.

사이고의 서자(庶子) 맏아들 기쿠지로(菊次郎 17세)도 부상당하여 하인인 나가타 구마키치(永田熊吉)의 간호를 받고 있었는데, 사이고는 찾아온 구마키치에게 "너는 기쿠지로를 업고 정부군에 투항해라" 하고 지시했다. 사이고는 동생인 중장 사이고 쓰구미치가 정부군 속에 있다는 것을 알고 있었기 때문에 "쓰구미치가 나쁘게 하지는 않을 거다"라고 말했다.

구마모토 민권당 협동대의 종말은 특이했다.

그들은 사학교당인 구마모토 부대와는 사상을 달리하고 있었으나, 양쪽 다 군대로서는 가장 강하여 언제나 활기가 있었다.

이 부대가 그 민주 의식을 관철하기 위해 수령을 특히 '주간(主幹)'이라 부르고, 참모를 '간사(幹事)'라 부르고 있었다는 말은 이미 했다.

결성 초부터의 간부인 미야자키 하치로, 히라가와 유이치 등은 전사하고, 병을 앓고 있는 사키무라 쓰네오가 주간이었다.

사이고의 해산령에 접했을 때, 사키무라 주간은 앞으로 어떻게 할 것인가를 모두에게 물었다. 의논은 비등하여 자살론과 투사론(鬪死論)이 나왔다.

그러나 마지막에는 사키무라에게 일임했다.

사키무라는 자세를 고쳐 앉아 조용히 설명하고 결론을 내렸다.

"전시 포로가 되자."

이것이 사키무라의 결론이었다.

그 논리는 그 시대의 일반적 의식으로 본다면 두드러진 것이라고 할 수 있다. 사키무라는, 이 싸움은 사심에서 나온 것이 아니라 공분(公憤)에서 나온 것이며, 우리는 잘 싸웠다, 그러나 불행히도 일을 이룰 기회를 얻지 못해 백전백패하고, 마침내 양식도 탄약도 다 떨어져 몇 해 동안의 뜻은 물거품이 되었다. 우리는 졌다.

"진 이상, 한 사람이라도 적을 살상하는 것은 도리가 아니다."

이러면서 투사론을 부정했다.

다시 자살론에 대해 사키무라는 하나의 문명 사상의 바탕에서 이를 부정했다.

"만일 이제까지의 관습에 젖어 할복 자살하는 추태를 연출한다면, 이는 단지 우리 일본국의 치욕일 뿐 아니라 우리 당의 근본 뜻에도 어긋난다."

메이지 10년(1877)에, 일본의 풍습인 할복은 추태로 단정하고 그것을 일본국의 수치라고 당당히 말한 것은 괄목할 만하다. 이 한 가지만 보더라도 협동대의 기분과 사상을 어렴풋이나마 알 수 있는데, 다시 사키무라는 포로가 되는 편이 문명적이라고 말했다.

"그러므로 오늘날 문명 각국에서 실시되고 있는 전시 포로가 되자. 나아가서는 우리가 가진 병기는 모두 정부군에 제출하고, 조용히 체포되어 머지 않아 법정에 나아가서 저마다 소신을 남김없이 개진한 다음, 국법이 다스리는 바에 따르도록 하자."

이 무렵에는 아직 충분히 법치주의가 시행되지 않고 있었는데도, 사키무라는 선진 법치국의 시민에 자기들을 견주어 당당히 재판을 받으려고 했으며, 나아가서는 그와 같은 태도를 천하에 보임으로써 협동대의 사상을 관철하려고 했다. 일본의 초기 민권주의 운동의 주목할 만한 동태라고 해도 과언이 아니며, 아울러 그들이 이상으로 삼은 사회와 국가도 이것으로 대강 상상할 수 있다.

사면이 모두 적이었다.

사쓰마 군이 몸을 놀릴 수 있는 공간이라야 남북간의 불과 10리 정도에 지나지 않았으며, 16일 밤 이 좁은 계곡 주위의 산은 모두 정부군의 횃불이 별처럼 반짝이고 있었다. 주발 바닥 같은 그 지점에 있으니 무수한 횃불이 머리 위에서 명멸하는 듯한 기분이 들었다.

8월 16일 밤, 효노의 사이고 숙소에서 전날 밤에 이어 각 대장들의 작전회의가 열렸다.

여러 가지 의견이 나왔다. 그러나 밀실에 갇혀버린 이런 상황에서는 무슨 묘안이 나올 수가 없었다.

이때 기묘한 인물을 들자면 노무라 닌스케였을 것이다.

그는 이런 상황이 된 뒤에도, 사이고를 옹립하여 분고로 진출, 그곳을 근거지로 삼아 천하의 변동을 기다리자는 지론을 여전히 버리지 않고 있었다.

"이런 상황에서 분고로 나갈 수가 있나?" 하고 반문하는 자가 있었다.

이에 대해 전략가인 노무라 닌스케는 그 방법까지 생각하고 있었다. 먼저 다짜고짜 적의 포위를 돌파하여 그들의 눈을 속이기 위해 일단 히고의 다카모리(高森)로 나간 다음 거기서 북으로 꺾어 정부군의 허를 찔러 분고로 빠진다는 것이었다.

이 노무라 안은 본디 기리노가 반대해 온 것이다. 그러나 상황이 이쯤 되니 기리노가 주장하듯 가고시마로 돌아갈 수도 없는 일이라, 기리노는 이 단계에 와서야 겨우 노무라 안을 지지했다. 기리노가 찬성했으니 무라타 신파치, 이케가미 시로 등은 할 말이 없었다. 특히 무라타는 끝내 말 한 마디 하지 않았다.

사이고가 부상병을 항복시키기 위해 병원장 나카야마를 불러 설득한 것은 이 뒤였던 모양이다. 그러기에 사이고는 설득하는 가운데 "우리는 분고로 진출한다"고 구체적으로 말했다.

그러나 '과연 이 겹겹의 포위망을 돌파할 수 있을까?' 하는 의문이 누구의 머리에나 있었다.

기리노의 근육은 이런 경우에 용수철처럼 잘 반사하고 잘 움직인다. 그는 다른 자들처럼 걱정만 하고 있지 않고 먼저 직접 달려가 돌파할 가능성을 정찰하는 편이다.

그는 이날 밤, 직접 2개 중대를 이끌고 캄캄한 오솔길을 기다시피 하여 북상했다. 이케가미시로, 고노 슈이치로 같은 간부들도 동행했다.

그들은 숨을 죽이고 나무꾼들이 다니는 길을 따라 북으로 올라가서 구마다에 도달해 보니, 마을은 횃불로 불바다 같고, 분고의 산으로 이어지는 산들은 모두 정부군(구마모토 진대)에 점령되어 있었다.

한밤중 효노로 돌아온 그들은 노무라 안의 실행이 불가능하다고 보고했다. 그러나 기리노는 같은 의견이라도 표현을 달리 했다. 그는 먼저 용감하게 "돌파할 수 있다"고 말하고, "다만 후속하는 사람들은 모두 죽는다"고 덧붙였다.

정부군은 17일에 효노 부근의 중첩된 포위를 끝마쳤다.

그 병력은 약 5만이었다. 총기는 신식 라이플이 전원에게 다 보급되었고, 화포는 오사카에서 제조한 4근산포(四斤山砲) 외에 새로 수입한 암스트롱포(영국)에서 크루프 포(독일)까지 갖추고 있었으므로, 군대 장비로는 유럽의 2류국보다 충실했고 거의 1류국에 준하는 정도의 것이었다. 일본 군사사상 대군이 그 시대의 최신 장비를 충실히 갖춘 것은 오다 노부나가(織田信長)의 군대 이후 이 시기의 정부군밖에 없었으며, 그 후에도 이토록 충실한 때는 없지 않았나 생각된다.

갑자기 조직한 진대군을 강화하려면 일본에서 제일 강하다는 사쓰마 군보다 몇 배가 되는 인원을 집중시키고, 아울러 병력면에서도 사쓰마 군보다 훨씬 센 화력으로 대항시키려고 했다. 이 사상은 메이지 유신에 의한 합리주의의 성립이라는 시대의 분위기와 전혀 관계가 없는 것도 아니다.

효노는 사방에 주발의 가장자리처럼 산이 치솟아 있다는 말은 했다. 그 산이란 산은 모두 신식총을 가진 진대병으로 메워졌다.

포병 진지도 설치되었다. 이를테면 효노 동남방에 있는 가와지마(川島)라는 마을의 언덕 위에 산포 2문, 크루프 포 1문이 장치되어, 17일 오전 5시 반부터 기타 강 너머로 효노를 향해 말했다.

"일본에서 가장 큰 제삿날이다."

전투에 익숙해진 진대병들이 이 광경을 보고 좋아했다.

어느 부대의 취사장에서는, 한 병졸이 눈에 들어오는 산마다 온통 정부군이 가득 차서 움직이는 광경을 보고 말했다.

"이제는 사이고도 꼼짝달싹 못하겠지."

이 말을 들은 사족 출신 장교가 불쾌해 하면서

"너 같은 놈이 어디 감히 사이고라는 이름을 함부로 부르느냐?"

이러면서 호통을 쳤다. 장교들로서는 출신 번이야 어디든 이 나라 유신 최대의 공로자이자 사족의 정신적 지주인 사이고가, 우리 속의 짐승처럼 토벌당하고 있는 것을 보고는 형용할 수 없는 고통을 느끼고 있었던 것이다.

"사이고와 그 사졸들을 섬멸한다."

고 큰소리 친 것은, 조슈 인 여단장 미요시 시게오미 정도였을 것이다. 그는 효노를 내려다보는 에노타케 산에 여단 병력을 집중해 놓고, 명령만 내리면 다른 여단보다 먼저 달려내려가 눈아래 사쓰마 인을 섬멸할 참이었다.

효노에 갇힌 사쓰마 군 수뇌부는 아직 작전의 결론을 내리지 못하고 있었다.

분고로 진출한다는 노무라 안이 16일에 일단 채용되기는 했으나, 과연 가능한지, 기리노 등이 밤 어둠을 타고 북쪽 돌파구를 정찰했지만, 북쪽을 막고 있는 구마모토 진대군의 두터운 벽에 놀라 계획이 무너졌다.

"그렇다면 결전을 벌이기로 할까?"

이 정도의 결론을 보고 그날 밤은 불안한 눈을 붙였다.

그 다음 17일 아침, 고노 슈이치로와 헨미 주로타가 의논한 끝에 사이고에게 가서 결전은 안된다는 것을 역설했다. 이런 효노 같은 골짜기의 밑바닥에 있다는 것은 밥공기 속에 몰려 있는 개미나 다름없으며, 싸우는 건 고사하고 위에서 절구공이로 문지르기만 해도 그대로 몰살당해 버린다.

"포위 돌파가 있을 뿐."

그들은 사이고에게 이렇게 역설했다.

사이고는 기리노에게 17일 오후 4시부터 고다마 구마시로의 집에서 마지막 작전 회의를 열게 했다. 기타 강 대안의 가와지마 언덕에 있는 정부군 포병 진지에서 쏘아대는 포성이 골짜기에 메아리치며 작렬할 때마다 우렁찬 소리가 사방의 산에 울려 담력이 없는 자는 까무라칠 지경이었다. 그러나 정부군의 총공격은 그 다음날에 할 참인지, 보병이 산을 내려오는 기미는 보이지 않았다.

"돌파를 한다지만 어떻게 하는가?"

반문하는 자도 있었다.

고노와 헨미가 운을 하늘에 맡기고 에노타케 산으로 기어올라가 멀리 가고시마로 돌아가서 재기를 도모하자고 말하고, 벳푸 신스케와 나카지마 다케히코가 동조했을 때, 좌중은 깊은 침묵에 빠졌다. 날짐승이 되지 않는 한 불가능했다.

암벽이 많은 에노타케(728미터)는 이 부근에서 하늘로 치솟아 최고봉을 이루고 있으며 그 낭떠러지와 골짜기는 험준하여 군대가 기어오른다는 것은 예삿일이 아니었다.

에노타케의 동벽은 효노를 덮칠듯이 솟아 있어서 머리 위에 있는 듯한 착각을 일으키게 했다. 물론 에노타케 정상의 위용을 보려면 멀리 노베오카에나 나가서 바라보아야 하며, 동벽 앞 효노의 좁은 천지에서 쳐다보아야 그 밑둥의 일부가 보일 뿐이다. 효노에서 쳐다보는 이 벽의 밑부분 한 곳은 말등 같은 모양을 하고 있고, 그 말등에는 나무가 듬성하게 자라고 있다. 그 말등 근처에 미요시 시게오미의 제2여단이 봉우리마다 포진하여 제1여단 및 구마모토 진대군과 연결되어서 야행 동물이 기어오를 틈도 남기지 않았으며, 더욱이 봉우리 위에는 출장 본영까지 설치되어 있었다.

참군 야마가타도 특별히 명령하였다.

"사쓰마 군은 궁지에 몰려 있다. 필사의 기세로 어떻게 도망칠지 예측할 수 없다. 사쓰마 군이 늘 쓰는 수단이다."

그는 몇 번이나 독려하며 초계를 엄중히 하라고 일러 놓고 있었다.

그러나 정부군 간부들은 사쓰마 군이 설마 에노타케를 기어오르리라는 생각은 꿈에도 하지 않고 있었다. 후방에서 노베오카 경비라는 비교적 편한 임무를 맡고 있는 제2여단장 미우라 고로 소장 같은 사람은, 눈치가 좀 빠른 편이라 이제 작전은 끝났다고 지레짐작하고 부하에게 명령하여 개선 준비를 시켜 놓고 있었을 정도였다.

돌파

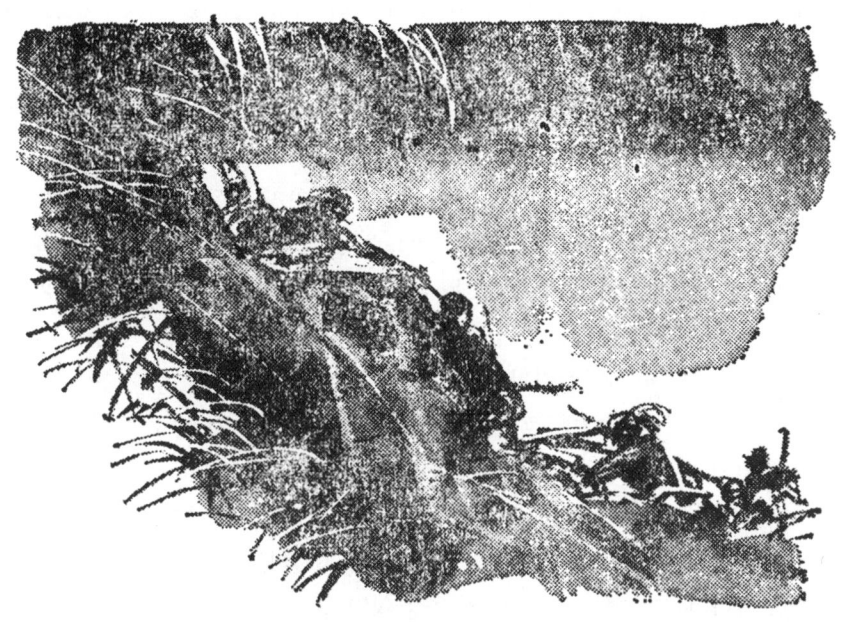

17일 오후 4시부터 효노의 사이고 숙소에서는 작전회의가 열렸다. 항복론을 주장하는 사람은 아무도 없었다.

"분고로 나가자."

노무라 안을 주장한 사람이 한둘 있었다.

단, 노무라는 17일 오후 4시의 회의에는 참석하지 않았다.

"포위를 돌파하여 가고시마로 가자."

고노와 헨미는 강력히 주장했다.

포위 돌파에 대해서는 반대가 많았다. 확실히 미친 용기가 필요했다. 체력도 있어야 했고, 만에 하나의 요행을 얻는 천운도 있어야 했다. 무모한 행동이지만, 고향 가고시마로 돌아간다는 매력은 정체모를 감정으로 사람들의 마음 밑바닥을 흔들고 있었다.

'고향에서 죽고 싶다.'

이런 생각은, 전략이고 뭐고간에 모든 이성을 증발시켜버릴 만큼 강한 정념이었다. 고노 슈이치로나 헨미 주로타는 가고시마로 돌아가서 재기를 노리자고 주장하고 있었지만, 본인들도 진정으로 그것이 가능하다고는 생각지 않고 있는 것이 분명했다. 가고시마 현에도 정부군이 그물을 쳐놓고 있었으며, 머지않아 이곳 정부군 주력이 뒤쫓아와서 자기들을 섬멸하려 할 것이다. 그래도 좋았다. 어차피 전멸을 당할 바에는 이 나가이나 효노 같은 낯선 두메산골에서 꼼짝도 못하고 죽기보다는 발바닥이 소나무가 되는 한이 있더라도 조상의 땅에 돌아가 그 땅을 밟고 그 밑에 시체를 묻는 것에서 그들은 마지막 정열의 목표를 발견했다고도 할 수 있었다.

무라타 신파치는 시종 말이 없었다. 처음부터 기리노 등의 이번 폭거를 좋아하지 않았던 그는, 만일 입만 열면 "음력 설 궐기 이래 6개월, 무엇 때문에 산하를 달리고, 적을 죽이고, 동지를 죽여 왔는가!" 하고 말해버릴지도 모를 감정이 가슴속 어딘가에 도사리고 있었는지도 모른다.

해외를 돌아보고 온 무라타는 오쿠보의 시책이 나쁘다고는 결코 여기지 않았다. 그가 정부에 대한 정책 비판을 끝내 하지 않은 것은, 사태의 본질이 사실상 거기에 있지 않을까 하고 생각하고 있었기 때문이다. 그가 이 거사에 참가한 것은 오로지 사이고에 대한 우정 때문이었다. 사이고가 사이고답게 생을 끝맺게 하고 자기도 함께 죽는다는 것뿐이었다. 분고로 나가거나 가고시마로 돌아가거나 하는 것은 다 구구한 지엽에 지나지 않았다. 기리노가 사이고에게 결정을 청했다.

사이고는 전에 구마모토 성 공격전이 좌절되었을 때 한 말과 비슷한 절충안을 냈다.

"먼저 에노타케(可愛岳)에 기어올라가서 멀리 분고의 미타이(三田井)로 나가자. 미타이에서 북으로 가면 다케다가 나오고 남으로 가면 아득하게 이어진 산세가 가고시마로 통한다. 미타이에서 다시 생각하면 된다."

그것은 가고시마로 돌아가자는 뜻이었을 것이다. 그 안으로 낙착됐을 때, 이 협곡에는 이미 해가 지고, 주위의 봉우리에서는 무수한 횃불이 빛나기 시작하고 있었다.

아무튼, 야음을 이용하여 아무도 모르게 효노를 기어나가 에노타케에 오르기로 했다.

그 비밀유지는 철저했다. 같은 편에게까지 비밀을 지킨 흔적이 있다.

이를테면 노무라 닌스케는 이 탈출 연락을 받지 못했다. 노무라 닌스케는 히토요시 이후의 후반에 분고 전선을 성립시켰고, 주력의 패색에도 아랑곳

없이 오직 이 방면에서 사쓰마 군을 위해 기염을 토한 공적이 있는데도, 탈출 작전의 총지휘자인 기리노는 그를 좋게 생각지 않아 무심코 그만 연락을 하지 않았거나, 아니면 좀더 적극적으로 '노무라는 두고 가자'고 생각했던 것일까? 노무라는 공교롭게도 17일 오후 4시의 마지막 회의에 참석하지 않았다.

그가 어디 멀리 가 있었던 것도 아니다.

같은 효노에 있었다. 사이고의 숙소(고타마 구마시로의 집)와 기리노의 숙소(오카다 주헤이의 집), 또는 헨미 주로타의 숙소(고타마 우메키치의 집)에서 바로 가까운 고타마 쇼사쿠(兒玉庄作)의 집에서 술을 마시고 있었다. 이 고타마 쇼사쿠의 집이 사쓰마 군의 수송부가 되어 있었으며, 분고 방면에서 노무라와 함께 싸운 오비 사족의 수령 오구라 쇼헤이가 다리 부상으로 누워 있었다. 사쓰마 인은 일반적으로 타향 사람을 외국인처럼 차갑게 보는 습관이 있었는데, 기리노도 노무라는 어차피 오구라와 함께 적에게 항복하면 된다고 생각했던지, 아니면 노무라에게 연락하면 오구라가 알게 되어 적에게 누설된다고 판단했던지, 아무튼 한 부락에 있는 노무라에게 연락이 가지 않은 것은 이상한 일이었다.

하기야 사이고 등이 탈출한 뒤 사토 산지(佐藤三二)라는 자가 노무라에게 달려가서 "사이고님은 벌써 탈출하셨습니다" 하고 알려 주었다. 노무라는 깜짝 놀라 오구라와 함께 병사들을 모아 사이고의 뒤를 쫓아 탈출하는 데 성공했다.

이때 효노 부근에 모여 있던 사쓰마 군의 수는 1000명으로 줄어 있었다. 그 가운데 몇 할은 초계에 나가 있어서 연락을 받지 못했다. 결국 탈출에 참가한 것은 5, 6백 명이었던 것 같다.

탈출에 대한 기리노의 기본 방침은 "비밀을 요하기 때문에 근처에 있는 자에게만 알려 주고, 연락원 몇 사람을 남겨 나중에 연락한다"는 것이었는지도 모른다. 이 사상은 전국시대부터 내려온 작전의 한 관습이라고 할 수 있다. 상황이 급박하여 대장이 혼자서 달아나야 할 때는 아군에도 알리지 않고 내버려두는 것인데, 오다 노부나가가 에치젠 스루가(越前敦賀) 부근에서 에치젠 아사쿠라(越前朝倉)의 군세와 오미 아사이(近江淺)의 군세에 포위당했을 때도 그랬다. 사쓰마 번은 전국시대의 무사 기질과 전투의 관습을 보존해왔기 때문에, 이번 일도 어쩌면 기리노가 악의로 한 것이 아니라 단순한

돌파 543

사쓰마풍이었는지도 모르며, 연락을 받지 않은 자들도 노무라 닌스케를 비롯하여 당연한 것으로 알았는지 원망한 흔적은 조금도 없다.

효노 사람들로서는, 많은 사쓰마 군이 이 골짜기에 들어온 것은 천만 뜻밖의 일이었을 것이다. 그들은 침구와 식량을 들고 마을 밖으로 쫓겨났다기보다 그곳이 싸움터가 될 것 같아 허둥지둥 달아났다는 편이 옳을 것이다. 그래서 17일 밤에 사이고 등이 탈출하는 것을 목격한 사람은 아무도 없었다.

그러나 길을 안내하는 나무꾼과 사냥꾼들은 있었던 모양이다. 누가 길 안내를 했느냐에 대해서는 후환을 두려워했던지 마을 사람들은 나중에도 모르는 체한 것 같고, 당사자들도 평생 입을 다물고 있었던 듯한 기미가 있다.

사이고의 숙소인 고다마 구마시로의 집에서는, 이날 밤 저녁 식사를 마친 뒤 기리노, 무라타, 이케가미, 고노 같은 간부들이 모여 술을 마신 것 같다. 서로 결별의 잔으로 생각했는지도 모른다.

탈출에는 뛰어난 체력이 있어야 했다. 특히 선두 부대는 비상한 용기도 필요했다. 그 선두의 우두머리로 고노 슈이치로와 헨미 주로타가 선발되었다. 이 두 사람은 발군의 체력과 기력을 가진 데다 임기응변도 있었다.

전도(前途)에는 나무꾼만이 아는 길과 짐승이 다니는 길밖에 없었다. 나무와 가시덤불이 길을 막고 있어서, 후군을 위해 일일이 도끼를 휘둘러 길을 만들면서 나아가지 않으면 안된다. 흰 종이를 길의 표지로 나무가지에 매놓고 가는 것도 선두부대가 하는 일이다.

선두 부대의 일부는 밤 9시께 출발한 것 같다. 출발점이 된 장소는 뚜렷하다.

에노타케를 주봉으로 하는 산괴(山塊)의 하나가 효노 마을을 서쪽에서 둘러싸고 있다.

그 기슭에 기리노의 숙사인 오카다 주헤이(岡田忠平)의 집이 보기 좋은 초가지붕을 이고 웅크리고 있다. 그 뒷산에 가느다란 오솔길이 나 있다. 이 길을 올라가는 입구 부근의 비탈에는 감나무와 밤나무가 무성하게 서 있어서 낮에도 어둑어둑하다. 길은 사람이 혼자서 지나갈 수 있는 정도이고 가파르지만, 그 길을 따라 올라가면 결국 에노타케 정상에 도달할 수 있는 것이다.

사람들은 잔을 내려 놓고, 그대로 어두운 마을길로 나가서 뒷산을 오르기 시작했다. 사이고를 위해서는 가마가 마련되었다. 사이고의 앞뒤에는 기리노 도시아키와 무라타 신파치가 따랐다. 보행이 곤란한 벳푸 신스케는 처음부터 가마로 가고, 사이고는 처음에는 걸어서 올라갔다.

"담배를 피우지 마라, 발포하지 마라, 잡담을 하지 마라."

하는 것이, 기리노가 부대에 철저히 일러 놓은 준수 사항이었다. 적을 만나면 말없이 칼을 뽑아 베는 수밖에 없었다.

어두운 밤의 등반은 곤란하기 이를 데 없었다.

"나카노고시(中腰)까지만 가면."

안내인들은 줄곧 이렇게 말하고 있었던 모양이다. 정상까지의 중간 목표가 되는 모양인데, 거기까지 가는 데도 길이 없는 곳이 몇 군데나 있었다. 절벽도 있었다. 절벽을 그냥 올라갈 수는 없는 일이라 옆으로 이동하기 위해 바위 모서리를 두 팔로 안고 조금씩조금씩 발을 옮기며 나아갔다. 암벽이 노출된 사면은 개처럼 엉금엉금 기어가기도 했다. 사이고도 기어가면서 "연인의 침실에 기어들어가는 것 같군" 하고 중얼거려 주위 사람들을 웃겼다. 이 한 마디로 긴장이 풀렸다고 살아남은 사람들은 두고두고 이야기했는데, 사이고의 유머 감각은 같은 시대의 일본 지식인 중에서도 독특했던 것 같다.

"나카노고시"라고 지방 사냥꾼들이 부르는 곳은 조그만 말안장 같은 부분을 이루고 있으며, 멧돼지나 사슴 같은 짐승이 잘 지나다닐 것 같은 곳이다. 지도에서 보면 효노의 오솔길 입구에서 불과 6, 7킬로미터인데 그곳을 올라가는 데 새벽까지 걸렸다.

선발대인 고노슈이치로와 헨미 주로타 일행은 한 시간 전에 그곳에 도착했다. 거기서 한숨 돌리며 후속 주력을 기다리기로 한 그들은 뜻밖의 것을 발견했다. '나카노고시' 옆에 조그만 대지가 있는데, 평탄해서 지방 사람들은 '야시키노(屋敷野)'라고 불렀다. 이 야시키노에 제1 제2여단의 본영과 호위부대가 프랑스식 천막을 여러 개 치고 야영하고 있었던 것이다.

"습격하자"고 헨미와 고노는 결정하고, 헨미가 습격의 지휘를 맡기로 했다. 이런 지휘를 맡기는 데는 전 사쓰마 군에서 헨미만한 사람이 없었다.

그는 사병 300명쯤을 이끌고 목표마다 공격 담당을 정하고는 소리를 죽여 벼랑 위로 기어올라갔다. 눈 아래가 야시키노이다. 헨미는 미리 사병들에게 일러두었다.

"신호로 나팔을 분다. 그와 동시에 돌격하라."

적당한 공격시간으로 먼동이 트기를 기다렸다. 먼동이 틀 때가 아니면 그 후의 행동에 지장이 있기 때문이다.

동쪽 하늘이 희부연해졌을 때, 헨미는 나팔을 불게 하고 호령과 함께 벼랑에서 뛰어내려가 천막군을 향해 갈대밭을 내달았다. 표범 같았다고 한다.

습격에 참가한 야다 히로시(矢田宏)라는 나카쓰 인이 다음과 같이 말한 기록이 남아 있다.

'일동은 곧장 관군의 야영(제1, 제2여단)을 향해 쳐들어갔다. 관군은 이 기세에 놀라 모두 사방으로 달아나버렸는데, 그 중에서도 우스웠던 것은 소장들의 거동이었다. 미요시 시게오미 소장과 노즈 시즈오 소장도 야영에서 '걸음아 날 살려라' 하고 달아났다. 그 추태는 차마 눈 뜨고 볼 수가 없었는데, 갖가지 유품 중에서도 우리의 눈길을 끈 것은 샤미센(三味線)과 여자의 왜나막신이었다.'

"사쓰마 군인 사이고, 기리노 이하 수백 명이 효노에서 에노타케를 넘어 탈출했다."

이 소식은, 야마가타 아리토모에게는 천만 뜻밖의 일이었다.

그는 산봉우리마다 골짜기마다 가득가득 메울 만한 병력으로 사이고 군을 포위하고 있었다. 이 단계에서는 사이고 한 사람을 붙잡는 것이 전쟁 전체의 종결과 연결되는 것이었다. 사이고가 사쓰마 인과 함께 있는 한, 사쓰마 인은 그를 옹립하여 끝까지 싸울 것이 분명했다. 아무튼 야마가타는 전력을 다하여 효노 계곡을 하나의 우리로 만들어 사이고 등의 진퇴를 막아, 그들이 상처입은 멧돼지처럼 설치다가 죽거나 손을 들고 나오기를 사냥꾼 같은 태도로 기다리고 있었다.

야마가타는 이날 아침 어두울 때 일어났다. 노베오카 북방을 호리(祝子) 강이 흘러 바다로 들어가고 있는데, 야마가타는 이 호리 강 하구의 북쪽 삼각주 지대에 전선을 치고 있는 일익을 순시할 참이었다. 그가 말을 타고 호리 강 다리를 건널 때쯤 해서 날이 밝았다. 그때 전방의 에노타케 방향에서 일제히 총성이 일어나 고개를 갸웃거리고 있는데, 동북쪽 가와지마 방면에서 전속력으로 달려오는 말 한 필이 있었다. 무장을 하지 않고 플록 코트를 입고 있어서 야마가타의 측근 장교들이 이상하게 생각했다.

곧 스에마쓰 겐초(末松謙澄)라는 것을 알았다.

스에마쓰는 참으로 메이지 시대풍의 재사 중 한 사람이라고 할 수 있다.

나중에 《영문 징기스칸》을 쓰고 《겐지 이야기(源氏物語)》를 영역하여 문학박사가 되기도 했으며 국회의원이 되기도 했다. 러일 전쟁 때 영국의 협력을 구하기 위해 런던에 파견되기도 하고, 이토 히로부미의 사위가 되어 이토의 부탁으로 《방장 회천사(防長回天史)》를 쓰기도 했다.

지쿠젠(筑前)의 시골 출신으로 도쿄에서 영어를 공부하고, 번벌(藩閥)의 배경이 없는 재주 있는 사람이 흔히 신문 기자가 되듯이 그도 도쿄 일일신문에 들어가 후쿠지 오치(福地樓痴)의 인정을 받았다. 그러나 곧 정부로 옮겨 세이난 전쟁이 일어나서 야마가타가 서쪽으로 내려갈 때, 그의 요청으로 그의 막료가 되었다. 야마가타가 그에게 맡긴 임무는 전쟁 기록이었다.

기록자인 스에마쓰는 언제나 전선에 나가 있었다. 이 전선에서도 효노 근처에서 야영하다가 새벽에 에노타케의 '나카노고시'에서 사쓰마 군이 정부군을 기습하는 것을 산기슭에서 직접 눈으로 보았다. 마침 떠오르는 태양에 칼이 번쩍이는 것이, 갈대의 하얀 싹이 바람에 마구 흔들리며 무수히 빛나는 것 같았다고 한다.

스에마쓰는 산에서 돌아온 두 사람의 나카쓰 사족을 붙들고 사이고가 탈출했다는 소식을 들었다. 그것을 야마가타에게 알리기 위해 혼자서 말을 타고 달려온 것인데, 그의 보고는 각 여단 관계자 중에서 누구보다 빠르고 상세했다.

이때, 예비군으로서 노베오카에 있던 제3여단장 미우라 고로는 회고록에서 이렇게 말했다.

'에노타케의 솥 밑바닥이 빠지지 않도록 하라고 그렇게 당부했는데도 기어코 빠지고 말았다. 적이 어디로 갔는지 알지 못했다.'

재주보다는 말주변이 좋아서 공연히 남에게 신랄한 이 소장으로서는 효노를 와글와글 둘러싸고 있는 동료들의 실패를, 꼴 좋다 하고 속으로 고소해했는지도 모른다.

시간이 흐름에 따라 사태가 밝혀졌다.

에노타케 중턱에서 소수의 사쓰마 병들에게 습격당한 두 여단장(미요시 시게오미와 노즈 시즈오)의 당황한 꼬락서니는 군복을 입은 것이 창피할 정도였다.

미요시 소장은 여단을 버리고 우치다(內田) 대위와 이소바야시(磯林) 중위의 호위를 받으면서 멀리 좌익의 초계선까지 달아났고, 노즈 소장은 오카모토(岡木) 소령 한 사람을 데리고 히노타니(火谷)를 달려내려가 구마모토 진대 군 속으로 뛰어들어가서야 겨우 한숨을 돌렸다.

그들은 야시키노에 식량과 탄약 3만 발, 대포 1문을 끌어올려 놓았는데, 이를 깡그리 사쓰마 군에게 빼앗겼다.

사령관이 달아난 두 여단은 간신히 버티면서 네 시간쯤 싸웠으나, 수백 명의 사쓰마 군을 어떻게 하지도 못하고, 제1여단은 히노타니 쪽으로, 제2여단은 밀리 호리 강 골짜기로 패주했다.

야마가타는 사방에 수배했지만 여단마다 속수무책이었으며, 즉각 추적하는 부대는 하나도 없었다.

야마가타는 어지간히 참담한 감회가 들었던지, 오사카에서 병참을 맡고 있는 중장 도리오 고야타에게 이 급변과 사태의 경과를 솔직하게 써 보냈다.

명문이라고 할 만하다.

그 장문의 편지 말미에 사이고 등이 에노타케로 탈출한 뒤에 남은 사쓰마 군은 모두 항복했다고 말한다.

'항복한 자, 체포된 자 줄을 이어 수만 명이다. 적의 소굴은 완전히 비었다. 그리하여 적의 괴수는 도주했다. 모래 자갈이 만근이라도 한 푼의 가치도 없는 것이다.'

기타 강 계곡의 사쓰마 군 근거지는 함락되고, 항복한 자 줄을 이어 수만에 이른 것은 사실이며, 각 초계선은 투항자의 접수에 바빴다고 한다.

그러나 야마가타는 이 편지에서 그것을 기뻐하고 있는 것이 아니라 정작 사이고를 놓친 데 대해 분해하고 있었다.

다시 그는 말했다.

'탈출한 자는 곧 사이고와 기리노 이하로, 전날 밤에 결사대 400명을 거느리고 낫과 도끼로 길을 헤치는 자 30여 명으로 앞장서게 하여, 단애절벽 길도 없는 곳을 기어올라 에노타케의 정상을 향하여 잠행했다. 아아 반 년의 정전(征戰), 흘린 피가 그 얼마며 그로써 애써 공을 거의 다 쌓았거늘 마지막 노력이 부족하여 허사가 되었으니 나의 죄인가 하오.'

산중천리

 사쓰마 군이 해낸 행동 중에서 가장 처절한 것은, 에노타케(可愛岳)에서 가고시마에 이르는 능선과 골짜기 계곡을 넘고 넘어 시로야마(城山)로 돌아간 일일 것이다. 그곳은 거의가 나무꾼과 짐승이 다니는 길뿐이었다.
 "허리와 다리를 단련하라."
 이것은 전국시대부터 사쓰마의 자제들에게 끊임없이 요구되어 온 것이었다. 집단으로서 그런 전통적 훈련의 기초가 없었더라면 도저히 해낼 수 없었을 것이다.
 사쓰마와 오스미(大隅)는 말의 산지인데도 사쓰마 군은 전국시대부터 보병 중심의 군대였다. 그것은 시마즈 가문의 후진성을 말하는 것이 아니라 오히려 시마즈 가문의 한 특징인 합리주의를 나타내는 것이다. 규슈는 기마(騎馬)가 발전한 간토(關東) 평야와는 달리, 산악이 많고 골짜기는 모두 논이었다. 산과 논은 기마 운동에는 지장이 있다. 그보다는 도보 부대에 강력한 다리 힘을 갖게 하여 달음박질이나 같은 속도로 기동력을 발휘하는 편이 실정에 맞다.
 그들이 에노타케에서 멀리 가고시마로 돌아간 경로는, 지도에서만 더듬어 보아도 소름이 끼치는 느낌이다. 그 후 골짜기의 계류를 따라 길이 생긴 곳도 있지만, 그즈음에는 주로 산의 계곡을 끼고 골짜기를 더듬는 경로였다.

에노타케를 떠난 것이 8월 17일, 가고시마에 들어간 것이 9월 1일이니, 산속에서 두 주일을 보낸 셈이다.

이 강행군의 전략적 목적이 무엇이었는지는 아무도 모른다. 처음 움직일 때부터 아무런 전략도 없었던 사쓰마 군은 도중에 그저 병력만 소모했다. 가고시마를 나올 때 1만여 명이었던 병력은, 싸우는 동안 모집을 되풀이하여 연 3만 명이 싸움에 참가했을 것이다.

1만 명이 넘는 사쓰마 인이 싸움터의 이슬로 사라졌다.

마지막으로 나가이, 효노에 갇혔을 때는 3000명이었으며, 그 가운데 5, 6백 명이 산속 탈주에 참가하여 도중에 죽은 자, 길을 잃은 자, 가고시마 현에 들어와서 전사한 자, 탈락한 자 등이 있어 마지막으로 시로야마에서 농성한 자는 370여 명이다.

무엇 때문에 보름이나 산과 골짜기를 달려 가고시마까지 돌아와야 했는지에 대해서는, 사이고와 기리노, 그 이하의 누구도 이유를 밝히지 않고 있다. 군대의 행동에는 어떤 시대 혹은 어떤 나라의 군대나 그 나름의 전략 논리가 있다. 그러나 전례가 없는 일로, 사이고와 사쓰마 군의 경우만은 예외였다. 전략도 없이 일어선 사쓰마 군이, 중도에서 그 전투 운동에 전략을 갖는 것은 끝내 불가능했다. 마지막까지 갖지 못했다.

고향 가고시마에 돌아가면 어떻게든 운명이 트일 것이다라고, 하급자들은 정말로 생각하고 있었는지도 모른다. 사이고의 성망을 신비롭게 숭앙한 나머지, 저 사이고라면 반드시 기사회생의 묘안을 가지고 있을 것이라고 믿고 있었는지도 모른다. 사쓰마 인은 생각을 어른들에게 맡기는 버릇이 있었다. 그보다는 '어른 말씀을 들으라'는 것이 사쓰마 번의 향중(鄕中)의 안목의 하나였고, 사학교 교육도 그 연장이었기 때문에 개인의 자각과 존엄으로 사물을 생각하는 자가 적었던 모양이다.

하기야 그런 종류의 것을 못하게 하는 교육도 전통적으로 소년 교육으로 실시되어 왔다. '개인의 자각과 존엄'으로 사물이나 진퇴를 생각하는 것은 흔히 '겁쟁이'이니 '비겁자'니 하는 말로 처리되었다. 사학교가 궐기했을 때 반대한 자가 시노하라 구니모토에게 "죽는 것이 무서운가?"라는 말을 듣고 입을 다물어버렸듯이, 사쓰마 인으로서는 겁을 낸다거나 비겁하다는 말을 듣는 것은 죽는 것보다 더 고통스러운 일이었다. 사쓰마 인은 소년 때부터 언제나 그런 욕을 들을 만한 언동을 삼갔다. 차라리 아무것도 생각하지 않고 오로지 어른들의 분부만 따르며, 그 집단이 나아가는 대로 어깨를 맞대고 함께 달리는 편이 자신의 명예로운 사쓰마 혼을 지키는 데 무난했다.

전략은 없어도 기분은 있었다.
적어도 사이고 자신은 이 싸움의 앞날에 구원이 없다는 것을 알고 있었을 것이다. 탈출 때는 죽음밖에 생각하는 것이 없지 않았던가?
그렇다면 '어차피 죽을 바에야, 타향에서 시신이 되어 눕는 것은 한심한 짓이다. 고향에서 죽고 싶다' 하고 절실히 생각하게 되었는지도 모른다.
기리노는 이 패주 중의 몇 가지 삽화로 미루어, 전도에 아직도 광명을 바라보고 있었던 것 같은 생각이 든다. 본디 기본적인 구상력밖에 없는 이 인물에게는 아예 절망이라는 것이 없었는지도 모른다.
다른 많은 사람들은 희망이 있고 없고는 고사하고, 어차피 싸우다 죽는다면 고향 땅에서 죽고 싶다는 생각이, 본능 혹은 그보다 더 깊숙한 곳에서 욱신거리고 있었던 것 같다. 본디 사쓰마 인은 고향의식이 강하며, 이 군사 행동도 어떤 설명할 수 없는 고향의식에서 나온 사상 때문에 일어났다고도 할 수 있다. 만일 패배하여 죽을 것을 각오하고 있었다면, 고향에서 화려하게 산화하고 싶었을 것이다.
그런 그들의 행동은 그들이 전통적으로 이론이나 도리보다 어김없이 미(美)를 택하는 정신 습관이 강하여, 딱하다기보다 아름답기까지 했다.
이 행동에서 보인 사쓰마 무사의 처절함과 아름다움을, 전후에 나가사키의 유의(儒醫) 니시 도센(西道仙)이 한시로 엮었다.

孤軍奮鬪破圍還
一千里程疊壁間
我劍已折我馬斃
秋風埋屍故鄕山

고군 분투 포위를 뚫고 돌아온다. 천리길, 중첩된 산벽 사이 칼은 이미 부러지고, 말은 쓰러져서 추풍 아래 고향산에 시체를 묻는다.

여름이 다 갈 무렵 포위망을 뚫고, 산속에서 차츰 가을 기운이 도는 것을 느끼면서 오로지 시체를 묻겠다는 목적만으로 고향산에 돌아왔다.

참으로 그 애절함을 절실히 말하고 있는 것 같다.

사이고가 산을 넘고 있을 때, 산속에서 그를 보았다는 산속 주민들의 말이 전해지고 있다.

그 행군 동안 사이고는 가마를 탔다.

유카타(평상 일본옷) 차림이지만, 칼은 차고 있었다.

칼은 한 자 여섯 치짜리 이즈미노카미 가네사다(和泉守兼定)였다.

그 밖에 사이고가 진지 생활에서도 늘 손에서 놓지 않았던 것은 사토 잇사이(佐藤一齋)의 《언지록(言志錄)》이었다.

또 하나 사학교의 생존자들이 말하는 것을 들어 보면, 허리에 늘 대롱을 차고 있었다고 한다. 대롱에는 구운 소금이 들어 있었으며, 소를 잡아먹을 때 썼다고 한다. 아마도 사냥할 때의 습관이었던 모양이다.

돌파 중에 있었던 일 몇 가지를 적어본다.

휴가 서쪽의 산속에 있는 미타이(三田井)가 아득히 분고 다케다(오이타 현)와 히고의 산속으로 통하는 교통의 요충이라는 말은 이미 했다.

사쓰마 군은 동쪽 산지에서 밀려들어왔다. 완도(灣洞) 고개의 험난한 지점을 넘어서 왔다. 완도 고개는 히노가케 강(日影川) 계곡의 서쪽에 있는 벼랑길인데, 험난한 길이 2킬로미터가 넘는다. 벼랑을 기어올라가서 다시 바위를 붙들고 내려오는 것을 되풀이해야 하는 곳이다.

대나무 가마에 타고 있는 사이고도 이런 곳에서는 내리지 않을 수 없었다. 그러나 몸이 뚱뚱해서 벼랑을 오르는 데 매우 힘이 들었다. 호위병들은 굵은 무명 허리띠를 이어서 사이고를 십자 모양으로 묶어, 몇 사람은 벼랑 위에서 끌어 올리고 몇 사람은 아래서 엉덩이를 밀어 올리는 작업을 했다.

선봉의 헨미 주로타가 약 80명의 병사를 이끌고 미타이 부락에 뛰어든 것은 8월 21일 오전 11시쯤이다. 마을 사람들은 느닷없이 나타난 사쓰마 군을 보고 놀랐다.

"싸움은 하지 않는다."

고 헨미는 병사들을 통해 마을 사람들에게 일러 준 흔적이 있다.

미타이는 정부군의 식량과 탄약의 집적소였다. 전선이 노베오카로 옮긴 뒤로는 소용이 없었지만, 그대로 설치되어 있었다. 두 사람이 지키고 있었는데, 마침 점심때라 푸줏간에서 쇠고기 전골로 밥을 먹고 있다가, 갑자기 뛰어든 사쓰마 병에게 한 사람은 칼에 맞아 죽고 한 사람은 달아났다.

가마야(釜屋)라는 큰 상가의 곳간에 정부군의 식량과 탄약이 쌓여 있었다. 헨미 부대가 이것을 탈취했다. 쌀이 2천5백 섬, 돈이 지폐로 2만 5천엔, 그리고 술이 몇 통 있었다.

사이고가 미타이에 도착한 것은 오후 3시께였던 것 같다. 거기서 하룻밤을 묵었다.

이날 밤이 깊어진 뒤, 사이고는 전군에 전령을 보내 방향을 명시했다.

"가고시마로 향한다."

굳이 말하지 않아도 다 아는 일이었으나, 에노타케를 떠날 때 미타이에서 북쪽으로 올라가 분고로 향할지도 모른다고 말했기 때문에 확인시켜 준 것이다.

한편, 정부군 총수 야마가타 아리토모는 1개 여단을 떼어 사쓰마 군을 추격하는 동시에 분고에도 수배하여 그 중에서도 '구마모토 성의 수비력이 약한 것을 노려, 성을 공격할지도 모른다'고 관측하고, 구마모토 성에 남아 있는 가바야마 스케노리 중령, 노기 마레스케 소령 두 사람에게 엄중히 경계하라는 급사를 보냈다.

《대사이고 화집(大西鄕畵集)》이라는 오랜 책이 있다.

사이고의 일화가 몇 가지 실려 있고, 그가 늘 차고 다니던 금시계에 관한 이야기도 씌어 있다.

이 금시계는 무라타 신파치가 유럽에서 사이고에게 주려고 사 온 것인데 무라타 자신은 은시계를 사서 차고 있었다. 막부 말기에서 메이지 초에 걸쳐 시계는 요코하마(橫濱)의 외국 상관에 가면 살 수 있었으므로 그리 신기한 것은 아니었으나, 사이고가 가진 시계는 무라타가 일부러 선물로 사온 것이라 장식이나 크기가 아마도 매우 호화로웠던 모양이다.

기리노 도시아키가 그것을 몹시 탐냈다.

그렇다고 달랄 수도 없어 자주 보여 달라고 했다.

"지금 몇 시지요?"

그는 사이고가 허리띠 사이에서 꺼내는 것을 들여다보고 그것만으로 만족해했다. 기리노는 칼에 금은 장식을 해서 차고 다닐 만큼 번쩍거리는 것을 좋아했다. 게다가 장신구에 대해서는 각별한 집착이 있었는데, 그것도 외제

품을 좋아하여 향수를 애용할 정도였다. 그는 통쾌할 정도로 내용이 없는 사나이라 외관을 장식하는 데 어린애나 미개인처럼 관심이 컸는지도 모른다.

미타이에서 잔 다음날, 산을 따라 도쿠베쓰아테(德別當), 고다니우치(小谷內)를 지나 스기 고개를 넘어, 사카모토(坂本)라는 골짜기 바닥에 집들이 붙어 있는 산간 마을로 내려가서 잤다. 사이고와 기리노 이하 간부들은 센코 사(專光寺)라는 절을 숙소로 정했다.

"지금 몇 시지요?"

기리노가 물으니 사이고는 시계가 없었다. 기리노가 놀라 까닭을 물으니, 잃어버렸다는 것이었다. 기리노가 다시 놀라며 지금부터 찾아오게 하겠다고 말했으나 사이고는 크게 웃으면서, 주운 사람이 갖도록 하지 뭐, 하고 별로 집착이 없어 보였다. 이 한 마디에 기리노는 흥분하여 찾으러 나가려고 했다.

그런데 벌써 주운 자가 있어서 신고하러 왔다. 시계는 그 사람의 것이 되었다. 기리노는 그 사람을 붙들고 끈질기게 부탁하였다.

"나한테 팔아라."

마침내 기리노는 50엔이라는 거금을 주고 시계를 손에 넣었다. 이 이야기가 《대사이고 화집》에 나와 있다.

이것이 사실임을 확인한 것은, 1935년 8월 사이고 군의 후퇴로를 답사하다가 이 사카모토의 센코 사에 들른 미야자키 사람 가하루 겐이치(香春建一)씨이다.

그즈음 13살이었던 센코 사의 어린 중이 그 후 환속하여 노후를 보내고 있었다. 데라 신가쿠(寺眞岳)라는 이 노인의 기억으로는, 저녁 때 법당에서 사쓰마 군 장수 몇 사람이 금시계를 앞에 놓고 흥정을 벌이더니, 이윽고 한 사람이 보자기를 끌러 지폐 뭉치를 꺼내 한 장씩 3백 엔(50엔이 아니라)을 세어 다른 사람에게 주었다. 어린 마음에 이상한 정경이어서 기억에 남아 있었던 모양이다.

참으로 어린애 같은 기리노의 성격이 잘 나타나 있다. 그러나 돌이켜 생각하면 기리노는 그 마당에 이르러서도 아직 절망감을 느끼지 않고 있었던 것 같았으니 기분이 으스스할 정도이다.

산속을 돌파하고 있던 사이고와 기구하게 정면으로 마주친 사람이 있다.

이시자카 아쓰야스(石坂篤保)라는 에치고 고치야(越後小千谷) 출신의 의사로, 옛 막부 시대 장군 집안의 주치의였던 이토 겐보쿠(伊藤玄朴)의 문하에서 공부하고, 다시 사쿠라 번(佐倉藩)의 양의 사토 쇼추(佐藤尙中)에게 사사한 뒤 메이지 2년 동경대학의 전신인 대동학교(大東學校)에 입학하여, 5년에 육군에 입대했다. 이때 그는 별동 제4여단의 군의관이었다. 그는 전후에도 군에 남아 군의감까지 지내다가 퇴역했다.

이시자카는 히토요시 야전병원의 책임자였는데, 히토요시 병원이 노베오카로 옮기게 되어 환자보다 먼저 노베오카에 와 있었던 것이다. 이때 노베오카 본영은 사쓰마 군이 에노타케 쪽으로 탈출하여 행방도 알 수 없게 되어 큰 소동이 일어나 있었다.

"아마도 사쓰마 군은 구마모토로 나갈 것 같다."

이런 말을 이시자카도 들었다. 그래서 문을 닫게 되었던 히토요시 병원이 다시 필요해진 것이다.

얼른 히토요시로 돌아가라는 명령을 받은 이시자카는, 20일 노베오카를 떠나 호소지마(細島)에서 업무 연락을 마치고 서쪽으로 향했다.

그가 걸은 길은 물론 사이고 일행과는 다르다. 지금의 휴가 시에서 야마케(山陰)로 나아가 미미 강을 따라 히토요시로 가는 길이 옛날부터 있었다. 그 길로 갔다. 호소지마를 떠나 도중에 3박하고 미미 강 상류의 미카도(神門) 마을을 거쳐 기지노(鬼神野)라는 계곡 마을에 이르렀다.

사이고 등은 멀리 길도 없는 북쪽의 산지에서 능선을 달리고 골짜기를 건너 남하했다. 그것이 골짜기에서 물이 흘러 떨어지듯 기지노에서 맞아떨어질 줄은 군의관 이시자카가 알 까닭이 없는 일이었다.

기지노는 사방이 산으로 둘러싸여 있고, 겨우 고마루(小丸) 강이라는 물줄기가 산 밑을 깎아 다소의 평지를 만들고 있을 뿐인 무서운 산속이었다. 이시자카는 만슈 사(萬鷲寺)라는 선사에 들렀다. 절 뒤는 와시스(鷲巢) 고개다.

이시자카가 기지노에 들어간 것은 8월 23일 저녁때였으며, 동행은 미자와 모토오(三澤元雄)라는 경리 장교(별동 제2여단 소속으로, 옛 고쿠라 번사)였다. 그 밖에 아사이 진안(淺井仁庵)이라는 옛스런 이름을 가진 군의보(軍醫補)와 이시자카의 의료기구를 운반하고 있는 인부 몇 사람이 있었다.

24일 아침이 되었다. 이시자카는 아직 군복으로 갈아입지 않고 일본옷을 입고 있었다. 오전 10시쯤 법당에서 잠시 낮잠을 자고 있는데, 사쓰마 군병이 들이닥쳤다.

나머지 사람들은 재빨리 달아나버렸다. 이시자카와 미자와는 덮어 놓고 뒷산으로 뛰었다. 그러나 도로 위에 올라서는 바람에 그만 붙잡히고 말았다.

절에 끌려 와 보니 절은 벌써 사쓰마 병으로 가득 차 있었다. 이시자카는 심문을 받고 하는 수 없이 군의관이라고 밝혔다. 미자와는 신분을 속여 간호병이라고 했다.

"의사를 붙잡았다."

사쓰마 병들은 무척 좋아했다. 에노타케를 탈출할 때 부상병과 군의관들을 두고 왔기 때문이다. 그들은 의사가 필요했다.

그러는 동안 기지노 마을에 사쓰마 군이 속속 들어왔다.

그 마을에는 계곡을 따라 몇 개의 구(區)가 있다. 군의관 이시자카가 붙잡힌 곳에서 약간 상류 쪽에 오무카에(尾迎)라는 구가 있고, 이 마을의 큰 농가인 시모다 민야(下田民彌)의 집이 사쓰마 군 본영이 되었다.

이시자카와 미자와는 비 내리는 가도를 끌려가서 시모다의 집 마당에 앉아 마루에서 하는 심문을 받았다. 그는 "히토요시로 가나자와(金澤) 연대가 급히 떠났습니다" 하고 자기 부대의 상황을 정직하게 진술했다. 포로가 자기 부대의 상황에 대해 자백하는 것은 이 시대의 통례였다고 할 수 있다.

"군의는 죽이지 않는다."

심문하는 자가 말했다. 이것은 비전투원은 죽이지 말라는 만국 공법의 상식에서 나온 듯하며, 막부 말기부터 이 시대에 걸쳐 만국 공법에 대한 일종의 신앙적인 기분은 상당한 것이었다. 이시자카는 그 자리에 연행되어 오는 도중에 사쓰마 인에게서 비슷한 말을 들었던 것 같다.

"발을 씻고 방안으로 올라오라."

두 사람은 그렇게 했다. 방에서 밥을 먹여 주었다. 밤이 되니 폭풍우라고 할 만큼 심한 비가 내렸다. 이시자카는 많은 사쓰마 병들과 함께 방에서 빈둥거리고 있었다.

밤이 깊었을 때 사람이 와서 청했다.

"사이고 선생께서 말씀 좀 하시겠답니다."

공손하게 말하는 바람에 두 사람은 은근히 놀랐다. 사이고가 한 지붕 밑에 있는 줄은 꿈에도 생각 못했다.

이윽고 종이 미닫이가 열리고 두 간 저편의 안방에서 거한이 나타났다.

사이고는 정중한 말투로, 먼저 이시자카가 사로잡힌 것을 '재난'이라는 표현으로 위로한 다음 정색을 하면서 부탁할 일이 있다고 말했다.

우리 군에 부상자와 병자가 많은데 좀 돌봐주지 않겠느냐는 것이었다.

그것뿐이라면 다른 사람을 시켜서 포로에게 명령하면 될 일인데도, 사이고가 직접 무릎을 꿇고 부탁했다는 것은 그의 인품을 잘 나타내는 일이다.

이때의 사이고는, 이시자카 야쓰야스의 기억으로는, 감색 줄무늬의 일본 옷에 오글쪼글한 흰 비단 허리띠를 두르고, 밤중에 어디로 떠나는 것인지 몸에 착 붙는 바지에 각반을 치고 있었다.

가장 이상했던 것은 머리였다. 머리에 배 모양의 육군 대장 정모를 쓰고 있었다. 그는 탈출하기 전 효노의 고타마 구마시로의 집 뒤에서 육군 대장의 제복을 태웠다. 그러나 모자만은 남겨 두었던 모양이다.

해와 비를 가리기 위한 것이라면 다른 모자가 훨씬 낫다. 육군 대장의 나사천에 금몰을 두른 깃 달린 배 모양의 예모는 오히려 걸맞지 않을 텐데, 군의관에게 명령하는 데는 육군 대장의 정모를 쓰는 편이 명령 계통의 논리상 좋다고 생각했는지, 아무튼 그 심사는 알 길이 없다.

이 이야기는 다나카 만이쓰(田中萬逸)도 전 군의감 이시자카 야쓰야스로부터 직접 듣고 쓰고 있다.

이 탈출행에서 노무라 닌스케는, 사쓰마 군 대장들로부터 확실히 소외당하고 있었다.

닌스케는 메이지 4년에 배에서 자고 있다가 미치광이가 칼로 치는 바람에 코 끝에 비스듬히 난 흉터가 있었다. 이 때문에 사쓰마 인들은 그를 '코'라고 불렀다.

"코는 두고 가자"고 기리노는 말했을까? 에노타케 탈출 때 그는 대대장급(大隊長級)인데도 연락을 받지 못했고, 나중에야 알고 탈출부대의 뒤를 따랐다.

기리노가 닌스케를 싫어한 것은 아마도 닌스케가 사쓰마 군에서는 보기 드문 전략가였기 때문이었을 것이다.

전략가는 먼저 기본적으로 시세(時勢)에 대한 안목과 사회심리에 대한 통찰력이 있어야 한다. 그리고 빈틈없이 정보를 수집해야 하며, 그 가치 판단과 분석에 있어서는 희망이나 기대를 버려야 한다. 전쟁 전 노무라는 직접 오사카까지 가서 정보를 수집했다.

기리노도, 기리노에게 업혀버린 사이고 이하도, "정부는 위태로우니 내일이라도 무너질 지경"이라는 관측만을 기조로 거듭 보내온 '평론 신문'의 에비하라 보쿠(海老原穆)의 정보만 정보로 알고 정보 수집을 일체 하지 않았다. 사이고는 기리노 등이 마련한 가마에 경솔하게 올라 타버린 꼴이었는데, 그것을 가쓰 가이슈는 후년에, 사이고는 젊은이들에게 몸을 주어버린 것이라고 해석했다.

확실히 출발 전의 사이고의 언동에는 그런 기미가 있었으며, 아마도 그랬을 것이다. 그러나 경솔하게 올라 타버렸기 때문에 1만여 젊은이의 시체를 싸움터에 쓰러뜨리게 된다는 것을 총수라면 행동을 일으키기 전에 조금은 예견했어야 옳았다. 사이고는 정부 수집이나 구상에 대한 노력을 전혀 하지 않았다.

그것을 한 것은 전 육군 대위로 처음에는 소대장 신분에 지나지 않았던 노무라 닌스케 한 사람뿐이었다.

그는 처음 궐기 때는 반대했으나 군사를 일으킨 이상 종군했으며, 각 전국(戰局)에 처할 때마다 전략 구상을 건의했으나 받아들여지지 않다가 말기에 이르러서야 겨우 분고 방면군을 편성하여 단독군의 활동을 벌여서 성공을 거두었다. 그러나 주력의 패퇴와 함께 합류하지 않을 수 없었다.

사쓰마 군 본영으로서는, 노무라 닌스케가 국면마다 일일이 불안을 지적하고 타개책을 건의했으나 그때마다 물리쳤는데, 번번이 그가 불안하게 생각한 대로 맞아들어가 연전연패하는 상황이 되니 오히려 노무라를 미워하게 되고 그를 소외하게 된 것이 패군 속의 한 심리라고 할 수 있을 것이다.

"혼자 똑똑한 체하면서."

이런 감정은 기리노에게 특히 농후했다. 그러나 사이고도 노무라에 대해 타의가 없지 않았던 것 같으며, 그것은 다음과 같은 사례의 해석 여하에 따라 짐작할 수 있다.

노무라 닌스케는 노베오카 싸움에서 다리에 총을 맞아 걸을 수가 없었다. 그는 탈출군의 뒤를 쫓아갈 때, 마을에서 인부를 고용하여 대바구니에 끈을 맨 가마를 타고 갔다. 대나무 쟁반 같은 데 올라앉아 있으니 낭떠러지를 지날 때마다 허공에 붕 뜰 것 같아 번번이 인부의 목에 매달렸으므로, 미끄러질 뻔한 인부가 자주 화를 냈다. 노무라는 본디 마음이 고운 사람이라 얼른 사과했다. 이윽고 산속에서 노숙을 거듭하는 동안 인부들은 노무라를 좋아하게 되어, 어깨의 살갗이 벗겨져서 피가 흐르고 배가 몹시 고픈데도 노무라에게는 일체 불평을 하지 않았다.

노무라는 분고 방면군을 지휘하고 있을 때 노베오카에 본영을 두고 그곳에서 탄약 제조와 식량조달을 했다는 것은 이미 말했지만, 그때 비스킷도 만들었다. 그 비스킷을 말 등에 싣고 갔는 데 본대를 따라붙을 때까지 그것이 인부의 양식이 되었다. 도중에 노무라는 가마를 맨 인부의 굶주림과 고통을 차마 더 볼 수가 없어서 "나를 여기 내려놓고 제발 돌아가라"고 울면서 말했으나, 인부는 '이것도 전생의 운명'이라며 피가 흐르는 어깨에 수건을 대고 그대로 노무라를 매고 가서 기어이 미타이까지 데려다주고 떠났다. 노무라에게는 생명의 은인이었다.

미타이에서부터는 본대와 함께 나아갔다. 여전히 가마를 타고 갔다.

기지노에서는 비가 내렸다.

한밤중에 거센 바람이 불기 시작하여, 다음 날은 온종일 폭포수 속을 헤치듯이 산을 오르고 또 내려갔다.

소야누키에서 시로미라는 협곡에 들어가니 조그만 골짜기의 냇물이 불어 붉은 황톳물이 흐르고 있었다. 한 사람이 떼구루루 그 강물에 굴러 떨어졌으나, 모두 지쳐 있는데다 물의 형세가 도저히 살 것 같지 않아 아예 단념해버리고 아무도 구하러 내려가는 사람이 없었다.

사이고는 시로미의 하마스나 시게고토(濱砂中言)의 집에 묵었다.

노무라 닌스케는 다른 집에 묵었다. 이튿날 아침에도 비바람이 잦아들지 않아 사쓰마 군은 출발하지 못했다. 정부군이 추적해오고 있다는 것은 잘 아는 일이었다. 어디로 나가면 안전한지 알 수 없어서 사이고의 숙소에 간부들이 모여 회의를 열었다. 그러나 노무라에게는 기별이 가지 않았다. 기리노가 짓궂게 노무라를 무시하고 있는 것은 확실하지만, 사이고라도 노무라에게 호의를 가지고 있었더라면 기리노도 그렇게는 못했을 것이고, 사이고도 "알려주라"고 했을 것이다. 그러나 그렇지 않았다.

이날 아침 8시쯤, 포로인 이시자카 군의관이 노무라 닌스케의 숙소에 가서 그의 다리를 치료했다. 마침 작전회의에서 돌아온 이토 나오지(尹東直二: 노무라의 부하)에게, 노무라가 회의 결과가 어떻게 되었느냐고 물었다.
"아직 확실하지 않아요."
이토가 말했다.

이때, 노무라 닌스케가 포로 이시자카 군의관의 치료를 받으면서 동료 이토 나오지에게 한 말을 군의감 이시자카 아쓰야스는 평생 잊지 못했다.
"처음부터 일이 잘못된 거야."
노무라 닌스케는 혀를 차면서 말했다.
"처음에 내가 그만큼 말했는데도 남의 의견은 듣지 않더니, 결국 이런 어이없는 꼴을 당하게 되지 않았나?"
이시자카는 닌스케의 노기에 찬 말투에 놀라, 사쓰마 군에도 내분이 있는가 하고 강한 인상을 받았다.
닌스케는 그런 사나이였던 모양이다.
그는 호담하고 재능도 있었으나, 다만 자기 구상을 표현할 자리가 없어 울적함이 가슴속에 가득 차 있었는지도 모른다. 그러나 그것을 닌스케는 언동에 나타내지 말았어야 했다.
사쓰마 인은 닌스케 같은 경우, 묵묵히 가슴속에 묻어 두고, 운명과의 싸움 속에서 깨끗이 죽어가는 것을 사쓰마 무사의 미(美)로 보았다. 사쓰마 인의 교육과 인간으로서의 이상은, 너무 미학(美學)에 기울었거나 아니면 오로지 미학뿐이었는지도 모른다. 이를테면 한쪽의 대장이었던 나가야마 야이치로(永山彌一郎)는 처음부터 기리노의 사상과 궐기에 반대했지만, 일단 일이 일어나자 군소리 한 마디 하지 않았고, 구마모토 교외의 미후네(御船) 싸움에서 패하자 농가를 한 채 사서 불을 지르고 그 안에서 배를 갈라 스스로를 화장해버렸다. 기리노는 자기의 논적(論敵)이었지만 나가야마의 죽음을 누구보다 애석해 했다.
그러나 노무라 닌스케는 노골적으로 말하지는 않았지만, 그 얼굴에 기리노에 대한 비판과 비난 또는 푸념 비슷한 것이 드러나버려서, 기리노는 진작부터 그것을 눈치채고 있었던 것이 틀림없다.
닌스케가 사이고의 능력에 대해 어떤 생각을 가지고 있었는지는 알 수 없다.

'사이고는 어리석은 사람이 아닐까?'

혹시 이렇게 생각했는지도 모르고, 그렇게 단정해 버렸다면 오히려 마음이 편했을지도 모른다.

그러나 닌스케는 사이고의 재능보다는 그 인격에 대한 존경심을 누를 길 없어 더욱 괴로웠다. 그는 사이고로부터도 소외당했지만, 그래도 여전히 '기리노 같은 바보가 앞을 가로막고 있을 뿐'이라고 생각했을 것이다. 또한 무능한 기리노에 대한 분노도 닌스케 자신의 사사로운 감정이 아니라 사이고의 꼴을 망쳐 놓았다는 공분이었을 것이다. 닌스케는 나중에 10년 징역형을 살았는데, 도쿄의 이치가야(市谷) 감옥에 있었을 때 사이고의 기일에는 반드시 추도했고, 1주기에는 옥 중에서 제문을 짓고 추도의 시를 읊었다. 닌스케는 와카(和歌: 일본 고유의 시)를 잘했다. 1주기 때 그의 시는 이런 것이었다.

목숨밖에 영전에 바칠 것 없는 몸인데, 그나마도 눈물이 먼저 앞을 가리는구나.

사쓰마 군이 고바야시(小林)라는 큰 읍에 도달한 것은 8월 28일이다. 여기에는 사쓰마 번에서 후모토(麓)라고 일컬어 온 향사촌도 있었다. 이 향사촌에서 하룻밤 묵었을 때는 모두 고향에라도 돌아온 감회였을 것이다.

"정부군은 어디까지 와 있는가?"에 대한 정보도 입수하기 쉬웠다.

29일은 가쿠토(加久藤)의 기슭으로 향했다. 옛 사쓰마 번의 세력 범위 안에 돌아왔다는 사실이 모든 사람에게 기운을 불어 넣어 주었다.

지난 2월 14일, 쌓인 눈을 박차고 고향을 뛰쳐나가 곳곳을 옮겨 가며 싸우다가 가을 바람과 더불어 돌아왔다는 것은 한편의 시는 되지만, 무엇 때문에 뛰어다녔느냐고 묻는다면, 아무도 '사이고님을 위해서'라는 말 외에는 달리 대답할 말이 없었을 것이다. 옮겨다니며 싸운 것이 어째서 사이고님을 위한 일이냐고 되묻는다면, 아무도 개인적인 사고가 있을 수 없었다. '어른들이 그렇게 말씀하셨기 때문에'라는 것 이외에 아무 것도 없었다. 그 이상을 생각한다면 300년 사쓰마 교육으로 보아 비겁한 자라는 넓은 범위의 윤리 속에 밀려들어가고 만다. 노무라 닌스케는 그에 가까운 처우를 받고 있었던 것이다.

아무 이론도 없었다고는 하지만 싸움에 진 군대치고는 역사에 그 전례를 찾아볼 수 없을 만큼 쾌활했으며, 또 전사(戰士)로서 쾌활한 것이 사쓰마 인의 진가이기도 했다.

선봉에서 말을 타고 뛰어다닌 헨미 주로타 같은 자가 그 대표적인 인물이 었다.

가는 길목에서 벌써 정부군의 냄새가 났다. 군용 전신(電信)을 위한 전선 도 쳐져 있었다. 헨미는 전선이 눈에 띌 때마다 말 위에서 칼을 뽑아 후려치면서 나아갔다.

29일 밤에 가고시마 현 요코가와(橫川)에 닿았다. 이제 십수 킬로미터만 남으로 내려가면, 오늘날의 가고시마 공항이 있는 미조베(溝邊)다.

'가고시마 시가 가깝다'고 누구나 생각했을 것이다.

그런데 다음 날 30일, 미조베에 들어가려다가 기다리고 있던 강력한 정부군과 마주치고 말았다. 사쓰마 군은 여럿으로 흩어져서 교전했으나, 대낮이라 돌격해 들어갈 수도 없고, 또 예기치 않은 조우전이라 사이고의 위치가 적 앞에 너무 가까워 소총탄이 신변을 위협했기 때문에 하는 수 없이 사쓰마 군은 후퇴했다. 사쓰마 군으로서는 비록 앞길은 막막하다 하더라도 사이고 를 잃어버리면 싸우는 이유와 명분을 정말로 잃어버린다.

후퇴한 사쓰마 군은 아시야하라(芦谷原)까지 내려가서 엄중한 경계 속에 서 노숙했다. 이날 포로가 된 군의관 이시자카 아쓰야스는 싸움의 북새통 속 에서 탈주하여 정부군에 구조되었다.

사쓰마 군은 해안선으로 나가고 싶었다.

고쿠부(國分)로 나가려고 해보기도 하고, 가지키(加治木)를 향해 보기도 했으나, 정부군의 두터운 저항을 만나 번번이 밀려나서 뜻을 이루지 못했다. 이 무렵 소장 미요시 시게오미가 제2여단을 이끌고 가지키에 본영을 차려놓고 있었다.

'가모(蒲生)를 통과하면 잘 되겠지.'

선봉의 헨미 주로타가 이렇게 생각하고, 미조베 서남쪽의 고원지대 위에 있는 취락으로 향한 것이 그들을 구했다. 사쓰마 군 300여 명이 가모에 들어갈 수 있었던 것은 8월 31일 오후이다. 가모는 얼마 안되는 정부군 수비대가 경계를 하고 있었으나, 헨미 부대 80명의 선봉을 보자 도주해 버렸다. 사쓰마 군을 무서워하는 것은 여전히 정부군 병사들의 병이 되어 있었다.

가모는 지금도 별천지 같은 냄새가 난다. 거리는 바둑판처럼 정연하게 정리되고, 시마즈 씨 이래의 무사 저택과 그 파란 돌담이 거리의 미관의 기조를 이루고 있다.

향사들이 사는 구역 외에 상가가 많은 사쓰마에서도 시모마치(下町)가 있다. 이 시모마치에 유명한 호상 후치가미(淵上) 집안이 있는데, 본디 전당포였으나 나중에 옷감과 약을 취급하기 시작하여, 후치가미의 약 판매원이 현 안에 언제나 400명은 돌아다니고 있었다고 한다. 이때의 주인 규에몬(休右衛門)은 의협심이 강한 사람이었던 모양으로, 사이고가 도망쳐 온다는 말을 듣고는 집을 다 비워 그의 숙소로 제공했으며, 종업원 가운데 아쓰치 다키치(厚地太吉)라는 14살 먹은 소년을 사환으로 남겨 놓았다. 이 소년의 후일담이 〈가모초 지(蒲生町誌)〉에 수록되어 있다.

그것을 보면, 사이고 일행이 후치가미의 집에 들어온 것은 밤 10시쯤이며, 이튿날 새벽 3시에는 벌써 떠나갔다. 후치가미 집에서의 사이고에 대해서는 붓으로 살짝 스친 듯한 무늬의 감색 천으로 지은 일본옷에 오글쪼글한 굵은 비단 허리띠를 맨 모습으로 안방에 혼자 있었다. 상좌의 도코노마를 베고 누워 책(言志錄이었을까)을 읽고 있었다고 한다.

후치가미 집에서는 언제나 사이고 곁에 벳푸 신스케, 기시마 기요시, 그 밖에 한 사람이 더 있었다고 한다. 그 한 사람이라는 것은 무라타 신파치 같은데, 이 무렵의 무라타는 벌써 소년의 눈에도 인상이 흐려져 있었던 듯하다. 그들은 사이고의 옆방에 있었다. 그 밖에 아랫방이라고 부르는 한모퉁이에 많은 사람들이 묵었다.

기리노 도시아키는 이때도 사이고와 한 집에 있지 않았다. 그는 헨미 주로타와 함께 이웃 술집을 숙소로 정하고 있었다.

이날 밤 사이고의 옆방에서 작전회의가 열려 갖가지 의견이 나왔다. 사이고는 참가하지 않고 안방에 있었다. 미닫이가 열려 있어서 말이 다 들렸다.

명쾌한 결론은 나오지 않았으나, "가모 성을 지키자"는 말이 누구의 입에선가 자주 나왔다. 그러나 가모 성이라는 성곽이 실제로 있는 것은 아니었다.

"가모 성은 시마즈 씨 3명성(三名城)의 하나."

다만 전국시대부터 이 말이 노래 가사처럼 사람들의 상식 속에 남아 있었을 뿐이다.

가모 성이라는 것은 엄밀히 말하여 성이라고 할 수는 없다. 이 지방 사람들이 '다쓰가 성(龍城)'이라고 부르는 산을 말한다.

참고로, 필자는 이 가모 지방에 두 번 찾아가 보았다. 지도에서 보는 인상보다 훨씬 평탄한 땅이다. 가모의 무사 주택가 한 모퉁이에 있는 소학교에서 들판을 바라보니, 들판 저편에 우뚝 솟은 산이 있는데, 나무가 울창하고 억센 손을 뒤집어 놓은 것 같은 모양이었다.

"저것이 다쓰가 성입니다."

한 지방 사람이 그렇게 일러 주었는데, 성의 구조가 있는 것은 아니다.

지방의 전설로는, 부젠(豊前)에서 가모 씨의 먼 조상이 흘러들어와 헤이안(平安) 시대 말기에 가모 땅의 토호(土豪)가 되어 대대로 이곳을 다스렸다. 그때의 거성이 다쓰가 성이었다는 것인데, 아마도 거성은 평지에 있었고 침략을 당할 때만 산에 올라가서 농성하기 위한 요충지였던 것 같다.

하기야 전국시대에는 꼭대기를 깎아서 본성(本城)을 짓고, 바깥 성곽을 만들었으며, 이어진 봉우리 위에 다시 몇 번쨴가의 외성을 구축한 모양으로, 올라가 보니 어렴풋이나마 그런 흔적으로 여겨지는 장소가 수목 사이에 있었다. 돌담은 없었다. 성에 돌담이 사용되기 전의 산성 형태 같지만, 잘 알 수 없었다.

전국시대 말에 총포의 보급과 더불어 갑자기 시마즈 씨가 성장하여 마침내 3주(사쓰마, 오스미, 휴가)를 통일하게 되는데, 그 통일 작업 때 가모 씨를 공격했다. 가모 씨는 이 다쓰가 성을 거점으로 잘 싸웠으나 결국 함락되고 만다.

그 뒤 이 산에 성곽이 지어지지는 않았다.

다만 다쓰가 성의 존재는, 나중에 시마즈 군이 세키가하라 싸움에서 지고 귀국했을 때, 만일 도쿠가와 군이 공격해 올 경우 다쓰가 성을 거점으로 가모의 입구를 방어하자는 소리가 있었다. 결과적으로 그런 형세가 되지는 않았지만, 이것이 사쓰마 인의 기억속에 옛 성터의 산에 대한 인상을 심어 주었다. 그러나 '다쓰가 성'은 어디까지나 중세풍의 산성으로, 극단적으로 말하면 고대 조선식 산성처럼 피난용의 요충지로서는 좋다. 그러나 전국 말기에 총이 보급되고부터는 아무 소용이 없어졌다.

"가모 성에서 농성하자"는 의견이 나온 것 자체가 시대 착오적인 우스꽝스러운 일이었다. 전국 말기보다 훨씬 총이 발달한 이 시기에, 마치 겐페이

(源平) 시대를 보는 것처럼 인간이 산에 틀어박힌다는 것은 기본적으로 우스운 일이다. 설령 농성을 한다 하더라도 망루(望樓), 해자(垓字) 같은 구조물이 있어야 하는데 그것도 없었다. 치명적인 것은, 기슭 꼭대기까지 수목에 덮여 있다는 것이다. 방어하자면 몇만 그루의 나무를 베어 내지 않으면 안되는데, 사쓰마 인들에게는 그런 상식조차 없었던 모양이다.

노무라 닌스케는 사이고와 그 막료들한테서 소외당하고 있었다.
숙소도 물론 본영인 후치가미의 집이 아니고, 기리노, 헨미 등이 묵고 있는 맞은 편 술집도 아니었다.
사이고 등은 긴 산과 골짜기를 절반은 거의 비에 젖어서 넘어왔기 때문에 지칠 대로 지쳐 있었다. 이날 밤도 10시에 후치가미의 집에 들어가 새벽 3시에 출발하는 황망한 상태였다. 여러 가지 의견이 나왔으나, 아무튼 가고시마로 들어가기로 했다.
대대는 해산했다고 하지만 가장 유력한 대대장이었던 노무라 닌스케는 가모에서의 이 마지막 작전회의에도 참석하라는 통지를 받지 못했다.
그런데, 사이고가 출발하기 직전 노무라 닌스케를 불렀다.
"자네는 가모 성을 지켜라."
이런 이상한 명령을 내렸다. 그는 거느릴 병사도 없는데, 사이고는 거기까지 자세하게 말하지는 않았으나, 노무라 닌스케 혼자서 그 중세의 산성을 지키라는 것이었다.
이번 전역을 통해 사이고가 직명으로 작전명령을 내린 적은 한 번도 없었다. 단 한 번의 예외가 이것이었다.
노무라는 마음속으로 놀랐다. 그는 다리를 다쳐 걸어다닐 수도 없었다. 다리 부상으로 걸어다니지 못하는 사람으로 또 벳푸 신스케가 있었다. 벳푸는 그래서 부대 지휘의 책임을 면하고 사이고의 신변에서 부관 같은 일을 하고 있었다. 사이고는 이 벳푸라는 전형적인 사쓰마풍의 저돌적인 남자를 무척이나 좋아했다. 그런데 똑같은 보행 불가능한 자인데도 노무라에게는 뒤에 남아 가모 성을 지키며 추격해 오는 정부군을 막으라는 이례적인 명령을 내린 것이다. 본디 감정이 풍부한 사이고의 애증(愛憎)의 그 무엇이, 너무나 지친 탓으로 노골화했다고 할 수 있다.
노무라는 걷지 못한다는 이유로 사절했다. 그러나 사이고는 허락하지 않고 가마를 타고 떠나버렸다.
 헨미 등 선발대는 이미 출발했다. 사이고의 호위대는 중앙대와 더불어 떠나가고 후위대(後衛隊)도 부랴부랴 떠나갔다.
 노무라는 혼자 남았다.
 사이고 등이 가모 성이라고 부르는 다쓰가 성은 물론 단순한 보통 산에 지나지 않는다. 설령 거기서 농성을 한다 하더라도, 이 산이 가모의 한가운데를 관통하는 가도에서 멀리 떨어져 있기 때문에 진격하는 정부군도 그냥 내버려둔 채 통과해버릴 가능성도 있다. 모든 점으로 미루어 아무런 전략적 가치도 없었고 설사 있다 하더라도 농성을 하려면 적어도 한 달치 양식은 있어야 한다.
 모병을 하려고 가모 사족의 대표와 교섭해 보니, 장정은 일찍이 다 징모되어 나가고, 새로 지원한 자도 사이고와 함께 떠나버려서 남아 있는 장정이 한 사람도 없었다.

 만일 사이고가 진정 가모의 다쓰가 성으로 추격해 오는 정부군을 막을 수 있다고 생각했다면, 이상과 같은 이유로 군인으로서의 능력은 어린아이나 다름없었다고 하지 않을 수 없다.
 군인으로서의 사이고는 평소의 언동으로 미루어, 전투 형태에 단 한 가지 이상상(理想像)만은 가지고 있었던 것으로 짐작된다. 정의를 내세우고, 무용의 군략(軍略)을 사용함이 없이 당당한 깃발을 내밀며 나아가서, 되도록 적으로 하여금 싸우기 전에 그 위엄 앞에 무릎을 꿇게 하여 의(義)를 따르게 한다는 것으로, 이와 같은 정의군의 대장이 되는 것이 어쩌면 어릴 때부터의 깨끗한 꿈이었는지도 모른다.
 사이고의 진의는 별도로 치고라도, 그의 반대파(이른바 내치파)들은 그를 일종의 전쟁광처럼 보고 있었다. 그의 철학으로 본다면, 강인한 일본 국민의 성립을 위해서는 보신 전쟁 같은 것이 불과 1년에 끝난 것은 좋지 않은 일이었다. 그것으로는 싸움이 모자랐다. 더 계속되어 전국이 초토가 된 뒤에야 비로소 새 국가가 탄생할 수 있다고 말했으며, 폐번치현 뒤에 무용지물이 된 사족의 구제를 위해서는 새로이 정의로운 외국 원정을 해야 한다고도 주장하여 이에 반대한 오쿠보 도시미치를 '비겁한 자'라고 불렀다. 이런 것들은 사이고 철학을 모르는 제3자가 들으면 아닌게 아니라 전쟁광으로 보이기도

했을 것이다.

전쟁광까지는 아니더라도 사이고가 군인이라는 직업을 좋아한 것은 틀림없다. 효노에 갇힐 때까지 육군 대장의 군복을 들고 다녔고, 그것을 태운 뒤에도 깃이 달린 나사천의 군모는 에노타케 이후 탈출하는 동안에도 이따금 쓴 흔적이 있는 것 등은, 군인이라는 것에 다소의 집착이 있었다고 볼 수 있는 증거라 할 수 있다.

그러나 통솔자로서의 큰 기량을 제외하고 군략의 재능은 보통 사람 이하라고 할 정도로 없었다는 것이, 이번 전쟁으로 뚜렷이 드러났다.

그러나 아무리 그런 사이고라 하지만, 가모의 다쓰가 성에 노무라 닌스케 한 사람만을 남겨 놓고 정부군을 그럭저럭 붙들어 놓을 수 있다고는 생각지 않았을 것이다.

그렇다면, 사이고는 노무라 닌스케를 그런 형태로 버린 것은 아닐까?

사이고가 사쓰마풍의 저돌적인 사나이를 좋아하고 때로는 편애했으며, 한편으로는 재략이 있는 영리한 자를 싫어했다는 것은 앞에서도 여러 번 말한 바 있다.

그는 막부 말기의 혁명 지도자로서 많은 향당 출신의 막료들을 써 왔는데, 막료들의 거의 대부분이 새 정부의 높고 낮은 요인이 되어 재략가의 대표인 오쿠보에게 봉사하고 있었다. 구로다 기요타카, 사이고 쓰구미치, 오야마 이와오 등이 그 대표적 인물들인데, 유신 뒤의 사이고의 독특한 염세관은 높은 벼슬을 얻은 재략가들에 대한 반감과 혐오의 정도가 한 요소로 작용했다고 생각된다.

지금 반 년을 싸워서 진 이 마당에 이르러 노무라 닌스케에 대한 혐오감이 겉으로 드러났다고 한다면, 노무라가 가진 재략의 냄새가 못견디도록 싫어졌기 때문인지도 모른다. 노무라로서는 이보다 고맙지 않은 재난도 없었을 것이다.

사쓰마 군이 떠난 뒤 노무라는 가모의 좁은 거리를 뛰어다녔으나, 아무리 지혜를 자랑하는 인물이라도 마법을 쓰지 않는 한 병력을 만들어 낼 재간은 없었다.

마침 사쓰마 군 수송대 소속의 미쓰기 기요오(滿木淸雄)가 본대보다 훨씬 뒤에 처져서 가모를 떠났다.

미쓰기가 딱하게 여기면서 말했다.

"사이고 선생에게 진심으로 호소하면 어떨까요?"

노무라는 이 말에 간신히 생기를 되찾아 뒤쫓아가서 다시 사이고의 판단에 맡기기로 했다. 그는 사쓰마 군 중에서도 가장 용감한 대장 가운데 한 사람이었지만, 적보다 사이고를 더 두려워했다. 설령 패주 중이라 하더라도 사이고를 대표로 하는 향당의 버림을 받는 것이 가장 무서웠다. 본디 사쓰마인으로서 이 전장에 나온 자는 연 3만여 명에 이르렀지만, 모두가 사이고의 사상을 다 이해한 것은 아니었다.

사이고의 얼굴도 모르고 죽어간 자가 거의 대부분이었다. 그들 대부분은 사학교에 의해 강제 소집되었으며, 그것을 거부하면 향당으로부터 일가 일족이 고립될까 두려워서 종군한 것이었다. 그런 실정은 무수히 많았으며, 노무라 닌스케 같은 간부라 하더라도 버림받는 것을 두려워한 심정은 다른 병졸과 다를 바 없었다.

노무라는 가마를 타고 급히 떠나 간신히 기리노 도시아키를 따라잡았다.

전 소장 기리노는 말 위에 앉고 전 대위 노무라는 가마에서 나와 푸른 대나무 지팡이를 짚고 서서, 말위의 기리노에게 호소했다. 기리노는 노무라를 미워하는 본인이므로, 할 수만 있다면 "이 덜 돼먹은 놈아" 하고 지략을 자랑하는 노무라를 매도하고 싶었을 것이다. 사쓰마 인은 고대의 무사처럼 그저 용감하게 뛰고, 생각은 하지 말고, 지면 깨끗이 죽으면 그만이다.

말 위의 기리노는 잠시 노무라의 말을 듣고는 그냥 나아가려고 했다.

"나는 가모 성을 방위하라는 말을 듣지 못했소. 사이고 선생께 물어 보시오."

노무라는 지팡이를 울리며 뒤쫓았다. 기리노는 고개를 돌려 냉소하면서 높은 사쓰마 사투리로 이렇게 내뱉았다.

"그렇게도 적이 무서운가? 무서우면 성을 버리고 달아나면 되잖는가?"

노무라는 지팡이를 내던지고 땅에 쓰러졌다.

목숨이 아깝다는 말을 한 적도 없고, 적이 무섭다고도 하지 않았으며, 다른 차원의 말을 했을 뿐이다. 그런데, 사쓰마의 전통에는 군략상 이야기가 맞지 않을 때 상사는 논리를 끝까지 펴지 않고 "목숨이 아까운가!" 하고 일갈하여 결말을 지어버리는 것이 일정한 형식이 되어 있었으며, 그것은 기리노만의 나쁜 버릇이 아니었다. 그러나 "성을 버리고" 하고 기리노는 운운하지만, 버리려야 버릴 성이 처음부터 없었다.

노무라가 하는 수 없이 가모로 돌아간 것은 9월 1일 아침이었다. 마침 행군에 뒤처진 사쓰마 병 16명이 들어왔다. 노무라는 이들 16명을 타일러서 이곳을 지키자고 말했으나, 그들은 무의미하다면서 다짜고짜 노무라를 가마에 밀어넣고 본대의 뒤를 쫓았다.

가고시마를 향하는 말 위의 기리노는 패군의 고뇌 같은 것도 별로 보이지 않았고, 여전히 늠름했다.
이 사나이에게도 다소의 생각은 있었다. 일찍이 히토요시에게 쫓기고 있었을 때, 문득 '서양 사람'이라는, 생각하기에 따라서는 정략적인 한 요소가 그의 머리에 떠올랐다.
사람을 사이에 넣어 서양 사람과 교섭하여 총기와 탄약을 산다는 생각이었다. 그는 즉각 벳푸 신스케를 통해 그 실현 방안을 강구시켰다. 그 무렵 히토요시의 본영 소속에 후카미 아리쓰네(深見有常)라는 30세 전후의 인물이 있었다. 학문도 알고 분별심도 있어서 본영 근무에 적합한 사람이었다. 벳푸는 이 후카미를 담당자로 만들어 "가고시마에 잠입해 주기 바란다"고 지시했다. 후카미는 가고시마의 어디에 서양사람이 있느냐고 기리노에게 물었다.
"사타 곶(佐多岬)의 등대에 있다."
기리노는 회답했다.
그 시대에 일본의 주요 수로에는 등대가 설치되어 있었으며, 그 기술자로 고용한 외국인들이 각 등대를 움직이고 있었다. 가고시마 현 오스미 반도 끝의 사타 곶에도 등대가 있었다.
과연 서양사람임에는 틀림없었으나, 등대지기에게 그런 의논을 해보라는 것은 역시 기리노답다.
잠행한 후카미는 사타 곶에 이르러 등대를 찾아갔으나 그 서양 사람은 도쿄에 가고 없었다.
후카미가 돌아와서 기리노와 벳푸에게 보고하자, 직접 나가사키에 가면 어떨까? 하는 의견이 나왔다. 그러나 돈이 없었다.
돈에 대해서는 사쓰마 군의 후방을 담당하고 있는, 가쓰라 히사타케(桂久武)가 제의했다.
"가고시마 현의 모든 광산을 나가사키의 외국인에게 저당으로 잡히고 무기와 탄약을 사면 된다. 그리고 아쿠네(阿久根)에는 현이 경영하는 설탕회사의 설탕이 있을 것이니, 그것을 나가사키에서 팔면 현금이 된다."

후카미는 곧 가고시마로 돌아가서 아쿠네의 호장(戶長) 마쓰시타 하치베(松下八兵衞)와 의논하여, 마쓰시타를 나가사키에 보내 외국인 상관과 교섭하게 했다.

설탕은 매우 간단히 3500엔에 팔렸다. 그러나 외국인은 광산 같은 부동산을 담보로 상품을 파는 관례가 없다면서 거절했다. 그런 교섭이 진행되고 있는 동안 전황이 변하여 사쓰마 군이 곳곳을 옮겨다니는 바람에 결국, 나가사키의 외국 상관에서 총기와 탄약을 사들이는 일은 이루어지지 않았다.

기리노는 곳곳을 옮겨다니면서, 후카미로부터 이따금 비관적인 정보를 받았다.

'차라리 나가사키를 칠까?'

이런 생각이 아궁이의 잿더미 속에서 갑자기 불쏘시개에 불이 붙듯 기리노의 머리 한 구석을 밝힌 것은 이 무렵이었던 것 같다. 요컨대 나가사키를 군사적으로 점령한다는 것인데, 이 안은 궐기 전에 전략회의가 열렸을 때 사이고 고헤(西鄕小兵衞)가 제안한 것을 기리노가 묵살해 버린 바로 그것이었다.

사쓰마의 서북쪽이 이즈미(出水) 읍이다. 예부터 시마즈 씨는 이곳에 많은 향사단(鄕士團)을 산재시켜 무예를 연마하게 하여, 히고의 미나마타 방면에서 올지도 모를 외적에 대비했다. 그 때문에 이즈미 무사라고 하면 무사 중의 무사처럼 다른 향사들을 보았다.

그 이즈미 출신에 가와나미 야시로(河南矢四郎)라는 사람이 있었는데, 에노타케를 탈출한 뒤 산속에서 고난을 겪었다. 그 가와나미가 남긴 이야기가 있다.

"하루는 산속의 길도 없는 곳에서 길을 찾아 엉금엉금 기면서 나아가고 있는데, 뒤에서 누가 가와나미 군, 하고 부르는 소리가 나서 돌아보니 기리노 도시아키였다."

기리노는 이때 아쿠네라는 지명을 들먹였다. 아쿠네는 사쓰마 이즈미의 어항(상업항이기도 하다)이다.

"아쿠네에는 배가 몇 척이나 있을까?"

기리노가 가와나미에게 물었다.

"고기잡이 배까지 합치면 2백 척은 됩니다"

가와나미가 어리둥절해 하여 대답하니, 기리노가 희색을 띠면서 말했다.

"그렇다면, 이대로 아쿠네로 나가서 단숨에 나가사키를 치면 되겠는데."

어부들이 노를 젓는 고기잡이 배를 거느리고 나가시마(長島) 해협을 지나 야시로 만(八代灣) 앞바다를 북상해서, 아마쿠사나타(天草灘)를 건너, 시마바라 해(島原海)를 나아가서 멀리 나가사키를 공격한다는 것은, 옛날의 왜구라도 놀랄 발상일 것이다. 그것도 도중에 정부의 성루 같은 증기 군함과 싸우면서 말이다.

에노타케에서 산속을 달린 사쓰마 인의 강하고 억척스러움은, 일본 전사(戰史)에서는 세키가하라 싸움 때 시마즈 군이 후퇴하면서 벌인 후퇴전의 처절함 외에는 그 예가 일찍이 없었다. 산속을 기어가면서 고기잡이 배를 줄줄이 이어 멀리 나가사키 항을 점령할 생각을 했다는 것만으로도, 기리노는 역시 사쓰마 인이었다. 그는 샤쓰마 인의 개인적 혹은 집단적인 무용에 의지하여 생각하는 것 외에는 전술도 전략도 없는 사람이었다.

그의 안에 가와나미 야시로도 이즈미 출신의 무사답게 흥분한 것 같다.

"나가사키는 점령할 수 있습니다."

그는 말했으나, 산길을 한참 기어가다가 점령해봐야 이 인원수로 유지할 수 있을까 하고 중얼거렸다. 기리노도 과연 그렇다고 생각했는지, 한바탕 웃고는 그만두자고 말했다.

아무튼 사쓰마 군은 가고시마를 향하고 있었다. 가고시마 현은 이미 정부군이 점령하고 있었으므로 과연 돌입할 수 있을지 어떨지는 아무도 모른다. 가모 작전회의 단계에서는, 가고시마 돌입의 가능성을 의심하는 의견도 많이 나왔고, 차라리 가모에 머무르며 다쓰가 성으로 들어가 농성하자는 의견도 나왔다.

그것을 분쇄하여

"정부군 따위가 뭐가 대수인가!"

소리쳐서, 전원으로 하여금 가고시마 돌입을 결의하게 한 것은 선봉대 지휘자 헨미 주로타였다.

돌이켜 보면, 에노타케로부터의 이 초인적 탈출을 가능하게 만든 것도, 물론 사쓰마 인의 강하고 억척스러운 기질 때문이기는 했지만 헨미 등의 견인력이 큰 역할을 한 것은 분명하다.

그는 줄곧 선봉에 서서 때로는 도끼를 휘둘러 밀림을 뚫고, 때로는 산속의 정부군 소부대를 무찔러 길을 열었다. 이 사나이라면 가고시마 돌입을 실현시킬 수 있을 것이 분명했다.

바람을 잡다

정부군은 실패의 연속이었다.

사이고 일행이 에노타케에서 사라진 뒤, 노베오카 본영의 야마가타는 그들이 구마모토 성을 공격할 것으로 보고, 부랴부랴 별동 제1여단을 배편으로 구마모토에 보냈다. 야마가타는 신중하고 논리적인 두뇌의 소유자였지만, 작전가로서의 육감은 늘 예리하지 못했다.

그러나 만일의 경우도 있으므로, 구마모토에 병력을 보낸 지 4일 뒤인 8월 27일 제2여단을 해로로 가고시마에 보냈다. 모두 노베오카의 남쪽 호소지마 항에서 출발했다.

그 밖에 별동 제2여단은 사쓰마 군이 지나간 길을 뒤에서 더듬으며 추적하고 있었고, 제3여단은 사도와라에서 육로로 서쪽을 향했다.

배편으로 가고시마에 파견된 제2여단은 여단장이 미요시 시게오미였다.

그들을 수송한 함선은 군함 다카오(高雄), 구마다마루(隈田丸), 와카우라마루, 젠자이마루, 호쇼호, 세키류마루 등 여섯 척이었는데, 기리노가 고기잡이배로 나가사키를 습격할 생각을 한 이 시기에 정부군이 얼마나 풍부한 해상 세력을 가지고 있었는가를 이것으로도 알 수 있다.

이튿날 정오 그들은 긴코 만(錦江灣)에 들어가 일제히 시게토미(重富) 해변에 상륙했다. 미요시 자신은 가지키에 본영을 두었다. 그리고 사신을 현청에 보내 이와무라(岩村) 현령에게 현내의 동정을 알아보도록 했는데, 별로 이상이 없다는 말을 듣고 마음을 놓았다.

가고시마 현은 새로 도착한 이 여단 외에 경비 여단으로서 신센(新撰) 여단이 곳곳에 주둔하고 있었다. 그러나 이 여단의 전투력은 그리 기대할 만한 것이 못되었다. 다만 긴코 만에 해군함정이 경계하고 있을 뿐 아니라, 도쿄에서 보내 온 순경 1,500명이 현내 24개소에 주둔하고 있어서 이것이 보조 병력이 될 수 있는 실정이었다.

사쓰마 군 선봉대를 이끄는 헨미 주로타는 곳곳에서 정부군 부대의 저항을 격파하면서 요시노(吉野) 마을까지 진격했으나, 거기서 정부군의 진용은 매우 두터워졌다.

헨미는 1개 부대로 하여금 이와 싸우게 하고, 자기는 다른 부대를 거느리고 요시노 가도를 거쳐 가고시마를 향하여 홀연히 시로야마 기슭의 이와사키다니(岩崎谷)에 나타났다.

그 선봉대가 바람처럼 달려 사학교 구내에 돌입한 것은 9월 1일 오전 11시쯤이었다.

이때, 사학교 구내에는 신센 여단의 수송대가 들어와 있었다.

사쓰마 병들은 창문으로 들여다보고 그 많은 병력에 놀랐으나, 헨미 등이 결사적인 각오로 긴칼을 휘두르며 쳐들어가자 정부군은 깜짝 놀라 사방으로 튀어 현청 앞의 미곡창고까지 달아났다가, 다시 진용을 가다듬어 반격하는 등 소연한 시가전이 벌어졌다. 시로야마에도 정부군이 있었다. 사쓰마 군은 불과 40명이 달려 올라가 격전 끝에 그들을 몰아내고 시로야마를 점령했다.

헨미는 싸움터를 뛰어다니다가 오른쪽 이마에 뼈가 깎여나갈 만큼 큰 찰과상을 입었으나, 활동에 지장은 없었다. 그러는 동안에 후속 사쓰마 군이 들어와 신센 여단의 시가지 병력을 압박했기 때문에 그들은 미곡창고를 작은 요새로 삼아 이를 지키는 데만 급급하게 되었다. 이와무라 현령을 비롯하여 현 관리들은 해상으로 달아났다.

사쓰마 군이 정부군의 의표를 찌르고 내습하여 순식간에 시로야마와 그 기슭의 일부를 낚아채듯 점거해버렸을 때, 현령 이와무라 미치토시(岩村通

俊)는 정말 당황하지 않을 수 없었다.
 즉각 해상으로 달아나서 군함 다카오에 올라가 교토에 있는 오쿠보 도시미치에게 급히 이 사태를 알렸다.
 도사 인 이와무라가 함대의 보호를 받으며 사쓰마 군 주력이 떠난 가고시마에 들어와 현령으로서 현민을 만난 것은, 그가 타향 사람이라는 것만으로도 이 독립권에 사는 사쓰마 인들의 눈에는 희한한 광경이었을 것이고, 나아가서는 이와무라가 오쿠보의 '주구(走狗)'라는 데서 불쾌하기 짝이 없는 존재였을 것이다.
 하기야 이와무라로서도 결사적인 일이었다. 그는 4월초 배편으로 부임했을 때, 칠언절구 한 수를 읊으며, 일종의 비장한 말로 끝맺은 것을 보아도 상상할 수 있다.
 "취골(醉骨)을 묻을 청산이 어딘들 어떠리오. 벼슬아치가 되는 것 또한 풍류가 아니겠는가"
 그즈음 사쓰마 군은 본영이 히토요시에 있을 때였으며, 그 지대(支隊)인 나카지마 다케히코, 기시마 기요시 등의 부대가 가고시마를 탈환하려고 활동하고 있었다. 그래서 한때는 현청이라고 해야 사쿠라지마(櫻島) 하나를 겨우 지배하고 있는 실정이었다. 참고로, 시마즈 히사미쓰 등도 이때 사쿠라지마에서 난을 피하고 있었다.
 이와무라는 열심히 사족들과 평민들을 달랬다. 그러나 사쓰마 군이 되돌아온 이 날, 시민들은 연도에 뛰어나가 환성을 지르며 그들을 맞이했다고 한다.
 "경찰 3000명을 급파해 주기 바랍니다."
 이와무라는 오쿠보 앞으로 이렇게 간청하고는, 군함으로 나가사키로 향했다. 나가사키가 오쿠보의 전신을 받기에 편리했기 때문이다.
 '사쓰마 군, 시로야마 탈환!'
 이 소식을 가와지 도시나가가 들은 것은 도쿄 경시청에서였다. 그는 싸움 도중 별동 제2여단장직에서 해임되자 교토에 들러 오쿠보 등에게 전황을 보고한 뒤 도쿄에 돌아가 본래의 직무를 맡아 보고 있었다. 가와지는 이 보고를 받고 몹시 흥분하여, 이와무라가 경찰부대의 파견을 요청했다는 것을 알고 교토의 오쿠보 앞으로 전신을 보내 간청했다.
 "총지휘권을 저에게 주십시오."

가와지는 자기를 원수로 알고 있는 고향에 아직도 뛰어들려 한 것이다. 이 것을 보면 그가 얼마나 성격적으로 투지가 강한 사나이였는지 알 수 있고, 또 하나는 그의 정치 철학인 '경찰로 완고한 백성을 설득하고, 경찰로 문명 개화를 넓힌다'는 문명주의가 그에게 있어서 얼마나 강렬한 것이었는지 알 수 있다.

"가와지의 소청을 보류하였소."

오쿠보는 9월 4일자 편지로 싸움터에 있는 사이고 쓰구미치에게 알렸다.

"사쓰마 군 300여 명, 시로야마에서 농성하다."

이 보고는 정부군 후방 기지인 오사카, 규슈의 싸움터를 총지휘하고 있는 교토, 그리고 새 정부의 집을 지키고 있는 도쿄에도 전해졌으나, 문서나 그 밖의 것으로 보아 정부가 당황한 모습은 별로 보이지 않았다.

교토의 오쿠보 도시미치가 도쿄의 대경시 가와지 도시나가에게 보낸 9월 9일자 편지는 그간의 상황을 간결하게 나타내고 있다.

'그곳의 적군은 사학교와 옛성에서 철수하여 대부분 시로야마 보루에 들어 갈 기세로 보이오. 지금 각 여단이 착착 도착하여 하루 이틀 뒤에는 충분 히 포위할 수 있을 것 같소.'

시로야마 기슭의 평탄한 땅에 사학교와 옛 성이 있다. 사쓰마 군은 돌입 당초 먼저 사학교를 점거하는 동시, 등 뒤에 있는 시로야마에 몇 군데나 보 루를 구축했다. 그러나 사학교와 옛 성이 방어상 불리하기 때문에 철수하여 시로야마에 들어갈 움직임을 오쿠보는 전한 것이다.

정부군은 각지에 산재해 있었으나 사쓰마 군이 300여 명으로 줄었으며, 더욱이 분산하지 않고 시로야마 한 군데에 집결해 있다는 것이 밝혀졌으므 로, 정부측은 전 병력을 시로야마를 포위하는 데 집중시킬 수 있었다. 이때 정부군 병력은 개전 후 급속히 팽창하여 7만 대군이 되어 있었다. 7만이 300명을 에워싸는 이상 정부측에 불안이 있을 까닭이 없었다.

그러나 전사(戰史)에 그 유례를 볼 수 없는 사쓰마 군의 강인함은, 이런 절망적인 상황 속에서도 여전히 조금도 투지를 잃지 않고 있었다. 그것은 고 래의 기풍이라고 할 수도 있고, 각급 지휘자의 덕(德)이라고 할 수도 있었 지만 뭐니뭐니해도 사이고의 통솔력 때문이었으며, 사이고와 함께 있다는 것 자체가 그대로 사졸들의 부동의 마음을 형성해 주었다고 해도 과언이 아니었다.
　사쓰마 군의 수는 372명이었다.
　이 가운데 총기를 가진 자는 150명밖에 없었고, 탄약도 없었다. 그래서 가쓰라 히사타케가 중심이 되어 이와사키다니에 탄약 제조소를 차려놓고, 민가에서 납과 주석을 징발해다가 조금씩이나마 만들기 시작했다. 사학교의 정부군한테서 빼앗은 사근단포(四斤短砲) 2문, 구포 3문, 그리고 지난 날 가와지리(川尻)에서 운반해 놓은 4근포 장단포 각 2문, 구포 2문이 있었다.
　방어의 제1선은 이와사키다니 큰길에 두고, 고뇨 슈이치로를 대장으로 삼았다. 제2선은 사학교에서 가토노야구라(角矢食)까지로 하고, 대장은 사토 산지가 맡았다. 제3선은 옛 외성(外城)에서 데루쿠니 신사까지로 하고, 대장은 야마노다 가즈스케(山野田一輔), 제4선은 오테(大手) 부근으로 하고, 대장은 다카기 시치노스케였다. 이들을 전선으로 하여 방어선은 5개구로 나누어 고노 시로자에몬(河野四郎左衛門), 나카지마 다케히코, 이와기리 기지로(岩切喜次郎), 소노다 다케이치(園田武一), 이치기 야노스케(市來矢之助), 후지이 나오지로(藤井直次郎) 등이 각각 대장이 되었다.
　사이고를 중심으로 하는 본영은 이와사키다니 가까이에 있었고, 포격을 피하기 위해 차츰 동굴을 파서 혈거했다. 동굴은 차츰 늘어나서 아홉 개가 되었다. 병원은 이와사키다니 부근의 민가 네 채로 충당했다.

　이야기가 앞뒤로 바뀌지만, 사쓰마 군 주력이 가고시마에 들어간 9월 2일 점심때부터 며칠 동안의 사건을 점묘해 본다.
　하급 간부의 한 사람인 가지키 쓰네키는 노베오카 남쪽 미미쓰에서 정부군에 포위된 바 있으며, 그 무렵에는 각지를 숨어 다니고 있었기 때문에 9월 2일의 가고시마 돌입에는 참가하지 못했다. 나중에 그는 생존자들과 시내 목격자들의 말을 수집했는데, 다음의 그의 글은 믿어도 될 것이다.
　'9월 2일, 사족과 평민의 부녀자와 사족들은 일시에 그 불만을 풀려고, 적어도 정부군으로 인정될 때는 군인과 관리를 막론하고 곤봉, 목검, 막대 등으로 박살내고, 그들의 탄약을 빼앗아 앞다투어 달려와서 사쓰마 군에 바쳤다. 시가 도처에 시신이 쌓이는 참상을 빚었다.'
　불과 300여 명의 병력이지만, 사쓰마 군의 귀환으로 가고시마 수비의 정부군과 정부에서 파견한 현청의 새 관리들이 공황 상태에 빠졌으리라는 것

바람을 잡다　577

은 쉬 짐작할 수 있다.

 기리노 도시아키는 선봉의 헨미 부대를 뒤따라 곧 가고시마에 들어와서 지사(知事)들이 해상으로 달아난 현청, 관사 등을 조사시켰다.

 현령 이와무라 미치토시는 현청을 떠나면서, 청사 바깥 벽에 다음과 같은 글을 써 붙였다.

 '미치토시는 4월 이래 국민 보호의 길을 펴서 거의 안도의 단계에 이르게 하다.'

 확실히 이와무라는 부임 후 무단정치를 하지 않고 내과 의사가 종기를 다루듯이 행정을 펴왔다.

 그렇게 하지 않으면 현민들이 언제 어떻게 폭발할지 알 수 없었다.

 '이제 사태가 이에 이름에 부득이 잠시 기선으로 난을 피하노라. 그대들은 무고한 국민을 해치지 말고, 현청을 어지럽히지 마라.'

 이와무라 등은 현청 청사에 있는 '군단병원(軍團病院)'의 환자를 그냥 두고 떠나지 않을 수 없었다. 이에 대해서는 이 문장에 이어 이렇게 썼다.

 '이미 부상자도 병원에 있다. 이들에게 동정을 베풀라.'

 같은 취지의 글이 병원의 현관 기둥에도 붙었다. 붙이러 간 것은 직원 이케가미 소헤이(池上莊平)였으며, 시킨 것은 서기관 와타나베 센슈(渡邊千秋)였다. 이케가미는 다 붙이고 났을 때 등에 총탄을 맞고 즉사했다.

 사쓰마 군은 즉각 병원에 쳐들어왔다. 의무관 쓰카다 요시토요(塚田義豊), 나카가와 분페이(中川文平)는 군복을 입고 있어서 난도질을 당했다. 환자가 무사했는지 어떤지는 자료가 없어서 알 수 없다.

 와타나베 서기관은 예복과 실크모자를 관사에 남겨 두고 떠났다. 그것을 기리노 도시아키가 즉각 가져다 입고 실크모자를 썼다. 사쓰마 인의 어린애 같은 기분과 멋을 좋아하는 성미를 나타내는 일이라 할 것이다. 기리노는 나중에 포로로 잡았던 현청 관리를 석방하면서, 와타나베 서기관에게 그것들을 빌려쓴 데 대한 사과 편지를 전했다.

 옛 막부 시대부터 가고시마 시내에 '미곡창'이라고 하는 흙으로 견고하게 만든 번의 창고가 몇 동이나 이어져 있었다.

 영지 안의 반도(半島)나 다네가시마 같은 섬에서 배에 싣고 오는 쌀을 보관하는 창고인데, 앞 바다에서 거룻배에 옮겨 싣고 인공 수로를 따라 올라오면 수로 가에 세워진 이 창고에 받아 넣게 되어 있다. 미곡 창고의 위치는 현청에서 그리 멀지 않다.

9월 1일, 별안간 가고시마를 습격한 사쓰마 군 때문에 신센 여단 병사들은 당황하여 사학교를 버리고 거의 이 미곡 창고에 뛰어들어서, 거기서 사학교 구내의 사쓰마 병들과 사격전을 벌였다.

가고시마 경비군은 경시대(警視隊)로 구성된 신센 여단과 니레(仁禮) 해군 대령이 지휘하는 약간의 수병들이었다.

"나가서 싸우기보다 이 미곡창고에서 방어전을 벌이자."

그들은 이런 방침을 세웠다.

미곡창고에는 800여 섬의 상당한 쌀이 저장되어 있었고, 숯과 장작이 수천 관이나 있었다. 공연히 나아가 싸우다가 그것을 사쓰마 군에게 빼앗기는 것보다는, 견고하기가 성루나 다름없는 이 미곡창고를 지키면서, 머지 않아 달려올 우군을 기다리는 편이 상책이었다.

그래서 사쓰마 군과 미곡창 사이에 맹렬한 사격전이 벌어졌다.

사쓰마 군 주력이 가고시마에 들어온 2일 오후, 노획한 대포를 이나리 사당과 신쇼인 산(新照院山) 위에 끌어올려 아래의 미곡창고를 향해 포탄을 쏘아댔다.

정부군은 애를 먹었지만, 그래도 용감히 싸우면서 미곡창고 주위에 쌀가마를 쌓아 보루로 삼아 사쓰마의 사격에 대응하여 마주 쏘았다.

2일 저녁때 가지키의 제2여단 선발대가 달려와서 정부군이 증강되어 사쓰마 군은 차츰 시로야마로 올라가지 않을 수 없었다.

3일 아침, 사쓰마 군의 대포를 조작하는 병졸이 죽었는지 혹은 다쳤는지 없어져 버렸다. 마침 노무라 닌스케(시로야마에서 가료중)의 종복 스케하치(助八)라는 자가 지난 보신 전쟁 때 포병대 인부로 종군하여 대포 조작법을 알고 있었다. 이 때문에 사이고 자신이 노무라에게 편지를 써서 스케하치를 차출해 달라고 부탁했다. 그 편지를 직역하면 이런 것이었다.

'그대의 종 스케하치에 관하여…… 지장이 있을 줄 알지만, 대포를 쏘기 위해 그가 오지 않으면 일이 되지 않으므로 '제작부(製作部)'로 보내주기 바라네.'

사이고도 싸움터가 좁고 아울러 적은 인원수가 바쁘게 뛰어다니지 않을 수 없는 공방전이라 좌시하고 있을 수 없었던 모양이다.

사쓰마 군은 미곡창고에 미련이 있었다.
"구원의 대군이 오기 전에."
그들은 초조했다. 사쓰마 군은 이미 궁지에 몰려 있는 운명인데도, 아직 미곡창고의 탈환에 집착하고 있었다는 것은 그들이 전투가로서 얼마나 투지가 강한가를 알 수 있다.
이야기가 나왔으니 말이지만, 사쓰마 군 본영은 돌입한 바로 그날 9월 2일자로 현내 각 부호장들에게 모병의 격문까지 보냈다.
'뜻있는 분들은 가고시마로 급히 오셔서 신고해 주시기 바람.'
미곡창고를 결사의 백병전으로 탈취할 생각을 한 것은, 사쓰마 군에서 헨미 주로타와 더불어 가장 용맹한 간부인 기시마 기오시였다.
쌍방의 병력이나 상황으로 봐서 성공률은 제로에 가까웠다. 기시마는 자기의 성격이나 사정으로 미루어 스스로 이런 상황을 설정함으로써 투사할 결심을 한 모양이었다.
근위 소령 출신이 처음에 사학교파와 불화가 있었다는 말은 이미 했다. 궐기 때 부름을 받지 못하고, 그 후 스스로 한 부대를 창설하여 다바루 고개 전투에서 처음 참가했는데, 그 참가는 자신의 정치 사상과는 아무 관계도 없었던 것 같다.
이 시기의 많은 사쓰마 인들은 향당에서 소외되는 것이 바로 불의이고, 향당과 더불어 생사를 같이 하는 것이 정의라고 생각하였다. 기시마의 심경도 마찬가지였으며, 더욱이 그의 뛰어난 전략 감각은 싸움의 실패를 미리 점칠 수 있었으리라. 그는 서양 여자처럼 언제나 금팔찌를 끼고 다녔는데, 사쓰마 군에 투신할 때 아내에게 유품으로 빼주었다. 또한 진중에서 보낸 편지에는 죽음을 읊은 시 한 수가 적혀 있었다.

일찍이 이렇게 될 줄은 알았지만,
오늘의 이별은 슬프기 그지없네.

3일 밤, 시로야마에서 열린 장수들의 작전회의에서, 그는 미곡창고에 대한 백병 공격을 제의하여 그들의 찬동을 얻었다. 그는 기뻐하며 곧 부대를 조직하겠다고 말하고 다시 사람들을 둘러보면서 물었다.
"제군들은 아직도 나를 의심하고 있는가? 지난 2월 가고시마 발진 때, 나는 좀 생각하는 바가 있어 제군과 행동을 같이 하지 않았다. 그것을 아직도 제군들은 의심하고 있는가?"

느닷없이 이렇게 말하는 바람에 모두들 뜻밖의 말을 듣는 기분이었다고 한다.

기리노가 좌중을 대표하여, 오늘까지 생사를 같이해 온 자네를 누가 의심하겠는가 하고 말하자, 기시마는 참으로 시원스럽게 웃었다고 한다.

이때 그의 나이 35세였다.

이 결사 돌격에 나카쓰 부대의 대장 마스다 소타로도 같이 가겠다고 자원했다.

부젠 나카쓰라는 조그만 번은 막부 직속의 작은 번답게 인정이 잘고 좁았다.

"나카쓰에서 마스다 소타로가 나왔다는 것은, 잿더미 속에서 용이 나온 거나 같다."

이 번 출신인 후쿠자와 유키치가 이런 말을 했다는 이야기는 이미 했는데, 이 말은 후쿠자와의 국가론과 관계가 없지 않을 것이다. 후쿠자와는 반대당을 허용하지 않는 정권을 근대사상의 입장에서 증오했다. 그런 의미에서 사이고와 세이난 전쟁을 높이 평가하고, 그 속에 마스다 등 나카쓰 사족이 끼어 있었다는 것을 무엇보다 만족해 했다. 마스다는 나가이와 효노에 갇혔을 때도 구마모토 부대처럼 해산하지 않고 사쓰마 군과 함께 에노타케에서 탈출했을 뿐 아니라, 헨미 주로타 부대와 함께 선봉에 섰다.

나카쓰 부대의 대장 마스다 소타로에 대해서는 할 말이 많다.

그는 막부 직속 번의 사족이면서도 막부 말기에는 열광적인 조슈풍의 근왕주의자였다. 메이지 뒤에도 자기의 사상 표현에 있어서 천황이라는 사상적 이름을 자주 이용했는데, 그것은 나중에 야마가타 아리토모가 중심이 되어 수립하는 관제(官製) 천황주의와는 달리, 오쿠보식 정부 전제에 대한 반역의 상징이자 일종의 국민 국가론이었는지도 모른다.

그는 소년시절 국학(國學)을 공부하고, 메이지 9년(1876) 불과 몇 달이지만 게이오 의숙(慶應義塾)에 다녔으며, 귀국 후에도 혼자 영어를 독학했다. 새 국가에 대한 기대가 얼마나 컸던지 당초 사쓰마만이 시마즈 히사미쓰의 위력으로 새 국가가 현에 침투해 들어오는 것을 막았으므로 사방에 동지를 규합하여 사쓰마 토벌의 병을 일으키려 한 적이 있었다.

"사쓰마만이 완고하게 봉건의 묵은 작태를 벗지 못하고 독립군의 풍습을 간직하여 다른 현과 따로 떨어져 일치하지 아니한즉 마땅히 먼저 사쓰마를 쳐서 국민 통일을 하지 않으면 안된다."

그러나 그는 한편으로 막부 말기 이래 양이론자로서의 정서를 가지고, 러시아를 포함한 구미 세력의 아시아 침략을 무력으로 물리쳐야 한다는 생각이 강하여, 곧 사쓰마 인의 무력이 다른 번보다 월등히 뛰어나다는 것을 알았다. 그는 사쓰마를 친다는 계획을 버리고 동지들에게 뜻이 바꾸었음을 선언했다.

"내가 잘못했네. 내가 잘못했네. 오늘날 적어도 국위를 해외에 선양하고자 한다면 사쓰마 없이는 안돼."

그 후부터는 열심히 사쓰마 인과 접촉하려고 했다.

전역에서 마스다와 나카쓰 부대는 여러 가지 사정으로 처음부터 사쓰마 군에 참가하지는 않았으며, 사쓰마 군이 다바루 고개에서 패퇴하고 형세가 악화된 뒤에야 비로소 사쓰마 군의 패세를 충분히 알면서도 참가했던 것이다.

이 때문에 그와 그의 부대가 활약한 것은 전쟁 후반이며, 주로 노무라 닌스케의 분고 전에서 활약했다. 노무라의 분고 전선이 사쓰마 군 전반의 패세 속에서 혼자 계속 정부군에 이기고 있었던 이유의 하나로 마스다와 나카쓰 부대의 분전을 들 수 있다. 참고로, 마스다가 나카쓰의 인사들에게 띄운 모병 격문에 "국민의 천부적 권리를 회복하고"라는 말이 있다. 구마모토 협동대가 루소의 '민약론'을 성서로 삼은 것 같은 철저한 면은 없더라도, 후쿠자와의 영향을 받은 영국풍의 천부적 인권론이 마스다의 머릿속에 있었던 것은 분명하다. 이런 점에서 사족의 권익 회복을 바라는 에너지와는 취지가 다른 것이었다고 할 수 있다.

나카쓰 부대는 처음에는 64명이었다.

노베오카 북방의 산골짜기(나가이, 효노)에 갇혔을 때는 전사, 부상, 혹은 도망이나 투항 때문에 2, 30명으로 줄지 않았나 하는 생각이 든다.

에노타케에서 탈출하여 먼 길을 행군하는 동안에도 낙오하는 자가 많았으며, 시로야마에 들어오는 단계에서는 마스다를 포함하여 불과 8명밖에 남아 있지 않았다.

그런데 마스다는 오비 부대의 대장 오구라 쇼헤이를 친구로서 높이 평가했다. 호노에서 오구라는 노무라 닌스케와 함께 뒤에 떨어져서 주력의 뒤를 쫓았으나, 부상으로 걸을 수 없어 호노 위의 산꼭대기에서 배를 갈라 자살했다. 마스다는 시로야마에서 이 소식을 듣고 무척 슬퍼했다고 한다.

기시마 기요시를 대장으로 하여 감행하는 미곡창 야습은, 궐기 뒤부터 수천 번 되풀이해 온 사쓰마 군의 마지막 공격이라고 할 수 있다.

작전이라기보다 폭풍 같은 행동이었다. 9월 3일이라는 시간이 4일로 옮겨 밤이 깊을 대로 깊었을 때, 그들 100여 명은 소리없이 시로야마에서 내려갔다. 기모쓰키(肝付) 저택까지 가면 집 앞에 도랑이 있다. 도랑은 멀리 미곡창고로 통한다. 그들은 도랑에 들어가서 몸을 웅크리고 물소리가 나지 않게 살금살금 걸어갔다. 오전 3시쯤 기시마가 지휘하는 한 부대는 미곡창 동쪽 문에, 부대장 기타사토 만베(北鄕万兵衞)가 이끄는 다른 한 부대는 북쪽 보루에 이르렀다.

공격대는 큰 칼을 가졌을 뿐 총기는 없었다. 먼저 울타리를 부수고 쌀가마의 보루를 기어올라 안에 뛰어들어가서 정부군을 쳤다. 놀란 정부군이 미친 듯이 총을 난사하여 격투가 벌어졌다.

정부군의 미곡창 총지휘관은 해군 소장 이토 스케마로(伊東祐麿 : 사쓰마 인)였다. 그곳은 신센 여단, 경시대, 제3여단의 일부 등, 공격대에 비해 엄청나게 큰 병력이었다. 그들은 횃불을 땅바닥에 던져 좁은 보루 안의 싸움터를 밝히려 했다. 멍청하게도 미곡 창고에는 총안(銃眼)이 뚫려있지 않았다. 병사들은 허둥지둥 안에서 창고를 뚫으려고 했으나 뚫릴 까닭이 없었다.

사쓰마 군은 정부군과는 달리 대장이 진두에서 달려 분전하는 것이 습관이지만, 기시마의 그것은 도가 지나쳤다. 누상에서 불을 뿜는 총을 칼로 헤치며, 뛰어내린 보루 안에서 닥치는대로 베어 튀는 피가 온몸을 피투성이로 만들었다. 다시 달려들어 둘째 보루에 기어올랐을 때는 뒤에 한 사람이 따르고 있을 뿐이었다.

당황하다가 정신을 차린 정부군은 압도적으로 우월한 화력을 믿고 수상한 그림자만 보이면 수십 명이 집중 사격하여 쓰러뜨렸다. 마지막으로 기시마는 한 중위가 지휘하는 10명쯤의 총검에 둘러싸였다. 전후좌우에서 소리를 지르며 기시마를 찔렀다. 그는 이마를 찔렸으나, 굽히지 않고 정면에서 그 병사를 벤 뒤 난탄을 덮어쓰고 즉사했다.
 기타사도 만베도 죽고, 마스다 소타로도 죽었다. 간부가 거의 다 쓰러졌을 때, 대부분 부상당한 30여 명이 후퇴하여 새벽녘에 시로야마로 돌아왔다.
 이날 노무라 닌스케는 시로야마에 있는 이와사키다니의 병원에서 마스다가 전사했다는 소식을 들었다. 그는 분고 전선에서 마스다와 함께 싸운 사이라 그 인품과 뜻을 잘 알고 있었다. 마스다는 사이고의 승리에 기대하는 바가 컸으며, 그 승리로 자기의 뜻을 펴고 싶어 했다. 풀과 풀을 묶어 일의 성공을 기대하는 옛 풍속이 부젠 지방에 남아 있었는 듯, 마스다는 노무라에게 그 이야기를 하며 이렇게 덧붙인 적이 있다.
 "그러나 현실은 풀 대신 바람을 잡는거나 같군 그래."
 옛 일본 시에 '그러나 하고 기대해 보았으니, 높은 하늘의 바람을 잡는 것과 같아 헛되이 끝나누나'라는 것이 있는데, 마스다가 한 말도 그런 뜻이었을 것이다.

무사도 철학

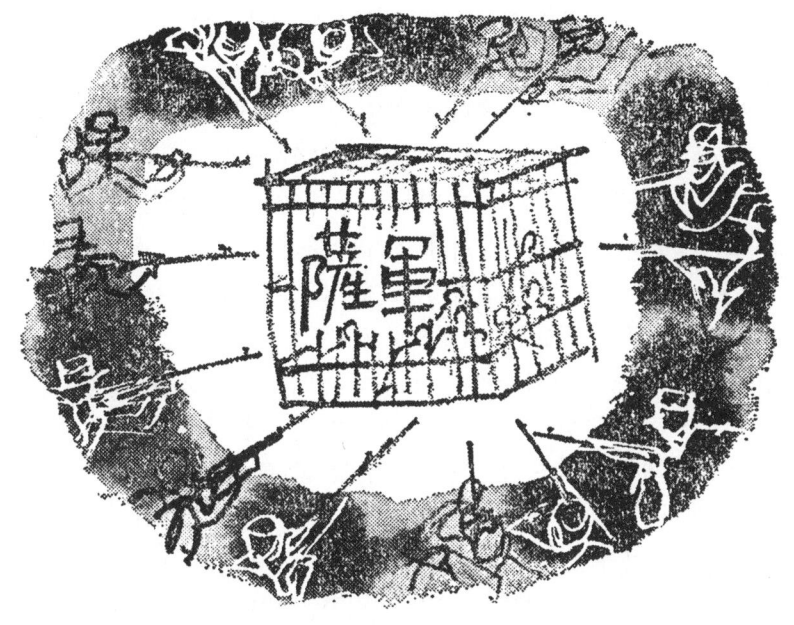

정부군 총수 야마가타 아리토모가 가고시마에 도착한 것은 9월 8일이다.
그는 에노타케에서 사쓰마 군을 놓친 것이 꽤나 가슴 아팠던 모양이다. 그 이상으로 고민한 것은 사쓰마 군의 예봉이 어디로 향하느냐 하는 것이었다.
각 방면에 파견한 부대로부터의 정보를 듣기 위해 그 자신은 큰 폭으로 이동하지 않고 조금씩 움직였다. 먼저 미야자키 해안을 남하하여 4일 다카나베에서 갖가지 전신을 받았다. 5일에는 미야자키에 들어가서 사쓰마 군이 가고시마로 들어갔다는 확실한 보고를 받았다. 앞서 사쓰마 군이 고향으로 돌아갈 때 말을 타고 선봉을 섰던 헨미 주로타는 통신선을 볼 때마다 칼로 쳐서 잘라버렸다. 그것은 헨미의 공이었으며, 적이 야마가타에게 보내는 보고를 지연시키는 결과가 되었다. 그러나 야마가타가 확실한 정보를 얻은 뒤에 취한 행동은, 그의 성격 그대로 지나치게 신중했다고 할 수 있다. 그는 미야자까에서 배편으로 곧장 가고시마로 직진하지 않고 내륙으로 들어가서 서서히 접근했다. 6일, 내륙의 미야코노조 분지에 들어갔을 때부터 정보가 비약적으로 많아졌다.
"포위만 하고, 결코 공격하지 말라"

그는 여전히 지나치게 신중한 방침을 현지에 시달하는 동시에, 미야코노조에서 서쪽으로 뻗은 가도를 따라, 7일 긴코 만 연안의 후쿠야마(福山)라는 어항으로 나가, 거기서 비로소 운수국 소속 기선을 타고 가고시마로 향했다.

긴코 만은 해군 중장 가와무라 스미요시가 지휘하는 함대가 완전히 제해권을 쥐고 있었다. 그런데도 가고시마의 주항인 벤텐(弁天) 부두에서 상륙하지 않고, 시의 북쪽 끝에 있는 이나리 강 하구에서 기선을 내렸다.

보트로 이나리 강 어귀에 들어가 에이안 다리(永安橋) 근처에서 겨우 땅을 밟았다. 눈 앞에 다가 산(多賀山)이 솟아 있었다.

"이 산을 총독궁(總督宮)의 본영으로 정합시다."

이렇게 건의하는 자가 있어서, 야마가타는 적이 있는 시로야마(城山)에서 먼 고지라는 것에 만족하여 보기 드물게 곧 결정했다. 정부군이 '관군'이라는 증거를 위해서 아리스가와 노미야(有栖川宮)를 토벌총독(征討總督)으로 모시고 있었다. 그래서 총독 본영의 위치는 싸움터에서 멀수록 좋았다. 그러나 실제 아리스가와 노미야는 줄곧 미야자키에 눌러 앉아 있었으며, 싸움터에 온 것은 사쓰마 군이 궤멸한 뒤였다. 시종일관 권위있는 장식물이었던 셈이다.

이날, 야마가타는 다가 산에서 시로야마를 바라보았다.

시로야마는 단순한 모양의 산이 아니다. 산기슭의 선을 복잡하게 드나들며 히야미즈 고개, 시로가다니, 이와사키다니 같은 날카롭게 패어들어간 계곡도 있다. 들쭉날쭉한 산줄기도 단순하지 않고, 많은 융기와 깊은 골짜기가 서로 얽혀 있다. 게다가 산 전체가 활엽수의 밀림이라고 할 수 있었다. 멀리 다가 산 옛 해상에서는 군함이 사정 권내로 함포 사격을 하고 있었지만, 포탄은 공연히 나무만 찢을 뿐 실효는 별로 없었다.

야마가타가 가고시마 북쪽 교외의 다가 산 본영에 들어간 것은, 사쓰마 군의 미곡 창고 습격이 있은지 나흘 뒤였다.

"그 뒤 사쓰마 군은 꺼져가는 불꽃처럼 소극적이 되었다."

이런 보고도 들었다. 그러나 야마가타는 이런 보고에도 신중함을 잃지 않으며 장기 포위 방침을 바꾸지 않았다. 사쓰마 군은 다른 지방 사족들의 상식적 사고에서 벗어난 일대 도약을 하는 일이 흔했고, 야마가타는 그들의 기이한 용기에 진땀을 빼고 있었다.

"시로야마에 틀어박힌 사쓰마 군의 인원수는 800백 명이라고도 하고 1000 명이라고도 합니다."

이런 보고도 받고 있었다. 실제 인원수는 인부 약 80명을 포함하여 370명 정도였고, 그 가운데 총을 가진 자는 불과 150명에 지나지 않았다. 노획포가 6문 있었지만 포탄이 적어서 별로 소용이 없었다.

한편 정부군은 곳곳에 흩어져 있던 전 병력을 육로 혹은 해로로 가고시마에 집결시키고 있었다. 전 병력이 이곳에 집중한다면 5만 명 이상 혹은 7만 명에 가까운 대군이 될 것이다. 야마가타가 300여 명을 상대로 5만 명 이상을 움직이면서도 아직 손을 대지 말라고 말한 것은 그의 성격 혹은 사쓰마 군의 성격을 생각하는 데 있어서 심상찮은 일이라 하지 않을 수 없다.

게다가 후방 경비 부대로 도쿄에서 파견된 수천 명의 경찰이 있었다. 그들은 치안을 맡는 것 이상으로 각처에 경계망을 세밀하게 쳐서 시로야마의 사쓰마 군과 합류하려는 일반인을 막았다. 실제로 신병 모집의 임무를 띤 사쓰마 군의 대장 오구라 게이스케(小倉啓助), 히고 소노스케(肥後壯之助) 등이 지원자 170여 명과 함께 이사(伊佐)에서 이 경비망에 걸려 체포되었다.

어쨌거나 5, 6만의 대군이 시로야마를 포위했을 뿐만 아니라, 시로야마 자체를 우리 안에 가두는 규모로 빈틈없이 울타리를 둘러쳤다. 야마가타로서는 두 번 다시 에노타케의 실수를 되풀이하지 않기 위한 것이었지만, 이 공사로 가고시마 성하와 교외의 대밭이 깡그리 벌거숭이가 되고 다른 나무들도 동이 났다.

대나무 울타리를 둘러치고, 일정한 간격으로 기둥을 세워서 보강했으며, 곳에 따라서는 대나무 울타리를 몇 겹이나 세웠다.

그뿐 아니라 사쓰마 군이 달려내려올 만한 크고 작은 산길에 호를 파거나, 녹채를 치기도 하고 못을 거꾸로 박은 널빤지를 깔고 하여 한 사람이든 그 반 토막이든 산에서 새나오지 못하게 했다. 그 동안 바다로부터는 함포가 쉴 새 없이 포탄을 퍼붓고, 또 시로야마 뒤쪽 고지 일대에서는 산포로 히야미 고개 너머 시로야마를 계속 쏘아대고 있었다.

전국시대부터 시마즈 가문은 다른 집안보다 합리주의의 경향이 강했다. 이를테면 거성(巨城)만 하더라도 아즈치(安四) 성, 오사카 성, 구마모토 성, 히메지 성 같은 위용있는 근세 성곽의 필요성을 자기 영토 안에서는 인정하지 않았다. 그 이유는 시마즈 씨가 본바닥에서 나온 영주였다는데에도 있다. 큰 건축물을 지어 지방 주민들에게 권위를 과시할 필요도 없었고, 또 그 전법도 언제나 나아가서 공격하는 것을 생각했지 농성 같은 수비전법은 그 사상에 맞지 않았다. 그래서 시마즈 성은 시로야마 기슭에 성이라고 부르는 것이 있기는 했으나, 천수각(天守閣)도 중층루(重層樓)도 없고, 성이라기보다 거관(居館)에 가까웠다. 실지로 지방에서는 이 성을 고풍으로 '어관(御館)'이라고 불러 왔다.

시로야마(城山) 또한 성이라는 글자가 붙어 있기는 하지만 성곽이 구축되지도 않았고, 그저 천연의 산과 계곡에 지나지 않았다.

시로야마 골짜기에는 주택도 많았다. 절반 이상이 사족 저택이었다. 이를테면 사이고들이 주진지로 삼고 있는 이와사키다니(岩崎谷)라는 골짜기의 산비탈에도 백 2, 30채의 가옥이 있었다.

이들 사족 저택은 병원과 병참 본부, 탄약 제조소 같은 것으로 되어 있었으나, 간부들은 별로 사용하지 않았다. 이미 말했듯이 정부군의 포탄을 피하려면 가옥을 쓰는 것은 적당하지 않았다. 그들은 자연히 굴을 파서 기거했다. 사이고의 거처도 동굴이었다. 처음에는 노무라 아무개의 집뒤에 있는 토굴을 이용했으나, 포탄이 떨어지는 것을 피해서 우마노리바바(馬乘馬場)라는 길거리에 쌀가마를 쌓고 그 위에 삼나무 가지와 잎을 덮어 그 속에 있었다. 이 역시 위험해서 다시 노무라의 집 토굴로 돌아갔다가 따로 새 굴을 파서 9월 19일 이후에는 끝까지 여기에 있었다. 이 이와사키다니 동굴이 지금도 보존되어 있다. 그것을 사졸들은 '제1동(第一洞)'이라고 불렀다.

호위대의 가모 히코시로(蒲生彦四郎) 등은 제1동 앞의 가옥을 위병소로 썼다. 다른 장수들의 동굴도 비슷비슷했으며, 헨미 주로타는 제1동과 길 하나를 사이에 둔 벼랑에 굴을 파고 들어 앉았다. 그는 다리에 부상을 입고 있었다. 헨미의 동굴을 사람들은 제2동이라고 불렀다. 병참 책임자인 가쓰라 히사타케는 탄약 제조 기술에 능한 니노 군파치(新納軍八)와 함께 제3동에 있었고, 고쿠부 주스케(國分十助)는 제4동, 기리노 도시아키는 제5동으로, 이 동굴은 작전 회의실을 겸했다. 제6동은 상처가 좀 아물기 시작하고 있던 벳푸 신스케, 제7동은 요즈음 작전회의에서도 거의 입을 열지 않고 그저 미소만 짓는 무라타 신파치였다. 제8동에서는 이토 나오지 등 몇 사람이 잡거했다. 노무라 닌스케는 줄곧 병원에 있다가 나중에 굴을 하나 파서 제9동이라고 했다. 날마다 수백 발의 포탄이 이와사키다니 부근에 떨어져서 나뭇가지를 날리고 벼랑을 허물었다.

이 산속의 '농성자'들 사이에는 이상하리만큼 초조해하는 기분이 전혀 없었고 비참함도 없었으며 오히려 일종의 쾌활함마저 보였던 모양이다.

첫째는 사이고가 평소와 그다지 다른 데가 없었고 가끔씩 농담을 하여 주위 사람들을 웃기곤 해서, 도무지 패배하여 산속에 갇힌 장수 같은 냄새가 나지 않았기 때문인지도 모른다.

또 싸움을 총지휘하는 기리노 도시아키가 철저한 투사였기 때문이기도 했다. 그는 오로지 투쟁하기 위해서 태어난 사람인가 싶을 정도였으며, 절망이라는 것을 조금도 느끼지 않는 것 같았고, 날마다 전선을 지휘하며 싸움에 싫증낼 줄을 몰랐다. 그러한 기리노의 투사다운 쾌활함과 활력이 병사들로 하여금 장래에 어떤 승산을 기대하는 착각을 계속 갖게 했다. 기리노의 가치는 패군이 된 뒤에 별안간 나타났다고 해도 과언이 아니다.

기리노와 친한 다카기 시치노조(高城七之丞)는, 나이가 젊어서 굴 속에 들어가지 않고 줄곧 전선의 대장직을 맡아보고 있었다. 그는 일찍이 대대장을 지냈지만, 지금은 대대 규모의 병력이 없어 부하 30명을 거느리고 주로 간선도로 방면을 지키고 있었다.

다카기 시치노조는 에노타케를 탈출하여 미타이에 이르는 동안 중군(中軍)을 지휘했으며, 특히 기리노의 명령으로 사이고의 가마 옆에 붙어서 걸었다.

"사이고님이 죽음을 서두르는 기색이 보인다. 주의해다오."

산속을 답파하던 어느 날 기리노가 다카기에게 그렇게 부탁한 모양이었다. 그 현장을 살아 남은 다니가와 이오조(谷川五百臧)가 뒷날에 말하고 있다.

여담이지만, 필자는 다카기 시치노조의 직계자손인 다카기 요시유키(高城義之)씨로부터 그 동안의 일에 관해 자주 편지를 받았다. 요시유키 씨의 선친이 젊었을 때 만년의 고노 슈이치로를 기리시마 신궁(霧島神宮)으로 찾아가서 당시의 시치노조에 관한 이야기를 듣고 요시유키 씨에게 전한 것이다.

그 산속을 탈출할 때, 사이고는 기분이 좋으면 가까이에서 걸어가는 병사들에게 농담이나 우스갯소리를 해서 자주 웃겼던 모양이다. 한 번은 사이고가 가마 옆에 붙어서 걸어가는 다카시 시치노조에게 말을 건넸다. 시치노조

무사도 철학 589

는 군고구마 이야기를 했다.
　시치노조가 사이고의 막내 동생 고헤(구마모토 교외의 다카세에서 전사)와 소꿉동무였다는 이야기는 이미 했다. 시치노조는 어릴 때 고헤와 둘이서 고구마를 구워 먹다가 손을 덴 이야기를 했다. 다음은 다카기 요시유키 씨의 편지의 일부이다.
　'갑자기 사이고 선생이 말이 없어졌으므로 깜짝 놀라 가마 안을 들여다보니, 선생님은 눈을 감고 잠이 든 것 같았다고 합니다. 그러나 조부(시치노조)는 선생님이 자고 있지 않다는 것을 깨닫고, 남의 기분도 모르고 공연히 신이 나서 고헤 님 이야기를 꺼낸 것을 몹시 부끄럽게 여겼으며, 나중에 그 이야기를 고노 슈이치로 씨에게 했다고 합니다.'
　시로야마에 틀어박힌 사쓰마 인들은 거의 전부가 배를 가르고 죽는다는 생각은 하지 않았던 것 같다.
　할복 자결이라는 사상과 행위가 쓸데없이 유행하여 무사도와 밀착했던 것은 에도 시대의 일이다. 싸울거리가 없어지고, 무사적 기개라든가 미학(美學)을 싸움의 마당에서 표현할 기회가 없어졌기 때문에 에도 시대적인 관념성(觀念性) 속에 그것이 정착해버린 듯한 생각이 든다. 사쓰마에서 무사의 최후는 어디까지나 투사(鬪死)에 있으며, 그런 뜻에서도 사쓰마의 무사 기풍은 전국시대 무사의 그것을 그대로 계승했다고 할 수 있다.
　사이고 자신도 할복을 싫어했다.
　"배를 가르면 아파."
　이 말을 늘 하고 있었다.
　그가 젊었을 때, 정세에 절망하여 승려 겟쇼(月照)와 함께 긴코 만에 투신한 적이 있는데, 자살 때 칼을 사용하지 않은 것은 사이고 자신이 싫어했기 때문인 것 같다.
　메이지 10년(1877)초, 사이고가 오스미 반도의 고네우라(小根占)에서 사냥을 하고 있었을 때, 가고시마에서 장정들이 찾아와 그의 숙소를 경비했다. 그 가운데 한 사람이 불단 밑에 세워 두었던 양식 엽총을 집어들고 만지작거리다가 그만 격발되어 총알이 천장을 뚫었다. 이 자가 송구스러워서 사이고 앞에 나가 할복으로 사죄하겠다고 말하자, 사이고는 웃으면서 "배를 가르면 아플 텐데, 피도 날 거고. 그런 바보 같은 짓은 안하는 게 좋아" 하고 나무랐다고 한다.

비슷한 일이 시로야마에서도 있었다.

하루는 젊은 병사 대여섯 명이 군의관을 둘러싸고 앉아 무언가를 이야기하고 있었다. 목을 쳐주는 사람없이 할복하여 절명하는 방법을 군의관에게 묻고 있었던 것이다. 마침 동굴에서 나온 사이고가 지나가다가, 큼직한 두 눈에 미소를 머금고 무슨 재미있는 얘기를 하고 있는 모양이군, 하고 말을 건넸다. 젊은 사람 하나가, 위급할 때 실수하지 않도록 배를 가르는 방법을 배우고 있습니다 하고 대답하자, 사이고는 큰소리로 웃고 "나는 배를 가르지 않겠다. 아프단 말씀이야" 하고 가버렸다.

사이고의 몸은 지방층이 두꺼워서 쉽게 배를 가를 수 없는 탓도 있었지만, 본디 남달리 아픔을 느끼는 체질이었던지, 아무튼 이러한 말은 역설도 풍자도 아니고 전심으로 한 말 같았으며, 그런 점에서 이 인물의 솔직함이 풍기고 있다.

기리노나 무라타 같은 장령급도, 마지막 언동으로 미루어 끝에 가서는 할복하지 않고, 또 젊은 사람을 할복에 끌어들이는 일도 없이 필요한 사람 외에는 모두 항복시킨 다음 자기들만 총칼을 휘둘러 끝까지 싸울 생각이었던 것은 확실하다. 그런 점은 번주의 조상인 호시나 마사유키(保科正之)이래에도 시대의 무사도 철학으로 단련된 아이즈 번에서, 이를테면 낙성 직전에 백호대(白虎大) 대원들이 집단 자살을 한 것과 비교하면 양상이 매우 다르다.

산 위에서 기리노 도시아키는 동굴에서 나올 때마다 반드시 실크모자를 쓰고 아주 늠름한 거동을 보였다.

일찍이 그는 이렇게 말한 적이 있다.

"사이고 선생과 나는 의견이 다른 점도 있다. 그런데도 선생을 따르고 있는 것은, 나로서는 죽을 자리를 잘 모르기 때문이다. 선생에게만 붙어 있으면 죽을 자리를 그르칠 일이 없을 것 같아서 그림자처럼 떨어지지 않고 따라다니는 것이다."

기리노는 타고 난 투쟁가로, 막부 말기에는 예사로 남의 목숨을 빼앗았다. 다만 막부측 테러 단체인 신센 조(新選組)가 여러 사람이 한 사람을 대하는 전투 방식을 쓴 데 비해, 기리노는 언제나 혼자 싸워 상대방의 목숨과 자기 목숨을 평등한 내깃거리로 하여 칼로 싸웠다. 그것이 기리노가 막부 말기의 테러 분자와 다른 점이었을 것이다.

'죽을 자리' 운운 하는 말을 늘 하고 있었던 것은, 본디 방 안에서 죽는다는 것은 생각도 해 보지 않았다는 그의 사상과 성격을 잘 나타내고 있다. 사이고가 그것을 가르쳐 줄 것이라는 말은, 평화로운 시대의 사람이 들으면 참으로 이상하게 느껴질 것이며, 그렇게 생각한다면 기리노는 막부 말기라는 시대의 광기가 그대로 정신 속에 소용돌이치고 있었다고 할 수 있다.

기리노는 어느 날 시로야마에서 말했다고 한다.

"싸움은 그야말로 비참하다. 그러나 적과 이편으로 나뉘어져 있는 이상, 한 사람이라도 많은 적을 죽이고 죽지 않으면 말이 안된다."

이 말에도 기리노라는 인물이 잘 나타나 있다.

이와는 반대로, 에노타케 산기슭의 효노에 갇혔을 때 구마모토 협동대 간부 사키무라 쓰네오(崎村常雄)가 말한 "더 이상 승산 없는 싸움을 계속하여 적을 쓸데없이 살상하는 것은 좋지 않다"는 말이 있다. 기리노에게는 적인 이상 살상에 유용, 무용을 논할 필요가 없고 한 사람이라도 많이 죽여 저승길의 길동무를 더 많이 만들어야 한다는 뜻인 모양이다.

적은 말 그대로 구름 같은 정부군이다. 한 사람이라도 많이 죽이는 데에 기리노의 마지막 투지가 끓고 있었고 그런 끓는 것이 있었기에 이 사나이는 여전히 쾌활하고 마음이 밝았는지도 모른다.

무라토 신파치는 생사에 관해서는 말하지 않았다.

시로야마에서의 어느 날 그는 플록코트를 입고 전선을 시찰할 때 산기슭을 에워싼 장대한 울타리를 보고 마치 그것을 기뻐하는 것처럼 "저만하면 안심이다" 하고 좌우를 돌아보며 말했다.

"뒷날에 구미의 강대국과 싸우게 되었을 때를 위해 무엇보다 좋은 연습이 되겠어."

좋은 연습이라는 것은, 사쓰마 군이 아니라 정부군의 입장에서 말한 것이다. 무라타는 청나라가 열강에 침략당하고 있는 현상으로 미루어 일본도 장차 그 가운데 어느 나라와 싸우지 않으면 안되는 궁지에 빠지게 될거라고 생각하고 있었는데, 이날 본디 약하다는 말을 듣고 있던 진대병이 이렇게 빈틈 없는 것을 보니 우선 마음이 놓인다는 뜻으로 한 말인 것 같았다.

공방

　다른 모든 사람이 시로야마에서 싸우다 죽더라도, 정부군에 요청하여 사이고의 목숨 하나만은 살리고 싶다는 생각을, 기리노 도시아키를 제외하고 거의 대부분의 사쓰마 군 간부들이 은밀히 갖고 있었던 모양이다.
　다만 일이 미묘해서 입 밖에 내는 사람이 없었다. 사이고 한 사람을 정부군에 인계한 뒤 나머지는 모두 투사한다는 것인데, 동료들이 듣기에 따라서는 자기도 아울러 목숨을 부지하고 싶은 것처럼 간주될지도 모를 일이다.
　사하라 기요조(讚原淸藏)라는, 너무나 욕심이 없어선지 무슨 생각을 하고 있는지 그 깊이를 알 수 없었던 인물이 있었다.
　보신 전쟁 때 포병대의 분대장을 지냈고, 사이고가 근위군을 편성할 때 근위 육군 대위가 되었으나, 대위 계급은 자기에게 너무 짐스럽다며 스스로 하사관으로 내려가 중사에 머물렀던 인물이다.
　이번 전쟁에서는 1번 포병대의 대장이 되어 곳곳에서 싸웠고, 기치지고에 고개에서 부상하여 가고시마에 후송된 뒤로 줄곧 집에서 요양하고 있었다.
　9월에 홀연히 사쓰마 군이 가고시마로 돌아왔을 때, 사하라 기요조는 각오가 섰던 모양이다. 그는 성밑 거리 유치(湯地) 집안에서 태어났으나 어려서 사하라 가문을 상속했다. 사쓰마 군이 들어왔을 때, 그는 친아버지를 찾아가 하나뿐인 자식을 맡기면서 아이의 양육을 부탁했다. 시로야마에 들어가겠다는 것이었다.

친아버지 유치 사쿠에몬(湯地作右衛門)은 깜짝 놀라면서, 너는 지금 요양중이 아니냐 하고 말하니까 사하라가 내세운 이유는 간단했다.

"사쓰마 군이 이기고 있다면 저는 집에서 그대로 요양하고 있겠습니다. 하지만 이제 사쓰마 군의 패배가 틀림없으므로 저는 그들과 생사를 같이 해야겠습니다."

그 후로 사하라는 시로야마에 들어와 있었다.

'내가 말을 꺼내는 수밖에 없지 않을까?'

사하라가 그렇게 생각한 것은, 자기의 무사무욕이 이런 경우에 효과가 있다는 것을 알고 있었기 때문이다.

그가 친한 노무라 닌스케의 병원으로 찾아가니, 역시 다리에 부상을 입은 헨미 주로타 등도 와 있었다. 사하라는 헨미와도 의논했다. 헨미는 크게 감격하여 말했다.

"나도 그렇게 생각하고 있었네. 우리는 여기서 죽을 거네. 그러나 사이고 선생을 잃는 것은 일본국의 백 년을 위해 애석한 일일세."

그리고 사카다 모로키요(坂田諸潔)라는 자가 다른 대장들의 동의를 얻으러 다녔다. 무라타 신파치도 동의했다. 그래서 사카다 모로키요는 야마다 고지(山田亭次 : 조슈 인으로 이번 거사에 사쓰마 인과 행동을 같이해 온 전 평론신문 기자)에게 정부군에 보낼 글을 쓰게 했다. 야마다는 불과 열여덟 소년 같은 얼굴을 하고 있었다. 곧 초안이 만들어졌다.

기리노 도시아키의 동굴이 본영이 되어 있다는 말은 이미 했다.

이런 안건에 대한 회의가 언제 열렸는지는 명확하지 않다. 아마도 9월 10일 이후로 여겨지는데, 아무튼 주도자는 사카다 모로키요였다.

작전 회의라고 해서 사이고도 나왔다. 기리노만은 없었다. 무라타 이하의 각 대장들은 대강 미리 의논이 되어 있었기 때문에 의사는 아주 간단히 진행되었다. 전 평론신문 기자 야마다 고지의 문장을 돌려보기만 하면 되었다.

사이고는 좌중의 분위기를 보고 아울러 기초문을 읽음으로써 그 취지를 알았다. 그러나 조금도 감상은 말하지 않고, 거꾸로 "개전 이래 몇명이나 죽었는가?" 하고 물었다. 다른 말은 하지 않은 것은, 말할 필요도 없을 만큼 어리석은 취지라고 생각했기 때문인지도 모른다. 이때 사이고의 분위기에 대해서는 생존자들의 기억이 거의 일치한다.

거기에 기리노가 들어와서 자리에 앉더니, 일동을 쏘아보며 입을 열었다.
"오늘에 이르러 비겁한 이론을 내세워서 의견서까지 기초한 자가 있다고 들었다. 누구의 소행인가?"

좌중의 사람들은 모두 기리노가 말하는 비겁하다는 말에 반발을 느끼고 이 취지가 결코 그렇지 않다고 말하려다가, 이런 일은 말이 많으면 많을수록 더 비겁한 것처럼 들릴 우려가 있어 모두들 입을 다물었다. 사쓰마 인에게는 비겁하다는 말만큼 폐부를 찌르는 말이 없다.

어쩌면 기리노는 이 말의 효용을 이용함으로써 이런 취지의 기도가 다시는 거론되지 않도록 일갈(一喝)해 둘 필요가 있다고 생각했는지도 모른다.

기리노는 사이고에 대한 구명(救命) 탄원자가 나오는 것을 가장 두려워한 듯하며, 어쨌든 사이고의 마지막 절개를 더럽히고 싶지 않았다. 기리노의 이 같은 생각은 진중의 간부들도 잘 알고 있었던 모양으로, 사이고의 마지막 순간에 기리노가 소총으로 쏘았다는 소문까지 사변 후에 나돌았을 정도였다.

"제가 한 겁니다."

야마다 고지가 나서자 기리노는 맥이 쑥 빠지는 얼굴로 "자네인가?" 하고는 얘기를 중단해버렸다. 이것은 사쓰마 인의 윤리적 차별관이라고 할 수 있는 것으로 이런 예가 많다. 무사도에 대해서는 같은 번의 사람들끼리는 상호 규정이 강하지만, 다른 번 사람이 비겁한 짓을 한 경우에는 그것은 당연한 일로 여기고 관대해진다. 기리노는 그것이 사쓰마 인이었다면 크게 꾸짖어 줄 참이었으나 조슈 인인 야마다 고지였기 때문에 맥이 풀려 더 이상 캐묻지 않은 것이다.

사이고의 목숨을 구하자는 안은 이것으로 한 번은 허사가 되었다. 그러나 며칠 뒤 헨미 주로타와 고노 슈이치로 두 사람에 의해 실행에 옮겨졌다.

사쓰마 군의 가장 날쌔고 용감한 장수의 한 사람인 고노 슈이치로는, 이미 몇 번인가 말했듯이 사정이 있어서 전후에 생존자의 한 사람으로 남는다.

그는 이와사키다니의 간선도로 수비대장이었다. 그 전선을 수비하고 있었는데 뒷날의 구술서에 의하면, 9월 18일 입원 중이던 헨미 주로타한테서 빨리 만나고 싶다는 편지가 왔다. 고노 슈이치로가 언덕을 올라가 병원에 가니 헨미 주로타는 가마니 위에 일어나 앉으려고 안간힘을 썼으나, 몸을 지탱하지 못했다. 두 다리는 나무통처럼 부어올랐고 붕대가 칭칭 감겨 있었다.

"우리 선생님을 구하고 싶네."

그러면서 그는 울기 시작했다.

자기는 이런 몸이 되어버렸으므로 적이 오면 앉아서 죽을지 모르지만 사이고 선생을 차마 자기와 같이 하찮은 인간과 함께 돌아가시게는 할 수 없다, 자네는 어떻게 생각하는가 하고 물었다.

고노도 동감이라고 말하여 둘이서 의견의 일치를 본 것은 다음의 구술서 문장으로도 충분히 알 수 있다.

'다카모리는 비상한 인걸이며 유사시에 반드시 필요한 인물인 즉, 국가를 위해 참으로 애석하게 생각합니다'라고 씌어 있었다.

사이고가 불세출의 영걸이라는 견해는 정부군의 사졸들까지 갖고 있었으며, 진중에서 사이고가 죽는 것이 아까워 오히려 살려서 국가를 위해 유용하게 쓸 수 없을까 얘기하는 광경을 여기저기서 자주 보았다고 한다.

정치가나 혁명가가 한 시대를 대표하고 지나갔을 경우, 다음 시대에도 여전히 유용한 경우는 드문 일이다. 사이고가 막부 타도에서 시대를 대표하며 지나갔고, 유신의 성립으로 국면이 바뀌자 후퇴하지 않을 수 없는 당연한 현상을, 당대를 뒤덮은 사이고의 빛나는 이름과 함께 같은 시대에 존재한 사람들로서는 좀처럼 이해할 수가 없었다. 사이고 한 사람을 살려 놓을 경우, 그 자신의 내면이 그대로 살아 나가는 것을 감당할 수 있을까 하는 문제에 그의 추종자들의 생각이 미칠 여유는 없었던 모양이었다.

헨미는 울면서 고노에게, 정부군 본영에 사신으로 가 달라고 부탁했다.

고노는 승낙하면서, 시기를 보아 해보자고 약속하고 자기 지휘소로 돌아갔다.

한편 정부군은 울타리를 둘러쳐 포위하고는 좀처럼 공격을 하지 않았으나, 19일 밤쯤부터는 특별히 공격대를 편성하여 각 방면에 약간 강한 공세로 나왔다. 총공격을 개시할 때를 위한 위협 정찰을 겸한 것이었다.

19일 밤, 고노 슈이치로의 수비선도 이런 정도의 공격을 받았다. 고노의 수비선 최전방은 사학교였는데, 사쓰마 병은 속절없이 무너져 후퇴했다. 고노는 자기 부대의 병사들도 이제 싸울 기력이 없어진 것을 보고, 헨미와의 약속을 실행하기 위해 20일 아침 무라타, 이케가미 등과 의논하여 동의를 얻었다.

이 무렵 야마가타를 총수로 하는 정부군은 이미 24일 미명을 기해 총공격을 개시하기 위한 방침 방법, 부서를 정하고 각 여단에 시달해 놓고 있었다.

사이고의 구명을 위한 행동은 헨미 주로타의 격렬한 충동으로 성립되었다. 소년처럼 감격성이 강한 정념이라고 할 수 있는데, 이 정념에 사려깊은 무라타 신파치도 함께 동의하고 있었고, 그가 찬성한 것은 이성에 의한 판단이 약해졌기 때문일 것이다.

"사이고가 살려 달라고 애걸하던가?"

정부군이나 세상이 이렇게 받아들이리라는 것을 돌이켜 생각해 볼 여유도 없을 만큼 그들의 사이고에 대한 경애와 애련의 정이 깊었던 것이다.

"기리노, 벳푸 등과도 의논하고."

고노는 그 구술서에서 말하고 있다. 그러나 이 전쟁에 참가한 가지키 쓰네키가 나중에 고노를 만나 따져본 결과 이 구술서와는 이야기가 좀 달랐다. 그날 고노는 기리노의 동굴에 찾아가기는 했으나, 감기로 굴 안에 누워 있다는 말을 듣고 그대로 사이고를 찾아갔다고 한다. 기리노에게 말하면 반대할 것으로 보고, 그를 제쳐놓은 것이다.

고노는 사이고에게 취지를 설명했다. 사이고의 구명을 부탁하러 간다는 말은 덮어놓았다.

"우리가 여기서 포화에 다 쓰러져버리면 우리가 대의명분으로 내세운 취지는 모두 인멸되고, 공연히 적도라는 이름을 후세에 남길 뿐이니 참으로 천고의 유감이라 아니할 수 없습니다."

그러므로 자신이 사신으로 관군을 찾아가서 거듭 곡절을 밝히고 싶다고 고노는 말했다.

"자네 좋을 대로 하게."

사이고는 그렇게 대답했을 뿐이라고 한다.

'사이고는 다만 웃으면서 "좋다"고 말할 뿐이었다.'

사이고의 심중을 헤아리기는 어렵다. 다만 고노가 정작 그 중요한 용건을 열심히 감추었기 때문에 사이고는 본뜻을 짐작하지 못했다고 보는 편이 가장 상식적이라고 보겠다. 그리고 사이고는 고노의 행동을 법정 투쟁을 위한 것으로 본 것 같기도 하다.
　고노 등이 정부군 본영으로 떠난 뒤 사이고가 전군에 옥쇄(玉碎)의 각오를 촉구하는 자필 격문을 쓴 것으로 보아도 짐작할 수 있다. 종이를 둘로 접어 쓴 것으로, 사이고의 마지막 필적이라고 할 수 있다.
　'고노 등을 적진에 파견한 것은, 아군의 결사(決死)를 적에게 알리고, 또 그들로 하여금 이번 의거의 취지를 법정에서 진술하게 하기 위해서다. 그들은 법정에서 쓰러질 것이다. 여러분은 안심하고 성을 베개삼아 결전을 벌여 후세에 치욕을 남기지 않도록 하라.'
　이것으로, 날짜는 9월 22일이었다.

　"군사(軍使)의 인원은 적은 편이 좋아."
　고노가 두 번째로 사이고를 찾아갔을 때 그가 말했다고 한다. 야마노다 가즈스케(山野田一輔)가 같이 가겠다고 지원하여 허락을 받았다.
　야마노다는 근위 육군 대위 출신으로, 이때 시로야마 산기슭의 현청, 외성, 데루구니 신사 방면의 수비대장이었다. 막부 말기에 교토에서 막부 타도의 거병을 결의한 사쓰마 번이 니조 성(二條城) 부근의 정찰이 필요해졌을 때 야마노다가 지원했다. 무라타 신파치 등 너댓 명이 동행하여 밤에 해자에 이르렀을 때, 신센 조의 순찰대와 마주쳤다. 무라타는 검술에 능하지 못했다. 야마노다는 칼을 뽑아 분전하여 적 하나를 쓰러뜨리고 나머지는 도망치게 만들었는데, 번저(藩邸)에 돌아와서 칼을 살펴보니 이가 빠져서 톱날처럼 되어 있었다.
　산에서 내려가 정부군과 교섭하는 이 행동은, 교섭이라기보다 살해되기 위해 간다는 예감이 강했다. 무사히 정부군 수뇌와 만날 수 있다 하더라도 그 뒤에는 포로가 되어 법정에 끌려 나가 사형선고를 받지 않을 수 없다. 고노 슈이치로가 21일 아침 사이고를 두 번째로 만나러 간 것도 오랫동안 돌봐 준 데 대한 인사 겸 영원한 작별을 하러 간 것이었으며, 죽음은 자명한 것으로 보였다.
　부사격(副使格)인 야마노다 가즈스케도 전날 밤 친구들을 불러 술자리를 베풀고 죽음을 노래하는 시를 읊었다. 야마노다는 자진하여 어려운 일을 맡는다는 것에 대해 커다란 기쁨을 느끼는 사나이였다.
　22일 정오, 고노 슈이치로는 이와사키다니 진영을 나서서 언덕을 내려가

야마노다의 진영에 들렀다. 거기서 병사들이 만들어 준 흰 찹쌀떡을 먹고, 하얀 깃발을 만들어 야마노다가 들었다. 두 사람이 천천히 적군의 보루에 다가가자 누상의 정부병은 무엇을 눈치챘는지 사격을 중지했다. 한 사관이 보루 아래로 뛰어내려 두 사람의 말을 듣더니, 이윽고 모두 보루 안으로 사라졌다.

그 뒤에 안내자가 와서 구로키(黑木) 아무개의 저택으로 데리고 갔다. 사쓰마 인 다카시마 도노스모케(高島鞆之助) 소장이 나와서 두 사람으로부터 사자로 온 취지를 듣더니, 놀라면서 자기 힘으로 할 수 없는 일이라며 경시대로 넘겼다. 도중에 착오가 생겨 두 사람은 투항자 취급을 받고 묶여서 경찰 출장소에 수감되었다.

"가와무라님을 만나게 해주시오."

두 사람은 계속 호소했다.

가와무라 스미요시는 해군 차관으로서 해군을 대표하여 참모직에 있었다. 참모 야마가타가 조슈인이었으므로 두 사람은 사쓰마 인인 가와무라를 찾은 것이다. 가와무라는 사이고의 은혜도 입었고 인척이기도 해서, 두 사람을 해치지는 않겠지 하는 기대가 있었을 것이다.

두 사람은 여러 가지 일로 시간을 허비하여 23일 아침에야 겨우 이소(磯)의 슈세이칸(集成館)에 안내되어 가와무라와 대면할 수 있었다. 가와무라는 경시대 간부로부터 두 사람의 말을 대강 듣고 있었다.

요컨대 사이고를 살려 달라는 탄원이었다.

'사이고는 죽고 싶지 않단 말인가?'

가와무라는 자기만큼 사이고를 존경하고 이해하는 사람도 없다고 생각하고 있는 터라, 이것은 큰 놀라움이었을 것이다. 설령 가와무라는 그렇게 생각하지 않았더라도 바로 직후에 이 보고를 들은 육군 참모 야마가타 아리토모는 그렇게 생각했을 것이 확실하다. 그만큼 고노, 야마노다의 행동은 정부군측의 오해를 불러 일으켰다.

가와무라 스미요시는 두 사람의 말을 들었다. 여전히 같은 말이었으며 이런 것이었다.

"오쿠보와 가와지가 사이고를 죽이려고 자객을 가고시마 현에 잠입시켰다. 그래서 사이고 대장이 기리노, 시노하라 두 소장과 함께 정부에 물어

보려고 구마모토에 들어갔을 때, 관군이 그것을 막아 부득이하게 전단을 열었다. 싸움은 우리가 뜻하는 바가 아니었다."

이것은 사쓰마 군이 문서로 열심히 선전해 온 것이며, 가와무라가 새삼 귀를 기울일 내용이 아니었다.

하물며 가와무라 자신은 진절머리나도록 들은 이야기라고 할 수 있다.

그는 4월 초순부터 중순에 걸쳐 말하자면 구마모토 공방전의 말기쯤 해서 사쓰마 군에 회유하는 서한을 보냈고 또 그 회답도 받았다. 회신은 후치베 군페이가 썼다.

'해군 대보 가와무라 스미요시 각하의 글에 회답한다'로 시작된 장문의 서한인데, 요컨대 '무릇 탄환이 비오듯 하는 오늘에 이르게 한 원흉은 오쿠보와 가와지가 아니고 누구란 말입니까?'라는 문구가 그 주축이다. 지금 가와무라가 고노와 야마노다 두 사람에게서 듣는 내용도 그것이었다. 두 사람이 여기서 당당히 혁명 이론을 전개한 다음 오쿠보와 가와지를 공격했더라면, 후세는 사이고와 사학교를 이해하기가 훨씬 더 쉬웠을 것이다. 그런데 두 사람이 한 말은 사이고와 사학교가 궐기 후 줄곧 외쳐 온 "그 두 사람이 밉다"는 일족내의 분규에 대한 감정론에서 한 걸음도 더 나아가지 않았으니 가와무라도 형식적인 반박밖에 할 수가 없었다.

"그렇다면 왜 사이고 자신이 그 두 사람을 법에 고소하지 않았는가?"

가와무라는 이렇게 말할 뿐이었다.

가와무라는 '사이고가 나쁜 것이 아니라, 사학교가 나쁘다'는 논리를 사용했다. 개전하기 전 자기는 군함으로 가고시마 항에 들어가 몸소 사이고를 만나겠다고 요청했으나, 사학교가 방해하며 군함을 습격하려 했으므로 하는 수 없이 닻을 올려 떠나지 않을 수 없었는데 왜 그때 내 요청을 방해했느냐고 가와무라는 따졌다.

사쓰마 인은 웅변가가 드물다.

가와무라는 본디 말이 적은 사나이로, 큼직한 두 눈꺼풀만 자꾸 아래 위로 껌벅이며, 위와 같은 말도 입속에서 중얼거리듯이 말했을 뿐이다.

고노와 야마노다도 일군을 대표한 군사치고는 말이 너무 적었다. 게다가 양쪽 다 사쓰마 사투리로 말을 주고 받았다. 이 말은 상대방에게 감정을 호소하는 데는 편리하지만, 이론을 전개하는 데는 적합하지 않다.

사이고에 대한 연민의 정이라면 가와무라는 새삼 이 두 군사의 역설을 듣지 않더라도 감정 속에 이미 충분히 지니고 있었다.

두 사람이 사이고의 구명에 대해 언급하자, 가와무라는 괴로운 표정을 지으면서 너무 늦었다고 말했다.

"하다못해 미야코노조."

그는 말을 이었다. 전황이 미야코노조의 단계에 있을 때라면 어떻게 뛰어 볼 수도 있었을지도 모르지만, 싸움이 여기까지 와버리고 양군의 사태가 이토록 심해진 지금에 이르러서는 어찌할 도리가 없다는 것이었다.

가와무라의 태도는 내내 부드러웠다. 사이고는 아직 할 말이 있을 것이다, 있다면 신속히 내 진영으로 오시라고 그는 말했다. 이것은 두 사람을 통한 그의 전갈이었다. 이 한 마디는 두 사람으로 하여금 이런 식으로 해석하게 만들었다.

'사이고 선생이 직접 오시면 살 수 있다.'

혹은 단순한 해석이 아니라 가와무라의 이 한 마디는 그런 뜻을 사실상 풍겼는지도 모르며, 또 그렇게 해석하는 수밖에 없었다는 생각도 든다. 적어도 사이고가 단신 가와무라의 본영에 찾아올 경우, 가와무라는 사이고 쓰구미치와도 연락하여 일의 성패는 고사하고 필사적인 구명 운동을 벌여보겠다는 결의로 그 한 마디를 전했는지도 모르는 것이다.

가와무라의 사이고에 대한 전갈이 이 한 마디밖에 없었던 것을 생각하면, 결코 가벼운 것이 아니었던 것 같다.

다시 말하면, 이 한 마디가 시로야마에 전해졌기 때문에, 어쩌면 기리노가 사이고의 마지막 결의에 의심을 품게 되지 않았는가 하는 생각도 해본다.

가와무라는 자기의 이 말 한 마디에 상당한 기대를 걸었던 모양으로, 그 다음 날 24일 미명에 총공격이 개시된다는 작전 기밀까지 공공연히 밝혔다.

그러니 바쁘다는 것이었다. 사이고의 회답은, 오늘 오후 5시가 지나면 늦다고 말했다. 이어서 가와무라는, 부상하여 정부군에 투항한 사이고의 외아들 기쿠지로에 대해 언급하며 "경과가 좋으니 걱정할 것 없다"고 전해 달라고도 했다. 가와무라는 두 사람 가운데 고노는 남게 하고 야마노다를 돌려 보냈다. 이것이 두 사람의 생사의 갈림길이 되었다.

가와무라 스미요시와 두 사람이 잡담을 나누고 있을 때, 육군 소령의 군복을 입은 사람들이 들어왔다. 그가 허리를 굽혀 가와무라의 귀에 무언가 소곤거리자, 가와무라는 고개를 끄덕이며 정중한 말투로 좋겠지요, 하고 말했다.

이 인물은 야마가타 아리토모의 막료로 그의 사신(私信)을 전하러 온 것이었다. 사신이란 시로야마의 동굴에 있는 사이고에게 보내는 것으로, 돌아가는 야마노다에게 맡겼다.

이 시기까지의 야마가타는 인생의 측면을 일종의 로망으로 보려는 문학적 기분이 강하여, 그 후의 야마가타와는 냄새가 좀 다르다. 그는 와카(和歌)의 작가로도 뛰어났지만, 산문가로서도 메이지 초기의 군인 중에서는 그를 따를 자가 없었다.

야마가타는 조슈 번의 졸개 출신이다. 번의 졸개와 영내의 사족이 아닌 자들로 편성된 비정규 부대인 조슈 기병대의 지휘자로서, 막부 말기에 번내의 한 세력을 대표했다. 그는 이때의 군사 경험을 통해 국민 개병군(皆兵軍)의 강함을 몸소 깨닫고, 그 경험으로 유럽식 징병제를 일본에 정착시키려고 애를 쓰며 오늘에 이르렀다. 같은 번의 기도 다카요시 등은 막부 말기에 조슈에서는 경험으로 군 지도자가 정치에 접근하는 것을 가장 싫어했다. 그런 제약도 있고 하여 야마가타는 번 밖에서의 활동(지사로서의 활동)을 거의 하지 않았다.

그것은 평생 그의 은밀한 열등의식이 되어 있었던 것 같다.

"내가 막부를 쓰러뜨렸다."

이런 실감을 가지려면 지사 활동의 경험이 필요했다.

그러나 그에게는 예외적인 경력이 있다. 1867년 5월, 번의 밀사(비밀 군사 연락자)로서 시나가와 야지로(品川彌二郞)와 함께 교토에 잠입한 일이다.

이 무렵 사쓰마 번은 야마가타, 시나가와 같은 조슈의 밀사를 보석이라도 다루듯 소중히 했다. 사쓰마 번은 장차 교토에서 군사 봉기(결과적으로 도바·후시미의 싸움)를 할 경우, 조슈 번과 공동 전선을 펴지 않으면 안되었다. 그 목적을 위한 비밀 실행 위원회를 만들기 위한 것이었는데, 그들은 조슈 대표인 야마가타 등을 정중히 대접하고, 시모노세키까지 일부러 사쓰마의 배를 보내어 맞이했다.

그때 이 번선(藩船)으로 그를 영접하러 나간 사람 가운데 하나가 시로야마의 부장(副將) 기리노 도시아키였다. 또 후시미에서 교토에 들어오는 야마가타 등을 오사라기까지 마중 나간 사람들 가운데, 지금 정부군 고문격인 육군 중장 구로다 기요타카가 있었고, 또 사쓰마 군의 대장으로 미후네(御船)의 싸움에서 패해 자살한 나가야마 야이치로(水山彌一郞)가 있었다. 야마가타 등은 사쓰마 번의 소고쿠 사(相國寺) 번저에서 사이고와 대면하고 모의했는데, 이때 사이고에게서 정중한 대우를 받은 '지사'로서의 이력을 그는 평생토록 아껴 정치적 자신감의 근거로 삼았다.

그 이력을 소중히 여기는 것은 사이고를 소중히 하는 마음과 이어져서, 다소의 연기는 있었다 하더라도 사이고에 대한 야마가타의 존경심은 예사로운 것이 아니었다.

야마가타가 사이고에게 보낸 사적인 편지에는 이렇게 시작되고 있다.

'이 못난 야마가타 아리토모는 머리 숙여 재배하며, 삼가 사이고 다카모리 군게 아뢰는 바입니다. 내가 군과 알고 지낸 지 몇 해이며, 선생의 심사를 알기가 어찌 깊지 않겠습니까.'

격조는 결코 천하지 않아, 후년에 냉혹과 교활함으로 사람들을 떨게 만든 바로 그 인물인가 하는 의심마저 든다. 이때 야마가타의 나이 40세였다. 다소의 젊음을 간직하고 다소의 감상과 싱싱함을 남긴 채, 어두운 밤 막사의 등불 아래에서 사이고를 생각하는 격한 기분을 애써 누르며 편지를 쓰고 있는 광경이 눈에 보이는 것 같다. 일본에는 무인의 문장이 적다는 말은 이미 했다. 하물며 공방전의 한쪽 총수가 다른 한쪽 총수에게 총공격 전날 손수 쓴 글을 보낸 예는 없으며, 이런 뜻에서도 세이난 전쟁은 무수한 육친 관계와 무수한 우인 관계를 서로 원수의 사이로 갈라놓은 극적인 전쟁이었다고 볼 수 있다.

이 문장에서, 비록 사이고가 고향에 돌아간 뒤 몇해 동안 만나 보지는 못했지만, 야마가타는 하루도 '군'을 잊은 적이 없다고 말하고 있다. 그 시대의 '군(君)'이라는 3인칭은 메이지 중기의 '군'보다 경칭으로서 더 무겁다. 문장 속에서 야마가타는 운명의 변전(變戰)에 놀라면서 사학교 궐기 전후의 풍문에 대해 언급했다.

'모두들 말하기를 사이고 아무개가 그 주모자요, 사이고가 그 괴수라고. 그래서 아리토모 혼자 그렇지 않다고 우겼더니, 오늘에 이르러 모두 어긋났습니다. 아아, 무슨 할 말이 있겠습니까? 그러나 곰곰이 생각하니 오늘의 사태, 어쩔 수 없는 기운의 소치인 듯, 군의 뜻이 아닐 것입니다. 아리

토모 이를 잘 알고 있습니다.'

아리토모는 '이를 잘 알고 있다'고 스스로 사이고의 지기(知己)로 자인했다. 사쓰마 인이 본다면 야마가타 따위의 소인이 '이를 잘 알고 있소'고 운운하는 것은 건방지기 짝이 없는 일일 것이다. 야마가타 자신도 어쩌면 이 말을 쓸 때 속으로 캥기는 바가 있었는지도 모른다. 다카세(高瀨)의 단계에서는 솔직하게 술회한 그였다.

"나와 사이고를 비교하면 엄청난 차이가 있다."

다만 엄청난 차이는 인정하되 사이고와 자기를 같이 비교해보자는 데에 야마가타의 어린애 같은 점이 있다고 할 수도 있고, 또 돌이켜 생각하면 이러한 일들로 보더라도 사이고라는 존재가 얼마나 컸던가 하는 것을 엿볼 수 있다고도 할 수 있다.

문장 속의 야마가타는, '군'은 덕망있는 가고시마 지사의 태두(泰斗)였다, 군에게 처음부터 다른 뜻이 있었다면 거병의 명분이나 기회 따위를 일일이 생각할 필요도 없었다, 좌우지간 천하는 불평의 기운이 가득차고, 그 기운은 '비분의 살기' '포연(砲煙)의 요기(妖氣)'가 되었다, 사족들은 시세에 대한 인식의 힘도 이론도 없이 군의 명망만을 이고 있다, 모든 주장은 오로지 '사이고를 위해서 하는 일'이라고 말했다. 문장은 계속된다.

군 또한 '평소에 오래된 정이 두터워' 그들 사족들을 혼자 죽게 하지 못하여 '그 일이 옳지 않음을 알면서도 마침내 그들에게 추대되지 않았던가, 그렇다면 오늘의 일은 군이 오로지 일신을 사족들에게 주기로 기약한 데'에 지나지 않지 않은가, 하고 말했다.

이 문장에서의 야마가타는 사이고의 성격, 입장, 그리고 무엇보다도 그 심사를 잘 파악하고 있었던 것 같다.

야마가타는, 사이고가 궐기하려는 것이 본뜻이 아니었고 옛 동지에 대한 애련의 정이 너무 두터워, 사족들만 궐기시키고 자기만 혼자서 여생을 다할 수가 없어서 일신을 그들에게 주고, 나아가서는 '인생의 허물이나 명예를 도외시하고, 또 천하 후세의 비판을 돌보지 않았을 뿐입니다' 하고, 마치 사이고 자신이 이야기하듯(사이고는 끝내 자신에 대해 이야기하지 않았다) 말했다. 문장 속의 야마가타는, 모든 것을 버린 사이고의 두터운 정을 '아아, 군의 심사 참으로 슬프기 그지없습니다' 하고 말하고, 그러나 다시 반전하여 '일이 이미 여기에 이르렀으니, 얘기 한들 무슨 소용이 있겠습니까' 하고, 사태는 지나가버렸다고 말했다.
'군은 어찌 스스로 일찍 일을 서두르지 않았는가?'
어째서 군 자신을 처치하지 않겠는가 라는 완곡한 표현은, 후단(後端)에서 뚜렷해지지만, 사이고에게 하루 바삐 자살하라는 권유였다.
'양군의 사상자는 하루에 수백 명으로, 골육 상잔하며 벗이 서로를 죽이고 인정으로 참기 어려움을 참았으니 일찍이 이 싸움보다 더한 것은 없었을 것입니다. 더욱이 싸운 뜻을 묻는다면 추호의 원한도 없습니다. 정부군은 군인이라는 직책 때문이고, 사쓰마 군은 사이고를 위해서라고 말할 수밖에 없겠지요.'
야마가타는 사이고의 위명(威名)은 사쓰마 군의 불굴의 힘으로 과시되었다고 말했다. 그러나 이제 사쓰마 군의 유력한 장교들은 거의가 사망하여 전력이 없어졌다고 말하고, 그렇다면 왜 싸우는가, 무슨 희망이 있어 헛되이 방전 건투하려는가 하고 물으면서, 이에 대해 세상에서는 사이고가 며칠이라도 더 살고 싶기 때문이라고 말할 것이라고 야마가타는 말했다.
'사람들은 말할 것입니다, 사이고는 일이 이루어지지 않음을 알면서도 그 목숨을 연장하기 위해 무수한 사상이 양군 사이에 일어남을 안타깝게 여기지 않는다고.'
자기는 물론 그대가 그런 사람이 아니라는 것을 잘 알고 있다, 알고는 있지만 그대를 위해 이를 슬프게 생각지 않을 수 없다고 야마가타는 말했다. 그러므로 군은 '빨리 스스로 결단하여' 이 거사가 군의 뜻이 아님을 밝히고, 피차의 사상자를 구하라고 말한 뒤 되풀이하여 '군이 그렇게 결단한다면, 사병들도 따라서 싸움을 그칠 것입니다' 하고 자살을 권하고 있다.
'아아 천하가 군에게 오늘의 그 허물과 명예를 따짐은 극에 이르렀습니다' 하고는, 이대로 가다가는 군의 명성이 후세에도 제 위치를 차지하지 못하리라 암시하면서, 자결함으로써 '공론(公論)이 후일에 정해질 것'을 고려해야 한다고 말하고 마지막으로 '군은 아무쪼록 조금이나마 나의 괴로운 심정을 살펴주기 바랍니다. 눈물을 흘리며 이 글을 쓰는 바, 이러한 내 뜻을 다하지 못해 미안합니다'라고 맺고 있다. 야마가타는 이 편지를 처음 히토요시(人吉)의 단계에서 썼다가 다소 가필한 모양이었다.
그동안 동굴 안에서 기거한 사이고의 소식은 알기 어렵다.
어쩌다가 바깥을 거닐 때도 있었지만 동굴 안에서 혼자 있는 일이 많았다.

기모쓰키 군 가노야(鹿屋) 출신으로 종군한 나카오 신노스케(中尾甚之助)는, 1935년 무렵 가노야 동네에서 생존자의 담화를 채집했을 때도 건재했다. 그는 에노타케를 탈출하여 산속을 행군한 사람인데, 산속에서는 자주 사이고를 보았으나 "이와사키다니에 들어간 후로는 선생의 모습을 보지 못했다"고 말했다.

나카오는 시로야마를 방위하다가 뒤통수와 허리에 총알을 맞고 병원에 입원했는데, 어느 날 누구를 문병하러 왔는지 기리노가 나타난 것을 보았다고 한다. 기리노는 마침 볼일이 있어서 병원에 와 있던 사이고의 종복을 붙들고 물었다.

"선생님이 무슨 말씀 안하시더냐?"

사이고 선생이 무슨 특별한 말씀을 하시지 않더냐는 뜻인데, 기리노도 이 방위전 동안 사이고와 만나는 일이 매우 드물었다는 것을 이 대화로도 짐작할 수 있다.

"아뇨, 아무 말씀도 없으셨습니다."

종복이 대답하고 있는 것을 나카오는 병상에서 들었다. 그저 이런 정경에 지나지 않았지만, 시로야마에서의 사이고와 기리노의 정경이 어렴풋이 떠오르는 것 같다.

이 종복이 누군지는 밝혀지지 않았다.

어쩌면 시로야마까지 사이고를 따라온 이케히라 센타(池平仙太)였는지도 모른다.

하기야 센타는 9월 14일 사이고의 명령으로 시로야마를 떠나게 되었다는 것은, 센타 자신이 남긴 이야기로 뚜렷하다. 센타는 10년 가까이 사이고를 섬겨 왔는데, 이날 사이고는 그를 불러 가고시마의 다케(武)에 있는 사이고 집에 돌아가서 가와구치(화가)님과 자기 아내를 도와달라고 말했다. 센타는 같이 남아 있겠다고 말했으나, 사이고는 이제 여기는 볼일이 없다면서 허락하지 않았다. 센타는 하는 수 없이 명령대로 했다.

센타는 늘 사이고의 짐을 지고 다녔는데, 그 가운데 칼 세 자루와 돈 3만 3000여 엔이 남아 있었다. 센타가 이 가운데 어느 것을 댁에 가지고 갈까요 하고 물으니, 칼을 한 자루 갖고 가라고 말했다.

센타로서 문제는 돈이었다. 이것은 어떻게 할까요 하고 다시 물으니, 사이고는 얼마나 있느냐고 물었다. 센타가 아뢰니까 사이고는 "아직도 그렇게나 있었느냐?" 하고 중얼거리고는, 극히 사무적으로 말했다.

"그럼 그것하고 칼 두 자루하고 잡동사니 주머니만 두고 가거라."

센타는 이제 이 시로야마에서는 돈이 필요 없음을 생각하고, 이 가운데서 하다못해 2, 3천 엔이라도 마님(부인)과 가와구치님이 쓰시도록 갖다드리면 어떻겠습니까, 하고 말하자, 사이고는 센타의 뜻밖의 발상에 놀라 곧 얼굴에 노기를 가득 띠면서 "그 돈이 어찌 네 돈이냐, 사학교의 군자금이 아니더냐?" 하고 소리쳤으나, 금방 부드러운 목소리로 돌아가서 탈출하는 길을 자세하게 일러 주었다. 이 산을 서쪽으로 가서 소무타(草牟田)로 나가 니시타(西田) 방면으로 빠지면, 아직 길이 열려 있을 것이라고 했다. 센타가 실제로 그리로 가 보니 정말 간단하게 빠져나갈 수 있었다고 한다.

군사 야마노다 가즈스케가 사이고에게 보내는 야마가타의 사신을 품에 넣고 이소의 슈세이칸을 떠난 것은 9월 23일 저녁때가 지나서였다.

호위를 위해 가와무라의 명령으로 해군 소위 사카모토 준이치(坂元俊一)가 정부군 최전선까지 동행했다.

이소에서 남하하여 가고시마 북쪽 교외로 들어가니, 길거리에는 정부군 사졸들이 우글거리고, 하늘 아래 한 모퉁이에 쌓아올린 푸른 산인 시로야마만 덩그러니 남아 있는 느낌이었다. 포탄의 연기가 사방에서 솟아오르고 있었다. 함포 소리가 가장 요란스럽고, 가미노하라(上之原)의 포병 진지에서 쏘는 발사소리가 가장 잦았다. 그것들이 시로야마에 떨어져서 작렬할 때마다 굉음이 주위의 산에 메아리치고, 사쿠라지마에도 그 소리가 부딪쳐서 울렸으며, 이 때문에 한 번씩 포탄이 떨어질 때마다 소리가 몇겹으로 울려서 무시무시했다.

야마노다는 사카모토 소위와 미야코지(宮小路)에서 헤어졌다. 이제부터 사쓰마 군의 영역이다. 이 날은 맑게 개어 더웠다. 야마노다는 햇빛이 내리쬐는 비탈을 올라가면서 쌓인 피로로 다리가 무거웠다. 덧없는 세상의 비탈을 올라가는 것도 오늘이 마지막이구나 하는 생각도 했을 것이고, 눈 아래 펼쳐진 가고시마 거리를 돌아보고는 깊은 감개에 젖기도 했을 것이다.

야마노다는 먼저 기리노 도시아키의 동굴부터 찾아갔다. 떠날 때 웬지 기리노와 의논하기가 꺼려져서 그냥 떠난 것이 마음에 좀 걸렸기 때문인지도 모른다.

야마노다도 기리노도 그 다음 날에는 다 전사해버렸으므로, 이때의 동굴 안의 상태는 잘 알 수가 없다.

다만 나중에 살아남은 사람들 가운데 그 속의 기색을 엿들은 사람이 있다. 소년대(少年隊)의 후쿠자키 마사하루(福崎正治)와 그의 전우 네지메 기요시(禰占淸) 두 사람이다. 후쿠자키는 지난 3월 구마모토의 요시쓰기에서 얻은 부상으로 아직도 지팡이를 짚지 않으면 걸어다닐 수가 없었다. 그는 한때 가고시마의 소무다에 있는 집으로 돌아가서 치료를 받았는데, 사쓰마 군이 돌아온 뒤 함께 시로야마에 들어와 있었다.

후쿠자키가 남긴 이야기로는, 자기가 이날 오후 기리노를 찾아갔더니, 마침 군사 야마노다 가즈스케가 적진에서 돌아와 보고하고 있는 중이었다. 자기들은 먼 발치에서 그 상황을 보았다고 한다.

"기리노 씨는 굉장히 화가 난 듯이 보였고, 이따금 노성을 들었다. 그 내용은 알 수 없었다. 야마노다 씨가 떠나고, 이어서 벳푸 신스케 씨가 들어왔다."

벳푸는 사촌형인 기리노에게, 내일 새벽에는 적이 온다. 한 번 실컷 싸워 주겠다는 뜻의 말을 했다. 후쿠자키 소년이 앞으로 나가서 기리노에게, 야마노다 님이 무슨 이야기를 가지고 오셨습니까, 하고 물었다.

"기리노 씨는 확실히 대답하지 않고, '돌아올 필요도 없었던 거야' 하고 대답할 뿐이었다."

기리노는 본디 사이고의 목숨을 살려 달라고 애걸하는 따위의 제의에는 반대였다. 반대 이상으로 후세에 대한 사이고의 명예를 생각하고 불쾌하게 여겼던 것 같다. 그러기에 전날인 22일자 옥쇄를 시사한 사이고의 포고문에서, 두 사람의 행동이 구명을 요청하러 간 것이 아닌 '대의명분을 관철하고 법정에서 죽으러 갔다'고 밝혔다. 그 당사자가 돌아와버리면 포고문은 거짓말이 되므로 기리노가 화를 낸 것도 무리가 아니었다.

돌아온 야마노다는 기리노를 만난 뒤 사이고의 동굴로 가서 대강 보고하고 야마가타 아리토모의 사신을 건네주고 물러났다.

"자결하라"는 취지가 완곡하고 장황하게 씌어있는 야마가타의 편지는 요컨대, 당신만 자결하면 쌍방은 쓸데없이 피를 흘리지 않아도 되고, 나아가서는 후세에 대해 당신의 명예를 지키는 길이기도 하다는 것이었다. 이것은 사이고가 얼마나 적장에게까지 사랑을 받았나 하는 것도 되지만, 동시에 사이고의 일종 우둔한 면을 나타내는 일이가도 하다.

　가쓰 가이슈는 사이고의 죽음에 대해 "기어이 불평분자들 때문에 죽었구나. 사이고는 그런 때는 참으로 수단이 없는 사나이라 지혜가 없기 때문에 그렇게 된 것이다" 하고 말했다. "그만한 불평분자쯤 해산시켜버린다고 해서 문제될 것은 없다"고 가쓰는 그 다운 역설 비슷한 말을 했지만, 사이고를 좋아하는 가쓰로서는, 수단과 지혜가 없기에 사이고는 거대하다는 뜻을 그 말 속에 풍기고 있었던 것이 틀림없다.

　막부 말기에는 수단과 지혜가 없는 사이고의 주위에, 사이고 쓰구미치가 말했듯이 슬기로운 계책을 바치는 사람이 많았다. 거꾸로 말한다면, 누군가가 지혜를 내주지 않으면 사이고가 가엾다는 기분이 그 주위에 늘 있었다. 사람들로 하여금 열심히 도와 주고 싶은 마음이 들게 하는 데에 사이고의 인품의 특별함이 있었던 모양이다. 이번 경우는 적의 총수가 사이고를 위해 열심히 지혜를 짜서 갖다 바치는 격이었다. 야마가타도 가쓰와 마찬가지로, 사이고는 그냥 내버려두었다가는 어떤 형편없는 꼴이 될 지도 모른다는 생각으로, 적장에게 서한을 보내는 비정상적인 행위를 하게 되지 않았나 하는 생각이 든다.

　동굴 안에서 사이고는 그것을 읽고 "야마가타, 나를 배신하지 않았구나" 하고 중얼거렸다고 한다. 이런 중얼거림을 누가 들었는지 전해지지 않아서 좀 수상쩍다. 사이고는 일찍이 오직 사건의 궁지에서 야마가타를 구해 줌으로써 그에게 은혜를 입혔다. 그런 일 때문에 야마가타는 내 은혜를 잊지 않았다는 중얼거림이 된 것이겠지만, 만일 이것이 사실이라면 '인망을 좋아하는(오야마 이와오의 말)' 사이고의 약점이 그로 하여금 이렇게 중얼거리게 한 것이며, 인격의 멋이라고는 하기 어렵다.

　마지막 단계에 와서 적장에게 손을 잡히어 일일이 가르침을 받는 식으로 자결하는 편이 좋다는 말을 듣고 이 같은 말을 했다면 참으로 우스꽝스럽다고 아니할 수 없다. 사이고의 인격이나 일상시의 분위기로 보아, 말없이 편지를 다시 봉투에 넣지 않았을까 하는 생각이 든다.

　야마가타의 이 편지는 어디까지나 오랜 친구로서의 사신이었다.

　그 다음 날, 시로야마가 함락되어, 정부의 사졸들이 사이고의 동굴에 들어갔을 때 이것을 발견했다. 이 편지가 본영에 전달되었을 때 야마가타의 막료들도 비로소 그 사실을 알았다니까 대강 그동안의 소식을 짐작할 수 있다.

군사 야마노다 가즈스케가 시로야마로 돌아온 것은 23일 오후 2시가 지나서였다.
'회의를 빨리 열어야 할 텐데.'
야마노다는 가와무라 스미요시가 다짐한 시각이 다가오고 있었으므로 애가 탔다. 오후 5시까지 정부군 본영에 회답하지 않으면, 내일 새벽의 총공격은 자동적으로 개시된다.
하기야 무엇을 어떻게 회답해야 할지 내용이 모호했다. 고노와 야마노다가 정부군에 가지고 간 이야기는, 정부에 사이고의 명예를 보전한 채 생명을 구제해 달라는 것이다. 그것도 구체적으로 정부군 본영에 전한 것도 아니었다. 야마노다 일행의 조건을 구체적으로 말한다면, "사이고를 정3품 육군대장으로 복귀시키고 유신의 공신으로서 충분히 대우한 다음 그 생명을 구제하라"는 것이 될 것이다.
이것은 실제 인물 이상으로 거대해져버린 사이고의 명성을 받드는 사쓰마 인들 외에는 이해하기 어려운 일인지도 모른다. 오만하다면 더 이상 오만할 수 없을 것이다. 적인 정부군으로 본다면, 사이고 한 사람 때문에 몇 만의 농민병이 사망하고, 격전장에서는 말 그대로 시산 혈하(屍山血河)라고도 할 희생을 치러왔다. 이 '요구'는 그런 농민병의 무수한 목숨 따위는 사이고 한 개인의 공적에 비하면 '쓰레기'나 다름없다는 기분 위에 성립된 것이다.
그런데 오쿠보가 지휘하는 새 정부는 3년 전인 메이지 7년, 이번 변란과 질이 같은 반란인 사가의 난을 일으킨 전 참의 에토 신페이에 대해 직위를 빼앗고 처형했을 뿐만 아니라 그 목을 효수하고 효수한 사진을 찍어 세상에 뿌린 매우 잔인한 처사를 했다. 또 전년인 메이지 9년 세모에는 하기의 난을 주도한 전 병부차관 마에바라 잇세이도, 조슈 번에 대한 배려 때문에 효수까지는 하지 않았지만 역시 하기 감옥에서 처형했다.
"사이고는 에토나 마에바라와는 다르다."
이것이 사쓰마 인들의 기분이었을 것이다. 그러나 어디가 다르다는 것을 법이론으로 설명하는 것은 아마 어느 사쓰마 인도 하지 못했을 것이다.
"사이고는 세상에 드문 영웅이며 불세출의 인격이 높은 인물이기 때문에."
이런 법적논리 이외의 기분으로 호소하는 수밖에 없는데, 그렇다면 에토

나 마에바라는 사이고 같은 영웅이나 인격높은 인물이 아니었기 때문에 효수당하고 처형당했던가 하는, 어린애 같은 비교론이 되어버린다. 그러나 사실은 이 어린애 같은 기분이 사이고를 옹립하는 대부분의 사쓰마 인들의 마음을 적시고 있던 기분이었던 것이다. 나아가서는 새 정부의 고관들도 사이고의 유신 덕분에 그 지위를 얻을 수 있었으며 그러기에 그들은 사이고를 살려내야 한다고 생각했다. 이 모두 유신을 주도한 사쓰마 인들의 강한 억지라고 하지 않을 수 없다.

하기야 군사 야마노다 가즈스케는 정부군이 사이고의 명예를 유지하고 목숨을 구해 달라는 자기들의 조건을 받아들였다고는 생각지 않고 있었다. 가와무라 스미요시가 "이제는 무리다"라고 한 말을 틀림없이 들었고, 그 뜻도 알고 있었다. 다만 야마노다가 기대하고 있는 것은
"할 말이 있으며, 사신을 보내지 말고 사이고 자신이 직접 이 본영에 찾아오라."
가와무라가 한 말이었다. 만일 사이고 자신이 항복한 적장으로서 정부군 본영에 나타난다고 가정한다면, 가와무라의 괴로움은 그때부터 시작될 것이다. 사이고의 명예까지는 보전 또는 회복하지 못하더라도 그 목숨만은 자기 목숨을 걸고라도 지키겠다는 결의를 했는지도 모른다. 그러나 그렇게 되면 정부의 조슈파나 비 사쓰마 파가 승낙하지 않을 것이고, 따라서 사쓰마 파의 횡포라 하여 새 정부는 둘로 갈라져버릴 것이 틀림없다.
육군 참모 야마가타 아리토모는 가와무라의 회답을 당연히 알고 있었다. 알고 있었기에 사이고에게 자결을 권하는 사신을 보냈을 것이다. 야마가타의 정치 감각으로 보면, 만일 정부의 사쓰마 파가 사이고를 구하는 날이면 정부의 위신과 권위는 땅에 떨어지고, 정부 자체의 혼란과 붕괴가 불가피해진다고 보았을 것이다.
어쨌거나 고노 슈이치로와 야마노다 가즈스케가 정부군에 요청한 사항도 모호했고, 그 회답으로 갖고 돌아온 정부군의 의향도 모호했다.
그래도 시로야마에서는 작전회의가 열렸다.
사이고의 동굴 앞이었다. 사이고 자신은 안이 얕은 동굴 안에 앉아 있었다.
기리노 도시아키는 이런 종류의 회의 자체가 어리석은 짓이라고 생각했

다.

'왜 사이고 선생은, 깨끗이 싸워서 죽자는 선언을 하지 않을까?'

이런 불만도 있었을 것이다. 전날인 22일에는 확실히 그런 뜻의 포고문을 썼다(그 포고문의 문장은 사이고의 것이 아닌 듯한 냄새도 난다). 그런 포고문이 나온 이상 이제 와서 새삼 회의를 열 필요도 없는 것이다. 기리노가 가장 두려워하고 있는 것은, 사이고가 여기서 혹시 항복하자는 말이라도 꺼내지 않을까 하는 것이었다.

"오후 다섯 시는 너무 급하지 않은가?"

이런 말을 하며 야마노다를 책망하기 시작한 자가 있었다. 회의에 필요한 시간을 왜 충분히 받아오지 않았느냐는 것이었다. 이 발언이 누구의 것인지는 분명치 않다. 그러나 가능하면 사이고의 목숨을 구하고 싶다는 생각은 기리노 이외의 대개의 간부들의 공통된 기분이었으므로, 이 발언은 누구의 것이건 상관없다고 할 수 있다.

몇 사람의 응수가 오고 간 뒤 이윽고 침묵이 좌중을 덮었을 때, 동굴 안의 사이고가 "회답할 필요 없소" 하고 말했다. 이 한 마디는 결전과 투사를 의미한다. 좌중의 표정이 살아난 듯이 밝아졌다고도 한다.

벳푸 신스케는 이 회의가 끝난 뒤 옆에 있는 사람들에게 "내일 일은 유쾌하기 이를 데 없다. 죽을 때까지 분전할 따름이다"라고 말했다는 것이 여러 자료에 나와 있다. 이 마지막 회의를 재취재한 가지키 스네키도 같은 글을 쓴 것을 보면 사실이었던 것 같다. 사쓰마 무사로서의 전형적인 인품을 가졌던 벳푸가 싸우다 죽는 것에 만족하는 무사다운 정신을 이 말로 과시했는지, 아니면 다소 다른 뜻을 풍기고 있었는지는 알 수가 없다. 벳푸는 기리노와 사촌간으로 하도 의가 좋아, 죽을 때까지 형제 이상이라는 말을 들을 만큼 격의가 없었다. 기리노가 사이고와 그 주변 사람의 '결의'에 한 가닥 불안을 느꼈다면, 당연히 벳푸에게만은 그런 말을 했을 것이 틀림없다. 사이고로 하여금 생애의 마지막을 깨끗이 맺게 하고 싶다는 점에서, 벳푸가 기리노와 같은 생각을 가지고 있었으리라는 것도 쉽게 짐작할 수 있다. 사이고를 비롯하여 전원이 모두 싸우다가 죽게 되는 이날 오후의 결론은 사이고를 하느님처럼 알고 존경하는 벳푸 신스케로 봐서는 사이고를 위해 여간 기쁘지 않은 일이었을 것이다.

회의가 끝난 뒤, 기리노의 명령으로 각 방어선에서 두세 사람씩 대표가 소집되어, 기리노 자신의 입으로 회의의 결정 사항이 통고되었다. 모두 한결같이 사투를 맹세했다.

이 날 하늘은 높게 개이고, 황혼 때는 저녁노을이 불타는 듯했다. 사쓰마 군은 지난 2월 14일 가고시마에서 출발한 뒤부터 줄곧 악천후 때문에 괴로워했는데, 7개월이 지나서 전원이 죽음을 약속한 이 날만이라도 음산하게 비가 내리거나 을씨년스러운 날씨가 아니었다는 것은 그나마 구원이었다고 할 수 있다.

밤에는 달이 떴다. 보름에서 이틀 지난 달이지만 하늘이 높은 탓인지, 이와사키다니의 좁은 길 양쪽의 나무숲을 은빛으로 비추어 주었다.

사이고의 동굴 앞에서는 사졸들이 모여서 마지막 주연을 벌였다.

'가마꾼 산시로(三四郞)'라는 인부가 달빛을 담뿍 받고 일어나서, 마부의 민요를 한 곡 부르겠습니다, 하더니 아름다운 목소리로 노래를 부르며 우스꽝스러운 몸짓으로 춤을 춘 것은 그 분위기의 최고라 할 만했다.

주연이 끝난 뒤, 사이고의 동굴 옆에 있는 호위대 숙소에서는 대장 가모히코시로가 각 대원들에게 사쓰마 비파(琵琶)의 노래를 부르게 하여 그 낭랑한 목소리가 밤이 깊도록 계속되었다.

전선의 각 보루에서도 저마다 술자리가 벌어졌다. 나카시마 다케히코가 지키는 신쇼인 고개 보루에서는 나카시마와 하시구치 하루미네(橋口春嶺)라는 대원이 서로 시를 읊으며 화답하고 있었다. 이때 하시구치가 읊은 노래에는 애통한 정이 넘치고 있다.

　　이슬이라면 풀잎 끝이라도 있다지만
　　이제는 이 한 몸 둘 곳도 없구나

이날 밤 기리노 도시아키에게 강한 반감을 품어 온 몇 사람의 대장급 출신이 이와사키다니의 수송대 본부에 몰래 모여 "내일 공격에 앞서 다시 한 번 이 자리에 모이자" 하고 약속했다. 투항하기 위해서였다.

투항하는 이유는, 만일 사쓰마 군이 깡그리 죽는다면 의거의 취지가 흔적도 없이 없어져버린다, 우리는 수치를 참고 법정에 서서 의거의 취지를 밝힌 다음 처형당하자는 것이었다. 그러나 이와 같이 의논한 항복의 명분보다는

"기리노가 일으킨 이 어리석은 싸움에서 개죽음을 당할 수는 없다"는 감정이 물론 더 강했다.

사토 산지, 이토 나오지, 벳푸 구로(別府九郎), 진구지 스케사에몬(神宮司助左衞門), 노무라 닌스케 등이었다. 이들의 공통점은 우선 그들이 병원에 입원한 부상자라는 것이었다. 부하도 없어서, 진퇴를 혼자서 결정할 수 있었던 것도 이 결의를 쉽게 만들었다.

또한 근위 장교 시절에 모두 대위였다는 것도 똑같았다. 이 때문에 친교가 두터웠으며, 따라서 이런 결정을 내리기가 쉬웠다고 할 수 있다.

사토 산지는 일찍이 기리노의 졸렬한 작전 지도를 지적하곤 해서 감정적으로 대립하고 있었다. 에노타케 기슭의 효노에 갇혀 있던 어느 날 밤 그는 기리노가 동석한 자리에서 사이고에게 "저는 차가운 배는 가르지 않겠습니다" 하고 외친 적이 있다. 차가운 배라는 것은 설사하는 배를 가리킨다. 이 경우는 기리노가 남의 의견은 듣지 않고 줄곧 지기만 하다가 결국은 이렇게 갇혀버린 꼬락서니를 비유해서 빗대어 한 말인지도 모른다. 요컨대 화장실에 몰려들어가서 배를 가르는 바보 같은 짓은 하지 않겠다는 것으로, 이런 뜻에서 본다면 항복하겠다는 그의 행동은 운이 맞는다고 할 수도 있다.

사토는 이토 나오지와 친했다. 이토는 우에키(植木)에서 노기 마레스케를 패주시킨 인물인데, 기리노를 싫어하기는 사토 이상이었으며; 사토가 그 말을 꺼내자 즉각 "좋아" 하고 동의했다.

시로야마의 이토와 병원에서 한 방에 있었던 사람은, 대위 시절부터 친했던 벳푸 구로였다. 벳푸 구로는 닌스케의 형이므로, 물론 기리노와도 사촌간이다. 기리노가 아우 닌스케와 친밀한 데 비해 구로는 전부터 기리노를 싫어했기 때문에, 한 방에 있는 이토 나오지의 의견에 동조했다. 구로는 병실 외에 동굴도 가지고 있었는데, 그 동굴에서는 진구지 스케자에몬과 같이 있었다. 진구지에게도 말하고 찬성을 얻었다.

노무라 닌스케가 기리노를 싫어한 데 대한 감정의 내력은 이미 언급했다. 이 밀회에서 그가 "이 싸움은 기리노의 싸움이었다"고 한 말은 기리노에게 강한 반감을 갖고 있었음을 보여준다.

이 대위 출신들은 분고 전선에서 함께 싸운 전우들이기도 했다. 노무라의 분고 작전은 작전 그 자체가 기리노에 대한 통렬한 비판이었다는 것은 이미 말했다. 아울러 말하자면 다음 날 그들의 투항은 예정대로 잘 되었으며, 그

후 모두 징역 5년을 살았다. 다만 이 행동을 제의한 사토 산지만은 항복 전에 유탄에 맞아 죽었다.

이슬

정부군의 총공격 계획은 이미 19일에 지시되어, 각 여단 및 예하 부대는 자기들이 할 임무를 잘 알고 있었다.

공격 방법, 각 여단의 부서, 혹은 각 부대에 대한 명령서 같은 것을 보면, 근대 육군의 성립 이전인데도 그 면밀한 점에 놀라게 된다. 작전안의 좋고 나쁘고는 그만 두고라도, 야마가타의 성격이 짙게 반영되어 있다고 할 수 있다.

정부군 병력은 7만 명에 달했다. 시로야마의 사쓰마 군은 300명 안팎에 지나지 않는다. 이 작전은 말하자면 한 무더기의 달걀을 둘러싼 사람들이 몇 백 자루의 큰 망치를 휘둘러 박살을 내려 하고 있는 거나 비슷했다.

옛부터 대군에는 전술이 없다는 말이 있다. 그러나 야마가타는 밀도 높게 이 전술을 짜내어 휘하 각급 지휘관들에게 철저히 주지시켰고, 오히려 딱하게 느껴질 정도로 빈틈이 없었다.

그 방침의 하나를 예를 들면 다음과 같다.

"산을 공격할 때는 주위에서 동시에 개시함으로써 그들의 전력을 사방으로 분산시켜야 한다. 무엇보다 사학교에서 데루쿠니 신사에 이르는 방면을 가장 맹렬히 공격하여 산 위에 기어올라가는 듯한 기세를 보인 다음 이와사키다니를 최후 공격점으로 삼는다."

요컨대 정부군이 그 목적(단시간에 공격의 성과를 올려 수괴를 놓치지 않는 것)을 달성하려면 이와 같은 방법 외에는 생각할 수 없었는지도 모른다.

실시 요강만 하더라도 자질구레한 부대행동에 이르기까지, 각 여단에 맡기지 않고 야마가타식으로 빈틈없이 지시했다. 이를테면 각 여단은 강한 사병을 선발하여 '공격병'을 만들고, 따로 포위병을 둔다. 양자의 기능은 다르다. 포위병은 어디까지나 포위를 계속하여 적병이 산에서 빠져 나오지 못하게 하고, 공격병은 과감하게 진격만 한다. 공격병은 한 사람이 150발 내지 200발을 휴대한다. 탄약 보급은 하지 않는다.

공격병은 전투 행동을 자기 판단으로 할 수 있는 능력이 있는 자를 고른다. 그들은 각개 행동을 하고 "고전 사투의 위기에 빠지더라도 후군의 응원을 기대하지 말라"는 주의가 주어졌다.

공격병은 일종의 희생병이라고 할 수 있다. 만일 그들이 후퇴할 때 사쓰마군이 뒤따라 오면, 포위병은 적과 아군을 가릴 것 없이 사격하여 '적도를 물리쳐야 한다'고 되어 있다. 정부군이 사쓰마 병을 얼마나 무서워했는지 이 한 가지만 보아도 알 수 있다.

공격용 포병진지는 시로야마 동북의 히야미즈다니(冷水谷) 너머에 솟아 있는 조코묘지 산(淨光明寺山)에 포열이 깔려 있었다.

23일 밤, 이 포병 진지에서 포탄이 무시무시한 소리를 내며 포효했다. 그들은 달빛에 비친 시로야마를 향해 쉴 새 없이 포탄을 퍼부었다. 포병 진지에는 이런 명령이 내려져 있었다.

"포격은 전일(23일) 오후 12시를 한도로 한다."

심야의 0시가 되면 달빛이 교교한 천지에 죽음 같은 정적이 깃들게 될 것이다.

보병에 의한 총공격 개시는 24일 새벽 4시였다. 이 4시간 사이에 보병이 산기슭에 접근하여 총공격의 신호포를 기다리는 것이다.

전쟁이기라기보다 도살이었다. 그러나 방대한 인원을 가진 도살자가 오히려 산속에 틀어박힌 맹수를 더 무서워하는 것 같았다.

9월 24일 오전 4시가 되려면 아직도 5분이 남아 있는 시각, 조코묘지 산의 화포가 불을 뿜으며, 세 발의 신호포가 밤공기를 찢고 울려 퍼졌다. 총공격 개시의 신호였다.

나쓰카게구치(夏陰口)가 먼저 터졌다. 터지고 뭐고 사쓰마 군은 지키자니 병사가 없고 쏘자니 총도 없어서, 홍수가 산으로 거슬러 올라가는 것 같은 정부군의 공격에 그야말로 속수무책이었다. 이어서 나쓰카게구치와 연결된 신쇼인 고개도 무너졌다. 이 방면의 대장 나카지마 다케히코는, 한때 좁은 싸움터를 뛰어다니고 있더니 난군 속에서 사라져버렸다. 나중에 정부군이 그의 시체를 찾았으나 보이지 않았고, 어쩌면 포위망을 뚫고 행방불명이 되었는지도 모른다는 설이 나돌았다.

산꼭대기인 시로야마도 대장 후지이 나오지로 등이 잘 막았으나 40분 만에 궤멸했다.

'우시로노마와리(後廻)' 방면의 방어대도 정부군의 공격과 동시에 산 꼭대기로 달려가서 막았으나 1시간 만에 허물어졌다.

오테구치(大手口)는 오테에서 혼다(本田) 저택까지가 방어선인데, 인원수는 30명, 다카기시치노조가 지휘하고 호리 신지로가 부지휘자였다.

좌익을 이루는 시로야마가 돌파되었을 때, 혼다 저택 부근의 호리 신지로는 10명쯤 남은 부하들에게 "이제 일이 이에 이르렀다. 투항하고 싶은 사람은 하고 죽고 싶은 사람은 죽으라"며 군대를 해산한 다음, 미친 듯이 큰 칼로 땅바닥을 치면서 "사이고 선생을 돌아가시게 하다니, 국가를 위해 참으로 유감스러운 일이다" 하고 소리쳤다. 그가 얼굴을 들었을 때는 이미 병사들은 다 흩어지고 없었다. 대신 정부병이 포위하여 총검을 꼬나들고 주춤주춤 밀려오고 있었다. 호리는 뛰어올라 그 중의 하나를 벴다. 그러나 당장 난탄을 맞고 즉사했다.

다카기 시치노조는 오테 보루에서 지휘하고 있었다. 부하인 다니야마(谷山) 향사 다니카와 이오조(谷川五百藏)라는 자가 지겐 류(示現流)의 훌륭한 검객이었으므로 이리저리 뛰면서 마구 쳐서 순식간에 다섯 명을 벴다. 다니카와는 그 뒤에 살아남아 대만의 기륭(基隆) 경찰서장 등을 지내면서 시치노조의 아들에게 아버지의 최후에 관한 이야기를 들려주곤 했다.

시치노조는 다리에 총상을 입고 쓰러졌다가 상처를 동여매고 다시 일어나, 병사들에게 살든지 죽든지 마음대로 하라는 해산 명령을 내렸다. 그 뒤 적병에게 보루를 포위당하여 머리에 한 발, 배에 두 발을 동시에 맞고 데굴 데굴 구르면서 죽었다. 꽤 가까운 거리에서 집중 사격을 받은 것으로 짐작된다.

한편 야마가타 아리토모는 총공격이 개시 되었을 때 다가 산(多賀山) 위에 서서 남쪽 시로야마를 바라보고 있었다. 신호의 포성과 함께 시로야마의 주위에서 번쩍이는 무수한 총화가 불의 소용돌이처럼 선회하기 시작하는 것을 보았다.

"중요한 이와사키다니 방면만 어둡구나."

거기만 아군이 쏘는 총화의 섬광이 보이지 않는다면서 야마가타는 자꾸만 불안해 했다. 사이고의 본영이 있는 곳이었다. 나중에야 그도 사정을 알았지만, 3개 여단의 선발병이 삼면에서 총을 쏘지 않고 보루 아래로 살그머니 접근하고 있었기 때문이다.

이날 새벽, 동굴 안의 사이고는 멀리서 들려온 세 발의 포성과 함께 일어났다.

'오늘이 죽는 날인가?'

그는 이렇게 생각했을 것이 틀림없다.

그는 일찍이 네지메(根占)의 산속에서 넘어져 나무그루터기에 뒷통수를 심하게 부딪친 후로, 날씨가 나쁠 때는 기분이 좋지 않았다고 한다. 그 전에는 자기의 기분으로 주변에 있는 사람들의 기분을 언짢게 만드는 일이 없었다. 이날 그의 기분은 보통이었던 것 같다.

종복인 센타를 다케(武)의 본가로 돌려보냈지만, 기치자에몬이라는 종복은 남아 있었다.

평소의 사이고는 어쩌다가 농담을 하는 일은 있어도 거의 말이 없었다. 기리노 같은 총지휘자까지도 사이고의 마음속을 헤아리지 못해 때로는 사이고의 종복을 붙들고 "무슨 특별한 말씀이 없었더냐?"고 물어보아야 할 정도로 사이고는 말이 적었다. 기리노는 걱정이 하나 있었던 모양이다.

'정말로 돌아가실 생각일까?'라는, 그 전과는 반대의, 다시 말해 전에는 사이고가 죽음을 너무 서두는 것 같아서 경계했는데, 시로야마의 말기에 이르자 이번에는 그 반대의 걱정을 한 듯한 기미가 있다.

그토록 친히 사이고를 접하고 있는 그에게도, 사이고는 파악하기 어려운 존재가 되어 버린 것이다.

그런 기미가 보인다. 이유의 하나는 사이고의 과묵함이었다.

이슬 619

그러나 곁에서 시중드는 종복 기치자에몬은, 사이고가 죽음을 결의하고 있다는 점만은 잘 알고 있었다.
 이를테면 의복이었다. 사이고의 옷과 속옷은 비바람 속의 산속을 행군하는 동안 누더기가 되어버렸는데, 사쓰마 군이 가고시마에 돌아왔을 때 기치자에몬이 얼른 사이고의 집에 가서 옷가지 일습을 가지고 왔다. 이날 아침 사이고는 기치자에몬에게 지시하여 신발에 이르기까지 새 옷으로 갈아 입었다.
 하카마는 입지 않고 감색 비단 천의 통소매 옷에다 쭈굴쭈굴한 흰 비단띠를 굵게 둘둘 말고는 다리에 꼭 끼는 바지에 각반을 찼다. 급할 때는 소매만 걷어붙이고 당장 떠날 수 있는 옷차림이다.
 한편 기리노 도시아키는 새벽부터 동굴에서 나와 애용하는 마르티네 총을 짊어진 종복 나카무라 고키치(中村幸吉)를 데리고 이곳 저곳을 순회하고 있었다.
 "졸병들은 매우 의기소침해 있다가, 기리노의 늠름한 모습을 보자 금방 기운을 되찾았다."
 생존자들이 말하고 있듯이, 그는 온 몸에 넘치는 기운을 발산하면서 절망적인 상황도 아예 안중에 없는 것처럼 보였다. 이 마지막 단계에 이르러서야 그의 영매한 기운과 사쓰마적인 무사도 미학은 결코 가짜가 아니었음이 드러난 것이다.
 기리노는 병원에서 헨미 주로타를 만났다. 머리에 붕대를 감은 헨미는 이미 새 각반과 짚신으로 단장을 하고 있었는데, 이 사나이도 패군 속의 장수답지 않게 발랄했으며, 상처만 나았더라도 적의 한 귀퉁이를 허물고 구마모토로 진출했을 텐데 하며 원통해 하고 있었다.

 기리노 도시아키는 금은으로 장식한 칼 대신 보통 칼을 차고 있었다.
 그의 자랑인 큰칼은 쇼나이(庄內)의 옛 번주 사카이(酒井) 씨가 보신 전쟁 때 관대한 처분을 받은 인사로 그에게 준 것으로, 도명(刀銘)은 아야노코지 사다토시(綾小路定利)이다. 육군 소장에 임명되었을 때 그것을 서양식으로 개조했다. 순은 칼집에 순금의 선을 상감하고, 날밑과 손잡이를 순금으로 만든 참으로 찬연한 것으로, 예부터 이토록 요란스럽게 장식한 칼도 드물 것이다.

향사 출신인 기리노는 유신 뒤에도 문벌을 까다롭게 따진 사쓰마에서 이례적인 영달을 이룩했다. 칼 한 자루로 육군 소장이 되었다는 의기가 이 패도(佩刀)를 꾸미는 데 깃들어 있었다고도 할 수 있고, 또 전국 무사의 기풍을 가진 사쓰마 기질은 겉모양에서 아름다움과 이색적인 것을 과시하여 자기의 힘과 깨끗함을 약속하는 것이라 오히려 호감이 느껴지는 일이었다고도 할 수 있을지 모른다.

기리노는 순회 때 언제나 지휘기를 손에 들고 다녔다. 보통 지휘기에는 글자를 쓰지 않는데, 기리노의 그것에는 누가 썼는지 이런 훌륭한 필적의 문구가 씌어 있었다.

'천지 정기 늠연 관일월(天地精氣凜然貫日月).'

기리노가 시로야마에서 투사할 각오를 하고 있었던 것은, 며칠 전부터 비전투원 몇 사람을 탈출시킨 것으로도 알 수 있다.

병원에서는 정부군 포로들이 들것을 들거나 주방일에 종사하고 있었다. 그 가운데 사쓰마 군이 가고시마에 돌아올 때 잡아서 끌고 온 현청의 경리직원이 있었다. 이즈하라(嚴原) 사족으로 미우라 도이치로(三浦藤一郞)라고 했다.

기리노는 처음부터 이 사람을 좋아했는데, 하루는 그를 자기 동굴에 불러 "돈을 가지고 있습니까?" 하고 정중하게 물었다. 미우라가 고개를 저으면서, 나는 아시다시피 9월 1일 가미마치교야 다리(上町行屋橋)에서 붙잡혔는데 그때 소지품을 몰수당했다. 그래서 돈이 한 푼도 없다고 대답하자 기리노는 그에게 10엔이라는 큰돈을 주면서, 오늘 탈출하라고 말했다. 그리고, 다만 한 가지 부탁이 있다고 덧붙였다.

"말을 좀 전해 주시오. 누구라도 좋소. 관에 있는 사람이면 누구라도 상관없어요."

이어서 "일본은 조선을 차지해야 한다. 조선을 차지하기는 쉬운 일이다. 그러나 그 배후에 청나라가 있다. 후일 청나라와 싸울 때가 일본의 위기이다. 나는 시로야마에서 죽지만, 이상과 같은 것을 기리노가 우려하고 있더라고 전해주기 바란다"고 말했다. 참으로 어린애 같은 내용이지만 기리노로서는 아주 진지하게 한 말이었던 것 같다.

일본은 쇄국이 너무 길었다. 유신으로 국제 사회에 나가기는 했지만, 기리노와 마찬가지로 다른 많은 군인들도 세계 정세를 보는 데 전국시대를 유일한 이미지로 삼았다. 다시 말하여 순수 방위론으로밖에 세계를 보는 능력이 없었다. 기리노만 기이하게 볼 것은 없다.

기리노는 막부 말기부터 살육으로 자기의 정의와 논리를 표현하려고 한 사나이였다.

막부 말기에 누가 사이고의 사상이나 사이고가 생각하는 노선을 방해하려고 하면, 기리노는 그들을 베어버렸다. 막부 말기 막바지에 사이고는 무력혁명 노선을 걸었고, 도사 번은 이와는 별도로 도쿠가와 요시노부를 구제하는 방안으로 대정봉환(大政奉還)의 공작을 했다. 도사 번 대표 고토 쇼지로를 사쓰마 번저의 문전에서 베려고 한 것은 기리노였다. 기리노는 상대방을 말로써 설득하거나 뒤로 공작을 꾸며 제거하는 성질이 아니었다.

다만 기리노는 단순한 살인 기호자는 아니었다. 방해하는 자를 제거하는데 음모를 쓰거나 여럿이 한 사람을 죽이려 하지 않고, 자기 목숨을 걸고 혼자 싸워서 베었기 때문이다. 그래서 입밖에 내어 말하는 사람은 적었지만, 오히려 정부 고관들이 기리노를 마귀처럼 무서워했다.

막부 말기에 사이고는 이 기리노의 마성(魔性)을 이용하여, 상대가 혼자서 만나러 오는 경우에도(앞서 말한 고토 쇼지로와의 회담 때도 그랬지만) 기리노라는 혼신의 흉기를 곁에 앉혀 놓고 만났다. 에도 개성(開城) 문제를 절충하기 위해 가쓰 가이슈가 미타(三田)에 있는 사쓰마의 자택에 왔을 때는 사이고는 기리노를 옆에 거느리고 있었다.

유신 뒤 사이고에 의해 이 혼신의 흉기는 육군 소장이 되어, 일본 군사권의 일부를 쥐었다. 흉기가 영예와 권력을 얻어서 자립했기 때문에 흉기 자신의 사상과 판단으로 움직이게 되었고, 마침내 길러 준 주인인 사이고를 자기의 구상 속에 끌어넣는 결과를 가져왔다.

그러나 기리노는 단순한 살인귀가 아니었다. 사람의 목숨을 끊는 데 정의를 느끼기는 했지만, 사람의 목숨을 지키는 강한 윤리감과 자연스런 인정을 가지고 있었다.

많은 사쓰마 사람들이 기리노를 좋아했다. 그것은 기리노 본래의 사심 없는 마음과, 그렇기 때문에 인격의 리듬이 늠름한 것, 그리고 그 인정 때문이었던 것 같다.

기리노는 총공격 전야(23일)에 종복인 세이키치(靜吉)를 동굴에 불러 금은 세공을 한 칼을 주면서 "이것을 가지고 산에서 떠나라"고 명령했다. 기리노의 이 세상에 대한 집착은, 그가 자랑하는 이 큰 칼밖에 없는 것처럼 보였다. 죽은 뒤에 그것이 '관적(官賊)'의 손에 들어갈 것이 여간 분하지 않았던 모양이며, 그래서 세이키치에게 맡긴 것이었다. 나아가서는 비전투원인 세이키치를 죽이고 싶지 않은 기분도 강했다.

세이키치는 떠나지 않겠다고 버티었다. 나중에는 이런 포위망을 뚫을 재주가 없다고 말했다.

기리노는 "그렇다면 큰 나무에 올라가 며칠동안 숨어서 싸움이 그치기를 기다려라. 그 동안에 칼은 묻어 두면 되지않느냐"고 말했다. 세이키치는 기리노의 명령대로 했다.

한편, 이와사키다니 방면을 담당한 정부군은, 육군 소장 소가 유준의 제4여단이다. 소가는 지쿠고의 야나가와 번(筑後柳川藩) 출신으로, 사쓰마나 조슈 인이 아니다. 그래서 사이고의 본영을 찌르고 그 방면의 공격을 담당하게 된 모양이었다.

그 휘하에 육군 소령 오누마 와타루(大沼涉)라는 싸움을 좋아하는 대대장이 있었다.

"저에게 이와사키다니를 맡겨 주십시오."

그는 소가에게 집요하게 부탁하여 23일에 허가를 얻었다. 사쓰마 출신자들은 사이고의 목을 직접 치는 것을 좋아하지 않았다. 조슈 출신자들도 사쓰마 파에 밉게 보일 것을 고려하여 그런 일에서 멀어지려고 했다.

도치기(栃木) 현 사족인 오누마는 그런 점에는 지장이 없었다. 구로바네(黑羽) 번이라는 불과 1만 8천 석의 작은 번이다. 보신 전쟁 때 사쓰마와 조슈가 간토(關東)에 들어가자 이에 속했으며 오누마는 번병을 이끌고 아이즈 공격전에 참가하곤 했다. 보신 전쟁 때 사쓰마·조슈에 속했지만 유신 후 육군에서의 사쓰마 벌의 강대함을 별로 유쾌하게 생각지 않고 있었다. 그것도 이 적극적인 지원의 동기였는지도 모른다.

오누마 대대는 공격병으로 편성되어 있었다. 공격병은 여단 전체에서 제일 센 사졸들이 선발되었다는 것은 앞에서 말했다. 오누마 대대의 공격병은 사쓰마 군이 비웃는 농민병은 드물었고 거의가 사족들로 편성되었으며, 그것도 도호쿠(東北)와 후쿠리쿠(北陸) 지방의 사족들이 많았고, 그 다음이 산요(山陽), 산인(山陰)의 순서였다. 모두 보신 전쟁 때의 원한이 뿌리깊게 사무쳐 있었으며, 특히 도후쿠 병들은 사쓰마 인이라면 시체의 능욕도 마다하지 않을 만큼 증오심에 차 있었다.

오누마 대대는 3개중대로 되어 있었다.

이 가운데 제2중대가 이와사키다니 입구로 잠행하게 되었다. 중대장은 후루쇼 모토유키(古莊幹之) 대위로, 구마모토 현 사족이었다. 이 전역에서 용맹을 칭찬받아 귀신 같은 대위라 일컬어졌으며, 사쓰마 인에게 조금도 동정심이 없다는 점에서 선발된 2백 명의 중대를 지휘할 만했다.

정부군은 거대한 병력과 화력으로 시로야마를 포위하고 있기는 했지만, 마지막에 사쓰마 군의 숨통을 끊는 것은 역시 소수의 공격부대에 의한 백병전에 의존해야 했다. 사쓰마 군의 각 거점 가운데 이와사키다니의 백병전이 가장 처절하리라는 것은 다 예상한 일이었다. 그 담당에 오누마가 임명되고 다시 후루쇼가 선발된 것은 충분한 이유가 있는 일이었다고 할 수 있으며, 사실 그들이 사이고를 죽이는 결과가 되었다.

후루쇼이 전쟁이 끝난 뒤 훈5등(勳五等)에 제수되어 쌍광욱일장(雙光旭一章)을 받은 것을 보면 군 상층부에서 그의 공을 인정한 것은 틀림없다. 그러나 후루쇼의 그 뒤의 군 경력은 기묘하다고 할 수밖에 없다. 메이지 23년(1890)까지 현역에 있었는데, 전후 13년 동안 대위에서 더 이상 올라가지 못하고 만년 대위로 예편했다.

"왜 우리를 멧돼지 사냥의 멧돼지로 만드는가?"

이 말은 앞서 군사로서 정부군을 찾아간 고노 슈이치로와 야마노다 가즈스케가 정부군 간부에 항의한 말이라고 한다.

정말 정부군은 300명 남짓한 사쓰마 군을 시로야마와 더불어 몽땅 우리 속에 가둔 양상이었지만, 마지막으로 그 우리 속에 뛰어들어가 맹수를 잡는 도살자가 있어야 했다.

정부군은 사쓰마 군 본영이 있는 이와사키다니 입구를 최고의 난관으로 생각하고 사학교를 그 다음 가는 난문으로 보았다. 사학교 쪽 돌격대장을 다쓰미 나오부미(立見尙文) 소령이 맡은 것은 이유없는 일이 아니었다.

막부 말기에 막부를 지탱한 것은 아이즈 번과 구와나 번이었는데, 막부가 와해된 뒤 다쓰미는 구와나 번의 잔병을 이끌고 사쓰마·조슈 군에 강력히 대항하여 아이즈 번, 나가오카 번, 구막부병 등과 연락을 취하면서 그들을 괴롭혔다.

유신 뒤 다쓰미는 초야에 숨었으나 그의 이름은 사쓰마·조슈인에게 오래 기억되었으며, 세이난 전쟁이 터지자 곧 기용되어 소령 계급으로 신센 여단의 한 대대를 지휘했다. 참고로, 다쓰미는 그 뒤 육군에 머물렀으며, 러일 전쟁 때 히로마에(弘前) 사단을 이끌고 눈보라 속을 강행군하여 흑구대(黑溝臺)에서 전멸할 뻔한 일본군을 구한 것은 그와 그의 사단이었다. 나중에 대장(大將)이 되어 메이지 40년(1907)에 죽었는데, 번벌(藩閥)시대의 막부 지지파 출신으로서 대장이 된 것은 오구라 출신의 오쿠 야스카타(奧保鞏)와 이 사람밖에 없다. 사쓰마·조슈 벌도 다쓰미의 군인으로서 보기드문 자질을 무시할 수 없었던 모양이다.

24일 새벽, 사학교 입구에 돌입한 다쓰미 나오부미는, 그와 전후하여 정부군에 기용된 구 아이즈번의 가로(家老) 야마카와 히로시(山川浩) 소령이나, 아이즈 와카마쓰 성(若松城)의 방어전 때 사쓰마·조슈 인에게 알려진 경시대의 사가와 간베 등과 비슷한 심경이었을 것이다.

화제를 이와사키다니 공격으로 돌린다.

소령 오누마 와타루는 23일 오후 돌격대장 후루쇼 모토유키 대위와 아사다 노부오키(淺田信興) 중위를 불러 심각한 훈시를 했다.

"전부터 귀관들은 좋은 죽을 자리를 바라고 희망해 왔다. 훌륭하게 싸워서 죽어 주기 바란다."

후루쇼뿐 아니라 아사다 중위도 오누마에게 줄곧 가장 화려한 부서를 자기에게 달라고 희망해 왔다. 아사다 노부오키는 사이타마(埼玉) 현 출신으로, 그즈음의 사관으로서는 드물게 사족이 아니었다. 간토 출신이자 사족이 아니기 때문에 아사다는 사이고나 사쓰마 인에 대해 아무런 감상도 갖고 있지 않았으며 정부군의 선전대로 그들을 역적으로만 알고 있었다.

오누마는, 후루쇼 부대를 정면 공격대로 정하고, 기슭에서 비탈을 올라가 이와사키다니 입구에 있는 사쓰마 군 대보루를 공격시키기로 했다.

아사다 부대의 임무도, 이 공격의 본질과 밀착되어 있었다고 할 수 있다. 야음을 틈타 길도 없는 곳을 기어올라가 이와사키다니 위쪽으로 나가는 것이다. 이와사키다니 위쪽에는 골짜기 좌우에 사쓰마 군의 보루가 있다는 것을 알고 있었다. 그것을 탈취하여 높은 데서 이와사키다니의 사쓰마 군을 내려다보며 사격하여, 후루쇼 부대의 정면 돌격을 가능하게 만들라는 것이었다.

몇 번이나 언급했듯이, 총공격의 개시 예정은 9월 24일 오전 4시였다.

다만 중위 아사다 노부유키 부대는 오전 1시에 행동을 개시했다.

시로야마의 산세는 복잡하지만, 그 형상을 굳이 단순화한다면, 능선 모양이 흙 토(土)자처럼 되어 있다. 土자의 아랫변 —이 시로야마의 능선으로 최남단을 이루어 가고시마 시내에 면하고 있다. 이 아랫변은 다른 여단이 공격한다. 다카기 시치노조가 전사하는 오테(大手)는 전선이다.

土 자의 윗변 —은 이와사키 산의 능선이고, 이 능선과 시로야마 능선 사이에 있는 것이 사이고 일행이 있는 이와사키다니다.

이와사키 능선의 북쪽은 조가다니(城谷)이다. 이와사키 산의 뒷골짜기에 해당한다. 아사다 중위의 부대가 잠입한 곳은 이 조가다니였다.

그들은 조코묘지 산 남쪽 기슭에서 출발했다. 도중에 정부군의 커다란 포위 녹채가 네 겹으로 둘러져 있었다.

"아군입니다."

아사다는 한패끼리 싸우는 일이 없도록 수비병에게 필요 이상 공손한 태도로 통과를 부탁하며, 소가 소장의 친필 증명서를 내보였다.

마지막 녹채에서 아사다는 부하를 기다리게 해 놓고, 오전 4시 전에 진로를 정찰해 두려고 혼자서 사쓰마 군 영역으로 들어갔다. 사쓰마 군 쪽에서도 스스로를 방어하기 위해 대나무 방책을 쳐놓고 있었다. 아사다는 몸을 땅에 붙이고 대나무 방책에 다가가서 흔들어 보았으나 웬만해서는 부서질 것 같지 않았다. 나중에 돌입하기 쉽도록 칼로 매듭을 하나씩 잘라 놓고, 다시 올라가니 또 한 겹의 대나무 방책이 쳐져 있었다. 아사다는 그것도 소리나지 않게 매듭을 끊어 놓았다.

이 제2의 방책을 빠져 나가니 산 위에 오두막이 있고, 화톳불이 타고 있는 것이 보였다.

'저것이 이와사키 산 능선 위의 보루구나' 하고 생각했을 때, 아사다는 아마 전율로 입속이 헌 가죽처럼 바삭바삭 말랐을 것이다.

그러나 사쓰마 군은 이와사키 산 능선에 전력이라고 할 만한 인원이 없었다.

소노다 다케이치(園田武一) 이하 17명

이치키 야노스케(市來矢之助) 이하 28명

도합 45명이지만, 그 가운데 반 수도 총을 가지고 있지 않았다.

소노다는 나이 서른 다섯, 평생 장가를 가지 않을 생각이었으나, 출진 전 헨미 주로타와 고노 슈이치로가 강력히 권하는 바람에 마침내 장가를 갔다. 출진 한 달쯤 전이었던 것 같다. 이 날 이른 아침, 쳐들어온 아사다 부대와 분전하다가 전사한다.

이치키 야노스케는 근위군 육군 상사 출신으로, 이 날 아침 용감하게 싸웠으나 본영이 전멸했다는 소식을 듣고 항복했다.

징역 2년을 살았으며 여생은 길었던 것 같다.

24일 오전 3시 55분에 총공격 개시의 신호포가 울렸을 때, 아사다 노부오키 중위 등 50여 명의 공격대는, 조가다니로 내려가는 사쓰마 군의 대나무 방책 앞에 엎드려 있었다. 포성과 함께 일제히 일어나 아사다 중위가 미리 끊어 놓은 큰 방책을 향해 한 줄로 나아가서 이윽고 사쓰마 군 영역으로 들어갔다.

다시 사쓰마 군의 제2방책을 돌파했을 때, 이와사키 산 능선 위에 있던 사쓰마 군 보초병의 눈에 띄었다.

사쓰마 군의 사격이 시작되었다. 마침 열이렛 날의 달이 비탈의 나뭇잎을 반짝반짝 비추고 있었다.

능선 위의 사쓰마 병은 달빛에 의지하여 발 아래 골짜기에 움직이는 그림자를 보고 쏘아댔다.

개전한 뒤로 사쓰마 병의 사격은 신중해서, 정부군처럼 마구 쏘지 않고 한 발씩 총알을 아끼듯이 쏘았기 때문에 명중률이 높았다. 그러나 아직 어두워서 그 효과는 별로 크지 않았다.

한편 아사다 부대는 총을 쏘지 않았다.

그들은 한 사람이 150발씩 가지고 있었다.

"한 발도 쏘지 마라."

아사다 중위가 엄중히 명령해 놓고 있었다. 능선에 올라가서 백병전으로 격투를 벌여 총검으로 찌르라는 것이었다. 지금까지 사쓰마 군이 자랑했던 전술이다. 그 장기를 정부군이 배운 셈이다.

이 교훈은 그 뒤 일본국이 겪는 몇 번인가의 근대전에서 바보가 한 가지만 배운 꼴로 써먹게 되는데, 아사다 부대의 이날 밤의 공격 형식이 그 효시였다고 할 수 있다.

바위를 기어오르고 나뭇가지에 매달려 몸을 움츠려 올리면서, 아사다 부대원들은 자벌레처럼 어두운 사면을 올라갔다. 머리 위의 밤 공기를 찢고 날아오는 총탄이 나뭇가지를 흩날리며 잎사귀를 뿌리고 바위 모퉁이에 맞아 불꽃을 튀기곤 했으나, 보통 진대병이었더라면 비명을 지르고 굴러떨어질 것을, 이들은 비탈에 몸을 비벼대며 올라가는 것으로 공포를 견디었다. 선발된 사족병이라는 의식이 그들에게 있었기 때문이리라.

거의가 다 능선 위에 기어오른 뒤에도 아사다 중위는 대원들을 그냥 엎드려 있게 한 채 명령을 내리지 않았다. 달빛 아래 사쓰마 병이 움직이고 있었으나, 뜻밖에도 수가 적었다.

이윽고 아사다는 큰 소리로 호령하면서 앞에서 달려나가 사쓰마 병을 뻈다.

대원들이 몇 명씩 한 덩어리로 달려서 사쓰마 병을 발견하는 대로 전후 좌우에서 총검으로 찔렀다. 사쓰마의 지겐 류는 전속으로 달려 적에게 부딪칠 듯이 일격을 가하는 데는 적합했지만, 수비를 할 때는 아무 수단도 없는 것과 같았으며 달아나는 도리밖에 없었다. 그래도 버티고 서서 정부군 병사와 맞잡고 뒹구는 자도 있었고, 총검 밑으로 파고들어 정부병을 베는 자도 있었으나, 보루는 곧 아사다 부대의 것이 되었고, 이어서 제2, 제3보루도 함락되었다.

능선을 야습한 아사다 부대의 경우는 간단히 성공한 편이었다. 이에 호응하여 산기슭의 이와사키다니 입구를 급습하며 점거하도록 되어 있는 후루쇼 대위의 부대는 곤경에 빠져 있었다.

사쓰마 군으로서는 이와사키다니 입구가 가장 중요한 방어점이었다. 여기서 골짜기 중턱에 있는 오솔길을 더듬어 올라가면 사이고의 본영에 이른다. 그래서 사쓰마 군의 방어책은 이 이와사키다니 입구가 가장 삼엄했다.

사쓰마 군은 이와사키다니 입구에 아마도 1000개는 될 것으로 보이는 대나무로 방책을 짜서 세우고, 그 사이에 무수한 기둥을 박아 보강한 것을 이중삼중으로 세운 방어물을 구축해 놓고 있었다.

이 대나무 방책 안에 큰 보루가 있었다. 장소는 구 번사 사메지마(鮫島)

아무개의 저택 앞이었다. 사쓰마 군은 이것을 '오다이바(大臺場)'라고 불렀다. 보루는 흙가마니를 쌓아 올렸을 뿐 아니라, 근처의 집에서 가구와 문짝 같은 것을 뜯어다가 주위를 보강하여 대포의 근거리 포격을 받더라도 무너지지 않을 것 같았다.

후루쇼 대위는 명령대로 돌격전을 벌이고 싶었지만 대나무 방책에 가로막혀서 나아갈 수가 없었고, 그러는 동안에 도리어 보루에서 사격을 받아 병사들은 총알을 피해 여기저기 은폐물 뒤로 웅크려야 하는 상황이 되었다.

소령 오누마 와타루의 전술은 여기서 착오가 생겼다.

능선 위의 아사다 부대는, 후루쇼 부대와 호응하여 이와사키다니의 아래위에서 사쓰마 군을 협공할 예정이었는데, 후루쇼 부대가 방책 앞에서 꼼짝도 못하게 되어 아사다 부대는 능선 위에서 할 일이 없어졌다. 아사다는 오누마로부터 "무슨 일이 있어도 능선을 점거한 뒤에는 그 자리에서 움직이지 말라"는 명령을 받고 있었기 때문에 이동할 수도 없었다.

아사다가 한 행동은 고작 부대의 일부를 갈라서 능선을 따라 골짜기 입구 가까이까지 내려가 높은 곳에서 사쓰마 군의 큰 보루를 사격하여 후루쇼 부대를 응원하는 정도에 지나지 않았다. 그러나 큰 보루는 천장까지 문짝 같은 것으로 덮여 있었기 때문에 높은 곳에서 쏘아봐야 사쓰마 군에 아무 타격도 주지 못했다. 그럭저럭 날이 새기 시작했다.

여명과 더불어 시로야마를 포위한 정부군의 공격은 더욱 맹렬해지고, 산기슭의 각 보루와 그 밖의 방어시설이 잇따라 무너졌다.

각 방어선에서 패한 사쓰마 병들은 전사하는 자도 있고 투항하는 자도 있었다. 투항하는 자는 무기를 버리고 "항복, 항복" 하고 외치면서 정부군에 다가갔다. 그대로 사살되는 자도 있었고, 포박되어 목숨만 건지는 자도 있었다. 이같은 양상은 그 자리의 정부군 하급 지휘관의 인품에 따라서 달랐다.

나머지 사쓰마 병들은 이와사키다니의 사이고 본영을 향해서 달렸다.

사이고의 동굴 앞에는 호위대장 가모 히코시로가 지휘하는 병사 20여 명이 대기하고 있었다. 사쓰마 군 예비 병력은 이제 이것밖에 없었다.

적의 총성이 모든 봉우리와 골짜기에 메아리치면서 쉴 새 없이 고막을 찢고, 소용돌이치듯 부는 바람이 시큼한 초연 냄새를 날라왔다.

가모 히코시로는 총을 지팡이삼아 동굴 앞에 서 있었다. 그는 사이고의 생가가 있는 가지야초(加治屋町)에서 태어나 어릴 때부터 사이고의 셋째동생 고헤를 선배로 받들면서 가깝게 사귀어 왔다. 메이지 2년 사이고가 고헤를 교토의 양명학자(陽明學者) 가스가 센안(春日潛庵)에게 유학시켰을 때, 히코시로도 다른 몇 사람과 함께 동행하여 센안의 문하에서 공부했다. 그 뒤 근위군 하사관이 되었다가 곧 귀향했다. 히코시로가 사이고를 호위하게 된 것은 구마모토 공격 때부터인데, 그가 가지야초 출신이고 고헤의 친구라는 것이 인선을 좌우한 것 같다. 사이고는 사람을 믿는 데 있어서 강한 향토주의를 가지고 있었는데, 사쓰마 중에서도 가고시마 성 상급무사들에게 특별히 강한 친근감을 느꼈고, 상급무사 중에서도 가지야초 출신의 자제들에게 육친 같은 감정을 가지고 있었다. 온후하고 충실한 성품의 가모 히코시로는 사이고의 신뢰에 보답하기에 족한 인품이었다고 할 수 있다. 나이는 스물 여덟이었다.

가모보다 나이가 일곱 살이나 위인 같은 동네 출신이 그의 부하로서 간부 일을 보고 있었다. 오구라 소구로(小倉壯九郎)였다. 사이고와 같은 동네라서 호위대(정식 명칭은 본영 호위저격대)에 편입된 모양이었다. 하기야 오구라 소구로의 경우는 도고 집안에 태어나 오구라 집안의 양자가 되었다.

오구라는 근위 육군 대위였는데도 하사관 출신인 데다 나이까지 어린 가모의 부하가 된 것은 사쓰마 군의 서열로서는 좀 이례적인 일이지만, 어쩌면 오구라가 약간 신경질이 심하여 일부러 책임이 가벼운 직책을 맡겼는지도 모른다. 오구라 소구로의 친동생은 도고 헤이하치로(東鄕平八郎)로, 이 무렵 해군 공부를 하기 위해 영국에 유학 중이었다.

참고로, 도고는 만년에 집에 찾아온 손님이 "만일 그때 일본에 계셨더라면 어떻게 하셨겠습니까" 하고 물어보자, 그는 조금도 망설이지 않고 대답했다.

"사이고 군에 종군했을 것입니다."

도고는 당연하다는 얼굴로 말했는데, 이 언저리가 사쓰마 사람밖에 모르는 향토 감각(사이고에 대한 존경심이라든가 향토적 질서에 대한 충직함)인지도 모른다.

이윽고 동굴 앞에 간부들이 모여들었다.

기리노 도시아키는 양복 차림이 아니고 새 홑옷에 굵은 허리띠를 둘둘 말아, 그 허리띠에 큰 칼을 찔러놓고 있었다. 옷자락을 걷어올리고, 두 소매를 어깨까지 걷어부쳐 팔을 드러내고 있었으며, 동굴 앞에 나타나면서 큰소리로 호위대의 수고를 치하했다.

다른 간부들도 대부분 일본옷 차림이었다. 양복이 비바람에 해져서 가고시마에 돌아오는 즉시 입수한 옷인 듯 홑옷들이 모두 새것이었다. 다 죽으러 나가는 마당이라 새 옷으로 갈아입은 모양이었다. 그 밖에 다른 보루에서 패주한 사람들도 모였다. 모두 40명 남짓했다. 이제 할 일은 출격하는 것밖에 없다.

사이고는 동굴 안에서 준비를 마쳤다.

굵은 띠에 한 자 일곱 치의 칼을 찌르고, 배에 프랑스제 권총을 꽂았다.

"기치자에몬(吉左衛門), 슬슬 가볼까."

종복에게 그렇게 말을 건넸는지도 모른다.

'본영 자체가 사이고를 받들고 최후의 돌격을 한다'는 합의가 언제 어떤 형태로 이루어졌는지 필자는 잘 알지 못한다.

그러나 이 합의에 의해서 동굴 앞에 기리노 도시아키, 무라타 신파치를 비롯하여 40여 명이 정렬해 있는 것이다. 사이고도 이 합의에 따라 몸단장을 하고 칼과 권총을 찼다.

돌격 방향은 사쓰마 군 보루군(群)의 성문이라고 할 수 있는 아와사키다니 입구이다. 비탈을 내려가지 않으면 안된다. 다 내려간 곳에 사쓰마 군의 큰 보루가 있는데, 여기만은 아직 함락되지 않고 완벽한 진지가 되어 있었다.

큰 보루 앞의 거대한 대나무 방책도 아직 뚫리지 않은 채 이에 의지하여 사쓰마 병들이 방책 밖에 육박한 후루쇼 대위의 공격대와 총탄을 교환하고 있었다. 이 대나무 방책은 너무나 견고해서 사쓰마 군 자신도 뚫고 나가기 어려웠다.

따라서 자연히 사이고 등의 마지막 공격도 이 방책 안쪽이 한계였을 것이다.

사이고 자신은 앞뒤의 언동으로 미루어 어디에 들어앉아서 자살한다는 것은 꿈에도 생각지 않았던 것 같다. 이런 점에서는 전국시대의 풍습을 농후하게 간직한 사쓰마 무사답게 투사할 생각이었다. 그러나 움직임이 부자유스러운 그의 몸으로는 현실적으로 투사는 곤란했다. 그래서 그는 되도록 적에 접근하여 적탄을 맞고 쓰러짐으로써 그것으로 투사의 형태를 갖추고 싶어 했다.

총알을 맞아도 어쩌면 즉사하지 못할지도 모른다. 그런 경우를 생각해서 그는 미리 벳푸 신스케에게 자기의 목을 쳐달라고 부탁해 놓고 있었다.

"신스케군, 이제 이쯤에서 됐네."

나중에 사이고가 어느 단계까지 왔을 때 이렇게 말했다는 유명한 이야기는, 살아 남은 가지키 쓰네키 등이 조사한 바 일치한 일이지만 이 짤막한, 마치 암호 같은 말 한 마디로 흥분했던 것을 보면, 사이고와 벳푸 신스케 사이에 미리 의논이 되어 있었던 것이 분명하다. 요컨대 사이고가 동굴에서 나온 것은, 그것을 위해 '출진' 하는 것이었던 셈이다.

이제 날은 환하게 밝았다.

동굴을 나올 때 사이고는 아무 말도 없었던 것 같다. 동굴 앞에 모인 사람들을 보고도 말이 없었다. 중대한 행동을 하기 전의 무언(無言)은 당시까지 사쓰마 인의 한 스타일 같은 것이 되어 있었다. 사이고가 언덕 아래쪽을 향해 걷기 시작하자 40여 명도 움직였다. 사이고의 뒤에서 다리를 다친 벳푸 신스케가 가마를 타고 따랐다.

가마를 타고 가는 사람이 또 하나 있었다. 다리에 부상당한 헨미 주로타였다.

벳푸 신스케의 가마는 그의 종복 도요토미 긴에몬(豊富金右衛門)과 고스기 에몬(小杉右衛門)이 지고 갔다.

참고로 벳푸 신스케의 종복 가운데 시로카와(城川)라는 자가 있었다는 글이 1941년에 다케자키 오가쿠(竹崎櫻岳)가 지은 《대담한 사이고》라는 책에 씌어 있다. 그 책에 시로카와 아무개가 살아 남아서 위 저자의 아버지 다케자키 가즈지(竹崎一二)에게 이날 일을 회고하여 기리노는 사이고가 적군에 투항할 뜻이 있다는 것을 눈치채고, 사이고를 적에게 넘겨 줄 수 없다고 생각한 순간, 사이고를 기리노가 총으로 쏘았다고 말하고 있다.

기리노가 사이고를 그와 같이 오해했을 것으로 여겨지는 조건이 생각하기에 따라서는 없지도 않았다. 사이고와 기리노의 사이는 다바루 고개의 싸움이 끝날 무렵부터 감정이 뒤틀려 사이고 쪽에서 말을 건네는 일이 거의 없었으며, 따라서 의사가 서로 충분히 소통되고 있었다고 할 수 없다. 시로야마에 틀어박힌 후로 한두 번 항복론이 일어났고, 정부군에 사이고의 구명 요청을 하자는 움직임도 있었는데, 그런 움직임이 있을 때마다 기리노는 격분하여 반대했다.

마침내 그는 그런 의논에서 제외되었다. 사이고와의 의사소통이 충분하지 않았던 기리노가 그러한 움직임에 사이고 자신의 의사가 혹시 끼어 있지 않나 하고 의심했더라도 위의 한 조건으로 본다면 있을 수 있는 일이다. 기리노의 그 미의식(美意識)과 역사 의식으로 본다면, 동시대 및 후세의 사이고 상(像)을 하찮게 만들지 않기 위해서도 사이고의 생을 이 시로야마에서 끝마치게 하고 싶었던 것은 당연한 일이며, 그것은 우연히도 적측의 참모 야마가타 아리토모의 의견이나 희망과도 일치한다.

위의 책에 있는 시로카와의 말로는, 사이고가 곧장 시로야마에서 내려가는 것을 보고 혹시 적측에 항복할 생각이 아닌가 하고 쏘았다는 것이다. 그러나 가령 투항할 생각이었다 하더라도 사쓰마 군 자체가 스스로를 가둔 이와사키다니 입구의 커다란 대나무 방책이 앞을 가로막고 있어서 정부군 측으로 갈 수도 없었다. 이 점 사이고와 기리노도 잘 알고 있었을 것이니 기리노가 의심했다는 일은 거의 성립되기 어렵다.

나아가서는 기리노가 사이고와의 의사 소통이 안되고 있었다는 말도, 사이고가 비탈을 내려가서 적당한 지점에 이르면 목을 처달라고 벳푸 신스케에게 미리 말해 둔 한 성립되기 어렵다. 벳푸는 기리노와 사촌간이라고는 하나 친구 이상의 사이였고, 사이고의 마음속을 충분히 기리노에게 전하고 있었을 것을 생각하면 이 조건 역시 고찰의 재료가 되지 않는다.

게다가 '시로카와'라는 성은 일본 성으로서도 보기 드물게, 옛 사쓰마 번령에는 하나도 없었다고 할 수 있을 뿐 아니라, 벳푸 신스케의 종복 중에 그런 성을 가진 자가 없었다.

다만 '시라카와(白川)'라는 종복은 있었다. 그러나 전날인 23일 오후 벳푸의 심부름으로 산속을 걸어가다가 총에 맞아, 이 돌격의 날에는 이미 이 세상에 없었다. 사이고의 최후에 대한 기설(奇說)은 많지 않으며, 이 이야기가 고작이 아닌지 모르겠다.

전국시대 시마즈 가문의 군제는 다른 곳처럼 보병과 기병의 혼합이 아니었다.

보병을 주체로 한 데에 특징이 있었다는 말은 이미 했다. 보병의 결점을 보충하기 위해 병사 개개인에게 강한 행군력을 갖게 하여 보병의 집단 기동이라는 이상한 용법을 가능케 했다. 이 훈련이 에도 시대에 사쓰마의 소년 교육에 들어 있었으며, 그 결과가 에노타케 탈출과 가고시마 출현으로 나타났는데, 보병이 기병과 버금가는 속력으로 접근하여 돌격하는 것도, 사쓰마 검법인 지겐류의 중대한 요소로서 소년 시절에 모두가 이 교육을 받았다.

이 때문에 사쓰마 인의 돌격은 기백을 고도로 앙양시켜 전속력으로 달리는 것이다.

사이고의 이 마지막 돌격도 당연한 습속으로서 달린 것이 틀림없다.

다만 사이고는 거구인 데다 너무 살이 쪘고, 또 젊은 시절 아마미(奄美)의 여러 섬에 유배되었을 때 풍토병에 걸려 고환에 이상이 생겼기 때문에 젊은 사람들처럼 달릴 수가 없었다.

모두가 아마 처음에는 사이고의 보조에 걸음을 맞추었을 것이다. 그 때문에 행렬은 얼른 보기에 꽃구경이라도 가는 사람들처럼 느렸을 것으로 짐작된다.

동굴 앞을 떠난 지 얼마 안 되어, 오구라 소구로가 "먼저 실례" 하고 소리치더니, 대열에서 뛰어나가 노상에 앉아 느닷없이 배를 가르고 엎어졌다. 사이고의 면전이었을 것이다. 옛 형식대로 한다면, 죽음의 길을 깨끗이 한다는 기분이었는지도 모른다.

"그렇게 서두를 것 없다."

기리노가 저도 모르게 큰 소리로 나무랐다지만, 오구라로서는 총알에 맞는 것이 유일한 목적 같은 이 돌격의 괴로움을 견딜 수 없었는지도 모른다. 그런 점에서 나무란 기리노에게서는 이 마당에 이르러서도 아직 그다운 평소의 마음이 엿보였다고 할 수 있다.

이어서 근위 육군 중위 출신인 고쿠부 도시스케(國分壽助)가 대열에서 벗어나 길가에서 쓰러졌다. 목격자의 말로는 배를 가른 것도 같고 총을 맞은 것도 같았다.

고쿠부는 가고시마 가미노조노마치(上之園町) 출신으로 인품이 좋았으며, 전선이 미야자키 현으로 옮긴 단계에서 부상을 입어 몸이 자유롭지 못했다. 에노타케 기슭의 나가이와 효노에 갇혀버렸을 때도 야전병원에 누워 있었다. 사이고 등이 에노타케로 탈출한 것을 알고, 설령 도중에 쓰러지는 한이 있더라도 따라갈 생각으로, 오랜 신세를 진 두 간호원에게 고맙다는 인사를 했다.

간호원은 구마모토 사족의 딸들이었는데, 옮겨다닌 사쓰마 군 병원과 함께 효노까지 따라온 것이었다. 고쿠부는 2백 엔이라는 거금을 그녀들에게 주고 탈출했다.

그 뒤 두 아가씨는 그런 큰 돈을 받을 까닭이 없다면서, 적중을 누비면서 마침내 시로야마에 들어와 고쿠부에게 그 돈을 돌려주고 구마모토로 돌아갔다고 한다.

한편, 정부군 제4여단의 공격대로서 이와사키다니 위의 능선에 올라가 그 일대를 점령한 중위 아사다 노부오키는 날이 샌 뒤 몹시 초조해졌다.

너무 성공했다고 할 수 있었다.

그의 부대는 능선을 점거하여 사쓰마 군을 내려다보고 쏠 수 있는 위치에 있었지만, 협동 부대인 후루쇼 대위의 부대는 이와사키다니 입구의 사쓰마 군 방책에 막힌 채 사격전을 되풀이하고 있을 뿐이었다.

"점거하거든 어떤 일이 있어도 움직이지 마라."

행동 개시 전에 대대장 오누마 와타루 소령으로부터 엄명을 받았으나, 후루쇼 부대와 협공이 잘 안된다면 능선 위에 올라온 것이 무의미해진다.

아무튼 아사다는 단독으로라도 행동할 수 있도록 그 부근의 지형을 소상히 봐 두자고 생각했다. 그는 능선 위의 부대 지휘를 사쓰마 인 중위 오구치 사카아키라(大口榮草)에게 맡긴 다음, 나팔수 한 사람만 데리고 이리저리 돌아다녔다. 발 아래는 이와사키다니의 길이 동쪽으로 내려와야 할 텐데 나무와 지형에 가려서 보이지 않았다.

능선에서 골짜기로 나무가 빽빽한 데다가 가파르기도 했다. 간신히 중턱까지 내려가 흰 오솔길이 보였을때, 아사다는 그 비탈길을 나는 듯이 달려 내려가는 일대의 사쓰마 군을 보았다. 대열은 한 채의 가마(아사다는 하나로 보았다)를 호위하듯 하여 달리고 있었고, 모두 긴 칼을 뽑아 들고 있었다.

아사다는 소스라치게 놀랐다. 저 가마가 사이고구나 하고 생각했다. 그래서 '또 탈출하나!' 하고 생각했다고 한다. 사쓰마 군에는 마성(魔性)이 있다는 인상이 에노타케 탈출 후로 점점 더 짙어지고 있었는데, 이 시로야마의 포위도 사이고 등에게는 안개나 구름 같은 것일까 하고 아사다는 느껴졌던 모양이다. 그는 나팔수를 후방으로 보내 이 사태를 급히 오누마 와타루 소령에게 알렸다.

아사다 중위가 목격한 바로는, 사이고 일행은 달리고 있었다고 한다.

사이고로서는 달음박질이 아마도 매우 힘들었을 것이다.

아사다 중위가 나무 사이로 일행을 목격한 것이 이와사키다니 길의 어디쯤이었는지는 정확히 알 수가 없다.

이와사키다니 길은 줄곧 꼬불꼬불 이어져 있기 때문에 비탈을 내려오는 사이고의 방향에서 본다면, 왼쪽이 능선 쪽으로 솟아오른 벼랑이고 오른쪽은 골짜기이다. 사이고의 동굴 앞에서 얼마 안 되는 거리만이 전방에 튀어나온 벼랑 모퉁이 등에 가려서 총알이 드문드문 날아왔다. 그런 모퉁이를 돌 때마다 전개가 변하여 총알이 더 날아오고 덜 날아오고 하는 것이다.

가쓰라 시로(桂四郞)가 날아온 총탄에 쓰러졌을 때, 일행은 이제 끝이구나 하고 생각했을 것이다.

가쓰라는 시마즈 집안에서 태어났으면서도 막부 말기에는 혁명파인 사이고를 줄곧 지지했으며, 이 싸움에서도 후방 보급을 관장했다. 나이 마흔 여덟이었다.

일행의 선두에서 열대여섯 명의 총을 든 병사들이 나아갔다.

사이고는 가운데쯤 있었다. 그 뒤를 가마를 탄 벳푸 신스케가 따랐다.

총알이 점점 세게 날아오자 벳푸는 사이고가 맞아서 쓰러질까 겁이 났다.

그에게서 목을 쳐달라는 부탁을 받은 이상, 총알에 맞아버리면 목을 치기가 어려워져서 겁이 난 것이다.

다음의 말은 벳푸가 했다고도 하고, 헨미가 했다고도 한다.

"이만하면 되지 않을까요?"

이 말을 한 곳은 비탈 양쪽에 수목이 빽빽이 들어차 있어 어둑어둑했다. 양쪽의 나무로 정부군의 눈과 총알이 가려져서 자결하기에 안성맞춤이었던 것 같으며, 이 지점에서 나가면 다시 오른쪽 골짜기가 훤하게 트여 일행의 모습이 노출되고 만다. 그런데 앞에서 달리고 있는 사이고는 큰 머리를 흔들면서 말했다.

"아직 멀었어."

사이고는 사쓰마 인의 전사(戰死) 형식을 밟으려고 했다. 후방에서 죽지 않고 전사(戰士)답게 되도록 적진에 육박하여 시체를 뉘고 싶었던 것이다.

그러나 이 숲속에서 나가면 이와사키다니 입구에 전개한 후루쇼 대위 부대의 사격을 받지 않을 수 없으며, 머리 위의 능선에서 내려다보고 쏘는 아사다 중위 부대의 저격을 받을 수도 있었다.

사이고 등이 숲에서 나갔을 때, 아니나 다를까 날아오는 총탄의 밀도가 압도적으로 높아지더니 사이고의 거대한 몸뚱이에 두 개의 소총알이 파고들었다.

사이고는 앞으로 거꾸러졌으나 곧 몸을 일으켜 뒤에 있는 벳푸 신스케를 돌아보며 말했다.

"신스케군, 이제 이쯤에서 됐네."

벳푸는 "그렇습니까" 하고는 가마를 내려 놓게 하고 종복 고스기, 도요토미 두 사람의 부축을 받아 땅에 내려섰다. 그는 이 천지간에 무엇보다 사이고를 좋아했다. 이때 마음을 굳게 먹고 칼을 뽑아 그 뒤에 가서 선 것은, 사이고의 목을 친다는 영예와 의무감 때문이었을 것이다.

"용서하십시오."

말하기가 무섭게 벳푸의 칼이 번쩍하더니 사이고의 머리가 땅에 떨어졌다.

옆에 있던 종복 기치자에몬이 얼른 보자기를 꺼내 사이고의 머리를 쌌다. 될 수 있으면 포위망을 뚫고 사이고의 아내에게 전하고 싶었으나 이제는 불가능한 일이었다.

"어디다 숨겨라. 적에게 내줘선 안된다."

벳푸가 말한 것을 기치자에몬은 기억하고 있었다. 덮어놓고 달리기 시작했으나, 싸움을 싫어하는 기치자에몬은 머리의 처리도 처리려니와 발 아래서 픽픽 흙을 튕기고 쌩쌩 귓전에 스치는 총알이 더 무서워 정신없이 달렸다.

근처에 '이와사키 시마즈(岩崎島津)'로 통칭되는 시마즈 마사요시(島津應吉)의 저택이 있다. 기치자에몬의 후일의 《실화》라는 기록을 보면, 그는 문 앞의 돌층계를 올라가서 왼쪽에 묻었다고 했는데, 다른 설에는 기치자에몬이 큰 머리를 안고 총알을 피하여 미친듯이 우왕좌왕하고 있는 것을 보고, 사쓰마 병 하나가 보다 못해 머리를 받아 부근 어디에 묻었다고도 한다. 아마도 이 말이 맞는 것 같다. 나중에 정부군이 수색하여 발견한 장소는 오리타 쇼스케(折田正助)의 저택 앞 도랑가 흙 속이었다. 물이 제법 세차게 흘러 덮은 토사가 씻겨서 정수리 부분이 드러나 있었다고 한다.

40명 전후의 마지막 사쓰마 병들로서는 머리를 잘 묻을 여유가 없었다. 총알에 맞아 쓰러지는 자, 소리소리 지르며 내닫는 자, 비탈의 큰 보루로 달려 내려가서 사격을 시작하는 자 등 극도의 혼란에 빠져들고 있었다. 사이고가 존재할 때의 사쓰마 군이지, 그가 죽으면 조직도 스스로 붕괴해 버리는 성질의 것이고, 또 내걸었던 전쟁 목적도 소멸해버린다. 실제로 소멸하고 말았다. 그 뒤는 사졸 개개인이 자기 처리를 하는 것뿐이었다.

몸뚱이는 그대로 방치되었다.

고래의 무사의 관습으로는, 머리만 그 인물의 인격의 상징이고 동체는 빈 껍데기로 본다. 사쓰마 병들이 버리고 간 몸뚱이만 햇빛 아래 칼과 권총을 차고 있었다. 이 길가의 동체를 나중에 정부군의 많은 사졸들이 목격했다. 사이고는 출진 전 사학교의 회의에서 이 몸뚱이를 그대들에게 주겠다고 말했다는데, 그 말대로 된 것이다.

사이고의 목을 친 벳푸 신스케는 머리의 행방을 확인한 듯한 흔적이 보인다.

그는 그대로 비탈 아래 보루로 들어가서 투사할 생각이었기 때문에 가마로 돌아가지 않았다. 그는 오랫동안 자기 가마를 메어 준 두 사람의 종복(고스기와 도요토미)을 빗발치는 총탄 속에서 내보내며 언덕 위의 병원으로 돌아가라고 명령했다. 두 사람은 울면서 같이 가겠다고 애원했으나, 벳푸는 개머리판으로 밀어 끝내 두 사람을 후방으로 물러가게 했다.

사이고의 죽음은 오전 7시가 조금 지나서였다. 30분 뒤에는 정부군의 일부가 그 시체를 보게 되는데, 남은 사쓰마 인들은 얼마 남지 않은 짧은 시간 속에서 바쁘게 그 생을 마치지 않으면 안되었다.

벳푸 신스케가 사이고의 목을 쳤을 때, 기리노 도시아키, 이케가미 시로, 헨미 주로타 등은 노상에 정좌하고 있었던 것 같다.

그 뒤 이들은 일제히 일어나 비탈 아래 큰 보루로 향했다.

기리노 도시아키는 이미 말했듯이 홑옷을 가볍게 입고 있었다. 걸어가면서 옷자락을 걷어 부치고 소매를 두 어깨 위로 높게 말아올린 그는 종복 나카무라 고키치에게서 마르티네 총을 받아들었다. 기리노의 몸에서 프랑스

향수 냄새가 풍겼다. 향수를 좋아하는 그는 에노타케에서 탈출할 때도 조그만 향수병을 품에 넣고 다녔다. 그런 것을 보면 사쓰마 인의 미의식 그대로 자기 자신을 길러온 이 사나이는 전국 무사라기보다 오히려 더 거슬러 올라가서 겐페이(源平) 무사를 방불케 했다.

그는 나카무라 고키치를 떠나보냈어야 했지만, 교토 태생의 이 젊은 종복은 기리노를 너무나 흠모하여 아무리 타일러도 떠나지 않았다. 기리노와 더불어 죽을 생각이었던 것이다.

소년대의 대원들도 기리노를 무척 존경했다. 기리노의 신변에 그림자처럼 따라붙어 큰 보루까지 내려온 이지치 덴지(伊地知傳次 : 14세)에게 기리노가 달아나라, 하고 큰소리로 명령했다. 덴지는 같이 죽기를 원했으나 기리노는 허락하지 않았다. 하는 수 없이 덴지는 큰 보루 앞으로 돌아가서 기리노의 시야에서 몸을 감추었다. 그는 그대로 적진에 뛰어들 생각이었으나, 정부군의 좋은 과녁이 되어 순식간에 몇 발의 총을 맞고 즉사했다.

소년대의 후쿠자키 마사하루(福崎正治)는 열여섯 살이다. 큰 보루에 도착하는 동안에 오른팔에 총탄을 맞았다. 두 살 위인 사메지마 마사이치(鮫島昌一)가 자기 허리띠를 찢어서 감아주고 팔을 목에 매달았다. 이 때문에 후쿠자키는 싸울 수 없게 되었다. 보루 위에 있던 기리노가 두 사람을 발견하고 투항하라면서 이지치 덴지에게도 그렇게 타일러서 떠나 보내려고 소리를 질렀다. 이지치는 이때 이미 죽어 있었지만 기리노가 알 까닭이 없었다.

후쿠자키와 사메지마는 하는 수 없이 기리노의 명령대로 "항복, 항복" 하고 외치면서 정부군 속으로 걸어 들어갔다.

이날 아침 무라타 신파치는 출발할 때부터 말이 없었다. 동굴 안에 있던 소지품은 모두 태웠다. 음악을 좋아하는 그는 언제나 아코디언을 손에서 놓지 않았는데, 그것도 불살랐다.

"서양인과 비교해서 사쓰마 인에게 없는 것은 독립의 기개다."

진중에서 그렇게 말했다고 하는데, 유럽 유학이 짧지 않은 그가 서양에 관한 이야기를 이 정도에 그쳤을 뿐 끝내 말하지 않았다. 외국에 관한 것만은 가보지 않고는 모른다고 생각했던 모양으로, 이야기해 봐야 공연한 오해만 불러 일으켜 오히려 해가 있다고 생각했는지도 모른다.

무라타 신파치는 그런 뜻에서 사쓰마 군의 고위간부 중에서 가장 고독한 사나이였는지도 모른다.

정한론(征韓論)도 결코 옳다고는 생각하지 않았다. 이 전쟁이 일어나기 전, 찾아온 이케베 기치주로와 사사 도모후사에게 "외교는 곤란한 일이므로, 사이고라 하더라도 어려운 일이야" 하고 말하고, 경솔하게 궐기하기 힘들다는 뜻의 말을 했다.

그 무렵 사쓰마 사학교가 새 정부 최대의 야당이었으며, 구미 각지에서 각국의 정체를 보아 온 무라타는 사쓰마를 야당으로 규정하는 명석함을 가지고 있었다. 외교가 사족들이 멋대로 떠들어대는 논리로는 꼼짝도 하지 않는다는 어려움도 구미를 돌아봄으로써 알았다.

"사이고가 일본국의 수상이 되게 하는 것은 나의 책임이다."

무라타가 이케베와 사사에게 이렇게 말했다는 것은 이미 언급했다.

또 두 사람에게 외교에서는 서생론은 통하지 않는다고 말하고, 더 파고 들어가서 궐기하여 승리한 뒤 정권을 담당하게 되면 정한 정책을 시행하지 않을 수 없는데, 그것은 곤란한 일이라고 말했다. 즉 넌지시 정한론만을 내세워 정권을 잡겠다는 것은 무리이며, 그래서 궐기를 피하게 하고 시간을 들여서 사이고를 수상으로 만드는 수밖에 없다는 말을 했던 것인데, 결국은 사이고가 궐기한 패들에게 몸을 맡기지 않을 수 없게 되었기 때문에 무라타 역시 사이고의 운명과 함께 죽은 것이다. 무라타는 사학교군의 정론(征論)을 지지한 것이 아니라 어디까지나 사이고 개인을 생각하고 그 운명에 순사했다고 할 수 있다.

사이고의 머리가 떨어졌을 때, 땅에 앉아 있던 무라타는 두 손을 들어 얼굴을 가리고 "아아, 하늘이여" 하고 탄식했다고 한다. 무라타는 그 뒤 일어나서 얼굴에 눈물이 철철 흐르는대로 걸어나가 큰 보루에 이르렀으나, 보루 안에는 들어가지 않고 빗발치는 탄환 속에 몸을 드러낸 채 배를 가르고 죽었다. 그 시간이 15분도 걸리지 않았다고 한다. 무라타의 얼굴에는 그때까지도 눈물 자국이 남아 있었는지도 모른다.

벳푸 신스케는 사이고의 머리를 베고 나서 다리 부상으로 걷기가 어려워 다른 사람들보다 늦게 보루에 도착했다.

큰 보루에는 방벽이 아치 형으로 적을 향해 돌출되어 전체가 반원형을 이루고 있었다. 그래서 뒤쪽으로 해서 안에 들어가면, 상자 속에 들어간 것처럼 적탄을 피할 수 있었다. 천장도 덮여 있어서 파편이 떨어져도 괜찮았다. 벳푸 신스케는 보루 안으로 들어가다가 기리노가 보루 지붕에 기어 올라가 온몸을 적에게 들어낸 채 총을 쏘고 있는 것을 보았다.
"사이고 선생의 머리는 감추었나?"
벳푸에게 물은 것은, 보루 안에서 사격을 하고 있던 헨미 주로타였던 모양이다. 벳푸가 감추었다고 말하자 모두 안도의 표정을 지었다.
기리노는 보루 위에 혼자 있었다.
이제 이 사쓰마 군의 큰 보루의 전면을 막아 주고 있던 대나무로 엮은 방책도 돌파되어 후루쇼 대위의 부대가 바로 앞의 지물과 가옥, 축대같은 것에 몸을 붙이고 저격하기 시작하고 있었다.
기리노의 총구가 쉴 새 없이 움직였다. 눈이 빠른 그는 적이 접근하려고 움직이기만 하면 쏘아 죽였다.
"맞았다!"
한 발 쏠 때마다 큰 소리로 외치며 좋아하고, 놓치면 또 큰 소리로 원통해했다. 그 모습은 마치 인도의 무신상(武神像) 같았으며, 정부군은 전면에 막아선 기리노 한 사람의 저격을 받아 꼼짝도 못하고, 차폐물에 얼굴을 묻은 채 사격하곤 했다.
보루 밑에는 종복 나카무라 고키치가 있었다. 기리노에게 집중하던 총탄은 겨냥이 잘 안되어 정작 기리노는 맞지 않고 고키치가 맞았다. 고키치는 비명을 지르고 쓰러져, 누상의 기리노에게 목을 쳐 달라고 부탁했다. 사격에 바쁜 기리노는 돌아보지도 않고 소리쳤다.
"누구에게 좀 해달래라."
땅에 엎드려 있던 누군가가 일어나 고키치의 가슴을 찔러 절명시켜 주었다.
기리노가 분전하는 처절한 모습은 그의 생애를 상징하는 것이기도 했고, 동시에 좋건 나쁘건 그에 의해서 일어나고 그에 의해서 결말이 난 세이난 전쟁 그 자체를 상징하는 것 같기도 했다.
그가 비정상적으로 싸우는 모습은 확실히 의식적으로 무언가를 형이상화(形而上化)하려 하거나, 아니면 천 년에 이르는 무사 시대의 마지막을 이런 형태로 승화시키려 하는 것 같기도 했다.
공격대의 선봉 지휘관인 후루쇼 대위 부대는 기리노 한 사람으로 공격이 막히고 말았다. 그의 뒤에는 사격전문 부대가 살이 닿을 듯이 몰려와 있었다. 그는 총검에 의한 육박전을 결의하고 병사들을 질타하여 나아가게 했다.

가장 용감한 병졸 몇 사람이 보루 뒤로 돌아, 그 가운데 하나가 기리노의 등을 총검으로 찌르려 했다. 그 졸병은 이 홑옷을 슬쩍 걸친 사쓰마 인이 지난 날 '사람 백정 한지로(牛次郎)'라 일컬어졌던 기리노 도시아키라는 것을 몰랐던 모양이다.

기리노는 총을 놓고 한 칼로 그 졸병을 벴다.

다시 총을 집어드는 기리노를 앞에 있는 정부병이 근거리에서 쏘았다. 총알은 이마 한가운데를 꿰뚫었고, 시체는 보루 안으로 굴러 떨어졌다.

기리노가 절명했을 때, 사촌 벳푸 신스케는 보루 안에서 아직도 살아서 틈 사이로 총끝을 내놓고 쏘고 있었다.

보루 안은 시체로 가득 차 있었다. 보루 위에서 떨어진 기리노의 시체가 그 시체들 위에 떨어져 벌렁 누웠다. 놀란 벳푸가 기리노에게 매달려 그가 이미 숨진 것을 확인하고, 곧 자기도 죽는 일에 착수했다. 잘못하다가는 미처 죽지도 못할 것 같았다.

헨미 주로타도 아직 살아 있었다. 벳푸는 헨미를 불러 칼을 뽑아 서로의 가슴에 칼끝을 대고 찔러 죽었다. 혹은 이설이 있어서, 두 사람은 보루 밖으로 나가 사격을 더 계속하다가 난탄을 맞아 죽었다고도 한다.

기리노, 벳푸 등의 죽음으로 보루는 조용해졌다.

이 마지막 격전으로 보루 위를 덮었던 문짝 등속은 날아가고, 보루라고는 하나 주위에 둘러친 것만 아직 견고했다.

정부군 병사는 조용해진 보루도 여전히 무서워했다. 그 시체 속에서 느닷없이 칼을 휘두르며 뛰어나올 자가 있을지도 몰랐다. 그래서 근처에 흩어진 기둥, 문짝, 기와 등을 닥치는 대로 보루 안에 던져 넣었다. 그것으로 시체가 거의 덮여버렸을 때, 그들은 우르르 보루 위에 올라가 총검을 거꾸로 쥐고 보루 안을 마구 찔러댔다.

기리노가 죽은 지 15분쯤 지나니 근처는 정부군 사졸들로 메워졌다. 시로야마가 모든 공격부대와 제2선 부대에 점령되었다.

후루쇼 부대는 패잔병을 찾아서 이리저리 뛰었다.

이와사키다니에는 사쓰마 군 병원이 세 군데 있었다.

나가다 하치로(長田八郎) 저택도 그 가운데 하나였다. 이런 집에는 '병원'이라고 크게 쓴 백기가 걸려 있었고, 부상병들의 목숨은 적에 의해 보장된다는 말을 사이고는 늘 했었다. 그는 정부군이 전시 국제법의 관습을 지킬 것으로 믿었던 것이다.
  확실히 정부군은 다른 두 병원에서는 지켰다. 그러나 나가다 하치로의 집을 습격한 부대는 그렇지 않았다. 17명의 부상병을 모조리 총검으로 찔러 죽였을 뿐 아니라 시체와 함께 집에 불을 질러버렸다. 이 소행은 후루쇼 부대가 아니라 신센 여단의 부대였다고도 한다. 나중에 문제가 되었으나 누가 어떻게 처벌되었는지는 알 수 없다.
  공격부대에는 보신 전쟁 때의 원한으로 사쓰마 인을 미워하는 지방 사람들이 많았던 탓인지, 전투 종료 직후에 잔학 행위가 속출했다.
  시체는 무슨 까닭인지 정부군 병사들에 의해 발가벗겨진 것이 많았다. 개중에는 음경을 잘라서 입에 물려 놓은 것까지 있었다. 전쟁을 고귀한 것으로 배운 사쓰마 인들에게 농민 출신 진대병들이 전장의 본질이 무엇이라는 것을 가르쳐 주고 있는 것 같았다.
  투항자들도 다른 단계에서는 살해되는 일이 없었는데, 시로야마에서는 40여 명이나 손을 묶인 채 히야미즈(冷水)와 와다(和田) 저택 언덕 위에 나란히 앉아서, 하사관의 지휘로 하나씩 목이 잘렸다. 25명까지 했을 때 마침 하사관 한 사람이 지나가다가 발견하고 호통을 쳐서 중지시켰다.
  전투 종료 직후의 정부군 사졸들과 사역군들의 살벌한 행위는 인간의 소행으로는 여겨지지 않았다.
  앞에서, 시로야마의 여기저기에 뒹굴고 있던 사쓰마 병의 시체가 거의 벌거숭이였다고 했는데 그것은 아마 전투가 끝나자 재빨리 산에 기어 올라간 사역군들의 소행이었을 것이라고들 했다.
  전사자들의 누더기 옷이라도 빨아서 다림질하면 헌옷가게에 팔 수가 있는 것이다.
  이 전쟁 기간 중 사쓰마 군이나 정부군이 민가에 들어가서 불법 행위를 하는 일은 기적적으로 없었다. 다만 쌍방의 살육은 무참하기 이를 데 없어 무사도가 무색할 지경이었다.
  이 시로야마의 단계에서는 증오가 그대로 드러났다.
  한창 공방전이 벌어지고 있었을 때, 부상당하여 사쓰마 군 영역에 들어온 근위병 한 사람이 마침 지나가던 사쓰마 병에게 이 고통을 좀 덜어 달라, 제발 목을 좀 쳐달라고 부탁했다. 이 근위병은 히오키(日置)의 향사였으나 이름은 알려지지 않았다. 사쓰마 병이 목을 쳐주려고 칼에 손을 가져가는데,

다른 사쓰마 병이 칼이 더러워진다며 큰 돌을 집어 근위병의 머리를 내리쳐 버렸다.

그 목격자는 사쓰마 군의 종복으로 규타(休太)라고 했으며, 만년에는 제7고등학교 조사관(造士館)의 소사를 지냈다.

마지막 전투인 이와사키다니 입구의 공방전이 끝나고 큰 보루가 조용해지자, 정부군이 우르르 몰려와 위에서 보루안에 수북히 쌓인 시체와 중상자를 난자했다.

해군으로부터는 가와무라 스미요시 참모의 부관인 사카모토 준이치(坂元俊一) 소위가 가와무라에게 보고할 의무가 있어서 이 현장에 와 있었다. 그가 보루 안을 들여다보니 피바다였다. 그 속에 어릴 때 같이 자란 사가라 유사이(相良雄齋)라는 자가 중상을 입고 아직도 의식이 붙어 있었다. 사카모토가 손을 뻗어 끌어내리려고 하자 그 자리에 있던 육군 사관들이 "적을 돕는 자는 적이다" 하고 사카모토를 베려고 했으므로, 하는 수없이 사가라를 달래어 절명시켜 주었다.

대보루에서 꺼낸 시체는 모두 39구였다. 시체마다 전사 뒤의 손상이 심하여 차마 눈뜨고 볼 수 없었다. 기리노, 무라타, 벳푸, 헨미 등의 시체도 그 속에 섞여 있었다. 정부군의 사쓰마계 장교들이 하나하나 확인하여 간부들만 따로 가려놓았다. 헨미와 벳푸의 죽은 얼굴이 그렇게도 아름다웠다지만, 어떤 상태였는지 짐작이 잘 안 간다.

시로야마의 여기저기서 시체를 세는 작업이 시작되었는데, 정부군은 세기에 편리하도록 하나하나 총검으로 찔러서 일부러 상처를 냈다.

사쓰마 군으로 봐서 그나마 다행이었던 것은 전투가 끝나고 시로야마의 각 지점에서 투항자 외에는 모두 시체가 되어버린 뒤, 바람이 거칠게 불기 시작하더니 순식간에 날씨가 변하여 폭포수 같은 소나기가 내린 일일 것이다.

비탈마다 길마다 그대로 강이 된 듯 빗물이 흘러내렸다. 피와 흙투성이가 되어 쓰러져 있는 시체를 하늘이 깨끗이 씻어 준거나 같았다.

전투중 참모 야마가타 아리토모는 시로야마의 동북방에 있는 조코묘지 대지에 있었다. 이 대지에 이어진 가미노하라(上之原) 대지에는 시로야마를 포격하기 위한 최대의 포병 진지가 있었다. 여기에는 육군포 외에 군함 '세이키(淸輝)'에서 끌어온 크루프 포 몇 문이 21일에 장치되어 그 위력이 사쓰마 군을 괴롭혔다. 이 공성포(攻城砲)의 사령관이 사이고의 사촌동생 오야마 이와오 소장이었다.

"이와사키다니 입구에 가 보시겠소?"

야마가타가 오야마에게 물었더니, 예상한대로 오야마는 가볍게 미소를 지을 뿐 고개를 저었다.

야마가타가 대지에서 내려가고 있을 때는 사이고의 머리가 아직 발견되지 않았고, 소가 유준의 제4여단이 총동원되어 찾는 중이었다.

야마가타가 큰 보루 앞에 도착해 보니 사쓰마 군의 간부급 시체가 30여 구 가마니 위에 뉘어져 있었다. 막료를 비롯하여 대장급이 야마가타의 뒤에 늘어서서, 자연히 고풍스러운 시체 확인 같은 장면이 되었다. 시체를 늘어놓던 인부가 평대원의 시체가 섞여 있는 것을 발견하고 "이 놈은 아니다" 하고 소리치면서 다른 데로 들고 갔다.

인부들의 이런 우스꽝스러운 동작이 그 자리의 공기를 약간 휘저어 놓았을 뿐, 그 뒤는 무거운 침묵이 흘렀다.

야마가타 이하 정부군 고급 장교들의 표정에 승리자로서의 들뜬 기분이 보이지 않는 것은, 그 자리에 사쓰마계 장교들이 많아 그들을 의식하여 소곤소곤 사담을 나누는 것까지 삼갔기 때문이기도 하고, 사쓰마 군 간부들 대부분이 지난 날 같은 육군의 동료들이어서 친소의 차이는 있더라도 그 시체를 보니 착잡한 감회가 없지 않았기 때문이기도 했다.

그 이상으로 그들을 침묵시킨 것은 사이고의 시체였다. 육군 대장으로서 그들의 총수였을 뿐 아니라, 메이지 유신의 상징으로 간주되어 온 인물이 지금 잿빛의 흙 위에 돌처럼 누워 있는 것이다. 머리가 없었다.

곧 머리가 발견되어 지다(千田)라는 중위가 그것을 발견한 마에다 쓰네미쓰(前田恒光)라는 졸병에게 들려서 가지고 왔다. 흙이 묻어 더러웠다. 야마가타가 가까운 옹달샘에서 씻어 오게 했다.

야마가타는 이윽고 "나를 알기를 옹(翁)만한 이가 없고, 옹을 알기를 나만한 사람도 없다. 그런데 지금……" 하고 중얼거리고는 뒤를 잇지 못했다고 하는데, 다소 영웅 취미의 역겨운 데가 있기는 하나 신파조가 적은 야마가타로서는 진심에서 우러난 영탄이었을 것이다.

오야마 이와오는 늦게야 이와사키다니 입구에 도착했다.

사학교 부근에서 사쓰마계 장교를 만나, 사이고의 유해며 그 밖의 상황을 들었다.
"유해는 정중히 매장됩니다."
그 장교는 말했다. 일찍이 에토 신페이의 경우는 효수되어 시체가 다시 치욕을 당했다. 오야마는 그것이 가장 마음에 걸렸다.
그러나 야마가타로서는 에토에 대한 처치를 선례로 삼는다는 것은 상상도 못할 일이었다. 사가의 난 때는 에토가 그와 같이 형살(刑殺)을 당해도 사가 인들이 분개하여 반란을 일으킬 기미가 티끌만큼도 없었다.
사이고나 그 장수들의 처리에 있어서는 사정이 다르다. 만일 오쿠보의 지휘 아래 에토 등에게 한 것과 같은 처리를 한다면, 사쓰마 인은 다시 반란을 일으킬지도 몰랐고, 무엇보다도 이 싸움터에 와 있는 해군 총수 가와무라 스미요시가 그런 처사를 용서할 까닭이 없었다.
그래서 이 이와사키다니 입구에서의 검시 분위기는, 검시라기보다 오히려 정부군 고급 장교들에 의한 위령제 같은 냄새가 풍겼다. 또 그 현장에서 사쓰마계 장교들이 야마가타에게, 사이고 이하의 유해를 정중히 장사지내고 싶으니 인수하게 해 달라는 요청이 있었다.
야마가타는 여러 가지 영향을 생각하고 이를 허락했는데, 같은 취지의 탄원서가 현령 이와무라 미치토시로부터도 제출되어 있었다.
이와무라는 사이고 군이 사쓰마에 되돌아온 직후 군함편으로 나가사키로 난을 피했으나 9월 6일에 돌아와서 피해자의 구조를 위해 활약하고 있었다.
가고시마에는 56개의 초(町 : 동)가 있는데 그 3분의 1이 병화로 재가 되었다. 지난 5월 사쓰마 군 일부가 돌풍처럼 돌아왔을 때 사흘 밤 사흘 낮 동안 타는 큰 불이 일어났고, 시로야마가 함락될 때까지 9,778호가 잿더미로 변했다.
현청도 타고 없었다. 그래서 이와무라는 가지키(加治木)에 임시 현청을 차렸다.
내무대신 오쿠보 도시미치는 사쓰마 사족들과 평민들의 반발을 극도로 두려워한 나머지 특히 도사 인 이와무라 미치토시를 골랐으며, 행정의 주안점을 현민 위주에 두게 하고 그 방향을 위해서라면 어떤 과잉이 있더라도 상관없다는 식으로 일을 시켰다. 메이지 정권이 금전면에서 국민을 돌본다는 것은 생각도 못할 일이었는데, 집이 모두 타버린 사람에게는 8엔 50센의 보조금을 주고, 시로야마 함락 후에는 '궁민구조법(窮民救助法)'을 실시했다.
 그런 때라 이와무라는 사이고 이하의 유해를 정중하게 묻어 주는 것이 무엇보다도 이곳 민심을 달랠 수 있다고 생각했던 것이다. 약삭빠른 그는 아마 오쿠보 내무대신한테도 전신으로 미리 양해를 얻어 놓았을 것이다. 야마가타에게 낸 탄원서는 현장 사령관에 대한 인사장 정도의 것에 지나지 않았으며, 야마가타에게도 '내무대신이 알고 계시는 일'이라고 말했을 것이 틀림없다.
 이리하여 사이고 이하 간부급 40명은 조코묘 사(淨光明寺) 묘지에 정중히 매장되었다. 다른 전사자들의 매장도 현청 자체의 방침으로 정중히 처리되었다. 반란자에 대한 정부의 이와 같은 처우는 물론 이 난의 앞에도 뒤에도 없는 일이었다.

혼란의 끝

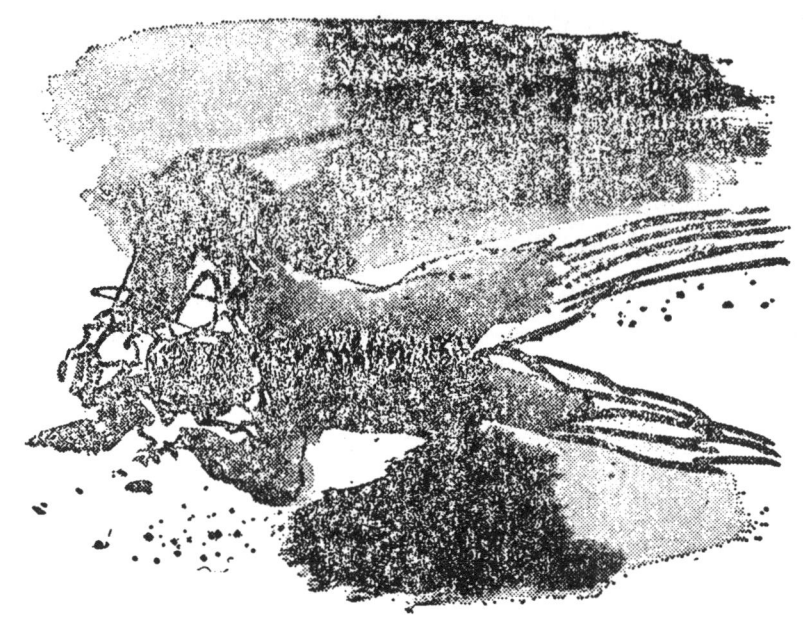

 다음에 여러 가지 정경을 두서없이 적어 나가고 싶다.
 그러나 머릿속에 명멸하는 광경은 광채가 어지러워 아무 것도 잘 보이지 않고, 쓸 일도 별로 없을 것 같은 기분이 든다.
 사이고와 그 일당의 죽음은, 전 시대부터 계승되어 내려온 한 에너지의 종식이었다. 그 에너지는 단지 에도 시대뿐 아니라 무로마치(室町)시대 또는 더 나아가서 가마쿠라(鎌倉) 시대부터 이어져 온 그 무엇이었는지도 모른다.
 이 전쟁 전후에 여러 신문들은 세이난 전쟁의 진행과 종말, 그리고 사이고의 죽음에 의한 여파에 대해 방대한 양의 활자를 써서 보도했으나 사이고가 어떤 인물이었나 하는 데 대한 지식이나 통찰은 거의 빈곤했다고 하지 않을 수 없다. 메이지 시대의 대표적 저널리스트인 미야케 세쓰레이(三宅雪嶺)마저도 그의 《동시대사(同時代史)》에서 '사이고는 유신 공신의 제1위에 있고'라고, 그 면에서의 업적만으로 평가하고 있을 뿐이다. 세쓰레이는 사이고의 인물 평가에 대해 자신의 의견을 보류하고 있는 것처럼 '가쓰 가이슈는, 그를 세상의 영웅이라 칭했다'고 일부러 가쓰 가이슈의 평가를 빌려쓰고 있다.

가이슈의 사이고에 대한 평가는 다분히 가이슈 자신의 업적과 중량을 무겁게 하려는 의도에서 나온 그의 《히가와 청화(氷川淸話)》 같은 것을 보아도 짐작할 수 있지만, 세쓰레이도 그 기미는 알고 있었을 것이다. 요컨대 사이고와 동시대 사람들은 사이고를 애도하면서도 그가 어떤 인물이었나 하는 데 대해서는 사쓰마 인이라는 것 외에 아는 것이 별로 없었다.

사이고가 죽은 다음 달 16일자 '우편보지(郵便報知)'에는 세키슈 쓰와노(石州津和野)의 어느 구에서 있었던 이야기가 실려 있다. 호장이 각 마을 담당계원을 모아 "이번에 세이난 전쟁이 진압되었다"는 뜻을 시달하자, 그 가운데 한 사람이 놀라면서 이렇게 물었다고 한다.

"그렇다면 사이고님은 돌아가셨단 말입니까?"

이 기사의 진위는 고사하고, 오쿠보 정권에 의해 토지세를 현금으로 내게 된 농민들은 여간 궁핍하지 않았다. 그래서 사이고가 만일 천하를 잡는다면, 에도 시대와 마찬가지로 쌀로 내도 될지 모른다는 기대가 있었다. 마을 담당계원의 실망을 기사의 행간에서 엿볼 수 있는 느낌인데, 어쨌거나 사이고에 대한 서민들의 기대는 내용은 막연하더라도, 그는 세상을 바로잡아 줄지도 모른다는 희망의 상징이었던 모양이다.

가와지 도시나가가 도중에 병을 이유로 싸움터를 떠났다는 말은 이미 했다.

7월 1일, 배편으로 가고시마를 떠나 3일 고베(神戶)에 도착하여, 철도편으로 오사카를 거쳐서 같은 날 저녁때 교토 역에 닿았다.

'시치조(七條) 정거장.'

그때는 교토 역을 이렇게 불렀다. 19세기 새 문명의 상징은, 어느 나라나 모두 그랬지만 철도와 정거장이었다. 시치조 역은 목조 2층 양옥이었고, 2층에 귀빈실이 마련되어 있었다. 가와지가 역장의 안내로 계단을 올라가서 귀빈실에 들어가니, 산조 사네토미, 오쿠보 도시미치, 이토 히로부미 등이 기다리고 있었다. 가와지를 마중나온 것이었다.

"사학교 학생을 궐기하도록 도발한 것은 가와지가 자객을 보냈기 때문이다. 오쿠보는 그 음모의 공모자다."

가쓰 가이슈가 전쟁중 어네스트 사토에게 단언했듯이, 세상에는 가와지를 '수상쩍게' 보는 사람이 많았다.

게다가 가와지는 1개 여단을 이끌고 구마모토에서 가고시마로 들어가다가 병이라는 표면상의 이유로 해직되었다. 같은 정부측 사쓰마 인인 오야마 이와오가 건의한 것인 만큼, 가와지의 입장은 매우 미묘하다고 할 수 있었다. 오야마의 견해로는, 사쓰마 인의 증오의 대상인 가와지가 1개 여단을 거느리고 사쓰마에 들어간다는 것은, 사쓰마 인의 적개심을 더 한층 부채질하기 때문에 정략상으로 봐도 온당하지 않다는 것이었는데, 오야마 자신의 감정의 밑바닥에서는 가와지를 미워하고 있었는지도 모른다.

오쿠보는 그러한 가와지를 철저하게 옹호하려 한 것 같다. 해고된 일개 여단장을, 태정대신 산조 사네토미까지 일부러 권하여 함께 교토 역두에 출영했다는 것은, 참으로 두터운 예우라 아니할 수 없다.

오쿠보는 아마도 가와지가 악평이나 '망평(妄評)'의 초점이 될 것을 예감하고, 정중히 정거장에 마중나가 줌으로써 "가와지에 대한 신뢰를 버리지 않았다"는 것을 세상에 보이는 한편, 가와지 자신에게 행동으로 그것을 보여주었다고 생각된다.

귀빈실에서 쉰 다음, 산조, 오쿠보 등을 따라 별궁에 가서 천황을 배알했다. 다음 날에는 천황에게 전황을 보고했다. 이때까지도 가와지는 형식상 여전히 별동 제3여단장이었으며, 교토 체재 중이던 8일에야 정식으로 해임되어, 9일 교토를 떠나 13일 도쿄에 돌아가서 경시청에 들어갔다.

"아파서 돌아왔다"고 청내에는 사령 대로 이유를 알리고, 종전대로 직무를 보았다.

이 전역 중 규슈의 싸움을 지휘하기 위해 정부는 교토에 와 있었는데, 7월 중순이 지나서 싸움도 고비를 넘긴 것으로 보고, 7월 28일 천황이 먼저 교토를 떠나 배편으로 도쿄로 돌아갔다.

오쿠보 도시미치는 남았다. 며칠 뒤에 돌아갈 참이었다. 싸움의 결말이 보이기 시작한 이 무렵부터 오쿠보는, 가고시마에 있는 현령 이와무라 미치토시와 부지런히 연락을 주고 받으면서 잇달아 현민을 달랠 대책을 강구하고 있었다.

오쿠보는 8월 2일 도쿄로 돌아갔다.

그것을 뒤쫓듯이 이와무라의 편지가 따라와, 현의 식량 부족을 해결하기 위해 쌀 5만 석을 보내 달라고 요청했다. 오쿠보는 탄약이라도 보내듯이 선뜻 이것을 수배했다. 이와무라에게 보낸 편지가 남아 있다.

'쌀 5만 석을 보내 달라는 요청 건은, 대장경(大藏卿 : 재무대신)도 이의 없으므로 즉각 하명하여 시모노세키에서 보내겠소. 선박이 부족하여 요즘에는 특별 용선도 어렵지만, 아무튼 1척만이라도 어떻게든 용선하도록 조치가 끝났소.'

또 전역에 가담한 자들에 대한 형벌은, 설령 1백 일의 징역이라도 '제적(除籍)'되었다. 사족의 족보에서 제거되어 평민이 된다는 뜻이다. 사쓰마의 경우 유신 이래 중앙정부의 명령에 따르지 않았기 때문에 사족에게는 여전히 가록(家祿)이 나가고 있었다. 이와무라는 이에 대해서도 오쿠보에게 건의하여 '재적자에 대하여도 가록을 몰수하지 않는다는 특별 조치를 취해주기 바란다'고 편지에서 말하고 있다.

만일 기도(木戶)가 살아 있었더라면, 이 마당에 와서도 여전히 가고시마 현만을 평등의 원칙 밖에 둘 참이냐고 노발대발했을 것이다. 그리고 이와무라는 피해 농민의 세금을 면해 주는 조치도 아울러 생각해 달라는 뜻을 같은 편지에 썼다. 이 경우 오쿠보 자체가 법이었다. 그는 즉각 이와무라의 건의를 받아들였다.

"가록은 몰수하지 않기로 천황께서 내정하셨으므로 근간에 시달이 내릴 것이니 안심하시기 바라오."

오쿠보는 사쓰마를 비롯하여 불평사족들에 대처할 때는 언제나 천황의 권위를 빌려서 일해 왔는데, 여기서도 천황의 이름을 끌어대어 정령(政令)에 작위적인 권위를 더하고 있다.

"조세 면제에 관한 것은, 물론 실제로 하는 수 없는 일이라 대장경도 이의가 없다는 이야기였소."

오쿠보가 이 편지를 보낸 뒤 며칠 안되어 사이고 등이 에노타케를 탈출하여 도쿄의 오쿠보를 놀라게 했다.

사이고와 그 부하 장령들이 모조리 시로야마에서 죽었다는 소식이 타전된 날 아침, 오쿠보 도시미치는 고지마치 산넨초(麴町三年町)의 자택에 있었다.

메이지 9년 1월에 준공한 이 오쿠보 저택의 장려함이 또한 세이난 전쟁의 무수한 원인 가운데 하나였던가 하는 생각이 든다. 일찍이 사쓰마 인들은 이 저택을 증오하여 다른 관아의 사진을 가고시마에 은퇴 중인 사이고에게 갖다 보이면서 "이것이 도시미치의 집입니다" 하고 그의 감정을 자극하려 한 내력이 있다.

유신 뒤 사쓰마에 남은 사족들의 눈으로 본다면, 이토록 가소롭고 화가 나는 일도 없었을 것이다.

사쓰마 인으로서는 오쿠보 등 도쿄파는 단지 번에서 파견하여 새 정부에 출사시킨 데 지나지 않았으며, 향당이다 중앙이다 하는 신분의 차이가 본시 있을 턱이 없었다. 그런데 오쿠보를 정점으로 하는 도쿄파는 천황을 앞세워 그 권위를 필요 이상으로 선전하면서 순식간에 새 정부를 유일 절대의 권력으로 만들어 놓았고, 메이지 4년에는 폐번치현으로 사쓰마 번을 비롯한 전국 2백여 번을 없애는가 하면, 세금 징수권과 병마의 대권도 모두 중앙에 집중시켜 무사 계급을 궤멸시켜버렸다. 사쓰마 인들로서는 그러한 권한을 도쿄파에 준 적이 없었다. 게다가 새 집을 짓고 지난 날의 영주라도 된 듯이 마음껏 교만과 사치를 부리는 등, 상식으로는 납득하기 어려운 광태라는 인상을 주었던 것이다.

이런 면에 대해서는, 후쿠자와 유키치까지도 그의 저서 《정축 공론(丁丑公論)》에서 사쓰마계 관원들의 교만과 사치를 지적하고, 사쓰마 향당인들의 반발을 중시하여 '이 또한 난을 일으킨 원인의 큰 조목'이라고 지적하고 있다.

'사쓰마 사족들은 고래로 질박 솔직한 정신을 받들어 도쿠가와 250여 년의 긴 태평세월에도 끝내 천하 일반의 폐풍에 흐르지 않고, 그 정신에 일종의 귀중한 원소(元素)를 지니고 있었다고 할 수 있다. 그런데 이 번의 사족으로서 정부의 관원이 된 자들은 마침내 도시의 악습을 본받아 금의옥식(金衣玉食)의 사치를 극하는 자가 있는가 하면 혹은 서양 문명을 구실로 비 정상적인 토목(土木)을 일으키고 필요없이 마차를 타고 다니는 등, 향당의 오랜 전통을 잊은 듯이 보인다. 이에 반하여 사쓰마에 있는 자는 여전히 사쓰마 인으로서, 사이고와 기리노 같은 지위에 있는 사람들도 의식주의 소박하기가 옛날과 조금도 다름이 없다.'

향당의 사쓰마 인들은 도쿄에 있는 사쓰마 인을 미워하여 '심지어는 이를 평하여 인면수심(人面獸心)이라고까지 말하게 되었다'고 했다.

그런데 오쿠보의 저택은 결코 화려하지는 않았다. 그 시대의 건축의 첨단인 벽돌집도 아니고 목조 양옥이었는데, 특별히 양옥을 고른 것은 '국내외의 귀빈'을 초대하기 위해서라고 오쿠보는 말했다.

이날 아침, 소식이 이 저택에 전해졌을 때의 그의 표정은 전해지지 않고 있다.

사쓰마 출신 사학자 시게노 야스쓰구(重野安繹)가 이날 아침 시로야마에서 사이고가 죽었다는 소식을 듣고 고지마치 산넨초의 오쿠보 도시미치에게 달려간 것은, 시게노 자신의 문장으로 분명하다.

나중에 제국대학 교수로서 근대사학(近代史學)의 기초를 개척한 이 인물은, 이때 나이 이미 50세로 정부 수사관(修史館)의 1등 편수관이었다.

그즈음 많은 사쓰마 인들이 그랬듯이, 시게노도 구번(舊藩)의 인간 관계가 단순하지 않았다.

그의 집은 본디 상가였으나, 아버지 대에 향사적(鄕士籍)을 사서 사족이 되었다. 시게노가 이 시대에서는 용감하리만큼 합리주의 정신을 가지고 있었던 것은, 그가 상품 경제의 영향 아래서 자란 것과 관계가 없지 않다.

그는 어릴 때부터 영주 집안에서 일을 보아왔다. 아직 어린 히사미쓰(久光)의 공부 상대를 했으므로 히사미쓰와의 인연이 깊다.

그가 에도의 쇼헤이코(昌平黌 : 막부가 설치한 학교)에서 공부한 시대는 1850년대 전반이다. 나중에 덴추 조(天誅組)의 수령이 되는 마쓰모토 게이도(松本奎堂)와는 동문이었는데, 시게노는 이미 속으로 개화(開化)하고 있어서 마쓰모토의 과격한 양이주의에는 진절머리가 났던 모양이다. 나중에 에도 번저에서 금전 관계로 실패를 하여 배를 갈라야 할 지경이 되었으나, 당시의 영주 시마즈 나리아키라가 구해 주고 섬으로의 유배만으로 그쳤다. 시게노의 개화주의는 나리아키라의 영향이라고 하지만, 그뿐만 아니라 목숨의 은인도 되었다. 다만 그 구명을 주선 해준 것은 사이고 다카모리였다. 그런데도 시게노는 사이고에게는 그다지 기울어지지 않았으며, 사이고 쪽에서도 시게노를 그리 중시하지 않았다. 오랜 양명학자 가스가 센안을 존경한 사이고로서는 도학성(道學性)이 적은 시게노의 학문에 감탄하는 바가 적었는지도 모른다.

메이지 시대가 된 뒤 시게노는 더욱 사이고와 멀어져버렸다. 오히려 농후하게 오쿠보에게 접근한 것은, 그의 엽관 의식이 그렇게 만든 것이 아니라 사쓰마에 있어서의 근대주의의 시조인 시마즈 나리아끼라의 후계자는 사이고보다 오히려 오쿠보가 아닐까 하고 생각했기 때문이라고 할 수 있다. 다만 시게노가 오쿠보에게 접근한 것은 경박한 데가 있으며, 사이고의 죽음을 알기가 무섭게 오쿠보의 집으로 달려갔다는 것도 학자로서 쓸데없는 짓이었는지도 모른다.

시게노 야스쓰구는 다음과 같이 쓰고 있다.

'가고시마 성이 함락되고 다카모리 등이 모두 죽었다는 전보를 받았다. 나는 공(오쿠보 도시미치)의 저택에 달려가 공에게 말했다. 대란이 평정되었으니 이는 국가를 위해 축하할 일이나 생각건대 공의 심중이 어떠하겠는가.'

이날 아침 오쿠보의 집에 찾아온 손님들은, 당연한 일이지만 시게노 야스쓰구 한 사람밖에 없었을 리 없다. 새 정부의 사쓰마 인 참의, 대신 등으로 혼잡을 이루었을 것으로 짐작된다.

"국가를 위하여 축하할 일."

시게노가 오쿠보에게 했다는 이 말을 시게노 자신이 쓰고 있는 것을 보아도, 시게노뿐 아니라 이날의 방문객은 거의 그런 생각으로 오쿠보의 집을 찾았을 것으로 여겨진다.

보통 오쿠보는 표정이 깊이 가라앉아 미소마저 아끼고 쓸데없는 말은 일체 하지 않는다. 이 날도 어쩌면 그렇지 않았을까 하는 생각이 든다. 그는 시게노가 '국가'를 위해 축하할 일이라고 말했을 때 아무 말도 하지 않았으며, 그 표정은 '수심에 잠긴' 상태였다고 시게노는 쓰고 있다.

시게노의 '축하'할 일이라는 데 대해서는 이를 받아 고개를 끄덕이고, "전쟁이 일어나서 반 년 동안 사람들이 모두 곤란을 겪었으나 이제 겨우 끝난 것을 생각하니 그런 면에 대해서는 축하할 일일세"라는 뜻의 말을 했으나, 사이고가 죽은 데 대하여는 아무 말도 없었다.

시게노는 오쿠보보다 나이가 많고 동향의 예로서 시게노에 대한 오쿠보의 범절은 결코 가볍지 않았으며, 시게노도 그 점에서 다른 사람들처럼 오쿠보에 대해 꺼리는 바가 적었다. 게다가 시게노는 역사가답게 호기심이 많아 그의 심경을 묻는 데 약간 직설적이어서 "사이고가 죽은 것은 국가를 위해 축하할 일이 아닌가"라는 말투였던 것이다. 오쿠보는 신중히 말을 골라 시게노의 질문에 끌려들지 않았다.

몇 달이 지나 오쿠보가 시게노를 불렀다. 용건은, 시게노의 문장에 의하면, '사이고의 묘지(墓誌)를 써 달라'는 것이었고, 시게노가 남긴 말에는 '사이고의 전기를 써 달라'는 것으로 되어 있다.

시게노는 계속 말한다.

"나(오쿠보)와 사이고가 교분이 두터웠다는 것은 어린아이도 다 아는 일일세. 그 사이고가 죽었네. 내가 아니고 누가 그 일을 전하겠는가. 바라건대 그대가 나 대신 그 묘지를 써주기 바라네."

그때 오쿠보는 막부 말기에 사이고와 함께 분주하게 뛰어다니던 때의 비화를 이야기했다.

1862년 봄, 시마즈 히사미쓰가 많은 사쓰마 군을 거느리고 교토에 올라가 조정과 막부 사이를 주선하려고 했을 때, 천하의 과격파들이 히사미쓰에게 기대를 걸고 그를 옹립하여 단숨에 사태를 막부 타도로 몰고 가려고 했다. 이 무렵 사이고는 유배에서 풀려나 막 번무(藩務)를 보기 시작했을 때였는데, 사소한 일로 다시 히사미쓰의 감정을 상하게 하여 체포될 지경이 되었다. 그즈음 히사미쓰의 측근에 있던 오쿠보는 히사미쓰를 설복시키지 못하고, 사이고를 효고(兵庫)의 해변에 불러내어 말했다.

"이 해변에서 서로 칼을 가슴에 대고 찔러 죽자."

그러자 사이고가 달래어 간신히 오쿠보는 진정했는데, 사이고 전(傳)에 그 이야기를 써 달라고 시게노에게 부탁했다.

다음은 시로야마 함락의 소식이 들어온 그 날의 일이었는지 아닌지는 분명치 않다.

"이제 천하의 형세는 완전히 일변했다. 지금부터는 오로지 갖가지 개혁에 정신을 쏟고 싶다."

오쿠보가 이렇게 말했다고 한다.

이 말은 이토 히로부미와 오쿠마 시게노부가 동석하여 들었다. 이토와 오쿠마 두 사람은 오쿠보가 그 재간을 가장 인정하고 수족처럼 써먹은 사람들이다. 아마도 가고시마에서 소식이 들어온 날이고, 장소는 오쿠보의 저택이었는지도 모른다. 오쿠보는 사쓰마 출신이 아닌 이들에게는 사이고를 애도하는 감상의 표정을 보이지 않아도 되었다.

오쿠보는 유신 뒤의 정부의 업적을 되돌아보고 말했다.

"성공한 사례도 있지만 실패한 일도 많다. 다시 말한다면, 하고 싶었는데 하지 못한 일이 가장 많다. 귀공들은 그러한 나를 보고 혹시 인순고식(因循姑息)한 자와 더불어 일을 하지 못하겠다고 생각하지 않았는가?"

자신의 고식함에 대해서는 무엇보다 사쓰마 세력의 방해가 심했다는 뜻으로 "여러 가지 관계와 정실 등이 있어서 결행하지 못한 일이 많았다"고 덧붙였다.

이 일에 대해 사이고에게 동정적인 후쿠자와 유키치도 《정축 공론(丁丑公論)》에서 이렇게 쓰고 있다.

'유신 뒤 가고시마 현의 세입이 중앙 정부의 금고에 들어간 적이 없다.'

유신에서 메이지 10년(1877)까지 가고시마 현은 그야말로 새 정부 일본의 바깥에 있는 독립국이었다고 해도 과언이 아니며, 나아가서는 유신을 증오하여 사이고와 오쿠보를 미워하며 새 정부의 방침에 사사건건 반대해 온 시마즈 히사미쓰는, 부분적으로는 이 독립국이 배경에 있었기에 정부도 무시하지 못했던 것이다. 그 히사미쓰의 세력이 사이고 일당의 몰락으로 하루 아침에 사라져버린 것을 오쿠보는 노골적으로는 말하지 않고 은근히 지적하여, 지금부터는 크게 개혁을 해보자는 뜻의 말을 했던 것이다.

'앞으로 10년'이라는 말을 오쿠보는 했다.

"내치(內治)를 정리하고 민산(民產)을 일으켜"라고 말한 것은, 특히 지방 제도의 정비와 산업을 진흥시킨다는 뜻이었다. 오쿠보는 평생 군사에 대해서는 말하지 않았는데, 이때도 마찬가지였다. 말할 필요도 없었던 것은, 유신 이래 새 정부에 있어서의 군사라는 것은 모두 국내 치안군의 테두리 안에서만 생각되고 있었기 때문이다. 오쿠보가 말하는 '형세 일변'이라는 것은 사이고가 망함으로써 사족의 반란 시대가 끝나고, 군사 시대가 막을 내려 내치에 전념할 수 있는 새 시대가 시작되었다는 말이기도 했을 것이다.

사이고 쓰구미치의 집은 고지마치 나가다초(永田町)에 있었다.

이날 그는 시로야마의 함락도 모르고 외출했다가 저녁때 돌아와서 곧 정원으로 나갔다.

그때 이웃에 있는 오쿠보의 집에서 심부름꾼이 와서 오쿠보의 편지 한 통을 전했다. 그 정경을 부인 오키요(淸)가 마침 찾아왔던 친척 이치기 마사가타(市來政方)와 함께 보고 있었다. 쓰구미치는 편지를 다 읽고 나더니 얼굴이 새파래졌고, 부인이 무슨 일이냐고 물어도 대답하지 않았다.

저녁식사 때, 이치기도 한 자리에 있었다. 쓰구미치는 말없이 밥을 먹고, 식사가 끝난 뒤에도 그냥 앉아 있더니, 이윽고 "오늘 시로야마가 함락되었소. 형님은 돌아가셨소" 하고는 소리내어 울기 시작했다.

"나도 이제 오늘뿐이오. 관직도 사직하겠소. 관에서 사직하는 이상 이 집에 살 필요도 없어. 메구로(目黑)로 옮기겠소."

그는 그날 밤부터 메구로의 별장으로 이사할 준비를 시켰다.

상당한 광태였던 모양으로, 이치기가 그 다음날 오쿠보에게 알린 것 같다. 그 다음 날 저녁때, 쓰구미치가 메구로의 별장에 있는데, 홀연히 오쿠보가 찾아와서 사임하지 말라고 말렸다.

쓰구미치는 사쓰마 사투리로 외쳤다.

"나는 당신 말씀은 다 들을 생각입니다. 그러나 이번 일만은 내 마음대로 하게 해주십시오."

오쿠보는 하는 수 없이 돌아갔다가 며칠 뒤 다시 찾아왔다. 오쿠보로서는 이 같은 설복이 단순한 우정만이 동기가 아니라, 이 마당에 사이고의 친동생이 그만둔다면 정부에 남아 있는 사쓰마인들에게 대한 영향이 클 것으로 예상했기 때문이었다. 물론 지금 그대로 정부에 남아 있는 사쓰마계 관료들이 쓰구미치가 물러난다고 해서 줄줄이 따라서 그만둘 까닭도 없지만, 윤리 감정의 바탕이 희박해질지도 몰랐다. 그들은 사이고가 그만 두었을때 관에 머문 것은, 따져 보면 그만두고 싶지 않았기 때문이지만, 자기 스스로에 대한 변명은 이런 것이었다.

"쓰구미치는 친동생인데도 그만두지 않고 있잖나?"

그런 뜻에서는 사이고 쓰구미치가 가만히 정부에 남아 있어 주는 것만도 오쿠보에게는 하나의 강점이 되었다.

오쿠보는 사쓰마계 관료들이 동요할지도 모른다는 말을 했다. 이날, 그는 마지막 패라고 할 수 있는 안을 하나 가지고 와 있었다.

"이탈리아에 가지 않겠나?"

이탈리아 주재 전권 공사로서 잠시 일본을 떠나 있어 보면 어떨까, 하는 것이었다.

쓰구미치는 그 말에 납득하여 나가다초의 자택으로 돌아갔다. 그는 부인에게 "이탈리아에 가면, 다시는 일본에 돌아오지 않고 외국에 영주하겠소" 하고 말했다는데, 나중에 오쿠보가 비명에 가는 바람에 이 이야기는 흐지부지 되어버렸다.

다음에는, 어떤 일에 대한 반작용이라고 보아야 할 것인지, 뜻밖의 일이 진행되고 있었다.

오쿠보 도시미치를 죽이자는 것이었다.

후쿠자와는 《정축 공론》에서, 사이고는 평생에 두 번 정부를 쓰러뜨리려

혼란의 끝 657

했다고 썼다. 처음에는 도쿠가와 정부를 쓰러뜨렸다.

'첫 전복 때는 가장 참혹했는데, 정부의 주인(쇼군을 가리킨다)을 폐지하여 이를 유폐했고, 고전(故典)과 구물(舊物)을 파괴하여 추호도 애석해 하지 않았으며, 그 관원(중신을 가리킨다)을 추방했고, 그 신(직속무사 등을 말한다)을 능욕했으며, 그 관위를 박탈하고, 그 식록을 빼앗고 형제 처자를 이산시켜 유랑과 기아를 돌보지 않았다.'

그 누가 '조적(朝敵)'으로 몰린 도호쿠(東北)의 여러 번에도 미치었다고 그는 말하고, 그러나 이것도 '문명 진보의 매개'가 된 것이니 하는 수 없다고 주장하고 있다.

후쿠자와는 문명 진보를 매개한 유신의, 파괴면에서의 참화를 막부나 도호쿠 각 번의 사례에만 그치고 있지만, 그즈음 300만을 헤아렸던 사족이 모두 피해자였다고 해도 과언이 아니다. 그 원한이 사족 반란이라는 반작용이 되어 오쿠보에게 돌아갔는데, 사이고는 사족측에 섰기 때문에 원한의 대상이 되지는 않았다. 다만 새 정부는 아이즈 사족들을 봉록(俸祿)으로 낚아 그 원한을 전력으로 흡수하여 정부군에 참여시킴으로써 사쓰마 군을 살육하게 한 것은, 잔인한 인간학(人間學)의 한 표현이라고 할 수 있을지도 모른다. 아이즈 인은 원한을 보편화하는 여유가 없는 채로 그것을 지역적인 원한의 대표로서 사쓰마 인 지역의 인간 무리 속에 치고 들어가 이를 살상함으로써 약간은 보복심을 달랬다. 이 또한 혁명과 그 여진기(餘震期)의 작용과 반작용의 하나인지도 모른다.

결국은 오쿠보와 그 정부가 이기고 사이고가 망함으로써 사족 일반의 원한이나 반란에 대한 기세는 소멸된 것처럼 보였다. 오쿠보와 그 권력은 거의 절대화할 듯한 기세가 되었다. 일본의 정치 풍토는 권력이 개인에게 집중되어 그것이 절대화하는 것을 좋아하지 않으며, 그에 대한 반대 세력이 상대적으로 공인되는 상태를 좋아한다. 권력이 개인에게 집중되어 절대화한 예는 일본 역사에서는 드문데, 멀리는 오다 노부나가(織田信長)의 말기, 가까이는 이이 나오스케(井伊直弼)의 다이로(大老) 취임 후가 그것이었을 것이다. 결국은 마구 밀고 나가는 절대 권력을 막을 방법이 없어 암살자가 그것을 정지시키는 것이 거의 역학 현상(力學現象)처럼 발생한다.

사이고와 그 도당이 패멸한 데 대한 반작용은 가가(加賀)의 가나자와(金澤)에서 일어났다.

이시카와(石川) 현 사족의 정치에 대한 힘은 미약한 것으로 간주되었다.

일본 최대의 대번이면서도 막부 말기에서 유신에 걸쳐 시세를 방관했기 때문에 이른바 '웅번(雄藩)'이 되지 못했고, 유신 뒤의 사족 반란의 기세도 여기만은 약했다.

그래도 사족에 의한 정치 결사가 생겨서 정한론에 패배한 사이고 및 사쓰마 사족과의 연락은 있었다.

이시카와 현 사족 시마다 이치로(島田一郞)는 나이가 서른한 살이었다.

얼굴이 희고 눈이 크고 약간 곱슬머리지만, 수염만은 기분이 나쁠 만큼 검었으며, 코밑뿐 아니라 볼에서 턱에 걸쳐 억세게 이어져 있었다.

옛 번의 졸개 집안에 태어나 번 학교에서 서양식 병술(兵術) 훈련을 받고, 보신 전쟁 때 가가번이 사쓰마·조슈의 협박으로 호쿠에쓰(北越)에 출병했을 때 종군했다.

가가 번은 두말 할 것도 없이 마에다 도시이에(前田利家)가 번조(藩祖)이다. 히데요시(秀吉)의 만년에 도시이에를 도요토미 집안의 방패로 삼아 그 인망과 위세로 도쿠가와 이에야스와 맞서게 할 생각으로 추켜세웠는데, 히데요시와 도시이에가 잇달아 세상을 떠난 뒤 마에다 집안은 오로지 도쿠가와 씨에게 복종함으로써 집안을 보전하려 했고, 나아가서는 자진하여 감독가로(家老)의 파견을 요청함으로써 스스로 감시를 받겠다는 저자세를 취했다. 그 후 무사(武事)를 과시하지 않고 미술공예를 일으켜 아무런 해도 되지 않는다는 인상을 주는 방식으로 막부에 대한 외교를 일관했다.

이런 체질이 있었기 때문에 막부 말기의 풍운기에도 방관했고, 1백만 석이나 되는 일본 최대의 번인데도 세상은 이 번에 대해 아무런 기대도 걸지 않았던 것이다.

유신의 와해에서 폐번치현에 걸쳐 번이 큰 만큼 혼란도 컸다. 폐번치현 뒤 사쓰마 번에서 현령을 모셔오려고 사이고에게 부탁하여 우치다 마사카제(內田政風)의 부임을 본 것은 도쿠가와 초기에 감독 가로의 파견을 자청한 지혜와 비슷하다. 사쓰마 인 우치다 마사카제와의 인연으로 중앙과의 연결을 얻자고 한 것인데, 현청이 사쓰마 파로 독점되는 당연한 결과가 초래되어 가가 인 중에서도 혈기왕성한 자들을 분개시켰다.

시마다 이치로도 그 가운데 한 사람으로, 그는 늘 유신에 뒤처진 가가 인의 구습을 지키는 것에 분개하며 사사건건 "완력이 중요하다"고 역설해왔다.

　메이지 6, 7년 정한론 소동이 일어나자 시마다는 그것으로 제2의 유신이 도래한다고 믿고, 현하의 사족들을 모아 '충고사(忠告社)'를 조직하여 도사(土佐)의 입지사(立志社)를 흉내내어 민권론을 주창하자 순식간에 1000여 명이 가입했다. 그런데 시마다가 이 모임에서 지론인 완력주의를 역설했으나 따르지 않았으며, 하는 수 없이 탈퇴하여 다른 결사를 만들려고 가나자와의 산코 사(三光寺)를 빌렸다. 그러나 모이는 사람이 거의 경찰 봉직자들이라 진땀을 빼고, 여기서도 뛰쳐 나와 버렸다.

　에토 신페이의, 사가의 난 때는 이에 호응하려고 했으나 동지의 규합이 적어 단념하고, 가고시마의 풍운이 급해졌을 때는 이와 손을 잡을 준비를 했다.

　시마다는 사이고와 기리노가 아직 도쿄에 있었을 때, 기리노의 소개로 사이고를 만났다는 설이 있으며, 한번 만나고 사이고에게 마음을 빼앗겼다고 한다.

　"가가 인이 조선에 제일 먼저 돌입한다."

　이렇게 말했다니까, 시마다에게는 정한론과 사이고가 희망의 전부였던 모양이다.

　이시카와 현 현령은 사쓰마 인 우치다 마사카제가 메이지 5년부터 8년 3월말까지 근무한 뒤 기후(岐阜) 현 사람 기리야마 스미타카(桐山純孝)가 후임으로 앉았다.

　기리야마는 오쿠보가 장악하고 있는 내무성의 충실한 지방관이었다.

　그는 현의 경찰을 편달하여 현내 사족반란의 조직에 대한 정보를 수집했다.

　본디 이시카와 현에는 사족반란의 조짐이 별로 없었고, 우두머리로서 많은 인망을 모을 만한 인물도 없었다는 것이 세간의 정평이었다. 다만 시마다 이치로의 언동만이 조용한 연못에 뱅뱅 돌아다니는 물매암이처럼 두드러졌다. 그러나 가가 인은 그를 하나의 반항아로 보고 있었을 뿐, 명망이 있는 존재는 아니었다.

　가나자와에 사이고의 죽음이 전해졌을 때의 시마다의 거동은 전해지지 않았으나, 조선에 제일 먼저 뛰어드는 것과 사이고를 흠모하는 것만이 시마다의 사상이었던 만큼 몹시 낙담했을 것이 틀림없다.
"오쿠보를 죽이자."
 이런 식으로 시마다가 결의한 것은 비약도 아무 것도 아니었다. 죽인다는 표현 이외에, 자기의 정치적 신념을 나타낼 모든 방법이 새 정부에 의해 구석구석 봉쇄되어 있었기 때문이다. 막부 말기의 지사들도 거의 모두가 이구동성으로 '언론 개방'을 막부에 요구했다. 야(野)의 의견을 당당히 공표하게 하라, 아니면 공의(公議)의 자리를 마련하라는 뜻인데, 막부는 이를 극도로 봉쇄하여 사적으로 공론하는 자가 있으면 '부랑(浮浪)'으로 몰아 잡아 죽였다. 막부 말기에 암살이 빈번이 일어난 이유의 하나는 야를 무시한 데서 온 당연한 역학 현상이라고 하지 못할 것도 없으며, 막부 당국에 있는 자 중에서도 '언론 개방'의 필요성을 지지한 자가 많았다.
 메이지 초기의 새 정부가 전 막부 이상으로 엄격히 재야의 입을 봉쇄하기 시작한 것은, 메이지 8년 '신문지 조례(新聞紙條例)'를 발표하고부터이다. 이것으로 무릇 정부를 비판하는 언론은 이 조례 속의 교사 선동 조항에 얽매이거나, 국가 전복론, 성법 비훼(成法誹毀) 조항에 걸리거나 했다. 후쿠자와 유키치가 사이고의 사후에 《정축 공론》을 썼던 것은, 정부에 대한 저항 정신은 마땅히 허용되어야 한다는 것을 주장하기 위해서였다.
 '모름지기 사람으로서 자기가 생각하는 바를 시행하고자 원하지 않는 자 없다. 이것이 즉 전제(專制)의 정신이다.'
 그러므로 정부가 전제적이 되고 싶어하는 것도 무리가 아니며 '인류의 천성'이니 탓할 것도 없다. 그러나 전제를 방치하면 끝이 없으며, 이것을 막는 방법은 '저항이 있을 뿐'이라고 후쿠자와는 말했다. 저항의 방법은 글로써 하거나 무력으로 하거나 돈으로 하거나 무슨 방법이라도 좋다고 그는 말했다. 그러나 후쿠자와는 이 논문을 발표하지 못하고, 자손들에게 보인다며 집안에 간직해 두었던 것이다.
 시마다도 메이지 6년에 좌원(左院)에 건백서(建白書)를 제출했으나 상대해주지 않았으며, 그래서 '완력이 있을 뿐'이라고 각오했는데, 조례 때문에 정부에 대한 자기의 비판을 신문 같은 데에 발표할 수도 없었다. 이런 뜻에서 말한다면, 오쿠보 자신이 자력(磁力)이 되어 시마다라는 쇠조각을 끌어당겼다고 할 수도 있다.

시마다 이치로가 동지들과 함께 오쿠보를 암살하기 위해 가나자와를 떠난 것은 메이지 11년(1878) 3월 25일이다.
이 거동을 가나자와 경찰서가 탐지하여 현령 기리야마 스미타카에게 보고했다.
기리야마는 즉각 내무성에 연락하여 엄중히 경계하라고 통보했다.
이것을 받은 것은 내무성 대서기관 지사카 다카마사(千坂高雅)였다. 지사카는 데와 요네자와(出羽米澤) 번 가로의 장남으로, 보신 전쟁 때는 번의 군사 총독이 되었다. 요네자와 번은 유신으로 손해를 본 도호쿠 번의 하나였기 때문에 지사카는 그 운영에 무척 고심했다. 그는 메이지 초기에 번주 우에스기(上杉) 씨를 따라 영국에 유학, 메이지 6년에 귀국하여 오쿠보의 인정을 받아 내무성에 들어갔다. 지사카의 경우 스스로가 정부에 들어가 오쿠보의 팔다리처럼 됨으로써 요네자와 사족에 대한 지도와 후원 또는 구제를 생각한다는 입장을 취한 것이다. 세이난 전쟁이 일어나자 그는 요네자와 사족을 동원하는 힘이 있다고 하여 정부로부터 육군 중령의 계급을 받아 동향인을 이끌고 종군했다.
오쿠보의 특징은 사이고와는 달리 타번 출신이라도 관리로서의 재주가 있는 자들과 긴밀한 신뢰 관계를 맺은 일이며, 오쿠보에 대한 지사카의 존경심은 예사로운 것이 아니었다.
그는 이 일을 동료인 서기관 마쓰다이라 마사나오(松平正直), 이시이 구니미치(石井邦猷) 등과 의논했다.
먼저 내무대신 오쿠보 도시미치에게 사실을 보고하자, 오쿠보는 입술 끝에 보일락말락 미소를 띠며 흠, 하고 신음하는 듯한 소리를 냈을 뿐 아무 말도 하지 않았다.
"조심하시기 바랍니다."
지사카가 말하자, 오쿠보는 고맙다는 듯이 약간 고개를 숙였을 뿐이었다. 오쿠보로서는 조심을 해야 할 길이 없었는지도 모른다.
그 뒤 세 사람이 의논한 끝에, 지사카와 이시이가 경시청으로 대경시 가와지 도시나가를 찾아갔다.
그들은 상세하게 실정을 설명하고, 경시청으로서 오쿠보 내무대신을 경호할 필요가 있다고 말하자, 가와지는 머리가 좀 어떻게 되었던지 그럴 필요는 없다고 대답하였다.

"가가의 겁쟁이들이 뭘 한다고 그럽니까?"

이렇게 쓸데없는 말까지 뇌까렸다. 이 태도와 말에 지사카는 두고두고 불쾌해 했으며, 기어이 이변이 일어났을 때는 미친듯이 가와지에게 욕설을 퍼부으면서, 범인은 시마다가 아니라 경호를 게을리한 가와지라고까지 극언하여 마쓰다이라와 이시이 등을 조마조마하게 만들었다.

"가가 인들이 뭘 할 수 있는가?"

이런 가와지의 모멸에서 사쓰마 인의 통폐가 노골적으로 드러났다고 할 수 있다. 사쓰마는 무(武)에 치우친 고장으로, 천하의 무는 자기들이 대표한다고 믿었다. 동시에 옛 막부 시대부터 다른 번 사람들과 농민들을 겁쟁이라고 생각했고, 그렇게 믿음으로써 무(武)의 선민(選民)으로써 스스로의 깨끗함을 더욱 더 갈고 닦았던 것이다. 사이고와 기리노 등도 무에 있어서의 타번 멸시와 무의 사쓰마 인으로서의 자기 비대(肥大)가 있어서 결국 그 때문에 몰락한 것인데, 그 적인 가와지도 그런 경향이 농후했다.

가와지는 전국 2백 수십 개 사족단의 동향을 조사하여 철저히 연구하고 있었다.

"조슈의 불평 분자는 완전히 근절, 후쿠오카 사족은 기개가 없으므로 의지할 것이 못된다. 히젠(肥前)에는 스기야마(杉山)가 있지만 지금은 장사에 전념하고 믿음직스럽지 못하다. 인슈(因州)에는 약간 있으나, 기계(총을 가리킴)가 전혀 없고 사족들은 매우 병들었다."

이와 같은 가와지 자신이 쓴 메모에도 가가의 가나자와는 무시되어 있다. 가와지로서는 이렇게까지 철저히 조사한 전문가인 자기에게 지사카, 이시이 따위가 뭘 안다고 충고나 조언이랍시고 하는 것은 가소로운 일이라는 감정이 있었다. 그래서 고답적으로 그들의 건의를 물리친 것이다.

가와지의 의식은 습관에 의한 구속도 받고 있었다.

유신 뒤 시끄러운 시대가 계속되고 있지만, 아직은 정부 요인의 저택이나 신변을 경관이 호위하는 습관이 없었다.

고관들의 일부는 향당(鄕黨)의 사족들 자제를 '서생'이라는 이름으로 동거시키고, 출입할 때는 호위로서 수행시키는 습관이 있었다. 지난 날 사이고의 신변이 이런 사람들에 의해 엄중히 지켜지고 있었으나 경관이 호위한 적은 없었다.

오쿠보의 경우, 호위를 위한 서생도 두지 않았고 신변은 완전히 무방비 상태였다. 그렇다고 가와지로서는 오쿠보가 경관의 호위를 받는 광경을 상상할 수도 없었다. 다른 고관이 혼자 마차를 타고 다니는데, 오쿠보만 경관을 대동하거나 통과하는 길목에 경관을 배치한다면, 그것은 그를 모욕하는 일이었다. 이 시대에는 아직도 고관이 고관이라는 의식보다는 일개 무사로서의 의식과 긍지가 여전히 짙었으며, 가와지로서는 오쿠보를 겁쟁이로 만들 수는 없었고, 또 오쿠보도 싫어할 것이 틀림없었다.

그 동안에 시마다 이치로는 요쓰야 오와리초(四谷尾張町) 2번지의 하야시 사헤이지(林佐平次)의 집에 유숙하며 동지들과 회합을 거듭하고, 오쿠보의 동정을 살피고는 5월 14일에 요격(要擊)을 결행하기로 했다.

시마다 이치로의 동지는 동향인 조 쓰라히데(長連豪), 스기모토 오쓰키쿠(松木乙菊), 와키다 고이치(脇田攻一), 스기무라 분이치(杉村文一), 그리고 시마네 현 사족 아사이 도시아쓰(淺井壽篤) 등이었다.

"암살은 비겁하다"는 기분은 그들에게 공통된 것이었다. 오쿠보를 길에서 기다리고 있다가 습격한 뒤에 달아나지 않고 관에 자수하여, 사형이 선고된다면 깨끗이 받아들이자, 남을 죽이고 달아나 살 생각은 말자는 점에서 아무 이론도 없이 의견이 일치했다.

"가가 인들이 무엇을 할 수 있나."

이런 식으로 말한 가와지의 말이 틀렸다는 것은 이 한 가지로도 알 수 있다. 막부 말기부터 암살이 무수히 자행되었지만, 범인의 대부분은 달아나거나 달아나려고 했다. 시마다 등은 자기들의 목숨과 바꾸어서 상대방을 쓰러뜨리고, 그것으로 여론을 환기한다는 형식을 취했으며, 마지막까지 흐트러짐이 없이 관철했다.

또 기습은 비겁하다는 생각도 들어서 당사자인 오쿠보 자신에게 예고까지 했다. 그들이 일을 거행하기 4, 5일 전이다.

산넨초의 오쿠보 저택 문안에 그 봉서가 떨어져 있었다.

'우리는 가까운 날에 너의 머리를 가지리라. 그러나 한밤중에 노상에서 기습하고 숨어 버리는 비굴한 인간은 아니다. 그러므로 먼저 이를 예고하노라.'

이것을 펴 본 오쿠보는 얼굴빛 하나 변하지 않았으며, 아예 걱정조차 하지 않는 눈치였다고 한다. 사람을 시켜서 집 주위를 경계시키지도 않았고, 외출하면서 누구를 호위시키지도 않았다. 오쿠보는 신변 경계를 하지 않는 것은 막부 말기에 교토에 있을 때부터 일관해 왔다. 사이고와 다른 점이라 할 수 있는데, 오쿠보는 오쿠보 나름대로 자신의 무언가를 믿는 데가 있었는지도 모른다.

시마다 이치로 등은 한 나라의 언론이 법으로 봉쇄되어 있는 상황 속에서는 오쿠보를 살해한다는 것 자체가 통렬한 주장의 표현이라고 믿었던 모양이며, '참간장(斬奸狀)'이라는 제목의 취지서를 결행 다음 날 조야의 신문 등에 도달되도록 수배해 놓고 있었다.

참간장의 내용을 잘 살펴보면 정부나 오쿠보 당사자에 대한 사실 인식은 거의 없고, 잘못 전해들은 인식 위에 추상적인 울분의 정을 과격하게 표출한 것으로, 이런 정도의 취지 때문에 살해되는 오쿠보도 가엾다고 할 수밖에 없다. 그러나 취지서에는 '국민의 공의(公議)에 의하지 않고 오직 요로의 관리 몇 명이 억단 전결(臆斷專決)하였다'는 죄를 제일 먼저 들고 있는 것은, 자객을 부르는 새 정부의 체질을 자객 자신이 지적한 것이라고 할 수 있다.

그 날 아침, 메이지 11년 5월 14일 오쿠보는 여느 때나 마찬가지로 아침 5시 전에 일어났다.

오전 6시에는 벌써 방문객이 있었다. 후쿠시마(福島) 현령 야마요시 모리스케(山吉盛典)로, 도쿄에서 사무 협의를 마치고 돌아가면서 인사하러 들렀던 것이다.

오쿠보는 여느 때와는 달리 말이 많았다. 바로 준비중인 기업 공채(起業公債) 모집의 취지를 설명하고, 또 후쿠시마 현 아즈미 군의 소수(疏水) 공사가 장차 각 부현의 토목 공사의 모범이 되도록 하라는 등의 말을 했다. 야마요시 현령이 물러가려고 하자 오쿠보는 그를 만류하며 말했다.

"전번에 나는 각 부현의 식산 흥업과 화족(華族) 및 사족들의 원호사업에 관하여 훈시한 적이 있는데, 아무래도 할 말을 다 못한 것 같네. 다행히 당신이 왔으니 좀더 상세히 이야기하고 싶네."

그리고 그 이야기를 하고는, 그 뒤에 한숨 돌린 다음 다른 이야기를 꺼냈다. 야마요시는 오쿠보가 이날 이른 아침에 한 말을 이상하게 생각하여 평생 잊어버리지 않았다.

"유신 뒤 10년이 지났네. 무엇을 했느냐고 묻는다면 치적이 참으로 적네. 부끄럽기는 하지만, 첫째는 안팎이 다난하여 형편상 부득이했다고 할 수 있지. 이제 내외의 사건이 완전히 진정되어 국내의 평화를 보기에 이르렀네."

이렇게 전제하고는, 국가의 기초를 굳히려면 30년은 있어야 한다 하고, 전에 가쓰 가이슈에게도 말한 적이 있었던 내용의 말을 이날 아침 야마요시에게도 했다.

그는 메이지 1년부터 10년까지를 제1기로 치고 "이것은 창업의 시기라네" 하고 규정했다. 그 시기는 지나갔다.

메이지 11년부터 20년까지를 제2기로 본다고 오쿠보는 말하고, 이것이 가장 중요한 시기로 할 일을 말하면 내치를 정비하고 나라안을 충실히 해야한다고 계속하고는 "힘은 모자라나 나는 그 제2기를 만사를 제쳐 놓고 해나갈 생각일세" 하고 말했다. 오쿠보는 다시 제3기인 메이지 21년부터 30년까지는 '수성(守成)의 시기'라고 규정하고 "이 제3기는 후진의 현자(賢者)에게 부탁해야겠네" 하고 말했다.

오쿠보는 1830년에 태어났으므로 죽은 기도 다카요시보다 세 살 위고, 사이고보다는 세 살 아래니까 이때에 마흔아홉이 된다. 자기의 현역(現役)을 10년간으로 한정한 것은 만사 계획주의적인 인물답다. 그러나 야마요시에게 한 말을 우연한 유언으로 본다면, 오쿠보는 메이지 30년까지의 계획의 주제를 유언했다고도 할 수 있다. 일찍이 오쿠보가 민권으로 정체를 이행하는 것에 대해 가쓰에게 한 말에는 "메이지 30년부터"라는 것이 있었다. 이 점 보기좋게 부합되고 있는데, 뒤집어서 말한다면 그때까지는 모두 '관'의 지도 아래서 준비한다는 것이었다. 이를테면 오쿠보는 의회 제도의 모체의 하나로서 지방관 회의라는 것을 생각하고 있던 가운데, 이 해에 들어와서 그의 팔다리 가운데 가장 진보적인 이토 히로부미를 의장에 임명한 것은 그 발현이라고 볼 수 있다.

이날 아침, 후쿠시마 현령 야마요시 모리스케가 물러가면서 오쿠보의 얼굴빛이 좋지 않은 것을 가리키며 말했다.

"건강에 조심하시기 바랍니다."

그는 쓴웃음으로 그 대답을 대신한 모양이다.

현관에는 벌써 마차가 와서 기다리고 있었다. 오쿠보는 야마요시를 전송한 뒤 이토 히로부미 앞으로 "나는 지금부터 청사에 나갈 테니 당신도 그리로 나와 주게"라는 뜻의 편지를 써서 심부름꾼을 보냈다. 이토가 이 편지를 받고 곧 아카사카 고쇼(赤坂御所)의 정부 청사로 달려갔는데, 거기서 안 것은 오쿠보가 기오이자카(紀尾井坂) 비탈에서 살해되었다는 흉보였다.

오쿠보는 갖고 갈 서류를 여느때나 마찬가지로 보자기에 쌌다.

무슨 생각을 했던지 이때 그는 사이고 다카모리한테서 받은 옛 편지 두 통을 함께 쌌다고 한다. 편지 두 통 중에 하나는 날짜가 보진 정월 22일이었다. 아무튼 사연은 에도의 토벌군을 파견하는 데 있어서 외국인에게 취지를 잘 납득시키도록 대형(大兄)이 주선해 달라는 것으로, 두 사람이 혁명사업의 동지로서 유례가 없을 만큼 긴밀했던 시기였다.

나머지 한 통은 오쿠보가 유럽에 있을 때 찍은 사진을 사이고에게 보내주었더니, 사이고는 회신에서 그를 놀리면서 "별로 미남같지도 않으니 앞으로는 사진 찍을 생각은 말라"는 유머러스한 것이었다. 이 사이고의 서한을 가지고 나갔다는 것은 사건이 일어난 지 얼마 되지 않는 5월 22일자 '도쿄 일일신문'에 실렸는데, 이제 와서는 사실 여부를 확인할 도리도 없다.

오쿠보는 사이고를 시로야마에서 죽인 것을 몹시 괴로워하고 있었으며, 자기와 사이고는 일찍이 남이 짐작도 못할만큼 사이가 좋았다는 말을 으레 사람들에게 말하고 싶어한 흔적이 있다. 역사가인 시게노 야스쓰구에게 일부러 사이고 전(혹은 묘비명)을 위촉한 것도 그런 것과 관계가 있으며, 만일 그것이 사실이라면 시게노에게라도 보일 생각이었는지도 모른다.

오전 8시, 오쿠보는 현관에서 마차에 올라탔다. 좌석에 앉자마자 보자기를 끌러 서류를 들여다보기 시작했다. 마차가 문을 나섰다.

마부석에서 종복 나카무라 다로가 채찍을 흔들고 있었다. 또 한 사람은 앞서서 달려가는 말구종이었다. 그뿐이었다.

일찍이 도사 출신의 이름없는 가난한 서생이었던 나카에 조민(中江兆民)이 파리에 유학하고 싶은 희망을 오쿠보에게 호소했을 때, 오쿠보의 마차를 도중에 기다리고 있다가 목적을 이루었다. 조민이 만일 자객이었다면 간단하게 목적을 달성했을 것이다. 언젠가 마에지마 히소카(前島密)가 무방비함에 대해서 충고했을 때, 오쿠보는 "하늘이 나를 지켜 주시느냐에 달려 있을 뿐이야" 하고 그 말을 받아들이지 않았다.

시마다 이치로는 습격 장소에 대해 미리 정밀하게 검토하여 결정했다.

기오이자카 언덕이 좋겠다고 생각했다. 이 고개 근처는 옛 막부 시대에 여러 영주의 저택이 즐비하게 있었으나 지금은 그 대신 교토에서 올라온 기타

시라가와노미야(北白川宮)나 공경인 미부 모토나가(壬生基修) 등이 싸게 땅을 사서 살고 있었다. 번저(藩邸) 시대와는 달라 황족이나 공경의 힘으로는 이 방대한 저택부지를 빈틈없이 손질하지 못하고, 언덕을 면한 부지에는 여름 풀이 무성하고, 드문드문 판자로 벽을 쳐두어서 설령 이곳에 노상 강도가 숨어 있더라도 모를 정도의 풍경이었다. 시마다 등은 미부 저택의 판자울타리 안에 숨어 있었다.

통행인은 없었다. 길에서 일당 중의 두 사람이 마차가 나타나면 판자울타리 쪽을 향해 신호를 보내려고 서생같은 차림으로 나와 있었다. 그냥 우두커니 서 있으면 수상쩍어 할지도 모르므로 두 사람은 꽃을 손에 들고 장난치는 동작을 되풀이하고 있었다. 그저 그런 정도의 장치였으며 이런 곳에 뛰어든 오쿠보는 불운하다고 할까, 조심성이 너무 없었다고 할까, 할 말이 없다.

오쿠보의 마차는 말구종이 저만치 앞에서 달려오고 있었다. 먼저 그 말구종이 나타났으므로 감시하고 있던 서생은 판자울타리 쪽으로 신호를 보냈다. 말구종은 기오이자카 고개 쪽으로 달려왔다.

마차는 아카사카 문 앞을 지나 바로 왼쪽으로 꺾어서 미부 저택 옆으로 들어오기 시작했다.

두 사람의 서생이 꽃을 버렸다. 판자울타리 안에서 네 사람의 장한이 튀어나왔다. 모두 일본옷 차림이었으며, 손에 손에 긴 칼을 뽑아들고 있었다. 그 가운데 하나가 재빨리 길 위로 뛰어나가 느닷없이 말의 앞다리를 칼로 쳤다.

오쿠보는 그 동안 무릎 위에 편 서류를 보고 있었기 때문에 앞쪽의 상황은 깨닫지 못하고 있다가 말이 놀라 튀어오르는 바람에 깨달았다.

마부 나카무라 다로는 괴한이 뛰어나와 말의 앞다리를 벴을 때, 사태를 깨달았다. 그 가운데 하나가 마차에 뛰어 올라 문의 손잡이를 잡았다. 나카무라는 주인을 구하려고 땅에 뛰어내렸다. 이때 습격자 한 사람이 칼로 어깨를 내리치는 바람에 그 자리에서 즉사했다.

일설에 의하면, 오쿠보는 "기다려라" 하고는 서류를 보자기에 쌌다고 한다.

그 자신이 문을 열고 길에 내려선 것은 확실했다. 그 오쿠보의 오른팔을 시마다 이치로가 붙잡았다. 오쿠보의 마지막 말은 "무례한 놈!"이었다. 순식간에 앞뒤에서 칼을 맞고 쓰러져 땅에 엎어졌다. 그 뒤 몇 번이나 찔러 죽음을 확인하고 절명한 것을 알자 흉기를 그 자리에 내던지고 곧장 궁내성

(宮內省) 쪽을 향해 달렸다. 그 대문 밖에 서서 큰 소리로 자기들이 오쿠보를 죽였다고 알렸다. 경비원들은 아직 오쿠보가 죽었다는 것을 모르고 있었다.

범인들 자신이 빨리 알려 주려고 열심히 달려간 것도 드문 일이다.

시마다 이치로가 옥중에서 한 말이라고 전해지는 바에 의하면, 그들 여섯 사람이 궁내성의 문을 향해 웃통을 벗어젖히고 달리고 있을 때, 뒤에서 맑은 수레바퀴 소리가 들려왔으므로 돌아보니 참의 오쿠마 시게노부의 마차였다. 오쿠마인 줄 알았을 때, 시마다는 두 손을 허공에 내젓고 당황했다. 칼을 범행 현장에 버리고 온 것을 잊었다. 오쿠마 또한 그들에게는 없애야 할 매우 중요한 인물의 하나였다. 사마다의 '참간장'에는 거괴(巨魁)로서, 병사한 기도와 이와쿠라의 이름을 들고, 이어서 '오쿠마 시게노부, 이토히로부미, 구로다 기요타카, 가와지 도시나가도 또한 용서할 수 없는 자'라고 적혀 있었다. 다만 '이치로 등 동지의 수가 적으므로' 이들을 다 벨 수는 없어 오쿠보만 쓰러뜨리면 머지않아 천하는 '감동 분기하여 우리의 남긴 뜻을 계승할 자 있으리라'고 믿고 있었는데, 눈앞에 오쿠마가 나타나는 바람에 시마다는 저도 모르게 그만 혼란을 느꼈던 것이다. 그러나 오쿠마의 마차는 궁내성 문 안으로 들어갔고, 시마다 등은 수위에게 끌려 들어갔다.

시마다들과 오쿠보의 말구종 가운데 어느 쪽이 이 소식을 먼저 궁내성에 알렸는지는 알 수 없다. 아무튼 궁내성은 가장 빨리 이 사태를 알았다. 그 소식은 궁내성 안에 있는 정부 각료들에게 재빨리 전해졌다. 이날 아침 오쿠보의 편지를 받은 이토 히로부미는 이미 와 있었고, 사이고 쓰구미치도 방금 등청해 있었다. 다른 사람들까지 합쳐서 열두어 사람이 넓은 대기실에서 잡담을 나누고 있었는데, 이 소식이 전해지자 모두 깜짝 놀라 피가 얼어붙은 듯 움직이지 않았다. 마에지마 히소카 같은 사람은 눈앞이 캄캄해지고, 태정관도 메이지 국가도 할 것 없이 모두 진흙으로 만든 건물처럼 무너져 가는 것을 느꼈다고 한다.

그 중에서 반사적으로 의자를 박차고 뛰어나간 것은 사이고 쓰구미치뿐이었다.

당장 마차를 달려 기오이자카의 현장에 가 보니 오쿠보의 시체는 아직도 마차 옆에 엎어져 있었다. 사이고는 경관들을 지휘하여 시체를 담요에 싸서 자기가 직접 안고 마차에 실어 오쿠보의 저택으로 달리게 했다.

유해를 오쿠보 저택에 안치하고는 이웃에 있는 자기 집에 연락하여 음식을 짓게 했다. 그날 밤 자기 방에 들어가서 몹시 격하게 울었던 것 같다.

대경시 가와지 도시나가의 충격이 얼마나 컸는지는 다른 사람은 짐작도 할 수 없는 것이었다.

이날, 그는 급보를 받았을 때부터 거의 입을 열지 않았다. 사건 처리에 대해서는 그저 몇 마디로 지시를 내리고, 보고를 받을 때는 다만 고개를 끄덕일 뿐이었다.

만일 범인이 도망쳤거나 어느 집에 들어가서 저항이라도 하고 있었다면, 이 전투적인 사나이는 범인과 싸우는 데 심기가 거칠게 앙양되어 이토록 풀이 죽지는 않았을지도 모른다. 그런데 그의 공격을 살짝 피하듯이 재빨리 자수해버렸기 때문에 가와지는 앞으로 넘어지면서 커다란 공허 속에 굴러떨어지고 말았다.

'앞으로 어떻게 할 것인가?'

가와지는 번민했다. 그에게 있어서 오쿠보라는 존재는 하늘과 땅이나 다름없이 큰 것이었다. 오쿠보가 가리킨 개화의 방향을 따라 경찰을 창설하고, 운영하고, 나아가서는 개화주의 자체를 신앙처럼 믿으며, 그 신앙의 적으로서 향당(鄕黨)을 잡았다. 향당의 인간들이 사이고와 그의 막하인의 명령을 무조건 복종하고 있는 것을 보아도 그는 자기의 문명에 대한 교의(敎義)와 다르다고 보았다. 가고시마 현으로 귀향단을 들여보낼 때도 스스로 붓을 들었다.

"사람으로 태어나 자조(自助) 독립의 권리가 없이 자기 생애의 이익을 남에게 맡기고 이끌려 다닌다는 것은 말이나 소와 다름이 없지 않은가."

이것이 결국은 전쟁의 도화선이 되었다. 그와 같은 가까운 원인으로 말한다면 가와지가 이 전쟁의 도발자인데, 그 원한이 모두 죽은 오쿠보에게 돌아갔다.

"시마다 사건은 사이고의 복수라고 할 수 있다."

오쿠보파의 이토 히로부미까지 이렇게 말하고 있었는데, 이것은 가와지 자신의 처지로 말한다면, 가와지가 사이고를 죽이고, 그 보복으로 오쿠보가 살해된 것이 된다. 이와 같은 인과(因果)의 도식(圖式)이 캄캄한 공허 속에 빠져 들어간 가와지를 괴롭혔다.

"오쿠보 경은 괴로워하고 있었다"는 말을 가와지는 같은 번 선배인 시게노 야스쓰구에게서도 들었다. 시로야마에서 사이고가 죽은 뒤 오쿠보가 시게노를 불러 비화를 들려 주었다. 막부 시대에 히사미쓰가 사이고를 싫어하는 바람에 사이고가 다시 죄를 얻게 되었을 때, 오쿠보는 사이고를 졸라 둘이 서로 찔러 죽자고 했다.

"결국 두 사람은 서로 찔러 죽고 말았다."

시게노 야스쓰구는 말했다. 가와지는 이런 유의 인과관계 이야기에는 본디 냉담한 사람이었지만, 이때는 얼굴에 핏기를 잃으면서 입을 다물고 있을 뿐이었다.

마에지마 히소카의 이야기도 들었다. 마에지마는 사건 며칠 전 오쿠보를 찾아갔었다. 이날 과묵한 오쿠보가 여느 때와 달리 말이 많은 데다 얼굴빛이 몹시 좋지 않아 괴이한 인상을 강하게 받았다고 했다.

"나는 사이고와 사이가 나빴던 적이 없네."

이런 말을 오쿠보가 노파의 넋두리처럼 말하기 시작한 것이다. 5년 전, 이른바 정한론을 에워싼 견해가 어긋났을 때도 다툰 일은 없었다고 그는 말했다.

마에지마는 그건 이상하다는 표정을 지어 보였다. 그러나 오쿠보는 사실만을 호소하듯 이야기했다. 오쿠보는 "나로서는 사이고 노형(제3자에게 사이고의 이름을 말할 때 그는 반드시 노형이라는 경칭을 달았다)은 평생 친우이자 외우(畏友)일세. 그가 관직을 그만두고 고향으로 돌아갔을 때, 나는 그것을 극력 말렸다네. 그러나 그는 무슨 소리를 해도 싫다고 고집을 피워서, 그렇다면 마음대로 하시오, 하고 말했지. 다툰 일이라면 그 정도뿐이라네."

푸념이나 다름 없었으며, 이런 말 자체가 오쿠보 같은 사나이의 입에서 나온 것은 처음 있는 일이었다. 오쿠보는 다시 묘한 말을 했다. 꿈 이야기를 한 것이다. 꿈을 이야기한다는 것은 바보 같은 인간이 하는 일이지, 오쿠보가 그런 이야기를 하는 것은 심상찮은 일이었다.

간밤에 꿈을 꾸었다고 그는 말했다.

사이고와 절벽 위에서 맞붙어 싸우고 있었는데, 두 사람이 아득히 깊은 골짜기 밑으로 떨어졌다. 떨어졌을 때 오쿠보는 머리가 바스라져서 골이 터져 나왔다. 죽은 채 자기의 그 골을 보고 있으니 그것만 꿈틀꿈틀 움직이고 있어서 참으로 언짢은 기분이 들었다.

사이고가 죽은 뒤 오쿠보는 겉으로는 태연한 척했으나, 신경이 여간 쇠약해지지 않았다는 것을 이 한 가지로도 알 수 있다. 이런 점에서 가와지의 내면에 있어서도 마찬가지였다. 그것이 오쿠보가 횡사한 뒤 더 심해졌다.

가와지는 그 후에도 집무를 계속했다. 그러나 몹시 여위어 갔다.

눈시울이 검어지고, 두 눈만 파랗게 번들거리고 있었다.

"밤중에 가와지의 머리맡에 사이고 군(軍)의 망령들이 몰려온다"는 소문이 떠돌았다. 향당의 망령들을 오쿠보가 울타리처럼 막아 주고 있었는데, 그 울타리가 쓰러지고 가와지에 몰려들고 있다는 따위의 말을 하는 자도 있었다. 물론 그런 사실은 없었다.

"사쓰마 같은 것을 이끌고 한 나라의 개화를 이룩하려는 자는, 만령(萬靈)을 다스릴 용기가 있어야 한다."

이런 말을 하였다. 가와지는 본디 비장함에 대한 취미가 없는 사람이었는데, 이런 말을 뇌까려서 스스로를 고무시켜야 할 만큼 심신이 쇠약해졌던 모양이다. 가와지로서는 자기가 옳았다고 생각하는 것 외에 자기의 신념을 지키는 방법이 없었고, 그러자면 정의(正義)를 생각하지 않을 수 없었다.

개화와 국내 통일이 이 시기 이 나라의 혁명 사업이며, 그것이 정의라고 한다면, 가와지로서는 그 고향인 사쓰마를 쳐서 그것을 통일 정권의 산하에 끌어 넣어 단순한 가고시마로 만든 것을 제2의 유신으로 생각하지 않을 수 없었다. 만령을 다스리지 않으면 안되는 정의와 용기란 그런 것이었을까?

가와지에게 외유(外遊) 이야기가 나왔다.

일찍이 메이지 5년 9월, 그는 경찰 제도의 시찰과 연구를 위해 프랑스에 가서 1년 뒤에 돌아왔다.

"다시 한 번 세밀하게 연구할 필요가 있다."

주로 정치 경찰, 일반 감옥, 소방 제도, 경찰 예산 작성법, 군대의 헌병과 경찰과의 관계 등, 말하자면 세부적으로 연구를 할 필요가 생긴 것이다. 일이 자질구레하기 때문에 당연히 가와지 자신이 갈 필요는 없었고 전문별로 사람을 뽑아 시찰단을 짜면 되었다.

그러나 결국 가와지가 지휘자로서 프랑스로 갔다.

메이지 12년 1월, 배가 요코하마를 떠나자마자 가와지는 병이 나고 말았다. 뒷날 누가 독을 탔다는 억측이 떠돌았다. 일설에 의하면, 가와지를 해치운 것은 오히려 조슈파였는데, 그것은 가와지가 조슈 출신의 정상(政商) 후지타 덴사부로(藤田傳三郎)를 위조 지폐 용의자로 적발하려 하고 있었기 때문이었다고 한다.

파리에서는 호텔 방이 그대로 병실이 되었다. 하는 수 없이 8월 말 마르세이유를 떠나 귀국길에 올랐다. 배 안에서 곧 혼수 상태에 빠졌다. 10월 8일 요코하마에 도착하여 의식이 없는 상태에서 집으로 돌아갔다. 닷새 뒤에 죽었다.

병상에 대해서는 수행한 총경 사와(佐和)의 일기가 남아 있다. 그 일기를 보면, 가와지는 자주 각혈을 했다. 결핵같기도 하지만 잘 알 수 없다.

아무튼, 사이고의 시체 위에 오쿠보가 덮치듯이 쓰러진 뒤, 가와지 또한 그 뒤를 쫓아가 듯이 죽음으로써 몇 백 년에 걸치는 대업(大業)이 막을 내렸다.

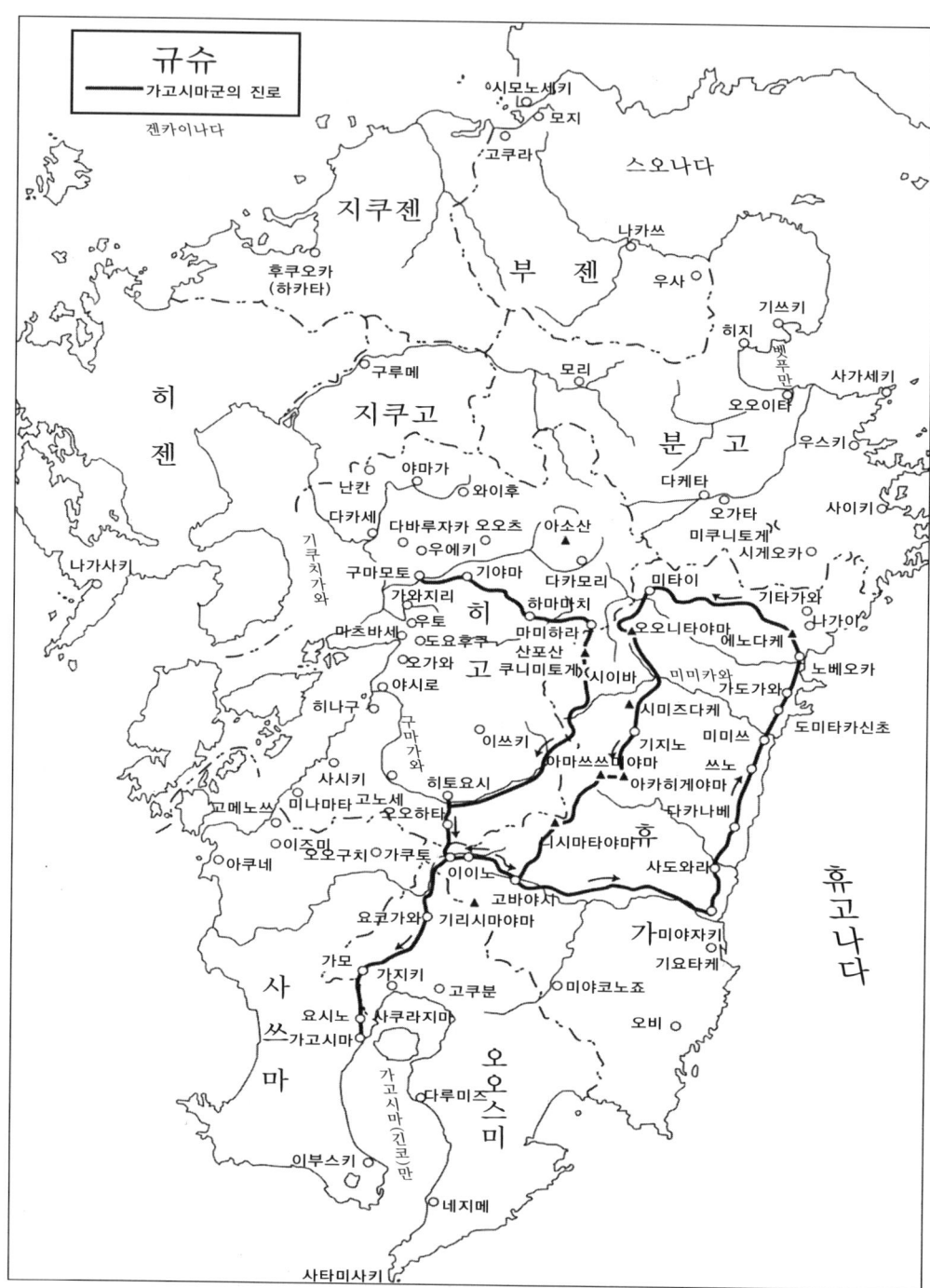

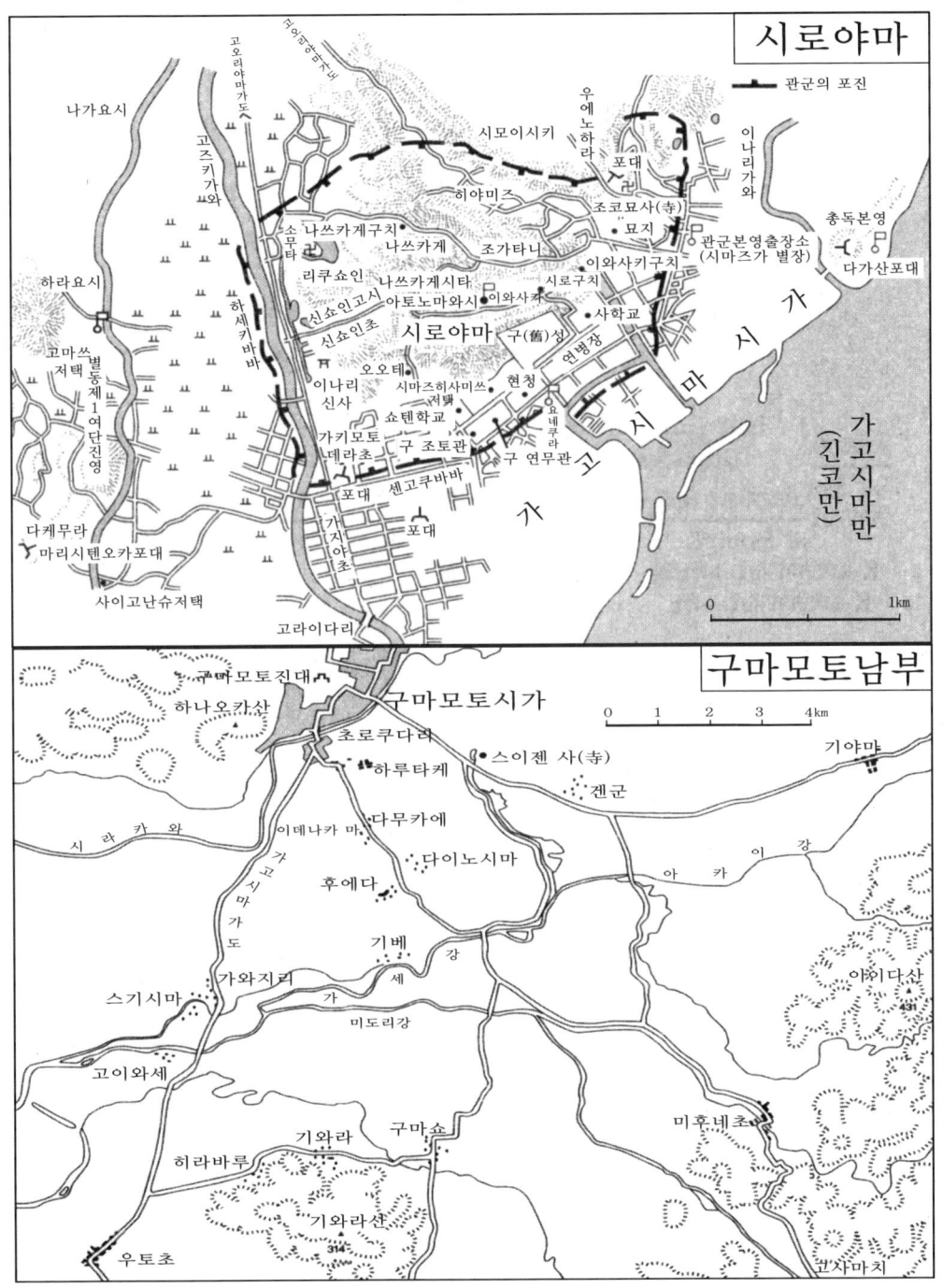

지은이
시바 료타로(司馬遼太郞)

그린이
전성보(全聖輔)

옮긴이
박재희 창춘사도대학일문학전공 김문운 니혼대학일문학전공
김영수 와세다대학일문학전공 문호 게이오대학일문학전공
유정 조지대학일문학전공 추영현 서울대학교사회학전공
허문순 경남대학불교학전공 김인영 숙명여대미술학전공

대망 33 나는 듯이 4
지은이 시바 료타로/책임편집 박재희 추영현 김인영
1판 1쇄/1979. 12. 1
2판 1쇄/2005. 8. 8
2판 9쇄/2021. 3. 1
발행인 고정일/발행처 동서문화사
창업 1956. 12. 12. 등록 16-3799
서울 중구 마른내로 144(쌍림동)
☎ 546-0331~6 (FAX) 545-0331
www.dongsuhbook.com

*
이 책은 저작권법(5015호) 부칙 제4조 회복저작물 이용권에 의해 중판발행합니다.
이 책의 한국어 大望상표등록권 문장권 의장권 편집권은 저작권 법에 의해 보호받으므로
무단전재 무단복제 무단표절 할 수 없습니다.
이 책의 법적문제는 「하재홍법률사무소 jhha@naralaw.net」에서 전담합니다.

*
사업자등록번호 211-87-75330
ISBN 978-89-497-0373-2 04830
ISBN 978-89-497-0364-0 (3세트)